贾东岩/李文强/张帆 著

勇士之城

The City of Warriors

勇士之城原著小说

CFP 中国电影出版社
2014 · 北京

目录
contents

勇敢的心与你我同在

《勇士之城》序

不知不觉时间已经过去了一年光景，以二战期间中国战场的知名战例常德保卫战为内容的电视剧《勇士之城》在一个富有朝气活力的创作团队合作下，完成了创作拍摄，不久就要面世了。作为本剧的策划人和艺术总监，见证和分享了创作拍摄的艰辛过程，也为作品能有今天的成色而感到欣慰和骄傲。很感激创作团队每位的努力和付出，有老朋友老戏骨的加盟，有新朋友新能量的增量，有不断更新创新的态度，好结果水到渠成，也算修成正果。

我有很多湖南朋友，其中以常德人居多。听圈内很多朋友说起常德，说起常德保卫战，也说起张恨水先生的小说《虎贲万岁》，以及前几年拍摄的一部电影《喋血孤城》。做一部常德保卫战题材电视剧，有很大的挑战性。既要处理好政治和政策问题，也须把握好艺术和市场的分寸，作品气质要和这场中国战场的“斯大林格勒保卫战”相匹配，难上加难。所幸的是，我们在常德采风期间找到了一个独特的切入点，就是目前这部剧所呈现的“警察抗战”。主人公何平安是一个常德城内的警察。城外有虎贲，城内有勇士。每一个常德人，每一个中国人都是捍卫国土江山的勇士。自2005年推出电视剧《亮剑》以来，“亮剑精神”风靡神州。自那以后我所有的军事题材电视剧策划创意实践，一直秉持着一股子精神，灌注一种霸气，希望我们的军事题材永远不失一种英雄情怀。《勇士之城》既是献给那场战争中抛头颅洒热血的民族英雄们的赞歌，也是“亮剑精神”的一次火炬传承。

我们这个创作团队很有意思，没有一个常德人，只有一个湖南人，基本都是北方人。投资来自黑龙江、浙江和北京，一群有热血的当代中国电视人干了一件很有热血的事情，以纪念二战胜利70周年之名，为观众奉献了《勇士之城》。年轻的编剧贾东岩、李文强显示了在驾驭历史、结构故事、塑造人物方面的扎实功力和能力，为我们带来惊喜。军事题材需要继承，需要发展，需要强势突进。相比市场需要，国家需要显得更为迫切和重要。大国、富国与强国之间，需要一种强悍的精神链接，所谓中国梦才是靠谱和可期的。在这个游戏过多过滥的时代，我们所需要和呼唤的应是勇士之魂。愿勇敢的心与你我同在。

欣闻贾东岩、李文强的同名小说出版在即，写几句感慨和感想，相信他们今后的创作之路会走得更加漂亮。遵嘱为文，是为序。

李洋
2014年4月2日写于柳荫居

第一章 一夫当关

江南冬月，江水茫茫，蒹葭苍苍。

青灰色的江雾如烟如纱。晨风乍起，芦苇连绵起伏，露出埋伏其间的十数个裹在蓑衣下的弯曲脊背，时隐时现。

几双瘦而结实的腿杆插在冰冷刺骨的江水中，一条巴掌大的鱼油滑地在这一条条腿之间游来钻去，眼看就要突出重围，却被劈空而下的一双大手紧紧抓住了。

年轻汉子兴奋地直起腰，一手高举那条扑腾挣扎的鱼，冲着对面的芦荡丛中兴奋地大喊：

“爹，我又抓到了——”

他脸上的笑容忽然凝固了——远处，随风起伏的蒹葭丛忽然剧烈地摇晃起来；“哇”的一声，乌鸦仿佛沉重的黑云般自苇荡中腾空而起，在江畔上空怪叫盘旋着。

同伴们纷纷奇怪地抬头。

蒹葭丛像是活了，如突现的伏兵般汹汹涌来。

年轻汉子眼睁睁瞪视着一道芦苇飞快地向自己逼近，张大嘴还没来得及喊出声，猛地仰面扑倒在芦苇丛中。

整片芦荡像暴风下的海涛般剧烈地晃动，农民一个个地倒下，金黄的蓑衣一一没入芦荡中。

一条鱼翻白肚皮浮上江面。江水红了，血腥味扑鼻。

震荡终于停止了，死一般的静默。忽然，一领蓑衣从江水中浮起，缓缓走上了江岸。

紧跟在他身后，十几袭蓑衣相继而起，却再没有那个笑容憨厚的年轻汉子，一张张陌生的脸满溢着彪悍暴戾之气。

最前方的男人停下脚步，面对南方，阴鸷的目光越过遍野荒草，仿佛已然看见了晨雾深处的那扇城门。

他忽地露出一个残忍微笑，伸手向半空中的乌鸦一挥：“去告诉常德吧，我们来了！”

——竟是日语！

乌鸦盘旋在墨黑的天际，黑云中隐隐滚着雷。大地上卷着狂风，天地似又回到了混沌，苍茫一片。

逃难的人群，如同崩穴的蚁群。所有的蝼蚁都涌向唯一丰足的土地——棠德。

天公造化，在多山的湖南冲积出一处平原，即是棠德。棠德位于湖南湖北之间，水域纷杂，交通便利，是中国西南首屈一指的粮仓，俗称饭碗。如今难民如同黑压压的群蚁，涌向了这碗白饭。

人人喊苦，个个呼难，遍野哀嚎，时不时就有人掉队倒下，旁边的人都顾不及拉上一把。如此庞大的队伍，人人争先恐后，越发混乱。

就在此时，初时低低切切，仿佛鸟语莺啼，溪泉呜咽，渐渐地，音色愈亮，曲调愈扬，教人想起盛夏欢蝉，乡音笑语……这笛声里有一种魔力，像是雪地里的一团火，很快驱散了人群中不断蔓延加重的哀苦与疲惫。

谁也不知笛声的来处。只有一个纤瘦的少女，双眼晶亮地仰望着自己身边的男子——她素来知道师父的本事，一手笛子可以吹得百鸟和鸣，却没想到还能有这个功用。

一领长衫，一支长笛，一头长发。

颀长的手指在笛孔间腾挪。海东升眼睛盯着远方，像是看着天际层层黑云后面的什么东西，全然没有留意乔榛崇拜的眼神。他清秀的面庞因逃难而染了泥污，眉宇间难掩浓浓的倦意。依旧莹白得只剩下牙齿了，想到这，他嘴角浮起一丝苦笑。

笛声中，难民已经有序了起来。海东升放下笛子，习惯性地挽了个花，朝着少女故作轻松的一笑："不怕，棠德就是咱们的活路，师父都看见了。"

少女停住脚步抬眼望着他，忽的眼圈红了："可我们走了那么多地方……到处都一样。"

"棠德不一样。乔榛，师父给你保证。"男子一手抚上她的肩膀，"怕什么？我海东升就不信，这世道再乱，还没个地方能容下两张戏子的嘴！"

他话音才落，蓦地一道刺眼的灯光晃过，有辆汽车直冲了过来。他慌忙把乔榛往身后一推，自己却整个儿扑倒在车前。

"师父！"

一道刺耳的刹车声！车停下了。海东升上身伏在车前盖上，一张脸几乎贴上了前窗玻璃——玻璃后是一双漆黑冰冷的眼睛，无动于衷地对着他。

急促的马蹄声中，数个背枪的壮汉奔了过来，护卫在汽车前后，带头的手里还挑着灯笼，上面一个"沈"字在风中摇晃。其中一骑径直跑到车窗前，弯下腰大声道："你怎么开的车？！——小姐，您没吓着吧？"听声音竟是个年轻女人。不等车里坐的人回答，她抬头看了车前的海东升一眼，又弯腰低声补了一句，"放心，没撞到他。"

车窗摇下。一只修洁的手伸了出来，"哗啦"往不远处抛出三两块银元。灾民"呼"地一声，蜂拥而上俯身抢拾。海东升愤怒地一拳捶在车盖上，正要冲到车窗前把那人揪出来；却见那只手掌一翻，手指在风里捻了捻，车里便传出一个冷漠的声音："周四，要变天了，快走！"

海东升不觉一怔：这声色清澈又深沉，太像一支好笛了。

这一恍惚的功夫，那辆车已经轻轻顶开他，轰鸣加速，继续向前冲去。前头的灾民纷纷让出一条路来。海东升狠狠甩开搀扶自己的乔榛，正要追上去，却被一个老人拉住了：“算了，这是沈家的车！那是沈二小姐……不要你半条命就不错了！”

“什么沈家？”海东升一把扯下头顶的风帽，冷冷笑了一声，“走南闯北这么多年，还怕一个女人？”

“嗨！沈家顶着常德一半天，她就当着沈家大半个家！”那老人摆了摆手，打断他的话：“怎么，你连沈二小姐都不知道，还想进常德城讨活路？”

海东升还要说什么，忽然听见前方人群一片嘈杂——“沈家的车被当兵的拦了！”“坑死人哪，当兵的不让人进城！”他心头豁地一跳，大步跑上前。不出半里地，果然看见那辆汽车被灾民密密麻麻地围着，正停在路口；对面十数米外，则横着一排长长的路障，还有上百名荷枪实弹的士兵。

“我爹病发了，我今天必须进城。”车里的声音依旧冷静，“说，要多少钱？”

“多少钱也不管用！这是军令！”一个满脸络腮胡的粗壮汉子从士兵里走出来，一手提枪，一手叉在腰间的武装带上，大声喝道，“我，169团1营长雷大虎！奉师座的命令，不许放一个人进城！常德，现在已经不归政府管了，归阎王爷管！想活命的，都给老子改路！”

他的话如同一声惊雷落地！顿时风云惨变，漫天黑云化作冷雨，对着遍野灾民浇头而下！

常德城外，江边的一座弃庙，此时已经改成了国军57师的临时指挥部。连日的雨水顺着开裂的砖墙渗进来，濡湿了那副悬挂在墙上的巨大的青天白日旗；旗下，挺立着一个戎装中年，此时正双眼紧闭，语气铿锵、一字一顿地念道：

“国民革命军五十七师奉令阻击敌军，镇守常德。自师长余鹏程以下，务当坚决抗战，誓保常德,奋勇杀敌……”

滴滴答答的电报声响起。一个军人挟着满身风雨，大步走了进来。他显然是有要情汇报，但看到这幅情景，只能站在桌前停住了。

“为党国尽全忠，为民族尽全孝顺！城在人在，城破人亡！”余鹏程蓦地睁开眼，深深凝望着面前的旗帜，毅然下令，“发电，致全军！”

“师长——！”

余鹏程回过头，望着刚刚进来的军官：“参谋长，看来你给我带来了坏消息。”

“我作战不力，请师座治罪。”来的正是余鹏程的心腹爱将，57师参谋长兼169团团长柴志新。“快要挡不住了！横山勇集中主力突袭我军江边防线，这场雨一停，他们就会冲破第一道防线，渡过长江。”顿了顿，他又低声说道，“数万同袍浴血半年，此次会战成败与否，就看常德的大门能否守住了。”

“守的不是常德的大门！”余鹏程断然喝道：“而是重庆的大门，是整个西南战场，甚至是东南亚战场的大门！”

柴志新略感惊异地望着余鹏程：“师座，言重了吧？”

余鹏程摇了摇头："珍珠港事件后，日军陷入三线作战，疲于支撑，进攻棠德就是他们败势显露后疯狂的反扑。而且棠德是湘北重镇，川贵门户，更是武汉失守后重庆大后方的唯一物资补给线。一旦被攻陷，重庆就会直接暴露在日军兵锋之下，彻底成为一座失去军事屏障和物资补给的危城、困城！这还只是其一。"

余鹏程快步走到桌前，一把扯过参谋手中的地图，铺到柴志新面前："看这里！眼下，我军对云南和缅甸的反攻也对他们造成了很大压力，此时进攻棠德，就是为了钳制我方军力，迫使集结云南的远征军回师救援！"

他抓起红蓝铅笔，在地图上重重地画了一个巨大的三角号，一个点是"重庆"，一个点穿过缅甸，最后一个点指向棠德。他抛下铅笔，一双眼睛犀利地望着柴志新："千钧重担系于一线！从今天起，重庆的安危、西南乃至整个东南亚战场抗战的成败，就全压在你跟我，还有八千虎贲将士的肩头了！"

柴志新豁的挺直身，行了个军礼。

"柴志新与八千虎贲必将拼死力战，不惜一切代价守住棠德！"

余鹏程又摇了摇头："棠德不但要守住，还要打得漂亮，赢得彻底！要知道日军进攻棠德还有一个目的，就是切断我军和英美联军的联系，打击盟军对我国抗日局面的信心。眼下委员长正在开罗与美、英两国元首会盟，此时棠德一战的战况，最能体现我军对日作战的作用和地位，这将直接影响到委员长能否争取到美国的进一步援助，争取到战后我国在国际上的有利地位！因此，这一仗不但关乎一时之成败，更关系到国家和民族的未来命运！"

柴志新悚然抬头，望着墙上的青天白日旗，不由自主引了一句蒋介石的话，也即是刚才余鹏程方才通令全军的"军令状"——

"为国家尽全忠，为民族尽大孝！"

余鹏程却没有说话。他只是伏低身，沉默地注视着桌上的作战沙盘，叹息似的自言自语："现在，横田勇在想什么？"

他闭上了眼睛。满室的风声雨声中，他似乎看到，就在江的对岸，一个中年人身着和服，正闭目端坐在炮火隆隆的指挥部里。篝火熊熊，映出他那张黝黑消瘦的脸颊和左手中缓缓捩动的佛珠，如果不是仁丹胡下冷酷下勾的唇角，以及眼角一条条利刀似的皱纹，这个与石原莞尔、饭村穰并称为日本陆军士官学校第21期的"三羽乌"，因"战绩彪炳"而获勋一等旭日大绶章并荣升关东军第4军司令的侵华屠夫横田勇，看起来只像是个疲惫老衰的乡农。而与他对面而坐的，却是一名面容俊雅、腰杆笔直的青年人，这应当就是昭和天皇的幼弟，以皇室身份担任日军南京总部大尉参谋的崇仁亲王了。

"将军阁下力主突袭棠德，恐怕不仅是为了打开西南门户，贯通占领区吧？"崇仁亲王微笑着，将上身微微倾向横田勇。

横田勇睁开眼，倨傲地对崇仁亲王浅浅低头："亲王殿下有何指教？"

"唔，太平洋战场的巨变已经让帝国措手不及，现在远东地区又陷入了麻烦。攻占棠德，兵逼重庆，就可以牵制中国政府，让他们暂缓对缅甸的支援。如果我没记错的话，这叫做……

‘围魏救赵’。”

“不止于此。懦弱的蒋氏政权一直仰仗美国人的支援。如果他们不能向缅甸出兵，必然遭到美国人的唾弃，从而减轻我军的压力。” 横田勇望着升腾的火苗，捡起地上的木柴丢了进去，“腾”的一声篝火蹿高了数寸。“这一把柴，就是要用闪电战术，把棠德外围的守军尽快冲开，我军就可以长驱直入，一周内拿下棠德！”

崇仁亲王：“支那军队已经在棠德周边经营半年有余，想速战速决怕是不容易吧？”

“所以我要加上第二根柴。”横田勇把又一根木柴丢进火里，熊熊火光映照下，他的双眼发出鬼火一样的亮光：“让一把饥饿的火烧向棠德，让棠德不战自溃！”

“是灾民！”余鹏程猛地睁开了眼睛，“他们是故意让各地的灾民涌向棠德，耗光棠德的存粮，甚至引起内乱，打乱我们的防守计划！”

“原来师座令雷大虎阻挡灾民进棠德，并不只是避免他们陷入危城！”柴志新不由倒抽了一口冷气：“可能挡得住么？”

“无非是‘知其不可为而为之’！”余鹏程沉重地叹息了一声：“如果他挡不住……就只能靠棠德城的那两扇大门了！”

棠德郊外的茫茫雨地里，雷大虎正与灾民对峙。

周四正趴在车窗上，眼瞥雷大虎低声说道：“……都退了子弹，枪口冲着天。看来是上面下了死命令，不许伤人。”说完又补了一句，“顶多一百人。”

车里静了少顷，跟着传出一声斩钉截铁的命令：“鸣枪，开路，冲过去！”

“是！”周四大喊一声，八条大汉同时上了马，枪口对天，轰然八声枪鸣！

灾民惊恐地纷纷让开一条路。

周四领着八条大汉驱马前进，那辆汽车紧跟其后，缓缓逼向了路障。

马踢翻腾，全是小碎步，马蹄声却是震天响。

雷大虎怒道：“奶奶的，敢跟我们较劲！”说完将手一挥，“杀！”

他身后的上百士兵轰然一声应和，踢着正步逼向了沈家的马队，军靴声也是震天响。

“杀！杀！杀！杀！杀！”

枪口仍旧高举。本来巍峨的高山变成了出鞘的利剑。果然是虎吼声声，杀气逼人！

八匹马人立而起，四散退开，沈湘菱的队伍一下散了。

雷大虎又一挥手，所有的士兵全都站住了。

“你，什么人？！敢跟虎贲师叫板？！”

汽车门猛地被推开了。一把嫣红的油纸伞花朵般撑开在雨地里，伞下立着一个修长身影，满头长发高高挽起，一袭素色风衣显得窈窕又干练。

“是我！”她微微仰着脸，毫无惧色地看着雷大虎。“沈家粮行的二小姐，沈湘菱！”

“你就是这么个——女的？” 雷大虎愣了一愣，随即把枪往她眼前一晃，“女的也不行！违反师座的军令，女的我也敢打！”

沈湘菱微一冷笑，对周四低声吩咐句什么，只见两个壮汉弯下腰，将四只手臂紧紧握在一起。沈湘菱抬脚踩在手臂上，随着壮汉“嗨”的一声怒吼，她身体升高，举步一迈稳稳站在了汽车顶上，对着灾民高呼：“知道他们为什么不让我们进常德么？因为常德有粮！他们不让我们去，就是怕我们吃他们的粮！这些当兵的要把我们饿死！”

灾民轰然大哗。

雷大虎愤怒地瞪圆了双眼：“胡说八道！我是为了救你们！”

“救我们？”沈湘菱冷笑，“大伙看看，我的车，我的马，哪一样不是价值千金？我是沈家的二小姐，我们家的钱能买下半个常德城！常德要是有危险，我会回去送死么！”

雷大虎一时哑口。沈湘菱乘胜追击：“可是他们！要独占常德的粮食，不管老百姓死活，他不让我们去，我们就偏要去！想活命的，就跟着我！回常德！”

众灾民不禁挥臂大声应和：“回常德！回常德！回常德！”

一声枪响！灾民们悚然一惊，再次安静下来。

雷大虎高举着手枪，枪口直指沈湘菱：“妖言惑众，老子毙了你！”

周四一声厉喝，挡在沈湘菱跟前：“有子弹，冲着我来！”

沈家的八条枪立时举了起来，对着雷大虎。

沈湘菱嘴角上扬，这一笑竟带了几分妩媚。她转身从车上跳下来，对着灾民大声喊道：“他们怕了！我说了实话，要杀人灭口！要活命的，跟着我的车！”

说完她便钻进车里，周四跟着坐了进去，贴身保护。

汽车缓缓开动起来。

雷大虎把手一挥：“给我拦住！”

士兵们纷纷跑上前，一层层堵在车前。

“开枪！”沈湘菱咬牙低声道。

周四怔了：“小姐，真打当兵的？”

“打灾民。”沈湘菱低声道，“打伤一个，不要出人命。”

周四心领神会地点点头，缓缓把车窗摇下一条缝，枪口在人群中搜索着，终于落在海东升身上。周四正要开枪，海东升却如有感应似的猛然转过了脸，惊愕地望着指向自己的枪口！

是一张苍白却极为俊秀的面容。周四看得一怔，枪口不由得移开了。

一声枪响。海东升身边的一个灾民肩膀受伤，倒在泥地里大声呻吟翻滚着。

周四摇下车窗大喊一声：“当兵的杀灾民了！”

海东升怔了一怔，恍然大悟，跟着大喊：“当兵的杀人啦！当兵的杀人啦！”

车外的沈家家丁也跟着大喊起来。

仿佛一点冷水蹦进热油锅里，灾民全乱了！

“当兵的杀老百姓了！”

“——跟他们拼了！”

沈湘菱趁机命令司机：“开车！”

汽车轰鸣着，往前闯过去。

灾民们随着汽车一起扑了上去！

士兵们只能退让。

雷大虎挥枪大吼："回去，都回去，去棠德就是送死！

他的呼喊最终被灾民淹没。

路障被推开，灾民们跟着沈湘菱的汽车往棠德跑去。

"刘主任，这是要出大事的呀！"此刻，棠德城内的县长办公室门口，警察局局长张信隆正苦着脸向刘主任哀求，"鬼子打了这么久，城外头那些灾民，没有一万也有八千，憋着一口气都想挤进棠德找活路！可县长却要封城，一个都不放进来，万一……"

"没有万一。"刘主任背着手，看着张局长似笑非笑，"魏县长话说得很清楚，进来一个灾民，就罚你一年的饷，进来十个灾民，张局长的官儿就不用当了，只能下大狱吃不花钱的饭啰！"

张局长急得几乎要跳了起来："可我挡不住啊！硬挡着不让灾民进城，真要是饿死了太多人，或者激起民变，扰乱了前线抗日，那是多大的罪？"他瞥了眼紧闭的办公室大门，低声说道："说不准就得上军事法庭，枪毙！"

他话音刚落，忽然门后一声爆响，跟着就响起县长魏九峰愤怒的咆哮——

"押上军事法庭，砍头枪毙，遗臭万年，都是我魏九峰一个人的事，还轮不到你来害怕！"

张局长吓得浑身一哆嗦，下意识两步扑到门前，抬手想要敲门，手一抖，又缩回去了。

"县长！我，我错了！"张局长抖着嗓子道，"我这，这就去找人守城门，一个都不会放进来！"

静了良久，门后才又传来魏九峰的声音，这次却是一片冰冷的平静："找个可靠的人。只要放进来一个，你坐牢，他枪毙！"

张局长瞬间想到了一个人。

棠德城头上，瞭望台里黑压压站着一队警察，都是全身制服，手提步枪，显然是准备应付一场大阵仗。

队列前，张局长身披雨衣，背起手缓缓踱着步子，努力模仿着县长魏九峰训话时的语调情态——

"棠德，西南门户，米粮重镇。战局艰难啊，大批的灾民都往棠德跑，他们来了，就要吃我们的粮。可我们的粮食，不是给那些刁民吃的！我们的粮食，要留给重庆政府，要留给国军精锐。故，为天下计，当紧闭城门！"

张局长猛地转过身，目光炯炯地注视着跟前的警察："你们守住棠德的大门，就是守住重庆的大门，守住委员长的大门！有什么问题么？"

"有！"一个警察缓缓地举起手，谄笑地看着张局长。

张局长皱起眉："何平安，怎么又是你？你要问什么？"

何平安促狭地看看身边的警察，冲着张局长一笑：“给委员长看门，是不是也不发工钱？”

张局长脸一下绿了：“何平安！我就知道你又要闹事！今早我说了要紧急集合，就你来得晚！你是不是存心的？！”

“报告局长，家里断粮！”那个何平安上前一步，把步枪往胳膊底下一夹，两手比划了个碗口的形状，“我女人把左邻右舍都借遍了，才凑出碗刷锅水打发我出门。”

张局长更生气了：“你断粮还怨我？要不是你把那个赤化分子给看丢了，上个月我能扣你的饷？”

何平安不笑了：“您扣的是上个月的饷，这个月的呢？”

这话音刚一落地，陈花皮等众警察纷纷迎合。

“是啊，局长，我家里也揭不开锅了！”

“局长，我们饿啊！”

“再不发饷，兄弟们都要下去当灾民了！”

一群警察竟像叫花子似的嚷了起来。

“愿意当灾民的就下去，省得我枪毙！”张局长扶着腰间的枪，恶狠狠骂道，“实话告诉你们，县长下了死命令，守不住城门，统统吃枪子儿！”

“那，局长，对不住了。”何平安把枪往地上一撂，转过身冲陈花皮等一挥手：“兄弟们，走！下去，当灾民！”

陈花皮等纷纷搁下枪，拖沓着脚步，跟着何平安要往城下走。

“都给我回来！”

张局长一声厉喝，何平安、陈花皮等转回头。

张局长狠狠瞪视着何平安，一时愤恨难平，却又无可奈何：这个警察队的小头目，向来吊儿郎当，甚至偶尔“犯上”，但偏偏在警察里一呼百应。眼下时危任艰，这个何平安是最合适为自己挡箭的活靶子，只能暂且容忍。

“守住这个大门，这个月给你们发双饷！”

张局长一声令下，何平安立刻立正，腰板拔得笔直：“是！保证守住城门，一只老鼠也不放进去！”说着，他冲陈花皮等挤挤眼，放开嗓子大声道：“为党国尽忠职守！”

陈花皮等警察立刻齐声应和：“为党国尽忠职守！”

张局长背手走到何平安跟前，狠狠刮了他一眼，压低声音道：“常德的这道大门，就压在你身上了！”

说完，他悻悻走进外面的茫茫雨地里。

“呸，什么东西！”眼看着局长大人走远，陈花皮往地上重重地啐了一口。“咱们的奖金都被他拿去放高利贷了。还得说咱们何头儿仗义！”

陈花皮对着何平安挑起大拇指。

众人跟着附和，纷纷上前拍着何平安的肩膀。

何平安笑了笑，推开众人，低头捡起地上的枪。

一阵沉重的敲击声忽然响起。何平安探出头向城门下一望，神色立时变了。

“——他们来了！”

城墙下，冷雨中，成群的灾民已经拥堵在城门前，一双双手奋力拍打着紧闭的大门——

“开门，开门啊！”

“求求你们，给口粮食！”

“发发善心，给条活路吧！”

凄厉的哭喊声穿透了雨幕，城门却仍旧紧闭。

沈家的汽车缓缓驶进人群，在城门前停下了。

周四走到车窗边，俯下身低声道：“城门关了，人都截住了。

车内的沈湘菱面色一变，忙推门下车，抬头看着大雨中的城楼。城墙垛口处，隐隐露出一个警察的大盖帽和他手里的步枪。

“看来，是要死人了。”

沈湘菱冷冷叹了口气。

第二章 有女如斯

雨越下越大，风越来越冷。

众警察抱着枪缩在墙垛子后，躲避着浇头而下的风雨。然而城下灾民的哀求哭喊却无法躲避，刺穿漫天的风声雨声，一阵阵扎进耳朵里。

“弟兄们听听，都听听！”冷风疾过，陈花皮激灵灵打了个寒噤：“造孽啊，当官的有钱放高利贷，没钱给老百姓发粮食。真他娘的想当一回英雄，下去把城门一开，冲着灾民喊上一嗓子——乡亲们啊，城里面有的是粮食，抢他娘的啊！多他娘过瘾！”

“是，过瘾。”何平安瞥了陈花皮一眼，“然后局长给你一巴掌，扒了你这身皮，打一顿鞭子，扫地出门。你们家揭不开锅了，新娶的姨太太也跟别人跑了。多过瘾啊！”

陈花皮立刻怂了，干笑了一声。

“我呀，也就是过过嘴瘾，哪有那个胆子！”他横起手掌在自己脖子前一划，两眼一瞪。“战争时期，私开城门，搞不好可是要杀头的啊！”

“何头儿，你们听，下头哭得越来越响了！”

一个小警察蹭过来，拍了拍何平安的肩膀。

何平安满脸阴云，“啪”地撂下枪，用手堵住了耳朵：“别听了，多听一声都是造孽！”

几十名警察相互看看，都学着何平安，堵着耳朵不敢露头。

然而越是不想听，那哭喊声越是响。

陈花皮猛然起身，从墙头探出头去大喊：“都走吧！长官说了，常德不养灾民，换个地方，兴许还……”

冷不防，一块碎石头飞上来，正中脑门！

陈花皮“哎哟”一声缩了回来，蹲在地上连声叫唤：“这不是狗咬吕洞宾么！”

何平安眼瞥着他，抬腿一脚踹了过去。

“枪打出头鸟，叫你出头！”

陈花皮被踹得一下坐在地上，懊丧地揉着脑袋。

于是，再也没有人探出头去，只任凭那声浪一波波涌上城门，似乎要把何平安他们都淹没！

“狗日的，没死在小鬼子手里，倒要冻死在你们手里了！

“开城，开城！”

“救救我的孩子！”

寒雨如同热油，当空浇下，民众们开始沸腾了。

只有沈湘菱一动不动地站在雨中，冷静地抬头望着城头，下意识地又咬紧了嘴唇。

“给我喊，大声地喊！”她猛地转过身，对身后撑伞的周四大声道：“告诉他们，只要里面有人开门，沈家赏钱五百！”

“是！”

周四一手举伞，一手叉腰，仰着头大喊了起来：“上面的差爷，谁开门放人，沈家二小姐承诺，赏钱五百块！发财的机会来了！”

她的声音被大雨和灾民的哭叫声完全淹没了。

“一起喊！”沈湘菱一声厉喝，推开周四手里的伞，再次踩着家丁的手跃上车顶，双手罩在嘴边竭力大喊：“开城门，赏钱五百！”

周四：“开城门，赏钱五百！”

沈家的家丁紧跟着一起喊，声音引起了老百姓的回应。渐渐地，上千人合成一个声音。

“开城门，赏钱五百！开城门，赏钱五百！”

巨大的声浪震撼着沉默的城门。

警察们再也不能装听不见了。

陈花皮眨巴着眼，望着何平安：“何头儿，听见没有，五百块，整整五百块银洋啊！”

“五百？五万又怎么样？”何平安嗤了一声，“有命挣没命花，给个金山也白搭。都不是第一天当警察了，沉着点。”

“孩子！我的孩子，这些天杀的畜生，害死了我的孩子！”

一片“开城门”的叫喊中，一声女人的尖利嚎哭猛地穿透了声浪，钻进众人耳中。

何平安蓦地站起身，探出了头。

城头下，一个女人怀抱着婴儿，跪在地上嘶声大哭。雨水当头浇下，那孩子却一动不动。

何平安一瞬间愣住了，脸上露出悲切。

女人的嚎哭仿佛给将沸的热油又添了一把火，灾民彻底愤怒了！

“冲进去，咱们冲进去！”

“对，砸了这破城门！冲进去！”

人潮汹涌，一具具血肉之躯巨木般撞向城门，直撞得“咚咚”巨响。

陈花皮把腿一拍，尖叫着跳了起来：“糟了！要守不住了！”

警察们神色慌张，面面相觑，跟着七手八脚抓起地上的枪。

“慌什么？！”何平安一声厉喝，端起枪，枪口冲天，想要鸣枪示警。

一连数声枪响！

何平安愣住了——这不是自己开的枪！

枪声是从远处传来的。

他以手遮雨，极力向远处望去，果然见场外大道上，一队人马策马鸣枪，呼喊着冲了过来。

“是土匪！”

何平安的面色变了。

马蹄声，呼啸声，枪声……随着马队的奔驰，离城外的灾民越来越近！

灾民瞬间静了，紧接着爆发出更大的力气，拼命撞着城门。

“救命啊，开门啊！”

“快给老子开门，没人性的畜生啊！”

哭声，叫声，撞门声再度响起，乱成一团。

“宁可性命不要了，也得护住小姐！”

沈家汽车前，周四拔出腰间的枪，跟众家丁一起，把沈湘菱紧紧护在中间。

沈湘菱一动不动站在汽车上，紧咬着嘴唇，她也无计可施了。

就在这一片混乱中，一个俏生生的声音在沈湘菱耳边响起：“沈小姐，他们可能是听不见……”

沈湘菱低下头，只见一名衣衫破旧的瘦弱少女，穿着破布衣衫，抬起脸儿怯生生地看着自己。

沈湘菱摇了摇头：“他们不是听不见，是不想听见。”

海东升一步站了出来，从身后抽出笛子：“我不信，这天底下还有我海东升叫不醒的耳朵！”

不等沈湘菱允许，他纵身跳上汽车，高高仰起头，把笛子凑到唇边。

一声芦管迎风起！

那笛声穿云裂石，直冲云霄，竟把所有的声音都盖了过去。

乔榛拉住沈湘菱的手，也两步爬上了车头。她站稳身子，冲着城头亮开了嗓子——

“雁在天边叫
鲤鱼在水面上漂
雁看着鱼 鱼看着雁
只是干急躁
雁叫声鱼 一心里要和你凤鸾交
鱼叫声雁 只恨不能把这龙门跳……”

笛声哀怨，歌是乡音，在一片凄风冷雨中婉转唱来，格外凄凉。

仿佛是被这支乡曲所感染，远处大道上，为首的土匪猛地一挥手，汹汹奔腾的马队立刻停了下来！

一时马也不叫了，人也不喊了，所有枪口慢慢垂下，土匪们立在雨中，静静听着海东升的笛声和乔榛的哀喊。

“哪来的俏婆娘，就冲这嗓子，长成啥样俺混江龙也得讨回去压寨！”

混江龙望着雨幕中乔榛的身影，笑着摩挲下巴。

他身边的土匪举起手里的枪，一个个怪笑着高声应和。

“进城，抢粮食，讨女人！”

二当家的望着城门，凑近了混江龙：“大当家的，城门还不开，老三进不去啊。”

“进不去？”混江龙狞笑了：“那就给他们见点红！”

二当家的一点头，从腰里拔出枪来，却被混江龙伸手拦住了。

“用这个！”

混江龙顺手从马鞍下抽出一把刀。

二当家的接过刀，催马往前奔。

眼前，正有几个灾民拖着脚步往城门前走。

马快刀急，一刀断头，血喷起半米！

灾民惊叫起来，惶然奔散！

混江龙哈哈大笑起来，把手一挥：“上！”

土匪们怪声呼喝着，策马冲向城门。

仿佛是要向城头上的人报知危险，那笛声忽转高亢，绝望而凄厉！

陈花皮趴在城墙上，眼睛泛红：“这笛子，听着人心疼。都是乡里乡亲的，全给土匪祸害了！”

陈花皮闭上了眼，不忍看了。

何平安却瞪大了眼，一眨不眨地盯着城门下。

苍茫霄雨中，那一队土匪冲向人群，挥动长刀，越逼越近！

灾民哭号着，咒骂着，一个个抬头望向城头，落在何平安眼里，仿佛是地狱中绝望鬼魂的脸。

海东升也仰头望着城头，声色越来越凄厉，笛声也越来越高。忽然一声刺耳的尖啸，笛声戛然而止！

笛子裂了！

海东升呆呆望着手里的碎笛，猛地甩手把它抛开，一把抱住了乔榛：“师父错了，师父叫不开城门——师父对不起你！”

乔榛被海东升抱着，哭着跪下去，伸手去捡那只破笛。

沈湘菱咬着牙，眼中也露出一丝绝望：“周四，你听着。要是土匪真挡不住，你连我也杀了！”

周四一惊：“小姐！”

沈湘菱凄然闭上了眼睛：“总好过落在那些土匪手里。”

周四眼睛瞪出血，纵身跳上车头，对着城头高喊。

“哪个混账王八蛋守的城门！天杀的混蛋，你就眼看着大伙死么！”

周四仰着脸，一遍遍地大喊着，回应她的却只有浇头冷雨。

身后，土匪更近了。

沈湘菱缓缓伸手，去摸周四腰里的枪。

“五百块，算不算数！

忽然，一声高喝从天而降。

沈湘菱猛地抬起头，只见一个警察从城墙上探出头，高声喝问。

“沈家说开门就给五百块，算不算数？！”

沈湘菱眼睛一亮，伸手解开自己的领子。

海东升看得一愣，慌忙转过了脸。

沈湘菱从脖子里掏出一件挂坠，双手用力一拽，扯断红绳。

“这是沈家的传家宝，我押给你，你可接好了！”沈湘菱奋力一抛，“开城门，五百块！沈家说话算数！”

城头上，何平安伸出手，一把抓住。

原来是一件沉香木的弥勒像。

何平安捏着弥勒像，转身要往下走。

陈花皮一把拉住他：“何头，你干什么？”

何平安一言不发，推开陈花皮，大步往下走。

陈花皮在后面跟着，嘴里不住嚷着：“何头，开城门可了不得啊。你自己说的，局长给你一巴掌，往轻了说打你的鞭子，扒了你这身皮，家里揭不开锅，媳妇再跟人跑了，你不得哭死！”

何平安突然停住了脚步，歪头瞥着陈花皮：“你说错了一样。”

陈花皮一愣。

“媳妇改嫁，我高兴，哭不着！”

何平安甩开陈花皮，大步走下城头。

马蹄橐橐，仿佛就响在身后！

跑在最前头的土匪大声呼喝着，手里的长刀眼看就要砍上队尾的灾民！

灾民们拼命向前挤着搡着，更慌乱了。

轰隆隆，城门忽然裂开一条缝！

何平安奋力推开了厚重的城门，用尽全身的力气大喊：“进城，快进城！”

陈花皮站在城头，伸着脖子高呼：“何头儿！你……你可害苦兄弟们了！”

何平安仰起头大喊："少废话！开枪，打土匪！"

陈花皮一愣。

何平安："老百姓进来是挨鞭子，土匪进来，肯定是掉脑袋！"

陈花皮一下明白过来，转身对着众警察高喊："开枪，开枪，绝对不能让土匪进城！"

枪声乍起！

追在灾民后的土匪惊得马嘶人跳，纷纷调转马头，狼狈回逃。

灾民们欢呼着冲进城门。

人群中一个光头男子，头顶一道疤，身形瘦小，眼神贼亮，他就是"三当家的"铁山头。

铁山头低头走着，忽然被人撞了一下，立刻抬眼瞪向对方，却被对方凶狠的眼神吓住了。

对面的人，竟是日军特别行动队队长，藤原弥山。

何平安挥手大喊："走，快走！"

两人同时转身，挤进人群里，与何平安擦身而过。

城门再次紧闭。

从土匪刀尖下逃生的灾民，终于站在了棠德城的街头。

雨还在下，人人都湿透了，喊声不绝于耳。

众警察提着警棍，不断喝令灾民，维持秩序。

"不许乱，不许乱！不要四处走动，统一听政府的安排！"

灾民则是哀声四起："给我口吃的，我要吃饭！"

陈花皮怒了，挥起警棍，重重砸在一个灾民的肩膀上。

"他娘的，都不许喊！不许喊！"

他一边骂，一边打人，棍子挨个打在灾民的头上。

藤原弥山挨了一棍子，脑袋一缩，一言不发。

铁山头的秃脑袋挨了一棍子，立刻瞪圆了眼睛，身子往前一拱，立刻被身后的人拉住。

陈花皮瞪了铁山头一眼，扬起警棍，打在海东升头上。

"你凭什么打人！"乔榛上前一步，挡在海东升身前。

"老子打人，还用凭什么！"

陈花皮高高举起了警棍，乔榛咬牙闭眼，竟不闪躲。

何平安一伸手，把警棍抓住了。

"一个小女孩，算了。"

乔榛没有等到疼痛，缓缓睁开眼，抬头看见何平安，忽然笑了。

"师父，这个是好人。"乔榛扯扯海东升的衣角，眼角儿看着何平安，"跟他们不一样。这个人救了我们。

何平安对乔榛勉强一笑。

"何平安！你个胆大包天的混账！"

张局长大步走来，边走边骂。

“好大胆子啊，捅了天了！私开城门，你长了几个脑袋！”

“局长……”

何平安才开口，脸上就挨了狠狠一巴掌。警帽掉在地上，沾满污泥。

张局长恶狠狠地瞪着他：“下了他的枪！人给我关起来，是杀是打，我去请示县长！”

陈花皮为难地看着张局长，一动不动。

张局长转眼瞪向陈花皮：“怎么，你是不是想替他把事顶了！”

“上铐子吧，别犯难了。”

何平安默叹一声，向陈花皮伸出了双手。

“何头儿，对不住你了！”陈花皮耷拉着脑袋，从何平安的身上掏出那把左轮，别在自己腰带上，掏出手铐。“你放心，兄弟们给你求情！

“他是好人，你们凭什么抓他！”

乔榛突然站出来，护在何平安身前。

众人一愣。

“如果不是这个人，咱们要么就冻死、饿死，要么就被土匪杀啦！咱们得护着他，不许抓人！”

乔榛对着身后的灾民大声喊着，却没有人出声。

铁山头缓缓退出人群，几个人跟他一起走了。

藤原弥山暗中使个眼色，带着一伙人也溜开了。

“他是咱们的救命恩人啊！”

乔榛绝望地大喊着。

依旧没有一个人站出来。

张局长冲乔榛一挥手：“哪来的野丫头，滚蛋，妨碍公务我连你一块抓！”

乔榛刚想说话，海东升忙一把拉住她，用手捂住乔榛的嘴。

“把何平安带回去，看起来！我这就去向县长汇报！”

张局长背过手，气哼哼地走了。

陈花皮低骂了一声，给何平安戴上手铐，拉着何平安往城里走。

何平安突然停了步子，回头望着乔榛一笑。

“谢谢你。”

乔榛的嘴被堵住，只露出一双大眼，怔然望着何平安。

县政府大院。大雨如注，顺着房檐流下来，犹如一道水帘。

房檐下摆着桌椅，一身中山装的魏九峰四平八稳地坐着，伸出他那双整洁颀长的手，从一张热气腾腾的饼上撕下一小块，小心翼翼地放在口中，细细咀嚼，好似在吃什么美味佳肴。

院子里，站着十多名锦衣华服的商人。一个个光着头站在雨中，瑟瑟发抖，都不敢说话。

“王师傅，做这么一张饼，你花了多少钱哪？”

魏九峰身边站着一个厨子，听见县长问话，忙躬身回答：“用油一毛，用柴火半毛，米面五毛，一共是六毛半。”

魏九峰“哦”了一声：“那花钱买，要多少钱？”

“两块钱一张。”

“为什么六毛半的饼，要卖两块钱？”

厨子嗫嚅：“这……我就不知道了。”

魏九峰放下饼，抬眼盯着院子里的商人们。

“各位老板，你们都是粮行的巨贾。棠德城流通的粮食，都要过你们的手。你们给我说说，这是为什么？为什么我棠德的百姓，吃不起棠德的米粮！”

众商贾低着头，雨水顺着头面滑落，一个个在雨中瑟瑟发抖。

魏九峰沉默着，只有沙沙的雨声回响。

站在最前头的就是沈家粮行的老板沈怀德。他闭着双眼，嘴唇发青，身子已经打晃。

“各位不说话？那魏某就来给各位说说。”魏九峰站了起来，冷峻的目光扫视着众人：“各位老板都是识大体的大人物，掌握了棠德粮价。割了庄稼，农户要卖粮，你们就把价格压低。等你们收足粮食呢，又把价格抬高。你们互相配合无间，可算得上是委员长号召的‘精诚合作，团结一致’了吧！”

沈怀德咬着嘴唇，身子发抖，只是一言不发。

魏九峰提高了声音：“可是眼下，日本人要打来了。老百姓要吃粮，政府官员要吃粮，数万的国军将士更要吃粮。不知道各位老板能不能跟党国精诚合作，团结一致呢？”

魏九峰一挥手。

守门的警察抬上来一张桌子，上面堆着雨伞，还摆着十几碗姜汤。

魏九峰抬头望天，沉沉地叹了口气。

“好寒心的一场雨啊。”

魏九峰背着手，在屋檐下踱步，隔着雨帘冷冷地看着众商贾。

“各位老板的生意做得好，魏某人也得跟你们学。姜汤，五千斤粮食一碗，这雨伞么，一万斤粮食一把。不知道哪位老板赏光，让我也开开张啊！”

雨中的沈怀德紧咬牙关，抖得牙齿咔咔作响。

几名老板走上去，端起姜汤就喝，撑开雨伞，瑟瑟发抖。

余下的人都不动，转头看着沈怀德。

魏九峰端着一碗姜汤站在沈怀德面前。

“沈老板，听说您最近身体不适，别感了寒气。”魏九峰把碗送到沈怀德跟前，“魏某人的姜汤又没有毒。

沈怀德睁开眼，冷冷看着魏九峰：“只怕，这姜汤真就是穿肠毒药啊。”

正在喝姜汤的人手一抖，碗掉落在地上。

破旧的小屋里，一只手握住个破了豁口的粗瓷碗，伸进米缸里使劲刮着。

空洞的刮缸底声中，柳芬把头都伸进米缸里，只露出消瘦的肩头。

碗底只有一小把米。

柳芬把碗重重地搁在灶台上，一把掀起了锅盖。

锅里只有半锅清水，镜子似的映出她黄瘦却还清秀的脸。

柳芬愤懑地甩下锅盖，转眼往四周望望，一把扯下墙上挂的米袋子。她把米袋子夹在腋窝底下，扭头对着窗户上的玻璃抚了抚头发，一边提高嗓子对屋里喊着："小猴子，小猴子！娘出去买粮。你在家要是敢皮，到处乱跑，看我回来怎么打你！"

一个八九岁的小孩跑到门口，手抠着门框上脱落的漆皮。

"爹说了，这几天乱，不让上街——"

柳芬轻轻打落小猴子的手。

"你爹你爹！都听你爹的，咱娘儿俩早饿死八回了！我走了，看住门！"

柳芬大步走出屋，没两步，又折回来，到灶台前蹲下，伸手扒开灶台下一块砖头，从洞里掏出几个铜子儿。

小猴子凑了过来，却被柳芬一把推开了。

柳芬看着洞里，咬了咬牙，把剩下的铜子毛票都掏了出来。

"一块光洋不够买两斤米，还留什么留！"

她夹着米袋子，出门走上大街。

街上异常的安静，一个行人也没有。

柳芬一边走一边奇怪地四处张望。

忽然，一阵纷乱的脚步声从对面巷口传来。

一众灾民冲着柳芬跑了过来。

"进城了，进城了！有粮吃，有活路了！"

柳芬躲在巷口看着，终于忍不住抓住一个汉子。

"大哥，咋回事儿啊？"

汉子一把推开柳芬，转头对着灾民大喊。

"去东头！就那边，沈家送粮食，沈家送粮食了！"

柳芬被推倒在地，衣袋里的铜子儿滚落出来。

柳芬慌忙去捡。

一只只脚从铜子儿上踩过，却没一个人停下来抢。灾民们争先恐后地跑向东边，兴奋地大喊"沈家送粮食了，沈家送粮食了！——都有粮食吃了！"

柳芬呆呆看着，忽然爬起身，抓着米袋子加入灾民的人流中。

长街的另一头，何平安浑身都湿透了，戴着手铐，缓缓走过来。

陈花皮带着两个人，紧跟在后面。

"何头儿，您这是何苦呢！"陈花皮一声叹息。

何平安笑着拍了拍他的肩膀："这次我来扛，可那五百块，我得拿大头。"

陈花皮摇摇头："都给你也无所谓。要是真给姓张的枪毙，好歹得给嫂子和大侄子留点家底。”

何平安当胸给了陈花皮一拳：“说什么呢！”

刺耳的铜锣声传来。

众人一愣。

何平安：“出什么事了？”

周四站在“沈家粮行”的招牌底下，奋力地敲着铜锣。

灾民们堵在粮铺前，到处都是人。

沈湘菱站在门前，对着周四使了个眼色。

周四停下敲锣，扬声大喊：“乡亲们！你们都是逃难来到常德的，在城门外，咱们还一起共过患难。我们沈家虽然是生意人，可是宅心仁厚，不忍看大伙挨饿。现在我们开铺放粮，救济灾民。大伙每人都可以领一升粮食。”

“大善人啊！”

“好人有好报！”

“沈家送粮食，是救人的活菩萨！”

众人一片赞扬声。

“大家不要乱，挨个上来领粮食！”

周四放下铜锣，转身就要开门放粮。

“让开，让开！”

周四回头一看，竟然是三少爷和四少爷带着人挤开人群，冲了进来。

四少爷径直挤到沈湘菱跟前：“二姐，你这是要干什么！”

“放粮食，救人！”沈湘菱冷冷地说。

“救人？”四少爷抢上去，手指着灾民，“这些是你什么人？凭什么要拿沈家的粮食救他们的命！我们是做生意，不是开善堂！”

“我不是要救他们，是要救爹！”

四少爷一声冷笑：“救爹！我看你是要把爹活活气死！”

三少爷指着沈湘菱，一步一步迈上台阶，边走边骂：“我看你就是存心要败了沈家，给你那个死鬼妈出头，我告诉你，只要有我一天……”

沈湘菱把手一扬，送上一记响亮的耳光！

三少爷捂着脸，竟被打愣了。

沈湘菱上前两步，站在米行门前：“爹不在，我说了算！家里的事轮不到你插嘴，你们该抽大烟的去抽大烟，该去逛窑子的去逛窑子，都给我滚！”

三少爷看着盛气凌人的沈湘菱，有些害怕。

沈湘菱把手一挥：“放粮食！”

周四开了门，一袋袋的粮食被送了出去。

百姓们欢呼着，争先恐后，顿时乱成一团。

不远处的巷口，铁山头的光脑袋钻了出来，双眼贼亮地打探着。

米行门口，灾民一个接一个地上前领沈家的粮食。

几个土匪跟在三当家身后：“三当家的，咋办？”

“咱们混作灾民，去领粮食，趁机抢他奶奶的！”

三当家的一挥手，众人蹿了出去。

无独有偶，街口的另一边，藤原弥山靠在墙边，也正跟身边的几个日本人密谋商议着。

“要想办法，让常德城乱起来……”

藤原弥山低声嘱咐，众人连连点头。

几个日本人探头探脑地走出去，也混进了人群。

“让开，让开，该我了！”

铁山头大声嚷着，带头冲进人群，左右推搡，直接挤了进去。

前头排队的灾民谩骂推搡着。铁山头抬手一拳打过去，一个人顿时栽倒在地，鼻血直流。

“师父，师父！”

乔榛慌忙扑上前，拉起了海东升。

“弟兄们，狼多肉少，能拿多少是多少啊！”铁山头一声吆喝，身后跟着的土匪发了狠，一路又踢又打，硬往前挤。

周四阻挡着乱挤的灾民，厉声喝问：“你们干什么？！”

铁山头两眼瞪得血红：“干什么？拿粮食！”

灾民们互相挤踏，也都动起手来。

“咣当”一声，粮行大门被硬撞开了，粮食一袋袋地被抢出来，根本无法控制。

沈湘菱被挤到墙边。周四连忙上前把她死死地护在身后，任凭无数拳头打在她身上，周四只是咬牙，不吭一声。

“你们敢抢我们家粮食！放下，都给我放下！”

粮行门口，三少爷、四少爷扎撒着手，还是叫嚷，很快被灾民打倒在地，鼻青脸肿。

沈湘菱推开周四，扶着门框站好，冷眼看着眼前暴乱的灾民。

纷乱的人群中，闪过柳芬慌张的脸。

“柳芬！”

何平安钉子一样站在粮行门前，一眼看见夹在人群中的柳芬，顿时脑门都是汗。

“完了，完了，出大乱子了。”陈花皮一拍大腿，连声哀叹。

何平安转过身，蓦地把手伸到陈花皮眼前。

“给我打开，快！”

陈花皮吓得浑身一抖：“何头儿，你别跟兄弟开玩笑。”

“你看我像开玩笑么？你给我打开，把枪给我，算我欠你一回！”

陈花皮慌忙按住腰间的枪：“何头儿，你就是要跑，也别在兄弟我手底下跑啊，这不是害我么！”

何平安急得跺脚：“谁说我要跑了！你嫂子就在那群人里头，你给我打开，把枪借给我，我吓唬吓唬他们，把你嫂子带出来！”

陈花皮一愣，面露为难。

“行，你别给我打开。”何平安瞪他一眼，转身作势要走。“那我就只好去找你媳妇聊聊了。”

“聊啥？”

“聊聊你最近在外面新娶的姨太太。”

陈花皮立刻软了，两步追上何平安：“哎呦何头儿，你可不能这么毁我，我家那母老虎……”

何平安一瞪眼，拿出上司的派头：“废什么话，赶紧的，给老子打开！”

陈花皮无奈，掏出钥匙，低头给何平安开了锁。

何平安一把抽出陈花皮腰间的左轮枪，大步而去。

陈花皮在后面高喊：“何头儿，可不能开枪啊！伤了人咱们都兜不住！”

何平安没有回头，只是摆了摆手，表示明白。

“砰”的一声，钱柜被一斧头劈开，大把的银元往袋子里装。

铁山头一边揣钱一边冲着手下人喊：“粮食，粮食也不能落下！”

众土匪纷纷上前抢粮食。

“都扛足了么！”

“足了！”

铁山头打了个呼哨，众土匪肩并肩地往外冲，

灾民们被撞得东倒西歪，土匪们很快冲出米行。

铁山头得意地咧嘴一笑：“奶奶的，赵子龙也就这么回事了吧？”

米行门口，柳芬怀里紧紧抱着一袋米，惊惶地看着冲出来的土匪。

几个灾民扑上来，七手八脚地去抓柳芬，抢粮食。

“这是我们家活命的粮食，别抢，求求你们别抢！”

可是没人听她哀求，都在抢。

一双大手猛地伸出来，推开周围的人，紧紧护住柳芬。

柳芬抬头，看见何平安，顿时面露喜色。

“你可来了！快，你进去，再去拿一袋子！”

何平安伸手去夺她怀里的米袋子：“为什么抢人家粮食，放下！”

“不抢粮食，我和孩子吃啥！你这个月挣来一袋大米钱了么！”

何平安瞪着眼："给我放下！"

柳芬紧紧抱着粮食不放："不放！凭什么别人能拿，咱们就不能拿！"

何平安张嘴要说话。

轰隆一声，米行大门彻底倒了。

灾民不可阻挡地冲了进去。

"跟着我！"

何平安拉着柳芬往外冲，周围的人不断围上来。

何平安一脚一个，全都踢开。

一个瘦弱男子扑上来，要抢柳芬手里的粮食，柳芬紧紧抱着。

何平安一脚把他踢倒。

"原来你也是坏人！"

何平安一愣，转头发现了人群里的乔榛，正瞪着一双大眼愤怒地看着他。

海东升从地上爬起来，要夺回粮食。

何平安一拳打过去，海东升满脸都是血。

乔榛扑上来，张口咬住了何平安的手臂，鲜血直流。

何平安忍痛把乔榛推开。

海东升又奔着粮食冲了上来，周围的人也都见了粮食，全都扑了上来。

何平安举起枪，对着众人高喊："不许动，再动我就开枪！"

"没粮食，早晚也是死！"

灾民叫嚷着，又冲上来。

枪响！

一个灾民胸口中枪，倒地毙命！

所有人都愣住了。

柳芬惊恐地瞪大了眼睛。

何平安更是错愕，他根本没开枪！

人群中，一个身影偷偷将还在发烫的手枪藏进怀里。

——是藤原弥山！

周围的人缓缓散开，人群一片静寂。

何平安举着枪，愣愣地站在中间的白地里。

不远处，陈花皮听见枪响，摘下警帽摔在地上："完蛋了！——这下魏县长真得杀人了！"

"沈老板，开什么玩笑！"

县政府前院，魏九峰环顾众人，对着沈怀德一笑。

沈怀德神色木然："魏县长是谋大事的，这些年多有谋划，不会只是为了这几万斤粮食。您是万事俱备，只欠东风。"

沈怀德说着，咳嗽起来，身子不住发晃。

魏九峰点点头："沈老板说的东风，来了么？"

"快了，就在眼前。风从东边来，从日本来！"沈怀德退后一步，伸手往外一指，"日本人的军队来了，魏县长就可以打着抗战的旗号，把我们这些粮行全都吞了。如果沈某没猜错，今天您只是试探，凡是愿意交粮食的，就是软弱可欺，就可以先从他身上下手。您这姜汤，谁喝得快，谁就死得早，不是毒药是什么！"

众人面面相觑。

几个已经端起碗的粮商又偷偷把碗放了回去。

魏九峰笑了。

"国难当头，有国才有家。收粮行的事已经说过多次，本以为各位都是明白人，现在看，你们还是不明白。魏某就给你们时间，让你们在这慢慢地想明白。姜汤还有，各位要是寒了，还可以来买。"

魏九峰冲警察一挥手。

"去！把雨伞收了。各位老板想清楚了再回去，魏某在这儿陪着。"

警察上来收雨伞，众老板又站在雨里，浑身瑟瑟发抖。

沈怀德整张脸都发青了。

忽然，"砰砰"的砸门声响起！

魏九峰一皱眉，对着身边人使了个眼色。

警察忙跑去开门。

张局长冒着雨，风风火火地跑来。

"县长,出……出乱子了，何平安私开城门，灾民都涌进城了！"

魏九峰一怔。

"还，还有！沈家粮行被抢了，有人死了！"

扑通一声，沈怀德再也支撑不住，仰面晕倒在雨中。

沈怀德再醒来时，已经躺在了自家的卧室里。

沈湘菱跪在床头，手里端着药碗，身边站着一个十岁的男童。

三少爷、四少爷则站在另一边。

沈怀德转脸看看儿女，悠然一叹，虚弱地坐起身，接过药碗。

沈湘菱忙伸出手："爹，我来。"

沈怀德硬是拿过药碗，冷冷盯着床头的女儿。

"你姓什么？"

众人都是一愣。

沈湘菱似乎明白了，端端正正地跪在床头。

沈怀德一抖手，冒着热气的汤药冲着沈湘菱劈头盖脸泼了下来！

沈湘菱竟是一动不动。

“要是你大哥活着，我何至于此！”

沈怀德痛声长叹。

沈湘菱挂着一身药汤，垂着双眼低声劝道：“爹，您别动气，小心身子。”

“我沈家德薄啊！生了四个儿子，老大早亡，老三老四都是败家的废物，学文算是聪慧的，可刚满十岁。”沈怀德捶了两下床，又怜又疼地看着床前的男孩。

三少爷和四少爷眼色恼怒地对视一眼，却没有出声。

沈怀德继续数落沈湘菱：“我看着你还有几分聪明，指望你能帮我管管家。可你呢！那是祖宗的家业啊，是要传给你弟弟们的家底！魏九峰那么逼我，我都不松口，可你却拿去救济灾民！你，你这是在要我的老命！”

沈怀德一口气没上来，剧烈地咳嗽。

没有人敢说话，沈湘菱也只是低着头听着。

“这个家，你不要管了。”沈怀德喘着粗气，向沈湘菱伸出一只手。“把佛像拿来！”

沈湘菱面露愧色，一动不动。

沈怀德声音更严厉了：“佛像拿来！”

“佛像……不在我身上。”沈湘菱低声说。

“什么？”沈怀德猛地坐直身子，转而又跌在床上，剧烈的咳嗽。

三少爷上前一步：“爹，她连家传的佛像都丢了，这个家留她不得！”

沈湘菱转头瞪着三少爷。

三少爷还想说，可看到沈湘菱的眼神，吓得不敢张口。

沈怀德气得捶胸捣床：“畜生！畜生啊！”

“老爷！魏县长来了，在前厅等候！”一个下人跑进来，急声禀报。

沈怀德挣扎着坐起来：“扶我过去。”

沈湘菱起身扶住他：“爹，还是让我……”

“我还没被你气死！这个家还轮不到你来当！”

沈怀德一把推开沈湘菱，声色俱厉！

沈怀德满面春风地走进大堂，笑得一团和气：“魏县长大驾光临，蓬荜生辉啊，请坐，快请坐。”

魏九峰摆摆手，跟沈怀德各自坐下，转眼往沈怀德脸上一打量：“沈老板，您身体可好？请您到县政府聊天，没想到您感染了风寒，别闹出什么病来，魏某就过意不去了。”

沈怀德面露恨意，转而又笑：“好，好得很。”

魏九峰也笑了：“那我就放心了。我是听说您的粮行被暴民给抢了？这真是魏某人管理无方了。”

沈怀德转过脸，低声咳嗽。

魏九峰的声音仍是慢悠悠的：“我这次来，就是为了沈家着想，彻底把粮行给保护起来。”

沈怀德神色一变，猛地转回脸望着魏九峰："魏县长的话，我听不懂。"

"沈老板是明白人，我就直说了。只要沈家的粮行带头归附政府，沈家的粮食就是政府的公产，自然不会有人敢抢啊。"

沈怀德一下站起来，指着魏九峰："你……"

魏九峰一笑："当然，政府会出价购买，不会强夺。如果沈老板不同意……眼下常德大乱，魏某人可不敢保证沈家粮行的安全，要是再被抢了……"

"谁说沈家被抢了！"

沈湘菱缓步走进大堂，脸上仍旧冷若冰霜。

沈怀德一愣。

魏九峰看着沈湘菱，微笑点点头："沈二小姐。"

沈湘菱走到魏九峰跟前，也是微微一笑："魏县长，沈家的粮行没有被抢，不劳烦县长保护。"

"没被抢？没被抢怎么会丢了这么多粮食？"

"那是送！"沈湘菱的语气斩钉截铁，"是我沈家赈济灾民。不单是今天，往后，天天送！"

沈怀德一声厉喝："你胡说什么！"

沈湘菱故作吃惊："怎么？这不是爹吩咐我的么？沈家用自己的粮赈济灾民，上千口人要靠吃沈家的粮食活命。魏县长要是封了沈家的粮行，就是要饿死这几千民众！"

魏九峰霍然站了起来！

沈怀德看着沈湘菱，眼睛放光。

沈湘菱似笑非笑，逼视着魏九峰："魏县长大手笔，要在常德饿死几千口人，我可以代您出去问问，问问这些灾民答应不答应！也去重庆问问，蒋委员长答应不答应！"

所有人都愣住了。

"好，好，好！"魏九峰突然笑了，"沈老板生了个好女儿啊。魏某人认了！告辞！"

沈怀德长舒了口气："有劳县长关心，沈某有病在身，不远送了。"

魏九峰摆摆手，转身离开。

三少爷，四少爷，沈学文纷纷走了出来。

"爹，二姐她这是……"

三少爷一句话没说完，就被沈怀德厉声喝断："你给我闭嘴！"

众人都沉寂下来。

沈怀德打量着沈湘菱，沉吟半晌。

"佛像，还找得回来么？"

沈湘菱一点头。

"我急着进城，押在一个朋友那儿，回头就去取。"

沈怀德缓缓点头，指着沈湘菱："你们，都听二小姐的。"

棠德虽然多富户，如此宽敞华丽的花房，也只有沈家才有。一色的玻璃直铺上天窗，可惜天阴雨急，本应是透过阳光的地方，此时却只见到一片阴霾。

沈湘菱靠在门板上，抬头望着雨水从天而降，不断滴落在玻璃上。

在她面前，是一株迎寒盛开的腊梅。

“娘，您放心。您临走的时候，我答应过，我不哭，绝对不哭。”

沈湘菱抱着手臂，对那株梅花喃喃低语。

雨水轻打，外面的一切都模糊了。

周四的声音传了进来：“二小姐，车备下了，人也打听清楚了，叫何平安。这就去找他吧。”

此时的何平安家，一片愁云惨淡。

桌子上摆着一袋大米。何平安和柳芬隔着桌子，相对而坐。柳芬怀里还揽着个小猴子。

从窗缝里望出去，陈花皮几个人正顶着雨，在院子里转圈儿。

柳芬猛然站起来：“我们走！现在就离开棠德。”

说完，她转身去收拾行李，边收拾边絮絮抱怨：“我就知道，你早晚得出事儿！可事儿是一块出的，祸是一块闯的，凭什么让你一个人扛着？咱们三口人现在就走，再也不回来！”

何平安沉默一笑，只是坐着不动。

“咱要是走了，可不是得连累他们？”

“那他们就能连累你！”柳芬猛地转过头，“这几年哪次有事不是你出头？可这次，不一样！私开城门，还开枪伤了人，你扛得住么？”

“可他们也扛不住啊。”

柳芬把收拾着的包袱往床上一摔，提高了声音。

“我不管！就是轮，也轮到他们替你扛这回了！”

何平安不吭声了，低下头，坐着不动。

柳芬两步走上前，猛地打开大门。

“躲在外头转什么腰子，都给我进来！”

陈花皮带着几个人跪在雨中，神色狼狈。

柳芬愣住了。

陈花皮一声哀嚎：“嫂子，你可不能害死我们哥几个啊！”

何平安站起身，走到门口。

“放心吧，我跟你走。到了局里，就说是我打晕了你，抢了钥匙和枪。不是你放的我。”

何平安迈步往外走。

小猴子一把抱住何平安的大腿：“爹，你别走。”

何平安摸了摸小猴子的脑袋，回头看着柳芬。

“爹出去办事，你在家陪你娘。”

小猴子紧紧抱着不撒手。

何平安拍了小猴子脑袋一巴掌。

“怎么这么不听话！”

小猴子咧嘴哭了，转而跑到柳芬怀里。

柳芬：“你别打孩子！”

何平安看着柳芬，硬挤出一个笑。

“没事儿，给我做点吃的，晚上我回来吃。”

柳芬看着何平安，眼睛一下红了。

政府衙门的县长办公室里，魏九峰缓缓踱着步，嘴里念念有词，不知是自言自语，还是说给门口的张局长听的。

“军方来了电话。恐怕这场雨一停，日军就会开始进攻。军方要求我们县政府务必做好后勤保障工作。可现在常德进了灾民，乱成一团啊。”

张局长还穿着那身湿透的制服，脸色十分难看。

“县长，警力都散出去了，所有的警察都在维持秩序。

魏九峰点点头。

“年关难过啊！过了十一月就是年底了。不知道来年元旦，还能不能在常德过。”

张局长上前一步，嗫嚅道：“县长，那个何平安……该怎么处理。”

魏九峰一下站住了。

“何平安……”

魏九峰叉着手，大拇指不断打转。

“这个何平安私开城门，把灾民放进来，又在粮行前开枪行凶，搞得是民怨沸腾啊。”张局长凑上前，压低声音道。“县长，我们得给百姓一个交代啊！”

“民心不可乱！”魏九峰长叹一声：“这个何平安，恐怕是谁也保不住了。”

何平安躺在看守所牢房的地上，手中玩弄着一个打火机，打开，火焰升腾，映着他的脸。又合上，一片漆黑。

火光闪烁中，一双女士皮鞋出现在何平安的面前。

何平安收起打火机，往上望去。

沈湘菱站在牢门外，居高临下，冷冷望着他。

何平安对着沈湘菱一笑。

沈湘菱面无表情：“佛像还给我。”

何平安不说话，看着沈湘菱。

“答应你的五百块，我送到你家了，给了你老婆。知道你被带走，我才到这儿。”沈湘菱向他伸出一只手：“钱已经给了，佛像拿来。”

何平安眉梢一挑：“我不还。”

沈湘菱一愣：“你说什么？”

“我说，佛像，我是不会还给你的。”

沈湘菱的脸顿时罩上一层寒冰：“何平安，你犯了罪，还有个活命的机会。得罪了我，我保证，你死都不知道自己怎么死的！”

何平安笑了，盘腿坐起来。

“要想在常德城里混，宁可得罪魏九峰，不能得罪沈湘菱。沈二小姐心狠手辣，我早就听说了。”

“那你还不给我？”

何平安从怀里掏出佛像，拎着绳子把佛像甩了起来。

佛像在半空中转圈。

沈湘菱脸色更寒了。

何平安一笑：“正是因为知道您沈小姐手眼通天，所以我才不还。”

“你找死！”

沈湘菱伸手欲夺，何平安一把攥住佛像。

“我是想活。家里还有老婆孩子，我可舍不得死。我要你救我！”

沈湘菱怔住了。

何平安站了起来，走到沈湘菱面前，两人几乎鼻尖相对。

“你救我活命，保我平安，不然我就砸了这佛像！”

何平安从地上捡起一块砖头，把佛像放在地上，挑高眉毛挑衅地望着沈湘菱。

沈湘菱脸色一变：“何平安！你敢砸破那个佛像一点，我叫你死都不得好死！”

何平安瞅着她一笑，忽然脸沉下来，手中砖头直砸了下去。

“我答应你！”

砖头紧贴着地上的佛像，停住了！

何平安抬头，望着沈湘菱眉开眼笑：“沈二小姐一言既出，驷马难追。”

沈湘菱冷冷别开眼。

何平安满脸堆笑：“我就说沈二小姐手眼通天，比哪路菩萨都管用。”

沈湘菱哼了一声，转眼冷冷盯着何平安：“你就这么相信我能救你的命？”

何平安手指上缠着佛像的红绳，把那个佛像在沈湘菱眼前摆了一摆，随即紧紧攥进手心里。

“我信！”

第三章 刑台之上

“守住！一定要守住阵地！”

冷雨还在继续，江边破庙前已成一片火海！

国军士兵据守战壕，向冲上来的日军奋力射击。

一个军官俯身在战壕后，举着望远镜向外眺望——在炮火掩护下，无数日军潮水般涌了出来。

军官喃喃自语：“第一道防线。”

蜂拥而上的日军士兵中，冲在最前列的士兵一只脚才落地，脚下的泥地忽然往下一陷。

轰天巨响！雨水中爆炸声接连不断，血肉横飞！

无数日军士兵涌向国军战壕，又被子弹和地雷挡了回去。

稍远处的土坡上，一个穿着雨衣的日本军官放下望远镜，抬头望着天幕，忽然笑了。

“雨停了。”这位毒气部队的正宗少佐冷冷笑着，“老天留给支那人的时间已到了，该让他们尝尝帝国圣战的真正味道了。”

阵地前，呼啸的炮火声和疯狂的呐喊声忽然都停止了。

一个国军士兵从战壕里抬起头，疑惑地向对面望去。

硝烟弥漫的战场，只剩下一具具尸体。

“雨停了！——鬼子被打退了！鬼子被打退了！”

“鬼子退了！退了！”

士兵们纷纷抬起头，欢呼起来。

国军军官疑惑地望了望天，又举起望远镜向外眺望：“——真退了？”

望远镜里是远处的战场：硝烟缓缓散开，忽然另一团更浓密诡异的烟雾扩散开来，缓缓向国军的战壕移近。

浓雾中，一个个穿着全套防护服的日军士兵，肩头扛着毒气弹和发射器，鬼魅一样逼近。

国军军官丢下望远镜，失声大喊：“不好！鬼子要用毒气！”

几声爆炸声响起！一团团浓雾在战壕前散开！

国军军官忽然蜷缩起身子，剧烈地咳嗽起来！

国军士兵纷纷倒地，开始剧烈的抽搐，咳嗽、呕吐！

国军军官勉强站起身，挥手大喝：“堵住嘴，都堵住嘴！”

他忽然全身僵直，双手紧紧掐住自己的喉咙，猛地仰面倒地！

滚滚浓雾借着风势猛兽一样扑来，笼罩了整个战壕。

国军士兵接连中毒倒地，更多的士兵开始溃退！

一只手猛地扯下挂在破庙墙上的青天白日满地红旗，一把丢进火里。

正宗转过身，向身边的通讯兵下命令：“报告将军阁下，我们已经拿下支那江边的临时指挥部！”

通讯兵坐下发电，滴滴答答的电报声响起。

一只只军靴踩踏着地上的作战图。

此时，余鹏程指挥部里的电报，也在滴滴答答地响着。通讯兵忙碌地敲打着电报机，几个作战参谋却笔直坐在桌前，手握着铅笔，一动不动。

站在门口的余鹏程放下手中的望远镜，表情沉重地转向柴志新：“还是没有跟那几个据点取得联系？”

柴志新摇了摇头：“也许是正在激战。”

余鹏程抬起头，望着桌上的作战图，沉重地叹了一口气。

“不要再往好处指望了！隔江布防，无险可守，又是敌众我寡，这种情况下继续跟日军主力野战，我方的胜算太小了。迟则十日，快则三天，日军就有可能突破我们的层层防线，直捣常德！”

柴志新皱起眉头：“那师座的意思是？”

余鹏程屈起食指，重重叩在作战图上。

“八千虎贲尽早退守常德，据城坚守！”

常德城内，沈家的汽车缓慢开在街道上。从车窗望出去，到处都是挤在一起的灾民。

沈湘菱摇上车窗，转头望着身边的周四：“去柜上，再支一千块，送去张局长家。”

周四一愣，随即反应了过来：“二小姐，还真要救那个姓何的？我看不如找几个弟兄进到里面，打他几顿，一样把佛像拿回来！”

沈湘菱沉默，少顷，低声问道：“守城的换成是你，你敢开城门么？”

周四一时无语，缓缓摇了摇头。

“咱们是给了钱，可他也确实帮了咱们。就连城内这些灾民，也都是他救的。”沈湘菱把头倚在椅背上，闭上了眼睛：“照我说的做吧。就当我，还他一条命。

“……是！”

沈湘菱说到做到。当晚，张局长才回到家里，打眼就看见灯光下两箱子银元熠熠生辉，顿时倒吸了一口冷气。

“钱啊，真他妈是好东西！”

张局长捡起两块银元一敲，拈着耳边闭目凝听，一脸过瘾。

“可不是么！”新娶的姨太太凑上来，“这沈家也真是有钱，一出手就是一千块。我这就去打电话给白襄理，这年月，钱还是存在银行里踏实！”

姨太太伸手要拿钱。

张局长猛然把盖子合上：“姑奶奶，你是想害死我啊！”

姨太太一愣。

“这钱不能动！你这就去给我退了。”

“退了？凭什么退。吃到口里的还能吐出去？！”姨太太尖声叫了起来，“不就是放个人么，多大点事啊！怎么着，张大局长还廉洁起来了？”

“你懂什么！何平安这小子犯了大事，放不得。”张局长伸出手掌在脖子间一比划，“县长要杀鸡儆猴，用他一条命，平息众怒。”

姨太太捂着心口，坐倒在桌前：“那，这人就活不了了……这些大洋真不能要了？”

“你以为我不想！”张局长狠狠一跺脚：“今天一连八家粮行被抢了，总得给老百姓一个交代，给粮商一个交代吧？何平安这是赶上了，命里活该，谁也救不了。我不跟你说了，给我弄碗稀粥喝，我要连夜回去办公。”

“你等着！”姨太太忙站起来往厨房走：“有的是好菜，喝什么粥啊！”

张局长连声苦叹：“饶了我吧我的小姑奶奶！几千人正在挨饿，警察局局长却在家大鱼大肉？舌头根子压死人啊！”

然后此时看守所的牢房里，却摆着满满一桌子的大鱼大肉。

何平安端起酒杯来：“各位兄弟照顾，我也不客气了，先干为敬！”

何平安一口干了，陪着的几名警察也都干了。

唯独陈花皮呆坐不动。

何平安拍着陈花皮的肩膀：“怎么，酒都不跟我喝了，怕沾晦气？”

陈花皮端着酒杯，眼圈红了。

何平安笑了：“怎么哭了啊，大伙儿这是给我冲喜呢。”

陈花皮抬起头，眼睛通红：“何头儿，我心小，装不下这么大的事。我都跟你说了吧。”

何平安一怔，脸色肃然了，意识到事情不对。

“得着信了。明天正午，要把你绑在街口，鞭刑……鞭刑六十。这是要活活打死你啊！”

何平安脸上的肌肉一跳，挤出一个笑：“不可能。不就是开个城门么，顶多关几年。是死了人，可那人不是我杀的啊，枪里的子弹一颗没少，谁看不出来啊。”

陈花皮眼泪流下来了："这些年，都靠何头照顾了。今天你该吃吃该喝喝，待会儿给你把最红的姑娘送进来，花销兄弟们包了。你有什么要说的，你都说明白，能办的一定给你办到了。嫂子我们一定照顾，小猴子就是我们大伙儿的亲儿子。你，你别有什么放心不下……"

陈花皮哽咽着，说不下去了。

何平安愣住了。手里的酒杯一滑，掉在桌子上，滚了几滚，摔碎在地。

全场静寂。

一个警员忽然跑进来，神色慌张："来，来了！"

"叫什么？！"陈花皮抹了一把眼泪，对着何平安挤出个比哭还难看的笑容："我请了翠红楼的头牌，兄弟们，喝了这杯都散了。让姑娘好好伺候何头儿。"

"什么姑娘！"

柳芬怀里抱着一个盒子，背着包袱，两步走进牢里，浑身淋得透湿。

众人神色尴尬，讪讪站了起来。

"爸爸，爸爸！"

小猴子叫喊着，从柳芬身后跑出来。

何平安一把抱住孩子。

柳芬走到陈花皮面前，抬手给了陈花皮一个嘴巴。

"你没良心！"

"嫂子，我，错了。我这就让那窑姐儿回去！"陈花皮一手捂着脸，一手暗中打着手势，众人抬脚要溜。

"站住！"柳芬一声喝，所有人都站住了。

何平安只得说话了："他也是好心，你别为难他。"

柳芬不理他，一双眼只盯着陈花皮："我不是怪你叫姐儿，你们男人在外面花天酒地惯了，我管不了。可你大哥眼看有劫难，你不想着救他，却只会喝酒嫖娼！你这是不仗义，没良心！"

说完走上前，一划拉，满桌的酒菜全都摔在地上。

何平安放下小猴子："柳芬！"

柳芬拿着盒子，往桌子上一倒。

白花花的银元顿时堆成了小山。

所有人都看直眼了。

"小猴子！过来。给叔叔们跪下。"

柳芬一声令下，小猴子立马跑过来，直挺挺地给众人跪下。

"磕头，说话！"

小猴子叩下头，磕得地面"砰砰"响。

"叔叔们，求求你们放了我爹，求求你们放了我爹，求求你们，求求你们了！"

小猴子一个劲磕头，脑门破了，直流血。

"这是怎么说的，快起来，起来！"

陈花皮赶忙上前，要把小猴子抱起来，不料柳芬一把按住小猴子，自己也跪下了。

“这钱我们不要，大伙都分了。只求你们看在往日情分上放了何平安。我已经收拾干净了，我们连夜就出城，再也不回来。求求你们，给我们一家三口一条活路走。要是不放人，我就跪死在这！”

“嫂子，这么大的事……我……何头儿……”

陈花皮求助般地看着何平安。

何平安叹了口气，几步上前，抱起小猴子，伸手拉柳芬。

“别这样，逼他们，没用。”

柳芬突然挥拳，重重地砸在何平安大腿上，两拳交替，通通有声。

柳芬放声哭了出来。

何平安仰面叹息，对着陈花皮他们摆了摆手。

陈花皮点头，领着人溜了出去，反手锁上牢门。

柳芬跪在地上，不断捶打何平安，最后无力地抱着何平安的大腿，呜呜地哭了起来。

何平安从口袋里摸出弥勒像，在手中摩挲着。

“放心吧，我还有救！”

柳芬抬头，眼中闪过一道亮光。

沈家大堂，周四把一箱银元搁在桌上。

“都退回来了。”

沈湘菱怔住了。

“说是抓了几个贼，贼人供认是从咱们家偷了钱，都给咱们送回来了。”

沈湘菱冷冷一笑：“今天一连八家粮行遭抢。魏九峰这是想用何平安一条命把这件事交代过去。张局长这么贪财的人，都不敢收咱们的钱了。”

周四叹了口气：“看来这个何平安，是救不得了啊。”

沈湘菱咬着嘴唇，沉默片刻。

“除非，找他。”

周四一愣，跟着小心翼翼地低声问道：“小姐，您要去见他么？”

沈湘菱缓缓摇头，站起来，背过身去。

“当初他那样对我，我已经决心这辈子不见他了。我写一封信，你给他送去。敢不敢？”

周四把头一扬：“不就是三青团么，有什么不敢去！”

跟魏九峰的办公室比起来，这里实在过于简朴了。青灰地面上摆着几张黑漆书桌，墙壁上挂着一面青天白日满地红旗，旗上写着四个斗大的字：亲爱精诚。

旗帜下，一众青年都穿着一色的中山装，或俯首在书桌前，或来去匆匆，动作干练而安静。

旗下正中的位置，书桌上摆着一只县城里罕见的绿玻璃台灯。台灯下，一个穿中山装的青年埋头批阅文件，看不见脸。只有他胸前别的一枚胸章在台灯下微微发光。

开门声，脚步声。一个接一个的汇报声。

“刘主任，灾民入城，一个下午，沈家、赵家等十几处粮行都被抢了！”

“刘主任，灾民四处聚众闹事，还打伤了我们的两个团员！”

青年继续埋头批阅文件，手下钢笔流畅不停。

“刘主任，才探听回来的消息，余师长部作战不力，连失几个据点，正在败退！”

钢笔微微一顿，青年只是轻轻“嗯”了一声，依然没抬头。

又一个青年匆匆走到桌前，低下头凑近了他，声音很低。

“刘主任，沈家那个叫周四的丫头在外头等着。”

他蓦地抬起头，站了起来。

“嗖”的一声长鞭破空，屋正中吊的沙袋立刻破了一道口子，沙土簌簌流下来。

张局长一手用白手绢捂着嘴，一手指使着几个警察：“愣什么？还不快堵上。”

陈花皮忙领着人上前堵沙袋。

“我说局长，这鞭子也太重了，一鞭抽下去沙袋都撑不住！就何头儿那身子骨——”

张局长一瞪眼：“你担心他撑不住，那好啊，你替他！”

陈花皮不敢说话了。

张局长转过身，一手撑着腰，端起桌上的茶杯灌了两口水。

“我可告诉你们，别再挖空心思拐弯抹角地想替他求情！何平安这次私开城门，还开枪伤人，魏县长都说了，谁也保不住他！”

一个警察匆匆走进来。

“局长，三青团主任刘世铭带着人过来了，说要见局长！”

张局长放下杯子，把眼一瞪：“他来干什么？一帮毛都没长结实的小兔崽子，就知道添乱——跟他说我不在！”

“这么深更半夜的，张局长还要去哪儿啊？”

话音才落，刘世铭带着几个团员已然走了进来。

张局长狠狠剜了手下一眼，满面春风地迎上去，双手拉住刘世铭一只手。

“稀客，稀客啊刘主任！这大半夜的，怎么想到跑我这一亩三分地来了？来来来，去我办公室，头两个月一个兄弟给我捎来罐正宗的美国咖啡，现在可难喝到啰！”

“那就不用了。我跟张局长就在这里说话，正好方便。”

张局长四顾看看，满脸不解：“这哪儿行啊！这里是刑讯室……”

“就是因为这是刑讯室。”刘世铭走到屋正中，抬头望了望破开一条口子的沙袋。“听说明天一大早，张局长就要在三岔路口当众施鞭刑？”

张局长脸色一沉，跟着皮笑肉不笑地开了口：“是呀。不过不是张某人要施鞭刑，而是奉了魏县长的命令。刘主任也知道，现在鬼子强兵压境，余师长率部正在城外鏖战，上峰下了死命令不准开门，可那个何平安不但私开城门，放灾民入城，还在城内灾民聚众闹事后，擅自开枪伤了人！唉，说起来都是张某人平时管教无方啊……”

刘世铭转过身来，一摆手止住了张局长：“何平安私开城门，是因为城外有土匪袭击灾民，他是为了救灾民的命，这个我已经知道了。至于他擅自开枪伤了人……请问张局长，有证据么？”

“怎么没有证据？那把枪已经被我们查封了！”

“那好，就请张局长把枪交给我。”

刘世铭向张局长伸出一只手。

张局长怒色显露：“刘主任，何平安的事往小里说是影响治安，往大里说是破坏前线抗战！无论如何，这都不是你三青团能管的事。”

刘世铭也提高了声音：“三青团成立的宗旨就是抗日救国！何平安既然涉嫌破坏前线抗战，怎么就不是我三青团该管的事？张局长，还是把枪交出来吧。”

张局长脖子一梗转过头：“鄙人只对魏县长负责。刘主任要提取证据，除非有魏县长发话。”

刘世铭冷冷盯着张局长，猛地一挥手。

“那我就自己找！如果要我找，我可就不只找枪了。”

刘世铭四顾周围。

“你们这个警察局里，到底藏了多少见不得人的东西，我就要一一找清楚！到时候，你想不请魏县长都不行了！”

张局长一拍桌子：“刘世铭，谁给你的权力？！”

刘世铭忽然从胸口扯下那个徽章，重重砸在桌上。

“三青团隶属于委员长直接领导，你说是谁给的权力？！”

灯光照耀下，徽章上“三民主义青年团”几个字隐隐发光。

张局长脸白了：“……陈花皮！”

陈花皮冲上来：“局长，您说，怎么收拾他？”

“把枪给他！”

陈花皮一愣。

张局长咬牙跺脚：“给他！”

陈花皮取出那把枪，双手递给刘世铭。

刘世铭接过枪，随手抓起桌上一只印着“棠德县政府”字样的牛皮纸袋，当着众人把枪放了进去，贴死了封口。一个团员从兜里掏出印泥，刘世铭朝着张局长一笑：“张局长，请‘高抬贵手’。”

张局长犹在懵懂，刘世铭已就势抓起他的手，一把按进印泥盒里，跟着“啪”的一声，纸袋封口上赫然落下一个鲜红的掌印。

“张局长，多谢了。”

刘世铭扬了扬纸袋，抓起桌上的徽章，扬长而去。

车把上拴着一个手电筒，光线探照着前方夜色里袅袅的雨丝。

刘世铭等一行人骑着自行车，飞快地转过巷口。

巷口蓦地闪出一个人影，飞快地从手电筒光圈里晃过！

骑在最前面的刘世铭反应不及，连车带人撞在了那个人身上。

手电筒掉在地上。光影晃动，映出海东升苍白的脸。

后面的三青团员忙停下车子，有的扶起刘世铭的自行车，有的揪住海东升。

“大半夜的，瞎闯什么？你是干什么的？”

刘世铭忙喝止了三青团员：“老乡，你没事儿吧？”

海东升竭力掩盖住忿恨的神色，故作憨厚地摇了摇头。

一个团员从地上捡起那只纸袋，递给刘世铭：“刘主任，枪掉了。”

刘世铭小心翼翼地收起纸袋，拍了拍海东升的肩头：“大半夜的，小心点儿。”

说完，他重新骑上车，带着一行人飞驰而去。

乔榛抱着肩膀，躲在黄包车里瑟瑟发抖。

海东升快步走到车前，一把掀开了遮棚。

乔榛吓得身子往后一缩：“谁？”

海东升手里托着半块面饼，伸到她眼前：“别怕，是我。”

乔榛接过饼，委屈地要哭。

“师父……”

海东升上车，挨着乔榛坐下，把破旧的遮棚往乔榛的上方挪了挪：“快吃，填饱肚子就不冷了。”

乔榛抱着饼狼吞虎咽，忽然噎住了，咳呛起来。

海东升给乔榛敲着背，沉沉地叹了口气：“唉！还以为棠德城能有个活路，结果跟外头也是一样！还不如外头，拿枪的当官的都比土匪还狠！都怪我，把你带到这鬼地方！”

乔榛抬起头，晶亮的眼睛望着他：“师父，这不怪你。我也以为到了棠德就能有活路。”

海东升脸色略显柔和，跟着又愤世嫉俗起来：“是，不能怪你，也不能怪我！要怪就怪那些当官的，怪日本鬼子，怪老天爷！还得怪你那个闹革命的哥——他自己跟着共产党跑了，留下你们一家子被抓的被抓，坐牢的坐牢，要不然也不会把你卖给乔家，受尽了折腾！”

乔榛放下了饼，神色黯然：“我大哥也不是有心的，要怪就怪县政府那些狗腿子太狠了……我大哥平时最孝顺了，也疼我，他要是知道爹娘给人那么害了，肯定饶不了他们！”

海东升“嗤”了一声：“那有什么用？你爹坐县政府的大狱染上牢瘟，你哥哪见个人影？还有你，你给乔家老爷子绑在树上打，要不是我去唱戏遇见了，白给他唱三天，换了你当徒弟，你这条小命早没了！”

乔榛低下了头：“这些年都没消息，我哥大概也没了。我就剩师父一个亲人了。”

海东升神色立刻缓和了，他伸手重重地摸了下乔榛的头：“好了，好了，不说了！快吃吧，吃完睡一觉，师父守着你。”

乔棒把剩下的饼塞给海东升："我吃饱了。"

海东升抓起饼大口嚼了起来。

乔棒透过遮棚上的破铜，望着夜空里的雨丝，忽然幽幽问道："师父，今天开城门的那个警察，我们是不是在哪儿见过？"

余鹏程的临时指挥部外，漆黑中透出一点昏暗的火光。

士兵来回巡逻，戒备森严。

余鹏程端着一盏油灯站在门口。柴志新等人都跟在后面。

远处一座民宅，里面没有人，四下也都清空了，在雨中可见朦胧灯光。

余鹏程点点头："好雨知时节啊，这一场雨，多给咱们赢得了一天的时间。"

他话音才落，耳边忽然响起炮弹破空的尖锐声音！

一团火光从天而降！

民宅后方十几米的地方，一颗炮弹落下，先看到冲天而起的火光，才听见轰隆一声。

众人面色肃穆，却不见惊慌。

柴志新苦笑了一声："下着雨，河对岸不可能看见光亮的位置。日本人的奸细已经偷偷过河了。"

书记员捧着本子，迅速记录柴志新的话。

余鹏程掏出怀表，借着油灯看表。

炮弹破空声！

火光，爆炸！

炮弹落在了民宅前面的空地，两个弹坑。

余鹏程叹了口气："这些奸细应该还在外围。百米之内，他们就能发现那处灯光不是指挥部，就是个空壳子，不会呼叫炮火的。"

书记员奋笔疾书。

参谋员从屋内跑出来："报告师长，刚才确实检测到电波，但时间很短，我们无法确定位置。"

柴志新冷笑："真是训练有素啊。"

炮弹破空声！

炮弹落在民宅上，土坯房被炸飞了。

众人都沉默了，余鹏程神色肃然。

雷大虎倒抽了一口冷气："他奶奶的，好准！"

"第一发身后，第二发身前，第三发准确命中，所用不足一分钟。对面是日军的精锐，咱们把对方看低了啊。"

余鹏程每一个字都透着寒意。

书记员停了笔："师座，都记下了。"

柴意新命令道："立即给各友邻部队发报。敌军训练有素，炮兵素养可达甲等，提请各友邻部队注意防备。另，敌军应已派奸细渡河。”

余鹏程仍旧看着远处的熊熊烈火，少顷，幽幽开口：“再加一句。预计，明日雨停，日军会发动总攻。”

所有人都沉默了。黑暗中，唯有雨声不断。

魏九峰和张局长撑着伞，在长街上漫步前行，汽车在后面慢慢地跟着。

车灯照着前路，灯光里细雨如织。

张局长满眼血丝：“昨晚上又死了人，连着闹了一夜。”

魏九峰也是一脸倦容，点了点头：“难为你了。”

“都是为政府办事，谈不上难为。按照您的吩咐，何平安已经押过去了。”

“这个何平安，到底是什么人？”

张局长略一沉吟：“何平安，三十二岁，湖南桑植人，九年前逃难来到常德，八年前加入警察局，立功一次，记过五次，有一妻一子，孩子十岁。”

魏九峰点了点头：“以后孩子上学，可以免去学费。赡养费按照局一级来给。”

张局长忙停住步子，对着魏九峰一鞠躬：“是！还是县长仁厚。我替何平安谢谢您。”

魏九峰无力地摆了摆手：“我现在才知道，为官一任，想要不冤枉一个人，终究是做不到的。但愿能平息民怨，保住常德。”

张局长直起身，指着前方叹了口气：“就在前头，到了。”

前方是个三岔路口，形成了一个类似于广场的所在；路口中间搭起高台，上面立着柱子。高台周围聚满了人。

何平安被带上来，两个警察押着他。

警察把何平安绑在柱子上，贴着何平安的耳朵低声说：“何头儿，兄弟们商量好了，嫂子和孩子大伙一块儿照顾。你还有什么要说的？”

何平安张了张口，又沉默了。

警察把一根树枝递到何平安嘴边：“你咬着点儿，兴许能活。”

何平安咬住树枝，绝望的闭上了眼。

不知是谁在敲着铜锣，一声比一声急！

张局长手拿文书走上高台，铜锣声立刻停止了。

张局长看了看身后绑着的何平安，转过身，面向众人。

“警员何平安，当此国难之际，不思尽忠尽责，反而违抗上命，为谋私利，公然抢粮，开枪杀人，罪不可赦！特判处，鞭刑六十，以儆效尤！”

台下众人一片寂静。

张局长看了一眼台下的魏九峰，魏九峰对他点了点头。

张局长咳嗽一声，指着何平安："这个人，开枪杀了灾民，我们决不饶他！"

众人跟着喊了起来："决不饶他！决不饶他！"

"现在是国难当头啊，你们要相信政府，不要闹事。魏县长已经准备好了粮食，行刑之后，立刻开仓放粮，让你们吃一顿饱饭！"

张局长此话一落，众人一片欢呼。

张局长摆摆手，示意众人安静："所以，你们不要闹事。坏人，就绑在这儿，惩治他，是为了告诉你们，政府是公正的。也是为了警告你们！之前的事情，事出突然，可以既往不咎。可以后，谁要是再闹事，这个何平安就是你们的下场！"

张局长转头望着魏九峰。

魏九峰又点了点头。

"准备——！"

一声鞭响！

掌刑的人一鞭子抽在地上，众人都是一哆嗦。

高台下，周四为沈湘菱打着伞，站在人群中。

"这鞭子，非打死不可。人怎么还没来？二小姐，要不要咱们出面？"

沈湘菱摇了摇头："先看看，挨几鞭子，死不了。"

高台上，张局长大手一挥："行刑！"

"——住手！"

柳芬一声高喝，奋力拨开人群，冲上了高台。

何平安一口吐掉木棍："你来干什么！回去！"

柳芬不看何平安，走到张局长的面前。

"我来自首！"

张局长吃了一惊："自首？你自什么首？"

"抢粮食的是我，开枪杀人的也是我。何平安是我丈夫，他是代我受罚。你把他解下来，换我上去，把我打死！"

柳芬一边大声说着，一边走到何平安身边。

张局长转惊为怒："一个娘们，捣什么乱，轰下去！给我打！"

台下众人也沸腾起来，乱哄哄叫着："打死他！打死他！"

"你们的良心都给狗吃了！"

柳芬对着台下的众人厉声怒吼，状若疯癫，众人一下都静了。

"就是昨天，你们这些人跑到棠德，是这些当官的不给你们开门，要把你们冻死，饿死！这个人，他给你们开门，救了你们的命，现在你们却喊着要打死他！猪狗不如！"

众人全都静了。

"我都说了，人是我杀的，粮是我抢的。要打打我，放了何平安！"

柳芬说完，竟自顾扑到何平安身前，动手给他解绳子。

何平安身子一挣，甩开她的手："你胡说什么！局长，这娘们疯了，你别理他，赶紧打我！”

“我没疯！这世道，你要是死了，留下我们孤儿寡母，怎么活？我死了，你带着孩子，兴许还能活命。我不是救你，是救孩子！”

柳芬一把搂住何平安，两眼落泪。

台下，沈湘菱的眼圈红了。

“小姐，您怎么了？”周四问道。

沈湘菱闭上眼，凄然摇了摇头：“没什么。我，我是羡慕他们。”

张局长一时踌躇，不知道该怎么办，只是望着魏九峰。

魏九峰也是沉吟不语。

“这女的撒谎，就是那个何平安开枪杀的人！”

人群中蓦地响起一声厉喝，所有的目光都循声望了过去。

海东升上前两步，愤恨地盯着台上：“我亲眼看见他开枪打死人，我作证，就是他！打死他！”

乔棒站在海东升身后，望着何平安。

柳芬惊诧地望着海东升。

张局长一把推开柳芬：“都听见了！有人证在，政府不会冤枉好人，给我打！”

柳芬扑在何平安身上，拿自己身子护着他。

何平安怒喝：“你别犯傻，快走！”

柳芬凑在何平安的耳边：“让他们打死我吧。欠你的，我今天都还给你。只盼你以后好好对小猴子。”

何平安愣住了。

掌刑的举着鞭子，不知怎么办。

张局长对着他比两个手势，让他动手。

鞭子再次抬起。

一串自行车铃铛的响声忽然传了过来。

张局长展眼一望，只见长街那头，一队人骑着自行车冒雨而来，全都是一样的中山装。

铃铛脆响，灾民们自动散开一条路。

带头的刘世铭从车上跳下来，任由自行车摔在地上。

后面的人也跟着跳下，动作统一，犹如一个人。

一队人蹿上高台，都是一样的年青，一样的意气风发！

刘世铭掏出一只印着鲜红掌印的纸袋亮了亮，撕开封口，从中抓出一把左轮手枪，枪口对准了张局长！

众人惊呼。

台下，沈湘菱的脸上闪过一丝异样。

周四却发出赞叹：“可算来了！”

张局长看着枪，声音颤抖，却强作英雄：“刘世铭，你干什么！”

刘世铭举着枪，洒然一笑："我就是来问问张局长和魏县长，这枪不用子弹，能不能打死人！"

"没子弹当然打不死人。你先把枪拿开！"

刘世铭一笑，把枪举起来："你们都听清楚了！"

枪响！

众人惊呼。

连续枪响！连开六枪！

民众惊呼中，刘世铭举着枪站在台上，英姿勃发。

沈湘菱咬着嘴唇，望着台上的刘世铭："他没变。"

魏九峰缓步走上高台，站在刘世铭对面，眼神中带着警惕："世铭同志，你这是什么意思？"

刘世铭看着魏九峰，微微一笑："请问魏县长，我刚才开了几枪？"

魏九峰一愣，深深望着刘世铭，没有说话。

"我开了六枪！"刘世铭高举手枪，对着众人大声宣布："这把枪，一共能装六发子弹，我刚才，整整开了六枪！"

张局长气道："那又怎么样？"

刘世铭蓦地转眼盯着张局长："这就是何平安昨天用的枪！"

张局长愣住了。

"我去警察局取枪，这把枪根本没人动过。从昨天到现在，这把枪根本没打出一颗子弹！张局长也说了，没有子弹，根本无法杀人。这就是说，何平安根本没杀人，是你们冤枉他！"

张局长求助般地看着魏九峰。

魏九峰点点头："刘主任这是说我审查不明，草菅人命了！"

刘世铭刚要张口，却被一声大喊打断。

"不许你污蔑魏县长！"

何平安一声喊，所有人都愣住了。

柳芬气急，去捂何平安的嘴："你疯了，他是救你！"

何平安拼命转头躲避着柳芬的手，嘴里却还在说："人是我杀的，县长没有冤枉我，你赶紧躲开，别耽误行刑！"

众人议论纷纷。

周四恨恨跺了跺脚："他发什么神经，弄不清楚谁要救他！"

沈湘菱皱着眉："再看看。"

台上，刘世铭也是不解地看着何平安："明明是他们陷害你，你为什么认罪？是不是他们威胁你？你不要怕，有什么话都说出来！"

"你懂个屁！"

刘世铭被骂愣了。张局长和魏九峰也愣了。

"常德是什么地方？是日本人的进攻目标。你们这些灾民来常德，魏县长不让开门，是保护你们。我不懂魏县长的好心，装英雄充好汉，把城门开了，恰恰是害了你们啊。”

魏九峰好奇地看着何平安。

“一下来了这么多人，都要吃饭，魏县长总得有个准备吧！可你们呢，砸粮铺，抢粮食，当街闹事。还骂魏县长是贪官，是王八蛋，是猪狗不如的畜生！呸！没良心！”

魏九峰听见何平安绕着弯骂他，脸上变色。

沈湘菱却忍不住一笑：“他倒真聪明！”

周四疑惑了：“二小姐，我不懂。”

“他是要给魏九峰一个台阶下，同时也帮着安抚民心。这样才能放他。你接着听——”

“你们有怨气，只好让你们出气，让你们顺了这口气，不要闹事，维持个太平。魏县长没办法，把自己的存款都取出来，整整五百块啊，亲自送到我家，苦口婆心，跪在地上求我，我能不答应么？我不答应，我还是人么！不信你们可以去我家查！”何平安犹自滔滔不绝，魏九峰一声高喝：“何平安，你胡说什么！”

何平安作势大惊：“县长，对不起，我……我说漏了……不对，我就是胡说！胡说！什么没开过枪，没开枪不能打死人么！人就是我杀的，赶紧行刑！打死了我不要紧，只要你们能出了气，相信县长，相信政府，我死不足惜！打！快打我！”

众人顿起一片议论声。

“原来是苦肉计啊！”

“是打肉靶子，平息众怒。”

“唉，也真可怜！”

何平安闭着眼睛，一副英雄气概：“打！快点打！谁都别拦着！”

“不能打！不该打他！”

一个灾民最先叫了起来，跟着众人纷纷附和——

“我们听明白了，他是好人，县长也是好人，是我们不对！”

“魏县长，我们再也不敢闹事了，都听您的，不能打啊！”

刘世铭都愣住了，他看着魏九峰，不知道真假。

沈湘菱用手捂着嘴，不住地笑。

刘世铭和沈湘菱眼神相对，沈湘菱立刻恢复了冷漠的表情。

张局长也忍不住了：“魏县长，这……这打不打啊。”

魏九峰叹了口气：“还打什么啊！各位乡亲，魏某无能啊，害各位乡亲挨饿。只能想出这么个法子，委屈了何平安。希望各位谅解。来人，把何平安放下来！”

也是天凑齐，魏九峰这话一落，漫天冷雨居然立刻止住了！

“天晴啦！魏县长是青天！青天大老爷！”何平安头一个欢呼起来。

两个人连忙跑上去，给何平安解绳子。

突然，飞机轰鸣声隆隆传来！

所有人脸上变色，一起抬起头。只见青蒙蒙的天际，两架日军轰炸机呼啸而来！

“快趴下，都趴下！”魏九峰一边大喊，一边跳下高台趴在地上，张局长紧跟其后。

几个三青团的人扑上去，把刘世铭护在身下。

何平安冲着柳芬大喊：“快跑！”

柳芬想要说话，却被给何平安解绳子的警察挤了下去。

所有人四散奔跑，乱成一团。

周四要拉沈湘菱，却被沈湘菱一把推开。

沈湘菱挤开人群，冲上高台。

所有人都趴下，只有何平安被绑在柱子上，沈湘菱站在他面前，径直伸出手：“你没死成。佛像还给我！”

何平安刚要说话，头上的飞机轰鸣。

撒下的不是炸弹，而是漫天飘洒的传单！

花花绿绿的传单犹如一场盛大的庆典，满天飞舞的传单下，何平安和沈湘菱默默相对。

何平安神色肃穆，抬头看天，蓦然叹息，他的话只有沈湘菱能听见：“常德，完了！”

沈湘菱悚然心惊，深深注视着他的脸。

第四章 灵犀初通

炮声轰鸣中，整个指挥部都在摇晃。

电话响个不停，作战参谋们忙做一团。

余鹏程端着水杯站在作战地图前，稳如泰山。

柴志新手里拿着一份传单，站在他面前：“师座，日军的飞机没有轰炸，而是撒了传单，从阵地一直到棠德城！”

轰隆一声，灰尘纷纷落下，落进了余鹏程的杯子里。

他竟似浑然不觉，仍旧低头喝水：“念！”

柴志新大声念道：“大日本皇军第十一军司令横田勇将军昭告支那军民。我部将于今日日落之前突破长江封锁线，向南挺进。大日本皇军之战力，实非支那军队可与之抗衡，横田勇将军统帅大军，将于十日内攻陷棠德，兵指西南……”

余鹏程静静听着，一动不动。在柴志新冷峻的声音中，他仿佛听到了前线的炮火轰鸣，子弹飞梭，看到了虎贲们前赴后继，血流成河！

“……大日本皇军宅心仁厚，特告知棠德地区军民，尽早逃窜，以免无谓之死伤。若有开城门者，赏钱一万，赐大和姓氏；若取支那军师级将领之人头投诚者，赏钱十万，赐大和姓氏……”

“砰”的一声，茶杯被重重摔在桌上，残茶溅了余鹏程满手。

众参谋都是一惊，柴志新却毫不停顿，继续念道：“棠德必亡，天皇万岁！保有此文者，城破之日，可保不死！”

他放下传单，抬头看着余鹏程。

指挥部内全都沉默了。

“报告师座！”一个作战参谋大步走了进来：“东侧和西侧都已经被日军突破了，友邻部队似乎在有意保存实力，并没有全力封锁，我们的防线也支撑不了太久了！”

“轰隆”一声，房顶一块泥砖掉下来，把桌上的茶杯打得粉碎。

余鹏程突然抬起头："都叫进来吧。"

柴志新点头，转身走到门前，推开大门。

门外雨中，昂然站着四个人，最前面的正是雷大虎。他身后站着一名身形彪悍的军官，少年英武，透着一份干练和冷酷，这是二营长秦岳。

秦岳身后，是一名相貌英俊的青年军官，笑容颇为倜傥，这是三营长马潇。

站在最后的却是一名老兵，头发花白，短须，但腰板笔直，目光刚毅，一看就是老而弥坚的角色，他是四营长黄景升。

四个人依次走进来，对着余鹏程挺身敬礼。

余鹏程点点头："志新，你来说吧。"

柴志新转身直视四人："党国军队之精锐在我虎贲，虎贲八千之精锐在哪儿？"

四人异口同声："在我团！"

"现在这个战局，不用说你们也明白了。"柴志新傲然地扫了众人一眼："日军步步紧逼，是时候进兵常德了！"

黄景升："现在常德城里鱼龙混杂，要进去，就得先把他们请出来。"

柴志新点头："黄营长说得对！常德城的百姓已经乱了，还混进了灾民，乱上加乱。所以必须把常德清空，一是为了保护百姓，二是为了积蓄作战物资。大虎，这件事我交给你办，两天时间！"

雷大虎把胸脯一挺："团座放心，完不成任务你拿我脑袋！"

"完成任务就好，"柴志新冷哼一声："你那个脑袋早就不是你的了，都不知在我这儿存了多少回了！秦岳，你去协同，盯着他点儿！"

秦岳："是！"

雷大虎小声嘟囔："又派监军管着我。"

柴志新瞪视他："这次你要是再办砸了……"

余鹏程冷不丁插话："再办砸了，你也不舍得杀他！"

雷大虎嘿嘿一笑。

柴志新脸色蓦地肃然了："师座，这次我一定不会再替他求情。军法怎样写的，我就怎样办他！"

"参谋长放心！"雷大虎大声应道："这次是万无一失！他们要是不听话，我就架起机枪突突了他们！"

"你说什么！"

柴志新一瞪眼，雷大虎缩回了身子。

秦岳笑着拍了拍雷大虎，对着柴志新和余鹏程敬礼："我一定全力配合，保证完成任务！"

"就是就是，有老秦配合我，一定完成任务！"

汽车缓缓开过空寂的长街。沈湘菱独自坐在后排，手中捏着弥勒佛像，默然不语，若有所思。

忽然，窗外传来一阵清脆的自行车铃响！她目光一跳，往窗外望去，果然见刘世铭骑着自行车从路口冲出来，车把一转，突然横在了路中心！

沈湘菱惊呼："快停！"

一道刺耳的刹车声！车头堪堪停在刘世铭身前。

刘世铭骑在车上不动，沈湘菱坐在车里不动，两人一时间僵住了。

"你既然没撞死我，怎么不出来见我！"他忽然开了口。

车内，沈湘菱咬着嘴唇，冷冷对前排周四道："撞过去！"

周四为难地回望她一眼。

"我说撞过去！"

汽车再次发动，缓缓向前蠕动。

刘世铭仍是一动不动，双眼死死盯着车里的沈湘菱："你要走，就撞死我！"

汽车终究又停了下来。车门忽然打开，沈湘菱昂然走下车来，神色冰冷地站到他跟前："刘主任拦着我的车，有何贵干？"

刘世铭默默看她一眼，从左胸前的衣袋里拿出一封信："这五年，我给你写过一百四十八封信，你没回我一个字。终于等来你一封信，却让我去救别的男人！我不顾一切闯刑场，把人救下来，你一句话也不跟我说。我……我就是想跟你说说话。"

"你话也说了，我也听见了。"沈湘菱微微仰起脸："你让开吧，我要回去了。"

"那个何平安究竟是什么人？你为什么要救他？"

"你问不着。"她转身要走，却被刘世铭一把抓住了手。

沈湘菱恼怒地转回头，却正撞上刘世铭那双失落又痴诚的眼睛，不禁一怔。

刘世铭语气低柔地像是在乞求："我就是想问一句，你好么？"

一股酸热从心头涌出，只袭上眼底。沈湘菱紧紧咬住嘴唇，神色凄苦地笑了笑，猛然推开他的手臂，转身上了车。

汽车发动，刘世铭没再阻拦，眼看着汽车扬长而去。

"你好么？"

他望着远去的汽车，喃喃自语。

"好啊！真好！"

堂屋里支开一张圆桌，桌子上摆着几个菜，陈花皮等几名警察围坐两旁，何平安坐在中间，拍案大笑："想不到，我何平安还能坐在这儿跟大伙喝酒！来来，都干了！"

"何头，你是大难不死，必有后福！"陈花皮高高举起酒杯："兄弟们敬你。"

众人干杯。

何平安一时兴起，把小猴子抱在腿上，用筷子蘸了酒，往他口里送："乖儿子，你也尝尝！"

"不许尝！"柳芬端着菜出来，伸手打掉他的筷子："刚活过来就没个正经！"

陈花皮忙抬起半个屁股："嫂子，别忙活了！我们说出去吃，你非要来家里做，也不差这几个钱。"

柳芬冷冷地看了他一眼："是，嫂子对不起你们，没让你们出去吃，没请了这个头牌，那个姑娘的！我该给你们赔不是！"

陈花皮顿觉尴尬："哎……这个……"

柳芬却是一笑，压不住心里的喜悦："行了，都吃吧！有钱也得省着花，多给家里留点儿！"

"提到钱，我差点忘了！"何平安起身，打里屋搬出一个小盒子放在桌子上："来，大伙分分！"

他说着掀开盒子，赫然露出满满一箱白花花的银元，众警察顿时眼都直了。

"沈大小姐答应的五百大洋，都在这儿了！"

"别啊何头儿！"陈花皮头一个反应过来，上前扣死了盒子："你遭了这么大罪，说好的这钱不分了！"

何平安又把盒子打开了："那是我死了，这钱留给你嫂子侄子。现在我不就是个停职么，该分还是分！可我得拿大头，你们一人抓两把，剩下就是我的，手大手小全是胎里带，谁也别争。"

众人看着钱不禁眼红，可却没好意思真下手。

"都动手啊！怎么，看不起我？！"

"既然何头这么说了，那兄弟们就不客气了。"陈花皮嘿嘿一笑，第一个把手伸进盒子里，一边瞪着别的警察："都小着点啊，不许多抓！"

他一把抓了十几块，众警察也都伸出了手。

何平安又倒了杯酒，笑盈盈看着大伙抓钱："钱可是分了，兄弟们也得帮帮我。"

"瞧这话说的！何头儿就说啥事吧！"

何平安脸色一冷："那天不是我开的枪，是有人故意冤我，有仇不报那不是咱爷们的作风！你们给我留意着点，咱得把这人揪出来。"

众警察呼啦一声："没问题！"

柳芬的脸色却沉了下来。

入夜了。圆桌已经收了起来，取而代之的是张简陋的木板床，何平安坐在床头，手里捏着个打火机，默然想着心思。

里屋的门开了。柳芬抱着一床被子。轻轻走了进来。何平安飞快地把打火机塞进褥子里。

柳芬走到何平安跟前，定定地看着他。何平安讨好地一笑："怎么了？"

"能不能别闹了？"

何平安没听明白，不解地望着她。

柳芬又说："谁开的枪，跟咱们有什么关系？好不容易过去了，你别给再招回来！"

何平安叹息："我这不是咽不下这口气么！"

“你这话留着给外人说。”柳芬把被子放下，恼怒地剜了他一眼：“你就是想把开枪的人揪出来！咱们好不容易过上了太平日子，他们开枪也好，杀人也好，跟咱们有啥关系？我看不如找个机会，离开这儿！”

何平安连忙点头：“你说得对，我听你的！”

“你骗我！”

何平安怔住了。

“你说，你是不是又看那个打火机了？”

“……没有。”

柳芬凝目盯着他，半晌才叹口气：“都九年了，那些事，就不能过去么？”

何平安沉默了。

“我知道你的性子。表面上嘻嘻哈哈的，肠子比谁都热。你是想把那些人抓出来。可昨天进来那么多人，你怎么查？万一要是土匪呢？是日本人呢？”

何平安脸色一沉：“那就更得查了！”

柳芬动怒了：“查查查！你真有个三长两短，我们娘俩怎么办？”

何平安沉默不语，少顷，背转身躺倒在床上：“你睡去吧，我心里有数。”

“我明白，你终究还是没把我当自己人。”

柳芬幽怨看了他一眼，转身走进里屋。

何平安叹了口气，重重翻过身来，两眼望着窗外出神。

一墙之隔的另一张床上，柳芬搂着小猴子，睁大双眼凝听外面的动静。直到那阵熟悉的鼾声渐渐响起，她才面露微笑，翻身睡去。

夜深了，沈家粮行前的粥棚却依然拥挤。棚前的电灯照耀着一张张惨白的饥容，还有一张张惨白的传单。

“一张传单换一碗粥！”陈花皮一手抓着厚厚的传单，一手拎着粥碗，冲着挤在棚前的饥民高喊：“一手交传单一手接粥喝！留传单保命那都是日本人的诡计，大伙别上当！”

“我交！我交！”海东升高举一沓传单，奋力挤到了最前头。陈花皮抢过他手里的传单，塞回了半碗稀粥。

海东升小心翼翼地捧着粥碗，转身递给身后的乔榛：“快，趁热喝！”

乔榛看了一眼热粥，吞下口水：“师父，你先喝……”

两人相互退让着，突然冲上来个壮汉，一把抢过粥碗，撒腿就跑！

海东升追赶不及，只好再次拼命挤到粥棚前，抓着陈花皮的手苦苦哀求：“我，我被抢了——再给一碗吧，就一碗……”

陈花皮不耐烦地推开他：“没传单，不发粥！这是县长的命令，存心想当汉奸的，不许吃中国人的粮食！闪开闪开！”

海东升还要去讨，却被身后的几个人狠狠搡开，跟跄着栽倒在泥地里。

乔榛慌忙上前扶起他，咬紧嘴唇，低声道：“师父，我不饿……”

她说着，一道冷泪却顺着脸颊掉了下来。

“放心，师父不会让你饿死！”海东升凄然抚了抚她的脸，“怎么着……师父都得养活你。”

天蒙蒙亮了。

何平安蹑手蹑脚地穿好衣服，他轻轻地拉开门闩，生怕发出一点动静。

“你干什么去？”

帘子一挑，柳芬从里屋走出来，站在身后看着他。

何平安尴尬一笑：“没什么，我就是出去走走！”

柳芬一把拉住他：“你要干什么，我替你去！”

“我知道我瞒不过你。”何平安低下眼，默然叹息：“可我总得知道，是谁开的枪。”

“你就不能忘了你自己是谁？”

停了良久，柳芬才说出一句。

何平安不禁怔了。

粥棚前仍旧挤满了人，警察们已经喊哑了嗓子。

街头随处可见倒在墙角的灾民，人们相互依偎着取暖。何平安也混在这堆灾民里，四顾查看。

当日的一幕，走马灯般在何平安的脑中再现。

枪响，灾民胸口中枪，受伤，死在人群里。

他忽然站起来，沿着子弹的轨迹找到墙边，用手在墙上一寸寸地摩挲。

砖缝里夹着一颗弹头！

他蹲下身，掏出小刀挖出弹头，捧在手里仔细观察。

日过正午，灾民缩在墙角，开始打盹儿。

一只手偷偷伸向灾民的口袋。冷不丁劈空里闪出另一只大手，死死攥住了它。

“哎呦，何爷！”小偷吓得一哆嗦，抬眼一看，讪讪笑道：“我今儿出门忘看黄历，这不，又栽您手里了！”

何平安不说话，掐着腕子把他拉到一边：“我问你话，你老老实实回答，不然我就办了你！”

小偷怪异地瞅着他：“何爷，昨儿您差点挨了打，怎么又出来办差啊。”

何平安猛一抬手，小偷吓得缩起脖子：“别打别打，您是爷！您问什么我说什么，还不成么！”

“这两天，有没有什么人看着可疑？”

“这满大街的人，我哪儿看得过来！”

何平安手一紧，小偷顿时嚎叫了起来：“轻点儿，何爷轻点儿！还指着这双手吃饭呢。”

“再敢偷东西！我毁了你这双贼爪子！”何平安手收得更紧了。

“我说，我说！”小偷四处瞅瞅，压低声音道，“有一票人，昨晚上到处闹事，还说一些江湖口，都是黑话！我听见他们说，今天在聚福楼碰面。”

“你怎么知道的？”

“我不是不开眼偷了他们么！差点被打死——您快松手啊！”

何平安一抖手，小偷一屁股坐倒在地，“哎呦哎呦”地揉着腕子。

这是棠德县里最出名的酒店。煌煌然三层小楼，绿墙红柱，登顶便可俯瞰半个棠德城。此时虽然门庭冷落，但仍旧开张营业。

何平安走到楼前，抬头向上望去，入目便是大门上悬挂的那块红边黑匾，鎏金的“聚福楼”三个大字刚劲有力，落款则赫然是“魏九峰”！

他低头走进酒楼大堂，脱下褂子，径直往柜台上一放：“掌柜的，用我一件衣服，换你一件衣服！”

“呦，何长官！”掌柜的一眼认出他，又低头看了眼那件褂子：“您这是？”

何平安没说话，顺手往跑堂的小二身上一指。

掌柜的怔了怔，顿时连连摆手：“何长官，街面上都知道您仗义，你不能为难我啊，小店有小店的规矩！”

“怎么叫为难你，掌柜的，我现在是停职了，可好歹还有几个街面上的朋友，他们跟我不一样，就爱吃东西不给钱，还得倒从饭店往外拿钱。”何平安说着，把褂子又往他跟前推了推。

“何长官，何爷！”掌柜的脸色更为难了，伸手往楼上一指，“魏县长就在上面雅间，您不看僧面看佛面！”

何平安一拍柜台：“你不提他还好，昨天差点给他打死！我告诉你，我这件衣服是给你了，你要是不还我一件，我的朋友可不答应！”

掌柜的叹了口气：“也就是您了！您等着，我这就给您拿行头去！”

二楼天字号雅间里，圆桌上摆着一个铜锅，热水翻腾，肉香四溢。众土匪围坐在桌旁，喝酒吃肉，拍桌叫好：“三当家的好本事！

铁山头坐在正中，捞起一块肉丢进嘴里：“我这不算啥，咱们大当家的才真是神机妙算！趁着灾民逃难，咱们混进城里，是大发财源！来来，先报报收成！”

身边站起来一个土匪，对着众人抱拳：“兄弟们，这两天，咱们得了五百斤粮食。真金白银的首饰足有五斤半，大洋六百块，其余的小物件也就算不清了！”

“兵荒马乱年景好，老天爷赏饭啊！”铁山头乐得抓起酒碗，一脚踩上桌子：“哥几个，为这好年月，干一碗！”

众匪举碗大笑，一饮而尽：“好年月！”

“说起来，这两年是越来越不好过了！”铁山头放下碗，叹了口气：“魏九峰这老王八把咱们逼得不善！他奶奶的，要不是大当家的不让惹出大乱子，老子我单枪匹马，就去摘了他姓魏的脑袋！”

“说得对！早晚要了姓魏的脑袋！”

“三当家的一身功夫，杀个魏九峰还不是手到擒来！”

“干脆杀他个七进七出，把棠德城翻个个儿！”

众匪纵声大笑，得意忘形。

铁山头更是得意了：“赵子龙我是不敢比了，可这棠德城不是长坂坡啊，他魏九峰也比不了曹孟德，真要是动起手，老子一个人踏平他的县政府，把他脑袋揪下来当球踢，眼珠子挖出来当泡踩！”

隔墙有耳。紧挨着天字号雅间的小屋里，桌子上摆着几样精致小菜，一个人正自斟自饮，正是魏九峰。

他对面坐着一位中年女子，虽然徐娘半老，依然风姿绰约，正是这聚福楼的东家凤老板。可惜此时她那对娇媚的细眉紧紧蹙着，满怀担忧地望着魏九峰：“你听听，这都是什么人呀？！”

魏九峰眉头一跳：“什么人？土匪！”

“那你还不快走，我送你出去！”

“这里是棠德，我是棠德的县长，该走的不是我，是他们！”魏九峰说着，拿出一个本子写了张字条，撕下来，又从怀里掏出印章：“有印泥么？”

“有倒是有，可怎么去给你拿……有了！”

凤老板夹起一颗红果，放在碗里，用筷子压烂了，递给魏九峰。

魏九峰一笑，就着果泥盖了印章：“你拿这个，找到附近的巡警，给他们看，让他们调人过来！”

他又撕下来一页，在上面写了两笔，盖了印：“找个伙计，让他拿着这张纸去城门，把城门封了！”

凤老板定定望着他：“那你呢？”

“我在这儿等着！人到了就动手，我看看他这赵子龙怎么杀个七进七出！”

“犯得上么？陪着这些人玩命。”凤老板伸手握住魏九峰的手：“你有多少大事要办！”

“这几天连着出了多少大案，今天却让我撞见了。我不能走，传出去是县长怕了土匪！”魏九峰安慰地拍了拍她的手：“你放心，我知道自己的命金贵，警察不来，我不出这个屋，总行了吧？”

凤老板见劝不过他，只能咬牙收起字条，匆匆走了出去。才转下楼梯，迎面就见一个伙计低着头往楼梯上走，几乎正撞在一处。

凤老板无心计较，避开伙计快步下楼。那伙计等她走出大堂，这才抬起头往楼梯上的雅间打量——原来，他正是何平安。

“大当家的就是高啊！”又是一碗酒灌下去，铁山头的脸全红了：“跟着灾民进城，趁乱发大财，神不知鬼不觉。谁能想到咱们在这大吃大喝啊！等他们明白过来，咱早出城了！”

“就是！都是当家的们英明！”

众匪逢迎声未歇，忽然响起了敲门声。

“谁啊？”铁山头捏着筷子，蹲在椅上，神色警惕。

“客爷，送菜的！”

“奇怪了？”一个土匪低声道：“我们没多点菜呀！”

铁山头使了个眼色，两个土匪偷偷把枪掏出来，站在门两边。

“进来吧！”

门开了，一身伙计装扮的何平安走进来，手里端着菜，一脸谄笑：“各位爷，应该是头回上门吧，小店的规矩，头回来的贵客都有赠送！”

他一边说，一边把菜摆在桌子上，偷眼打量着：墙角放着包袱，里面露出一角，看得出是金银首饰；在座的几个人腰间鼓鼓囊囊的，明显是带着枪。

何平安心头盘算，脸上却不动声色：“各位尝尝，都是小店的特色。”

铁山头猛然伸手，死死抓住了他的腕子。

何平安愣了一下，随即笑了：“客爷，您这是什么意思?”

“我看看你这双手啊。”铁山头猛地翻过他的手——手指甲里面是黑的。

何平安脸上变色。

“这么长的指甲盖，里面还有泥，朋友，我看你不是伙计！”

铁山头一拍桌子，咣当一声，门关上了。

两个土匪守着门，拔出枪来，指向何平安。

何平安额头冒汗，却突然大笑，挑起了大拇指：“好眼力！桥来桥上走，脚踢脚下消，当家的哪一路？”

铁山头一愣：“钟相杨幺[1]的后人，不知道城里面还有同道！”

何平安当胸抱拳：“当家的，敢到城里喊金子，兄弟佩服。”

铁山头也抱起拳：“兄弟什么字号，有何贵干！”

何平安毫不考虑，脱口而出：“房上没瓦，非否非，否非否，江湖路上风大浪急，当家的别问。你们走了风了，我是来给你们送信的，还不赶紧扯呼！”

一串儿黑话一句不错，铁山头点点头，竟然信了：“兄弟，谢了！江湖上风大浪急，来日再会，交个朋友。咱们撤！”

“不对，三当家的，咱们上当了！”一个土匪指着何平安大喊：“我认出来了，这小子是昨天挨打的那个警察，叫……叫何平安！”

众匪变色，纷纷掏枪，一起对准了何平安的脑袋。

---

1 相传常德一带是宋代钟相杨幺起义之地，也是杨幺水寨遗迹所在。因此常德地界上的大小山匪水贼，都觍颜自称是“钟相杨幺的后人”。听得铁山头自报身家，何平安也当胸抱拳：“当家的，敢在城里喊金子，兄弟佩服！”

铁山头一声："他奶奶的，宰了他，赶紧出城！"

"慢着！"

何平安大喊一声，所有人都停了手。

黄豆大的汗珠在他脑门上滚落。

"各位英雄，你们既然认得我，就应该知道，我昨天差点给那姓魏的打死！这狗官是收了人钱，故意冤枉我，要我的命啊。我是警察不假，可我真心来投各位。你们快走吧，马上就有人来抓你们了，这魏九峰，就在隔壁啊！"

何平安指着墙，一声暴喝。

"当"的一声，魏九峰手中的筷子掉在地上！

一辆旧吉普车行在棠德城外的山路上。

车窗外，一队队士兵快步行军中。

雷大虎"哗"地扯上车窗帘子，重重地"唉"了一声。

秦岳端然坐在他旁边，眼皮都没动。

雷大虎斜了他一眼，再次"唉"了一声。

秦岳转过头："我说大虎子，你要是晕车不舒坦，就下去跟那些大头兵跑两步。"

"我哪是晕车不舒坦，我是心里不舒坦！"雷大虎闷闷道："你说不就是去清一清棠德城么，有我老雷在，还有这么多兄弟，哪还能办不下来？这可倒好，还得加上你个"协助"，这明明是对我老雷不放心！"

"雷营长，你大概没听清柴团长的命令，我是来'盯着你'，可不是'协助'。"

"我知道你是'监军'！我说老秦，咱俩也不是第一回搭伴干活儿了，你说你哪回当'监军'真帮上我忙了？还不是管手管脚，让我老雷有本事也施展不开！"

秦岳"嗤"一声笑了："那你老兄说说，哪回是没有我这个监军，靠你自己把活儿办漂亮了？是上回侦查鬼子动向结果给鬼子发现了撵得满山乱跑呢，还是头两天去挡住灾民不准去棠德……"

雷大虎脸"腾"地涨得通红，一拳捣了过去："姓秦的，这么多年兄弟，你居然看不起我老雷！"

秦岳伸手一把攥着对面而来的拳头："这不是瞧得起瞧不起，我是执行军令！如果大虎子你觉得自己这拳头能快过我的枪，那大可以不听我的。"

雷大虎的手松开了，转眼又是嬉皮笑脸："咱哥儿俩这么多年交情，老秦还不知道我的性子？我哪儿是想违抗团长的命令？我是想把这差事真正办好啊！老秦你想，棠德城里那帮臭当官的，平时净在后方享福，狗仗人势耀武扬威的，要不给他们点厉害看看，他们绝对不会听咱的！我还听说了，那个县长魏九峰在棠德混了多少年，黑白通吃水火不进，更不是个善茬儿！"

秦岳皱紧了眉头："你这都哪儿听说的？"

雷大虎嘻嘻地笑："那我来办这么重要的差事，能不事先打听么？"

“我看你不是虎，是块开水滚不烂的老狗肉！”秦岳皱着眉头看他半晌，叹了口气：“行了行了，只要别犯大错，都由着你。”

上百名警察蜂拥而上，把聚福楼团团围住了。

张局长端着枪，站在酒楼前，大声吆喝：“上楼抓人！前进的赏！后退的罚！动手！”

几个警察打头阵，先冲进了大门。只听得一声枪响，当先的警察中枪倒地。

众警察都大惊，纷纷后退。

“都怕什么，冲啊！”张局长嘴上喊着，人却往后躲。

楼门“轰隆”关上，二楼的窗户却豁然打开了。铁山头探出半个脑袋，大声喝叫：“下面的人听着，楼里面几十条人命，都在我们手里，你们再敢靠近，我就杀人了！”

张局长也提高声吆喝：“你们赶快投降，不然就是死路一条！我数十个数，不投降，我们就冲上去了！”

铁山头人影一闪，从窗口消失了。张局长才松开气，转身对跑过来的凤老板说：“放心，有我在，就这帮小毛贼……”

凤老板忽然惊叫一声，张局长回头一看，只见一个人从窗口被抛下来，正落在自己跟前，当场摔死！

张局长吓得腿都软了，几乎坐倒在地。

凤老板慌忙拉住他，声音都变了调：“张局长，我所有的伙计都在里面！何况，他——魏县长也在啊！”

张局长悚然变色：“什么？县长没出来？”

凤老板急得哭也哭不出了。

张局长一拍大腿：“我的县长大人，你这不是要我的命么！”

“有胆子，你们就要了我的命！”魏九峰被死死按在墙上，犹自冷面怒目：“何平安！我本来欣赏你有点聪明，想不到你现在甘当土匪！”

何平安走上前，甩手给了他一个嘴巴：“姓魏的，你差点打死老子，我就是要报仇！我跟了当家的，以后是吃香的喝辣的，谁愿意给你当这么个小警察！”

“何老弟说得好！”铁山头抽出一把匕首，递给何平安：“你现在就杀了他报仇，以后咱们就是兄弟！”

何平安接过刀，手心里满是汗：“当家的，杀不得啊！”

铁山头一瞪眼：“为什么杀不得！”

“我当过警察我知道。他们是不会管这些老百姓死活的。唯一忌惮的，就是这个魏九峰。现在杀了他，恐怕咱们出不了城！”他斜眼看了看魏九峰，“更何况，有这姓魏的，咱们还能再发一笔！”

铁山头眼睛亮了：“怎么发？”

“您瞧我的！”何平安用刀顶着魏九峰，把他推到窗户边：“下面的都看见了吧！魏九峰在我们手上！”

楼下，众人大惊失色。

张局长嗓子发抖：“何平安，是你！你勾结土匪！”

“什么勾结土匪，楼上的，都是劫富济贫的英雄！我任劳任怨当警察，差点给你们打死，老子不干了！”何平安大喊：“你们听着，给我们准备一辆卡车，装满了粮食。再准备两千大洋，一个小时之内送到。要不然，我就把魏九峰扔下去！”

张局长破口大骂：“何平安！你个混账王八蛋！老子扒了你的皮！”

“一个小时！东西不到，我准时扔人！”

何平安不理他，猛地扣上窗户，把魏九峰扔到一边。

铁山头大笑着拍打他的肩膀：“老弟，有一套！”

“以后还靠当家的提拔！”何平安满脸堆笑。

聚福楼外的人越聚越多，众人指指点点，议论纷纷。

张局长头上的汗也越淌越冷。

陈花皮凑上前：“局长，怎么办？”

“怎么办怎么办，我他娘的知道怎么办！。”

“这么多人看着，总不能真不管里头的人死活！何况，县长也在他们手里！”

张局长一跺脚：“按他们说的办，备车，找粮食，筹钱！”

陈花皮叫苦：“一个小时，哪儿找去呀！”

街口忽然响起一阵汽车喇叭响，众人缓缓分开，沈家的汽车径直开到了楼前。

沈湘菱下了车，径直走到张局长跟前：“张局长，我是来帮忙的。”

他不由得一愣，沈湘菱这势头显是有备而来。

“听说出了事，这些绑匪一定会趁机勒索。”沈湘菱说着一抬手，身后的周四打开了车后厢，“我带了两千块钱来，不够还有。”

张局长一把拉住她：“说真的？粮食有没有？”

沈湘菱不回答，只是一笑。

张局长直拍脑袋：“看我！沈家是干什么的呀。”

“政府有事，我们这些粮商一定会帮。可也不能让我们白出钱。”沈湘菱说出这句，又停住了。

张局长连忙道：“有什么条件，尽管提！”

“别家我不管。沈家的粮行经营，政府永远不能干涉，独自买卖，并且三年不征税！”

张局长目瞪口呆：“你，你这是趁火打劫啊！”

“张局长，打劫的可是他们！”沈湘菱往聚福楼上一指：“我可听说，连魏县长都被劫了？”

张局长：“可这，我也做不了主啊！”

“文书我带着呢，我派人上去，跟土匪们谈，找魏县长签字，只要签了字，土匪要什么，我们粮行给什么。相信县长也不会拒绝，毕竟是为了救那十几个老百姓。”

张局长依然犹豫着。

仿佛凑趣似的，二楼的窗户又打开了！

“赶紧的，准备好了卡车，上面装满了粮食，越满越好！停到下面！就给我停到这儿！”

何平安说罢，伸手往窗户下的空地一指。

沈湘菱抬眼望见他，愣了片刻，竟然一笑：“你放心，我全都听明白了！”

何平安见是沈湘菱，竟也是一笑。

沈湘菱转眼望着张局长：“您都听见了，再不答应，他们可要扔人了！”

张局长一跺脚：“何平安这个王八蛋！行，我都听你的！”

沈湘菱转向周四：“现在就去拉一车粮食，装得满满的，停在楼下！”

沈家粮行名不虚传。周四很快便拉来整整一车白面，停在窗户底下。

何平安趴在窗口一看：“不够！再加！”

沈湘菱眼神示意，大袋的白面继续往上倒。

“不够，再加！加不到一人高，我现在就把魏九峰扔下去！”

众人看着沈湘菱。

沈湘菱抬眼望着何平安，嘴角突然一笑：“加，按照他说，加到一人高！”

白面越堆越高！

周四走了上来，拍了拍胸口：“二小姐，我准备好了，文件就在这儿。”

沈湘菱点点头：“四丫头，你要是有事，沈家给你奶奶养老送终！”

周四笑了笑，走到聚福楼前，对着上面大喊：“楼上的听着！你们的条件都答应，粮食也已经运到了。我要跟魏县长履行个手续，让我上去！”

半晌，楼上传来一声：“上来吧！”

“魏县长，您签了字，我们二小姐保证，各位朋友要什么，我们就给什么，保证您的安全。”

魏九峰看了一眼周四递上的文件，却笑了。

铁山头嚷嚷：“姓魏的，赶紧签字！”

“签字？魏某人一生不受胁迫，回去告诉你们二小姐，粮商把持粮价，囤货积奇，是国之大害！””

魏九峰猛然夺过文件，撕得粉碎。

“老东西！你找死！”铁山头一拳打在魏九峰肚子上。

魏九峰疼得蜷缩在地。

“当家的，让我宰了这老混蛋！”何平安伸手拿过身边一个土匪的枪，走上前，一把抓起魏九峰：“你签不签字！”

魏九峰闭眼大吼：“你杀了我吧！”

“好，我这就杀了你！”

他拎着魏九峰，大步来到窗户边，压低声音道：“对不住了！”

何平安猛然一用力，竟真把魏九峰从窗口扔了出去！

所有人大惊，凤老板惊叫一声，瘫倒在地！

魏九峰从楼上摔下，正落到面粉堆里面，漫天的面粉飞扬！

何平安回身连开三枪！

三个土匪中枪倒地！弹无虚发！

枪声响彻聚福楼！

沈湘菱豁然抬头，看着二楼的窗户。

第五章 剑锋难藏

大圆桌在地上飞快地滚动！
何平安缩在圆桌后面，推着圆桌跑。
枪声不绝，子弹打在圆桌上，木屑纷飞。
何平安探出半个身子，开枪还击！
两名土匪中枪栽倒。
何平安趁机探出头大喊：“还不跑！”
楼上的众人纷纷从窗户跳出去，接连跌入面粉中，赶忙爬起，从车上跑下来。
十几个满身雪白的面人四散奔跑。
魏九峰也是一身雪白，狼狈不堪地从面粉堆里站了起来。
凤老板连忙走上来，扶住魏九峰，掏出手帕给他擦脸。
张局长也紧接着冲过来：“县长，怎么样？”
魏九峰打了个喷嚏，指着楼上大叫：“冲进去！救人！”
张局长忙抽出枪，对着警察大声吆喝：“快！冲进去！”
陈花皮带着几名警察硬着头皮往里走，枪声又起，警察们吓得全缩了回来。
“没用的东西！”
张局长躲在后头，狠狠骂道。

四名土匪倒在血泊中，已经死了。
铁山头举着枪，对着雅间的大门，两个土匪站在他身后。
何平安躲在雅间的门后。
铁山头大喝：“有种你出来，别躲着打冷枪，咱们当面见个生死！”
何平安靠在门后，转眼看见桌子上的火锅。
“好，我出来啦！”

大门陡然打开，铜锅飞了出来！

铁山头一枪打中铜锅，热汤飞溅。土匪们一惊。

何平安一个滚身蹿出来，连开两枪，两名土匪中枪倒地。

何平安举枪对着铁山头。

铁山头顿时面如死灰。

"咔嚓"一声，何平安没有子弹了！

铁山头大喜，猛地举起枪，枪口对准何平安的额头。

"老子崩了你，给兄弟们报仇！"

何平安陡然跃起，手指顶进了枪口里。

"我用手指顶着，你开枪就炸膛，咱俩一起死！"

铁山头愣住了："你胡说，我怎么不知道堵着枪眼就会炸膛？！"

何平安竟一笑："不信你就试试。杀了这么多，老子够本了！你开枪啊！开枪啊！"

铁山头咬牙，手指扣紧了扳机，却迟迟不敢按下去。

何平安突然一脚踹翻铁山头，夺过了枪，枪口对着他的脑袋。

铁山头立刻一个翻身，手指堵住了枪眼。

"我不信你敢开枪！"

何平安笑了："我骗你的！"

一声枪响！

铁山头的手血肉横飞，大声惨叫！

血溅了何平安满脸。

一连三枪！

铁山头倒在血泊中，瞪大了双眼！

接连响起的惨叫声和枪声，惊住了楼下所有人！

魏九峰、沈湘菱、张信隆，一个个都伸长脖子，紧紧盯着二楼。

"带两人，上去看看！"

张局长冲陈花皮一挥手。

陈花皮身子往后缩："局长，我……"

张局长一瞪眼，陈花皮无奈，硬拉着一个警察小心翼翼地走进聚福楼。

张局长握着枪，擦了一下脑门上的汗。

片刻功夫，陈花皮神色狼狈地跑了出来："死，都死了！"

魏九峰失惊喝问："谁死了！"

"土匪，土匪都死了！"

陈花皮伸手往后一指，沈湘菱抬眼望去，正看见一个人慢慢从聚福楼里走了出来。

何平安站在门口，浑身浴血，手里提着枪，犹如地狱恶鬼。

众人都吸了一口冷气。

何平安看见众人如见恶鬼的表情，他想笑一下，勉强呲了呲牙。

所有人都恐惧的往后闪。

何平安脸上的表情更显可怕。

沈湘菱在人群中，紧紧地盯着他。

大难不死的魏九峰，换过了衣服靠在办公室的沙发上，仰头望天。

张局长站在对面，捧着一盒人参：“长白山挖出来的，上好人参。县长，您受惊了，得压压惊。”

魏九峰幽幽道：“是个人才。”

张局长连忙一笑：“承您夸奖，这都是我应该做的。”说着把手里的人参又往前递了递。

魏九峰却一动不动，正在出神：“只身闯匪穴，单枪杀敌，这是勇。诈降诱敌，用面粉车救人，这是智。先人后己，愿意为别人涉险，这是仁。”魏九峰坐直了身子，看着张信隆两眼放光：“这个何平安，是个人才呀！”

张局长面色尴尬，眼中又羞又妒，高捧的双手也放低了。

魏九峰目光炯炯地继续追问：“这个何平安，到底是什么人？”

“他……”

张信隆才刚开口，敲门声响起，刘主任推门进来。

“县长，三青团的刘世铭来了。”

魏九峰一愣神，刘世铭已经大步走了进来，依旧是一身中山装，走到沙发前，对魏九峰微微一笑。

“魏县长，今天辛苦了。”

魏九峰站了起来：“世铭同志有什么事？”

刘世铭把目光投向张信隆：“张局长也在，这正好。聚福楼的事，我都听说了。我来就是想问问，这个何平安是什么人？”

“他是谁？”张局长心里更腻歪了，“他就是我手下的警察啊。”

刘世铭打开随身带的文件袋，摊放在桌子上。

“何平安今天在聚福楼枪杀土匪，弹无虚发，枪法极准。可我查了他的档案，九年来，他的射击考核一直是丙级，最好的一次，也不过是乙下。一个九年打不准枪的人，怎么忽然成了神枪手？”

魏九峰和张局长对视一眼，面色沉重了。

“而且，他的一切档案都止于九年前，之前没有任何记录。报告上说，他是九年前带着老婆孩子逃荒到这里。我发电报到省里，当时根本没有灾情，是个丰年。哪来的逃荒一说？”

刘世铭目光炯炯看着魏九峰。

魏九峰哈哈一笑：“这么说，刘主任又揪出了一个共产党了？”

刘世铭神色一正：“我没有说他是共党，只是身份可疑，我必须调查。我知道，他立了大功，又救了县长的命，所以特来请示。”

魏九峰摆了摆手："三青团调查共党，是职能所在，不用请示我。这几年你挖出了不少共产党，全部都把他们送回了延安，保证了政府工作的机密，将来前途不可限量啊。"

魏九峰凑到刘世铭身边，笑容诡秘："你想怎么查，就怎么查。我也想知道，何平安到底是何方神圣。"

还是那间屋，还是那张行军床，何平安面朝墙壁躺着，很有节奏地打着鼾。

柳芬站在何平安的身后，静静地看着。

"别装了。"

何平安的后背一动不动，依旧鼾声如雷。

柳芬拉过椅子，坐在何平安的身后，低声叹了口气。

"九年前，刚到棠德的时候，你枕着枪睡觉。一点响动就能惊醒，有一次我半夜起床，你一下窜了进来，举着枪，眼睛发亮。当时我就说，这样下去不行。"

何平安的鼾声渐渐低了。

"我花了一年的时间，才教会你睡觉要打呼噜，像个普通人一样。这九年来，每天听见你的呼噜声，我心里就踏实。可我知道，自从那天你开了城门，你就再也不打呼噜了，你都是装的。"

鼾声停了。

柳芬凝望着他的后背，轻轻说道："你在看打火机。"

何平安陡然坐了起来，翻过身看着她。

柳芬声音里带着哭腔："我知道，自从你开了城门，见了那个沈湘菱，你就每天都偷偷看那个打火机。"

何平安定定凝视着她，慢慢抬起自己的左手，掌心上托着一个打火机。

"我也知道，瞒不过你。"

何平安笑了。

柳芬看着打火机，凄然摇摇头："这个打火机，代表着你以前的日子，那时候，你是英雄。这么多年，我一直想让你变成一个正常人，看来是做不到了。"

"你做到了。"

何平安的语气满带沮丧、无奈。

柳芬不解地看着他。

何平安伸出自己的右手："我今天开了枪，杀了人。这九年我没伤过一个人，今天是迫不得已。我以为我能像以前一样，可我现在……"

那只右手在颤抖，不住颤抖。何平安求助似地望着柳芬。

"我害怕。"

柳芬看着何平安，握住他颤抖的右手，贴在心口。

"这么多年太平日子，值了。"

柳芬潸然泪下。

“啪”的一声，周四把茶杯往桌上用力一顿，飞溅的茶水几乎溅上刘世铭那身雪白的中山装。

刘世铭毫不在意，只是望着面前的沈湘菱：“我来，是想问何平安的事。”

隔着大堂正中的红木桌，沈湘菱端然坐着，目视前方：“问何平安的事，你应该去找何平安。”

刘世铭掏出一个本子，拔出笔；“何平安让你把面粉车停楼下救人，你们是什么时候商定的？”

“没有商量过。”

刘世铭凝视着沈湘菱：“没商量过？难道是凑巧？”

“不是凑巧。”

刘世铭一愣：“那是什么？”。

沈湘菱淡淡道：“是默契。”

刘世铭沉默了。

“你们认识了多久？”

“两天。”

刘世铭攥紧了手中的笔：“认识两天，就有默契？”

“有些人，第一次见面就有默契。有些人，认识再久，也看不透他的心。”沈湘菱看着对方，冷冷地把自己跟前的茶杯端了起来：“送客！”

周四上前，收起刘世铭的茶杯：“刘先生，沈家太小，容不得您这么大的官。请回吧。”

刘世铭深深看了沈湘菱一眼，转身大步走出大堂。两个下属等在沈家大门外，见他出来，忙迎上去：“世铭同志，下一步怎么办？”

刘世铭转身望着沈家紧闭的大门，低沉地吐出几个字：“提审何平安！”

一只修洁的手拈着把指甲刀，熟练地搓磨着另一只手的指甲。

何平安坐在对面，桌子上只有一叠文件，别无他物。

刘世铭笑着把指甲刀放在桌子上，推到何平安面前：“听魏县长回忆，当时就是因为这指甲，让土匪认出来的."

何平安尴尬一笑:“我脑子笨，没注意到这些细节。”

“不能这么说。你是大英雄，深入虎穴，不单救了老百姓，还救了县长。何警官，你可算是一战成名啊！”

何平安搔搔头：“刘长官夸奖了。您找我来，有什么要问的？”

“没什么要问的啊。我是仰慕咱们常德的英雄，请何警官来随便聊聊，还想请你吃个饭。对了，听说何长官是桑植人？”

何平安点点头。

刘世铭把身子往后一仰，靠着椅背感叹道：“好地方啊，前两年去过，山清水秀。河边有一棵大榕树，独木成林，算是奇景。”

何平安一笑：“您恐怕记错了，河边没有榕树。”

刘世铭坐直身子，与何平安对望着，气氛瞬间凝重起来。

“何警官为什么背井离乡，到棠德来了？”

“民国二十三年闹灾荒，逃到棠德的。”

“可政府报告上说，那年没灾荒啊？”

何平安又是一笑：“政府的统计什么时候准了？您还信那个？”

刘世铭盯着他：“何警官在家做什么营生？”

“我爹种地，我在染坊给东家挑水。”

刘世铭“哦”了一声，从桌上拿起叠文件翻看着：“这么说何警官的一手好枪法，都是挑水挑出来的？”

何平安不说话，只是看着刘世铭。

刘世铭拿起文件，低头朗读：“民国二十九年春季射击考核，十枪中八，两弹脱靶，三十二环，丙中；民国二十九年秋季，丙上；民国三十年春季，丙中。”

刘世铭把文件推到何平安面前。

何平安扫了一眼，封面上大字赫然入目：射击考核记录。

刘世铭坐直身子，犀利地望着何平安：“何警官，你平时的射击考核成绩差强人意，怎么昨天一下子就弹无虚发了呢？”

何平安抬起头，轻轻放下记录，脸色平静：“碰巧。”

“碰巧？”

何平安毫不避讳地望着刘世铭的眼神，缓缓点头。

刘世铭死死盯着何平安：“何警官真是深藏不露呀。”

何平安一笑：“我就是个小警察，您说的话，我听不明白。”

两人静静地对峙。

刘世铭蓦地笑了：“跟你打听个老乡，不知道你认识么？”

“桑植人多着呢，不知道您问哪家？”

“贺家。贺龙！”

何平安一怔，渐渐地笑了。

“贺胡子么，认识。”

刘世铭却不动声色。

“可惜我认识他，他不认识我。”

刘世铭“哦”了一声：“他带着人闹共匪，你们那儿没少吃苦吧？”

“谈不上。共匪土匪日本人，谁来都一样，老百姓么，一样是种地。”何平安淡淡说道。

刘世铭笑着站起来：“我还有点事，让别人来陪你。别走，晚上一块吃饭！”

说完，他伸手拍了拍何平安的肩膀，转身走出办公室。两个团员正守在门口，刘世铭走上前低声吩咐道：“你们进去跟他聊天，拟好的问题要反复问，一个问题至少五遍以上！”

“都他妈给老子闪开！”

县长办公室前，蓦地爆出一声大吼。

刘主任带着两个警卫拦在门口，雷大虎则带着十个兵，双方对上了。

秦岳站在雷大虎身后，不发一言。

刘主任看看来人这副阵仗，只能缓和脸色，好声好气道：“魏县长正在休息，办公室不接待任何人，请您回去等通知。”

“我能等，日本人能等么？”雷大虎扬起手里的枪，“耽误了军务，你有几个脑袋，你们县长有几个脑袋！

刘主任强自忍耐：“请您等消息。“

“放屁！老子要去的地方，还没人拦得住！“

雷大虎一把推开刘主任，大手一挥。

“进去！“

士兵冲上来，撞开看守的警察，雷大虎双手一推，“咣当”一声门扇大开，他转头冲秦岳得意一笑，大步走了进去。

魏九峰正倒在沙发上，任由两个医生给自己检查身体。听见动静蓦地睁开眼，看了一眼雷大虎，就低下头，不住地咳嗽。

雷大虎走到沙发前，叉着腰大咧咧道：“魏县长！雷某人奉师座的命令，有公干！”

魏九峰没说话，只是抬手指了指北墙。

雷大虎顺着他的手指往墙上一看——蒋中正画像！

“这里是民国的政府，是委员长的政府，”魏九峰昂然坐了起来：“雷营长仗兵硬闯，是眼里没有我魏九峰，还是眼里没有委员长？”

雷大虎一愣，跟着整了整衣服，对着委员长画像敬礼。

魏九峰摆了摆手，医生转身出去了。

“既然心里有委员长，就该知道，你是军，我是政。我不归你管，也不归你们师长管。有什么话，说吧。”

魏九峰故意不看他，拿起茶杯喝了一口。

雷大虎把信封拍在茶几上：“师座的命令，棠德的百姓，两天之内全部要离开！你签字盖章吧！”

魏九峰脸色发白，拆开信封看了一遍，就把信往茶几上一丢：“这个字，我不能签。”

雷大虎差点跳了起来：“凭什么！”

魏九峰一拍沙发扶手：“刚刚平复了民心，现在要迁民，棠德必乱！”

雷大虎也一拍桌子，声音更响：“不迁出棠德，日本人来了，都他娘的完蛋！”

“怕日本人来？”魏九峰蓦地站了起来：“你们当兵就是保家卫国，挡不住日本人，还吃什么军饷！魏某人经营棠德这么多年，不是留给你们这些兵痞祸害的！”

雷大虎一时语塞。

魏九峰瞪着雷大虎，毫不退让。

雷大虎一挥手："找！把公章找出来，替魏县长盖章！"

魏九峰大怒："你敢！"

雷大虎要往前冲，秦岳一把按在雷大虎的肩上。

雷大虎一顿："你放心。"

秦岳放开手。

雷大虎上前一把按住魏九峰，把他按回到沙发上坐下。

士兵翻箱倒柜，在办公桌边找到一个抽屉，锁着的。

"营长，上头有锁！"

"还他娘用老子教你？砸！"

士兵一枪托砸开了锁，拿出公章："找到了！"

魏九峰想挣扎着站起来，雷大虎一只手按着他，根本动不了。

雷大虎伸出另一只手，士兵忙把公章递了上去。

"魏县长，我是当兵的，跟你们当官的不一样。你们办砸了差事，顶多是停职，过两年换个地方，又是祸害一方。我不一样，办砸了差事，我们师长得要我脑袋！"

雷大虎用公章敲着自己的脑瓜。

"你不签字盖章，就是要整死我，那对不起了，我就得先整死你！"

十条枪一起对准魏九峰，拉动枪栓。

"棠德县长魏九峰，勇斗土匪，身中枪伤，不救身亡。这套词儿怎么样？"

雷大虎恶狠狠地盯着魏九峰，把公章放在魏九峰手里。

魏九峰激愤地大吼："妄想！军阀，土匪都不如！"

雷大虎一挥手，几个士兵压住了魏九峰。

雷大虎握着魏九峰的手，把公章重重地盖在了文件上！

"叫几个弟兄守在这儿，谁也不许进出，魏县长需要休息，咱们给他站岗！剩下的人，抄成告示，全城张贴！"

盖着县政府大印的告示很快贴满了棠德的大街小巷。仿佛热油锅里浇下一瓢冷水，"轰隆"一声，偌大的棠德城整个乱了！激愤的民众纷纷走上街头，他们堵在了县政府门口，堵在了警察局门口，更多的却是堵在了中央银行的门口……他们哭着，嚷着，哀求着——他们哀求魏县长收回成命，哀求银行提出自己的一点活命钱！

重兵未临城下，已然一派末日景象。

然而就在这满城哀鸿中，偏偏有把清透甜美的嗓子还在依依回荡——

"雁在天边叫
鲤鱼在水面上漂

雁看着鱼 鱼看着雁
只是干急躁
雁叫声鱼 一心里要和你凤鸾交
鱼叫声雁 又吃亏这水波儿阻隔着……"

乔榛放歌，海东升奏笛。歌是旧歌，笛是新笛，笛声歌声相缠相和，依然婉转动听。

然而街头一片混乱，根本没有人停步，人们神色担忧，匆匆来去。

日已过午，海东升跟前的碗里还是没有一个铜子。

他放下笛子："算了，别唱了。"

乔榛停住了歌声，懵懂望着海东升。

海东升一声长叹："我没用，没让你吃上一顿饱饭。跟着我，早晚得饿死。"

乔榛惊恐地摇头："我不怕挨饿，不怕挨饿，师父，你……你是不是要卖了我……"

海东升笑了，拍了拍乔榛的头："别傻了，我就是把自己卖了也舍不得卖你。"

海东升摩挲着手里的笛子，望着仓皇的人群。

"乱世人，不如太平犬啊。这几年，咱们两个漂泊不定，我也没有别的，只是想让你能顿顿吃上一口饱饭……是师父没用……"

乔榛抓住海东升的手："师父，别说了，我愿意跟着你，你去哪儿我都跟着你。"

海东升苦笑："可你再跟着我，就把你饿死了。"

"饿死我也跟着师父！"

望着乔榛诚挚绝然的目光，海东升大为感动。

当啷！

碗里一响，有人扔了一块银元。

海东升抬头，不见人，低头，对面站着一个孩子——沈学文。

沈学文两眼晶亮地看着乔榛："唱的真好听，能再给我唱一段么？"

乔榛连忙点点头，还要唱，却被海东升伸手拦住了。

海东升弯下腰："这位少爷，你姓什么？"

"我姓沈，叫沈学文。"

海东升一怔："大粮商沈怀德是你什么人？"

"就是我爹啊。"

海东升抬起头，仰面望天，猛一跺脚："这不怪我，都是命！"

沈怀德抓起茶杯，照准趴在地上的下人的脑袋，砸了下去！

"咣"的一声，茶杯碎了，下人的额头鲜血淋漓。旁边站着的两个举棍子的家人也吓得有些腿软。

"我问你，少爷怎么丢的！"

沈怀德指着下人，手指都在发抖。

“少爷吵着要出去，我挨不过，只好带他上街。街上都是人，挤来挤去，就……”下人不管头上的伤口，俯在地上“砰砰”磕头，“老爷饶命，老爷饶命啊！”

“给我打！打死这个狗奴才！”

沈怀德大喊着，苍白的脸上浮上病态的红色。

沈湘菱迈步走了进来，周四紧紧跟在后面。

棍子劈空落下，下人哀嚎顿起。

“老爷饶命，二小姐！二小姐饶命啊……”

沈湘菱不为所动，静静坐在一边的椅子上。

沈怀德沉吟一下，缓缓开口：“自己的身子我自己知道，到这地步，也不避讳了。”

沈怀德扫视众人。

“老三老四虽说是儿子，可就是不争气，湘菱毕竟是个姑娘，传不了香火。”

沈怀德咳嗽着，众人低头听着。

棍子声此起彼伏，“饶命”的喊声越来越低。

沈怀德拍着椅子扶手：“沈家，我是打算传给学文的。可被人绑票了！人家送来了这个！”

沈怀德从桌子上拿起一件孩子穿的衣服：“你们说，怎么办？”

三少爷忙凑上前道：“爹，找张局长吧。”

“不行！”沈湘菱断然道：“不能找警察。”

四少爷忙道：“那就给钱，要多少给多少，把弟弟赎回来！”

“也不能给钱。”

“沈湘菱！”三少爷一拍桌子，手指沈湘菱：“这也不行那也不行，你是不是想害死学文，想掌家？！”

静默，无人应答，沈怀德斜眼看着沈湘菱。

沈湘菱胸口一闷，眼前阵阵发黑。她闭上眼，强自定了心神，脸色发白。

一个家人上前，指着被打的人：“老爷，晕死过去了。“

那个下人一动不动地躺着地上，血肉模糊。

众人沉默着。

沈湘菱定住神，缓缓站了起来：“现在兵荒马乱，谁都觊觎咱们沈家。找警察局，他们非但敲的不会比绑匪少，还不会用心救人，反倒害了弟弟。”

沈怀德缓缓点头。

“给钱也不行，他们绑了学文就是要好处，不给好处，学文就没事，给了好处，他们不会冒险把人还回来，一定会撕票！”

众人不言语了。

沈怀德瞥了两个儿子一眼：“听听，多跟你们二姐学着点！湘菱，你说吧，该怎么办。”

三少爷翻了个白眼，别转了头。

所有人目光看着沈湘菱，她默默地咬了下嘴唇。

一个身影在沈湘菱的脑海中浮现：聚福楼前，长街喋血，何平安一个人站在大门口，全身浴血，手里提着枪，犹如地狱恶鬼，又似怒目金刚。

“有一个人，他可以救学文！”

“何平安说的每一个字都在这儿了，一字不落。”

一个三青团团员走到办公桌前，把手中的记录递给桌后的刘世铭。

刘世铭接过记录，仔细翻看着。

“世铭同志，这个何平安，有多少可能是共产党？”

刘世铭放下记录，淡淡道：“一成。”

“一成？”

“一成也要查。非常时期，不能让任何一个有嫌疑的人潜伏在棠德。我们不会冤枉好人，查出来，有罪的定罪，没罪的遣送。”

“可我们几个轮流试探了他那些问题，至少五遍。没有前后矛盾，一字不差。”

刘世铭闻言一怔，拿起记录重新翻开，面色渐渐沉重起来：“还真是一字不差！现在他的嫌疑，可不止一成了。三成吧，三成可能，他是共匪！”

团员神色困惑：“他的回答没有错误啊。”

“正因为他没有错误！”刘世铭放下了记录，抬眼望着团员，冷冷一笑：“九年前的事了，一件件还记得这么清楚。这只有两个可能。要么何平安是个记忆力惊人的天才，要么，这些都是他编好的谎话！”

团员一怔，眼中随即露出信服的神色。

刘世铭站起身，把记录递给团员：“专门给何平安建一个档，这些全都放进去！”

他话才说完，一个团员敲门走了进来：“世铭同志，沈家的二小姐来了，说要带走何平安。”

刘世铭愣住了。

“对不起，沈小姐。世铭同志正在工作，暂时不能见您。”

沈湘菱坐在椅子上，抬起眼，犀利的目光望着对面的团员：“是暂时不见，还是根本不见？”

对方语塞。

沈湘菱沉默了一霎，忽然问：“你有烟么？”

团员摇了摇头：“我们这里没人吸烟，响应‘新生活运动’。”

“给我一根烟。”沈湘菱对周四伸手。

周四没说话，拿出一根烟，递给沈湘菱。

沈湘菱接过烟咬在嘴里，周四擦亮火柴，为她点燃。

团员作势阻止：“沈小姐，我们这里不许吸烟。”

沈湘菱没理他，吸了一口，把燃烧的烟递给对方：“你拿着这根烟，去交给刘世铭。”

何平安一走出三青团大楼的门口，沈家的汽车就开了过来，周四拉开车门，何平安钻进车里，沈湘菱也跟着上了车。

刘世铭从街角走出来，独自看着沈湘菱的汽车远去。

他的手指间，那根香烟还在燃烧。

那股熟悉又陌生的味道，让他仿佛又看到了从前。

车轮飞转，意气风发的少年骑着自行车，后车架上是一身学生打扮的沈湘菱。

"刘世铭！"沈湘菱忽然一手揽住他的腰，一手从包里拿出一根烟，举到他的眼前："抽烟！你敢不敢？"

刘世铭的脸发红。

"就知道你不敢！"

沈湘菱哼了一声，放下了揽抱他的手，掏出打火机把烟点燃，凑到自己嘴边，深深吸了一口。

淡淡的烟草味儿飘了过来，刘世铭猛然停车。

沈湘菱身子一晃，差点从车上掉下来。

刘世铭转身拿过烟，吸了一口，示威一样地看着沈湘菱。

沈湘菱一愣，随即笑了。

笑颜如花，刘世铭不觉看呆了。

呆立的刘世铭手一抖，指间夹着的香烟掉在地上，几乎燃尽，只剩下一缕青烟袅袅。

沈湘菱的车已经走远了。

一阵风起，缓缓吹散了青烟。

"谢谢沈小姐。"

眼见离三青团大楼越来越远，何平安转过头，对身边坐着的沈湘菱低声道谢。

"我出了一千块，请张局长把你带出来，不是为了听你一句谢谢。"

何平安一愣，看着沈湘菱。

沈湘菱的神色冷漠，只是看着前方："刘世铭为什么要查你？你是共产党？"

何平安笑了。

"我这种小警察，贪污受贿，酗酒赌钱。我要是共产党，委员长就不发愁了。"

"你最好不是。"沈湘菱猛地转过头，冷冷盯着他："我大哥死在共产党手里，如果你是共产党，我会亲手杀了你。"

何平安神色一震。

沈湘菱凝视着他的眼睛，少顷，缓和了神色，低声道："我弟弟被人绑架了。我想请你帮我。"

何平安怔了，随即一笑道：“生逢乱世，我是泥菩萨过河，怎么有本事帮沈小姐。”

“你不肯？”沈湘菱皱起了眉头。

“我也是有老婆孩子的人，好不容易保下一条命，我……”

“你不肯也得肯。”沈湘菱直视前方，语气冰冷地打断了他。“你受了我恩惠，就要为我做事。”

何平安愣了半晌，笑了：“沈小姐，你还是把我送回去吧。”

沈湘菱转头，直直地瞪着何平安。

“呼”的一声，一块石头猛地砸在玻璃上。

汽车猛然停住了！

大批灾民从路口扑了过来，蜂拥堵在汽车前。

“生在棠德，死在棠德！我们不走！”

“当官不为民，砸了他们的车！”

众灾民冲上来，汽车摇晃不止。

周四回头急道：“二小姐，他们把咱当成县政府的车了！”

沈湘菱喝令道：“快走！”

汽车缓缓地往前开，几个灾民挡在前面，死死堵住去路。

“生在棠德，死在棠德！你们压死我吧！”

汽车晃荡，一张张灾民的脸贴在窗玻璃上，扭曲而狰狞。

沈湘菱突然脸色发白，一只手紧紧的抓住何平安的胳膊，大口喘着粗气。

何平安看着她惊恐的脸，愣住了。

周四脸色也变白了：“小姐，您发病了？”

沈湘菱点点头。

车门突然被砸开，几个灾民上来抓沈湘菱。

沈湘菱瞬间慌了神，死死地抓住何平安的手。

周四猛地拔枪，何平安一把按住了周四。

“别开枪！”

何平安紧紧拉住沈湘菱，身子一转，张开臂膀，把她严实实地护在里面。

灾民的拳头雨点般打在何平安的后背上，他一动不动，宛如一座山挡住沈湘菱身前。

沈湘菱怔怔望着他，何平安却转头对周四喝道：“对天开两枪，吓开他们快走！”

周四举高手臂，对天鸣枪！

一连数声枪响，灾民惊惶散开，汽车缓缓开动。

何平安拉起了沈湘菱，让她靠着椅背坐稳，渐渐平稳了呼吸。

“原来沈大小姐也有怕的时候啊。”何平安不由地轻声一笑。

沈湘菱瞥了他一眼，低声道：“我只是身体不好。”

何平安抬起了自己的胳膊：“要是不怕，为什么还抓着我？”

沈湘菱低头一看，自己的手还下意识地抓着他的胳膊。当下脸一红，飞快地把手抽回来，有些不知所措。

何平安放下胳膊，正色说："我答应帮你救弟弟。"

沈湘菱面色一喜，却又冷下来。"我不需要你可怜。"

"您是沈家的大小姐，哪轮得到我可怜？"何平安笑了，"你保证送我老婆孩子出常德，我就尽心为你找弟弟。"

沈湘菱转过脸，两人眼神一对。

"一言为定！"

第六章 怎舍故土

从亚洲旅社二楼房间的窗口望下，激怒的人群挤满了街面，像炸了锅的蚂蚁一样涌动。

秦岳放下窗帘，从腰里掏出枪，上了子弹，递给坐在床边的雷大虎。

雷大虎疑惑地抬起眼："干嘛？"

"干嘛？请雷营长下去强令迁民呀。"秦岳把枪在雷大虎眼前晃了晃，"这么多灾民，乱成这样子，我怕你一支枪不够用。"

雷大虎一愣："哎呀！老秦，你就别再挤兑我了！快帮我出个主意。"

秦岳收回枪，微微笑了："我出个主意，你就听我的？"

"你说，你说！"

秦岳看他一眼，又不说话了，走到窗前坐下，撩开窗帘看着窗下乱象。

雷大虎烦躁站起来，一把扯下窗帘。

"都火烧屁股了你就别卖关子了！你说，只要管用，我都听你的！"

秦岳不说话，甩手把一捆绳子丢在地上。

雷大虎瞪大了眼："这是干什么？"

"事到如今，必须请魏九峰出面了。你听过将相和么？"

雷大虎看了看绳子，又看了看秦岳，明白了，顿时跳了起来："不行！绝对不行！你小子是故意使坏，让我给姓魏的负荆请罪……我……我宁死不屈！"

秦岳脱下外套，挽起袖子，似笑非笑地看着雷大虎。

雷大虎有些发毛："你别吓唬我，我知道我打不过你，打不过你怎么了？你是营长，我也是营长，你他娘的凭什么让我去负荆请罪！"

"就凭你打不过我！"秦岳一拍桌子。"你看你是自己动手，还是我帮你吧。"

雷大虎脸憋得通红："你……我……老秦，我还得带兵打仗啊，你不能让我丢面子是不是，咱们商量商量，还有没有别的办法？"

秦岳面色一肃："面子？部队晚一个小时推进棠德，就不知道有多少弟兄战死。老雷，你的面子值几条人命！”

雷大虎脸上红一阵白一阵，说不出话来。

“不服？”秦岳挽起了袖子：“咱俩再打一回。”

“打什么打，我从来就没赢过你。”雷大虎抓起绳子奋力一抖。“来吧！给我绑紧点儿！”

指挥部里极为安静肃穆，只有滴滴答答的电报声不时响起。

——支那部队弃守据点，向西撤离……

横田勇手握铅笔，在地图上快速地勾勒着。

地图上，一支支箭头指向“棠德”。

横田勇忽然把铅笔一丢，拍案而起：“余鹏程要撤退！”

“意料中事。”站在桌前的崇明亲王淡淡道，“将军应该马上截住他们！绝不能让他们撤进棠德。”

横田勇一摆手止住他：“不！就让他们撤！凭我的经验，支那任何一个部队后撤，都是杂乱无序的，是歼灭敌人的大好时机！”

说完，他转向桌前的另一名军官：“加紧进攻！让他们撤得更快更慌张！”

战场上硝烟滚滚，一片血肉狼藉！

一波又一波日军士兵疯狂地向国军战壕扑来！

国军战壕，士兵接连倒下。

土坡上，马潇放下望远镜，转向身边的军官下令：“把全营兵力集中起来，照准日军主力主动出击，阻断他们的进攻！”

军官迟疑着：“可是营长，按照师座指令，我部须伺机撤离！”

“你没看见战场上的情形么？”马潇伸手一指，“鬼子攻势这么猛，只要一下令撤退，我们的军队整个就崩溃了！快去，传令进攻！”

军官挺身并腿：“是！”

炮声隐隐传进指挥部。

柴志新放下电话，走到余鹏程的身边：“师座，各方都已经协调好了，是时候撤入棠德了！”

“发给各部的命令呢？”

“都按照您的吩咐拟好了，分批次后撤，不给敌人可乘之机！”

“再发电给雷大虎，让他抓紧行事！”余鹏程决然喝道：“明天中午之前，棠德的百姓一定要开始转移，如果办不到，以延误军机论处！”

“魏县长，魏大哥！”

一声炸雷般的喊声，魏九峰一惊，推开办公室的门，几步走进院子里。

冬日的寒风让魏九峰打了个寒噤，跟着便瞪大了眼睛，惊异地说不出话来：雷大虎光着膀子，倒背双手，背上还绑着一根藤条，大踏步闯了进来。

“老雷我负荆请罪来了！”

雷大虎往魏九峰面前单腿一跪。

魏九峰顿时愣了。

“我是个老粗，不懂魏县长的苦心，还冲撞了县长。现在城里乱了，老百姓都不愿意走，老雷知道，我是惹了大祸了！只有魏县长您能收拾局面啊！”雷大虎跪在地上，仰面看着他，一句句说得情真意切。

“雷营长，你是军，我是政。”魏九峰缓缓开口，“你犯不上给我请罪，要请罪去你们师部去请！”

“我是将，你是相，将相不和那就得出乱子啊。老雷我比不了廉颇，可您不比蔺相如差！您要是不原谅我，老雷我就长跪不起！”

雷大虎说完，当即把头一低，背一弓，跪着不动了。

魏九峰哭笑不得，想不到这个雷大虎还给他来混的。

“魏县长，魏大哥！”雷大虎接着哀求，“实话说吧，师长来了电报，明天中午他就到常德，现在弄成这样，我办砸了差事，师长是要枪毙我了。只有您能救我啊，可不能见死不救啊！”

魏九峰叹了口气：“雷营长，你起来吧。”

雷大虎眼睛一亮：“那你就是原谅我了？”

“你起来，我告诉你解决的办法。”

雷大虎豁地站起来，挑起大拇指：“魏大哥就是有胸襟，兄弟以后就听你的了，你说怎么办就怎么办！”

魏九峰无奈地摇了摇头：“我问你，老百姓跟谁走？”

雷大虎一愣：“当然是跟党国走！”

“真要是这样就好了！”魏九峰叹气摇头：“我告诉你，老百姓跟有钱人走！”

“有钱人？”

“对！有钱的人就有势力，有消息。他们去哪儿，哪儿就安全。老百姓不走，是觉得城里安全，可要是有钱人都走了，就表明城里不安全，他们都会跟着走！”

雷大虎一拍脑袋：“对啊！只要让有钱人跑了，老百姓也就跟着跑了。魏大哥，城里谁最有钱啊？”

“沈家！”

魏九峰诡秘地笑了。

“告诉你们沈家！”雷大虎抓起桌子上的茶杯，猛地往地上一砸：“天黑之前，你们都要离开常德，不然，就没有沈家了！”

十几名士兵拉动枪栓，子弹上膛，扇面排开，整个大堂都在枪口之下。

雷大虎站在堂正中，秦岳一动不动地站在他身后，虎视眈眈地盯着对面的沈怀德。

沈家众人全都在大堂上，一个个噤若寒蝉。

沈怀德咳嗽了几声，用力平复住，缓缓站起来："这位军爷，您怎么称呼？"

"五十七师营长，雷大虎！"

沈怀德转身命令下人："快，去账房支五百块大洋，给雷营长和各位兄弟拿去买碗茶喝！"

"不必了！"雷大虎把手一摆，"虎贲八千兵士，恐怕沈老板还贿赂不起。明天正午之前，请你们举家离开常德城！"

沈怀德冷冷道："雷营长，您总得让我知道为什么吧？"

"这是军令！事关常德生死，你要是不服，可以去师部告我。"

"军令，也是人来执行。"沈怀德仍是好声好气的，"军爷，沈家有什么得罪的地方，沈某给您道个歉，您给个数，沈家一定如数奉上。"

"很好，你贿赂军官！沈家立刻离开常德，我就当不知道这事。你现在要是不走，我立刻抓你！"

雷大虎上前作势抓人，沈怀德唯有苦苦哀求："我们沈家确实是遇见了难处。我小儿子被人绑架了，你现在让我走，这不是……这不是要我孩子的命么！"

雷大虎一愣，面露犹豫。

三少爷趁机也凑上来："我们沈家也不是没根没业！凭什么你一句话就得离开常德，总要讲出个道理！"

"讲道理？！"雷大虎一声大喊，把枪往桌子上用力一拍："老子他妈不会讲道理，这枪就是道理！

众人都被唬住了，三少爷更是脸色蜡黄。

"你们家孩子的命是命，我的命，弟兄们的命就不是命了？完不成任务，师座要我们的脑袋！你们家丢孩子是吧，也别说我不近人情！"雷大虎抓起一个茶碗。"来一个！"

"是！"一名士兵跑步上前，雷大虎的茶碗稳稳地放在士兵脑袋上。

士兵顶着茶杯，大步往外走。

"五十步外，老子一枪打碎这个茶碗，生死凭天定！要是枪不准，打死我的兵，让你们沈家见了血，老子一句话不说，扭头就走！可要是打准了，你们立刻给我滚蛋！"

士兵走到院子里，转过身面对雷大虎，立正站好。

雷大虎举枪瞄准！

沈怀德连忙阻止："使不得啊！"

枪响！

茶杯碎了满地。

"好枪法！"众士兵连声喝彩。

秦岳嘴角也浮上一丝笑。

雷大虎得意一笑，把枪拍在桌子上："不是我不通情面，是这枪不通情面！沈老板，赶紧收拾东西搬家吧！"

"雷营长，沈家确实有难处，能不能……"

"你再不答应，这子弹打的，可就不是茶杯了！"雷大虎两眼一瞪，把沈怀德的哀求生生吓回去了。

"雷营长还想打姓沈的脑袋么？"

沈湘菱大步走进来，后面跟着何平安和周四。

雷大虎望见沈湘菱，哈哈一笑："沈小姐，又遇上了！"

沈湘菱一笑道："雷营长，想不到虎贲师也出骗子。"

雷大虎脸色一肃："你说什么？"

"不就是五十步外打碎一个碗么？"沈湘菱转眼望着何平安，"沈家随便一个下人都做得到。老何，你去打一个，给雷营长看看！"

何平安瞬间明了，点了点头，伸手去拿枪。

"不行！"雷大虎一把按住何平安的手，上下打量着："沈家有钱有势，养几个枪手不算新鲜。"

他拿起枪，递到沈湘菱跟前："要是沈小姐能一枪打碎茶碗，我就让你留下。要是打不准，不但沈家要走，沈家的钱粮也得留下，充作军饷！不知道沈小姐敢不敢赌一把？"

沈怀德急了："使不得啊，小女不会开枪呀！"

沈湘菱看着枪，犹豫不决。

"小姐，我教你！"何平安忽然开口："打活物不敢保证，打死物，现教现打，一打一个准！"

沈湘菱望着何平安，缓缓点头，一把抓过枪："我赌了！"

雷大虎不由喝彩："好！痛快！"

"周四，去给我顶茶碗！"沈湘菱一声令下，周四看了一眼何平安，走上前，拿起桌子上的茶碗。

"沈小姐开枪，老雷我亲自给你顶碗！"雷大虎一把抓住茶碗，抢了过来，缓缓放到自己头上："不过，打死了虎贲军官，沈家就要家破人亡！沈小姐，小心开枪啊！"

他大步走出去，站在院子里，瞪着眼睛看着沈湘菱。

何平安熟练地拉动枪栓，子弹上膛。

"你是什么人，凭什么管我们沈家的事？"三少爷上前欲阻止。

沈湘菱厉声斥道："你闭嘴！爹，雷营长是存心要逼死沈家，不如就赌一次。这位何平安，你们都听过的，我信他！"

沈怀德犹豫少顷，竟然点了点头。

雷大虎恍然大悟："原来这位就是何警官！"

何平安一笑，举枪瞄准雷大虎。

雷大虎忙道："你干什么！说好了，是沈小姐打！"

何平安放下枪道："沈小姐，你过来。"

沈湘菱走到何平安的面前。

"这个雷营长粗中有细，自己顶茶杯，就是为了吓退你，让你们沈家痛快滚蛋！不过，如果你确实不敢——不想……"

"我敢！"沈湘菱冷冷打断了他，"这天底下，有什么是我沈湘菱不敢的？"

"那好，就照我说得做，把他当成根木头，明白了？"

沈湘菱点点头。

何平安瞄好了枪，往后退了一步，胳膊仍旧举着，对她鼓励一笑："站在我前面。"

沈湘菱点点头，站在他的前面。

"按我说的做。"何平安把枪交给她，伸出另一只手，端起她的手臂，就像从后面抱着沈湘菱。

沈湘菱脸庞一热，心跳不觉在加速。

"稳住心神，跟着我呼吸，放慢心跳。"何平安俯在她耳边轻轻道："我已经瞄准了，你只要慢慢地扣扳机，不要用力，不知不觉，子弹打出去，百发百中！"

沈湘菱的心跳依然快，呼吸依然乱。

"想想你弟弟！"何平安又道。

顿时，沈湘菱冷静了下来。她定定神，聆听着耳边何平安的呼吸，慢慢调整着自己的气息。

两人的呼吸竟成了一个频率，连心跳声都合在了一起！

枪口瞄准了雷大虎！

雷大虎额头见汗，还是一动不动。

"打！"

何平安一声轻喝，枪声响了！

茶杯碎裂，茶水流了雷大虎一脸。

"雷营长，请回吧。"沈湘菱放下枪，微微一笑。

"你很会开枪啊。"一直默不作声的秦岳冷不丁开了口。

何平安转眼看向秦岳："这位是……"

秦岳不回答，转眼望着身后的士兵："有谁带着罐头了？"

一名士兵跑上前，递上一盒罐头。

秦岳掂着罐头一笑："我扔上去，你能打得着么？"

何平安从沈湘菱手里接过枪："我可以试试。"

秦岳猛然一扔，罐头飞上半空。

何平安抬手开枪！

罐头落地！

"捡回来！"

一名士兵跑过去，捡回罐头，交给秦岳。

罐头中间一个弹孔。

“听说你在聚福楼杀了土匪，枪法确实不错。”秦岳看了何平安一眼，猛然又把罐头扔起来。

何平安下意识地举枪。

枪响！

秦岳飞快地拔枪，开枪，一连四枪！

罐头连续中枪，竟然没有落地！

枪停，罐头落地，铁皮盒子已经被穿成了筛子。

所有人都愣住了。

“我是虎贲一一八团二营长秦岳。”秦岳收起枪，对着何平安一笑，“你的枪法不错，单论开枪，你可以在我手上干个连长！”

何平安愣了片刻，笑了：“虎贲是精锐中的精锐，我就是个小警察，枪法不好也是应该的。只是刚才雷营长已经说了，只要沈小姐打中……”

秦岳不等他说完，抢着说道：“雷营长说了，谁打中谁就可以留下来。‘虎贲’向来一诺千金，沈小姐打中了，她可以留下来！”

雷大虎恍然大悟，一拍脑袋：“没错！沈小姐留下，余下的人，立刻出城！”

沈湘菱愤然变色：“虎贲言而无信！”

雷大虎一举手，十几条枪“刷”地举起来，对准沈家众人。

“刚才我说得明白，你打中了，我让你留下。现在你可以留下，余下的，立刻出城。不然……沈怀德贿赂军官，给我抓了！”

两名士兵冲上去，拎起沈怀德就要往外走。

“放开我爹，我答应你！沈家离开常德，我留下，救弟弟！”沈湘菱大声道。

“湘菱！”

沈湘菱肃然道：“爹，不用说了。跟这群当兵的没有道理好讲。你们出城，我愿意留下来救弟弟。”

“你自己留下来？”三少爷又蹦了起来，“你是为了救弟弟，还是为了家产！沈湘菱，别以为你这招能瞒过我们，假仁假义，其实就是惦记家里的钱！”

沈湘菱咬着嘴唇，脸色惨白。

何平安缓缓走到三少爷跟前：“三少爷，是吧？”

“怎么样？”

何平安抬手一巴掌，狠狠抽在他的脸上。

“你，你他妈敢打我，敢打我！”三少爷躺在地上，捂嘴大骂。

“你这种人，老子见一个打一个！”

“好了！”雷大虎一声大喊，所有人都静了。

“我不管你们之间什么事，反正，沈家里面，只有沈小姐能留下来，余下的，必须出城！谁要是不服，军法处理！——收兵！”

雷大虎一挥手，众士兵列队出去。他自己却走到何平安面前，拍了拍他肩膀：“这种人，就该打！你小子不错。”

说完调转头，大步而去。秦岳跟在后面，临走前也看了一眼何平安。

“这，这可如何是好……”沈怀德仰面长叹。

三少爷这才从地上爬起来：“都是这个何平安！本来跟他们好好说，给他们点钱就好了。他非要撺掇什么比枪，都是他害的！”

何平安转眼打量，沈家众人全都充满敌意地望着自己。

沈湘菱冷静道：“何警官，你的老婆孩子应该已经接过来了，你去见见吧。我们家的事，容我们自己商量。”

何平安苦笑着摇摇头，转身走去。

宽敞整洁的客房里，柳芬正怀抱着小猴子坐在桌前。桌上摆着盘点心，小猴子一手拿一个，狼吞虎咽。

柳芬轻轻拍了拍他的背，嗔怪着：“慢点儿吃！”

门打开了，何平安走进来。

小猴子爬起来就往他怀里扑，手拿点心直往嘴里塞：“爹！爹你可来了！”

“亏你还记得我们娘儿俩！”柳芬忙站了起来，一拍桌子：“说，你应下什么掉脑袋的差事了？我可告诉你，这个沈小姐不是个好惹的角色！”

何平安抱起小猴子，在桌前坐下，不答反问：“沈小姐是怎么跟你说的？”

“她倒没说什么。刚才，就她身边的那个结实丫头，跑到家里去找我，说你在这儿，我就带着孩子过来了。”

何平安抱着小猴子，没说话。

柳芬上前捅了何平安一指头：“到底怎么回事儿，你快说呀！”

“棠德城待不下了，你们得跟沈家一起走，马上！”

柳芬一愣：“怎么说走就走？我什么东西也没收拾——你说你，上回说要走你不肯，现在又二话不说就要走！姓张的欠你两个月的饷银还没给呢！”

“不是……不是我要走，是你跟孩子两个，跟着沈家一起走。”

柳芬怔住了：“何平安，你说什么？”

“沈家的小少爷被人拐了。我答应了沈小姐，留下来帮她找弟弟，条件就是她送你跟孩子先出城。”何平安低下头哄小猴子，“——儿子听话，先跟着你娘出去，爹过两天就去找你们。”

“吧嗒”一声，小猴子手里的点心掉在地上。

小猴子紧紧搂住何平安一条胳膊：“我不！爹不走，我也不走！”

柳芬上前，抓住何平安另一条胳膊：“那不行！要走一块走，要留一块留！你不能一个人留下，我早看出来了，那个沈小姐不是什么好东西，你不能上她的当！”

何平安一把甩开她，烦躁地站起来：“你知不知道，日本人就要打过来了！再不走，一个都走不了！”

柳芬一时愣住了，小猴子却放声大哭起来。

“我不！我不让爹留下！我就不！”

小猴子蹲在地上，抱着何平安的腿，满脸鼻涕眼泪。

柳芬的眼圈也红了："你看看，就算我同意，小猴子他愿意么？你也知道鬼子就要来了，你就放心叫我们娘儿俩自己出城？自己的孩子管不了，你还有心给别人找孩子呢！"

何平安低头看着小猴子，不说话了。

柳芬揩了把眼角，吸溜下鼻子，放缓了语气："要我说，他们不仁，咱不义！你反正也救过她姓沈的一回了……趁着他们不在意，咱三口一起出城！"

然而此时城外已成战场。炮火轰鸣，日军正如潮水一样汹涌向前。

山坡上，横田勇举着望远镜，统揽全局，身后仍旧站着那名日本军官。

崇明亲王站在一边，抱着肩膀："将军阁下，这样一场简单的追击战，你已经观摩了三个小时了，有必要么？"

"余鹏程，果然是我的劲敌！"横田勇放下望远镜，一声叹息。

崇明亲王疑惑了："我不懂，支那军在全面溃退，怎么称得上是劲敌？"

"会打胜仗的将军很多，可会打败仗的将军却没几个。能够败而不乱，层层后退，把损失降低到最小，余鹏程的军队是我生平仅见。"横田勇脸上浮现自信的一笑，"余鹏程撤入棠德，是我们战略的一部分。可在那之前，他需要付出更多的代价。"

他再次举起望远镜，战场上的炮声更紧了。

炮火声中，国军指挥部后院里，一个连的战士，整整齐齐站成三排。

一百多人的神情，都是极度的坚毅，竟是一片肃杀。

余鹏程一挥手，士兵端上来一坛酒。

一碗碗酒递给众人。

余鹏程也端起一碗："我的军队，不准饮酒。可只有一种人能喝，你们说，是什么人！"

众人齐声高喊："要死的人！"

"死是什么？"

"为党国尽忠，为民族尽孝！"

"好！"余鹏程目光炯炯，"现在大部队要撤入棠德，需要有人突袭敌军本部，牵扯日军兵力。各位，敢不敢？"

"敢！"

"好，咱们干了！"

余鹏程一饮而尽，众人也跟着饮了。

"军令！杀了横田勇！"

余鹏程把碗重重摔在地上。

所有人的碗都摔在地上。

"杀了横田勇！杀了横田勇！杀！杀！杀！"喊声气壮河山。

“杀了横田勇！”

连长的枪口指着远处横田勇的指挥部。

整个警卫连端着机枪，犹如尖刀一样冲进日军的阵营。

一个连的兵力，竟在如此混乱的战场中对日军指挥部发起进攻！

全部都是精锐，火力交叉，交替推进，手榴弹开路。

枪林弹雨的战场，竟被这一支部队撕开了一个口子！

“一个连的兵力，竟然发起冲锋，这是要做什么？”

横田勇放下了望远镜，面露疑惑。

崇明亲王摸着下巴，苦思不语。

“师座，一个连的兵力，能改变什么？”

国军的指挥部后院，柴志新也在疑惑。

余鹏程不回答他，只是看着远去的战士，叹了口气。

“传令，准备全力撤退！”

柴志新吃了一惊。

余鹏程转眼看着柴志新，摇了摇头：“你啊，深谙兵法，所欠的，是在人心！”

“混蛋，他们都在干什么！为什么脱离战场，向这里靠拢！不怕军法么！”

横田勇猛然抽出指挥刀，冲着山坡下大吼。

崇明亲王笑了：“我明白了！余鹏程，不愧是劲敌。”

横田勇疑惑地望着崇明亲王。

“战争毕竟是人的游戏。余鹏程认定，只要指挥部受到威胁，各部都会回援。并非是我们的将领认为，小小一个连就能对我们造成威胁，而是，要表忠心。表示为了将军的安危，可以不顾一切。”崇明亲王看着遍地狼烟，脸上挂着笑，“真是有趣啊，我们大日本的皇军，也会有这样的心思啊。看来，他们是在支那的土地上逗留太久了！”

横田勇怔了怔，忽然弯下腰，对着崇明亲王鞠半躬：“殿下，横田勇带兵无方，深感羞愧！”

“这不是您的错。我相信，如果这里只有将军阁下，您的士兵不会如此急于表现，多半是因为我这个亲王吧。反倒是我给将军阁下带来麻烦了。”

崇明亲王，也对着横田勇鞠躬。

“报告！敌人接近了！”

近卫兵焦急的声音响起，横田勇和崇明亲王同时转头。

山坡下，国军警卫连突袭而来！

“好勇猛啊！”横田勇只有叹息，“真想和这个支那军官谈谈！”

山坡下，警卫连列成了三排。

两边的人为中间的队友挡枪，前面的人为后面的人挡枪。

就这样前仆后继，竟然杀出一条血路！

士兵一个个地倒下，最终警卫连长站在了山坡下，举枪，瞄准。

山坡上就是横田勇！

一声枪响！

警卫连长的手背被打中，鲜血横流。

山坡上，横田勇身后的军官举着枪！

几个人扑上来，按住了警卫连长，把他拖到了横田勇面前。

横田勇弯下腰，盯着俘虏的眼睛："勇敢的人，你愿不愿意投降？"

翻译官对他翻译了。

警卫连长看看横田勇，又看了看四周围簇的日军："作为士兵，我已经尽到了职责，只要能放我活命，我愿意投降！"

横田勇点头赞许："给他解开。"

士兵解开了连长的绳子。

连长活动了一下手脚，突然笑了："我降你大爷，去死吧！"

连长扯开衣服，里面绑着四颗手榴弹，猛然拉动引信！

所有人神色大变！

一直站在横田勇身后的那个军官，猛然窜出来，一脚踢在连长胸口。

胸骨碎裂的声音！

连长整个人飞了起来，顺着山坡滚了下去。

巨大的爆炸声，气浪掀掉了那名日军军官的帽子，露出藤原景虎刚毅的脸。

山坡上久久的沉默。

"藤原君，"崇明亲王走上前，拍了拍军官的肩膀："不愧是伞兵部队大队长！"

一个士兵跑上山坡，大声报告："余鹏程的部队已经脱离追击范围，主力部队全部撤退了！"

"余鹏程！他想要平安无事地撤入棠德！"横田勇脸色一变，跟着残忍地笑了，"下令，轰炸棠德城！"

通往棠德的山路上，大部队快速行进；队伍前，余鹏程和柴志新并肩骑马。

"志新啊，论奇谋，我不如你，可这一战的指挥，你却不如我，"余鹏程悠悠道，"你知道为什么？

"日军内部，也不是铁板一块，各种关系也是盘根错节。善加利用，可建奇功。师座用一个连的士兵，争取了主力的撤离，这一招，柴志新的确想不到。"

"你错了，我想告诉你的不是这些。只有四个字。"余鹏程看着柴志新，伸出了四根手指头："慈不掌兵！"

柴志新愣住了。

“牺牲一个连，换取主力的撤离。你不是想不到，你是做不到！”

柴志新转过了头，没有说话。

“棠德的事也是一样。”余鹏程叹道：“我让雷大虎这个莽人去跟魏九峰协调，就是要用他的莽撞，快刀斩乱麻，尽快让棠德的百姓离开。我们才能据守棠德。眼下，棠德不能乱啊！”

柴志新脸露担忧：“可是，雷大虎镇得住么？”

余鹏程若有所思，跟着一声令下：“加快行军速度！你在后面压阵。我带着一个警卫连，尽快赶到棠德。我担心，那边会出乱子！”

棠德城内果然出乱子了。

街头上到处都是人，推着手推车，赶着马车，成群结队的出城。

雷大虎带着兵在街头巡视，魏九峰走在雷大虎身边。

耳边忽然传来一片榔头敲打钉子的声音，雷大虎扭头一看，原来是街边商铺的民众都在用木板钉死门窗。

“魏县长，还是你有办法！”雷大虎叉着腰，哈哈笑了：“这城内的大户一走，老百姓果然都跟着跑。要不是你为我指点迷津，师座那里，我肯定是要挨鞭子了！”

魏九峰摇头叹息：“只可惜苦了这群百姓。家家都用木板把门钉死，这是为了保护自己的家。而且这门里面，不知道藏了多少人，有的是家中的独子，有的是东家的伙计，他们就是为了守住这份家业。魏某无能，不忍心把他们抓出来，不知道雷营长怎么想？”

雷大虎叹了口气：“我只知道完成师座的任务，只要能完成任务……我也不想非逼着他们背井离乡。”

“这些人，”魏九峰伸手指着忙着钉窗户的老百姓，“他们还想回来。魏某人代棠德的百姓问一句，这些人，还能回来么？”

雷大虎沉默半晌，一时只有榔头声声，响彻肺腑。

“魏县长，老雷我不懂别的，就知道听师座的命令，带兵打仗。这问题，我回答不上来。”

魏九峰无奈点头。

雷大虎叹了口气，问：“沅江渡口怎么样了？”

“已经安排了。希望日本人来之前，可以把老百姓都运……”

魏九峰话未说完，一阵刺耳的空袭警报声划过天际！

所有人昂头望天。

人群惊散，街道上一片混乱。

此时的沈家，也已是柜倒箱翻，一片混乱。

下人们来来往往，手忙脚乱地收拾东西。

三少爷一手抱着个木盒子，一手扎撒着指使下人：“小心点小心点！那个瓶子是宋代官窑，磕坏一个角儿杀你十次也赔不过来！嗳，我说你呢，那可是我一百多块银洋买的象牙烟枪，你敢给我扔下？！”

沈湘菱大步走过来，一把夺过他手里的木盒：“除了爹说要带的东西，多余的都不许带！”

沈湘菱把木盒往地上狠狠一摔，盒子破裂，白花花的银元淌了一地.。

三少爷忙扑下身去拾。

沈湘菱转身走出客厅，到了客房门前，双手推开门，大步走进屋里。

坐在桌前的柳芬吃了一惊，下意识地站了起来。

沈湘菱看看她，径直走到何平安跟前：“何警官，外面已经收拾得差不多了，请何太太也准备动身吧。”

柳芬陪着笑，走近一步：“沈小姐，对不住，我们刚才商量过了，孩子太小，何平安他不能留下来，我们三口得一起走。”

沈湘菱神色一变，转眼看向何平安：“怎么，你不是要言而无信吧？”

何平安也站了起来：“沈小姐放心，我说话算数，既然答应你留下找孩子，就一定不会走！”

“你说什么？”柳芬大吃一惊，扬起巴掌打在何平安肩膀上：“你刚才还答应了我呢！……你还答应了小猴子呢！说好了三个人一起走……”

沈湘菱冷冷打断了柳芬：“何太太恐怕还不知道城外的情况，日本鬼子就在郊外跟国军激战。没有沈家的照顾，你们一个人也走不出去！”

“你少唬我！那么多人都往外走，我就不信我们一家三口出不去！你不就是想骗他留下，好帮你们沈家找孩子！”

小猴子蓦地跑过去，一把推开沈湘菱：“都是你，你不让我爹走！——”

何平安伸手揪回小猴子：“沈小姐也看到了，你们沈家的少爷金贵，我们穷人家的孩子也是命根子。我要是留下找你们少爷，沈小姐也得答应我一个条件。”

沈湘菱望着扑在何平安怀里的小猴子，咬了咬牙。

“好，我答应你！只要你肯留下来，帮着我找到我弟弟，我就能保证何太太跟孩子将来的生活！我保证何太太以后肯定衣食无忧，这个孩子会上最好的学校，甚至以后出洋读书……总之你们一家子的生老病死，沈家全包了！”

“好，那一言为定——”

何平安伸出一只手，就要跟沈湘菱击掌盟誓。

柳芬上前一把抓住何平安的手。

“不行！我不同意！我不过什么阔太太的好日子，我只要咱一家三口平平安安在一起！——沈小姐，别费心机了，你就是给我座金山银山，我也不能卖了我男人！”

何平安一把将柳芬推到身后：“我说行就行！”

“不行，不行！”

柳芬死死抓住何平安的胳膊不放，大声嘶喊。

何平安一声大吼："你忘了我怎么跟大哥发誓的了？！我得让你们娘儿俩好好活着！"

柳芬呆住，说不出话来。

"哐当"一声门响，周四闯了进来。

"二小姐！老爷跟三少爷他们要走了！"

警报声还在响！

三少爷、四少爷才跑出大门，冷不丁被一双手推了个踉跄，抬眼一看，竟是何平安！

"何平安，你干什么？快闪开，飞机要来了！"三少爷指着何平安大吼。

"你滚一边去，我要跟沈老爷说话！"

沈怀德推开搀扶的丫鬟，迈步走出来。

何平安一把扯过跟在自己后头的小猴子："刚才沈小姐答应我，只要我留下来帮着她找你们家小少爷，你就带我老婆孩子一起出城，沿途照顾，安排他们的生活。为什么出尔反尔，自己先跑！"

"我答应照顾她们，你就肯定能找到我儿子么？"沈怀德伸手往天上一指，"你听这警报！日本人来了，常德城里的人都要撤离，如果绑匪把学文也带走了，你去哪里找？"

何平安眯起眼盯着沈怀德，笑了："我知道沈老爷一辈子从不做折本的买卖。可眼下我这笔买卖你愿意也得做，不愿意也得做！"

柳芬上前一步，想要拉住何平安，却被他一把推开了。

何平安掏出枪，走到门前，双腿分开把大门堵得严严实实，抬起手臂朝天放了一枪。

"你们不答应，谁也别想出这个大门，炸弹来了，大伙一块死！"

警报声更响了。

门外街头，到处都是奔跑的人群。

沈湘菱分开人群走了出来："何平安，我都答应你了，你还想怎么样！"

"我信得过沈小姐，可我信不过沈老爷！除非沈老爷当着这些人亲口给我发个誓，不然谁也别想越过这道门！"

沈怀德重重一磕拐杖："湘菱，这个人真能救出你弟弟？"

沈湘菱看了眼何平安，转向沈怀德决然道："爹，只要学文还在城里，就只有他能把人救出来！"

"爹，你别听她的！"三少爷大喊，"她根本不想救学文，这个野汉子就是她招来谋夺家产的——"

沈怀德甩手一个耳光打在三少爷脸上。

"好，我答应你！只要你肯帮着找学文，我就带着你老婆孩子一起走，如果你出不了常德，沈家养他们后半辈子！"

"好！"何平安微微一笑："沈老爷子，发个誓吧！"

沈湘菱厉声道："何平安，你别欺人太甚！"

何平安举高了枪，黑洞洞的枪口对着众人。

“我的枪法你们也知道，谁敢上前？！发个誓，带着我老婆孩子一起走！”

“我不走！我陪你。”柳芬紧紧抱着何平安的胳膊。

何平安回头一笑：“别傻了，还有孩子呢。”

何平安望着柳芬，柳芬泪眼蒙眬。

沈怀德一咬牙：“好，我发誓，沈家养你老婆孩子后半生，如果做不到，就让我沈家家破人亡！”

何平安猛然一推柳芬，柳芬领着小猴子跑前两步。

“沈老爷子，一路顺风啊！”

何平安缓步退到一边。

一阵轰隆的爆炸声骤然砸落在地！

远处，一座民房被炸飞。

满街都是惊慌失措的人群。

警报声已经停止。

街头四处，硝烟滚滚。

老百姓互相挤压，全都往城外跑。

守城的警察维持秩序。

“一批批地走，不要乱，不要乱！”

城门前堵着大批灾民。

刺耳的汽车喇叭声响起，沈家的汽车在街头横冲直撞，后面跟着马车。

车队撞开人群，直奔城门。

沈家队伍最末尾的马车上，柳芬抱着小猴子，回身望着。

远处，沈家的房顶上，依稀能看见何平安小小的黑影。

“何平安！”

柳芬声嘶力竭地大喊！

在她的嘶喊声中，车队已经冲出城门。

大门敞开，周四站在门口，拿着锣，不断地敲击。

哐哐的锣声响个不停。

沈湘菱坐在桌前，侧耳听着门外的鼓声，眉头却越皱越紧。

“开着大门，不断敲锣，就是为了告诉绑匪，沈家的人还没走。”何平安耐心地解释着，“如果他认为沈家空了，肯定就跑了，那我们想……”

沈湘菱无声地怔望着他，面色惨白，何平安的声音落在她耳中，忽近忽远。

“至于下一步，就是……”

她突然两眼发黑，一头晕倒在桌案上！

何平安大惊。

“她怎么了？”

“西医说，这是遗传性心脏病。”周四关上房门，担忧地叹了口气，“二小姐不能受惊吓，也不能动情绪。大喜大悲，都会犯病。这几天出了这么多事，她一直撑着。日本人的炮弹一炸，她扛不住了。”

想不到偌大一个沈家，靠的居然是一个身带重病的女人。何平安只能叹了口气：“……真是难为她了。”

周四打量着何平安，神色有点古怪。

“周姑娘，你怎么了？”

“你不走，就是为了你老婆孩子吧。”周四低声说，“刘世铭要是也能跟你一样，我们小姐她何苦这样……”

“周四！你乱说什么？”门猛地打开了，沈湘菱站在门后，脸色惨白。

周四怔了，赶紧低下头：“小姐，您怎么不歇着？”

“我没事了。”沈湘菱严厉地盯了她一眼，转向何平安：“何警官，咱们还是快商量商量，怎么救孩子吧！”

小巷尽头的一间民房。前面的门窗已经用木板钉死了，后窗户也钉了木板，只是已经被砸开。屋内一片昏暗，只有木头缝里透进来几缕阳光。

海东升顺着后窗户爬进来。

沈学文被绑在一边，不住地哭着。乔榛抱着膝盖坐在他旁边，听见动静，蓦地转过头来。

“别害怕。”海东升走到乔榛跟前，压低声音道：“我看见了，沈家人没走，这孩子还能换来钱。”

“师父，咱把这孩子还回去，赶紧走吧，”乔榛惶恐地拉着他的衣角，“日本人就要来了！”

“日本人来了是个死，走也是个死！”海东升不以为然道，“从沈家弄笔钱，咱们还能活命。这孩子怎么总是哭啊？”

乔榛轻轻道：“是饿的。”

“你别哭了！”

海东升一把按住沈学文的嘴。

沈学文哭不出声，瞪着眼睛挣扎着。

“别哭，再把人招来！听见没有……”

海东升低声喝叫着，手却按得越来越紧。

沈学文哭声渐低，不断地扭动，小脸憋得发紫，眼看要被憋死了！

轰隆一声巨响，整个小屋都是一震，海东升猛地跌倒了。

沈学文再次哇的一声哭出来！

第七章 断指之恨

轰炸终于停止了。

棠德城遍处狼藉。

一栋坍塌的房子前，密匝匝围着一群国军士兵。

房顶上赫然是一颗炸弹。虽然压塌了房子，却没炸。

“营长，东街道的那颗没拆下来，炸了！”一个士兵跑过来，对雷大虎报告说，“死了两个兄弟，伤了一个！”

“他奶奶的！”雷大虎狠狠骂了一声，烦躁地瞪着房顶的炸弹，“这玩意怎么办，谁会拆？”

众人面面相觑。

雷大虎没了主意，转回头瞪视着秦岳：“老秦，怎么办？”

“我也没碰过这玩意儿！”秦岳也发愁了。

“奶奶的，都闪开，我来！”

秦岳连忙拉住雷大虎：“还是我来吧，你粗手粗脚的，在后面看着。”说完，他把雷大虎往身后一推，就要往前走。

“不会就别找死！”

秦岳回头一看，何平安大步走上来。

“我会拆这个！”

“你会？”雷大虎吃惊了。

“我会。”何平安瞄了屋顶上的炸弹一眼：“我给你把这玩意拆了，你帮我找孩子！”

雷大虎还是不信：“你别拿自己的小命闹着玩，你真能拆？”

“放心，”何平安看起来胸有成竹：“一分钟之内，我一定给这玩意废了。你帮不帮我找孩子吧？”

雷大虎爽然道：“你要真能做到，我就帮你找！”

何平安高举手掌，雷大虎抬手跟何平安击了一下。

“叫你的人退后到安全位置，五十米内不许有人，再给我找一挺机枪来！”

何平安说着挽起了袖子。

雷大虎一愣：“你要枪干嘛？”

“拆弹啊！”

“拆弹用机枪？”雷大虎几乎跳了起来：“你他娘的耍我啊！”

秦岳伸手拦住雷大虎：“给他，看他怎么拆。”

何平安接过一挺机枪，瞄准房顶的炸弹，喝令道：“五十米外，叫人围住了，周围不许进一个人！”

雷大虎面容大惊：“你干什么！”

“拆炸弹！”何平安话音刚落，机枪响了！

子弹不断打在弹头上！

轰然巨响！泥土横飞！

雷大虎捂着耳朵：“你他娘的干什么你！”

“你要拆弹，不就是怕它不知道什么时候响，怕炸着人？现在好了，不用担心了。”何平安放下机枪，拍拍手，“赶紧派你的人，在所有城门盘查，帮着找孩子！

雷大虎看着他说不出话来。

秦岳却笑了。

何平安微微扬起头：“我记得有人说过，虎贲的人，一诺千金！”

雷大虎瞪他一眼，大手一挥：“传令，找一个十岁的男孩，所有要出城的男孩都扣下来，集中起来，让他们认人！”说完转过身，拍了拍何平安的肩膀：“何老弟，我还是真有点佩服你。要不然这样，你别当警察了，跟着我干，一年之内，保你混个连长！”

“不止！跟着我，提你个营副。”秦岳笑着说。

何平安苦笑摇头；“当着警察还行，上战场？我得尿裤子。”

雷大虎哈哈一笑：“别逗了。我听说，你可是在聚福楼杀了十几个土匪！”

“逼的。”何平安愁眉苦脸地叹了口气，“到现在我还做噩梦。”

周四陪着沈湘菱从屋子里走出来。

沈湘菱摇头：“没有，都看了，弟弟不在这里。”

雷大虎对着里面喊：“都放了！”

大人们领着孩子，陆续从屋里走出来。

“别灰心，这是好事。”何平安低声安慰道，“本来也没指望这就能找着。这证明他们没敢出城，还在城里面。

“可要是他们已经走了呢？”

“不会的。咱们敲了那么久锣，绑匪如果注意沈家，就一定不会走。你别担心。”

沈湘菱信服地看着他，点了点头。

雷大虎呵呵一笑：“我说沈小姐，你也是敢带着人跟我的部队硬顶的主，怎么在何老弟面前跟个听话小媳妇似的？”

沈湘菱瞪了雷大虎一眼。

何平安假装没听见，只是说：“孩子肯定在城里。现在屋子都空了，老百姓都在城门堵着。咱们就是一间间地找，也能把他找出来！”

沈湘菱连连点头。

何平安转向周四：“你陪着你们家小姐，咱们分两路，一块找！”

一斧子下去，封锁在门上的木条就被劈断了！

何平安一脚踹开小屋的大门，走了进去。

屋内没有人，还有半碗喝剩下的米粥。

“第七个！没有！”

何平安走出大门，用斧子在大门上刻叉。他转头刚要走，身后屋内忽然传出一声响。

何平安扭头走进去，只见一个人蹲在桌子边，捧着半碗米粥狼吞虎咽。

“你是谁！”

乔榛瞪着眼睛，像受惊的兔子一样跳起来：“我没有……我不是偷东西，我……我就是饿了……”

何平安看着乔榛，面容柔和了起来：“别怕，跟我来。”

乔榛突然愣住了。

“就是你，你就是那个坏警察，打我师父的坏警察！”

何平安一笑，刚想说话，刺耳的空袭警报声猛然响起。

何平安一把拉住乔榛：“快跑！”

乔榛竭力挣扎：“你是坏人，你放开我！”

何平安奋力一拉，拽着乔榛跑出去！

轰然一声巨响！

硝烟，泥土，瓦片！

何平安咳嗽着从地上爬起来，灰尘散尽。

房屋倒塌了，乔榛被压在了下面，一动不动地被压在一根房梁下面。

“姑娘，姑娘！”何平安扑到乔榛跟前，紧紧抓住了她露在外面的两条胳膊。

“我，我没事儿，”乔榛竭力挪动了下身子，抬起头无助地望着何平安：“我没事，就是卡住了。”

何平安连忙扒开她身上的灰土碎石，一时愣住了——倒下的砖墙替乔榛挡住了砸下的房梁，可是她被卡住了！

窗外，空袭警报响个不停，隐隐夹杂着飞机划破长空的声音。

街头民众惊惶的尖叫，警察的呼喝也随之传了进来：“快！快进防空洞！”

蜂拥的人潮撞开何平安，四散奔逃。

乔榛求助的眼光，望着何平安。

何平安猛一跺脚，把斧子扔下走到了房梁前，用尽全身的力气，推着房梁："不能死，谁都不能死……"

房梁岿然不动。

空袭警报声中，炸弹破空。

远处，响起一阵巨大的爆炸声！

何平安青筋暴起，愤然高喊："不能死！"

房梁居然缓缓移动了！

乔榛的身子露了出来，却仍旧一动不动，只是呆呆望着何平安。

何平安猛然一推，房梁落在地上，他踉跄着走到乔榛面前，向她伸出一只手。

乔榛呆望着何平安伸来的手，眼中却浮现出另一幅景象——

一只少年的手竭力向下伸着，伸向土坡下伸出来的一只稚嫩的手。

一个少年趴在土坡上，脸涨得通红，竭力往下伸长手臂："小榛，别怕！大哥救你，抓住大哥的手！"

土坡下，一个五六岁的小姑娘满脸是泪，大半个身子吊在陡坡上，竭力想够到哥哥伸出的手："大哥！大哥救救我，救救我！"

她的腿在土坡上踢蹬着，土坡上的土石簌簌而落。

少年咬紧牙，竭力伸长手臂，两只手的指尖眼看就碰到了一起。

小姑娘的身子忽然往下滑去，少年的手抓了个空："小榛！"

小榛停在土坡半腰，瞪着泪眼望向少年。

少年站起身，四处紧张地张望。

小榛撕心裂肺地哭喊着："大哥，大哥！"

"小榛，抓住了别动！大哥下来救你！"

少年趴下身，小心翼翼地顺着陡峭的土坡往下溜着。

小榛眼巴巴看着他，小声啜泣着："大哥，大哥……"

少年忽然一脚擦空，身子直掉下来！

"哥哥！"

少年脚踩着一小块平台，一手抓住坡上的杂草，一只手伸长了去够妹妹的手。

两只手终于紧紧握在一起。

"姑娘，快起来！"

随着何平安的一声呼喊，乔榛眼前的回忆瞬间消失了，取而代之的，是何平安紧紧握住自己的手。

见乔榛还在愣愣地盯着自己，何平安连声督促："快走！走！"

乔榛恍恍惚惚地被拉起来，跟着何平安的脚步，飞快地往后跑。她的眼中跃动着何平安的背影，一瞬间，回忆再次出现了：哥哥拉着幼年的自己，在家乡铺满山草的原野上纵情奔跑着。

“到这边来，快来！”

幼年乔榛头戴一只花环，一只手被哥哥牵着，咯咯地笑。

“哥哥，哥哥……”

乔榛忽然挣脱了何平安的手！

何平安惊异地回头望着她。

乔榛站在原地，神色激动，好像马上就要流泪：“你是谁，你到底是谁？”

何平安一怔，走近半步：“我……”

“轰”的一声巨响，打断了何平安的话。

不远处，火光冲天！

何平安一把抱住乔榛，用自己的身体挡住了冲击而来的砖石尘土。

“快，去防空洞！”

何平安拉着乔榛狂奔挤进防空洞。

防空洞里一片黑暗，到处都是拥挤的人群。

乔榛被挤到何平安怀里，何平安想要推开，却又被挤在一起。

何平安尽量侧过脸，不敢跟乔榛对视：“别怕，我是好人。”

乔榛用力一挣扎，又被挤了回来。

“你……你是不是姓……”

乔榛还没说完，身边忽然响起一个男人的声音：“各位都是中国人吧？”

何平安一愣，侧耳凝听着周围的动静。

“你什么意思，这里还能有日本人！”

“我刚才……好像……好像听见有人说日语。”

何平安脸上变色，拉着乔榛的手一紧：“别出声！”他警觉地四处张望，然而周围实在太黝黯了，什么也看不清。

不远处的角落里，藤原弥山和两个日本军人正缩在一边，眼睛放出异样的幽光。

街头，爆炸声接连响起，震耳欲聋！

“砰”的一声，沈湘菱一斧头劈在门上！

门开，里面空无一人，一片狼藉。

周四挡在沈湘菱面前，灰尘落了一身：“二小姐，走吧，快进防空洞！“

沈湘菱猛然推开周四，周四却一把拉住。

沈湘菱拼命一挣，推开周四：“学文就在这些房子里面，我得救他，我不能让他炸死，我得救他！学文！”

沈湘菱状若疯癫，走向下一家，奋力劈去！

门开，里面空无一人！

防空警报越发刺耳！

“二小姐！”周四拦在沈湘菱身前。

“怕死你就滚！”沈湘菱猛然一挥斧子。

周四竟没有躲，垂在胸前的大辫子都砍断了，掉在地上。

沈湘菱愣了。

“周四的命是二小姐给的，二小姐什么时候想要，就请拿去！”周四含泪恳求道，“只是二小姐，你得活着啊！

沈湘菱喊了一声，推开周四。

沈湘菱奋力劈门，斧子落下！

爆炸声！

沈湘菱身上一震，脸色惨白。

又是一斧子劈下！

“我什么都没有了，娘死了，大哥也死了，现在沈家也没了。我只有这个弟弟！学文，你等着，姐姐来救你，来救你！”沈湘菱奋力喊着，奋力劈砍。

木门砸开的同时，巨大的爆炸声在耳边响起！

“二小姐！”周四猛然扑上来，紧紧抱住沈湘菱。

不远处，一栋房子被炸飞，扬起漫天的灰土硝烟。

周四咳嗽着爬起身来，却见身下的沈湘菱脸色惨白，嘴唇发紫，已经晕了。

“二小姐，你醒醒，你醒醒！”

沈湘菱双眼紧闭，一动不动。

周四急得几乎哭出来，只得背起沈湘菱，咬着牙向防空洞跑去。

在她身后，刚刚被砸开的屋子内，碎石灰土散落满地，一片狼藉。

床底下紧紧蜷缩着两个人，正是海东升和沈学文。

街头的警报还在响，防空洞里却是一片死寂。

何平安躲在黑暗中，缓缓拔出了手枪：“各位乡亲，那位大哥说，咱们中间有日本人。不管真假，总得查查。”

众人纷纷迎合：“对，要查，要查！”

黑暗中，藤原弥山碰了一下两个日本人。三人渐渐挪动，分散开来。

何平安高声叫道：“我是警察！我叫何平安，你们或许有人认识我！”

“何头儿，是你啊！”一个声音在黑暗里响起。

何平安立刻应声道：“老五，我听出来了，是你。”

另一个声音跟着响起：“何平安，我们知道。聚福楼里杀土匪的英雄，我们都听你的，你说怎么查吧！”

何平安往前走了半步，把乔榛挡在自己身后：“不用怎么查，咱们就是聊聊天。每个人，用自己的家乡话，随便说几句。”

众人纷纷赞同：“对，这法子好！”

“小鬼子虽说长得跟咱差不多，可不会说咱们家乡话！”

何平安从怀里掏出他的打火机，紧紧扣在手里：“从左往右，挨个说。要是谁身边的人没说话，立刻揪出来，他就是日本人！”

“俺先来！”一个声音响起：“俺是河南的，逃难到这里。”

“我就是本地人，住在聚福楼后面。”

“我也是本地的，住在东街。”

声音越来越近，藤原弥山紧张地瞪着眼。

轮到日本兵了，他在黑暗中咳嗽了一声，低声含糊道：“我是东北的。”

“我是……”

“等等！”何平安打断了下一个，“刚才那位东北的大哥，在么？”

日本兵紧张地咽了口口水：“在呢！”

“我爹也是东北人，你东北哪的啊？”

“锦州。”

日本人尽量让自己的话说得很快。

“是么？咱们能算是个半个老乡啊，你锦州哪嘎达啊！”

何平安放大声音喊话，掩饰自己搬开机头的声音。

日本兵也从怀里摸出了手枪：“锦州就锦州呗，还能是哪嘎达啊！”

何平安一笑：“我听我爹说，日本人笨得很，以为东北所有地方说话都是一个味。可本地人一听就清楚，你那口音离锦州至少还有八百里地呢！”

何平安猛然点燃打火机：“八嘎牙路！”

日本兵猛一转头，举枪！

枪响！

何平安比他更快，一枪毙命！

众人惊呼声。

何平安合上打火机，防空洞内一片漆黑。

“大伙别乱！”何平安镇静的声音再度响起：“死了一个，可既然刚才他说了日语，就证明有人听，那就是至少还有一个！”

黑暗中，何平安的眼睛炯炯有光。

乔棒躲在何平安的身后。

藤原弥山咬着牙，警惕地看着四周，慢慢举起了枪。

何平安的声音听起来把握十足：“各位乡亲！我数三个数，然后点燃打火机，火光一亮，就有日本人对我开枪。开枪之后，他一定会停一下，到时候大伙一拥而上，就能抓住他！”

一个声音立刻劝道：“何头儿，您可别这么干！”

乔棒一下拉住何平安的手：“你不能……”

何平安断然大声道："三！"

众人："何头儿，你别啊！"

"二！"

藤原弥山紧张地握着枪。

"一！"

一片漆黑，打火机没亮。

众人都是一愣。

藤原弥山猛然把枪收起来！

突然一道火光！

枪响！

一个举着枪的日本人中枪。

再次一团漆黑。

"又一个！"何平安大声道："我骗他数三个数，他就一直举着枪准备，到时候没打火，他自然惊诧。这时候我再打火，谁举着枪，谁就是日本人。刚才我看了，没有人再有枪。大伙安全了！"

何平安拉住乔榛："防空警报也停了，咱们都出去吧！"

众人纷纷走出放空洞，边走边由衷喝彩："何头儿，真有你的，服了！"

"何头儿才是真英雄，真英雄啊！"

何平安也跟着走了出来，身后跟着乔榛。

众人纷纷对着何平安鼓掌，喝彩声渐渐变得整齐而有节奏起来。

"真英雄，真英雄！"

何平安一笑，摆摆手，转身就走。

人群中，藤原弥山死死地盯着何平安的脸。

乔榛则一直跟在何平安身后。

何平安突然回头："小姑娘，你跟着我干什么？"

乔榛刚想说话，肚子叫了一声，乔榛捂着肚子，有些不好意思。

何平安笑了。

顺着这条街往前走，不远处就是棠德城的城门；城门前，人群汹涌，人声喧嚣。而这边街头，却是人迹罕见，无比清净。

乔榛捧着一碗热粥，坐在街边，看着蹲在对面的何平安。

何平安笑了："看我干什么，赶紧吃啊。"

乔榛低下头嗫嚅道："我……我没钱……"

"不要钱。"

乔榛眼睛一亮："真的？"

何平安诚恳地点点头，嘴角还挂着一丝笑。乔榛低头小心翼翼地喝着，眼圈红了。

何平安奇怪道："怎么了？哭什么？"

"没什么……就是……就是暖和。"

乔榛捧着粥碗，手里暖，心里也暖，她再说不出话来，低头喝粥。

何平安深深看着她，默叹一声："几天没吃了？"

乔榛低头喝粥，来不及说话，只是用手指比了一个三。

何平安点点头："快吃吧，吃饱了赶紧出城。"

乔榛停住了，抱着碗。

"怎么不吃了？"

乔榛闪了他一眼，垂下眼低声道："还有，还有人……"

"对了，你还有个师父！"何平安站起身，走到乔榛跟前，蹲下身诚恳地看着她，"你们赶紧离开棠德吧，这里不是你们该来的。往西边跑，去重庆，或者去云南。日本人应该打不到那边。"

乔榛怯懦地点头，咬了咬嘴唇，又问道："你……真的姓何？"

何平安一怔："我当然姓何。"

"那你是不是，是不是共产党？"

乔榛话音一落，何平安顿时面色严肃起来："我就是个小警察，怎么可能是共产党。你尽快离开棠德吧。"

何平安说完，起身要走，突然停下来："你有没有见过一个男孩？十来岁，可能有别人带着他。"

乔榛紧张地抱着粥碗，不知道该说什么，惊恐地看着何平安。

何平安一笑："算了，你怎么可能看见。快走吧。"

何平安转身走远。

乔榛捧着一碗热粥，想说又没法说，只是看着何平安的背影。

这是一间幽谧的暗室，门窗都被堵死了，外间一丝亮光也透不进，屋子正中的桌上却点着一支蜡烛。

幽幽烛光中，藤原弥山低着头，沉默不语。他周围的五名日本兵全都默然低着头，表情哀戚肃穆。

桌上的烛光忽然一跳，藤原弥山抬头，用日语缓缓道："默哀结束。发报吧。"

一名日本兵上前，坐到桌上摆的发报机前。

"电十一军司令部横田勇将军阁下，"藤原弥山阴沉的声音响起："棠德百姓已经开始往桃源镇移动，预计将在沅江畔渡江。另，两名战士已经把自己的生命献给天皇。"

电报滴滴答答，渐渐停了。

藤原弥山也陷入了沉默，少顷，忽然一字一顿地开了口："你们要记住，"他的眼底闪烁着两簇鬼火一样的寒光，缓缓照过众人的脸，"要是遇见那个叫何平安的人，一定要小心。如果有机会，除掉他！"

“嗨！”

“根据密报，棠德的百姓已经开始迁移。”横田勇一手握着电报，一手在面前沙盘上的“桃源”点了点。“路线是在桃源集中，然后渡过沅江，离开棠德地界。”

崇明亲王俯身细看着沙盘，伸手在上面化了一道：“只要在河边布置，拦阻中国平民过江，他们就会涌回棠德。余鹏程至少要分出一半兵力平复内乱！”

“好！”横田勇神采奕奕说，“这段河边，是一片密林，正是藤原君施展的好地方！”

电报纸被点燃，一团火焰蓦地在横田勇的手指上跳跃而起，他把这团火苗往沙盘上一扔，代表江边密林的数根苇子杆腾地燃烧了起来。

横田勇拍了拍手，转过身，冷冷地瞧着站在自己眼前的藤原景虎：“藤原君，你就去为余鹏程烧上一把火吧。”

“是！“

身后的藤原景虎立正敬礼，神色刚毅。

沈家大堂里，沈湘菱坐在正中的椅子上，一动不动，脸色惨白，手里捏着佛像。

何平安叹了口气，低声安慰道：“绑匪不是傻子，日本人炸弹来了，他们也会躲，学文没事。”

沈湘菱缓缓摇头：“他们要是出城了呢？要是把学文扔了，或者……”

“不会！”何平安语气坚决，“他们是求财，没拿到钱，学文就不会有事。

沈湘菱看他一眼，凄然摇了摇头：“我错了，一开始就该给他们钱，或许……或许学文现在已经回来了。”

“你没错。已经做得很好了，换了谁也不会比你做得更好。”

何平安走到沈湘菱身后，看着沈湘菱手里的佛像：“这是你的护身符吧。真要是老天有眼，会保佑你弟弟的。”

沈湘菱摇了摇头：“这是药，也是我哥的遗物。”

何平安不解地看着沈湘菱。

沈湘菱低低地说道：“我们家，有遗传性心脏病。听人说，奇楠沉香木有特效，犯病的时候吃一点，能救心。爹得了一块，雕成佛像，自己不舍得用，给了我大哥。可大哥还是死了。”

何平安一怔，道：“他发了病，没舍得吃，留给了你？”

“他不是病死的。是被人杀了，”沈湘菱摇了摇头：“是共产党杀了他！”

何平安全身一震，死死地盯着面前的挂坠。

“九年前，大哥参军。共产党在棠德开战，那时候我们还不知道什么是共产党。政府说，他们都是土匪，是杀人如麻的魔鬼，号召大家参军打仗，那一场战斗中，我大哥死了，只留下这个……”

沈湘菱攥紧了佛像。

何平安低声道：“你恨共产党？”

沈湘菱摇摇头。

“为什么不恨？他们杀了你大哥。”

“之前恨。”沈湘菱缓缓道：“可后来我去了一趟乡下，看见了那里的人随时都在生死之间挣扎。如果是我，我也会站起来反抗这样的政府。”

何平安沉默着，指着沈湘菱手中的佛像。

“你现在怎么不吃？”

“我从小就有病，娘死了之后，病更重了。再加上和刘世铭……”

沈湘菱一顿，显然是不想多说。

“医生说我不能有强烈的情绪波动，我就一直逼着着自己不悲不喜，不动情绪。年月长了，我真就变成了个冰冷的人。从里到外的冷。我一直想着，就算我病死了，也不吃这块沉香，留给弟弟学文。他还小，又在乱世。可现在……我连他在哪儿都不知道。”

沈湘菱再也控制不住自己，眼泪默默地流着。

何平安静默了，不知不觉站到了沈湘菱身后，他伸出一只手，想要安抚眼前这个女人，手掌却停在空中，缓缓放在椅子背上，最终只能吐出一句话：“我这种该死的还没死，学文一个孩子，不会有事的。”

沈湘菱心乱如麻，并没有听出何平安语气中的不对。

突然，周四跑了进来：“小姐，出事了！”

说着，她把手里的纸条送到沈湘菱眼前。何平安一把抢过，扫了一眼，竟然笑了：“沈小姐，喜讯！”

沈湘菱慌忙接过纸条，周四却不解道：“何警官，绑匪要赎金，怎么还是喜讯！”

“是喜讯！”沈湘菱拿着纸条，脸上的泪水不断流下：“这证明学文没事！他没死，也没出城！”

她眼中带泪，脸上带笑，望着何平安，犹如雨后绽开的海棠。

海东升从怀里掏出两把匕首，缓缓放在桌子上。

“我去要钱，你带着孩子。如果他们给钱，就放人。如果我出事，你就用这匕首裹挟这孩子，还能逃命。”

海东升语气阴沉。

被绑的学文面露恐惧。

乔榛目光一触桌上的匕首，立刻转开了，连连摇头：“师父，那个叫何平安的警察，是个好人，他给了咱们吃的……咱们，咱们还是把孩子送回去吧！”

海东升抓起桌子上的粥，奋力一扔：“一碗粥，救不活咱们师徒俩！我一切都安排好了，到时候你带着孩子躲在人群里，千万别露面。到时候你要是实在不愿意，就自己躲进人群里。城门口人多，他们找不见你。”

粥碗摔在地上跌得粉碎，乔榛吓得浑身一抖，只得恐惧地点了点头。

城下街头，落日余晖，到处都是准备背井离乡的人，摩肩接踵，熙熙攘攘。

“一个个地走，一个个地走！”

陈花皮站在街边，提着警棍，对着人潮大声吆喝着。

周四扛着一个大箱子，大步往前走，何平安和沈湘菱紧跟其后。

“他们拿了钱，不放孩子怎么办？”沈湘菱犹自担忧。

“见机行事，你放心，我一定救回你弟弟。”何平安一边说，一边敏锐地四视搜寻。

四周只有人群滔滔。

沈湘菱打开纸条又看了一眼：“说是在城门这儿，怎么没人？”

“我明白了，”何平安看着人流，点了点头，“他是想让我们挤进人群里。”

周四疑惑道：“为什么？”

“人群里，我不能开枪。”

沈湘菱一惊：“那怎么办？”

“既来之，则安之。”何平安从周四肩头接过箱子，扛在自己肩上。“我倒要看看，是哪路高人，能在我鼻子底下拿钱走人，进退自如。”

何平安大步往前走，周四拔枪在后面护住沈湘菱。

城门前，数个士兵端枪守卫，人潮更是拥挤了。

何平安往里挤压着，故意把箱子举得老高。

一只手拍在何平安肩头，何平安猛地回头。

海东升冷冷地望着何平安。

周四欠身上前，枪口顶在海东升的肚子上：“别动！”

“是你们别动！”海东升冷冷道，“想要孩子活命，就把枪收起来！”

沈湘菱急问道：“我弟弟呢？”

“就在附近！”

沈湘菱环顾四周，到处都是人，根本就看不见沈学文。

海东升冷冷道：“这么多人，你看不见。可我的人能看见你们。只要我有事，你弟弟立刻就死！”

何平安一手扛着箱子，另一手按住周四，周四缓缓收了枪。

何平安深深打量着海东升，忽然眼睛寒光一闪：“我认识你！”

“是你！”沈湘菱也是一声惊呼。

何平安一声叹息：“你一个唱戏吃饭的，怎么走到这一步？缺钱说一声，谁不能周济你。”

“别说废话！”海东升不为所动：“把钱放下，你们不许动。我走远之后，自然放了孩子！”

“要是我给了钱，你不放人怎么办？”

海东升微微抬起头："你没得选。"

沈湘菱紧张地看着何平安，却收到何平安一个暗示的眼色。她立刻收起慌张的神色，冷冷地看着海东升："那我们可以在这儿僵着。等人走得差不多了，自然就知道我弟弟在哪。到时候，这些警察、士兵，都会开枪打烂你的脑袋！"

海东升身子一晃，又定住了神："到时候，你弟弟一起死！"

"不见得吧？"何平安忽然笑了，"你的同伙，就是你那个女徒弟吧？

海东升一愣。

"我见过那姑娘，我相信她绝不会杀人！"

何平安斩钉截铁道。

"好啊！"海东升"咯咯"一声笑，"那你不妨现在就杀了我，试试看我徒弟会不会杀人，试试你家少爷会不会死？！

何平安摇摇头："杀了你，她没准真会为你报仇，可我不杀你。我跟你打个赌，我一块钱都不给你，一样现在就能把孩子找出来！"

海东升一愣。

"抓了！"何平安一声喝令，周四猛然上前按住海东升。

"快……"海东升还没喊出声，已经被周四一把按住了嘴，沈湘菱拿出一块手帕，堵在他嘴里。

"让让，都让让！"

何平安举着大箱子，推开众人，直奔城墙。

"什么人，退回去！"陈花皮挥着警棍挤到何平安身后，大声吆喝着。

"好兄弟，让开了！"何平安回头喊了一句，继续往前就闯。

陈花皮等警察一愣，跟着追在他身后，一边跑一边叫："何头儿！何头儿你又要干啥？"

何平安扛着箱子几步跑上了城头，他举着箱子，扫视城下的人群，扬声高喊："各位乡亲，山高水远，背井离乡，沈家发慈悲，给大家伙儿送路费来了！"

说完，他猛然打开箱子，往下一扬。

大块的银元雪片一样从天撒下！

"哄"的一声，民众顿时沸腾，全都蹲下捡钱。

人群中，乔榛搂着沈学文，愣愣地看着城头。

何平安敏锐的目光瞬间落在他俩身上，伸手一指："看，就在那儿！"

周四一脚踹翻海东升，扑向了乔榛，乔榛惊叫一声，下意识举起刀子！

"姑娘！你别犯傻！"城头的何平安一声大喝，乔榛顿时愣住了。

趁此时，周四已然冲上来，一把推开了乔榛，把沈学文紧紧抱在怀里。

"为什么不给我一条活路！"

海东升从地上挣扎起来，抽出匕首，嘶吼着扑向沈湘菱！

一声枪响！

海东升手上中枪，鲜血飞溅，匕首落地。半截手指也落在地上。

城头，何平安举着枪，愤怒又遗憾地瞪视着海东升。

而海东升疼得跪在地上，嘶声惨叫。

在他身边，疯狂的灾民依然在抢钱。

海东升忽然不叫了，而是呆呆看着他们，猛地扑了上去，疯狂般跟着灾民抢夺："都还给我，这都是我的钱，我的钱！都是我拿命换来的钱！"

他缺了半截手指的手在地上扒拉着，雪白的银钱染上斑斑血痕。突然一只脚狠狠踩在他的手上，海东升惨叫一声，滚倒在地。

民众已经完全乱了，互相厮打，抢钱，踩踏！

警察和士兵根本顾不上海东升，只有拦阻抢钱的民众。

周四把沈学文送到了沈湘菱的怀里，缓缓举起了手里的枪，对准了海东升。乔榛惊叫一声，慌忙扑上去，拦在海东升面前。

"要杀先杀我！放了我师父，放了我师父！"

"就是你一直挟持我家小少爷！"周四掉转枪口，对准乔榛。

一道银光闪过，周四的枪口被飞来的一块银元砸开。

"等等！"

何平安从城头大步走下来，推开人群，走到海东升面前。

何平安缓缓压下周四的枪口："不怪你们，怪这世道，你们走吧。"

乔榛望着站在面前的何平安，张了张嘴，却说不出什么。

海东升一声厉叫，推开乔榛，匕首扔出，刺入何平安的肩头。

沈湘菱惊叫起来，周四上前，飞起一脚踹倒海东升，就要开枪，却被一只手按住了。

殷红的血自他肩头缓缓流下来，何平安勉强挤出一个笑容，把目光投向乔榛："我说了，不怪你们。走吧，往后做个好人。"

乔榛愣住了，海东升愣住了。

沈湘菱呆呆地看着何平安。

夕阳余晖之下，到处是抢钱的民众。

何平安站在余晖中，犹如神佛。

第八章 江头喋血

海东升踉跄着跌进巷口，靠在墙边痛苦地喘着粗气。

乔榛扶着海东升："师父，你，你怎么样……"

海东升从身后抽出笛子，手指上的血染红了笛子："他毁了我的一切，毁了我的一切，以后……以后这笛子……"

海东升握住笛子想要撅开，被乔榛一把死死抱住。

"别！"

海东升一把推开乔榛，绝望地叫喊着："我断了手指，还留着笛子干什么！"

"别撅！"乔榛重又扑上前，更紧地搂住了他："这笛子跟了您这么多年，被人欺负的时候，没饭吃的时候，活不下去的时候，都是师父给我吹笛子听……"

海东升凄然泪下："师父以后，再也吹不了笛子了！"

"可师父还在，笛子还在。"

乔榛把脸紧紧贴在海东升的肩头，热泪滚滚淌下，渗进了他的衣裳里。

肩头被乔榛的泪暖热了，心头却似乎更冷了。

"之前师父教你，要唱曲儿就要心里存着个美好，世道再糟，心里总得存个好……"海东升叹了口气，转过眼绝望地看着夜色中混乱的棠德街头。"可是，师父错了！"

"这大街上，没有好人，都是鬼，到处都是鬼！"

乔榛悚然抬起头，海东升俊秀的脸已因仇恨而扭曲起来！

俯瞰之下，夜晚的棠德一片漆黑，只有县政府亮着灯。

魏九峰沿着门外的大街踱步，刘主任默默陪在他身后。

"棠德，还没有这么黑过！"

刘主任上前一步："县长，您休息吧。"

魏九峰摇摇头："死了之后，有的是时间休息，趁着活着，我多看看。"

冷峻的话语令刘主任浑身一抖，跟着连忙道：“虎贲师八千壮士，总能守得住常德，您多虑了！”

魏九峰一言不发。

马蹄声声，踏碎了夜晚的宁静。

雷大虎骑着马奔驰而来，停在魏九峰面前，跳了下来：“魏县长，老百姓都走得差不多了，秦岳带着一部分人去打前站。咱们是不是也得动身了？”

魏九峰怪异地望着他：“动身？去哪儿？”

“桃源县，沅江码头。那边现在也乱了，要去疏导。都是常德的百姓，还得靠您！”

魏九峰苦笑一下，冲刘主任挥了挥手：“送佛送到西。备车吧。”

旷野小路，乌云遮月。

一辆马车在路上疾驰。

周四挥鞭抽打着车前骏马：“驾！驾！”

颠簸的车厢内，沈学文坐在何平安大腿上，何平安露着肩膀，沈湘菱在给他包扎伤口。

“周四，稳一点。伤口又裂开了！”沈湘菱从窗口伸出头，冲周四低喝道。

“可是二小姐，我怕赶不上！”

“不用，我没事。”何平安靠在厢壁上，微笑着摇摇头。“尽快赶到江边，没准还能追上他们。勒死一点！”

沈湘菱看他一眼，用力勒紧绷带。

“姥姥的！”

何平安皱紧眉头，忍不住嘬着牙骂了声。

沈湘菱突然一笑。

“你笑什么？”

沈湘菱抬眼瞥着他：“原来你也知道疼。”

“谁不知道疼啊——哎呀哎呀！”

伤口忽然一阵剧痛，何平安猝不及防，接连叫了两声。

沈湘菱狡黠地笑着，缠好了绷带，抬起眼望着何平安，忽然怔住了。

何平安被她异样的眼神看得有点发毛：“看什么？”

“没什么，就是……”沈湘菱转开了目光，望着窗外，“就是心里面挺踏实。”

何平安愣住了。

月光透进来，沈湘菱秀美的脸上挂着一缕浅笑。

东方才亮，桃源江边那个十几平米见方的小码头前，已然挤满了人。不止是这一处，河边临时搭建起来七八个这样的小码头，此时全被灾民堵住了。而江面上，只有十几条小船零零落落地靠在岸边。

“求求您，让我们上船吧，求求您！”

乔榛跪在码头上，抓着一个船夫的大腿，仰着脸苦苦哀求。

船夫一把推开乔榛：“姑娘，你也看见了，现在这船比金子贵，有钱的上船，没钱的留下，你总不能让我放着钱不要吧？我看你们还是回棠德吧！”

乔榛只是一个劲的磕头：“大哥，求求您了，求求您救命啊！”

“不用求他！”海东升一把拉起乔榛，“这世道还有什么良心，早都喂狗了！我们走！”

他用力拉着乔榛，挤开人群往外走。乔榛一边被他拖着，一边扭头含泪看着江边。

身后，仍旧传来艄公们的喊声。

“有钱的往这走，有钱的往这走啊！”

“给钱多的先过河啊！”

“四十……不，五十块钱一个人！”

人们举着钱袋子，纷纷呼喊，想要先上船。

离码头不远的一块小坡地上，新搭起一个简陋的雨棚，周围环簇着站岗的士兵和警察，棚前立着一块牌子：渡江指挥部。

“您倒是快想个办法，”雷大虎放下望远镜，狠狠一跺脚，转向魏九峰，“这不全乱套了！”

魏九峰长叹一声：“政府的船不够用，民船就借机起价。我也无力回天啊。”

雷大虎急得在原地转圈，张局长瞥了他一眼，拉长声调冷冷地道：“依我看，好办！只要雷营长枪毙几个，他们就怕了！”

“你他娘的放屁！”雷大虎猛然一拍桌子，憋了很久的火气终于找到了发泄点。“那些是什么人？是民船，是老百姓！你让我枪毙老百姓，师座知道了就得枪毙我！你小子他妈安的什么心，是不是诚心想害死我老雷！他娘的，早知道后方的闲官儿没几个好东西，今天真算开了眼了！”

张局长忍不住上前一步，脸涨得通红。

“瞪什么瞪，还敢冲我老雷耍横？！你一个警察局局长，跟当兵的一样吃饷却不用打仗，提着枪整天在城里招猫逗狗，老百姓真乱起来倒一点办法也没有！娘的，一群天天吃闲饭的废物，政府怎么就养了你们这些混账王八蛋！”

“什么叫‘你们这些’？”张局长一下子逮住了雷大虎话里的短处，“雷营长有邪火尽管往姓张的头上发，但是别扯上棠德城这么多同僚兄弟，更不能扯上魏县长！”

雷大虎眼一瞪，作势去拔腰间的枪。

旁边的秦岳快步上前，一伸手挡住他：“行了，别说了！”

“老秦，你别拦着我，我今天就……”

雷大虎话音未落，一阵马蹄声席地响起！

如此人声鼎沸，马蹄声丝毫不乱！

雷大虎整个人一惊，立刻止住了谩骂，整了整衣服，高声大喊：“魏县长，现在出了乱子，都是我雷某人处理不善，给地方政府添麻烦了，您多海涵！”

魏九峰和张局长都愣了，两人互相看了一眼，想不明白雷大虎怎么变得这么快。

雷大虎犹自高喊："你们放心，等我们师座一到，一切问题都是迎刃而解，他老人家是什么人，诸葛亮一样的人物啊，想当初……"

"雷大虎！"

马蹄声停下，一队骑兵涌现在魏九峰跟前，当先的人当然就是余鹏程。

雷大虎转身，立刻跑步上前，"唰"地抬手敬了个极漂亮的军礼："师座！您怎么来了，真是说曹操曹操到。不对，曹操是奸臣，您是诸葛孔明啊！"

余鹏程一扬手里的鞭子："少来这套！秦岳，有没有惹什么麻烦？"

秦岳上前敬礼："师座，一切还好，只是现在船夫们发国难财，百姓过不去。我们正要请示。"

余鹏程夺过雷大虎手里的望远镜，向码头望了过去，跟着一声令下："秦岳，带着你的人，把所有漫天要价的船夫全都抓了！"

余鹏程反手把望远镜丢给雷大虎，目光四下一转，落在魏九峰身上。

魏九峰也仰面看着这位虎贲师长——人在马上，英姿勃发。

江水滚滚。

十几个船夫面向江边跪了一排，一排士兵端着枪，笔直站在他们的背后。

士兵的身后，余鹏程摘掉手套，向魏九峰伸出右手："魏县长，对你不住，余某要专权了！"

魏九峰接住余鹏程的手，用力握了握，脸上神色却是迟疑的："这些人，真就杀了？"

余鹏程冷冷横了船夫们一眼："国难当头，不思报效党国，还要趁机发国难财，死有余辜。杀了他们，征用他们的船，由我的兵送百姓们过江！"

一声雷喝，十几个船夫全都发抖。

"饶命啊，长官饶命啊！"

"我们不敢了，再也不敢了！"

求饶声此起彼伏，一声比一声急切。

魏九峰连忙道："余师长，魏某早就知道你的虎贲军是仁义之师，一向守纪爱民！这些船夫虽然有错，可也是我治下的百姓。魏某斗胆求个情，请余师长放他们一次！"

余鹏程对着魏九峰一笑，跟着脸就冷了："秦岳！"

"在！"

余鹏程把手中的白手套往地上一扔："杀！"

"余师长！"魏九峰一愣，跟着语气也冷厉起来："这些人不是军人，未经地方政府审判你就处决，这是越权，是乱政！"

秦岳高喊："举枪！"

余鹏程看着魏九峰，淡淡一笑："战争时期，军事优先。"

秦岳又是一声高喊："开枪！"

一阵枪响！

枪口都冲着天！

所有船夫全都吓得软倒在地。

余鹏程一笑，走到众船夫面前："都知错了么？下次还敢不敢？"

"都知道了，都知道了！再不敢了，不敢了！"

"谢余师长不杀之恩！"

"余师长要我们干什么，我们就干什么！"

众船夫纷纷拜谢。

余鹏程满意地点点头："那就全力帮助运送百姓，每人只限带一包行李，不许再发国难财！"

船夫们连声应着："是！是！明白！"

秦岳站在余鹏程身后，笑而不语。

雷大虎碰了秦岳一下："扔手套就是吓唬人，不扔手套才是真杀。你这跟师座的配合真是越来越默契了。下次再有这种事，换我过过瘾！"

秦岳小声说："师座说了，怕你弄错了。"

雷大虎一撇嘴："你看，那个魏九峰！"

秦岳向魏九峰望去，只见魏九峰负手挺胸，冷冷望着余鹏程，脸色极度阴沉。

沈家的车队已经在江边围成了一个圈子，独立成一片空地。

沈怀德坐在汽车里，往外张望："老三还没回来？"

四少爷凑上前："爹，您别担心，三哥一定有办法！"

沈怀德点点头。

不远处，柳芬搂着小猴子，站在一边。

"通船了，通船了！"三少爷大步喘着粗气，大步跑了过来："余鹏程来了，收拾了那群船夫，现在都老老实实地拉老百姓渡河呢！"

沈怀德两眼亮了："那还等什么，还不快走！"

"这个……爹，恐怕走不了。"

沈怀德一惊："为什么？"

"那边说了，每个人只能带两包行李，咱们这么多家产……运不过去！"

"什么？"沈怀德从车里钻了出来，望着码头连连跺脚："这……这可怎么好！"

"爹，您说得怎么办啊？！"

"是啊，您拿个主意！"

三少爷、四少爷眼巴巴望着他。

"怎么办，怎么办，就知道问我怎么办，你们是干什么的！唉！要是湘菱在，我何必指望你们两个废物！"

三少爷和四少爷对视一眼，面露不快："爹，二姐和弟弟，恐怕是……"

“驾！”

马蹄阵阵传来，沈怀德猛地转头，只见一辆马车飞奔而来，停在圈外。不等马车停稳，沈学文一下从车上跳下来，飞奔着跑向沈怀德。

“爹！”

沈湘菱也扶着何平安走下车来。

沈怀德一把抱住幼子，老泪纵横：“学文，你没事儿。好，好啊！”。

“谢天谢地，你没事儿！”柳芬拉着小猴子跑上前，一把抱住了何平安。

何平安一愣。

沈湘菱一点点地退开，远远看着何平安和柳芬。

“湘菱，你做得好，做得好啊！沈家有后，沈家有后了啊！”

沈怀德走到何平安面前，对着何平安深深鞠躬：“何警官，沈某谢谢你！”

何平安赶紧把他扶起来。

三少爷冷哼一声：“二姐，你来了就好。渡船被军队把着，不让咱们运家产，你说怎么办吧。”

“怎么办？”沈湘菱的脸上恢复了冷漠，“有钱能使鬼推磨。去找几个胆子大的艄公，一人两百块，我不信没人愿意运咱们过河！”

江水滚滚，小船停在岸边，四周是连绵不绝的芦苇荡。

周四带着人砍翻了芦苇，开出来一条小路，沈湘菱扶着沈怀德上了船，何平安抱着小猴子带着柳芬也要上去。

三少爷见状一挥手，几条枪同时对准了何平安。

何平安一下愣住了。

“你干什么！都把枪放下！”沈湘菱闻声转回头，厉声断喝。

几个人仍然举着枪。

何平安笑了。

三少爷悠悠道：“何警官，船小人多，恐怕装不下你们了。”

“老三，你干什么！”沈湘菱抓着三少爷的肩膀。三少爷一把抖开，嘲讽地看着沈湘菱：“二姐，想找汉子也得看准了。没见人带着老婆孩子么？”

沈湘菱立时脸色惨白，指着三少爷，一句话说不出。

“你放屁！”周四上前挡在沈湘菱跟前，一声厉喝。

三少爷勃然大怒：“贱丫头，你说什么！”

“好了！湘菱，你回来！”身后忽然传来沈怀德的声音，沈湘菱回过头，惊诧地看着父亲。“你们……你们都商量好了！”

沈怀德缓缓说道：“沈家为重。”

何平安突然笑了：“老何我这么些年，天天跟地痞无赖打交道，今天才知道，他们那根本不算什么。沈家？领教了！我们走吧。”

何平安拉起柳芬，却被柳芬一把挣开了。

“你们不带我们走可以，求你们把孩子带走吧。看在何平安救了你们小少爷的份上，把孩子带走吧。一个孩子，占不了什么地方啊。我求求你们，求求你们，救救我的孩子！”

柳芬苦声哀求着，沈家的人面露不忍。

“你怎么糊涂了？”何平安忽然大声斥责道，“小猴子就是跟他们走，也是受尽欺负，一辈子遭白眼，寄人篱下！他能这么活么？你也不想想，他是谁的儿子！”

柳芬一下呆了。

何平安抱起小猴子，拉着柳芬，转身就走。

“何平安！”

沈湘菱的声音响起，何平安一下子停住，转回头，望着沈湘菱：“当年有个师长，教过我一句话，我一直不明白什么意思，今天明白了。送给沈小姐。”

沈湘菱定定凝视着他：“你说，我听着。”

何平安低声道：“相见不如不见。”

沈湘菱一震。

何平安拉着妻儿，转身走开。

沈湘菱站在船尾，呆呆地看着。

艄公开船，小舟入水，越行越远。

沈湘菱呆呆地站在船尾，已经望不见何平安的身影了。

雷大虎提枪站在临时指挥所前，带着虎贲督促船夫渡人。

“快点快点！一人只能带两个包袱！”

头顶猛然传来一阵飞机的轰鸣。

雷大虎猛抬头：“是鬼子的飞机！——都趴下！趴下！”

他炸雷一样的声音响彻江头，众人更加恐慌，熙熙攘攘挤成一团，根本来不及隐蔽！

余鹏程闻声从凉棚里跑了出来，雷大虎忙冲到他身边：“保护师长！”

十几个士兵抱成一团，就像围集的蚂蚁一样，把余鹏程紧紧裹在中间。

“不对！听声音，不是轰炸机。”余鹏程神色肃穆，缓缓推开众人。

天空中，忽然绽开一朵朵洁白的伞花。

余鹏程悚然一惊：“是日军伞兵！”

犹如随风飞舞的蒲公英，数不尽的伞兵缓缓降下。

枪声响起！

伞兵竟在半空中开枪！

江中船头，正在过江的百姓一个个中枪栽倒，跌入江中。

余鹏程一把夺过士兵手里的枪，大声喝令：“给我打！”

他抬高枪口，对准半空中的伞兵射击！

士兵们纷纷枪口冲天，奋力扫射。

日本伞兵依然悠悠飘下，居高临下对准江中渡船射击。余鹏程等人的子弹根本伤不到他们分毫！

数只渡船中枪进水，渐渐沉没。船上百姓纷纷中弹落水，更多的是惊慌挤踏，掉进水里，挣扎哭号！

江水瞬间成了血红。

余鹏程瞪视着空中目眦欲裂，一连打出数发子弹，迸发出一声可怕的嘶吼："该死的鬼子——！"

一朵朵伞花悠悠落入江对岸的密林。

一面降落伞挂在了树上。伞下的藤原景虎拔出伞兵刀，在半空中身子蜷成了一个圆。

锋利的刀锋割断绳子，他抓着绳子吊在半空，顺势一荡，落在了树上。

端枪，瞄准。

藤原景虎的脸上挂着一抹残忍的笑。

密林中，到处都是刚刚渡河的百姓。

枪响！

林中的百姓一个个地倒下，血花四溅！

紧接着，密林四周也响起了枪声。这是其余伞兵对藤原景虎的回应。

藤原景虎喃喃自语："就像雪狼闯进了羊群……杀个痛快吧！"

枪声此起彼伏，不绝于耳。

余鹏程一拳砸在地形图上："这是有预谋的伏击！"

魏九峰双手撑在桌子上，俯身疑惑地看看地图，又抬头看看余鹏程。

余鹏程只得耐心解释："伞兵的调动需要时间，不早不迟，正赶上百姓江中半渡，选择降落的地点是对岸的密林，易守难攻，显然是经过精心挑选的，这两点可见日本人早有准备！恐怕我们的百姓刚刚离开常德，他们就得知了渡河的地点，这才能从容布置，调动伞兵！"

魏九峰悚然道："余师长的意思，是城内走漏了消息？"

余鹏程没看魏九峰，只是点点头。

魏九峰缓缓站直了身子，脸色冷峻起来："此次常德城内组织撤离，完全是按照余师长的军令执行，魏某敢保证整个过程都足够谨慎保密！"

"城内走漏消息是肯定的，只是这并非魏县长的过错！这么大的动作，不可能瞒得住。"

雷大虎快步跑了进来，敬了个礼："师座，渡江全都停了，老百姓都堵在河边，局面已经失控了！"

仿佛是为了给他的话佐证，河对岸的枪声越发紧了，河这边的哭喊声也越发响了！

魏九峰顿时急了："于师长，现在该怎么办！"

余鹏程快步走到指挥所前，听着外面的惨呼，默然闭上了眼睛。

魏九峰仓皇望着江边的惨景，又看了看似是无动于衷的余鹏程，忽然重重低下头，鞠了一躬：“余师长，棠德县长魏九峰请您尽快出兵！请余师长救救对岸棠德的百姓！”

余鹏程转回身，看着魏九峰，沉重地摇了摇头：“不行！”

“不行！”密林之中，沈怀德张开双臂护在成堆的箱奁前，双眼赤红，须发皆张：“只要我活着，谁都不许分家！”

沈家众人围成一个圈儿，全都虎视眈眈地瞪着他。

“爹，不是要分家，是分头走！”三少爷俨然苦口婆心：“林子里有日本人，咱们这么多人在一块，只有死路一条！”

“小畜生！你要走可以，家产不能拿！谁要走谁走，家产不能动！”

“爹，你不让我们带家产，就算是走出去，也是冻死饿死！”四少爷干脆“扑通”跪了下来，声泪俱下：“爹，您就放我们一条活路吧！”

沈怀德一脚踢在四少爷身上，四少爷没有摔倒，他却向后连退几步，幸好有身后的沈湘菱扶住了。

“要分家，除非我死！”沈怀德厉吼一声，虽然久病力衰，却也把两位少爷吓得浑身一颤：“你们这两个逆子，哪个有胆子，先过来要我的老命，再想着分家产！”

四少爷跪在地上，捣蒜一样磕头：“爹呀爹，求求您，您就放我们一条活路吧！”

“老四，爹已经老糊涂了，道理讲不通了！动手吧，谁拿到就是谁的！”三少爷一句话说完，蹿身上前就开抢。

“你敢！”

沈怀德扑上前要去护，却被三少爷狠狠一把搡开。四少爷见状，慌忙也跳起身来，带着自己房头的人争抢箱笼。

沈怀德恨得浑身打颤，一把拉着周四，咬牙道：“给我开枪，开枪！杀了这些个畜生！”

周四为难地看着沈湘菱。

沈湘菱摇了摇头，默默地拉着父亲：“爹，算了吧，保不住了。”

沈怀德一巴掌扇到她脸上：“畜生！连你也……”

他一句话没说完，整个人软倒了下去，沈湘菱一把扶住沈怀德。

沈家各房的人争抢家产，厮打在一起，往日的兄弟，此时如同仇人。

沈湘菱扶着沈怀德，只是淡淡地看着眼前的一切。

沈学文扑到沈湘菱怀里：“二姐！我害怕！”

沈湘菱一手抚着沈学文的头，抬眼望着挂在半天中的夕阳，何平安的那抹冷笑居然再次浮现在眼前——

“沈家？我见识了！”

“为什么不派兵！你就眼睁睁地看着这些老百姓去送死么！”

指挥所内，魏九峰声色俱厉，拍着桌子质问余鹏程。

“你他娘的是要让我们去送死！”雷大虎大喊一声，拦在魏九峰面前。“你懂不懂打仗，对面是密林，又是沿河布防。那还不是去多少死多少！”

魏九峰一拍桌子，厉声大吼：“你们不能死，老百姓就该死？你刚才不是指着张局长骂他们白吃饷？明知道是老百姓养了你们，你们却眼看着老百姓死？！”

雷大虎脸涨得通红，瞪着眼往前走了一步。

余鹏程伸手挡住了雷大虎：“请魏县长理解，我们的部队没有受过特殊作战的训练，不善于山林作战。”

“不善于山林作战，好，不善于山林作战！”

魏九峰冷笑着，伸手抓起桌上的电话听筒。

雷大虎一把按住电话拨盘：“你要干什么？”

“我要给重庆通话！我要问问重庆，余师长的虎贲军到底能善于什么样的作战，是不是不擅长山林作战，就能袖手旁观，眼睁睁看着老百姓被鬼子赶尽杀绝！”

雷大虎抱住电话机，伸手抢过魏九峰手里的听筒：“你敢……”

“让他打！”

余鹏程上前一步，夺过雷大虎手里的电话，放回桌上，冷冷看着魏九峰：“魏县长可以向重庆报告，可以向开罗报告！但就算校长亲口下命令，余某也不会下令虎贲此时渡江。柴参谋长带着主力随后就到，只要主力部队一到，我们就可以强行渡河。”

余鹏程把听筒递向魏九峰。

魏九峰夺过听筒，重重摔在桌上：“还等？！等主力部队到了，人也全都死光了！”

两人针锋相对，四目交投，都是寸步不让。

魏九峰忽然转过身，一边往外走一边大声喊着：“张局长！集合所有的警察，过河救人！”

张局长愣在当场。

“你也怕了？！”魏九峰厉声道，“就算死，也得让老百姓都看着，党国不会不管他们死活！”

余鹏程叹了一口气：“组织队伍，过河突击吧。”

雷大虎一愣：“师座……”

“魏县长说得对。这么多老百姓看着，我们怎能不出兵！雷大虎，你队伍不要动，把我带来的人全都集中起来，强行突袭！”

雷大虎看着余鹏程，脚下好似生了根，一动不动。

余鹏程猛一瞪眼：“执行命令！”

“是！”

雷大虎下意识地敬礼。

小船载着士兵，缓缓划过河，竟无比平静。

对面全无枪声，整个密林一下沉寂下来。

小船靠岸，士兵们敏捷地跳上岸，悄无声息地潜入密林。领头的小队长打了个手势，士兵们分散搜索，各小队包抄前进。

一小队士兵互相守护，慢慢往前推进。

猛然，树顶上落下一个人。

藤原景虎从树上一纵而下，骑在一个士兵肩膀上，两腿紧紧地夹住士兵的脑袋。

枪响！

藤原景虎的腿夹着士兵，用力一拧，士兵不由得原地转圈。

藤原景虎开枪，周围的士兵全被扫倒。

藤原景虎顺势拔出匕首，猛然插入胯下士兵的喉咙。

鲜血飞溅到他的脸上，面目狰狞。

周围的枪声稀稀疏疏地响了起来。

藤原景虎拔出匕首，露出残忍的笑容："我们，来给余鹏程送一份大礼。"

余鹏程手举望远镜，望向对岸。

听见枪声，余鹏程握着望远镜的手微微一颤，缓缓把望远镜放下了。

雷大虎炸雷一样的声音从背后传来。

"乡亲们，都听见了吧！国军战士正在跟敌人战斗，用不了多久，就能消灭敌人，你们都能安全过河。"

雷大虎一手提着枪，一手作势向下压着，安抚江边的百姓："不要慌，不要乱，都不要乱！"

余鹏程背着手，目光沉重地望向对岸。

雷大虎抬头看过去，余鹏程负在背后那双戴着白手套的手抠着望远镜，越抠越紧。他微一怔，走上前才叫了声："师座……"对岸的枪声忽然密集起来！

灾民纷纷抱成一团，或蹲或坐俯在地上。一个小姑娘把头钻进母亲怀里，母亲一手捂住她的耳朵。

枪声戛然而止！小姑娘缓缓抬起了头。

雷大虎大声道："各位乡亲，听见了吧，枪声停了。敌人八成已经不行了，等大部队一到，就送你们过河。要对军队有信心，要对党国有信心！"

民众的情绪渐渐平复起来。

几个人试探着站起身子，伸长脖子望向对岸。

"那是什么！"一个人指着天上高喊。

雷大虎猛然回头。

河对岸扔出来七八个包袱，半空中散开，落出一团团血淋淋的东西。

"耳朵！是人的耳朵！"

在灾民惊惶的叫喊声中，血淋淋的耳朵落在江水中，沿着江水顺流而下。

灾民们全都炸开了！尖叫声，呼喊声，乱成一团。

余鹏程走了过来，对天鸣枪！

众人静了。

“我是五十七师师长余鹏程！”余鹏程一手提枪，目光缓缓扫视着灾民，“我们的部队虽然战败，可对方也一定付出了惨痛的代价，他们用这种方式，就是希望我们不要再进攻，就是怕了我们。这是虚张声势。你们都不要乱，我会立刻派人，组织第二次进攻，击退敌人，打通河运！”

雷大虎愣了，走上前，低声问余鹏程：“师座，还要组织第二次？”

余鹏程神色一肃。

“大部队到来之前，要不断地进攻，如果我们不进攻，民众就会乱。以我们现在的兵力，根本控制不住这么多人。你现在就准备带人冲过去，你之后，就是我！”

距离江边不过百米之外，柳芬和小猴子站在一棵大树下，昂着头往上看。

“娘，爹在看什么？”

柳芬无声苦笑：“爹在看过去的自己。”小猴子不解地看着柳芬。

浓密的枝叶间，何平安蹲在枝杈中，习惯性的用枝叶掩护自己，拢着目光看着江边的情况。

“一群呆瓜！还是老样子，根本不会山林战，白跟游击队打了好几年！”

何平安一缩身，两步就从树上顺了下来，身形矫健。

“何平安！”

何平安转回头，柳芬紧紧地握着小猴子的手，低着头不敢看自己。

何平安沉默了下，开口道：“他们不会打山林游击，没有人带路指挥，人会死光的。”

柳芬嗯了一声，没有抬头。

“对面的老百姓也会死光的。”

柳芬“嗯”了一声。

“有些事，就是命。你不是为自己活着，你忘了自己是谁，等你有一天想起来自己是谁了，就到时候了。现在，我到时候了。”

柳芬低着头，却又抬起，直视着何平安：“打火机呢？”

何平安神色一动。

“我知道你一定带在身上，你拿出来。”

何平安从口袋里拿出打火机，交给柳芬。

柳芬打燃，火光抖动：“你不抽烟，却一直带着个打火机。我知道，这是贺老总送给你的。这火，是你的过去，你的内心。你们这种人，注定是一团火，燃烧自己，照亮别人。我把这火压了九年，现在，我还给你。”

柳芬把打火机递给何平安，何平安郑重地接过。

何平安灭了打火机，望着柳芬，目中带泪。

柳芬猛然一把抱住何平安。

何平安愣了。

“你去吧，我们不走，我们就在这边等你。”柳芬眼圈通红，伏在何平安的耳边低声说着：“不管你能不能回来，我们都在这等你……”

柳芬说不下去了。

何平安缓缓推开柳芬，露出一个灿烂的笑，忽然转过身，一边大步流星往前走，一边抬起一只手，对着背后挥了挥。

柳芬伸手捂住自己的嘴，眼泪簌簌落下。

小猴子轻轻扯了扯柳芬的衣角：“娘，你怎么哭了。”

柳芬对着何平安背影，突然放声大喊：“何平安！记住！你是杀不死的勇士！你是扑不灭的野火！你是杀不死的勇士！你是扑不灭的野火！”

柳芬高喊着，泪如涌泉。

何平安身子一顿，并不扭头，大步走了上去。

何平安的眼中也含着泪光。

江边岸头，又有一队士兵整装待发，老百姓让出一片空地，为他们壮行。

警察在维持秩序。

何平安从人群中挤了出来，拍了一下面前警察的肩膀。

陈花皮猛然一回头，面露惊诧：“何头儿！你怎么在这儿！”

何平安沉声道：“把枪给我！”

陈花皮愣了：“何头儿，你……”

何平安没多说话，一手猛然一扭陈花皮的胳膊，另一只手把他的枪掏出来。

“哎哟，疼！”陈花皮扯着嗓子喊起来：“何头儿，你这是干什么！”

何平安一把推开陈花皮，大步往里走！

砰！砰！砰！

何平安边走边对天开枪！

灾民们全都闪开。

砰！砰！砰！

众人给何平安闪开了一条路。

一连六枪，何平安走到余鹏程面前。

群众骚动。

“什么人？”雷大虎一惊，赶忙护在余鹏程身前，待看清来人，倒松了一口气：“他娘的，怎么又是你！来人，给老子……”

余鹏程一摆手，止住了雷大虎的话，上前一步，跟何平安相对站着：“什么人？”

何平安收起枪：“常德警察，何平安。”

余鹏程“哦”了一声：“找我？”

“找你。”

“有事？”

“救人！”

何平安伸手指着河对岸：“把你的兵给我，我去救对岸的人！”

余鹏程没说话，双眼深沉地望着他，何平安坦然与之对视。

“雷大虎！”余鹏程猛地一声喝。

“在！”

“赶出去！”

“是！”

雷大虎一挥手，两名士兵冲上来，拉着何平安就往外走。

“你想充英雄，大可以自己去送死！”余鹏程瞥着何平安，冷冷道，“战争不是儿戏，你让我把我的兵交给你？他们的命是属于党国的！”

何平安极力挣扎着，大声道：“余师长，现在是兵行险招的时候，你要是不拼一下，对面的百姓都会死！”

余鹏程一动不动。

“给我五分钟，五分钟后你要是不相信我，可以把我就地枪决！”

“等等！”

余鹏程一声令下，士兵停住了脚步。

“我就给你五分钟！”

余鹏程向何平安伸出了一个巴掌。

临时指挥所的桌前，十几条枪指着何平安的后背。

何平安面色不改，只是看着桌子对面的余鹏程。

余鹏程看了一眼怀表：“你可以开始了。”

何平安沉默着，走到作战地图前，一语不发。

所有人静静地看着何平安，只听见怀表的指针声。

“你还有四分钟。”余鹏程忽然冷冷道。

雷大虎担心地望着何平安，何平安还是沉默。

余鹏程一动不动地望着怀表。

“错了。”

余鹏程一愣：“什么错了？”

“图画错了。”何平安用手指着面前的作战地图：“能不能给我支笔？”

余鹏程一挥手，身边的参谋递给何平安一支笔。

何平安伏在桌子上，低头绘制：“河道少了一个转弯，对面的密林大小也不详尽，尤其是这里，等高线的数据标反了，明明是山谷，写成了高山。”

他一边详细解说，一边拿着红色铅笔，熟练地在地图上改动。

众人互相看看，目光中满是惊讶之色。

“绕远路，从这里可以到河对岸。不需要船只渡河，可以从侧翼接近，避免正面冲突！”何平安用铅笔在地图上圈了个圈。

雷大虎凑上前一看：“这里明明是悬崖！”

“所以我说你的图错了，这里的悬崖，有一处地方，大概只有两米左右的空隙，完全可以跳过去！”

余鹏程眼睛一亮：“你确定？”

何平安不接余鹏程的话，自信地继续诉说：“我看见外面有三十匹马，大概就是余师长赶路用的吧？余师长是两个小时之前到的，如果我没算错，主力部队晚上八点左右就会到。”

余鹏程眼中的惊诧消失了，他眯起了眼睛，露出审视的目光：“你算的一点不错。”

“我带精兵过去，分成小队行动，避开日本人的部队集结民众，在晚上八点的时候赶到河边。只要大部队晚上能到，按照我的办法，就能击溃日军，打通河道！”

何平安自信满满地看着余鹏程。

余鹏程凝视半晌：“怎么渡河？”

“是啊，就算大部队赶到，我们带这么多人渡河，也一样会被日军伏击，到时候就是损失惨重。”雷大虎说。

何平安笑了：“晚上八点，天要黑了吧。”

雷大虎仍是懵懂：“天黑？有什么关系！”

“我要你们集中全部的照明弹给我！”

雷大虎讶然：“你要照明弹？在晚上用照明弹不是给鬼子指明目标么！”

余鹏程直直地看着何平安，突然笑了：“我明白了！好，我就信你！”

何平安也笑了。

雷大虎看看余鹏程，又看了看何平安，神色更加困惑：“师座！这……这是什么意思啊！”

“刚好五分钟！”余鹏程扫了一眼怀表，猛然合上，猛地转过头，直视雷大虎：“雷大虎！你带上兵，跟着何警官去！”

雷大虎一怔：“师座，这是为什么啊？”

余鹏程断然喝道：“你是军人，执行命令！”

“是！”

秦岳站了出来，并腿敬礼：“师座！我也要去！”

雷大虎连忙道：“老秦要去，我就踏实多了！”

“好！我就把他们两个都派给你！”余鹏程指着何平安，“从现在开始，他们完全听你的指挥！”

何平安他们离开好一会儿了，余鹏程还在凝神看着跟前的桌子，那上面铺着何平安改过的作战地图。

魏九峰站在他身后，看看地图，又看看余鹏程的脸色，不明所以：“余师长，你为什么相信这个何平安，让一个警察带队？”

“警察？”余鹏程冷笑一声，抬眼看着魏九峰：“魏县长，你真以为他就这么简单？”

魏九峰摇了摇头：“从他在聚福楼开枪救我开始，我就知道，何平安这个人一定另有身份，只是一时猜不到。”

“那你就看看这个！”余鹏程用手敲打这桌子上的地图。“他已经把自己的身份画到这张地图里了！”

魏九峰一怔，低头仔细看着地图。

余鹏程默叹一声：“我们的作战参谋，画图，都要用标尺，他却完全不用，空手画图，比例之精准，地形之熟悉，让人惊叹啊！”

魏九峰依然懵懂：“这能说明什么？”

“画图不用标尺，是因为条件艰苦。枪法准，是因为子弹少。熟悉地形，那是因为擅长山林游击。”余鹏程冷冷道：“据我所知，只有一种人有这样的本事。

魏九峰愣了，抬起头看着余鹏程。

余鹏程一字一顿：“共产党！”

第九章 绝路相逢

风萧萧兮江水寒。岸边，军队再次集结待命。

雷大虎挺立在队首，大声点名。

“陈卫国！”

“到！”

“沈小易！”

“到！”

“刘季农！”

“到！”

一声接一声的刚毅应答中，士兵们都有了赴死的意志！

何平安站在雷大虎身后，望着一张张刚毅的脸，神色肃穆。

“都听好了！”雷大虎退后一步，跟何平安并肩站立：“这位，就是何平安。枪法如神啊！这次师座说了，都跟着他走，绕到鬼子身后偷袭！老实说，老雷我信不过他！

秦岳一惊，众士兵也都惊异地看着雷大虎。

“可我信得过师座！师座说让我把命交给他，我就把命交给他。你们也跟我一样，都把命交给他！前头不管是什么路，他说走就走，他说停就停！听明白了没有？”

雷大虎威严地扫视着士兵的脸。

“明白！”

“废话不说了，还是老话！”雷大虎一挥手：“咱们是谁！”

“虎贲！虎贲！虎贲！”

雷大虎大喝一声：“出发！”

众士兵全都不动。

雷大虎愣了：“都聋了！”

“是你说的，都跟着他走，他说走才走。”秦岳拍了拍雷大虎，一手指着何平安。

何平安一笑，正色下令："出发！"

众士兵紧跟何平安，齐步前进。

"奶奶的，这帮混小子！"雷大虎笑骂了一声，与何平安并肩走上江岸。

老百姓自然而然地为这支队伍让开一条路，纷纷鼓掌。

柳芬抱着小猴子，也在人群里默默注视着队伍最前头的何平安。

只有一双怨毒的目光闪烁在人群中，那正是去而复返的海东升。掌声越来越热烈，海东升掉转头，拉着乔榛绝然而起，背离人群而去。

苍山小路，野径无人。

海东升拉着乔榛在山路上崎岖而行。

乔榛蹒跚地跟着海东升，脚一滑摔倒了。

海东升拉起乔榛："起来，快走！"

乔榛勉强站起来，哀求地望着海东升："师父，咱们要去哪儿啊！"

"找活路！"

"可前面没路了啊！"

海东升靠在一棵大树下，剧烈地喘息，伸出残手指着前方："有！只不过，是不归路。"

乔榛不解地看着海东升。

"这世道不是给好人走的，只给恶人走。师父走遍天下，放眼望去，都是恶鬼！那我就来当这个恶鬼！"海东升举着右手："以前，再苦再难，只要我还能吹笛子，我总觉得，心里还有个盼头。现在手指断了，我心里的笛声也断了！是何平安，是何平安毁了我的一切！"

海东升面目狰狞起来，乔榛望着海东升，露出害怕的神色。

"这世道，当人没活路，只有做鬼才有活路！

乔榛满脸惊慌，微微向后退了两步："师父，我害怕……"

"对，对，你、你不能去。"海东升望着乔榛，有些癫狂。他忽然解下背上的包裹，递给乔榛："粮食都在这儿。你等我三天。三天之后我要是没来接你，你师父就死了！天大地大，你爱去哪儿去哪儿。找个好人家，嫁了！"

乔榛搂着海东升的胳膊："我不要嫁人，我要跟着师父。"

海东升的神色一瞬间柔和了。

"那就听师父的话，师父从今天开始，不要当人了，要去当鬼！要给你，也给自己，搏个活命的路！"

活路之前是绝路。

崖间小路，仰头，天只一线。

海东升仰着头，双手拢口，边走边喊："山间的大王，绿林的英雄，有人来拜山了！拜山了！"

回音鼓荡，声如松涛。

“绿林的英雄，有人来拜山了！”

数声枪响！

海东升一惊。

远处山石上，赫然站着几名土匪！

“什么，你说老三死了！”

山寨聚义厅里，大当家混江龙盘腿坐在大堂正中的虎皮椅子上，海东升此话一出，当即跳起身来。

“死了，一枪毙命！”

混江龙喝问道：“什么人杀的！”

海东升抬起眼来，一字一顿：“何平安！”

混江龙一愣：“何平安？”

海东升往前走了两步：“大当家的，我受过三当家的恩惠，知道贵宝山在这一代，所以冒死来喊山报信，只要您听我的安排，我保证您亲手杀了何平安，给三当家的报仇！”

“给三当家的报仇！给三当家的报仇！杀了何平安！杀了何平安！”众土匪大声呼喝着。

混江龙没说话，只是冷冷地打量海东升。

“大当家的，他现在就带着人，说是要抄小路过河，这是您的地盘，刚好伏击！我冒死送信，只为了给三当家的报仇，大当家的千万要相信我！”

混江龙仍旧沉默不语。

二当家忍不住上前：“大哥！”

混江龙看着海东升，突然一拍椅子站了起来：“把这个人拖出去，给我毙了！”

几个土匪答应一声，拉着混江龙往外走。

海东升挣扎着大叫：“等等！我不服！凭什么杀我？”

混江龙一摆手，几个喽啰停了下来。

“你不服？我就让你服！”混江龙一步步地走下来，站在海东升的面前，猛然抓起海东升的手。

半截断指！

“你这手指头，是谁打断的？”

海东升一愣，不知道怎么回答。

混江龙举着海东升的手，目光犀利：“恐怕这手指头，是那姓何的打的吧！说什么‘只为给三当家的报仇’，我看你来报信，就是要借我的手，给你自己报仇！”

海东升哑口无言。

“想拿我们的命当枪使。不用往外拖了，我现在就毙了你！”

混江龙狠狠一把推开他，蓦地拔出枪，对准海东升的脑袋。

枪口下，海东升眼角抽搐，额头冒汗。

混江龙搬开了机头。

海东升突然大笑起来。

众土匪不由愣了。

“都说混江龙是个英雄，原来是个狗熊！”

混江龙厉声怒喝：“你说什么！老子宰了你！”

“宰了他！宰了他！”

众土匪举高手中的枪，大声吆喝着。

混江龙一摆手，止住了众人：“让他说！你说说，我混江龙怎么狗熊了？说不明白，我让你生不如死！”

海东升吸了口气，硬着头皮往前迈了一步。

脑袋顶在了枪口上。

“你去棠德城问问，三当家的是不是死在何平安的手里，人尽皆知！你明知道我不会撒这个谎，却故意找借口不去报仇。你是害怕！”

“害怕？”混江龙手里的枪一紧，枪口紧抵在海东升的额头上，“老子先毙了你，再去找姓何的报仇！”

海东升大喝：“等等！”

“还有什么话说？”

海东升举起手，缓缓地把半截断指放在口中，猛力一咬。

殷红的鲜血顿时从他嘴角溅出！

众土匪顿时吸了一口冷气。

海东升张口一吐，半截断指落在地上。

“我对着这半截手指头发誓，只要大当家的给我个机会，我就是拼了命，也要替三当家的报仇，杀了何平安！”海东升厉声高喊着，他满口是血，脸上的肉都在抖，浑如罗刹！

混江龙惊住了。

山路蜿蜒，何平安走在最前，一队人紧随其后，走在蜿蜒狭窄的山路上。

身后的秦岳忽然停住了：“何长官，我们要去哪儿啊？”

何平安回过头，一笑：“别提什么长官，我不敢当！”

“你当然不敢当！”秦岳面色严冷，瞪视着何平安，“这里每个人身上，都背着几百条人命！”

所有人都愣了。

雷大虎上前一步：“老秦，你干什么？何平安的枪法你又不是没见过！”

“枪法我见过，也还过得去，可有一条，打枪和带兵是两回事！”

秦岳伸手指着身后的士兵。

“虎贲师一路上跟鬼子打硬仗，一百个人出去，只有一个回来！站在这儿的，个个都是百战精锐，三万条人命喂出来的！你当得起么？你‘指挥’得动么？！”

秦岳伸出一只手，重重拍在何平安的肩膀上，压低了声音：“师座的命令是叫你‘带路'，可不是'指挥'。记着，我们是手，你是枪！"

何平安望着秦岳，突然笑了。

"你笑什么？"

何平安突然伸手，拔枪，指向秦岳。

秦岳也飞快的拔枪。

"你敢用枪指着我？"

"扛枪打仗，枪好就能保命，枪不好就得丢命！"何平安似笑非笑地看着秦岳："一把好枪，你扣扳机，它就响。你对着哪，它就打哪。可这枪要是不好，你一扣扳机，它卡壳了。你往右打，子弹奔左边了。这样的枪，往往会害死拿枪的人。"

秦岳眉头一挑："你什么意思？"

"我只是想知道，我手里这把枪好不好！"

何平安突然开枪。

众人都惊了！

两声枪响，子弹擦着秦岳的脑袋飞过去！正中前面一颗歪脖树！

呼啸的风声！那棵歪脖树猛地扫过路口，挟着股劲风和碎石瓦砾弹了回去！

秦岳转回头，呆呆看着。

雷大虎咂舌："乖乖！这要是扫着了人……"

何平安把枪叉回了腰里："这叫做"树弓"，山里土匪常玩的招数，山林作战不同以往。"

何平安放下枪，秦岳也放下枪。

两人静静地对视着。

何平安淡淡开了口："秦营长，雷营长，你们都是用枪的行家，你们说我手里这把枪，好用不好用？"

秦岳沉默了。

"老秦，师座把枪给了何平安，这把枪就得该响的时候响，指哪打哪，你说呢？"

雷大虎用胳膊撞了一下秦岳。

何平安笑嘻嘻地望着秦岳。

秦岳神色释然，收起了枪："你用的是虎贲的枪，当然都是好枪！指哪打哪，弹无虚发！"

何平安伸出手，两人的手重重拍在一起。

"我这一条枪，到底要打向哪？"

何平安目露狠光："虎牙涧！"

山门之外，一声枪响！

混江龙举着枪，面前摆着一张长桌，桌上一个大香炉，排开几十只空着的海碗，长桌旁边围着几十号土匪。

“弟兄们，这位海兄弟说，那个姓何的要走旱路过河，方圆几百里，能过河的只有一个地方！”

“虎牙涧，虎牙涧！”

几十号人齐声回答。

“不错，只有虎牙涧！”混江龙点点头，“论地形，谁也不如咱们熟。咱们就在虎牙涧等着，打他们个措手不及，杀了姓何的，给三当家的报仇！”

“给三当家的报仇，给三当家的报仇！”

几百土匪举着枪，高声呼喊。

海东升站在人群中，目光冷峻。

混江龙挽起袖子，冲一旁的土匪一挥手。

“点招魂香！”

二当家的点燃了三柱大香，递给混江龙。

混江龙接过香，对着香炉拜了三拜，插进香炉，抱拳大喊：“人回不来的，魂回来，别走丢了！”

众土匪相跟着大喊：“生是山上人，死做护山鬼！”

小喽啰在一只只空碗里倒满酒。

混江龙端起一碗酒一饮而尽，甩手把碗狠狠摔碎在地上：“开路！虎牙涧！”

“报仇，报仇！”

一只只碗摔碎在地。

所谓虎牙涧，顾名思义，山势奇险，两边的山崖向中间的突出，犹如两颗虎牙，最尖端几乎连在了一起。

山下，江水滚滚，雾气升腾，望不见下面。隐隐有波涛声传来。

何平安带着人缓缓爬上山道，指着前方：“这就是虎牙涧。”

雷大虎走到山涧边，搬起一块石头往下扔去，半晌才传来石头入水的声音。

雷大虎倒抽了一口冷气：“他奶奶的，真是险啊！”

何平安走到山涧前，低眼打量：“两边相距，不足两米。都能跳过去吧！”

雷大虎往下一看，有点发晕：“来一个跳的远的，先试试！”

一名士兵走上来：“营长，我来！”

“你小子行，小心点。”

雷大虎拍了拍士兵肩膀。

士兵开始助跑，到山崖边猛然一跃。

一声枪响！

半空中溅出血花，士兵飞跃的身体猛然一顿，向下坠去。

雷大虎大惊：“有埋伏！”

“他娘的，谁让你开枪了！”虎牙涧的对面，混江龙一巴掌狠狠扇在二当家脑袋上。

“大哥，他们要过来了，”二当家的大惑不解，“咱不就是来埋伏的么？”

混江龙大骂：“咱是来给老三报仇的，杀就杀那个何平安，谁他娘的让你杀国军了？！”

一阵枪响，惊得二当家一缩脖子。

雷大虎愤怒的吼声远远传了过来：“谁他娘的偷袭老子的人，自己把脑袋拧下来，别让我老雷动手！是谁！”

对面乱石堆中，哆哆嗦嗦地站出一个土匪。

“对面的英雄，我们……”

枪响！

秦岳开枪！

对面的土匪应声倒地。

“看见了没有，这就是下场！缴枪投降，全都顺着悬崖跳下去，老雷我饶你全家！”

何平安摇头苦笑。

山涧对面，混江龙看着死去的兄弟，有些发愣。

“这他娘的什么队伍，这么横！”

海东升凑上前：“大当家的放心！这里地势险要，只要咱们守住了，他们过不来！”

“我还用你教！”

混江龙恨恨地瞪了一眼海东升。

海东升凑在混江龙耳边：“大当家的，当着这么多兄弟的面，你可不能被吓唬住。”

雷大虎还在喊话：“我是五十七师营长雷大虎！我数三个数，你们要是不闪开，老子就带人打过来了，到时候，你们一个也活不了！”

混江龙心中害怕，面子上硬撑。

海东升忽然高喊：“雷长官，我们不是要跟国军过不去，我们只要对付那个何平安！他杀了我们三当家，只要交出何平安，我们立刻给国军让路！”

雷大虎闻声一震。

“要不然，我们就堵在这儿！军法里面说得明白，误期当斩！”

海东升把戏里面的词都用上了，嘶哑的嗓音传出去老远。

众土匪跟着齐声大喊：“交出何平安，交出何平安！”

所有人都回头望着何平安。

“三青团的世铭同志，久仰了！”

江边指挥部前，余鹏程大步走出来，与刘世铭紧紧握手。

刘世铭微笑着，徐徐道：“余师长，我赶过来是想请你帮忙，在渡口截住一个人。”

余鹏程一愣。

魏九峰插言问道：“要截谁？”

“何平安！”

余鹏程和魏九峰对视了一眼。

“为什么？”

“我派人查了桑植十年前的记录。在桑植，根本就没有何平安这个人。根据我的盘问记录，他又对桑植无比熟悉。可见，何平安是个假名字。他的身份很值得怀疑！”

魏九峰皱紧眉头：“你怀疑他是共党？”

刘世铭不置可否：“无论如何，请先把他截住，我要带回去盘查。”

余鹏程踱着步，看着刘世铭。

刘世铭的神色严肃起来：“抗日防共是团长的指示。委座既是我们的团长，也是您的校长。余师长不会不帮我这个忙吧？”

余鹏程停下了步子：“我答应你！只要何平安能活着回来，我就帮你。”

刘世铭愣了。

何平安已经站在了悬崖边，身后，秦岳持枪对准他的后心。

“对面的朋友，我还以为是什么事呢，不就是个何平安么！实话跟你们说，我们兄弟早就看他不顺眼了！奶奶的，老子们出生入死，凭什么听他的指挥，我现在就让他跳过去，你们亲手杀了他，也算是给我们帮忙！”

雷大虎一把揪住何平安：“跳过去！”

何平安脸都白了：“雷大虎，你……你要害死我！”

“少废话，快跳！再不跳，老子现在就一枪毙了你！”

雷大虎对天鸣枪！

“快跳！”

何平安吓得一哆嗦，咬牙闭眼，一下跳了过去！

双腿落地，何平安就地一滚，趴在地上不起来了。

“吓死我了，可吓死我了！”

乱石后面的海东升看着何平安，目露凶光。

混江龙仔细打量何平安，面露疑色：“就是他？”

海东升点点头。

“这么个怂包，能杀了老三？”

海东升一怔，忙道：“大当家你别被他骗了，他是装的！”

何平安从地上爬起来，拍着大腿跳着脚指着海东升破口大骂：“海东升，你他娘的混蛋！是你找我一块动手杀的人，杀完人你还要把钱独吞、老子打断了你一根手指头，你就怀恨在心。要说杀三当家的，你也有一份！”

混江龙大惊，一把揪住海东升。

海东升慌了：“你别听他的，他，他撒谎！”

“你个臭戏子！当时你就是这么演戏，骗了三当家的！不然凭三当家的本事，我哪杀得了他啊？现在你又挑唆大当家的来这阻拦国军，你这是要两家打起来，最好大当家的也死了，你就没仇人啦！三当家的从棠德抢来的钱也都归了你了！你个混账王八蛋！”

混江龙一脚踹倒海东升。

海东升趴在地上，伸手抱住混江龙的腿：“大当家的，他是骗你的，是骗你的啊！”

何平安大叫：“我有证据！”

混江龙转过眼看着他：“什么证据？”

“是海东升他杀……”

一声枪响截断了何平安的话！

对岸，秦岳开枪了！

何平安背后中枪，身子一抖。

又是两枪！

何平安轰然倒地。

混江龙惊怒吼道：“你们干什么？”

雷大虎怒吼：“你磨磨唧唧的，耽误了军事行动，我们兄弟都得掉脑袋！人我已经给你杀了，我们现在要过来，你要是再拦着，就是叛国。今天杀不了你们，明天一早我就调大炮轰平你的山寨！”

“你们杀人灭口！”

混江龙一把揪起海东升，枪口指着他额头，“说！到底谁说的是真话？”

“我发誓，我绝没有骗大当家的！”

混江龙一咬牙，甩开了海东升：“不管这么多了，去俩人，把何平安的尸体带回去，祭奠亡灵！”

两名土匪走到何平安的身边，弯腰去抓何平安。

何平安陡然一个翻身，踹倒两个土匪，抄起枪对着众土匪射击！

海东升惊叫：“他诈死！”

“开枪！冲过去！”对面秦岳一声令下，众士兵一起开枪，土匪打乱，士兵一个个跳过虎牙涧。

秦岳和雷大虎跳了过来，与何平安背靠背，一起开枪。

三人的枪声连成一片，配合默契。

土匪一个个地倒下，三人就好像是三头六臂的哪吒，压得土匪根本无法还击！

后面的人跟着跳了过来，国军的枪声更紧。

“快，快退！”混江龙大叫着，土匪狼狈溃逃。

雷大虎一边开枪，一边大声叫道：“海东升，谢谢你把他们引过来，你放心，我们这就来救你！”

混江龙大惊，狠狠瞪着海东升。海东升转身要跑，两个土匪按住他。

“大哥，杀了他！”

混江龙一把抓住海东升，恶狠狠道："不，带回去，千刀万剐！开膛挖心！"

海东升竭力挣扎，嘴里大叫："他们骗你！他们故意的！"

混江龙不断往后退，众土匪四散溃逃，转瞬没了踪迹。

枪声停歇，何平安与秦岳、雷大虎还背靠背站着，三人平复片刻，互相看了一眼。

秦岳忽然对着何平安笑了："谢谢。"

"谢我什么？"

"谢谢你相信我，把命交给我。"秦岳说着，从何平安被打出破洞的褂子上摘下三个银元，每个银元上都有一个弹痕。"刚才，如果我打不准，你就没命了。"

何平安爽然一笑："我刚才说过了，我信你！"

"好兄弟！"秦岳举起一个银元，"从现在开始，我也信你，把我的命，也交给你！"

"从现在起，就是同生共死的兄弟！"雷大虎一手搭在何平安肩上，一手搭在秦岳肩头，重重拍了拍。

三人都朗声笑了。

密林遮天，混江龙带着众土匪狼狈逃窜，一边跑一边回头。

混江龙一下跌倒，索性靠在树下大口喘着粗气。众人也都停了下来。

海东升蹲着身子，喘着气，突然觉得气氛一冷。

海东升抬起头，看见对面混江龙盯着他的眼神，目露凶光。

"他娘的，你跟他们串通，害死我这么多弟兄！"

"我，我没有，我真没有……"

海东升站直了身子，不住后退。

后背撞在二当家身上，海东升一回头，二当家的枪顶着他的脑袋。

"我真不知道，是他们害我！"海东升语无伦次地解释，"那个何平安，他一定没死，一定没……"

二当家用枪一顶，海东升踉跄地跌到混江龙面前。

混江龙靠着大树站起来，从靴筒里拔出一把匕首。他一只手抓着海东升的头发，匕首尖顶住了海东升的胸口："我现在就开了你的膛，祭奠我的弟兄们！"

海东升惊恐地张大口，一句话说不出。

一把伞兵刀突然搭在了混江龙的脖子上。

混江龙全身汗毛乍起，猛抬头。

树上倒吊着一名日本伞兵，手里的匕首横在混江龙脖子上。

脚步声，密林中走出几名伞兵，枪口对着众土匪。

带头的就是藤原景虎。

"支那人。"藤原景虎手一挥，用日语下令："杀了！"

"等等！"海东升忽而开了口，竟是半生不熟的日语："皇军阁下，您搞错了，我们不是坏人，我们是良民，拥戴大日本皇军的良民！"

藤原景虎略一惊，缓缓打量着众人，依然用日语问话：“良民？还带着枪！你们是国民党还是共产党？”

“不是，不是！”海东升慌忙转过身，对着众土匪连连挥手，“快，快，把枪都放下！我给日本人唱过戏，我会说日语，都把枪放下！”

众土匪看着混江龙。

混江龙慌忙道：“听他的，都放下枪！”

众土匪都缓缓放下枪。

藤原景虎冷冷地看着众人，脸上忽然露出厌恶：“懦弱的支那人。都杀了！”

“别杀！”海东升慌忙叫道，“我们是来给皇军送信的。国民党的部队，过河了，我们，冒死，来送信的！”

藤原景虎一摆手，众伞兵收住了枪。

“中国军过来了？”

海东升推开了混江龙，走到藤原景虎面前，深深鞠躬：“有一处山涧，可以偷偷过来。我们，恰好遇见，所以来送信。”

“很好，你们来带队，找到他们。”藤原景虎点点头：“找不到，你们死！”

“是！是！”海东升连连鞠躬，接着转过头，对混江龙道，“大当家的，皇军说了，让咱们给他带路，找到杀了你弟兄的那群人。还有……”

海东升略一沉吟，面不改色地补了一句：“皇军说了，让你们都听我的。”

密林的另一端，何平安正蹲在地上，在树下插了一根木棍。

“谁有表？”

何平安抬头看着众人。

雷大虎递过一块怀表，上面刻着青天白日徽。

何平安摆弄着表盘：“树棍的影子和时针重叠，12点方向和时针方向的中间，就对着正南。也就是桃源县方向。”

众人全都仔细地看着。

“分成五队，我、雷大虎、秦岳，各带一队人，分头搜索，营救百姓。现在是十一月，五点半左右天会全黑。六到六点十分之间，我们在南边的河岸集合。最晚六点十五，打响信号枪，没有来的，就不要等了！”

秦岳递过来一个水壶，何平安接过来，自然而然地喝了口水，继续说：“我们人少，尽量避免跟日军伞兵发生冲突，一旦有人遭遇日军，立刻开枪。其余的小队，听见枪声，立刻支援。也不要正面冲突，只是从旁骚扰，如果实在赶不到，对天鸣枪也行。总之就是牵扯敌人精力，好让我们的人趁机离开。”

秦岳突然说了一句：“你打过仗。”

何平安愣了。

“你喝水的时候，既不仰头，也不低头，而是目光习惯性地环视四周，尤其警惕。这是打过枪的人才有的习惯。有些东西，掩饰不了。”

秦岳不说话，只是看着何平安。

何平安缓缓站起来，气氛一时凝住了。

秦岳注视着他，低声道：“不管你是什么人，我信你。”

“何平安是什么人？凭什么指挥部队！”

刘世铭一身雪白的中山装，负手站在魏九峰和余鹏程的面前。

余鹏程沉吟不语。

刘世铭怒发冲冠：“身为军人，就应该强行打通河道，击溃敌人！你们坐在这里什么也不干，却让一个何平安去营救对岸的人，这是误军误国，这是草菅人命！”

魏九峰上前一步，缓缓道：“根据余师长的判断，何平安确实可能是共产党。山林作战，他们更懂。”

“共产党？！”刘世铭眉毛一挑。“余师长明知他何平安可能是共产党，还让他去指挥我们的部队？余师长的做法，简直让我不得不怀疑您对党国的忠诚！”

“想怀疑你尽管怀疑！”余鹏程面色骤冷：“但我余鹏程还是虎贲的师长，我怎么指挥我的部队打仗，三青团无权干涉！刘主任，我并没有请你来，请自便！”

余鹏程转身就要走。

“余师长！您就毫不担心后果么？！”

余鹏程转过头，轻蔑地看着刘世铭：“余某人打了半辈子硬仗，用不着一个从没上过战场的人教我该不该担心‘后果’！”

刘世铭看着余鹏程，沉默片刻。

“将军的话，我会直接向重庆汇报，今晚之前，报告就会送给团长。”

余鹏程居然笑了：“委员长也是三青团长，你有权向三青团长汇报，我也有权向黄埔校长汇报！你要怎么说，是你的事，现在，请你离开我的指挥所！”

刘世铭点了点头。

“我现在就离开，我去和民众站在一起，我就在江边等，何平安如果死了，我不会说什么。如果他能活着回来，我会立刻以三青团的名义逮捕他，调查他的身份。如果真是共党，恐怕余师长要亲自去跟团长解释。”

一句话说完，刘世铭拂袖而去。

第十章 生死对决

林密蔽日。

一只伞兵靴刚要往地下踩，却停住了。

藤原景虎弯下腰，从地上拔出树枝，正是何平安刚刚插在这里的。

“他们，来这儿，之前。”海东升跟在他身后，边比划边说。

藤原景虎拿着树枝在手上摆弄，笑了：“是专家呢。”他举着树枝，对着难得的几束阳光赞叹不已：“这是一种把影子和时针结合，用来判断方位的方法，看来我们的对手里面，有精于丛林战的专家！”

混江龙一行人听不懂藤原景虎的话，小心翼翼地站在一边。

藤原景虎捏着树枝在原地踱步：“大概三十人左右，没有重型武器，分成了五个小队，分头前进。”

藤原景虎边走边说，突然站住了。他蹲下身，用手摸着眼前的泥土。

泥地里印着一处脚印！

藤原景虎笑了：“这个插树枝的专家，没有穿军靴，他不是军人。你们这群土匪，可以滚了。你！”藤原景虎站起身，指着海东升。“你来给我们引路！”

藤原景虎指着地上，何平安留下的脚印。

“这个人，是我的！”

他用力一撅，树枝“咔嚓”一声折断。

“我是五十七师的，来救你们，都上来！”

雷大虎站在山坡上，压低了声音对着下面喊话。

一处缓坡，下面藏着几个老百姓，有男有女，恐惧地蜷缩在一起。

雷大虎比了个手势，士兵滑下去，往上拉人。

一个老汉艰难地爬上来，拉着雷大虎的手：“死了，都死了，日本人都是畜生啊！”

“老人家，别怕，我们来了，没事了，跟我们走。”

雷大虎温声安慰着。

一声尖叫。

一名妇女爬坡的时候踩到一具死尸，忍不住发出短促的尖叫。

雷大虎脸上变色：“坏了！”

不远处的密林里，一队日本伞兵猛然停住。

“前面有人！”带头军官一挥手，紧接着用手做了一个下劈的动作：“执行命令，一个不留！”

雷大虎加紧动作，终于把最后一个人拉上来。

“快，把乡亲们护在中间，快走，不能停！”

士兵们分散开，把老百姓护在中间，雷大虎带头往前走。

一声枪响！

子弹射中了一名百姓，鲜血溅在跟在后面的雷大虎脸上。

“狗日的小鬼子！下山坡，隐蔽！”雷大虎当先扭头，从山坡上滑下来。

众人从山坡上滚落。

老百姓躲在后面，士兵趴在山坡上还击。

枪声响了起来！

雷大虎刚一探头，子弹就打在他面前不足两寸的地方，赶紧又缩回来。

“兄弟们都顶住！”雷大虎狠狠骂道。“这群鬼子什么来路，他娘的这么准？！现在就看何老弟的办法灵不灵了！”

枪声传到不远处的密林，秦岳听见，猛然一惊。

“左前，一百米，快！”

秦岳简单的命令，当先带头冲了过去。隐约看见远处林中的日军，秦岳在奔跑中开枪！

后面的人紧跟着开枪！

子弹打在树上，木屑飞溅。

日军伞兵一愣，立刻靠在树后躲避。

“支那人有支援！”

秦岳大喝：“不要管准不准，打！”

秦岳带头，边跑边打，一小队人不断开枪！

日军士兵高喊着：“在那边！”

日军高喊，调转枪口，对着秦岳紧追不舍。

刚刚转向，身后枪声又起。

日军士兵一迟疑，秦岳已经带着人跑远。

前后左右都是枪声，全都是一闪即逝。

山坡下，密集的枪声变得疏松杂乱了。

雷大虎探头往外看，日本兵一个个举着枪，在四面八方错落响起的枪声里惊惶四顾，不知所向。

“好样的，快，趁乱快跑！都跟上！”雷大虎第一个窜出来，带头跑了出去，边跑边开枪！

日军来不及应对，只有胡乱还击。

雷大虎一队，带着老百姓跑进远处的密林，消失不见了。

“全都跟丢了？”藤原景虎满脸难以置信的表情。

“是！”日军士兵答道，“我们也不知道对方有多少人。只要你找到一伙人，枪声一响，前后左右全是枪声。根本无法判断敌人的方向，敌人至少投入了两百人以上！”

藤原景虎沉着脸，一把揪过海东升：“说！他们到底有多少人！”

“只有，三四十人，只有这么多！”

藤原景虎甩开海东升，沉默着，一言不发，蹲在了地上，凝视着何平安留下的那个脚印。

“不要管别人，追着这一队人跑！”藤原景虎起身决然道，“一定要把这个不穿军靴的人除掉！”

几双大脚踏进丛林密草里，小心翼翼地往前走，只有最前面的何平安没有穿军靴。

猛然一声大喊，树后冲出来一个人，挥刀对着何平安猛刺！

“小鬼子，我跟你拼了！”

何平安闪开，几把枪同时顶住了对方。

“周四！”

何平安惊愕地喊出声。

周四愣住了：“何平安！”

何平安紧张地冲上前，一把拽住周四：“你们小姐呢！”

轻微的咳嗽声，沈湘菱搀着沈怀德从另一棵树后走出来，身边跟着沈学文。

沈湘菱看着何平安，轻咬着嘴唇：“我在这儿。”

一队人缓缓往前走，沈湘菱等人被护在中间。

何平安在前面开路，周四举着匕首，跟在何平安身边。

周四低声说话：“一群没良心的畜生王八蛋！抢了家产，扔下老爷和小姐，全都各自逃命了，沈家……沈家散了！”

何平安没说话，只是点了点头。

周四忽然问道：“何警官，你怎么回来了？”

“来救人。”

周四的眼睛一下子亮了：“你是专门回来救我们家小姐的？”

何平安与沈湘菱的目光轻轻一触，随即分开了。

“……不是。”

周四疑惑了：“那……他们都听你的？”

何平安又是点了点头。

“你到底是什么人？”周四又问道。

何平安一愣，扭头看着身后的沈湘菱，四目相对。

“别问我，好么？”何平安的眼神里带着哀求，似是在回答周四的话，却是说给沈湘菱听的。

沈湘菱坚定地点了点头：“我信你。”

身后“扑通”一声，沈学文突然绊倒了。何平安上前拉他，沈学文却露出惊恐的神色，张嘴想叫。何平安赶紧捂住他的嘴。

地上树丛中，是沈家三少爷的尸体，还有四五名家人。

“老三！”沈怀德惊恐地看着儿子的尸体，面色惨白，猛地向后闷倒。

沈湘菱慌忙扶着父亲，使劲揉着父亲的胸口顺气。

“爹，爹！”

半晌，沈怀德才透过气来，他张大嘴，猛地咳出了一口血。

沈湘菱惊恐地望着他：“爹！您的病……”

何平安忙捂住她的嘴：“别大声！”

沈怀德痛苦地摇了摇头，伸手摸上三少爷兀自大睁的双眼，老泪纵横：“唉……报应，报应啊！”

沈学文扑到沈湘菱身上，呜呜地哭着，眼泪止不住流出来。

何平安忙抱住他：“别哭，不要出声，实在难受，就咬我胳膊。”

沈学文推开了何平安的手臂，他没有咬，坚强地止住了哭声。

何平安皱着眉，抚着沈学文的头。

沈湘菱默默地跟在何平安的身后，望着何平安的背影。

身后全是拥堵的民众，面前是滚滚的江水。

刘世铭呆呆地站在江边，忽然掏出一根烟，点燃，深深地吸了一口。

“刘主任，你吸烟？”跟着他身边的三青团员面露惊诧。

刘世铭缓缓吐出烟雾：“是啊，我吸烟，我都忘了。”

他低下头，狠狠地又吸了一口；熟悉的辣味呛入心肺，又痛又暖，这种刺激感其实从未忘记过。

那是几年之前？一身学生装的沈湘菱手里举着一根烟，俏笑着瞥了眼刘世铭，把烟递给他。

刘世铭显得有些局促："不抽行不行？"

沈湘菱眉头一挑："你这个人最没意思！年纪不大，总是老气横秋的，永远规规矩矩的，我偏要让你犯错。"她挑衅似地看着刘世铭，几乎把烟伸到他唇边："抽一口，敢不敢？"

刘世铭无奈地伸手，接过了烟。

"跟我逃学，你敢不敢！"

"别结账了，咱们跑吧，你敢不敢！"

"把那束花采给我，你敢不敢？"

在她那双笑眼的挑衅与鼓励下，一件件一桩桩他曾经不敢的事，都为她做了。

直到那一天。

沈家后院高高挂起了白灯笼，沈湘菱全身重孝，软软地靠在刘世铭的怀里。

刘世铭缓缓地搂着了沈湘菱的肩膀。

沈湘菱呜咽："娘走了……整个沈家，只有娘和大哥疼我。大哥被共产党杀了，娘也走了，只剩下我一个人……"

沈湘菱抽泣着，刘世铭紧紧地搂着沈湘菱："不会！你不是一个人，我不会让你一个人！我会照顾你，一辈子照顾你！"

沈湘菱抬起头，张大泪眼看着刘世铭。

"你要抽烟，我就陪你抽烟；要逃学，我就陪你逃学。我不做好好先生了，我什么都陪着你！"

不等他说完，沈湘菱已经投进他的怀里，失声哭了出来。

大红的喜字被一把撕下来。

刘世铭直挺挺地跪在院子里。

"我不许你娶那个女人！"刘世铭的父亲指着他大骂："我们刘家，世代书香，怎么能娶一个奸商的女儿做长房媳妇儿，更不用说还庶出！我告诉你，父母之命，媒妁之言，你的婚姻大事不是为了你自己，而是为了咱们刘家！"

刘世铭跪在地上，眼神中带着愤恨，却不敢抬起手。

四周坐着一些老人，纷纷点头，连声赞同刘父的话。

"咣当"一声，紧闭的大门忽然大开！一身鲜红嫁衣的沈湘菱站在门口。

沈湘菱站在门前，看着跪在前面的刘世铭，努力让自己露出一个灿烂的笑："跟我走，你敢不敢？"

老人们的神色登时愤怒了起来。

"没规矩，丢人！"

"这样不守妇道的女人绝不能进刘家！"

"世铭啊世铭，你要继续跟这种女人厮混，你就完了，完了！"

刘世铭跪在地下，环顾四周，脸色越来越苍白。

沈湘菱勉强笑着，微微哽咽："站起来，跟我走，敢不敢？"

刘世铭凝望着沈湘菱，缓缓站了起来。

"出了这个大门，你就别回来了！"刘父厉声咆哮，"你再也不许姓刘，死后不准入刘家祠堂！"

刘世铭全身都在发抖，最终痛苦地往前迈了一步。

"只要出了这个门，你就再不是我儿子！而是我的仇人，一辈子的仇人，仇人！"刘父的声音已经从愤怒变为绝望。

刘世铭的脚步站住了，痛苦地看着沈湘菱。

沈湘菱怔怔看着，一行眼泪掉落下来。

刘世铭默默地低下了头，不敢看沈湘菱的眼。

"嘶"的一声脆响，沈湘菱猛然撕掉自己的裙摆，奋力一扔。

红布飘扬，刘世铭的眼中满是鲜血。

裙摆落地，沈湘菱已经决然地走远。

刘世铭猛然往外跑出，却被几名家人冲上来死死按在地上。他嘴张得老大，却发不出一点声音，只能无声地嘶吼。

手指一抖，指间还燃着火星的香烟滑落了，无声坠入江水中。

"我现在敢了，我真的敢了。"刘世铭缓缓站了起来，两眼望着江对岸，喃喃低语，"你要回来，只要你回来，我就跟你走！"

"跟我走！"

何平安牵着沈湘菱的手，奋力奔跑。

枪声密集！

何平安抱着沈湘菱猛然滚倒在地。

两人鼻尖相对，呼吸相闻，两人一时愣了。

一连几声枪响，全都打空。

何平安爬起来，一手拉着沈湘菱，一手拉着沈怀德。

士兵高喊："过来了！"

"前面能隐蔽，下去！"

何平安指着前方一处土坡。

士兵们纷纷还击。

何平安拉着沈湘菱和沈怀德，周四抱起沈学文，几人跑到土坡后面。

士兵们跟过来，依仗地势，隐蔽还击。

"可真是能逃啊。"不远处的密林里，藤原景虎停住了射击，脸上挂着一抹残忍的笑。

“如果中国的军队里有一百个这样精通丛林作战的人，将会是我们的大麻烦！”

藤原景虎拿出手雷。

“把他们炸出来，不要炸死，我要抓活的！”

日军士兵全都拿出手榴弹。

藤原景虎带头奋力抛出。

爆炸声，泥土飞溅！

土坡后，手榴弹爆炸的气浪压得众人不敢抬头。

沈怀德靠在土坡后面，大口地喘着粗气，脸色渐渐变得青白。

“爹，你怎么样！”沈湘菱紧张起来。

沈怀德捂着胸口，神色狰狞，面露痛苦，已经说不出话来。

何平安也预感不妙：“怎么了？”

“我爹发病了，心脏病！”

何平安一咬牙，背起沈怀德：“快走，前面就是岸边了，到了岸边就能活！”

何平安当先跑了出去，沈湘菱等在后面紧紧追随。

爆炸声接连而起，众人拼命狂奔。

山体中一道裂痕，勉强只能容纳几个人，根本谈不上是山洞。

何平安靠在一侧，大口地喘气，背着一个人快跑，他已经到了极限。

几个士兵在外面警卫。

沈湘菱拉着沈学文，守在沈怀德身边。

沈怀德躲在里面，面白如纸，黄豆大的汗珠顺着脸颊往下淌，脸上都是痛苦的表情。

“爹……”

沈湘菱关切地看着父亲。

沈怀德气若游丝：“我又犯病了，怕是不行了……”

沈湘菱立刻低头，从脖子上摘下挂坠。

“砸了它！”

沈湘菱把那个吊坠递给周四。

周四一下愣住了。

“别砸！”沈怀德伸手一把拉住了沈湘菱。

“爹！砸了给您救命。”

沈怀德摇了摇头。

“这奇楠沉香木，可以解一时之急，却不能根治。自从知道咱们沈家有这个遗传病，我想办法得了一块，走南闯北一直带着，却一直没用上。后来给了你哥，谁想到，你哥死在了共产党的枪底下……”

沈怀德心口猛然一疼，说不出话来。

何平安在一旁沉默不语。

“我现在，吃了这个也没用。”沈怀德慈和地望着女儿，费力地喘息着，“爹没什么东西了，把这个留给你，你收着。”

沈湘菱含泪望着沈怀德，她从未觉得父亲是如此苍老。

一名士兵跑过来：“警卫发现，那些日本人快追过来了！”

众人都是一惊。

何平安勉强站起来，要去背沈怀德：“准备走！这群鬼子，怎么总能追上咱们！”

“不用！”

沈怀德喊了一声，又咳嗽起来。

“爹！”

“湘菱，你过来。”

沈湘菱走上前，蹲在沈怀德身边。

沈怀德看着沈湘菱：“你别动，听爹说。爹这辈子，最对不起的是你娘，其次就是你。老大为国捐躯，战死了。刚刚看见老三他……估计老四也活不成了。这两个孽子抢夺家产，抛弃老父手足，也算死有余辜！到头来，只剩下你陪着爹，沈家的担子，也只有交给你了。”

沈怀德转头望着何平安：“我感觉得出，你的体力已经快到极限了，你刚才背着我，腿都发抖。我心里都明白，带着我，你们是走不了的，谁都走不了，扔下我，恐怕你也做不出。你很好，一路上护着我女儿，真的很好。”

沈湘菱看着沈怀德，眼泪流了下来。

沈怀德伸出一只手，爱怜地摸着沈湘菱的头：“把佛像戴上！”

沈湘菱顺从地戴上佛像。

“爹知道，你恨沈家，你在沈家就像是坐大牢。可事到如今，舍你无人，这个牢你还得继续坐下去。”

沈怀德怜悯地摇摇头，跟着目光又变得坚定冷酷起来：“这个佛像，是你爹我的命，也就是沈家的命，我要你时时刻刻都戴着，时时刻刻都想着沈家！它就是你的紧箍咒，就是你的五指山。无论如何，你都要重振沈家，把学文养大，让他继承沈家。到时候，把佛像传给学文，你就可以自由了。”

沈湘菱低着头：“爹，您说的这是什么话，您不会死！”

“谁都会死，撑了这么多年，爹撑不住了。爹要你发个誓。”沈怀德幽幽望着女儿，眼底忽而发出一道狠光，“学文长大成人之前，你不许嫁人！”

沈湘菱一愣。

“你要是嫁了人，沈家就是别人家的了！如果那样，我死不瞑目！”

沈湘菱脸色惨变。

“发誓！”沈怀德嘶声低吼。

沈湘菱凝望着父亲，慢慢跪直身子：“我沈湘菱对天发誓，学文长大成人之前，我绝不嫁人，如违此誓言……如违此誓，让我孤独一生，不得好死！”

沈怀德点点头，老泪斑驳：“难为你了。”

沈怀德突然抢过沈湘菱手里的枪。

“爹！”

“别动！谁都别动！”

沈怀德的枪口对着自己脑袋。

所有人都愣住了。

沈怀德看着沈湘菱，又扭头看着何平安：“你很好，我不知道你是什么人，可看得出，你对湘菱有意。”

何平安一愣。

“你要是真想成全这份情意，就帮着湘菱撑起沈家，把学文扶持大！到时候，你们爱怎么样，就怎么样吧。你要是敢负我女儿，我做鬼都不会放过你！”

沈怀德一闭眼。

“列祖列宗，不肖子孙，请罪来了！”

一声枪响！

沈怀德倒在血泊中，双目不瞑。

沈湘菱瞪大了双眼，面色惨白，忽然嘶吼一声，扑倒在沈怀德身上，失声痛哭！何平安一时不由自主，竟伸臂抱住了她。

沈湘菱忽然低下头，狠狠咬住了他的胳膊。

何平安一动不动，只是更紧地抱着她。

对岸的枪声和爆炸声隐隐传来。

岸头的老百姓又慌乱起来，互相挤压。

“不要怕，不要怕，是我们的队伍正在作战！”

士兵高喊着，可百姓全然不信，场面乱成了一团。

橐橐的军靴声，震地响起！越来越近，好似打雷一样。

士兵侧耳倾听，跟着跳跃欢呼起来：“大部队！大部队来了！”

所有人瞬间安静了！

远处，五十七师的大部队军容肃穆，浩浩荡荡地开赴而来。

带队的柴志新翻身下马，径直走进了指挥部。

“师座！”

余鹏程从桌子后抬起头，一见他，眼睛立刻亮了：“来了！”

柴志新上前一步：“主力部队已经进驻棠德，我带了一个团来。现在什么情况？”

余鹏程手指对岸：“横田勇派了一个伞兵大队，空降在对岸，拦截我们的运输船。他这是要我们自乱阵脚！”

“我现在就带人，强行渡河，击退他们！”

柴志新说着转过身，却被余鹏程厉声叫住了。

“强行渡河伤亡太大！我们现在已经有了一个计划，对面有我们的人。”

柴志新，环视四周，没有看见雷大虎。

“雷大虎？”

摇摇头：“带队的不是他。”

柴志新一愣：“那是什么人？”

魏九峰走上前：“棠德警察，何平安。”

柴志新惊讶了：“师座，为什么让一个警察带队，他有什么计划？”

余鹏程命令道：“把你的主力团沿河列队，所有的信号弹都集中起来，等待命令！”

“是！”

柴志新没有多问，立正敬礼。

日已暮。

江水瑟瑟，一团的士兵整装待发。

余鹏程和柴志新并肩站在江边：“这个何平安，真的是共产党？”

余鹏程默叹一声：“是与不是，也只能信他了。”

一名士兵跑步过来：“师座，有个人在江边，就是不肯离开。”

“什么人？”柴志新喝问道。

“是三青团主任，刘世铭。他说他在等人！”

余鹏程和柴志新望过去，果然见刘世铭坐在江边的石头上，一根接一根地抽着烟，眼前满地都是烟蒂。

余鹏程一挥手：“不要管他，准备战斗！”

天很快黑了下来，江水滚滚。

江对岸，数百人聚集在一起，都是老百姓。

几十名士兵聚集在一起，四处警戒，没有人敢发出声音。

雷大虎举着一块怀表，拎着枪原地不断踱步：“人呢？怎么还不来！”

“何平安说，最晚六点十五分，准时打响信号枪，照明弹！”秦岳说着，拿出了信号枪。

雷大虎低头看表，已经六点十四分了。

“再等等！”

秦岳摇头，举起枪：“我会准时开枪，我们是军人！”

雷大虎咬牙道：“可何平安就是个警察！”

“他是军人！”

雷大虎一愣：“老岳，你这个人怎么就……”

“还有三十秒！”

秦岳大喝一声，把手里的信号枪举了起来。

枪响！

“日军追上来了！”

一个士兵忽然大喊起来，老百姓顿时陷入慌乱。

“都不要乱，还击！全都趴下，趴下！”雷大虎大声叫着，老百姓全都仓皇趴下，士兵举枪开始还击。

日军伞兵缓缓推进，枪林弹雨中，不时有士兵中枪牺牲。有几名民众看见死人，尖叫着跳起来逃跑，没跑两步就被子弹射穿，倒在血泊中。

雷大虎急了，一边还击，一边大叫：“都别动，谁都别动！”

“时间已经过了！”秦岳一声断喝，高高举起信号枪，枪口朝天！

“开枪！”何平安的喊声忽然传来。

雷大虎转头一看，何平安拉着沈湘菱，身后跟着众人，狂奔着冲了过来。

藤原景虎一众人在后面追击。

“冲！杀了他们！”

何平安边跑边回身开枪！

雷大虎大喜；“人到了！开枪！”

秦岳扣动扳机，黑暗中，一枚闪亮的信号弹升腾而起！。

何平安大喊：“都趴下，把眼睛闭上，闭眼！”

雷大虎一愣。

“闭眼！”

“奶奶的，老子信你的！”雷大虎挥手命令着士兵，“都趴下，闭眼！”

黑暗之中，巨大的光亮突然升起，上百发信号弹升腾而起，黑暗中好像骤然升起一个太阳。

江边的一切都白了。

半晌，光亮渐渐散尽。

一排士兵举着信号枪，却都蒙着眼睛。

余鹏程拉下蒙眼的黑布。

江边的士兵们纷纷拉下黑布，露出一双双雪亮的眼睛。

余鹏程下令道：“快，迅速上船，立刻登陆，到了对岸，击退日军，抢占有利地形！”

士兵们飞快地上船，小船破浪，冲向对面。

柴志新诧异地看着余鹏程：“师座，这就是那个何平安的办法？”

余鹏程点头：“他没有告诉任何人，只跟我说。黑暗中，突然被强光照射之后，人眼就会看不清楚，大概会维持五分钟的时间。这五分钟，就是我们强行渡河，击溃敌人的时间。”

柴志新看着对岸，右手握拳用力挥下：“五分钟，足够了！”

“五分钟之内，消灭他们！”何平安揉着眼睛，对着雷大虎大喊，“喊，都使劲喊！”

雷大虎叫道：“喊什么？”

“随便，他们也听不懂，使劲喊，他们会以为有埋伏！为大部队争取时间！””

“这个我在行！”雷大虎站直了腰板，放声高喊。

“杀鬼子啊！杀鬼子啊！”

所有士兵跟着高喊起来：“杀鬼子！杀鬼子！”

老百姓们全都站起来，群情激奋，放声高喊！

“杀鬼子！杀鬼子！”

铺天盖地的喊声中，突然失明的日本兵惶恐四散。

雷大虎的士兵趁机开枪，日本伞兵一个个地倒下。

藤原景虎揉着流泪的眼睛，边打手势边喊话：“隐蔽！后退！”

日军伞兵纷纷溃退，藤原景虎却趴在草丛中，一动不动。

枪声更紧，喊声更高！

小船靠岸，国军的主力冲上来了！

火舌吞吐，枪声响成一片！

“冲！杀鬼子！”

士兵们跟着一起喊，杀鬼子的喊声更大了！

藤原景虎仍旧趴在地上，缓缓睁开了眼，他隐约已经可以看清眼前的情况。

藤原景虎向后面做了个撤退的手势。

日军伞兵纷纷后退。

藤原景虎也想退，可抬头却看见远处的一双鞋。

不是军靴，而是普通的皮鞋，是何平安的脚！

“就是他！”

藤原景虎眼底凶光一闪，一点一点地往前爬。

何平安跟着众人一起举枪还击，根本没有注意。

藤原景虎越欺越近。

伞兵们渐渐退远。

雷大虎大笑着拍着何平安的肩膀：“何老弟，老雷我是服了你了，打得真他娘的痛快！”

何平安一笑，张嘴刚要说话，藤原景虎猛然蹿起来，扑向何平安。

所有人都惊住了！

藤原景虎与何平安一同坠入江中，江水翻滚，把两人冲走了！

“何平安！”

看着两人被冲走，沈湘菱竟不顾一切地在岸边追了过去！

战后的江边，满目疮痍。

所有士兵都看见，一个女人的身影，追逐着江水发足狂奔。

“何平安！何平安！”

喊声响彻沅江。

江的对岸，刘世铭蹲在地上缓缓摸索着，渐渐能看清眼前的东西。

他突然听见一个熟悉的呼喊声——

对面，影影绰绰，正是沈湘菱奔跑的身影。

刘世铭猛然站起来。

“湘菱！”

刘世铭追着沈湘菱的身影发足狂奔。

“湘菱！我跟你走，我什么都不要，我跟你走！”

刘世铭忘情叫喊着，也不管对面能不能听见，奋力追逐着沈湘菱的身影。

终于沈湘菱的喊声隐隐传来，带着关切，甚至疯狂。

“何平安，何平安……”

刘世铭猛然站住了，全身一震。

对岸，沈湘菱的身影渐渐消失在黑暗中，而“何平安”三个字，却震得刘世铭全身脑中一片轰鸣。

水下，水花翻滚。

何平安和藤原景虎紧紧地纠缠在一起。

藤原景虎抽出伞兵刀，奋力一划。

何平安的腹部不住地流血，一股股的血泡翻上来。

藤原景虎紧紧扣住何平安，那张狰狞的脸越欺越近。

何平安的意志渐渐模糊起来，眼前也黑了。

“何平安，何平安！”

不知从何处出来一声熟悉的呼喊，何平安心头一凛，突然发力，猛然挣开藤原景虎。

两人冒出水面，大大地喘了一口气。

江水裹着两人顺流而下，远方的枪声和沈湘菱撕心裂肺的呼喊都渐渐隐去了。

第十一章 昨日重现

下游江边，静水流深。

宁静的江面忽然翻出一个旋涡，水花蓦地翻滚起来。

“哗”的一声，藤原景虎从水中钻了出来，嘴里咬着伞兵刀，身上的衬衫已经满是血污。

他顺手一撕，赤膊上身，一步步地走上河岸，眼神锐利。

岸边，隐约有血迹，还有鞋印。

沈湘菱的喊声隐隐传来：“何平安，何平安！”

“何平安，原来你叫何平安。”

藤原景虎喃喃自语，生硬地重复着沈湘菱的话；虽然不明白是什么意思，但他知道就是自己敌人的名字。

“何平安，你跑不了的，你受了伤，如果再跑，就会流血而死！干脆出来吧！痛痛快快地战一场！”

藤原景虎脸上挂着残忍的笑，一步步走进树林，不管对方能不能听懂，藤原景虎自顾自地用日语喊话。

不远处，一棵树的背后，何平安靠在树干上，脸色惨白，手捂腹部。

鲜血不断从指缝里渗出来。

藤原景虎还是叫喊：“要么像个懦夫一样流血而死，要么就做个武士，出来跟我决斗！”

何平安颤抖着，从怀里拿出那个湿漉漉的打火机。

“火，一定要有火，一定要有！”

他颤抖着，反复打火，一连十几次，鲜红火苗终于窜起。

跳跃在火焰里，那些梦寐难忘的画面再次浮现在眼前！

炮火！

红旗！

冲锋号！

战友一张张怒吼的脸！

棠德城下，一个又一个的身躯倒下。

自己跪在地上，声嘶力竭地怒吼！

面前的火光闪动，映着何平安炯炯的目光。

一排排火把插在江边，对面也是火光晃动，黑暗之中火光熊熊。

两岸都是五十七师的军队。士兵们组织民众上船过河。

“快，快，都跟上，大人抱着孩子，老人先走！”

柳芬抱着小猴子呆呆地站在岸边。

士兵走上前，伸手要接过小猴子：“大嫂，带着孩子上船吧。”

柳芬木然地摇了摇头。

“天亮之前，大家都要过河。棠德已经回不去了，快过河吧。”

士兵伸手去拉柳芬。

柳芬猛然挣脱士兵：“我不走，我等我男人，他一定会回来的，他答应我会回来！”

两个士兵拉着柳芬，强行要让她和小猴子上船。

“我不走，我跟娘不走！爹会回来的！”小猴子也挣扎喊叫起来，柳芬奋力推着两名士兵：“我男人叫何平安，他去救人还没回来，你们凭什么让我走！他马上就回来，马上就回来！”

“让他们留下吧。”

刘世铭不知什么时候站在了他们身后，士兵回头一看，愣了。

“我在这里陪他们等。”刘世铭掏出证件，递给两名士兵：“你们的长官要怪，怪不到你们头上。”

士兵看着三青团的证件，敬了个礼，互相看了一眼，把证件还给刘世铭，转身走开。

刘世铭走上前，摸了摸小猴子的头：“你要等的人是何平安吧。”

柳芬望着刘世铭：“我认得你，那天就是你要救他，你是好人。”

刘世铭沉默了，少顷才淡淡道：“等吧，他会回来的，我跟你们一起等。”说完转过脸，跟柳芬一起望着河对岸。

人声喧哗，火光摇晃，更远处的密林则是一片漆黑。

藤原景虎从黑暗的密林深处慢慢走出来，手里的伞兵刀散发着寒光。

“出来！”

竟是蹩脚的中文。

他拿起一块石头，对准前面的一片草丛，猛然一扔。

草丛晃动，一个黑影跳起来，回手一枪！

子弹打偏，打在另一棵树上。

黑影晃动，狂奔向另一个方向。

藤原景虎喃喃道：“最后一发子弹！”

他慢慢往前走，来到何平安刚才藏身的地方，蹲下身抓起一把泥土，搓开，泥土上透着血色。

藤原景虎嗅了嗅泥土中的血腥味，露出残忍的笑：“我不会让你有时间包扎伤口，你逃不掉的！”

鲜血不断地滴在泥土上。

何平安半蹲着身子，手里拎着一只死兔子。

兔子血不断地滴在地上。

身后，稀稀疏疏的声音响起，藤原景虎又近了。

何平安痛苦地捂着腹部，深吸了一口气，站起来悄无声息地潜入密林更深处。

每走一步，伤口的痛就加重一分。他脸上的肌肉都在跳，两只眸子却闪着异样的光彩。

片刻之后，藤原景虎走了过来，蹲着身子辨认了一下血迹：“以这样的出血量，没人会撑过二十分钟！”

藤原景虎跳起身，沿着血迹追入密林。

就在藤原景虎的身影隐入林中不久，有一个赶到这片血迹前，伸出一只手，颤抖着抚摸着脚下浸透了血水的泥土。

沈湘菱抬起眼，焦灼的目光顺着地上的血迹，落在那片幽暗的密林里；她紧张地握着手里枪，鼓足勇气，猛一咬牙，钻入了林中。

密林后，月正明。几声乌鸦夜啼。

此处的树木稀疏，一切都看得真切许多。

何平安扶着一棵大树，缓缓地躺倒，平卧在一片月光里。

身下，鲜血不断积蓄，慢慢汇成了一汪血水。

不远处，稀稀疏疏的声响缓缓欺近。

藤原景虎蹲在几十米外的一棵树下，借着月光看了一眼手表。

“再等十分钟！出血过多，十分钟后他就是死人了！”

树下，何平安背对着藤原景虎卧着，身子一动不动，一双眼睛却是睁着，炯炯有神，杀意隐藏在黑暗中。

“要杀他，只有这一次机会！”

沈湘菱的衣服全是刮破的痕迹，双手举着枪，脸上带着划痕。

月光忽然一亮，前面不远处一片空地。而藤原景虎站在一棵大树下，前面是何平安，倒在血泊里。

沈湘菱惊住了，她张着口，却又不敢发出一点声音，整个人躲在阴暗的树丛里。

前面，藤原景虎举起了手中的匕首。

沈湘菱瞪大眼睛，慢慢举起手中的枪。

枪口晃动不已。

藤原景虎举起了刀！

沈湘菱不由往前踏了一步，踩断了一根树枝。

藤原景虎全身猛然一顿。

一声枪响！

子弹打在树干上！

“是谁！”

藤原景虎大惊，猛然回头，瞪着沈湘菱的方向。

倒在地上的何平安突然跃起，双眼放光。月光下，他手中的匕首闪着冰冷的锋芒，直刺藤原景虎！

藤原景虎猛然一偏身子，匕首刺入了他的胸口。鲜血飞迸，溅在何平安的脸上！

月光之下，何平安神色狰狞，浑如罗刹！

“开枪！”

何平安对着沈湘菱大呼。

沈湘菱举着枪，整个人怔住了。

“怎么可能，流了这么多血，你应该已经死了！”藤原景虎错愕地看着何平安。

何平安狠狠地瞪着藤原景虎，手里匕首竭力往他胸口深处扎。藤原景虎伸出手臂奋力一格，匕首拔出，鲜血迸飞，自己也滚落在一旁的草丛里。

“来啊！来啊！”

何平安手持匕首，缓缓欺近，疯了一样对着藤原景虎大叫。

藤原景虎慌忙伸手在地上乱抓，入手一团软绵绵的事物，低头一看，竟是一只死兔——“我被骗了！”

何平安的匕首闪电般划下！

藤原景虎强忍疼痛，就地一滚，扭身翻进了大树下的一片缓坡，顺势一直滚落下去。

何平安眼看着藤原景虎的身形消失在黑夜中，扭过头望着沈湘菱，努力挤出一个笑。

月光之下，何平安满面鲜血，笑得越发狰狞。他缓缓走进沈湘菱，张口想说什么，却猛然栽倒。

沈湘菱惊叫一声，跑上前去，抱起何平安，试探他的脉搏：“还活着，你还活着！”她猛地撕开何平安染血的衣襟，惨淡月光下，赫然见腹部的那道伤口已然焦黑。

“火烧！”沈湘菱惊恐地捂住了自己的嘴——她仿佛看到，何平安躲在树丛里，嘴里咬着一段树枝，一手握着打火机，一手拉开衣襟，露出血红的伤口，缓缓地把那团跳跃的火苗靠在伤口上。

何平安紧紧咬着树枝，整个人都在颤抖，脸上的每一根肌肉都在抖动。

他的目光，却越发鲜亮起来！

沈湘菱颤抖地抚摸着何平安的脸，稍停，站起身，艰难地背起昏迷的何平安。

“我不让你死！我不让你死！”

她目光坚定，咬着牙，一步步地往上游走去。

江边的夜越来越黑，风也越来越冷，人已经渐渐稀疏了。

柳芬坐在青石边，小猴子伏在柳芬的膝头沉沉睡去。

“他……何平安是个什么样的人啊？”

刘世铭在柳芬的旁边，站得笔直，深深吸了一口烟。

柳芬望着漆黑的对岸，脸上透出了笑容：“他啊，是个蠢人，傻人，笨人！”

“这么说，他是个好人。”刘世铭一笑，“这个世道，凡是又蠢又傻又笨的，都是好人。”

“谁说的？刘先生你就是好人，也是聪明人。”

刘世铭不知道怎么回答，只好抽烟。

“你们感情很好吧？”

柳芬一愣，一时无话。

“我看得出，你很爱他。”

黑暗中，柳芬的脸一下红了，赶忙低头梳理小猴子的头发，叹了一口气：“我们这个年纪，说什么爱不爱啊？”

“刚认识他的时候，就是觉得，有他在身边心里就踏实，不管遇见多大难处，只要他在，总能过来。后来习惯了，就觉得离不开他了，看不见的时候就挂念，想着他冷了吧，饿了吧。想着想着，心里面就觉得舒服，可有时候也觉得酸溜溜的……说不清的滋味。”

刘世铭听着柳芬的话，沉默着。

“瞧我，都说了些什么啊！”柳芬脸更红了。

“你说得对。”刘世铭低声道，“爱一个人，就是想着她，念着她，想着念着就觉得心里舒服，却又酸酸的。”

两人不约而同地望着对岸，好似要看破这漆黑的夜色，看到自己爱着的人。

在他们的目光所不能触及的黑暗密林中，沈湘菱正背着何平安，艰难地往前走。

“我小时候身体不好，不能出家门，大哥就举着我，绕着院墙看外面的花，草，人，还有飞在柳条间的鸟儿。可那时候家里的院墙好高好高，我想看又看不清楚，就抓着大哥又哭又闹，大哥就哄我，答应等我身子好了，长大了，就带我出去。”

沈湘菱咬着牙，奋力地往前挪，何平安身子一晃，“哼”了一声。

沈湘菱面露喜色：“你能听见，那你就听！后来大哥当了兵，带着枪回家，我看着新鲜，就偷过来玩，枪走了火，打伤了家里养的马，结果被爹按在凳子上打。大哥就护着我，替我挨板子，一边挨打还一边对我笑，他答应我，要教会我开枪，让我以后不受欺负。可没等他教我，他就死了，死在战场上，是中国人打中国人。”

何平安张了张嘴，紧皱着眉，却发不出一点声音。

沈湘菱喘着气，还是不断说话：“之后整整一年，我没说一句话，别人都以为我哑巴了，其实我就是觉得，只要我不说话，大哥就会回来，带我出去玩，教我开枪。你看，我傻不傻？”

何平安趴在沈湘菱的背上，紧闭双眼，一言不发。

沈湘菱扶着树，重重地喘息，可还是在说：“后来，我遇见刘世铭，我只跟他说话，跟他一起看外面的世界。故意叫他陪我抽烟，逃学，到处乱逛……我当时觉得，这个人哪都好，就是不会教我开枪。”

沈湘菱咬着嘴唇，奋力把何平安往上拉了拉。

“我哥说的对，不会开枪的男人靠不住！那个刘世铭说他会一直陪着我，可原来他是个懦夫，别说为我扛住整个世界，就连出现几个反对的声音，他就临阵脱逃，扔下我一个人跑了！从那天起，我就再没相信过任何人，再也没想要依靠过任何人……我要自己学会开枪，我要学会保护自己，保护沈家，保护我的亲人！终于有一天，我会开枪了……是你教我的。”

沈湘菱脚下不稳，身子一歪，同何平安一起摔倒在地上。她奋力爬起来，双手拉着何平安，一步步地往前拖。

“我学会开枪了，我学会开枪了！可我哥死了，爹也死了……沈家全散了，一切都完了。你教会我开枪，还有什么用！我还能去救谁，能去守着谁！”

她的泪水止不住流下来，脚下一绊，又一次跌倒，却再也没力气站起来。

“何平安，我求求你！你不能死，我求求你。我从来不求人，这次算我求你，求求你别死，别死……”沈湘菱拼命摇着何平安的身子，何平安的眼睛仍然紧闭着。

沈湘菱终于支持不住，伏在何平安身上，无声地抽泣起来。

一阵剧烈的咳嗽。

沈湘菱惊喜地抬起头，何平安咳嗽着，缓缓睁开了眼。

“那我就……不死了。”

何平安用尽全身的力气，对着沈湘菱微弱一笑。

刘世铭仍旧站在江边，双眼通红，显然是一夜没睡。跟前的沙地上，散落了一地的烟头。

他深深吸了一口烟，声音嘶哑地开了口：“棠德三青团主任刘世铭，战备期间，擅离职守，无视规纪，记大过处分一次，通报各省，以……”

“刘主任！”

身后的书记员喊了一声，停笔不记了。

刘世铭一言不发，两眼看着江对面。

“刘主任，何苦呢，这会影响你的政治前途。只要刘主任现在跟我们回去，就没有人会知道今天发生的事情。”

“我不会回去的。”

刘世铭咳嗽了一阵，又点了一支烟："通报各省，以儆效尤。你拟好以后，立即上报。"

"有人！"蹲坐在地上的柳芬忽然站起来，指着河面高喊。

刘世铭猛然回头。

柳芬大声叫着，声音里充满了惊喜："是他，就是他！那是我男人，是我男人！"

江面上，一根枯树顺着河水漂浮而来。树干上隐约趴着两个人！

"快！救人，救人！"刘世铭丢掉烟，迈步走进江水中，三青团几名团员还有驻扎的士兵也冲入水中，跟他一起拉住了枯木。

"爹，爹！"

柳芬抱着小猴子冲进江中，趟着水往前走了几步。

枯木渐渐被拉上来。

柳芬猛然一顿，停步不前，脸上的神态都僵住了。

刘世铭抓住那根浮木，也是一动不动。

枯树干上趴着两个人，赫然是何平安与沈湘菱。两人全都晕了过去，却紧紧地抱在一起——沈湘菱的头靠在何平安的怀里，何平安紧紧抱着沈湘菱的肩。

"刘主任，两个人都昏过去了，抱得太紧，分不开！"书记员焦急地看向刘世铭。

刘世铭一言不发，脸色却越来越白，仿佛冰冷的河水真的沿着脚底，涌入了他的心脏。

医院病房，周围的一切都是白的。

藤原景虎躺在床上，眼神空洞，看着天花板。

医生在为他处理伤口。

"要用酒精消毒，请忍耐一下！"

医生用镊子夹起棉花，蘸了酒精，涂抹藤原景虎胸口的刀伤。

藤原景虎仍旧抬头看着天花板，毫无表情，好像根本感觉不到痛楚。他再次看见，倒在地上的何平安突然跃起，手中的匕首闪着冰冷的锋芒，径直刺向自己！

藤原景虎忽然大吼一声："你应该已经死了！"

吼声未至，脚步声响，横田勇推开门，大步走到了藤原景虎面前，肃然俯视着他："藤原君，你最好给我一个理由，你为什么会失败？"藤原景虎一把抓过了医生手中的镊子坐了起来。

"握匕首有三种基本方式。正握，反握。"藤原景虎用镊子演示着，正握就是刀尖冲上，反握就是刀尖冲下。

"正握以挥、刺为主。反握以扎、撩为主。这两种最为普遍，可何平安用的，是第三种方式！"

藤原景虎把镊子底顶在手心，用食指和中指夹着镊子，就好像打针一样。

"这种方式，攻击范围窄小，方式单一，只能直刺，却能让攻击距离加长。只有真正反复在生死间搏命的人才懂得这种方法！"

藤原景虎转眼望着横田勇："那个何平安，就是这种人！"

横田勇冷冷道："不管他是什么样的人，这都不是你失败的借口！"藤原景虎羞愧地低下头，答了一声"是"。

"我听了他们的报告。这个何平安精通丛林作战，这样的人活着对我们非常不利，你应该杀了他，必须杀了他！"

"我本来已经重伤了他，可我想不明白，他是怎么能在那种环境下止血！"

藤原景虎颓然坐倒在床上。

"哐当"一声！

横田勇一脚重重地踢上病床："站起来！大日本帝国的军人，只要不死，就必须站起来继续决斗，用敌人或者自己的血去洗刷耻辱！"

藤原景虎猛然站起来，伤口裂开，血不断地流出。

"请为我缝合伤口，不必用麻醉药！"藤原景虎咬牙对军医说道。

"但愿你没死啊，何平安。"

说到最后三个字，竟是生涩的中文。

东方泛白。

何平安躺在医院的病床上，睁开双眼，望着天花板。

"你醒了！"

柳芬摸了摸眼角的泪，神色激动。

何平安长长吐出口气："好长的一场梦啊。"

"都过去了，"柳芬连声道，"你能回来就好，能醒过来就好！"

何平安没有看柳芬，仍旧呆呆地望着天花板："九年了，我们在棠德生活了九年，这一场梦也就做了九年，恐怕是要睡醒了！"

柳芬愣住了，她知道，何平安说的梦不是河对岸的生死一战，而是九年来与自己的朝夕相处。

"九年，每一天我都努力叫自己去忘，好多事我也真的忘了，可直到……"

何平安说着掀开衣服，露出焦黑的伤口。

柳芬惊得吸了一口气。

何平安闭上眼，密林中火烧伤口的一幕再次浮现，火烧得越疼，何平安的眼睛就越亮。

"这一烧，我又都想起来了。"

柳芬看着何平安，眼神里充满恐惧，张着嘴，嘴唇颤抖，又说不出话。

何平安转过头凝望着她，低声说道："有些事，是永远忘不了，也瞒不过的。"

门忽然打开了，刘世铭走了进来，嘴里还咬着半根烟。

护士追进来："这里不准吸烟！"

刘世铭根本不理，一直走到何平安的床前。

柳芬一下子站起来："老何，这位刘先生可是好人，他一直陪着守在江边，最后就是他叫人把你拉上来的！咱们可真得好好谢谢……"

柳芬忽然住了口。

刘世铭拿出一副手铐："何平安，我以三青团的名义，请你配合调查。你的身份必须清楚说明，你自己带上吧。"

"刘先生，这，这一定是弄错了！"柳芬急忙说，"是他救了人，他立功了，他是英雄……"

刘世铭没有看柳芬，只是望着何平安。

何平安淡淡笑了一笑，挣扎地站起来，自己戴上手铐。

刘世铭转过头，望着柳芬："也请你跟我们回去，一起协助调查。"

何平安对柳芬一笑："该来的总会来，该怎么说就怎么说，你放心吧。"

柳芬一愣，并没有多说，只是对着何平安坚定地点了点头。

朝阳初升，棠德城的大街上却比夜晚时更静。商铺全都关门，长街上不见一个行人，寒风穿过街道，发出只能在旷野中才能听见的呼啸。

一队军人走在街头。

余鹏程走在前面，雷大虎紧紧跟在旁边，贴身保护。

"开城门的是他，杀土匪救魏九峰的也是他，救沈家孩子的还是他。"余鹏程停住脚步，望着空荡荡的街道叹了口气，"渡河救人，巧计诈死……这个何平安，不简单啊。"

"我也是这么想！"雷大虎连忙道："不瞒师座，我对这个何平安，还着实有几分佩服。"

余鹏程转过头，看了雷大虎一眼："是啊，他们共产党里，不乏这种叫人佩服的人呐。"

雷大虎顿了一下："您说，他真是共产党？这，这总要有证据啊！"

"刘世铭年纪轻轻，就是棠德的三青团主任，你知道他靠什么？"

雷大虎摇了摇头。

"抓共党！"

雷大虎一愣。

余鹏程继续说道："不止是在棠德，五年之内，凡是他刘世铭到过的地方，都能挖出共产党留在党国内部的人！不管那些人埋得多久多深，那个刘世铭都能把他们一一揪出来，送回延安。"

雷大虎大惑不解："可现在咱不是国共合作了么？"

余鹏程苦笑了一下："就是因为国共合作，所以刘世铭才没有杀那些共产党，只是把他们遣送回去。"

雷大虎瞪着眼，"嗨"了一声："不管留在咱这边，还是给他送回去延安，反正都是打鬼子！姓刘的这不是脱了裤子放屁——多此一举吗？！我看他们这些拿笔杆子的，就喜欢拿着鸡毛当令箭，无事生非！"

"你呀你，在我余某人手下当个先锋可以，做不了将军。"余鹏程一笑，拍了拍雷大虎的肩膀。

“这我知道！有您和参谋长，老雷我就是指哪儿打哪儿的一杆枪，用不着动脑子！”

余鹏程笑了：“我就是要你不动脑子。这样才能救何平安！”

雷大虎急切问道：“师座，您要救何平安？”

“何平安……何平安。”余鹏程缓缓点头，背起双手，望着远方：“这个人，有勇有谋，而且有一种牺牲精神，甘愿为了别人牺牲自己。这个人，我有大用。”

狭小的三青团审讯室里，何平安戴着手铐，坐在刘世铭对面。

刘世铭翻看着手里的文件，扫了一眼何平安。

“哪年加入的共产党？”

何平安一愣：“共产党？”

“何平安，你是聪明人，我佩服你的勇气，也尊重你的人格，所以我不想绕圈子，更不想把那些滥俗的刑讯手段用在你身上。”

刘世铭合上了文件，拿出一张照片，推到何平安的面前。

照片上一个中年男子，神态英武，留着两撇黑胡。

何平安看了眼照片，满脸不解问道：“这是谁？”

刘世铭叹了口气：“你说你是桑植人，我查了桑植的户籍，并没有你的名字。你在常德的记录只能追溯到九年前，之前的你，一片空白。这九年你非常谨慎，没有大功，也没有大过，一切平庸。我调看了你的射击记录，成绩并不好。可出乎所有人的意料，你居然是个百步穿杨的神枪手。而且熟悉常德周围地形，精通丛林作战，有勇有谋。不得不说，你比大多数国民军人要优秀。”

刘世铭冷冷地看着何平安。

何平安仍旧不为所动。

“既然你不肯开口，那就让我替你来说。”刘世铭指了指照片，“这个人，叫贺龙，湖南桑植人，是你的老乡。九年前，他聚集了一批人反抗国民政府，你就是其中之一，是他的追随者。你们决定，要攻占常德。你被委以重任，勘察常德地形，所以你对常德异常熟悉，更是精通游击战和山林战。你们最终失败，没有打下常德，队伍散了。你当时身受重伤，为了活命，隐姓埋名留在常德。你给自己起名何平安，就是想过平安日子。你成了常德的警察，这叫大隐隐于朝。没有人怀疑一个普普通通的小警察，就会是当年的共匪头领。”

刘世铭说完，自信地一笑：“细节或许有出入，但我想，我说的基本属实。”

何平安笑了，不住地笑。

刘世铭的笑容收敛了：“你终于承认了！”

何平安讶然抬起头：“我承认什么了？”

“承认被我说中了！当人被拆穿秘密的时候，总会有一些行为来掩饰内心的不安。假笑就是其中一种。”刘世铭指着何平安的脸，“你现在的笑就很假。”

何平安止住了声音，但脸上仍旧挂着笑：“你见过带着老婆孩子一块打仗的共产党么？”

“或许是战后你才找到她们，或许是你故意以此掩人耳目，又或许她根本就是你的同党。这些细节都不重要，我很快就会调查清楚。”

“那好。如果我真是共产党，这些年里我隐蔽得好好的，为什么自投罗网，自己提出要带兵过河，帮着你们国军去救人，让你们怀疑我？在你们眼里，共产党应该没这么高尚吧？”

刘世铭一顿，目光越发冷了：“你并不是真的要帮国军，也不是要去救那些老百姓，他们只是附属。你真正的目的，只是要救一个人。”

何平安神色肃然了。

“你要救沈湘菱。因为，你看上她了。”

沈湘菱独自站在沈家大门前，望着沈府的牌匾。

她一步步地走上台阶，推门，大门缓缓打开。

沈湘菱愣住了。

沈学文孤零零地站在院子里，见她进来，拔腿跑了过来。

“姐，姐！你可算回来了。”

“学文！”

沈湘菱喊了一声，走上前紧紧把学文抱在怀里：“你怎么会在这儿？”

“这是咱家啊，我在家等姐姐回来。”

“二小姐！”周四从里面走了出来。

沈湘菱站起来，看着周四。

周四脸上挂着笑，一步步走向沈湘菱。

沈湘菱突然抬手给了周四一记响亮的耳光！

周四呆住了。

“你为什么要把学文带回来！谁让你带回来的？！现在常德是什么情况你比我清楚，你这是要害死学文！”沈湘菱全身都在抖，“我们沈家养你这么多年，也算是仁至义尽！我爹临终你就在跟前，他交代你的话你都忘了么？沈家总共就剩下这一线香火，你害了学文，就是断了沈家的根，你简直是恩将仇报！”

“扑通”一声，周四给沈湘菱跪下来：“小姐！周四从小家里穷，爹妈养不活，是沈家把我捡回来，给我吃，给我穿！除了沈家，我没有地方可去，我只能回来。”

“可你为什么把学文也带回来！”

“老爷死了，三少爷、四少爷也死了，要是再没了二小姐，小少爷，小少爷就跟我一样，也成孤儿了。”周四凄然看了沈学文一眼，抽泣起来：“周四知道沈家就剩下小少爷这一线香火，沈家不能再没了小少爷；可小少爷也不能离了沈家，不能离了二小姐呀！”

沈湘菱一下愣住了。

沈学文紧紧抱着沈湘菱的腿：“姐姐，是我求周四带我回来，我想姐姐，我不要走，我怕！”

沈湘菱缓缓地蹲下身子，把学文抱在怀中：“姐姐在这儿，不怕，不怕。”

“何平安呢？为什么不见他？”沈湘菱突然抬头来。

周四愣住了，似有难言之隐。

“笑话儿！我有老婆有孩子，为什么会看上沈二小姐！你别胡说了。”何平安往前坐了坐身子，正色道，“我是个男人无所谓，沈小姐的名誉可不能受损！”

刘世铭缓缓坐下：“这就是你可恶之处——你当然不是看上她的人，你看上的是沈家的钱粮！”

何平安一愣。

“共军最缺什么？一是粮，二是钱。而棠德呢，恰恰又是米粮之乡。你留在这里九年，并非是安稳地过日子，而是处心积虑，想方设法给共产党弄粮食，弄银元！你等了九年，终于瞄准了这个大目标，沈家的当家人，二小姐沈湘菱。所以你千方百计地接近她，对她施恩，甚至使用苦肉计，让她同情你，关心你，最后爱上你！然后，再利用她来资助共军！”

刘世铭勾起手指，关节在桌子上重重一敲：“机关算尽，不择手段。何平安，不管你是不是共产党，这样去欺骗和坑害一个女人，无耻之尤！”

何平安再也忍不住，越笑越高兴。

刘世铭一拍桌子：“你笑什么！”

何平安渐渐收住笑声，轻蔑地看着刘世铭：“我笑，因为你果然是个懦夫！”

“何平安，你胡说什么！”

“如果你不是懦夫，为什么这么害怕我是共产党？还费尽心机，编出这么多离奇戏码？刘主任为了给我编圆这套故事，得好几夜没睡了吧？”

何平安把头凑近刘世铭，双眼紧盯着他，压低声音说：“还是，你现在更害怕我不是共产党？”

刘世铭阴冷地看着何平安，也把头凑近了：“不管你是不是共产党，我都不许你打沈湘菱的主意。只要我活着，我就会保护她，不许任何人伤害她！”

何平安沉默片刻，对着刘世铭一笑：“你说得对。我会开枪，而且枪法不错。这九年，我确实是故意在藏。我老婆和孩子都是我的掩护。我熟悉棠德地形，而且善于山林作战，更有甚者，我也确实杀过人。这些你说的一点不错。”

“好，好。你终于承认你是共产党了！”

刘世铭缓缓把身子靠回去了。

何平安摇摇头：“可惜，我不是共产党。我是土匪！”

刘世铭猛地坐直了，惊诧地瞪着何平安。

“老子是土匪，谁他娘的跟你讲道理！”聚义厅炭火熊熊，混江龙指着海东升的鼻子破口大骂，“老子不管那个何平安说的是真是假，就凭这次你让我们伏击国军，害死我这么多兄弟，还让寨子跟国军结下大仇，你就必须死！”

混江龙猛地一拍桌子，十几条枪一起对准了海东升的脑袋。

海东升瞪大了眼睛，身后的乔榛紧紧拉着海东升的袖子。

海东升暗暗拉住乔榛的手，低低道："都怨我！师父对不起你，不该把你接上来。"

乔榛摇了摇头："师父，这几天我一直在那等你，我脑子想了好多好多，我甚至想，你死了。你不知道，我看见你带着人来接我，我有多开心。师父，你去哪，我就跟你到哪。这个世上，我再也没有亲人，你要是死了，我也不活了。"

海东升凝视着乔榛，眼中含泪。

混江龙哈哈大笑起来："小美人，你可死不了，我要留着你做压寨夫人！"

"你混蛋！"

海东升大喊着，扑向混江龙，双手掐上混江龙的脖子："死土匪，我跟你同归于尽！"

混江龙一脚踹在海东升心口。

海东升倒在地上，才要翻身起来，已经被混江龙死死踩在脚下。

"你要是敢碰我徒弟一指头，我就算做鬼也得要了你的命！"海东升两眼血红地瞪着混江龙，"下辈子我就算托生成条狗，也得一口一口咬死你！"

"有种，老子这就成全你！"

混江龙一脚踩着海东升，手中的枪直逼上海东升眉心。

海东升神色惨变，忽然嘶声大叫："混江龙，你就不怕日本人么！他们说了，让你们都听我的，你杀了我，日本人饶不了你！"

"放屁！"

混江龙猛然用力一踩，海东升闷哼一声，说不出话来。

"什么日本人！在山上，就是天王老子也得听老子的，日本人算个球东西！"

混江龙话音刚落，一名土匪跑进来："大当家的，大当家的！出，出大事了，山下……"

轰隆一声爆炸！

大门崩飞，烟土滚滚。

所有人瞪大了眼睛，烟尘中几个人影闪现。

藤原景虎带着日本伞兵走了进来，脸色苍白，缓缓咳嗽，身影却仍旧挺拔。

混江龙一惊。

土匪们举起枪，对着这群日本伞兵。

藤原景虎不屑地一笑，轻轻一挥手。

身后几条人影猛然冲上前，全都是同样的动作，左手上扬，击打在枪管上，土匪们的枪口陡然冲上，右拳切在对方软肋。

几声枪响！

全都打空，都是对天开枪，几名举枪的土匪慢慢软倒在地。

藤原景虎一步步地往前走，混江龙一步步地后退。

藤原景虎一弯腰，拎起地上的海东升。

藤原景虎缓缓走到混江龙正中的太师椅前，把海东升往上面一丢。

身后的伞兵开了口："你们，全部要被收编，听皇军的指挥。以后，你们，必须要听这个人的。”

伞兵说的是字正腔圆的中文，指着瘫坐在椅子上的海东升。

所有土匪都愣住了。

二当家跳出来，指着海东升怪叫：“他娘的什么东西，也配做大当家！我们寨子的事，还容不得……”

藤原景虎猛然窜到了他的近前，侧身，踢腿！

伞兵靴击在他的喉咙上！

二当家当即喉头破碎，倒在地上，口鼻淌血，抽搐两下便再也不动了。

所有人都震住了。

混江龙惊恐得脸上肉直抖，九年之前的噩梦重现，当年的山寨，同样这个位置，同样一个人，同样飞身一脚，踢死了匪首！

那人回头看着混江龙——赫然是何平安的脸！

“我想起来了！那个人，那个人！当初就是他杀了老当家！”混江龙失声叫了起来！

藤原景虎扭头看着混江龙，目光如刀：“什么人？”

生涩的中文此时并不好笑，反倒让混江龙全身发寒。

混江龙的声音都在颤抖。

“何、何、何平安！”

第十二章 宁为死囚

“何平安！”何平安双臂抱胸，嗤然一笑：“何平安就是我的真名。十几年前，一场蝗灾叫整个村子颗粒无收，我就干了土匪。”

刘世铭审视地看着他。

“九年前，这一带还不太平。生意好做得很，杀了人往路边一扔，根本没人会问。方圆百里大大小小十几个山头，争地头，抢钱粮，轧大户……互相不服，时不时地擦枪走火。我们山寨跟混江龙的寨子结了仇。当时的大当家还不是混江龙。”

何平安拿了一支刘世铭的烟，夹在手指间摆弄着：“我们大当家的开了条件，不管是谁能拿下对面的寨子，就能坐寨子里第二把交椅。我那时年轻气盛，独自上山，一脚踢死了他们大当家，可自己也受了伤，好歹逃了条命，一路跑到了棠德。后来才知道原来的寨子被混江龙他们给灭了，我无处可去，就只能留了下来。”

“那为什么会做警察？”刘世铭终于开了口。

何平安一笑：“大隐隐于朝，这是你说的。你可以去查，各地的警察里，多少都有几个江湖出身的人。我当年杀了他们当家的，自然要找地方避难。还有比警察局更安全的地方么？”

刘世铭皱着眉，有些半信半疑了，却又追问：“避难都是一个人隐姓埋名，哪有带着老婆孩子的？”

“她不是我老婆，那也不是我孩子。是我抢来的。”

刘世铭一愣：“抢来的？”

“不错。九年前我一路逃亡，差点饿死在山里。碰见一户人家，当家的姓余，叫余子扬，是个穷酸读书人。”

何平安掏出打火机，点燃烟，吸了一口。

刘世铭紧紧盯着那个打火机。

“姓余的见我快饿死了，就把我背回家，给我吃的，给我穿的。这个余子扬大概是读书读傻了，就我这么一个来路不明的人，竟还真拿着当朋友！那时候柳芬正年轻，长得也俊，抱着刚满周岁的孩子，手把手给我喂饭。我一眼就看中她了。”

刘世铭死死盯着何平安，可何平安却不看他，自顾自地说着：“当时我就想，无论如何，我得把柳芬抢到手。我养好了身子，有了力气，就抢过菜刀，一刀砍死了那个余子扬！我抢过孩子，威胁柳芬，让她跟了我，不然我就摔死她儿子！女人嘛！到这地步还能有什么办法，就只能从了。”

何平安看着刘世铭，嘴上挂着笑：“没错儿，我就是土匪。所以才精通枪法，熟悉地形，精通山地作战。杀人放火，霸占民女，都干过了。柳芬和孩子都是被我坑来的，我的事儿跟他们没关系。”

刘世铭不说话，只是冷冷地望着何平安。

“你不信？不信你可以去问柳芬，看她是不是这么说的？”

刘世铭一声冷哼：“何平安，我看你才是真会编故事！”

“不管你信不信，这就是事实。”

“好，那我问你”刘世铭探过头，压低了声音，“一个女人，会爱上杀了自己丈夫，拿儿子要挟自己的仇人么？”

何平安一愣。

“那天在江边，柳芬亲口告诉我，她很爱你。”

何平安笑了：“这么多年，她被我吓怕了，她不敢不这么说。”

“人的嘴可以说谎，但是声音不会！你真该听听她发现你跟她……沈家二小姐一起抱着木头飘过来时，她是怎么喊你的！”

此时刘世铭的声音里，分明充满了妒恨。

何平安呆住了。

敲门声响起，一个三青团员走进来，拿着一份文件。

“刘主任，那个女的认了。”

刘世铭拿起文件，得意一笑：“何平安，你现在改口还来得及。”

何平安一言不发。

刘世铭翻看文件，一边问道：“那柳芬是招认何平安一个人是共产党呢，还是他们都是共产党？”

“不是！她招认的是，何平安是土匪。”

刘世铭一顿，眉宇间全是不加掩饰的愤怒。

何平安反而笑了：“我早就都认了。我该杀。你放了她们母子。”

刘世铭狠狠瞪了他一眼，仔细翻看着眼前的记录。少顷，只得撂下文件，悻悻道：“把何平安押送警察局！”

“还有呢？”何平安挑起眉头。

刘世铭一拍桌站了起来。

何平安毫无惧色地望着他：“刘主任，还有呢？”

刘世铭又坐下，缓缓道：“放了那个女的。”

汽车开在空旷的街道上。

车内，何平安戴着手铐，坐在后座，身边两个人押着。刘世铭坐在前面，车内一片沉默。

汽车驶过街口，一个人猛然冲了出来，张开双臂，拦在路中间。

尖锐的刹车声！汽车停了下来。

车门打开，刘世铭走了出来。

“求求你，求求你放了他！”柳芬扑到刘世铭面前，苦声哀求，“我们立刻离开常德，再也不回来，求你放了他！”

“放心吧，”刘世铭面无表情地说：“何平安杀了你的丈夫，我们会将他依律正法，为你丈夫报仇。”

柳芬惊恐地睁大了眼，看着刘世铭：“不要，我不要报仇！我只要你放了他！我求求你，求求你放了他！”

“可他杀了人，他是个土匪！”

“他是个土匪，可他没有杀人！”柳芬突然高喊一声，“我丈夫余子扬，是我杀的。我是个坏女人，是我先看上了何平安，我勾引了他……是我不要脸，是我一刀杀了我丈夫！这九年，我是心甘情愿跟着他的！”

“你个疯娘儿们胡说什么！老子杀了人，轮不到你来顶！”何平安从窗口里伸出头，对着柳芬大喊。

“我是快疯了！这九年咱们天天在一起，可你却时时刻刻躲着我！你躲了我这么多年，躲够了吧？余子扬已经死了，我告诉你，我心里有你，你要死，我跟你一起死！”

何平安愣住了。

“他没杀人，人是我杀的！”柳芬恳求抓住刘世铭的胳膊，神情几乎癫狂：“杀人偿命，我早就该死了，可我求求你，放了他——拿我的命换他的命！”

“你滚！”何平安突然一声大喊，猛然撞开押着他的人，跳下车冲到刘世铭身后，手臂一扬，手铐的链子就套住了刘世铭的脖子。

刘世铭大惊：“何平安，你要干什么！”

“人是我杀的，与她无关，把她赶走，我跟你自首！”

刘世铭冷冷盯着他：“你自首出来的那些故事，对我一点用处都没有！”

何平安咬牙：“好，你想要什么，我就自首什么。”

刘世铭眯起眼睛。

“一言为定！”

“把她推开！”

刘世铭使个颜色，两个三青团员上前拉开柳芬。

“何平安！”柳芬一边奋力挣扎，一边绝望地大喊着。

何平安望了一眼柳芬，猛然转身，拉着刘世铭进了汽车。

“快开车！”

柳芬被两个团员死死架住，看着汽车慢慢走远，全身的力气也都用尽，无力地瘫软在地上。

两个三青团员互相看了一眼，放下柳芬，也跟着走远。

柳芬坐在地上，低声抽泣，失了魂一般。

县长办公室里，张局长坐在沙发的一角，搭在扶手上的那只手紧张地抠着扶手，抠几下就拿起膝盖上的文件看一眼，重重叹了一口气。

门开，魏九峰走了进来。

张局长立刻站起来迎了上来："哎哟县长，您可算回来了！刘世铭把何平安给审出来了，说是土匪！"

魏九峰面无表情，径自走到办公桌后坐下。

张局长举着文件追了上去："口供他们都录了，案子做实了，连判决书都替咱们拟好了。还说什么不干预司法，这就是捏着您魏县长的手盖大印，硬要咱们给他判死刑啊！三青团那边一透出风，手底下的一百多号兄弟们就全都跑到我家去了，堵在门口有磕头的有打滚儿的，都是给何平安求情的！您说这……"

魏九峰面若冰霜，冷冷打断了张局长的话："那你也想给何平安求情么？"

张局长怔了怔，随即满脸堆笑道："我不是想给他求情，我得为县长您考虑呀！余鹏程的军队才进城，越来越横，一副要全盘接管的架势，三青团那边本来还算井水不犯河水，借着这回兵临城下，他刘世铭也抖起来了！何平安跟在我手底下整整九年，他能吃几块干粮我还不知道？一会儿说是共产党，一会儿说是土匪，我看就是他们想打狗吓主人，要给县长您一个下马威，趁机抢班夺权！县长，您可不能上他们的当！"

魏九峰冷冷瞥了张局长一眼。

张局长立刻停口，弯下腰低声细语地问："是不是军部那边开会，有什么消息？"

"棠德要丢了。"

张局长一惊，手里的文件掉在了地上。

"不能啊，五十七师不是精锐中的精锐么，还挡不住日本人？"

"他们说，这叫战略。"魏九峰用手摩挲着脸，一脸牙疼的表情，"天炉战术。要用棠德做诱饵，引日本人来打，然后围歼。"

"诱饵……这，这是要牺牲棠德啊！"

张局长脸都白了。

"也不尽然，守得住就好，守不住就完蛋。"

魏九峰捡起地上的文件，拆开翻了一眼，又扔在桌子上："余鹏程单独跟我说了何平安的案子，军队想要保他。"

"那正好！顺水推舟借坡下驴，卖给余鹏程一个大人情，刘世铭要是再撒泼，就叫他找余鹏程要威风去！"

魏九峰摇了摇头："可我不能放。"

张局长一怔："这，这个……魏县长要秉公执法……"

"倒不只是为这个。你刚才说得对，余鹏程率部进城，就是想把棠德的一切纳入军管，民生，政策，一切都要听军队的。可他们这些扛枪的只知道打仗，根本不懂经济民生，粮食物资的调配完全不合理，简直是竭泽而渔！我怕到时候，棠德没毁在日本人手里，反倒是被他们榨干了。”

张局长疑惑了：“那这跟何平安有什么关系？”

“既然他们想要这个何平安，那就要让步，就得放权给我！这样我才能保住棠德。”魏九峰一拍沙发扶手，站了起来，缓缓踱了两步。

“那，那何平安怎么办？”

魏九峰停住步子，转过头，望着张局长：“怎么办？先关着吧。”

灾民逃难，连监狱都几乎已经空了。何平安一个人关在阴冷的牢房里，靠墙坐着。墙上只开了一扇小窗户，抬头望去，正可看见冬日苍青色的天空。

窗外传来几声车铃响。何平安心里一动，不由自主地站起身来，紧贴墙面竖耳倾听。

窗外是条窄街。车铃声中，一辆三轮车缓缓行来，车上的人带着草帽，慢悠悠地骑着。

一侧脸，竟是藤原弥山。

三轮车停住了。藤原弥山靠车而立，一根一根地屈手指。他刚刚屈到第七根手指，街口几个人影晃动，四五个人先后围了上来。

藤原弥山赞赏地看着几个手下，用日语低声说道：“很好。都到齐了，铃声响过，我数十个数，你们不到，就要军法从事。”

手下鞠躬：“阁下，终于有任务了么？”

藤原弥山点了点头：“今明两天，我们就要让棠德内部出大乱子，让余鹏程内外不能兼顾！”

“那我们要做什么？”

藤原弥山沉默着摸了摸下巴：“我这几天反复探查余鹏程巡视棠德的路线，这里就是他的必经之路！”

众人眼睛一亮。

“这条小街，一边是监狱，我探查过，现在棠德警力不足，监狱里根本就没人。这是最好的腹肌地点，只要我们堵住两头，余鹏程就没有突围的可能。找准时机，我们就可以一举刺杀余鹏程！”他们说的是日语，但“余鹏程”三个字却是明明白白的中文。

高窗之下，何平安神色一变，瞪大了双眼。

藤原弥山的声音隔墙传来：“今只要余鹏程一死，棠德就会大乱，我们的部队，就可以趁乱突袭！今晚，必杀余鹏程！”

几个声音同时响起：“必杀余鹏程！”

这回的五个字，全是字正腔圆的中文。

何平安寒毛乍起！

板车声“吱吱呀呀”地走远了，何平安良久没动，直到确定墙外彻底没有了声音，才缓缓出了口气。

“日本人，果然城里还有日本人！”

他的脑中，猛然闪过一个画面：茫茫膏雨中，自己缓缓推开棠德城门，无数灾民涌进棠德。

“我干的，是我放他们进城的！”何平安不禁一声惊呼，跟着犹如困兽一样在监狱里踱步，他猛然跳起来，重重一脚踹在牢门上。

“来人！来人！”

铁门“哐哐”作响，却没有一个人回应。

棠德城外，残阳老树，落日余晖。

独臂与余子扬蹲在树上，举着半个望远镜，长袖随风鼓荡。几个游击队打扮的人站在树下，为首的是队长郝明，手里举着望远镜的另一半。

“棠德，我总算回来了！”

余子扬神态悲切往城头望了一眼，一个翻身，迅捷地从树上跳下，身形颇为矫健。

郝明放下望远镜，对余子扬道：“余子扬同志，前面就是棠德了，我们奉命护送，终于把您平安送到了。”

余子扬望着远处的棠德城，竟好似没听见郝明的话：“想不到，我还能再看见这座城门。”

郝明：“您来过？”

“九年前，我跟随贺龙将军在棠德一战。不但我的兄弟们长眠在这城下，就连……就连我的妻儿也死在附近，一直找不到尸首。我这条胳膊，就是那时候没的。”

郝明敬畏地看着余子扬，跟着点了点头：“现在棠德已经被国民党的五十七师军事管制，不许出入。不过余子扬同志请放心，我们会千方百计送您进城。”

余子扬竟笑了。

“九年了！只要我一闭上眼，就能清清楚楚地看见棠德的城防图。不用你送，我自己能进去。郝明同志，你们可以回去复命了。”

“可我们的任务还没有完成！上级指示，我们要继续听余子扬同志的调配，配合您完成任务，保护您的安全。”

“我这次不是来打棠德城的。现在是国共合作，我的安全不需要保护。”余子扬说，“组织让你们听我的命令，我的命令就是让你们离开。天一黑，我自己有办法进城！”

郝明愣住了，不知道说什么好。

余子扬大袖飘飘，迈步就走。

“战友们，何老弟，我回来了……”

何平安犹如困兽一样，在牢笼里踱步。

铁门打开，陈花皮手里端着吃的，摇摇晃晃地走进来。

“何头儿，我给你送吃的来了。”

何平安一把抓住陈花皮：“话都带到了么？”

陈花皮点点头。

“那张局长怎么说？”

“还能怎么说？姓张的把我劈头盖脸臭骂了一顿。”陈花皮哭丧着脸，“我说何头儿，你是不是听错了，哪来的日本人？”

何平安松开手，直愣愣地看着陈花皮。

“要我说，到这份儿上，该吃吃该喝喝，外头天塌地陷你也别放心上。只要有一丝活路，兄弟们自然会全力保你，可要是保不住，你也别怪兄弟们。谁让，谁让你是土匪呢！”

陈花皮边说边把吃的摆在地上。

“这是何头儿你最喜欢吃的酱驴肉，兄弟们凑钱买的。以后每天一顿，管保何头儿吃个够！”

何平安两步走到陈花皮面前，突然弯下腰，深深地鞠了一躬。

陈花皮愣住了：“何头儿，你这是干什么？就为这碗驴肉……”

“不是道谢。兄弟，我先给你赔个罪。”

“赔罪？赔什么罪？”

“就是赔这个罪！”

何平安猛然冲起，膝盖重重地顶在陈花皮的腹部。

陈花皮“哎哟”一声，整个人躬成了一个虾米。

何平安扭过陈花皮的胳膊，抓起一根筷子顶在陈花皮的脖子上。

“何头儿，你别吓唬我，拿根筷子顶着我干吗！”

“别看我这是根筷子，照样能扎个血窟窿，在你脖子上穿个透心凉！不信你就试试！”何平安手上一紧，筷子紧紧抵住咽喉，陈花皮立时咳嗽起来：“多少，多少年的兄弟，何头儿……你忍心对我下手哇？”

何平安厉声冷喝：“别忘了，我是土匪！”

陈花皮吓得浑身一哆嗦，扯着嗓子喊起来：“来人啊！来……”才喊了两声，陡然止住了，惊恐地看着何平安。

何平安一瞪眼：“喊，喊啊！”

“何头儿，我，我不喊。你有什么吩咐，你，你说……”

“我就是要你喊，把吃奶的劲喊出来。喊不响亮，可别怪我！”

何平安手里的筷子猛然一顶，陈花皮顿时杀猪般地大叫起来。

“来人啊！救命啊！何平安要杀人啦！”

陈花皮变了音儿的叫喊声回荡在整座监狱里，警察们快步跑着，各个手里都端着枪。

张局长带队，边跑边骂：“他奶奶的何平安，一会儿报假信一会儿绑人质，管他是不是土匪，老子非毙了他！快点，都给老子快点！”

警察们跑到牢房门前，牢门大开着，何平安挟着陈花皮，一步步地往外走。

张局长一挥手，所有的警察散成一个扇面，把何平安围在中间。

“何平安，你干什么？”

何平安看着张局长，一笑：“我要见军方的人。最好是余鹏程，雷大虎也可以。”

张局长喝道：“有什么话你对我说，我可以转达！”

何平安摇了摇头：“局长，说实话，我信不过你。”

张局长勉强压下怒火："你信不信我回头再说，先把人放了！"

"见不着军队的人，我不能放人。只好委屈陈花皮了。"

"我看你是存心闹事，都给我举枪，毙了他！"

张局长勃然大怒，掏出枪指着何平安大吼。

"谁敢开枪！"何平安把陈花皮往前面一挡。

"都别，都别啊！都是自家兄弟，有话好说！"陈花皮高举双手，结结巴巴地哀求，"局长，我跟你这么多年了，你不能眼巴巴地逼死我吧？"

张局长骂了一声，只得放低了枪口："何平安，就算你自己不要命，也想想你老婆孩子！"

"局长，我有重要的话要禀报军方，你把雷大虎找来，说完了话，我自己回监狱。"

"你有什么话，对我说！"

"天大的事情！我怕局长担待不起，还是把军方的人找来！"

何平安拎着陈花皮往前走了两步："到现在我也顾不了这么多了！不找人，我可就杀人了！"

"何平安，你他娘的真要杀我……"陈花皮刚开骂，何平安的筷子猛然一顶，又把话咽回去了。

"你捅啊！我让你捅！"张局长干脆狠狠一跺脚，"老子当了一辈子差，狗抓耗子猪上树都见过，就还没见过用筷子能捅死人的！"

"你别逼我！"

张局长大喝："我就不信他敢杀人！给我上，抓人！"

一群警察犹豫不前。

"愣什么呀，给我上啊！"

何平安眼底狠光一闪："别逼我杀人！"

张局长举着枪，往前迈了一步："给我冲！陈花皮，对不住你了！"

陈花皮一闭眼，等着死。

何平安却一把推开陈花皮，把手里的筷子撅断，往地上一扔。

"花皮啊，看把你吓的，筷子哪能杀人啊。"何平安对着陈花皮一笑。

几个警察冲上去，把何平安死死地按住了。

寂静的夜里，街头响起当啷当啷的车铃铛声。

一辆板车停在街角，是藤原弥山！几个黑影寻着铃铛声走来，一群人凑在一起，漆黑的夜色中，全都看不清面貌。

"糟糕，我们已经被人发现了！" 藤原弥山先开了口。

手下面面相觑："这不可能！"

"事实就是这样！白天，监狱里有人闹事，据我打听到的消息，那个叫何平安的人说，有人会刺杀余鹏程。"

"何平安！"其中一个惊呼出声，"难道就是……"

藤原弥山点点头："不错，就是在防空洞杀了我们两个士兵的人。"

“奇怪，他是怎么知道的！”

藤原弥山锐利的目光缓缓扫过众人，最后阴冷一笑：“一定咱们白天碰面的地方出了问题，那正是在监狱后面。应该就是那时，被他听见了。都是我的疏忽！”

“那阁下下一步要怎么办？取消计划？”

藤原弥山摇了摇头：“计划不能取消，只是这个何平安，必须除掉！”

“什么时候？”

“今晚就动手！”

“阁下，请允许我去杀了他！

一个黑影从暗角里走出来，眼里闪着精光。

夜深了。何平安躺在牢房的地上，看着高处的小窗。

脚步声响，铁门打开，一个警察拎着食盒走了进来。

“何平安，吃饭了！”

何平安随口答了一句：“辛苦兄弟了，我不想吃。”

警察目光一紧，分明就是那个日本人。

“人是铁饭是钢，该吃还是要吃的。”他说着，轻轻弯腰，把食盒放下。

何平安猛然坐起来：“兄弟，你是哪儿人啊，听口音有些耳生！”

“哦，我是东边过来的，不是本地人。”他回答着，袖子里暗暗掏出一把刀。

何平安“哦”了一声，慢慢捏起食盒里的筷子：“东北来的，大老远就为给我送顿饭……那就更辛苦你了。”

“不辛苦，都是应该的！”

他说着，猛然抢步上前，持刀对准何平安胸口猛刺！

“咣当”一声，短刀落地，何平安单手抓住他的手腕，紧似铁钳！

“可惜了！”何平安一笑：“中国话说得再好点，还真就让你得手了！”

日本人一只手被抓，另一只手掏出枪对准何平安！

枪响！

监狱走廊，正在酣睡的陈花皮猛然惊醒。

几个警察全都跳起来。

“又出事了！快快，抄家伙进去看看！”

陈花皮带着人，端着枪跑进来，却全都愣住了。

铁牢门大开着，牢房地上赫然躺着一个人，一手拿刀，一手拿枪。外衣被扒了，只剩下内衣，脖子上插着一根筷子，鲜血还在汩汩地往外流。

那人听见有人进来，翻着眼抽搐了几下，猛然一瞪眼，眼看是不活了。

陈花皮全身汗毛发炸，怔怔瞪着眼前的死人，半天哆嗦说出一句话：“何头儿没吓唬我……这，这筷子，真，真能杀人啊！”

“何平安跑了！何平安逃狱了！”

众警察的喊声，瞬间划破了深夜的宁静。

第十三章 情恨难平

县长办公室大门紧闭，刘世铭一动不动站在魏九峰对面。

“何平安杀人越狱，魏县长准备怎么交代？”

张局长站在一边，给刘世铭递了一根烟，却被刘世铭伸手推开，只好讪讪地缩回来，给自己点上。想不到刘世铭一把抓下香烟，按在魏九峰的桌子上。

“我从不抽烟，当着我的面，也不要抽烟！”

光洁的桌面上赫然留下一个烟痕。

“刘主任准备怎么交代？”

魏九峰叉着手指，坐在桌子后面望着刘世铭。

“监狱守备森严，何平安怎么能跑了？是他自己跑的，还是有人接应？接应的人里面有没有政府官员？是不是有人贪污受贿，故意放走了何平安？”刘世铭咄咄逼人，“这些问不清楚，你说我怎么交代？”

“就说我受贿放人，渎职视察，免了我的县长，好让刘老弟来做！”魏九峰一拍桌子站了起来。

两人冷冷地对峙。

张局长连忙插进来打圆场：“别别，有话好说，有话好说……”

“一名警察就死在何平安手上，抓不住何平安，什么都不好说！”刘世铭转过头，狠狠瞪视着他。

“刘主任，死的那个人……他不是警察。”

张局长此言一出，刘世铭和魏九峰同时大惊。

魏九峰：“不是警察？！”

“我亲自去看了，不是咱们警局的人。”

魏九峰追问：“你确定？”

“全局上下几百人，我都是了如指掌啊，要是咱们的人，我不可能不认识！”

“不是警察，那是什么人？”

张局长额头冒汗：“正在查，正在查。”

“正在查就是不知道是什么人了！”刘世铭冷笑，“张局长，你不是故意在给何平安开罪吧？”

张局长叫了起来：“怎么可能！我吃的是政府的饭，何平安杀了人是事实，只不过这个人……有可能不是咱们棠德城内的人。”

刘世铭和魏九峰一惊。

张局长低声道：“何平安下午喊着说，城内有日本奸细，他们要刺杀余鹏程。”

“你说什么？”魏九峰脸色变了，“为什么不早说？”

张局长吞吞吐吐道：“我以为，是何平安为了脱罪胡乱说的，所以就没敢上报。”

“这种事你也敢隐瞒！棠德城内混进了日本人，还要刺杀余鹏程！余鹏程要是真死在棠德城，不用等上头追究，虎贲八千人，就得把你我，甚至连同刘主任一起都撕碎了！”魏九峰拍着桌子大吼，“立刻去给我写一份辞职报告，把你所犯的错全都写清楚！”

张局长的脸也白了：“县长，我……”

“好了，魏县长别忙着让下属顶罪了！不管死的是什么人，何平安越狱，关系到共产党的问题，关系到余鹏程师长的安全问题。”刘世铭指了指墙上的钟表，“现在是子夜十一点，天亮之前，一定要找回何平安！”

魏九峰手指张局长：“你，马上带人全城搜捕何平安！城门不开，他出不去。”我现在去见余师长，如果余师长有意外，日本人长驱直入，棠德……就没有什么棠德了！

张局长二话不说，转身要走。

刘世铭一把抓住张局长的肩头：“你要去哪抓？”

“全城搜捕！一寸一寸地搜，决不能让他跑了。”

刘世铭冷冷道：“先去他家。我跟你一起，我要亲手抓住何平安！”

“咣当”一声，屋门被狠狠踢开了！

几名警察举着手电筒，雪亮的灯光晃着柳芬的眼睛。柳芬抱着小猴子，一手挡眼，惊恐地望着对面。

一个黑影默默坐在椅子上。

“局长，都找过了，没人。”

张局长一挥手：“再去找，房前屋后，米缸柴堆，一寸也不能放过！”

“别找了。”刘世铭坐正了身子，伸手压低了警察们的手电。

柳芬这才看清刘世铭，一愣：“是你？”

刘世铭一笑，从口袋里掏出火柴，点亮了桌子上的煤油灯，动作有条不紊。

“柳芬，你把何平安交出来，我能保你和孩子安全，”张局长走上前，压低声音道：“可不能一错再错啊！”

柳芬瞪大了眼：“何平安不是在大牢里关着么？你们深更半夜来找我要人？”

张局长跺脚："他杀人越狱，跑了！"

柳芬一惊。

刘世铭慢悠悠道："你也招认，何平安是土匪出身，杀人越狱，不奇怪。"

柳芬疑惑地望着刘世铭。

张局长连忙介绍："这位是三青团的书记，刘世铭。赶快把何平安交出来，刘主任或许还能救他一命！"

"就是你！"

刘世铭点点头。

柳芬突然笑了："怪不得，在江边你一句话那些当兵的就不敢为难我。原来就是你抓了何平安！这就对了，我还以为常德城里出了好人了，原来你一切都是有目的的！"

刘世铭眉峰一挑："我不是好人么？何平安杀人越狱，他是个土匪，难道我不是好人，他还是好人么？"

柳芬愣住了。

"按照你的说法，何平安应该是你的仇人。他杀了你的丈夫，还霸占了你。"

柳芬沉默着。

刘世铭把灯推到柳芬面前，灯光幽幽映着柳芬的脸。

"可在江边，你却对我说，你爱他。"

柳芬一颤。

刘世铭对着张局长挥了挥手："你们先出去，我单独跟她谈。"

"柳芬啊，刘主任可是大大的好人，你把何平安藏在哪告诉他，他能救你家老何的命！"张局长说完，才带人出去了。

柳芬闪了刘世铭一眼，低声道："我不知道他在哪，你们要是不来，我甚至不知道他越狱，信不信由你。"

"我信。"

"你信？"

柳芬愣住了，刘世铭却肯定地点头。

"开城门，他一力承担，差点被活活打死。为了别人的命，他冒险渡河，不顾自己的命。现在，他杀人越狱，也是为了救别人。这样的人，不会把危险带给身边的人，他不来见你，我当然信。"刘世铭探着身子，望着柳芬："可我不信他是土匪！"

柳芬心头一颤。

"这样的人，不可能是土匪。他只能是一种人。"

刘世铭的指关节敲打着桌子，一字一顿："共产党！"

"我……我不清楚，我……"

"现在是国共合作，他真是共产党我也不会伤害他。顶多是把他关起来。破坏统一战线的罪名，谁也担不起。"刘世铭的声音低沉，似诱似哄，"只要你告诉我真相，我就能保他的命。"

“他……他就是土匪。”

刘世铭沉默了，阴冷地望着柳芬：“你这样，我只有把他按照土匪去办。一个土匪，杀人越狱，一旦找到，是可以就地枪决的。”

柳芬沉默以对，神色慌张。

“现在城门紧闭，他跑不出棠德城，抓住他只是早晚的事，他躲不到天亮。承认了，他还有活命的机会，否认，就只有死路一条。你要想清楚。”

刘世铭不说话，坐在椅子上，沉沉地盯着柳芬，给她压力。

柳芬紧紧抱着小猴子，越抓越紧。

小猴子“哎哟”一声，扬起脸看着她：“娘，疼。”

柳芬惊觉，放开小猴子：“乖，你先进去睡觉。”

小猴子点头，转身进屋。

刘世铭：“想清楚了？”

“没什么可想的，他就是土匪。”

刘世铭缓缓点头：“看来没什么可说的了。”

“刘主任，”门猛地打开了，张局长大步冲进来：“有人说看见了何平安进了沈家！”

刘世铭蓦地站起来，喃喃道：“沈家……”

“他……他不来见我，却去见沈湘菱。”柳芬凄苦地叹了口气。

“其实我们早都该想到，只是我们不敢相信。” 刘世铭愣了半晌，对柳芬一笑，“这一点，我们还真同病相怜。”

柳芬愣愣地出神。

“去沈家！”

刘世铭当先冲了出去。

“何平安，你怎么还敢来沈家！”

沈家大堂里，周四举着枪，枪口直指面前的何平安，悲愤地痛斥。

沈湘菱站在周四身后，默默凝视着何平安。

“沈小姐，我没有骗过你。”

“还说没骗我们小姐？”周四咬牙道，“我们家大少爷，就是死在你们这种人手里。你是共产党！”

“我倒希望我是共产党，可我真的是个土匪。”何平安惨淡一笑，“三青团的刘世铭亲自审问我，供词就在警察局，你可以去看。”

“我不信，我要为大少爷报仇！”

沈湘菱忽然上前一步，站在周四的枪口前，面对何平安。

“你为什么要来见我？”

何平安一时语塞。

沈湘菱：“既然你已经跑了，不管你是共党还是土匪，天涯海角，你走就好了。我一辈子再也见不到你，就像我从来不认识你一样。无非就又是一场大梦。可你为什么又来见我？”

沈湘菱拼命克制自己的情绪，可却掩饰不住的激动，她苍白的脸颊上烧出两团病态的红，胸口剧烈地起伏着。

何平安面对沈湘菱的眼神，沉默少顷。

何平安：“因为我得告诉你，我是土匪，不是共产党！”

“我不信！”沈湘菱失控地喊了出来，“现在我不信你是土匪，你就是共产党，我要杀你报仇！”

何平安愕然。

“我只能相信你是共产党！如果我信你是土匪，那柳芬就不是你的妻子，小猴子也不是你的儿子。你跟我一样，都是没家没根的人，那我还有什么理由说服自己，让我不想着你，不跟你一起走？”

何平安呆住了，一句话也说不出。

周四惊愕地看着沈湘菱：“小姐……”

沈湘菱却只是看着何平安，好像全世界都空了，只剩下眼前人。她忽然转过身，一把夺过周四的枪，枪口对准何平安的胸膛。

“何平安，你不应该来！”

沈湘菱眼含泪水，咬着嘴唇，手指慢慢扣紧了扳机。

何平安淡淡笑了。

“没想到沈小姐学会了开枪，第一个要杀的人，就是我。”

沈湘菱的手剧烈地颤抖起来。

何平安慢慢走上前，缓缓伸出一只手，抓住了枪管：“既然你不想我留在你面前，我马上走。只要，沈小姐把这把枪借给我。”

沈湘菱的神色急剧变化着，眼中的泪水一下子蒸干了，忽然露出一种愤恨的神色。

“其实你来，就是要借这把枪？”

何平安点点头。

“所以你告诉我你不是共产党，是个土匪，就是为借这把枪！”

何平安还没答话，忽然听见大门被撞开的声音。原来是张局长带着一群警察冲进院子里。

张局长：“快，围住，一个蚂蚁也不许跑了！你们几个跟我走！”

何平安吃了一惊。

周四急忙挡在何平安身前，大声说：“何平安，我不管你是什么人，你现在走，别让我们小姐再见到你！”

何平安望着沈湘菱，沈湘菱也在望着他。

“你现在走，还来得及。”

何平安口气决然：“借我一把枪！”

“那你告诉我，你到底是不是共产党？！”

何平安愣了。

沈湘菱声音嘶哑道："我要你摸着你的心口告诉我，你到底是不是！"

何平安沉默着，欲言又止。

屋外的脚步声更进了。

何平安无力地点点头，"对不起，我没法骗你。"

沈湘菱猛地夺过周四的枪，枪口指着何平安。

何平安缓缓闭上了眼。

沈湘菱突然倒转了枪，把枪柄递给何平安。

"走！"沈湘菱嘶喊一声，紧紧闭上眼睛，"我再也不想见你！"

何平安望着沈湘菱决绝的眼神，缓缓接过了枪。

"咣当"一声，门开了！十几个警察冲了进来，张局长提枪堵在门口。

"何平安！你跑不了了！"

枪响！

一连五枪！打掉了五把枪！

众警察全都惊慌地后退。

何平安喝道："都给我让开，谁敢上来！"

一个人分开众警察，大步走到何平安枪口前。

"我敢！"

刘世铭目光似铁，与何平安冷冷对峙着。

"你要么一枪打死我，要么就弃枪投降！"

说话间，他的胸膛已堵上何平安的枪口。

何平安定定地盯着他，扣在扳机上的手指却没有收紧："别忘了，我可是个杀人亡命的土匪！刘主任少年得意，跟个土匪拼了，不值。"

刘世铭转眼看向沈湘菱，神色镇静："用我一条命，叫别人看清你的真面目，值了！"

何平安僵持不动。警察们围着何平安，谁也不敢上前。

张局长只得冲沈湘菱开火："沈小姐，你包庇凶犯！"

"张局长，你尽坏我的好事！"何平安冷冷道，"我本来想着，来沈家抢一笔钱，就此远走高飞，谁想到你追上来了，也是他沈家不该破财！"

沈湘菱不理张局长，一步步走近刘世铭，注视着他："你到底是来救我，还是带着他们来抓人的？"

刘世铭一怔："对我来说，都是一回事。何平安他是个杀人越狱的土匪，我带人来抓他就是为党国执行法纪！可他又看上沈家的钱财，想要坑骗你，我来抓人也是为了保护你！"

沈湘菱忽然伸手一个耳光，重重甩在刘世铭脸上！

"对我来说，不是一回事！"

刘世铭愕然望着她。

"我被困在城门外头，土匪的刀尖就指在背心，那时候你在哪儿？你在执行党国的命令，死守城门不许灾民进城！我们一家渡江逃难，学文找不到了，两个弟弟死的死散的散，爹也没了……你又在哪儿？你当着你的三青团主任，忠于职守，根本无暇去管我的死活！”沈湘菱脸色惨白，声音哽咽，“鱼与熊掌不可兼得，这么些年，我不过是那个被你权衡舍弃的鱼。”

刘世铭定定望着沈湘菱，从口袋里慢慢掏出什么，伸到她跟前。是一根只烧剩下一半的烟。

“湘菱，不管你信不信。那天我拟好了处分自己的报告，一个人守在江边，一根接一根地抽烟，等着你回来。我想好了，如果你回不来，我就跳下江去找你，跟你走！”

沈湘菱望着那半根烟，一行眼泪蓦地滚落下来。

“湘菱，我后悔了，我愿意跟你走，不顾一切。我愿意为你违抗上级命令开城门，我愿意抛下一切责任不管，到江的那边救你，救沈家；我愿意跟你走……就算不做刘家的子孙，就算跟我爹做一辈子仇人，我也要跟你走！”

沈湘菱忽然上前抓起那支烟，揉碎了狠狠丢在地上：“晚了，太晚了！那一天你不肯跟我走，这一辈子我们都错过了，再也走不了了！”

沈湘菱忽然脸色惨变，紧捂胸口，晕倒在地。

“小姐，小姐的病！”

刘世铭慌忙上前，一把抱住沈湘菱：“湘菱，湘菱！”

周四忙上前从沈湘菱脖子上拽出那个沉香木吊坠，放在沈湘菱鼻前。刘世铭紧紧抱住沈湘菱，伸出一只手抚摸着他的脸颊，对周围的一切置若罔闻。

张局长连忙一挥手：“都给我上！别叫人跑了！”

何平安调转枪口，指向众警察。

枪响！

张局长的帽子被打落。

何平安厉声喝道：“谁想找死！”

张局长惶然缩到警察们的后面，嘴里大声吆喝：“都给我上！他一个人能有几发子弹！”

“我是没有几发子弹，但我可以保证，第一个上来的，一定会死！”

众警察顿时都又缩了回去。

“各位弟兄，何某人跟你们共事九年，也就当了九年的兄弟！虽然我是土匪出身，也不是没有人性。你们别逼我杀人！”

何平安举着枪一步步地往外走。

张局长赶忙大叫：“抓了他！放走了何平安，你们都是同犯！”

“何头儿，你……算我求你，看在兄弟一场，你跟我们走吧！”陈花皮哀求。

“看来我只有对不住兄弟了！”何平安举着枪转了一圈，枪口指到谁，谁就吓得往后一缩。

“今天我六亲不认！我现在往外走，谁敢追上来一步，我就杀谁！不怕死的，尽管上！”

何平安举着枪，大步往外走。众警察纷纷后退。

“张局长，辛苦你把这个转交给余鹏程！”何平安掏出一封信，扔在地上，说完转身离去，消失在黑暗中，竟无人敢拦。

“快追，抓住他！抓住他！”

张局长跺脚大喊，众警察迭踏而出。

沈湘菱依然躺倒在刘世铭怀里，刘世铭一手抚着她的脸，目光渐渐由温情变为冷静：“他走了，他们都走了，你可以醒了。”

沈湘菱睁开了眼睛，蓦地从刘世铭怀里站了起来：“你知道我……你早就看出我是假装的？”

“他用来顶着我的那把枪，就是你借给他的吧？”

沈湘菱定定看着他。

刘世铭惨然一笑：“更何况，你的心跳声是骗不了人的。”

“那为什么你不揭穿我，还要配合我？”

“因为你说得对。因为这一次我想不管是对是错，都跟着你走。”

沈湘菱凄然注视着他。

“你刚才对我做的戏是假的。”刘世铭轻轻说道：“可我对你说的话，每一句都是真的。”

沈湘菱颤抖着抬起一只手，指向大门：“你走，快走！”

“湘菱！你为什么还不相信我？”

沈湘菱转开眼，对着周四厉声喝叫：“把他赶出去！快！再别让我看到这个人！”

周四一时愣住了。

沈湘菱忽然脸色煞白，咬紧牙关一句话也不说，站在原地摇摇欲坠。

周四大惊，伸手去推搡刘世铭：“刘先生，您快走吧！周四求您了！小姐这是真要犯病了！”

刘世铭深深看了沈湘菱一眼，转身大步离开。

周四慌忙一把扶住沈湘菱，慢慢坐倒在地上：“小姐，小姐！你怎么样了？”

周四去掏沈湘菱脖子里的吊坠。

“不要，不要……”沈湘菱伸出颤抖的手，一把抓住她的手，吃力地喘息着：“要留给学文……我一会儿就好了。”

周四忙把沈湘菱轻轻放平在地上。

沈湘菱双眼紧闭，嘴唇白得发青，气息慢慢平复下来。

周四怔怔看着沈湘菱，一滴眼泪滚落下来，滴在沈湘菱的脸上。

沈湘菱睁开眼，居然笑了一笑：“四丫头，别怕。为了学文，我不会叫自己出事。”

周四流着泪点点头，又连忙摇摇头：“周四不怕。周四是心疼……来沈家这么多年，我从来没见过二小姐这样。”

沈湘菱重新闭上眼睛，一行眼泪顺着眼角儿缓缓流下来。

周四慌忙去擦那行眼泪。

“就叫我痛痛快快哭一回吧，我当了太久的石头人了。”

周四连忙停住手，不知所措地守着，少顷，才小心翼翼地问："二小姐，您是为了刘先生？"

沈湘菱不说话，眼泪仍是默默地流。

"那……是为了那个何平安？"

沈湘菱仍是不说话，眼泪却流得更汹涌了。

周四忽然伸出去，去擦沈湘菱脸上的眼泪："二小姐！你不能为他哭，不能为他难过！他不配！他刚才亲口承认自己是共产党，以前那都是处心积虑地在骗二小姐！就是他这种人，害死了大少爷！"

"可是，他为什么要骗我？到了今天，为什么又不骗我了？"沈湘菱睁开眼，泪眼婆娑地望着周四："周四，你知道么？我宁愿他一直骗我，跟我说他不是共产党，是土匪。"

"为什么？"

"因为我喜欢他。"

周四怔住了："可是，二小姐，就是他们共产党害死了大少爷，你应该恨他呀！"

沈湘菱凄然摇了摇头："你见过交不起皇粮被吊着打死的老人么？你见过被亲娘丢在逃荒路上的孩子么？我见过，我都见过。这个国家生了病，掌权的那些人却不想治病，只知道去逼榨那些穷苦人，割他们的肉，喝他们的血。所以就有人要反抗，要为自己和那些快要被逼死的人拼出一条活路，这有什么错？"

周四望向沈湘菱的目光也变得伤感起来："小姐，你就一点也不恨共产党，不恨何平安么？"

"想不恨他，心里过不去；想恨他……"沈湘菱凄凉地闭上双眼，"……我恨不起来。"

中央银行大楼外，岗位森严。银行的门口立了块牌子"五十七师指挥部"。魏九峰正在这块牌子面前反复踱步。

柴志新快步走了出来："魏县长，怎么了？"

"余师长呢？"

"余师长去巡视了。"

魏九峰一拍手："糟了。"

柴志新急忙追问："出什么事了？"

"刚得到消息，城里进来了日本人，要刺杀余师长！"

柴志新脸色变了！

长街寂静。

一个黑影趴在房顶上，手中，黑洞洞的枪口。

一个黑影隐藏在街角，手中，黑洞洞的枪口。

一个黑影从窗户里往外窥探，手中，黑洞洞的枪口。

远处，脚步声响。

雷大虎、秦岳带着几个人，护着余鹏程快步走来。

"德山怎样？" 余鹏程边走边问。

秦岳答道："来电报了，催要粮食和供给。"

"回复邓峰，让他固守德山，粮食和弹药我会尽快送过去！"

雷大虎一听急了："可是师长，邓峰的一一八团又不是咱们的部队，凭什么找咱们要补给，咱自己还不够用呢。"

"战局为先，能给就要给！"

"可也不能这么给啊！"雷大虎说，"他们这是狮子大开口。一个团要咱们两个团的补给。邓峰这小子我知道，喝兵血吃空饷这一套比谁都熟，打起仗来就是个土匪。小日本一开枪，他跑得比子弹都快！"

余鹏程停下脚步，冷喝道："德山是常德门户，必须死守！无论他要什么，能给就给，先稳住他们的心。他要补给，我就派人给他送过去，正好可以让人盯着他！"

秦岳："您是说，派人去督战？"

余鹏程点点头。

远处的黑暗中，几个黑影握紧了枪口。

余鹏程继续往前走，道："电令邓峰，让他不计任何代价，阻敌进攻，等候支援。要是失了德山，常德就成了孤城，真就是内外无援了！"

众人越走越近。黑暗中，房上的藤原弥山叩开了机头，瞄准余鹏程。

枪响！

藤原弥山大惊，低声喝问："谁开枪！"

日本兵全都打手势，示意自己没有。

余鹏程脸色一变，雷大虎和秦岳立刻带人护在余鹏程身前。

黑暗中，何平安拎着枪，缓缓走出来，孤身一人，拦在余鹏程身前。

雷大虎惊道："何平安！"

何平安一言不发，看着余鹏程，用手一指身后。

"有埋伏，日本人！"

余鹏程一愣。

枪响！

两名士兵中弹倒地！

雷大虎喝叫道："老秦你保护师长！你们几个跟我冲！"

枪声响彻常德！

藤原弥山开了两枪，吹响了一声口哨。

藤原弥山一个翻身跳下房子，快步跑入黑暗中，不见了踪影。

几个日本人且战且退，纷纷跑远。

雷大虎开枪，一人腿部中枪，倒在地上。

雷大虎带人追上。

日本人突然大叫一声。

“天皇万岁！”

一声枪响，日本兵举枪自杀。

余下的人已经不见踪影。

余鹏程注视着何平安：“你来救我？”

何平安点头一笑。

一阵急促脚步声夹杂着呼喝声，从对面街口响起，原来是张局长带着警察追了过来。

“保护余师长，抓了何平安！快！快！”张局长上气不接下气地跑到余鹏程跟前，伸手指着何平安，“他杀人逃狱，抓住他！”

何平安猛然一窜，跑到余鹏程近前，一把扣住了他，转手用枪顶住余鹏程的后腰。

秦岳的枪口直指何平安：“何平安，你要干什么？”

所有的枪都对着何平安。

“余师长，下命令吧！让你的兵把警察都拦住。”

余鹏程喝道：“秦岳，把警察拦住！”

秦岳毫不犹豫，调转枪头对着张局长！

所有的士兵拦在警察面前。

何平安冷冷道：“你们都不许动，谁也别跟上来。余师长，还得麻烦你送我一程。”

秦岳等人钉子一样拦在张局长面前，任由何平安拉着余鹏程缓缓退开。张局长眼看着何平安拉着余鹏程走远，懊恼不已。

屋门被豁地推开。柳芬和小猴子同时从桌前站起来，诧异地看着大步冲进屋里的何平安，小猴子猛地扑到他怀里。

何平安笑着揉了揉小猴子的脑袋：“给你们介绍个大人物，余师长，请进。”

余鹏程走了进来。

“这，这到底是怎么回事呀？”柳芬不安地看看余鹏程，又看着何平安：“有人说你杀人逃狱，张局长带人来查，又说你去了沈家……”

何平安叹了口气：“回头再说吧。你去收拾收拾，咱们连夜离开棠德。我跟余师长说几句话。”

柳芬眼底闪过一丝亮光：“离开？”

何平安点点头。

“再也不回来了？”

“对，再也不回来了。”

柳芬喜出望外，连忙拉起小猴子转身去收拾行李。

何平安轻轻拉开身前的椅子：“请坐吧。”

余鹏程与何平安相对而坐。

何平安沉默了下：“余师长，一点不担心我会伤你？”

“你要对我不利，就不会救我。”余鹏程微微笑了：“这点雷大虎他们也明白，不然不会对你妥协，拦住警察。虎贲的规矩，不受人威胁，他们宁可把你我一块杀了。”

何平安也笑了：“而且，以秦岳的枪法，也不可能打不中我。”

“你知道就好。现在军政两界，全城都在搜捕你，你怎么出去？不如你接着绑架我，我送你出城。”

何平安笑着摇头：“余师长是主帅，怎么能被我一个小警察绑架出城，动摇军心。我自己有办法出城。”

余鹏程一惊，站了起来。

“放心吧，知道这个方法的，不出十个人，除了我之外，都死了。”

余鹏程深深凝视着何平安，少顷，低声道：“你不是警察，也绝不是土匪。”

“我是谁不重要。我只是想问问，余师长准备怎么守棠德。”

余鹏程一愣，转而笑了：“要是你来指挥，你会怎么守？”

何平安笑了笑：“最简单的办法，就是守住德山，内外勾连，诱敌深入，然后重演天炉战术。”

余鹏程一震：“你从哪听来的？！”

“别紧张，这不难猜，长沙就是这么守下来的，棠德应该也是这么守。”何平安一笑道，“这个关键就在德山，如果德山失守，那天炉战术就会无比艰难，棠德成了孤城。不知道余师长想过没有，万一德山陷落，要怎么办？”

余鹏程神色肃然了：“无非是谨遵委座教诲，‘为党国尽全忠，为民族尽全孝’！”。

何平安摇摇头：“没这么悲观。照我看，如果把整个棠德变成一个要塞，每一条街道都变成战壕，一寸一寸地打，足以把日军拖入泥潭！”

余鹏程一下站了起来，目光炯炯地看着何平安。

“这九年，我走遍了棠德的每一寸，心里已经有了大概。张局长应该会交给你一个信封，里面有我的全部计划，包括我今晚要用的密道，也都详细标出来了。我走之后，你立刻派人堵死，不要被其他人察觉。”

“何平安，你能不能留下帮我？”余鹏程忽然说，“我不问你的出身，也不管你是谁！”

何平安一笑，扭头望去。柳芬和小猴子背着行囊站在门口。

“余师长，再见了。”

余鹏程看着柳芬和小猴子，深深叹了口气，向何平安伸出一只手：“但愿我们可以再相见！”

何平安紧紧握住余鹏程伸来的手。

棠德城墙下，夜深月黑。

何平安缓缓推动一块石板，露出下面的暗道，小猴子见状就要钻进去，何平安忙拉住了他。

“等一等！多年不用，要通通气。”

柳芬抱着小猴子，靠着墙根坐下来。

“我们去哪？”

何平安：“先出城再说。”

柳芬点点头，沉默了少顷，忽然开口问：“你去见沈小姐了？”

何平安一愣，扭头闪开了柳芬的目光。

“你从监狱逃出来，为什么先去见她，却不来见我？”

何平安沉默着，一言不发。

柳芬直直地看着何平安：“九年了，你当我是什么？”

“当然是嫂子。”何平安低声说：“余大哥战死，你是他的妻子。”

柳芬心头一疼。

“我之所以不给孩子起大名，只叫他小猴子，就是因为他不姓何，他姓余。是战斗英雄余子扬的儿子，不是苟且偷生的何平安的儿子。”

何平安不再说话，从怀里掏出那只打火机，“擦”的一声点燃，跟着反手扔到暗道里，火仍在燃烧。

“好了，有氧气。我们走吧。”

何平安抱起小猴子，当先下去。

柳芬看着何平安的背影，眼神凄苦。

此时，棠德城外的城墙下，余子扬也缓缓打开了密道的入口。他把六颗手榴弹绑在一起，小心翼翼地放在入口处，然后一步步地走进密道，拉动了引信。

火星在黑暗里跳跃，余子扬飞快地顺着密道往前跑。

爆炸声从后面传来！

密道内落下无数灰尘。

一片黑暗中，只有何平安手中打火机发出微弱的光。

远处忽然出来爆炸声，隆隆闷响！

何平安大惊，柳芬忙把小猴子揽入怀中。

“你们站在这别动，我过去！”

“小心点儿！”

何平安点头，举着打火机一点点地往前走。

暗道内，何平安举着打火机，紧贴着墙壁慢慢往里走。

对面，隐约照来一丝光亮。

何平安立刻熄灭打火机。

对面的火也熄了。

甬道中一片漆黑。

何平安紧贴着墙壁，紧张地瞪大了眼。他在等自己的眼睛适应黑暗。

余子扬也紧贴墙壁，静静地等待。

沉寂。

两人气息相闻。

何平安渐渐看清了对面的黑影，却故意假装看不见，一点一点往前挪。

余子扬也似乎看不见何平安，两人相对着，慢慢往前走。

交互的一瞬间，何平安猛然扑向余子扬！

余子扬同时扑向何平安！

两人早都发现对方了！

余子扬少了一只手臂，被何平安死死按住，紧紧地勒住喉咙。

何平安一言不发，两人互相角力。

余子扬呼吸不畅，渐渐不支："你……是……谁……"

何平安一顿，如遭雷击。

余子扬瞬间挣脱何平安，拔出匕首，刺向何平安。

"不可能！"何平安失声叫道："你……你是余大哥！"

匕首蓦地停在何平安的胸前。

一道光束打在何平安的脸上，是余子扬打亮了手电。

两个人鼻尖相对。

"真是你！"

两人惊诧地，互相对视！

第十四章 九年一梦

中央银行的行长办公室已经成了余鹏程的师长指挥部，此时灯火通明，宽大的办公桌上摆满了无数张草图，图上密密麻麻标注着小字。余鹏程站在桌前，一张张地详细翻看着。

“奇迹，奇迹！他真的把整个常德都变成了要塞！”余鹏程眼睛炯炯发光，手指草图对一旁的柴志新低声喟叹，“每一条街道都是战壕，每一栋房子都是碉堡。你看这布防，还有纵深，还有这些……”

柴志新看着这些草图，也是不住赞叹：“每一处布防都恰到好处，这个人对常德真是了如指掌！我们没有一份布防图可以比得上。难以置信，这是他一个人做的？”

余鹏程蓦地抬起头：“我后悔了！”

柴志新一愣。

“我真不该让他走！”余鹏程幽幽一声长叹。

一簇火苗在黑屋里幽幽跳跃，点燃了桌上的煤油灯。

灯光里，柳芬猛地捂住嘴，瞪大双眼，眼睛里含着泪。

微弱的光芒中，余子扬就站在她对面。

柳芬靠着墙，一点点地滑下去，蹲坐在地上，忍不住呜咽出声。

余子扬扭头看着小猴子，又望了望何平安。

“柳芬，你别……”何平安才开口，突然顿住了，尴尬一笑：“对不起，这些年……习惯这么说话了。嫂子你……”

这声“嫂子”让柳芬全身一抖，慌忙站起身来，躲闪着两个男人的目光：“我去倒水……”

她抱起小猴子匆匆走了出去。

何平安与余子扬对视了片刻，几乎同时站起来，紧紧抱在一起，眼中都含着泪。

“余大哥！你没死……”

“都没死……都没死……”余子扬的眼泪止不住流下来。

柳芬走了进来，何平安和余子扬赶忙分开，一起看着她。

“嫂子，余大哥没死，你们团聚了。我会想办法，尽快让你们一起出城！”

何平安含着笑，声音里满是欣喜与激动。

余子扬摇了摇头：“我这次来，就没打算再出去。”

柳芬一惊。

何平安皱起眉头：“有任务？”

余子扬缓缓点头。

何平安沉默了。

“又是有任务！”柳芬脸上有泪，语气中带着怨恨和委屈，“当年小猴子出生，你看都没看一眼就走了，你也是说，有任务……”

余子扬低着头，不敢看柳芬。

“余子扬，你怎么没死呢？你不是为了任务不要我们娘俩了么？我几百里地带着孩子跑到前线，就为了让你给孩子起个名字，我不要你陪着他，看着他，就要你给他起个名字，别让他成了没名的孩子！可你呢，你把我们轰出来，因为你说，你有任务！”柳芬失声哭了出来，“九年，这九年我天天想着，或许你没死，或许有一天你就回来了，我想了九年，终于认定了，你就是死了，再也回不来了，总得往前看。可你突然回来，回来之后还是这一句话，还是有任务……”

一席话未完，她已是泣不成声。

何平安也不知道该说什么，只能愣愣地看着。

“你们这些人，就知道任务，你们滚！我们娘俩谁也不靠，我们自己自生自灭，你们去执行你们的任务，我就当你们都死了！就当你们都死了！”

小猴子听见哭声跑了出来，柳芬俯身一把抱着小猴子，号啕大哭起来。

何平安和余子扬呆望着，静默无语。

那句死尸仍然倒在牢房的地上，血已经干了。

“从来没这么个人，他不是警察！”

张局长仔细勘察后，缓缓站了起来。

魏九峰皱着眉：“就是说，何平安杀的不是警察？”

张局长点点头。

“张局长，何平安多年来在你手下做事，我想问问你。”刘世铭站在一边冷冷瞥了死尸一眼，“何平安会不会飞？”

张局长竭力掩饰住自己的不快：“刘主任别开我的玩笑，您想说什么就直说。”

“常德现在城门紧闭，谁也不能随便出入，何平安要是不会飞，怎么会找不到？”

张局长怫然道：“刘主任要是觉得姓张的没用，可以自己带着人去找。”

“你误会了。”刘世铭淡淡一笑，“我只是说，有些地方搜过一遍，就不会搜第二遍。

恰恰是这些看上去最危险的地方，却反而最安全！”

“你是说……”

刘世铭点点头：“何平安要是没有出城，应该就在他自己家！”

魏九峰脸色微变。

刘世铭转身看着魏九峰，诡秘一笑。

“魏县长聪明过人，不会想不到这一点。”

魏九峰冷冷看着刘世铭：“那就再去他家搜搜。”

“好啊，”刘世铭笑了：“我带人一起去！”

院落寂静，月光如洗。

静谧之中，何平安和余子扬靠着墙坐在地上，肩并着肩。

“当时一颗炮弹在你身边爆炸，我亲眼看见血肉横飞，我认定你死了。”

余子扬一笑：“我也觉得自己死了。可只是丢了条胳膊。”

“我被震晕了，醒过来已经天黑了，周围都是兄弟们的尸体，也有敌人的。我找不到部队，身上有伤，只有躺在那等死。”何平安抬头望天，“我还记得，也是这么好的月亮。”

余子扬转头看着他：“然后你就救了柳芬和孩子？”

何平安笑着摇摇头：“是他们救了我。我躺在那儿，满脑袋都是死，忽然听见有孩子哭，我找到了小猴子，嫂子护着他，躺在死人堆。这孩子，一看见我就笑了，当时我就不想死了，只是想活下来。”

窗户内，柳芬靠着墙坐着，小猴子在她怀里睡着，她静静地聆听着外面两个男人的谈话。

“都是缘分吧。”何平安幽幽的叹息隔墙传来，“我和这孩子有缘。我身上有伤，柳芬也有伤，孩子饿。我们三个人假扮成一家三口，混进棠德住了下来。她让我给孩子起个名，我不敢。他是你儿子，起名是爹的事，我只给他起了小名。”

“他也算你儿子，是你养大的，你比我更有资格当父亲。”

何平安摇摇头，岔开了话题：“这些年，我不是没想过去找部队。可一看见这孩子，我就不忍心。我不忍心告诉他，你爹死了，我不是你爹。我怕他受不了，我也受不了。我脱离组织，我有错。”

余子扬拍了拍他肩膀：“别跟自己较劲，不怪你。组织上会体谅。”

“这些年假扮夫妻，家不像个家的样儿。现在好了，你回来了。”

何平安向屋里看了一眼，转头看着余子扬，脸上挂着笑。

余子扬沉默了下，开口道：“我这次来的任务是……”

“别告诉我，我还没有通过审查。”何平安挥手制止了他，“这几年，我不止一次想过去找组织，可我根本不知道组织在哪。后来听说，根据地在延安，我就跟柳芬说，咱们哪怕是爬也要爬到延安去。我们已经出了城，又被堵了回来，所有向着延安的路都严加勘察。他们是怕老百姓投过去，我没有办法……”

“我相信你，你不会背叛党。”

“他们怀疑我了。我没承认是共产党。我告诉他们，我是土匪，杀过人。这是我跟柳芬商量好的说辞，早就背熟了。我不敢承认自己的身份，我怕给组织抹黑。”

何平安涩然一笑，抬头看着天上月。

“估计他们就要来了。魏九峰这么聪明，不会猜不到我躲在这儿！”

余子扬一惊，脱口而出：“我出面力保你，以党的名义保你！”

何平安摇了摇头：“我脱离组织九年，还没有经过审查，你这样做首先就不合乎纪律。”

余子扬一愣。

“何况，我都公开承认自己是土匪，你保我，就是把组织和土匪扯上了关系。”

余子扬还没开口，院墙外忽然响起一阵急促的脚步声。

何平安蓦地站了起来：“快！你进去躲躲，不要让他们看见，也不要保我。你要去完成你的任务。”

余子扬还想说话，何平安一把把他推进屋里。

院门“咣当”一声被踢开，张局长等人提着枪，紧跟在刘世铭身后走了进来。

“何平安，你果然在这儿！” 刘世铭走到他跟前，目光严冷，“你杀人越狱，劫持军官，还有什么可说！”

何平安对着刘世铭一笑，转头四顾这个居住九年的院落，闭目长叹。

“这个家啊，终究是大梦一场！”

张局长一挥手，几个警察冲上来，押走了何平安。

屋内，柳芬蜷缩着身子，不敢面对。

余子扬只有愣愣地看着何平安的背影。

炮声隆隆，电报急促！

指挥室里，参谋飞快地在作战地图上画了一个圆圈。

“万寿告急，日军炮击万寿！”

另一个参谋放下电话，跑到地图边飞快的又画了一个圈。

“公安炮击，遭到日军炮击！”

“日军炮击华容！”

“池水、牛鼻滩、德山！”

随着电话铃声接连响起，地图上画满了红圈。

柴志新抓起作战地图，焦急又困惑地望向余鹏程：“横田勇这是要做什么？还没有到发动总攻的时候，怎么会全面开炮！”

余鹏程绕桌踱步：“除了炮击之外，还有没有别的动作？”

参谋答道：“根据目前的报告，日军还只是开炮。”

“这就对了！”余鹏程蓦地停住步子，目光炯炯地看着柴志新。

柴志新也恍然大悟：“他们这是要试探，试探我们守军的力量！”

“对！最关键还是我军的弹药补给情况。”余鹏程转头命令参谋，“别的地方先不要管，立刻电令德山一一八团，让他们不惜弹药，立刻还击。绝对不能让日军发现德山补给不足！”

余鹏程所料不错，此时德山阵地前，果然是一片枪林弹雨！

山脚下，围满了密密麻麻的日军士兵，在炮火的掩护下向德山发起猛烈进攻！

“什么，让我们不计损失，全力还击？放他娘的屁！”德山的临时团部里，团长邓峰一把把电文摔在地上邓峰指着电报员破口大骂“你听听外头的枪子儿！横田勇分明是把所有的鬼子都赶上德山来了，不攻下来绝不罢休！我一个团的人马扛得住么？你回复余鹏程，就说老子的炮弹是用来保命的，不是打着听响的！”

电报员畏惧地咽了口唾沫：“可团座，余师长毕竟是上级，这话……”

“上级个屁！”邓峰狠狠往地上吐了口口水：“他余鹏程脑子里想什么，我都清楚。他是想让咱们在前面挡枪，他五十七师好保存实力，别听他那套。传我的命令，都注意隐蔽，不要还击！他奶奶的，想拿老子当棒槌！”

团长的命令一下，德山的阵地前，国军士兵果然一个个抱着枪缩在战壕后，任由日军的炮声越逼越近。

炮火声中，那一端阵地前的横田勇放下望远镜，满意地点点头。

“将军阁下，从几处阵地的炮击情况来看，支那军队居然没有一处积极还击！”在他身边，崇明亲王面带困惑。

“那亲王殿下以为是什么缘故呢？”

崇明亲王迟疑了下：“难道是……支那部队的战略又有了调整，要放弃德山？”

“不！不是他们想放弃，而是守不了。”横田勇举起望远镜，向远处的战场望去：“根据我的推测，他们不还击，是因为没有弹药，没有物资！德山，就是蒋的“天炉战术”最大的软肋！”

“邓峰要是我的兵，我现在就派人去把他毙了！”余鹏程接过电报后拍案而起，勃然大怒。

柴志新叹了口气：“师长，毕竟是友邻部队，我们怎么办？”

“还能怎么办！告诉他，日军是在试探，千万不能示敌以弱。他耗费多少炮弹，我们都给他补上！”

柴志新面露难色：“炮弹我们是有，可带着这么多辎重，横穿敌区，派谁去？”

“怎么，没人敢去？”余鹏程余怒未消，“那我亲自给他送去！顺便给他邓峰当警卫员！省得他总觉得我是要害他的命！”

众人唯有沉默，屋里静得可以听见城外隐隐的炮声。

“师座，我听说何平安没出城。”柴志新忽然开口道：“他自首了。”

余鹏程一怔。

“请回余师长的话，何平安我不能交给你。”

魏九峰坐在办公桌前，不紧不慢地喝了一口茶，把茶杯放下了。

雷大虎当即吼了起来：“你说什么？”

柴志新一摆手，止住了雷大虎：“魏县长，师座让我来要何平安，也是一心为国。这个人是个人才，可堪大用，何况还救过您的命，我们……”

魏九峰双眼一睁：“正是因为他救过我的命，魏某才不能因私废公！”

雷大虎不禁大怒：“这是我们师座要人，是军方要人，你凭什么不给？”

“雷营长，你一进城就砸了我的办公室，抢了我的印章，把全城的粮食全都督管了，连我县政府贴的封条都被你们换成了五十七师的封条！”魏九峰一声冷哼，“你们军队眼里还有什么政府！”

雷大虎一愣。

“你问我凭什么不给，你自己看！”魏九峰伸手指着身后蒋介石的画像：“军队是政府的军队，虽然战争期间，地方政府要全力配合，可这是在军事上！何平安是杀人犯，是地方司法。你们军队有什么权力干涉？！”

雷大虎和柴志新不禁都怔住了。

“刘主任，送客！”

魏九峰站起身，扬声高喝。

县政府大门前，雷大虎狠狠地看了一眼魏九峰，翻身上马。柴志新却向魏九峰伸出手：“打扰魏县长办公了。”

魏九峰双手负在背后，冷冷道：“魏某还有事，不远送。”

柴志新无奈叹息，也上了马，两人打马而去。

“县长，您不也一直想救何平安么？为什么不答应他们？”跟在身后的刘主任不解问道。

“我救何平安，可以为他开脱罪名，光明正大地放出去。要是把人给他们，县政府就会彻底成了军队的傀儡。这一步，我是无论如何不能退。”魏九峰看着远去的柴志新，语气低沉。

“政治，可是比子弹更凶险！”

“你说什么?”

何家小屋里，柳芬难以置信地望着坐在自己对面的余子扬。

“我不会去救他。”余子扬缓缓摇了摇头，“他说得对，我要代表共产党去见余鹏程和魏九峰，现在不能扯上不必要的事。任务为重。”

“我懂了。”柳芬低声说道：“你是不相信我们！”

“我没有！”

“九年了，何平安一直睡在外面的这张床上，没有我的话，他连门帘都不敢掀一下！小猴子叫了他九年爹……”

“我说了，我没有怀疑你们！”余子扬情急地站了起来：“我知道，你们也是迫不得巳！我现在不能去救他，也是迫不得已！”

“好，你是迫不得已。你不去，我去！”

柳芬深深盯了余子扬一眼，转身冲到院子里，一把抱起小猴子。

“跟娘走，咱们去求人救你爹！”

余子扬注视着两人离去，愧然无语。

沈家大堂里，柳芬缓缓走到屋正中，伸手一拉小猴子：“跪下，给沈小姐磕头！”

小猴子一下跪在沈湘菱面前，一边磕头一边大声道：“求求您救救我爹，求求您救救我爹！”

坐在对面的沈湘菱立时愣住了。

“沈小姐，你是贵人。之前的事我不说了，也说不明白。我不是他老婆，你也知道了。可这孩子管他喊了九年爹……”柳芬声音哽咽了，竟也直挺挺地跪下，“我求你，别让这孩子没了爹！”

沈湘菱只是冷冷地看着，忽然开口道：“你也是共产党么？”

小猴子忽然停住了，柳芬抬起头，定定看着沈湘菱。

“他跟我承认了，他就是共产党。”

柳芬一呆，豁然站了起来，目光中透着嫉妒：“他……全都告诉你了？”

沈湘菱点点头：“我大哥就是死在共产党的手里！你竟然还来求我，我恨不得亲手杀了何平安！”

柳芬呆住了。

“周四！”沈湘菱站起身，手指门口喝道：“轰他们出去！”

周四走上前，不容分说把柳芬往外推。

“求求你，救救他！”柳芬忽然大声喊了出来，“他救过你弟弟，也救过你，什么仇都该解了，求求你救他！”

喊声越来越远，沈湘菱只是沉默着。少顷，周四走了回来：“二小姐，刘世铭到了。”

沈湘菱木然地点点头。

“您为什么还要请他过来？那天晚上二小姐……”周四还要说下去，转眼一看，刘世铭已经站在门口。

“你是不是也想知道，我为什么请你来见我？”沈湘菱看着他，开门见山。

刘世铭摇摇头，又点点头，“为何平安？”

“对，就是为了何平安。”

刘世铭面色一下冷下来：“为了他，你不惜来求我？”

沈湘菱仍旧冷冰冰的：“对，为了他，我求你。”

刘世铭竟笑了，笑声里满是苦涩。

“我求了你五年，求你跟我说一句话，求给我回一封信，求你多看我一眼。你都无动于衷。那天晚上我明知你是骗我，利用我，可我还是……我还在求你，求你原谅，求你再给我一次机会！你还是不屑一顾。可现在，就为了那个刚认识没几天，甚至还对你居心叵测的何平安，你跑来求我！”

“算我求你。” 沈湘菱的口气却全然不像求人，“你答应不答应？”

刘世铭干笑了一下，却没有发出声音。

两个人静静地对视，刘世铭胸内一股酸楚油然而生，强自镇定。

沈湘菱眉毛一挑：“你敢不敢?”

淡淡的四个字，刘世铭如遭雷击!

“我敢！”刘世铭竭力想让自己镇静下来，声音却打着颤，“我会救他，安排他离开常德，还有你。我送你们一起走，去重庆，去云南……去找一个世外桃源，我祝你们百年好合！我……”

沈湘菱冷冷打断了他：“谁让你救他，我要杀他！”

刘世铭猛地呆住了。

“你说什么？”

“他害死了我爹，我要杀他！亲手杀他！”

沈湘菱语气淡然，却透着森森寒意。

“她……沈湘菱要杀我？”

监狱的铁栏后，何平安满面震惊。

牢门外，柳芬凝望着他，缓缓点头：“你把什么都告诉她了，她当然要杀你！”

何平安竟然一笑。

柳芬压低了声音：“你为什么要告诉她你的身份？”

“我也不知道。”何平安退后两步，盘腿坐在地上，依然微笑着，“我只是……不想骗她。”

这笑容刺痛了柳芬的心。

“这九年，你骗了所有人，却单独不想骗她？”柳芬不是在责问，而是喃喃自语。

何平安故意转移话题：“余大哥呢？”

“不知道，我回到家，他已经不见了。”

“这就对了，” 何平安一点头，“他要公开身份，就必须跟我撇清关系。”

柳芬双眼凝视着他：“我还是不懂。”

“这有什么不懂？”何平安不以为然：“我承认了自己是土匪，他代表的是组织。”

“我是不懂，你为什么信任沈湘菱？”柳芬一字一句道，“现在她要杀你，你竟然也不怪她！”

何平安一怔，唯有苦笑：“你别担心，我也不是一定会死。不是她说杀就能杀的。”

“是不是死在她手里，你也愿意？！”

柳芬声音很低，却是在咆哮。

何平安看着柳芬，一时无语。

“我明白，我都明白！余子扬回来了，你终于可以甩开我们母子了。这九年，你无时无刻不在怪我，怪我拉着你，缠着你，不让你去做英雄，不让你去打仗！你守着我们母子九年，整天笑嘻嘻的，可我知道，你心里早就把我恨透了！你……”

“我没有！”何平安大声打断柳芬的话，柳芬一怔，他的声音又低了下去，“……我感谢你，给了我这些年的太平日子。这是一场美梦，可是梦就得醒。该是睡醒的时候了！”

“我不管！你懂得那么多事，你枪法又好，又会打仗，你救了所有人的命，你不该这么死。”柳芬激动地脸色惨白，两只手死死抓住了铁栏，“我现在就去告诉所有人，你是共产党，你不是土匪！他们一定会留着你帮他们打日本人！”

“不准去！”

何平安猛地站起身扑向柳芬，隔着牢笼伸出手，一把抓住了她的手臂。

十指如钩！

柳芬看着何平安愤怒的脸，愣住了。她从没见何平安的脸上露出这么愤怒的表情。

何平安咬着牙，一字一顿道：“你要敢去，我就会恨死你，到死也恨你！”

柳芬眼泪流下来：“你不是一定要死啊！为什么？！你为什么不让我救你，不让余子扬救你？”

何平安呆立良久，终于缓缓说出一句话：“小猴子总不能有两个爹……你也，总不能有两个丈夫。”

柳芬如遭雷击，愣在当场。

“何头儿，探视时间到了！”

陈花皮的声音传了过来。

“回去吧，好好照顾孩子。”

何平安缓缓退回去，转过身，不再看她。

看着牢中孤寂的背影，柳芬眼泪簌簌而落，顿觉无比孤独。

一包包的粮食从粮仓里搬出来，装在门前的军用卡车上。

车前，雷大虎甩着膀子，大声吆喝来回搬运粮食的士兵：“快点儿，快点儿！还不够数！”

“雷大虎！你凭什么开仓调粮！”魏九峰带着一众警察飞奔而至，一见卡车后厢上堆得满满的粮食，脸都气白了。

“凭什么？我也想问问凭什么！”雷大虎转过身叉着腰，满脸黑气，“凭什么他邓峰的部队打仗，却要我们师供粮食！我跟谁讲道理！——看什么看，快，快搬！”

雷大虎转头呵斥一旁的士兵。

“不能搬！”魏九峰挥手阻拦，“棠德的粮食要供给重庆，要养着你们师，还要再往前线调，捉襟见肘，要是棠德断了粮，谁的责任！”

“屁话，你是棠德的县长，断了粮当然是你的责任！”

“说得好！既然是我的责任，我就得负责任！”魏九峰一声令下，一众警察冲上去，把粮门牢牢堵住！

雷大虎惊怒喝道："你干什么！"

"我在负责！"魏九峰冷冷道，"就算是你们军队要用粮，也是你们师长……"

雷大虎瞪视着魏九峰，少顷脸皮一软："你！嘿嘿，魏老哥，这是上面的事，你要闹可以找我们师长去闹，咱们可是一起患过难的，别为难兄弟我啊，你赶紧闪开。"

说完，他上前去推魏九峰。

"没有命令，你就是纵兵抢粮！"魏九峰脸色蓦地一沉，狠狠甩开他的手，"素闻余师长军纪严明，纵兵抢粮的，绝无活路！雷大虎，你找死么？"

"好，好！魏九峰，你要撕破脸，我也不跟你多说！"雷大虎一愣，沉下脸对着部下一挥手，"把外面的粮食都运走，收队！"

士兵跳上车，卡车载着满厢的粮食和黑着脸的雷大虎，一路响笛，呼啸而去。

敲门声响起。

"进来！"

刘主任举着一份文件，走到办公桌前，双手递给魏九峰。

"县长，师部刚刚的电文。"

魏九峰眉头一皱："离着这么近，发什么电文？"

"是公函，说棠德物产丰饶，仓库殷实，如果咱们无法筹措出物资，就要向上检举，说是棠德有贪官。"

魏九峰拍了下桌子，蓦地站了起来。

"欺人太甚！"

魏九峰背起手，反复踱着步子。

"棠德要守到什么时候谁也不知道，他们上万人要吃要喝，外面的粮食运不进来，只能靠库存，他们现在还要往外运粮！余鹏程这是要逼死我！"

刘主任又补了一句："他们不只是要粮食，还要子弹，三千发子弹。"

魏九峰蓦地停步，转过身："什么！"

"我打电话给张局长了，现在警察局一共只有八百发，咱们哪儿去给他们变去。"

魏九峰反而镇静了，扶着桌子缓缓坐下。

"我明白了！他们是不想让我当这个县长了，要我自己辞职，由他们彻底把控棠德！"

刘主任上前一步："魏县长，棠德一草一木都是您建设起来，您一走，他们会把棠德变成一片焦土。您不能退！"

魏九峰长叹一声："现在是战时，一切为军事让路。我不退，又有什么办法？"

"我有办法！"

话才落地，刘世铭已大步走了进来。"魏县长，粮食也罢，子弹也罢，我都可以想办法为你提供！"

魏九峰一愣，用审视的目光打量着刘世铭。

“刘主任，你三青团的职责是凝聚青年义士，抗战救亡，我魏九峰的职责是做好棠德城的大管家，操心这满城百姓的吃喝拉撒。我们各司其职，道不同不相为谋！”

“刚才魏县长也说，战时一切都要为军事让路。”刘世铭神色诡异，“我这么做，帮助了魏县长个人，也就是支持了前方抗战！”

“多谢好意。”魏九峰把身子往后一仰，神色冷淡，“魏某人向来不欠别人人情。”

刘世铭淡淡一笑，拉开桌对面的椅子径直坐下，转脸望着刘主任。

刘主任垂下眼，向魏九峰点一点头，转身退出办公室，关上了门。

“我不是来卖人情。我也有一事相求魏县长。我们是两处方便，不拖不欠。”

魏九峰凝目注视着他，坐直了身子。

“什么事？”

“杀了何平安！”

震耳欲聋的鞭炮声响起！

沈家大院里，院子里摆放灵堂，正中是沈怀德的牌位，沈湘菱和沈学文都是一身重孝，跪在一边。

魏九峰和刘世铭并肩走到牌位前，深深弯下腰，一连三鞠躬。

沈湘菱和沈学文低头还礼。

“沈小姐，还请节哀。”魏九峰走到沈湘菱面前，长叹了一口气。

沈湘菱站了起来，点一点头：“请魏县长帮我报仇。”

“令尊他……”

沈湘菱脸色冷了下来：“是死在何平安的手上！”

“不是他救了你们么？当时在沅江边，很多人都听见沈小姐喊着何平安的名字，不顾自身安危追了过去。而且……”魏九峰下意识地瞥了眼身边的刘世铭，“沈小姐和他，还是……一起回来的。”

“我那是要杀他！”沈湘菱语气冰冷：“不错，何平安是救了我和弟弟，可是他杀了我爹。当时日本人追杀我们，我爹犯了病，走不快。何平安硬是要把我爹扔下，我不肯，何平安就强行把我爹扔在林子里。我亲眼看见，我爹被日本人杀了！”

魏九峰凝视着沈湘菱的脸，转眼看着沈学文：“是这样的么？”

沈学文点了点头。

“只要魏县长可以替我报仇，”沈湘菱上前一步，“我愿意为县政府提供粮食和弹药！”

“你想怎么报仇？”

“判何平安的死刑，由我亲手开枪！”

魏九峰愣住了。

沈湘菱一身孝衣站在梅花前，慢慢抚弄花纸，想着心事。刘世铭站在她身后，望向她的目光满溢着温情与痴迷：“魏县长答应考虑，就是有希望。”

她没回头，漫不经心地“嗯”了一声。

刘世铭又说：“虽然何平安救过魏九峰的命，可我以三青团的名义施压再加上余鹏程给他的压力，他不可能不答应。”

沈湘菱仍只是“嗯”了一声。

“湘菱，我欠你太多，这次我拼着什么都不要，一定偿还你！”刘世铭的声音开始颤抖起来，“希望我们……我们还能像从前一样。”

沈湘菱仍旧弄着梅花，没有转身。不知过了多久，刘世铭才听见她又淡淡地“嗯”了一声，脸上的神情顿时明亮了。

“湘菱，我再也不会负你，一定让你开开心心的，我对天发誓！”

沈湘菱沉默着，还是没有转身。刘世铭忍不住伸出手，按上她的肩头，把人缓缓转了过来。

沈湘菱的脸上，明显有泪痕。

刘世铭一惊：“你怎么哭了？”

沈湘菱推开他的手，低声道：“我是高兴。能为我爹报仇。”

她的语气却不见丝毫开心。

“你放心，我一定让你亲手杀了何平安，到时候，我们……”

他伸手要拉沈湘菱的手，沈湘菱却后退了一步。

刘世铭的手停住两人中间，僵住了。

“湘菱……”

“现在我没有心思想这些。”沈湘菱低着头，目光躲闪着刘世铭的眼睛，“等报仇之后再说吧。”

“是是，你瞧我！”刘世铭连忙收回了手，满怀歉意道，“湘菱，你别怪我，这都是因为，因为，因为我心里爱你。”

沈湘菱沉默了一霎，低声说：“我累了，我想休息。”

刘世铭频频点头：“那好，你先休息，我明天再来！”他说完转过身，还没走出两步，又转回头留恋地回望沈湘菱，“明天，明天我一定能带来好消息！”

沈湘菱只是对他微笑着，轻轻点头。

刘世铭的背影远去了。沈湘菱依然独自站在花前，伫立良久。

“你知道么，” 沈湘菱低声问着梅花，“为了救你，我竟然做到这一步。你，这时候想没想我？”

梅花却是默然无语。

牢门内外，魏九峰和何平安相对而坐。

两人面前都放着一张小桌，桌子上摆着一样的菜，还各有一壶酒。

魏九峰端起一杯酒：“我敬你一杯，感谢你救我一命。”

何平安一笑，与魏九峰对饮。

魏九峰又端起一杯："我再敬一杯，感谢你救了棠德百姓。"

两人又是一饮而尽。

魏九峰再次端起酒，却被何平安止住了。

"第三杯我敬魏县长，谢谢你这桌酒菜！"

"好！"

魏九峰一昂头，第三杯酒下肚。

何平安把空酒杯放下，凝视魏九峰："三杯酒喝了，魏县长有什么要说的，直接说吧。"

魏九峰略一沉吟。

"你在棠德九年了吧？"

何平安不置可否："没记错的话，魏县长在棠德也是九年。"

魏九峰笑了："对。我从省里面降到棠德，一当就是九年县长，不罢免，也不升官。你知道是为什么？"

没等何平安说话，魏九峰自顾自地喝了一杯。

"其实我是明降实升。别的县长都是对省里负责，而我是要直接向重庆汇报。官小了，权却是大了。你懂不懂为什么？"

何平安点点头："这几年我在棠德，也多少明白一些。各大粮商上面都牵着大人物，有的姓宋，有的姓孔。粮食从棠德运出去，未必是到了政府的手里，说不准就是进了孔家宋家的门。"

魏九峰一拍桌子："说得准，再来一杯！"

两人又干了一杯。

"所以，就把我调过来，让我看着。" 魏九峰面带酒红，一双眼睛却炯炯发亮，"棠德是西南门户，米粮重镇，我魏九峰就是重庆的看门犬！"

何平安默叹了一声："魏县长心里有苦啊。"

"不错！很苦，还不能说，哑巴吃黄连。你不管，是对不起中央的信任，管过了，中央又回来责备你。这九年，魏某人战战兢兢如履薄冰啊。"

何平安一笑："棠德县长，大概是最不好做的。"

"可棠德确实是个好地方啊。"魏九峰拈起筷子，吃了一口菜，

"我从小爱听故事。关羽封了汉寿亭侯，是在这儿。后来在华容放走的曹操也是在这儿。听三国，最能让我记住的不是关羽，而是……"

何平安脱口而出："曹孟德！"

"对！"魏九峰隔着牢门亲手给何平安夹菜："曹操跟袁术打仗，也是缺粮食。曹操就让仓官小斗发粮，仓官听了曹操的话，惹得士兵恼怒。曹操就跟仓官说，为了平息愤怒，我得找你借一样东西。仓官就问，丞相要借什么啊？曹操一瞪眼，我要借你的人头！"

魏九峰显然已经有了醉意，说到这儿，用手拍了一下桌子。

何平安的眼睛却在发光："魏县长今天跟我说了这么多心里话，也是来借我这颗人头的吧？"

魏九峰苦笑了下，举起杯一饮而尽。

“每次读到这我都害怕，不寒而栗。我想着，要是有一天我当权了，绝不能做这种事。可想不到，这个乱世要逼着你做曹操。”

“你做不成的，” 何平安轻轻摇了摇头，“你要做得了曹孟德，就不会来跟我吃这顿饭，喝这顿酒。你，还是心软！”

魏九峰斜眼看着和平安，竟然笑了：“那天你在酒楼救我，我就觉得你是我的知己！”

“能给魏县长做知己，何平安荣幸得很。”

魏九峰苦笑摇头：“可现在军队逼着我要粮，沈湘菱有粮食，可她说一定要亲手杀你，才能给我粮食。可我明知道你不是土匪，我明知道你没犯杀头的罪！”

何平安沉默了下，再开口时已经十分平静：“魏县长，你醉了。”

“是啊，醉了，醉了！我魏九峰一辈子俯仰无愧，可现在终归要做一件亏心事。”魏九峰手撑桌子，摇摇晃晃地站起身来，一手端着酒杯，看向何平安的眼中含着醉意，更含着愧意：“我要杀我的救命恩人。”

何平安爽然笑了，隔着牢门结果魏九峰手里的酒：“魏县长，这一颗脑袋，我借给你好了！”

沈家大院前，灵堂依旧。只是牌位的对面竖起了一个人形靶子，心脏处画了一个红圈，

上面赫然写着三个大字：“何平安！”

一支枪举了起来，枪口瞄准那个红圈！

沈湘菱缓缓闭上眼。

那个人好像又站在了自己的身后，两人的心跳又合成了一个声音。

一声枪响！

第十五章 高墙明月

师长指挥室的大门紧闭，秦岳、黄景升、马潇、雷大虎四个人站在办公桌前，身子挺得笔直；在他们对面，余鹏程手拿着铅笔，围绕着地图上“德山”两个字，重重画了一道圆环。

“马潇，你去负责修筑第一层防御工事，我给你十天时间！”

马潇挺身上前一步，并腿敬礼：“是！”

余鹏程头也不抬，手中的铅笔沿着第一层工事的内侧，又画了一道圆环：“黄景升！你负责第二层，我给你七天！”

“是！”

余鹏程在第二层工事的内侧，画下了第三道圆环：“秦岳！第三层，五天！”

秦岳略一怔，也上前一步敬礼，回答的声音十分坚决响亮：“是！保证完成任务！”

余鹏程抬起头，望着三个人：“修筑第一层防御工事的，要决心保证第二层不被用到；修筑第二层的，就要保证第三层不被用到。而修筑第三层的……”余鹏程目光一转，落在秦岳一个人脸上。

“就要时刻记住——你的背后，就是常德！”

三个人再次挺身敬礼：“是！”

雷大虎上前半步，神情急切：“师座，你把他们都交代完了，那，那我老雷呢？”

“雷大虎！你留在城内，做好策应！”

雷大虎一怔，随即挺身敬礼。

“是！”

“从这一刻起，做好一切准备！”余鹏程的眼底露出一丝狠光，一字一句道，“为了战斗！”

桌上摆满残羹冷炙，桌前只有何平安一个人。桌上的杯中酒波荡漾，竟映出一轮圆月；桌前的人举杯抬头，怔怔望向高墙外天空的那轮清辉。

寂静的监牢里，忽然响起几声秋虫低鸣。

何平安低头去寻，眼看着一只蟋蟀跳到了自己腿上，他不禁笑了："都要入冬了，你还在叫。"

蟋蟀叫了两声，跳了几下，撞在囚壁上，摔了下去。

"你想出去？"

蟋蟀又叫了两声。

"好，我送你出去。"他放下酒杯，小心地捧起蟋蟀，将它高高举起，放在了窗沿上。

蟋蟀在窗沿上鸣叫，却一动不动。

"去吧，跳出这座墙，就是你想要的自由。"

蟋蟀仿佛是听懂了他的话，叫了两声，一跃跳出窗外。

"但愿，你能活过这个冬天。"何平安看着跳出去的蟋蟀，转过身低声自语着。

窗外突然传来一个声音："可你就要死了。"

何平安一怔，转头向那面高墙望去："沈小姐？"

"是我。"

高墙外，铁窗下，沈湘菱一个人，伫立在湛湛月光之中。

"魏九峰签了判决书，明天你就会被执行枪决。"

何平安将背靠上那面墙，淡淡笑了："知道了。"

"只是一句知道了？"

"我还能说什么？"

沈湘菱的声音沉默了许久，才再度响起："我要杀你，你不恨我？"

何平安摇了摇头，才醒悟到沈湘菱看不见。

"不恨。九年前我就该死了，这九年是我亏下的，亏了当初的兄弟。"

沈湘菱咬起了嘴唇："你九年前的那些兄弟中，有一个杀了我哥哥。"

隔着一堵墙，两人同时陷入沉默。

"我不知道该怎么道歉，我……"何平安沉沉地叹了口气，"只是我们从来没想杀谁，我只能说对不起。"

高墙外的声音隔了很久才又响起，犹自颤抖："如果你不是共产党的话……你为什么要是个共产党！"

何平安道："开始只是想让自己吃口饱饭，后来，就是想让所有人都吃一口饱饭。"

"为了吃一口饭，就非得走那条路么？"

"你是沈家粮行的小姐，你们家粮仓里的粮食足够铺满半个棠德街道。" 何平安苦笑了一下："我说了你也不会明白。"

高墙外的沈湘菱呆住了。她第一次觉得她与何平安之间，原来还横着另一道高墙，却是看不见，摸不着的。

"如果你不是共产党，如果……你真的只是一个警察，不，甚至真的是一个土匪，没有妻子，也没有孩子，我们……想必会不同。"

何平安呆呆地凭墙站着，月光透过铁窗流泻下来，静静淌在他的脸上，他仿佛又看见了沈湘菱清媚的目光。

“那样，你或许一辈子也不会看我一眼。”

沈湘菱沉默了。

“可现在，我也看不见你。”

“可我看得见月亮，你也看得见。”何平安淡淡一笑：“至少现在，我们在看同一个月亮。”

高墙内外，两人一起抬头，凝望着苍穹上那轮孤零零的明月。

“明天，你就要死了。你有什么要对我说的么？”沈湘菱眼望月亮凄然问道，似乎那就是何平安。

何平安缓缓摇头：“没什么了。”

墙外似乎响起一声叹息：“那我……走了。”

他定定注视着面前这堵高墙，伸手去摸，指尖碰触到冰冷的墙壁。

“其实……我想你。”

他的声音几不可闻。

大墙外，沈湘菱并没有走，她的指尖也触碰着墙壁。

何平安的声音传不出高墙，可她却似乎听见了，苍白的指尖颤抖，眼泪在眼眶中打转。

这面墙似乎不存在了，却又分明冰冷地横在那里。

明月当空。车顶映射着湛湛清辉，在空寂无人的街道上行驶。

沈湘菱倚在后座上，痴痴地望着窗外月光。

周四从后视镜中看了一眼。

“小姐，你哭了。”

“没有。”

沈湘菱的语气冰冷。

“我不懂，二小姐千方百计要救何平安，为什么不告诉他，却要叫他以为你要杀他？”

背后没有声音传来。

“对不起，周四不该问小姐。”

沈湘菱幽幽叹了口气：“不止你不懂，我也不懂。”

忽然，砰的一声，一块砖头飞来，正砸在车头上！

周四慌忙一个急刹车，沈湘菱一震，抬头望去，只见柳芬和小猴子挡在车前，手中都拿着碎砖。

“沈湘菱，你为什么要害他！”柳芬丢出一块砖头，朝车子怒喊。

小猴子也朝车子猛砸石头：“坏女人害我爹！砸死你，砸死你！”

周四猛地倒车，柳芬带着小猴子拔腿就追。

“沈湘菱，你给我下车！我男人跟你无冤无仇，还三番四次地救了你，救了你们沈家，你为什么要害死他！”

周四回头问沈湘菱：“小姐，怎么办？”

沈湘菱望着紧追不舍的母女，眉头一皱：“你去，把她们带上车，带回沈家看起来。明天安排他们一起走。”

“是！”

周四停下车，开门走到柳芬面前，却被柳芬一把推开了。

“你滚，让沈湘菱下来！”

周四一言不发，上去抱起小猴子就往车上走。

“你放开我，放开我！”

周四不顾小猴子的挣扎，拉开车门把孩子扔在车上。

“你害了何平安，又抢我孩子，我跟你们拼了！”

柳芬不顾一切地扑上来，却被周四闪开。跟着车门打开，沈湘菱走了下来。

“你要是想让何平安活，就跟我上车。”

“把孩子还给我！——我再也不会相信你这个狠心的坏女人！”

沈湘菱冷冷道：“如果我是你，现在别人给我哪怕一丝希望，我都会相信。”

柳芬愣住了。

“好，我跟你走！”她把心一横，一把拉开车门，忽然转回头盯着沈湘菱，“不过你记住，你要是敢杀了何平安，我一定杀你报仇！”

夜深了，沈湘菱独自走在空旷的后院里，往日热闹的沈家，此时一片死寂。

“小姐，粮食和子弹都在运了，十几个警察连夜运到县政府。”周四跟在她身后，低声道。

“人都找好了么？”沈湘菱问道。

“我这就去，明天天一亮就能办妥！”

沈湘菱停住脚步，转回身望着周四：“好，这一次，我一定要让何平安死在所有人面前，绝不能有差错！”

周四郑重点了点头：“可是小姐……”

不等她说完，一阵愤怒的叫骂忽然传了过来。

“沈湘菱，我跟你拼命，放我们出去！你这个没心肝的恶女人——”

沈湘菱一怔，快步穿过院子，走到何平安一家住过的那间客房前。叫骂声只隔了一道门，越发地响了：“你这个骗子，良心让狗吃了的坏女人，我做鬼也不放过你！我——”

不等周四阻止，她伸手推开门，踏进了屋里。

柳芬和小猴子被绑在椅子上，见她进来，身子一震，跟着目光更加怨毒起来。

“他救了你弟弟，救了你，你还要杀他！狗都不吃的蛇蝎女人，没人性，活该你们沈家家破人亡，断子绝孙！”

沈湘菱走过去，抬起一巴掌打在她脸上。

“你再骂，我还打。”

柳芬一怔，神情更愤怒了：“我就骂，你打死我我也要骂！你们沈家祖宗十八代全都是混账王八蛋，活该绝子绝孙！”

沈湘菱又是一巴掌打上去。

“你还骂么？”

柳芬恨得眼底要滴出血来：“凭什么不骂，我就骂你……”

沈湘菱抬起手，对准了小猴子，冷冷道：“再骂，我就打你儿子！”

柳芬立刻不骂了，狠狠地盯着沈湘菱。

“只要你不骂人，不胡闹，不到处乱跑，我就把你们母子俩都解开，可你要是再敢撒泼，我就让周四立刻把你儿子扔出城喂狗！”

沈湘菱语气平静，却叫人不寒而栗。

柳芬脱口道：“你这个……”

沈湘菱挑高了眉角，那只手举得更高了。

柳芬咬着牙，气苦地点点头。

沈湘菱上前解开她的绳子，柳芬揉着酸痛的肩膀，灯光中看着沈湘菱，不期然有些害怕。

“其实，我羡慕你。”沈湘菱径自在她对面坐下了，看着柳芬，轻轻叹了口气。

“羡慕我？”柳芬脸一冷：“你是有钱有势的大小姐，想害谁就害谁，想打谁就打谁，羡慕我干什么！”

“我羡慕你，因为你很快就自由了。”柳芬没听懂，狐疑地看着沈湘菱。

沈湘菱低声道：“等到明天，我救下何平安之后，就会安排你们一块出城。常德城外那么大，三个人想去哪儿就去哪儿，你们就全都自由了。”

柳芬一下站了起来：“你说真的？你真的要救何平安？”

沈湘菱点点头。

“为什么！”

柳芬难以置信地看着沈湘菱。

沈湘菱淡淡地笑了笑，回避开柳芬的眼睛：“为什么？你刚才不都说了么，他救了我弟弟，又救了我，救了我们沈家。”

“那你为什么还，还要杀他！”

“因为不杀他就没办法救他。怎么救人你不用管，我已经都准备好了，等到明天，我会带何平安回来，然后把你们一起送出常德，远走高飞。”沈湘菱缓缓站起来，转眼望着门外空寂的院落，“而我，你眼里这个想干什么就干什么的大小姐，会继续困在沈家这个牢房里。”

说完，她便走进了门外的那一片空寂孤独里。

柳芬呆住了，怔怔望着沈湘菱的背影融入夜色，直到再也看不见了。

红日当空。常德城县政府门前停着几大车粮食，还有十口木箱。

办公室内，魏九峰的面前摆着一张判决书。

“县长您快看！沈家把物资都送到门口了。再加上咱们的库存，粮食一共两万四千七百斤，子弹两千一百发。还有大洋一千六百二十块。”张局长不觉咽了下口水，“乖乖！您说这沈家到底有多少家底！”

魏九峰缓缓点头：“快！你这就带人，把东西全部给军队送过去。”

说完，他看着面前的判决书，叹了口气，提起笔在判决书上缓缓签上字，又盖上印章。

“还有判处何平安死刑，由沈湘菱执行枪决！这消息，你也一起发出去吧！”

张局长一下愣了：“我说县长您……”

魏九峰缓缓坐下，冲张局长疲惫地挥挥手。

“按我说的办，我累了，想歇歇。”

张局长点头，转身要走。

“回来！”

张局长闻声转过身，只见魏九峰枯坐椅上，脸色发白，良久才低声吐出一句：“你再去何平安那边儿一趟，他还有什么要求，就叫他尽管提，能满足的一定满足。”

然而何平安的要求却真让张局长为难了。

他站在牢门外，眼看着何平安拿着纸笔，趴在地上写写画画着，半天也没完。

“老何啊，你我也算是同事兄弟一场，你最后这么走了，我心里也难受得慌。你的老婆孩子，局里都会帮你照看，你尽管放心。可你这封信……”

“不是信。”何平安站起来，把纸递给张局长，“是草图。我是想麻烦兄弟们，把我埋在这儿。”

“什么风水宝地呀？”张局长看了一眼，颇是不以为然：“还非得埋在这儿？”

何平安爽然道：“有朋友埋在那儿，死后想跟老朋友聚聚。”

张局长一愣。

“这是咱们说好的五十块钱，收好了。”街头小巷，周四一身男装，低扣的毡帽遮住了五官，只露出半张清秀的脸，把一包大洋放在眼前那张枯瘦如柴的手掌上。

“还记得你答应的三件事吗？”

那瘦女人攥着包裹，用破旧的袖口抹了抹眼泪，哽咽着点头：“不问缘由，不问下落，不问先生你是谁。”

周四下巴点了点：“行，人我拉走了。”

瘦女人抬头望着周四，欲言又止。

周四拉起板车就走。

瘦女人忽然扑倒在板车后，呜呜咽咽地哭起来：“孩儿他爹！你别怪我啊，死后还把你……把你给卖了！可四儿再吃不上饭，也要饿死了。他是你们老郑家最后一根苗儿……”

周四放下板车，转过脸低声喝止：“你要再出声，这人我不要了！”

瘦女人一下子捂住嘴，惊恐地看着周四。

周四叹了口气，停了下来：“放心吧大嫂，你男人一定能风光大葬，比给你一把破席卷到乱坟岗子上强！”

瘦女人怔了怔，不解地望着周四。

周四将领子拉高，将板车拉到街上，渐渐在行人中消失。

后院的小门“吱呀”一声被推开，周四拉着板车轻手轻脚地走进门里。她把车停在角落里，走回门口，朝外面左右张望，均无人影。这才轻轻关上门，重新拉起板车，轻轻地朝柴房拉去。

忽然，“砰”的一声枪响，周四急忙回头。只见院中那个稻草人一条手臂断裂了，正悬在空中荡来荡去。

沈湘菱懊恼地垂下握枪的手，转过头问周四：“事情都办妥了？”

周四点点头：“妥了。人是病死的，早上刚刚断的气。我看过，个头跟何平安差不多，就是瘦点。”

“时间太紧，容不得精挑细选了，必须在行刑前找到替代何平安的尸体。这是救他的唯一方法。”沈湘菱举起枪，再次瞄准：“万事俱备。就差我这一枪了。”

一声枪响！

子弹穿过稻草人的头，崩碎了半个脑袋。

沈湘菱颓然垂下手，绝望地闭上眼睛。

周四望着她，欲言又止。

“沈湘菱，沈湘菱，何平安是死是活，全靠你这一枪了！”沈湘菱深深吸了口气，睁开眼，缓缓举起了枪。

——稳住心神，跟着我呼吸，放慢心跳。

何平安的声音似乎又在耳边响起。恍惚间，那双有力的手臂仿佛从背后伸了出来，稳稳托起她的手，瞄准了面前的稻草人。

沈湘菱闭上眼睛，缓缓地呼吸。

熟悉的心跳声也似乎在自己耳边响起，渐渐地，自己的心跳跟它合成了一个节奏。

——我已经瞄准了，你只要慢慢地扣扳机，就能打中！

沈湘菱倏地睁开眼睛，枪口瞄准稻草人胸膛，扣动了扳机！

枪响！

子弹准确无误地射进稻草人胸膛，“当”的一声，一块钢板掉在了地上。

周四拍手大喜：“小姐，打中了，打中了！”

沈湘菱欣慰地一笑，走上前，凝视着稻草人身上的三个字“何平安”，手却悄悄抬起，轻抚上稻草人的“脸庞”。

“湘菱！”

沈湘菱神色骤然紧张，把枪藏在背后，转过身去。

刘世铭面带微笑，大步走了过来。

沈湘菱勉强笑着：“你怎么来了？”

刘世铭没回答，看了看稻草人，又转头看向沈湘菱，露出疑问的神色来：“湘菱，你怎么摆了这么个东西？”

“这是我摆的……给小姐解闷……”周四连忙上前，支吾掩饰。

“周四，去给刘先生倒杯茶。”

周四担忧地看了沈湘菱一眼，恋恋不舍地走了。

“咦，这脑袋怎么还缺了一块？”刘世铭还在打量着那个稻草人。“你个坏丫头拿它解什么闷了？这是……”

他忽然不说话了，伸手从地上捡起那块钢板，举到沈湘菱眼前。

刘世铭探究地看着沈湘菱。

“这是靶心，我拿它练枪法呢。”沈湘菱神色平静，缓缓露出藏在身后的手枪，举到刘世铭跟前：“我怕我明天一枪打不中。”

刘世铭笑了，伸手去弹沈湘菱的前额：“坏丫头！”

沈湘菱躲开他的手指，勉强笑了一笑。

“其实你不用这么紧张，明天一枪不行，就打两枪，总之他已经被判处了死刑，就绝不会活着下刑场。”

“我怕场面太难看……”沈湘菱躲避着他的目光，闪烁其词，“对了，你还没告诉我，为什么突然来了？“

“你猜。”

沈湘菱摇摇头。

刘世铭微笑着掏出一封信，递给了她。沈湘菱打开看了两眼，神色大变。

“辞呈？”

刘世铭点点头，笑容更深了。

“自打上回你找我，我连夜就写好了！棠德守备情况并不乐观，日本人不知什么时候就会攻进来。我有个堂叔在重庆，他已经在那里为我安排好了后路。我想好了，去重庆，我们一起去！”

“谁要你这样自作主张！”沈湘菱把那纸辞呈重重甩回刘世铭手上，转身就要走。

刘世铭忙一把扯住她：“怎么？你不愿意？你不想跟我去重庆？”

沈湘菱一怔，转回身来看着他，缓和下口吻：“我是说，现在是前线抗战的紧要关头，你居然要……要临阵脱逃？”

“我就逃这一回，为了你。”刘世铭长长吐出一口气，“湘菱，你不是一直怨我只顾忌别人，不肯抛开一切跟你走么？这一次我想好了，再留在棠德实在太危险，为了你，为了学文，我们必须走。”

沈湘菱沉默了。

刘世铭走近一步，轻轻诉说着：“如果我还是一个人，我是无论如何都要留在棠德，坚守职责，跟他们同生共死的；可这一次我要选择你。就算背叛了整个世界，我也要保护你。”

“可是，可是我怕这会毁了你的前途。”

“我不要前途，”刘世铭微笑着摇了摇头，轻轻握住了沈湘菱的手：“我只要未来，跟你在一起的未来。”

沈湘菱的手微微一僵，终于没有拒绝。

刘世铭紧贴沈湘菱站着，念诗一样轻柔地诉说：“想想我们的未来，湘菱，想想我们在重庆的未来。那里没有前线硝烟，没有家族阻力下的身不由己，甚至没有让我们痛苦纠结的过去。重庆会是我们的新生，我们可以毫无负担地在一起。湘菱，我会陪你种梅花，教学文读书，用自行车带着你看遍重庆……”

刘世铭忽然轻轻笑了：“哦，我忘了，重庆是山城，不能骑自行车。那我们就牵着手并肩走……湘菱，你怎么不说话？——怎么，你不高兴了？”

他低下头，探询地看着沈湘菱。

沈湘菱只能强笑：“不是……只是你说的这些未来都太圆满了，我从没这样梦想过。”

“不是梦想，就是我们的明天！”刘世铭抓紧了沈湘菱的手，目光中透露出热切的喜悦。“只要明天何平安一死，我就递交辞呈，带你一起去重庆！”

沈湘菱定定地注视着刘世铭，眼神从伤感中透出一丝震惊。

“一切等到明天！等到明天你亲手一枪打死那个人报仇，就是对过去那些不堪往事的了结，是我们美好未来的开始！”

他再也抑制不住，伸臂将沈湘菱紧紧拥进怀里。

“我已经等不及了！湘菱，告诉我，你是不是也跟我一样期待？”

沈湘菱的目光穿过他肩头看着前方，渐渐变得冷静而决然。

前方，是那个被打没了半个脑袋的稻草人。

那只握着枪的手缓缓抬起，在刘世铭背后，握紧了。

“是，我也等不及了。”

天色微明。

日军司令部的操场前，急促有序的军靴声震地而来，全副武装的日军集结成几个纵队，士兵牵着两匹马站在司令部的门口。

崇明亲王与横田勇并肩走出司令部，纵身上马。横田勇仰起头望着天边，一轮红日正渐渐升起。

“根据抵抗态势，可以断定，德山物资紧缺，兵力空虚。”

崇明亲王疑惑道：“德山这么重要的地方，竟然会兵力不足？九一八以来支那的军队一溃千里，屡战屡败，难怪！”

横田勇摇摇头：“中国军队分为各个派系，互相之间并不是互相支援，甚至相互倾轧，连他们的蒋也毫无办法。有这样的事情丝毫不奇怪。”

红日已升高，把两人落在地上的影子越拉越长。

军队已经集合完毕，阵容肃整，杀气冲天。

横田勇望着眼前浩浩荡荡的大军，豪情顿生，猛一挥手："明早，我们就要登上德山看日出！出发！"

"告诉德山的邓峰，务必守住德山。物资弹药和援军，他需要多少，我即刻就给他送过去！"

中央银行办公室里，余鹏程厉声命令着电报发报员，话音才落，只见柴志新大步走了进来。

"师座，出事了！"

"又怎么了？"

"魏九峰已经签发了判决书，何平安被判处死刑，今天就执行！"

余鹏程一惊："为什么这么快！"

"因为沈家。"柴志新语调急促地说道，"那个沈湘菱指认何平安杀了他爹，要尽快刑决何平安，替父报仇。作为条件，她向魏九峰提供了大量的粮食、弹药和军饷，就是咱们准备送去德山的那批！而且提出，要她本人亲自执行！"

余鹏程一拍桌子："糟了！这个何平安，我是有大用的。"

一个士兵匆匆跑了进来："报告师座！"

"讲！"

"雷营长带着一个排的人去监狱了，说是要救人！"

余鹏程和柴志新对视一眼。

"快走！"

"何老弟，你往后站，老雷现在就救你出来！"

铁窗外，雷大虎高高举起枪，枪口直指牢门的铁锁。

何平安连忙阻止："雷营长，好意我领了，你这是……"

一声枪响！

铁锁应声而落，雷大虎飞起一脚，踹开了牢门。

"走吧，何老弟！带上你老婆孩子，我现在就送你出城！"雷大虎一扬手里的枪，"有我老雷这把枪在，看谁敢拦你！"

"雷营长，你是个军人！你这么干，是要上军事法庭的。"何平安站在原地不动。

"狗屁的法庭不法庭！"雷大虎伸手去拉何平安："常德这一战我老雷能不能活着回去都两说，谁还管他娘的什么法庭！总之，我雷大虎认你是我兄弟，我不能看着兄弟被冤死，走，快跟我走！"

"不行！我不能走！"

"不能走？那你留着等死啊！"雷大虎冲身后两名士兵一挥手："你们两个，架起何老弟，咱们走！"

没等那两个士兵上前，走道里哗啦啦一片脚步声响，几个警察跑进来。

“你们这是劫牢！雷大虎，你把人留下！”

陈花皮举着枪，虚张声势地大声吆喝着。

雷大虎扫了他一眼，“哗”得拉了下枪栓：“凭你？就想挡我的路？”

陈花皮一阵发憷，咬牙拔出枪对着雷大虎：“这里是警察监狱，不是你们军营！想带人走，得拿魏县长和张局长签名的文件来！否则，否则我就对你不客气了！”

“好啊，有种的，你就朝这儿打！”雷大虎指了指自己的眉心。

陈花皮浑身颤抖，只能两手托枪，指着雷大虎：“你，你别跟我横！我说开枪就开枪！”

雷大虎一瞪眼：“来呀，来！你开枪啊！打我啊！”

他一步步向前，陈花皮一步步后退。

“别逼我，别逼我，何头儿，你说说他……”陈花皮苦着脸，恳求地望着何平安。

雷大虎猛然上前一步，抓住他握枪的手一扳，陈花皮疼得一声“哎哟”，手枪落地，连声大喊救命。

何平安上前欲阻止：“雷营长！”

雷大虎手臂用力一甩，将陈花皮扔出数米。

“看谁敢来！谁再来给我突突谁！”

士兵们齐声高喊：“是！”

监狱大门前，几名虎贲士兵堵在门口，枪口对着面前的警察。

雷大虎拉着何平安快步走了出来。

“开门！”

监狱大门缓缓打开。

雷大虎一下愣住了，所有的士兵也都愣住了。

余鹏程和柴志新并肩站在大门外，雷大虎下意识地敬礼：“师座！团座！”

余鹏程一言不发，走上前一把打掉雷大虎的帽子。

雷大虎一震。

余鹏程低喝道：“把军装脱了！”

“师座……我……”

“没有命令，擅自行动，跑到监狱里来劫人！你还是不是我余鹏程的兵！”

“可，可何老弟他是冤枉的啊！”雷大虎一边叫屈，一边求助地看向柴志新。

余鹏程一声断喝：“我再说一遍，把军装脱了！”

“是！”雷大虎把腿一并，低下头开始扒自己身上的衣服。

余鹏程转身环视周围的兵：“你们几个好得很哪！长官一句话，就敢把天捅出个窟窿来！”

“师座息怒，我们愿意一起受罚！”众士兵异口同声。

“谁说要罚你们了？我说了，你们好得很！虎贲师就要这样，长官一句话，就是让你去死也绝对不皱一下眉头。你们这些当兵的，每人赏五块大洋！”话说完，余鹏程转回头，冷冷盯着雷大虎。

雷大虎上身已脱得精光，笔挺地挺立在寒风中。

余鹏程喝道："跑步回去，关禁闭，等候处理！"

"是！"

雷大虎二话不说，自己跑步离开，嘴里还大声喊着口号："一二一！一二一！"

口号声中，张局长带着一群警察跑过来，一眼看见了余鹏程。

"余师长！您看这，这……"

"张局长。"余鹏程转过身，冲着张局长微微一笑："我代表五十七师向你道歉，雷大虎我会处理。"

"谈不上，谈不上，没事就好，没事就好！"张局长更加紧张了，掏出手帕连连擦着脑门的汗。

余鹏程向他走近一步，口气极是客气："我想跟这个何平安说两句，行不行？"

张局长忙不迭点头："您请便，请便！"

余鹏程走到何平安面前，叹了口气："又见面了！"

何平安一笑。

余鹏程凝目盯着何平安，忽然把两只手往他跟前一伸："这样吧，你现在可以试试再劫持我，看能不能出去？"

"不用试了，我心里明白。"何平安笑着摇摇头，"那天要不是余师长主动配合，我劫持不住你。"

余鹏程一笑，忽然又肃然了脸色："你带着一个连的兵力，运送大量物资，在山路被伏击，你会怎么办？"

何平安脱口道："可我现在没有一个连的兵力，也没在山路被伏击。"

"我是说假如！"

"战场上有假如么？不是真遇上了，我怎么知道怎么办？"

余鹏程点点头，又问："如果你的部队临阵脱逃了，甚至哗变了，你身边只有警卫连，你怎么办？"

"还是那句话，遇见了再说。"何平安抱起双臂，"到时候该怎么办就怎么办！"

余鹏程一怔，随即仰面大笑起来，拍了拍何平安的肩膀。

"我问完了！何警官，咱们再会。"

他二话不说，带着柴志新转身就走。

张局长长舒了口气，一边擦着汗，一边对着警察吆喝："快快，把何平安带回去！"

"这个何平安，是个将才呀！"刚一踏进指挥室的大门，余鹏程便脱口喟叹道。柴志新疑惑地看着他。

"做将军的，各有不同。有的是勇将，勇冠三军，悍不畏死，关键时刻可以让他冲锋陷阵，必然能改变战局，但却不能统筹全局，当机立断！比如……"余鹏程指了指外面，"雷大虎就是这号人！”

柴志新沉沉叹了口气：“这次，非得好好关他一阵子，打磨一下他的脾气！”

余鹏程点头，接着说：“还有一种是智将，运筹帷幄，决胜千里。事事都求谋定而后动，静如处子，动若脱兔。一旦出手，就是雷霆万钧的一击，而且步步相扣，绝对不给人缓息。你就是这种！”

柴志新并腿挺胸：“师座夸奖。”

“可这种人也有个毛病，就是凡是都像预先想好，可战场上随机应变，哪能事事都料敌先机。一旦出了变动，原本的计划太过周密，反倒不能随机应变。”

“师座说得是，柴志新当改则改！”

“也谈不上改不改。各有所长，改了反而束手束脚。”余鹏程摆摆手，转身望着墙上的作战地图，“还有一种，最为特别。他们没有受过正规军事训练，脑袋里没有框子，打起仗来是天马行空，不拘一格。大凡这种人，都有着惊人的战场直觉。他们不会提前预谋，也不懂战术理论，却能临危应变，出奇制胜。我们的队伍里，很少有这种人，可在共产党那里，却比比皆是！”

柴志新一怔，随即问道：“何平安就是这种人？”

“我问他那两个问题，就是想考验一下，如果他遇到这种难题会怎么样。”余鹏程点点头，蓦地转过身，目光炯炯发亮，“他的答案，正是我想要的！”

柴志新的眼睛也亮了：“您是想，让他去德山？”

“两军对垒，物资、兵力、地形、装备，这些都是定数。定数上我们处于不利地位，所以就要求变数。何平安就是能为战局带来变数的人！”

柴志新缓缓点头，稍一停，忽然问道：“师座，那横田勇是什么样的将领？”

余鹏程一默，缓缓吐出四个字：“有勇无谋！”

第十六章 置之死地

德山脚下，炮声震天！

阵地前，机枪火舌吞吐，一排国军士兵拼命还击。

“快，把他们压回去，从上往下打，咱们占优势，打！”

在军官的呼喝下，机枪轰鸣声更响了！

对面的日军阵地后，横田勇放下望远镜，轻蔑一笑：“支那军队，真是毫无进步。只会墨守成规，趴在战壕里打狙击战！”

崇明亲王也笑了：“将军阁下要怎么突破这道防线呢？”

“你看，马上就要破了！”

横田勇的白手套往空中一挥，一群日本兵背着掷弹筒，呼喝着冲出阵地，冒着密集的子弹炮火，艰难地匍匐前进。

每爬过一寸，就有人中弹毙命，但余者依然勇往直前，离国军的阵地越来越近。

横田勇举着望远镜，目光紧紧追寻着艰难爬动的士兵，忽然一声高喝：“五十米，冲锋！”

他话音刚落，日本兵们猛然跳起来，高喊着冲向国军的阵地。

机枪轰鸣声中，前排的日本兵一个个地倒下。后排的日本兵跃身扬臂，把掷弹筒扔进国军的阵地。

爆炸声！

血肉横飞！

阵地硬被撕开一个口子！

国军军官高喊：“快，堵上，堵上！”

日本兵呼啸着冲锋，撕开的口子根本堵不上。

士兵惊惶地大叫：“连长，堵不住了！”

军官看着溃败的防线，猛一跺脚。

“撤，往山上撤！”

国军溃不成军，仓皇后撤，日军的大部队一拥而上，追击不舍。

枪声不绝，国军战士一个个地倒下。

横田勇放下望远镜，脸上挂着得意的笑容。

崇明亲王却皱着眉，默然不语。

横田勇：“亲王殿下，您似乎有话说？”

“横田将军，您这样的战斗毫无美感，只是机械简单地命令士兵以血肉之躯去冲击对方的阵地，虽然我们的士兵很勇猛，可这样的指挥却毫无计谋。怪不得我的老师曾经说……”崇明亲王忽然顿住了。

横田勇追问道：“说什么？”

崇明亲王一默，缓缓道：“说您有勇无谋。”

横田勇一怔，竟然大笑起来：“感谢柴参谋辻政信对我的赞美，能得到他这样一句话，真是不容易呢！”

崇明亲王愣住了：“您不生气么？”

横田勇看着远处的战场，似乎陷入回忆。

“你知道，第一个说我有勇无谋的人是谁么？那个家伙，叫石原莞尔。你的老师辻政信，正是石原君的学生。大概，他是从那家伙那里听来的吧。”

崇明亲王神色肃然了。

“在军校的时候，我和石原君、饭村君并称“三羽鸟”。每次实战时，他们总会输给我。所以，他们就称我为有勇无谋。想起来，还真是怀念啊。”横田勇望着崇明亲王短促地一笑，神情忽然冷酷起来：“真正有勇无谋的人，早就死在战场上了！他们之所以这么称呼我，是因为，他们怕我。”

“有大将者，百战百胜，挡者披靡。与这样的人为敌，未曾开战就会丢了士气。为安定军心，他的敌人就会送给他四个字！”余鹏程神色肃然地望着窗外，似乎已经看见了阵地前的横田勇。

“有勇无谋！”柴志新脱口而出，语气里透着寒意。

刺耳的电话忽然响起，余鹏程敏捷地接过电话：“我是余鹏程。”

电话那端不知说了什么，余鹏程的表情瞬间凝滞了，停了半晌才缓缓放下电话，手上似有千斤重。

“日军开始进攻德山，横田勇亲自督战。第一道防线已经破了！”

柴志新脸色一震：“怎么这么快？”

余鹏程仰面长叹：“根据报告，日军自杀般的进攻，用自己的身体挡住子弹，让后面的人扔出掷弹筒，炸开了阵地。”

柴志新不禁苦笑："还真是有勇无谋啊。"

"我担心，现在德山已经人心惶惶了。我们必须尽快派人过去！" 余鹏程回头看了看墙上的挂钟："距离枪决何平安还有多久？"

"还有三个小时！"

"你只剩下三个小时了。"

牢门外摆着一张桌子，桌子上摊开着纸笔，刘世铭坐在桌子后面，抬眼定定看着牢中人："何平安，现在我对你进行最后一次审问。如果你现在承认自己是共产党，就还有活下去的可能。如果你还是执意……"

何平安摇了摇头，打断了刘世铭的话："刘主任不用再问了，我真的不是。"

刘世铭叹了口气，把本子推到何平安眼前，对牢门前的警察一挥手："你们先出去。"

站在他身后的警察们点头离开。

刘世铭站起身，绕到何平安面前，默了一霎，开口说道："其实，我跟你没有私仇。"

何平安点点头："是。"

"可是我嫉妒你。"

何平安一愣："你说什么？"

"我很嫉妒你，我嫉妒得恨不能此时此刻被关在里面的是我，我恨不能马上就要被她一枪打死的是我！"刘世铭紧紧逼视着何平安，语调沉重得像一块块石头落地："说实话，如果没有我一直施压，军队的人应该早就把你救出去了，你根本不会被枪决。可以说，不是她，而是我杀了你！"

何平安淡淡笑了："可你刚刚说过，我们没有仇。"

"可我也说了，我嫉妒你。"

"为什么，嫉妒一个要死的人？"

刘世铭意味深长地看着何平安，缓缓出了一口气："因为，你爱她。"

何平安眼底一震。

"你不用否认，我看得出来。你看沈湘菱的眼神，和我一样，你爱她！你像我一样爱着她！"

何平安看着刘世铭，说不出一句话来。

"我明白爱一个人的滋味，尤其是爱上她。"刘世铭看着何平安的表情，带着一丝怜悯："当年我刚到棠德，年纪很轻。从小家里人就教我如何当官，我不苟言笑，一本正经。长辈们都喜欢我，可我却没有一个朋友。直到有一天我遇见她，沈湘菱。她拿着一根烟，似笑非笑地问我，敢不敢抽上一口？"

刘世铭嘴角挂着笑，眼底却是一片悲凉："那一刻，我就爱上了她。就像吸烟上了瘾。"

何平安默了默："那你为什么还要抛弃她？"

"不是抛弃，是不敢。因为我太懦弱。"刘世铭看着何平安，眼中带着恨意："我不敢反抗家里，不敢跟她一起走。我之前所有的勇敢都是游戏，都是假装的，在外界的压力下一触即溃！可你呢？你是个勇士。你明知道魏九峰下令不许开城门，你还是开了，把她放进来；您明知道聚福楼有土匪，你竟然去救人；你明知道过江跟日本人打是自寻死路，可你还是去了，去救她！你明明全都知道，每一次冒险的结果都可能是身首异处死无全尸！可你全都做了。可我呢？她当初不过是让我跟她走。我明明爱她，却不敢跟她走。”

他的语气越来越激烈，终于一拳砸在铁门上：“你知道我为什么嫉妒你了吧？因为沈湘菱爱的，是你……”

那只拳头张开了，紧紧抓住铁门，刘世铭俯在铁栏上，全身都在颤抖。

何平安愣了半天，笑了：“她爱我？那她还会杀我？”

“恰恰因为她爱你！她知道你是个共产党，尽管你不承认，可她和我都清楚，你就是共产党。共产党的人杀了她大哥，你又杀了她父亲，所以她非杀你不可，她只有亲手杀了你，她才能给她的父亲大哥，才能给自己一个交代！可是她，她还是爱你！而一旦她杀了你，就会一辈子记着你，再也忘不了你。所以我说，我嫉妒你，我恨不得被关在里面的是我，要被她杀死的是我！”刘世铭的眼泪无声地落下来，“而我呢？我在她的面前，还得装作不知道，什么都不知道！我甚至在她面前一遍遍地憧憬着我们的幸福未来，她也假装着听我说话，敷衍着我……可她的神情，我看得清楚，那么遥远恍惚……她被我抱在怀里，可她的心，根本不在我身上！”

何平安默默看着刘世铭，目光中露出慈悲：“你根本不必嫉妒，更不必担心。不管她……她爱的是谁，等我死了之后，时间会让她慢慢忘了我。而你，你会继续陪在她的身边，只要你真的爱惜她，保护她，不要再伤害她，不要再让她失望，一年，两年，五年，十年……她总会一天一天地爱上你，把过去的人都当成一场错误的迷梦。”

刘世铭痛苦地摇着头：“不会的，她是沈湘菱，她不会的。”

“她会。”何平安嘴角挂着笑，眼底却有点泛红，“在我眼里，她只是个女人，一个负担了太多她本不该负担的女人，一个活在动荡的乱世里，需要一个比她更勇敢的男人去爱去保护的女人。”

说完，他站起身来，缓缓走到铁栏前，凝视着刘世铭低声说道：“你虽然不够勇敢，但其实，你是个好人。”

刘世铭一言不发抹了把眼泪，转身走远。

监狱大门缓缓开启，两个警察押着何平安走出来。

陈花皮带领一班警察站在门前，见何平安出来，忙大步走上前，眼圈泛红道：“何头儿，不管怎么样，你还是我大哥，还是一百多号兄弟的大哥！”

何平安拍了拍陈花皮肩膀：“谁都有这么一天，我不过比兄弟们早走了几步。用不着难过。”

陈花皮抬起袖子抹了把眼角，点了点头：“何头儿放心，以后嫂子大侄子那里，兄弟们都会去照顾着！”

“好兄弟！”何平安爽然一笑，迈开大步往前走，忽然街对面驶来一辆轿车，直冲到他跟前，蓦地停住了。

车门打开，竟然露出沈湘菱苍白冰冷的脸。

何平安愣住了。

大门前的警察都围了上来，把何平安押上了车。

沈湘菱目视前方，冷冷道："他们答应，让我来送你最后一程。"

何平安竟满足地一笑。

汽车启动，缓缓开去。

"一会儿你就会死了。"沈湘菱转过头，静静望着他。

何平安没说话，只是点点头。

"你死了之后，我会安排柳芬和小猴子跟你一块出城。她们身上有必须的钱和粮食，你们一路往西走，不要再回来！"

何平安愣住了。不等他开口，沈湘菱断然命令道："加速！"

周四狠踩油门，汽车猛地冲了出去！

随在车后押送的警察一愣，跟着撒腿奔跑起来。陈花皮一边跑一边大喊："停下，停下！"

汽车越跑越快，绝尘而去。

"坏了坏了！可坑死我了！"陈花皮一屁股瘫坐在地上，拍着地面叫苦连天。"快，快去上报！"

眼见汽车在街头奔驰如飞，何平安神色大变："你要干什么！"

沈湘菱面色不改，淡淡舒了口气："你说，咱们就这么开着车，一直开出棠德，一直开，开到没有人的地方，那该有多好？"

何平安一怔，随即更加焦灼了："停下，你快停下！这会给你带来大麻烦！就算你要救我，也不能这么明目张胆地走，城门上现在都是余鹏程的兵，我们根本出不了城！"

"停！"

周四骤然停下车子。沈湘菱凝望着何平安，苦苦地笑了："命，这都是命！"

何平安轻轻摇了摇头："我不怨命，一点都不怨。"

沈湘菱惨然一笑："我说的是我的命。不管是五年前，还是五年后，始终没有人愿意跟我一起走。"她低下头，从身后取出一块钢板，飞快地塞进何平安的衣襟中，再抬起眼望着何平安时，目光已经恢复了平素的冷静干练："记住，到时我一开枪，你就倒地装死！"

"你在说什么？" 何平安愣了。

"我反复想过了，只有这一个办法可以救你！"

"你真的要救我？这就是你要救我的办法？"

"对！我知道，如果只是把你从监狱里放出来，你还会卷入这些是非，魏九峰、余鹏程、还有，还有刘世铭……你怎么都逃不开这些人。除非干脆让你死！"沈湘菱咬牙道，"只有你死了，你才能远离麻烦。所以我精心安排，要你在所有人跟前死一次。”

何平安略一思忖，又迟疑了：“那到时验明正身怎么办？”

“我已经找好了一具尸体，到时候可以换下你。之后周四会秘密送你从小路离开棠德，柳芬和小猴子也会跟你一起出城。你们这一走，就别再回来了！”

“原来，你什么都想到了。”何平安深深凝望着沈湘菱，神色辨不出是喜是悲。

“只有一件事，我拿不准。”沈湘菱神色黯然地摇头：“我的枪法根本就不准，每开五枪只会中一枪！如果不幸失手……”

何平安笑了：“如果我真的被一枪打死，一定是天意，你也千万别放在心上。”

沈湘菱眼中闪过一丝痛苦，跟着却冷漠点了点头：“如果真是那样，就真是你命该如此。”

她长久地凝望着何平安，眼前人却忽然对她绽开一个灿烂的微笑。

沈湘菱不禁看怔了。

一声枪响！

两个人猛然望向窗外，只见一个人影从街边跑出来，单手举枪，是余子扬！

“别动！”

余子扬枪口瞄着周四，低声喝道：“开门，你快走！”

沈湘菱猝不及防，只能眼睁睁看着余子扬逼上前，拉开了车门。

“何平安，我们是发过誓生死与共的好兄弟！九年前我以为你死了，我心都疼碎了！九年后，你以为我还能让你再死一次！”余子扬枪口直指沈湘菱，“你走，快走！”

“老余，别伤她！”何平安一下护在沈湘菱面前，一只手从怀里掏出钢板：“她是要救我，让我诈死！”

余子扬不禁愣住了，缓缓放低了枪口。沈湘菱却开口道：“你跟他走吧，我的枪法不准，也许明天真的会一枪打死你。”

何平安摇头。

“何平安！快走！我让你快走！”沈湘菱猛然推了一把何平安。

何平安对着沈湘菱摇了摇头，转而望着余子扬：“老余，我一直在等你，我知道你一定会来。”

余子扬微一点头：“我来了，我们走吧。”

何平安：“几天前有日本人刺杀余鹏程，你一定记得吧？”

余子扬一愣：“你是怕……”

“枪决我的刑场，一定会有很多人，魏县长也会到。到时候他们就能浑水摸鱼。”

余子扬不禁叹息：“自己命都不保了，你还管这些！”

何平安一笑：“难道我不该管么？”

余子扬说不出话来。

“刑场东边有一个大院子，房顶上可以藏人，而且能俯瞰整个刑场。你在那里埋伏，就能杀了那个日本人！杀了日本人，你再跟余鹏程表明身份，就会取得信任，一切都顺利得多。”

何平安拍了拍余子扬的肩膀："本来，我以为必须牺牲自己才能把他们揪出来，现在有了个两全其美的办法。"

说完，他把那块钢板塞进胸口，用力一敲，"当"的一声响。

"放心吧，我命硬，不会死，该死的是日本人！"

何平安孩子似的笑了起来。

余子杨定定注视着他，放下了枪："好，我答应你！"

还是三岔路口的那个刑场，汽车才一停下，一群警察就围了上来。

周四打开车门，走了下去。

陈花皮第一个冲过去："周四，何平安呢？"

"在车里。"

陈花皮探头张望，看见何平安，终于放心了，冲着周四一跺脚："你说你开这么快干什么"！

周四也不分辩，从怀里掏出一把钱，塞了过去："陈警官，我们小姐还有些话要问，行个方便。"

陈花皮面色为难，周四忙又掏出一把钱，低声道："就五分钟。"

陈花皮抓着钱一挥手，警察们远远地走开了。

周四走到车窗前，敲了敲玻璃："小姐，前面就到刑场了。我去布置一下。"

沈湘菱点点头，转过脸对何平安说道："还有一点时间，我想最后求你一件事。"她深深凝望着他，放低了声音："我想再听一次你的心跳。"

沈湘菱脸颊微微泛红，目光却异常坚定："这是我最后的办法，让我记住你的心跳声。也许我可以像那天一样，跟着你呼吸和心跳，一枪击中目标。"

何平安想了想，点了点头，坐正了身子。

沈湘菱缓缓俯身，贴近何平安的胸怀，将耳朵贴在他的心口上，闭上眼睛。

怦怦的心跳声再次在耳边响起。

——"跟着我呼吸，一枪打中！"

两个心跳声，渐渐合成一个。

沈湘菱安详地闭着眼睛，静静地听着。

何平安垂目望着沈湘菱紧闭的双眼，长长的羽睫，心跳声忽然乱了。

周四神色匆匆地穿过小街，转进一条后巷，环顾四周，发现没人，于是将墙角的杂物挪开，一把掀开了覆盖的草席，拖起那具尸体，为他换上了囚服。

身后忽然传来细碎的脚步声，周四猛然回头："谁？"

巷角的刘世铭忙转身躲在墙后，紧张地屏住呼吸。

耳边响起子弹上膛的声音。刘世铭愣住了，慢慢转过身去。

周四的枪口正对着他的眉心。

“是你？”周四犹疑不定地瞪视着他。

刘世铭观察着周四的神情，释然地点点头：“李代桃僵。湘菱跟我说她想到救何平安的法子，原来就是这个。”

周四一怔：“怎么，你知道小姐的计划？”

“我这么帮她，我当然知道！”刘世铭故意眉头紧蹙，“只是想不到她会这么冒险。沈家虽然不及从前，但想买何平安一条命并不难，我真不明白湘菱却偏偏选择一个这么繁琐的办法。如果一旦事发，连她也会自身难保！”

“没办法，小姐也是一片苦心。”

周四叹了口气，放下枪，满脸愁容：“买何平安一命花钱事小，但牵连的人太多，保不齐有人走漏风声，何平安逃得了一时逃不了一世。能让他永远脱离危险的办法，只有让何平安在所有人面前真正的死一回。”

刘世铭震立当场，少顷，忽然凄冷一笑：“原来，她竟然花了这么多心思。”

“他花的心思可真不少啊。”

余鹏程面前的办公桌上，摊开的全都是何平安的手稿。

柴志新看了眼他的脸色：“师座，真的非这个何平安不可？”

余鹏程答非所问地摇了摇头：“德山不是我们的部队，是友邻部队，这个关系，难啊。”

“大敌当前，既然是协助守德山，他们自然要听咱们的指挥。”

“道理是这个道理，可实际上呢？”余鹏程烦躁地敲打着桌子，通通作响。“这么多年各个派系一样是互相拆台，要是真能拧成一股绳，何至于节节败退！邓峰是个怕死的，日本人大炮一响，他最先想着就是自己怎么保命。这时候，我们派过去的不只是增援，还得督战！”

柴志新上前一步：“那么我去！”

“你不能去！”余鹏程断然道：“你官衔比他高，能力也比他强。邓峰生性暴躁险隘，绝对容不得你。你一去，邓峰不跑也跑了，因为他跑了，自然有你顶雷！”

柴志新冷静了下来：“师座考虑的极是，难道让雷大虎去？”

余鹏程叹了口气：“我最头疼的就是他！让他去，他确实能不买邓峰的账，真要是临阵脱逃，雷大虎肯定敢开枪把他毙了。可我们不是要邓峰临阵脱逃，是要把他稳住，激励他不惜一切守住德山！雷大虎一去，那就是火上浇油呀。”

“所以何平安才是最合适的？”

“没错。我可以临时给何平安一个官职，他算是空降派，跟哪头都不挨着。雷大虎又偏偏听他的，派雷大虎跟着，又不至于出原则问题。更何况，这个何平安也是临危决断的将才。”

柴志新看了眼怀表：“可是现在，何平安眼看就要被枪毙了！”

余鹏程沉吟了一霎，缓缓道：“唯一的办法是，我签特赦令，让雷大虎去抢人！”

“师座，这可是擅权！”柴志新一惊：“这种敏感时期，三青团和县政府会联名上告的！”

余鹏程一拍桌子：“不管了！你现在就去禁闭室，把雷大虎带出来，让他随时待命！”

“是！”

余子扬趴在房顶上，单手举枪，居高临下，把整个刑场尽收眼底。

刑场前面已经围上了人。

余子扬在人群中搜寻。

藤原弥山揣着枪，在人群中缓缓移动。别人都看着刑场，只有他低着头。

余鹏程的目光瞬间锁死藤原弥山。

沈湘菱一身重孝，站在刑场正中间，对面不远就是高高架起的刑台。

魏九峰走到沈湘菱的身边：“沈小姐。”

沈湘菱神情冷漠，只是点了点头。

一旁的张局长将枪装好子弹，递给了她。

沈湘菱接过枪，冷静地开了口：“魏县长，我要试试枪。”

魏九峰一愣：“试枪？”

“我不是刽子手，从来没亲手杀过人。我想……先找个靶子试试。”

魏九峰点点头，冲张局长一挥手：“举个靶子过来！”

张局长心里暗骂一声，转身去找靶子，却正看见刘世铭站在刑场另一边，两眼一眨不眨地望着沈湘菱。当下走过去，讪讪一笑：“看沈小姐这架势，她真是对何平安恨之入骨，生怕不能一枪打死他。”

刘世铭望着刑场一角拉起的帷幕，眉头微皱，却没说话：“张局长，我想亲自为何平安验明正身。”

张局长瞥了一眼沈湘菱，意味深长地笑了笑：“连这种小事刘主任居然也要亲力亲为，真不知道是为公还是为私？”

“张局长，您想得太多，问得也太多了。”

刘世铭面无表情看了他一眼。

张局长一怔，竟说不出话。

刘世铭不再理他，自顾向帷幕走去。

张局长望着他的背影，冷哼一声：“装！在老子面前还装什么装！你和沈湘菱那点破事儿又不是秘密。棠德城里还有谁不知道！””

帷幕后，何平安被倒缚双手，牢牢绑在一根刑柱上，左右各站着一个全副武装的警察。

帷幕被猛地掀开，刘世铭大步走了进来。

警察忙抬手敬礼：“刘主任！”

刘世铭神情肃穆：“我要给何平安验明正身。你们都出去吧。”

警察一怔，竟有些迟疑。

刘世铭眉头一皱，沉声喝道：“我跟你们张局长打过招呼了，不信去问他。”

两个警察对望一眼，提枪走了出去。

刘世铭走上前，与何平安目光对视着，忽然掏出一块手绢，塞进了何平安嘴里，跟着把手放在何平安的胸口轻轻一按。

他顿住了——薄薄的囚服下，赫然显露出钢板的轮廓！他呆呆看着，眼前仿佛又浮现出掉在地上的那块钢板，被自己捡起来，一直举到沈湘菱眼前。

——“这是靶心，我拿它练枪法呢。”

刘世铭心头轰然一响，苦涩地干笑了声：“我真傻，我明明知道她心里有你，居然还真会相信她要杀你。却原来……”他缓缓解开何平安的衣扣，露出绑在胸前的钢板：“她是用心良苦地要救你。”

何平安不能说话，两眼静静地注视着他。

“你知道么？湘菱这几天一直都在苦练枪法，她告诉我，是怕自己一枪打不死你。我还安慰她说，一枪打不中就打两枪……想不到，她是要救你！太傻了，我真的太傻了！”刘世铭手握着那块钢板，满目怨毒的神色：“她确实打得还不够准，不能一枪打中你的心脏，但是要打中这么一块钢板，足以做到枪枪命中！”

他捏起那块钢板，凄冷而怨毒地笑了起来：“真是机关算尽，煞费苦心！”

何平安的眼底泛起一丝柔软的光彩。

“其实这不怪你，也不怪她。五年前，湘菱来刘家找我，当着所有人的面，问我敢不敢跟她走。她穿着一身红嫁衣站在门外，是那么美，那么动人，可我，我竟然看也不敢看她一眼！”刘世铭停止了笑，神色变得黯然起来，“这五年来，湘菱有多么恨我，我就有多么恨自己。无数次午夜梦回，我对着镜子骂自己，如果当时我肯踏出那道门，如果我能更勇敢一点，湘菱和我也不至于像今天这般，形如陌路。是我错了，是我伤害了湘菱，我是个懦夫，是个感情的逃兵，我没资格再爱她，也不敢再爱她！可偏偏越是这样，我却越爱她！而我越是爱她，就越心痛！”

“五年了，我被这种感情折磨了整整五年！你不会明白，这对我来说有多痛，有多残酷！”

“本来，我爱她，我欠了她的。既然她想让你活，我就应该……应该成全你们。”

一行眼泪顺着他的脸颊无声流下，他的目光却渐渐狠毒起来：“可我一想到，你诈死之后，她跟你一起离开棠德，从此双宿双飞。我的心就像是放在火上烤。我不愿意杀你，却又不甘心……我太不甘心！”

他手中用力，将那块钢板慢慢向下按去：“为什么！为什么你是共产党，你骗了她，她还肯爱你，原谅你，不惜一切要救你！而我，我因为懦弱辜负了她一次，我就再也没有机会！”

何平安的胸口一览无遗，暴露了出来；可他不能说也不能动，只能瞠目瞪着刘世铭，嘴里呜呜作声。

“原来，你也这么怕死，你也是个懦夫！”刘世铭轻蔑一笑，“那好，我也来考验你一次。我现在拿掉手绢，只要你喊出来，湘菱一定不会开枪，可那样就会暴露她的一片苦心，会连累她。如果你不喊出来，你就会死，被她亲手打死。在她的安危和你的命之间，你怎么选？”

说完，他一把拽下手绢！

何平安张着嘴，却是静默无声！

刑台前，人形靶子已经竖了起来。

沈湘菱举着枪，枪口瞄准人形靶的心脏。

众人都屏气凝神，眼巴巴盯着她。

沈湘菱缓缓闭上了眼睛，何平安的心跳声宛如就在耳畔回响。

她猛地睁开眼！

枪响！

一枪正中心脏。

轰然一声，众人纷纷鼓掌叫好。

沈湘菱放下枪，疲惫地喘息。

魏九峰走到她身边，长长叹了口气：“沈小姐，何平安是死是活，全看您这一枪准不准了。”

沈湘菱一下愣住了。

一阵人声涌动，她慌忙转眼一看，何平安被缓缓押上了行刑台。

何平安望着沈湘菱，张了张嘴，却没有说一个字。

人群中，一个黑洞洞的枪口伸了出来，对着魏九峰！

第十七章 择日再死

一队士兵在师长指挥室的大门两旁分列，腰板笔直，荷枪实弹。

雷大虎背着手，烦躁地在门前来回踱步，忽然停下来指着一个士兵："现在几点了？"

士兵还没来得及回答，楼外忽然传来几声沉重的钟声——"当，当，当……"

雷大虎脸色变了。

"报告长官，整十一点了！"

"他娘的用你说，老子听得见！"

他看了一眼紧闭的办公室大门，一咬牙抽出腰里的驳壳枪，"唰"地拉开了机头："等，等，等！等到这时候，还不如直接提着枪去劫法场！"

一阵急促的脚步声从身后传来，雷大虎转过身一看，走廊那头，柴志新快步走来。他赶忙三步并两步迎上去："我说团座，这都什么时候了？到底这人还救不救了？再不去可只能收尸了——我都待命一个多钟头了！"

柴志新冷冷瞪了他一眼："继续待命！"

雷大虎下意识地把腿一并，就要抬手敬礼。却忘了手里还拎着开了机头的枪，枪口对着脑袋，差点走火。他悚然一惊，赶紧收起枪，嘴里犹自念叨："何老弟啊，你命硬，可得顶住了！"

柴志新不再理他，敲了敲门走进办公室。余鹏程正坐在宽大的办公桌前，定定地看着摆在桌上的两份文件。

"师座……"

余鹏程抬起眼，捡起桌上的两张文件，轻轻抛到他跟前。

柴新意拿起一看，抬头三个字十分触目："特赦令。"

另一张上，则赫然盖着三青团鲜红的印章，刘世铭亲笔所书的文字如闻其声："……虽抗战时期，军队统管地方无可厚非，但常德乃非常地，祈望军队勿多做干预，地方政府可自行其是……"

柴志新斟酌了下，开口缓缓道："师座，三青团是校长一手创办，现在多少双眼睛盯着咱们，这特赦令……"

余鹏程摆了摆手："你不必多说，我都明白。"

"督战德山，真的就非何平安不可？"

"我不能去，你也不能去。秦岳他们几个又都在外面，雷大虎自己去了，我也不知道他能干出什么来。总得找个人管着他。"余鹏程叹息："除了你我，就只有何平安！"

柴志新沉默了。壁上钟表的秒针沙沙作响，分针已指向了"3"。

"师座，时间不等人，恐怕要早做决断啊！"

余鹏程站起身，眉头紧锁，反复踱步。

刺眼的日光，折在怀表表面的玻璃上，蓦地一闪。表针赫然已指向了"4"。

魏九峰合上怀表，淡淡道："还有十分钟。"

刘世铭没说话，只是定定地注视着刑台前的沈湘菱。她闭着眼睛，面容平静地站在日头下，直到两个实枪荷弹的士兵跳上刑台，把何平安死死绑在架子上，如有感应似的，她倏地睁开了眼睛，凝目望着他。

冬日阳光下，何平安脸色惨白，神情却十分平静。刘世铭阴冷的声音再次响在耳边："只要你喊出来，湘菱一定不会开枪，可那样就会暴露她的一片苦心，会连累她。如果你不喊出来，你就会死，被她亲手打死！"

迎着沈湘菱的目光，他只是笑了一笑，便慢慢闭上了眼。

远处，一直注视着两人的刘世铭，眼底迸发出一道妒恨交加的冷光！

魏九峰走到沈湘菱跟前："沈小姐，时间到了，可以开始了。"

沈湘菱郑重地点头。

魏九峰往前走了几步，提高声音喝道："犯人何平安，杀人越货，土匪行径。依据中华民国刑法，判处枪决，立刻执行！"他顿了顿，看了一眼沈湘菱："应受害者家属要求，由沈湘菱亲自执行！"

围观的人群中一片哗然。

沈湘菱缓缓抬起手臂，枪口指准了刑台上的何平安。

阳光给枪口的准星镀上了一层光晕，视野中何平安的胸口模糊了。

她的呼吸急促起来，耳边响起柳芬的声音："你要是真杀了何平安，我就跟你拼命，我给他报仇！"

人群哗动声似乎更响了，枪口在光晕里打颤！

她蓦地放下了举枪的手臂，紧紧闭上了眼睛。

"不要紧，"不察觉间，刘世铭走到她身边，贴在她耳边轻轻说着，"记住我那天说的，一枪打不中，还可以打两枪。他今天绝不会从这个刑场活着下来！"

沈湘菱蓦地睁开眼，转头看着刘世铭。刘世铭却只是诡秘地一笑："我相信你，今天你一定能报仇！"

“你说得对，我一定能！”她的目光瞬间冷了下来。

刘世铭不禁一怔。

沈湘菱转头看向刑台，何平安竟还在对她笑。

何平安教她开枪的那一幕再次浮现在脑海——他就站在自己身后，胸膛紧贴着她的背，一手握住她手里的枪。

“稳住心神，跟着我呼吸，放慢心跳……”

在低沉有力的声音安抚下，她的呼吸慢慢变得轻缓悠长，耳边的哗动声远离了，沈湘菱再次听见了何平安的心跳。

心跳声，一个快，一个慢。

两颗心的跳动终于一致了！

她蓦地睁开眼睛。

枪口高举，直指何平安的心脏。

刘世铭紧张地看着，面上毫无表情，可却掩饰不住眼中的激动。

此时，刑场不远处的一座小楼上，余子扬趴在楼顶上，单手举枪，居高临下，把刑场上的一切尽收眼底。

刑场前面已经围上了数百人，余子扬的准星在人群中紧张地搜寻着——只见一片密密麻麻的人头中，忽然，有支枪无声无息地自众人肩膀中探了出来。

余子扬猛地抬起头，用肉眼扫了眼人群，再度低下头，眼前的准星顺着那支枪口指对的方向，在人头间细细搜索着，终于落在沈湘菱身边的一个人身上——是魏九峰！

准星回移，瞬间锁死了人群里的持枪者！

人群中，藤原弥山屏息持枪，准星锁死了前方毫无防备的魏九峰！

魏九峰的身边，沈湘菱凝神静气，准星锁死了刑台上的何平安！

三个人，三个枪口，一触即发！

电话铃声猛地响起，令人心惊肉跳！

柴志新悚然一惊，下意识就要提起听筒，对面坐的余鹏程却抢先一步抓了起来：“五十七师，余鹏程！”

那头不知说了什么，余鹏程重重扣下了电话，脸色更凝重了。

“师座……”

“天炉战术已经发动了。如果丢了德山，棠德城就是孤城一座，天炉战术不攻自破。”余鹏程低沉说道。

柴志新神色也凝滞了：“就再无更改的余地了么？”

余鹏程沉重摇头：“薛岳将军的计划，是委座亲自审批的。如果我们更改，就说是薛将军错了，委员长更是错了。”

“师座！将在外，君令有所不受。战场风云，须臾万变，哪有运筹帷幄决胜千里的诸葛孔明？至于委员长那边……”

余鹏程一摆手，止住他的话：“可眼下的党国，委座绝对不能错！”

柴志新脱口道：“可眼下的棠德，师座也绝对不能错！”

两人陷入沉默。

“利害两难，进退维谷。到底是做忠臣孝子，还是孤臣孽子？”余鹏程闭上双眼，喟然一声长叹：“志新啊，我该何去何从？”

柴志新望着余鹏程，又扭头看了眼钟表——指针已经划过了“5”。

“忠臣孝子要有人做，孤臣孽子也要有人做！”

他一下冲上前，抓起了特赦令。

余鹏程吃惊地睁开眼：“柴志新，你做什么？”

“师长余鹏程出城巡视期间，参谋长柴志新代行师长权力！情况紧急，不及请示。一切后果，都由柴志新个人承担！”

柴志新抓起了桌子上的钢笔，飞快地签名。

余鹏程望着柴志新，怔住了。

通向刑场的街头，一辆军用吉普车横冲直撞！

街的另一端，数十个身着制服的警察挺直胸脯，一个接一个地，结成一道黑压压的人墙挡在道路中间。

一道刺耳的刹车声！吉普车停在人墙前，撞倒了两名警察。雷大虎带着几个士兵从车上跳了下来。

“奶奶的，哪个兔崽子这么大胆，谁敢挡我的道！不要命了！”

张局长分开人墙，走到雷大虎面前：“张某奉魏县长之命在此守卫。没听到枪响，谁来也不能放过去！”

“睁大眼看看，我可是奉了师座的军令！”雷大虎把特赦令往他眼前一搡。

张局长看了那张特赦令一眼，无奈地叹口气：“警察不吃兵饷，只听政令，不听军令。雷营长烦请等一等吧，等枪响！”

雷大虎猛地扑上前，一只手揪住他领口，手里的驳壳枪已顶上他的脖子：“叫我等枪响是吧？好哇，那就看看谁的枪先响！”

张局长立时说不出话来，脑门上滚满豆大的汗珠。

枪口下，刑台上，何平安的胸口微微起伏。沈湘菱的面容坚毅起来，扣着扳机的手指慢慢收紧了。

“啪”的一声，不知哪里传来一声枪响！

她惊得手臂一震，子弹已经出膛！

何平安痛苦地浑身一颤，跟着软软垂下了头。

几乎同时，枪声再次响起！站在刘世铭身边的魏九峰捂着腹部，一头栽倒！

刘世铭下意识地抱住魏九峰，却转头对着沈湘菱大喊："小心！"喊声中，沈湘菱不顾一切地扑向何平安！

又一声枪响！

人群中的藤原弥山肩膀中枪，手枪落地！

众人惊恐地四散奔逃，现场一片混乱。沈湘菱拨开骚乱的人群，不顾一切地冲上刑台，冲向倒伏在地的何平安，嘴里带着哭音喊叫着："你没死，你不能死，我没打中！——你不能死！"

"这一枪没打中你，" 雷大虎一手拽住张局长的领子，另一只手持枪指向天空，枪口还冒着烟；他两眼一瞪，"蹭"地把枪抵回在他的脖子上。

"别说没警告你，老子再发一枪，可就不是对着天了！"

刑场的方向，忽然传来三声枪响！

雷大虎愣了！

张局长一把挣开他的手，往后退了半步，大喊一声："收队！"

说完，他当先就跑，身后的警察也跟着落荒而逃。

"姓张的，要是他何平安真死了，这一枪我还得给你补上！"雷大虎纵身跳上车，对着司机大吼："快，去刑场！"

吉普车飞驰而去。

刑场上，沈湘菱挤在人群中拼命往前跑，大声呼喊，何平安却仍倒在地，一动不动。

她忽然停住了，看着倒在面前的这个男人，摇着头，想要张嘴，却说不出话来。

与何平安相识的前前后后从她眼前倏地划过：

——车厢内，自己伏在他胸口，静静地凝听着。

"我想再听听你的心跳，也许我就能打中了。"

——监狱前，隔着中间一道高墙，两人一起抬头望着头顶的月亮。

"可我现在看得见这轮月亮。我们能看见同一个月亮。"

——丛林中，自己背着他艰难地行走。

"何平安，你别死，我求求你，你别死！"

沈湘菱一点一点地走上前，眼中全是恐惧。

"我杀了他，我真的杀了他！"她蓦然跪在何平安的身边，低着头，眼中无泪，只是空洞地望着。

一只手忽然扣上沈湘菱的手腕，何平安睁开了眼，嘴唇微微动了动。

"瞎喊什么呀……不是你叫我装死的么？"

沈湘菱一愣，咧咧嘴想笑，却一拳砸在何平安胸口上，"当"的一声，手上吃疼。她连忙撕开何平安的衣裳，只见那块钢板位置挪了下来，正中却正嵌着那片子弹。

"怎么……往下挪了这么多？"沈湘菱疑惑地望着他。

何平安避开沈湘菱的目光，转过头苦笑着叹息一声："歪打正着……命，都是命呀！"

在他们身边，刑台下的民众已经乱成一团，警察挥舞警棍，竭力维持秩序，却无济于事。

藤原弥山深深看了魏九峰一眼，揣起枪，藏在人群里。

"刘主任，扶我，扶我起来。"

躺着地上的魏九峰一手捂着肚子，一手拉了拉刘世铭的裤脚。

刘世铭讶然瞪着他："你说什么？你现在得老老实实躺着，等着送医院！"

魏九峰提高声音喊："叫你扶我起来！"

刘世铭无奈，只得小心翼翼地把他搀起来。魏九峰抱着腹部，脸色惨白，咬紧了牙，一步步地往行刑台上走。

刘世铭焦灼地问："你到底要干什么？"

"我得站上去，让大家都看看，他们的县长还没死！"

刘世铭怔怔望着他，忽然弯下腰扛起魏九峰，把他架到刑台上。

魏九峰表情狰狞地站稳身子，指缝里不断渗出血，他竭力提高声音，对着台下喊道："不要慌，大家不要慌！"

脚下的人群好像一锅煮沸的开水，他的声音被淹没在沸喧的人声中。

他转过脸，对着何平安拼命挤出一个笑，转眼看向沈湘菱手中的枪："把枪给我……"

"我改主意了！"沈湘菱双手紧握着枪指着他，挡在何平安的面前："我不要杀他，我要他活，我要他活着！"

"把枪给我！"魏九峰虚弱地重复道，"就算要杀他，也不用我动手！"

沈湘菱一愣，看向何平安。

何平安点了点头。

沈湘菱调转枪口，把枪交给魏九峰。

魏九峰接过枪，对准天空连开三枪！

众人一下静了。

魏九峰手捂伤口，提高声音喊道："都镇静！你们是棠德的警察、政府官员、还有被迫留下的百姓，你们都认识我，我是棠德县长魏九峰。"

人群安静了下来，一张张脸带着惊慌疑惑望向魏九峰。

"刚才是行刑人的手枪意外走火，没有人员伤亡！这周围都有警察维持秩序，请各位父老配合我们的行动，安全疏散！"

魏九峰竭力挺直腰杆，可何平安分明看见，他的腹部一直在出血。

"魏县长没事，大家不要乱。"台下忽然响起刘世铭的声音，"把犯人带回去，完成处决！"

沈湘菱大吃一惊，转眼看去，刘世铭看向何平安的眼神充满怨毒。

几个警察向刑台围过来，沈湘菱豁然变色，她蓦地站起身来，护在何平安身前。

刘世铭逼近两步："湘菱，不要担心，我一定帮你报仇！"

沈湘菱想说话，却不知道说什么好。

“谁都别动！——人得交给我！”

一声暴喝打破了眼前的僵局，雷大虎高举着特赦令，分开人群大步走上来。

“我带了师座的特赦令，请魏县长马上释放何平安！”

一众士兵紧跟在他身后围上来，护住了何平安。

刘世铭脸色一变：“从什么时候起，军队的特赦令可以发给地方了？”

“这些事我不懂，当兵的就知道执行上司长官的命令。”雷大虎说着一挥手，士兵们“哗”的一声都举起了枪，“师座给我的任务，我还从没有办砸过。”

面对着一个个乌洞洞的枪口，刘世铭一时说不出话来。

雷大虎轻蔑地瞥了他一眼，伸手扯过何平安，上下一打量，大喜过望：“幸亏没真吃枪子儿！何老弟，你果然是命硬呐！”

“砰”的一声，身后猛地一震。

人群又一阵哗动。

雷大虎回头一看，是魏九峰手捂腹部，痛苦地倒在地上。

魏九峰醒来时，自己已经躺在病床上，两个军医俯在自己身前，正在细细检查伤口。

“魏县长，子弹并没有伤及要害，但您必须马上手术！”见他醒来，一个军医如是说。

魏九峰闭上眼睛，长长叹了口气：“如果现在手术，我什么时候可以恢复工作？两个小时够不够？”

军医摇了摇头：“各人对麻醉的敏感度不同，但至少术后要昏睡八到十二个小时。而且作为医生，我不会允许您术后马上工作。”

“可我是县长！我是战争时期一个战略重地的县长！”魏九峰下意识想坐起来，扯动伤口，顿时痛入肺腑。“我，我不能倒下来……”

“可现在您是病人，必须听我的安排。”军医不为所动，“你现在的情况，如果现在不动手术，就会有性命危险。”

魏九峰强忍疼痛喘息着：“动手术的话，能不能……不打麻药？”

军医怔然望着他，还没说话，房间里忽然响起一声炸雷——“看不出来，你魏县长还是个汉子啊！”

魏九峰抬头一看，房门大开，余鹏程、何平安走了进来，一旁的雷大虎正冲自己竖起一根大拇指。

余鹏程瞪了雷大虎一眼，径直问军医道：“如果按照魏县长要求，不打麻药，能不能保证手术？”

“不打麻药的手术也做过，不过那都是在战场，是给军人做手术。”军医迟疑道，“魏县长只是个文职，我怕他……”

“就按照魏县长的话，给他手术！”余鹏程断然喝道：“常德城里早就没有什么文职了，战备状态，每一个人都是战士！

“是！”

余鹏程点点头，深深看了魏九峰一眼，转而命令军医：“另外，我们要陪同手术，还有要紧事要请求魏县长配合！”

军医愣住了。

魏九峰深深吸了口气：“执行余师长的命令!”

手术室内，无影灯骤然亮起，惨白的灯影下是魏九峰惨白的脸。他的四肢躯干被束缚带牢牢绑在手术台上，嘴里咬着一块洁白的毛巾。

余鹏程、何平安也穿着隔离服，站在手术台旁。

手术刀和器械已齐备。医生探询地看了余鹏程一眼。

余鹏程手里接过何平安递过来的文件，望着魏九峰：“你不用说话，也不能说话。听明白了，就点点头。”

魏九峰点了点头。

余鹏程以眼神向军医示意。

手术刀落下。

魏九峰猛地瞪大了双眼，死死地咬住毛巾。

余鹏程沉稳的声音缓缓响起：“常德地区的战略定为‘天炉战术’。即让日军进攻，乃至包围常德，然后外围援军完成合围，内外夹击消灭横田勇军团。这就要求，常德必须完成坚守任务，吸引日军，等待友军合围，这些你都明白了？”

魏九峰满脸痛苦的表情，却极力瞪大眼睛，点了点头。

“现在德山已经交火，弹药补给全都不足，如果德山失守，我们没有把握可以守住常德。所以现在，必须有人为德山运送装备。因为某些特殊原因……”余鹏程略一顿，看了一眼何平安：“我需要何平安去。”

说完，他拿起一份文件和一支笔，轻轻放到魏九峰手边。

“情况特殊，我需要你的签字。”

魏九峰伸出一只手，抽搐地抠着手术台上的皮垫。

何平安猛地走上前，紧紧握住魏九峰的手！两只手同样用力。指节发白！

魏九峰狠狠地瞪视着余鹏程。

余鹏程连忙道：“暂停一下，他要说话。”

军医停住了手术。

何平安缓缓拿开魏九峰嘴里的毛巾，上面赫然染上了斑斑血痕。

魏九峰喘息着：“什么……特殊原因……不说明白……我不……不能……”

余鹏程点头，拿过毛巾放回魏九峰嘴里：“继续手术，我解释给你听。”

军医继续，魏九峰的脸再次扭曲了。

余鹏程看了一眼何平安：“何平安，我也跟你说明白，我救下你，不只是为了去给德山送支援。德山上的部队不是我的，是友邻部队的。一一八团邓峰素来贪生怕死，而且骄横成性，你这一去，还有督战的任务。如果他们畏战，甚至临阵脱逃，你要千方百计强迫他们坚守，不得已可以把他们就地枪决。雷大虎做事莽撞，我不放心他一个人去。”

“余师长麾下精兵强将无数。为什么要选我？”

何平安话刚出口，自己心中瞬间就已明白了。

“你的身份，大家心知肚明。”余鹏程开门见山，“真要走到督战杀人那一步，说实话，我余鹏程有些担不起。不是因为我怕丢官，而是怕惹起派系争斗，官场上的事一闹起来，棠德就万万守不住了。这里是西南门户，丢了棠德就是丢了重庆，我不能拿党国的半壁江山去冒险。到时候，你的身份会为我解决难题。你愿意么？”

何平安一时无言，只是紧紧地握着魏九峰的手。

魏九峰表情狰狞，却抓着他的手，用力地摇了三摇。

何平安点了点头。

余鹏程：“魏县长呢？”

魏九峰缓缓点头。

何平安放开魏九峰的手，把笔放在他的手中。

魏九峰艰难地提笔签字，笔迹凌乱，但却铿锵有力。

“我现在正式任命何平安为德山督战队队长！”余鹏程拿过文件，挺直身子，神色肃然道：“带领三十九连，配十挺轻机枪，协运辎重粮食，由雷大虎协同带队，今晚就出发！”

余鹏程放下文件，郑重地对何平安和魏九峰敬了一个军礼：“感谢你们！”

魏九峰的面容忽然扭曲起来。

“当啷！”子弹掉进托盘里的声音。

何平安突然感觉到手里一松，魏九峰疼晕了过去。

医院门外，日头耀眼。

余鹏程与何平安并肩走了出来。

走下台阶，余鹏程停住了，眯眼望了望天空：“要变天了。”

何平安一笑：“今晚会是个阴天，是个夜行军的好天气。”

“西南安危在棠德，棠德安危在德山。”余鹏程转眼凝望着何平安，语气是从未有过的郑重，“何平安，你去领导这支督战队，我是把棠德之役的生死成败都交给你了！”

何平安点了点头。

一声鸣笛打断了两人之间沉默的对视。

街角处，俨然停着沈家的那辆汽车。

“是来接你的？”余鹏程笑了，“走吧，趁着天还没黑，多看看老婆孩子！”

“多谢余师长！”

余鹏程重重地拍了拍他的肩膀，大步离去。

“……相关补给物资，即由该队一并押送。交接后该队即留而待命，支援你部，并有临危决断之权，望多予配合！”

德山指挥部里，一名副官站在团长邓峰跟前，正在大声念着手中的电文。

“放屁！”

轰隆一声炮响，指挥部都在颤抖。正在破口大骂的邓峰吓得一哆嗦，剩下的半句才骂出口：“什么叫他娘的临危决断！”

“已经跟日本人打了小半天了，兄弟们的补给不足，弹药都快打光了。”副官说，“不管是不是督战队，他们能把补给送过来，总是好的。”

“好个屁！补给送过来，咱们就得接着打。他余鹏程是成心让咱们团打光了！”

越来越响的枪炮声中，邓峰站起身烦躁地踱着步，忽然停住脚，盯着副官：“依你说，咱们能守住德山？”

“这个……说不好。”

“什么说不好？”邓峰“嗤”的一声，“咱们只有一个团，正面硬抗日本人的主力，别说是咱们，就是他余鹏程、张灵甫，拉着一个师，有谁敢拍胸脯说自己就能扛得住日军主力！你听听这炮，日本人是下了决心要拿下德山啊。我们一个团，绝对守不住！他余鹏程别说是派一个连来，就是再来一个团，也得搭进来！”

“您是说，增援也没用？”

邓峰猛地抓起桌上的茶杯砸在地上，咆哮了起来：“狗屁增援！你知道什么叫临危决断么？就是危机时刻，让咱们的人送死，咱们要是不去，他们的枪口指着的根本就不是日本人！”他伸出一根手指，狠狠地戳着自己的太阳穴：“指的是这儿！”

副官悚然大悟：“是督战队！”

邓峰不屑地一笑：“你才明白。”

他继续踩着步子，军靴发出哐哐的声音。

“战不能胜，退又没有路，这是要逼死我邓峰啊！”

副官也急了：“那我们怎么办？弟兄们一千多条性命，总不能全扔在这儿！”

邓峰猛然一跺脚：“罢了！我问你，是打一个军的鬼子容易，还是打这一百多号容易？”

眼看着他阴狠的神色，副官愣住了：“团座的意思是……”

邓峰咬着牙笑了：“不管余鹏程派来的是谁，我们要活命，只有让他有来无回！”

车窗的纱帘一旦拉上，车厢就成了一个密封的监牢。

何平安坐在副驾驶座上，向窗外望了望，把目光转向驾驶座上的沈湘菱。

“没想到，沈家二小姐还会开车。”

沈湘菱声音淡淡地：“不比开枪难。”

何平安笑了：“今天，还多亏你那枪打歪了。”

沈湘菱锐利地瞥了他一眼。

“告诉我，钢板为什么会向下移了一大块？”

何平安略一怔，转眼又望向车外：“绳子松了……”

“那你为什么不告诉我？他们又没有堵住你的嘴！”

“如果我说了，你救我的事就暴露了。”何平安低声道，“我怕他们会找你麻烦……”

“嗤”的一道刺耳的刹车声。何平安身子往前一扑，额头重重磕在挡风玻璃上。

“那我是不是还要谢谢你！”沈湘菱愤怒地瞪着他。

何平安愣了。

“何平安，你以为你是谁？你有多了不起，一个人什么事都能做！你以为你是什么人，替别人决定好一切，从来都不会错！你以为，你以为我杀了你之后，我……我还能忘了你，还能好好地过自己的下半辈子？！”沈湘菱声音微微打着颤，眼中含泪：“你知不知道，我今天站在你跟前，真以为自己把你打死了？”

何平安尴尬地看着沈湘菱，想逃又无处可逃。良久，他才开口低声道：“刚才，余鹏程给我下了命令。他救我，是有条件的。”

沈湘菱一惊：“什么条件？”

“要我去德山。”何平安叹息道：“前线督战。”

“为什么要找你？”

“一句两句说不明白。总之，我没活，只是晚点死。”何平安看着沈湘菱一笑：“所以，这些天的事，我说过的那些话，你最好都忘了。”

“都忘了？”沈湘菱喃喃道：“为什么？”

“因为那都不是真的。”

沈湘菱惊恐地看着何平安，又转为悲切：“你是说，过去几天发生的事，都给我那一枪打碎了，都成了假的？——就因为我没真打死你？”

何平安默了默：“知道我当时为什么那么对你说么？”

沈湘菱痛苦不解地望着他。

“其实我挺自私的。当时我心里想，要是被你一枪打死了，我就解脱了。”何平安并不看她，语气平静地像在说别人的事，“而且，你一辈子都不会忘了我。”

沈湘菱握方向盘的手却开始发抖。

“你看，我也挺坏的，是吧？”何平安嘴角竟浮起一缕玩世不恭的笑，挑高眉头看着她。

沈湘菱默默别开眼，颤抖着手发动汽车。

第十八章 两个使命

客房的门被轻轻推开，一脸疲惫的何平安缓缓走了进来。

坐在桌前的柳芬猛地站起来，扑上前竟一把抱住了他！

“谢天谢地，我可算是又见着你了！”

她的拥抱叫何平安身子一僵，他抬起手拍了拍她肩膀，轻轻推开了她。

“没事了，我有点累，坐下说话。”

柳芬怔了怔，讷讷地抬手理了下耳边的碎头发，低着头走到桌前，倒了杯水。

“一开始沈小姐说要杀你，把我们扣下来。我以为她是坏人，后来说，她是要救你。要你诈死，然后送咱们出城。我才知道，她是真心要帮你！”

何平安点了点头。

“现在好了，你可算平安回来了。”柳芬眼中又闪出光彩，“我们什么时候出城？”

何平安两眼望地，一声不吭。

“怎么？你不愿走？”

“你们娘俩走，我不能走。”何平安沉默了一下，低声说：“今晚我就得去德山。那里是前线。”

柳芬瞪大了双眼：“前线？为什么？！”

“救我的不是沈湘菱，是余师长。我要带领督战队去德山，就是他救我一条命的代价。”

柳芬呆呆地望着他，忽地一把扯住他手：“咱不去！凭啥要你去？你也不是当兵的！反正你人都放回来了……这回你听我的，咱们偷偷走……”

何平安摇了摇头：“不行，我得去。”

柳芬急得几乎要落泪了：“为什么！”

“因为他是共产党！”一个声音在门口响起。

柳芬转眼一看，顿时怔住了——门外站着的，正是自己的丈夫余子扬。

空旷萧条的街道上，一辆车飞驰。

沈湘菱拼命地加速，紧咬着嘴唇，似乎要冲破什么。她将何平安送回了沈家，送回了柳芬和小猴子身边，自己却不知该怎么面对，只能独自驾车开上街头，狂飙发泄。

汽车转过街口，一个人突然闪了出来。

刺耳的刹车声！

沈湘菱脸色惨白，惊魂甫定地瞪视着挡在车头前的人。

刘世铭站在车前，两眼直定定地注视着她，慢慢走到车窗前。

沈湘菱推门下车，愤怒又后怕地瞪视着他："你疯了！我差点撞死你！"

"那就撞死我！我巴不得你撞死我！"刘世铭突然大喝了一声，几乎咆哮了起来："如果你今天杀不了何平安，但撞死了我，你会怎么样，会不会也抱着我，后悔莫及，又哭又叫！哭着喊着求我'不要死'！"

沈湘菱吓了一跳："刘世铭，你说什么疯话！"

"我是疯了，我已经疯了！可你为什么还要欺骗和利用一个疯子！"

沈湘菱一怔，忽然意识到了什么，神色一下冷了起来："原来，你都知道了。"

刘世铭惨然一笑："知道什么？知道你口口声声说是想杀了他，其实一门心思地要救他？知道你为了这个有家有室的男人，连自己父亲的命都不放在眼里？还是知道你处心积虑，把我当成个傻子可怜虫一样骗……"

"是你拽下了那块钢板！"沈湘菱厉声打断他的话。

刘世铭静默地盯着她，两眼血红。

"回答我，是不是你干的？"

刘世铭的眼神中带着绝望，低沉道："是我。"

沈湘菱抬手，猛然给了他一巴掌。

"钢板就是我往下拽的！怎么样？我恨不得他死，我恨不得他被你一枪打死！你知道吗，看见你挡着他心口的钢板，我，这里！"刘世铭竟笑了，他伸出一根手指，重重地点着自己的心口："早被你打中了！为什么？为什么你会爱上那个何平安？为什么我还一直信着你，等着你？！为什么你能为了他，毫无愧疚地对我说那些话，骗我做那些事？跟他比，我在你眼里到底算是个什么东西？沈湘菱，你知不知道你今天一枪打死的人不是他，是我，是我！"

沈湘菱注视他的目光由震惊、疑虑、伤感，渐渐转成了彻底的失望和冷漠："所以，你就故意拽下了那块钢板，好叫我弄巧成拙，亲手一枪打死他？刘世铭，你真以为，如果我今天一枪打死他，我就能忘了这一切，心安理得地嫁给你，跟你逃到重庆过安稳日子？还是你就是想让我一辈子都承受这种痛苦和自责……直到老死、病死、或者哪天也被人一枪打死？"

"可我告诉你，如果我一枪打死他，我一辈子也不会忘了他，我一辈子心里也再装不下别人！"

"我知道，"刘世铭呆望着沈湘菱，绝望地摇头："我早该知道，早就该知道……"

"是，你早就该知道。你自己想一想，当我对你满怀希望的时候，你拒绝了我；我对你托付生死的时候，你又用这种卑鄙的手段暗算我！——刘世铭，别再说你信我、等我、想着我……从一开始到现在，你真正在乎的人只有你自己！”

刘世铭怔然注视着她，惨然点点头：“好，好。你说得对，我只在乎我自己。”

他凝望着她，一步步退回车前，缓缓躺在地上。

“不就是一条命么？如果压死我就能让你一辈子记得我，沈湘菱，我求你，现在就从我身上把车开过去！”

说完，他决然闭上了眼。

沈湘菱扭头上车。

刘世铭紧闭双眼，一动不动，汽车马达的声音在耳边响起，跟着是车轮摩擦地面的声音，再接着，一切声响都渐渐远去了。

刘世铭睁开眼，街口已经空无一物。

他无声地笑了起来，越笑越是伤悲，片刻便是满面泪水。

一份文件放在桌上，封面上盖着红色的印章，印章上是交叉的镰刀锤头。

何平安、余子扬对面坐着，柳芬夹在中间。

何平安缓缓伸手抚上去，手指摸过印痕，微微颤抖：“又见到了。”

余子扬郑重地整理衣襟，站在何平安对面，举起独臂敬了一个标准的军礼。

何平安愣住了，抬眼看着余子扬。

“何平安同志，我代表组织通知你，你已经通过了组织的审查。这九年，你严格遵守党章党纪，并没有忘记党的宗旨，也没有给党旗抹黑，你仍旧是党的好同志。从此刻起，欢迎你归来！”

何平安震住了，嘴唇发抖，一张一翕地说不话出来，眼中满含着泪。

余子扬微笑道：“别说了。敬礼吧。”

何平安忙站起身，郑重地敬礼，两个男人互望着。余子扬伸出手，两人的手紧紧握在一起。

“何平安同志，欢迎回来！”

柳芬站在一边，看着两个热血沸腾的汉子，一时心中悲喜交集。

何平安也是眼含热泪：“我不明白，你代表组织……你请示过组织了？可以联系？”

“我请示过上级了。” 余子扬微笑，“我对你说的每一个字都不是我自作主张，你真的被认可了！”

“你出城了？不可能。难道说……”

余子扬目光一冷，何平安住口了。

“柳芬，你带孩子进里屋吧。”

余子扬望向了柳芬。

柳芬咬着嘴唇，垂眼望着地下，没有动。

何平安有些不忍心：“余大哥，柳芬她绝对可以信任，她这九年……”

“我不是不信任她。柳芬，你也是预备党员，可毕竟脱离组织九年，对于你，我没有得到明确回复，所以，根据组织的纪律，我们以下的对话你不能听。”

柳芬气恼地望着余子扬，眼神中闪着冤意。

余子扬的语气很坚决：“柳芬，我知道你恨我，可纪律就是纪律。党组织能走到今天，就是靠着铁一样的纪律，我不能为你破例。”

“纪律，纪律！”柳芬突然抓起桌子上的茶杯，一碗冷茶泼在余子扬脸上。

余子扬一动不动，只是痛苦地闭上了眼睛。

“九年前，孩子还没断奶，你一声不吭就扔下我们母子，这也是纪律？九年了，你明明活着，却对我们不闻不问，找都没找过我们，这都是纪律？你知不知道，要不是何平安，我们母子就真的死了，到今天连骨头渣都烂没了！”

“柳芬，这些年，我余子扬一千一万个对不起你！”余子扬低声道，“不过老天有眼，幸亏何平安他，你们有他……”

“对不起？幸亏？！——你也知道自己对不起我们娘儿俩，你也知道这九年幸亏有他何平安，你老婆儿子才能活着，活到今天听你说这句对不起！可余子扬啊余子扬，你都是怎么报答人家的？老婆你不管，儿子你不认，你自己的兄弟、大恩人你也见死不救……你还是什么共产党员，你连个男人都不是！”

余子扬脸色平静地抹掉脸上的茶水：“柳芬，求求你，别当着孩子……”

柳芬：“你还敢提孩子！我不想见你，儿子也不想见你这个忘恩负义的东西！”

“你别这样，别这样！”何平安忙一把拦住柳芬。“余大哥肯定有苦衷，他身上有任务！”

柳芬狠狠推开何平安：“又是任务，又是纪律！一个为了任务眼睁睁看着不救你，一个为了党员自己去送死！除了任务，你们眼里还有什么？你们这号人都是从石头缝里蹦出来的，就根本没有亲爹热娘，老婆孩子！滚！都给我滚！有什么任务，有什么秘密，你们自己去说，我不稀罕听，反正……反正你们从来都不信任我……从来都不当我是……当我是……”

她再也说不下去了，索性伏在桌子上，默默地哭起来。

“娘，你别哭，你别哭！”小猴子摇着她的衣角，声音里也带着哭腔。

柳芬弯腰抱起小猴子，摸了一把泪：“孩子，这世上，只有你是娘的亲人，除了你，娘谁都不认识，谁都不认识！”

说完，她抱着小猴子，转身走进屋里，“砰”地关死了门。

余子扬和何平安默默站在原地。过了好一会儿，余子扬才开口：“我不是不想救你，今天，本来我……”

“大哥，我都知道，我理解。”何平安打断了他的话：“换了是我，我也不会为了救你，而置组织交给我的任务不顾！”

余子扬点点头。

何平安：“城内，有组织的人？”

余子扬又点点头。

“是谁？”

余子扬凝视着他，摇了摇头："我没有告诉你的权力。这不是不信任你，而是……情况特殊。在必要的时候，他会主动联系你。"

何平安不禁一怔："身居要职？"

余子扬沉默以对。

何平安恍然醒悟："对不起，我不该问。"

"我来之前，只知道城内有我们的人，可并不知道是谁，我也是刚刚才见过他。他很欣赏你，甚至是敬佩你。他让我问你一句话。"余子扬压低声音，"这次去德山，你知不知道自己要做什么？"

何平安一愣："余鹏程告诉我说，名为运送战斗物资，实际上是督战。"

"是督战，督战是做什么？"

何平安："就是……"

"就是杀人！"余子扬断然道，"杀国民党的人。如果德山上的人准备弃守，就要杀人督战。可这还只是表面！"

何平安："不止于此？"

余子扬点点头："不止于此。你说你是土匪，你觉得余鹏程信了么？"

"他绝对不信。"何平安一笑："我跟余鹏程只见了几面，感觉这个人不只是军人，还是政治家，城府极深，我说我是土匪，连三青团的刘世铭都骗不了，更别说是余鹏程了。而且……他绝不会把督战德山这么重要的任务，交给一个真正的土匪！"

"那你觉得，对于一个连真实身份都不肯向他剖露的人，他怎么会这么信任你，还要把这么重要的任务交给你？"

何平安一时怔住了。在手术室里，余鹏程向何平安和魏九峰交代的情景又浮现在眼前。与之同时出现的，还有余鹏程的那段话——

"你的身份，大家心知肚明。真要走到督战杀人那一步，说实话，我余鹏程有些担不起。不是因为我怕丢官，是怕惹起派系争斗，棠德就万万守不住了。这里是西南门户，丢了棠德就是丢了重庆，我不能拿党国的半壁江山去冒险。到时候，你的身份会为我解决难题。你愿意么？"

何平安闭了闭眼，苦涩地开了口："我想他第一是为私，想找一个跟自己没有直接关系的人，去做这个丑人，自己好置身事外；第二点，也是怕引起派系倾轧，影响棠德战局。余鹏程虽然是国民党，但总还算是个一心为国的热血将军。"

"不错！他是一心为国，可他的国是所谓的'党国'，不只是我们的土地和人民，更有他们的政党，腐朽专权的政党！虽然现在为了抗日，国共合作，但这改变不了国民党的本质。"

何平安脱口而出："怎么，他要利用我？"

"他利用的不是你，而是你共产党员的身份！"

何平安顿时惊出一身冷汗。

余子扬继续说道："德山上的部队不是余鹏程的虎贲，按照军规，他没有直接指挥的权力，也就无从督战这一说，所以派你去，只能以运送物资的名目，实则去做督战的事情。"

“所以，如果真杀了人，用我这个共产党员，他顶多只是失察，是共产党破坏国军内部团结，而不是他不顾友军死活！”何平安站了起来，略有惊恐地望着余子扬。

余子扬郑重点头：“如果处理不好，他就可以把破坏国共合作的罪名，全部推到共产党的身上。”

何平安愣住了：“我实在想不到，他还有这个心思。老余，幸亏你告诉了我！”

余子扬轻轻摇了摇头：“我也想不到，是那个人告诉我的。”

“那……我不去？”

余子扬没有回答，只是再次站起身，肃然凝视着何平安：“组织上，要我给你传话。”

何平安挺胸站好。

“面对危难，一个真正为了国家和民族利益而奋斗的政党只有一个选择，就是不计私利，不惜一切，勇于担当！”余子扬一字一句地说：“只要是为了民族利益和国家利益，你放手去做，组织不会让你一个人来承担，你从来不是一个人！”

“是！”

何平安眼中含泪，对着余子扬庄重敬礼。

“志新啊志新，你是何苦呢！”

余鹏程望着桌上那张签着柴志新的名字的特赦令，一声喟叹。

柴志新极为平静道：“面对危难我只有选择去担当。只要是为了国家民族的利益，这点牺牲又算得了什么？”

余鹏程猛地抬头，几分惊疑地看着柴志新。

敲门声忽然响起。

柴志新：“进来！”

马潇和黄景升大步走到跟前，向两人敬礼。

柴志新问道：“任务完成得怎么样？”

马潇上前一步回答：“城外工事已经修出基本雏形，再有两天时间就能完工。”

柴志新“嗯”了一声，望向余鹏程：“师座有新任务。”

余鹏程站起身，绕到桌子前：“德山有变，我要派何平安去督战，你们两个跟着雷大虎一起去。”

黄景升：“带多少兵？”

“千军易得，一将难求。我要用的是你们这两个将才！”余鹏程凝视着两位爱将，“你们不带兵，跟着雷大虎，协助何平安，有问题么？”

“是！”黄景升挺身敬礼。

马潇却面露不解：“团座……”

柴志新打断他的话：“我知道你要问什么，你要问为什么要听何平安的！”

“他一个警察，沅江一战就算是有些功劳，可凭什么能带兵？”

余鹏程脸色一凛：“就凭这是我的命令！明白了么！”

“是！”

“这个何平安到底是什么人，老雷，你甘心听他的？”

城门空地上，一个个灾民肩上扛着货箱，在士兵的监督下顺次走到卡车前，费力地把货箱扛上车。

马潇站在雷大虎身边，摇了摇头：“反正，我是不服气！”

“反正，我老雷服了他了，”雷大虎撇了撇嘴，“你要是不服，你可以去试试!”

马潇扭过头：“黄老哥，你怎么看？”

黄景升笑而不语。

灾民还在搬箱子，每放好一个箱子，守在车上的士兵在手中的账册下划下一道，一边嘴里督促着：“快点，快点！”

一个瘦弱男子扛着箱子，微微踉跄地挪到车前，身子一晃，箱子几乎落地，幸亏被身后的人扶住了。

士兵破口大骂：“小心点！这可都是重要的军用物资！你他娘的没吃饭啊？”

男子不满地嘟囔：“可不就是没吃饭么！”

旁边的士兵抬起枪就要砸他。忽然一只大手劈空伸过来，死死抓住了枪托。雷大虎暴雷般骂道：“混账！老子的眼一时离了你们，就敢犯浑惹事儿！”

士兵讪讪地低下了头。

排在男子身后的人抬眼看了看车里的货箱，很快又低下了头。

正是藤原弥山。

日军指挥部，一纸电文被捧在横田勇的眼前。

他飞快地扫视了一遍，合上电文：“殿下有什么看法？”

崇明亲王沉吟了下：“我认为藤原君判断正确，他们集中调集物资，就是要支援德山。而且根据来电，带队的是就是那个何平安！”

一边的藤原景虎眯起了眼睛。

“多次报告中都提到这个人，他已经屡次挫败我们的计划。” 崇明亲王像是读透了藤原的心思一样：“这一次，不能让他活着！”

横田勇摇了摇头：“可从常德到德山，是中国军队的势力范围，我们没有办法调集兵力阻止他们的增援。”

藤原景虎立时上前一步：“我可以空降。”

横田勇仍是摇头：“空降太危险。稍有偏差，你们就会掉进敌人的阵地。伞兵是精锐，不能这么运用。”

崇明亲王忽然笑了。

“阁下莫非忘了？您还有一支秘密的奇兵。”他走上前，指着桌上地图的一个小山丘。“就在这里！”

这是山寨里最大而“豪华”的卧房，有八仙桌、太师椅，墙角摆着一张抢来的大红黑漆木床，正对面的墙上还挂着一张老旧的虎皮。

黑暗中，海东升仍旧睁着眼睛。多日来，他从没睡着过。

忽然，一阵奇异的滴答声响起。

海东升腾地站起身来，走到桌子前。

是电台在响！

他迅速地翻译电文，虽然不熟练，但也有模有样。

“杀何平安！”

捧着这纸电文，他一下跳起来，转身就往外跑。

此时，紧靠着海东升房间的小屋里，一脸淫笑的混江龙缓缓逼近靠着墙角的乔榛。

乔榛竭力维持着镇静的表情，声音却有点打颤。

“你要干什么？”

“不干什么，就是想你了。”混江龙涎着脸，越逼越近：“你不是能唱曲儿么，哥哥过来听你唱曲儿！”

乔榛厉声叫道：“别过来！出去！”

“叫我出去？那你可得先叫我进来！”

他猛地一扑，紧紧搂住了乔榛，就势把乔榛压倒在桌子上。

乔榛拼命挣扎，大声哭喊起来“来人哪！……师父，师父！——”

混江龙一把捂住了她的嘴，嘿嘿狞笑：“你还真以为我怕你那个师父！会说两句日本话，就骑在老子头上作威作福，今天我就让你看看，谁是大当家的！”

“撕拉”一声，乔榛的衣襟被撕破了！

门外，正兴冲冲奔走的海东升忽然停住了脚步！

厮打哭叫声，乔榛凄厉的喊声隔门传了出来。

“叫，给我大声叫！老子喜欢的就是你这把好嗓子！”

海东升悚然而惊，猛地冲到房间门前，一脚踹开了房门。

混江龙闻声一愣，还没转过头，被他压在身下的乔榛趁机猛地一口咬住他的手！

混江龙疼得身子一跳，不由自主松开了手，反手给了乔榛重重的一个耳光：“给脸不要脸的贱货！看老子怎么收拾你——”

“别动！”

乌洞洞的枪口顶上了他的太阳穴。

混江龙猛地顿住了。

海东升一手持枪，一手拉起乔榛：“快，你先去我那儿！”

乔榛抓过衣服，哭着跑开。

海东升咬牙骂道：“你混蛋！欺负我徒弟！”

混江龙大喝：“谁！”

海东升一愣，混江龙猛然挥拳，打掉他手里的枪。

“你他娘的还真把自己当人看了，老子我今天就让你知道我是谁！”

鼻青脸肿的海东升被反绑了双手，吊在了聚义厅的大梁上。

混江龙走上前，重重踢了他一脚，海东升秋千一样晃荡起来。

“狗胆包天的东西，敢在老子头上动土！”

海东升抬起头，乞怜地看了他一眼。

“国有国法，家有家规，寨子里讲究的就是有上有下，尽忠尽义！可这个狗日的敢在老子头上插黑刀——”混江龙转过身，对着厅里的众喽啰，“兄弟们！该不该宰了他，挖出心肝来祭关二爷？”

众喽啰轰然一声，有附和的，也有低头不说话的。

混江龙狞声一笑，从靴子里抽出解腕刀，攥住手里，走到海东升跟前，一只手揪起他头发，把刀尖顶在他眼皮上：“小子，下辈子投胎可记得，做狗做猪也别做人，不然遇上你爷爷我，还得挖你一回心！”

他的刀尖慢慢拖下，顺着海东升的鼻梁、嘴唇、脖颈，直滑到胸口，拖出一道血淋淋的线条。

海东升忽然叫了起来：“日本人！日本人！”

混江龙一愣，跟着更是勃然大怒：“狗日的敢用鬼子来压我？我今天不杀你还不行了！”说着手里的刀就要往海东升的心口里扎。

海东升闭紧眼，大声喊叫：“我有日本人给你的好处！”

混江龙的手蓦地停住了。

“一百多条枪，十架机枪！还有粮食……够寨子里的弟兄吃大半年的粮食！”

混江龙定定看着他，手一抬，刀尖直逼上他脖子：“你敢骗老子，老子就把你肉割下来，一块块生嚼了！”

“我没骗你，没骗你！”海东升慌忙道：“就是今天晚上，这些东西由那个何平安押着，往德山上走。日本人……不，皇军说了，只要兄弟们能截下来，东西就都是咱的……”

混江龙的眼睛直了：“你说什么？押队的叫什么？”

海东升咬牙：“何平安！”

混江龙怔怔地站着，半晌，冷冷地笑了。

“我还真当是给我孝敬了块肥肉呢……原来是叫我往老虎嘴里拔牙！”他抓起一旁桌上的酒碗，一口喝干了：“各位兄弟，你们知不知道，老当家的是怎么死的？”

众人望着混江龙，鸦雀无声。

“这件事在我心里藏了十来年，我今天就让你们知道知道！”

他手一挥，酒碗重重砸在地上，摔得粉碎。

十年前的聚义厅，一只酒碗被重重砸碎在混江龙眼前。

混江龙："十八碗！"

众土匪高声喝彩！

何平安对着众人一抱拳，眉梢飞扬，满身的锐气。

老当家的是个五十余岁的细瘦老头，腰里扎着双枪，金刀阔马地坐在正中的太师椅上，冲着何平安一挑大拇指："三碗不过冈！何长官一个人，不但喝满了这十八碗烧酒，还把这一路上山守着的十八个兄弟都给过了。冲这个，姓赵的敬你是条好汉！"

何平安微微昂起头："好汉说不上，还请赵老当家仗义，把路让开。"

老当家站起身，走到何平安对面站定了。

"何长官敢一个人上山，你是个人物！我不能因为你一句话，就把吃到嘴里的肉吐出来啊。知道的是姓赵的讲情面，不知道，还以为是你何长官一个人就把老子的山寨挑了！"

何平安对着老当家的一笑："老当家的意思，是要出尔反尔了？"

老当家的脸上一僵。

何平安环视厅中的众土匪，抱拳大声道："诸位好汉！行走江湖，拜的都是关二爷，最讲究的就是个信义二字！老当家的有言在先，只要我敢一个人上山，单枪匹马过了你们寨子的一十八个守将，喝完一十八碗烈酒，就把劫了我的那批粮食完璧归赵！老当家的，当着这么多兄弟，不能失信呀!"。

他话音刚落，混江龙等带着一班喽啰，拎着枪喝叫起来。

混江龙："放你娘的屁！老当家的什么时候说过这话？老子没听见！"

"这世道吃皇粮的都不讲信义，兄弟们讲信义，吃什么？！"

"什么信义？老子手里有枪，对着你一枪两洞，那就是信义！"

老当家的把手一摆，土匪的声音立止。

"何长官，你都看到了吧？兵荒马乱，就算是土匪也快饿死了！我山上这几百个弟兄都眼巴巴等着吃饭，好不容易盯上这一批买卖，你让我让路？就算我答应，兄弟们也不能答应呀！"

何平安依旧不卑不亢："老当家的也看到了，这批货是我们共产党买下来的，山下的人只是负责送货。老当家的把路让开，何某人记你一份人情。"

"记我一份人情？那何长官怎么还呢？"老当家轻蔑地笑了。

何平安一字一句道："将来剿匪的时候，我饶你一条命。"

"少年轻狂，谁都是有的！"老当家咯咯一笑："可还得有个度。你们共匪自己还躲在延安的窑洞子里，有什么资格说饶我的命！"

"我们是共产党，不是土匪。"何平安淡淡道："你问我有什么资格饶你的命？你现在站在我面前，命就已经不是你的了！"

众匪哗然，老当家的却仰面大笑起来："好，好！擒贼先擒王，你现在要是能杀了我，山上人心散了，你自然就能带着粮食过去。怎么样？"

何平安缓缓点头："老当家的有见识。"

“那好！”老当家的伸手重重一拍旁边的八仙桌，反手抽出腰间别的枪，枪口对着何平安：“那当着这么多兄弟，你就来杀我啊！”

何平安空着两只手，走近了一步。

海东升等土匪拿着枪，紧张地向何平安逼近了一步。

何平安猛然一个翻身，一脚踢在老当家的喉头。

老当家的瞪大双眼，退后几步，颓然栽倒，眼看是不行了！

众土匪悚然大惊，还不等他们反应过来，何平安猛地抽出双枪，枪声连响！

周围是几个土匪全都右肩中枪，手里的枪接连落地！

更多的土匪不由自主围了上来，枪口对着何平安。

何平安冷冷地看着众人：“我现在要走，不想死的让开！”

混江龙手里的枪有点发抖，色厉内荏地喊了起来：“山上几百号兄弟，你能有多少子弹？！就算你一枪一个，到头来你也是个死！”

“可是最先挡我的那个，肯定得先死！”

何平安面容肃杀，慢慢举高了手里的枪，对着面前的一个土匪。

在他的枪口下，土匪纷纷畏缩退后。

何平安举着枪大步往外走，对面只有举着枪的混江龙。

何平安冷哼一声，看都不看他一眼，与之擦肩而过。

混江龙手里的枪一下掉落在地，他竟然没敢开枪！

“既然组织还信任我，还会一直支持我，那么我就正式提出一个请求，希望组织上能予以考虑！”何平安站起身，挺身敬礼。

余子杨一怔：“什么请求？”

“由我来替余子杨同志执行组织委派的任务，余子杨同志带着柳芬和小猴子离开棠德！”

余子扬断然回绝：“不行！绝对不行！”

何平安放下手，平静而诚挚地望着余子杨。

“老余，你听我说。”何平安诚挚地看着他，“我既然要去德山督战，反正是走不了了！这一条命总是要豁出去的，我想要为组织再多执行一次任务！而且，从条件上看，我比你更合适。我在这里埋伏了整整九年，更了解棠德方方面面的情况；我现在有特殊的身份掩饰，便于开展行动；而且，而且我的个人状况也优于你……“

他的目光不自主地落在了余子杨的断臂上。

“可是组织把任务交给了我！何平安，作为一名党员，你要无条件服从组织的决定！”

“那是因为组织不知道我的存在！否则，无论从哪个方面考虑，我都是最合适的人选。”

余子扬闭了闭眼，无声地叹息：“你不合适！你不明白……我的任务不可替代，只有我才能完成。”

“你不可替代？”何平安忽然提高了声音：“只有一件事你是不可替代的——那就是活着，陪伴保护柳芬娘儿俩，弥补过去九年所有亏欠他们的！”

余子扬默然不语。

“老余，我可以代替你完成任何任务，只有这一个——做一个父亲和丈夫，谁也替代不了你！”

“我知道这件事，谁也替代不了，可组织交给我的任务，也是谁也替代不了！”余子扬的声音有点发颤，“有大家，而无小家，在国家民族的利益前，我个人的一切都是要退让，甚至要放弃的……我不能，不能因私害公！”

“所以，你就忍心跟九年前一样，再抛下我们娘儿俩一次？”

余子杨蓦地转头，只见柳芬站在卧房门口，眼圈通红地看着自己。

柳芬缓缓走近两步，眼睁睁地凝视着余子扬。

“既然还跟九年前那回一样，你何必还要回来？——你为什么还要再回来，啊？！”

余子杨一言不发，凝望着柳芬，满眼痛楚。

何平安上前一步，也望着余子扬：“余子扬同志，请你看着她！看清楚了，再回答我！你忍心再抛下柳芬和孩子么？你能再抛下他们一次么？”

余子扬眼睁睁看着柳芬，无言以对。

“这些年都是我们这些男人做主，这一回，就让柳芬做一回主！”何平安大声说，“我跟你都不要再争了，就让柳芬决定谁留下来，执行任务。”

“让我决定？”柳芬凄然摇了摇头，“九年前，一直到现在，什么时候有我决定的余地？你们什么时候问过我？”

何平安：“这一回，我们都听你的。这是我们一直以来欠你的。”

余子扬跟何平安同时望着柳芬。

何平安：“现在，柳芬你看着他。余子扬是你的丈夫，是你儿子的父亲。你是希望他去死，还是希望他活着？”

柳芬泪眼婆娑地望着余子扬。

“柳芬，如果你选择我留下，我是可以活，可是他何平安就要死，替我去死！”余子扬声音激动起来：“这九年是他救了你，救了小猴子！”

柳芬不知所措地看着何平安，又转向余子扬。

余子扬说：“柳芬，我们不能这么自私……”

何平安说：“柳芬，这不是自私……”

“够了！都别说了！”柳芬忽然大喊一声，捂着耳朵，眼泪簌簌流下：“让我决定？让我决定你们谁死谁活，谁去做那个轰轰烈烈的英雄，谁心不甘情不愿地守着我们娘儿俩活下去！你们让我怎么决定！我知道，我知道你们两个都一样，整天想着喊着牺牲，牺牲……要是让我决定，你们都不去做英雄，都活下去，你们肯听么？你们能听么！”

柳芬撕心裂肺的哭声里，两个男人沉默地矗立着。

城门前，夜色如漆，余鹏程一身戎装，身披大氅，笔直地站在夜风里。

柴志新大步走过来，挺身敬礼：“报告师座！城里所有的汽车都已集合完毕！”

余鹏程点点头：“开始吧。”

柴志新微一迟疑：“师座……这是否太张扬，不利于保密？”

“风萧萧兮易水寒。”余鹏程转眼望了望身后的督战队队员，叹了口气。“现在这情形，我也只能这样为他们壮行。”

柴志新不再说话，转过身去，猛地挥下手！

城门前停着的十几辆汽车同时打开了车灯！城洞里一片雪亮！

余鹏程的身影被灯光照成了一尊石塑。

他的对面，挺立着一队全副武装的战士。

余鹏程慢慢地从队尾走到队首，目光依次掠过他们的脸，比灯光还要尖利。他一个接一个地审视着，似乎要从这些脸上读出哪怕最微弱的一丝恐慌、迟疑，甚至背叛。

马潇、黄景升，雷大虎……灯光下，每一张脸孔都显得分外坚毅和坚定。

余鹏程走到了队伍的最前头，眉头忽然皱了起来，转过身，低声喝问身边的柴志新：“何平安呢？——怎么就缺了他？”

柴志新脸色也是一变。

余鹏程：“派人去找，马上！”

“他们都在等我。”何平安站起身来，看了眼窗外的浓重夜色，“既然你执意要留在城里，想必已经做好了殉城的准备了。”

余子扬也站起身来：“你要去德山督战，想必也已经做好死在德山的准备了。”

站在一边的柳芬凄然望着眼前的两个男人，不能言语。

“有可能，这是咱们两个的最后一次见面。”何平安向他伸出手：“余子扬同志，咱们握个手吧！”

余子扬笑了，伸出独臂，紧紧握住何平安的手。他想要说些什么，却猛然发现何平安的手握得出奇的紧！

“余大哥，你要是还有两只手，我一定不是你的对手!”何平安面色一寒，猛然一拉余子扬，飞出一脚正踢在他的后脑。

余子扬眼前顿时黑了，颓然软倒在地。

柳芬连忙上前搂住余子扬，抬眼惊诧地看着何平安。

何平安却笑了：“我已经安排好了。我会带着你们一家三口一起出城，出了常德之后，随便去哪儿，只是不要回来！”

第十九章 欠情还命

混江龙的枪口再次顶住了海东升的脑袋！

“别他妈以为有日本人在你背后撑腰，老子就不敢杀你！大不了宰了你，另换一个山头！”

海东升看着他，竟然笑了。

“你笑什么？！”

海东升不说话，只是笑着摇头。

“我问你，笑什么！”

海东升竟顶着枪口往前迈了一步，混江龙不由自主地往后退了一步。

“之前我还怕你，现在弄明白了，原来你也是个胆小的，是个懦夫！”

混江龙大怒：“你说什么！”

“当年你不敢对何平安开枪，现在你也不敢对我开枪！你不过就是虚张声势，说穿了，不过就是两个字，怕死！”

“你放屁，老子现在就崩了你！”

混江龙举起枪，枪口发抖，怎么也扣不下扳机：“众弟兄，你们说，杀不杀！”

他本想找众人借胆，谁想却没有人出声。

“大伙都是明白人，杀了我，容易。一枪俩眼！可到时候怎么跟日本人交代！”海东升倒是越发从容了，“别忘了，这个电台只有我会用，全山上只有我会说日语。当然了，你们也可以换山头，可你们去哪？现在这天下，不是日本人的，就是政府的，共产党的。哪里能容你们？”

混江龙大喊：“你给我闭嘴！”

“杀了我，你们就无处可去，想活下去，就得靠着我！”

“放你娘的屁！”

混江龙倒转枪托，猛然砸在海东升脸上，当即鼻血直流。

“你说啊，你不是能说么，你说啊！你说啊！”

他冲上去，对海东升拳打脚踢。不料海东升一声怪叫，猛然跳起，一头撞过来。混江龙全无防备，仰面倒地，枪也掉在地上。

海东升扑上去，一把抄起枪，枪口直抵混江龙的眉心。

“我杀了你！杀了你！”海东升眉目扭曲，状若疯癫，“全天下的人都欺负我，全天下的人都该杀！”

混江龙被吓得魂飞胆丧，情急下脱口而出：“你杀了我，你就得死，乔榛也得死！”

一语惊醒，海东升紧扣扳机的手停住了。

混江龙勉强挤出一个笑：“放下枪，咱们什么都好商量，你先放下。”

海东升突然调转枪口，顶住了自己的下巴。

所有人都一愣。

“我死了，日本人会把你们全都杀了！要么听我的，去杀了何平安。我报了仇，立刻！离开山寨，以后各走各的路。要么，我现在死在这儿，你们都给我陪葬！”

他作势要开枪，众匪果然纷纷按捺不住了。

“大哥！这小子狠呐！”

“大当家的！日本人惹不起呀！”

“别叫我大当家的！”混江龙一挥手，指着海东升：“喊他！他是大哥，他是大当家的！听他的，准备出击，劫杀何平安！”

海东升举着枪，神色镇静，手脚却在发抖。

山门大开，众土匪一脸豪壮，浩浩荡荡地走了出去。

“有命去有命回！有命去有命回！”

按照山寨规矩，混江龙站在山门外，对转每个经过的土匪后脑勺使劲拍下，嘴里不停地重复着这句话。

“有命去有命——”他的巴掌拍在了一个瘦小土匪的头上，那小土匪慌忙一把按住帽子，缩向一边。

“站住！”混江龙狠狠揪住“他”，一把掀开了帽子。

一头青丝宛如黑瀑泻下，竟然是乔榛！

“你想跑？”

混江龙的眼里射出吓人的凶光，满脸杀气，捏着乔榛胳膊的手暗暗加劲：“我倒把你忘了！来人！把她给我捆起来。一路押着走！这要是放回去，保不准就跑了，还不如带在身边，老子打了胜仗就回山做新郎！”

乔榛挣扎着，却被两个土匪死死扭住押进了队伍里。

混江龙犀利的眼神扫向身后的山门，一直紧张注视着乔榛的海东升赶紧缩着脖子，藏到了一个土匪的身后。

一百多号人声势浩大地走出了山门。

山道上，天色渐渐暗了下来，几只夜鸟突然飞起。

混江龙抬眼看了看头顶夜色，咬牙切齿："何平安，今晚就是你的死忌！"

夜色深沉，卧室里亮着灯，沈湘菱的一道剪影从窗户映出来。

周四站在窗户边："二小姐，人已经出发了。按照他的吩咐，给准备了三口大箱子，不知道做什么。"

剪影点了点头："不用问，按他说的做就好了。"

"是！"

周四站在窗边，低头不语。

"还有什么事？"

"何先生这一去冒着大风险。他是福大命大的人，几次危险都躲过去了。可这一次……二小姐，您不去送送么？"

沈湘菱沉默着，周四也不敢说话。

一阵脚步声响起，门开，沈湘菱站在门口。

周四面露喜色："我这就去备车！"

"站住，谁让你备车？"

"不是去送何先生么？"

沈湘菱咬着嘴唇，沉默片刻："去，把孝带子拿来。"

周四愣了："拿那个干什么？"

"找何平安讨命！"

"何平安!"

人群中不知谁喊了一声，众人的目光齐聚向城门内。余鹏程停下脚步，转头一看，果然见何平安快步走来，身后还跟了几个人，抬着三口大箱子。

何平安走到跟前，对余鹏程抱歉地一点头："余师长，对不起，我来迟了。"

"都在等你！"余鹏程伸手一指身后的队伍，想发作，又忍住了。

何平安顺着他手指的方向望去，士兵们列队整齐，隐有肃杀之气。

"这些人，跟着我大小战斗数十次，都是百战精锐。能活到现在，也都有几分运气。我把这些运气都送到你的头上，祝你马到成功！"余鹏程一挥手，一碗碗水酒端了上来。

"来！"他举起酒碗，脸上瞬间已是肃穆的表情："马潇，黄景升！"

两个人站了出来。

"这两个人都是营长，将才！此去德山，千难万险，这两个人跟着你，助你一臂之力！"

何平安端起酒碗，对着马潇和黄景升："两位兄弟，我敬你们！"

马潇端起一个瓷碗，猛然往何平安的碗上一碰，两只碗一起碎裂，酒撒了一半。

"我敬你！"

马潇一扬头将碗里剩下的酒喝了，把破瓷碗朝下一翻，空无一物——他竟把碎磁渣也喝了进去！

何平安不禁一怔，马潇冷冷地望着他："怎么？不敢喝？这趟去德山，我们兄弟把你交在你手里，你要是不敢喝，就趁早别去！"

众人全都看着何平安。

"这碗酒，我受下了！干！"

何平安一仰头，喝下了自己的半碗。

两人一同张口，吐出一口血沫子。

马潇微微一笑："不错，是条汉子！"

"是水？"何平安疑惑了。

"是水！"余鹏程笑了，大喊："这是常德的水，这水养活了不知多少中国人，这就是最烈的酒！你们说，烈不烈！"

"烈！"众人异口同声地回答。

"何平安，我也来敬你一碗！"刘世铭走上前，端起一碗水。"不管你到底是什么人，你做过什么，今天你去德山，九死一生，是为国为民的好汉，我刘世铭是个文人，不能上阵杀敌，我嫉妒你！"

刘世铭的眼神中闪动着妒火，却是因为沈湘菱。

何平安也端起一碗水。

"可我也佩服你！上阵杀敌，带着我刘世铭这碗烈酒！"

"刘主任这碗，我受了！"

两只碗碰在一起，一饮而尽，共同把碗摔在地上。

魏九峰端着一碗水走上前："你救了我一命，我欠你的。你救了常德百姓，百姓欠你的，你现在要去救德山，整个常德都欠你的。魏某人惭愧，这碗酒，我敬你！""好！"

何平安与魏九峰对饮，摔了酒碗。

张局长端着碗走上来："何老弟，往日，我多有对不起你的地方，今天……"

何平安挥手打断了张局长："局长，弟兄们！"

张局长身后，陈花皮等十几个警察全都端着碗，望着何平安。

陈花皮的表情从未有过的肃穆："何头儿，兄弟们来送你啦！"

"什么也不用说了，这一碗，我敬兄弟们！"

何平安当先干了，众警察跟着一起喝了。

"何平安，我把这些人的命交给你，扛枪打仗，难免马革裹尸。既然吃了军饷，早就有这个觉悟。"余鹏程端起酒碗，锐利的目光看着何平安，"只有一点，不要让他们没有意义的牺牲，就算死，也要死得其所！"

雷大虎走上前，也端着酒碗，亮出震天的嗓子："请何长官让我们死得其所！"

"死得其所！死得其所！"

众人齐声高呼，声震常德。

何平安端着酒碗，望着众人："各位，何某人受下了!"

他仰头饮尽，众人全都跟着喝了。

何平安："咱们同生共死！"

众人："同生共死！"

众人的酒碗一起摔碎！

呐喊声震动整个棠德城！

一辆汽车在轰鸣中飞快驰来，停在城门前，雪亮的车灯照着何平安，车头上挂着一簇白花。

车门打开，沈湘菱缓步走出来。

车灯也勾勒出沈湘菱的剪影。她腰间系着一根孝带子，迎风飘动。

刘世铭看见沈湘菱，神色一动。

沈湘菱大步走到何平安的面前："何平安，我也来敬你一碗！"

"我还以为你不会来。"

何平安声音很低。沈湘菱却故意放大了声音："何平安，你杀了我爹，是我的杀父仇人！可你此去，是为国为民，不管咱们有什么私仇，我都要来敬你一碗！"

沈湘菱端起一碗酒，看着何平安。

何平安："好！沈小姐这碗酒，何平安也受下了！"

两人相对饮了酒，何平安举起碗要砸。

"等等！"

何平安一顿，沈湘菱举着碗竟也重重撞在何平安的碗上。她捡起一块碎片，猛地割在自己的手指上。

何平安吃惊："你做什么！"

沈湘菱扔掉碎片，单手一抖腰间的孝带子，并指做笔，在孝带子上写下一行血字。

"何平安向沈湘菱借命一条，务必归还！"

众人全都愣了。

沈湘菱抬眼盯着何平安："你欠我一条命，对不对！"

何平安缓缓点了点头："对。"

"既然你的命是我的，就不能按照你的意愿去死！你去德山，是为国为民，我不能拦着你。可你的命不是你的，你没有权力支配。所以，你不能死在德山，要死，你也得回到棠德，死在我面前！"

沈湘菱把孝带子一抖："你认不认！"

所有人的目光都盯着何平安，刘世铭的眼神中更是闪出嫉妒的火焰。

"沈小姐说的在理，这笔账我认了！"

何平安伸手在碎片上一抓，满手是血！那只大手往孝带子上一拍，留下一个鲜红的血手印。

"签字画押，绝无更改！"

沈湘菱咬着嘴唇，凄然地望着何平安：“我一生都被人骗，这一次，你别再骗我！”

“我不骗你，我就是死，也会死在你的面前！”

“我等你！”

何平安郑重点头。

余鹏程上前一步，打破了两人的目光胶着：“何平安，这些人现在都听你指挥，你下令吧。”

何平安最后望了沈湘菱一眼，猛地转身，再也不敢回头：“出发！”

沉重的城门缓缓开启，何平安带着部队大步出城。

身后，众人久久伫立。

沈家的车灯前，沈湘菱紧紧握着孝带子，眼睛望着部队远去的方向久久地站着。

在她身后，刘世铭站在黑暗中，眼神里满是妒恨和哀怨。

城外道，月朦胧，何平安带队急行。

他猛然一挥手：“停！”

队伍缓缓停住了。

雷大虎忙问：“怎么了？有问题？”

“我有事要处理。”何平安摇摇头，看了一眼那几口大箱子：“你们到前面等我，留我自己就行。”

雷大虎为难地望了一眼马潇。马潇冷冷道：“何长官，咱们是急行军，德山等着救援，为什么要停？”

“我有很重要的事。”

“多重要？关系到战局？”

“没有。”

“那就是私事了！”马潇一拍腰间的枪匣子，“你因为私事要耽误行军，按照虎贲的规矩，虽然你是长官，我现在就可以当场毙了你！”

何平安皱眉道：“给我五分钟，五分钟我就可以处理好。咱们在这里对峙的时间，也就够了。”

马潇摇摇头：“军规不能打商量。”

“你想怎么样？”

“听说你枪法很好，不仅准，而且快。”

何平安顿住了。

马潇挑高眉毛：“我要跟你比比。”

“怎么比？”

“当然是比谁又快又准。”

雷大虎急得跺脚：“老马，现在不是闹这些的时候，你……”

黄景升在一边拉了雷大虎一把，雷大虎不说话了。

何平安昂然点头："好，可以比。你说打什么？"

马潇笑了："打什么？你们警察比枪，或许就是打个靶子，可当兵的比枪，当然是打脑袋！我开枪打你的脑袋，你开枪打我的脑袋！"

马潇用手比了个枪，戳着自己的太阳穴。

雷大虎忍不住又说话了："马潇，这可不行，师座的命令，现在他是长官！"

"什么长官！兄弟们，你们刚才都听见了，他答应了那个女人，他一定会活着回棠德！我们去德山，就是准备拼命的，咱们这些人，有哪个不是下定了决心，可以把命扔在德山。他身为长官，因为一个女人就要活着回去，他还怎么带队！没了必死的心，我们所有人都会死在他手里！"马潇伸手拉开了枪匣子，露出枪柄："姓何的，我就是要告诉你，打仗要是只想着活命，我就让你第一个死！"

所有人都定住了。

一只箱子忽然晃动起来，"扑通"一声倒下，箱子盖打开，余子扬露了出来。

众人都惊了，几十条枪一起指着余子扬！

雷大虎："这什么人！"

"何平安，你混蛋！"余子扬从地上跃然而起，一拳把何平安打倒在地。

何平安站起来，擦了擦嘴角的血："余大哥，你打我多少拳都行。现在你已经出城了，回不去了！"

余子扬不说话，打开另一只箱子，柳芬抱着小猴子爬出来。

雷大虎瞪大了两眼："这，这他娘的怎么回事！"

何平安低声道："这是我的老婆孩子，还有我的好朋友，是我用箱子，送他们出城。"

"都看见了么！这个何长官打仗之前，想的都是自己的老婆孩子。"马潇一声冷哼，"这样的人，凭什么领着我们去德山！"

何平安想说话，却一转头，看见了柳芬的眼睛。

"沈湘菱跟你说的话，我在箱子里都听见了。"柳芬搂着小猴子，凄苦地望着他。"你让我们走，却要把命留给她……"

何平安无言以对。

棠德街头，汽车缓缓行驶。沈湘菱坐在后排，手里握着一根孝带子，上面的血迹还清晰可见。

周四担忧地问："小姐，你的手没事吧。"

沈湘菱一言不发，靠在车门上，双手紧紧握着那根孝带子。

"小姐，你……"

周四回头，正看见沈湘菱颊上滑落的泪水。

汽车忽然停住了！

刘世铭一动不动地站在沈家门前，迎着雪亮的灯光，一步步走近车头。

车内的沈湘菱看见了刘世铭，一动不动。

“你出来！”

沈湘菱还是不动。

“你不见我，我是不会走的。”刘世铭紧贴车门站着，大声道：“你出来！”

“小姐，要不要我去赶走他？”周四掏出枪，要推开车门。

“等等，我去见他。”沈湘菱推开车门，走到刘世铭的面前。

刘世铭呆呆地望着沈湘菱红肿的眼睛：“你哭了。”

沈湘菱一动不动，沉默以对。

“你为他哭了。你曾经说过，你这辈子只会为一个人流眼泪，可你现在为那个何平安哭了。”

“我是说过，可那已经是上辈子的事了。你毁婚之后，那辈子的事就已经结束了。”

“你以为别人听不出来了么？”刘世铭伸手指着染血的白布，“你是要何平安活着回来，你在当着所有人跟他海誓山盟！你就是这么恨他的？”

沈湘菱目光闪烁。

刘世铭声音更加沉痛：“你根本不恨他，你爱他！”

“我就是爱他。”沈湘菱目光一寒，神色冷了起来：“我从不否认，我承认了又能怎么样，我爱他！”

刘世铭愣愣地站在原地。

“我就是要昭告天下，我就是要让所有人知道，我沈湘菱，看上何平安了，要让他活着回来！这跟你有什么关系，你凭什么站在我家门前来质问我的事！”

沈湘菱举起那条染血的孝带子：“这是他对我的承诺！当年，我穿着一身红装去见你，得到的却是你的冷漠。你看都不看我一眼，只会缩在那里，缩在你的名利堆里！现在我穿着孝袍去见何平安，他把他的血留给了我！”

刘世铭眼神软了下来，近乎哀求地望着沈湘菱：“他会死在德山的！他会死的，我不会，我会守着你！”

“他不会死。他答应我他会活着回来，他答应我的，就一定会做到！”

沈湘菱举着孝带子，何平安血红的手印在刘世铭面前晃动。

刘世铭无言以对，眼神从哀求变成了嫉妒。

“何平安一定会死，一定会死！”

他怒吼着转头，踉跄跑去。

周四走到沈湘菱身边：“小姐，我们回去吧。”

“不会死，他不会死，”沈湘菱手捏孝带子，低声自语，“他答应了我不会死！”

枪口全都对着余子扬！

何平安则拔枪对着马潇：“不管你们对我怎么样，放他们走！”

余子扬：“我不走！我要回常德！”

何平安：“余大哥，你们三口人好不容易团聚，你就忍心再舍弃她们么！”

“你不是不明白，我有事要做！”

“我明白，但我可以替你！”

“你替不了我，这件事只有我能做！我要回棠德！”

马潇的枪口向余子扬逼得更近了：“你是什么人！你要去棠德做什么！”

“我是……”

何平安骤然打断了余子扬的话：“他是不相干的人！放他们走！”

马潇：“不可能！身份不明，来路不明，他回棠德，你敢保证他不是日本人的奸细？”

“你放屁！”何平安一声大喝，叩开了机头。

数条枪口又对准了何平安。

“我用我的命担保，他绝对不是汉奸！”何平安怒视马潇：“你这是侮辱他！道歉！”

马潇冷冷道：“我要不道歉呢！”

“虎贲的军规，不服从上级，我现在就枪毙了你！”

“好啊，咱们接着比，看谁先把谁脑袋打爆了！”

何平安咬牙：“我跟你比！先放他们走！”

余子扬：“何平安，我必须回棠德！”

“她们母子两个已经出城了，我要去德山。你回棠德，就把她们扔下么？”何平安转眼怒瞪着他：“兵荒马乱，你这就是害死她们！你必须走！”

余子扬：“我没得选！”

“够了！”

柳芬一声大喊，拉着孩子走到枪口的中间：“我们母子两个不是什么货物，不要你们推来推去！你们都是男人，都是英雄，你们要牺牲，要死，那你们都去死啊！”

众人都愣住了。

“我们自己走！”柳芬拉着小猴子就往外走。

一声枪响！

所有人的枪都一紧。

雷大虎大怒：“他妈的，没有命令，谁开的枪！”

黄景升愕然道：“不是咱们，有敌人！”

远处，枪声乍起！

“隐蔽！”雷大虎一声大吼，余子扬猛地拉住柳芬和孩子，隐蔽到物资后面。

何平安一个滚身，也隐蔽起来，刚巧和马潇碰在一块。

马潇冷笑：“保命的时候倒是挺利落。”

何平安不理他，径直问：“哪儿打枪？”

子弹打在前面的土地上，溅起尘土。

黄景升凑到了何平安身边：“你多大？”

何平安一愣：“三十五。”

“年轻人，脉稳。”黄景升扣住何平安的脉搏。

何平安疑惑了："干什么？"

雷大虎："老何，你别说话！"

所有人都沉默着，枪声不住响起，但子弹都没准，打在地面上。

黄景升忽然开口道："东边打来的，六百米，那片林子里。"

所有人望向那片林子，果然看见影影绰绰的人影。

何平安又惊又服："你怎么知道？"

马潇傲然道："这你都不懂。子弹的速度和声音的速度会有一个差值，根据脉搏的跳动基本可以计算时间。受过严格训练的老兵，可以通过计算声音和子弹到达目标之间的时间差来判断距离。黄老哥可是高手。"

"年轻人脉搏稳，我上了年岁，自己的脉算不住了。"黄景升仍旧抓着何平安的手，"一群败家子！离着这么远就在林子里放枪。五百米了，他们冲过来了。"

"奶奶的，带队，迎击！"

雷大虎就要跃起往前冲，何平安一把拉住他。

"我是指挥官，不准出击！"

马潇冷嗤："怕死鬼！"

何平安："这么多物资，如果被敌人炸了，我们还去什么德山！"

众人都愣住了。

"何长官说得对。"黄景升第一个点头，"我们还不知道这伙人是什么来路，听打枪的方式，不是日本人。"

马潇侧着耳朵听了片刻："不错，日本人开枪很有节奏，一定是集中火力，分拨次推进。这帮人是乱打。"

黄景升："更近了，快到了！"

雷大虎看向何平安："何老弟，你说怎么办？"

"把火药藏到中间，其余的物资堆成一个圆圈，我们原地据守。"何平安转头看着余子扬，"你刚才就该走！"

"现在说也没用了，咱们兄弟，还能再并肩作战一次！"余子扬拉住柳芬的手，"你和孩子都不会有事，这次我一定会保护你们！"

柳芬看着他，说不出话来。

何平安猛然一声大喝："快，构建工事！敌人要上来了！"

对面的密林中，混江龙提着枪，一边开枪一边跑。

海东升跟在后面，拉着乔榛，一群土匪也跟着跑。

混江龙："快！冲上去！杀了何平安！"

众土匪："杀了何平安！"

枪声更急了，众土匪飞快地往前奔。

当前几名土匪冲出了林子，突然全部中枪倒地。

众土匪顿时被吓住了，一个个停在原地，不敢往前跑。

混江龙大骂："他娘的，怎么回事！"

"大当家的，敌人厉害，他们，他们枪法太准了！"一个土匪端着枪，哆哆嗦嗦地说，"几个兄弟一出林子，就被他们打死了！"

混江龙慌忙躲到大树后，探出一双眼往外看。

林边，不知什么时候驻起一个简单的环形工事，国军全部退守在里面。

混江龙咬牙怪叫："奶奶的，那我们就在林子里打！子弹有的是，打死他们！"

众土匪在林中不断开枪。

"这帮人就是不会打仗的菜鸟，根本不用动用机枪！"

所谓的工事，其实是用物资车围成了一个圈。马潇举着手枪靠在车后，不禁冷笑了。

林中的枪声更急。

"火力不错，就是没准头，是什么人？"雷大虎狠狠往地上吐了口唾沫。

何平安脸色阴沉："不管是什么人，他们堵在这，我们走不了，会耽误大事！"

"来了！"

海东升两步跑到混江龙身边。

混江龙连开几枪："什么他妈来了？"

海东升："炮，小山炮！咱们走得急，后面的兄弟把山炮推过来了！"

混江龙哈哈大笑起来："好，太好了！给我开炮，轰他娘的！"

一门小山炮推了过来，乔榛不禁惊恐地望着对面。

"别怕，杀了何平安，咱们就离开这儿！"海东升低声安慰乔榛。

炮弹填进山炮，炮口转动，瞄准了林外的工事。

轰隆一声炮响！

掩体中的雷大虎等人全都伏下身子，泥土扑天而落。

"这要是我的兵，非得毙了他们！这么近的距离竟然还打不中！"雷大虎摸了一把脸。

何平安一脸凝重看向对面："雷营长，有伤亡吗？"

"没什么伤亡，这群人枪炮没准点，纯粹一群土财主！"

马潇更加疑惑了："到底是什么人啊？"

"我知道了！"何平安恍然大悟："土匪，只能是土匪！看来他们已经投靠了日本人。"

"一群乌合之众，借着日本人的枪炮没什么了不起。"雷大虎望向何平安，"我带几个人冲过去，打散他们！"

黄景升也赞成："躲着也不是办法，他们对山炮的操作不熟，等他们打顺手了，咱们就危险了！"

"好！雷大虎，你带一个排冲过去，我们掩护你！"何平安点点头。

"一排跟我走！"雷大虎一声令下，十几个人跨过掩体，向前冲锋。

“我也去！”

马潇紧跟着雷大虎跃然而出，带着几个战士冲向弹雨。

林中，混江龙指着雷大虎高喊：“他们出来了，打，打！”

“跑起来！”

雷大虎等人全部散开，成S型往林子里冲。

马潇闪转腾挪，跑在最前面，边跑边开枪。

几名土匪中枪倒地！

混江龙悚然：“他娘的，这么准！”

何平安端过身边一个战士的机枪，一边射击一边大喊：“掩护他们！”

一时间，枪声震耳，战士们齐集开火。两边阵地织起一片火网。

雷大虎等人眼看要冲进去了。

混江龙惊惶地连声喝令：“开炮，开炮！”

一发炮弹呼啸而来，雷大虎等人全部卧倒！

硝烟散去。

雷大虎转头问旁边的马潇：“有伤亡没有？”

“没有，狗日的打不准！”

“咱们再冲！”

“好！”

马潇第一个跳起来，又冲了上去。

混江龙脸色变了：“所有人集中火力，别管何平安，对准这些人给我打！”

子弹暴风骤雨一般响起，两名战士中弹。

何平安：“掩护他们！”

三挺机枪不停地喷着火舌。

敌人强大的火力压得雷大虎等人抬不起头。

“回来，快，撤回来！”何平安心里焦急，冲着雷大虎高声大叫。

“奶奶的，撤回去，撤回去！”雷大虎恨恨唾了一口，在何平安等人的火力掩护下，领着众人缓缓往回退。

马潇愤恨地瞪了一眼，也无奈地往回撤。

众人又撤回工事，雷大虎对着何平安叹了口气：“不行，土匪火力太猛，我们冲不过去！”

“看来，日本人这次是下大本钱了。”何平安低声道，“知道这群土匪没有战斗力，所以只能靠武器撑着。”

雷大虎也着急了：“那怎么办？天亮之前如果不打垮他们，咱们就无法按时赶到德山了。”

“战略物资不能丢。”何平安看了看身后拉着的战略物资，“我们，只能据守。”

他话音刚落，对面的枪声炮声更猛了。

震耳的枪声炮声中，土匪们越打越过瘾。

“兄弟们，给我打！”

混江龙抱着一挺机枪不停地扫射。弹壳纷飞。

又一发炮弹轰向了对面。

混江龙越发亢奋癫狂：“叫兄弟们集中火力，长点眼，别拿命扛，子弹多得是，打完了，日本人还给准备着，打！”

海东升躲在土匪后面，吓得脸色惨白，间或打出一发子弹，又慌忙缩起身子藏在土匪身后。

土匪都在忙着打枪，海东升看向夹在土匪中的乔榛。

火光时不时地照亮阵地，乔榛被绑着，缩在地上。害怕得全身瑟瑟发抖。

海东升看了看身边的土匪，打得正兴起的土匪根本没留意这两个外来人。

海东升偷偷跑到乔榛身边，一边注意着土匪们一边迅速解开乔榛身上的绳子：“你快跑，跑得远远的！”

“师父，我们一起跑！”

“不行！”海东升伸出自己的残手：“我要留下来，亲眼看到何平安死！”

乔榛急切地抓住他：“你放了我，他们不会放过你。”

“他们这会儿打枪都打上瘾了，没人注意你，你快跑！”

“师父！”

“快跑啊！再不跑被混江龙看见就跑不掉了！”

海东升狠狠甩开她的手，乔榛一个激灵，看了看不远处抱着机枪专注射击的混江龙，又不舍地看了看海东升，这才悄悄爬向了一边。

密集的枪炮，混江龙抱着机枪扫向对面，根本没注意到乔榛偷偷溜走的身影。

火光时不时地照亮阵地。

何平安突然注意到对面的敌阵，一个小小的身影正在移动。

何平安转头牵过一匹马。

雷大虎一把拦住：“你要干什么？”

“对面跑出来一个人，我去把他抓回来！”

“万一是陷阱呢！”

马潇应声道：“我去！”

“你守在这儿！”

何平安不等马潇大话，翻身上马。冲向敌阵。

雷大虎无暇顾及，抓起一把机枪大吼一声：“给我打，把狗娘养的压回去，这姓何的可是答应人家要活着回去的。”

密集的子弹射向了对面。战士们的火力突然加强。

何平安夹紧马背冲向敌阵。

火光中，战马如同移动的活靶迎着穿梭的火网冲锋。

何平安在炮火中奔驰。

雷大虎抱着机枪拼命射击。所有的子弹都是为何平安开道。

阵地上枪炮声大作。何平安紧握着缰绳在炮火中奔驰，血顺着缰绳一滴滴滴在了地上。手心的伤口，刺痛烧得他浑身热血沸腾。

乔榛近在眼前，何平安催马上前。

“的的”的马蹄越来越近。乔榛惊慌，险些摔倒，回头匆匆一瞥。

何平安却已经看清楚了她的脸。

他斜身贴紧马背，冲着乔榛伸出手：“快上来！”

乔榛更加惊慌，下意识加快步子。

“快上来！”

乔榛跑得更快。

“别跑！”何平安情急，搭手将乔榛挟持上马，迅速掉转马头，奔向己方阵地。

众土匪齐集枪火一起瞄准战马不停地射击。

子弹在身边嗖嗖地掠过，何平安下意识地弓起身子，将乔榛护在怀里。

他竟然在救我！

乔榛忍不住偷偷看向何平安。

马蹄声急，乔榛忍不住往何平安怀里靠了靠，那怀里很温暖。

乔榛脸上不经意地露出一点笑意，子弹啾啾飘过，她第一次感到不再害怕。

林子里，海东升眼睁睁看着战马奔驰而去，一时目瞪口呆。

战马是唯一的目标，众土匪们齐集火力盯着战马不停地射击。

“停火。快停火！”海东升挥舞着手臂大声叫嚷。

没人听他的，土匪们更快速地发射着子弹，马比人目标大。打着马就能抓着人。

海东升跺脚冲到混江龙跟前，一把抓住混江龙的手：“别打了，那个被抓的人是乔榛！”

混江龙一愣，猛然暴喝：“你放了她！”

“快叫他们停火！”

混江龙慌忙大喝：“停，都停！”

枪声骤停。

混江龙两步跨到刚才乔榛蜷缩的位置，地上只剩下一截断绳。

“啪”的一脚，混江龙提腿踢向身边的土匪：“一个娘们都看不住，你吃屎啊！”

何平安终于冲回了阵地，一把丢下乔榛，战马已颓然倒地。短短的一段距离，战马竟然身中了十几枪。大大小小的血窟窿潺潺冒着热血，所有的人热泪盈眶。

“真是匹好马！”何平安抚着马头黯然叹息。

身后，乔榛畏缩着目光一直看着他肩头子弹擦过的枪伤，热血打湿了她的衣领。

“兄弟，受伤啦？”

雷大虎的关心让所有人的目光从战马身上移到了何平安身上。

“皮外伤，不碍事儿。”何平安攥紧了满手的血，扭头看向了地上的乔棒：“又见面了！”

乔棒的眼睛直直在盯着何平安流血的手掌，竟下意识的撕下袖子上的布，给他包扎。

“受伤了？严重吗？”

柳芬抱着小猴子已冲了上来。

何平安微微抗拒着，眼睛温和地看着柳芬，又越过柳芬看向她身后的余子扬。

余子扬跟在柳芬身后紧跑了两步，看到柳芬下意识的关切举动，脚步慢了下来，最后在几步之遥站住了。

何平安冲着余子扬尴尬地笑笑。柳芬已瞬间反应过来。拉着小猴子，低下了头。

“不用了。”何平安边说边走向余子扬：“余大哥……”

余子扬一笑：“我现在成了废物了，要是当年……”

“对面的人听着！”

对面，混江龙的声音突然传来。

所有人的目光看向了对面。

混江龙的声音更大了：“放了我婆娘！”

所有人都又看向乔棒，目光如箭！

乔棒不禁一个激灵。

何平安看了一眼乔棒，踏步上前高声应答：“放人可以，你们后退十里！”

“十里是多少？”混江龙低声问海东升。

海东升无奈地叹息：“差不多回山寨的距离。”

“那不行！”混江龙提高声音，对林子外大喊：“不行！“

何平安也大声回应：“不行就没得谈！”

“何平安，放了乔棒！”

“不可能，你们要是不撤，我现在就宰了她！”

“何平安，你敢！”

“你敢么？”何平安转头望着马潇：“你不是要跟我比么？我就跟你打个赌。”

马潇昂然道：“赌什么？”

“赌十分钟！十分钟之内，我打退这帮土匪！”

马潇看了对面一眼：“不可能！”

“如果我做到了呢？”

马潇决然道：“我把脑袋输给你！”

何平安笑了：“我不要你的脑袋，我要你从此以后听我的命令，绝对服从！”

马潇一愣。

何平安环视众人："我知道，能站在这的都是百战精锐，你们都不服我。我现在不单跟他打赌，还跟你们所有人赌一场。我要是能在十分钟之内打退他们，你们就要绝对服从我，至少在德山上，我的一切命令都要执行！"

众人沉默。

"怎么？虎贲不敢赌么！"何平安大喝一声。

马潇大声道："谁说不敢，我们跟你赌了！"

众人异口同声："赌了！"

"好！"何平安一把拉起乔榛，刀尖顶在了她脖子上："光！"

几个手电筒同时照着两个人，摇晃的光筒照着乔榛惊恐的脸，闪亮的刀尖顶着她的脖子。

"别怕，我不伤你！"何平安压低声音，语气温和地说。

乔榛竟然点点头。

"对面人看着，你看我敢不敢！"何平安拉着乔榛站在货箱上。

混江龙和海东升慌忙几步走了出来。

"何平安，当年我怕你，现在老子不怕你，"混江龙还在虚张声势，"你要是杀了这婆娘，我保证你……"

利刀挥下！

一股血顺着乔榛的脖子流淌而下，乔榛瘫倒在地。

何平安真杀了乔榛！

混江龙："婆娘——"

海东升："乔榛——"

"开火，打，打，打！"

混江龙双眼暴血，海东升抄起土匪的机枪："何平安，我宰了你——"

枪声怒吼，混江龙怒吼，海东升怒吼。

迫击炮再次震响了阵地，地动山摇！

土匪的火力全部打开，子弹在横飞，炮弹在爆炸。

何平安高喝："都趴下！"

所有的国军都趴在掩体后面。

马潇低声怒斥："何平安，你算什么汉子，你杀女人……"

"都听着！"何平安打断了他："他们的子弹很快就会打光，枪声只要一松，咱们立刻还击，打退他们！"

"何平安，你真他娘的杀……"

雷大虎刚要骂人，扭头看见乔榛惊恐地趴在地上，还活着。

何平安手臂上，鲜血直流。

雷大虎一挑大拇指："奶奶的，你够狠，服了！"

马潇也愣住了。

何平安一言不发，双眼炯炯看着对面。

枪声渐渐稀疏起来。

何平安：“准备！”

雷大虎端起机枪一跃而起：“冲！”

久经沙场的精锐紧跟其后，十挺机枪一起开火，瞬间火力集结全面冲了过去！

土匪们一个个被击毙，剩下的也慌了手脚，丢盔弃甲。

“大当家的，快撤吧！”

一个土匪话音刚落，一梭子弹正中胸膛。

混江龙看着土匪们死的死，伤的伤，一跺脚，咬着牙大声下令：“撤，撤！”

土匪们仓皇后撤。

海东升两眼血红，手里的机枪已经没了子弹，海东升恨恨地丢下枪，举起已断了两根手指的手，猛然又张口咬掉断掉的半截手指。

众人大惊。

海东升吐出断指，满嘴血沫：“何平安，我不杀你，誓不为人！”

他仓皇回头，只见机枪火舌吞吐中，何平安在一明一灭的火光中杀气逼人！

第二十章 峭壁夜枭

深夜街头，刘世铭蹒跚而行，满身酒气。

他瞪着一双赤红的眼睛，眼前却不断浮现出沈湘菱泛红的眼圈，何平安血红的手掌。素白孝带，血红的掌印。

“何平安，你一定会死，一定会死！”

突然，一个黑影窜了出来，手里竟是一把明晃晃的匕首。

“别动，把值钱的都交出来。”

刘世铭压抑的怒火终于被熊熊点燃。

“我要你死！”

刘世铭大叫一声，迎着劫匪突然搏命般冲了上去，近乎疯癫的拳头暴雨般砸向了劫匪。

劫匪懵了，没见过这样不要命的，一时更忘了还手，还来不及逃跑就摔倒在地。

一向文弱的刘世铭突然爆发的狠劲，把劫匪打倒在地。

“你一定会死，我杀了你！”

灯光昏暗的办公室里，刘世铭醉眼惺忪，一拍桌子，指着对面的劫匪厉声喝问。

“我，我。长官饶命，长官饶命啊，我不知道您是什么人，我有眼不识泰山，您饶了我，饶了我吧。” 劫匪“扑通”一声跪在了地上，“我也是走投无路啊！”

他埋头痛哭起来。昏黄的灯光中看不清他的脸。

灯影憧憧，刘世铭的眼前又浮现出沈湘菱的眼神。

他突然大吼一声，双手扫向桌子，桌上的记录本、杯子全被扫到了地上！

“长官，饶命，长官，饶命啊。”

那劫匪一惊，头磕如捣蒜。

“饶命？”

刘世铭喃喃重复，眼前又出现沈湘菱的脸。

——“我就是要昭告天下，我就是要让所有知道，我沈湘菱，看上何平安了，要让他活着回来！这跟你有什么关系，你凭什么站在我家门前来质问我的事！”

他眼神中透着杀意，撑着桌子，摇摇晃晃站了起来。

劫匪也突然站起，凑近刘世铭的耳边：“只要您把我放了，我就欠你一条命，你有什么仇人对头，告诉我，不管是谁，我都愿意帮您杀了。说杀谁，就杀谁！”

“砰”！刘世铭一掌将劫匪推到地上。

“混蛋！”

劫匪一个后仰摔在地上。又慌忙伏低身子，阴阴说道：“这世道，就算是您这样的大官，也会有人得罪您吧？”

他说着缓缓抬起头，昏黄的灯光落在他脸上——赫然是藤原弥山！

“您也有恨的人，厌恶的人吧，只要您跟我说，一句话的事，我就能让您讨厌的人消失。”

藤原弥山的声音中带着一种说不出的诱惑。

刘世铭一怔，转头看向了藤原弥山。

藤原弥山的脸又变成了沈湘菱的脸。

沈湘菱的脸变成了何平安的脸，那张似乎永远沉毅和镇定的脸。

刘世铭一言不发地站着，瞪视着对面的脸孔。

藤原弥山自信地等着。

刘世铭终于下定了决心。

“放你可以，但有个条件！”

藤原弥山一脸兴奋：“您要杀谁？说杀谁，就杀谁！”

刘世铭抿着嘴唇，望着眼前的虚空。

何平安的身影在他的眼前晃过。

“何老弟啊，我真是服了你了！”

树林里躺满了土匪的尸体，战士们在打扫战场。雷大虎靠在货车上，拍着何平安的肩膀朗声大笑。

何平安只是对他一笑。

马潇走上前，对着何平安抬手敬礼：“我赌输了，从现在开始，我听你的。”

虎贲的士兵全都围上来。

何平安望着一张张坚毅面孔，也不禁敬了军礼：“各位，我佩服你们！说真心话，虎贲是我见过作战素养最优秀的部队，论作战能力，我只能做各位的学生。”

马潇笑了：“你倒是谦虚起来了。”

黄景升也笑了：“谦虚是胜利者的美德。跟他比，我们都输了。”

“谈不上输赢，我们之间不是打仗。我们的敌人是日本人，是汉奸。刚才一战，各位赢得漂亮，我自愧不如。因为某些特殊原因，我成了你们的长官，既然做长官，我就要对你们的生死负责，你们也要听从我的命令。这次去德山，我们心里都明白，是九死一生的任务，每个人都做好了死的准备。我答应沈湘菱要活着回去，是出于我的感情，我向你们道歉！”何平安给众人鞠躬：“可我也要你们答应我，只要能活着，就要拼尽全力活下去。我不是来带你们死的，你们都是好样的，就算是死，也要死得有价值，死得轰轰烈烈！死他个流芳百世！”

雷大虎一拍巴掌：“说得好，就是死，也要死他个流芳百世！”

众人齐声高喝：“死他个流芳百世！”

何平安走到雷大虎的身边，拍着雷大虎的肩膀：“你们整顿队伍，给我点时间处理一下私事。”

雷大虎看着不远处余子扬和柳芬，对着何平安点点头。

“你的事我不问了，信得过你。”

他转身大步走开：“集合集合，全都集合！”

随着雷大虎的呼喝，虎贲们纷纷大步离开，在远处集合列队。

何平安缓缓走到余子扬和柳芬面前：“我现在要去德山，嫂子和孩子只有跟着你了，除了带她们离开，没别的办法了。你怪我也没用。”

余子扬愤恨地看着何平安。

何平安：“走吧。你放心，我会替你完成任务，帮他们守德山。”

余子扬突然一拳打向何平安。

何平安一动不动，脸上挨了一拳。

“为什么不躲！”

何平安一笑：“余大哥，你能不能告诉我，延安是什么样？”

余子扬一下愣了。

“我从来没到过延安，我无数次地闭上眼想延安到底是什么样子，你能不能告诉我？”

“很艰苦。却人人都抱着希望。物质上贫困，精神上却非常富足。”

何平安看了一眼柳芬，伸手摸了摸小猴子的头：“小猴子也是我的儿子，你带他去见见延安。我就也见到了。”

“常德回不去了！我不管你有什么任务，你必须把她们送到安全的地方。这是你作为父亲和丈夫的责任。”

余子扬望着何平安，又望着柳芬，终于缓缓点头：“我送你们去安全的地方。”

何平安笑了：“一路平安。”

余子扬也笑了，却十分苦涩：“平安？何处能平安啊？你这名字起得好。”

“你们告个别吧。”他看了一眼柳芬，走到小猴子面前，“来，叔叔抱，好不好？”

小猴子怯懦地看着余子扬，缓缓点头。

他一只胳膊抱起小猴子，大步走进林中。望了一眼远处，柳芬缓缓走近了何平安。

“爹和娘谁好啊？”他低下头，含笑问小猴子。

“娘好，爹不好。”

“为什么啊？”

“娘天天陪我，爹老不陪我。一回家就亲我，用胡子扎我，还咯吱我笑，我就揪他头发，打他！”

小猴子说着，咯咯地笑起来。

余子扬眼眶一下湿了：“那要是以后见不到爹了，你想不想他？”

小猴子一愣，突然笑着摇头。

余子扬怔了：“你不想他么？”

“爹说了，不管啥时候都会护着我和娘，不会见不到的。叔叔你在逗我！”

余子扬说不出话来，只得更加用力地搂着小猴子。

“对，小猴子真聪明，叔叔就是在逗你。”

他怅然望着林外，何平安和柳芬静静对视着。

何平安勉强一笑：“该说的，早都说完了，是时候了。”

“说真心话，这些年我总是梦见这一天。大概就是这么个地方，刚刚打过仗，有伤病，有死人。前面就是阵地，所有人都盼着你，你要去做大英雄、大将军。”柳芬苦笑着摇摇头，“我一步步地把你送过去。边走边哭，想再看一眼你的脸，却怎么也看不清楚。”

何平安只得长叹了口气：“我送你吧。”他拎起一个袋子，递到柳芬跟前：“钱、吃的、还有枪，都给你们准备好了。余大哥和孩子等你呢，我送你过去。”

“你别送！我自己走。”

柳芬一把抢过袋子，猛然转身，大步而行。

何平安默默地望着。

柳芬走到余子扬的身边，抱起了孩子。余子扬对着何平安点点头，带着妻儿离去。

小猴子从柳芬的肩头望着何平安，奋力伸出手。

柳芬和余子扬都没有回头。

何平安缓缓叹息。

“何老弟，这姑娘怎么办？”

何平安一愣，转头看见一边战战兢兢的乔榛。

何平安抽出一把手枪走到乔榛面前。

乔榛惊恐的往后退。

何平安举起枪，退出子弹，一边说一边演示开枪的动作：“这样，压上子弹，扳开机头，瞄准，就能开枪了。”

他抬眼望着乔榛：“记住了么？”

乔榛惊恐地点头。

何平安把枪扔给乔榛。

“试一遍。”

乔榛拿过枪，虽然有些生涩，但还是完成了何平安的动作。

“不错，挺聪明。这把枪送你了，你也走吧。”

何平安转身就要走，却见乔榛拿着枪，呆在原地一动不动。

何平安奇怪了：“怎么不走？”

乔榛小声说：“我不知道要去哪儿。”

“找你师父，回老家，去哪儿都行！”

“我没家了，我师父他当了土匪，我……再说，他现在一定以为我已经死了。”乔榛怯怯地低下头：“我能不能……能不能跟着你。”

何平安一愣：“跟着我干什么？”

“跟着你……安全。”

何平安指着自己的鼻子，露出苦笑：“中国安全的地方已经不多了，你往西走，去重庆，去云南，都行。只是别跟着我，因为我身边是最危险的地方。”

乔榛不说话，仍旧在看着何平安。

“走吧！”

在何平安的目光督促下，她走了几步，突然回头。

“你很像我哥哥，以后要是还能再见，我就叫你何大哥吧！”

说完一笑，转身走远了。

何平安不觉怔了，望着乔榛远去的背影，他似乎想起了什么。

静谧的夜，日军指挥部一片漆黑，只有几点烛光扑朔跳跃。

横田勇望着不远处黑暗中的德山：“还有多远？”

“大概还有三十里。”藤原景虎站在横田勇的身后，恨恨道：“海东升的土匪确实是乌合之众！根本没有能力阻拦中国军队的精锐，根据电报上说，两个小时前敌人的援军就已经突破他们的伏击线。根据他们的行军速度计算，现在离德山应该还有三十里。”

横田勇缓缓点头：“本来也不指望他们这群土匪可以阻拦住余鹏程的精锐，我们需要的只是时间。能够判定他们会从哪条路上山么？”

藤原景虎摇头。

横田勇转回头，锐利地盯着他：“藤原君，常德到德山这段路的地形并不复杂。没有推断出敌人的行军路线，是你的失职！”

“将军阁下，本来是可以推断的，但敌人之中，加入了不可预判的因素。”

横田勇一愣，扭头看着藤原景虎。

“那个何平安，似乎对常德附近的地形特别熟悉。上次在沅江边一战，他也是从我们不知道的暗道渡河的。我无法判断，他是否知道这样的小路，可以秘密潜入德山。但我们已经在德山四周的主要途径都部署了兵力，而且……”

藤原景虎深深地望了一眼黑暗中的德山：“即使是山中的密道，他们也没有可能突破。因为，八木君已经进山了。”

横田勇眉毛上扬：“八木枭？”

藤原景虎缓缓点头。

“就是他，黑暗中的恶鬼——八木枭！”

夜黑如漆，峭壁前一条窄路，只容一人行走，另一边就是悬崖。

一群人影仓促而行，竟全都是国军的士兵。

邓峰走在最前面，步履踉跄。

“团长，咱们弃守德山，是要掉脑袋的啊。”副官跟在他身后，依然不安。

“守在德山，一样是挨枪子，不如给兄弟们谋个活路，你要是想死，你自己回去。”邓峰恶狠狠瞪了他一眼，向后一招手：“快快，都快点！”

“日本的厉害你不是没看见，炮弹就跟长了眼似的，指哪打哪！余鹏程派的援军又迟迟不到，咱们不是临阵脱逃，是被迫转移。不是兄弟们作战不勇猛，是他余鹏程故意拖他们的后腿，援军物资全都不到，只有转移！”

他一边仓皇逃窜，一边不断辩解，给自己找借口：“还是老子聪明，提前就勘察好了地形。现在德山处处被日军围困，只有这条险路可以走。日本人不熟地形，这个地方，只要放一个狙击手，就谁也过不去！”

一声枪响！

最前面的一名士兵胸口中枪，大叫着跌入悬崖。

邓峰惊叫：“狙击手！”

众士兵全都慌了。

“隐蔽！都隐蔽！”

邓峰大叫着，紧紧贴住峭壁。

“团长，根本没地方隐蔽啊。”

“全都贴边，天这么黑，敌人一定是蒙的，根本看不见咱们！”

枪声再次响起！

又是一名士兵中枪，跌落悬崖。

“不可能！”

邓峰抬头往上看，一片漆黑，什么也看不见。

副官惊魂略定，抬头打量着顶上峭壁“团座，现在只能冲了！对方人不多，打不了咱们这么多人，能走几个是几个。要是待在这，全都得送命！”

“你说的对，马上……”

他话没说完，蓦地一声枪响，副官头部中弹，鲜血溅了他一脸！

邓峰傻住了，眼看着副官一声不吭地跌到山下。

“快，能走几个是几个，快走！”

他高呼着，不顾一切地往前走，前面挡路的士兵被邓峰纷纷推开。

狭窄的山路上，士兵们挤成一团，不断有人被同伴推落深渊。

枪声间或响起！

山顶上，峭壁边，一个一身黑衣的人举着一把狙击枪，低头望着下面，面容冰冷，一双眸子却在黑暗中闪动着狂热的光。

“八木的原名是什么，已经没人记得了。”

柴火烧沸了水，火光在横田勇的眼中闪动着，他端起水杯轻轻喝了一口。

藤原景虎：“我只能记得，五年前他曾经一个人在山林里狙杀了支那军队的一个连，那一晚跟今晚一样，乌云遮月，一片漆黑。”

横田勇抬头看着漆黑的苍穹。

“我当时问他是怎么做到的，八木君很不解，他明明能清楚地看见对方，可对方却看不见他，就好像他能在黑暗中隐身一眼。没有人能隐身，只不过是他的眼睛能在黑夜中看清三百米内的一切。”

“从那之后，再也没有人记得他的本名，所有人都叫他——枭！”

藤原景虎站起身，志满意得：“能够在黑暗中洞悉一切，枪法精准得可怕，又精通山林作战。不管何平安从什么地方上山，一定会被八木枭发现，只要在黑暗中，就没有人能打败他。”

“而天一亮，我们就会发动总攻，山上没有援军，没有物资，我们能在一个小时之内打下德山！”横田勇端起水杯，看着那一小团升腾的火焰，“他们，没有任何希望。”

一杯水泼下，火灭，眼前再次陷入一团漆黑。

夜黑无光，何平安走在队伍前面，雷大虎和秦山秦岭紧随其后。

何平安：“快到了，那条小路很少有人知道，日本人应该不会察觉，即使发现，也没有办法布置兵力，我们完全可以突围过去！”

雷大虎有些焦急：“天一亮，日本人就会发动总攻，我怕邓峰那怂蛋顶不住！”

“放心，天亮之前，我们一定能赶到德山！”

雷大虎望着何平安，信服地点点头。

头顶上传来稀疏的声音。

众人全都一愣，雷大虎一挥手，所有人都停住了。

何平安屏息凝神，仔细听着。

树枝断裂的声音！一个黑影从树上掉落，跌在地上。

何平安的枪指着黑影！

“谁！”

黑影挣扎喘息着，黑暗中隐约见到国军的军装。

“是国军！”

雷大虎一个箭步窜上前，拉着国军士兵：“兄弟，你是谁的部队！”

士兵勉强睁开眼，看见雷大虎，咳嗽了一声，满口是血。何平安低眼一看，原来他腹部中弹，已经被打穿了！

何平安忙捂住他的肚子，低声劝慰：“你别怕，没事了，我们是援军，你是德山上的队伍么？”

士兵艰难地点头。

雷大虎：“那你怎么下来了！”

“团座……带我们下来，说是……要……保命。”

“他奶奶的邓峰，这是逃兵！”

何平安忙按住雷大虎的肩膀：“你怎么受的伤？”

“前面……小路……有狙击手，能在……能在晚上……看见……好多兄弟，好多兄弟都……”

他猛然睁大了眼睛，喉咙滚动，却发不出声音，身子一僵，再也不动。

雷大虎狠狠一拳捣在地上：“邓峰这王八蛋，临阵脱逃，老子一定毙了他！”

何平安叹了口气，站起身来：“别骂了，人肯定已经跑远了，先想想眼前这关怎么过吧。”

“不就是个狙击手么！干掉他！”

何平安慎重地摇了摇头：“这附近应该还有别的尸体，叫人全都找出来。这回怕是碰见硬茬了！

不幸言中。虎贲们很快在附近搜罗到了几十具尸体，摆成了一排。

何平安在尸体前面反复踱步：“你看，九成的尸体都是一枪毙命，十个中只有一个是受伤之后跌落悬崖摔死的。刚才那个士兵，是运气好，挂在了树上。”

雷大虎跟在他身后，倒吸了一口冷气：“硬茬啊！”

黄景升指着尸体：“这人不仅枪法可怕，而且精于山地作战。你仔细看，每一个人的枪孔都是从上面打的，可见这个人是事先爬到了绝壁上，从上往下射击。敌人占据了绝对的地形优势。最可怕的是……”

何平安专注地看着他。

“现在是夜晚，他却能看得清楚，可我们看不见他。”

雷大虎只觉得后背发凉。

何平安疑惑了：“这是为什么？日本人有夜晚能看清楚的仪器？”

黄景升摇摇头：“这我就不知道了，不过我见过一种人，他的眼睛能在晚上看得很清楚。”

“他一个人，就能把我们全都堵在这儿？”雷大虎不敢相信。

黄景升点点头：“你说得对，我们唯一的优势，就是他只有一个人。”

雷大虎：“老哥，你经验最丰富，有什么办法？”

黄景升不答，望着何平安：“何长官怎么看？”

“最简单的办法，就是用邓峰的法子。大家一起走，他一个人不可能同时杀死我们所有人。生死全凭运气，乐观估计的话，我们有一半人能过去！”

雷大虎咬着牙：“一半就一半！”

黄景升笑了：“何老弟这个办法行不通啊。”

“是，死了一半人，另一半也是个死。”何平安叹息道。

雷大虎一愣：“为什么？”

“邓峰已经跑了，德山相当于一个空壳，只有阵地，却没有士兵。天一亮日军就会发动总攻，挡不住的。说实话，即使我们全都过去，也是送死。”何平安审视着众人，“德山已经守不住了，我们还有没有支援的必要？”

雷大虎陷入深深的沉寂，他的神色前所未有的严肃：“既然这样，何老弟你走吧。”

“我走？”

“我们是虎贲的兵，还没开打就逃命，我们干不出来。不管德山还有没有人，师座的命令是让我们到德山，我们就得到德山。你不是军人，用不着跟着我们一块死，你走吧！”“雷大虎！”何平安用力拍了一下雷大虎的肩膀：“你这是让长官脱离战场，军法该怎么办！”

雷大虎一愣。

何平安叹了口气：“老雷，总会有办法。”

雷大虎朗声笑了：“哈哈，我一直叫你何老弟，你天天喊我雷营长，你现在喊我老雷，你总算认了我这个兄弟了！”

何平安目光一亮：“认了，咱们是兄弟！”

“兄弟！”

两人的手紧紧抓在一起。

黄景升忽然开口：“办法倒是有。”

何平安：“什么办法？”

黄景升顿了片刻，苦笑：“按说我出的主意，应该我去冒险，只是我这个年岁，不可能成功的。”

何平安：“我去！只要有办法！”

“用烟幕弹！从悬崖上爬上去！”

众人都愣了。

马潇摇摇头：“这太冒险了！何平安，你是指挥官，你指挥，我可以……”

何平安抬手拦住马潇的话：“爬山，我有自信！”

一边是峭壁，一边是悬崖。

何平安站在峭壁边，腰中缠着绳子，往上望着。

身后，是马潇和黄景升。

“你们投弹，最高能多远。”何平安忽然问。

马潇看了眼峭壁：“平地的话怎么也能到八十米，这直上直下的，不好说。”

何平安笑了：“不好说就不好说吧，打仗的事情哪有能说得好的。现在应该还没发现我，我也不知道他什么时候会开枪。总之，十米之后，就开始！”

马潇点点头。

何平安仰头望着峭壁，一咬牙，开始徒手攀岩。

枪响！

紧接着一声爆炸声传来！

等在小路上的雷大虎神色一变："开始了！"

所有人都昂头看着峭壁之上，神色紧张！

峭壁上的八木枭被爆炸声惊得浑身一跳，忙端稳枪往下仔细扫描着。可眼前突然弥漫起一团烟雾，彻底封死了他的视野！

八木枭端着枪，愣住了！

峭壁下，马潇又拉开一个烟幕弹，等了一秒，猛然向上扔去！

烟幕弹在半空爆炸！

峭壁上的烟雾更浓了，什么也看不见！

烟雾之中，何平安身形矫捷，灵猿般攀岩向上！

第二十一章 孤注一掷

何平安整个趴在峭壁上，一寸一寸地往上挪。

马潇在稍后不远处，也艰难地往上爬着。

峭壁顶，八木枭捕捉到了何平安的身影，枪口冲下，瞄准何平安！

马潇的身影也闪现出来，爬得似乎比何平安还快！

八木枭的枪口猛地转向了马潇，稍一停，又转回了何平安。

烟幕弹在半空中爆炸！

悬崖下的黄景升奋力往上扔烟幕弹，何平安和马潇的身影再次隐藏在烟雾中。

“混蛋！”

八木枭恶骂一声，举着枪，警惕地看着下面。

烟雾中，何平安轻轻咳嗽，眼中全是泪，可仍旧往上爬。

他抓住岩石的手指已经开始发抖。

远远的，在他身下，黄景升紧紧握着手里的烟幕弹：“最后一颗了！”

他昂着头，紧张估算着何平安攀爬的高度和自己的投掷范围。

“还有二十米！”

头上的烟雾慢慢散开了，何平安的身形已经清晰可见，黄景升一咬牙：“何平安，马老兄，看你们的命了！来！”

他用尽全身力气往上投掷，烟幕弹被高高抛了上去。

轰然一声，何平安的身影再次被掩盖了。

几乎同时，八木枭的枪响了！

黄景升大惊！

枪声在崖间回荡，所有士兵全都昂着头，怔怔望着黑暗中的山崖。

半晌，雷大虎咧嘴一笑：“奶奶的，应该是没打中，何老弟他们都没掉下来。再响一枪，应该就有人掉下来了，不知道是谁。”

料峭山风吹过，他忽然感到一丝凉意，身子一抖，马上僵住了，惊恐地睁大了眼：“坏了！——风一起，烟雾要散！”

“冬之风呦，狂纵的寒风……”八木枭眼中闪动着寒光，嘴里却用日语念着优美的俳句。

他一动不动地看着下面的烟雾，山风吹动他的衣襟，猎猎作响。

“这山风，就是你的挽歌呢。”

风渐急，烟雾散尽。

八木枭的枪对着下面，却空无一人！

八木枭愣住了！

一根绳子飞起，蓦地缠住了他的腿。

绳子另一头，何平安双手拉着绳子，整个人荡在半空中！

八木枭身子一晃动，来不及开枪，只有单手抓住绳索：“支那人，你疯了！”

何平安望着八木枭惊慌的表情，脸上浮出笑容来：“原来你也怕死啊！来啊，一块死啊！”

何平安纵声狂笑，奋力摇晃身子。

八木枭往前晃了半步，已经踩在了悬崖边，他只有双手拉住绳索，枪掉在地上。

“疯子，疯子！”

何平安的身子在半空中用力晃动，八木枭只得紧紧地拉住绳索。

何平安猛然一晃，贴在峭壁上：“动手！”

八木枭被他喝得悚然一惊，猛地回过头！

峭壁另一侧，马潇爬了上来，手中有枪！

一声枪响！

马潇开枪，八木枭眉心中弹。

何平安飞快地抖开腰间的绳索，八木枭坠落而下！

“第二枪！”

雷大虎紧紧地握起拳。

所有人都抬头看着上面。

一个黑影落下来，重重地摔在前面。

分不清是敌是友。所有人都紧张地一动不动了。

“来个人，去看看！”雷大虎喝令一个士兵上前查看，他生怕掉下来的是何平安。

士兵回头大喊：“是日本人！”

“成了！”雷大虎兴奋地虚空挥拳。

峭壁顶上，两只手紧紧地抓在一起。

马潇把何平安拉上来，何平安一下坐倒在地，不住地喘着粗气。他的手上满是伤口和血迹，抬手抹了下脸上的汗，顿时一片血汗模糊，成了大花脸。

马潇瞪眼看着他，忽然笑了起来。

何平安："你笑什么？"

马潇一边笑一边也去抹脸上的汗，也成了一张大花脸。

何平安一怔，随即也笑起来。

两人相互伸手指着对方的脸，笑得越来越放声。

日出东方，一层金光映着两人的笑容。

隐约间，枪炮声传来。

前方就是德山，声音从那里传来！

"既然邓峰已经跑了……"何平安一下站了起来，与马潇深深对视一眼。

"那是谁在守德山？！"

电报员已经趴在桌子上睡着了。

余鹏程笔挺地坐在椅子上，一动不动地看着桌上摆的发报机。

柴志新站在门口，轻轻地敲了敲门。

电报员一下跳了起来："师座，我……"

余鹏程摆摆手："你先出去吧，有电报我会叫你。"

电报员敬礼，走了出去。

柴志新走进来，坐在余鹏程对面："还是没有消息？"

余鹏程疲惫叹息："出变故了。"

柴志新一愣。

"我的命令，是天亮之前他们必须赶到德山，同样也是这么通知邓峰的。无论何平安他们到还是没到，这时候都会有回信。现在……"余鹏程指着电报机，"一直没响。事情不妙啊。"

"我们的准备比长沙保卫战时要充分，天炉战术既然可以守住长沙，就应该能守住常德！"

"怕就怕在这儿呀！"余鹏程站起身，皱眉踱了两步，"'兵无常势，水无常形'，战局变幻莫测，就像是天上的流云，从来无法完全预判。这次参谋部做的计划，却太实了！"

"您是说，计划有问题？"

"计划没有问题，可怕就怕在太没有问题。行军的时间，粮草的供给，兵力的排布，一切都太精确了，好像一切战斗都已经在计划中打完了。战场上瞬息万变，即使是最优秀的将领，也无法预测一个星期之后的战局。可这次的计划，在日本人进军前半个月就已经大体定型了。现在包括我们在内，所有的军队都受制于这份详实的计划，因为它太缜密了，一切都是连在一起的，只要一个环节出了问题，所有环节都会乱掉。"

柴志新豁地站了起来："师座，既然您看到了，应该立刻给委员长发电，请求授予咱们随机应变的权力！"

余鹏程苦笑着摇了摇头："校长此时，已经在去开罗的飞机上了。"

柴志新不禁愣住了。

“德山是常德城外的唯一制高点，如果丢了德山，咱们就是内外无援，也就谈不上什么天炉战术了。”余鹏程望着电报机，幽然叹了口气：“虎贲八千子弟，就看何平安的了！”

离阵地还有老远，何平安他们就已经听见震天的枪声！

隔着一片枪林弹雨望去，德山阵地上只有几十个人，个个都是浴血奋战；再一细看，竟然都穿着八路军军装，还有不穿军装的。

何平安和雷大虎对视一眼，都是满脸惊异。

雷大虎：“这是什么情况，都打乱了！”

“别管什么情况了，先上去把阵地守住！”

何平安端着机枪冲了上去，趴在阵地上，对日军开枪！

雷大虎等人的加入让火力一下就猛了起来，对面的日军纷纷后退。

何平安身边的人一枪一个，枪法奇准！竟是郝明！

雷大虎看着郝明：“什么部队？”

“八路军，游击队长郝明！”郝明上下扫了对方一眼：“你是谁？”

雷大虎傲然道：“五十七师少校营长，雷大虎！”

两个人的目光在空中一撞！

何平安开枪，也是一枪一个！

郝明好奇地看着何平安，他穿着军装，却没有肩章，看不出军衔。

何平安突然大喊：“一连！重机枪扛过来，四个点，交叉火力！”

一连长：“是！”

“二连，都把手榴弹准备好！三连和警卫连准备，跟着我和你们营长！”

众人一起喊：“是！”

郝明惊诧地瞪视着何平安——想不到眼前这个没有军衔的人，竟然能调动士兵！

雷大虎：“怎么打？”

何平安：“先清出一片空地，打一个反冲锋！”

雷大虎一挑大拇指：“投脾气，就该这么办！”

机枪架上了，四挺重机枪形成交叉火力，日军一时攻不上来。

何平安一挥手。

雷大虎心有灵犀：“投弹！”

上百颗手榴弹扔出去，阵地前一片爆炸声。

日军伤亡不小，纷纷后退。

何平安豁地站了起来：“老雷，冲吧！”

“郝队长，要是胆小，就躲在老子后面，子弹可没长眼！”雷大虎瞥了郝明一眼，跟着咬牙一声大吼：“兄弟们，跟着何老弟，咱们冲！”

雷大虎和何平安跳出来，带着国军向日军发动冲锋！

郝明大喊：“同志们听好了，谁要是跑在国军兄弟的后面，三天不许吃饭，冲啊！”

游击队高喊着，冲向日军！

喊杀声竟然一时压住了枪声，不断有士兵倒下，可后面的士兵紧跟着冲上去。

日军被迫缓缓后退。

何平安一眼看见一个日军军官，手里握着指挥刀，不住呼喝。

何平安："我去杀那个当官的！"

郝明："那是我的！"

两人猫着腰，一起在战场上飞快地奔走，直奔对方的指挥官。

两人同时S形跑位，交叉反复，形成了一个"8"字。

日军指挥官发现了何平安和郝明，用指挥刀指着两人！

一小队日本兵扑向两人。

日本兵一同开枪！

何平安一拉郝明，两人一起扑倒在地。

郝明："你干什么！"

何平安："别动！"

郝明要站起来，又被何平安按住。

日本兵纷纷倒毙，军官的身影露了出来！

郝明不顾一切推开何平安，提枪往前冲。

日本军官举着军刀，面对郝明浑然不惧。

郝明一愣，笑了："想跟我玩，我就陪你玩玩！"

郝明把手枪揣起来，随手在地上捡起一把三八大盖，上面还顶着明晃晃的刺刀。

他大喊一声，举着刺刀冲向日本军官。

日本军官高举指挥刀冲了过来。

枪响！

日本军官胸口中弹，指着郝明的身后，想要说话却没有说出一个字，倒毙在地。

郝明猛然回头。

何平安站在身后，举着枪！

郝明："你干什么！卑鄙！"

何平安："这是战场，不是比武场，要以最少的代价杀死最多的敌人。"

郝明怔然瞪视着他。

枪响持续，部队压了上来，日军节节败退。

藤原景虎走进指挥部，一直走到横田勇的桌前，深深地低着头："将军，我们无能！"

横田勇冷酷地看着他，一言不发。

藤原景虎："请给我一支军队，我亲自上阵，如果中午前拿不下德山，我绝不会活着回来！"

站在一旁的崇明亲王却笑了："将军阁下，我觉得，这次失败并不是藤原君指挥上的问题，也并非是我们的士兵不够勇敢。"

横田勇：“那是什么原因！”

“一开始，对方明显兵力不足，可却突然集结兵力组织冲锋。这有两种可能。要么是敌人故意示敌以弱，引我军冒进。要么，就是敌人的援军上山了！”

“援军？”横田勇嗤然一笑：“不可能，要道我们已经布防，就算有我们不知道的暗道，还有八木枭！”

崇明亲王：“八木枭的任务是坚持到今晨，可现在还没有来报道。”

藤原景虎吃惊道：“八木被打败了？在黑暗中被打败？不可能。”

“藤原君，你也曾在丛林中被人打败。”崇明亲王一笑：“别忘了，根据我们的情报，带队的是那个何平安。”

藤原景虎不说话了，抿着嘴，沉默着，却目露凶光：“真的很想见见这个叫何平安的家伙，召唤奇迹的男人啊。”

战场上一片狼藉，士兵们在打扫战场。

几个军官围坐在一圈，一个士兵上前汇报：“报告营长，物资都已经运上山了。”

雷大虎点点头，转头看着对面的一名国军军官：“老许，你怎么没跟着邓峰一起跑？”

这个老许扛着上尉军衔，一脸的憨厚。听见雷大虎问话，突然站起来，把腿一并，挺胸敬礼：“报告长官，我愿意报效党国！与敌携亡！决不当逃兵！”

“少来这套！”雷大虎嗤道：“与敌携亡，那刚才跟日本人打仗的时候怎么没见你呢！”

老许尴尬一笑，看了郝明一眼：“我是奉了这位郝长官的命令，带着三连的弟兄们，去二号工事驻防了。”

雷大虎把手里的树枝往地上一撂，瞪圆两眼：“什么郝长官，他一个土八路，是你哪门子长官啊！”

老许支支吾吾说不出话来了。

何平安开口解围：“老雷，你别吓唬他了，一一八团都跟着邓峰跑了，他能带着三连留下来就不容易，还管他为什么啊？”

“对对，还是这位……这位老弟说得多！”

老许见何平安没有军衔，只能叫“老弟”。

雷大虎却又是一瞪眼：“什么老弟，这是何长官！”

老许连忙道：“是是，何长官！实话跟你说，我不是不想跑，我是不敢，怕……怕上军事法庭。我们连是出了名的胆小，不敢违反军纪，都跟我一块留下来了。”

雷大虎吼道：“兵熊熊一个，将熊熊一窝，都跟你一个德行！”

老许：“是是是！雷长官教训得是！”

“雷营长是吧，你们的人也到了，我们呢，替你们守了德山，也算是仁至义尽。”一直没开口的郝明忽然站了起来，冲着雷大虎冷冷一笑：“贵军内部的事，我们这些‘土八路’就不搀和了，告辞！”

雷大虎冷哼：“不送！”

何平安忽然站了起来，一把拉住郝明："郝明同志，我想跟你单独谈谈。"

林子外的阵地上，国军和共军分成两边，互相看着，绝不说话。

林子里，一身国军军装的何平安和郝明相对而立。

郝明往林外看了一眼，不耐烦道："何长官，我不管你是什么人，该做的我已经做了，没什么要说的。"

何平安笑了："现在德山兵力空虚，离开你们，守不住德山。"

郝明冷嗤道："有我们一样守不住。这么点人，要面对日军主力部队，用句文词叫天方夜谭。为了抗战，我愿意牺牲，可这不代表我们会做无意义的牺牲。"

何平安看着郝明，竟然笑了。

郝明："你笑什么？"

何平安："你多大？"

"二十三，怎么了？"

何平安："教你开枪的人，姓余？"

郝明一惊："你怎么知道！"

何平安伸手戳了戳郝明的腰间："你这里有一处枪伤。"

郝明警惕地看着何平安。

何平安背起一条胳膊，举着一只手："你信不信，我一条胳膊就能把你放趴下！"

郝明更惊诧了。

何平安眉头一挑："不信，你就试试！"

郝明一下冲上去，一脚踹向何平安胸口，何平安单臂锁住他的胳膊，腰部发力，猛地把他扔出去，摔在地上。

郝明一滚身，蹦了起来："你到底是什么人，你认识余同志！余大哥怎么样！"

"他有没有告诉你，他有个兄弟，九年前死在常德了，姓何。"

郝明呆住了，睁大眼睛，难以置信地指着何平安："你就是贺龙的"三杆枪"，何，何……"

何平安笑了，他挺直胸膛，对着郝明敬了个军礼："郝明同志，我没有死，我来向你报到！"

郝明不敢置信地看着他，少顷才挺胸还礼："何同志，你……你见到余同志了？他，他怎么样？"

"他很好。"

"很好？他怎么会很好，他……他活不久的。"

郝明语带悲戚。

何平安豁然变色："你说什么！"

"余同志来执行特别任务，他身上……有病，随时都会死。"

何平安脑袋发懵，惘然看着郝明，一时说不出话来。

江边芦苇荡漾，露出一条小船。

余子扬单手折了芦苇，指着那条小船，对柳芬一笑："上船吧，顺着河逆流而上，就到贵州了，到了贵州就安全了，小鬼子一时过不去。"

柳芬牵着孩子，站在江边不动，只是直愣愣地看着他。

余子扬劝道："快走吧！越快走越安全。"

柳芬问道："我们走了，你呢？"

余子扬微笑："我还有点事。"

"你还有任务，对不对？"

余子扬不敢看柳芬。

柳芬颤声道："当年离开家，一句话不说，头也不回，也是因为任务。现在……现在还是任务！"

"别再说了……你快带着孩子走吧。"余子扬的话无情，他的眼神中却满是哀求。

"你不走，我就不走！"柳芬大声道："咱们的命，是何平安用命换回来的！你还要去送死，你凭什么还要去送死！"

"柳芬，我有我的苦衷，我必须回到常德！"

"那你就去啊！扔下我们孤儿寡母，去执行你的任务去！你已经扔下我们一次了，不在乎再有一次！"

余子扬沉默着不说话。

柳芬凄然道："你心里从来就没有我。"

"你说得对，我对不起你们。"

余子扬竟然真的转身，一步步地往前走。

柳芬看不见，余子扬的脸色惨白，豆大的汗珠不断滚落。

"余子扬，你混蛋！"

柳芬愤恨地折了一根芦苇，向他扔过去。

芦苇砸在余子扬后背。

余子扬猛然顿住了，晃了两晃，轰然栽倒在地。

柳芬愣住了。

"妈妈，那叔叔怎么了？"小猴子好奇道："那么壮实，还给个芦苇杆砸倒了？"

柳芬不回答，轻声呼唤："余子扬？余子扬！"

余子扬仍旧趴着，发不出一点声音。

她慌忙跑上去，把人从地上翻过身来，只见余子扬脸色惨白，嘴唇发青，已经晕倒了。

柳芬慌了："你怎么了，你怎么了！"

"常德……常德……"

昏迷中的余子扬犹在喃喃自语。

余鹏程凛然站在城头上，手举望远镜，远望德山。

柴志新站在他身后，低声道："师座，从早上到现在，一直在给德山发电，都没有回复。枪炮声也停了好一阵了……"

"我真是个笨蛋！"余鹏程放下望远镜，摇头苦笑："明知道看不见德山，还是举着望远镜在这看！"

柴志新默叹一声，又道："师座，要不要派兵支援德山？"

余鹏程摇摇头："要是德山还在我们手里，我们当然可以派兵支援，可如果德山已经在日本人手里，我们派兵，就是送羊入虎口。"

柴志新沉默了少顷："我派去德山的侦察兵，一个都没回来。"

余鹏程望着德山的方向，面露忧愁："再电德山！"

电报机已经被砸烂了，扔在地上。

何平安和马潇、黄景升等人站在电报机前，都是一脸严峻。

雷大虎用脚踢了一脚散落的发报机："谁干的？"

没人回答。

雷大虎一把揪住老许："我问你是谁干的！"

老许结结巴巴道："是……是团座。团座说是，怕你们来了之后用电报通知友邻部队拦截他，所以干脆毁了发报机，这样才能……"

"狗屁团座！他是逃兵，是该枪毙的叛徒！"雷大虎抬手要打，何平安忙抓住他的胳膊，"算了，你拿他出气有什么用？老许，你先出去吧。"

老许感激地瞅了何平安一眼，连忙溜出门去。

"狗日的邓峰，让我逮着，非亲手毙了他！"雷大虎愤恨地一拍桌子。

何平安叹息道："现在不是追究邓峰的时候，我们只有这么点人，当务之急是如何守住德山。"

雷大虎吼道："还能怎么办？别的没有，要命一条，跟小鬼子拼了！"

"匹夫之勇。"郝明独自靠在一边，不屑地一笑。

雷大虎转头瞪着郝明："你再说一遍！"

"德山阵地，指挥部之下有四个阵地，随便哪个丢了，日本人都可以长驱直入一举拿下德山。现在我们只有这么点人，拼命？"郝明伸出一个巴掌，"五分钟！所有人都拼死了，德山也就能守五分钟，我说你是匹夫，错了么？"

雷大虎刚要说话，黄景升叹了口气："一点没错，我们的兵力，根本守不住德山。"

何平安双手扶着桌子，仔细观察作战地图，忽然开口道："或许，还有一线生机。"

雷大虎忙问："何老弟，你有什么办法？"

何平安从牙缝里蹦出一个字："赌！"

黄景升："赌？"

何平安点点头。

"反正也是守不住，不如干脆赌一把，就赌横田勇精于计算，善于用兵！"

第二十二章 变生肘腋

一张德山的地形图铺在桌上，何平安手里握着红铅笔，在地图画了四个圆圈：“一、二、三、四！这四处工事，每一处都是横田勇进攻的目标，只不过时间上可能有早晚！”

他抬眼看着围在桌旁的雷大虎等人：“要同时守着这四处工事，至少要一个团的兵力，可我们现在只有一个营。如果兵分四路，那就是死路一条。但是，有一条路，也许能活！所以，我们要化零为整，以一当十！”

马潇等人面面相觑，雷大虎第一个拍桌叫道：“这可不行！——横田勇他的兵足够同时攻打这四个阵地！万一他要是化整为零，东南西北四个角儿一起开花，咱们只守一个，可不是找死？”

何平安缓缓摇头：“我断定他不会。”

雷大虎：“嗳，你又不是鬼子，凭啥断定？”

“就凭他是横田勇，是跟石原莞尔、饭村穰并称为“三羽鸟”的横田勇！”何平安冷笑道：“一个会打仗的将军，绝对不会在战场上浪费兵力。所以当他判定咱们兵力不足时，就会逐个去试探，希望一举击破，而不是一拥而上，事倍功半！”

郝明看着地图，眼睛一亮：“我觉得，这个可行！”

雷大虎闷了半晌，又道：“可只守一处，就算你这次猜中了，横田勇还会再打下一个啊！”

“所以我才说赌！不只赌一次，我们要赌四次，并且次次赌中！错一次，就满盘皆输。”何平安的手指在地图的四个点之间快速划动，“我们现在的弹药和武器是足够的，我们把武器全部安置在四个阵地上，武器不动，人动，只要打过一次，立刻去第二个地方！”

雷大虎：“我看这样，你们在山顶上看着，鬼子从哪儿来，你们就打旗语指挥我们就奔哪儿跑，那不是立于不败之地？！”

何平安苦笑摇头。

雷大虎：“怎么，我又说得不对了？”

黄景升叹息道："日军推进的速度很快，如果等我们判断清楚他们是冲向几号阵地再行动，阵地就已经丢了！"

郝明嗤笑一声："没脑子就是没脑子！"

"你他娘的说什么！"雷大虎冲着郝明大吼："我可告诉你，我雷大虎扛枪十几年，靠的不是小聪明，是真枪实弹打出来的！长官指到哪儿，我就打到哪儿！"

郝明把头一扬："你这句话倒是说对了！何平安，你下命令吧，我们第一个地方守哪里？"

"从地形上看，二号阵地前面掩体最多，相对来讲进攻起来比较容易，而且距离日军阵地最近。"何平安伸手在地图上一点，目光炯炯看着众人，"集中兵力，就守这里！"

"集中兵力，就攻这里！"

横田勇提起笔，在地图上圈了一个红圈："这个地方，地形复杂，掩体较多，有利于仰攻，而且距离最近。集中兵力，从这里上去，一举突破，拿下德山！"

崇明亲王沉默着。

横田勇："怎么，亲王殿下不赞同我的判断么？"

崇明亲王望着地图，忽然轻轻地笑了，摘下白手套蹭了蹭鼻尖："其实无所谓。即使阁下这一次的判断失误，我们还有第二次、第三次甚至第四次机会。"

"我的判断绝不会错误。"横田勇冷冷道，他手持红笔，在地图的四个地点之间点画着，"一号阵地正对我军，是最可能受到正面冲击的，所以何平安他们不会轻易放弃一号。"

"三号阵地，地势险要，易守难攻，而且靠近他们的火药库，我判定何平安也绝不会放松这里的守备！"

"四号阵地，则是他们放弃德山退回常德的唯一出路……孤兵重围，他们绝不会自断退路！"

"所以，二号阵地，是他们最有可能放弃的突破点！"横田勇冷冷横了崇明亲王一眼，手中的铅笔重重一顿，笔尖戳穿了地图："传我的命令！集中所有兵力，全力进攻二号阵地！"

炮声隆隆！

大批的日本兵冲向阵地！

机枪轰鸣！

阵地上，雷大虎握着机枪，一边开火，一边狂笑："哈哈哈，赌中了！"

机枪不断轰鸣，郝明蹲在雷大虎身旁，举着一把单发步枪，忍不住狠狠唾了一口："败家子！"

雷大虎立时反唇："你懂个屁，这叫火力压制！"

可尽管火力越来越猛，日军还是不断冲上来！

郝明端着枪，冷静地打量着对面的日军："他们人多，我们人少。耗下去还是吃亏，小鬼子已经是久攻不下，打掉那个当官的，他们就退了！"

雷大虎听了这话，在冲上来的日军中一打量，果然隐隐看见一个军官。他立即调转机枪枪头，直接瞄准日本军官！

机枪打得又刁又准，日本兵纷纷倒地。

然而日本军官不断变换位置，身边的士兵更是悍不畏死地掩护！

“他奶奶的，根本打不到！”

日军受阻，但仍旧拼死进攻！

郝明看了看一旁的马潇：“马长官，你也过来——你们两个听我的！”

雷大虎怒道：“凭什么！”

郝明：“凭我有办法打掉那个军官！”

马潇却立马提起机枪，猫着腰跑到两人身边：“只要你能做到，我听你的！”

郝明端着枪，一动不动。

雷大虎和马潇的机枪仍旧咆哮着。

郝明：“雷大虎，你打那个军官的左侧，狠狠打！马潇停止射击！”

雷大虎闷头不响，手中机枪轰鸣！

数名日本兵倒地。

郝明：“打得好！够准！雷大虎停下，马潇打右侧！”

马潇的机枪响起来，一样的稳准狠！

郝明：“交替进行，把他们的阵容拉散！”

雷大虎和马潇的机枪交替响起，日军的推进阵型左右晃动。

郝明一动不动，举着步枪，瞳孔缩进！

日军阵型左右摇摆，渐渐松散，隐藏的军官露出来了！

枪响！

郝明只开一枪，日本军官的钢盔被打透，当场栽倒！

雷大虎大喜：“成了！有你的!”

郝明一笑。

马潇大吼：“火力全开！”

机枪声响成一片！

日军渐渐退了下去。

雷大虎重重一拍郝明：“你小子可以，整场战斗只开一枪，打死了一个少佐，一枪毙命啊！”

郝明：“你们的机枪打得狠，硬是给我拉开一个口子。”

两人相对一笑。

马潇却冷静地收起机枪：“这只是开始，看看下一个地方守哪儿吧。”

雷大虎和郝明不由同时回头，望着旗帜下的指挥部。

“下一个地方，下一个地方是哪儿！”作战地图前，何平安双手扶着桌案，眉头紧皱。

黄景升：“要快，再不下判断，日本人就攻上来了！只要再赌中一次，横田勇就会心乱！”

“横田勇是左撇子，还是右撇子！”

何平安突然平静地问一句，黄景升和雷大虎都愣住了。

何平安：“告诉我，左还是右！”

“我参与过外围战，远远地望过一眼，他拄着军刀的动作。”黄景升闭目静思，忽然睁开眼睛，“是右！”

“八嘎雅鹿！”

何平安突然骂了一句，用右手指着黄景升。

黄景升被骂愣了。

“你们都是废物么！竟然攻不下一个阵地！耻辱！耻辱！耻辱！”

何平安的拳头在桌子上砸，重重地敲打二号阵地位置：“我不相信，他们还可以有兵力去守下一个地方，给我打！”

他高举拳头，顺手一落，砸在二号阵地右边的三号阵地上。

黄景升明白了，一笑。

何平安：“三号，打旗语，快！”

“这是耻辱，耻辱，耻辱！”横田勇挥舞着拳头，重重砸在地图的三号阵地上，“三号阵地，从三号阵地突破！”

伴随着他的怒吼，潮水般的日军涌向了三号阵地！

可还没等他们冲上阵地，来自对面战壕的枪弹已汹汹袭来！

战斗异常激烈，日军不断上涌，国军阵地的枪声犹如疾风骤雨。

郝明端着机枪，不断点射，永远是三连发。

一个个的敌人倒下。

身边的填弹手中枪倒毙，郝明全无察觉。

机枪没子弹了。

“换弹！快，换弹！人呢！快！”

郝明怒吼着，子弹填上了，机枪再次轰鸣！

“为什么这么慢！”

他一扭头，却看见雷大虎成了填弹手。

郝明失声大笑：“我还没用过营级军官当填弹手！”

雷大虎闷吼：“少废话！鬼子来了！”

“三号阵地已经攻了半小时了，死伤很重。”崇明亲王走到横田勇身边，淡然一笑，“看来，这个阵地兵力很充足。”

横田勇摇头低语：“不可能，不可能……我不相信他们有这么多兵力！”

藤原景虎低声道：“将军，会不会我们想错了……”

横田勇猛回头，恶狠狠地盯着他。

藤原景虎低着头退了回去，不敢说话。

横田勇：“不可能……绝不可能……我不会错！”

崇明亲王又道：“将军阁下，敌人战局有利地形，而且弹药充足，我们的部队暴露在开阔的位置，伤亡太重了。”

横田勇：“叫他们停下来，准备进攻下一个阵地！”

崇明亲王：“进攻哪里？”

横田勇走到了地图前，伸出一根手指在一号和四号阵地上反复敲打着，神色冷峻。

何平安的面前同样地放着地图。

黄景升站在他背后，焦急催问：“下一步，去哪？二选一！”

何平安凝望着面前的地图，一言不发，黄景升才要继续追问，忽然听见他在极低微地自言自语：“……刚刚猜中三号，是我断定横田勇在第一次进攻不利之后，一定会愤怒，愤怒会让他不去思考，凭借本能直接做出决断。可他毕竟是名将，这次失败，反倒会让他冷静下来……”

“一还是四，一还是四……”何平安深深吸入一口气，闭上了眼睛。他仿佛看到，日军指挥部里的横田勇也在深深呼吸着，竭力使自己平静下来，深深俯视着面前的地图，脸色越来越阴沉难测——

——到底是一，还是四？

“猜不到，我猜不到！”何平安豁地睁开眼，懊恼地猛砸桌子！

黄景升拍打着他的肩膀：“何老弟，没有人能真正的算无遗策，你能做到这一步，我已经很惊叹了。这时候，就真的赌一次吧。”

何平安：“真的赌一次？”

“我看得出，你心思很重。你虽然说赌，可你还是想凭着你的聪明推算出敌人的行为，想让大伙都能活命。”黄景升一笑，“这次，你就凭运气，赌吧！”

何平安的目光中仍有迟疑。

黄景升又说：“横田勇的心应该已经被你打乱了，这时候，他除了碰运气，也没有别的办法。我们就跟他碰一碰运气！”

迎着黄景升充满信任鼓励的目光，何平安终于点点头，闭上眼，抬手往地图上一拍：“就守这里！”

“是四号！”黄景升低头看一看图，转身大声命令：“快去打旗语：守四号阵地！”

“打到这地步，我倒要斗一斗运气。”横田勇突然转过身，不再看地图了。他曲起右手的拇指，余下四根手指轮流在桌沿上有节奏地敲击着，忽然停顿下来，食指抵在桌面上不动了——

横田勇豁地转回身，眼底寒光凌人：“一号！去一号！”

崇明亲王转向藤原景虎，淡淡道：“快去执行将军的命令吧。”

藤原景虎“是”了一声，转身要走，横田勇却突然一抬手：“等一等！”

藤原景虎站住了。

“我之前每一次都错，这一次……也许又错了！”

崇明亲王冷静地望着横田勇：“将军阁下，这个时候，您的心，不能有丝毫动摇！”

横田勇一愣，跟着决然道：“不要去一号了，去四号，四号！”

四号阵地前，众人屏息凝神，一切安静地可怕。

雷大虎一拳捣进战壕的泥地里：“小鬼子，你倒是来啊！”

像是为了响应他似的，枪声忽然响起！

马潇大喜：“来了，来了！”

郝明：“猜对了这次，下一次一定是一号，我们已经赢了！打！”

雷大虎扛起机枪，大吼一声：“打！”

枪声密集如雨！

横田勇坐在地图面前，脸色铁青，一动不动。

崇明亲王轻轻走到他身后：“我已经下令后撤了。”

横田勇点点头，沉默半晌，忽然起身，对着崇明亲王深深鞠躬：“请殿下原谅！我刚才，犹豫了。”

崇明亲王冷冷道：“作为主帅，一瞬间的犹豫，就会带来厄运。”

横田勇：“不管是否能拿下德山，在心理战上，我输给了德山的指挥官。真是想见见这个人啊！”

“只剩下一号阵地了，我亲自带人，拿下一号阵地！”藤原景虎大步走上前，“我会把何平安活着捉回来，献到将军座前！”

横田勇缓缓点了点头。

一号阵地前，狼烟弥漫，机枪轰鸣！

日军一波波地冲锋，又一波波地被打退！

藤原景虎拔出军刀，疯狂怒吼：“冲！只许前进，不许后退！谁后退一步，枪决！杀！”

他一马当先冲向国军战壕，在他的煽动下，日军再次汹汹涌了上来！

对面的战壕里，何平安望着滔滔不绝的敌人，一拳捣在地上：“打一次反冲锋，彻底摧垮他们！”

雷大虎眼睛一亮：“哈哈，我等的就是你这句！土八路，敢不敢跟着我！”

“是你跟着我！——同志们，冲啊！” 郝明第一个跳了出去，游击队员紧跟他，跳出了战壕！

何平安和雷大虎也跳了出去，所有人都冲了出去！

一次反冲锋，双方刺刀见红，拼杀在一起！

日军被最后的冲锋打得节节后退！

藤原景虎一眼看见了何平安！

“就是他！”

藤原景虎顿时红了眼，要往上冲！

副官一把拉住他：“将军的命令，马上撤退！”

藤原景虎：“什么！”

“将军命令，马上后撤！”

藤原景虎恶狠狠地望了何平安一眼：“撤！”

望着日军缓缓退却，所有战士一片欢呼！

何平安、雷大虎、郝明、马潇、黄景升，相视一笑，全都瘫软在地上。

郝明：“你可真行，横田勇的花花肠子都被你蒙中了！！”

何平安苦笑：“我不是在蒙，是在赌命。”

马潇一巴掌拍在何平安肩膀上：“赌命赌命，我算是服了你何平安了！有人赌个大子儿都输，你把全营兄弟们的命都押上，还赢了！还赢了整整四回！哈哈，姓马的今天算开了眼界了，看来越是不要命的赌徒，越能赢！”

黄景升：“嗳，你还以为他真是凭着傻大胆瞎蒙呀？”

马潇回过头，诧异地看着黄景升：“不是你说，他猜准了也没用，还是赌命么？”

郝明：“是呀，可不就是赌么，天地玄黄大小……这宝压的，十分之一的准头儿都赌准了！”

黄景升笑着瞥了马潇、郝明一眼，捡起个小树枝在地上划拉：“十分之一？哪有十分之一！我给你们两个糊涂蛋算算啊……第一次四个里头赌一个，是四分之一，第二次是三分之一，这两次就是十二分之一，到了第三次……”

他把树枝在地上重重一划，抬眼看着马潇、郝明：“则全是凭借敏锐的直觉和对敌人内心的洞察，这是比十二分之一都低的准头儿！如果说蒙，我们连百分之一、千分之一的机会都不到！说到底，真不是靠赌，靠的是敏锐的判断力和大胆的想象力，还有惊人的战场直觉！”

说到这里，他干脆把树枝一丢，冲着何平安一抱拳：“老何呀老何，我是彻彻底底地服气你了！”

雷大虎撇撇嘴：“黄秀才说的话，我一句都听不懂！反正我老雷就知道他何平安是诸葛亮再世，天生会神机妙算，听他的总没错！”

郝明：“其实最后一回也真险，我们根本没几个人。”

马潇：“就是就是！连着给老何算中了几回，鬼子都被打怕了，枪一响就跑得比兔子还快！”

雷大虎、郝明、马潇等痛快地大笑起来。

何平安也笑了，笑着笑着又望着他们三个，冲着黄景升挤了挤眼：“呦，这回你们三个倒不对掐了，都相互服气了？”

黄景升朗声笑道：“他们呀，是都服气你了！”

郝明不好意思地看看何平安，又看看雷大虎和马潇：“我还没给两位国军老兄道谢——刚才阵地上，我可欠了你们一条命呢。”

说着，他伸出一只手。

雷大虎和马潇相互望望，爽快地伸出手。

雷大虎：“有啥谢不谢的！不管姓国还是姓共，一场生死战打下来，都是兄弟。都是不怕死的好汉！”

马潇：“下一回，我可再跟你个土八路赌一把，还赌谁宰的小鬼子多！”

三只手有力地击在一起，三人爽朗大笑。

雷大虎抱着脑袋躺倒在地上：“奶奶的，这仗打的，走错一步就是个死！”

郝明：“你怕了吧？”

雷大虎看着郝明：“想听真话么？”

他豁地坐直了身子，圆瞪的双眼看看马潇，又看看何平安：“真他娘的过瘾！”

郝明顿时笑了。

何平安也笑了。

雷大虎更是爆发出一阵响雷般的笑声。

“一号，二号，三号……四号！”崇明亲王的手指缓缓划过地图上的四个红圈，“居然每个阵地都有重兵防守！——我想不明白，他们为什么会有这么多兵！”

“我也想不通。”横田勇摸着自己的下巴，陷入思考，“德山是棠德的犄角，要攻陷棠德，就必须掰断这根犄角！”

崇明亲王摸了摸鼻子：“棠德依靠德山守护，但同样，德山的存在也依赖棠德。牛角是坚硬的，要空手折断牛角，除非是神力。可如果牛头被斩了，牛角也就自然脱落了。”

横田勇一愣，似有所悟的看着崇明亲王：“彻底切断棠德与德山的联系，自然可以轻取德山，可如果绕过德山直扑棠德，我们就会腹背受敌！”

崇明亲王修长的手指在地图上点了点：“我们不需要绕过德山，只需要让飞机飞过德山，给棠德余鹏程送去一点礼物，让他忙于应对，根本无暇关照德山。”

横田勇霍地站了起来：“你的礼物，就是指……”

崇明亲王缓缓点头。

横田勇默叹一声：“这可需要非凡的勇气做出决断。”

崇明亲王一笑：“是该将军阁下做出决断的时候了。至于勇气，请想想您的名字。”

横田勇一愣，眼神渐渐狠毒起来：“藤原君！”

藤原景虎走向前。

“请联系你的兄长，请他在城内配合我们！”

“小时候觉得家里的院墙高，现在长大了，却发现比小时候看着还高。”沈湘菱站在院墙内，抬头望着高墙。

扫帚扫地的唰唰声从她背后传来，跟着响起一个憨厚的声音：“小姐，您说的话，我咋听不懂？”

沈湘菱转过头，看了身后的人一眼：“你休息吧，身子刚好。”

对面，竟是一身下人打扮的藤原弥山。

藤原弥山抬起头，冲她木讷地一笑，继续抱着扫帚扫地。

沈湘菱又劝阻道：“你不是我家的下人，不用给我做活。”

“这可不行！”藤原弥山紧紧抱住了怀里的扫帚：“吃了沈家的饭，就是沈家的人！更何况，我是饿晕在沈家大门口，要没小姐给的那一口饭，我早被人拖到乱坟场烧化了。”

他眼圈蓦地红了，忙低下头，继续扫地，唰唰的声音不断响起：“我也干不了啥……看您院子脏了，我给您扫扫。”

沈湘菱摇摇头：“不用扫了，这院子……就脏着吧。没人会在意。”

“可我在意！……小姐您可是观音菩萨一样的人物，我看不得小姐跟前有丁点不干净的地方！以后我天天给您扫院子……以后，小姐需要我干啥，我就干啥！”

沈湘菱一皱眉，却笑了：“不用耍聪明了，你想要留下来，就留下吧，我不赶你走。沈家空了，不多你一个人吃饭。”

“谢谢小姐，谢谢小姐……”藤原弥山身子一下僵住了，跟着深埋着头，声音拖着哭腔：“我一定把院子扫干净，扫干净……”

藤原弥山用力地扫着，一副被深深感动的样子。

“你愿意扫，就慢慢扫吧。”

沈湘菱转身离去。

藤原弥山低着头，看着她的脚走出了院子，忽然低低咳嗽了一声。

一个纸团从墙外扔进来。

藤原弥山用扫帚压住纸团，缓缓蹲下，捡起纸团揣进口袋。

唰唰的扫地声继续响起。

郝明蹲在临时指挥部的地上，把电报机的零件一个个拼起来。

雷大虎冷眼相看：“神了，土八路还会修发报机。”

郝明斜了雷大虎一眼：“参加革命前，跟着地主家的少爷做常随。少爷是大学生，学机电的。根本不会念书，考试从来都是我替考。几年过来，也相当于一个大学文凭。”

他一边说着，手下不停，熟练地组装着机器。

雷大虎：“吹吧你，都碎得稀巴烂了，你要是能把这个修好，我给你擦皮鞋！”

郝明狠狠瞪了他一眼："还不是你！踹了那一脚，比邓峰摔得还碎！"

雷大虎讪讪得挠挠后脑。

郝明一笑，把发报机装好了，抱起来放在桌子上。

何平安关切地看着发报机："能用么？"

郝明通上了电，所有人都凝神看着发报机。

发报机滴滴答答地响起来。

何平安："通了！"

所有人脸上大喜。

何平安："快，翻译电文！"

一边的发报员上前翻译。

雷大虎顿时满脸是笑："他奶奶的，说话算数，老子给你擦鞋！"

"算了吧。"

郝明把脚往前一伸，居然是一双磨破了的布鞋。

"比不得你们，共产党不搞特殊，官兵一样，都穿布鞋。"

雷大虎一愣，说不出话来。

"再说……发报机也没修好。"

何平安："你说什么？"

郝明叹息："发报装置坏了，找不到替代品，这台发报机，只能收，不能发。"

众人全都愣了。

雷大虎喃喃道："就是说，我们根本不能求援！"

众人静静地沉默着，只有发报机传来的滴答声。

老许盘坐在军火库外的地上，深深地吸了一口烟，闭着眼喷了一大团烟圈，满足地叹了口气："抽一口少一口了啊。"

一众士兵围着他，全都盘膝而坐，身后堆着大批的军火。

一个士兵凑近道："许连长，您要也说这个丧气话，兄弟们就没盼头了。"

老许眼睛睁开一条缝，扫了他一眼："不是我说你，陈阿生，你们虎贲出来的，脑子都缺根弦！咱们现在是被人层层包围，就是人家嘴边的一块肉，什么时候想吃咱，就是顺口的事。"

陈阿生不解道："可那个何长官，不是把日本人打回去了么？"

"打回去？"老许冷笑一声："那不是打回去，那是吓回去。都是假的！等日本人明白过来，大军一到，咱们就算是吹灯拔蜡！"

陈阿生悚然变色："那，那不就是死定了？"

"可不是死定了！"老许把烟捻灭了，苦笑一声："咱们这当兵扛枪的，活了今天没明天，多活一天都是赚的！"

众士兵面面相觑，难免露出凄然之色。

陈阿生神色紧张地盘算了半晌，忽然开口问："许连长，咱们就没个活路了？"

老许拍了拍陈阿生的肩膀："想开吧，早死早超生！"

陈阿生压低声音："是不是投了日本人，就能活了？"

老许直愣愣瞪着他，忽然抬手给了他一个嘴巴："再说这种话，老子打死你！"

陈阿生捂着脸："是是，不敢说了！"

老许的神色又软下来，叹了口气："你们都是年轻伢子，怕连女人都没讨过，爹娘也没享过你们几天福；不像我，活到快四十，还留下个儿，也够本了！"

几个年轻战士不觉低下了头，沉默了。陈阿生却忽然站起来："我，我去撒尿。"

桌上的电报机沉默着。

雷大虎手里却攥着厚厚一叠电报，念一张，就丢下一张："五十七师师部六点二十三分电，雷部是否准时赶到德山阵地，为何没有回复。速复。"

众人静静地听着，全都沉默。

雷大虎："七点十五分电，德山枪炮声急，敌军情态如何，是否需要支援，速复！"

"八点二十分电，德山情况不明，疑为敌军圈套，不能轻派援军。真实情况，火速汇报！"

"十点三十四分电，德山枪炮声已不闻，伤亡如何，阵地是否仍在我军手中，十万火急，速回！"

"十一点零二分电，已向孙将军部求援，孙将军正赶往德山，务必坚守！务必坚守！"

"十一点四十分电，急！急！急！德山战况不明，孙部不能贸然进军，速报！速报！"

"十一点十五分电，德山已被日军包围，孙部于德山东南五十里处驻扎，如有一线生机，即刻派人求援！"

……

雪白的电文一张接一张飞在眼前，众人都沉默了。

雷大虎的手里空了，他恨恨地一拳砸在桌子上："咱们现在是姥姥不疼，舅舅不爱，还是个没娘的孩，没人来援了！"

何平安叹息："咱们的消息传不出去，指挥部吃不准德山到底是在咱们手中，还是日军设的伏击，所以不敢贸然来援。"

郝明："援军不就是在五十里外么！"

雷大虎："你真当你是赵子龙啊！五十里？你跑不出五十米就被人炸成灰了！"

郝明思索半晌，眼睛亮了："不是还有那条暗道么？我们可以偷偷下山。"

何平安摇头："不可能，日本人不是傻子。昨天他们没发现，不代表今天没发现。他们一定已经把那条路堵上了。"

郝明："可山上的兵力，根本无法据守，只能求援！你们留下，我带着游击队试试！"

"放屁！老子是看不惯你们土八路，可一起扛枪打鬼子，多少有几分情意。"雷大虎拍着胸口，"要去，你们留下，我去！"

何平安刚刚张嘴要说话，突然“轰”的一声爆炸，炸雷般落在头顶！

众人一惊，跟着先后冲出指挥部。

“报告营长！”一名士兵张皇跑来，“军火库被炸了！”

满地焦黑，一片狼藉，触目都是破碎的枪支，四散的弹药。

几名伤员在地上打滚，士兵纷纷把他们拉开。

老许脸上全是血，笔挺地站在雷大虎面前。

雷大虎一言不发地看着他，忽然拔出了枪，枪口直顶他的脑袋：“玩忽职守，致使军事重地受损！你还有什么说的！”

老许认命地闭上眼。

何平安按住了他的手：“已经这样了，还不如让他死在战场。”

雷大虎愤愤地放下枪。

何平安：“老许，到底是怎么回事？”

老许仍旧闭着眼，沉默不语。

“何长官问你话呢，你他妈的别以为闭着眼就没事！说话！”

雷大虎踹了他一脚。

老许后退了几步，睁开眼看着他：“雷营长……雷……雷……我怎么哑了！”

雷大虎这才发现，他的声音有点不对。

“老许！老许！”

何平安怔了一怔，喊了两声，老许却毫无反应。

雷大虎也愣了。

何平安叹了口气：“他不是哑了，是被震聋了，带下去吧。”

雷大虎点点头，两名士兵上前，把老许拉了下去。

雷大虎跟何平安对望一眼：“怎么回事！”

一名士兵上前敬礼：“报告！当时许连长跟我们一起在看守军火库，突然传来爆炸声！等我们回过神来，兄弟们全都受了伤……大柱被炸断了腿，老四的眼睛……”

雷大虎挥挥手：“行了行了！老子没问你伤亡！我不会自己看报告啊！”

何平安却问：“兄弟，你听见了爆炸声，几声？”

“好像是……三声，听声音……是手榴弹！”

何平安一怔，又问：“你确定是手榴弹？”

“听过几千遍，不会错！”

“那就是说，不是提前埋好炸药，而是用手榴弹引爆。之前，有发现什么人么？”

士兵想了想，摇头道：“没有，没看见别人接近过。倒是……”

雷大虎一跺脚：“快说！”

“陈阿生半截起来上厕所，离开了一阵子！”

何平安忙问：“离开前，有说什么？”

“当时，许连长说我们凶多吉少，大概是会死在日本人手里，但是能为党国尽忠，报效委座，我们……”

雷大虎：“别说屁话，直接说重点！”

何平安唯有苦笑。

士兵吞吞吐吐道：“陈阿生他问，要是投靠日本人，会不会活下来，连长打了他耳光。”

何平安神色一凛，雷大虎已经跳了起来：“他奶奶的，就是这个陈阿生！快！派人去追，只要没下山，就把他追回来，老子亲手毙了他！”

“不用追了！”树林中，郝明大步走了过来：“人抓住了！”

两个游击队员跟在他身后，押着陈阿生走了出来。郝明一把揪起陈阿生，狠狠丢到了雷大虎面前：“我的人发现有人鬼鬼祟祟的要下山，以为是个逃兵，就把他拎回来！”

雷大虎一脚踹在陈阿生脸上：“你他奶奶的，是不是你要当汉奸，炸了火药库！”

陈阿生被踢得满脸是血，爬起身又跪在地上：“长官饶命，长官饶命，我也是被逼的！”

“好，认了就好！”雷大虎咬牙狞笑着，拔枪就打！

一声枪响！

陈阿生吓得瘫软在地，却毫发无损。

原来是何平安忽然出手，把雷大虎的枪口托高了半寸：“押进去，审个明白！”

陈阿生跪在指挥部的地上，两把枪指着他的脑袋，身后站了两个士兵。

雷大虎搬了把椅子，大马金刀的坐在对面：“说，你是什么时候投靠的日本人！”

何平安看了雷大虎一眼，走上前，推开士兵，把陈阿生拉了起来：“就算你是犯人，也不用跪着审。你说吧，说清楚了，我让你死个痛快。另外，我可以让你算烈士，报到你的家乡，不让你父母丢脸。”

陈阿生怔怔看着他，忽然“哇”哭了出来：“长官，长官，我是……我是被逼的啊。”

何平安：“被逼的？谁逼你！”

“那个人，那个人硬逼着我当汉奸，他是魔鬼……”

雷大虎一拍椅子：“说清楚！”

何平安拍了拍陈阿生：“你慢慢说。”

陈阿生渐渐平复了情绪：“四天前，我下了岗，出去偷酒喝。说实话，我是个酒鬼，离了酒我就吃不下睡不着的，城里都空了，偷口酒还是不难。平时都没事，可那天我没管住自己，喝高了……”

雷大虎一声闷吼：“问你是谁逼着你当的汉奸，别瞎扯！”

陈阿生忙道：“我就是那天晚上遇见他的！我喝醉了，一个人走夜路，突然有个人跑出来，要抢我！我是扛枪的，当然跟他打，这人很怂，打两下就打服了，跪在地上求饶，说只要我放了他，他愿意听我的，为我做任何事。我看谁不顺眼，他就替我把他杀了！”

何平安目光一寒。

陈阿生：“我当时喝多了，想起排长因为我喝酒打过我，就说，你要真有能耐，就去把我排长杀了，我还告诉他部队的番号。我只是一时酒话，谁想到，谁想到……第二天排长就死了！”

雷大虎也愣住了。

何平安：“他是日本人？”

陈阿生：“对，对！他找上了我，说他是日本人，已经帮我把事办了，后面就该我帮他了。说我跟日本人合谋杀死军官，已经是汉奸了……我没办法，我真的没办法，是被逼的……”

何平安：“他让你炸的军火库？”

陈阿生摇摇头：“也不是……临出发前，我收到一个纸条，说是让我伺机刺杀领队的军官，只要杀了军官，割了脑袋去投靠日本人，我就能……就能……”

雷大虎喝道：“就能升官发财！就能长命百岁！是不是！”

陈阿生：“是，是！”

雷大虎怒极反笑：“那你小子怎么不把老子的人头拿去啊！”

“我不敢……我知道我是汉奸，我是混蛋！我不能再害人了！我就想着，炸了军火库，一样……一样可以……”

何平安沉默了少顷，忽然问：“可就算是跑到日本人的阵地，他们怎么能相信你？”

陈阿生一愣，尴尬地咧了下嘴：“他给我盖了个印。”

何平安目光一跳：“什么印？”

陈阿生转过身，拉起衣服。

后腰上，赫然烫着一个印记。

陈阿生：“他说，这是他们藤原家的徽章。”

深夜街角，四下无人。

刘世铭一个人缩在角落里，尽量不让人看见。

藤原弥山的身影匆匆走来。

刘世铭忙从墙角闪了出来：“怎么样？”

藤原弥山：“恩公，沈家小姐已经收留我了，我现在在她们家做下人，下一步要干什么，您尽管吩咐。”

第二十三章 情似烟花

横田勇冷冷地看着面前的德山阵地。

身后的藤原景虎上前一步："将军阁下，空投已经准备好了！"

横田勇点点头："天黑之前，如果我们仍旧拿不下德山，就对棠德进行空投。绝不能让棠德有援助德山的机会！"

"是！"

横田勇转过头，望着藤原景虎，忽然一笑："仍旧是老把戏么？"

"是的，恐怕弥山大哥还是那么喜欢烟花。"

"用烟花在夜晚中指引空袭，真是美丽而又残酷啊。"横田勇抬头望着夜空，嘴角露出一丝诡秘的笑。

"烟花？"

棠德街头，刘世铭诧异地望着藤原景虎。

藤原景虎点了点头："我听见沈小姐说，她想看烟花。"

"还说了什么？"

"好像还说，爱情，就像是烟花一样，短暂又美丽。虽然只看过一眼，但就让人难以忘怀。"

刘世铭默了默，叹了口气："她果然会这么想！"

"沈小姐好像很不开心。"

刘世铭低声道："她在想人吧。"

"不是您么？"

"是我么？"

刘世铭自嘲地一笑。

藤原弥山凑近道："您这么关心沈小姐，她一定是在想您！"

"她想的人不在城里，她想的人快要死了。"

刘世铭低笑了一声，语气中透着快感。

“人死了，很快就会被忘了。”藤原景虎紧接道：“她想的人就快被她忘了，您应该让她想你！”

刘世铭的目光一亮，急切地拉着藤原弥山：“你说的对！我应该让她想我！你刚才说，她想看烟花？”

藤原弥山连连点头：“沈小姐是说想看。”

“我就让她看！今天晚上你引她到院子里，我一定让她看见最美的烟花！”

刘世铭抬头望着夜空，眼中露出笑意。

藤原弥山嘴角也挂着一丝难以察觉的笑：“夜空中的烟花，确实是最美的东西。”

“调炮！”

日军指挥部里，横田勇拍打着面前的作战地图：“调集山炮，把他们的阵地轰开！”

崇明亲王缓缓道：“山地作战，要调集山炮，只有把山炮拆成部件，用马往上运输。要耗费大量时间。”

横田勇看了一眼座钟：“还有时间，只要五门山炮，就可以把对方的阵地轰开。天黑之前，拿下敌军阵地！”

说完，他扭头看着藤原景虎：“藤原君，你去督战！”

藤原景虎并腿敬礼：“是！”

德山阵地，枪声渐渐停了。

雷大虎不禁一声欢呼：“小鬼子退了！”

郝明摇头：“不会这么简单，天黑之前，他们绝不会停止进攻。”

“他们还能玩出什么花样？”

黄景升大步走了过来：“他们要用炮！”

雷大虎不以为然：“用炮？山头上跑哪儿找大炮！”

黄景升伸手一指山下：“我刚才在山头上亲眼看见了，小鬼子几十匹马在运山炮！”

郝明等人的脸色变了。

“小鬼子要上重武器了！”马潇肃然道：“你看到底有多少门炮，多少弹药！”

黄景升一怔，随即蹲在地上，捡起一根树枝边划边算：“一共整整三十五匹马，照刚才的行进速度，每匹马大概负重一百公斤。九四式山炮要运上山，必须拆成六个部分，六匹马就是一门炮……三十五匹马，那就应该是五门山炮，还有配给的大约一百枚炮弹！”

他抛下树枝，抬眼看着众人。

郝明的脸色变了：“五门山炮，一百枚炮弹……照这个强度，只要一刻钟，一刻钟，鬼子就可以轰开咱们的阵地！”

众人全部沉默了。

雷大虎狠狠往地上吐了口口水："都拉着个脸干什么！当兵的早晚都有这一天，横竖就是个死，你们谁害怕？"

众士兵一齐高喊："虎贲不怕死！虎贲不知死！"

马潇跟着一举手："咱们虎贲要怎么死？"

"冲锋！冲锋！冲锋！"

雷大虎高高一挥手，士兵的高呼声立止。

"那好！都跟着我和老马，咱们去宰了横田勇！"

郝明一把拉住雷大虎："不行！没有何平安的命令，谁也不能去！"

"拉我干什么！你们八路要是怕死，你就自己留下！"

雷大虎甩开郝明，跳出了战壕。

马潇也紧跟着跳了出去。

"给我抓回来！"

德山临时指挥部里，何平安一拍桌子站了起来："你带上人去！把他和马潇，还有所有的虎贲士兵，统统抓回来，一个不能少！"

郝明迟疑了下，随即大声回答："是！"

此时的雷大虎，正与马潇并肩站在阵地工事前，大声布置着任务："一队跟我，在中间截住鬼子！二队跟马营长，从鬼子背后偷袭！近身肉搏，尽量捡军官和炮兵下手！还有没有问题？"

士兵振臂高呼："杀鬼子！杀横田！"

雷大虎带着激动打量着众士兵："下辈子，还做兄弟，并肩杀鬼子！"

他一挥手，跟着马潇相继跃出工事，向前猛冲。

众士兵也紧跟着跃出工事。

雷大虎、马潇忽然重重摔了个嘴啃泥。

众士兵相继摔倒在地。

雷大虎狼狈地撑起身来，愤然看着地上的草绳，重重呸了口嘴里的土沙："他娘的！谁扯上绳子绊老子一跤！"

一把枪顶在他额头上。

"雷营长，跟我回去。"

雷大虎豁地抬头，惊怒交加地瞪视着郝明："姓郝的，好狗不挡路，你他娘的连狗都不如！"

"不是我要挡你，是何平安的命令，让我把你、马营长还有诸位兄弟都……都带回去。"

马潇猛地掏出枪，上前两步枪口对准郝明的太阳穴："放下枪！快放下！"

跟在郝明身后的十几个游击队员见状，纷纷掏出枪对着马潇和雷大虎。

游击队员："你们先放下枪！"

"哗啦"一声，雷大虎身后的虎贲士兵也纷纷掏出枪，对准了郝明和游击队员！

雷大虎、马潇与郝明对峙着。

虎贲士兵与游击队员对峙着。

郝明枪口指着雷大虎，提高声音向虎贲士兵喊话：“我说了，我们是在执行你们何长官的命令！你们不是说过么，什么都听他的，把命都交给他！”

“就算是他的命令，也肯定是因为你个共产党在他跟前下的蛆！”雷大虎狠狠瞪视着郝明，猛地一声大吼：“知道老子带着兄弟们去干什么么？去扑上去堵鬼子的枪眼儿，拿自己的命去换他们的命！要是真能宰了横田勇，不但德山丢不了，常德也就得救了！姓郝的，你敢拦老子？——是死是活一局定输赢，你他娘的敢在这当口儿上拦老子！”

郝明平静地注视着雷大虎：“我拦你是救你。你这一局肯定会输，会死，还会连累你的兄弟送命。”

“你放屁！”

雷大虎勃然大怒，瞪大的眼睛通红。

马潇用力顶了顶枪口：“少废话，你快放下枪！不然你就试试谁的枪快！”

“开枪，你就让他开枪！”

雷大虎一声嘶吼，双手抓住郝明的枪口：“有种你就开枪，一枪崩了我脑袋！”

他双手攥住枪口，迈开脚步，一步步往前逼着：“老子跟兄弟们在德安拼命时，你们躲在鬼子屁股后头游击！老子在上高会战时，你们还躲在鬼子屁股后头游击！今天老子要带着兄弟们拼命，你倒跑出来挡老子的道儿！你们这些共产党怕死，老子不怕！老子死也不学你们，鬼子一来就缩进壳子里当乌龟！”

郝明步步回退。

马潇的枪口一直指着郝明。

雷大虎大喊：“你开枪啊！——开枪！”

郝明注视着他，忽然放下了手里的枪。

雷大虎狠狠往地上唾了一口：“怂货！”

马潇缓缓放下手中的枪。

游击队员和虎贲士兵也纷纷放下枪。

雷大虎举步要走。

郝明却上前一步，面对面地挡住雷大虎：“你们都是抗日英雄，我不开枪。但如果你们想冲出这个阵地，除非先一枪杀了我！”

“那我就一枪杀了你！”

雷大虎猛地掏出枪，枪口抵着郝明的前额：“你不让我出去开展行动，就是破坏抗战！破坏抗战，我就该杀了你！”

游击队员纷纷重新举起枪，对准雷大虎。

郝明大声喝令：“都放下枪！——快放下！”

游击队员持枪不动：“队长，我看他们国民党就是想趁机害你，害咱们！”

“放屁！”他转眼瞪着游击队员，一声怒喝：“这是什么时候！我们的枪口，能对准中国的军人么！”

游击队员不情愿地慢慢放下枪。

郝明平静地注视着雷大虎：“今天把你们带回去，就是我的抗战任务。要知道共产党为了完成任务，也是不怕死的。”

“你以为我真不敢开枪！”

雷大虎目眦欲裂。

郝明闭上了眼睛。

“雷营长现在就请开枪！”

“那你就去死吧！”

雷大虎的手指猛地扣紧了扳机！

马潇大惊失色：“郝明你快让开！”

游击队员惊呼：“队长！”

一声枪响！

雷大虎两眼通红，紧咬着牙。

郝明一动不动站在原地，神色不曾少改，肩头现出一道血痕。

郝明睁开眼，望着雷大虎微微一笑。

“还算是条汉子！”雷大虎把压低的枪口提高，再次对准郝明的额头：“可这一枪，我可不会再压低了。”

“雷营长开这一枪之前，先看看我们共产党身上的一样东西。”

郝明说完，转眼望向游击队员。

“把上衣脱了！”

“哗”的一声，游击队员扯掉破烂的棉上衣，光着膀子站着。

结实的胸膛上，一块块伤疤。

雷大虎、马潇怔怔望着。

“转过去！”

游击队员一致转过身去，把背对向雷大虎、马潇和虎贲士兵。

一块块黝黑的脊背，没有枪伤。

雷大虎、马潇、众虎贲士兵的神色震动，显然动容了。

郝明看着雷大虎和马潇，后退一步，也扯破自己的上衣。

“刚才雷营长说我们共产党的游击队，都是躲在鬼子屁股后头游击的缩头乌龟。所以我想请两位营长和虎贲勇士们看看，我们共产党是不是见了鬼子就往后退的孬种！”

雷大虎目光划过游击队员的脊背，又落回到郝明背上：“胸前有枪疤，背后没有……这说明你们也都是迎着鬼子的枪口冲，而不是躲着鬼子往后撤。你们不是孬种，更不是缩头……我刚才……都说错了！”

“那雷营长也就是承认了我们共产党也不怕死，该冲上去的时候一样眼睛不眨地迎着子弹往前冲！可是不该冲的时候……”

郝明不再说下去，只是注视着雷大虎，稍一停，忽然转过去身子：“雷营长要还嫌我挡着你们去跟鬼子拼命，那就再打一枪！不过，得往我背上打！”

雷大虎怔怔注视着郝明的脊背，缓缓举高了手枪，枪口有点打颤。

马潇上前一步，压低声音喊着告诫：“老雷！”

“咣当”一声，雷大虎的手枪掉在地上。

“算了！我跟你回去！”

“当兵的，什么最容易？”

何平安冷冷望着雷大虎。

雷大虎一愣。

“死！当兵的，最容易的就是个死！你带着人冲过去，没有掩体，没有火力掩护，没有后援，没有策应，所有人就是个死，这最容易了！这不是勇敢，是愚蠢！”

雷大虎说不出话来。

何平安又问：“当兵的，什么最难？”

雷大虎试探回答：“那……活下来？”

“执行命令最难！命令冲锋，前面就是悬崖也得冲过去，命令原地待命，就是全身着火也一动不能动。虎贲不是精锐么？为什么没有我的命令你就要冲锋，你这是给虎贲抹黑！”

雷大虎脸上红一阵白一阵：“我，我知道错了。”

“还是说说眼下吧，日本人的炮调过来，怎么办？” 黄景升上前一步，为雷大虎解了围。

“只有坚守。”何平安一拳砸在桌上：“很快就要天黑，守到天黑，就是胜利！”

然而，还没到天黑，日军的炮弹就雨点般落到了德山阵地上！

五门山炮瞄准国军的防线，依次开火，炮声此起彼伏，绵延不断。

远处的阵地上一片火光。

藤原景虎一挥手，炮声停了：“冲锋！攻陷阵地！”

大队的日本兵跃出掩体，冲向阵地。

炮火声中，雷大虎望着蜂拥而来的敌兵，神色越来越严峻。

“真是守不住了，怎么办！”

何平安站在他身旁，一言不发。

雷大虎大吼：“冲吧！”

“需要有人牺牲！” 何平安忽然开口。

雷大虎一怔：“你说什么？”

“弃守阵地，把整个阵地做成一个陷阱，需要牺牲！”

雷大虎愣住了：“弃守？！”

对面阵地上的枪声已经稀疏了，藤原景虎猛地抽出了指挥刀：“冲过去！他们伤亡惨重！”

他身后的日军潮水一样冲进阵地！

阵地里竟没有什么人。

冲进来的日军四下看着。

战壕里，隔着十几米远，几名战士互相望了一眼。

有游击队员，也有国军士兵。

国军士兵：“想不到，咱们能死在一块！”

游击队员：“个个都是好汉，跟你们一块死，不丢人！”

国军士兵：“兄弟们，干吧！”

游击队员：“喊点啥？”

国军士兵：“杀鬼子！”

“杀鬼子！杀鬼子！”

众人突然爆发出巨大的喊声，让冲进阵地的日军大惊！

国军士兵和游击队员们一起拉动了炸弹引线。

巨大的爆炸声！

战地上的一切都被炸上了天！

尸体！血肉！泥沙！

夕阳之下，一切都闪着金光！

“将军！”

藤原景虎笔直地在横田勇面前跪下了！

横田勇举起军刀，力劈而下！

面前的桌子硬生生被劈开！

桌上的作战地图从德山处裂成两半！

“混蛋！”

藤原景虎抬起头：“将军，我愿意领死！”

横田勇怒视着藤原景虎：“你该死！”

崇明亲王走上前：“将军阁下，藤原君虽然作战不利，但我们事先也没有想到，支那军会这么狡猾。他们牺牲了整个阵地，诱骗我军进入阵地，然后全面引爆。以少量的死伤，换取我军巨大的伤亡。”

横田勇脸上的肌肉都在跳。

崇明亲王却依然冷静地分析：“天色已黑，我们现在要做的，就是谨防敌军突围求援。还有，遏制棠德，不能让他们增援德山。”

横田勇缓缓点头。

“藤原景虎！”横田勇一声喝令，藤原景虎倏地站了起来。

横田勇锐利的目光瞪视着他：“空投不会再有变故了吧？”

“已经与城内约好，十点钟，以烟花为指引，空投病毒武器！”

横田勇缓缓地点头。

一箱烟花摆在了屋顶上。

刘世铭站在屋顶，低头看着远处的沈府。

藤原弥山把烟花一排排地摆好。

“她会看到么？”刘世铭还是有点担心。

“肯定能！”藤原弥山抹了把脸上的汗，冲他谄笑着，“我找了几个人，给了钱，让他们围着沈家。一共五处，只要咱们这边烟花一起，他们都会跟着一起放。沈小姐一定能看见。”

刘世铭点点头：“谢谢你。”

这一句语气真诚，藤原弥山则是憨厚一笑。

“您别这么说，我这都是为了报答您！”

刘世铭竟有些感动，上前拍了拍藤原弥山的肩膀：“我不会亏待你。”

藤原弥山笑得更加憨厚了。

“那我去了。”刘世铭说完，转身往下走。

藤原弥山还在背后大声提醒着：“晚上十点，您一定把沈小姐带到院子里，烟花一起，您心里有什么该说的，就都跟沈小姐说，一定成！”

刘世铭回头一笑：“但愿吧。”

“十点，准时放！”

夜很静，刘世铭站在沈家大门外，伸手拍门。

敲门声传得很远。

半晌，门开，周四站在门前。

刘世铭勉强一笑：“我想见你们小姐。”

周四一愣，冷冷地看着刘世铭：“小姐不见你。”

她要关门，却被刘世铭一把按住。

刘世铭固执地看着周四：“就这一次。”

周四猛然拔出枪，直指刘世铭：“滚！你还嫌我们小姐不够伤心么！快滚！不然我就一枪打了你！”

“我确实懦弱，当年就是因为懦弱，才害得湘菱伤心。”

刘世铭往前迈了一步，枪口顶住了他的额头上。

“我不能再怕了，也没法再退。今天我一定要见湘菱！”

说着，他再次往前迈了一步！

周四竟然退了一步。

“让他进来！”

熟悉的声音忽然响起，刘世铭转眼向周四身后一看，沈湘菱正站在院中一片皎洁的月光里。

“你要说什么，就在这儿说吧。”沈湘菱上前两步，默然直视着他。

“湘菱……”刘世铭喃喃呼唤着，轻轻走到了她跟前。

沈湘菱打断了他：“你别这么叫！”

刘世铭一怔，停住了脚步：“你我之间，再没有机会了？”

“你我之间，本来就没有什么机会。”沈湘菱摇了摇头，“当年，那是我错了，我以为你是我要找的人，其实你不是。”

“你要找的人，是何平安？”

沈湘菱面色一变，抬头看着天上月，默然好半晌，才低声道：“与你无关。”

刘世铭强忍心头酸楚，仍旧依恋地看着她：“我愿意等。”

“等什么？”

“等你忘了他。”

沈湘菱缓缓摇头：“我试过了，没用的。”

两人同时陷入沉默。

“他回不来的。”刘世铭终于忍不住了。

沈湘菱蓦地转眼瞪视着他：“不对！他一定能回来。”

“日本人重重包围，炮火已经停了，电报也联系不上，没有一点消息。说不定现在德山已经是日本人的了。没人能活着从德山回来。”

“他就能。”

沈湘菱语气淡然，似乎在说一件很平常的事。

刘世铭大声道：“不可能！就算他会飞，也飞不下德山。”

“你真是什么都不懂。”

沈湘菱竟笑了。

月光下，刘世铭看着她的笑容，愣住了。

“封锁得这么严，想要突围，九死一生啊！”

德山的上空也是一团好月，何平安站在山头，怅然望着山下日军的阵地。

星星点点的火光连成一片，把德山团团围住。

“什么九死一生，就是有死无活！”雷大虎恨恨道：“看这阵势，小鬼子早就防着咱们突围求援了。”

郝明上前一步，站在战壕上望着对面的阵地：“我可以带游击队试试。”

游击队员纷纷上前：“对，让我们试试！”

何平安摇头：“大规模战斗，对手还有大量重武器，游击队的那套战斗方法没用的。这种形势想要突围，必须想办法从中间拉出一个口子。”

“我可以在另一侧发动进攻，假作突围，拉出一个口子！”雷大虎眼睛一亮，“咣咣”拍着胸脯。

“拉出口子倒不是不可能。如果集中全部火力，在两个方向突袭，一定能扯出空挡。”黄景升摇了摇头，“可那又有什么用？这么密集的火力覆盖下，一样突围不出去。”

雷大虎一瞪眼：“那你老黄就有办法！”

“我是有办法！”

指挥部的桌上再次铺开了那张作战地图。黄景升站在地图前，在德山的位置上比划着：“你们见过火中的蚂蚁么？”

雷大虎众人面面相觑。

黄景升一手握拳，缓缓在地图上洒下一道碎木渣。又掏出打火机，点燃木渣。

一道火焰腾地燃起。

“这就是鬼子的封锁线！”

黄景升从袖口的破洞里抽出一团棉絮，从地上捡起一块石子，团在棉花里。

“这是我们！”

他把棉絮团一把丢过那道火焰。

穿过火焰的封锁，棉絮团烧着了。

雷大虎瞪大眼：“这……这不是自投火坑么？”

棉花一点点烧完，石头漏了出来。

黄景升捡起那块石头：“蚂蚁要过山火，就得像这团棉花似的紧紧抱成一个球，从山坡滚出来，外面的蚂蚁一层层地被烧死，可最里面的却能活下来！”

“你是说我们派敢死队，用所有人的命，送一个人出去！”雷大虎恍然大悟。

“对！天黑之后，从北侧发动猛攻，假作突围，吸引日军火力，然后在东侧，派一个敢死队，宁可所有人都牺牲，也要送一个人出去！”

雷大虎目光炯炯：“送谁？”

黄景升侧头望着何平安。

所有人都望向何平安。

何平安惊诧地望着众人，缓缓摇头。

雷大虎跺脚：“除了你，还能有谁？”

何平安一指雷大虎：“你，你是虎贲在这里的最高级别的军官。”

“所以我才不能离开，我得跟阵地共存亡!”

何平安的目光又转向郝明。

郝明摇摇头：“我也不行，我就算出去了，也不可能调度国军的部队。”

“所以，何老弟，只有你能做到。”黄景升伸手拍上何平安的肩膀，“当机立断，不能犹豫！”

何平安惊诧地望着黄景升。

黄景升断然道：“护送的部队，只要两点，第一不怕死，第二跑得快。我来领跑。”

郝明犹疑地打量着他：“你？”

马潇笑了：“老黄当年可是全军的赛跑冠军，别看他老了，论跑步，你跑不赢他！”

黄景升唯有苦笑：“那是二十岁时候的事了，不过对于跑步，我是专家。呼吸，步伐，所有人跟着我的节奏跑，我们有机会冲出去！”

“我跟着你，余下的，从队伍里挑跑得快的！”马潇在他肩头捣了一拳，“至于不怕死这一条，虎贲的战士，全都不怕死！”

何平安忽然打断了他俩：“不行！”

黄景升：“为什么？”

“我是最高指挥官，余师长把指挥权交给我，我不能扔下你们一个人逃命！”

“你不是逃命，而是救命。只有你出去了，才能救德山，救这里的人。你非去不可。而且……我还要给你上一个保险。”

黄景升话一落地，众人都愣了。

陈阿生被一把按在椅子上。黄景升拉起他的衣服，露出后腰上的徽章。

“真要烙这个？”

何平安点点头：“说实话，我没把握突围，一旦被日本人抓住，有这个徽章，或许我还能混过去。”

黄景升拿着一块木头，手里握着匕首：“那我就真刻了。”

何平安点头，又问陈阿生：“那个鬼子给你烙上这么个东西时，还说什么了没有？”

陈阿生脸色因羞愧而惨白：“他就说这是他们藤原家的家徽……骡子马身上都有，还说，还说，每个经过他收的汉奸身上有，烙上这个家徽就是他们藤原家驯好的骡马，就再不会反悔，再不会反抗了！”

“你好好想想，那个鬼子还有什么特征？”

“我想想……他四十多岁，看着挺老实的样子……中国话说得也好，他还戴着顶破帽，我，我没看清他的脸……”

黄景升一边听他说，一边把手中刀挥得飞快：“何长官，只能弄个七八分，做不到十成十！”

雷大虎蹲在一边瞅着，突然摇头：“不行！还是不行！老何身上也弄上这么个玩意，到时候那鬼子反咬一口，说老何真是汉奸怎么办？”

何平安笑了笑：“不会，有你们给我作证。”

“可我们要是都死在德山了呢！”

雷大虎一言既出，黄景升手中的匕首停住了。

何平安也愣住了，稍停，才勉强一笑：“除非我也死了。不然，我要是救不了你们，我也就跟汉奸一样了！”

黄景升站了起来：“刻好了，估计能蒙一下。”

“点火吧。”何平安掏出随身的打火机，拉起了衣衫。

黄景升用打火机点燃木头。

何平安：“老雷，你按着我点儿。”

雷大虎死死地按住他。

烧着的木块压在何平安的腰上，“吱”的一声，带着焦味的白烟冒了出来。

旁边的陈阿生慌忙闭上了眼。

何平安咬着牙，没发出一点声音，满头都是汗珠。

白烟散了，何平安也渐渐喘匀了气。

“几点了？”

雷大虎看了一眼表：“九点四十五分。”

皓月当空，藤原弥山坐在房顶上，看了一眼手表——九点四十五分。

“还有十五分钟！”

他看了眼眼前的烟花，又抬头望着头顶墨兰的苍穹。

“礼物，我都已经准备好了，你们随时可以起飞了！”

他喃喃自语着，仿佛已经看到挂着太阳旗的轰炸机在漫天烟花的指引下，挟着一枚枚炮弹，向着棠德呼啸而来！

空寂的大院里，沈湘菱抬头望着天上的月。

“好几次，我都以为我会死，或者他会死。我都以为再也见不到他，可他总是会回来，总是会出现在我面前。就好像从来也没离开。他答应我的事一定会做到，他说了会回来就一定会回来！”

“你从来没有这么相信过我。”刘世铭辛酸地开了口。

“我尝试过，可惜，全都失败了。”

刘世铭望着沈湘菱的面容，自嘲地一笑。

他低头看表——还有十秒钟。

“看来，都是白费，我还以为我能为你做些什么，原来不论我做什么，对你来说都不重要了。”

沈湘菱点点头：“是，不重要了。”

刘世铭又笑了，笑得苦楚。

忽然间，烟花乍起！

紧接着，五处烟花接连升起！

黑寂的夜空中，接连腾空的烟花无比绚烂。

沈湘菱一下怔住了，呆呆地看着夜空不断绽开的烟花。

“这些都是我……”

话未说完，头顶突然响起飞机轰鸣！

刘世铭愣住了！

绚烂的烟花中，日军的飞机呼啸而来！

空袭警报声响彻棠德的夜空！

“怎么会这样！怎么会这样！”

刘世铭喃喃自语着，惊恐地睁大了眼——四周的烟花冲天而起，照亮了半个棠德！

他忽然意识到了什么！

“不是我……不是我……”

他转身冲出沈家，在空袭警报中一路狂奔，他要去找藤原弥山！

一个黑影从暗中出手，突然打晕了刘世铭。

夜空中，飞机盘旋呼啸！

第二十四章 独出重围

德山的夜色从未如此荒凉过。

何平安站在人群中间，黄景升，马潇等一群人围在他身边。

雷大虎指着山下："我带人往这边杀，郝明你带着人往另一个方向冲，等枪声紧了，何平安就从中间突围！"

"我一定会把援军带回来！"何平安一手搭在雷大虎肩上，一手搭在郝明肩上，"保重！"

雷大虎、郝明两人冲着他重重点头："等你归来！"

三个人紧紧拥抱。

"来人，跟我冲！"

雷大虎猛地推开何平安，高喊着，带领一队人往东杀去。

"我也该走了！"郝明紧紧握了握何平安的手："等着你回来，给你庆功！"

何平安郑重地点头。

郝明一挥手，带队冲下去！

山下，枪声不断。

"火烧起来了，之后，就看我们这些蚂蚁能不能滚出去了！"

何平安望着山下，几分决然，几分悲壮。

"把何长官围住！"黄景升一声令下，众人把何平安团团围住。

"马潇，你跟在何平安身后，不管怎样，不要让日本人接近他，不能让他中弹！"黄景升双目炯炯注视众人，开始分配任务。

马潇昂然道："交给我！"

"我在前面领跑，一旦冲锋，绝不能停下！"黄景升的目光转向了何平安，"你要跟着我，我呼气你就呼气，我吸气你就吸气，我迈左腿，你也要迈左腿，我会带着你跑出去！"

何平安："明白！"

“而且，你不能开枪！”

何平安一惊：“为什么？”

黄景升缓缓道：“我们这些人，拼了命就是要把你送出去，你一开枪就跑不快，就会功亏一篑，我们的牺牲就变得没有价值。所以无论怎么样，你都不能开枪，你只要跟着我，一直向前跑。”

何平安默了默，点头道：“我懂了。”

“好了，兄弟们。老黄我虽然当年是赛跑冠军，可我已经快二十年没有跑过了！”黄景升豁然站起身，“今天，咱们就再跑一次，一路向前！”

众人异口同声：“一路向前！”

黄景升走到何平安面前，右手重重拍在他的肩头：“我的命，交给你！”

马潇的手搭在黄景升的肩膀上，后面的士兵把手臂搭在前面人的肩膀上。

所有士兵的手臂都压在肩膀上，所有人似乎都连成了一体。

“我的命，交给你！我的命，交给你！”

何平安顿觉肩膀无比沉重：“明早，看东方！我会带着援军，跟朝阳一起回来！”

黄景升大喊：“冲！”

“冲！”

众人高喊着，顶着枪林弹雨，潮水般冲下山坡！

马潇跑在何平安后面，双手开枪！

周围的人围着何平安，不断奔跑，射击！

黄景升跑在何平安前面，他迈左腿，何平安也迈左腿，他呼气，何平安也呼气！

一队人飞快地往外冲！

“他们似乎是要突围了！”

日军的阵前指挥部里，正与横田勇一起审视战局的崇明亲王一声惊呼。

横田勇点了点头：“困兽之斗。”

崇明亲王面露疑惑：“可是有一点我想不通，他们既然要突围，为什么分兵，而不是集中一点？”

“一真一假，这两路中，一定有一路是吸引火力的……”横田勇说着举起了望远镜：“等等！他们只有这么多兵力么？那白天，为什么能守住阵地！”

“你看！”崇明亲王突然大惊，手指着黑暗中的一队人，“那队人，枪法极好，而且跑得飞快！”

横田勇蓦地放下望远镜，阴冷的目光炯炯发亮：“这两路都是假的！那队人才是突围的核心，追，不能让他们突围！”

在横田勇的命令下，大股日军直扑何平安的小队！

黄景升大吼：“不要停，保护何平安！”

虎贲士兵们护住何平安，一个接一个中弹倒地。

何平安双眼血红，伸手要拔枪。

“不许开枪！这些人就是要为你而死的，不要停，快跑！”

黄景升拉住他，拼命地奔跑。

身边的士兵不断地牺牲！

何平安双目血红！

“跑！不要管我们！”

马潇大吼着，不断开枪！

外围的士兵不断中枪倒地，就像滚火的蚂蚁，一层又一层地牺牲赴死。

黄景升用尽所有力气奔跑，额头全是汗，脸上的肌肉都在颤抖。

“前面！冲进树林就成功了！”

身边的人已经不多了，但仍旧疯狂地奔跑！

士兵不断死去，只剩下马潇紧紧跟在何平安身后！

马潇接连中弹，一身军装血痕斑斑，但仍旧狂奔。

眼看就要跑进树林，一计冷枪射入马潇腿部，他扑然倒在地上！

何平安一愣，回过头伸手要去拉马潇，却被他狠狠推开了。

“走啊！别管我！”

黄景升扯起何平安，一路狂冲！

马潇半跪在地上，开枪射击！

何平安痛声嘶喊着：“救马潇，哪怕只让我救一个人！”

黄景升并没有回头，只是狂奔：“跑！他活该去死，跑啊！”

他怒吼着，眼中却在流泪，脚下的步子越来越大，越来越快，竟然真的拉着何平安冲进了树林。

马潇望着两人背影隐入密林，哈哈大笑：“小鬼子，你马爷爷来了！”

他勉强站起来，腿在发抖，却不住开枪，直到子弹打光！

围上来的日军疯狂扫射，马潇身中数弹，一动不动，张开嘴，扭头，望着何平安他们消失的方向。

“我的命，给你了！”

“都死了，他们都死了！”

何平安一边跑一边嘶吼流泪。

黄景升依然没有回头：“那是他们……”

他的声音戛然而止，神色越来越痛苦，脚步慢了下来，突然一张口，一口血喷出来，栽倒在地。

何平安愣住了，俯身一把抱住他：“你怎么了！”

黄景升惨然一笑：“我老了。肺部炸裂，我……跑不下去了。”

何平安怔怔看着他嘴角不断涌出的鲜血。

“你继续跑，不要停，把援军……带回来……他们在等你！”

黄景升死死抓着何平安的手。

何平安眼泪止不住了，摇着头：“我带你走，我背你！”

“别说笑话了，你背着我，我一样会死，你也会死，德山上的兄弟，也会死……去吧！”

何平安只能痛苦地点头。

“谢谢，谢谢你，让我再跑了一次，让我回到了……二十岁……”

黄景升满足地一笑，再也不动了。

何平安紧紧抱住战友，仰面朝天，蓦地爆发出一声痛苦的怒吼！

中央银行的前院里，在卫队拱卫下，余鹏程披着大衣，神色紧张地盯着天空中渐渐远去的日军飞机。

柴意新走到他身后：“师座，他们没有轰炸！”

“不可能！这是有人用烟花为他们指引方向，他们为什么不轰炸常德！”余鹏程继续说道：“都围着我干什么，去查，都去查！查清楚到底是谁放的烟花！”

他话音刚落，一名士兵急匆匆跑了过来。

“师座，魏县长刚来了电话！”

余鹏程瞪大了眼睛：“说什么？”

“说是有关于烟花的消息！”

“快，去请魏县长过来！”

“师座，魏县长说是……让您过去。”

余鹏程一愣，跟着大声命令：“备车，去县政府！”

桌子上摊放着常德地图，地图上画了五个圈。

余鹏程看着地图，疑惑不解地望着对面的魏九峰。

“您发现了什么？”魏九峰问。

“请魏县长指教。”

“这五个地方，就是放烟花的地方。”魏九峰提笔将五个红圈连起来，笔尖在圈中间一点，“它的中心就是这儿！”

“沈家！”

余鹏程几乎跟他同时说出了口。

沈家的大门轰然撞开，数十名警察荷枪实弹地冲了进来。

“你们干什么！”周四挡在院子正中，持枪以对。

张局长大步走了出来：“城中有日本人燃放烟花，为日本人指方向，我们奉命调查。”

“你调查你的，来沈家干什么！”

张局长冷冷道：“对不住了，县长的命令，还有军部的命令，都要请沈小姐走一趟。”

“谁敢！”

周四手中的枪猛地指向张局长。

张局长身后的几十条枪也都举起来，瞄准周四！

张局长冷恻恻道：“你要是拒捕，我当场就能枪毙你！”

“我的命是小姐给的，要带走小姐，先杀我！”

“都住手！”一声断喝，沈湘菱款款走了出来，站到了张局长跟前。

“我跟你走。”

“还是沈小姐识时务，带走！”

张局长一挥手，两名士兵要上前押沈湘菱。

沈湘菱猛然抬手，甩给了两人一人一个耳光。

两名士兵愣住了

“周四，哪个的脏手敢碰我，就把他给我毙了！”

周四举着枪，瞄准那两个警察。

“沈小姐，手下人不懂事。” 张局长笑了笑，亲自做了个请的手势，“车在外面，请吧。”

一盏孤灯照在县长办公室那张宽大的办公桌上。

魏九峰坐在桌后，沈湘菱坐在桌前。

屋内没有别人，只有两名警察带着枪在门外守护。

沈湘菱看着魏九峰，眉毛一挑：“这算是审讯？”

魏九峰笑了：“审讯应该在警察局，或者在监狱。”

沈湘菱一言不发，看着魏九峰。

“我本人愿意相信沈小姐不是汉奸，可五处烟花，处处都能让沈家里面的人看见。甚至说，这五处烟花是围着沈家放的，这又让我不得不来问沈小姐。”

“换句话说，不管你相不相信，我都是最有嫌疑的。” 沈湘菱颇为冷静。

魏九峰点点头：“也可以这么说。”

沈湘菱：“那又怎样？要关？要杀？”

魏九峰靠在椅子上，审视地盯着沈湘菱：“沈小姐，烟花为日军的飞机指了路，飞机也到了棠德，可却盘旋了一圈，没有轰炸就走了，为什么？”

沈湘菱冷冷道：“不知道。你应该去问日本人。”

“不知道？那你记不记得两年前？”

沈湘菱一愣。

“两年前，日军的飞机也是这么在棠德上空转了一圈。只不过，他们不是什么都没扔，他们扔了……”

沈湘菱脱口而出：“病毒！”

魏九峰静默了。

沈湘菱也静默着。

魏九峰终于缓缓地点了点头。

沈湘菱突然一阵不寒而栗。

“沈小姐，您现在还是没有什么要说的么？”

沈湘菱咬着嘴唇。

“你到底知不知道，这烟花是谁放的！”魏九峰拍案而起，盯着沈湘菱：“我知道沈小姐神通广大，一定能找到这个人，要是找不到……魏某人只能用沈小姐来给个交代了！”

沈湘菱望着他，一言不发。

简陋的民居里，烛光摇曳，刘世铭被捆在椅子上，满脸的惊恐。

藤原弥山手里举着一根蜡烛，幽幽烛光中，他的面容犹如鬼神。

刘世铭声音有点打颤：“你……你到底是什么人。”

藤原弥山笑了：“恩公，我是你的贵人。”

“你干什么绑着我！那些烟花……那些烟花……”

“那些烟花，都是你让我放的啊。”藤原弥山把蜡烛放在桌子上：“自我介绍一下，我是皇军十一军特别行动队的队长，我的名字，用你们中国人的话讲，叫藤原弥山！”

刘世铭彻底惊呆了：“你是日本人！”

藤原弥山点了点头。

“你设计害我！”

藤原弥山笑看着他，一言不发。

刘世铭回想着遇见藤原弥山之后的一幕幕，越想越惊悚：“你要劫持我是故意的，被我打倒也是故意的！你骗我说湘菱想看烟花，骗我去放烟花，其实就是给日本人打信号——你早就设计好了！”

“只有一点你说错了，”藤原弥山得意地笑了，“放烟花是临时任务，并不在计划之内。”

刘世铭失声叫道：“你要怎样！”

藤原弥山咯咯笑了：“我要帮你呀。”

刘世铭惊恐地望着藤原弥山。

“烟花，是你找人放的，除了我之外，还有四个人。他们每一个都是证人，都是你为日本人办事的证人！”

藤原弥山拍了拍手，四个人被扔了进来，每一个都绑着绳子，用麻袋蒙着脸，倒在地上挣扎。

“他们中，只要有任何一个人活着离开这个屋子，都会告诉别人，是三青团的刘世铭给了他们钱，让他们去放烟花，刘世铭是日本人的奸细。到时候，你就会被抓，被判处死刑，身败名裂，刘家也会被你们敌对势力打压，连根拔起。你不愿意看见这种情形吧？”

“你……你到底要怎样！”

藤原弥山邪魅一笑：“我都说了，帮你。”

说着，他从怀里掏出一把匕首，猛然刺入一个人的胸口。

那人的嘴明显被堵着，支吾了两声，再也不动了。

刘世铭惶然瞪大了眼睛。

“你看，像这样，你就安全了。”

藤原弥山低笑着，缓步走到刘世铭身后，用匕首挑开了他的绳子。

刘世铭战战兢兢地站了起来。

藤原弥山把匕首塞进他的手里，紧紧攥住他的手，贴在他耳边低诱道：“只要你上去，也是这一刀，就没人知道你做过什么，你就安全了。”

刘世铭哆嗦着连连摇头：“你……你想逼我做……做汉奸……”

藤原弥山的声音更轻柔了：“你的路，当然是你自己选，你是我的恩公，我怎么能逼你呢。你可以放了他们，走出去，走出这个门。你猜，他们会不会像我一样感恩戴德，不把刚才听到的一切说出去？”

刘世铭握刀的手在抖。

藤原弥山脸色一变，拉着他走到第二个人身前：“他看不见你，你也看不见他！只要这么一刀下去，就跟杀鸡杀狗没什么区别，一刀下去，你就安全了！”

“我不……不要做汉奸！”刘世铭痛苦地大叫，竭力挣扎着。

“我说了，我没想你做汉奸，我只是要保护你。你不杀他，他就要害死你，你知道你为什么输给何平安？就是因为他比你狠，要是何平安，绝对不会犹豫，就这么一刀插进去！”

他抓着刘世铭的胳膊，猛然一刀戳进那人的胸膛！

腥热的血飞溅到刘世铭脸上！

刘世铭惊诧地张大嘴！

那人抽搐一下，不动了。

“你看，有什么难的！不就是这么一刀！你要不杀，你就一辈子都赢不了何平安，沈湘菱早晚是他的，到时候，你一无所有，你什么也不是！”

刘世铭突然喊了一声，拔出了刀。

“杀啊！你已经杀了一个，回不了头了！”藤原弥山的声音也疯狂了起来：“再杀第二个，一路杀下去，你就是英雄！”

刘世铭仿佛魔鬼附体，猛地冲上去，一刀插进另一个人的胸膛。

“杀得好！杀了他，杀了何平安，杀了沈湘菱，杀了所有对不起的你的人！”

刘世铭刀插入第三人的胸膛，一连捅了三刀！

在藤原弥山狰狞可怖的笑声里，刘世铭扔下刀，靠在墙上，重重地喘息。

“你看我，搞错了，搞错了！”藤原弥山忽然拍了一下自己的头，走到刘世铭面前，指着狼藉一地的死尸：“这些人，不是帮你放烟花的。帮你放烟花的都是日本人，这些都是你的同胞！”

他弯下腰，猛然揭开了一具死尸的头套——一张似曾相识的惨白的脸孔！

刘世铭魂飞魄散地盯着那张脸，瞬间崩溃了。

“你是混蛋，你是恶魔，我杀了你，我杀了你！”

他捡起地上的匕首，踉跄着冲向藤原弥山。

藤原弥山飞起一脚，将刘世铭重重踢倒在地，“咣当”一声，匕首掉落！

“你以为你还能回头么！”藤原弥山眼中闪出残酷的冷光，转瞬，又恢复了往常憨厚的模样，“恩公，跟着我吧。我不让你做汉奸，我让你做英雄，大日本帝国的英雄！”

他的语气似乎带着无比的诱惑力。

刘世铭惊恐地望着藤原弥山，又转而看着面前的死尸，猛地把头埋在膝盖间，低低地呜咽起来。

藤原弥山笑了，他转身从木桌抽屉里拿出注射器和药水，走到刘世铭的面前，拉起他一条胳膊。

刘世铭再次浑身发抖：“你……你要做什么？”

“保你的命！”

“这，这是……”

藤原弥山冷笑一声：“这是我随身携带的最后一剂疫苗。”

“你们，你们投下来的是……病毒。”刘世铭悚然醒悟。

“你说错了。”藤原弥山熟练地把药液吸住注射器，反手将针头扎进刘世铭的手臂，“不是你们，而是……咱们！”

破败的荒庙里，四壁空空，正中的地上燃着篝火。

余子扬躺在地上，柳芬拉着小猴子坐在一边，伸出一只手去摸余子扬的脑袋。

“别动我！”

余子扬猛然转头避开她的手，柳芬一愣。

“怎么了？”

余子扬沉默了一霎，闷声道：“我身上有病，会传染。”

“我不怕。”柳芬说着又伸出了手。

“我怕！”

他一声大喊，柳芬被吓得脸色惨白。

余子扬忙得转过身去，背对着她一个劲地咳嗽。

柳芬的眼泪默默地流下来：“你嫌弃我了。你是不是觉得，觉得我跟何平安……”

余子扬闷闷道：“别瞎说。”

“那你为什么病得这么重都不告诉我，还不让我……”

“都说了，那是因为我这个病传染。”

“无非就是个发烧感冒，我说了，我不怕！”

“这个病是会病死人的！”

柳芬一下愣住了。

余子扬叹了口气，喘息着低声道："索性说了吧。去年，日本人大扫荡，用了毒气弹。感染的人全都死了，只有我活了下来。医生说，是因为我身上有抗体。之前得到消息，日本人也会对棠德用病毒，所以……所以我主动请命，要来棠德。希望国民党的医生可以通过我研制出疫苗。"

柳芬已经哭不出来了，只是惊恐地瞪大了眼睛："你说是，你要他们用你做试验……"

余子扬点点头："谁想到，进城之后，我突然病发了。那天没有尽快赶过去救平安，不是因为我不救他，是……是我晕倒了。"

"疯子，你们都是疯子！"柳芬失控地大喊起来。

余子扬却依然很平静："知道了吧，别碰我，你和孩子都别碰我。"

"我以为你死了，这九年我都以为你死了。可你突然回来了，我心里面真的高兴，我觉得能重新开始新的生活，可你现在告诉我，你还是会死……"柳芬说不下去了，她伸出一只手捂住嘴，低低痛哭了起来。

余子扬叹息了一声："谁都是会死的。只不过，我会死在棠德。"

柳芬猛地抬起头："你还要回去？"

"虽然病毒复发，但我身上还是有抗体，一定能帮助他们。你带着孩子先走，我自己走回棠德！"

柳芬摇着头，眼泪已经铺满了脸颊："不，你不能对我这么残忍，我不走，我绝不走！"

"快走，快走！"何平安的喘息越来越急，脚步却越来越慢，只能在心里无声地激励着自己。。

发动机的轰鸣声忽然在身后响起，跟着一道强光打过，把何平安的身影清清楚楚地从黑夜里剥离出来！

嘈杂的日语声跟着传来——"是支那兵！"

何平安咬牙，拖着疲惫的身子竭力狂奔，忽然脚下一绊，扑身倒在地上！

身后的运兵车飞快地冲了上来，"兹"的一声停下，十几名日本兵跳下来，枪口对着趴在地上的何平安。

何平安匍匐着，手中握着枪，一动不动，眼神中带着杀气。

领队的军官挥了下手，士兵们一点点地逼近。

何平安眼中杀机更胜。

十几条枪紧紧对着何平安！

何平安猛然翻身站起，众士兵惊得后退半步。

"我的，皇军的朋友的干活，朋友！"

何平安把枪一扔，双手高举，一脸谄笑。

军官愣住了。

何平安转过身，拉起衣服。腰间赫然露出藤原家的徽章。

军官看着徽章，一下愣住了："你，什么人？"

"我，皇军，朋友的干活！朋友！"

何平安不住地鞠躬谄笑。

军官一挥手："绑了，押回去！"

粮库已经空了一大半，何平安坐在空地的凳子上，后面一名日本兵用枪对着他，枪上顶着刺刀。

一盏吊灯悬在何平安的头顶，灯光晃得他睁不开眼。

一个人走进来，坐在何平安的对面。

何平安努力想看清楚，却只能看见一个黑影。

崇明亲王的中文略显生硬："你姓陈？"

何平安满脸堆笑："对对，我叫陈阿生。"

"你是藤原家的人？"

"藤原？什么藤原，我不知道啊。"

"听他们说，你腰间有藤原家的徽章。"

"啊，您是说那个啊，那个……"何平安忙不迭站起来，拉起衣服转过腰："是徽章，是徽章，你要看么！"

"坐着别动！"

崇明亲王一声喝令，何平安立刻不敢动了。

停了少顷，崇明亲王又问道："你怎么会有这个徽章的？"

何平安期期艾艾道："您这么照着我……我也想不起来啊……"

"回答我！"

"是，是！"何平安侧着头，躲避着强光的照射："我就是个小兵，有一回喝醉了，遇见了……遇见了太君，太君要劫持我，被我打了……其实，太君是故意的。太君问我，有什么仇人，我说，我的排长就是仇人。太君替我杀了仇人，我就，我就死心塌地跟着太君，太君就给我烙了这个，说是能救我的命！"

崇明亲王静静地听着，半晌笑了，用日语喃喃感叹："果真是那家伙的风格啊。"

何平安疑惑了："太君，您说什么？"

"你怎么会跑下山？"

"我是立功，立功下来的。我趁乱炸了山上的军火库，偷了匹马跑下山，谁知道被皇军抓了，皇军太厉害了，皇军万岁，皇军万岁！"

何平安的脸上满是恐惧和谄媚。

崇明亲王笑了笑，站起身要走。

何平安连忙道："您不看我的徽章了么？"

崇明亲王停下脚步，饶有兴味看着他："那你转过来，给我看看。"

"是，是！"何平安脸色应着，缓缓地站起来。

崇明亲王脸上挂着笑，凑近了何平安的腰。

何平安猛地转过身，一脚踹倒了他，双手同时上推步枪！

枪响，打空！

何平安伸手抓住枪口，飞快的卸下刺刀，转身扑向亲王。

士兵高喊，再次举枪。

何平安已经抓住亲王，刺刀死死地顶在亲王的喉咙上。

“别动！”

士兵停住了！

大批士兵冲进来，把何平安团团围住，但没有一个敢动。

崇明亲王低声道：“你劫持我是没用的，我只是一个小参谋。”

“有没有用，试试才知道！——走！”何平安低喝一声，拉着崇明亲王一步步往外走。

众日本兵纷纷后退。

“看来，你不是那么不足轻重啊。”

何平安拍了拍他的脸，勒住崇明亲王一步步地走出粮库。

士兵们随之一步步地后退。

“手雷！给我手雷！”何平安忽然一声大喝。

崇明亲王只得用日语道：“给他雷！”

一名士兵扔过一个雷。

何平安伸手抓住，崇明亲王趁机奋力挣开了他！

“别动，不然一起死！”

何平安已经拉开手雷，紧紧地握在手中，只要一张手就会爆炸。

崇明亲王只得站住了。

何平安问：“你会不会开车？”

崇明亲王点点头。

何平安指着几十米外一辆卡车：“你跟我一起走，只要离开我两步之外，咱们就只有死在一起了，明白了么？”

“明白，我不想死。”崇明亲王顺从地回答。

何平安满意地点头，一步步地往汽车走去，崇明亲王紧紧跟着他。众日本兵自动让开一条路，眼看着两人一起上了车。

汽车发动，渐渐开出了日军阵地，畅通无阻地转过山脚，车灯大亮，在曲折的山路上越开越快。

何平安坐在崇明亲王的身边，警惕地看着车外的道路，手里紧紧握着那颗雷。

“我们去哪？”崇明亲王开口问。

“往东五十里。”

“你是要去求援。”

何平安一言不发。

崇明亲王一笑："山上没有人了，对不对？或者说，一开始就兵力不足。从刚才的突袭中就可以看出，你们兵力匮乏，弹药不足，已经没有活路了，所以才冒险派你去求援。如果你不能带援军回到德山，山上的支那军无法在皇军的全面进攻下坚持一个小时，甚至，半个小时都……"

"闭嘴！你只管开车。"何平安厉声打断了他。

"那你想不想知道，我是谁？"崇明亲王看了一眼何平安，何平安全无表情。

"我是大日本帝国的亲王。"

何平安一怔。

崇明亲王笑了："你看，我的身份还是足以让你吃惊的，怎么样，没想到吧？"

何平安也笑了："抓了一个亲王，这么说我还立功了。"

"你要是放了我，功劳更大。"

何平安冷冷道："这一套没用，我劝你省点力气，想想到了中国人的地盘之后怎么保命。"

崇明亲王斜眼瞥着何平安："我很欣赏你。"

"我说了没用。"

"只是你有一个缺点。"

何平安沉默不语。

"看来你不想知道。"

何平安仍旧不说话。

崇明亲王熟练地开着车，脸上挂满了笑："我猜，你不是军官，甚至不是贵国政府的正规军。"

何平安眉毛一动。

"受过正规训练的士兵，总会有一些常识。他们会知道，汽车在夜间行驶的时候，不必开远光灯，而是要开近光。而我一直开着远光，你却毫无察觉。"

何平安一下愣住了。

崇明亲王慢悠悠道："正规军也会知道，大日本皇军是有伞兵的。"

"把灯关了！"何平安厉声喝道。

崇明亲王笑着摇头："你是在用你的生命威胁我的生命，不到最后一刻，你是不会选择同归于尽的，因为只要你死了，德山上的人也一定都会死。你并非只有一条命，而是所有德山士兵的命。所以，我这样的小动作，你无法制止。"

何平安警惕地看着崇明亲王。

崇明亲王的脸上挂着笑。

"你听！"

飞机轰鸣！

夜空中，日军的飞机划过。

数十朵白色的伞花在黑夜中绽放，飘悠悠降落地面。带队的军官打了个手势，伞兵们立刻散开，同时拿出手榴弹，对着山体扔去。

爆炸！火光！石头滚落！

落石堵住了山路。

伞兵们以碎石为掩体，架起机枪，准备射击。

雪亮的灯光蓦地投射过来，那辆汽车轰隆隆驶向了碎石后的枪口！

“看来，我们过不去了。”

望着越来越近的路障，崇明亲王笑容更加怡然自得了。

何平安注视前方，一言不发。

崇明亲王看了他一眼，缓缓减速。

“不许减速，如果减速，我立刻引爆！” 何平安举起那颗手雷，靠近了他的头，“你记住，汽车停下来，我和你就会一起死！”

崇明亲王淡淡道：“没有路，只能停下来。”

“路是走出来的！撞上去！”

“你疯了么！” 崇明亲王大惊。

何平安厉声喝道：“撞上去！”

“那些石头有十几吨重！”

“那就加速！”何平安目光狰狞，“快！不然一起死！”

崇明亲王咬着牙，猛然踩下油门！

灯光清楚地映照出崇明亲王的脸，伞兵们不敢射击，眼看着汽车飞快地扑上来！眼见汽车已经近在咫尺，领队的军官慌忙大喊：“闪开！”

就在撞上碎石的一瞬间，何平安踹开车门，猛然往外跳出！

崇明亲王同时往外跳!

那颗手雷高高划过天空，几乎和汽车同时撞上了堆积的石障，顿时火光四起，响声震天！

火光熊熊中，伞兵对着何平安的身影开枪！那抹身影却敏捷地就地一滚，钻入道边的山林，消失在一片黑暗中。

五名伞兵紧紧抱成一个团，用自己的身体阻挡着飞溅的火焰碎石等到爆炸声止，碎石落地，才一个个缓缓退开，露出正中间的崇明亲王。

“这个人，还真是有意思啊。”

崇明亲王站起身，望着在火光映照下更显阴森的山林，微微笑了。

德山阵地上的夜色更浓重了。

士兵们默默地布置工事，没有人交谈，周遭一切都静谧得怕人。

雷大虎的一条胳膊打着绷带，疲惫地靠在战壕上。郝明靠在他旁边，也是浑身血污。

“快天亮了！”雷大虎望着东方，喃喃说道。

郝明微笑着接口：“正是最黑的时候。”

“很快就会天亮了。”

郝明点点头：“过了最黑的时候，天就亮了。”

“老何临走前说了，他会带着援军，和朝阳一起回来！”

“没错！”

两人互相看了一下，脸上都挂着笑。

一缕耀眼的阳光忽然照上雷大虎的笑脸，两人全都站了起来，仰望东方——果然见一轮红日正冉冉升起，光回大地！

朝阳之下，军容整齐，大部队缓缓而来，踏地有声。

郝明：“来了！”

雷大虎：“援军！援军来了！”

两人欢呼着跳了起来，所有士兵都停下工事，欢呼跳跃！

红日之下，大片的人影越走越近。

一名士兵索性跳上了战壕，对着人影扬帽招手！

“嗨，兄弟——！”

一声枪响！

士兵胸口中弹，仰面栽下战壕，大睁的眼睛里满是诧异！

“是鬼子！鬼子！”

雷大虎悚然高喝，弯腰单手抄起了地上的机关枪：“快，各就各位，准备还击！是敌军，是敌军！”

日军临时指挥部里，炮声震耳欲聋。一只修洁的手却稳稳地握着笔，在纸上飞快勾勒，渐渐描绘出一双敏锐有神的眼睛。

横田勇站在门前，斜望着远处的德山。

“亲王殿下！将军阁下！”

警卫员端着早饭走了进来。

“不必了！”横田勇抬手挡住了他，“一个小时之后，拿到德山上去吃。”

“好了！”

崇明亲王长出了一口气，把画好的肖像往藤原景虎眼前一亮：“就是这个人。”

白纸黑墨，赫然是何平安的脸！

“就是他！”藤原景虎倒吸了口冷气，瞳孔收缩：“江边拦截我的，就是这个人！根据情报，城内屡次破坏我们计划，也是这个人！”

一直眺望战场的横田勇突然回头：“什么名字？”

藤原景虎：“何平安！”

“何平安！”炮火声中，副官满脸鲜血，扑倒在雷大虎跟前大声喊道：“他已经跑了，他没有求援！营长，咱们撤吧！”

“放屁！”

雷大虎扬起巴掌，狠狠打在他脸上：“再坚持十分钟，十分钟之后，何平安一定会把援军带来！”

“老雷，小鬼子从南边上来了！”郝明喝叫道。

雷大虎左右环顾：“三连呢！三连呢！告诉三连长，把他们给我打回去，丢了阵地，我枪毙他！”

副官惨然痛呼：“营长！”

雷大虎一把推开他：“快去下命令！”

“三连长已经死了，三连全体阵亡了！”

雷大虎呆住了。

“老雷……”郝明此时已经满身血污，对着雷大虎轻轻一笑：“其实，从我扛枪那天开始，就想过很多死法，只是没想到，会跟国民党的兵死在一起！”

雷大虎上前一把揪住他领子：“郝明！你他娘的也说这种丧气话！我们不会死，何平安会回来！你不信他？”

“我信他，他一定会回来，所以，你要活着。”

雷大虎愣了。

郝明低声说道：“现在，你是德山的最高指挥官，你要留在这儿，守着德山。我呢？我不过是个游击队长，是共军，德山不是我们的阵地。等胜利了，没有人会记得我们这群人，他们不会知道，郝明的游击队在德山牺牲，他们只会说，你雷大虎守住了德山！所以，你要活下去！”

“你还在放屁！”雷大虎两眼血红，“你，你要干什么！”

“共产党员站出来！”

郝明一声令下，伤痕累累的游击队员一个个从战壕后站了起来，依然身姿挺拔。

“我的命令，保护国军兄弟，让他们，等何平安回来！”

众游击队员齐声高呼：“等何平安回来！”

呼声未至，阵地对面的大炮忽然调转，炮声轰鸣！

第二十五章 涅槃之痛

青灰色的黎明缓缓吞没了整片密林。

一个蹒跚的身影在晨辉和枝椏间艰难挪动。殷红鲜血从紧捂的指缝间不断渗出来，顺腿而下，濡湿了地上荒草。

何平安拖着双腿，一寸寸地向前挪动。

“东边，东边，我要带着救兵，和朝阳一起回去！”

他忽然停住了，缓缓回过头，身后，德山的方向，一片死寂。

听不见枪声，也听不见炮声。

“我聋了？”

他听见了自己的声音，摇了摇头，难以置信地望着身后的德山。

脑海中，再次叠印出了雷大虎、郝明、马潇……他们一个个将手放在自己肩头，一双双眼睛里满溢着信任。

“我把命交给你！”

“我把命交给你！”

“我把命交给你！……”

轰隆一声巨响，不是爆炸在身后，而是爆炸在他的头脑里！

一瞬间天旋地转，万物劫灰！

何平安嘶喊一声，抱头栽倒在地。

朝阳如血，照耀着死寂的德山。原来的指挥部已经炸为平地，战壕后，掩体前，处处都是弹壳刨坑，处处都是国军战士和游击队员的尸体。

崇明亲王在藤原景虎的护卫下，缓缓巡视着战场，忽然蹲下身来，饶有兴味地看着地上一部半破碎的电报机。

“这部电报机，或许可以抵得了上万雄兵呢。”

藤原景虎一怔：“殿下这话是什么意思？”

“将军到！”

随着士兵一声通传，橐橐的军靴声在崇明亲王背后响起。藤原景虎立时转身敬礼，崇明亲王也站了起来。

藤原景虎：“报告将军！一切都在掌控之中，德山上的敌军已经完全消灭，只是……没有俘虏！”

横田勇缓缓点头：“值得尊重的对手。”

“不，我们有个最具价值的俘虏！”崇明亲王指着地上的发报机：“将军阁下，您看这个！”

横田勇疑惑地看着崇明亲王。

崇明亲王诡秘地微笑：“只要修好这台发报机，我们就可以……”

他话未说完，脚下的尸体忽然动了！

一个血人从死人堆中一跃而起！是雷大虎！

雪亮的刀锋直刺横田勇！

“杀！”

横田勇大惊！

两名士兵冲上前要阻拦，雷大虎挥刀割断了一个人喉咙，踢开了另一个人，扑向横田勇！

几名日本兵一拥而上！

雷大虎怒吼着，犹如杀神，高举着手里的长刀，越来越逼近横田勇！

士兵开枪！

雷大虎肩头中枪！

他身子一抖，还在往前冲！

枪声接连响起，腹部，胸口，接连中枪！

这具血肉之躯仍旧往前冲！

眼见刀锋已到眼睫，横田勇站在原地，一动不动！

“死！”雷大虎一声嘶吼，手中的匕首却猛然停住！

一只手劈空划下，紧紧握住刀锋——是藤原景虎！

所有人都僵住了！

雷大虎圆睁双眼，一动不动瞪视着横田勇！

“来人，抓住他！” 崇明亲王挥手喝令！

“不必了。”藤原景虎缓缓松开手，雷大虎竟还是一动不动。

“他已经死了！”

血肉模糊的雷大虎瞪圆双眼，一动不动，致死仍旧站在敌人的面前。

横田勇走上前，伸手为雷大虎合上双眼：“安葬他。勇士，永远值得尊重！”

“魏县长，你这是在跟我开玩笑！”

常德中央银行的师长指挥室里，余鹏程拿起桌上的那本计划书，随手翻看了两眼，便抬手摔到桌对面的魏九峰跟前。“大战在即，你要求我把城内的士兵全部隔离检查，那谁去打仗！”

魏九峰面色沉重：“我也希望这是个玩笑。可惜我是认真的。日本人很可能空投了病毒，必须对城内的所有人进行隔离检查，如果病毒蔓延开来，根本不用打仗，常德就会变成死城！”

余鹏程冷冷道：“你没有证据！”

“给我时间，我会找到证据。”

“那就等魏县长找到证据之后再来谈吧。”余鹏程才要起身送客，不想魏九峰抢先站了起来，两步堵到他跟前：“找到证据，一切就都迟了。余师长，请你不要犯愚蠢的错误！”

余鹏程霍然站起，神色肃然：“魏县长，我本人愿意相信你，可作为虎贲的最高军事长官，我不可能因为你的一个猜测就让整个城防陷入瘫痪！现在军情紧急，一旦兵力空虚，日军就会趁机而入，你的要求，我万难答应。”说完大声吆喝门外的刘主任：“备车，送魏县长回县政府！”

“余师长，你会后悔没有听我的话！”

魏九峰转身就走，猛地拉开门，差点撞上迎面而来的柴志新。

“劝劝你们长官，如此刚愎自用，别做了千古罪人！”魏九峰冷哼一声，开步就走。

柴志新顾不上应酬他，手持电文大步走到桌前：“师座，德山来电！”

余鹏程大惊：“什么情况？”

“邓峰果然跑了！”

“该杀！”

余鹏程重重一拳砸在桌子上。

“之前德山的电报机损毁，刚刚修好。现在德山还在我们的手中，只是敌人火力凶猛，德山已经弹尽粮绝，雷大虎请求立即支援。” 柴志新把电文递到余鹏程眼前：“师座，派兵吧！”

“殿下，我们这种办法，真的能引诱日军进入我们的伏击圈么？”

发报机滴滴答答的响声中，藤原景虎疑惑地问正在指挥部下发报的崇明亲王。

崇明亲王笑了：“藤原君，你真是个不会撒谎的家伙。”

“请殿下指教！”

崇明亲王缓缓踱着步：“什么样的谎言是最容易骗到人的呢？”

“当然是越真实越好。” 藤原景虎想了想，“这就是我疑惑的地方，德山经过这么久的战斗，支那军不会再相信它仍旧在掌握之中。”

崇明亲王缓缓摇头：“谎言之所以是谎言，就因为它是虚假的东西。根本没有百分百真实的完美谎言存在。最能骗人的，不是真实，而是希望！”

“希望？”

“就是对方心里最希望发生的事情。好像那些堕落的富家子愿意相信歌舞伎口中的爱情一样，那就是他们所希望的。德山还在掌握之中，这就是支那军最希望的！”

藤原景虎恍然大悟。

“报告！收到棠德回电。”一个士兵跑步过来，递上手中的电文：“援军即刻便至，务必固守！”

崇明亲王脸上的笑容更灿烂了：“请将军阁下立刻调集军队，布置战场！”。

命令一下，一队队日本军队快速集结，紧急调往战场。

“停！”

领队的军官举手一喝，一排正在急行军的日本兵停下了。

“补充水分，原地休息，五分钟后跑步前进！”

众士兵立刻就地解散，靠在树上喘息，喝水。

一名日本兵拎着枪跑向密林深处，寻了一棵大树，把枪靠在一边，解开裤子想要撒尿，忽然脚下一软，低头一看，居然踩到了一个人。

地上倒着晕倒的何平安。

日本兵一惊，本能地举枪对着何平安。

何平安神志模糊，眼前是一个模糊的身影。

“德山，德山……”

“支那兵！”

日本兵把枪口瞄准何平安的眉心，正要开枪，忽然停住了。

“你别动！”

乔榛站在他身后，双手捏着那把枪，枪口顶着他的后背。

日本兵僵住了，缓缓举起了双手。

乔榛全身都在发抖，声音也在打颤：“放下枪，放下枪！”

日本兵蹲下身，缓缓放下了枪。

乔榛紧张地看着地上的何平安，正要弯下腰查看，那个日本兵猛然回身，劈手夺过她的枪，枪口正对乔榛。

何平安突然跳了起来，一把冲上去，单手扼住日本兵的脖子，另一只手的手指顶住了扳机。

何平安的胳膊死死锁住日本兵的喉咙，直到那个日本兵不再挣扎；可脸上的表情不是凶狠，而是深深的悲伤。

“你不该救我，我该死！”

乔榛惊恐地看着他。

何平安缓缓放开手臂，日本兵的尸体滑倒在地。

“你……”乔榛上前一步，想去搀扶，又被他失魂落魄的眼神吓住了。

“你走吧，离我远一点。我又欠了几百条人命，我是该死的人，我……”

何平安身子一晃，又跌倒在地。

林外忽然传来几声刺耳的日语。乔榛一惊，慌忙上前，拉着何平安的肩膀把他拖进林子里，躲在树后，紧张地往外望着。

一个日本军官带着几个兵走了过来，看到地上的尸体，愣住了。

军官警惕地环顾四周，没有一个人影！他神情愤恨地往林中乱放了一枪，挥手大喝：“不能耽误行军时间！带上尸体，走！”

树后的乔榛身子一软，几乎瘫倒在地。等到日本军官的身影再也看不见了，乔榛才站起身，去扶何平安：“咱走吧……”

何平安躺在地上，一动不动。

“快起来，万一他们又回来了！”乔榛还要去拉他，却被何平安一把推开了。

“为什么要救我？”他的声音很微弱。

乔榛直直地望着何平安，一时不知该怎么回答。

“我说……你为什么，要救我。”

“因为，你是好人。”

何平安突然一笑，笑容无比凄凉：“我是好人？德山所有的战士，全都因为我牺牲了，我是好人？”

“你是好人。”乔榛怯生生地说：“你救过我，宁肯自己受伤也不会伤害我，还给我枪防身，你……你是好人。”

何平安转眼看着她，忽然坐了起来，眼睁睁面对着乔榛。

“我给你的枪呢？”

乔榛从怀里掏出枪来。

“会开了么？”

乔榛点点头。

乔榛搬开机头，举起枪，虚空瞄准。

何平安忽然拉着她的手，把枪口对准了自己的胸膛。

“开枪。”

他的声音很低，好像在说跟自己毫无相关的事。

乔榛吓住了。

“我叫你开枪！”

“你……你……”

“开枪！”

他猛然一声嘶吼，乔榛双手打颤，枪掉落在地上。

何平安惨然笑了：“你也怕我了对不对？”

望着那张满是伤痕的脸，乔榛摇摇头，又点点头。

“怕我就对了，我就是瘟神，每一次，每一次跟我一起执行任务的人都死了，每一次都只有我一个人活着回来，每一次都只有我一个人……”

何平安痛苦地闭上眼，一只手紧紧揪着地上的青草，忽然摸到了地上的那把枪。他的手剧烈颤抖，猛地一把抓过枪，顶在自己的头上。

“我答应他们，要同生共死的！”

“不要！”

乔榛猛然冲上来，扑倒了何平安，把枪打落在地：“你别死，你是好人，你得活下去！”

“什么好人，什么活下去，你懂什么！九年前是这样，现在还是这样，他们把命交给我，他们都是我的兄弟……”

“我懂！我真的懂！我以前有个大哥，他是大伯的孩子，除了我爹，就属我大哥对我最好。我们俩从小一块儿长大，他什么时候都护着我……有一次我掉下了山坡，就是大哥救了我……”

乔榛一边说着，不由自主地拉住了何平安的手：“他就这么抓着我的手，把我一点点拉了上来……就是这样，大哥的手真有力，真暖和，我一辈子都忘不了。可到了后来……我大哥走了，再也没回来。我想，他可能根本就不在了。我再也没大哥了。”

她的声音嘶哑起来，一双手却握得越来越紧。

何平安不禁睁开眼，沉默地望着她。

“那天你放了我，我不知道要去哪儿。我知道师父做错了，他做了汉奸。我不想回去找他，可又不知道该去哪儿。我就只好一个人在林子里乱走。我心里也难受，我不知道以后要去哪儿，一想起师父来我就难受，想起以前的家，我爹，我大哥……心里就更难受！可后来我握着你送我的这把枪，就好像……就好像小时候牵着大哥的手，我心里就不难受了。我觉得我大哥就在我身边，守着我……我现在，给你握着我的手……你别难受，别难受……”

乔榛的声音单纯清透，泉水一样濯洗着他的伤口——身体上的，更有心灵上的。

何平安闭上了眼，紧紧捏着她的手，终于无声地痛哭起来。

哭过了，路还是要走。

何平安躺在一块树枝编成的拖板上，乔榛肩头勒着绳子，吃力地拖着他往前走。

“前面有个庙，咱们进去，我烧点热水，给你洗洗伤口……”

她忽然拉不动了，一使劲竟绊倒在地上，何平安也从拖板上滚落下来。

乔榛爬起来回头一看，原来是何平安把手里拄的木棍别进了石头缝里。

“没碰着你伤口吧……”乔榛一怔，忙上前去查看他，却被他一把推开了。

“你还不走？跟着我，你会死的！”

“我不走，我走了，你就会死！”

何平安大喝：“那就让我死，反正我不想活了！”

乔榛怔住了，好半晌，才轻轻问道：“好好的，怎么会不想活？你好好想想，谁是那个叫你一想起来就开心，就想活下去的人？”

“没有。”

何平安木然吐出两个字。

“那沈湘菱呢？”

他的眼神凝住了。

“为了她，你也不想活么？”

何平安闭上眼睛，神色浮出一丝凄苦：“……我怕我会害了她。”

“可是你爱她，对不对？你不用骗我，我从小唱戏，那些个男女，都跟你和沈小姐一样，你爱沈小姐，你还得再见她一面，所以你现在还不能死，对不对？”

何平安黯然沉默了许久，才冷冷道：“你走吧。你带着我，走不远的，这附近随时会有日本人，我会害死你，就像害死他们一样。”

“我说了我不走，我不走！”

“滚！”何平安忽然大声喝骂起来，“你师父，和你，都是土匪！要不是你们被日本人利用，伏击我的部队，我就会按时赶到德山，邓峰也没机会临阵脱逃，现在，现在所有人都不会死！他们是汉奸，你也一样，你给我滚！”

乔榛愣愣地看着何平安，忽然泪水直涌：“我知道，你恨我们，你讨厌我，因为，因为我师父做了汉奸……”

何平安看着眼前这个痛哭的少女，倒有些手足无措。

“所以我更得求求你，求求你活下来……”乔榛泣不成声地说：“我求求你活下来，我知道我有罪，我师父有罪，所以我才想救你，日本人来了，什么都变了，亲人、朋友，都死了，只有我跟师父活下来，现在……现在你要活下来，我求求你，别死……”

乔榛痛哭失声，何平安望着乔榛，无奈地伸出手，搭上了她的肩头：“走，进庙吧。”

庙门大开，乔榛架着何平安一瘸一拐地进来。

一根木棍猛地伸出来，径直打在乔榛腿上，两人一下摔倒在门里。

乔榛顾不上自己，慌忙去查看何平安：“你的伤口……”

“打坏人，打……爹！”

熟悉的呼唤一入耳，何平安顿时愣住了。

小猴子举着木棍堵在门口，怔怔望着他，忽然扔掉棍子，一头扎进他怀里。

“你怎么在这儿？你娘呢？——余叔叔呢？”何平安紧紧地搂住小猴子，连声盘问。

“娘去找吃的，余叔叔他……在那儿。”

小猴子指了指庙中一个角落。那里挂着一块破布，形成了一个独立空间。

何平安挣扎着站起来，一步步往墙脚挪动：“余大哥……”

“娘说了，不许碰余叔叔！”小猴子怯怯地拉住他。

何平安轻轻推开小猴子，走上前，伸手挑开帘子，顿时呆住了——余子扬躺在地上，昏迷不醒，嘴唇发紫，面色惨白。

“余大哥，余大哥……”

何平安伸出手，正要去摸他的额头，忽然背后传来一声喝止。

“别动！”

转头一看，却是柳芬站在身后，怔然望着自己。

何平安一时不知该说什么，只能勉强一笑。

“别碰他，他……他身上有毒。” 柳芬大步走进来，一把推开了他的手，这才转眼看着他，眼泪止不住流下来，“你……你没死……太好了……你没死……”

沈家后院，房门紧闭。一张孙悟空的脸谱蓦地伸到沈学文眼前，跟着脸谱一晃，一下窜上了桌子；藤原弥山带着脸谱抓耳挠腮，逗得沈学文不住拍掌，“咯咯”直笑。

房门忽然打开了，沈湘菱站在门口，神色严肃地看着桌上的“孙悟空”。

藤原弥山忙跳了下来，摘掉脸谱，露出一脸忠厚的笑：“小姐，您可回来了，小少爷一直见不着您，不乐意了！”

沈湘菱缓缓走近前，审视着他：“你昨晚上哪去了？”

藤原弥山：“昨晚？我一直在屋里睡觉啊。”

沈湘菱还要往下问，学文跳起身扑到她怀里：“姐姐，你陪我！陪我一起看大闹天宫！”

沈湘菱摸了摸他的头：“姐姐有事，一会再来陪你。”她抬眼看着藤原弥山，低声道：“你出来，我有话要问你。”

说完，转身出门，居然把藤原弥山领进了花房。

“小姐，您怎么带我来这儿，平时不是不让我来么？”藤原弥山满脸讶然地站在门口，怔怔望着她的背影。

“现在跟平时不一样。”

沈湘菱转过身，对着藤原弥山身后用了个眼色，周四上前一步，堵在花房门前。

“你的命，是不是我救的呢？”

藤原弥山眼角儿往后瞄了瞄，连忙道：“当然当然，沈小姐对我恩重如山，这条命就是您给的。”

“那我问你话，你要老实说，”沈湘菱神色骤然冷厉，“不然我就要把这条命收回去！”

藤原弥山突然跪下了：“小姐，是不是我做错了什么事？求小姐饶命呀！”

沈湘菱抬头看了周四一眼，周四也是面露疑惑。

“我问你，昨晚上，你看见了什么？”

“看见什么？”藤原弥山满眼懵懂，“睡得迷迷糊糊的，没看见什么啊。”

沈湘菱皱紧眉头：“没看见烟花？”

“烟花？这么一说好像是。半夜觉得有什么晃眼，我睡得太死，没留神。”

沈湘菱冷冷地看着藤原弥山，可对方满眼都是无辜，找不到一丝可疑的缝隙。

半晌，她长长吐出口气：“你可以走了。”

藤原弥山依然跪着不肯起来：“可是小姐……我真是什么也没干啊！”

“我知道了！你下去吧。”沈湘菱转过身去。

“是。”

藤原弥山畏惧地看了她一眼，起身出去。

周四走了进来，怀疑地瞥了门外藤原弥山的背影一眼：“小姐，这个人……”

沈湘菱摇了摇头：“我也吃不准。如果说最近有什么生人，就只有他了。突然出现在咱家门前，来了之后，就出了这么大的事。我对他也只是怀疑。”

“依我说，就把他抓住，痛打一顿，什么都说了！”

沈湘菱又摇摇头：“他要真是日本人的奸细，打一顿也打不出什么来，何况也未必就能抓住！”

周四迟疑了下：“那我盯着他？”

“不用。我叫他来问话，就是要打草惊蛇。现在什么也不用做，静观其变吧。”

天色暗了，破庙里亮起微微的火光。正中生起一团篝火，吊着的一口破锅里熬着烂菜粥。

小猴子抱着膝头蹲在篝火边，眼巴巴地看着锅口冒出的白汽。

柳芬手握一把匕首，举在火焰上不停地烤，她招了招手，把乔榛叫到跟前，又对小猴子说：“你先出去。”

小猴子看着烂菜粥，咽了口口水，恋恋不去。

“先出去，回来给你喝，听话，娘要给爹治病。”

小猴子一怔，跟着跑到何平安跟前，仰头看着他：“爹，别怕，等会我给你吹吹就不疼了。”

“爹不怕。”

何平安微笑着拍了拍他的头，小猴子转身跑出去了。

柳芬拿着刀在火上烤，幽幽说道：“当初我就是这么认识余子扬的。子弹打穿了，周围的肉却已经感染，必须剔除。”

何平安一笑：“我又拿了枪，你也再拿了刀。”

“毕竟九年没有动过刀，如果刺中你的动脉，你就……”

柳芬握刀的手有些发抖。

“我就得偿所愿了。”

“你别想死，我会救你！”柳芬转眼瞪视着他，目光里已经满是坚定，“没有麻药，你能不能忍住？”

“我们以前，也从来没有麻药，”何平安笑着摇了摇头：“现在，你就当你还是九年前的你，我还是九年前的我。”

柳芬郑重地点了点头，乔榛也不禁紧紧握住他的手：“何大哥，你一定会活下来的！”

何平安望着她一笑：“乔榛，你陪我说说话。”

“好。”

“你是个好姑娘。我想起我堂妹，是我二叔的女儿，她跟你一样，也很善良，我记得有一回，我抢了她半个苹果，她就哭个不停……”

他正说着，柳芬一言不发，匕首切了下去，何平安疼得一闭眼，缓了口气，继续说着：“她就去找我爹告状，我爹打了我，打得屁股开花，我当时……”

柳芬手里的匕首深入肌理，何平安的脸痛苦地扭曲起来！

“那个傻丫头，就摘了好多苹果来给我，跟我说，哥，苹果都给你，全都给你……”

脓血流尽，鲜血涌出，柳芬的眼睛专注而镇静，匕首稳稳地握在手上。

“后来，后来……大伯被拉去当壮丁，妹妹被人拐卖走了，听传言，已经死……死了。当时我还小，我恨自己救不了妹妹。我去问大人们，为什么穷人就要被欺负……”

乔榛呆住了，她傻愣愣地望着何平安扭曲的面孔，一个声音不停地在心头响起——“是堂哥，是堂哥……”

但是紧跟着，又一声冷酷的怒骂响了起来——“你师父，和你，都是土匪！他们是汉奸，你也一样，你给我滚！”

乔榛张了张嘴，却什么也说不出，只得对着何平安缓缓摇了摇头。

何平安微笑着看着她，忽然神色惨变，痛声叫了出来！

“快，帮我给他包扎！快啊！” 柳芬丢下匕首，大声说。乔榛如梦方醒，慌忙帮着柳芬包紧伤口。

血，止住了。何平安脸色惨白，躺倒在地上，重重地喘息。

一阵咳嗽声响起，柳芬回过头，只见布帘挑开，余子扬扶着墙站在那儿，好像随时都有可能摔倒。

乔榛放开何平安，惊慌地往后缩了缩，她被余子扬的神情吓坏了。

“余大哥……”

何平安挣扎着半坐起来。

余子扬一笑：“叫得跟杀猪似的，把我都吵醒了。你小子，不如以前了。”

何平安久久不说话，好半晌，才低颤着声音道：“他们……战友们……都死了……”他猛地低下头，强忍着泪，嘴唇不住地颤抖。

余子杨怔了怔，微微踉跄着走到他跟前，低声道：“起来！”

何平安抬起头，呆呆地望着他。

“我让你站起来！”

柳芬忙劝阻道：“刚刚负伤……他……”

“你是何平安，你可以站起来。起来！”余子杨一扯自己断臂的空袖子，“我当年都能站起来，你现在凭什么躺着！”

何平安的眼底闪出一丝微薄的光，挣扎着站了起来。

“走！我领你去看个老朋友！”

出了庙门，沿着土坡一直往上走，坡顶是棵老槐树。余子扬手扶树干，仰头望着婆娑枝叶，忽然问道：“你还记不记得他？当年，连贺大哥都叫他‘九条命’！”

何平安扶望着那棵树，神色一动，喃喃低语：“你说的是，是那年在庙凸山？”

“对！就是陈家河的庙凸山！我还记得，庙凸山那个土坡上有个一模一样的老槐树。九年前，老蒋对咱整个湘鄂川黔苏区进行围剿，为了配合大军团向北转移，咱们独立连奉命阻击国民党在庙凸山的守军……他们是一个营，咱们，只有一个独立连！”

何平安神情又黯然起来：“我记得，我都记得……就是那场仗，‘刘大炮’牺牲了。”

“是！那时咱们九个兄弟，九条枪，都是贺团长手底下的爱将。那一年的反围剿，从桑植，到下庸，再到陈家河……九个兄弟只剩了‘刘大炮’、我，还有那个‘九条命’！等到打庙凸山的时候，全连减员近半，刘大炮牺牲，连王政委也负伤了。我当时发了急，可是那个‘九条命’说，怕什么，我一个人，就能端了他们的指挥部！”

余子扬重重拍了下树干，几片黄叶悠悠飘落下来，宛如旧事重现。

黑夜，土坡。坡顶一个旧庙，庙顶插着一面青天白日旗。

远处，隆隆的炮火和枪弹声不断传来。半坡腰上，一队国军士兵跑步前进。

“快，快！”

带队的军官不断大声催促着。落在队尾的士兵竭力加快了脚步，然后，一个黑影从他身旁的槐树上纵身跃下，士兵闻声回头，却被黑影从背后死死勒住，捂住嘴一把扭断了脖子。

黑影丢下尸体，紧追两步跟在队尾，向坡顶的国军指挥部跑去。

简陋的指挥部里，几个国军军官围着桌上的战图，垂首凝听正中的指挥官侃侃而谈。

“我军兵锋所指，共匪已经被迫弃守桑植，大部队一路向北转移，一定是想渡过澧水，向湘北逃窜……”

“传令一七二旅，不惜一切代价，阻击共匪渡河！”

他一声令下，突然头顶轰隆一声巨响，屋内剧烈地摇晃，浮土纷纷落下。军官们慌忙抱头钻进桌子底下。

“不好了！是共匪……就在山坡下！”一个士兵跑进来，神色惊恐。

指挥官惊得从桌子下直跳出来：“不可能！”

士兵两步跑到他跟前：“长官要不信，您自己去看……”

一个军官忽然一把推开指挥官，猛地拔枪，指向士兵：“别动！——说，你的长官是谁！”

士兵身子一僵，缓缓举起手，抬起了被帽檐遮挡的脸——是青年何平安的脸！

“我的长官是贺龙。”

“是共匪！”

屋里众人纷纷拔出枪，指着何平安。屋外的卫兵也闻声跑进来，把他围得密不透风。

“说！你们一共进来多少人？”

“我一个人！”何平安猛地扯开自己的衣襟，露出绑在胸口的一排雷管，“开枪啊！只要有一个人开枪，就一起同归于尽！”

众人色变！

何平安趁机一把扯过呆若木鸡的指挥官，挡在胸前，举起枪指着他的太阳穴：“叫他们别开枪！”

“别开枪，都别开枪……” 指挥官已经面无人色，任由何平安挟持着，一步步向门口退去。

众人枪口对准何平安，一步步紧逼。

何平安两只脚踏出门口，猛地扯下腰上挂的手雷，塞进国军指挥官的衣服里。

“就这一个真家伙，送你了！”

他猛地将指挥官推向门内，快跑两步，反手对准指挥官开了一枪！

轰隆一声巨响，土庙内火光冲天！

火光中，何平安跃起的身影犹如浴火而生的凤凰！

“以一敌百！”余子扬沉沉地赞叹了一声：“你一个人端了他们的指挥部，敌人顿时乱成一锅粥，大部队得以顺利转移，很快就扭转了这次‘反围剿’的整个战局！就是那一回，贺龙同志亲口夸你是打不死的‘九条命’！”

何平安望着那棵老槐树，似乎又看到了那团火光：“九条命，九条命……是啊，我好几回都该死了。兄弟们一个个都走了，只留下我……”他转过头，满目痛苦地望着余子扬，“我不是死不了的九条命，是战友把命都给了我！”

“那是因为他们相信你！他们相信你何平安活着，就一定能完成他们完成不了的任务！就一定能给他们报仇！何平安，兄弟们的命不是白送给你的，更不是留给你用来自我折磨，自我惩罚的！”

何平安依然咬着牙，沉痛不语。

“活过来，何平安！像火里的凤凰那样活过来！你记住，珍惜你现在剩下的这条命，就是复活了兄弟们的命！你得好好地用它，为兄弟们完成心愿，去做你该做的事！”

“可是老余……”何平安往前走了两步，却被余子扬厉声喝止了——

“别过来！”

何平安一愣。

“你现在不能接近我，因为我……”余子扬一手扶着树，剧烈地咳嗽起来，“你，你对着这棵树，对着九年前那个何平安，好好地想一想！”

他咳嗽着转过身，蹒跚走远了。只留何平安独自站在树前，一动不动。

第二十六章 穿越战场

沈家的汽车在街头飞驰。

沈湘菱紧抱双臂坐在后排，神色紧张又欣喜，犹不放心地问正在开车的周四：“你打听清楚了？他们是真要出兵了？”

“小姐放心，我还问了柴团长的副官。”周四含笑望了后视镜里的沈湘菱一眼，“虎贲调集了好多人马，照我看，足足有一个团，正在城门口集合呢，就是要去援救德山！”

沈湘菱没再问下去，只是默默把目光投向了车窗外，脸颊却泛红了。

“小姐，这么看来德山一定还在，而且增援这么多人，一定能打退小鬼子，何警官就要回来了！”

周四正兴奋不已地说着，忽然汽车颠簸了一下，沈湘菱蓦地转过头：“刚才是什么？”

周四一脸懵懂：“不知道，也许是石头什么的吧。”

“停车！”

周四猛然刹住了车，不解地回望着沈湘菱。

“快调头！回去看看。”

“二小姐，这是……”

“快！”

沈湘菱的脸色已然全变了。

周四赶忙调转车头往回开。

“停！”

沈湘菱一声喝令，汽车猛地停下——车窗外，赫然可见一个四四方方的稻草包，突兀地横在街边。

周四更加不解了：“不就是个草包么，也不知道谁丢的……”

“我知道是谁丢的。”沈湘菱神色严峻地盯着那个稻草包，低声说道：“你忘了两年前的事了么？”

周四脸色骤然苍白了。她手足无措地看着沈湘菱，又看着那个草包，伸手要推车门：“不……不会吧……我下去看看……”

“别动！”沈湘菱一把抓住了她，“如果真是日本人扔下来的……快，去县政府，去找魏九峰！”

“没有县长的命令，你们不能……”

“我们小姐有通天的大事，你给我闪开！”

周四一把搡开守在县长办公室门前的警察，双手推开大门。

沈湘菱大步走进办公室，魏九峰正伏案桌前，被急促的脚步声吓了一跳，抬眼见她面色惨白，神情凝重，立刻站了起来，对着跟进来的警察挥挥手：“你们出去。”

警察们悻悻然退出去。

“沈小姐，什么事？莫非是找到放烟花的人了？”

沈湘菱：“比那更可怕！”

魏九峰的神色也严峻起来：“沈小姐，请坐下细说。”

“坐我的车，跟我走，立刻！”

她一把拉起魏九峰，转身走出门外。

稻草包还停在那里，车内魏九峰的脸色却比沈湘菱方才更惨淡。

他推开车门，走下来，远远地看着那个稻草包，一动不动。

“县长，我来了，来了！”

对面的街角，张局长领着大批警察，气喘吁吁地跑步过来。

“都别往前！”

魏九峰突然厉喝，张局长慌忙做个手势，身后的队伍立刻停住了。

隔着中间一个稻草包，张局长往前探着身子，问道：“县长，您这么着急……到底怎么了？”

魏九峰一指那个稻草包：“弄个燃烧瓶扔过去，把它烧了，谁也不许靠近！”

张局长往脚下看看，忽然脸色大变，立马哆嗦着往后跳了好几步。

“您是说……这是……这是……”

魏九峰厉声喝道：“快烧！”

“是！”

魏九峰转身拉开后车门，坐到了沈湘菱的身边。

三个人齐齐地沉寂着，只能听见彼此恐惧的喘息声。

半晌，魏九峰先开了口：“怪不得，怪不得日本人没有扔炸弹，他们扔的，是比炸弹还可怕十倍的东西！当年，日本人空投这种稻草包，我们还以为日本人发神经。后来才知道，这稻草里面，藏着成千上万只跳蚤，每只跳蚤，都带着能杀人的病毒！”

他一边说着，双眼却死死盯着车外：一个警察被张局长吆喝着，哆哆嗦嗦地将手中的燃烧瓶远远扔出去，准确地命中了稻草包。

一团火焰腾地窜起，映红了魏九峰的双眼。

“恐怕，已经迟了。”沈湘菱喃喃道。

“亡羊补牢，总好过听天由命！”魏九峰咬着牙：“我立刻派人全城搜索，一定要都烧光！”

沈湘菱忽然惊叫：“德山！”

“你说什么？”

“不是要派兵去援助德山么？”沈湘菱转过头，惊恐地瞪视着魏九峰，“如果其中有士兵已经感染了病毒，这些士兵再把病毒带出去——”

“快，去城门！去城门！”

魏九峰不等她说完，焦急地拍打着前面的靠背：“得赶在他们出城前！”

周四悚然惊醒，慌忙发动汽车，调转车头，飞快地冲向城门。

城门下，数百勇士，整装待发。

城头上，余鹏程低头俯视城下士兵许久，转眼望向了身边的柴志新：“西南之战在常德，常德之战在德山。而德山……”，他伸出手，重重拍打柴志新的肩膀，“志新，就靠你了。”

柴志新挺身敬礼：“师座放心！千言万语，总还是校长的那两句话——‘为党国尽全忠，为民族尽全孝’！”

余鹏程点点头：“给兄弟们说两句吧。”

柴志新上前两步，俯视着城下整装待发的士兵，忽然抬起手，敬了个庄重的军礼。

“哗”的一声，城下的士兵齐刷刷地抬头，敬礼！

“共产党有个称呼，叫同志。”柴志新扫视着城下的士兵，缓缓道，“这两个字不是共产党的发明，早年中山先生搞革命，也是叫革命同志，取志同道合之意。我们的志是什么呢？我引用委座的两句话，为党国尽全忠，为民族尽全孝！德山上，我们的兄弟们浴血奋战，在跟小鬼子拼命，是我们‘全忠全孝’的时候了！”

柴志新振臂高呼：“杀鬼子，守德山！”

“杀鬼子，守德山！杀鬼子，守德山！”

众士兵跟着高呼，声可震天！

忽然，一阵刺耳的引擎声戳穿了壮烈怒吼，余鹏程循声望去，城内的街道上，一辆汽车正疯狂地冲了过来，直到军队跟前也不停下，士兵们不由纷纷退开一条路，任它开到了城门下。

“是沈湘菱？她来干什么？”

他跟柴志新眼神一对，又都转向那辆车，却见车门大开，跟着竟是魏九峰跳下车来！

“不能出城！谁都不能出城！”魏九峰一边快步走过来，一边大声叫喝着。

“真荒唐！”余鹏程不由皱紧了眉头，也提高了声音：“魏县长，请不要妨碍军事行动！”

“妨碍？我是在救你的兵！”魏九峰大步走到城门前，转过身，张开手臂，一个人拦在千军万马之前："我说了，不能出城！"

"魏县长，你扰乱军务，别怪余某人不客气！"

余鹏程这话一落地，魏九峰面前的劲旅再次发出震耳欲聋的高喊！

"杀鬼子，守德山！杀鬼子，守德山！！"

"不能去！"沈湘菱也快步走了出来，并肩站在魏九峰身边，昂头望着余鹏程："魏县长说得对！现在不单不能出城，还要紧闭城门，每一个人都要经过检查！"

余鹏程脸色一沉，上前一步就要发作，却被柴志新止住了。

"沈小姐，我要带兵去救德山，再不去，何平安他们就死定了！"

柴志新话才落地，沈湘菱肩头一震，咬住了嘴唇："你们去了，何平安也会被你们害死！日本人已经空投病毒了！"

"病毒？！"他跟前的士兵们一片哗然。

余鹏程悚然而惊，柴志新脸色也变了，跟着却厉声喝道："沈小姐，你胡说什么？你这是蛊惑军心！"

柴志新这话是为安定人心，沈湘菱却一时不能理解他的意思，依旧大声说道："昨晚，日本人的轰炸机明明已经飞过棠德，为什么不扔炸弹？就是因为，他们已经扔下了病毒！现在每个人都有可能感染，必须详细排查，如果这么多人一起出城，病毒就会被带出去。到时候，就不知道会死多少人！"

士兵们又是轰然一阵响，很快又静了下来，一个个都看着沈湘菱，显然是相信了她的话。柴志新无法再说什么，只能转头看着余鹏程。

余鹏程低头不语，半晌，缓缓往前走了两步。

"德山告急，必须救援。沈小姐，你当众散布谣言，蛊惑军心。"余鹏程神色阴沉地盯着沈湘菱，忽然一挥手，"给我抓了！"

话音一落，两名士兵顿时跑上前，要按住沈湘菱。

"谁敢动我家小姐！"

周四从车里跑出来，正要拔枪，就已被几名士兵上前摁倒了。

"把人带下去！"余鹏程的目光又投向了一旁的魏九峰，"也请魏县长回去。"

几名士兵堵在了魏九峰面前。

"余师长，你可别后悔！"魏九峰愤恨地一跺脚，只能跟着离开。

"开城门！"余鹏程命令道。

"可是师座……"柴志新疑虑地看着余鹏程，低声道："万一他们说的是真的呢？"

余鹏程一声沉叹："志新，不管如何，先守住德山。其他的事，我一力承担。"

柴志新点了点头，跟着转头望着城下士兵，断然高喝："出发！"

脚下的城门缓缓地打开了。

从德山峰顶望下去，远处的山路上，一队军队浩浩荡荡地走来，队首的"青天白日旗"随风飘曳。

横田勇放下望远镜，与崇明亲王相视一笑："鱼已经游向密网了。"

"那么将军就要收网了吧？"

"这还太急。"横田勇摆了摆手，转向身后的藤原景虎："不要急于进攻，等敌人进入伏击圈，全力开火，务求速战！"

藤原景虎挺身敬礼，大声回答："是！"

"现在，我要为支那军队找一处合适的墓场了。"

横田勇再次举起望远镜，挑剔地扫视过脚下的山路，土坡，平地……

忽然，他的目光停留在远处的一片密林上。

密林中，余子扬的身子打晃，脚步蹒跚，但仍旧强撑着往前走。

后面，离着远远的，柳芬拉着小猴子，乔棒扶着何平安，也在蹒跚前行。

"他跟你一样，也是一个人。"

柳芬望着前方余子扬的背影，忽然一笑。

何平安微怔，不由得停下伤腿，转眼望着他。

"日本人用毒气进攻根据地，他的部队全都遇难了，只有他一个人活下来了。"

何平安被深深震动了："怎么会这样？"

"因为他身上有抗体。他眼看着自己的战友一个个地被病毒折磨，身体腐烂，生不如死。甚至，有的人求他，求给他一枪。那些人都死了，只有他，只有他活下来了。"

柳芬的声音开始打颤，何平安却沉默了。

柳芬强抑住情绪，停了少顷才低声继续道："他这次从根据地到常德，就是要把自己送给国民党。他要国民党的军医用他做实验，研究对抗日本人病毒的办法。"

何平安瞪大了眼睛，愕然望着前方的余子扬——从肩头到双脚，他的每寸身体都在发颤，每迈一步好像都有可能摔倒，可却一直坚定地往前走。

乔棒也瞪大了眼睛，却是看着柳芬："根据地？他……他是共产党？"

"他病发了，怕传染，没有人能靠近，所以，他只能一个人往前走。他要走回常德。他才是一个人，一直以来都是一个人……"

眼泪夺眶而出，柳芬忙背过脸，慌张地擦拭着泪痕："你们都是英雄。我真傻，竟然想让你们过平常人的日子！"

她紧紧捂着嘴，模糊的泪眼凝望着眼前人，少顷一咬牙，忽然拉住了何平安的手："我再求你一件事，你能答应我么？"

何平安缓缓点了点头："嫂子，你说什么，我都答应。"

"出了林子，你就把孩子带走吧。我……我想跟他一起回常德。"

何平安怔然看着柳芬："嫂子！你……"

柳芬也停下了脚步。

"我知道，这委屈你了，又要逼着你当逃兵，逼着你过普通日子。" 柳芬近乎哀求地望着何平安，"可我……我实在没办法。我想去陪他，照顾他。他一个人过了九年，我不想……

不想再扔下他一个人，我不能再扔下他一个人！”

何平安一时无言以对。

“怎么，走不动了？”余子扬停住脚步，回头笑看着他们，“当年咱一夜急行两百里，没有一个人掉队。来，咱们比比！”

何平安看着他憔悴却熟悉的笑容，心头又是痛楚，又是酸暖。

“好，比就比！走！”他拖起伤腿，竭力向前挪动，“跟余大哥比，我算什么，余大哥能走，我就能跟着你！”

余子扬笑着掉转头，继续前行。何平安要推开乔榛，却被乔榛一把紧紧扯住胳膊。

“你也是共产党，对不对？”

何平安一怔：“我是。我跟他一样，都是共产党。”

“共产党就是打地主，救穷苦人的，对不对？”

何平安点了点头：“共产党就是给穷苦人撑腰，消灭一切压迫和剥削的。”

“那你当了共产党，为什么不带着人打进那个地主家，把你堂妹救出来？”

何平安沉默了。

乔榛紧紧抓着他的胳膊，激动地满脸通红：“你知不知道，你的小妹在那个地主家每天跟骡马一样干活，吃不饱，给人打骂，被地主婆子作践？”

“我知道。”

何平安脸色苍白地点点头。

乔榛的手攥得更紧了：“那你知不知道，她每天都盼着等着你去救她？”

何平安闭上了眼睛：“……我知道。”

“你都知道！你都知道！那你为什么还扔下她不管？你为什么不带着人去打倒那个狠心地主，救出你小妹？”

乔榛的质问令他无言以对，只能一动不动地站着。

“你为什么呀？！”

柳芬忙伸手扯了扯乔榛：“别再叫他难受了……”

乔榛一把甩开柳芬，眼泪掉了下来：“可他的那个小妹，她又是多难受！”

“就因为我是共产党！”

何平安忽然爆发出一声怒吼，乔榛震惊地抬起泪眼望着他。

“共产党是要革命，不是仇杀，我不能利用组织的力量去谋私！”

乔榛哭喊道：“当了共产党，心就变得这么狠了么？”

她一把推开挡在身前的何平安，转身要往林外跑，忽然耳边暴起一声巨响，脚下一震，重重跌倒在地上！

“是炮弹！”

何平安猛地把小猴子扑倒在地，紧紧护在自己身下。

震耳欲聋的爆炸声在林外接连响起！

余子扬伏在林边往外望去，顿时呆住了：“这……这是怎么回事？”

郊野荒原，已经成了惨烈战场！

枪声！惨叫声！血流成河！

四面而来的日军纷纷围杀，国军的残兵则不断后退。

“国军要败了！”他望了望天边的日头：“一旦鬼子占领这片山地，我们就更出不去了！只能现在从战场上穿过去！”

何平安悚然一惊：“带着女人和孩子，横穿战场？”

余子扬郑重点点头。

“不行……”何平安回眼望了望柳芬他们，近乎恐惧地摇头：“不能这样，太危险，太危险……”

“你怕什么！”病中的余子扬，忽然发出一声震天的大喝：“你怕我们所有人都死了，只剩下你一个！”

何平安望着余子扬，半晌，竟点了点头。

“懦夫！”余子扬冷嗤一声，拔出腰间的枪：“怕死并不是懦弱，是人的本能，怕活着才是懦弱！你怕的是背负死者的希望，你更怕承受活下去的煎熬！”

何平安全身一震。

“当年跟着贺龙同志，咱怕过什么！”

何平安双眼望着眼前的战场，目光渐渐恢复了生气：“余子扬同志，你下命令吧！”

“好兄弟！咱们哥俩再并肩闯一回！”余子扬大喜，转向柳芬和乔榛道：“孩子在中间，你们两个护着孩子，跟在我们身后！”

柳芬点点头，问乔榛：“害怕么？”

乔榛不答话，却凝视着何平安问道。“你这回，还会不会丢下我不管？”

何平安一怔，不自觉地握住她的手：“绝对不会。”

乔榛低头看着两人紧握的手，咬着嘴唇，重重点了点头：“那我就不怕。只要跟着你，什么也不怕！”

柳芬惊诧地看着她。

何平安和余子扬举着枪，子弹上膛。

余子扬指着百米外一处弹坑：“三十秒，全都躲进那个弹坑！”

何平安：“是！”

余子扬：“冲！”

两个伤员，两个女人，带着一个孩子，一头扎进枪林弹雨之中！

国军阵地前，警卫连仓促构建的环形工事已经身陷重围。士兵奋力死战，战壕周围已经堆满了尸体。

工事正中间，孙将军环顾战场，一脸悲凉，转向身边的电报员：“还能不能发报？”

“还可以。”

孙将军缓缓说道：“电，五十七师余鹏程将军。”

说完这一句，他就停住了。默然环顾战场，太阳旗已然铺天盖地，自己的队伍已经彻底淹没在日军的人海之中。

“德山已失，这是日军陷阱，绝不要上当！我部损失殆尽，孙某指挥不利，将与战士共生死！”

电报滴滴答答响个不停。

孙将军：“发出去了么？”

“发出去了。”

“好，该做的都做了，”他蓦地转过身，目光炯炯望着所剩不多的士兵，“剩下的，就该拼命了！”

士兵们异口同声：“誓死追随将军！”

“好样的！”孙将军环顾众人，沉声喝道：“你们个个都是好样的！只是我这个当将军的无能，不能让你们看见抗战胜利那一天，让你们享受英雄的待遇！”

“追随将军，不求别的，只求为国杀敌！”

孙将军：“好！不要守了，咱们攻！跟着我再杀一场！”

众士兵：“杀！”

远处，藤原景虎的突击队直奔孙将军冲来，犹如下山猛虎。

两人的目光对在了一起！

藤原景虎：“就是那个人！杀了他！”

孙将军：“跟着我，毙了那个日本军官！”

双方同时发起了冲锋。

藤原景虎脸上挂着残忍的笑，窜高伏地，带队冲来。

孙部视死如归，不断有人中弹，可后面的人仍旧悍不畏死地冲锋！

双方不停开枪，互有伤亡！

孙将军瞄准藤原景虎！

开枪！

藤原景虎原地一滚，同时连开三枪！

孙将军身子一顿，脸上依然挂着笑。

“中华儿女，不畏死，不贪生，杀敌！杀敌！杀敌！”

高呼三声，孙将军犹如青松般直挺挺地摔倒！

余鹏程和柴志新并肩立在城头，看着大军缓缓出城。

一辆军车呼啸着从城内开来，猛然停在城下。

余鹏程一皱眉，担心地看了柴志新一眼。

士兵飞快地跑上城头：“报告师座、参谋长！孙将军来电，德山已失，他们中了日军的埋伏，全军损失殆尽，让我军不要再中圈套！”

余鹏程与柴志新对视一眼，柴志新急问道：“还有什么？”

“还有……”士兵嗫嚅道，“还有，恐怕孙将军也已经壮烈牺牲了！”

半晌，余鹏程才回过神：“下命令吧，回城！”

中央银行的办公室大门紧闭。两杯茶轻轻摆在沈湘菱和魏九峰的面前。

余鹏程坐在办公桌后面，站起身，对着两人浅浅鞠躬：“刚才……得罪了，余某人给二位道歉。”

魏九峰站起来还礼，沈湘菱却坐着没动。

余鹏程并不在意，坐下来，一时沉默。

魏九峰先开口打破了尴尬：“余师长，您能意识到日军投放病毒的危险，及时停止出征，再好不过。”

“索性直说了吧。日本人是否投放病毒，还说不清真假，即使是真的，我也不会收兵。”余鹏程苦笑着，指了指身后的作战地图：“复杂的我也不讲，简单地说，丢了德山，棠德就是孤城，一切既定计划都不成立。就算冒再大的风险，我也会出兵！”

魏九峰一怔：“那为什么又……”

“刚接到电报，德山已经丢了。求援的电报，是日本人的圈套。”余鹏程长叹一声：“孙将军去援助，遭遇伏击，恐怕已经殉国了！”

魏九峰颓然失色。

沈湘菱蓦地站了起来：“德山丢了，那德山上的人呢？”

“何平安他们……恐怕是凶多吉少！”

沈湘菱的脸色瞬间变得雪白。

何平安伏身在炮弹坑中，举枪射击！

两名冲过来的日本兵中枪倒地。

“糟糕，前面没有弹坑了！”余子扬瞭望四周，“两头都是子弹乱飞，这段距离很危险！”

“这应该是一次大规模溃败，遭遇日军的围堵，从距离上看，不是德山的部队——”何平安突然止住了话。身后的余子扬靠在弹坑边，不住喘息。

“余大哥，你怎么样！”

余子扬一张口，咳出一口血。

柳芬惊呼。

“没事，吐出来舒服多了。”余子扬挣扎着半蹲起来，“只有硬闯了。咱们一起，把所有子弹都打光，然后就跑！”

何平安犹疑地看着他：“你能跑么？”

余子扬笑着指了指何平安的腿：“你能跑么？”

两人怔了怔，异口同声：“当然能！”

何平安拉过小猴子：“不能让娘抱你了，自己跑，怕不怕？”

小猴子摇摇头：“跟着爹和余叔叔，我不怕！”

“好孩子！”

何平安重重亲了小猴子一口，转眼望着柳芬和乔榛。

两个女人都默默点头。

余子扬：“准备，开火！”

何平安和余子扬一起从弹坑中站起来！

枪响！子弹呼啸！

不断有日本人倒下！

两把枪的子弹都打空了！

“跑！”余子扬把枪一扔，第一个冲了出去！

何平安紧随其后。

五个身影，一同在战场上狂奔！

所有人都愣住了，没有人来得及对五人射击！

奔跑，奔跑！

余子扬的脸上带着笑！

何平安的脸上带着笑！

柳芬跟在两个男人身后，看着两个男人的背影！

小猴子和乔榛一起狂奔！

五个人，穿越了战场！

五人一起倒在路上，谁也没有力气再跑了。

余子扬忽然笑了起来，何平安也跟着笑了。

两人越笑声音越大，柳芬、小猴子、乔榛也都一起笑。

余子扬一边喘息一边笑：“痛快，真痛快！”

“余大哥，咱们还能一起并肩作战，还能一起跑！你说得对，没什么可怕的，我们要活下来，要看着抗战胜利，要看着孩子长大，我们要活下来，活下来！”

何平安的脸上终于又升起了那抹久违的灿烂的笑。

余子扬微微咳嗽着坐了起来：“没错，你们，你们要活下来，都要活下来……”

“等到胜利了，不用打仗，咱们就一块开个小店，有你，有嫂子，有小猴子，还有……还有她……我们一起……”

他的话没说完，柳芬忽然惊呼起来：“子扬！”

何平安翻身坐了起来，他双眼大睁瞪视着余子扬，好像瞬间掉进了冰窟窿——余子扬的鼻血汩汩涌出，胸口剧烈起伏，他张开嘴，似乎想大喘几口气，却突然喷出一口鲜血，身子软软倒在地上！

“余大哥！”

“别过来，都别过来！”余子扬伸手挡住何平安跟柳芬，喘息道：“老何，你说的那天，我怕是看不到了，不过没关系，你可以替我看，小猴子可以替我看，也是……也是一样的……”

“不会，你……”

余子扬打断了他：“你别说，你听我说。不要害怕，不要有心理负担，战争就是这样，有的人活下来，有的人没有。活下来的，不是罪过，是好事，是幸运，你要好好活，替死的人看着，看到……看到你说的那天……”

柳芬一点点地挪过去，抓住了他的手。

“我不是，不让你过来么？”余子扬勉力转过头，看着她。

“我是你的妻子，我不能丢下你一个人。”

余子扬吃力地笑了：“你要……你要把孩子养大。我看得出，你们两个之间……是有感情的。我死之后，你们可以，可以向组织请求……请求结合……”

柳芬拼命摇头，眼泪瞬间淌了一脸：“我只是你的妻子，只做你的妻子！”

余子扬拼尽全身力气，对着小猴子挤出一个笑：“叔叔很没用……是不是……”

小猴子大声道：“不，叔叔很厉害，叔叔是英雄！”

“别叫叔叔，叫爹。”何平安轻轻地说。

小猴子愣住了。

“他才是你爹，我是你叔叔。”何平安的声音在发颤，“……叫爹。”

余子扬眼里闪出期盼的光芒：“你……你能叫我一声爹么？”

小猴子愣愣的，张了张口，终究没有叫出来。

“快叫啊！”

余子扬一笑。

“没关系……他是我们共同的孩子。”余子扬指指自己身上，“我身上，有党组织的文件，你要保存好。还有……还有我的一管血液，和组织上对日军病毒的研究资料。你要……你要送回……棠德……”

何平安含泪重重点头：“保证完成任务！”

“别说了，别说了……”柳芬忽然一把抱住余子扬，紧紧搂着。余子扬想推开她，身上却没一点力气，“我……我会传染……”

“我不怕，我要跟你在一块。”

“可你答应我，要照顾，照顾孩子……”

柳芬流着泪点头：“我答应你，我答应你！”

余子扬痴然凝望着她，忽然抬起手，指着远方：“你闻……你闻……咱们村头的桂花开了，真……真香啊……”

他的目光突然凝滞了，那只手重重落下！

何平安全身一震。

柳芬猛然抱住余子扬。

“是啊，桂花开了，真香……真香……”

柳芬凄然笑了，低下头，深深吻住了余子扬的唇。良久，她才抬起头，看了何平安一眼，眼神凄绝："我不怕了。小猴子，过来。"

小猴子怯怯走到她身前。

"娘骗了你，这个人才是你爹。"

小猴子愣愣看着余子扬的面容，"哇"的一声哭了起来："爹……爹……爹你醒醒……"

"别哭，好孩子，爹一定不想听见你哭。"柳芬摇头，爱怜的看着小猴子，"娘也骗了你爹，娘不能照顾你了，你要跟着何叔叔，你以后，还管他叫爹。"

她说完，身子一滑，软软伏倒在余子扬尸体旁边，一直紧捂腹部的手无力垂了下来，露出小腹上一个狰狞的伤口，血流不止。

"不要！"

何平安惊恐地注视着她，扑上去要抱她起来。

"别过来！"柳芬声色严厉地喊了一声，跟着却柔柔地笑了，"会传染的，你还有任务。"

何平安僵住了。

"你总算是……还听了我一回。"

柳芬凄然微笑着，身子一歪，倒在余子扬的怀里。

"娘，娘你怎么了！"

小猴子撕心裂肺地哭喊起来，乔榛慌忙拉开小猴子，紧紧地抱在怀里。

何平安怔然站起来，眼睁睁看着眼前的两具尸体，突然仰面对天，发出野兽一样的吼声！

他跪倒在地，号啕大哭，奋力捶打自己的胸膛。

乔榛死死地搂着小猴子，看着近乎癫狂地何平安，潸然泪下。

夕阳荒草，矮坡上凸起两座坟，没有墓碑。

何平安静静地站在坟前，两只手血肉模糊，沾满了黄土。乔榛拉着小猴子站在他身后，默默垂泪。

"余大哥……"他终于开了口，声音竟无比沙哑："你们说得轻巧，说什么不要怕。可我也是人，我也会疼，疼死我了！"

他奋力捶打着自己的胸口，砰砰作响："嫂子，这些年，谢谢你，谢谢你让我尝到了做人的滋味，让我懂了为什么要战斗。之前，我打打杀杀，不怕死，我以为那是英雄。可是我不懂，不懂死了的人，是为了让别人活得更好。现在我怕死，不是我胆小，是我怕我死了，对不住你们，对不住那些死了的人！"

"可我又不能活！我得去，去完成余大哥给我的任务，即使我们都死了，都看不见了，还有别人，还有被我们救了的人！他们能看见那天，看见我们心里盼着的那天！"

何平安对着两个坟墓敬礼："你们先走一步，我跟着！"

他转身拉起小猴子的手，踉踉跄跄往山坡上走，忽然脚下一个踉跄，几乎摔倒在地。

乔榛忙抢上前扶住他："小心！"

"我叫你走！离了我，走得远远的！"何平安狠狠推开了乔榛。

乔榛怔了一怔，眼圈登时红了："刚才你不是还说过，这次绝对不会丢下我不管了？"

“可是你看看，跟在我身边的人都是什么结果？跟着我就是跟着危险，跟着死亡，你还不明白么？”

乔榛沉默地站在原地。

“我说什么你没听见？——我叫你走啊，你快走！”

乔榛望着他，忽然眼泪流了下来：“我愿意跟着你。”

何平安冷冷转过身，拉起小猴子往前走。乔榛擦了把眼泪，紧紧跟在两人身后。

小猴子忽然停住脚，抬起头望着何平安：“爹，我饿了。”

何平安疼怜地摸摸他的头：“说过了，我不是你爹。你爹……”

乔榛连忙走上两步，从口袋里掏出一块干饼：“这是你娘留下的。”

小猴子一把抢过去，张口就咬。

何平安伸手拿过来，轻轻掰下一块递回给小猴子，又把剩下的饼送到乔榛跟前。

乔榛摇摇头：“给孩子吃吧。”

何平安默默凝视着小猴子，忽然开口低声道：“乔姑娘，刚才是我错了，我不该赶你走。”乔榛听得眼睛一亮，何平安却继续说道：“我必须回到棠德，这个孩子，我不能带在身边了。我知道不该把你卷进来，可你也看到了，现在也没有别的办法。能答应我么？”

乔榛一时说不出话来，只能怔然望着他流泪。

“乔姑娘，我求求你，”何平安近乎哀求地望着她，“给这个没娘的孩子一条活路，别叫他也跟着我遭罪……好不好？”

乔榛闭上眼，一行酸泪滚滚而下：“我……我答应你。”

“谢谢。”何平安伸手想摸小猴子的头。

小猴子惊恐地把头缩进乔榛怀里。

何平安的手垂了下来：“听话，以后，好好跟着姐姐！”

小猴子把头从乔榛怀里伸出来，又是害怕又是不舍地看着他：“爹……”

“你记住，余子扬才是你爹，你爹是个大英雄！”

“你也是我爹，你也是大英雄！”

何平安紧紧搂着他，眼底流露出万分不舍：“好孩子，你说得对，我也是你爹！”

“我长大了，也要当大英雄！”

“你长大了之后，就不会打仗，不会死人了。”何平安苦涩地摇摇头，“你不要当什么英雄，就当一个，快快乐乐的人。”

小猴子似懂非懂地点点头：“爹，我记住了。”

何平安低下头，用力亲亲了他的头发，望着乔榛。

“放心吧，”乔榛低声道：“我会照顾他，保护他，只要我活着，就不会让他有事！”

“谢谢！”

何平安深深鞠躬，转身迈步就走。

乔榛拉着小猴子，望着他寂寥的背影，眼泪止不住地流下来。

山路崎岖，山风料峭。

残阳如血，照在他的身上，影子拉得老长。

何平安一个人孤独地走了。

山谷间，竟传来了天籁一样的歌声。

“雁在天边叫
鲤鱼在水面上漂
雁看着鱼 鱼看着雁
只是干急躁
雁叫声鱼 一心里要和你凤鸾交
鱼叫声雁 又吃亏这水波儿阻隔着
……”

远处，乔榛拉着小猴子，婉转而唱。

何平安的影子，在凄婉的歌声中越走越远，终于不见。

从中央银行四楼办公室的窗户眺望出去，居民区的一个房顶上又冒起了腾腾白烟。

“已经烧毁五个了，不知道还有没有？” 魏九峰拉上窗帘，长长叹了口气，转向桌子后的余鹏程，“现在城内必须戒严，严谨随意走动，然后把军医集中到医院，所有人都要检查，一旦发现不对，立刻隔离！”

“不行！”余鹏程也是眉头紧皱，“魏县长，德山已经丢了，日军很快就会打到常德城下，如果真这样做，会影响战局！”

“可是如果不这样做，就没有什么战局可谈了！”魏九峰大步走到桌前，对视着余鹏程，“在病毒防治这件事上，恐怕余师长还要听我的！”

余鹏程一愣，还没来得及答话，站在一旁的柴志新忽然开了口：“魏县长，常德一直有日军间谍活动，军方为了不插足地方政府，一直没有行动，可您却一直没有抓到人。致使有内应放烟花，日军空投病毒，现在我们还怎么相信您？”

魏九峰神色肃然了：“这么说，都是我的责任？！”

“志新不敢这么说！可是——”

余鹏程一摆手打断了柴志新：“好了！大敌当前，都是一心为国。魏县长的办法我也是真心赞同，只不过……战地不能空虚。你给我一点时间，我排一个部队轮换的办法，轮流接受检查！”

魏九峰摇摇头：“头痛医头，脚痛医脚，这根本不能杜绝传染！”

“如果病毒真的已经扩散，是根本杜绝不了的！”余鹏程态度坚决，“防毒是大事，可阵地没有人守，不用病毒发作，日本人就进城了！”

“也只好这么办了！” 魏九峰只有一声叹息，魏九峰起身要走，突然又停住，“对了，沈湘菱这个人，余师长怎么看？”

余鹏程微怔：“愿闻其详。”

“沈家一直把持棠德的粮市，魏某跟沈家争斗多年，要不是这个沈湘菱，沈家挺不到今天。”

“行伍之人有句话，最熟悉你的人，永远是你的敌人。”余鹏程不由笑了，“照魏县长如此说来，这个沈湘菱，可堪大任！”

魏九峰郑重地点了点头：“余师长可记住魏某今天这句话——如果有一天魏某人要是暴毙，县长的位置，可以让她来做！”

“小姐，回去吧。外面危险……”

棠德城头，黄昏斜阳。沈湘菱矗立城头，眺望远方。

周四走上前来，低声劝道：“德山已经丢了，到现在都没人回来，应该……不会有人……”

沈湘菱一言不发地望着，突然往前走了两步，几乎站到了城墙边上。

“小姐，当心！”

周四伸手要拉她回来，沈湘菱甩开她的手臂，指着远处一个黑点大声说：“人！有人！”

周四也愣了，极目远望，果然见漠漠大道的尽头，依稀晃动着个人影。

沈湘菱的声音越发激动了：“你看，是不是他，是不是他！”

“这么远，看不清楚……”

“一定是他，一定是！”沈湘菱转身跑向城门，一边大声喊着：“开城门，快开城门！”

守城的士兵愣住了。

“外面有人，何平安，是何平安！”

“何平安？不可能，德山的人都……”

沈湘菱情急之下，不等士兵的话说完，扑上前就要亲手打开城门。士兵连忙阻拦，这时周四追了过来，一把推开了士兵。

“外面就一个人，是不是何平安一看就知道了，就让她看看！”

“就是他！我知道，一定是他！”沈湘菱奋力推开士兵，用尽全身力气去推城门。

沉重的大门，缓缓闪出一条缝。

沈湘菱挤出去，快步奔向那个人影。

人影看见了沈湘菱，停住了。

沈湘菱也停住了。

“真的是你……你回来了……你果然回来了……”

夕阳下，她的脸上挂着笑。

何平安眼神中似乎一动，但瞬间恢复冰冷。

“沈小姐，请你让开，别挡我的路。”

他的声音寒冷透骨，瞬间把沈湘菱全身都冻僵了。

第二十七章 凶寇毒蛊

如血的夕阳里，何平安双眼直视着城门，一步步艰难地走过去。

直到他满脸漠然地与自己擦肩而过，沈湘菱才蓦地转过身，怔怔看着他——他蹒跚着走到开了一条缝的城门前，伸出手，奋力推着城门。

城门里，何平安的脸从门缝中一丝丝透出来，守城的士兵忙一拥而入，扳开城门。

“真是他！”

一群士兵把何平安紧紧围在中间，正在七嘴八舌地追问。人群忽然被拨出一道缝，竟然是秦岳快步走来：“雷大虎呢？余下的人呢？”

何平安睁着血红的双眼，默默看了一眼秦岳，伸手把他推开，踉跄前行。

“雷大虎呢？！”秦岳追上去一把拉住他：“我问你，他们人呢！”

何平安浑如行尸走肉，呆滞的目光落在他脸上，却没焦点。

秦岳紧紧揪着何平安的领子：“是不是你丢下他们，自己逃命回来了！是不是！”

他愤怒地摇晃着何平安，仿佛那是个稻草人。

“你放开他，放开他！”沈湘菱冲进人群，奋力拔着他的手臂，“你干什么，你没看见他身上有伤么！”

“他是个逃兵，他是个叛徒！”秦岳冲着沈湘菱大吼一声，抓着何平安的手更紧了，“你自己逃命，却留下我的兄弟送死！说什么同生共死，他们呢！他们呢！你自己逃回来了！”

“你胡说！他不可能……”

“是我。”

何平安的声音低不可闻，却把沈湘菱和秦岳都震住了。

“是我自己逃命回来的，他们，都牺牲了。”

秦岳不顾一切的拔枪，顶上何平安的下颚，咬着牙一字一顿道：“你，临阵脱逃！”

“谁敢动他！”

站在沈湘菱身后的周四也掏出了枪，对着秦岳。

"秦岳，你想打死我了？"枪口紧抵咽喉，何平安的声音发哑。

秦岳更是愤怒："你以为我不敢！"

何平安苦苦地笑了："那你就打死我吧。尽管打，我早就不想活着了。"

秦岳不禁愣了。

沈湘菱趁机抢上一步，整个人护在何平安身前："不管到底发生什么事，都要经过调查，没有调查清楚之前，谁也不能动何平安！"

秦岳不说话，悲愤地瞪着何平安，猛然冲上前，绕过沈湘菱，一拳把何平安打倒在地！

何平安艰难地爬起，一个趔趄，又摔倒在地。

抬眼四顾，周围是一双双鄙夷而痛恨的眼睛，刺刀般要扎透自己。

"英雄！这才是英雄！"

所有的目光都转移了，循声望去，只见张局长带着一队警察大步走来，离得老远就高喊出声："能活着就是真英雄！咱在棠德当差十多年，没少被人戳脊梁骨，可今天，咱们这些黑皮里，出了条响当当的汉子！"

张局长走到何平安跟前，弯下腰亲手把人扶起来，朝身后一招手："今天弟兄们都跟着你风光一回——起轿！"

跟在他身后的四个警察高声吆喝了一嗓子，把肩头四把摘去刺刀的步枪架在一起，中间绑着两条缝在一起的麻袋，硬生生地成了一幅简易担架。

张局长拍了拍何平安的肩膀："兄弟，上轿！"

何平安还没开口，陈花皮走上前，硬架起他，低声耳语道："何头儿，你是不知道，你离开这些日子，兄弟们可被这群当兵的欺负苦了！现在好了，你回来了！"

张局长也凑到何平安的耳边："兄弟啊，你可算回来了，不管怎么样，德山丢了就丢了，你一样是抗战英雄，有你这个抗战英雄，弟兄们日子就能好过了。这些天闹着抓什么内奸，兄弟们都被逼苦了，你回来了就一切都好办，我知道你有本事。现在又立了功，咱们警察局出头的时候到了，我看这群当兵的谁还敢看不起我们！"

"立功？"何平安喃喃道："我没有立功，我是……"

"你没立功谁立功！我都听说了，德山丢了，是因为德山的守军临阵脱逃，跑的是他们当兵的！"

张局长把手一扬，指着众士兵高喝着："还是军人呢，吃着国家的粮饷，小鬼子一来，还没开打就跑了，算什么军人！还不是靠我们警察苦守德山，德山丢了还能怪到你头上啊？我去跟县长说，这次，你就算是英雄！扶英雄上来！"

不容分说地，众警察一拥而上，把何平安硬抬上了枪架。

"起！"

四个警察同时发力，何平安一瞬间被抬到了半空里。

眼前就是湛湛青天，亮得炫目。

何平安涩然闭上了双眼。

张局长："这就叫出人头地。你说，要去哪儿？"

何平安嘶哑着声音：“我要去师部，我要去见余师长。”

“走！师部！”

张局长一声令下，众人抬着何平安，浩浩荡荡而去。

“何平安！”

被抛在身后的沈湘菱高喊一声，可那个人并没有回头看自己一眼。她只能呆呆地目送何平安远去，泪珠止不住滑落下来。

“不管怎么样，你回来了，你活着回来了……”

所有的警察都昂着头，扬眉吐气般把何平安一直抬到了中央银行门前。

“停下吧。”何平安坐起身子，挣扎着要下来。

张局长一把按住了他：“停什么，我们就这么把你抬进去！”

众警察齐声道：“对，抬进去！”

“我已经跟魏县长确认过了，丢德山根本不是你的责任，魏县长亲口跟我说，你是英雄，要不然我也不敢带着兄弟们这么大张旗鼓地来接你。现在你既然是英雄了，还有什么顾及的，也该我们出出气了，咱们走！”

张局长说完，一马当先就往大楼里闯。守在门口的士兵眼看着一切，都愣住了。

“我不是英雄！”何平安突然一声大喊！

张局长被吓了一跳，不觉停下脚步：“兄弟，你……”

“我是罪人，我是罪人，是我没有找来援军，是我把德山上的兄弟都害了，是我把他们害死了！”

何平安大声嘶吼着，张局长只得呆呆看着他。

枪缓缓放下了，何平安站在地上。

“你们最好都离我远点，跟我走得太近的人，都会死。”

何平安冷冷地扫了一眼众警察，推开张局长，拖着伤腿一步步走到士兵跟前：“我是何平安，我来见余师长，有重要的东西交给他。”

守卫士兵分开两边，何平安一步步走上台阶，走向那间竖着“师长指挥室”的办公室。

办公室的门突然打开了，余鹏程带着柴志新迎了出来，抬眼正见来人，两人顿时都停住了。

余鹏程在台阶之上望着何平安，何平安在台阶之下望着余鹏程。

良久，余鹏程才点点头：“大概我都知道了，你能回来，这很好。”

“我有很重要的东西交给你。”

何平安伸手入怀，摸向心口，忽然顿住了。他缓缓抽出手，竟满手是血：“碎了……”

他怔然望着自己的手掌，掌心上，赫然是破碎的试管。

紧跟而来的张局长悚然大惊：“这，这难道是心脏受伤了！”

余鹏程和柴志新也呆住了。

“竟然……碎了……我……我……”

何平安神色恍惚地抬起头，呆呆望着余鹏程，突然喷出一口血，栽倒在台阶上！

眼前的一切都是模糊的，雪白的墙，雪白的被，却没有白大褂，只有一抹棕黄色的军装。

“醒了？躺着不要动。”

一只手伸出来，轻轻地按住了何平安的肩头。

视线渐渐清楚了，柴志新的脸近在眼前，何平安的目光却再次混沌起来。

“医生检查过了，你没有致命伤，养几天就好了。只是心力交瘁，需要休息。这次的任务，我知道，是难为你了。”

“杀了我吧。”

何平安的声音很低，柴志新听见了，却只是望着他。

“都死了，全都死了。”何平安又闭上了眼，“我一闭上眼，就能看见他们，所有人，全都死了。还有……还有……”

“还有血，还有他的血……我打破了，我竟然打破了……所有人，都白白牺牲了。只有我活了下来。”

他睁开眼，近乎恳求地望着柴志新：“杀了我吧！”

“我理解你。”柴志新握住他的手，用力地按了按，“事情我们大概都能推断出来。邓峰临阵脱逃，以你们的兵力，根本守不住德山。你下山求援了？”

何平安痛苦地点点头。

柴志新又问：“没有找到援军？”

何平安没有回答，只是喃喃道：“他们，他们都在等着我，可我却没能回去。”

柴志新沉默了下，忽然问：“余子扬呢？”

“他……他也牺牲了。是我自作聪明，把他带出棠德，我以为我能替他完成任务，可我不知道，我不知道他竟然是这样的任务，他……”

何平安顿住了，望向柴志新的目光露出惊疑的神色。

“他的任务，是送来可以对抗病毒的血样，就是他自己的血。”

柴志新说着，从怀中拿出一个试管，递给何平安，“这也是余子扬的血。”

何平安诧异地望着他，缓缓接过那管血：“难道你，你是……”

“我就是棠德城里等待余子扬同志的人。”柴志新点头微笑：“我见过他了。我让他把血样留下，以防意外。现在果然用得着。碍于我的身份，我无法解释这个血样的来历，所以不能主动拿出来。”

何平安依然不敢相信：“你，有什么能证明？”

柴志新坦然道：“我没有任何证件可以证明，余子扬同志的血，就是我唯一的证明。我还让他给你带过一句话——共产党人，就是要为了国家和民族的利益，担负起所有的痛苦和危难！”

何平安的目光变得信任和坚定起来。他低下头，从怀里拿出一份满是血污的文件：“这是余子扬留给我的，我现在转交给你。我能做的，都已经做完了，我是罪人，我向组织请罪，我愿意接收任何处罚。”

“你没有罪。”

柴志新拉了把椅子，坐在何平安床边，双眼却望着窗外的棠德城：“这不是我的个人结论，而是组织的判定。你非但没有罪，你还有功。”

何平安：“我怎么没有罪？他们全都死了，只有我活了下来，九年前也是，总是这样……”

“何平安同志，抗日战争是个漫长的过程，在这个过程中，有无数人牺牲了，不只是我们的同志，还有国民党的战士！我们都是中国人，都为了自己的祖国而奋斗。他们的牺牲不是因为你一个人的失误，将来抗战胜利，也不会是因为你一个人的功劳！”

他伸出手，重重地拍了拍何平安的肩膀：“如果说有错，那错在我。”

何平安疑惑了：“在你？”

“我没能保护好你，让你去做你不可能完成的任务。”

“不是不可能完成。”何平安痛苦地闭上了眼睛，“只要我能找到援军，天亮之前赶回德山，德山就不会丢，他们也不会牺牲！”

柴志新缓缓摇头：“那是日本人的圈套。他们修好了我们的电台，用德山做诱饵，诱导我们去增援，扎进他们的伏击圈。增援德山的孙将军已经牺牲了。”

何平安愣住了。

“是我，是我没有识破日军的计谋，身为参谋长，我的失职让数千战士牺牲，如果有罪人，我就是最大的罪人！”

柴志新倏地站起来，紧紧握拳，指甲都陷入肉里：“面对危难和痛苦，我们唯有担负。一死了之，是懦夫的行为。该说的我都说了，趁着修养的时间，你自己想清楚！”

他忽然摊开手，伸到何平安面前：“把余子扬的血交给我。”

何平安把试管又交还到柴志新手中。

“现在，这个血样是我从你的手里得到的，你则是从余子扬那里得到的。在此之前，我从没有碰过这个试管！”

何平安点点头：“我明白。”

“我这就去以你的名义，把它交给余师长和魏九峰。你好好休息。”

柴志新转身往外走。打开房门，门外赫然站着满脸期望与担忧的沈湘菱。

“他……”

“他不好。”柴志新打断了她的话，上前一步，低声道：“他现在，最需要你。”

柴志新上前一步，把那瓶血轻轻放在桌上。

对面的余鹏程和魏九峰疑惑地望着他。

“这是什么？”

“是何平安带回来的血样，它的采集者感染过日军的病毒。”

魏九峰脸色突变。

余鹏程拿起那瓶血，对着阳光看了看，又放在桌上：“你的意思是，日军有可能对棠德采用病毒战？”

柴志新点点头。

余鹏程摇摇头：“可信么？至今我们也没有收到这方面的情报……”

“余师长，不要再心存侥幸了！”魏九峰打断了他的话，“不要忘了两年前，也是这个季节，日本军方就曾派遣731部队对棠德空投鼠疫跳蚤。那一次引发的鼠疫一共波及了十多个县三十几个乡，仅仅棠德县城内被感染身亡的民众就有七千多，当时的惨况我还历历在目！如果日军故伎重施，那后果不堪设想！”

魏九峰拿起血样，望着柴志新：“这个血样，何平安是怎么得来的？”

柴志新微微一顿，随即坦然道：“是一个共产党。日军对他们的根据地开展病毒战，整个部队都被感染了，只有这个人活了下来。于是他想来棠德，把自己作为病毒的活样本让我们的军医进行研究，以图找到抵抗日军病毒的方法。可惜他还没进城就发病了，幸好临死前遇到了何平安，把自己的血样交给了他。”

魏九峰与余鹏程都沉默着，显然是被震动了。

余鹏程忽然站起来，系上领子的风纪扣，向那瓶血敬了个标准的军礼：“英雄！”

柴志新闭上了眼睛，紧抿的嘴角露出一丝苦涩。

魏九峰：“余师长，我建议马上致电军部，请求他们火速派遣有经验的军医来棠德，研究这份血样，快点制定出应对日军病毒战的方法！”

柴志新闻声，猛地睁开眼：“我赞同魏县长的看法！”

余鹏程略一思忖，点了点头：“也好。有备无患。”

何平安躺在病床上，四周围满了军医和护士。

“伤口感染引起的高烧……血压也不正常……”

“一天一夜没睡觉了。”

“再打一剂安眠针，快！”

何平安神色木然地任凭他们摆布，双眼望着天花板。

“不要给他打安眠针，那对他没用！”

熟悉的声音忽然响起，何平安不由自主地转过头，果然看见沈湘菱站在门口，手里提着一个食盒。

何平安眼神一冷，又把头转回去了。

军医眼神示意，跟护士们都出去了。

沈湘菱走到床边坐下，打开提盒捧出碗汤，手持汤匙吹了吹，就往何平安嘴边送。何平安却别转头，闭紧了嘴。

沈湘菱自顾自地把汤匙硬塞进他嘴唇里，汤水顺着下巴流进脖子里。

“我知道，雷大虎他们都死了，柳芬也跟余子杨一起死了，你心里疼，觉得自己没用，窝囊，可别人又都不惩罚你，你就自己惩罚自己。”

何平安挡住沈湘菱再次伸来的手：“别再劝我，不想听。”

“好，我不劝你，就给你讲讲我小时候的事情吧。”沈湘菱放下碗，掏出块手绢给他擦着脸。“以前我大哥书房的屋檐底下，年年有燕子做巢。有一回风刮得很大，有只小燕子从巢里掉了下来。我就捡起它，让大哥背起我，我亲手把小燕子重新放回到巢里。谁知到了第二天一早，我发现那只小燕子又掉在地上——它死了，是被老燕子啄死又挤下去的。”

何平安不觉转过头，定定看着她。

“我捧着那只燕子哭，我娘听见了，告诉我，老燕子闻到小燕子身上有生人的气味，就再不会认它的孩子，而会把它当成要来霸占自己小巢的坏鸟啄死挤出去。我听了哭得更是难过，觉得是自己害死了它。大哥知道了，笑着对我说，‘你自责什么呢？如果不是你把它放回巢，它落在地上，也一样会死呀。’”

沈湘菱说完了，深深凝视着他的眼睛：“何平安，你只是个平常人，做不了救世主。就像不论我放不放那只燕子回巢，它都会死；德山这一仗有没有你，德山都会失守，雷营长他们也都会牺牲，柳芬和余子杨也都出不了常德。你一味这样惩罚自己，根本没有意义。”

何平安转过头，双眼继续望着天花板：“你不懂，你没有看到……战友们全死了，只有我一个人活下来了，他们临死前，一个个喊着‘我的命交给你’。雷大虎他们临死前，一定还盼着我带回援军！还有柳芬……柳芬她用了九年让我重新能睡着，她一死，我又睡不着了。”

沈湘菱放下汤匙，一时沉默了。

“他们不是燕子。那只掉在地上的燕子没有指望你能救他，可是我的兄弟，我的战友们，还有柳芬……他们都把所有的希望放在我身上，我答应了他们，却什么都做不了！是我……我辜负了他们！”

“可你也辜负了我！”

何平安闻言怔住了。

“你还记得么？你也答应过我，你从德山回来，这条命就是我的。你的命，你的身体，都已经不是你自己的了，你现在这么糟蹋我的东西，难道不是也辜负了我？”

何平安转眼怔怔看着她。

沈湘菱举起一汤匙汤，再次喂到他嘴边：“柳芬她要你好好睡，你就睡踏实了。现在，我也要你好好睡，好好吃，把你欠我的这条命好好地还给我，你能答应我么？”

何平安闭上了眼睛，固执地沉默。

沈湘菱举着那只勺子，固执地等待。

何平安终于缓缓地摇了摇头。

沈湘菱低声问：“为什么？”

“因为欠了你一条命的何平安，已经死在德山上了。”何平安沉默了一霎，才艰涩地开了口：“现在这个何平安的命是欠了雷大虎他们的，不是他自己的，更不能给你。”

漠漠夕阳，萋萋荒草。乔榛与小猴子一前一后，蹒跚走在山坡上。小猴子忽然脚下一绊，重重跌倒在地。乔榛忙停下脚，转身扶起他，小猴子却就势往地上一坐，不肯起来。

“怎么了？”

小猴子眼巴巴看着乔榛："我饿了，走不动了。"

乔榛忙从怀里掏出小半块干巴巴的饼——还是何平安掰给她的。

小猴子一把抓过来，塞进嘴里大嚼，却被噎住了。乔榛忙给他敲背顺气："慢点吃！"

小猴子艰难地咽下干饼，举起剩下的饼，送到乔榛眼前："姐姐，你吃。"

"我不饿。"乔榛爱怜地摸了摸小猴子的头，"而且，你该叫我姑姑。"

"姑姑？"

迎着小猴子诧异的目光，乔榛一时无言以对。

"姐姐，你看！你看那是什么？"

小猴子忽然指着远处，惊喜地大叫。

乔榛顺着他手指的方向一望，果然见远处暮色里，响起星星点点的火光。

"是篝火！有篝火就有人……走，咱们快走！"

她喜出望外，拉起小猴子往篝火的方向跑去。

暮色荒原，空地中间燃着几堆篝火。难民三三两两地依偎在火堆旁，眼巴巴看着篝火上吊着的大铁锅。而每个热气腾腾的铁锅前，都有聚福楼的伙计扛起米粮袋，往锅里倾倒着白米。

一只皮箱子重重撂在火堆旁的地上，凤老板一脸疲惫地坐上箱子。一个戴小圆眼睛的半老头避开难民，拿着个账本，两步凑到她跟前，

"东家你瞧瞧，这三十口大锅，一百四十多号，一天两顿稀粥，加起来就得七八十斤大米。这几天下来，咱们带出来的粮食就下去一小半了……东家您这粥棚老这么开下去，这，这哪儿撑得住呀！"

凤老板："下去了一小半，不还有一大半么？"

李掌柜捧着账本，一时语塞。

凤老板笑了笑："李掌柜，这些年只要我有一口干的吃，就没让你跟伙计们喝稀的。怎么我还没担心撑不住，你就怕了呢？"

"嗳，东家，你可别误会！我这都是为了东家，为了咱聚福楼着想！"李掌柜瞥了眼难民，压低声音道："咱现在可是逃难呐！逃难路上无爷娘，当妈的都能把娃儿丢下，东家您是何苦？再说了，等逃完了难，咱不还得留点本钱好东山再起么？"

"东山再起？"凤老板望着暮色里的篝火，幽幽叹了口气，"逃难，逃难，就怕逃到哪儿都是难！"

李掌柜连连摆手："东家，世道越难，越不兴说这泄气话！"

"那就什么也不说了。李掌柜，我既然答应过他，这一天两顿粥我就得照管。"凤老板摘下头巾擦了擦脸，神色决然，"放心，我既然都不能看他们挨饿，就更不会叫你跟伙计们挨饿。累了一天，歇着吧。"

一个随行的伙计从火堆上把烤热的大饼挑下来，递给凤老板。她接过饼，没滋没味地咬了一口，又放下了："不知道这会儿，棠德城里还能吃上块白面饼么？"

她惘然望着篝火，幽幽出神。一时仿佛看到棠德城里聚福楼上，风采照人的自己陪坐在一

旁，笑盈盈地看着魏九峰品酒尝菜。

正在出神的时候，一只沾着泥的小手偷偷伸向她放下的那张面饼，却被旁边的伙计一把抓住了。

“哪来的小兔崽子，都偷到我们老板头上来了！”

凤老板吓了一跳，蓦地站起身看着小猴子。

伙计揪住小猴子，提高声音大叫：“谁家的孩子？没良心的，我们东家用自己带出来的粮食，一天两顿粥供着吃喝，还叫娃儿出来做贼！”

难民冷漠地看着，无一回应。

伙计更生气了，揪住小猴子的耳朵：“说！你爹妈呢？”

小猴子全不理他，狼吞虎咽地咬着饼。

“还是个犟种！”

伙计一把夺下他手里的饼，扬起手要打，凤老板忙伸手拦住了：“行了，行了！一看就是个没爹没娘的孩子。”

小猴子横眼瞪着她，忽然扑上去，捏着小拳头捶打在她身上：“你才没爹没娘！我有爹！我有娘！”

伙计急忙拽过小猴子，抬手就要打。乔榛猛地扑上来，紧紧抓住他的手臂：“要打就打我！”

小猴子一下子扑到乔榛怀里，“哇”的一声哭出来：“他们，他们说我没爹没娘！姐姐，你说爹他为什么不要我了！”

乔榛紧紧搂住小猴子，红着眼没说话。

那只白面饼递到小猴子跟前，凤老板温和地看着小猴子和乔榛，轻声道：“就是想爹妈了，也得填饱了肚子再哭。”

乔榛一怔，忙弯下腰连连鞠躬：“谢谢！谢谢老板！”

小猴子抬起泪眼，怯怯看了她一眼，伸手去接饼。凤老板忽然捉住他的手，不轻不重地打了一下：“这一下你可记住！人活着得给爹娘争气，哪怕饿死，也不能偷！”

常德城头，东方微明。

嘹亮的晨号声中，一大锅热气腾腾的米汤煮沸了。守在城头的士兵手里端着饭缸子，挨个走上前盛粥。

一个士兵往饭缸里一望，忍不住抱怨：“这么稀，烧的不是洗脸水吧？！”

炊事兵把大勺往铁锅上一敲：“现在，有口洗脸水喝就不错了！”

士兵不满地瞪了他一眼，牢骚着往前挪。

排在后面的一个士兵脸色苍白，一只手捂住胸口，浑身发抖。他挪到大锅前，手里端着饭缸子，却哆嗦着抬不起来。

炊事兵不耐烦地敲敲锅沿：“还吃不吃啦你？”

士兵张了张嘴，一大口鲜血直喷到大锅里！

余鹏程坐在院长办公室的木桌前，皱着眉头，翻开眼前的病历。魏九峰站在他背后，伸长脖子看病历，也是神色严峻。

桌子对面，站着一个穿着白大褂的女军医："这个士兵从早上一送来，就持续高烧，接着开始吐血和严重腹泻，目前已陷入昏迷。我们怀疑他是感染了日军的生化病毒。"

"怀疑？"余鹏程猛地抬起头，眼神严峻地看着她，"如果我的部队真中了鬼子的病毒，这是多严重的事？一句'你怀疑'……陈医生到底是什么意思？"

陈医生略一顿，随即冷冷道："就因为事关重大，可又没有别的病例，魏县长送来的血样化验结果也还没有出来，我才不能草率地下结论。"

"陈军医的做法我可以理解。"魏九峰忙开口解围，"毕竟现在只有这一个病例，很难确定到底是个例，还是感染了病毒。我看，宁可虚惊一场，不能麻痹大意。还是尽快采取隔离措施，以防万一！"

余鹏程蹙眉想了想，随即坚决地摇了摇头："不行！大敌当前，士气是最重要的，这种时候绝不能让士兵们'虚惊一场'。"

魏九峰默叹口气，转向陈医生："还有没有别的办法尽快证明，这就是病毒感染？"

陈医生略一沉思："那个把血样带回来的人，有没有看到感染者发病时的症状？如果症状跟今早的士兵一致或者相似，那么就可以断定确实是感染了日军的病毒！"

魏九峰与余鹏程对视一眼，再次叹了口气："确实是捷径……可那个共产党跟何平安的关系，我们都心知肚明。这对何平安来说，实在过于残忍了！"

余鹏程却站了起来，脸色严峻："战争原本就残忍。都是战士，勉为其难吧！"

"何警官，我需要知道每一个细节，从他发病，到加重，再到临终、死亡的所有症状，我都必须详细地了解。"

何平安躺在床上，魏九峰、余鹏程跟陈医生像包围圈一样围住他。

沈湘菱坐在一旁，担忧地看着何平安。

何平安脸色苍白，张了张焦干的嘴唇："刚开始是发烧，后来，后来腹泻……"

魏九峰和余鹏程对望一眼。

陈医生近乎冷漠地打断了他的回忆："我需要知道每一个详尽的细节。包括他的体温，脸色，神智，濒死时的反应……"

何平安的脸色惨变，痛苦地闭上了眼睛。

沈湘菱蓦地站起来："陈医生，你该看到了，他也是个病人！"

陈医生沉默了。

魏九峰微微上前半步："沈小姐，请你见谅，但事关整个部队的安危……"

"魏县长，你没有在盘问我，我无所谓见谅不见谅。但何平安奉你们的命令督战德山，虽然回来也就剩了半条命，血样也已经带回给你们了，我觉得剩下的事情，就应该是你们的责任，这位军医的责任。可怎么就连让他安安生生地养好伤，你们也不允许呢？"

沈湘菱这席话，顺情合理却又咄咄逼人，魏九峰一时哑然。

“我没关系。我可以回答这位大夫的问题。”何平安挣扎着坐了起来，“他是先发了高烧，整天整夜地打着寒颤……”

他忽然说不下去了，余子扬病危的模样似乎又浮现在眼前——他躺在草垛上，身上盖严了柳芬跟何平安的棉衣，却满脸铁青，痛苦地打着寒颤。

沈湘菱默默伸出一只手，握住了他的手臂。

感受着那只手传递来的力量，何平安竭力控制着自己，声音嘶哑地继续说着：“后来开始上吐下泻，什么都吃不进去……到了最后，他就开始吐血……”

“不必再说了！”陈医生一摆手打断何平安，转向魏九峰和余鹏程：“我现在可以肯定，那个虎贲士兵就是中了日本人的病毒。余师长、魏县长，现在必须分秒必争，采取一切措施，防止感染在部队和民众中进一步扩散！”

余鹏程和魏九峰的脸色立时凝重起来。

何平安不由自主地撑起身子，急切地望着陈医生：“部队真的已经感染病毒了？那么，我带回来的血样……对破解日军的病毒战有帮助么？”

陈医生叹了口气：“实际上，这是我们现在所能利用的唯一的资料和武器。何警官，我向你保证，会竭尽全力，利用这份血样尽快研制出对抗日军病毒的解药！”

“没有时间了！陈医生，我需要你马上给我制定一份防止感染扩散的行动方案。魏兄，看来我们要马上召集所有将领和政府官员，开始打病毒战这一场硬仗了！”余鹏程说完，转向何平安，站直身子，举手敬了个标准的军礼，“作为军人，我必须向你致敬！”

何平安怔然看着他，随即神色黯然起来：“余师长，我不配。”

余鹏程肃然道：“你配。你不但能在战场上战胜敌人，也能在情感上战胜自己。你天生就是一个出类拔萃的战士！”

“你说得对，你不配受余鹏程的那个军礼。”

待余鹏程一行出去后，沈湘菱走到床头前，居高临下地望着病床上的何平安，声音近乎冷酷：“因为你根本不能在情感上战胜自己。不然，你就不会还这么固执地折磨自己，甚至为了那些不是你的责任的错误而惩罚自己。”

何平安凝望着她，缓缓摇了摇头：“你不明白。”

“我明白，大家都明白，不明白的人反而是你，也只有你。知道为什么你没守住德山，也没有能救回雷大虎他们的性命，却没有一个人责怪你么？因为我知道，他们每一个人都知道，那是根本不可能完成的任务，何平安再有本事，也不是救世主！这么明白的事，别人都看得到，只有你看不到，因为你过不了自己心里的关口，你总觉得自己天生就该是一个无所不能的大英雄！”

何平安猛地撑起身子，瞪视着她：“英雄？我算是什么英雄？他们都牺牲了，留我一个人活下来，我算是什么英雄？！”

沈湘菱凝视着何平安。

“对，你不是英雄，也不是救世主，你就是个普普通通的人，跟他们一样，也会软弱，痛苦，受伤，甚至牺牲……你不是每次都能在战场上打败敌人，也不是每次都能在感情上战胜自己。所以就宽恕自己一回，放过自己一回，不好么？”

何平安痛苦地摇了摇头：“不行，我注定做不成一个普通人。”

“只要你愿意，就可以。”

“只要我愿意？我说了，你没有亲眼看见过，没有经历过，你永远也不会明白！”何平安惨然笑了，“为了能让我走，马潇拉响了手榴弹跟鬼子同归于尽！为了让我通过暗哨，黄大哥用他的命，他的身体为我引开子弹……还有雷大虎，郝明……我永远也不会知道他们是怎么牺牲的，可是只要我一闭上眼睛，我就能看见他们牺牲了一回又一回！被子弹打死，被炮火炸死，被鬼子用刺刀挑死……唯一不会变的，就是他们临死前用那么信任的目光看着我，一遍遍地说——我的命，交给你！”

沈湘菱脸色苍白，神情依然镇静：“不管他们是怎么牺牲的，那都不是你的错。”

“就算不是我的错，可总是为了我，总是跟我有关系！九年前是这样，同志们都牺牲了，只有我活下来了；九年后，还是这样！跟我有关系的人，跟我亲近的人，总要牺牲掉……总是没有好结果。”

他低下了头，竭力克制着情绪。

沈湘菱的声音忽然嘶哑了：“所以，你才一直拒我千里之外？就是怕我也没有好下场。”

何平安抬起头，定定注视着她。

沈湘菱望着他，缓缓向前走了半步。

“你走！你快走！”

何平安一挥手，把床头柜上的东西扫落在地。

沈湘菱依然平静地凝视着他，又向前走近了一步。

“我要你走啊，快走！”他暴怒地吼着，抓起杯子丢过去。

杯子砸到沈湘菱身上，她停住了，居然一笑：“怎么？你害怕了？”

何平安激动地喘着粗气，瞪着她说不出话来。

“我十一岁，娘就死了。十五岁，大哥死了。二十五岁，爹，两个弟弟，也都死了。整个沈家都散了，只剩下我，守着学文。大概这世上确实有一种人，天生就注定孤独，注定要看着身边的人一个个先于自己离开。你以为只有你一个人是这样么？我何尝不是这样。”沈湘菱嘴角含着笑，眼底却带泪：“既然我们都是这样的人，我就绝不会走。你更不必担心我会因为你而没有好结局。”

何平安的目光沉静下来，默默地望着她。

沈湘菱伸出一只手，为他轻轻拉了拉被角：“我们谁能比谁活得更久，看天意吧。”

晨曦爬上了山顶，难民却还在山谷间艰难地跋涉。小猴子和乔榛疲惫地落在后面，乔榛还拖着凤老板的那只大箱子。身后一个难民蹭了她一下，乔榛一个踉跄跌倒。箱子脱手，重重跌在地上。

“还是给我吧。”走在前头的凤老板拎起箱子，一手扯住小猴子的手。

乔榛爬起来，一把拎回箱子，咬牙往前走：“不行，我们不能白吃白喝。”

凤老板才想说什么，前方的难民忽然骚乱起来，转回身向后涌来。

“快跑啊，快跑！”

乱纷纷的人群撞在一起，不少人被挤倒在地。

凤老板慌忙丢下箱子，把小猴子紧紧搂在身前：“怎么回事儿？乱什么！”

伙计说：“好像，好像他们在喊什么‘有鬼子！’”

凤老板大惊失色，恍然四顾！只见四周的高坡上，忽然显出一个个端着机枪的日本兵！

漆黑的枪口！

子弹带上膛。

枪声响起！

山坡上，一个个乌洞洞的枪口指向山谷里的难民。

山坡下，是一根根雪亮的刺刀，把难民困在山谷中心。

几百难民瑟缩地聚成一团，面容惊慌，噤若寒蝉。

正宗从刺刀后走了出来，缓缓走到众人前，站定了。

“你们，当中谁说了算的，有钱的，有名望的，统统自己站起来！”

难民低下头，没人吭声。

正宗逼近一个凤老板身边的难民妇女，狰狞地微笑：“你知道么？”

凤老板头上包着围巾，瑟缩地低下头。小猴子躲在她身后，也不敢抬头。

难民飞快地瞥了凤老板一眼，恐慌地摇摇头，搂紧了怀里的孩子。

“真的不知道么？”

正宗说着弯下腰，捏了捏孩子的脸，那孩子惊恐地瞪着他，想哭又不敢。正宗背着手转过去身，施施然走开了。

那孩子才松口气，一个日本士兵忽然端着刺刀冲上前，伸手揪住了他，一道寒光闪过，母亲发出一声哀痛的嚎叫，扑身伏在孩子的尸体上，放声哭号起来。

几柄刺刀同时上前，疯狂地刺向母亲和孩子的尸体！

鲜血飞溅，难民惊恐地后退，惊叫！

“安静！”

正宗高举一只手，厉声高喝！

难民再次噤声。

正宗阴鸷的目光扫过人群，逼近了凤老板身边的另一个半大孩子：“你说。”

孩子面无人色，瑟缩后退着；那几柄滴血的刺刀却从母子的尸体上抬起来，一齐对准了他。

正宗伸出五根手指，缓缓数着：“一、二……”

那孩子猛地伸手指向着凤老板：“她！她是县长魏九峰的女人！”

凤老板面色惨白，转身想跑，却被一个难民一把推了出来，倒在地上。

正宗满意地笑了："还有！你们谁举报，谁可以不死。"

难民像煮沸了的粥一样涌动起来，不断有人被推出来。

"这是大财主！"

"她儿子在县政府当秘书！"

人声鼎沸中，乔榛紧紧搂着小猴子，不断向后退。

一个男人忽然一把推开她，抓住小猴子，举手大喊："我举报，这是警察的儿子！这是警察何平安的儿子！"

乔榛大骇，扑上去拼命互助小猴子："他不是！——你胡说，胡说！"

周围几个难民七手八脚扯开乔榛，把她推倒。

小猴子被一把推了出来，倒在凤老板旁边。

正宗伸出一手抓住小猴子的脖子："你是那个……何平安的儿子？"

小猴子竭力抑制着眼里的恐惧，倔强地瞪视着他。

正宗看了一眼地上的凤老板，一挥手："很好……带这两个走！"

两个日本士兵冲上前，把凤老板和小猴子押上了山坡。士兵猛一推，两个人就踉跄着扑倒在地。

凤老板惊恐抬起头，顺着眼前的军靴向上望。

熊熊火把下，映照出崇明亲王苍白冷酷的脸。

正宗上前一步，挺身行礼："亲王殿下，这两个人的身份，一个是棠德县长魏九峰的女人，一个是何平安的儿子。"

崇明亲王弯下腰，饶有兴趣地看着小猴子："哦，你是何平安的儿子么？你的父亲很了不起呢。"

他伸手去摸小猴子的头，不想小猴子猛地闪开了，倔强地瞪视着他。

崇明亲王一怔，微笑着站起身："看来那些难民没有说谎，这个男孩确实是那个何平安的儿子，这个女人应该也就是魏九峰的情人。"

他看了地上的凤老板一眼，点了点头："那就执行计划吧。"

"是！"

崇明亲王伸出一只手，五指并拢竖立在两眼之间；视线中，山下的灾民被分割成了两块。

"左边的，带开，右边的……"

那只手掌斜斜划下，做了个劈杀的手势！

正宗大声道："明白！"

两个穿着隔离服的士兵上前，按住小猴子。

崇明亲王伸手挡住了："这个小孩，我还有别的用处。"

他一个眼神示意，又有两个隔离服士兵上前按住凤老板。

凤老板惊慌地挣扎起来："你们要干什么？放开我，放开！"

士兵扳开她的手臂按住，掏出注射器刺了进去。

凤老板挣扎不开，绝望地看着药液缓缓注入，面无人色。

崇明亲王蹲下身，阴狠地盯着凤老板：“你的体内，已经注入了致命的病毒。如果你配合，就还有一线生机。”他轻轻扳过凤老板的头，“如果你反抗，将会像他们一样，生不如死。”

凤老板惊恐地望向坡下的山谷，一群灾民被带开，另一批灾民则被困在原地。

一个穿着隔离服的军官一挥手，身边数十个也穿着隔离服的士兵举起了扛在肩上的发射筒。

军官：“发射！”

数十枚炮弹射出，落在难民中间。难民惊恐地大叫，乱纷纷地跑，踩踏！

没有爆炸声！

一个难民回过头，指着地上的炮弹大叫：“别怕，别怕！这玩意儿不会炸！”

人群惊魂甫定，几个人壮起胆低头凑近地上的炮弹。

白烟从炮弹的裂缝中缓缓散出。

“这个，这个会冒烟！”

难民忽然用手紧紧扼住自己的咽喉，剧烈地抽搐起来。

白烟扩散，难民纷纷抽搐着倒地。

一个孩子摔倒在地上，剧烈地咳嗽着，咳着咳着一口血喷了出来！

白烟越来越浓，渐渐吞没了绝望的呻吟声、哭喊声！

凤老板趴在地上，怔怔看着山谷里的惨状，不绝于耳的惨叫声使她浑身发抖。

崇明亲王俯下身，声音很轻，像在念一种蛊惑的咒语：“你身上注射的病毒，就跟他们中的毒气一样，只是缓发，但发作起来更加悲惨，你的皮肉会一块块地腐烂，浑身散发着恶臭，直到慢慢死亡。”

凤老板蓦地抬头看着他，苍白的嘴唇哆嗦着。

“但将军阁下还是愿意给你一次机会，只要你效忠皇军，就可以得到解药。”

凤老板颤声道：“你，你们要我干什么？”

崇明亲王得意地笑了：“我们会放你回棠德，再去见你的县长情人。到时候，自然会有人跟你联系。”

凤老板怔然望着他，忽然扑上来抓住他的衣角：“你杀了我！杀了我！”

“那么，是去死还是活着给皇军效力，你自己选择！”崇明亲王一脚踢开她，挥了挥手，两个日军士兵上来，把凤老板向山下拖去。

崇明亲王摘下白手套，弹了弹被凤老板扯过的衣角，转身走向小猴子：“至于你，何平安的儿子，我愿意试试别的驯化方式。”

他拍了拍小猴子的脸颊，忽然把他掐着腰举了起来：“看，那些把你推出来的支那同胞！”

小猴子惊恐地用手捂住了眼，目光却忍不住从指缝间泄露出来——山坡上，一个火把猛地晃动起来，在夜空中划了个十字。

“战车队指挥官虎彻君！”崇明亲王大声喝道：“用坦克来驱赶他们！”

虎徹站在山腰上，挥下了手中的令旗。

山坡下，十几辆坦克，轰隆隆地向白烟刚刚散尽的山谷碾压而来，冲向少数幸免的难民！滚动的铁甲碾过地上枕籍的尸体，顿成一片血池地狱。

难民们惊惶地从尸体间爬了出来，连滚带爬地四散奔逃。一个老人被地上的尸体绊倒，还未来得及爬起，就被坦克拦腰碾过；一个婴儿从母亲的怀里被挤落在地，跟着就被纷沓的脚踏了上来！

哭号声、惨叫声，再次震动了整个山谷！

望远镜的视野中是一个女人的身影：她夹在难民中，脸上溅满鲜血，疯狂又无目的地逃奔——那正是凤老板。

横田勇放下望远镜，转向一旁的崇明亲王，叹了口气："孙部覆灭之后，中国部队一直踌躇不前，妄想据城顽抗。阁下真的以为在这个时候杀几个难民，就可以刺激棠德守军迎战么？"

"这不是难民，是马上就要回头咬噬棠德的蛊虫。"崇明亲王阴冷一笑，"他们中国人养蛊，会把所有毒虫都驱赶在一起，相互残杀，最后蚕食同类而幸存的那个，就是可以直袭敌人心脏的蛊。"

横田勇"哦"了一声："阁下打算怎样促使这些愚昧的蛊虫自相残杀，再回到棠德呢？"

"如果这些难民顺利离开，就给棠德省下了物资消耗，卸掉了军队的包袱。所以我们要赶他们回去，让棠德重新回到内外交困的境地。同时，我还给他们准备了特殊的礼物，跟随他们一起带回棠德。"

横田勇意味深长地看了崇明亲王一眼："看来，阁下都已经胸有成竹了。"

贾东岩/李文强/张帆
著

勇士之城

The City of Warriors

勇士之城原著小说

CFP 中国电影出版社
2014 · 北京

目录
contents

第二十八章 瞒天过海

空旷的医院走廊，忽然响起一串快捷轻巧的脚步声。沈湘菱手提食盒，熟门熟路地往何平安的病房走去。与往日不同，走廊上居然隔不了几步就站着一名荷枪实弹的士兵。越是往前走，心头的疑云越重。

到了走廊拐弯处，一个士兵忽然把手臂一举，截住了她："这里禁止通过！"

"为什么？昨天我还是从这里走出去的。"

"两小时前余师长下的命令，医院南北分离，南边用于传染病隔离区，任何人不得进入！"

沈湘菱疑惑地沿着走廊望过去，远远地看见，几个全副隔离的士兵抬着担架小跑过来。

"快，快！这已经是今天第十九个了！"

陪护的军医正在焦急地催促，担架上的士兵忽然爆发出一阵撕心裂肺的咳嗽，张开嘴"哇"的一声，吐出大口鲜血。

沈湘菱被惊呆了！她怔怔地看着，一颗心灌了铅似的不断往下沉，直到把守的士兵推开她："看什么看！传染上就没命了！"

她蓦地转过身，加快脚步往回走，仿佛要逃脱瘟疫的捕捉似的。但那幕惨景在眼前挥之不去，心像是要从腔子里跳出来。直到病房门口，她才深深吸口气，平静了神色，推开门轻轻走了进去。

何平安躺在病床上，双眼凝视着房门，可门一打开，他反而连忙挪开目光，把头转向墙壁。

"别躲了，我今天来不是想再劝你。"沈湘菱走到床前，把食盒轻轻放在床头柜子上，"而是要清算你欠我的债。"

何平安蓦地转过头："你说。"

沈湘菱凝视着他一霎，从怀里掏出那条孝带子，慢慢铺在床上。

"你说过，你现在的命不是自己的，也不能再给我。可整个常德都知道你欠了我一条命，我要杀了你给我爹报仇。只要我还在沈家，你还在棠德，我就只能杀了你。除非，你选另一条路。”

“什么路？”

“带我走。”沈湘菱低声说，“还有学文，我们一起走，离开棠德这座死城！”

何平安默然良久，轻轻摇了摇头：“不行，我做不到。”

“为什么不行？你不是一直对柳芬他们夫妻抱愧么？小猴子不是也在城外么，我们出城，一起去找他！”沈湘菱激动地上前一步，“只要找到小猴子，把他跟学文一起好好抚养成人，你就是还了柳芬和余子扬一条命！”

何平安再次摇了摇头：“我把小猴子托付给了一个可以信赖的人，我相信，小猴子跟着她，比跟着我更安全。”

“可学文呢？我呢？”

“我已经跟柴志新团长说过，一旦有机会，马上安排你们姐弟出城。”

沈湘菱凄然笑了：“原来你早做好了打算，你真找了一个可靠的人，把我跟学文也都‘托付’了。这是你从德山回来之后的事，对么？我还真要好好感谢你了。”

何平安强抑住感情，别开眼睛，回避开她凄苦的目光：“其实我也知道，沈小姐一向刚强能干，并不需要依赖别人。不过……”

“是，我不需要依赖别人，我一个人也可以带着学文走！我根本不需要等到今天……可是，我为什么还要等到今天？”她俯身贴在床头，近乎逼迫地看着病床上的何平安：“因为我在等一个人，我一直等着他回来，跟我一起走！”

何平安只能闭上眼睛：“对不起，我做不到。”

沈湘菱微微一点头，声音打着颤：“好，好。你做不到，那我就再也不求你。”

她打开食盒，端出一碗汤，缓缓举到何平安跟前：“这里面我下了毒药。你如果不答应带我跟学文走，那就把命还给我。”

何平安睁开眼，怔怔望着她。

“要么喝了它，要么带我们走。”

她的手在发抖，眼底满抑着泪。

“对不起。这辈子欠你的，下辈子我一定还。”

何平安凝视她半晌，忽然伸手接过碗，闭上眼就要咽下。想不到沈湘菱一把抢过碗，张嘴喝了一大口。他急忙要夺，沈湘菱却把碗往地上一摔，“咣当”一声，碎片汤水四溅！

“何平安，你欠我的，何止一条命！”

沈湘菱转身就走，何平安忽然伸手，紧紧抓住她的手。

“我答应你，送你们走……马上！”

“救命呀，救命！”

惊恐的呼喊声打破了郊外的寂静。棠德县城外围的防御工事前，一个虎贲士兵吃惊地从掩体后探出头，跟着大喊起来：“营长，是老百姓！是棠德的老百姓又跑回来了！”

奉命督建工事的秦岳闻声大惊，举起望远镜向外张望，只见惊恐万分的灾民仿佛开闸的潮水，一层又一层地冲着前线奔涌而来，更可怕的是，在他们身后，还紧追着一团滚滚烟尘。

“天杀的日本鬼子！”秦岳放下望远镜，大惊大怒：“他们用坦克撵着老百姓跑，拿咱们的同胞给自己当人肉盾牌！”

“营长，怎么办？”

秦岳咬牙思索着。然而那撕心裂肺的哭号声越逼越近，不必通过望远镜，就已能看清难民们惊惶欲绝的脸。

他一咬牙，转身大喝：“营副！你带着人阻挡住鬼子的坦克，我带一个连，护送难民回常德！”

“是！”

营副一招手，几十个人站了起来，面对着远方日军缓缓推进的坦克。

“一连跟我走，护送百姓回城！”

秦岳当先越出掩体，护送着难民往常德的方向跑去。

“兄弟们，保护老百姓，给营长断后！给我狠狠地打！”

营副一声令下，众人齐齐举枪，奋力射击！

坦克依然缓缓推进，枪林弹雨浑如无物。

“长官，挡不住了！”

“子弹挡不住，就用炸药！”营副抛下机枪，狠狠咬牙，“一排，你们先上！”

一排长站起来：“背炸药包！”

一排的战士都把炸药包背起来。

“兄弟们，我们一排先走一步，拔个头筹，你们可别嫉妒啊！冲！”

一排长一挥手，众人跟着他从战壕中跳了出去！

营副大喊一声：“掩护！”

机枪轰鸣，试图扰乱坦克的路线。

一排长带着战士们冲上前，钻到坦克底下，拉响了炸药包！

巨大的爆炸声响起，火光中钢铁化为碎片！

汽车缓缓驶过宁静的街道，何平安坐在前排，沈湘菱拥着沈学文坐在后排。

“前面就是城门了……我还记得，那天那帮警察守在城门上，怎么也不肯开门，还是你把我们小姐放了进去！可现在，又是你跟着我们小姐和少爷一起出这道城门……你说这人活着呀，多有意思！”

周四一边开车一边说着，忍不住轻快地笑了起来。

何平安不由把目光投向后视镜，正碰上镜中沈湘菱凝望过来的眼睛，两人目光在镜中一碰，各自避开了。

沈学文忽然跳起来，扑到何平安的座位后：“何大哥，到了外头，你就教我打枪，骑马！”

何平安回过头微笑：“你个小少爷，学那些干什么？”

“我学会了骑马打枪，就能自己照顾自己。二姐就再不用担心我，就能跟着何大哥，想去哪儿就去哪儿了！”

沈湘菱忙一把拉他回来：“不要胡说。等出了城，我们得先去找一个小哥哥。你要听话……”

她说着一抬眼，正撞上何平安凝视的目光，脸颊顿时红了，却依然大胆地望着对方，毫不回避。

刺耳的刹车声响起，汽车忽然停了！沈湘菱跟学文身子往前一扑，几乎撞到何平安的脸上。

何平安转头向外望去，只见车头前，张局长、陈花皮带着一队警察，急慌慌穿过马路。他脸色一变，飞快地开门跳下车，冲着警察大喊：“张局长、陈花皮——怎么了？”

“何头儿，出事了！灾民回来了，要进城！”

陈花皮扭过头，扔下一嗓子，就紧跟着张局长跑了。

何平安愣住了。

“快让他们进城，进城！”

常德城下，秦岳带着士兵冲到城门前，身后全是魂不守舍的灾民。一个少女紧跟在秦岳身旁，神色仓皇，浑身瑟瑟发抖——正是乔榛。

秦岳挥起拳头，“咚咚”砸在紧闭的城门上：“开门，我是秦岳！开门！”

城头没有回应。

秦岳退后两步，一脚踹上城门，提高了声音：“日本人屠杀灾民，快开城！”

城头仍旧沉默。

秦岳拔出腰间的枪，枪口朝天。

“有没有人，为什么不回答！”

轰然一声枪响！

一名士兵从城头探出脑袋：“秦营长，师座命令，不许开城！”

秦岳怔了怔，大声吼道：“我不信！谁负责镇守城门，叫他出来见我！”

“是我！”

一声熟悉的高喝从城头掉落下来。秦岳猛地抬起头，撞进眼中的竟是柴志新的脸！

“团座，怎么回事？为什么不开城门？”

柴志新居高临下望着他，一言不发。

“真是师座的命令？”

柴志新点点头。

秦岳静默了。

他身后的灾民也同时静默了。然而这静默只维持了几秒，就猛然迸发出一阵愤怒的咆哮！

“开城门，开城门！快开城门！”

声如海潮，铺天盖地撞击着紧闭的城门！

“是不是你下的命令，紧闭城门，不得放一人进城！”魏九峰大步走到桌前，一拳砸上桌子，厉声质问。

余鹏程抬起布满血丝的眼睛，直视着魏九峰：“是。我还下命令说，但有放一人进城的，就以军法处置。”

“你是不是疯了？外面那些是什么人？都是常德出去的难民，还有不少人受了伤，你不让他们进城，是要让他们在城门外困死，饿死，还是要把他们丢给日本人，一刀杀了！”

余鹏程大声道：“可我就算开了城门，他们也活不了。”

魏九峰一怔。

余鹏程缓缓站起来，面容惨白，声音嘶哑：“不但他们活不了，常德城还可能会因此失守，一败涂地。”

魏九峰冷冷斥了一声：“危言耸听！”

“危言耸听？如果我说的这些不是事实，那就是我余鹏程危言耸听，是不顾老百姓死活的党国罪人！魏县长最清楚，眼下城内粮食已经不够了，再把这一百多号人放进城，我们还能支撑几天？这是其一。部队里出现病毒感染，已经闹得人心惶惶，这些难民又这样混乱，一旦一拥而入，就会失去控制！也许不等鬼子来到城下，我们自己就先乱了。还有……上次何平安开城门，就放进了日本奸细，至今也没清查干净，现在再放进这批难民，谁敢保证里面没有混进更多的奸细？”

魏九峰一时答不出话。

余鹏程痛苦地闭上眼睛：“你以为我听不见吗？外面那些哀求，比鬼子炮弹的杀伤力还要响，还要狠，都快把我整个人给炸碎，炸死了！可是，我能开这扇门么？”

他摇了摇头，睁开泛红的双眼，一声沉痛的叹息：“我是个军人，死也要守住这扇城门！”

魏九峰沉默了少顷，突然问道：“那么请问余师长，您是为了谁，为了什么来守这扇城门的？”

余鹏程愕然望着他。

“我不是军人，可我也守着常德城！”魏九峰伸手指着城门的方向，“我是常德的县长，是常德百姓的父母官。我只知道，如果没了老百姓，也就没了常德城，也就没什么让我守的了！”

“所以，我也请余师长想想，你们军人拼死血战，又是为了谁？！”

余鹏程一言不发，只是与他长久地对视。

魏九峰沉重地叹出一口气：“其实，来这里之前，我已经派张局长去开城门放人了。先斩后奏，请余师长担待。”

余鹏程点了点头：“魏县长来这里之前，我也已经向柴志新下令，让他去城门监督了。”

魏九峰愣住了：“你让他干什么？”

“柴志新，你干什么！”

城头之上，张局长被两名虎贲士兵反绑双手，死死按住。跟他来的一众警察全都被缴了械，一个个像打败的公鸡似的缩在地上。

“我可是奉魏县长的命令！”

“战争时期，任何人不能违抗军令！”柴志新冷冷打断了张局长的话头：“师座说不许开门，就是不许开门！”

张局长还没来得及回敬，忽然一个女人的声音高高抛上城门，针尖般扎进耳中。

“当家的，我是老三啊，快给我开门啊！”

紧接着，又是一个老妇的声音：“陈花皮，你个没人性的活畜，还不滚出来救救你娘！”

“娘，娘！”蹲在地上的陈花皮连滚带爬扑在城墙边，痛哭流涕，“娘，儿子没办法呀，他们当兵的硬气，不让儿子开门！”

城上在哭，城下在喊。一唤一答，怨声如沸。

“你听听，好好听听！”张局长跳着脚儿大喊：“柴志新，城底下可都是我们的亲人啊！”

“我不是不想救人，可现在内忧外患，城内有内奸，城外有日寇。灾民进城，粮食就会不足，常德一战……”

柴志新没有说下去，只是缓缓摇头。

“常德一战，不就是为了保护老百姓么！”魏九峰高声喝着，大步走来。

“县长，你可来了……”

魏九峰挥了挥手，止住张局长的话：“先把人放开！”

柴志新微一点头，士兵们放开警察。

“魏县长，你应该能明白师座这个命令的用意。”

魏九峰点点头：“可你知道，我魏九峰佩服谁么？”

柴志新一怔。

“我之前一直没有佩服过谁，只不过我现在最佩服的人，就是何平安。当初，我跟余师长想的一样，也是下令不准开城门。可何平安他开了城门。如果是何平安在这里，你说，他会不会再开一次城门？”

柴志新沉默了。

“何平安！”

城门之上，不知哪个警察先喊了一声。张局长眼圈一红，也双手拢嘴，冲着城下灾民大喊：“何平安！”

“何平安，何平安！”

陈花皮也喊了起来，警察们跟着纷纷喊起来！

“何平安！何平安！何平安！”

城上城下，所有人都在高呼同一个名字，滔滔声浪没过了高耸的城墙，瞬间淹没了整个常德城！

何平安呆呆站在车门外，一声声呼唤从远处传来，漩涡般将他紧裹其中。

“何平安！”

又是一声呼唤，却是响在身后咫尺。他猛醒过来，回头一看，车中的沈湘菱拥着学文，双目凄然望着他。

“何平安，我知道，你又想去开城门了。”

“那天你在城门外，叫我打开城门，今天，他们又喊我去开城门。” 何平安苦涩地笑了，“周四说得对。人啊，活着就是这么有意思。”

他温柔地望着眼前人，退后两步：“一会儿城门开了，你们就出去，自己小心。”

“何平安，我求求你！”眼见他转身就走，沈湘菱急忙钻出车来：“别再做什么救世主了，这一回能不能做个普通人？就这一回！”

何平安站定了，却没有转身。

沈湘菱声音嘶哑，满目哀恳之色：“何平安，我求求你！你答应了我的，你答应我要带我跟学文出城的！”

“何平安，何平安！”

远处的呼喊越来越急，越来越响，似乎也越来越绝望

“何平安，就这一回，我只求你这一回！”

何平安转过身，故作无动于衷地看着沈湘菱：“我只答应送你们出城，从来没有答应要跟你们一起走。”

沈湘菱怔住了。

“保重！”

说完，他决然转过身，大步流星向城门跑去。

沈湘菱的目光瞬间由惊愕、怨怒，变为了失望和悲哀。

“何平安，你这混蛋，骗子！”

虎贲战士们死死顶在城门上，大门纹丝不动，门外的喊声却越发地响。

“何平安，何平安，何平安！”

柴志新脸色阴沉地盯着城门，沉默不语。

“柴团长觉得奇怪么？”魏九峰走到他身后，冷冷一笑。

“这不奇怪。我要现在在外头，我也会喊‘何平安’！我也指望着能再出一个何平安，大发慈悲把我放进城！”

“不用再出一个何平安，这差事我还能再干一回！”

柴志新、魏九峰猛地转回头，果然见城头上，何平安拖着伤腿，微微跛着走了过来。

陈花皮大喜过望：“哟，何头儿，你还真给我们喊出来了！”

何平安走到魏九峰跟前，挺身行礼：“魏县长，你给我三天时间，现在刚过十二点，我一分钟没耽误！”

魏九峰双眼一亮："好！那现在我就给你个任务，把城外这百十号难民给我放进来！"

柴志新猛地伸手抓住他："去做你认为对的事。可无论如何，不能开城门！"

何平安皱起眉头："为什么？"

"因为这是军令！"柴志新斩钉截铁道，"军令如山，如果我不遵守军令，那余师长的军令就没有威信，常德一战，就打不下去！"

何平安凝视着他，忽然道："你是故意在等我过来？"

柴志新沉默了一霎，没承认，也没否认："我知道，你一定会过来的。"

"我要是不来呢？"

柴志新淡淡道："那我会承担起我该承担的。但我知道，你一定会来！"

何平安看着城门，一时没有说话。

"怎么？没办法？"

何平安笑了："有办法。不开城门，我也能把人一个个地救进来！"

就在"何平安、何平安"的叫喊声中，一道道软梯从城头垂落，顺着城墙慢慢降下来，到了离地面两人高的距离，停住了。

城头上，何平安探出半个身子："大伙儿都听着，我就是你们喊的何平安！现在我就放你们进城！"

叫喊声顿时停止了，城下所有人都仰头望着他。

何平安伸手一指："你们排好队，沿着软梯爬上来！你们不要乱动，不要抢，一个一个地来！"

一道软梯前，临近的难民蜂拥而上，十几双手同时拉住了门板和绳索。

"砰"地一声枪响！何平安朝天鸣了一枪！

哄抢的难民吓得纷纷后退，门板又被吊了上去！

何平安持枪，大声喝叫："不要哄抢，一个个来！先从受伤的人开始，然后是老人、孩子、女人！最后是男人！秦营长，你带着你的人维持好秩序，叫乡亲们不要哄抢！"

人群中的秦岳抬起头，大声回应："何老弟，你放心！下头的事交给我了！"

他一挥手，带来的虎贲士兵立刻分散开，守在一个个软梯下方。

众人纷纷依次爬上去，井然有序。

乔榛躲在人群中，怯怯望着城头上的何平安，眼前却闪过小猴子被抓走的情景。一个声音在心头不停响着："我该把小猴子带回来，我得把小猴子带回来！不然……不然我怎么见他？"

她一步步地后退，渐渐淹没在不断涌上前的人群中。

城门瞭望台下，临时搭起一个窝棚，棚子里煮着一大锅热腾腾的米汤。

一个警察盛了碗米汤放在桌上，坐在桌前的难民老人双手捧起来，猛喝了一大口，顿时烫得都吐了出来。

桌子对面坐的魏九峰把跟前的一杯水推过去。

“慢慢喝，烫。”

老人捧着粥碗连连弓腰点头：“谢谢县长，谢谢县长！”

魏九峰和蔼一笑：“老先生怎么称呼？”

“岳，岳文正。”

魏九峰一个眼神示意，旁边的书记员开始“刷刷”地记录。

“听老先生讲话，有些湘潭口音。”

“县长好见识！”老人连连点头：“我母亲是湘潭人，在常德生活了四十几年仍乡音难改，我自小跟着她，所以讲话带点湘潭口音。”

“送老人家出去。”魏九峰站起身，“叫下一个！”

老人捧着碗千恩万谢地走了，换了一个光头汉子进来。

魏九峰倚在案桌边上，拨弄着炭火盆，一双眼却上下打量着他：“咱们是不是在哪见过？”

光头一怔，连连赔笑：“见过见过，都是常德人，魏县长您肯定见过我！”

魏九峰“哦”了一声：“兄弟住常德哪里？”

“严家胡同。我叫王大冉，家里独子，爹妈死得早，没钱娶媳妇，靠给人拉车挣口饭！”

魏九峰不说话了，也不拨弄火盆了，只是似笑非笑地瞅着他。

光头小心翼翼问：“县长还有什么要问的么？”

“没了，签字画押吧。”魏九峰朝书记员一指，一手把印泥盒推到光头面前：“按个手印就行。”

光头拿起印泥盒旋开盖子，伸出拇指沾了沾，抓起书记员递上的答录纸，翘着手指用力一按。

张局长不耐烦地收起答录纸：“行了，行了！走吧！”

光头抬起头一笑：“就这么简单？”

“没那么简单！” 魏九峰忽然一把攥住了那只沾着印泥的手，“拉车的两手长茧，可你只有食指有茧。你根本不是拉车的，你是拿枪的！”

光头的笑容顿时凝固了。

“原来是狗探子！”陈花皮猛地拔出枪，对上光头的脑门。光头迷离的眼神徒然变得杀气腾腾，他一个擒拿手攥住陈花皮手腕，瞬间夺下手枪，瞄准了魏九峰！

一声枪响！

窝棚外，坐在待审难民中的凤老板一个激灵站了起来，紧张地朝里望着。不想门帘猛地被冲开，光头一个箭步蹿出来，伸手抓住她挡在胸前。

魏九峰跟着冲出来，手里的枪指着光头。

光头大吼：“放我走，不然我杀了她！”

魏九峰也提高声吼叫：“常德早被困死了，你混进来就别想出去！”

两枪对峙。

光头满脸凶光。

陈花皮从窝棚里露出半个脑袋，尖声叫道："何头儿，还不毙了他？！"

光头不觉一回头。

枪响！何平安持枪不动。

光头眉心中弹，扑地而亡。

凤老板尖叫一声，跌倒在地。

魏九峰收起枪，对招呼惊慌失措的难民一挥手："这是个日本人混进来的奸细。大家别怕，先喝粥！"

魏九峰转向何平安，低声吩咐："你来安抚安抚，等他们吃完，再挨个儿审！"

何平安开口要说什么，魏九峰已经转向凤老板，满脸公事公办的神气："进来吧，该你了。"

"坐吧。"

魏九峰坐在桌前，随意地一指对面的椅子。

凤老板走过去坐下，别着双眼不看他。

魏九峰不紧不慢地取了一页新纸，执笔写下"焦鸣凤"三个字。

"哪里的人？"

凤老板一默，跟着冷冷抛下一句："阎王殿里爬回来的人!"

魏九峰抬头看了她一眼："哪里的人？"

凤老板痛苦地闭上眼，眼泪滑落，半晌才颤声道："你就不能问问我好不好？"

笔尖停住，魏九峰抬起头，凝视着她："你还好吗？"

凤老板噗嗤一笑，委屈地擦了擦泪："如果不逼你，你就真把我公事公办了！"

"该问的，还是要问。"

"你问吧。"凤老板攥着衣角，倔强地迎着魏九峰的目光。

魏九峰提起笔重新发问："哪里的人？"

"安徽绩溪人。和魏县长您是同乡。"

"何时来的棠德？"

"八年前。"

魏九峰不觉抬起头："是民国二十四年……"

"九月初八。"凤老板微笑着接口："聚福楼开张，我亲自向魏县长您求的牌匾。"

魏九峰也不禁微笑："来棠德就是为了开店？"

"本来只是为了做一桌寿宴。只不过这儿的人太好客……"她低下头抿嘴一笑，"我就走不了了。"

魏九峰心头一荡，忙强抑住了，低头继续记录："什么时候离开的棠德？"

凤老板的声音也低了下去："今年十一月十六。"

“怎么逃回来的？”

凤老板一时哑住了。

魏九峰抬眼注视着她。

外面忽然传来一阵喧闹，跟着布帘一掀，陈花皮蹿了进来：“县长不好了！外头，外头那帮王八蛋吃饱了就要闹事！”

一只大脚猛地踢出，把窝棚外的那口大锅打翻在地！

“要活命，要吃饭！要活命，要吃饭！”

难民一层层围到窝棚前，齐声吆喝。

人群中，一个黑瘦汉子使个眼色，旁边一个麻脸上前，叉起腰指着窝棚门口大骂起来：“狗日的黑心官儿，先是关着城门要把我们困死，现在又把我们都困在城头，就是要把人都活活冻死、饿死！”

骂完一扬手，一块烂泥丢向了窝棚。没想到门口挂的布帘一掀，魏九峰大步走出来，那块泥正好砸在他脸上。

众难民不由愣了，一时安静下来。

魏九峰低下头，掏出手绢，擦了擦脸上衣襟上的泥，抬起头看着难民：“我知道，大家死里逃生，好不容易又回到了棠德，都想早点回家，都想吃顿饱饭。可大家刚才都看见了，日本鬼子在乡亲们中间埋伏了很多奸细，我魏九峰必须得把他们都找出来。为了棠德，更为了大家的安全，在此之前，我不能放一个人离开，也不能再多给大家发一粒粮食！”

“刚才，有人说我是故意要把大家都困死、饿死，乡亲们认识我魏九峰不是一年两年了，从打我当了棠德县长那时开始，我困死过一个老百姓么？我眼看着一个乡亲饿死过么？！”

魏九峰的神情严肃起来，犀利的目光缓缓划过众难民。

难民的头依次低下了。

“魏县长，是好人……好官儿呀！”

“内奸，也该查！”

“这回可是咱错了……”

眼见得情势反转，黑瘦汉子脸色一变，跟着上前一步，大声道：“说得好听！查内奸查内奸，这一二百号人都查一遍，得查到什么时候？我们早被冻死饿死了！”

麻脸立刻响应：“我看你就是找借口，拖延，压根儿不想给我们发粮食，救我们活命！”

麻脸转过身，对难民们扬臂吆喝：“乡亲们，咱一路死里逃生回来，哪个是汉奸？有谁是鬼子塞进来的！我看他们就是怕咱们回来吃他们的粮食，所以刚才不肯开城门，现在又查什么内奸，借故杀人！都是为了不分我们粮食！”

黑瘦汉子也跟着举起手臂，高喊起来：“我们要活命！要粮食！”

这句才落地，众难民顿时一呼百应：“要活命，要粮食！”

魏九峰脸色铁青，看着涌动的难民，强忍着一言不发。

黑瘦汉子冲魏九峰狠狠一指：“黑心官，打死他，打死他！”

一块石块从人群中飞出，砸中魏九峰。

魏九峰闭紧双眼，不语不动。

又几块石头砖头飞出，乱纷纷砸向魏九峰。

“要活命，要粮食！”

难民像潮水一样涌动，逼离魏九峰越来越近。

人群中，黑瘦汉子暗暗掏出手枪，对准魏九峰。

一声枪响！

难民一惊，跟着安静下来。

黑瘦汉子慌忙收起枪。

魏九峰睁开眼，只见难民中自动分开一条道路，何平安一手举着枪，大步走过来。

“刚才魏县长有令，凡是当众闹事，或者煽动乡亲们闹事的，一律按照内奸处决！”

何平安走到魏九峰身边站定，转过身扫视着难民：“刚才煽动乡亲，试图攻击魏县长的，站出来！”

黑瘦汉子和麻脸悄无声息地退回人群深处。

“我就是刚才把大家一个个吊上来的何平安！我说一句话，乡亲们是相信，还是不相信？”

难民相互看看，发出信服的喷叹：“你何平安说话，没说的！我们听！”

“那好！俗话说，吃谁的饭，服谁的管。乡亲们既然还等着魏县长发粮食，那么就听从魏县长的安排，帮助魏县长一起尽早抓出内奸，我保证大家都有口粥喝！但凡是不愿意听魏县长安排的，现在就可以走，我敢说饿死了也不会有人管你一粒米！”

何平安犀利的目光挨个扫视着难民。

难民似有所动。

黑瘦汉子：“你说的我不信！棠德城里早没有多少粮食了，剩下的粮食都配给了军队和你们这些当官的！我看你就是想活活饿死我们！”

麻脸：“我看你们两个都是一伙的！如果真要打算给我们发粮食，为什么现在连粒米的影子都没有！我们要分粮食！我们要分粮食！”

难民纷纷跟着麻脸喊了起来：“我们要分粮食！分粮食！”

黑瘦汉子趁机一声怪叫：“打！打到这个黑心官给我们分粮食！”

失控的难民向魏九峰拥去。

何平安一步挡在魏九峰跟前：“要打，除非先打死我！”

面对这个刚刚把自己救上来的恩人，难民们不由地迟疑了。

黑瘦汉子对着何平安举起拳头：“打！他们都是一伙儿的，一起打！”

“魏县长，我给你送粮食来了！”

没等他的拳头落下，沈湘菱分开人群，大步走了过来。

难民猛然静了，眼巴巴看着沈湘菱。

沈湘菱瞥了人群一眼，昂然道：“魏县长，你向我借的准备发给回城难民的粮食，我都准备妥当了。怎么样，魏县长要跟我去看看么？”

魏九峰感激地看着沈湘菱：“不必，不必。沈小姐言出必行，我放心。”

“魏县长放心，可就怕你们不放心。”沈湘菱转回头，缓缓扫视着众人，“我这就带着你们去看，棠德到底还有没有粮食！”

难民的气氛顿时松动起来。

“走啰！跟着沈小姐，分粮食！”

黑瘦汉子和麻脸对视一眼，隐入人群，偷偷溜走了。

周四走到粮仓门前，从腰里掏出一串钥匙，打开了硕大的铁锁。

沉重的仓库门打开了，里面竟还有一道黑沉沉的铁门，挂着一把黄铜锁。

沈湘菱上前，从腰里摸出一把钥匙，打开铜锁，却并不开门，却转身面对魏九峰：“魏县长，求您下一道令，等我开了门，大家只能看，谁敢踏进粮仓里一步，指尖碰上一粒粮食，就让何平安一枪打死他！”

魏九峰点点头：“敢哄抢一粒粮食的，就按抢劫罪处，可当场击毙。”

何平安上前一步，站在沈湘菱身后。

沈湘菱和周四一起用力，缓缓推开了铁门。

宽大的仓库内，高高堆着十几垛粮食，满得冒尖儿！

围在门口的众难民眼睛发亮，就要往里冲。

“咯”的一声，何平安子弹上膛，枪口直指着要冲进去的难民，满脸杀气！

难民生畏，慢慢退下去了。

沈湘菱昂起头，冷冷道：“现在大家放心了吧？”

难民：“放心放心！都听县长和沈小姐的安排！啥时候分粮食？”

魏九峰上前冲难民摆摆手：“那就按照说好的，都到给你们安排的地方等着！今晚天黑前，都能饱着肚子睡觉！”

难民跟着陈花皮等警察走了。

魏九峰：“沈小姐，你也听到了，刚才那句大话我可当着这么多难民都说下了。现在只能找你这个财神爷要饭了！”

“饭不是不能要，但空口白话可不行。”

魏九峰皱起眉头：“可现今我手里一分钱也掏不出来，不说白话，就只能打白条了！”

沈湘菱笑了：“白条也行，但不能是魏县长的白条。”

天色黑了，粮仓前的人也散了。

沈湘菱坐在台阶上，手里攥着一大把白条，就着檐下的灯光，看着月亮门外的周四指挥着警察把院子里一袋袋装好的粮食搬走。

何平安走过来，在她身边坐下：“为什么？”

“问我为什么借他们粮食？因为我知道，人饿急了什么都能干出来。”沈湘菱转眼看着他："你救上来的，不是一百多个难民，而是一百多张能把棠德城啃垮的嘴！"

何平安自嘲地笑笑："那你又为什么不要魏九峰的白条，反而要这些难民一张张的白条？"

"因为魏九峰是县长。到时候一句'战时征用'，白条就成了废纸。倒不如让这些真吃了我的饭的人来当债头，只要他们这回死不了，就得还我沈家的粮食。"

何平安忍不住笑出声来："天生的奸商，专发国难财！"

沈湘菱的脸色蓦地冷了："你真当我是趁机放高利贷吸血钱？"

不等他回答，沈湘菱起身走进粮仓，一把掀开围在粮垛的草席。

何平安愕然站起身来——那粮垛下面居然堆的全都是稻草，只有尖上铺着一层薄薄的粮食！

"知道我为什么不让他们进来了吧？沈家只剩了这点粮食。去掉魏县长借走的这些，棠德城再围上两个月，我跟学文也要成难民了。"

"湘菱！你真不必这样。你一向不是这样。"

沈湘菱笑了："如果那些人不是你救的，我不会这样。可这世上除了你，也不会再有人傻到不要命地把城外的人放进来。"

何平安深深凝望着沈湘菱，说不出话来。

沈湘菱却抬头四顾仓库："跟我爹不一样，我从小就不喜欢粮仓，我总嫌它有一股阴森的霉味，不是粮食腐烂了的霉味，是监狱里的那股带着死囚阴潮颓败气的霉味。其实粮仓不就是关押粮食的监狱么？这下好了，我终于能把沈家的粮仓都打扫干净了，我把粮仓里的死囚都放出来了！"

她忽然把手一扬，一张张白条雪片一样飘舞起来，围在她身边纷纷落下。沈湘菱在雪中打了个圈儿，转向何平安，甜甜地笑了："女人真是不能当家，沈家这么快就被我败光了——这座关了我二十几年的监狱，真的快被我败光了！"

何平安走上前，轻轻拉起她的手："走！我这就把你这个沈家的死囚放出去。"

魏九峰手持厚厚一叠报告，轻轻放在桌上："到目前为止，进城的六十七名奸细都已经甄别抓捕，剩下的，基本没有问题。"

余鹏程站起身，双手接过报告，伸出一只手抚在他的肩膀上："魏老兄，辛苦了！快坐下，坐下。"

"我并不辛苦，不过是问几句话。"魏九峰在桌前坐下，微微笑了，"何平安在城头上把这二百号人挨个儿吊了上来，这会儿还在沈家帮着给难民发粮食。"

余鹏程眼睛一亮："这么说，难民的粮食，暂时解决了？"

魏九峰点点头："沈湘菱把沈家最后一个粮仓也打开了。她保证，只要难民不闹事，她就会按天借给难民口粮！"

"没想到，实在没想到。我早就听说这个沈家二小姐为人厉害，是个精明强干、心狠手辣的角色，想不到国难当头，竟然可以毁家救国，难得，难得！"余鹏程连声喟叹。

魏九峰摇了摇头："沈小姐确实是个不能以常理揣测的厉害角色。但她这么做，我看并不是单纯为了救国。"

"还为了什么？"

魏九峰微微一笑："为了何平安。"

余鹏程一怔，随即朗声笑起来："好！好个何平安！"

冬夜街头，灯火阑珊。

街道上居然有两三家的店铺开了，还有几家在张罗拆门板。

沈湘菱左看看右看看，又是微笑又是摇头："这几个都是刚才去我家打白条借粮的，米还没煮熟，就张罗开买卖了！你还说我是天生的奸商"。

何平安忍不住轻笑："他们是小奸，你是大奸，把我都骗了。"

沈湘菱轻轻看了他一眼："算起来，还是你骗我的时候多。"

何平安哑然失笑："这你还数着？"

沈湘菱停下脚步，两眼晶亮望着他，伸出一只手，竖起一根手指。

"我把传家的沉香坠押给你，要你开城门，你却要挟我救你，这是你第一次骗我。"

何平安停下脚步，凝视着她。

沈湘菱竖起第二根手指："柳芬不是你的妻子，小猴子也不是你的儿子，这是你第二次骗我。"

何平安看向她的目光越发地深。

沈湘菱伸出第三根手指："你是共产党，这是你第三次骗我。"

何平安张了张嘴："其实我……"

沈湘菱止住他，伸出第四根手指："你说你要带我走，离开这座死城……这是你第四次骗我！"

何平安再说不出话来，眼中满是歉疚。

沈湘菱也不再说话了，看向他的目光中没有责备，只有探询："何平安，为什么你一直要骗我？"

"因为，因为我知道……你要的东西，我给不起。就算我带着你出了常德，我还是给不起。"

沈湘菱怔住了："我要的东西？我要什么？"

"你要一个能时刻守护着你的男人，替你排忧解难，给你遮风挡雨；你要一份安定平淡的生活，没有战争，没有危险；你要一个可以完整温暖的家，两个人一起过日子，养孩子，好好过到老。你要的就只有这么多，放在别的男人身上，一点都不难。可偏偏是我……我做不到。"

何平安平静又坚定地诉说着，第一次没有回避她的眼睛。

沈湘菱垂下目光，喃喃地问："我要什么……你怎么知道？"

"我知道。或许你自己都没想过，都不知道。可是我想过，我知道。"

“你错了，这些我都不要。”沈湘菱略一沉默，重新抬起眼看着他：“如果是别的男人，也许这些我都想要。可因为是你，我就都可以不要。”

她举起那只手，把竖着的四根手指举到彼此对视的目光中：“四次，四次了。既然我说了那些我都不要求，你以后再也别骗我了，好不好？”

何平安看看那四个手指，重重点了点头。

沈湘菱嫣然笑了。

“答应我，再也不会骗我。”

她放下四根手指，只翘起一根小指。何平安迟疑了下，伸出手勾住那根小指。

沈湘菱勾住他的指头不放。

“嗳……别人看见。”何平安不安地看了看街边的人。

沈湘菱轻声道：“没人看见，我还不高兴呢。”

何平安深深凝视着她，张开手掌包着她的手，紧紧握住。

沈湘菱脸上一红，忽然转过身：“走吧，这里人太多！”

不等她说第二遍，何平安紧紧拉着她的手，向夜色深处跑去。他不知道要带她去哪儿，也不知道能带她去哪儿，只好任凭自己的脚，自己的情绪指引。直到身后沈湘菱的脚步慢了下来，他才发现，自己又回到了那个大杂院。

还是那堵墙，那扇门，那对窗。只是窗后的油灯熄了，墙里的那个人再不能回来了。

何平安不觉放开了沈湘菱的手，怔怔望着曾经的“家”好半晌，才转回身，有点愧疚，又有点窘迫地望着沈湘菱。

“连个清净说话的地方都没有。你知道，我从来没跟谁，跟谁在一起……就像现在跟你。”

沈湘菱笑了：“这是柳芬的家，就留给柳芬吧。”

她走上前，一把抓起何平安的手：“我想起一个地方，没人会听见我们说话！”

黑洞洞的旅店小楼，匾额上写着四个金字：亚洲旅店。

沈湘菱牵着何平安的手跑了进去。

一个人影从巷口闪出来，拐向旅店旁边的一栋不起眼的仓库。

旅店里隐隐有脚步和沈湘菱的笑声传出。

那人猛地回头，警惕地四望——是藤原弥山！

旅馆里的声响渐渐轻了。藤原弥山缓缓推开身边的门，闪身进了仓库。

手电筒的光束亮起，照见室内堆了遍地的木箱。他轻捷地走上前，小心翼翼打开一只木箱。光束照耀下，满箱黄橙橙的子弹露了出来。他伸出手，近乎溺爱地抚摸着箱中子弹，耳边再次响起崇明亲王的声音：“藤原君潜入棠德城最重要的任务，就是找到他们的弹药储存库，一举销毁！”

第二十九章 今生何求

幽淡的月光从窗口投进来，照在旅店空荡荡的楼梯上。

何平安笑了："你怎么知道这里没人？"

"因为那么多白条里，唯独没有这家旅店老板的。"

何平安神色里划过一抹黯淡，转瞬即逝。他上前推了推一扇房间的门，关着的，转而推另一扇门，也是关着的。他看看身边的沈湘菱，退后两步，作势要踹门。沈湘菱忙拉住了他："我相信缘分。"

她双手拉住何平安的手臂，在月光中依依凝望着他，沿着楼道一步步地后退。

"一、二、三……九。"

她停下了脚步，闭上眼睛，伸手轻轻一推。

门在她的手下慢慢开了！

床前明月光。

一轮微小的新月浮映在瓷碗满盈的水面上。

何平安小心翼翼捧着这碗水中月，轻轻放在大床的中间。

躺在床一侧的沈湘菱不禁坐起身来："你这是干什么？"

何平安一笑："学梁祝。"

沈湘菱看看那碗水，又看着他。

何平安故作轻松地调侃："你没看过戏呀？梁山伯跟祝英台就这样，中间隔着一碗水，守礼不犯。"

沈湘菱脸色冷了："是你跟柳芬那九年就这样吧？"

何平安愣得说不出话。

沈湘菱抓起那只碗，把水往地上泼了个干净，跟着把碗倒扣在床中间，蓦地转过身。

何平安叹了口气："你这样……我就只能回警察局了。"

沈湘菱背对着他，不说话。

何平安默默拿起那只碗，再次从水缸里舀出一碗水，轻轻放在床中间。

“何平安，你还是在骗我！”

沈湘菱猛地坐起身，抓起那只碗重重摔在地上，水泼碗碎！

何平安惊呆了。

“你说你要砸破囚禁我的监牢，可你带我离开了沈家，又用一碗水来监禁我！”

何平安沉默一霎，低声道：“这碗水，是为了监禁我自己。”

沈湘菱伤心欲绝：“为什么？”

何平安坐在床边，转过身背对沈湘菱。他无法回答，更无法面对。

“到底是为什么？你一直躲着我，拒绝我？柳芬在的时候，即便是虚假的夫妻，你也躲着我；现在她不在了，我们之间什么障碍也没有，你又用一碗水来隔开我们！何平安，你到底是不喜欢我，还是惧怕我？”

何平安一动不动地坐着，沉默着，仿佛月色雕出的一尊石像。

沈湘菱凄然问：“你连死亡都不怕面对，为什么就这么害怕面对我？”

“正因为我要随时面对死亡，我就不能再面对你。”

沈湘菱呆呆看着他的背影。

“我比害怕死亡还要害怕你，因为一看见你，一想到你，我就不想死了。”何平安的声音苦涩又甜蜜，“你让我体会到了，什么叫舍不得。”

“那就不要死！为了我，拼命活下去！”

何平安轻轻摇了摇头：“我说过了，我的命早不是自己的了。不但是欠了你的，更是欠了所有人的。对不起，湘菱，我确实在骗你，我是这个时代的亡命徒，根本没有一条命可以给你，更不会有什么天长地久。你应该找个可靠的人……”

“可靠的人？”沈湘菱凄然笑了，“这个兵荒马乱的时代，什么能可靠？父母骨肉，家财万贯，甚至一个城市，一个国家，一切本来最该天长地久的东西，转眼就灰飞烟灭，都靠不住了。何平安，只有一样是靠得住的，你知道是什么吗？”

何平安回过头看着她。

沈湘菱含泪带笑地凝视着他，缓缓抓起他一只手，贴上自己的心口。

心跳声在他掌中响起！急促，却有力。

沈湘菱低切道：“只有它靠得住，只有这颗为我，也为你跳着的心靠得住。”

何平安再也忍不住，伸臂紧紧拥住了她。沈湘菱伏在何平安肩头，低低呓语：“还有你的心，让它为我跳着，永远为我跳着……”

何平安紧紧拥着沈湘菱，重重地一遍遍点头。

月华如柔纱，将拥抱着的两人紧紧缠裹在一起。

“答应我，不许再骗我。”沈湘菱微微分开何平安，凝视着他的眼睛，“我们不学柳芬和余子扬，哪怕只有一天，你也要比我活得更长久！”

何平安深深看向她眼底，一时千言万语，无从说起。

“我……”

爆炸声突然响起！

震碎的玻璃直冲向相拥的两人，窗外暴起的火光宛如礼花！

何平安扑身滚倒在地，用自己的身体护卫着怀中人。直到震耳欲聋的爆炸声终于不再响起，他转头一看，窗外的半边天已经被熊熊火光映红了！

“快，快走！”

他一把拉起沈湘菱，把她推向门口。

沈湘菱被推着往前跑了两步，又猛地站住回身急问：“可你呢？你怎么走？”

话音才落，又一声巨大的爆炸在头顶响起，何平安冲上一步，抱住她扑倒在地。一时间碎玻璃夹着土石灰尘，铺天盖地向两人扑来！

爆炸声熄，何平安却依然伏在她身上，一动不动。沈湘菱慌忙起身，搂住何平安，连声呼喊：“何平安，何平安！”

何平安满脸伤痕，在她的呼唤下睁开眼睛，略一恍惚，忙拉起她跑到门口：“这么连环巨大的爆炸，只有一个可能，就是炮弹库被人炸了！这人就是混进棠德的奸细，我必须赶在炸炮弹库的人逃离之前抓到他！你快走，快！”

说完，他又推了沈湘菱一把，自己转身跑向窗边。

沈湘菱急叫：“诶，你怎么不走？”

“走楼梯来不及了！”

说话的当口，他已纵身一跃，从窗户跳了下去！

沈湘菱急忙跑到窗前，往下一看，何平安已经跳起身，拔腿跑向火光熊熊、爆炸连连的炮弹库！

她怔了怔，转身跑向门口，冲下楼梯。

爆炸声仿佛就响在头顶，房屋被震得沙沙作响，浮土一层层落下。沈湘菱笃笃的脚步声急促地敲在木楼梯上，猛地，又是一声巨大的爆炸！她心脏狠狠一跳，脚下一拐，重重摔倒在楼梯上。

她咬着牙，竭力想站起来，脚下一痛，又神情痛苦地跌坐在楼梯上。

窗外的爆炸声还在接连响起。她用尽全身力气，挪动身体扒上楼道的窗户，伸长脖子向外看——熊熊火光中，依稀能见何平安跃动的身影。

“何平安！危险！走开，快走开！”

何平安恍如未闻，身影闪入火光中。

“何平安！”

她咬着牙，双手抓住楼梯奋力站起，艰难地撑着扶手，一瘸一拐捱下楼梯。

旅店门口，爆炸声此起彼伏，熊熊烈火和滚滚浓烟像潮水一般四处弥漫。

她心头一急，一迈步又要摔倒，幸好扶住门框。

“何平安，何平安！”

一股浓烟呛进咽喉，顿时欲呼无声，欲哭无泪。她咬着牙，半跑半跳地也扑进那团火光里。

旅馆对面，仓库之前，熊熊烈火，滚滚浓烟，伸手不见五指！

何平安从一片浓烟中跃出，略一顿，又要冲进前面的一片火光！

“砰”一声爆炸，火浪暴涨！

他冲出两步，又被迫退了出来，双眼流泪，咳呛不止！

恰此时，一个黑影也从火光浓烟中跃出，竟跟何平安擦肩而过，几步跑到前方的空地上。

何平安蓦地睁开眼，飞快地掏出枪指定对方。

“站住！”

黑影立时停住，猛回转身，手中的枪口也指向何平安！

火光与浓烟之间，两人对持。

浓烟滚滚扑来，何平安双目流泪，难以张开，根本看不清对方的模样。

“你是谁？！”

对面的黑影不语不动。

“何平安，何平安！”

沈湘菱的呼喊声忽然从浓烟烈火中传来。

何平安心头一凛，忍不住转眼看了身后的旅店一霎。那个人趁机一闪身，隐入滚滚浓烟里。

“别跑！”

何平安举枪欲追，忽然爆炸声再度响起，眼前的炮弹库顿成一片火海，强烈的爆炸将方圆几百米震得地动山摇，喷薄的火光直冲云霄！

“湘菱！”凶烈的爆炸声撕碎了沈湘菱的声声呼唤，何平安的一颗心也快爆炸了！他大声呼喊着，举步要冲进眼前的火海中，又被浓烟烈火逼得退了回来；他咬牙看着越烧越烈的火势，猛地转身跑向右边的大街——那里有道围墙，跳进去就是旅馆。

猛然，十几条移动的光束追了上来，气势汹汹地打在他的脸上。

“什么人？”

“不许动！”

刘世铭刚冲出“亚洲旅馆”后的小巷子，一个人突然撞了过来。

“不许动！”

他手里的手电光迅速照到了要逃跑的人身上，同时举枪对准了那人的后背。

“举起手来！”

藤原弥山缓缓地举起手，慢慢转过了身，手电筒的光亮打在他的脸上，跟着猛然一晃：“是你？！”

藤原弥山的神情顿时松弛下来，脸上露出一丝轻蔑的笑，手缓缓放了下来：“刘君，我们又见面了。”

刘世铭一怔，本能地快速瞟了下四周，眼里突然闪过一丝狠光，大喝一声：“不许动！”

他猛地叩下了手枪扳机！

只一刹，枪声淹没在爆炸声里。

藤原弥山一个箭步欺近刘世铭，反抓着刘世铭的手，枪口抵在了他的额头上。

“怎么，刘君想杀了我吗？”

藤原弥山的眼里突然暴发出凶光。

刘世铭脸色惨白，咬紧牙关，一言不发。

“我知道，刘君认为只要杀了我，就再也没人知道你投靠了皇军！可是，刘君真的相信我会那么愚蠢，会替刘君保守这个危险的秘密吗？”

刘世铭浑身僵直，脸上顿时露出惊恐绝望的表情。

藤原弥山凑近他的耳朵，威慑的声音依然带着一种蛊惑：“不瞒刘君，棠德城里，还潜伏着我们大日本帝国其他的勇士，刘君要是敢轻举妄动，他们随时都会把你投诚皇军的秘密说出去！”

刘世铭一惊，手电筒啪地落在地上。

一束光贴着地面来回滚动，巷道口又恢复了黑暗。

藤原弥山：“即便他们都玉碎了，刘君也别忘记，一旦我死了，你的效忠书将会在棠德城里满天飞舞，到时候，所有棠德城里的军民将像消灭一只老鼠一样，你们中国有句话‘老鼠过街，人人喊打’！”

藤原弥山伸着手掌啪啪地拍在刘世铭的脸上。

刘世铭被打得脸一歪，跟着便一动不动，呆若木鸡。

“世铭同志，世铭同志！”

一声声越来越近的呼唤让刘世铭回过神，转眼一看，藤原弥山早已没了踪影。

地上的手电筒还在滚动。他弯腰匆匆捡起，身后，两个团员已经跑了过来。

“怎么，抓到人了么？”

刘世铭转过身，极力保持着镇定，暗暗关了手中的电筒光。

一个团员回答：“抓到了一个。”

刘世铭一惊，脸上闪过一丝惊慌。

“这人刘主任也认识。”

刘世铭脸色突变，目露慌乱：“是谁？我怎么会认识？”

“你认识！是何平安！”

“是他？！”

刘世铭怔了一怔，神情顿时缓和下来，跟着却皱紧了眉头，转头看向那两个团员，一字一句道：“真没想到，这个何平安居然敢炸炮弹库！”

炮弹库的火越来越大，跟随刘世铭而来的几个三青团团员却没忙着救火，而是团团围在仓库对面的巷口，把何平安堵了个严严实实。

“我都说了，我也是刚到，听到这里爆炸，我过来看看情况！” 何平安又急又气，“你们浪费时间和我纠缠，就是在纵放真正的凶犯！”

三青团员：“别狡辩！别人怎么不来看看情况？”

话音刚落，一阵叠踏脚步从巷口奔来。何平安转头一看，眼睛顿时亮了：“花皮！”

“哎呦，何头儿！”陈花皮屁股后头跟着一队警察，三步两步跑到何平安跟前，“怎么先来了？”

“何平安，你小子够快啊！”跑在后面的张局长也气喘吁吁追了上来。

“张局长！”何平安一步上前，立正敬礼：“局长平时教训我们：当警察就得耳聪目明，腿勤脚快！因此我一听到爆炸声，马上赶来想看看情况！”

张局长撑着墙，摘下帽子大力扇风：“嗯，好，好！你先过来，查出什么了？”

“我正要进去……”

“好，好！”张局长赞许地冲何平安一挥手：“你带上兄弟们，先进去看看——我得歇会儿……”

“是！”何平安响亮地答了一声，正要领着陈花皮等人往仓库方向走，一个团员一伸手截住他：“何平安，你不能走，你必须说清楚！”

张局长一愣，随即瞪着那个说话的团员，竟也满脸威严：“说清楚？说什么清楚？”

“局长，他们不信我！”何平安不等三青团团员说话，自己抢先解释：“我也是听到爆炸刚赶过来想看看情况，可这些人偏偏不相信，抓着我，非要我‘说清楚’！”

张局长眼睛一瞪正要问，一声巨大的爆炸声又响了起来，他惊得一缩脖子躲进何平安身后：“哎哟，这阵仗！”

他摇了摇头，猛地神情一凛，恶狠狠瞪向三青团团员：“你们还有什么不相信？他说是赶过来看情况，那就是赶过来看情况，放人！”

三青团的团员被震住了，手不由地松开了何平安。

“哎，这就对了！你们也是赶来抓奸细看情况，我们也是赶来抓奸细看情况，我们的人跑到了你们的前面，那就得说清楚？那要是你们的人跑到了我们的前面，我们是不是也得抓着你们问清楚？”

张局长说话的当口，爆炸还在不停地响起。

何平安向着张局长竖起了拇指：“局长英明！”

张局长得意了，脸一扬，大声命令：“何平安，马上带着警察围住炮弹库，一定要抓住炸炮弹库的人！”

“是！”

何平安一个立正敬礼，转身招呼身后的警察：“兄弟们，走！”

“何平安，你不能走！”

一声断喝，刘世铭带着两个三青团团员已快步走了过来。

张局长疑惑地看了看何平安，又竖起眉头看向了刘世铭：“刘主任，我的人是赶过来查看情况的，凭什么不能走？”

刘世铭并不理会张局长，只拿一双眼睛锐利地盯向何平安：“何平安，你必须说清楚，你为什么会在炮弹库附近？”

何平安：“我都说了，我是刚巧走到街上，听到爆炸声就赶过来了。”

“你家不在这附近，为什么你会在这附近出现？”

何平安刚要回答猛地想起沈湘菱，眼睛不由地瞟向亚洲旅店的那排窗子，迟疑着，语塞了：“我……”

陈花皮抢着道：“又没规定，家不在这边就不能在这里逛了。我们有时候巡逻，不照样哪条街都逛！”

众警察随声附和：“是啊，穿了这身黑皮，可不就是到处逛！”

刘世铭神情一凛，冷峻的眼光看向众人：“平时逛哪儿都没事，可今晚炮弹库被人炸了，而何平安刚刚就在这条街上，那就有嫌疑，你们想当他的帮凶吗？”

众警察一惊，愣住了。

刘世铭：“何平安，这条街平时白天都很少有人走动，你晚上跑到这里来干什么？”

炮弹库里又传来一连串的爆炸。

众人们一阵心惊，刘世铭却不为所动，死死盯着何平安：“何平安，你跑到这里到底有什么目的？”

何平安：“我没有目的。”

“那你跑到这里来干什么？三青团离炮弹库最近，你为什么会赶在他们前面？”

刘世铭咄咄的眼光逼向何平安，所有人的眼光一齐聚向何平安。

何平安不由涨红了脸。

张局长的眼里也露出怀疑的神色：“何平安？”

何平安窘迫着，一时无法解释。

“他来这儿，是因为我！”

何平安猛然转头，果然见沈湘菱一瘸一拐地从巷口走了过来。

刘世铭神情一怔，眼里顿时闪过一道冷光：“何平安，别想找谁帮你！你拉一个人就是害一个人。你到这条街，是不是就是为了炸掉炮弹库？”

说话间，沈湘菱走到他跟前，大声道：“何平安刚才和我在一起！”

一阵哗然，众人窃窃私语。

何平安红了脸，看着沈湘菱，眼里充满了担忧和愧疚。

沈湘菱微微一笑，脸上却是无比的坦然，她咄咄逼人地注视着刘世铭：“刘主任，你有什么话可以直接问我！”

“沈湘菱，你要做伪证吗？”刘世铭强压心头怒火，沉着声音道：“如果你们俩真在一起，为什么会一先一后？”

“很简单，我们在一起时发生了爆炸，他为了抓住凶犯，先跳窗下来的。”沈湘菱抬手指着亚洲旅店三楼的一扇窗户：“那就是我们刚才呆的地方。”

刘世铭脸色瞬间白了！他双眼死死盯着沈湘菱，仿佛想用目光掐死她。少顷，才咬着牙点了点头，竟笑了：“我明白了，全明白了……沈湘菱，你被他利用了，他就是奸细，就是炸炮弹库的人！”

沈湘菱一声轻笑：“是我带他来的，如果他是奸细，那我就是同谋了？张局长。”她走到张局长跟前，伸出双手：“要抓就连我一起抓吧。”

刘世铭一愣，一双哀怨的眼睛狠狠地看着沈湘菱。沈湘菱却并不看他，只抬头温柔地看向何平安，大胆地伸出手，握住了何平安的手。

张局长倒一时没了主意，想了想，把手一挥：“先铐起来再说！”

这注定是个不眠之夜。中央银行的办公室灯火通明，宽大的办公桌前，余鹏程、魏九峰、刘世铭三方鼎立，三人的表情有些凝重。

陈医生站在桌子的对面，面对余鹏程，详细汇报：“……至今确定感染病毒的患者已有三十七人，部队三十五人，平民两人。病毒已经开始扩散了。”

魏九峰身子往前一倾：“已经从部队扩散到平民？怎么，还没找到预防和治疗的方法么？”

陈医生耐心解释道：“对血清的研究还需要时间，现在唯一的应对方法只能是对患者进行隔离。好在感染的两个平民都是跟部队里的患者有直接接触的，可见还没有进入大规模爆发、不可控制的阶段。”

“可是那份血清……”

魏九峰话未说完，刘世铭忽然轻轻一拍桌子，站了起来：“我不明白，现在是要抓何平安这个奸细的时候，为什么要说什么病毒，什么血清？”

余鹏程紧皱眉头，看了刘世铭一眼。

魏九峰：“原因很简单，如果何平安是奸细，那么他带回来的血清就是假的！这就也意味着，我们对抗日军病毒战的唯一希望不但破灭了，而且很可能已经误入歧途。”

余鹏程沉重地叹了口气：“但愿不会！但愿他何平安不是奸细。”

刘世铭不满地瞥了眼余鹏程：“何平安绝对是奸细，我们三青团是最先赶到炮弹库的，没看到其他人，就只抓到了他，一定是他炸了炮弹库还没来得及逃跑！”

魏九峰饶有深意地看了一眼刘世铭：“刘主任，果然是一心要抓到何平安这个奸细！”

余鹏程也不以为然：“现在不是讨论何平安是不是奸细的问题，他是好是歹，远远比不上常德城上万军民的安危来得重要！”

一军一政，这两人空前一致的态度让刘世铭措手不及，更隐隐有种不妙的预感。

“常德城的病毒危机不知道何时就会爆发，这瓶血清的真伪关系到所有人的生死，这才是关键！”魏九峰站起身来，面色凝重地看着陈医生：“陈医生，除了加紧研究血清，尽早找出预防治疗病毒的方法，你们还必须时刻监视感染情况，一旦爆发疫情，立刻汇报！”

他话才说完，张局长大踏步走了进来。三人听见声响，同时转眼看向他。

张局长迟疑了一下，径自走到魏九峰跟前：“县长，我敢拿脑袋向你保证，炸火药库的绝对不是何平安！要想抓住城里的奸细，靠军方不行，还得是咱们警察。这个何平安是警察里的第一把好手，有他出马，肯定能抓到奸细！”

魏九峰深锁着眉头：“有件事，我一直想问你。”

“什么事？”

“何平安这九年，在警察队里到底有没有什么奇怪的地方？”

张局长一愣：“九年前，他来警察局报到，第一天就跟着我出去抓一个强奸杀人犯。当时，我们搜查到一户人家，刚踢开院门，突然一声枪响。”

“然后呢？”刘世铭轻蔑地嗤了一声，“何平安放跑了那个强奸犯？”

“不，是他抓住了那个强奸犯！这算是破了个大案子。不过，不过后来……”张局长畏惧地看了看魏九峰，不敢往下说了。

魏九峰洞如观火：“是你把人放了？”

“县长，我也没办法呀！那个强奸犯不是本地人，是，是军队上一个老总的侄子，来到常德正是为了避风头。胳膊拧不过大腿，没法子，我当时只能自作主张，也没通知县长您，就把那个人给放了……”

魏九峰皱紧了眉头：“这又有什么好奇怪的？”

“奇怪就奇怪在……两天后，那个男人死了！死在荒郊野外，眉心中枪，一枪毙命！”张局长竟激灵灵打了个寒颤，“当时大家都传……说是被土匪杀的。可我不信，土匪哪有这样精准的枪法！不过从那之后，何平安就没破过案子，让他抓逃税的农民，他让农民跑了，让他去抄走私的穷人，他还能被穷人给打了！”

张局长偷瞥了魏九峰一眼，压低了声音：“不过，也有兄弟说，那些人都是何平安放走的。”

再也没有人说话，余鹏程、魏九峰、刘世铭都陷入一阵奇异又压抑的沉默中。

“我去见见他！”魏九峰忽然站起身，大步走向门外。

审讯室就在会议室的对面。一样宽大的房间，正中只摆了一张旧木桌，两把椅子。何平安由两名警察押着，正站在桌旁。

魏九峰走到桌前坐下，一指对面的椅子：“坐吧。”

何平安坦然在对面的位置上坐了下来。

魏九峰看了看旁边的警察。警察识趣，悄悄地退了出去。

魏九峰拨弄着桌上的一支笔，声音却显得平静淡然：“跟我聊聊九年前的事吧。”

何平安一愣，随即笑了：“当年贺老总以三条枪，约集十八友人跟贪官污吏干到底，我是十八个人里最小的一个。”

“你撒谎！”魏九峰猛地站了起来：“何平安你又想唬谁？当年贺龙搞出那么大阵仗，难道就靠那三条枪？”

“一开始，真的只有三条枪。”何平安的声音波澜不惊，“当年贺老总拿两把菜刀砍了常德县长老爷的卫兵，眼看已经被民团围死了，可最后硬是叫贺老总脱了身，还从民团手里抢出来三条‘汉阳造’。这三条老枪十八个人都抢着要，贺老总让我先挑。其实那时我连枪都没摸过，可贺老总说了，就因为我还是个半大伢子，而枪就是要护着女人和孩子的。打从那天起，我就拼命练枪。我这手一打一个准的枪法，就是靠那把老枪练出来的。”

魏九峰不可思议地瞪视着他，少顷缓缓坐回身子，苦涩地笑了：“想不到啊！真想不到——当年贺龙差点就破了棠德城，居然就是靠了三条从我魏某人前任手里抢来的‘汉阳造’，还有你这样的‘半大伢子’。”

“不是靠了三条枪，更不是靠我。”何平安爽然笑了，“魏县长没见过贺老总，见过了就会忘不了他，就会心服他。即使一无所有，他也能在一个晚上拉起一支队伍，给他一年时间，他就能拉出几万人！”

“如果有机会，我还真想见见你说的这个‘贺老总’。”魏九峰沉重地叹了口气，默了默，又问道：“你们围攻棠德失败，很多人都散落在棠德。你就是那时候进来的吧？”

何平安淡淡道：“我带着柳芬和小猴子，说她们是我的妻儿。我们不知道要去哪儿，听说棠德新来的县长人还不错，就投奔棠德了。”

魏九峰一笑：“后来呢？”

何平安也笑了：“警察拦着我们，不让我们进，是你训斥了警察一顿，我们才能进城。你人确实不错。”

魏九峰叹了口气：“我都不记得了。”

“你帮过太多人，当然不记得了。”

“那你呢？”

何平安一愣。

“你帮过多少人？”

“我也不记得了。”

两人相对一笑。

笑过了，魏九峰继续说：“我来审问你是不是奸细……我真的不知道该如何问。你救过我的命，我欠你的。你是共产党，共产党也救过我的命，我还欠共产党的。”

何平安一怔：“共产党救过你？”

“当初我来棠德赴任，半路被土匪劫持，差点丢了性命。是共产党把我救出来的。”魏九峰笑了笑，盯住何平安的双眼：“既然是我来审问你，我就问你一句话——你到底是不是汉奸？”

何平安毫不停顿道：“我不是。”

两人静静的对视着，良久，魏九峰点了点头：“好，我相信你。你不是汉奸。这就是我的审问结果。”

何平安微微点头：“谢谢魏县长的信任。”

魏九峰一笑：“不用谢我，因为我要你为我做件事！”

“要我做什么？”

“抓奸细！”

还是那间会议室，还是一样的位置，魏九峰、余鹏程、刘世铭又坐在了桌前。

张局长期待的眼神看向魏九峰。

办公室里难得的安静。

魏九峰沉默了一阵，率先开口："何平安的确算得是忠肝义胆，他的能力大家也是有目共睹，现在正是国共合作时期，我认为，咱们应该摒弃国共成见，让何平安来捉拿城里的奸细。"

"我反对！"刘世铭断然道，"何平安本身就是奸细，让他捉拿奸细，那不是笑话吗？"

余鹏程脸色一沉，瞟了刘世铭一眼："刘主任你一口咬定何平安就是奸细，有何确凿证据吗？如果没有，只怕会落人口实。"

刘世铭一怔，涨红了脸："他就在现场，这不算证据吗？"

余鹏程眼里闪过一丝冷峻："如果我在现场，那是不是我也是奸细？又或者魏县长刘主任你，那是不是也是奸细？"

刘世铭一下子语塞了。

"众人皆知刘主任喜欢沈小姐，可沈小姐喜欢的偏偏是何平安，刘主任这么做，难免会被人误认为是针对何平安。刘主任，你觉得呢？"

刘世铭突然觉得万芒扑面。

沉吟片刻，他的语气软和了下来："我倒不是针对他，既然这样，我也同意让何平安捉拿奸细，但是，我有个条件，棠德正处非常时期，捉拿奸细刻不容缓。咱们也没时间等何平安慢慢捉拿奸细，所以，我们需要给他一个期限。"

刘世铭竖起一根手指，阴冷着脸："一天！"

魏九峰怀疑地重复道："一天？"

余鹏程冷冷的眼光看了刘世铭一眼，又匆匆和魏九峰一对视，决然道："也行，就这么定了，一天的时间，刘主任，既然你们三青团也是最先到达现场，那就由刘主任协同何平安一起捉拿奸细吧，一天的时间，咱们明天这个时候再来定论！"

"我？"

刘世铭一怔。余鹏程和魏九峰已起立走出了会议室。

第三十章 千古恨成

残烟散尽，炮弹库只剩一片断壁残垣。

几个警察和士兵正埋头废墟间，忙着清理现场，何平安微皱着眉头站在院子正中，不时弯下腰在满地狼藉中翻找着。而在他身后，刘世铭却敷衍作态地东探西看，眼神始终粘在何平安身上，终于忍不住试探道："炮弹库已经炸成这样了，一点线索也不可能留下了！"

何平安没答话，眼光落在东墙墙角一片被踩压的小草身上。他走近前，探着腰细细端详，又站起身抬头看了看高高的墙头。

刘世铭忙道："看来奸细就是从这里逃走的！"

何平安摇摇头："从围墙墙砖的完整整齐度来看，奸细不可能从这里逃走！这片草是他故意踩压的，目的是干扰我们的视线。"

刘世铭急忙转移话题："那爆炸是从哪里开始的？"

何平安不说话，回到院中，炯炯目光从东一直看到西，又从西一直看到东。毁损最严重的是靠东头的那片房屋，几乎已经成了平地，两具残尸横列其间，惨不忍睹。

何平安忽然一指地上的尸体："爆炸是从东屋开始的！"

刘世铭一愣："你怎么能肯定？"

"门口的两个守卫肯定也是听到东屋的爆炸，本能地往东屋跑，所以在门前往东的位置，被炮弹击中倒在了这里！"

刘世铭目光闪烁，眼底流露出的不是敬服，不是怀疑，而是慌张。

"这个院子，隐在巷内，要想跑上大街只有三条路。左边拐过去是你们三青团的本部，右边是大片的居民区。如果要逃跑的话……"

何平安说着，缓缓走出院子，四顾打量。

院门口，左右两侧各有一条巷子。两边巷子的高墙正是炮弹库的外围墙。几个士兵遗骸从墙后抬了出来，何平安不由深叹了一口气："一个班的兵力驻守，神不知鬼不觉就被灭了！不得不说，这奸细是个厉害角色——这么隐蔽的地方，居然也能发现！"

他走出巷口，看向大街，闭上眼睛急剧思索着：“爆炸那么厉害，谁也无法靠近炮弹库。奸细要逃跑……”

他睁开眼睛，看了看院门口的左右：“我是从亚洲旅店那条街跑过来的，离这儿最近，最快到达，没看到奸细，剩下的还有两条巷子，一条巷子住着居民，奸细跑出来很难保证不被人看到，所以，他必然……”

紧跟他身后的刘世铭神情一凛，不由自主地随着何平安的脚步，走向了左边的巷子。

何平安慢慢走着，一边仔细看着院外的围墙。猛然，他停住了脚步，眼睛看向了围墙上一处明显的弹痕。

刘世铭脸色陡变！

何平安走近弹痕，蹲下身，轻轻触摸着。

刘世铭故作镇定，讪讪问道：“这是什么？”

“这应该是子弹划过墙面留下的弹痕。”

“哦？”

“那个奸细肯定和人相遇过，还在这里动了手！” 何平安的眼里突然闪过亮光，他顺着弹痕轨迹向前寻找。很快，一颗深嵌在墙里的子弹头被找了出来。

他掏出小刀，小心翼翼地挖出了弹头，

身后的刘世铭却忍不住擦了一把冷汗。

“毛瑟枪的子弹。”何平安脸上的表情凝重起来，“可惜，这枪太普遍了。”

刘世铭神情微微放松。刚要搭话，抬头却见何平安正直直在盯着自己。

“刘主任，这条道是三青团跑向炮弹库的必经之道。”

刘世铭脸色陡变：“你什么意思？”

何平安把那颗子弹举到他眼前：“三青团的团员中肯定有人与奸细相遇。所以，你的团员必须接受审查！”

刘世铭怔然看着那枚弹头，一时竟说不出话来。

还是那间曾经被刘世铭用来讯问何平安的办公室，不同的是，这次何平安与刘世铭并排坐在桌前，眼看着一名三青团员走了进来。

不等团员落座，刘世铭就先开了口：“昨晚，你是怎么……”

何平安伸手递过一支笔，打断他的话：“还是我来问，请刘主任记录。”

“为什么？”刘世铭愤然变色：“这可是在三青团，这些都是我们的团员！”

何平安平静道：“正是因为他们都是三青团的团员，刘主任理应避嫌。”

刘世铭一动不动看着他，少顷，默然接过了笔，拿过来记录簿。

何平安转向那个团员：“你是什么时候听到爆炸的？”

三青团团员怔了下，随即回答：“半夜，十一点钟左右。”

“听到爆炸的第一反应是什么？”

“鬼子攻城了，后来一听不对，这时候刘主任就叫我们了。”

团员说着看了眼刘世铭。刘世铭却避开了目光，只顾埋头记录。

何平安又问："你跑的是哪条街？"

"就是三青团本部到炮弹库这条街。"

何平安不说话了，少顷，忽然问道："路上有没有碰到什么人？"

刘世铭手下一抖，洁白的纸张被笔尖划出一道口子。

三青团团员一脸茫然："遇到什么人？我们一群人一齐赶到炮弹库，路上根本没碰到其他人。"

何平安目光炯炯地凝视着他，少顷点点头："你可以走了。"

团员站起身，对着刘世铭点了点头，转身出门，又换了另一个团员坐在对面。

何平安重复相同的问题："你是什么时候听到爆炸的？"

答案也是重复的："十一点多。"

"听到爆炸的第一反应是什么？"

"才开始大家都以为鬼子攻城了，后来才知道炮弹库被炸了。"

"你从三青团到炮弹库，走的是哪条路？"

"还能有哪条路？三青团离炮弹库最近，当然是从本部出来就跟大家一齐跑向炮弹库了！"

何平安双臂抱胸，凝目看着他："路上有没有碰到什么人？"

"没有。"团员的回答毫不迟疑："我们和刘主任一起跑向炮弹库，刘主任让我们迅速围住炮弹库，别让炸炮弹库的人跑了——结果，我们就碰到了你。"

刘世铭听到这里，顿觉轻松，手中的笔游走如飞。

审讯很快结束了，会议室空落落地只剩下了何平安和刘世铭。

"三青团所有的团员都问讯过了。"刘世铭把记录簿缓缓推到何平安面前，语带讥讽："请何警官过目。"

何平安久久地看着眼前的记录，一时陷入了沉思。

清晨的阳光斜射进牢房。陈花皮打开牢门，冲里头抛下一个笑："沈小姐，你可以走了。"

沈湘菱迟疑地站起身："何平安呢？"

"何头儿办差去了！"

沈湘菱一愣："办什么差？他不是早就停职了么？"

陈花皮"嗨"了一声："那还不都是魏县长一句话！要我说，常德城里的事儿，还就何头儿拿得住——这不，一出了爆炸案，还得何头儿出马去捉拿城里的奸细！"

"去捉奸细？"沈湘菱神色凝重了："这真是魏县长下的命令？"

"可不是呢！不过魏县长只给了何头儿一天的时间。"陈花皮吮了下牙花子。"就一天——这没头没绪的，上哪儿找去！"沈湘菱脸色一变，再不多跟他闲话，匆匆走出牢门。周四已经开着车等在监狱大门口，看到她出来，慌忙打开后座车门。

“小姐，你可算出来了！小少爷他在家里吵着要见你。”

“我们不能先回家了。”沈湘菱坐上车后座，神色严峻：“马上去炮弹库！”

周四一愣：“小姐，都炸成平地了，还去那儿干什么？”

“魏县长只给了何平安一天的时间捉拿奸细，如果到时找不到，我怕刘世铭就会硬把这个罪名扣到他头上！”沈湘菱咬着嘴唇，“我们必须得帮他！”

“是！”

周四二话不说，钻进车里。马达声响起，车子迅速驶向了另一条街。

日上三竿。

沈湘菱失望地从一户院子里走了出来。周四急走两步跟上她：“小姐，咱们这么挨家挨户地走访也不是办法呀！”

“能有什么办法？魏九峰只给了一天的时间，谁也不知道奸细长什么样。咱们只能在这附近问问，看能不能帮他找到一点线索。”

周四看着沈湘菱疲惫的样子，脸上不由露出一阵担忧：“小姐，要不你到车里坐坐，我帮你去问。”

“你问不清楚。昨天晚上你不在现场……”沈湘菱想到这里，摇了摇头，“昨晚，我要是不带他到这里就好了！”

“小姐，你也别自责，这事儿辗着事儿，谁也说不清楚，何平安福大命大，兴许还真能帮咱们棠德城找到奸细呢，到那时候，不又是大功一件！”

沈湘菱苦笑：“谈何容易，县长只给一天的时间，你看我们这一路走访，也已经耽搁快半天了，一点线索也没有。”

周四劝道：“兴许，下一家，咱们就能找到线索了。”

沈湘菱勉强地笑笑，转身又走向一户院子，周四慌忙紧走两步，上前敲门：“有人吗？有人吗？”

院门吱呀一声打开了，一个男人抓着院门，一脸疑惑看向周四，目光凝住了：“四丫头？”

周四一愣，男人的眼光已经从她身上移到了沈湘菱：“小姐！”

沈湘菱还在发怔，男人已卟通一声跪在地上：“小姐，我是刘三啊，我是跟着大少爷的刘三啊！”

“你是我大哥的‘小三子’！”沈湘菱的眼里顿时泛起泪花：“你还活着？”

“小姐，我，我以为你们都逃难走了，大少爷死后，我们被贺龙的部队打散了，我回了家，没想到，家乡也遭了难，我一路逃，刚逃到长沙，又被撵到了棠德。小姐，看到你就好了！”

刘三俯下头，呜呜地哭着，沈湘菱看着心酸，忙伸手拉起他，却发现他手里还拄着根拐杖：“刘三，你的腿怎么了？”

刘三哽咽道：“就是那次受伤的……后来就这样了！”

沈湘菱点点头，回头吩咐周四："你把他的东西收拾一下，搬到家里去！"

"是！"

刘三一阵感动，忍不住又跪了下去，抓着沈湘菱的手痛哭流涕。

"大哥死的时候，我没在家……" 沈湘菱出了霎神，眉宇间又浮上一层黯淡："你告诉我，大哥到底是怎么死的？我听爹说，大哥本来都要胜了，可怎么会突然……"。

"小姐，我到现在也不清楚，大少爷怎么就会败了！" 刘三一阵悲戚，眼泪又掉了下来："当时少爷他放火烧山，明明已经抓住了那个共匪头子的女人，可就在下山的时候，一个青年突然冲了出来，一枪就——少爷，少爷他……"

刘三双手捂住脸，放声嚎哭起来："我没用！我该死！我没保护住少爷！我没脸见二小姐……"

沈湘菱默默听着，一张脸越发地惨白。她两手紧紧按住胸口，急促地大口喘息着，身子摇摇欲倒。

"小姐！"周四手里提着包袱从屋里走出来，一见着情形，慌忙跑前两步，扶起沈湘菱，一只手为她抚胸顺气。

刘三也吓了一跳："小姐，你，你这……你跟大少爷是一样的病呀！"

沈湘菱无力地点点头。她靠在周四身上，竭力调整着呼吸，少顷脸上才渐渐又有了生机。

"二小姐，你别伤心，也别着急！"刘三跟周四一左一右架起沈湘菱，把她缓缓扶到车上："那个害死少爷的人，我这辈子都忘不了！只要他还活着，只要叫我再碰上他，我一定杀了他给大少爷报仇！"

一条僻静的窄巷，刘世铭站在巷尾，警觉地看向两边，好像在等什么人。

不一会儿，藤原弥山压低帽子快步走了过来。刘世铭慌忙迎了上去："你总算来了！"

藤原弥山阴冷地瞥了他一眼："刘君，不是一向不愿跟我见面么？"

"你得离开，马上！"刘世铭靠近了藤原弥山，压低了声音："何平安这个人非同寻常，他很快就会查到你身上！"

藤原弥山冷冷一笑："是刘君自己害怕了吧？我是不会走的，我要在你们的棠德城里恭迎我们的将军阁下！"

"只怕还没等横田勇进城，何平安就会把你……"刘世铭咬咬牙，"还有我，都绑到余鹏程和魏九峰的刑场上了！"

藤原弥山眼里闪过一丝冷光，稍一思忖，他又笑了："刘君不必惊慌，何平安再厉害，也不过一个人，不必害怕，我给你出个主意。"

"什么主意？"

藤原弥山狞笑着上前，凑在他耳边一阵低语。刘世铭又惊又惧，不由得回退了半步："这怎么行？魏九峰未必会答应！"

"只要刘君能好好利用魏九峰急于安民的心态，说服他答应！"藤原弥山面带冷笑，眼底却闪着威胁的寒光："记住，这可是刘君唯一的自救机会！"

一失足成千古恨！刘世铭惶恐又痛恨地望着他，只觉心如刀绞。

“禁止令？”魏九峰猛地转头看向刘世铭，“刘主任觉得有这个必要么？”

刘世铭一脸郑重：“绝对有必要！把城里划分为五个区域，这样既能安民，也能防止奸细渗透，还能便于我们管理，了解各个区域的情况。”

“不行，绝对不行！”魏九峰连连摇头：“现在留在城里的可都是无家可归的难民，强行划分区域，禁止居民人员流动，不但不能安民，还会引起他们的恐慌，搞不好会造成民变的！”

“依我看，不但不会引起民变，还有利于城内的防卫！”刘世铭大步走到办公桌前，拿起红色铅笔，飞快地在桌上的地图画了几笔，“魏县长请看，这几个地方，一旦城破，就是开展巷战的最佳据点！”

魏九峰忙扯过地图一看，只见整个棠德县城已经被刘世铭划成了五个区域，每个区域里都标出了一个建筑物：亚洲旅店、聚福楼、玻璃厂、县政府，还有余鹏程师部所在的中央银行！

“这里每个建筑物，都是区域内的制高点，而且工事完备，易守难攻，只要稍加修葺，就能成为绝好的巷战据点！”刘世铭俨然胸有成竹，侃侃而谈，“棠德一战的形势至此，我们不得不做好城破巷战的准备，棠德地形复杂，到时如果一拥而上，反而容易被日军一举击溃！倒不如划成五个区域分开防守，既能各自为政，又便于相互呼应。所以我想，不如借这次追查奸细的机会，马上开始分区域管理，既能安民，又便于治军，一举数得，一劳永逸！”

魏九峰看着图不说话了，显然，刘世铭这一番滔滔说辞，令他心动了。

“魏县长，还有一点。”刘世铭上前一步，趁热打铁：“我们都知道，棠德的各项供给，特别是粮食已经不多了！真到了要数着米粒下锅的时候，实现分区域管理，就算是计口发粮也要方便些！”

“既然刘主任这样说，倒是可以试试。”魏九峰思量半晌，终于点点头，走到桌边坐了下来，提起了笔，在文稿上写下“禁止令”三个字。

眼看着魏九峰走笔如飞地起草公告，刘世铭暗中长舒了口气。不想魏九峰忽然停笔抬起头，目光敏锐地打量着自己。

刘世铭不自然地笑了：“魏县长，怎么了？”

“没什么，只是忽然有吴下阿蒙之叹。”魏九峰似笑非笑，“士别三日，当刮目相看——刘主任从什么时候精通战略攻防了呢？”

刘世铭的笑容凝固了。

街边公告栏前，密麻麻围上来一堆民众。

两个警察一个忙着贴公告，一个举着喇叭大声宣读：“从即日起，城里划为五个区域，各区域居民人等战争期间一律不得随意走出各自范围，避免干扰城防！违者，以奸细论处！”

一个汉子伸长脖子问：“那我们是哪个区域啊？”

“看公告！”

又一个人问："我闺女在城东，我去我闺女家行不行？"

"看公告！"

"那万一我们有什么事儿得走动呢？这可怎么办？"

"公告上已经说得很明白，都是为了抓炸炮弹库的鬼子奸细！"警察不耐烦地嚷嚷起来："违者，以奸细论处！"

怨声沸沸而起。藤原弥山从人堆里钻出来，脸上不由露出一丝狞笑。他裹紧了身上的旧棉袄，七拐八绕钻进一个清冷的偏巷里，回头看了看，又倒转身，走到巷里站定了，从衣兜里掏出一支烟，悠闲地点燃。

不一会儿功夫，一个，两个，三个，穿着各式平民衣服的人聚拢过来。都是日军混进城的奸细。

一个奸细凑到跟前："藤原君有何吩咐？"

藤原弥山吐出一口烟："我想了想，不能让棠德太平静，要击碎棠德百姓的希望和对余鹏程的信任，让他们自己乱起来！"

"怎么做？"

"上次你们散布沈家没粮，被沈湘菱用假粮垛蒙过去了。这次，就揭穿她的假粮垛，告诉棠德的老百姓，沈家其实没粮了。再加上棠德的病毒马上就要爆发了。饥饿和死亡，这两种恐怖交加，会把棠德最后一点安定撕得粉碎！"

"这事你们两个去办！"他伸手一指两个奸细，阴森又得意地笑了，"其他的，跟我去华晶玻璃厂！"

家毁人亡，昔日忙碌的工厂自然废弃，冷清如荒丘。

一个人影飞快闪进仓库，躲在门后的黑影中向里警惕地窥探。破旧的宽草帽下，露出藤原弥山阴狡的脸。

他撮指打了个尖利的唿哨，几个鬼鬼祟祟的人影从仓库外闪了进来。

"藤原君！厂房和水塔附近都已经检查过了，没有中国的驻军。"

藤原弥山抬头看了看仓库外的水塔，又看了看四周的环境，叹息一声："可惜，太可惜了！"

"可惜？难道我们下一步的行动计划有什么漏洞么？"

"我是为中国人的愚蠢而可惜！"藤原弥山笑了："他们把整个棠德分成了五个区域，每个区域里都要确定一个城破后进行巷战的据点。从地势和建筑条件看，这间玻璃厂无疑是这个区域里最适合做据点的。可是他们，居然放弃了这个绝佳的潜在据点！"

"你说得对，他们绝不会放弃这个潜在的据点！"

魏九峰手握铅笔，在面前的地图上重重勾了一笔。话音刚落，刘世铭匆匆走进来，一看何平安站在魏九峰面前，面色一冷。

"魏县长，着急找我来，有什么事？"

“有大事！”魏九峰抬起头，神采飞扬：“刚才何平安提出一条好计划，可以诱捕混进城的日本奸细！”

刘世铭脸色一变，飞快地闪了何平安一眼，勉强一笑：“哦？何警官又有什么好计划？”

魏九峰抓起铅笔，在地图上标出的五个据点之间点画：“你看，上次你提出，把城里划分为五大区域。何平安经过勘查，根据地势和建筑条件，在每个区域里确定了一个据点，万一城破，这五个据点就是我们进行巷战据守的最佳位置。这一点我们想的到，混进城里的奸细很可能也会想到。因此，何平安刚才又加了一条建议，那就是将计就计，用这些潜在的据点作为诱饵，来诱捕前来破坏据点的日本奸细！”

刘世铭听着听着，脸色惊得雪白！那场爆炸之后，偏巷中自己与藤原弥山的对话再次响在耳边：“你要利用魏九峰想要安民和清除奸细的急切心态，让他把整个棠德城分成五个相互封闭的区域。这样，利用各区域间互不相通的便利，我们就可以实行下一步计划！”

“什么计划？”

“我会彻底破坏这五个区域里能够用来防守的潜在据点，为将军阁下进城后的军事行动扫平最后的障碍！”

如中噩梦似的，刘世铭一时全身麻痹，冷汗淋漓。

“刘主任？你在想什么？”魏九峰奇怪地看着刘世铭的异样神情。

刘世铭慌忙回过神色：“哦，我在想，何警官的计策实在高明，对日军奸细的行动计划也能揣摩得这么到位。我怎么就想不到呢？”

何平安坦然地笑了：“如果不是刘主任先提出把棠德划分成互不相通的五个区域，我也绝想不到这个主意。”

刘世铭与他静默地对视着，少顷，忽然说：“主意是好，可惜可行性不大。我之所以提出分成五个区域据守，为的就是快速安民，并且防止奸细渗透。如果我们现在又在这个五个区域里搞什么‘诱捕’，刚刚稳定下来的秩序又乱了，奸细很可能再次趁乱逃窜。这么做劳而无功，还会浪费宝贵的战备时间。”

何平安一笑没说话，魏九峰对着刘世铭摆摆手：“不会。我跟何平安已经分析过，这五个区域内最合适的潜在据点分别是中央银行、亚洲旅店、县政府、华晶玻璃厂，还有聚福楼。中央银行有虎贲，县政府有警察，而亚洲旅馆刚刚出过事。可以判断，短期内这三处都不会是奸细袭击的目标。”

他说着伸出一根手指，点着地图上的两个地点：“因此只剩了两个地方，聚福楼和华晶玻璃厂！”

刘世铭看着地图上的两个地方，冷汗直下，藤原弥山临走时的话炸雷般从他心头滚过：“第一个目标，可能是玻璃厂，也可能是聚福楼。这种有趣的游戏，我总喜欢在最后一刻才做出决定，甚至留给老天爷来决定！”

何平安接着说：“所以，我向魏县长建议，由我跟刘主任各带一队人，分别在这两处守株待兔。这样既不会影响刚刚稳定下来的秩序，也不会让日军奸细有机可乘。经过请示，余市长也赞同了这个行动计划。”

刘世铭脸色铁青地看着何平安，说不出话来。

魏九峰再次奇怪地看着刘世铭："刘主任，你还有什么顾虑？"

"有！"刘世铭死死盯了何平安一眼，转向魏九峰："那就是，我不相信何平安！"

魏九峰眉头一锁，淡淡道："说说你的理由。"

"昨晚军火库爆炸，我们三青团的同志在现场只抓住了何平安一个人。"刘世铭故作镇静，神色严冷："虽然魏县长和余师长认定他不是奸细，但我相信自己的同志。因此这么重要的行动，我不赞成由他带队执行诱捕。"

魏九峰皱紧了眉头："刘主任可以保留自己的意见。但何平安跟你一起捉拿奸细，这是余市长亲口下的指令。刘主任也是同意了的。"

"我的意思是说，由我亲自带着两队人马，分别在玻璃厂和聚福楼执行诱捕！"

"不行！"魏九峰断然道："我们现在并不知道这两个据点哪个会是奸细的目标，甚至他们会同时进行破坏，刘主任一个人恐怕会顾此失彼。更何况，我们只有一天的时间。"

"可如果何平安真是奸细，提议跟我分头行动就是为了配合前来破坏的同党呢？"刘世铭提高了声音："如果真被我不幸言中，放走了奸细，谁来负责？"

魏九峰冷冷哼了一声："刘主任，请不要再因为你个人的原因而浪费时间！"

"既然刘主任不信任我，我有个办法可以解决。"何平安忽然上前一步，打断了两人的争执。

魏九峰探寻地望着何平安："什么办法？"

刘世铭也忐忑又敌意地望着他。

何平安笑了笑，拿起桌上的一张信纸撕成两半，推到刘世铭跟前："抓阄。"

魏九峰一怔："荒唐！你把行动当儿戏么？"

"荒唐，可是公平。刘主任不相信我，无论我说自己去哪个据点，他都不会放心。"何平安微笑着看着刘世铭，"那么就赌一把，谁都不做决定，让老天爷决定我们谁去哪儿。"

刘世铭看一眼桌上的纸，又看看何平安，一咬牙："我同意，这很公平！"说着，他把那两张纸推到魏九峰跟前："不管我抓到了什么，我都会无条件执行任务。"

魏九峰看看他，又看看何平安，一言不发拿起那两张纸，背转身匆匆写完。

刘世铭定定地看着魏九峰写字，折纸，耳边响起的却是藤原弥山的声音："这种有趣的游戏我总喜欢在最后一刻才做出决定，甚至留给老天爷来决定！"

"行了，你们赌吧。"魏九峰冷着脸把两张折起的纸条放回在桌上。

何平安把纸条往刘世铭面前一推："你先抓。"

刘世铭看着他，把纸条又推了回去。

何平安笑了笑，把手伸向左边的纸条。

刘世铭忽然伸出手，飞快地抽出何平安拈中的那张纸条。他把纸条紧紧攥在手里，两眼盯着何平安。

何平安无所谓地笑笑，伸手拿起剩下的纸条，打开往刘世铭和魏九峰眼前一晃："我去华晶玻璃厂！"

民众翘首聚拢在公告栏前，议论纷纷。

一个日军奸细笼着手，四下看了看，挤进了人群里。

众人正在七嘴八舌地议论着……

“昨晚上那爆炸真吓人！那可是虎贲师的弹药库，这一炸都成平地了，还死了几个当兵的！”

“你们说，这会是谁干的？”

“还有谁？狗日的鬼子奸细呗！”

一时群情义愤，纷纷唾骂。

“人都快饿死了，还有闲心管什么奸细不奸细！”真正的奸细开了口：“我可听说了，沈家粮仓空了！”

“胡说！上次我亲眼见的，满满堆尖的粮食！”

一个老汉边说边比划，众人纷纷点头附和。

“呸！你还真信了！想想，那天她为什么不让我们进粮仓，还让沈家的人亲自把粮食搬出来？实话跟你们说，我认识沈湘菱身边的那个周四姑娘，她说沈家早没粮了，是沈湘菱故意把最后一点粮食堆在粮垛上，下面全都是草！我敢说，用不了两天，她就一粒粮食也拿不出来了！唉，大家就等着活活饿死吧！”

老汉仍是摇头：“我不信！沈家粮食多的能铺满半个棠德城！再说，她为什么骗我们？”

奸细把脖子一伸，瞪着眼大声道：“不信？不信就去瞧瞧！咱们现在就去沈家，让她开了下面的仓门让大家看看！”

民众们不说话了，相互你看看我，我看看你。

“不去，不去！万一惹恼了沈小姐，就怕真没饭吃了！”

奸细继续煽动：“怕什么？她要真有粮，还怕你看？只要亲眼看见有粮，咱们也就安心了不是？”

民众们拿不定主意，都迟疑着。

“不能呀，可不能！沈家好心好意借咱们粮食，咱哪能再逼人家呢！”

人群里突然有人喊了起来：“有什么不能去看的！咱们都是打了借条的，她沈家要真是没有粮食了，那才是要活活逼死大家呢！”

又一个奸细霍地走到民众最前头，扬起手臂大声吆喝：“这个话是我说的，我自己去沈家看个明白！愿意跟我去的就一起去，要是真有粮，我把头拧下来给大家当板凳！要是没粮食，咱们饿死也得知道为了啥！”

说完，他拨开众人，转头就走。

“我跟你去！”

两个奸细一唱一和，昂然走向沈家粮行的方向。被他们甩在背后的众人也不由得慌乱起来。

“我觉得他说的像真的，沈家还真没粮了？”

“不然就跟过去看看……沈家小姐也不能生气！”

“走！跟着看看去！”

众人的情绪终于被调动了起来，纷纷叫嚷着赶往沈家粮仓。

一群民众冲到粮仓前，“砰砰”地砸着粮仓的大门。

“开仓，开仓！我们要验粮！”

粮仓掌柜慌慌张张跑过来，挡在粮仓门前：“乡亲们，乡亲们！这里头可是给大家救命的粮食，不能砸，不能砸呀！”

奸细甲一把揪住掌柜的衣领：“放屁！什么救命的粮食，沈家早就没粮了！”

“怎么没粮了？昨天各位不是看过了吗？沈家的粮食满仓满垛地堆尖着！”粮仓掌柜抱拳打揖地恳求着：“各位乡亲！求求各位都回吧，不要听别人煽动！”

奸细甲咆哮：“如果里头真有粮食，为什么你们不敢打开仓门，让我们都看看！”

“大家都知道，堆尖的粮仓不能开仓门，一开仓门，粮食就垮了！”

奸细甲一把将他推倒在地：“别听他的！砸！砸开粮仓，我们要验粮！”

“我们要验粮！我们要验粮！”

众人的吼叫声中，奸细乙拎起一把斧头，就要往门上劈。

粮仓掌柜慌得张开双臂，死死护住仓门：“不能砸，不能砸！这是借给政府的粮，砸了要犯法的！”

奸细乙一脚踢开掌柜，一斧劈开了粮仓大门！

空荡荡的粮仓瞬间暴露在众人眼前——零散的草席，满地的稻草。

“完了，全完了！”众人扑到稻草堆前，哭的哭，闹的闹。

“假的！真都是假的！”

“沈家的粮仓空了，常德没活路了！”

奸细乙手持斧头，转回头瞪视着民众：“看见没有！粮仓是空的，沈家要饿死我们！”

奸细甲也从人群中站出来，高声吆喝：“这个粮仓是空的，沈家肯定还有另外藏的粮食！砸呀！抢呀！逼沈家交出粮食！”

“砸啊，砸了沈家粮仓！”

“抢啊，抢出来粮食，就能活命！”

两个奸细的吼叫声像是在沸腾的油锅里泼了一瓢冷水，民众“轰隆”一声，汹汹而起，开始了发泄一般的乱砸、疯抢！

“沈家完了，完了！”粮仓外，掌柜的怔怔望着这片乱象，忽然抬起头对天嘶声哭喊：“二小姐呀，你快回来看看吧！二小姐！”

两辆汽车分别载着何平安与刘世铭，从县政府大门开出，分道扬镳。

何平安坐在副驾驶座上，眼前回放着爆炸以后的种种人事，越来越多的疑惑涌上心头，千丝万缕，一时难以理出头绪。

忽然一道刺耳的刹车声！何平安身子猛向前一扑，撞入眼中的却是对面车里周四紧张的脸。

“湘菱？”

他急忙下车，两步跑到沈湘菱的车前，一把拉开车门：“出什么事了？开得这么快！”

沈湘菱看着何平安，迟疑着没答话。

坐在沈湘菱身边的刘三转过头，惊异地看着何平安。

前排周四回过头，满脸焦急：“家里出大事了！那些灾民不知被谁煽动，把粮仓给砸了！现在就堵在家里，吵着要小姐给他们粮食！”

“粮仓？就是你在底下堆着草冒充粮食的那个？”

沈湘菱只能点点头。

何平安一拳砸在车顶上：“我就担心要出事！偏偏在这个时候。”

沈湘菱：“你别担心，我都应付得了。你抓紧时间，先捉到奸细，其他的都不用管。”

何平安不说话，担忧地注视着她。

“瞧你！没遇见你的时候，这样的事我经得多了。”沈湘菱故作轻松地笑笑。“你不是也说过么，宁可得罪魏九峰，不能得罪沈湘菱！”

何平安微一苦笑，对着沈湘菱伸出一只手：“枪给我。”

沈湘菱一怔，掏出枪交到他手上。

何平安打开弹夹看了看，从自己身上掏出几枚子弹填实了，合上弹夹，习惯性地对准旁边路灯一瞄。一连串动作极其纯熟漂亮。

车里的刘三怔怔地看着他。

何平安把枪递回给沈湘菱：“把他们吓唬走。小心点儿！”

沈湘菱低眼看着手里的枪，嘴角似乎在笑：“你快去吧。你也……小心点。”

何平安点点头，为她轻轻关上了车门：“如果行动顺利，晚上我去找你。”

车子开动了，何平安站在原地，长久地望着。

沈湘菱忍不住也回头望着他。

刘三也一直回头望着：“小姐，他是谁？”

沈湘菱一怔，忙回过去，垂目看着手里的枪，脸上微红：“他是……一个警察。”

“警察？”刘三脸色凝重，似乎在竭力追忆着什么。

汽车缓缓驶到“聚福楼”前停下。刘世铭低头看着手里的纸条，一时竟不敢下车。

“如果我被杀或者被抓，你写给天皇的效忠书就会洒满整个棠德，甚至撒到重庆，交到你们蒋团长手上！”

藤原弥山的这个要挟仿佛给他下了蛊，如影随形，如蛆附骨。

他揉皱了纸条，定了定神，一脸肃穆地打开车门。

凤老板微笑着两步迎上来：“刘主任怎么来了？我这儿现在可不开张了。”

刘世铭看着她，微微一笑：“来抓奸细。”

凤老板脸上的笑容凝固了，只一愣神，刘世铭已径自走进酒楼，她连忙转身跟上，亦步亦趋。

刘世铭的眼睛四处逡巡：“凤老板，最近你店里有什么陌生人来吗？”

凤老板连连摇头："没有，没有。"

刘世铭蓦地回转身望着她："你是开店的，难道连个脸生客人也没有？"

"从打棠德被围，这城里就只有出去的，没有进来的，哪还有什么客人？"凤老板艰难赔笑："再说，自从头几天又回来，我这店就不开张了。"

刘世铭想了想，仍然不死心："难道连讨饭求宿的难民也没有？"

凤老板摇摇头："他……魏县长不是早下了禁止令，城里划为五个区域，人员一律不得随意走动么？"

刘世铭急躁地四处张望，又蹭蹭蹭走上楼梯，凤老板急忙跟了上去。

他猛地推开二楼一间房间——房间空空如也。

凤老板两步撵上去，竭力摆出一个笑脸："刘主任，这棠德城里都知道，他……魏县长喜欢有空来这儿坐一坐，就算真有奸细，他也不敢藏在聚福楼呀。"

刘世铭一言不发，径直越过她，沿着走廊，猛地推开另一扇门。

凤老板不敢说话了，站在原地手足无措地看着他。

随着一扇扇门被推开，团员们报告的声音也不断从楼下传来。

"刘主任，厨房搜过了，没有发现！"

"刘主任，地窖搜过了，没有发现！"

"刘主任，账房搜过了，没有发现！"

刘世铭站在走廊尽头，仓皇回顾，身后是一个个空荡荡的房间。寒风从空屋中鼓荡袭来，吹上他满身冷汗，顿时毛骨悚然。

刘世铭喃喃自语："赌一把？赌一把。还是他赌中了！"

沈湘菱的车刚开到粮仓，便被民众堵在了门口。

众人围着沈湘菱的车子，愤怒地推搡着。

沈湘菱脸色苍白，神色却镇静，手里握紧了那把枪："刘三，你先不要下车。等我跟他们说话时，你从后门进家去，护好小少爷。"

她伸手要打开车门，却被刘三猛地拉住了："小姐，我想起来了！我想起他是谁了！"

沈湘菱诧异地看着他。

"刚才那个警察，我想起来了，小姐，他就是杀大少爷的人！"

"你说什么？"沈湘菱瞪视着他，一动不动："你再说一遍。"

"小姐，那个给你装子弹的警察，就是他，大少爷就是他杀的！"

时间凝固！沈湘菱只感觉浑身冰凉："不会……不可能。他姓何，他叫何平安。"

刘三信誓旦旦："不会错的，小姐，化成灰我都认得他！本来第一眼我还想不起来，直到他给你的枪装子弹……就是他！他拿枪的样子，我到死都忘不了。"

车子仿佛成了一个冰窖。一时魂飞魄散，周身麻痹，再也听不到车外鼎沸的人声。

第三十一章 恨天不公

密闭的车窗外，挤满了一张张激愤的面孔。车身被拍的山响，叫嚷声不绝于耳。

“还我们粮食！还我们粮食！”

周四缓缓挪动着汽车，紧张地看着外头蜂拥的难民，又转回头看着沈湘菱。

沈湘菱两眼紧闭，脸色苍白，石塑一样坐着。

“小姐，小姐！刘三，你肯定认错人了！”

“不会认错的！就是他一枪打死了大少爷——”刘三咬着牙道：“他的枪法太准了！”

沈湘菱的手攥紧了那把枪，食指缓缓扣住了扳机。恍惚中，她仿佛回到了那天的沈家大厅，何平安走到自己身后，伸长手臂，轻轻环住她。

“听我的，一枪就能打中！”

虚空里一声枪响！

整个世界陷入一片黑暗。

沈湘菱猛地睁开眼睛：“停车，我要下车！”

周四吃惊地回头看着她：“小姐！不能下去——这都是一帮疯子！”

“停车！”

沈湘菱厉声断喝，面带杀意！

周四怔怔地把车停下来。

难民更加沸腾起来，一张张愤怒扭曲的脸紧贴在车窗上，仿佛恨不能将车内人咬上一口！

刘三也紧张起来：“小姐，太危险了，你不能下去呀！”

沈湘菱看着车窗外凄冷一笑：“对你当面露出真面目的人，从来都不是真正的危险。”

车门“咔嚓”一声打开了，沈湘菱挺身站了出来！

周四紧跟着下车，护在她身前。

难民顿了一下，紧接着有人一把揪住沈湘菱的衣领。

“小姐！”周四大急，揪起那个难民一把推开。

“妈的！偷我们粮食还打人！打她！打她！”

盛怒的难民瞬间包围周四，连踢带捶，周四措手不及身上挨了无数拳脚。

沈湘菱举枪向天，一声枪响！

难民一震，一时静了。

“谁敢再碰沈家的人一下，我保证他永远见不到沈家一颗粮食！”

沈湘菱犀利的目光刀子一样在众人脸上划过。

众人不觉低下头，打人的难民悻悻然放开周四。

“你们不是想找我要粮食么？好，我这就找给你们看。”

她的目光如刀，眼风所向，难民缓缓给她让出一条路。

沈湘菱仰着头，穿过人群大步走进粮行。

仓库里已被翻得一片狼藉，却不见一颗粮食的影子。

难民堵在仓库门口，眼睁睁看着沈湘菱独自走进仓库正中，忽然停住了，脚尖跺了跺地下的青砖，缓缓蹲下了身。

“咚，咚，咚！”几声空洞的回音传来，难民顿时熙攘起来。

“还真有藏着的粮食！”

“我就说都给他们偷藏起来了！不逼她还是不吐出来！”

人群里，一个瘦小汉子阴狠地盯着沈湘菱，忽然尖声喊了起来：“粮食找到了，快抢粮啊！”

站在门口的几个难民一怔，随即拔脚往仓库里冲。

沈湘菱忽然站起身来，手里的枪直指门口：“谁敢抢，看是你的手快，还是我的枪快！”

那几个难民又缩了回去。

沈湘菱一手拿枪指着，缓缓逼进两步，犀利的眼神划过众人：“你们不是问沈家的粮食藏在哪儿么？看清楚了，沈家的粮食就藏在这里！”她另一只手朝天一扬，白纷纷的纸条雪片一样飘落下来：“自从常德被围，政府的人，军队的人，警察队的人，还有你们这些没饭吃的人，哪个不是从我们沈家借的粮！直到今天，沈家也没向你们讨过一分钱，要你们还一粒粮食！这么久了，沈家就算积粮成山，也早被常德城这么多张嘴生生吃空了！”

欠条乱纷纷飘下，难民们震立当场。

“沈家空了？”

“真没有粮了？”

“这下咱可吃啥？”

周四推开拉着自己的人，义愤填膺的喊了一句：“常德城里的粮商那么多，鬼子一来都跑了，只有沈家没跑，还开仓施粮！你们都摸着良心说说，要没有沈家，哪个能活到现在？”

难民们静了，脸上渐露愧色。

“沈家不是开赈济院的，我也不指望谁能记沈家的恩德。不过大难临头，都是一条船上的人，只能同舟共济！从今天开始，一人少吃一口，挨到援军打来，大家都有活路！不然的话……”

沈湘菱阴冷的目光扫视全场。

民众你看看我，我看看你，犹豫着散开。

人群里一个声音喊了出来："不能走！都别听她的，谁知道日本人能打多久，再没粮食我们还是得眼巴巴的饿死。她就是想把我们都饿死！"

难民一愣，相互看来看去。

沈湘菱："谁在说话？站出来！"

人群骚动，没有人站出来。

奸细躲在人群里继续喊："那天跟着魏县长来的时候，大家都亲眼看着，明明还有那么多粮食！她是看着我们都来借，怕了，把粮食藏起来了！今天找不出粮食来，我就不走！"

难民愣了愣，竟再次开始了骚动。

"对，不能走，让沈家交粮！把粮食都交出来！"

那个声音在人群中大喊："交粮，交粮，交粮！"

重新愤怒起来的难民渐渐齐声大喊起来："交粮，交粮，交粮！"

沈湘菱一声高喝："好！我交粮！"

难民又静了，一双双饥饿的眼瞪着她。

沈湘菱缓缓扫视着，抬高了手里的枪："谁把刚才那个躲着说话的人交出来，我就让这个人有粮吃！"

难民骚动起来，各自相互探寻怀疑着。

忽然一只手伸了出来，一个男人尖声叫着："沈小姐，是他！就是他！我亲眼看见是他！"

那个奸细被一把搡出人群。

奸细阴狠地盯了身后的人群一眼，随即挺直胸脯，大剌剌对着沈湘菱："这年头兵荒马乱的，除了粮食什么都靠不住！你说是粮食都借出去了，能一点都不给自己剩下？你肯定还有粮食！"

沈湘菱紧盯着他，一声不答，蓦地抬高枪口，眼底一片冰凉的杀气！

周四："小姐！"

一声枪响！

奸细扑地。全场愕然。

沈湘菱双目赤红，提着枪向人群缓缓走近了一步。

难民随着她的脚步，瑟缩地往后退着。

"杀，杀人啦……"

"沈家杀人啦！"

"不给粮还杀人！报官啊，杀人偿命！"

"魏县长曾有明令，棠德城内敢有煽动哄抢者，以日本奸细论处，可当场击毙！"沈湘菱走到尸体旁边，扫视众人。"魏九峰他还欠着我的粮食，看他会不会让我给这个奸细偿命？"

难民一时无语。

“怎么，觉得不公道？有人生在大富之家，有人生在穷乡僻壤，有人明明相爱，却天生变成仇人，世上根本没有公道，凭什么让我替天行道！谁手里有粮有枪，谁的话就是天公地道！”

沈湘菱枪口冲天，一扣扳机。

枪声回荡在人群上空，刚才还沸腾的人群此时彻底冷却了下来。

沈湘菱高举手枪，盛气凌人地睨视众人：“谁想吃粮，就得听我沈湘菱的！”

“藤原君，有人来了！”一个日军奸细惊慌地跑过仓库。

藤原弥山隐身在墙体后，透过一扇烂玻璃看到了跨进厂门的何平安——他举着枪慢慢地往里走，身后的警察受他的影响，也不由地掏出枪慢慢往前搜索。

“何平安！竟然被他找到了。”

他阴森一笑，举起枪，瞄准了何平安。

何平安猛然回头。

玻璃上一个持枪人的侧影一闪而过。

何平安冲身边的警察递了个眼神，警察会意，举枪慢慢散开朝堆积的玻璃板后逼近。

玻璃板后，藤原弥山执枪小心向前迈着步子，忽然脚下一声碎裂的微响。

何平安耳朵轻动，猛然转身对玻璃开枪。

巨大的玻璃顿时粉碎，后面竟空无一人。

何平安警觉地查探四周，其余的警察也聚了过来。

一声枪响！

何平安身后的玻璃被击得粉碎。他忙转身反击，警察们也纷纷躲避，开枪回击。

藏在集装木箱后面的日军奸细不断开枪，一时子弹纷飞，玻璃碎块四溅。

何平安闪身躲在一排货箱后，朝敌人连连开枪。

一个奸细中弹倒地，又一个奸细从木箱上跌落下来！

“砰”！一个胖警察对着何平安身后开枪，玻璃碎了一地。何平安回头望去，一个奸细一头栽进碎片中毙命。

对面的枪声停息了。何平安走过去，用脚将毙命奸细的身子踢翻，努力辨认着那张血肉模糊的脸——这不是在爆炸那晚跟自己对峙的人！

他警觉地扫视全场，纵身跃上集装木箱，扫视全场，除了警察，不见陌生人。

“至少还有一个……哪去了呢？”

他抬起头，望着仓库的房梁仔细查探。一个身影蓦地从梁间一晃而过。何平安霍地抬起枪口，忽然身后一声撞击，他不由回眼一看，只见胖警察捂着肚子，从堆起的木箱上重重摔下！

只在这一错眼的功夫，一大块玻璃凌空飞来，何平安躲避不及，只能架起胳膊一挡——

一声剧烈的碎响！

“何头儿！”

何平安一条胳膊鲜血淋漓，碎玻璃渣都嵌在肉里。他却全然不顾，跳上堆在高处的木箱，持枪四处寻望。

满地的碎玻璃、破木箱、斑驳的旧库墙……却不见人影。

“没事吧何头儿？”

一个警察上前探问。

“我没事，”何平安摇摇头：“快看看弟兄怎么样？”

他跳下木箱，奔到胖警察身边，只见那胖警察脸色惨白，嘴吐白沫，倒在同事的怀中不省人事。

“是受伤了？”何平安忙掀开他的衣裳。

皮肉上不见枪伤，却布满红色小疹。

何平安悚然变色。

粮仓外的空地上，一方藤编枪靶缓缓立起。

难民无论老少排成几排，茫然望着前面的枪靶。

沈湘菱在众人面前踱步：“谁要想吃饭，就得按我的法子来！”她说着提起了手中的枪：“从今天起，所有人都得跟着周四学开枪。打中一次靶子的，就能吃一碗饭。打不中的，就是老天要你饿死。这就是我的公道！”

难民顿时一片哗然。

“这枪哪是人人都能拿的？”

“男人还好，老人小孩咋办？”

一个妇女一屁股坐在地上，拍着腿哭叫：“这是什么公道？这分明就是要把俺们逼上绝路！”

乱糟糟的哭叫抱怨声中，沈湘菱猛地举高手臂，枪口瞄准枪靶：“从现在开始，我跟你们一样，打不中靶子不吃饭，打中一次，吃一口饭。若是枪枪不中，我就活该饿死，绝无怨言！”

众人你看看我，我看看你，少顷，又沸腾起来：“那不行！你本来就会打枪！”

沈湘菱脸色微变，一眼看到沈学文站在一边，厉声喝道：“学文，过来！”

沈学文顺从地走到她跟前，沈湘菱却把枪塞进他手里：“你不是一直想学打枪么？拿着！”

沈学文手指才碰到枪柄，又缩回去了，摇摇头：“……我不敢。”

“你必须敢！从今天起，你、我，跟他们都一样，打中了靶子，才能吃饭！”

沈湘菱把枪硬塞进他手里，跟着把人拉进自己怀里，轻轻环住他胳膊，举起枪对准靶子：“开枪很简单。关键在于呼吸，在于节奏。学文，你听着姐姐的心跳，等你的心跳跟姐姐的一样快，就能一枪打中！”

她说着，不由地闭上眼。何平安好似在她身后抱着她，甚至再次感到了何平安的呼吸和心跳。

沈湘菱神色一阵惨淡，双眼睁开！

一连五枪！

枪枪中靶！

民众一片惊呼！

沈学文回过身，对着沈湘菱惊喜又得意地笑：“姐姐，我打中了，我五枪都打中了！”

沈湘菱勉强微笑。

沈学文兴奋地跑到民众跟前：“你们都别怕！一点都不难打！”

他忽然身子一晃，一头栽倒了。

“学文……学文！”沈湘菱慌忙扑上前抱住他，大声呼唤着，无意间拉开了他的袖子——细嫩的胳膊上，赫然起了一层红点。

沈湘菱脸色霎时雪白：“快，送医院！”

医院已然是一片乱世惨象，到处都充斥着痛苦的呻吟、凌乱的脚步以及一张张扭曲痛苦的脸！

陈军医站在走廊尽头，口罩上方的眼睛，忧心忡忡地望着眼前难以计数的病患。忽然，又一串惊惶的呼喊从背后传来：“大夫！救人啊！大夫！”

她转身望去，只见周四抱着沈学文汗流浃背地冲进来。

“大夫，求求你，快救救我们小少爷！”

陈军医两步迎上前，掀开沈学文的眼睛，精心诊视。沈湘菱气喘吁吁地冲进来，扑在沈学文身前焦急探望，却正见陈军医掀开了他的衣袖，赫然露出手臂上密麻麻的一层红疹。

沈湘菱愕然失声：“这是怎么了？”

陈军医叹口气：“先住院吧。”

“大夫，我弟弟到底得的什么病？”

“他和这些人一样。都是中毒。”

沈湘菱循着陈军医目光望去，满屋都是满身红疹痛苦呻吟的病人：“中毒？什么毒？”

“从今天早晨开始，已经有十多个病人入院了，我们做过检查，发现他们的血液样本里都有一种不明毒素。你弟弟和他们的症状一样，红疹，腹痛，眩晕……”

是日本人的病毒！这个念头刀尖般扎进沈湘菱心头。她强撑着一把抓住了陈军医，嘶哑哀求道：“大夫，求求你救救我弟弟！不管需要我做什么，一定要治好他，一定要治好他……”

话未说完，她眼前一黑，瘫倒在地。

一碟寿司放在了日军临时指挥部的桌子上。横田勇与崇明亲王相对而坐。

横田勇拿起桌上的两双木筷，在寿司前轻轻放下三根筷子：“一、二、三……恰恰是三条防线。”

崇明亲王轻蔑地笑了：“事不过三，中国人对于数字总有种荒唐又固执的迷信。驻守在常德城内的中国士兵原本就不多，还要在三道防线之间分散布防，每道防线的力量就更薄弱了……这简直是自曝其短。”

“看来殿下还是不够了解中国人呐。”横田勇悠悠长叹：“余鹏程这样化整为零，分层布防，真实的目的并不是拒敌城外，而是为了最大限度拖延我们攻进常德的时间！”

“哦？那阁下为什么不利用我们的兵力优势，迅速冲破这三道防线？”

“因为我还在等待最佳的时机，一举冲破他们的所有布防，以彻底摧毁常德守军的信念！”横田勇手持剩下的一根筷子，极快地挑开最外面的一根筷子：“万事俱备，只欠东风！”

一个军官匆匆进来：“将军阁下，所有大炮已经调集完毕，等候指令！”

“好！东风来了！”横田勇一拍桌子站起来，兴奋的目光闪闪发亮：“马上进攻！”

轰隆隆的炮击声响起！

一尊尊大炮对准国军阵地，猛烈射击。

一枚枚炮弹落入国军战壕，炮火冲天，血肉横飞！

一个士兵端着机枪，焦黑的脸转向一旁的军官：“连长，鬼子的炮攻太猛，顶不住了！撤退吧！”

“师座的命令，死也不能后撤！”

国军连长猛地跃出战壕，奋力将手雷掷出。

他身形刚刚跃起，一发炮弹就在两人之间落下！

炮火撕裂的这团血肉落在镜头的视野里，横田勇放下望远镜，满意地面向崇明亲王：“没想到，余鹏程苦心经营的层层布防如此不堪一击！只要这三道防线一破，马上兵逼常德，争取二十四小时内攻入城内！”

崇明亲王点头微笑：“我也相信，此时常德城内的东风，藤原君已经也为将军阁下预备好了。”

横田勇得意地大笑起来。

在这肆虐的笑声中，阵地上炮火的攻击更加猛烈了！炮弹接连落下，国军的阵地被豁开一道又一道缺口。

炮弹纷飞中，一个通讯兵伏在工事后，奋力接通电话：“报告指挥部！报告指挥部！日军炮攻猛烈，连长牺牲……”

来自阵地的电话声在中央银行的指挥部里断断续续响着：“连长牺牲，我方伤亡过半……难以坚持……”

余鹏程背着手站在墙上挂的地图前，长久地沉默。

轰然一声炮响，电话里的人声戛然而止，只余持久的忙音。

余鹏程豁然转过身来，望着对面的柴志新，神情严峻：“撑不住了！”

柴志新略一沉默：“日军的火力优势太明显，继续坚守防线，只能是让士兵们做无谓的牺牲。常德将是一场持久战，当务之急，还是保存实力。”

余鹏程点点头：“我也是这样的考虑。”

他转回头，望着身后画了三道防线的战图，沉重地叹息一声，终于下了决断：“为保存实力，第一防线全面撤退！全面撤退！”

轰鸣的炮声中，战壕后的国军士兵开始纷纷撤退。

战壕后高树的青天白日旗倒了下来。

一只只日军军靴踩了上来。

崇明亲王：“将军阁下，他们开始撤退了！”

横田勇上前一步，举起望远镜，嘴角慢慢浮出一个冷酷的笑容：“撤吧，让他们快些撤吧。他们会把死亡的恐慌和绝望都带回棠德。而此时棠德……病毒也应该到爆发的时候了！”

他猛地转过头，望着崇明亲王：“做好准备吧，殿下！我们真正的进攻，要开始了！”

淅淅沥沥的冷雨洒满了棠德街头。

伤兵三五成群地躺在临时搭就的帐篷里，痛苦呻吟。

余鹏程俯下身，握起一个脸上缠满纱布的伤兵的手，低头慰问：“辛苦了……安心养伤。”

士兵口唇翕动，含糊说着什么。

余鹏程忙俯低头，把耳朵凑近士兵的嘴唇。

“连长……连长……死不后退……”

士兵吃力地从怀里摸出什么东西，塞进他手里。余鹏程低头一看，是一枚炸烂的帽徽。

余鹏程霍地直起身子，紧紧攥住帽徽，沉默了。

身后的柴志新走上前，神色焦急：“师座，这么多伤兵，帐篷里条件简陋，还是火速转移回营地或者医院，便于军医集中治疗！”

余鹏程摇摇头，与柴志新走开一步，避开伤兵，低声道：“部队刚刚发生了病毒感染，如果再转入大量伤兵……这种恐慌和悲观的气氛，扩散起来会比日军的病毒还可怕！”

柴志新一怔。

一个士兵匆匆跑过来：“报告师座！城内又出现了大批中毒事件，疑似感染人员都已经送到医院！”

“糟糕！快，去医院！” 余鹏程大惊失色，转身就走。

然而当他跟柴志新赶到医院，才一踏进病房走廊，就被一道红线拦住去路。

“干什么？让我过去！”

余鹏程怒视着守在红线两边的士兵，就要硬闯过去。

“余师长，事态危急，任何人也不能穿过隔离带，包括您。”

红线的那一头，陈医生匆匆走来，向余鹏程点头示意。

余鹏程只能站定了：“现在情况怎么样？”

陈医生叹了口气：“病毒比预期发展的要快，仅仅从今天早晨开始，医院就收治了三十几名病患，有士兵，也有平民。看来病毒已经全面扩散了。”

“全面扩散？那你的研究进展的怎么样？疫苗呢？”

陈医生摇了摇头：“我们尽力了，可是现有的经验跟技术达不到，很难配制成功。”

余鹏程难掩焦急的怒色：“没有治疗的疫苗，那防止近一步扩散的预防措施，总该有了吧？”

陈医生再度摇了摇头：“病毒扩散传染的途径暂时还不清楚，临时只能对感染者采取更严格的隔离措施。除此之外……”

余鹏程大声喝断了她的话：“除此之外，我的兵就只有等死？”

陈医生略一沉默：“我建议，尽快向长沙附近条件优越的大医院求救！”

发去长沙求援的电报很快有了回音：“有关棠德疫情，因我院并无此类病毒记录，亦无法得知病毒具体性质，因此不能配制疫苗，望棠德尽快令寻他路，切莫耽误疫情！”

听完电文，正背着手看墙上战图的余鹏程沉重地闭上了双眼。

“另寻他路……还能寻哪条路？真是求告无门啊！”

此时求告无门的，也不单单是他余鹏程和棠德。

天色暗了。乔榛一个人，直挺挺地站在寨门前。

寨门缓缓打开，海东升站在门前，难以置信地望着她。

“你……你没死，你没死……”

海东升难以自制，冲上来紧紧抱住她：“你没死，太好了！你没死！你知不知道，我以为是何平安杀了你，我要不顾一切给你报仇，哪怕是同归于尽……你没死，你没死……”

靠上这个熟悉的肩膀，乔榛的眼泪也渐渐流了下来：“师父，我没死，我回来了！”

海东升忽然一愣，推开乔榛，双手死死抓着她的肩膀：“你没死，为什么不回来找我！”

“你去哪了？是不是去找何平安？是不是那个何平安！是他叫你来的，对不对！”

乔榛望着歇斯底里的海东升，一阵恐怖涌上心头。

“师父……”

“那天我亲眼看见何平安杀了你，你……到底怎么回事！”

“何平安，他没杀我，他割伤的是自己的手臂！”乔榛战战兢兢道，“他救了我。”

“他救了你！你的命都是我给的，你倒说那个何平安救了你！”海东升大吼一声，狠狠把乔榛推倒在地，“滚，你给我滚！”

“好婆娘，你没死，真是太好了！哈哈哈！”身后，混江龙大笑着走了出来。

海东升脸色一变：“你给我滚！我没你这个徒弟，你就是何平安派来的探子，你给我滚！”

“我不走，师父，我不是探子，我……”

海东升重重地扇了她一记耳光：“你还不给我滚！快走啊！”

乔榛捂着脸，瞪大一双泪眼哀望着海东升，却发现他虽然满脸怒色，眼底却全是关切。

“这就是你不对了，乔榛妹子好不容易回来了，怎能再走呢！”不等乔榛反应过来，混江龙上前一把抓住她，硬生生拖进寨门：“快进来，快进来！你可不知道我有多想你啊，哈哈哈！”

混江龙拉着乔榛走了进去。

海东升愤恨地一跺脚，跟了进去。

混江龙拉着乔榛一直走进大堂，硬按着她在大堂一侧的椅子上坐下，自己则紧贴着她右边身子，挨挨蹭蹭地坐下了。

海东升紧跟着进来，见这情形，紧贴着乔榛左边站住了。

混江龙朝他一瞪眼：“您是大当家的，应该坐上面，不能坏了规矩，不然我怎么跟日本人交待啊！”

海东升无奈，转身走到大堂正中间的位置坐下来。

混江龙涎着脸笑：“好妹子，你回来了就别走了！”

乔榛低垂着头，声几难闻：“我回来，是求你们一件事。”

“说，只要我办得到！”

“救人。”

混江龙抢着问道：“救谁？”

“小猴子。”

“小猴子？”

“他是何平安的儿子！”乔榛怯怯看了海东升一眼：“他被日本人抓走了，求你们救救他！”

“你还说不是为何平安来的！”海东升一拍椅子站了起来，怒不可遏。

“师父，何平安救了我，我欠他的！”乔榛站起身，“扑通”一声双膝跪落，哀声求道：“他把小猴子托付给我，我却让日本人把他抓去了，救不回小猴子，我……”

“那姓何的到底给你吃了什么迷魂药，你给我滚！”海东升怒吼着，抬起一只手就要打落，却被混江龙一把抓住了。

“大当家的，你何必这么急着发号施令呢？”混江龙色迷迷地望着乔榛：“妹子，救人也不是不可以，可你能给我什么好处啊？”

乔榛凄然望着满面严霜的海东升，目光黯淡下来，稍一停，转向混江龙道：“你说！”

混江龙把头一晃：“给我做压寨夫人！”

乔榛一咬牙：“我答应！”

混江龙大喜：“当真！”

“绝不反悔！”

混江龙拍腿怪叫：“好！痛快！”

“不行！”海东升慌忙阻止：“乔榛，你是我徒弟，你的婚事我没同意，你自己说了不算！”

“放你娘的屁！”混江龙大吼一声，两步逼到海东升跟前，恶狠狠地瞪着他：“海东升，你这个大当家的，就是个傀儡，是我在日本人那顶雷的，老子的婚事，你他娘的插什么嘴！再不给我老老实实的，老子让你生不如死！”

海东升一时不敢动了。

“好！我去准备准备，准备妥当了，咱们拜天地！哈哈哈！”混江龙大笑离去。海东升和乔榛对望着，相对无语。

“她叫沈湘菱，是今天上午进来的。”何平安捧着才包扎完的手臂，站在医院走廊的那条红线前，神色焦急。

护士翻查着登记册：“是有这个人。但是你不能进去见她。”

何平安一愣：“为什么？”

“现在还不知道病毒会不会人传人，只要有发病迹象的都必须隔离，不能与外界接触。”

“病毒？什么病毒？”何平安吃了一惊，下意识地迈步就要往前冲，却被红线前的士兵死死拦住了：“我只见她一面，哪怕让我看她一眼就行！”

护士摇头，刚想张嘴，却忽然惊呼一声。

尖风过耳，背后一根铁棍照准何平安的头横扫了过来！

何平安机敏躲开，回头一看，只见身后是个瘸腿的中年汉子，咬牙切齿瞪视着自己，恶狠狠又是一棍抽来！

何平安斜身躲开棍子，上前一步，一把攥住对方胳膊：“你是谁？你要干什么！”

刘三双目充血：“干什么？打死你，给沈家大少爷报仇！”

何平安不禁怔住了！

刘三趁机甩开何平安，一路追打，竟将何平安逼到墙角。何平安避无可避，唯有抬手抓住铁棍：“你到底是谁？”

“他是看见我们大少爷怎么被你一枪打死的人！”周四大步走了出来：“姓何的，你明知道自己欠下大少爷一条命，还要这么坑二小姐！”

何平安震立当场，缓缓松开铁棍。

周四痛心疾首地逼视着他：“你还有脸来看她？你要是不记得，我就提醒你，九年前，沈家大少爷任国军连长时被人一枪打死，杀他的人是共产党，姓何……”

“不要再说了。”何平安抬起头，双目通红的望着周四：“我都记得。九年前，我在常德杀了一个国民军官。”

一记耳光重重打在他脸上。周四嘶声怒吼：“你杀的是我们大少爷，是她的亲哥哥！”

“姓何的，我今天就杀了你给大少爷报仇！”刘三悲愤交加，举起铁棍就要挥下。

何平安一动不动，阖上双眼。

“住手！”

刘三停住手，闻声望去。

何平安也睁开眼睛。

护士带着一个警察提枪跑来：“是他，就是他在医院行凶！”

“何头儿？你怎么……”

“走！”周四见状，拖着刘三就走。

“站住！”警察拔腿要追，被何平安一步挡住了。

“别追了。我没事。”

警察一愣：“可是刚才他差点就要打死何头。”

“我这条命，本来就是欠她的。”何平安惨然一笑：“我一直心存侥幸，希望不是，可……命，都是命！”

第三十二章 爱恨难平

一声枪响!

枪口硝烟飘散，对面的靶子却纹丝未动。

周四冷冷道：“脱靶。”

一个高个难民瞪着自己手里的枪，一脸诧异：“又是脱靶？不行，再来！”

后面排队的难民抱怨立起：“还来？你都打了五枪了，你不饿我们都等饿了！”

“换人，换人！”

周四上前收起他的枪：“今天算了，打不中也有饭吃，饿不着你的。”

“一碗哪够我吃的！你看我跟他的身板，他吃一碗还差不多！”

高个朝远处一指，一个瘦小的男人正蹲在墙角大快朵颐，他面前已放了两只空碗。

他作势要拿回那把枪：“不成，再让我打一枪吧！”

“不行，我们还没打呢！””

“下一个我来！”

“我来！”

难民们你争我抢，都要打枪。

院子的另一个角落里，刘三奉陪着魏九峰，手指脚划地解说着：“一人每天五发子弹，只要会开枪，就能领一碗饭，打中靶子的，就能再吃一碗饭，保证饿不死一个人！”

魏九峰望着跃跃欲试的人群，不禁感叹：“沈小姐果然是沈小姐！竟能把城里的民心都聚在了一起。不得了，了不起！”

“我们小姐这也是被逼无奈。如果不是假冒满仓的事被难民发现，小姐也不会想出用粮食练兵的法子，牵制他们！”

魏九峰点头沉吟：“难怪，难怪沈小姐能想出这么杀气腾腾的法子。环境所逼啊。”

两只酒杯相碰。

何平安与魏九峰一饮而尽。

杯底朝下，两人相视一笑。

放下酒杯，何平安打量四周：“这里比起以前，实在安静太多。上次我来时，隔壁说什么话，听的一清二楚。”

“今非昔比了！”魏九峰提起酒壶斟酒，幽幽叹道，“如今棠德已经是座困城，空城！聚福楼自然开不起来了。我让凤老板摆酒，可她把地窖都翻遍了，最后也只找来半坛子酒。酒不是好酒，菜没有好菜，可男人喝酒，喝的其实是一番情义！”

他举起酒杯，敬向何平安：“兵临城下，不管姓国还是姓共，都是兄弟战友，生死之交！这杯酒，魏某敬你，何老弟，辛苦了！”

何平安凝视着魏九峰，也端起酒杯，两人轻轻一碰，一饮而尽。

魏九峰放下酒杯不禁感叹：“何老弟，还记得么，这间雅房，可是魏某跟你第一次经历生死的地方！”

何平安手指轻抚桌沿弹痕，微微笑了：“当然记得。我违抗魏县长的命令，私开城门，却将装成难民的土匪放进了城。他们一夜烧杀抢夺，最后带着赃物来到聚福楼庆功。”

魏九峰手持筷子，指着对面的屏风：“当日我就在这间雅间里，而土匪就在对面！”

“我假扮伙计接近土匪，不料却被他们识破了。为了脱身，我信口胡说，谁知糊里糊涂地把魏县长你给卖了！”

两人相视笑了起来。

魏九峰笑着摇了摇头：“还好我早就察觉土匪在隔壁，事先让凤老板通风报信，张局长就带了上百号的弟兄来了！”

“可因为我一句谎话，却连累了县长您被土匪劫持。”何平安斟满酒，端起杯子：“兄弟给魏县长赔罪！”

魏九峰挡住何平安的杯子：“既然自称是兄弟，你就不该再叫我‘魏县长’。而且更谈不上赔罪……那天也幸亏有你灵机一动，演戏骗过土匪。说起来，我还得谢谢你救命呢！”

“当时也是无路可走了，我只一心希望县长能早点脱身。”何平安赧然道：“所以才想都没想，就……就把县长给丢下楼去了！”

魏九峰摇头苦笑：“你可真吓了我一跳！当时我以为自己就这么完了。哪想到下面竟然有一车白面……好你个何平安，算得可真周到！”

酒杯在何平安嘴边停住了：“不是我……是她……沈小姐。我根本没算到那一步，她却提前想到了。”

魏九峰望着何平安，眼含笑意，少顷点头感叹：“胆识、心智都过人一等，这个沈小姐是个难得一遇的奇女子，更是个重情重义的好女子！何老弟，这是你的福气，更是运气。听我的，一定珍惜，要是错过了这样的女人，可是一辈子的遗憾。”

“珍惜？我能么？我还配么？”

何平安猛然引颈，将酒灌入口中。

“魏某是局外人，也是个粗人，但也看得出沈小姐对你有情有义，你对她就更不用说了。”魏九峰微笑道：“只要两情相悦，管他什么门当户对！等过了这道坎，我给你们保媒主婚！”

何平安苦楚地摇摇头：“只怕我在她心里，已是不共戴天的仇人！”

魏九峰眉头一皱：“这话怎么说？”

何平安抓起酒壶径自倒酒，可酒壶却空了。

“没酒了？我来了！”随着这声甜润的嗓音落地，凤老板端着一壶新酒走了进来，替二人斟酒。

何平安低下眼睛，看着新斟上的酒，却端不起来：“九年前，沈家大少爷奉命进山捉拿共产党，最后被人一枪打死。”

魏九峰点点头：“这我知道。你虽然也是共产党，但党派之争，身不由己，这种仇不能记在个人头上。以沈小姐胸襟，不会不明白这个道理。”

何平安苦涩一笑：“这个仇，只能记在个人头上。因为枪杀他大哥的那个人，就是我！”

“当”的一声，筷子落地，魏九峰目瞪口呆地看着他，一旁的凤老板也听呆了。

何平安低声道：“过去九年，我千方百计地隐瞒过去……可过去了的事实，永远隐瞒不了。”

“凤儿！”

凤老板猛然觉醒，方才发现酒水已溢出酒杯，洒了一桌：“呀，对不住，我马上收拾！”

她掏出帕子，手忙脚乱地擦拭桌子，不料腿却触到桌子，不禁眉头一皱，疼出声来。

魏九峰惊诧：“你受伤了？”

凤老板慌忙摇头：“之前逃回常德时路上摔了下，擦伤了，早不碍事了。别管我，继续聊吧！”

仿佛怕魏九峰再追问似的，她提着酒壶，匆匆退了出去。身后的门刚一关上，她便浑身瘫倚在墙上，缓缓蹲下身去，颤抖的手紧紧捂住了腿部……

地窖里，小桌上，油灯如豆。

“笃笃”的脚步声响起，凤老板颤巍巍地从木梯上走下来，到了桌前，战战兢兢地放下食盒，面朝南墙，不敢回头。

“饭来了，慢用。”

她转身要走，身后一个声音却猛地响起——“等等！”

她僵住了，仍不敢回头。

斑驳的墙面上猛地坐起一个男人的身影。

“我又不是老虎，凤老板怎么来了就走？”

凤老板撇过头，不敢直视墙上的影子：“我是怕打扰您静养，不敢逗留。”

影子冷笑一声站起身，一步步走向她。

凤老板浑身都在颤抖。

“这里不见天日，能有凤老板这样风韵犹存的美人相陪，才不会寂寞啊。”

一只男人的手搭在肩头，凤老板猛然惊起，避到一边："藤原先生，请您自重！"

藤原弥山哈哈大笑，一把扳起凤老板的下巴："又不是黄花闺女，你装什么正经！"

凤老板满脸泪痕，屈辱的怒视着他的脸。

藤原弥山啧啧两声："我的哥哥，不像我懂得怜香惜玉，一定让凤老板吃了不少苦头。他最喜欢在自己的猎物身上留下烙印了。凤老板的记号又在哪里呢？"

那只手从肩头滑下，一路摸索，触碰到凤老板的腿时，凤老板不由得浑身一抖。

"原来在这儿啊！"

藤原弥山狞笑着，猛然一把撕开凤老板的裤脚！

一个狰狞的烙印露了出来——藤原家的家徽！

凤老板紧紧咬着嘴唇，绝望的眼泪流了下来。

隔着雅间的一道门，魏九峰的咳嗽声断断续续。

凤老板定了定神，伸手抹干脸上的泪水，轻轻推开了门。

何平安不知何时已走了，魏九峰孤身坐在桌前独酌。

"坐吧，你也陪我喝几杯。"

他端起酒壶斟酒，忽然又急促地咳嗽，震得手上的酒水洒了一桌。

凤老板轻轻按住魏九峰倒酒的手："你咳症还没好，就少喝点。"

魏九峰抬起眼，怔然凝视着她，忽然伸出另一只手，轻轻将凤老板的手握起："凤儿，我对不起你！"

凤老板苦涩一笑，在一旁坐下："你看你，说这些干什么。"

"真的，一直以来，是我拖累了你，辜负了你！"魏九峰轻轻说道，"等常德这仗一结束，我就辞了这个官，好好陪着你。你想去哪儿，咱们就去哪儿！"

凤老板眼底一阵黯然，轻轻抽回了手："要是常德城被日本人破了呢？"

"就算常德守不住，我跟你总算也能死在一块。咱们生前没名没分，死了也能手拉手一起走过奈何桥了！"

魏九峰醉意朦胧，可目光明亮，充满真挚。

凤老板泪光莹莹，伸手紧紧握住魏九峰的手："你知道吗，我等的就是你这句话！"

月光下，孤独的身影在寂静的长街上慢慢延伸。

脚步轻浮，跌跌撞撞。

何平安醉意朦胧停在十字街口，努力稳住自己的身形，他转头看向医院的方向，满目哀伤。

"你骗得我们小姐好苦！你杀的是她的亲哥哥！还有脸来看她？"

"我只见她一面，哪怕让我看她一眼就行！"

"我不会让你再见她，再伤害她——一眼都不行！"

何平安恍然甩甩头，似乎要把萦绕在脑中的乱声都甩碎。抬起眼，一钩弯月孤寂地挂在暗蓝空穹，那月光清媚得一如伊人眼神。

“为什么我不能见她了？我要见她！必须见她！”

何平安喃喃自语着，踉跄迈步，走向医院。

忽然，前方路口人影晃动。

何平安一诧，警觉地闪到路边角落，贴着墙根追了上去，跟随其后钻进一条幽巷。

静夜如止水，密谋声依稀可闻。

“人都齐了。再过一会儿医院的警察就要换岗，咱们趁这会儿功夫就把柴火送进去！”

何平安一皱眉，将身子慢慢向前探去，只见小巷深处，十来个身影围拢在一个光头大汉身边，听他一个人布置：“西城的和我负责点火，其他的人把来的乡亲们聚齐，一定堵好前后门，不准任何人进出！”

何平安酒醒大半，震立当场。

一个人问道：“那医生怎么办？”

“管不了那么多。这病要是传开了，棠德城谁都别想活！宁可错杀一千不能放过一个。”光头狠声道：“你们要记住！留着他们，咱们也活不了。”

又一个声音苦叹：“唉，老天不长眼啊，总想弄死我们！”

“天要灭我们，我们就跟天斗！”仿佛要给别人壮胆似的，光头提高了声音：“只要把医院里的人全烧死，瘟病就不会传出来，咱们就全都有救！”

众人纷纷点头：“好，好！”

光头抬眼望了望天：“时间差不多了，走！”

“走！”

众人齐声应喝，转身走向巷外。

何平安挺身上前：“乡亲们别走！”

众人一愣，光头大汉走上前，借着月光打量何平安：“你是谁？”

旁边的矮子忽然尖叫起来：“我认识他，他是个警察！”

众人一惊，纷纷瞪向何平安。

光头冷哼：“警察？警察都是当官的走狗，从来不管咱们的死活！”

何平安憨厚一笑：“这么晚了，大家还是散了吧。千万别做傻事。”

矮子又叫了起来：“这个人听见我们的计划了，不能放他走！”

众人慢慢逼向何平安，何平安心惊，慢慢后退，手下意识往腰上一摸，腰上根本没枪。

忽然，他身子一顿，脚下竟踏着一堆碎石。何平安脚尖一挑，碎石连同沙土蓦地扬起，劈头盖脸砸向众人！

趁着众人惊乱，何平安扭头就跑。

“不能让他跑了！”

光头大声呼喝着，带着众人拔腿就追。

“来人啊！有人要烧医院！”

静夜中，夜光下，何平安一路喊，一路朝医院奔去。

忽然，另一群难民举着火把从侧路冲来，光头指着何平安大声命道：“抓住他，不能让他跑了！”

何平安大惊，忙掉头朝一条小路上跑去。

“抓住他！”

两拨人集结在一起，朝何平安奔跑的方向追去。

“来人啦，有人要烧医院了！”

何平安竭力朝医院奔来。忽然脚下一滑，摔倒在地。

“抓住他！”

众人蜂拥着追了上来。

何平安看了一眼几米外的医院，快速爬起，返身伸长手臂横在众人面前：“冷静点，你们冷静点！那里面不是毒害我们的日本鬼子，而是我们的父老乡亲，是我们的同胞！”

众人一愣，跟着咋咋声又起。

“他们反正活不了了，不能让他们祸害我们！”

“烧死他们，烧死他们！”

一时群情沸腾，众人举着火把，推搡着何平安冲向医院。

“不能这么做！快停下来，停下！”

何平安奋力拦阻，但他的声音却被四周更汹涌的声浪淹没了。

“我们要活命！谁要阻拦我们活命，就先烧死他！”

光头举着火把扑了过来，何平安闪身让过火把，一把抓住光头的手。

“病毒是日本人故意投放的，会不会人体传播还不知道，你们这么做，根本就是屠杀，是草菅人命。和日本人有什么区别？”

“医院连焚尸炉都砌好了，里面的人早晚都会死光，与其传染我们，不如一把火烧光医院。烧死他们！”

一个矮子举着火把冲了上来，何平安不得不松开光头的手。几个难民趁机越过他冲向医院。何平安慌忙跃前两步，拉住跑在最前面的一个难民。

“你们不能这么做！”

“烧，我们要活命！”

“不能烧！”

何平安左右避让，肩头被一个火把重重地砸了一下，不由自主向旁边扑了几步。

“别听他的！”那个光头咬牙切齿地吼道：“警察和政府都一样，都恨不得我们死！”

矮子高举火把大喊一声：“相信他们，我们就死了。烧！”

“烧！”

一个火把猛地丢向医院大门，何平安伸手一抓，居然牢牢握在手里！

“站住！”

何平安将手里的火把指着众人，身子却不禁做好了退的准备。他快速回头看了眼医院大门，又看向眼前虎视眈眈的众人，突然抡起火把冲向难民。

众人一惊，本能后退，何平安却转身跑向医院大门。

“别让他跑了！”

何平安拔腿冲进医院大门，众人追来，何平安转身将火把向众人丢去。

火把腾空飞来，火星四溅，众人纷纷避开。

何平安急忙用力将医院铁门拉上。

“把火把扔进去！”

光头话音一落，众人纷纷将火把丢进医院。

“烧啊！”

“烧死他们！”

医院门口顿时人声鼎沸。

何平安守在大门前，望着疯狂的人群，悲愤交集。

医院房间的灯一盏盏亮起，许多扇窗户打开，伸出好奇张望的脑袋。

“姐，我怕！”

二楼病房里，沈学文害怕地爬上沈湘菱的床，紧紧将她抱住。

“别怕。”沈湘菱抱紧沈学文，下意识地咬了咬嘴唇。“沈家已经这样了，也没什么好怕的了。”

“姐，我想爹。”

沈湘菱沉默了半晌，低声说道：“姐姐也想。可想也没用。爹死了，老三老四也死了，只剩你和我，我们要好好活着。”

沈学文一阵沉默：“姐，我们也会死吗？”

“不会的，姐姐会保护你。就像当年大哥保护姐姐一样。”

沈学文扬起脸看着她：“姐，你怎么老提大哥？大哥什么样？”

“大哥呀，和你的样儿差不多，不过他总穿军装，他穿军装的样子特别神气。”沈湘菱仿佛又看到了那个熟悉的，令自己安心信赖的身影，嘴角不禁流露出几分笑意。“我有你这么大的时候，胆子特别小，爹不让我出门，可我老想出去看看。大哥就偷偷带我出去，每次被发现了，大哥都替我受罚。大哥说，多经历经历，就不怕了。可是后来……”

她沉默了好一会儿，眼神渐渐变得刚毅起来：“后来，娘死了，大哥死了，我经历着这些，心里记着大哥的话，慢慢地，什么也不怕了。学文，一些事情你必须得去面对，怕，不是解决问题的办法。你明白吗？”

迎着姐姐的殷殷眼神，沈学文还没来得及回答，忽然窗外传来一阵吼叫：“烧死他们！烧死他们！”沈学文一惊，下意识地往沈湘菱怀里挤，突然想起沈湘菱的话，又不由地抬头看向窗外。

“别怕，姐去看看什么事。”

沈湘菱下了床走到窗前，拉开窗帘望向楼下。

楼下，难民们举着火把投向医院。

“烧死他们！烧死他们！”

医院铁门之前，一个身影正竭力将一个个冲向大门的难民推开——是何平安！

沈湘菱眼里突地射出冷光，转身冲到床前，一把掀开枕头，抓起枕下的手枪就往门口冲去。

沈学文大喊：“姐，我跟你一块去。”

沈湘菱猛然回头：“不许去，在这等我！”

沈学文一愣，不敢追去。

沈湘菱掉头就朝门外奔去。

沈学文忙回头奔到窗前，趴在玻璃上朝楼下望去。

“抓住他，我们要活命！”

几个难民冲上来要抓住何平安，何平安奋力将他们推开。虽然接连挨了几个难民的拳打脚踢，他仍然只是将冲上来的难民扑开。

难民们越围越多。何平安捡起地上一根火把指向难民：“别干傻事，他们中也有你们的兄弟姐妹！”

“让开，我来！”

何平安回头望去，只见那个矮子拿着一根铁棍，大喊着直扑过来。何平安躲闪不及，眼见着那根铁棍直刺向自己胸口！

矮子用力一挺，一截铁棍“穿过”何平安，从他身后露了出来。

众人惊呼，都瞠目望着。

矮子也是一惊，想把铁棍抽回，不料铁棍却纹丝不动，他低头一看，不禁愣住。

铁棍被何平安紧紧的攥在手里，从他的侧腰擦过。

何平安脸憋得通红，咬紧牙关，紧紧的攥着铁棍用力回抽。

铁棍一点点从矮子手中滑脱。

何平安大吼一声，将铁棍从矮子手中抽了出来；他拿着铁棍走到大门，用力一插，铁棍深入泥土。何平安嘶吼着，竟将铁棍弯曲成钩，死死别住医院铁门。

“谁敢硬闯医院，就从我身上踏过去！”

何平安张开双臂挡在大门前，义愤填膺地大吼。

“他就一个人，大伙儿别怕！冲啊！”

光头一声大喊，带头扑向何平安。

何平安怒吼一声，将光头手臂一抓，翻身一摔。

光头高大的身躯重重摔在地上。

一个难民扑上来，拳头直砸在何平安身上，何平安咬牙扛着，奋力将难民推向众人。众人竟被带动着退了两步。

何平安双眼赤红，咬牙看着逼近的难民，弓着身子气喘吁吁：“别进来，你们别想进来！”

门外的难民们忽然愣住了，目光越过何平安，看向他的背后——隔着铁门栅栏，沈湘菱的手枪平举着，黑洞洞的枪口瞄准了何平安的后脑。

何平安不由得回头，也看到了端枪的沈湘菱，当下想也不想，大声喊道：“湘菱，快跑，他们要烧医院!”

何平安话音未落，难民们又疯吼着冲向大门。一个难民狠狠踢了他一脚，何平安痛苦地摔倒在地，眼看着几个难民乘机冲了上来。

“湘菱，快跑！”

他奋力爬起，俯低身子拦腰抱住一个难民，抵着他挡向众人。

众人被压退了几步，何平安又回身拉下一个正翻大门的难民，将他使劲推向人群。

“湘菱，快跑啊！”

沈湘菱一动不动地矗立着，只有手在颤抖，枪口依然对着何平安，眼里猛地噙满泪花。

“快，烧死他们！”

几个火把从门口丢进了医院。

何平安一声大吼，使劲推开丢火把的难民：“湘菱，快跑！别害怕，别管我！”

沈湘菱的手抖得更厉害了。

“打死他！打死这个警察！他不让我们活，我们也不让他活！”

众人涌向何平安，何平安左推右扑，拼死挡在大门前。

“我不会让你们烧医院的，有我在，你们就休想！”

忽然一声闷响！一块碎石砸了过来，何平安额头顿时鲜血直流。

沈湘菱一惊，眼里猛地闪出一道担忧之色。

“抓住他，谁不要我们活命，我们也不让他活！”

难民们再次扑向了何平安。

何平安大吼一声，撑开身子死死挡着大门。

砰，震耳的一声枪响!

沈湘菱手里的枪对准门外黑压压的人群：“走！”

难民们猛然被震住，

沈湘菱厉喝：“走！再不走我开枪了！”

“警察来了！”

不知谁尖叫一声，紧跟着医院大门洞开，一队警察冲了过来。

难民们顿时四下散开。

何平安扶着铁门转过身望向院里：“湘菱！”

沈湘菱高举枪的手慢慢放下。

“湘菱……你还好吗？”

沈湘菱漠然转身，头也不回的走进医院。

何平安没有追上去，只是痴痴地望着沈湘菱的背影渐渐远去。

门砰一声关上。

沈学文忙回头望去。沈湘菱黑着脸坐到床边，顺手将枪藏进了枕头底下。

沈学文轻轻走了过来："姐，你哭了？"

"没有。"

"我都看到了。"

沈湘菱咬着嘴唇不吭声。

沈学文沉默了少顷，忽然问："你是不是想杀何大哥？他是好人。"

"你懂什么？" 沈湘菱语气忽然激动了起来："你知道他是什么人？你知道他对咱家都做了什么……"

沈学文点头："我知道，他是杀了大哥的人。"

沈湘菱一愣。

沈学文一本正经的望着沈湘菱："那天，我在走廊听到周四说的话了。"

"学文！"

"可我还是觉着，何大哥是好人。何大哥救了我。还背着爹逃命。他比三哥四哥都强。我没见过大哥，不知道他是什么样的人，我只知道，何大哥就是最好的大哥，没有比他更好的大哥了。他刚才还说，他会保护我们。"

沈湘菱忍着泪瞪着沈学文："你没有见过大哥，你当然不知道大哥有多好。在我眼里，大哥待我，就像我待你一样。在我心里，大哥才是真正的英雄，真正的好人。"

沈学文叹口气："那你真的打算杀了何大哥给大哥报仇？"

沈湘菱点头。

"别骗人了，我才不信呢。" 沈学文摇头："刚才我在楼上都看见了，你根本舍不得杀何大哥，你的枪比了好久，最后是朝天开的。你要是想报仇，刚才就开枪了。"

沈湘菱怔住，眼泪缓缓流下来。

"我不知道我还能活多久，我不知道该不该杀何平安，我不知道，我都不知道！"沈湘菱一把搂住沈学文："我不知道该怎么办，你告诉姐姐，我要怎么做……"

沈学文不知所措。

"如果这个病毒，这个病毒真的传染，我恨不得让何平安也中了这个病毒，这样，我不用杀了，我们可以一起死，我宁可跟他一起死！"沈湘菱突然一愣，缓缓放开沈学文："我们，我们可以一起死……"

沈学文不由打了个寒噤："姐，你……你要做什么……"

沈湘菱擦了擦眼泪，对着他一笑："姐姐要去打个电话。"

脚步声带着回音，一直响到走廊上的那根红线前才匆忙停止。

"沈小姐！"魏九峰站在红线外，满脸是汗，喘着粗气："一接到你的电话我就来了。你说有法子测试出病毒的传染性，是真的吗？"

红线的另一头，沈湘菱戴着口罩，缓缓点了点头：“只要照我的方法来，就一定能向大家证明，究竟病毒有没有传染性”。

“好，你说。”魏九峰难掩喜色，忙掏出一个小本，准备记录。

“不用记了，办法很简单。”

魏九峰疑惑的抬起头。

沈湘菱平静道：“只要将一个感染的患者和一个健康的人关在一起，很快就能证明病毒到底有没有传播的可能！”

魏九峰瞠目：“这……”

沈湘菱咄咄逼人：“这是最有效的办法！”

魏九峰叹了口气：“办法不是不可行，可我到哪里去找人。”

“我！”

魏九峰讶然瞪视着她。

“我已经确诊，感染了病毒。医生说，病毒的传染性不可判断，那我就用自己来判断。只要再找一个健康的人就行了。”

“不行，不行！”魏九峰连连摇头：“人命关天，我们不能强拉一个人来冒险，而且也没有人肯自愿做这种事。”

沈湘菱淡淡道：“有一个人。他一定同意。”

魏九峰一愣，跟着脱口而出：“你说的是何平安！”

沈湘菱默然不语。

魏九峰长叹一声：“真没想到，你会用这种方法。”

“我别无他法。”

“别无他法？”魏九峰忍不住冷冷瞥了她一眼：“不如说是‘想方设法’！沈小姐明知道……”

沈湘菱坦然道：“是，我知道。我知道他杀了我大哥，我就得杀了他为大哥报仇。”

“可是，何平安曾经救过你弟弟，救过沈家，还救了你！”

沈湘菱摇摇头：“都抵不过。”

“你真这么想？”魏九峰愕然无词。少顷，才低声道：“沈小姐，我能问个问题吗？”

沈湘菱一笑：“你已经问了很多了。”

魏九峰：“再问一个——你真的恨他吗？”

“都说湘女多情，我恨我生为女人。”沈湘菱答非所问，只是凄然一笑：“但除了这个方法，我还能怎样？”

魏九峰怔住了。他长久地望着沈湘菱，神色渐渐肃然起来。

巨大的长桌前，坐着魏九峰、张局长、刘世铭三人。

魏九峰望着对面的空座，无奈叹息：“总之，这是沈湘菱唯一的要求。”

张局长嗤了一声：“我要是何平安，我就不同意，这不是去送死吗？哪有这么傻的人。”

“我也不同意。”

刘世铭话音一落，魏九峰和张局长都是一愣。

“这关乎沈小姐的名节。” 刘世铭一脸公事公办的神色：“不过，这个办法倒是很好，咱们应该找个女人。”

张局长斜眼看了刘世铭一眼：“找个自愿的人都不容易，还要找个女人！刘主任，我看你不仅是担心沈湘菱的名节，还担心两人独处一室，旧情复燃吧？”

刘世铭冷硬道：“我没你那么龌龊！”

张局长笑了：“刘主任不龌龊，何不自己去呀？成天喊着为了人家什么都可以不顾，怎么到了关键时刻又怂了？”

“就因为你叫我这声‘刘主任’！”刘世铭一把揪下胸前的团徽，重重拍在桌上：“你以为我会像你一样因私废公么？大敌当前，先国后家，张局长难道就只想着家里的老婆，自己的性命？”

张局长也是拍案而起：“我老婆要是也中了毒，二话不说我就进去，正好替党国查出那个王八蛋病毒到底怎么传染！”

“好了，都坐下！”魏九峰沉喝了一声：“何平安到底愿不愿意去，还得问了他本人才知道！”

“那我去问他！”刘世铭豁地站起身，大步走出办公室。

何家小屋的桌子上，孤零零亮着一盏油灯。刘世铭在灯这边站着，何平安在灯那边坐着。

刘世铭开门见山：“何平安，湘菱想到了一个可以测试病毒到底会不会传染的方法。”

“那刘主任还站在我这里干什么？”

“湘菱的方法是，把一个感染的患者和一个健康的人关在一起。”

何平安微微一怔，笑了：“她是不是想用我做实验？”

刘世铭自顾往下说：“沈湘菱自愿担当试验者……”

“你告诉她，我同意了。”

刘世铭怔住了：“你同意了？”

何平安点点头：“我同意了。”

“不再考虑一下？”

“没什么可考虑的。”

刘世铭上前一步，逼视着何平安：“如果感染，就是死！”

何平安平静地看着他：“我知道。”

“那你还答应？”

何平安没回答，只是平静地微笑。

“何平安，你混蛋！”

刘世铭突然大怒，一拳打了过去：“你是她什么人？你凭什么答应？你有什么资格能跟湘菱同生共死？”

拳头打在何平安身上，刘世铭自己却不禁退了两步。

“为什么？我为她做了那么多事，我容忍她，迁就她，处处帮着她，明知道她爱你变着法儿帮你，我都不计较，可她到死，到死都选你。为什么？”

何平安的笑容黯然起来：“因为我欠她一条命，我能为她做的，就只有这一点了。”

刘世铭怨毒地瞪视着他：“她到死都选你！你杀了她大哥，你们已经不可能了，她还是选你！”

何平安点头一笑：“这样她就能报仇了。”

“报仇？病毒发作，你们会一起死！”刘世铭凄冷地笑了：“她是报了仇，可她还是爱你！何平安，你知不知道？我宁愿她要报仇的人是我。”

“那又怎么样？我眼睁睁看着她，看着她伤心，生病，看着她却帮不了她，这种感受你明白吗？”何平安猛地站起来，“我不想跟她一起死！我要她活着，好好地活着，哪怕我一个人死了，你明白吗？”

刘世铭喃喃道：“我不明白，我不明白。”

“除了我，谁也不明白。”何平安跌坐：“我只想她活着，好好地活着。”

一只手摘下颈中的吊坠，把它轻轻挂在了沈学文的脖颈上。

沈湘菱抚摸了下那枚沉香木的佛像，把它塞进弟弟的衣领，为他扣好领扣。

“不准摘掉它，不准弄丢它。这是爹给咱们留下的传家宝，大哥曾经带过它，姐姐也带过它，现在就交给你了，你要好好的保管，知道吗？”

沈学文一把抱住沈湘菱，含泪抬起头：“姐！你别去那好不好？”

“姐姐必须去！”沈湘菱抚摸着弟弟的肩膀，微微笑了：“这是姐姐的责任，也是姐姐的命。你记住，无论如何，都要活下去，好好的活下去！”

她深深凝望着学文，忽然一咬牙，将人一把推开，开门走了出去。

“姐！”

身后的呼喊声撕心裂肺，她头也不回，决然关闭了房门。

刘世铭手里拿着一支香烟，默默站在街头。

马达声逼近，一辆汽车拐过街角，直冲他开了过来，刘世铭一动不动，反而挺直胸膛，挺身挡在汽车前头。

车内，沈湘菱笔直地坐在后座，看着越来越近的刘世铭。

周四转回头：“小姐，要不要避开？”

“不用，停下吧。”

汽车停了下来，车门打开，沈湘菱独自走下车，缓缓走到他面前。

刘世铭双眼通红：“你真的要去？”

沈湘菱点点头。

“为什么？”

沈湘菱淡薄地一笑，不说话。

刘世铭喃喃道："为什么？你为什么要选择何平安？"

沈湘菱平静道："因为他欠我一条命。"

"真是这样吗？"刘世铭上前一步，眼睛紧紧盯着她："如果欠你一条命的是我，你是不是也会选择让我跟你一起接受试验？"

沈湘菱沉默了。

"我知道，我不是欠你一条命，是欠你一段情。"刘世铭惨然一笑："欠命，无非还命，可是欠情，那是一辈子的痛，一辈子的恨，还都没得还！"

"过去的，就让他过去吧。"

沈湘菱微微闭了下眼睛，第一次对刘世铭语气和善。

刘世铭神情悲伤："我过不去。湘菱，你为什么不给我机会？你知不知道，我有多爱你？我有多妒忌何平安？我有多羡慕他？"

他痴痴看着眼前人，不由自主地向前走了两步，伸出一只手，仿佛要触碰她的脸："我宁可跟你一起接受试验的是我，是我……"

沈湘菱慌忙退后："不要再说了！常德城还有很多大事等着你去做，忘了我吧。去过自己的生活。好好地活下去。"

刘世铭苦楚地摇摇头："没有你还谈什么生活？我曾经无数次幻想和你的生活。我说过，为了你，我可以放弃一切。现在，就是现在，只要你一句话，我都可以不要。我守着你，我跟你做试验，我陪着你，等你病好。"

"别说傻话了。"

沈湘菱突然打断他的话，凄凄一笑："你有你的生活，而我，注定是要和何平安一起死的。"

"为什么？"

沈湘菱笑了："因为他是我的仇人，他杀了我大哥。"

刘世铭难以置信地看着她："你用这种方式报仇？"

"对，我用这种方式报仇！"

房门被猛地推开，强烈的光线照进房间。

陈军医领着沈湘菱与何平安站在门口："让二位住在库房，实在对不住。不过为了方便你们病发时可以得到及时的抢救，我特意选在药物充足的库房附近。里面虽然简单，不过有炭炉，不会冷，也还算干净，希望两位能住得惯。"

沈湘菱神情冷漠，径自走进房间："无所谓，反正，这里也住不长。"

何平安默然望了眼沈湘菱的背影，转向陈军医点头致意："辛苦大夫了。"

陈军医一默，道："如果两位都没什么意见，那我就要封门了，里面装了电话，如果有什么需要，或者身体不适，请随时找我。"

说完，她慢慢将房门关起。

房间瞬间又暗了下来。

何平安转身，搜寻沈湘菱的身影。

忽然，顶上的灯亮了，沈湘菱拉着灯绳，竟然就站在他的面前。

何平安一怔，目光渐渐变得温柔："你的病，还好吗？"

沈湘菱幽然望着何平安："你来这里，就是想知道这个？"

何平安要往前走，却被沈湘菱伸手拦住了。

"你别动！"

何平安顿住了："我想看到你，想知道你好不好……"

"我不好，我怎么能好呢？"

沈湘菱昂起头，目光凛冽地逼视他："我爱上一个我应该恨他的人，我怎么会好！"

她说完便撇过头，忍住泪水，独自走到桌前坐下。

何平安无言以对，只能转头看着房间里的一切，少顷竟坦然一笑："这里什么都是成双成对，还真像个新房。"

沈湘菱抬眼望去，果然是两张行军床，两个枕头，两床棉被，两个脸盆，两幅毛巾……她心头一痛，故作冷淡道："什么新房，这根本就是军队的营房！"

"不一样，营房里没有这个。"

沈湘菱闻声望去，竟看见何平安竟端起桌上一盘橘子，在桌子两头各放了一个。

"你看这橘子，通红的就像新房里的红烛。"

沈湘菱不禁怅然。

何平安叹了口气："我曾无数次想过，将来如果我们能够生活在一起，会是个什么样子。可我没想到，竟然会是这样一种方式……"

沈湘菱忽然打断他的话："我恨你！"

何平安一愣，回头望着沈湘菱。

沈湘菱含泪抬起头，怨恨的望着他："我恨你，是你杀了我大哥，是你杀了我最亲、最敬的人，你是我的仇人，是我苦苦寻找了九年的仇人，我必须杀了你，必须给大哥报仇。这一切都是你的错，是你把我逼到这一步的！"

一席话未完，她已泪流满面，只能两步迈到何平安跟前，双手奋力捶打他的胸膛："我恨你，我真的好恨你！"

何平安呆立着一动不动，任凭她捶打发泄着；然后那一下下的，被打疼的分明是自己的心："湘菱，我……"

"我爱你！"

这一句出口，才是真正的重拳打在他的心口，何平安顿觉痛彻骨髓，撕心裂肺！

"湘菱！"

"我爱你，爱到我无法杀了你！"沈湘菱流出的仿佛不是泪，而是心底的血，"当你昨夜在医院门口阻挡那些放火的人时，我就想一枪想杀了你，可当我把枪对着你的身后，无论我怎么努力，无论我如何鼓起勇气，我都做不到！我根本下不了手。你是我最爱的人，也是我最恨的人，我杀不了你，只能选择用这种方式和你一起……”

何平安哑声道：“我都明白，我不怪你。”

沈湘菱惨然笑了：“明白？那我给你一个选择。”

她退后两步，指着身后的电话：“你可以打电话，叫他们放你出去，我会一个人死在这，我不会让你看见我病死的样子，那样……很丑。”

何平安缓缓摇头。

“又或者，你留下来，跟我一起死，我们两个人在一起，哪怕只过一天，一个小时……你要怎么选？”

何平安一言不发，缓缓走到电话前：“湘菱……我还有的选么？”

沈湘菱的目光瞬间暗淡了下来，一步步往后退去，靠在了墙上：“我知道了，你……你打电话吧。”

忽然一声大响！沈湘菱悚然睁开眼睛，脚下扑满电话的碎片！

“你以为，我会有别的选择么？”

何平安转回头，平静地望着她。

沈湘菱快步上前，把头深深埋进他的胸膛，却被何平安一把托起了脸，对准她的唇重重吻落！

第三十三章 切肤痛耻

夜晚的聚福楼分外宁静。魏九峰独坐桌前，望着窗外出神。

凤老板的声音在身后响起："你在想什么？"

"在想世上最难懂的两件事。"

"政治和女人？"

魏九峰笑了："宦海浮沉，艰难岁月，我曾经以为我什么都懂了。可这半个月，我忽然又什么都不懂了。政治不提也罢，倒是女人心，我得问问你。"

凤老板也笑了："哪个女人？"

"沈湘菱。"

"沈家二小姐是个男人胚子，她的心思向来是你们男人猜得，女人猜不得。" 凤老板笑着摇摇头："你们斗了不是一天两天了，怎么还来问我？"

魏九峰长叹一声："难就难在她毕竟不是男人！"

凤老板眉头一锁。

"沈湘菱提出了一个要求，要把何平安和她关在一起。她已经感染了病毒，这是想拉着何平安一块死。"魏九峰站起身，绕着桌前走了两步，"我就想不透，她到底是喜欢何平安，还是恨何平安？若是恨，何不就一枪毙了何平安？要是喜欢，那何苦拖着他的性命？"

凤老板嗤的一笑。

"笑什么？"魏九峰转身望着凤老板，等她的答案。

凤老板却不说话，只是用热水洗着酒杯，烫着酒壶："你干脆看得简单些，不去想她们的恩怨，只看结果。"

"结果？还不就是两个人互相传染，最后都死掉！"

"这是殉情。"

魏九峰愣了："殉情……殉情……"

凤老板又是嫣然一笑："耳熟吧？你娶刘专员女儿时，这词我是挂在嘴边的。"

“凤儿……”

“女人都是沈湘菱。找不到未来的希望，被爱啊恨啊这些感情煎熬着，朝朝暮暮地相思，不如索性图个眼前的痛快。要是等到自己死了，红颜化成白骨，早晚被何平安忘掉。干脆狠下心来，把他一起带走……”

凤老板语音渐渐激越，眼神也凌厉起来：“魏九峰，我问你，如果今天设身处地的不是他们，而是你跟我——你愿意像何平安一样殉情吗？”

魏九峰没想到她突然逼问，好一阵才缓过神来：“我无所谓。”

凤老板定定看了他一眼，从袖口掏出一个纸包，把粉末洒进了酒壶里，用手指一搅，酒水开始打旋：“这是我为自己准备的，一点就要命。棠德眼看就要破了，鬼子见到女人可不管什么年岁。年轻时我能受了那个辱，现在不成了。”

“凤儿，你这是干什么？”

“你欠我的！”

魏九峰看着她厉声一喝，像是见到一个陌生人。

凤老板却又恢复了招牌式的笑容：“这事说来还真是老掉牙了，王魁负桂英，戏文里唱过几千遍，词真真的，我还笨得再演上一遍。那回你拿了张照片给我，说这才是你准备娶的新娘。这药，当时我可就备下了。”

魏九峰苦涩道：“那时我是个赌徒。”

凤老板定定望着他：“你知道我为什么没下药？因为你有理想，你看着那么耀眼，就跟葵花似的，无论多少挫折，你都望着太阳。”

魏九峰仰脸苦笑：“太阳？那时我信孙总理的话，治国在于县。一心要当个县长。可太阳在哪呢？世道越来越乱，物价七年涨了几百倍，人人戳着我的脊梁骨。现在的我，老了，也怕了，成了缩在黑暗里的蝙蝠……”

他说着说着，忽然拿起酒杯，一饮而尽。

凤老板惊愕地望着他。

“凤儿，你是我心里头最后的菩萨。如果这酒里真有毒，我不怪你，这是你赐给我的一个解脱。如果没有毒，凤儿，你答应我，棠德的围解了，你收拾行李，跟我一块回绩溪……”

魏九峰话没说完，已经是一阵眩晕，砰然倒在了桌上。

凤老板垂目凝视着他，眼底忽然浮上一层凄苦的神色；方才在地窖里的情形又涌上心头。

地窖黑如地狱，藤原弥山的脸在幽暗中更显阴森。

“找到何平安的藏身之处了？”

凤老板畏惧地摇摇头：“没有。”

藤原弥山跃了起来，劈手给了凤老板一个耳光：“你到底怎么为皇军办事的？”

凤老板倔强地抬头，瞪着藤原弥山：“魏九峰很警惕，他始终不肯说出何平安在哪儿。”

“那你就用别的法子，无论如何都得撬开他的嘴！棠德城里你们的流言可不少，你虽然老，但他很喜欢你，你的办法多得是！”

“卑鄙！”

藤原弥山冷笑：“我最多是卑鄙，可你是卑贱！别忘了你身上的藤原家烙印！你永远是藤原家的一条狗！”

凤老板不自觉地摸了摸自己的脸颊。她俯下身，怜爱地望着昏睡的魏九峰。

“你太久没有休息了，这些安眠药，应该能让你好好地睡一个晚上。我没有说出何平安他们藏身的地方，我知道你在乎他们。还有，我也想看看，何平安和沈湘菱到底会是怎样的结局……”

魏九峰仍然沉睡，脸色是许久未见的恬静。

电灯昏昏。

一缕血丝从何平安的嘴唇间渗出来。是沈湘菱咬破了他嘴唇，制止了他的吻。

“你真不要命了？”沈湘菱怔怔的望着他。

“不要了。”何平安微笑着：“那天从沅江上漂回来，我的命就给你了。”

“你以为我真稀罕你的命？”

沈湘菱这话一出，眼泪就再也忍不住了。

“被鬼子追赶，逃到常德无法进城时，你没有哭；学文被绑，沈家被赶出城，你没有哭；沈老爷身死，身陷绝境，你还没有哭。”何平安捧起她的脸，深深望进她的泪眼：“可今天，你怎么哭了？”

沈湘菱回避着他的探看，闭上眼低声啜泣。

何平安却笑了，一转身躺在行军床上。

沈湘菱哽咽道：“你还笑得出？”

“我名字叫平安，爹娘都盼着我平安。可小时候命苦，过得穷日子。后来跟了大叔闹革命，受了不少伤。这九年穿了一身黑皮，忍了许多辱。从来没落得个平安。以前我总觉得爹娘给我起错了名字。”何平安头枕手臂，看着床前的沈湘菱，满足地叹了口气，“现在大难临头，有几尺宽的屋子，还有美人相伴，为我流泪，你说这是不是我最幸福平安的时光？”

沈湘菱沉默许久：“你不恨我？”

何平安摇摇头：“听军医说，感染之后，从发病到死，最多只要五天。我憋闷了半辈子，就只剩下这几天时光，哪有时间去恨？我只想着，我一死，你的仇就报了，你身上的担子也就卸下了，能笑能跳能自由的爱了！”

沈湘菱凄然摇摇头：“你忘了，我也会死。”

何平安深深凝视着她：“我没忘，我只希望在我临终的日子，你不再锁住眉头。”

沈湘菱咬着自己的嘴唇，努力想笑，却哭得更厉害了。半晌，她才勉强止住眼泪，哑声道：“你还记得吗，亚洲旅馆那个晚上我对你说的话。哪怕只有一天也好，你要比我更长寿。”

何平安不知该怎么回答。

“如果你走在我前头，我就又是孤零零的一个人。那样的日子，一天！不，一小时一分钟我也忍不了。你这半辈子吃了不少苦，可我呢？生为女儿身，从小却争强好胜，和外人斗，和政府斗，和自己兄弟斗，跟你斗……你说，我这一辈子，又何尝有意思？”

沈湘菱深深望着何平安。

何平安倏地坐起，和沈湘菱眼神一碰：“那就让我们在这几天里，过上无怨无悔的一辈子！”

两人的手牵在一起，眼神发亮。

此时，混江龙的卧房红烛高照，一对大红喜字贴在窗上，窗外隐隐传来划拳饮酒声。

“好妹子，你这一辈子今天交到我手里，就放心吧！”

混江龙十字披花，伸手撩起床边端坐的乔榛的红盖头，顿时抽了口气，跟着满脸堆笑：“不愧是戏台上的娘们，这一扮上，真是活色生香啊！”

乔榛红妆艳裹，却是满脸悲愤地望着混江龙：“你得说话算话！”

混江龙打个哈哈：“那当然。”

“你说了要救小猴子！”

混江龙耐着性子：“我说了。”

“那你什么时候救？”

“不管什么时候，总得过了今晚吧。”

混江龙嘿嘿淫笑着，伸手摸向乔榛脸蛋儿。

“不行！”乔榛一闪身站了起来：“你答应了救小猴子，我才嫁给你的，你要救了小猴子，才算数！”

“算数？”混江龙狞笑着逼近乔榛，“拜了堂，你已经是爷的婆娘，有什么资格跟爷讨价还价？”

“你答应我的。是汉子，就遵守条件！”乔榛全身都在瑟瑟发抖，却竭力假装镇静：“救了小猴子，我的身子就是你的。我们唱戏跑的是江湖，拜的是码头，单靠吓，吓不住我！”

“江湖？你进了洞房，还跟爷谈条件，是不是还装着江河湖海的那些野汉子？”混江龙冷笑两声，神色忽然狰狞起来：“你倒给爷说说，那野汉子是姓海还是姓何？”

“我和师父是清清白白的！”

混江龙咆哮：“放屁！头道汤都让他们给喝了，你还装什么贞洁烈女？”

乔榛抬手想打混江龙，却被混江龙捉住了手，还趁机在她身上揩了一把。

“水灵，真水灵！”

乔榛右手被他抓住，扭动不得。她一眼看到桌上的红蜡，一边跟混江龙挣扎，一边抓起红蜡，猛然向混江龙脸上刺去。

火头在混江龙眼前一晃，他迅速抽身一退，这才看清乔榛手里拿的只是红蜡。

乔榛全神戒备着，和混江龙这样高壮的汉子搏斗，她先就怕了。

“来啊，这点火星子，连爷的胸毛都烧不着。倒是添了刺激，你烧啊！”混江龙一拍自己的胸膛，一步步逼向乔榛。

乔榛就一步步退，两人绕起了桌子。

乔榛一眼看见桌上的铁制蜡钎子，忙伸手抓了起来。一手仍用红蜡的火光遥指混江龙，一手用钎子逼着自己咽喉："混江龙，我知道你皮糙肉厚，这钎子也扎不坏你，可它能扎死我！我既然嫁给你，就不会后悔。可就一样，按规矩，你得先救了小猴子！"

一瞬间，烛光大盛，把乔榛的身影投在了窗上。

窗外，海东升俯在窗户下，正在偷偷窥视着！

他额角冷汗直流，缓缓拔出了匣子枪，枪口瞄准了窗上混江龙的影子。

那个影子又向乔榛逼近了一步。

"婆娘，你跟我谈规矩，我也跟你讲规矩。" 混江龙见惯了风浪，仍是满不在乎："做买卖也好，劫道也好，你总得让我验个货吧。眼下我连你的货好不好都不知道，我就让兄弟们为你卖命，这买卖，不合账吧？"

乔榛又气又怕，寒着脸喘起了粗气："我跟你保证，我是清清白白的身子！"

混江龙嗤地一笑："清白有个屁用！爷还就喜欢骚性的。今天这个货，验也得验，不验也得验。爷把话放在这，活，我要验人，死……"

乔榛吓得倒退几步。

"死，我得验尸。"

乔榛望着混江龙邪恶的表情，牙齿打战。

混江龙眯起眼："知道怕，就还没傻透。把这俩东西放下，过来伺候爷。"

乔榛手里仍攥着这两样单薄的武器，紧张和惊恐让她一时想不出主意。忽然，她的姿势变了，两只手都松了下来，蜡烛和钎子却都没有扔。

混江龙呵呵一笑："这就对了！"

他高兴早了。乔榛的两只手只是互换了一下——她用钎子对着混江龙，蜡烛的火光却对着她的脸！

"你想要的，无非是我的脸。如果你再靠近，我就烧下去！"

混江龙一惊："你……"

乔榛咬牙："三！"

混江龙低吼："你吓唬谁！我是吓大的！"

"二！"

"我救小猴子还不成吗？"

话音一落，混江龙一转身，恨恨地摔门而去。

他一出去，乔榛整个精神都松懈了，她浑身打颤，蜡烛和钎子都落在了地上。

蜡烛触地即灭。

黑暗的房间里，只剩乔榛的呜咽声。

窗外，隐隐是海东升的身影。

灯影摇曳下，何平安抓起一块碳，在墙角的白墙上画着：那是一副简陋的画，两个人手拉手，正在无拘无束地奔跑。

沈湘菱依偎在他身边，低声问："你在画什么？"

"画我们。"

沈湘菱看了看，又问："怎么这个姿势？"

何平安笑了："我们在跑。"

"跑？"

何平安迅速在图画上添了几笔："这是子弹，是枪林弹雨。我们躲过了，我们两个一块跑出了棠德！"

沈湘菱愣愣地望着像孩子一样兴奋地何平安。

"我们跑了出去，一路向着南岳跑，跑进了南岳的山里，炮火声都被扔在脑后……"他边说边画，越来越流畅了："我们找到一间木屋，里面没有人，我们不知道该不该进去。"

一栋歪歪斜斜的屋子被他几笔勾勒出来，沈湘菱忍不住扑哧一笑。

何平安却愁眉苦脸地叹了口气："我们已经一天没吃东西，饿得要命，可这时候香味飘了出来……你想吃什么？"

沈湘菱望着墙上的画，一时出了神："腊肉炖萝卜。"

何平安在墙上的屋子里画了一个盆，随手画了个萝卜。

沈湘菱又笑了："你这是画饼充饥，你真傻！"

"你才傻呢！" 何平安转过脸，含笑望着她："现在闭上眼睛，就闻不到那香味儿吗？"

沈湘菱闭上了眼睛，何平安也闭上了眼睛，两人在空气里嗅着："空气里没有一丝枪火味，不打仗的日子真好……"

夜色越来越深，灯光越来越暗，墙上的画也越来越多。

"听，是鞭炮声！"

何平安双手堵上耳朵，含笑望着沈湘菱："你听到了吗？"

沈湘菱也笑着堵上耳朵："我听到了。"

"这是我们在一起过的第一个年。"

"再后来，再后来呢？"

何平安在墙上画了一面旗，画了一个镰刀锤头："再后来，日本鬼子也该被赶走了。"

沈湘菱的笑容凝滞了："这旗是共产党的？"

"当然是共产党。"何平安一瞬间洋溢着骄傲。"然后，我们就出去找他们！"

沈湘菱神色一下子黯然了："就不能一辈子留在山里？"

何平安望向她："你得给个留在山里的理由，山里已经没有故事了。"

"让他们成亲吧。"沈湘菱指着墙上的小人："成亲了，就会有新的故事。"

何平安在墙上画着，这次的人，他画得格外用力，线条很粗。

沈湘菱笑了："这就是我们？我有这么圆吗？"

“做了我的婆娘，无忧无虑，没心没肺，早晚把你养到这么圆的！”

何平安笑着，突地伸手去刮她的鼻子。沈湘菱忙捂住了鼻子。

“怎么？鼻子酸了，我看看。”

沈湘菱却不肯挪开手。

何平安一怔，跟着脸色大变，强扯开沈湘菱的手，纤细的手指上是血迹。

沈湘菱的鼻下，赫然是两道血痕。

办公室的大门紧闭，桌上只亮着一盏孤灯。灯影下，刘世铭冷冷望着站在桌前的藤原弥山。

藤原弥山笑了：“你好像不欢迎我。”

“你居然还没死？”

藤原弥山答非所问：“棠德城里，有很多我的朋友。”

刘世铭立刻堆起了笑容：“藤原先生有什么新的指示？”

嘴上奉承，刘世铭的右手却伸到桌子底下，缓缓地拉开了抽屉。

抽屉里是一把掌心雷。

藤原弥山似乎完全没有注意，转过身，在桌前悠闲地踱起步：“何平安现在在哪儿？”

“和沈湘菱关在一起。”

刘世铭已经把手枪拿在手里。

“我要的是地点！”

刘世铭判断着藤原弥山的距离，看他忽远忽近。刘世铭的手指在茶缸里蘸了一下，随即在桌子上写起字来：“我写给你。”

藤原弥山眯起眼睛，向着桌边靠近，贴近看茶水写的字。

刘世铭陡然发难，掌心雷对着藤原弥山就要开枪！藤原弥山却一把抓住他手腕，一伸手就卸了他右臂的关节。刘世铭右臂立刻软了，掌心雷掉在了地上。

“咔嚓”一声轻响，藤原弥山又卸了他左臂的关节。

刘世铭低呼一声，疼得满头是汗。

藤原弥山冷嗤：“中国的狗，一只只的都养不熟！”

刘世铭挣扎着：“放屁！你快杀了我！”

“我不明白的是，我们明明处于一个利益线，杀了我，只会让你的身份暴露。你为什么还想杀我？”

“你这种冷血的畜生永远不会懂的，杀吧！”

“精彩，想用一死来换取永远的解脱。”藤原弥山轻轻鼓掌：“只有征服你这样的人，才能让我感到乐趣！”

刘世铭忍着痛，格外镇定，一字一顿道：“杀啊。”

“其实你大可以叫人埋伏我，又或者向魏九峰自首，亲自指认我。”藤原弥山用手指敲着额头，缓缓说道：“但你都没有，这说明你的内心里还有一丝侥幸。你喜爱名誉的程度远远大于生命。如果是杀了我，就可以隐瞒一切。如果死在我的手上，即使身份败露，你自己也没机会感受到身败名裂的屈辱了。你真是个有意思的人啊。”

刘世铭冷汗直冒，这次却说不清是疼的还是恐惧了：“我是怕你伤害湘菱！”

藤原弥山摇摇头：“不不不，你只是怕伤害到自己的名誉。”

“不是！”

他几乎是喊出来的，可声音依然很低。

藤原弥山俯下身，凑近他的耳朵：“你听，你的声音多么低沉，你是怕声音太大，引来麻烦。或许你自己都没发觉到，这就是你的潜意识。”

刘世铭想辩驳，动了几下嘴唇，却什么都说不出。

藤原弥山走到刘世铭的跟前，拿出一条手绢粗暴地塞到刘世铭嘴里。

刘世铭呜呜地挣扎，却抬不起脱臼的手臂。

“你一定很奇怪，既然你不敢大喊，我为什么还要堵住你的嘴。我告诉你吧，你之所以还不能成为一条有用的狗，是因为你还放不下你的尊严。”

藤原弥山一边说着，一边取出印章，那个在凤老板身上刻下烙印的印章！

刘世铭不再挣扎了，露出满脸惊恐的表情。

藤原弥山用打火机烤着印章，一脸悠然：“烙上去，你就会舍弃无用的尊严。变成一条更有用的狗！”

刘世铭想要挣扎，被藤原弥山单手按在了桌上。

另一只手上捏住烧红的印章，隔着衬衫在刘世铭的后背上按了下去！

沈湘菱抬起纤细的手，在墙上的两个人形之间一划，拉起一条红线。

何平安仍在试图帮她止血。

沈湘菱握住他的手，淡淡笑了：“看样子，多半还是我走在前头。”

何平安摇摇头：“不会的，我们的故事还没完。”

沈湘菱指着墙上的人形，神色郁卒：“这条红线，是我们的命。永远绑着我们。”

“不成，你不能倒下，我们还有很多事要做！”何平安紧紧抓住她的手，大声说：“我们已经结婚了，还得生伢子，过日子。”

他说着，又在墙上添了一个小人。

“你看，像不像你，像不像我？”

沈湘菱含泪笑了：“你画的都是一个样，当然像。”

何平安发觉自己的眼泪也止不住了，他努力在脸上抹着，抹着，忽然就一脸血污：“这下好了，我赶上你了。”

沈湘菱惊愕地望着他不断涌出的鼻血。

何平安却在微笑：“故事终于快到结局了。”

沈湘菱咽泪颤声道：“我还想听下去。”

“你老了，我也老了。我们两个人都老了，老成了山里的核桃。你缺了牙齿，我没了头发，然后……”何平安低低说道：“然后你就去了，是喜丧，走的时候很安详。”

沈湘菱嫣然笑了：“剩下你单独一个，为我做点什么？”

何平安笑着叹了口气：“是啊，我单独一个了，为你做点什么呢？”

沈湘菱低声道：“我现在就想看，不然，人化灰了，魂儿还绕着你。”

何平安四下看看，忽然有了发现：“我给你做一盏灯，然后我守着灯火。灯火灭了，我也就陪你走了。”

药库外没有灯，几条黑黢黢的身影溜过了走廊。

“按照刘世铭说的，何平安就在这里。”走在最前面的藤原弥山遥遥一指：“恰好，这里也是虎贲军的医药库。”

他身后一个黑影应声道：“我们立刻烧了它！”

藤原弥山的声音分外阴狠：“烧之前把门堵死，我不想看到任何侥幸生存的可能！”

“是！”

藤原弥山转身走了。

黑影们分散四处，每个人手里都有一团火光。

何平安手里拿着一个桔子，削去了上面的一段皮，用两手把底下的一大段轻轻地揉捏着。慢慢地从桔皮里掏出一瓣瓣桔瓤，喂给沈湘菱。

他拿起一个针筒，刺了几个孔，随后用线在四周相对的穿起来，像一个小筐。何平安拿出打火机，点燃了一段短短的蜡烛，放进了桔灯里。

何平安关了电灯。桔灯的幽火在沈湘菱眼前瞬间亮了。

沈湘菱惊喜道：“真亮。”

桔灯竟然越来越亮，亮到整个屋子都是火光。

何平安和沈湘菱都发觉不对，向外面望去。

蔓延的火光伴着滚滚浓烟，从门缝里钻了进来。

何平安悚然觉醒：“不好，着火了！”

沈湘菱也惊呆了：“药库怎么会着火？”

何平安顾不得细思，拉住沈湘菱向门口跑去，抬腿一踹，门却纹丝不动。

“门被堵死了！”

两人对视一眼，恍然醒悟——“是有人纵火！”

沈湘菱凄然笑了：“看来，这就是咱们的命。”

“不成，我们还有四五天的命！我要和你在一起，哪怕只抢回一分钟！”

何平安一把搂住了她。火中，两人紧紧相拥着，火苗在两人眸子里跳跃。这场火，恰恰逼出他们生存下去的勇气。

一阵急促的脚步声踏响在走廊里。魏九峰和张局长等人匆匆赶到。

“怎么回事？”望着已经蔓延开的火势，魏九峰大惊失色。

陈花皮手里拎着水桶，满头大汗，满脸烟灰：“也不知怎么，就，就忽然烧起来了！”

张局长倒也冷静：“注意排查四周，可能有人纵火！”

跟着他来的警察应声四下散去。

魏九峰望着火海，忧心忡忡。此时却有一条人影扑进火海，又被烈火给逼退回来。

“那是谁？”

陈花皮眯起眼看了看，失声道：“是三青团的那个刘世铭！”

魏九峰更吃惊了：“他？去救何平安？！”

“县长您别忘了，那里头除了何头儿，还有沈小姐！”陈花皮拍着大腿道：“他说沈家小姐在里面，就疯了似的救火！”

魏九峰叹了口气：“也是个情种。”

一脸焦黑的刘世铭又退了回来，魏九峰忙上前，一把按住了他：“刘老弟，这火救不动了！”

刘世铭听了这句，一下软倒在地上，嚎啕大哭起来。

在他走了腔调的嚎哭声中，火势更凶猛了。

“湘菱，来！”

何平安将沈湘菱拉到墙角。几步回到门边，掏出枪对准了门缝的铁锁。

一声枪响！子弹擦着锁沿飘了过去。

何平安咬咬牙，再打出一枪，枪过弹滑，锁依然死死地扣在门上。

火焰肆虐着从门缝冲向房间。何平安本能地向后退了两步，浓烟已夹杂着热浪扑面而来，沈湘菱开始剧烈地咳嗽。

何平安焦急万分，退到沈湘菱身边，用自己的身体护住她，眼睛急速地逡巡着房间。

不大的房间，一些药品摆在橱柜里。他的眼睛猛然看到橱柜里几个玻璃瓶。瓶上贴着标签：硝酸甘油。

时间已不容迟疑，他转头看了看房间的四面墙壁，迅速抓过柜旁一个配药的小桌子靠在了一面墙上。

硝酸甘油被快速地运到了桌上。

最后一瓶硝酸甘油堆到桌上后，何平安顺手拿起橱柜里的两瓶盐水，脱下自己的衣服，咬开盐水瓶盖，他一边后退一边将盐水全部倒在了衣服上。

“快，捂着！”

他退到沈湘菱身边，用湿淋淋的盐水衣服护住了沈湘菱的口鼻。

火势越来越猛。

何平安掏出枪对准了桌上的硝酸甘油。

一声枪响！

巨大的爆炸轰然而起，整个房间地动山摇！

何平安护着沈湘菱缩在墙角。

爆炸过后，浓烟四散，一堵墙居然被炸开了。

“走！”他拉起沈湘菱，快速跑了出去。

浓烟里，火迅速蔓延了整个房间，慢慢吞没了那面被何平安画满了未来憧憬的墙壁。

雅间的门轻轻被推开了，魏九峰一脸疲惫地走了进来。

凤老板一愣，赶忙迎了上去：“你累了吧？”

魏九峰摇了摇头，两眼定定地凝视着她。

“外面是谁啊？”

凤老板神情一怔，屏息侧耳听向了外面，门外却再无声音。她刚打算出去看看，魏九峰却拉住她的手走到了桌前。

“来，你跟我说说话。”

凤老板脸色微变：“出事了？”

“没什么事，已经如此了，还能再出什么事，就是想跟你说说话。”

凤老板一笑，起身走到魏九峰身后，给他轻柔地揉着太阳穴。

魏九峰缓缓闭上了眼睛。

凤老板柔声道：“你就是累了，你累的时候就想跟我说话，我爱听。”

“这话说起来，我心里倒过意不去了。” 魏九峰的声音也前所未有的温柔：“这些年，风雨兼程，都是你陪着我，我到哪里上任，你就把聚福楼开到哪。我呢，有什么心事，有什么愁苦，总是习惯跟你说，你有什么愁苦，我倒是不知道了。”

凤老板手上一顿，笑了，眼中却含着泪：“有你这句话，够了。”

魏九峰忽然抓住凤老板的手，紧紧攥着。凤老板顿住了，两人良久无语。

“你来，坐在这儿。”魏九峰牵着她的手坐到自己对面，拍了拍自己的膝盖：“把腿放上来，我给你捏捏腿。”

凤老板脸一红：“万一让人看见——你是县长！”

“你就当我不是县长，我是魏九峰，要给凤儿捏捏腿。”

魏九峰拉着凤老板，把腿缓缓放在自己膝盖上，轻轻地揉着。

凤老板目光脉脉地望着他，娇羞无限。

魏九峰低叹：“我这个人啊，没良心的。每天只想着常德，跟这个斗，跟那个斗，只有累了疲了，才想起你。”

凤老板低声道：“你去斗，是为了常德的百姓，你是个好县长。”

“眼看着常德被日本人一点点的围困，我心里愁苦。我的所有心血都在这儿，常德要是死了，我也就死了。”

凤老板心口一疼，捏着魏九峰的手。

魏九峰的手一僵，缓缓从她手里抽了出来，固执地再次落在她腿上：“你这双腿啊，跟着我走了大江南北，又从日本人那儿走了回来……”

凤老板一愣。

“前些天，我看见你的腿碰了椅子一下，你疼得直皱眉，你说是伤着了，这伤，能给我看看么？”

魏九峰的手按住了她的小腿，一动不动。

凤老板望向她的目光全变成了惊恐：“九峰……”

“就在刚才，何平安和沈湘菱的藏身处被火烧了，应该是日本人的奸细干的。”魏九峰眼底隔着一层泪，定定地注视着她：“凤儿啊，在这场火烧起来之前，他们的藏身处我只告诉了你，我谁都不信，我只告诉了你啊……”

“别说了。”凤老板的眼泪也缓缓流下来，她轻轻推开魏九峰的手，拉开裤脚，露出那个狰狞烙印。

门被猛地推开，几个警察走了进来。

第三十四章 来世今生

审讯室里一片昏暗。凤老板坐在审讯椅上，眼睁睁望着推门进来的魏九峰。

魏九峰神色疲惫，并不看凤老板，径直拖着步子走到桌前，放下记录本，冲警察一挥手："你们都出去。"

"是！"

警察退出，门轻轻地被关上了。

凤老板定定地注视着他。魏九峰却仍自低着头，打开笔记本拧开钢笔，端起桌上的茶杯呷了一口，苦涩地皱皱眉头，开始发问："何平安的所在，是你透露给日本人的？"

凤老板答非所问："脸色这么难看，没睡好吧？"

魏九峰仍旧没抬头，搁在笔记本上的钢笔笔尖一颤，白纸上划出一道墨痕。

"我知道你的，一有心事就睡不好……"

魏九峰忽然烦躁地把笔往地上一摔，"哗"地站了起来："现在我在问你！何平安的消息，是不是你透漏出去的？"

凤老板怔怔望着他，眼底的泪水慢慢浮了出来："你说是，那就是。你说不是，就不是。"

"我说是就是？那你告诉我，我到底该不该认定你是汉奸？该不该！"

魏九峰沉声吼着，重重地拍着桌子。

凤老板的眼泪夺眶而出。她慌忙低下头，死死咬住嘴唇。

"我每天都在查汉奸，抓汉奸！可汉奸每天眼睁睁地站在我跟前，我都看不见，我都不敢信！"

"是，我是汉奸。"凤老板抬起头，静静望着魏九峰："从上次又回到棠德，我就是汉奸了。那天在城头上，你一口气审出六十多个汉奸，偏偏漏过了我。"

魏九峰怔怔望着她，身子一晃，忙伸手扶住桌子："凤儿，为什么？为什么偏偏是你？"

凤老板强忍着别转头，声音微微打着颤："不过，何平安的消息不是我透出去的……我打心里替他跟沈小姐可惜，我怎么都不会害他们。所以棠德城里肯定还有别的汉奸，你要小心。”

“你心疼他们？凤儿，你怎么不心疼心疼我？不心疼……不心疼我们俩？”魏九峰边说边走近两步，凄惶地看着她。

凤老板抬起目光与他对视，却是一言不发。

“你为什么要……？难道你不知道，你这么做就是在逼我、杀我，就是在我心口上捅刀呀！”

“因为我是你的女人！”

这一句石破天惊，魏九峰被惊住了！

凤老板凄然道：“我们逃出去还没几天，就被鬼子给围住了。他们拿刺刀逼着乡亲们揭发，不肯揭发的就被活活捅死。乡亲们……就有人指着我说，我是县长魏九峰的女人。”

魏九峰满目惊痛，凤老板却只是凄凉一笑：“鬼子就把我抓起来，给我打毒针，逼着我回棠德，给他们做事。我不肯，我宁愿他们一刀杀了我……可是，可是我又想再见你一面。不然，死都不甘心。”

魏九峰声音颤动：“那你回来之后，为什么不告诉我？”

凤老板涩然道：“你会相信么？”

“我会！我一定会！”魏九峰痛心疾首：“凤儿，你太傻了，你这样就是真做了汉奸，你让我们俩都再回不了头了！”

凤老板凄然摇了摇头：“我早就回不了头了。”

她缓缓拉起了自己的裤脚，丑陋的烙印再次扎进魏九峰眼里。

“就算我当时告诉了你……这样的女人，你还会要么？”

魏九峰动也不动地看着，忽然发出一声痛苦的哀嚎，猛地扑倒在她的怀里。

凤老板抱住魏九峰的头：“别因为我难过了。我这辈子，到底是当了一回你的女人。”

魏九峰嘶声嚎叫着：“可我疼啊……凤儿，我心里疼啊……”

凤老板轻轻抚摸着他的头，嘴角微笑着，眼泪却掉了下来。

“你做你该做的。不要为难。”

“别死，你都别死，等我来，等我救你们，求求你们，都别死……”

病床上的何平安紧皱双眉，神色痛苦地喃喃自语着。他猛地睁开眼睛，闯进眼底的只有四周一片空白。

守在床前的陈花皮兴奋地站起来：“何头儿，谢天谢地，你可算是醒了！”

何平安转动眼睛看向他，撑着胳膊要坐起来：“这是哪儿啊……我，我怎么了？”

陈花皮忙伸手扶住他：“这是医院！怎么何头儿，你都不记得了？你被人给暗算了……幸亏魏县长救的你！”

何平安淡淡地应答了一声，扭头看向了一边，猛地神色一变：“湘菱！”他仓促四顾，挣扎着翻身下床。

“何头儿，你这是要去哪儿，大夫说了你不能动……”

何平安已不容分说一把推开陈花皮，踉踉跄跄奔出了病房。

走廊里到处是受伤的士兵和生病的难民，他跌跌撞撞地跑在人群中，逡巡找寻。

“湘菱，湘菱！”

他伸手抓住跟前一个女病人的肩膀，把她转过身来，赫然入目的却是一张陌生而惊怒的脸。

“对不起，对不起！”

他仓皇丢开那女人，又跌跌撞撞冲向前面，继续大声呼喊：“湘菱，沈湘菱！”

隔着几十米的走廊前方，沈湘菱正被两名护士扶住缓缓往前走，忽然回过头来。

“沈湘菱！”

她目光震动地看着何平安在人群中寻找自己的身影，苍白的嘴唇张了张，甩开护士，大步向何平安的方向跑过去。

一群围坐在走廊上的难民堵住了她的去路。她隔着难民，向何平安大喊：“我在这里！何平安，我在这儿！”

何平安依然在人群中跌跌撞撞的寻找呼喊着，他神色怆然地望着眼前来来往往的人，颓然靠在走廊墙壁上。

几个护工抬着一个盖着白布的人迎面走过来，白布下，一双女人苍白细致的手耷拉着，白布下露出一角熟悉的素色风衣。

何平安目光一闪，慌忙扑到担架跟前，惊恐地看着白布单遮盖的脸。

他缓缓伸出一只手，还没碰到布单，又停住了。

“不，不会的……她不会……”

“何平安！”

何平安蓦地转回头，沈湘菱就站在自己背后。

沈湘菱低声地：“我在这儿，我没死。”

何平安怔怔看着她，沈湘菱惊异地发现，何平安的脸上居然有泪水。

何平安忽然站起身，上前一把将沈湘菱紧紧搂住。

沈湘菱把脸靠在他肩头，眼泪也流了下来：“你放心，你别怕……我就在这儿，我没死。”

何平安紧紧搂住她，不断地点头：“你在这里，你好好地跟我在一起……你没死！”

沈湘菱从他紧得令人窒息的怀抱里抬起头，伸出手抚去他脸上的泪痕，含着泪笑了：“真傻……你真是傻。”

何平安注视着她，忽然收紧手臂，又把她搂进怀里：“是，我真傻！我傻到曾经想和你死在一起。可原来我们不能死，我不能看着你死！失去你的一瞬间太黑暗可怕了……无论如何，我都得想办法活下去，跟你一起好好活下去！”

魏九峰和凤老板并肩走在大街上，身后张局长和一群警察荷枪实弹地跟着。

街上不多的行人，一个个侧目看着他们，指指戳戳。

“这不是凤老板？她，她真是汉奸？”

“看不出来呦……”

凤老板一一看着经过的人，脸上却是少有的平静。

“九峰，这么多年了，我都盼着挺胸抬头，在人前跟你走在一起，可没想到……”她转眼看了魏九峰一霎，苦涩笑了：“今天我到底跟你并肩走在一起了，我却依然抬不起头。”

“凤儿！”

魏九峰目光一痛，暗中握住了她的手。

凤老板一怔，轻轻甩开了他的手：“叫人看见。我现在……可是汉奸。”

魏九峰神色酸楚，微低了下头，迅即又一脸严峻看向了两边的行人：“好，现在不管那么多，当务之急，是马上找出那个潜伏在城里的奸细！”

凤老板憔悴的目光逡巡在人群间：“不见了……真的不见了！”

“你说什么？”

“我说那个藤原，好像突然消失了。”凤老板停下脚步，望着魏九峰：“以前，他还离我几十步远，我就能感到他身上那股阴冷气，他钻进地缝我都能感觉到！可今天……真不见了，他好像早就不在棠德城里了一样！”

“怎么会这样？”

魏九峰一怔，猛地转头看向凤老板，不料一阵眩晕，他身子一个趔趄，向后倒去。

“九峰！”

陈花皮扶着魏九峰走进办公室，在椅子上缓缓坐下。

魏九峰头靠在椅背上，闭目不语。

凤老板熟门熟路地在桌前的抽屉里翻出药瓶，打开一看，已经空了。

“糟糕！药吃完了，你怎么也不知道再补上？”凤老板埋怨一声，把药瓶塞给陈花皮：“陈警官，劳烦您跑一趟，聚福楼我屋里梳妆台的抽屉里还有点药，就跟这个一样的瓶子。”

陈花皮拿着药瓶，为难地看了眼魏九峰，没动。

凤老板张开口才要催，又闭上了。

魏九峰微微睁开眼，冲陈花皮摆摆手：“去吧，劳烦你了。”

“不是，县长……”陈花皮为难地瞥了眼凤老板，“我……我不放心。”

“放心去吧。我在这里，她跑不了。”

陈花皮看看凤老板，又看看魏九峰，咬牙一跺脚：“县长呀，我是怕她害你！”

魏九峰笑了笑：“她不会的，我相信她不会。”

凤老板的肩头颤了一下。

陈花皮“哎”地应了一声，拿着药瓶匆匆走了出去。

凤老板倒了一杯热茶，低着头捧给魏九峰：“先喝点热水，等会儿吃了药，就睡一会。”

魏九峰接过茶杯，却没喝，面容凝重：“你刚才说他仿佛不在棠德城了……可整个县城早把守得水泄不通，他出不去呀。”

凤老板不接他的话，只是在办公桌前忙碌收拾着：“以后记得，药快吃完了就叫人快点去医院开，你把药单子抄几份给手下的人，到时候他们就给你预备好了。”

魏九峰端着杯子起来，望着墙角的挂钟出神：“酒楼、民居、学校、救济院……该搜的都搜了，还能去哪儿呢？他出不了城……”

“你记住，以后再不能熬夜了，天大的事情，要往宽处想。你胃不好，别饥一顿饱一顿……”

魏九峰忽然把杯子往桌上重重一摔：“我在跟你说抓奸细！”

凤老板一惊，抬起头怔然望着他。

魏九峰闭上眼，神色怆然：“凤儿，你不要这样……你越是这样，我越是心里难受。”

“可是我不放心呀。”凤老板低下头凄然一笑：“我知道，我没有回头路了。”

“那就帮我抓住那个日本奸细，能补救一分是一分。”

凤老板摇摇头：“你是县长，你会杀了我的。你也应该杀了我。”

何平安剥了一个桔子递给沈湘菱：“吃吧。”

沈湘菱接过桔子，低着头笑了。

“我也要，我也要！”

沈学文坐在旁边一张病床上，张手要桔。

沈湘菱笑着把桔子递给弟弟：“给，小鬼头！”

“你的化验结果出来了么？”沈湘菱问道。

何平安点点头：“一样，我也感染了。”

沈湘菱默了半晌：“我后悔了。”

“我不后悔。”何平安轻轻道：“这样，我反倒觉得很踏实了。”

隔了好半天，沈湘菱才低声问道：“我们还能活多久？”

“医生说，这个病毒的性质还没有确定。大概会有几天的潜伏期，短则三天，长则七天。这几天之内，病毒对人不会有任何影响，可一旦病发，就无药可救。”何平安瞥了一眼正在吃桔子的沈学文，压低了声音：“我们应该还都在潜伏期。老天还给了咱们这几天平安日子。”

一边说着，他暗暗拉住沈湘菱的手。

“小姐！”

病房的门忽然被推开了，沈湘菱一惊，转头正见藤原弥山冲了进来。

“你怎么来这儿了？”

“小姐，我也感染了病毒！你看。”藤原弥山痛哭流涕地撩起袖子。

沈湘菱一惊：“你怎么也感染了！”

“小姐，你别担心，能陪着小姐，我就是死也无憾了！”藤原弥山一边抬起袖子抹泪，“只是，只是小姐对我的救命之恩，我只有下辈子来报了！”

“姐！”沈学文惊恐地望着他身上溃烂的红斑，手里的桔子掉在地上。

“我不要你报恩，你也别再来打扰我们。” 沈湘菱连忙捂住学文的眼睛：“你也有病，早点去休息吧！”

藤原弥山迟疑着想留下，然而看着沈湘菱抗拒的神情，只得鞠了一躬，无奈地离开了病房。

何平安不觉微皱了眉：“刚才那个，是什么人？”

沈湘菱的神情毫不介意：“是我救的一个落难的人。放心吧，他很可靠。”

何平安没再说话，然而紧皱的眉头却并未松开。稍一沉吟，他看向了沈湘菱：“既然是你救的人，我们也应该去看看他。走吧，我们去看看。”

“你怀疑他？”

“说不准，就是去看看。”

何平安说着，向沈湘菱伸出了手。沈湘菱目光一亮，不自由主地伸手抓住了。

“学文，你在这儿乖乖的，姐姐等下就回来！”

两人拉开房门走了出去。

病房里没有第二个病人。藤原弥山终于露出满脸得意，头枕手臂靠在床头。

房门外传来一阵轻促的脚步声，他慌忙躺倒身子，装出病态。

门被打开了，沈湘菱拉着何平安走了进来。

“我们来看看你。”沈湘菱顿了顿，又说：“我刚才话重了……学文在，我担心他会害怕。”

藤原弥山假装虚弱地支起身子，脸上又露出一副感激涕零的表情：“小姐，你对我太好了，这叫我怎么报答你啊！”

“别这么说，只要你好起来，比什么都好！”

趁着沈湘菱和他说话的当口，何平安转头四下看了看房间。

藤原弥山冷眼看着何平安的举动，脸上虽然不动声色，心里却已提高了警惕。

何平安走到床头柜边，拿起了水壶：“别尽说话了，来，喝点水。”

藤原弥山忙道：“何警官，哪能麻烦您呢！我不渴，我真不渴。”

“没事儿。”

何平安不容他拒绝，顺手抓起柜子上的杯子，双手往前一送。只听“呀”的一声，何平安愣在原地，手里的水壶不知怎的打翻在床，藤原弥山则满身都是水。

“你看我，总是笨手笨脚的！把你一身都打湿了。”何平安一边慌忙道歉，一边去扯他衣服，“快，快，我帮你换下来吧。”

“没关系，没关系！何大哥，是我自己不小心，真没事儿。”

藤原弥山眼底闪过一丝愤怂，脸上却迅即一副谦卑和憨厚的表情。

“不行啊，我帮你把这身湿衣服换下来吧，可千万别着凉了！”何平安不由分说，抓着藤原弥山的衣服就要帮他脱下来。

“别！”

藤原弥山一把按住何平安的手。

何平安一怔。

藤原弥山却一脸局促看了看沈湘菱："不瞒大小姐，我没有多余的衣服，平时都是晚上洗了白天穿。这……小姐，你们先过去吧，我，我等下脱了衣服就躺床上，等衣服干了，再穿上。"

沈湘菱看了何平安一眼，又把眼光看向藤原弥山："那，好吧，真是好心办坏事，把你衣服弄湿了。"

"看您说的！反正，我也正想睡会儿，没事儿。"

"那我们走了。"沈湘菱拉着何平安，满怀抱歉地走出了病房。藤原弥山一等两人离开，慌忙走到门边，迅速关上门，放下了锁扣。

站在病房中，藤原弥山一脸阴冷："这个何平安！"

夜深了。走廊里空无一人。

何平安悄悄地从病房里溜了出来，四下看看，悄悄走向了藤原弥山的病房。

病房的透气窗一片漆黑。

何平安在藤原弥山的病房前站定，面朝着走廊反手开门。

门锁住了。

何平安一惊，转过身，又加大力度扭动门锁，门从里面反锁着。

猛然，一只小手轻轻地拍了他一下。

何平安一惊，慌忙停下扭锁的手。迅即转身的同时，手底挟着一股劲风已袭向来者面门。

掌风扑空。

何平安面前并没有人。

一只小手轻轻地拍了拍何平安。何平安这才看到站在面前的沈学文。

沈学文竖起一根中指放在嘴边，比了一个噤声的手势，又一招手，带着何平安蹑手蹑脚往前走了两步。

走过几个病房，沈学文看了看走廊两边，压低声音："何大哥，你是不是怀疑那个下人？"

何平安点点头。

沈学文笑了："那我帮你。"

何平安看着沈学文，有些不能确定。

沈学文低声道："你让我踩在你肩膀上，我爬透气窗给你开门！"

何平安眼睛一亮，一把抓住沈学文："好小子！来！"

何平安看了看走廊两边，蹲下身子让沈学文爬到了自己的肩膀上："小心点。"

病房的门打开了。沈学文从门里钻了出来。

何平安看了看走廊两边，伸手摸摸他的头："好样的！"

何平安闪身进屋，又轻轻关上了门。

藤原弥山面朝里躺在床上，眼睛微闭着，平和的鼾声，似乎已经睡熟。

他轻手轻脚走到藤原弥山病床前，定了定，轻轻地揭开了被子。

大片大片的红斑，一两处溃烂的皮肤，

何平安看着藤原弥山的背，愣住了。少顷才轻轻地放下被子，又一步一步退出了房间。

门轻轻地关上了。

黑夜里，藤原弥山突然弹身坐了起来，他的眼里露出可怕的凶光。

魏九峰双眼微闭躺在病床上，张局长站在一边。

陈军医站在床前，正在为他仔细检查。

张局长："魏县长怎么样，是不是感染了病毒？"

"没有，他是操劳过度，肺部出血。"陈军医按住了要坐起来的魏九峰："魏县长，你必须休息，不然你会把自己活活累死。"

魏九峰转过头，两眼直盯盯看着张局长："凤老板你要怎么判？"

张局长低下头："县长，你就别操心这个了……"

魏九峰摇摇晃晃地要下床："你不说，那我去……"

陈军医上前阻止："你现在是我的病人，我不许你……"

魏九峰一把推开了他们："事关前线抗战！"

陈军医顿时停了口。

魏九峰晃晃荡荡地走了出去。

一张盖着县政府大印的"判决书"递到余鹏程面前。

"人犯焦鸣凤，女，35岁，因犯战时强通敌罪，判处枪决，立即执行！"余鹏程抬起头，几分惊异地看着对面的魏九峰："魏老兄！你这是……何苦？！"

魏九峰微仰着那张愈发消瘦的脸庞：发丝斑白，紧皱的双眉，满布血丝的双眼。

"我知道，余师长在等这个。除了我，他们都不能写。"

余鹏程接过判决书，快速地打开："枪决焦鸣凤！你要杀凤老板，替我的人，压下今天的事？"

魏九峰布满血丝的双眼忧愁的望着前方："今天的事，不怪你的人。怪我……我没当好这个县长。"

余鹏程放下判决书，深深地叹了一口气："我看过审讯记录，凤老板是被日本人硬逼的，情有可原，可以不执行死刑的。"

魏九峰摇了摇头："但是罪无可恕。投放病毒、粮仓起火，让虎贲弟兄们受苦挨饿的，就是这个通敌的奸细。战士们为了镇守常德，受了那么多罪，吃了那么多苦，把命都压给了这座空城，可到头来却连一顿饱饭都吃不到。既然人已经落网，就应该给兄弟们一个交代。师长，兄弟们的心，不能再伤着了！”

他把判决书再次推到余鹏程跟前：“杀她一个，就是救回整个棠德。我已经签名了，师长，签发吧。”

“好，我签。”余鹏程深深看了他一眼，掏出钢笔，在判决书上签字。

魏九峰痛苦地闭上眼睛。

余鹏程继续在判决书上写着什么：“通敌的奸细要杀，违反军纪的也要杀，那些闹事的士兵，跟焦鸣凤一起处决！”

魏九峰睁开了眼睛：“师长！那是守城士兵……”

余鹏程大笔一挥，将判决书递给魏九峰：“这是虎贲铁团的选择！”

斜阳刑场，衰草连天，八个虎贲士兵站在苍天衰草之间。

余鹏程带上军帽，扶正帽檐，昂首挺胸地走到八名战士面前，犀利地审视着。

士兵们憔悴的脸，每一张脸上都带着伤痕。

余鹏程在一个战士面前站住：“告诉我，你是谁？”

战士大声回答：“报告师座，我是虎贲铁团的军人！”

余鹏程点点头，又走到另一名战士面前：“做虎贲的军人，你自豪吗？”

“身为虎贲一员，是我终身的骄傲！”

余鹏程再跨一步，对着第三名战士：“告诉我，什么是虎贲？”

“不怕牺牲、奋勇杀敌，永不退缩！”

余鹏程点点头，转身环视所有人：“‘虎贲’一词，是历代英勇无敌之军的最高称号。这是荣誉，也是责任，更是压在我和你们头上的一座高山！而今天，你们聚众斗殴，争抢口粮，开枪伤人。我杀你们，服不服！”

战士们纷纷低下头。

余鹏程双目通红，凝视八位战士。

士兵们泪流满面，却站姿英挺：“甘愿领死！”

余鹏程咬着牙，含泪点头：“安心上路。下辈子，还来做我的兵。”

他蓦地转过身，望着魏九峰：“准备执行枪决。”

魏九峰默默点头。

铁链拖地声从身后传来。

魏九峰缓缓转身望去。

凤老板一脸平静的微笑，冲着他缓缓颔首：“病好点儿没有？”

魏九峰慢慢走上前，眼眶含泪，心碎地望着凤老板。

凌乱的头发，消瘦的脸颊，干涩的唇沾着点点血迹。

他轻轻伸出手，犹豫着想拭去凤老板唇角的血迹，可最终还是忍住，只能愧疚的望着她。

凤老板含泪凝望着他，却面带笑容：“你该做什么，就做什么。我不怪你，怪只怪，我贪生怕死，被日本人逼成了汉奸。是我咎由自取。以后，我不在了，你要好好吃饭，小心你的胃，别太亏了自己的身子。”

魏九峰凄然一笑，低下头凑在她耳边：“我有一刹那，真的想不顾一切救你，不要做什么忠臣，不要当什么县长，带着你远走高飞。可我……可我终究还是做不到。”

凤老板也笑了：“我就是爱你这个做不到，你要是做到了，就不是我心里那个顶天立地的魏九峰了。你做得好！记着，你杀我，不是你欠我，而是我欠你，我让你蒙羞！”

魏九峰眼中含泪：“你……你已经很好了，你很好，换了是我……”

“魏县长，到时候了。”余鹏程缓缓走到他身边。

魏九峰含泪点头。

士兵上前来押凤老板。

“等等！”

魏九峰取出一个手帕，轻轻蒙住凤老板的眼睛：“凤儿，你别怕，不看，就不怕了。”

凤老板颤抖着点点头。

魏九峰缓缓退开了。

士兵推走凤老板，把她跟要枪决的士兵押在了一排。

余鹏程一声令下：“举枪！”

士兵都举起枪来。

凤老板忽然一声大喝：“魏九峰！”

余鹏程一挥手，士兵停下来。

凤老板大声喊道：“你要跟日本人斗下去，你要顶着棠德天，护着老百姓的命，你要让全天下所有人都知道，我爱的男人是大英雄！”

“我答应你，我答应你……”

魏九峰嘴唇颤抖，声音也在颤抖。他说不下去。

凤老板一笑：“还有，别想我……”

枪响！

凤老板中枪倒地！一个个士兵倒地！

“天杀的日本鬼子！”魏九峰仰起头一声痛吼，突然栽倒！

沙发上的魏九峰剧烈地咳嗽着，陈军医站在他跟前，正在细心诊视着。

一杯热腾腾的清茶放到他的面前，余鹏程在他身边坐下。

“魏兄，大战在即，千斤的担子都压在你肩上，千万保重身体。”

余鹏程拍了拍魏九峰的肩膀，沉叹一声：“节哀吧。”

魏九峰忍着咳嗽，点点头：“我没事。”

陈军医放下了听诊器：“虽然魏县长的咳嗽是旧症，不过稍后还是应该去趟医院，做下详细检查更稳妥。”

魏九峰摇摇头：“我自己的身体自己知道。”

余鹏程劝道：“毕竟是非常时期，小心为妙，魏兄还是去吧。”

魏九峰转过头看着余鹏程，眼中布满血丝：“我现在不能去医院，不能让市民们看见，他们的县长病了。”

余鹏程沉重地叹了口气：“也罢，形势逼人啊！现在常德城内的局势如此严峻，无论是病毒，还是粮食紧缺，任何一样对镇守常德来说都是致命的打击。必须尽快想法解决。”

“粮食的事，你放心，我可以保证，一定会想尽办法，不让虎贲的弟兄们少吃上一顿饭。”

余鹏程点点头：“有魏县长这句话，我就放心了。”

陈军医上前一步：“两位首长，病毒的事，我也有重要情况要汇报！”

余鹏程和魏九峰都向前微倾，专注地望着她。

“桃源县的医院，应该有配置疫苗所需要的药品，而且那里的马医生是我的老师，相信应该有办法。”

余鹏程立刻站了起来，在军事地图上搜索，手指一处问道：“是不是这家医院？”

“是这里。”

魏九峰居然蓦地站了起来：“那立刻派人去啊！我亲自去！”

余鹏程刚刚兴奋的面容又暗淡下来：“那里已经被日军占领了。”

魏九峰一下呆住了。

“现在那里是一家日军医院，我们根本无法进去，更不用说找到那位马医生，再配置疫苗，然后再通过鬼子的封锁运出来。”余鹏程苦闷地摇了摇头，“这样的任务，没有人可以完成！”

一缕阳光照在沈湘菱紧闭的双眼上。她皱皱眉头，张开眼睛。

眼前，一个人站在光影里，对着她微笑。

沈湘菱撑着胳膊坐起来：“嗳，你又跑过来了？”

“就算是我病了，几个护士也还拦不住我。”何平安一笑，伸手捏了下沈湘菱的鼻尖：“刚才做什么梦了？脸上又像要哭，又像要笑。”

沈湘菱微笑着躲开他的手：“我梦见你……”

“梦见我什么？”

沈湘菱没再说下去，只是深深地望着何平安，目光渐渐凄然起来：“你，恨不恨我？”

何平安一怔，爽然一笑：“又说傻话了。我为什么要恨你。”

沈湘菱低声道：“是我……是我传染给你……我害了你。”

“是你让我跟你一起死。”何平安望着沈湘菱，目光坚定：“我之前，有过很多同生共死的朋友。他们死了，我却活了下来。我再也不敢说跟谁同生共死了，每次都是我活下来。”

他说着在床边坐下，伸手捋了捋她的头发：“说实话，我不止一次想过给自己一枪。之所以活下来，是因为懦弱。现在好了，同生共死，不会变了。”

沈湘菱望着何平安，竟也笑了出来。

门忽然开了，陈军医戴着口罩走了进来。

“何平安，护士说你又不见了。我想都不用想，你肯定又跑这里来了。”

何平安笑着敬了个礼：“对不起，给你们添麻烦了。不过我保证，下次还是会过来。”

陈军医被气笑了：“你倒是真乐观，这对病情有帮助。”

何平安看了眼沈湘菱：“现在是我这辈子最轻松最高兴的时候，当然乐观。”

“那好，你就在这待着吧，我也不赶你了。”陈军医拿出两根体温表递给他。

何平安把一支体温计在自己手里搓了搓，才递给沈湘菱：“小心，凉。”

沈湘菱不好意思地看了陈军医一眼，陈军医的目光中却满是惋惜。

“可惜，只差一点，就能找到救你们的办法。”

何平安一愣：“什么办法？”

陈军医摇摇头：“别问了，不可能的。”

“为什么不可能？你说说看。”

陈军医无奈地看着他们，叹了一口气：“因为战争。”

何平安还要询问，陈军医已经转过身。

“你们安心休养，放心吧，我们在全力以赴研制疫苗，总会找到办法的。”

她说着，轻轻走出病房。

何平安望着她的背影，一时出神。

沈湘菱担忧地看着他：“你在想什么？”

“没什么。”

何平安恍然回过神，拿起手里的体温计：“糟糕！这支体温计是坏的，我再找她换一支！”

他拍拍沈湘菱的手，大步跑了出去。

“陈医生，陈医生！”

陈医生转回身，何平安追了上来。

“陈医生，你刚才话说了一半。你得告诉我，到底有什么理论上的办法能救人，又为什么不行？”

陈军医皱起眉头：“何平安，你现在是个病人！你的任务就是好好休养，配合医生治疗，那些不是你该操心的事。”

“就因为我是个被感染的病人，我才更要知道怎么才能救人，才能得救！”何平安固执地看着她。

陈军医叹了一口气：“好吧，我就告诉你。桃源的医院囤积了足够的药品，而且我的老师也在那里，他应该对这种病毒的治疗有把握，可以配置出疫苗。可是，那里已经被日本人占领了。”

何平安紧紧捏着体温计，皱眉凝思：“桃源，桃源……”

“所以我说，不可能的。”

何平安的眼睛忽然亮了：“可不可能，你总得让我试试！”

陈军医没有回答，她的目光忽然越过何平安的肩头，定住了。

何平安回头一看，沈湘菱正站在身后的走廊上，眼睁睁看着自己。

陈军医默默地走了。

沈湘菱慢慢走过来，凝视着何平安："你又要去做什么？"

何平安沉默了一下："去找活路。去找救你和学文，还有所有人的办法。"

"不要去！"沈湘菱一把抓住他的手，紧紧攥着："我不要你去！你刚才不是说过么，现在是你一辈子最轻松最快乐的日子，我也是一样。我们好不容易才有机会，能每天在一起，每天一睁开眼看着对方……我放下仇恨，放下一切，就为了要跟你享受这段有限的幸福。我不管这种日子能有多久，哪怕只有一天，我们也要好好抓住它，一分一秒都不要放过。"

何平安深深望着沈湘菱，没有说话。

"陪着我，不要去盲目冒险，好么？"

"我不是去盲目冒险，而是为了你，为了学文去拼一把，拼一条活路！"

"可是就凭陈医生一句话，谁能保证把握有多大？万一是白白送死呢？"

何平安再度沉默了。

沈湘菱哀求地看着他。

何平安抽出手，抚了抚她的脸："哪怕有一分可能，我也得去。湘菱，就因为我们现在在一起太好，是我这辈子最快乐的日子，所以我要你活下去，我要你跟学文、跟这里的所有人都好好活下去！"

他说完，转身要走。

沈湘菱猛地扑上去，从背后紧紧抱住他，两条手臂勒住他的腰："你不能去！我不许你去！你不是答应过我，要比我活得更久么？"

何平安闭上眼睛，满脸痛苦不舍的表情："可我不能眼睁睁看着你死……我舍不得。"

何平安克制着，硬掰开沈湘菱的手，大步跑了出去。

何平安在走廊上狂奔，一路推开所有人，径直冲进了走廊尽头的播音室。

很快，走廊的扩音器中传来了他的声音："乡亲们，所有中了鬼子病毒的乡亲们，我是何平安！"

走廊里零落的病人怔然抬头，望着墙上的扩音器。

病房里的病人也三三两两地走了出来，靠在墙上，坐在地上，看着墙上的扩音器。

沈湘菱还站在远处，呆呆望着那只扩音器。

陈军医快步走过来："他要干什么？"

沈湘菱喃喃道："他要找活路，他想救我，想要自己死了，然后救我。"

陈军医不解地看着沈湘菱："你说什么？"

扩音器里，何平安的声音继续响着："我是何平安，我要求见余鹏程和魏九峰！我愿意去执行不可能的任务，我愿意冒险！只要成功了，医院里，所有人都能活下去。大家听见了么，只要愿意冒险，就有活命的办法！大家跟我一起喊，我们要活下去！我们要活下去！"

医院里，到处传来病人的喊声："我们要活下去，我们要活下去！"

求生的呼喊震动着整个医院。

陈军医呆住了。

喊声中，沈湘菱脸色煞白，眼泪顿时落了下来。

"什么同生共死……何平安！你是个混蛋，大骗子！"

沈湘菱愤怒的声音被众人的喊声湮灭了，她快步向着何平安声音的方向走去。

陈医生慌忙上前，紧紧抱住她。

"他又骗了我！他是个骗子……"

沈湘菱伤心地痛哭着，渐渐软倒在陈军医怀里。

第三十五章 九死一生

办公室正中拉起一面半透明的屏风，陈军医手持杀菌的药剂，细致地喷满整个屏风。

“不必这么草木皆兵，被人看到我这个师长都这么畏首畏尾，他们就更会恐慌了。”余鹏程挥手拒绝了陈军医的特殊防护，和魏九峰一起走到屏风前径直坐下，问道：“你要去桃源取药，你的身体，允许么？”

屏风后传来何平安的声音：“这就要看医生的了。”

余鹏程立刻把目光投向陈军医。

陈军医沉默了下，才回答：“目前，他的身体还可以进行正常活动。这个病毒很奇怪，我们目前还没有定性，只是知道，病毒有一定的潜伏期，在潜伏期间，人体的正常活动不受影响，但只要爆发，就会破坏人体机能。”

“那我的潜伏期还有多久？”

陈军医摇摇头：“这个我无法确认，也许三天，也许三小时。”

“不行！”魏九峰断然道：“这太冒险了，如果执行任务期间病发，你就是死路一条！”

屏风后何平安居然笑了：“我什么也不做也会死，为什么不豪赌一场？”

“你大概还不知道，桃源已经被沦陷了，那个医院里里外外现在都是日军看守，要找到那个马医生，研究出治疗病毒的疫苗，还要把专家和药品都带回来……”余鹏程叹了口气：“这是根本不能完成的任务！”

屏风后又是一声轻笑：“我知道。”

余鹏程盯住屏风后的影子：“那你真有把握？”

“没有。”

魏九峰忍不住了：“没把握，你闹这么大动静！”

“这种事，谁也没有把握，总得试试。”

魏九峰顿了顿，又问：“你一个人？”

“我一个人当然不行，我需要人手。”

余鹏程摇了摇头："我可以实话说，现在战事吃紧，我调不出兵力去打桃源的医院。牵一发动全身。"

"我不需要太多人，只要几十个人就够了，而且不会占用人手。"何平安的声音不疾不徐，显然成竹在胸："我需要的是那些得了病的人，军人或者警察。病得不深的，都还有一定的体力可以活动。他们自己感染了病毒，更希望得到疫苗，如果没有疫苗，他们都会死，所以也就毫无畏惧。除了体力上差一些，他们会是最好的士兵！"

魏九峰和余鹏程深深对望了一眼。

余鹏程："你打算怎么做，有什么计划？"

"没有，没有任何计划。"

"胡闹！"魏九峰蓦地站起来，两步走到屏风前。余鹏程却把他拉住了："这样的任务，几乎是不可能完成。一切计划都不管用，与其事前计划，不如随机应变。这是你最擅长的。"

屏风后的何平安没说话，余鹏程却似乎看到了他那副熟悉的微笑，似乎玩世不恭，又似乎万事在握。

"我同意了。"余鹏程点了点头，"人，你自己在医院里挑。"

"除了人，我还得带走血液样本。"

陈军医微感吃惊："你自己身上就有血，还带什么血液？"

"我身上的血没有抗体，而且……我要带余子扬的血去。"何平安站了起来，隔着屏风望着余鹏程和魏九峰："如果可能成功，我希望用余子扬的血。这是我唯一能为他做的。"

沈湘菱坐在病房床头，紧紧的攥着沈学文的手。

"小姐，求求你跟何警官说，叫我跟他们一起出城取药！"

"扑通"一声，藤原弥山双膝打弯，跪在床前。

沈湘菱转过头，惊愕地看着他。

周四上前一步，却不扶他，只是冷冷看着："你可想清楚，去鬼子的地盘取药，这可是九死一生的事。"

藤原弥山含着泪，满脸赤诚："我都想清楚了！那天我听医生说，小孩子的抵抗力差，要是再没有疫苗，小少爷就撑不了几天了！本来，自打小少爷中了鬼子的毒，我就恨不得出城跟鬼子拼命。眼下既然有办法出城取药，我说什么也得跑这一趟！求小姐您成全，跟何警官说说，让他们出城的时候带上我。等拿到药，我拼死也要跑着回来，把救命药给小少爷送来！"

沈湘菱眼中闪过一丝感动，跟着摇摇头："不行。你这份心意我们姐弟都心领了，可眼下……"

"小姐，我不怕鬼子，我更不怕死！要是豁出我这一条命，能救回小少爷，太值得了！求求小姐您就让我去吧，真遇上鬼子，我也能杀一两个，好歹能帮何警官一把，报答小姐您的救命之恩！"

他说着弓下腰，咚咚地磕起响头来。

沈湘菱急忙站起来："你不要这样！快，你快起来！"

周四这才伸手去拉藤原弥山："小姐说了，叫你起来，你就起来吧。"

"不，小姐不答应，我就不起来！"

藤原弥山一把推开周四，头磕得更响了。

沈湘菱叹了口气："那你起来吧。"

藤原弥山抬起青肿的额头，满脸惊喜："小姐您答应了？"

沈湘菱无奈点头："既然决心要去，你也回去准备准备吧。"

"哎！小姐你放心，我肯定把疫苗给小少爷带回来！"

周四盯着藤原弥山走了出去，关好了病房的门："小姐，这个人有点不对，我怀疑他有问题。"

"哪里不对？"

周四皱着眉头，摇摇头："我说不上来，可总觉得他哪里透着古怪。"

"我也觉得有些古怪。"沈湘菱转眼看着病床上的沈学文，忧心忡忡："可这种时候……能多一个人帮他，也是好的。"

"小姐放心，周四拼了命也会把药给小少爷带回来，也保证叫何大哥平平安安回来，跟小姐团圆！"

医院走廊里，病人都站成一排。

何平安身后跟着周四和藤原弥山，在病人面前踱步。

"各位，咱们都已经是半只脚踏进棺材的人，可眼下，有一个活下的机会。坦白讲，机会很小，甚至说，几乎不可能。可毕竟是个机会。拼一次，我们都有活命的可能，你们就会成为英雄！即使死了……"

何平安爽然一笑："说实话，也没有什么损失。本来也没几天可活了。你们愿意跟着我拼一回么？"

众人相互望望，异口同声："愿意！"

"那好，既然愿意，我就是你们的长官！为了拼那万分之一的希望，你们要绝对服从我，我说的每一句话都不许有疑惑，就是我让你们去死，你们也要毫不犹豫！明白么！"

"明白！"

一个白头发的老头颤巍巍地举手。

何平安："刘副院长，什么事？"

刘副院长哑着嗓子道："为什么选我？我，我不会打仗。"

何平安微笑道："因为只有你认识那个医院的马医生，而且，万一找不到马医生，就只能靠您了。"

"我……我不想……"

"对不起，这个由不得你。"身后有脚步声响起，何平安转头一看，抬起手往地上一指，"到了！"

两名士兵戴着口罩，抬着一个大木箱子走进来，把箱子往何平安所指的地方一撂，满满当当的枪械弹药摊在众人眼前。

何平安一挥手："挑自己趁手的吧！"

"师座，何平安已经准备好了，一共三十八人，请示什么时候出城。"柴志新放下电话，望着余鹏程。

余鹏程叹息："出城？他现在出的去么？"

"日军环围，确实比较麻烦。靠着他这点人，不可能杀出去。"

"你告诉何平安，让他在北门集结。听见枪声之后，等十分钟，立刻出城。"余鹏程在地图上比了比。"还有，因为他们身上有病，就不去给他们壮行了。这支队伍，注定是一支孤军。"

"是！"柴志新大声应道，又问："师座，收到消息，日军要打来了么？"

"没有。"

"那为什么确定会有枪声？"

"因为我们要去打日军！"余鹏程语气决断："你带着人去城外那个土丘，对日军发起奇袭，必要的时候，我会出现，以自己为诱饵。日军见了我，一定会猛扑，到时候，何平安他们就有时间出城了！"

柴志新犹豫了："师座，您的安危……"

"我的安危？"余鹏程一笑："全忠全孝，早就没什么个人安危了！去点兵吧。"

柴志新敬礼，走了出去。

余鹏程踌躇片刻，忽而爽然笑了："我就再多帮你一回！"

他走到门口，大声喝令："秦岳！"

"秦岳，你怕死不怕？"

秦岳一笑："这些年一场场的大仗打下来，多少兄弟都牺牲了，真要是死了，我就去找他们！"

寒风萧萧，一行人集合在北门。

藤原弥山、周四、刘副院长，还有几个满脸病容的士兵和警察……这就是何平安这次冒险的全部队伍。

"何平安！"

身后忽然一声呼唤，何平安转身一看，不由得怔了："你怎么来了？"

秦岳跑到他跟前，笑了："奉命，跟着你！"

何平安面色一变："秦大哥，跟着我，九死一生。"

"当兵的，什么时候不是九死一生？"秦岳一笑，"你说要去哪儿，我就跟你到哪儿！"

藤原弥山插口道："对啊，咱们连往哪儿去都还不知道呢！"

何平安扫了他一眼："这是机密。我会在路上告诉你们。"

藤原弥山仍旧是憨厚地笑着。

枪声骤起！

何平安转头望去："是虎贲主动出击了？"

城外山丘，炮火震天，国军军旗迎着北风烈烈飘展。

"冲啊！"

柴志新抱着一把汤姆森冲锋枪，猛然跃出战壕。

无数战士纷纷怒吼着，从战壕里冲了出来，迎着炮火冲向敌人。

对面的战壕后，日军的机关枪不断吐着火舌。

柴志新一路厮杀，一道道闪光与他擦身而过，身边的战友纷纷中枪倒地。他杀红了眼，大吼着，手中的机枪疯狂地射击。忽然，一记枪响擦着他耳边飞过，身边的旗手中弹，军旗摇摇晃晃，眼看要倒。

"军旗！军旗不能倒！"

柴志新的嘶吼声中，那军旗晃了几下，竟然又立住了。

那旗手浑身是血，双目圆睁，已毫无声息。

柴志新悲痛地拿起旗杆，发现旗手的手紧紧地攥着旗杆。他用力掰开旗手手指，含泪展开旗帜，上面已血迹斑斑。

柴志新抬起头望着眼前一片血色，战友的尸体已布满沙场。

身后蓦地有枪声响起！

柴志新激动地回过头，只见高高的山坡上，冲锋号声中一个人策马而上。

"师座！"

高高的马背上，余鹏程遥望沙场。

炮弹飞来，在附近爆炸，余鹏程目光坚毅。

冲锋号一遍遍吹响。

所有战士都回身眺望战火中的余鹏程。

余鹏程双目明亮，扬鞭用力一抽。

骏马腾起四蹄，飞一般冲下山坡。

柴志新顿时热血沸腾，几步跃上山坡，一把将旗帜插进泥土。

炮火中，旗帜迎风而舞。

柴志新："杀！杀！杀啊！"

霎时，所有蹲伏的战士全站起来，扑向敌人！

马蹄疾奔，余鹏程快马扬鞭，冒着炮火一路直冲进阵地！

无数虎贲战士涌来，跟着余鹏程冲杀陷阵。

柴志新跃上一匹空骑的战马，扬鞭一抽也冲了过来。

柴志新与余鹏程并驾齐驱，不断地向前方敌人射击。

冲上来的日军接连倒地。

“本来201阵地已经唾手可得，敌人几乎已被我军彻底击溃，直到这个人出现。”横田勇专注着望远镜中的战场：“一出现就能激发士气，令他们瞬间反扑成功，看来这个人不简单呢！”

藤原景虎一脸懊恼：“可惜我们离阵地太远，无法辨识他的身份。”

“还需要辨识么？”崇明亲王冷冷道：“能有如此强的号召力，只能是一个人！”

横田勇点了点头：“一直听说，他是文人出身，没想到在战场上，竟然可以如此勇猛。”

藤原景虎吃了一惊：“殿下的意思是，余鹏程！”

“只有镇守常德的最高指挥官亲自上阵，才能造就士兵有如此强大的信心。”崇明亲王冷笑道：“不过这样也好，是我们一次难得遇到的机会！”

横田勇放下望远镜看着他：“擒贼先擒王，中国人是这样说的吧？”

藤原景虎猛地挺直胸：“既然余鹏程亲自上门，我们就一定不能让他再回到常德！”

“虎澈君。”横田勇转眼望着身旁一身坦克手装扮的虎澈：“十五分钟，我只给你十五分钟！带着你的坦克部队，把这个山丘碾平！”

虎澈：“是！”

桌上的电报机忽然滴滴答答地响起来，崇明亲王走上前，把电文拉出来，随口就开始翻译：“城里的消息，何平安带着一小队人偷偷出城了，地点不明，是要去找疫苗！”

“怪不得，余鹏程会亲自涉险。”横田勇笑了：“这是在掩护何平安。”

崇明亲王：“将军，我们该把这个何平安怎么办？”

“他想用自己做诱饵，我们就吃了这个诱饵，咬断它的鱼线！”横田勇说，“只要吃了余鹏程这条大鱼，何平安怎么样都不重要！”

虎澈立正敬礼：“将军，我这就准备，去吃了余鹏程！”

横田勇点点头：“调正宗的部队，去拦截何平安，我要万无一失！”

常德城门缓缓打开，一队人迅捷地冲了出来。

“快！快！战斗结束之前，一定要冲过敌人的防线！”

何平安当先带路，身后的人紧紧跟随。

藤原弥山一边赶路，一边用阴冷的目光盯着前方那个背影——何平安气息粗重，可脚下却越走越快。

刘副院长拄着树枝，也紧紧的跟在何平安后面：“还有多久到啊？”

何平安往前一指：“穿过这片林子，再翻两座山就到了！”

刘副院长倒抽了一口冷气：“还有这么远！”

“不远，午夜前，肯定能到桃源医院。”

刘副院长一脸苦相，放慢了脚步：“你们先走，我得缓口气。”

周四不屑地白了一眼，从他身边走过。

“小心了，前面有水！”

何平安轻轻一跃跨过一条溪流，转身等着众人。

一只只脚相继跨过溪流。

“哎呦！”刘副院长忽然脚下一滑，跌坐在溪水中，挣了几挣才站起来，湿漉漉的爬上岸：“不走了，我走不了！”

说完，他像被抽掉筋骨似的瘫在地上，一动不动。

何平安环顾众人——全都气喘吁吁，病中的人体力严重不足。他只能叹了口气：“原地休息十分钟，前面就是日本人的关卡了，我们合计一下。”

刘副院长蓦地爬起来：“我去方便一下。”

不等何平安回应，他转身就钻到一边的小树林的。他先是慢悠悠的走了几步，趁着解裤带偷偷回头望去——林子外，一群人各自喝水休整。

他连忙系紧裤带，野兔子似的钻进树林深处，越走越快。

身后忽然有脚步声响起。刘副院长紧张地回头，斑驳月色下，一个人也不见。

他松口气，转过头，猛地怔住了：“何，何平安。”

何平安站在他面前，举枪正对着他。

“你别，别……”

刘副院长浑身颤抖一步步后退，何平安目光阴冷，一步步逼近。

“我求求你，您，您行行好，饶了我吧！”刘副院长扑通一声跪下，泪流满面拼命哀求：“我真不是故意想逃的……求求你，你行行好，行行好……。”

他一边哀求，一边从怀里掏出一把钞票，拼命磕头：“这些，这些都给你，只要你别杀我！”

钞票撒了一地。

何平安面色苍白，月光下愈发显得阴森恐怖。

“临阵脱逃……”

刘副院长抬起头，何平安举枪指着他的头颅，一字一句说道：“你知不知道，我可以就地枪决你！”

突然，一阵密集的炮声震在耳边，刘副院长登时吓软了。

何平安也是脸色一变：“坦克集群！”

山丘下，数十辆日军坦克排成一排，犹如钢铁洪流一样缓缓向山丘冲来。

柴志新脸色大变：“师座，撤吧！”

余鹏程摇了摇头：“时间还不够。如果我现在撤回去，他们就会发现有人突围，何平安等人将会功亏一篑，再为他们争取点时间。”

“可对面是坦克集群！没有重型火炮，我们不可能在野战中挡住坦克集群。”

余鹏程半晌没说话，忽然问：“迫击炮还有多少？”

柴志新一愣。

“我听说，共产党能把迫击炮横着用！”

“明白了！”柴志新大声应道：“我这就组织人手，把这轮坦克进攻压回去！”

余鹏程点点头：“告诉所有士兵，我就站在这儿，打输了，我陪着所有人一起殉国！”

山丘下，日军的坦克集群缓缓推进。

当先一辆坦克上，虎澈举着望远镜，远望着山丘，一手举起无线电话筒：“这样的山丘就像是我家后院的土堆。一次！一次进攻，拿下这个山丘！”

坦克不断开火，向着山丘冲去。

山丘上，冲下来数十名国军战士，潮水般迎着坦克冲来。

虎澈微微吃惊：“他们是要干什么？”

几乎同时，步话机传来回声：“指挥官，支那人冲过来了，他们似乎抱着什么！”

虎澈略一愣，随即下令：“就算他们背着炸药，也不可能在坦克集群的冲击中发挥效果！他们一定是吓疯了，想用人肉来撞钢铁。加速，碾碎他们！”

坦克轰隆隆地向着国军战士冲过去。

国军战士三人一组，抬着一门迫击炮，跑到山丘下，离坦克集群百米远，全都停住了。

柴志新就跟在这群士兵们身边，手里抱着两颗炮弹。

“三人一组，架起来！三人一组，三组瞄准一辆坦克，听我的命令！”

按照他的指令，士兵们飞快地布置着：一名士兵端起迫击炮，尾部顶在自己的胸膛上；一名士兵跪在前面，双手高举，托起迫击炮；柴志新则亲自举着炮弹，准备装填。

“你叫什么？”

柴志新忽然问后面那个端着迫击炮的士兵。

“参谋长，不用问了，我叫虎贲！”

“好样的！”柴志新重重点头：“瞄准，瞄准！这是用人命开炮，谁要是浪费子弹，军法处置！”

众士兵：“是！”

柴志新大吼：“瞄准！”

三组迫击炮瞄准一辆坦克，二十七个人，九门迫击炮，瞄准最前面的三辆坦克。

柴志新：“放！”

柴志新装填炮弹，其余的两名士兵一起！

九发炮弹呼啸而出！

与此同时，九名拖在后面的士兵全都一口血喷出，巨大的后坐力让他们胸骨碎裂。

前面的士兵也都缓缓倒下，七窍流血。

可迫击炮还是端得稳稳的。

两辆坦克中弹，爆炸，火光！

虎澈的坦克全力转向，躲开了两发，只中了一发！

坦克没有爆炸，可虎澈被震得发晕，一下蒙住了。

柴志新：“换人！”

前面举迫击炮人换到后面，搬开牺牲的同伴，再次用胸膛顶住迫击炮，准备承受足以震碎心脏的后坐力。

后面的士兵冲上来，再次端起炮口！

何平安一行人在树林里快步奔走。

隐隐还能听见炮火声。

何平安：“快点，对方动用的坦克集群，余师长撑不了多久！”

秦岳突然捂住鼻子，皱起眉头：“何平安，你闻到什么味儿了吗？”

何平安：“什么？”

秦岳：“你闻闻，有一股烂苹果味儿！”

何平安嗅了一下：“管不了那么多，快走！”

“这不对劲！”秦岳一把拉住何平安：“林子里怎么这么静？”

何平安也察觉不对了，立刻收住了脚步，所有人都停了下来。

一阵淡淡的雾在林中弥漫起来，忽然，一只飞鸟从天上掉下来，扑腾两下，死在众人的面前。

秦岳蹲下，按了按鸟的身体：“已经硬了！”

“别碰！”刘副院长拿出一幅白手套套在手上，走上前拿起鸟的尸体，略一观察，慌忙丢在地上，悚然变色：“是毒气，日本人的毒气！”

众人神情一凛。何平安下意识地回头环顾了一圈身边的人：“就算日本人要出动毒气部队，他们怎么会在这里出现？”

藤原弥山站在人群中，神色不变。

秦岳：“何平安，你看这是凑巧，还是……还是有人走漏了消息！”

何平安摇摇头，面色凝重。

“来个人，往前面看看！”

秦岳打了个手势，一名跟着秦岳的士兵走向前。

突然一阵风吹来，一股黄烟顺风飘了过来。

走在前面的士兵突然用手掐住自己的喉咙，呜呜两声，倒在烟雾中，抽搐几下不动了。

“光气！剧毒！”

刚刚还在抱怨走路太累的刘副院长大喊一声，转身就跑，比谁都快！

何平安：“快退！”

所有人捂着口鼻，飞快的撤退。

毒气在树林中一点点扩散，毒气中，正宗等人戴着面具的身影一步步逼近。

“树林让毒气的效果减半了。”正宗拿出毒气弹，奋力投了出去：“再放，把这群老鼠赶出来！”

五颗毒气弹四散飞去，周围的树叶渐渐枯萎，一只兔子染上毒气，立刻死亡。

林中山坡，众人背对风向，缩在一起。

秦岳安抚着大家的情绪：“这是上风口，毒气一时半会儿过不来。”

“可我们也出不去，时间紧迫，耽误不得。”何平安支着耳朵听了听：“林子里树太密，听不见还有没有炮声，也不知道棠德怎么样了！”

秦岳叹了口气：“放心吧，棠德不会这么容易就丢了的，眼下是我们怎么过林子!”

何平安走到刘副院长面前：“就你一个文化人，你有没有办法？”

刘副院长两手一摊：“给我足够的科研经费还有器材，再配五名助手，我有把握在三年内解决毒气的问题。”

何平安：“那就是没办法。”

刘副院长苦笑。

周四：“要我说，咱们提着枪杀出去，一枪一个！”

藤原弥山嗤道：“莽夫。”

周四豁地站起来：“你说什么！”

藤原弥山：“毒气是跟着风的，我们冲下去，只要一阵风，所有人都死了，还说什么杀敌人！”

周四：“你就是怕死！”

藤原弥山：“我是来报答小姐的，怕死就不来了！”

周四冷笑：“报答小姐？说得好听，小姐什么时候要你报答了？我看你就是有问题，神头鬼脑的，弄不好咱们出城的消息就是你泄露的！”

“你胡说！”藤原弥山的眼睛一眯，寒光乍现，随即又深藏在眼底。

何平安一挥手打断两人：“别吵了，你们听！”

远处传来隐约的沙沙声，显然是有人踏进了密林。

秦岳狠狠吐了口唾沫：“妈的，摸过来了！”

何平安的神色也严峻起来：“看他们进攻的阵势，这是精兵，不是只会用毒气的软蛋。”

说话间，日军越来越近。枪声齐发，一名警察中枪倒毙！

刘副院长吓得趴在地上，浑身发抖。

藤原弥山连声叹息：“完了完了，这回死定了。”

周四瞪了藤原弥山一眼：“说什么风凉话！开枪啊！”

藤原弥山哆嗦着：“我……我不会开枪……”

周四：“废物！”

藤原弥山：“你不废物，你冲啊！”

周四猛然站起来：“冲就冲，被人压着打，本来就窝囊！”

“别冲动！”何平安一把拉低周四，警惕地看向四周。

藤原弥山脸上闪过一丝失望。

秦岳：“何平安，快下决断！我们不能跟他们耗着，弹药和人员全都耗不起。”

何平安一咬牙：“跑！”

秦岳：“跑去哪儿？”

何平安：“去下风口。”

秦岳愕然："你疯了！这是找死！"

"晚死一会是一会吧！"何平安拆下两个手榴弹："再给我一个，你带着他们先跑，我断后！"

"快走！"秦岳把一枚手榴弹塞给何平安，跳起来连开五枪，对面的日本人被压了回去。

众人跟着秦岳一起跑，周四拎起了刘副院长："快跑啊！"

"给你来个狠的！"何平安把三枚手榴弹绑在一起，原地转圈，一连转了三圈，像投铅球一样，一束手榴弹扔了出去！

正宗大喝："趴下！"

所有日本兵全都卧倒。

何平安体力不足，手榴弹没有扔到有效位置，落地爆炸，激起漫天泥沙，落叶打着旋狂舞。

趴在地上的何平安站起来，抖了抖满身泥土，看着漫天落叶，不由得愣住了："这真是鬼抓钱啊！"

余鹏程一踏进中央银行那间办公室的大门，便坐倒在椅子上，重重喘息。

柴志新跟随而来，也是一身狼狈："师座，第一道防线破了！"

"意料之中。"余鹏程定了定神，站起身："发捷报吧。"

柴志新愣住了："捷报？"

"不错。战士们奋勇杀敌，与敌激战，炸毁日军坦克五辆，杀敌无数——就这么写！"

柴志新更是不解："师座，您可是从来不谎报军功的啊！"

"我谎报什么？"余鹏程转眼望着他："坦克不是被你炸了五辆么？杀敌无数，你数得清楚杀了多少么？"

"这……可我们是败仗！"

余鹏程深深叹息："可委员长需要的是胜仗！"

柴志新怔然望着他，似有所悟。

余鹏程："我们没有炮弹，只能用迫击炮对抗坦克，这样的战果已经不错了，也算是虽败犹荣。能激励一下大伙的士气，也是好的。"

柴志新点点头："我明白了，我这就去发电！"

余鹏程坐回椅中，深深叹息："咱们这一仗是败了，但愿何平安那个战场，可以打一个胜仗！"

何平安坐在林中洼地里，抓起一把干树叶，堆成一堆："铺开，匀着点。"

众人都跟着抓，大把的树叶扔在一起。

秦岳不解道："这是干什么？"

"见过给人烧纸的么？火一起，纸灰打着旋的往上走，都说是鬼抓钱。"何平安一把抓树叶一边说，"我不信有鬼，但我就知道这个管用。"

秦岳："要是不管用呢？"

"那就只好让小鬼子把咱们都抓去了！"何平安苦笑一声，熟练地拆开一颗手榴弹，把火药均匀地倒在干枯的树叶上。跟着，他便带着众人蹲在树林后。

秦岳端着枪，身后站着十个人："枪法最好的都在这了。"

何平安点头："死活就这一回了，全看各位的！"

秦岳："怎么把他们引过来？"

何平安："不用引。这群鬼子不简单，他们自己就能摸过来，到时候我扔手榴弹，你们开枪！"

藤原弥山蹲在一边，有些焦躁。

一只纤瘦的手忽然按在了他的肩上，周四冷冷问道："怎么，不舒服？"

藤原弥山连忙摇头："没，没有。就是紧张，吓得。"

周四不再说话，看着藤原弥山的眼神中都透出警惕。

远处，日军渐渐靠近了。

秦岳一探身子，瞄准开枪："打！"

一名日本兵中枪倒毙！

正宗见状大喝："隐蔽！"

秦岳一挥手，这边也停止了射击，全都缩在一边。

何平安拿起一颗手榴弹，在手里紧紧握着。

正宗趁机查看士兵的伤口，不由得变色："一枪射中大动脉，他们之中有神枪手！"

副官："放毒气吧，他们正在下风口！"

正宗点头："用芥子毒气，一个也不要放过！"

正宗语气中透着寒意。

三名日本士兵拿出毒气弹，奋力投了出去！

何平安开枪！

秦岳开枪！

一连三枪，三枚毒气弹在半空中炸开！

日兵叫道："糟糕！他们打爆了我们的毒气弹！"

正宗面色一沉："没关系，风是往那边吹，准备战斗！"

他一声令下，众人全都罩上了防毒面具。

毒气顺风，慢慢地向何平安等人处蔓延，眼看到了近前。正宗挥手大喝："上！"

一群生化兵带着防毒面具，追着毒气冲了上来。

"就是现在了！"

何平安大喝一声，拉开手榴弹，奋力扔了出去。

手榴弹准确地落在枯叶上，轰然爆炸！

上面的火药一下烧起来，一团烈火突然蹿起来！

一股热风，打着旋往上吹，毒气全被吹了起来，露出生化兵的身影！

何平安：“打！”

秦岳带头，何平安紧随其后，后面十几名神枪手一起蹿出来！

枪声响成一片！

日军遭受突如其来的袭击，措手不及。

日兵纷纷中枪。

“不要慌！”正宗拔出枪喝叫：“就算没有毒气，我们大日本皇军仍旧是无敌的，给我冲！”

秦岳一眼看见正宗在比划手势，明显是指挥官，连忙调转枪口瞄准了他。

枪响！

正宗应声倒地！

“干掉了！”秦岳兴奋得一拳捣在地上。

对面的正宗又爬了起来，捂着胳膊，挥手示意撤退。

众日本兵纷纷后撤。

秦岳一跺脚：“真可惜！快追！”

他跃出掩体要去追，却被何平安一把拦住了：“别追了，咱们趁机出林子，办事要紧，而且，我估计咱们就算追上了，也没子弹再打一场了！”

说着，何平安摘下头上的帽子，把口袋里的子弹一颗颗地扔进去：“一、二、三……三十九、四十、四十一！”

他顿住了，拍了拍空荡荡的两手，站起身环顾众人：“一共四十一发子弹，前面是哨卡，过了哨卡之后才能去医院。这些子弹打哨卡倒是够，只是到了医院，我们就只有用刀子了”。

周四：“管那么多，先打了再说！”

何平安笑着看了看周四：“硬打肯定不行，咱们得有点法子。”

秦岳和几个士兵从林中走出来，手里抱着几套日本兵的衣服，还拿着三个防毒面具：“尽量找没被子弹打过的，都在这了，还是有几个眼。”

周四不解道：“这是要干啥？”

藤原弥山眼中带着警惕。

何平安忽然问：“谁会说日语，有会的么？”

刘副院长：“我会一点。”

何平安一笑“那就你了！”

何平安一下把防毒面罩给刘副院长扣上。

刘副院长猛然把面罩摘掉，大口喘气：“何长官，你饶了我吧，我……我不敢干这个……”

何平安和秦岳从两边紧紧夹住他：“别动！”

秦岳冷嗤一声：“现在想走，早干什么去了，当初别跟着来！”

刘副院长：“我没想来，是何长官把我……”

何平安贴在刘副院长耳边，声音严肃：“你听好了，听错一句咱们就都得死！”

刘副院长一下就老实了。

何平安拽着他走到林子边，下巴往前一点：“看见远处那个卡子了么？”

刘副院长顺从地点点头。

百米之外，赫然见一个关卡，十几个日本兵。

何平安压低声音道：“你现在是我们两个的长官，咱们一会走上去，你告诉那些日本兵，附近刚刚进行了一场化学战，毒气很快就会渗过来，要他们立刻离开关卡。这些话，会用日语说么？”

刘副院长又点点头。

何平安看了看，随手从路边扯了几片花瓣，在手中乱搓。

刘副院长更加不安了：“你这又是干什么？”

“你别管了，照着我教你的说就行了！”

何平安为刘副院长戴上面具，跟秦岳对视一眼，两人一同把面具扣上了。

三人大步走向关卡。

第三十六章 独闯虎穴

关卡前，两挺机枪架在防御工事后，十几名日本兵荷枪实弹，警惕地巡逻在铁丝网拉成的路障前。

眼看三个戴着防毒面具的日本兵走过来，为首的军官大步上前，举手拦住："什么部队？要去哪儿？"

中间的刘副院长一时愣住了。

何平安的枪托在后面顶了他腰间一下。

刘副院长慌忙回过神："我们刚刚进行了一场生化战，毒气很快就会过来，你们……你们必须马上撤离！"

何平安和秦岳对视着，他们听不懂刘副院长说的什么，只好相信他。

军官神色一变："生化战？怎么可能！"

刘副院长愣了片刻，额头已经见汗了，只能咬着牙又重复了一遍："你们必须全部撤离！"

军官固执地摇摇头："没有军部的命令，我们不可能离开！"

刘副院长愣住了，对何平安张了张嘴，想要翻译，秦岳连忙在他身后顶了一下。

何平安走上去，站在军官的面前。

秦岳和刘副院长担心地看着何平安。

何平安一言不发，抓起军官的胳膊，另一只手一推他的袖子，手掌擦过手臂。

手臂上立刻露出一层红色的斑。

军官脸色大变。

何平安对着刘副院长使了个眼色。

刘副院长连忙道："你已经感染了，现在立刻撤离，去找军医，还不至于有什么影响。再耽误下去，你们都会全身溃烂而死！"

军官愣住了。

刘副院长突然给了军官一记耳光。

何平安和秦岳吓了一跳。

刘副院长大声呵骂："混蛋！你们想死在这里么！你自己蠢死也就罢了，还要连累天皇陛下的勇士么！我是大日本皇军的秘密部队长官，比你们军衔都要高，我命令你们立刻离开！"

军官下意识的敬礼，跟着转回身，冲着关卡后的士兵连连挥手："快，有病毒扩散，撤离，撤离！"

片刻功夫，关卡空无一人。

何平安和秦岳一把扯下面罩，大口喘气。

何平安："你都跟他们说什么了？"

刘副院长一动不动，更不答话。

秦岳扯下他的面具，却发现刘副院长脸色煞白，两眼发直。

"吓……吓死我了……"

秦岳倒乐了："早知道他们这么听你的话，你就应该让他们把武器留下！"

"干得不错！"

何平安重重一拍刘副院长的肩膀，不想刘副院长两腿一软，瘫倒在地上。

"刚刚有一个关卡的士兵自称受到了病毒的威胁，是正宗君的人让他们撤离了！"崇明亲王挂上了电话，转向横田勇。

"蠢货！"横田勇出奇的暴躁，他感觉到自己被耍了："一定是那个何平安，掠夺了我们的装备，假扮生化兵，吓走了那些蠢货！"

崇明亲王淡淡道："这也暴露了他们的情报，主动权又回到了我们手上。"

横田勇一愣，好奇地看着崇明亲王："殿下请讲。"

"他们大概有三十多人，一个关卡只有十几人，他们却不选择进攻，而冒着被杀死的生命危险采用骗术，可见他们的战斗力不强，或者说，弹药不足。"

横田勇缓缓点头。

崇明亲王又说道："这个关卡，后面有三条路，分别通往三个不同的地方，只要我们……"

横田勇不等他说完，立刻下令："通知那些关卡，如果还有生化兵让他们撤离，立刻击毙！"

刘副会长走到土坡前，忽然停下了。他蹲下身摘了几片花瓣，捧在掌心里双手猛搓。

何平安弯下腰瞅着他："真不用我们跟着？"

"不用，我算是看出来了，这个啊，简单！" 刘副院长嘿嘿一笑："只要说那么几句话，把这往他胳膊上一涂，再不走就给一巴掌！我一个人就能拿下。"

何平安笑了："那我们全在这儿接应你，你自己小心。"

"放心吧。我这也算是打过仗的人了，战斗英雄！"

“过了这个关卡，就是医院了。” 何平安还是有点不放心：“全靠你了！”

刘副院长点头，扣上防毒面具，从山坡上走了下去，一直走到关卡前。

守卫的军官抬手拦住他，用日语问道：“什么人？”

刘副院长昂然以日语回答：“你们听着，我是秘密部队的，是生化兵。我们刚刚在附近进行了一场生化战，毒气很快就会过来，你们必须马上撤退！”

军官怔了一怔：“你是生化兵？让我们马上撤离？”

刘副院长傲然道：“立刻执行命令！”

“我现在就执行命令！”军官忽然举枪，对着刘副院长：“将军命令，如果还有生化兵让我们撤离，立刻击毙！”

刘副院长傻住了！

一声枪响！

军官缓缓倒下，眉心中弹！

何平安从山坡中跃起身来，举枪大喊：“快趴下，识破了！”

刘副院长吓得抱头一滚，滚到路边。

何平安和秦岳带着人冲了下来。

机枪轰鸣，日军开枪了！

何平安咬咬牙竟然迎着机枪跑了出去！

秦岳大惊：“何平安，你干什么！”

何平安做S型奔跑，机枪总是比他慢了半步，他竟然一路跑出几十米，连开几枪，打掉了两名机枪手！

秦岳大吼一声：“冲！”

三十几人一拥而上，同时射击。

日军士兵纷纷倒地，关卡被突破了！

何平安走到刘副院长身边，伸手推了一把：“还活着么？”

刘副院长手抚胸口，连连喘息：“可吓死我了，可吓死我了……”

秦岳不禁一笑。

身后，周四兴奋地举起了一挺机枪：“这回有家伙了！”

空荡荡的城区，散落着几户人家，都已经空了。

何平安趴在一处屋顶上，举着望远镜观察——远处，桃源医院，门前四名日本兵，戒备森严，有汽车开过，里面还隐隐传来士兵出操的声音。

他摇了摇头，小心翼翼地从房上爬了下来，从窗户钻进屋里。

三十几个人全都缩在屋里，见他进来，秦岳忙低声问道：“怎么样？有机会么？”

何平安摇摇头：“不乐观，比想象得戒备严密。”

周四摸着手里的机枪：“我们现在不是有武器了么，出其不备，有个十几分钟就解决问题了！”

藤原弥山当即附和："对啊！我们干脆硬干！"

周四狐疑地看了藤原弥山一眼。

"不行，万一引来大部队，我们都得完蛋！"何平安叹了口气："而且我们还要去找那个马医生，再把他误杀了，城里的病人就没希望了！"

秦岳思索道："强攻不行，就只有智取。有什么办法？"

"我刚才想了个办法，只是得冒险！"何平安说着，把目光投向了刘副院长。

刘副院长立刻打哆嗦："我……我可不敢……"

何平安却问道："你做过腹部的手术吧？"

刘副院长疑惑的点头。

"那你应该知道，子弹从哪里打中人体，只会造成穿孔，而不会伤害内脏！"

秦岳恍然明了："你是说……要装作受伤的日本兵！"

何平安点点头："日本兵可以装，但受伤不能装！"

秦岳站起身："好，我来！"

何平安一把按住他："外面要有人强攻，我混进去，你们等我的信号！"

秦岳："不行，不能每次都让你冒险！"

何平安抓起一把三八大盖递给刘副院长："这次行动我说了算，我决定了！"

"你们，你们都在说什么啊？"刘副院长茫然地看着两人。

何平安："你用枪打我，保证子弹穿过身体，而不会伤害内脏！"

刘副院长唬得手枪落地："你疯了！"

沈湘菱趴在病房的床前，默默地看着太阳一点点沉下去。

屋里暗了。她起身擦亮一根火柴，轻轻点燃一盏小桔灯。

"平安……但愿你平安……"

对着那缕柔黄的灯光，她默默念着。

忽然，门外响起嘈杂的人声。

"何平安！"

沈湘菱一怔，丢下小桔灯跑了出去。

拥挤的走廊，到处坐着愁苦的病人。

几个戴着大口罩的护士护工正从一个大病房里往外拉死人。

病人们怨声载道："这可怎么活啊？"

"谁来救救我们呀！"

医生从病房走出来，也是一脸愁苦。

沈湘菱上前一步拉住医生："怎么突然多了这么多人？"

医生摇了摇头："病菌变异引起大面积病发。今天一天就收了八十多人，病房不够用，只能堵在走廊。你也看到了，嘈杂不流通的环境又是变异病菌快速生长的因素，今天死的人比平常多了两倍！"

他环顾走廊，叹了一口气："照这样下去，棠德城只怕很快就没人了！"

沈湘菱神情陡变，不由退了一步，靠在了门边。

"沈小姐还是回病房吧，我要去给县长打个电话。"

医生摇着头离开了。

沈湘菱失神地看着周围满满的病人——或躺或坐，或呕吐不止，或痛苦呻吟。

每张脸上都是深深的绝望。

"我知道了，马上来！"

魏九峰挂断电话，快步走向办公室门口。没想到房门一开，张局长迎面走了进来。

"县长，怎么了？"

"医院打来电话，变异病菌引起大面积病发，医院已经人满为患了！"魏九峰说着大步往外走，"我得马上去医院！"

张局长怔了怔，急忙小跑着抢到魏九峰前头，伸手拦住他："县长，你不可以去呀！"

魏九峰皱眉瞪了他一眼："那你去？"

张局长一愣。

"行了！再冒险我也要去，病人突然多了那么多，大家都已经陷入了恐慌，这时候，他们需要安慰，需要有人跟他们在一起。"

张局长："可是连医生都束手无策……"

魏九峰脸色一沉："医生只管治他们的病，我得去安他们的心！"

张局长连忙赔笑："我是说，城里还有那么多事等着县长处理解决，要不，换个人，就说是代表县长！"

魏九峰沉吟片刻："不行，我是县长，谁也代表不了！"

"可要是你也感染了……"张局长忽然停住了嘴，伸手狠狠扇了自己一个耳巴子："臭嘴！"

"要是我感染了，就在医院里办公！"

魏九峰不再理会张局长，快步走了出去。

然而，匆匆赶到医院的魏九峰，才站到隔离病区的走廊前，却又停住了脚步。

走廊里，沈湘菱站在人堆中，一脸安详地缓缓诉说着："第二次是救我弟，我弟弟刚被绑架，当兵的就下了死命令要我们全家离开。我没办法，想起何平安救魏县长的身手，就去求何平安帮忙，何平安答应了，顶着空袭帮我找弟弟。我们在出城的人堆里找，在空屋子里找。"

沈湘菱顿了顿，又道："后来，绑匪送来字条，要赎金，我们按着绑匪交待的，提着赎金，赶到城门口，可城门口挤满了要出城的人。绑匪故意选在那里，就是想拿了钱逃命！"

病人们安静地听着，一阵唏嘘。

"我担心绑匪拿了钱也不肯放我弟弟，可何平安说，既来之则安之。"

沈湘菱的声音越来越轻柔，她仿佛又看到何平安如何举着箱子，挤在熙熙攘攘的人堆里：

“我相信他。我们和绑匪接上头，满满一箱子的钱，绑匪却并没有带我弟弟来，他说，他要是出了事，我弟弟也得死。”

病人们又是一阵低叹。

“当时我心冷了半截，如果没有何平安，也许我弟弟真就回不来了。可就是因为有了何平安，我才感到踏实。何平安把钱撒了一地，让出城的人都去抢钱，绑匪同伙和我弟弟一下子就露了出来！”

一个病人忽然插话：“何平安救魏县长那次，也干得漂亮！我亲眼看到了。”

“是啊，还有那次在江边！”沈湘菱猛地站起身，双眼灿灿发光：“我们一大家子人刚刚渡河上了岸，就遇上鬼子。鬼子到处杀人，我以为自己死定了，可何平安来了，他来了，我又活了！”

“何平安的事，我们都知道！”又一个病人迎合她：“连余师长，魏县长都佩服他，相信他。让他帮忙找奸细，守德山！”

“所以，我也相信何平安，我相信何平安肯定能回来，肯定能带回疫苗！以前那么多次，那么多不可能办到的事，他都办到了。这次，他也一定能办到。无论多困难，他都能创造奇迹。”

沈湘菱的眼里闪烁着坚定的光。

人群里，众人眼光一亮，又黯淡了下来：“我们能等到那时候吗？今天就死了这么多人！”

沈湘菱大声道：“能，只要相信他，就一定能！”

一阵沉默。

沈湘菱伸手握住身边一个小孩的手——那双小手上，生满红疹。

“我弟弟也感染了病毒，他和你一样大，比你还先入院几天，可他一点也不害怕，他说，他一定要等着何大哥回来，何大哥一定会带回救命的疫苗。你也要等，知道吗？要相信何平安，他一定会回来，一定会带着救命的疫苗回来。”

小孩仰起头，声音稚嫩却坚定：“阿姨，我相信何平安！”

一个病人站了起来：“我也相信何平安！”

好几个病人相继站了起来：“我们也相信何平安，何平安一定会回来救我们！”

沈湘菱心中一阵欣慰，不由嫣然笑了：“只要我们等，只要我们相信他，就一定会有机会！”

“相信何平安，等他回来！”

“相信何平安，等他回来！”

病人们的眼里充满希望的亮光，齐声高呼着。

沈湘菱噙着泪环视众人。忽然，越过众人的肩头，她看到人群之后的魏九峰正在注视着她，也是一脸欣慰。

天已经全暗了下来，街上无人。

何平安一身日本兵的衣服，站在街巷的暗影里。刘副院长端着枪，枪口顶住了他的腹部。

刘副院长持枪的手不断在抖。

“你别抖，你手一抖，我就完了。” 何平安以鼓励的目光凝望着他：“就当是做个手术。这是从日本人那里缴获来的枪。三八大盖的穿透力很强，在战斗中经常会穿过人的身体，而不会留下子弹。你开枪，就只会留下一个洞。你是优秀的医生，你可以做到！”

刘副院长点点头，手上的枪渐渐稳住了，他缓缓调整枪口的位置，像是在手术台上划动手术刀：“这个位置可以躲过你的内脏，不会破坏体内的器官。但就算这样，如果十分钟内你得不到有效的救治，一样会死！”

何平安爽然笑了：“我早就该死了，活到现在，是欠我那些战友的。”

刘副院长看着何平安，眼中既有佩服，也有困惑。

何平安又问：“那几句日本话怎么说，你再教我一遍。”

刘副院长忙把“有人对我开枪”、“快，救我，救我”这两句日语又重复了一遍。

“差不多，说含糊一点，听不出来。”何平安点点头：“行了，开枪吧！”

刘副院长瞪着眼睛，用尽全身力气扣动了扳机。

枪声响起！

街对面的几名日本兵全都一愣。

不远处的巷口，一个人影跌跌撞撞的跑了过来。

日本兵举枪瞄准：“什么人！再过来就开枪了！”

何平安跌跌撞撞冲了过来，嘴里用日语含糊叫着：“有人对我开枪！有人对我开枪！”

日本兵愣住了：“是自己人！”

“快，救我，救我！救我！”何平安紧跑几步，倒在地上，腹部全是血。

几名士兵互望了一眼，赶紧上前把人抬起：“快！快去叫医生！”

无影灯打亮。

何平安躺在手术台上，紧皱眉头，脸色煞白。

一名老医生穿着白大褂站在手术台边，却一动不动。

身后，一名日本军官用枪顶着他：“马医生，请你救治大日本帝国的战士！”

马医生仰起头，冷冷道：“前田少佐，请告诉我，我为什么要救民族的仇人！”

前田少佐：“你是医生，救人是你的天职！”

马医生：“我承认，医学是没有国界的，但医生是有国籍的！”

前田少佐叩开了机头，枪口却瞄准了一旁的护士：“既然说到国籍，如果这个日本人死了，这个中国人也会陪葬。马医生，你自己选吧！”

年轻的女护士一动不敢动，双眼含泪，哀求地望着马医生。

马医生皱了皱眉头，终于叹息道：“你们都出去，留下她，我来手术！”

前田少佐一笑，收了枪，对着马医生鞠躬：“拜托了！”

他带着人走了出去，关上了手术室的门。

护士心有余悸地望着何平安的脸："马医生，真要救这个日本人？"

马医生不回答，向她伸出一只手："刀！"

护士把手术刀递给他。

马医生："我用这把刀救过很多人，但这次，我要用它杀人！"

护士一惊。

"我会尽量做成一场医疗事故，如果日本人不相信，也只会杀我。你要装作什么也不知道！"

护士："马医生……"

马医生低声道："我全家都被日本人害死了，现在我有报仇的机会，怎么能不做！这把年纪，我已经活够了！注射麻药！"

护士顺从地点点头，捉住何平安的一只手，开始注射针剂。

马医生举起手术刀，缓缓落下。

何平安突然全身一震，睁开了眼。

护士失声叫道："马医生，他，他醒了！"

马医生："按住他！"

护士连忙上前，紧紧按住何平安。

何平安挣扎着低声道："你是……马医生！"

马医生愣住了。

"我是中国人，我来……我来求你，救……救人……"何平安说完这句话，一下子晕了过去。

"你说什么，你是中国人！"马医生举着刀，怔了一怔，忽然低下头，仔细检查何平安的伤口。

护士："马医生，很多日本兵也会说中国话……"

"不对！"马医生指着伤口道："看这个枪伤，简直像手术一样精准！穿过腹部和后背，但没有触及任何内脏和骨骼。真有这么巧的枪伤？搞不好，是故意打的，为的就是混进医院！"

护士疑惑地看着他："那他为什么要冒充日本兵混进医院呢？"

马医生决然道："不管这么多了，救活了再说！全力配合我手术！"

黑暗中，何平安躺在病床上，一动不动。

房门缓缓推开，灯亮了，一个护士拿着体温表来到床前，静静地看着何平安。

"你到底是个什么样的人呢？如果你是日本人，你为什么要冒充中国人？你要是中国人，又怎么会冒充日本人……"

护士喃喃自语，忽然一笑："这么看，还很帅呢。"

护士拿着体温表要给何平安测体温。

何平安突然睁眼，护士一惊，刚要叫，何平安坐起来，捂住护士的嘴："别出声，会不会说中国话！"

护士惊恐地点点头。

"敢叫，我现在就杀了你！"何平安故作凶狠地盯着护士，缓缓放手。

护士喘了口气："我是……我是中国人。"

何平安一愣。

"刚才在手术室，我帮着马医生给你做手术……"

何平安忙问："马医生？他在哪儿？"

"在医院里。"

"快带我去见他，马上！"

"你……你的伤口……"

护士指了指他的腹部，何平安低头一看，血水正从绷带中渗出来。

"不用管，我没事！"何平安咬牙扎紧了绷带，抓起外套披在身上，轻轻打开了病房的门。

走廊里空寂无人。

何平安跟着护士，沿着长长的走廊慢慢往前走。

前面忽然传来一阵急促的脚步声。

护士神色一变："坏了，有人……"

何平安突然一把搂住她，背过身去，把护士压在墙角。

护士低声惊呼："你干什么！"

"别动！"

何平安紧紧搂着护士，目光凶猛。

护士一下愣住了。

身后，两名日本兵走过，看见一个穿着日本军装的人搂着一个护士，笑了一声，继续走远。

护士红着脸，呼吸更加急促起来，何平安紧皱着眉，完全没有顾及她的反应，只是紧张地听着脚步声。

脚步声渐渐走远了，消失了。

何平安连忙放开了护士，她却又发出一声低低的惊呼——何平安的伤口又在渗血，把她的白大褂染得一片鲜红！

何平安身子一晃，护士慌忙扶住他："快，我们去马医生那儿！"

才一走进马医生的办公室，何平安便豁然倒在沙发上。

护士关上办公室的门，走到马医生跟前低声道："他……他拉着我来找您——又出血了！"

马医生低头查看了一霎："伤口挣开了，帮他换绷带！"

护士点头，转身去拿绷带。

何平安睁开眼，声音微弱地问道："马医生？"

马医生："你到底是谁？"

"我叫何平安，从常德来。"

马医生一惊。

何平安又说："日本人对常德投放了病毒，陈军医说，你能救常德。"

马医生怔了怔，脱口道："是陈素秋！"

何平安点点头。

马医生叹息一声："素秋，她是我最好的学生。"

护士拿着绷带进来，上前为何平安更换。

马医生又问："就你一个人来？"

何平安看了一眼护士，没有回答。

马医生："如果你信任我，也可以信任她。"

"还有三十多人，现在在医院外面等我的信号。"

马医生皱了皱眉头："你要带我去常德？"

何平安摇摇头："这次从常德出来，就是九死一生，我没把握把你带回去。而且常德也没有必需的药品。我想请马医生在这里完成疫苗。"

"这里？"马医生思忖了一下，摇了摇头："不可能的！日本人对药品的管制很严，我没法在他们眼皮子底下调配。"

何平安沉默着，陷入沉思。

马医生叹息一声，问道："不管怎么样，有血液样本么？"

何平安点点头，想要弯腰，腹部的伤口却疼痛难当。

护士慌忙按住他："你不要动！"

何平安只能抬了抬右脚："靴子，我靴子的后跟割下来，有血样。"

护士弯腰为他脱下靴子，拿起一把手术刀，割开后跟，果然掏出了一个试管。

马医生接过血样，略一摇晃，又道："还有一个问题，配置病毒疫苗必须要用一种药品。这种药医院也有，只不过，仓库有日本人守着，进不去！"

"没关系，"何平安镇静自若地说："我可以进去。"

马医生微微一惊："你怎么进去？"

"这是我的事，只要你把药品的名称告诉我，还有一张仓库的地图！"

马医生点点头："晚饭的时候，我会让护士送给你。"

"一切拜托您了！"何平安向他深深低下头，伸手拿起了桌上的手术刀，"这个，我要借用一下。"

他推开了护士的手，缓缓站起身，推门就走。

护士望着何平安消失的背影，突然有些怅然："明明麻醉剂的时效没过，他怎么会醒？"

“他是个拥有强大意志力的人，我在军队见过这种人，明明能让人昏睡一晚的药剂，却只能让他们睡上两三个小时。”马医生叹道：“那些人，都是英雄！”

陈军医举着一个试管，在灯光下照着。

魏九峰站在她对面：“就是这样？”

“缺几种药品，我用了替代药，不知道行不行。”陈军医叹了口气：“我们不是要等何平安回来么？为什么还要配置疫苗？”

“我是怕，他们一去不回！”魏九峰叹息着摇了摇头：“这次行动太危险，能穿过敌占区到达医院的可能就微乎其微，更不用说带回疫苗。这是万分之一的机会。我们必须做两手准备！”

“可如果疫苗不成功，反倒会加速患者的死亡！”

魏九峰一笑：“死亡对于常德城里的人来说，都是无关紧要的事了。”

刺耳的电话铃声忽然响起，陈军医拿起听筒，脸色一变：“我马上到！”

她挂上电话，望着魏九峰：“有病人发病，可能不行了！”

“我跟你一块去！”

陈军医：“不行，会传染！”

魏九峰戴上口罩，几乎以命令的口气道：“带上你配置的疫苗，快！”

他当先冲了出去，女医生无奈跟在其后。

病床上，病人痛苦着喘息，脸涨得发紫，神情惨不忍睹。

陈军医俯身略作检查，对着魏九峰摇摇头。

魏九峰俯下身：“现在有一种新研制的疫苗，还没有试过。它有可能救你的命，也有可能让你死得更快，你愿不愿意试试？”

病人已经说不出话来，只是连连点头。

魏九峰点头示意，陈军医拿出疫苗，吸入注射器。

针头刺入病人的皮肤。

魏九峰紧张地注视着病人。

病人的呼吸渐渐平缓，整个人平静了下去。

魏九峰与陈军医对视一眼，满目喜色：“如果真的有效，那就太好了！”

陈军医也笑了，忽然却道：“那是不是，就白让何平安他们去冒险了？”

魏九峰刚要张嘴，床上的病人忽然一声惨叫。

陈军医慌忙俯下身，翻开病人的眼皮。

“怎么样？”魏九峰紧张地询问。

“他，死了。”陈军医抬起头，目光一片黯淡。

魏九峰陷入深深的沉默。

病房门被轻轻推开。护士闪身进来，小心翼翼地关紧门，走到病床前。

床上的何平安突然睁开眼，眼睛发亮：“东西呢？”

护士紧张地从手里拿出一张纸条，递给何平安：“正面是地形图，反面是药品的名字！”

何平安从床上坐起来，拉开被子：“躺进去！”

女护士一呆：“你干什么？”

“我要出去找药，回来之前你在这冒充我，不能让人看出来，不然你和马医生都会很危险！”

女护士点点头，顺从地躺上病床。

何平安缓缓推开窗户，回头又叮嘱一句：“我回来之前，千万别离开！”

女护士又点点头。

何平安从窗户跳了出去。

女护士望着空空的窗子，蜷缩在被子里，嗅了一下。

仓库的后窗被缓缓地推开了。何平安小心翼翼地探出头，观察了一周，翻身跳了进去。

守在仓库前门外的日军竟没有丝毫察觉。

何平安蹑手蹑脚地摸上墙角的药柜，开始小心翼翼地翻找。他很快找出了两份药剂，跟纸条上比对，一模一样！

拿起药剂，他走到后窗，纵身一跃，抓住窗户想往上爬。腹部却陡然一疼，重重地摔下来！

门外，守卫的日本兵闻声警觉：“谁在里面！”

另一个士兵不以为然：“也许是老鼠。”

“进去看看。”

两个士兵掏出钥匙，准备开门。

何平安闻声，挣扎着从地上爬起来，闪进药柜后，手里捏紧了手术刀。

门打开了，两名日本兵走进来，看着空无一人的仓库。

“你看，什么都没有！”一个士兵抱怨道。

“不对！”另一个士兵指着打开的窗户：“有人来过！快，快叫人！”

两人才要转身出去，何平安猛然跳出来。寒光一闪，手术刀割断了一个人的喉咙，鲜血直流，却喊不出声音。

鲜血溅了何平安一身。

另一个日本兵慌忙举枪！

何平安一脚踢掉步枪。

日本兵张口想喊！

何平安飞出手术刀，手术刀刺入日本兵的喉咙。

日本兵缓缓倒下，没有发出一点声音。

何平安扶着柜子，看了一眼两具尸体：“这下藏不住了！”

他扭身出去，从外面再次锁住仓库。

护士蜷缩在被子里，一动不敢动。

窗外忽然响起轻微的敲击声。

她一惊，豁地坐起身来：“谁？”

何平安的声音响起：“是我。”

她赶紧打开窗户。何平安趴在窗外，脸色惨白：“拉我进去！”

护士用力拉住他，把他硬拽了进来。何平安颓然倒在地上，全身是血。

护士失声道：“怎么又弄成这样！”

“不是我的血。”何平安挣扎着站起来：“快，把马医生请来，出事了！”

护士看着他的脸色，一阵心惊，转身要往外走。

门外忽然传来急促的脚步，跟着就是前田少佐的声音：“这个伤员情况怎么样……”

“你快走！”何平安连忙上前，把已然吓呆了的护士从窗口推了出去！

第三十七章 望救目穿

空旷的走廊忽然响起一阵急促的脚步，十几名日本兵端着枪，急速奔跑。

“快，快！有枪声！每一间病房都要查！”

“砰”的一声，病房大门被猛然踹开。几个士兵端枪走了进来，一眼看见墙角坐着的人影，顿时松了口气：“前田长官！长官！

前田垂着头坐在椅子上，一动不动。

两名士兵走上去，伸手一碰。

前田的尸体栽倒，手里还攥着一个瓶子。

床底下火光一闪，一声枪响！

子弹击中瓶子，突然烧了起来！

两名士兵身上着火，飞快的后退，几名日本兵乱成一团。

何平安从床底下爬出来，连续开枪！

五名日本兵全部中枪!

门外走廊上，十几个日本兵听见枪声，一拥而入！

何平安纵身一跃，从窗户跳了出去！

火光亮起的同时，秦岳带着三十几个人，撞开大门冲进医院：“三分路，开始行动！”

三十多人分成三队，冲向医院大楼。

秦岳在奔跑中举枪射击！

枪声响成一片！

一队日本兵从大楼里冲出来，对着众人射击！

秦岳大声呵叫：“别停，冲过去！一口气冲过去！”

他猫着腰，带领战士们一阵飞奔！

楼顶上，马医生抓着两个燃烧弹扔下来，烈火乍起！

守在楼前的日本兵一片混乱。小头目指手画脚地叫嚷着："不要乱，不要乱，把他们打……"

枪响！

头目胸口中枪！

秦岳等人一路突袭，日本兵不断往楼内败退！

"一个不留，都杀了！"秦岳红着眼，冲进了大楼！

藤原弥山阴狠着脸，趁着众人都不注意，慢慢落在了后面，眼看秦岳带人冲上了二楼楼梯，他忽然闪身跑进旁边的走廊，大步跑到院长室门前，开枪打碎门锁冲了进去，一把抓起了桌上的电话，飞速拨了几个号："指挥部么！"

"荒唐！"崇明亲王重重摔下电话听筒："何平安他们在桃源的医院！已经把医院攻陷了！"

横田勇一惊："他们去医院，一定是为了疫苗！"

"藤原君！"崇明亲王大声喝令站在一旁的藤原景虎："电令那群土匪，让他们去围住医院，不能让人跑了，你立刻带人，赶到医院！"

"是！"

"这一次，务必抓住何平安！"横田勇眼中闪着阴狠的光："我倒要见识一下，他到底是什么样的人！"

月光凄惶，洒满了山寨。

一个土匪冲出大堂，扶在门栏上一阵狂吐。

断指的手搭住他的肩头用力一扳，土匪转过身，一脸醉态的骂道："谁他妈拉我……"

海东升站在门外，冷眼瞪着他。

土匪定睛一看，嗤鼻一笑："原来是海当家的。"

海东升沉着脸："二皮鬼，混江龙呢？"

二皮鬼打了个酒嗝，回头一指："里面。"

海东升朝土匪身后看去，大堂里横七竖八躺着醉酒的土匪。满地酒瓶、残羹，唯独不见混江龙。

海东升眉头一皱："快说，混江龙在哪？"

二皮鬼脸色一沉："他娘的，你有眼自己看！"

海东升大怒，扬手欲打。

"你瞪什么眼！"二皮鬼回瞪着海东升："就你这张阴不阴阳不阳的小白脸，老子早看腻了，你个穷卖唱的！"

啪，二皮鬼脸上重重地挨了一耳光。

海东升拔出枪指着二皮鬼，气得声音直打颤："有种你再说一遍！"

"你他奶奶的！你敢打我！"

二皮鬼举拳就要打，被另一个土匪花头儿一把拦住：“你猪脑子啊，想死了是不是！”

花头儿转过身冲海东升赔笑：“大当家的，别跟这哈同卵[1]一般见识。”

二皮鬼被拽着，却还手舞足蹈地撒泼：“他娘就是个臭卖唱的，会说几句日本话，给日本人当了狗腿了，不要祖宗！还拉着我们跟你一块丢人，你个龟孙子……”

海东升举着枪：“你再说，老子一枪爆了你的脑壳！”

花头儿拼命拽着他：“大当家莫生气，他就是个招抢打滴憨货，一喝酒就乱说话，您不要放在心上！您不是要找二当家吗，他去找乔姑娘了！”

海东升浑身一震，掉头就走。

房门紧闭。剪刀锋利的刀刃直指混江龙。

乔榛含泪怒视：“你出不出去！”

“不出去。”混江龙打了个酒嗝：“老子爱就爱你是匹胭脂马，爱就爱你这呛脾气！”

他说着，晃晃荡荡逼近两步，伸长了颈子：“来，来，来，让你扎，让你扎！扎完了，你还是老子的人！”

乔榛一发狠，擎着剪刀直冲向混江龙。

混江龙反手擒住她手腕，用力一扭。乔榛吃痛，一松手，剪刀落地。

混江龙趁势一拉，从身后一把搂住乔榛，冲她的耳朵吹了口气：“你想谋杀亲夫啊？

乔榛厌恶地撇过头，眼底抑满屈辱的泪水。

“跟老子拜了堂，还想不伺候老子，哪有这个道理！”

乔榛：“那你是答应帮我救孩子！”

“救，怎么不救！”混江龙嘿嘿一笑：“不过……与其救别人的孩子，不如咱俩一块生一个多好！”

乔榛放声大叫：“你……师父……师父……”

混江龙笑得更得意了：“你师父就是个混蛋！没卵蛋的玩意儿，你叫他……”

冰冷的枪口指上混江龙的后脑勺。

混江龙浑身一震：“谁，谁他娘的用枪指着我！”

海东升：“我。”

混江龙突然回手，一巴掌打在海东升脸上。

海东升摔倒在地，枪也掉了。

“师父！”乔榛要去拉海东升，被混江龙一把拉开。

混江龙捡起枪，对着海东升：“别动！”

乔榛顿时站住了。

混江龙吼道：“脱衣服！”

乔榛愣住了。

1 哈同卵：湖南方言，蠢得死

混江龙："我数五个数，你不脱，我就让你师父死在这儿！"

海东升眦目欲裂："你混蛋！"

"我早就看出，你惦记你这个女徒弟不是一天两天了，今天我就让你一块开开眼！"混江龙淫兮兮一笑，跟着目露凶光："脱！"

乔榛缓缓伸手，捏住自己的扣子，眼泪止不住地往下掉。

海东升："别动！他不敢伤咱们。日本人刚刚给我发了电报，你要是敢杀了我，日本人的大炮就把山寨炸成平地！"

"别他妈用日本人吓唬我，老子……老子……"

"你要是不怕日本人，现在就一枪毙了我！"

混江龙狠狠地看着海东升，终于把手中的枪放下。

海东升摇摇晃晃地站起来："我是谁？"

混江龙强忍着说："你是山寨的大当家。"

海东升一扬脸："好！大当家的带着你们去报仇！"

混江龙："报仇？"

海东升："杀了何平安！"

混江龙眼睛一亮："好，我跟着大当家的走！"

乔榛愣住了。

"不过，她可得看好了。"混江龙扭头一看乔榛："别等我们出去，她自己再跑了！"

他说着从腰后抽出一条绳子，丢给海东升。

海东升默默看了乔榛一眼，捡起了绳子。

实验室点着灯，马医生不住忙碌。

何平安站在一边："尽量多配一些，有我们守着！"

马医生点点头："可我也不知道这种药有没有效果。"

何平安："那怎么办？"

"我给你注射进去，过了今晚，你如果不死，就证明有效了。"马医生拿起一个药剂，望着何平安："你敢不敢？"

何平安毫不迟疑，把袖子挽起来："来吧。"

"你如果不死，一定是个英雄。"马医生拿起注射器，刺入了何平安的手腕。

就在此时，混江龙等一行人已经悄悄潜进了医院外的小树林里。

"日本人呢？不是说咱们只负责围困，他们负责下手么！"混江龙望着远处的医院，不耐烦地挠着头皮："怎么连个鬼影子都没有！"

海东升往四处一打量："兴许路上是耽搁了，咱们直接冲进去，先下手为强！"

混江龙直摇晃脑袋："那不成，我不能拿兄弟们的性命开玩笑！"

海东升观察着混江龙的神情，冷笑："莫不是怕里面的何平安吧？"

混江龙恼羞成怒地一瞪眼："我就是怕他这个何平安了，怎么了！老子的命金贵，还不想马上就送死！"

海东升一把揪住混江龙的衣领："你这个没用的东西，光何平安一个人就把你吓趴了。告诉你，情报上说的明白，这次来的不是军人，都是些小警察！"

混江龙眼睛又亮了："当真？"

"你是不信我，还是不信日本人的情报！有胆子来，没胆子进去，水寨的脸都让你丢光了！"

混江龙猛地推开海东升，掏出枪朝队伍喊："他娘的，拼了！咱们上！"

尖啸的枪声忽然响起！

马医生一惊，急忙把针管里的针剂注射完。身后的房门豁然大开，秦岳冲了进来："有敌人，已经攻过来了！"

何平安放下袖子："马医生，你尽量把药剂多配一些，能配多少配多少，我们给你顶着！"

说完，他带着秦岳转身跑了出去。

室外黑暗如漆。何平安带人掩身在医院外的短墙后，对面火力凶猛，枪声不断。

秦岳："对方大约多少人？"

何平安闭着眼睛听枪声："不到四十个。"

"有这么多！"刘副院长说着，哆哆嗦嗦地从墙头蹭出一小半脑袋。"嗖"的一声，一发子弹贴着头皮飞过。他吓得把脑袋一缩，整个人紧紧贴在短墙上，大声喘着粗气："怎么来了这么些鬼子！"

何平安："不是鬼子，是土匪！"

刘副院长："你怎么知道？"

何平安笑了笑："一听这枪声，我就能闻见他们的孬种味儿。"

说着，他猛地站直了身子，手中双枪连发！

枪声响起的同时，对面掩体后的两个土匪颓然倒下，迸出的鲜血溅了紧挨着的混江龙满脸！

混江龙的脸色顿时变得煞白："快，快，快撤！"

众匪停止了射击，几个土匪犹犹豫豫地半起身要往后跑。

海东升揪住其中一个，一枪托打在另一个土匪的肩上："谁敢跑，我先毙了他！"

混江龙骂道："妈的，那是个活阎王，你是要兄弟白白送死啊！"

海东升一把揪住混江龙的领子，恶狠狠瞪着他："日本人说的，你要听我的！"

"滚你妈的蛋！枪子儿跟前老子谁也不听！"

"日本人就在后头！现在往回撤，才真是叫兄弟们吃枪子儿！"

混江龙登时呆住了。

海东升狠狠甩开混江龙，抄起一挺机枪，"嗖嗖"扫出一串子弹："他们人少，枪弹也少！跟他们耗！耗到他们子弹打光，耗到日本人来！"

土匪们的枪声明显稀疏起来。

刘副院长喜出望外："嘿，还真吓住了！"

何平安贴在短墙后凝神听着枪声，脸色一变："不对！他们就是要耗着，拖到咱们没了弹药，拖到鬼子来！"

刘副院长："那怎么办？要不现在就冲出去？！"

"不行，必须拖到把药配出来！"何平安不理他，低头略一思索，向秦岳一招手："土匪想把咱们拖死，不能被他们牵着鼻子走！这样，把咱们的人分成四队，围着医院一队守住一段，迫使他们也散开，节约弹药，精准射击，多打死几个，为老马配出药后突围做准备！"

秦岳点点头，挥手招了几个人，闪进黑夜里。

错落的枪声从近及远，再次密集起来！

何平安探出枪口，瞄准一个土匪，一枪毙命！

错落枪声中，接二连三有土匪倒下！

一个土匪惊慌失措地跑到混江龙跟前："大当家的，二当家的！……狗日的那伙子弹都跟长了眼似的，一枪一个啊！这么拖下去他们死不了，兄弟们都先见阎王了！"

混江龙一把揪住海东升："你他妈的撤不撤？！"

"要撤你撤，看谁死得快！"海东升狠狠推开他，指着头顶开了一枪，大声喊了起来："兄弟们都听着！这回论功行赏，谁打死何平安，一百块大洋！"

他一连喊了两遍，马上就要溃散的土匪又聚拢起来。

"奶奶的，一条命换一百大洋，拼了！"

土匪的斗志大盛，凶猛的枪火呼啸着袭来，压得众人抬不起头来！

何平安却爽然笑了："一百块大洋，还真瞧得起我！"

刘副院长拉起何平安："快跑吧，别守着了，还能有条活路！"

身边一个人突然中枪，鲜血溅了刘副院长一脸。

刘副院长吓得坐倒在地。

枪声尖啸中，一个警察也被一枪打死！

身边的人接二连三倒下。

刘副院长面无人色，目光呆滞，紧紧搂着枪缩在墙角下："不活了，不活了……没活路了……"

何平安闪身打出两枪，靠在矮墙下喘粗气，他也渐渐抵挡不住了！

刘副院长呆怔怔地瞪着他，忽然跳起来，翻墙而出："我投降！不要杀我，我投降！"

何平安大吼："别去！"

刘副院长不听，飞快的跑出去："我投降！投……"

"快趴下！"

枪火呼啸，何平安的声音被湮没了。

一梭尖啸的子弹扫来，刘副院长的身子蓦地扑到地上！

何平安吃了一惊，站起身靠在墙头，奋力还击。忽然间，一只有力的手臂拍上他的肩头。

何平安惊喜地转过脸：“药配出来了？！”

马医生：“出来了！现在准备突围！”

何平安：“这帮土匪咬得太紧了，难！”

马医生把地上的人体模型拖到墙边，捡了个警察的帽子放在模型的头上，往墙上一举。

尖啸的子弹打落了那顶帽子！

何平安大喜：“草船借箭！亏你想得出！”

一个个假人靠在墙头，在夜色里露出半个戴着帽子的头颅。

枪声接连响起，假人纷纷中枪！

海东升一枪打中一个假人，忽的停住了。

旁边的土匪破口大骂：“他奶奶的，都是假的！他们都跑了！”

“真的跑不了！”海东升脸上杀气密布，语气阴冷。

他低头凑近瞄准镜，视野在黑暗里晃动，终于逮住一张苍白的脸——何平安！

一声枪响！

一声沉闷的响声！

何平安苍白的脸！

沈湘菱猛地从床沿坐直身子，神色惶恐！

她心有余悸地向四周望望，惨白的墙壁，惨白的床单，床单上是沈学文惨白的脸庞。

可窗外分明传来一声声异样的叫喊，昏迷中的沈学文不安地皱皱眉头。

沈湘菱猛地站起身来，走到窗边，向外望去。

医院大院里，灯光闪动，人生喧嚣，一群病人聚集在大门前，叫嚷着往外冲，大门外则是数十名士兵荷枪实弹，端着枪挡着众人。

病人：“放我们出去，我们要吃饭！”

一个军官挡在大门之前：“你们都是病人，谁也不许踏出这个医院一步，不然立刻枪决！”

“你们这是要害死我们，不让出医院，还不给饭吃，天天一碗稀饭，就是要活活饿死我们！跟他们拼了！”

一众病人向门前冲去，跟士兵推搡在一起：“给我口吃的！就一口！我不想死啊，我还有孩子！”

一个士兵抬脚踢在一个病人的胳膊上，他一声惨叫，松开了手。

士兵架起人往一旁拖。

病人绝望地哀嚎了一声，忽然低头咬在一个士兵的手上。

士兵慌忙松手，看着流血的伤口，神色愤怒又恐慌，跟着拔出枪，顶在病人的额头上！

病人抬眼瞪视着他，满目痛恨，满目绝望！

“你敢？！”

人群中猛地爆发出一声厉喝。魏九峰快步走出人群，挡在病人跟前，孤兀的身影越发消瘦。

士兵畏惧地瞅他一眼，悻悻地放下了病人。

魏九峰极缓慢地走到他们跟前，看看地上的病人，又把严厉的目光转向带头的军官。他咳嗽了两声，声音嘶哑却严厉：“你是哪个部队的！”

军官挺身敬礼：“我是柴志新长官麾下！”

“你枪口对着的这个人，是政府官员！”魏九峰怒喝：“身为党国军人，无故谋杀政府人员，应该上军事法庭，甚至枪毙！”

军官：“报告魏县长，卑职接师座亲自签发的军令，常德城内凡被感染的人员如不配合隔离，导致有病毒扩散的危险，都可就地枪决！”

魏九峰更加愤怒了：“那你就让余鹏程来，当着我的面枪决了他！”

趴在地上的病人忽然抱住了魏九峰的腿：“魏县长，县长！我不是不配合隔离，我是太饿了……我要饿死了……”

魏九峰蹲下身，入目是一张极度消瘦而溃烂的脸。他仔细辨认着，忽然神色一震：“你是——刘秘书？！”

他伸手去扶刘秘书，士兵见状要上前阻止，又止住了。

刘秘书就势抓住魏九峰一只手，死死攥着，眼泪流了下来：“县长，县长……他们不给饭吃！每天小半碗稀米汤……实在受不了了！昨天夜里，孙处长在床头，用，用腰带把自己勒死了……他不是病的，是饿的，是没指望了啊县长！”

魏九峰惊呆了！他张张嘴，想说什么，却只爆发出一阵撕心裂肺的咳嗽，好半天，他才缓缓站起身，站在黑夜冷风里一动不动。

刘秘书已经嚎啕起来：“鬼子来了，别的人都跑了，我们留下来守着！中了，中了毒，就被他们关起来……等死，饿死——县长！我闺女还在城外啊，才四岁……我不想死，我得找她去！”

绝望凄厉的痛哭声中，魏九峰猛地转过身子，逼视着那个军官：“我的人，加上这个刘秘书，一共病了十一个，现在还剩多少？”

军官回避着他的目光：“六个。”

魏九峰：“五个，五个……都是病死的？”

军官紧闭嘴唇，一动不动。

魏九厉声叫道：“我在问你，他们是病死的，还是饿死的，还是被你们打死的？！”

军官沉默片刻：“卑职一切照命令行事。”

魏九峰死死瞪着他，忽的劈手夺过一旁士兵手里的枪：“我先枪毙了你。”

“你们到底是要死人，还是要活人？”

身后，忽然响起一个冰冷的声音。魏九峰停住手，转眼一看，原来是沈湘菱缓缓走了过来。

“派人去沈家！从后院墙根底下挖三米，有粮食。”

数个探照灯灯头大亮，把沈家后院照得宛如白昼！

几名士兵手持铁锹，紧靠着后墙根往下挖着，土一下下地扬起来。

一名士兵突然一顿："在这儿，在这儿！"

士兵们一拥而上，用手扒开土，小心翼翼地挖出地下的麻袋。

一名士兵用刀子挑开麻袋，白花花的大米顿时流泻了出来。

医院门前，很快架起几口铁锅。魏九峰望着铁锅里翻滚的米汤，深深吸了一口气，又是一阵咳嗽。他转过身，面向沈湘菱，深深鞠下一躬："沈小姐，你救了这些人的命，我谢谢你！"

沈湘菱淡淡道："我只是保住他们先不饿死。他们的命，还得等别人来救。"

魏九峰站直身，深深看着她："我相信，那个救命的人很快就能回来！"

第三十八章 负重忍辱

枪声呼啸！

秦岳靠在墙头，奋力抵抗着对方的袭击。

马医生、何平安以及剩下的人都聚拢在短墙后。马医生掏出一个个纱布包好的包裹放在地上：“每份都有我抄写的配方和需要的药剂。一人身上带一份，分头突围！”

众人依次捡起包裹，放进怀里。

秦岳一边开枪一边大声道：“你们走，我留下掩护！”

何平安：“就这点土匪，掩护一个人就够了，你们都走！”

马医生：“不行！我留下，你走！”

“这次行动要听我的！”何平安掏出自己的那份药品和配方，四顾看了一遭，目光最后停在藤原弥山脸上：“告诉你们小姐，我何平安欠她的，我用命来还！”

他不容置疑地把药品包裹塞进藤原弥山怀里。

藤原弥山迎着他殷切的眼神，忽然露出一个残忍的笑意。

何平安微微一怔，还没来得及细想，秦岳的声音忽然响起：“土匪冲上来了！”

何平安猛地站起来，端起了机枪，一把扯开秦岳，对着墙外疯狂扫射：“快走，快！”

马医生不答话，自顾端起另一挺机枪，与何平安并肩而立，一同对外扫射。

何平安：“你干什么！”

马医生：“我已经老了，不中用了，不如就死在这儿！”

何平安转向秦岳大声吼道：“快走，带着疫苗快走！”

秦岳深深望了他一眼，带着众人，快速闪入夜色里。然而，他们的身影却恰被刚刚赶到的藤原景虎捕捉到了。

“狡猾的支那人！”藤原景虎放下望远镜，猛地向后一挥手：“分散包围他们！一个都不要放过！”

几十名日军士兵迅速而无声地猫着腰深入黑夜。

黑暗中响起一阵急促的脚步声，余鹏程独自一人走在医院的走廊上。

“由于实行粮食管制，士兵吃不饱饭，虽然枪毙了人，但军心依然难平。三团二排排长私藏粮食，被士兵发现，竟当场打死。倘再无有效对策，不但士气低落，只怕难免产生哗变！”

低沉的声音幽灵一样在空挡的走廊里回荡。余鹏程的脸色愈加沉郁。

脚步声停止了，余鹏程定定望着眼前的那扇门。魏九峰严厉的质问声仿佛就响在耳边：“他们是病死的，还是饿死的，还是被你们打死的？！”

他默叹口气，缓缓推开门。

床前明月光。

一张单人床铺着白床单，魏九峰石像一样坐在床沿，双眼直盯盯注视着他。

余鹏程走近两步，拿起床头的大衣，给魏九峰轻轻披上：“魏老兄，我又来求你了！”

魏九峰不说话，动也不动地盯着他。

“本来，你病得这么厉害，我真不忍心再打扰你。”

魏九峰忽的伸出手，抓起床头桌上的一只碗，抬手就向余鹏程脸上泼去：“我费心竭力，连命都豁出去，让你的兵吃饱肚子，可你就给我的人喝稀汤！”

余鹏程一动不动，任凭脸上淋漓的米汤滴下来。

“他们不是重庆那些醉生梦死的官员！他们跟着我在常德这么些年，什么罪没受过，什么苦没吃过！鬼子来了，一个都没走！可你，你现在要活活困死饿死他们！”魏九峰把碗往地上一摔，砸得粉碎：“余鹏程，我要告你！我要向委座告你！”

余鹏程依然不语不动，任凭魏九峰发作。

魏九峰双手撑在床沿上，狠狠瞪视着他，喘着粗气，又一阵咳嗽。

余鹏程掏出一块雪白的手帕，慢慢擦干净了脸上的米汤：“魏老兄发完火了？能听老弟说句话了？”

魏九峰瞪视着他。

余鹏程走到床边，挨着魏九峰坐下：“你知道，现在全城实行粮食管制，都是数着米粒下锅。不但是你那几个中毒的政府人员，就连我在前线的兵也在挨饿！仅昨天一天，就有四起士兵与长官冲突。再这样下去，过不了几天，不用鬼子来打，我们自己就先乱了！常德，那就是万劫不复了！”

魏九峰目光一闪，紧紧盯着他。

余鹏程默默拉起他一只手：“魏兄，你还有没有办法？”

魏九峰挣扎地想站起来，却又颓然坐下。良久，才嘴唇翕动地吐出一句话：“去找沈湘菱，她有办法。”

病床里只亮了一盏孤灯。沈湘菱咳嗽着，强打精神坐在床边，目不交睫地望着昏睡中的沈学文。

昏灯映照下，沈学文的脸越发苍白瘦小。他忽然微微皱了皱眉头，嘴唇动了动。

沈湘菱忙凑过脸，轻轻摇着他：“学文，学文？”

沈学文慢慢睁开眼。

沈湘菱惊喜道："学文，学文你醒了！"

沈学文两眼望着她，忽然道："姐，我痒，浑身都痒。"

"饿不饿？姐姐喂你喝粥。"沈湘菱端起粥碗，舀起一汤匙吹了吹，喂到沈学文嘴边。

沈学文张了张嘴，脸色惨变，一口血喷了出来！

沈湘菱手里的汤碗扑然落地。

"学文！"

沈学文的脸神经质一样抽搐着，浑身痛苦地扭动："姐，痒……浑身又疼又痒！"

沈湘菱抓起他一条手臂，掀开衣袖，赫然见一块块青紫瘢痕！

"医生，快来，快来！"

沈湘菱想往外走，却一下摔倒在地，昏迷了过去。

再醒来时，她已经躺在特护病房的床上，天已经亮了。

"学文！"

沈湘菱翻身想站起来，却被按住了。

余鹏程一身白大褂，戴着口罩，站在床前望着她："你别担心，你弟弟已经稳定下来了，医生正在照顾他。"

"余师长，你怎么来……"沈湘菱顿了一下，瞬间明白了："你是来找我要粮食的。"

"沈小姐，我只有求你了。" 余鹏程叹口气："前线的士兵粮食不够，守不住常德。为了全城百姓，还请沈小姐接济。"

沈湘菱苦笑："你真当我沈家还有粮食？"

余鹏程："沈家后院不是藏了一批粮食么？我相信沈小姐一定还有存粮。"

沈湘菱摇摇头："没有了，那是沈家最后一批粮食了。"

余鹏程沉默了，少顷，冷冷道："沈小姐，你就真的见死不救？"

"以前那个沈湘菱，或许真的会。可惜，我认识了何平安……"沈湘菱目光黯然下来："如果我还有粮食，我一定会拿出来。人都要死了，还要什么家产？那批粮食，确实是沈家用来救命的，但也只有那么多了。您信也好，不信也好，只能如此。"

"那……打扰沈小姐了。" 余鹏程失望地沉叹一声，转身要出去。

"等等！"

余鹏程转过头："沈小姐还有什么要说的？"

沈湘菱略一迟疑："如果，我能用手头仅有的粮食，稳定军心，算不算帮忙？"、

余鹏程眼睛一亮："怎么能做到？"

沈湘菱思忖了下，随即道："必须得说这些粮食都是我沈家，不能说是军队的。因为军队的粮食，政府的粮食全都告急，所有人都知道。你说是军队政府的，士兵非但不会感激，还会心生怨恨。只有说是我的，才能有效果。"

余鹏程点点头："这个可以答应。"

沈湘菱挣扎着站起来。

“沈小姐，你这是……”

沈湘菱喘息道：“给我戴上口罩，叫两个士兵扛两袋粮食，我现在就跟你去阵地。还有，你不要出面，请柴志新跟着我。这样即使办砸了，也不算坏余师长的威望！”

余鹏程深深点头：“如此，就劳烦沈小姐了。”

天色微明，破旧的青天白日满地红旗在风里烈烈飘扬。

营地之前，几口铁锅架在火堆上，正冒着腾腾热气。

“铛”的一声，一双大军靴猛地踢翻了铁锅！

几个士兵围簇在穿军靴的军官身边，气势汹汹地逼对着对面一个炊事兵：“奶奶的，对面山头上就是鬼子，老子把脑袋别在裤腰上玩命，狗日的你们倒好，就整天给老子喝刷锅水！”

炊事兵：“张排长，您知道，口粮是上头定量发的，我们就管做……”

张排长挥手一个耳光：“什么上头，老子看就是你贪污！把他给我绑了！老子非叫他把多吃进去的再吐出来！”

几个士兵一拥而上，就要把炊事兵捆起来。

“真是不要命了！”

身后忽然传来一声怒喝。张排长转头一望，只见柴志新大步走过来，身后跟着沈湘菱和两名士兵，士兵肩上扛着大米。

众官兵一时看得有些呆了。

张排长等悻悻然松开手。

柴志新走到张排长跟前，犀利地盯视着他：“想闹事？想挑动哗变？”

张排长慌忙敬礼：“参，参谋长！我们不是闹事，更不是哗变！口粮一天比一天少，兄弟们饿得直不起腰，都疑心是这帮王八蛋给吞了！我……”

“关起来！”柴志新一挥手，两名士兵冲了上去，架住张排长往后拖。

张排长兀自喊着：“参谋长，参谋长！一天一两场仗，回来的没一半多！……兄弟们个个都在阎王爷身边打转儿，你得让我们吃饱饭！”

柴志新闭上了眼睛，眉间皱出一个痛苦的“川”字。

沈湘菱忽然开了口：“放了他吧，人饿急了什么不敢干？什么还能干？”

柴志新睁开眼，皱眉看着沈湘菱。一众官兵也都看着她。

沈湘菱自顾走到打翻的铁锅前，蹲下身，抓住锅沿想把它翻过来，居然没翻动。

旁边的几个士兵忙上前，七手八脚把锅翻过来。

枯黄的草地上只倒出点儿半生的白米，还夹着几根野菜。

柴志新看了一眼，就背过脸去。

沈湘菱蹲下身，小心地从草里一点点捧出米，放进锅里。

那几个士兵也连忙蹲下捧米。

沈湘菱站起身来看了眼身后的两名士兵。士兵走上前，把扛在肩上的口袋打开，向锅里倾倒了半锅白花花的大米。

“老话说巧妇难为无米之炊。棠德的粮食都让鬼子给烧了，沈家虽然开着粮行，可现在也找不出多余一粒米了。我弟弟中了鬼子的病毒，昏了三天了；我家还有两个下人跟着余师长的人走了，出城给大家找解药。这是他们省下来的口粮，不多，只能给兄弟们一人分一口。”沈湘菱抬起眼，缓缓扫视着周围的官兵，神色真诚而坚毅：“当年我大哥，就是为了保护棠德而死，我爹也被日本人杀了，我弟弟……沈家只剩下我这么一个女人了。可我不会走，我要跟乡亲兄弟们同生死，与棠德共存亡！”

迎着沈湘菱诚挚殷切的目光，官兵有的低下了头，有的眼底湿润了。

一阵沉重的寂静。一个声音忽的响了起来：“一个女人都肯为棠德死，咱扛枪的爷儿们饿肚子怕什么！兄弟们，饿不怕！吃鬼子的肉，喝鬼子的血！”

官兵们精神一振，举着手臂，呼喝起来：“吃鬼子的肉，喝鬼子的血！”

柴志新一声不响，但脸上神情显是安稳多了。

沈湘菱提高声又道：“但我也不能让大伙饿肚子！余师长相信我，要把粮食交给我管，我今天就跟你们承诺，从明天起，早饭虽然仍旧限量，但晚饭加倍！”

官兵们一静，跟着纷纷欢呼起来！

柴志新脸色一变！才要开口说话，却被沈湘菱一个眼神止住了。

沈湘菱：“把米分了，架锅煮饭！”

官兵们兴高采烈地分米架锅。

柴志新上前两步，凑近沈湘菱，脸色严峻：“你为什么这么做？晚饭加倍，哪来的粮食？！承诺兑现不了，只会更乱！”

沈湘菱胸有成竹道：“柴长官放心，鬼子能给咱们省粮食。”

“鬼子？”

沈湘菱放眼望着远处做饭的官兵，神色肃穆幽冷：“白天一场仗打下来，总是要死人的，省下的粮食就够活着的人晚上多吃几口的了！”

柴志新愕然望着她，脸上的表情夹杂着错愕、愤怒、伤感、厌恶，最终却化成无奈的长长一叹：“沈小姐是在玩‘朝三暮四’的把戏啊！可惜我的兵都太傻了，还是上当了。”

“柴长官的兵不傻，不过为这口吃的。”沈湘菱冷幽幽看了他一眼：“可有的人，有的兵，什么也不为，就肯替别人拼命！”

她闭上眼睛，耳边又响起了密集的枪声！

天色已微明，对面的枪声依然密集。

海东升等土匪缩在掩体后，不敢轻易出头。

一个土匪耐不住了：“大当家的，二当家的……听这动静，好像没刚才打得狠了？要不咱冲一把！”

海东升凝神细辨枪声，少顷微微闪出一只眼往外窥探，不提防一记子弹正好袭来，擦着他的脸皮飞了过去！

他猛地缩回头，脸上一道鲜血长流。

混江龙见状，一个嘴巴打在那个土匪脸上："冲一把个屁！冲出去就没命了！"

"当"的一声，一记枪托重重砸在他头上。混江龙"嗷"的一声滚倒在地，头上也挂了彩。

海东升蓦然回头，赫然藤原景虎穷凶极恶的脸！

"因为你们畏缩不前，他们有了充足的时间完成配药，现在已经都突围了！"

"不，不会！"海东升惊恐道："太君，太君你听！枪声还在……他们没走！"

藤原景虎飞起一脚把海东升踹倒："蠢货！一听这枪声，就可以判断只剩下一两个人断后，别人都撤离了！你们贻误战机，造成我的计划功亏一篑，统统都该枪毙！"

藤原景虎拔出枪，指向海东升与混江龙！

混江龙慌忙拉住他的裤脚："太君，太君饶命啊太君！再饶我一回……"

藤原景虎踢开他："去！所有人，马上冲过去！"

混江龙不应声，满眼都是畏缩的神情。

"砰"的一声，藤原景虎抬手一枪，一个土匪应声倒地。他掉转枪口，重新指向海东升和混江龙："去不去？"

海东升一咬牙，爬起来提起枪对着剩下的匪众："冲！都给我冲！"

土匪们愣住了！

眼前是藤原景虎、海东升的枪口！对面却是暴风骤雨一样的机枪扫射声！

一个土匪"扑通"跪倒在地："大当家的，二当家的！你，你们可不能让兄弟也没活路啊！"

海东升枪口使劲一顶："再不去，我毙了你！"

土匪两眼瞪视着他，脸孔因愤怒而扭曲！

几个土匪交换了下眼色，暗暗捏紧了手里的枪。

忽然，对面的枪声停了！

一个土匪欢呼起来："那头不响了！我打死何平安了！我打死何平安了！"

藤原景虎眼色一亮！

海东升第一个冲了出去！

短墙之后，硝烟狼藉，一具具尸体横在地上。

海东升走在最前头，混江龙、藤原景虎缓缓走在尸体中间。

两三个土匪在前头翻动查勘着尸体。

一具尸体被翻过来，露出马医生的脸。

旁边又一具尸体被翻过来。

土匪叫了起来："何平安在这儿！真死了，死了！"

海东升闻言第一个冲了过来！

入目赫然是何平安苍白的脸！

海东升直愣愣地看着这张脸，忽然放声大笑起来："死了！你终于死了，死了！"

混江龙也窜过来，"噗"地吐了一口痰在何平安脸上。

海东升笑着提起手枪，对准何平安的尸体，就要扣下扳机……

何平安猛地跃起，夺过他手里的枪！

马医生同时跃起！

一声枪响！

马医生眉心中弹！

藤原景虎的枪口猛地转向何平安！

身后忽然响起猛烈的爆炸声！顿时院墙瘫倒，烟土飞扬！

藤原景虎脚下趔趄，枪口歪斜！

枪响，何平安肩膀中弹！

一个身影从院墙后猛然跃出，拖起何平安就跑！

天色已经大亮。几簇身影在树林里隐隐可见。

秦岳带着仅剩的几个人，迅速而无声地猫腰前进。

一声枪响！

一名虎贲士兵猛地回头："兄弟们又被打死一个！"

秦岳："还能剩下多少？"

"大概不到十个。看来鬼子早设好的包围圈，就等我们跟兔子似的一个个撞进去！"

秦岳沉默地望望林外："看来我们只能"自投罗网"了。谁愿意跟着我一块冲过去，吸引火力，让其他人逃走！"

虎贲士兵："我！"

藤原弥山也走上前："还有我！"

"你不行，就我们两个够了。"秦岳摇摇头："这位兄弟，咱们走！"

说完，他当先冲出了树林，虎贲士兵紧随其后。

机枪和呐喊声一起响起！

枪声渐渐都朝着两人靠拢，密集！

身后忽然响起一阵脚步声，藤原弥山竟小跑着跟在秦岳后面！

一颗子弹尖啸射来，藤原一把推开秦岳，自己几乎中弹。

秦岳一边寻找掩体还击，一边对藤原弥山怒吼："我们是往鬼子那头冲，你跟着是要找死么？！"

藤原弥山闷闷道："我不懂这些！你们枪法好，跟着你们肯定能活！"

秦岳藏身在一方掩体后，打了个尖利的唿哨："撤回林子！"

三人相互掩护着，一步步退回小树林。

小树林外，一队日军，还有海东升、混江龙带领的土匪，端着枪缓缓逼近了树林。

一发子弹射来！走在前面的一个小头目立时毙命！

正在错愕间，子弹接连射来，鬼子接二连三倒下！

混江龙慌忙躲到掩体下，倒抽了口冷气："奶奶的，怎么他们的子弹都跟长了眼似的！"

藤原景虎一挥手，鬼子纷纷匍匐在掩体后，加强还击。

树林里，虎贲士兵一个个端枪，向林外扫射着。

秦岳把一颗颗手榴弹绑在树上，又从腰里掏出一团鱼线，小心翼翼接在手榴弹的引线上。

藤原弥山："这是干什么？"

秦岳："别说话！一会儿你就知道了！"

树枝间拉起一个蜘蛛网一样的迷阵，数十颗手榴弹拉成的网！

秦岳："好了，引过来！"

前面的士兵一边射击，一边后退。

林子里传来的枪声稀疏而远了。

藤原景虎探出半个身子，往外望了望。

寒风吹过，树梢瑟瑟作响。

他一挥手，身后日军缓缓从掩体后猫起身，往树林里走。

海东升与混江龙交换下眼色。

土匪也跟在日军后面，向树林里探去。

树林静寂，了无人影。藤原景虎做了个手势，日军缓缓散开。一个日军士兵慢慢退到一棵树旁。他的背后，赫然是一根拉紧的透明的鱼线。眼看就要触到鱼线，他却停住了，警惕地看着四周。一滴露水从树梢滴下来，正砸在脸上。他下意识地抬手去摸，手肘触动了鱼线！"轰"一声巨响！不远处的藤原景虎猛地回过头去！又一声巨响！接二连三的手榴弹爆炸！四处都是血肉横飞！

"八嘎！"藤原景虎一挥手，日军纷纷往外退去！

一个日军后退的脚正踩在鱼线上！接连数声爆炸！藤原景虎被震翻在地！几十名日军面如死灰，木偶似的僵在原地，一动不敢动！

藤原景虎小心翼翼地爬起来，望着眼前的一片茫茫树林。

阳光忽然变得极度刺目，光影隐隐映出一根根刀芒一样的悬丝，在四周织成了一张杀气腾腾的密网！

藤原景虎眨眨眼，悬丝又不见了！他忽然提起身边一个瘦小的土匪，猛地丢了出去！

"轰轰"几声爆炸！

又有几个不同方位的人倒毙！

藤原景虎绝望地闭上了眼睛！

远处的爆炸声轰隆不绝！

匍匐在树下的秦岳兴奋地捶了下地："这下鬼子一个也跑不了！"

身后藤原弥山眼底闪着阴狠的光，他暗暗向后退了少许，伸手入怀，掏出一把枪来。

他忽然一声厉叫："后面有敌人！"

秦岳和士兵猛地转回头，入目却是藤原弥山乌洞洞的枪口！

两声枪响！

士兵倒毙，秦岳双目大睁："你……你是……"

枪响！

秦岳颓然倒下，不动了。

乱枪声从树林深处传来！跟着却是一阵长长的寂静。沙沙响起的脚步声。一个模糊的人影缓缓逼近。藤原景虎站在原地，慢慢举起手里的枪，冷汗从额头流下来，身体却一动不敢动！藤原景虎猛地提枪对准那个人影！

瞄准镜里，赫然现出藤原弥山的脸！

"哥哥！"

一具具尸体被整整齐齐摆在树林外的空地上。

藤原景虎蹲下身，从一具尸体怀里摸出那个纱布药包，凑在鼻前闻了闻，嗤笑一声丢在地上。

藤原弥山缓缓从尸体的间隙步过："赵子安，刘宝成，吴四元……"

一个日本兵跟在他后面，他念一个名字，就在手里的名单上划掉一个。

最后一具尸体前，藤原弥山的脚步停住了，良久，才得意洋洋念道："秦岳。"

藤原景虎走上前："一共多少个？"

日本兵回答："三十一个！"

"两个。"藤原弥山缓缓转过脸，神色阴狠："漏网了两个。周四，还有，何平安！"

藤原景虎立刻转过身："搜索！活要见人，死要见尸！一定找到何平安！"

何平安重重栽倒在地，双眼紧闭！

周四气喘吁吁瘫倒在一旁，她缓了好一会儿，趴下身，用力拍着何平安的脸："何平安，何平安！"

何平安双眼紧闭，毫无反应。

周四怔了怔，伸手去摸他的鼻端，忽然手一下子缩了回来，神色惊恐！

一记响亮的耳光抽在何平安的脸上！

"你不能死！我跟小姐一起长大，我都明白！她嘴上说恨你，可心里有你，我不能让你死，不能让小姐伤心！"

昏迷的何平安忽然剧烈地咳嗽起来，咳出一大口浓痰，他扑哧扑哧地喘着粗气，肩头的伤口不断往外涌血。

周四怔了怔，忽然伸手去剥他的衣服。

“不要放过一棵树，一根草！”海东升带着几十个土匪，持枪逼近了一片低矮树林：“无论如何，都得找到何平安！”

一个人影蓦地从树林对面的衰草地里蹿出来！

海东升大叫一声：“何平安！”

几乎同时，混江龙手里的枪响了！

那个人影颤了一颤，继续往前跑。

枪声接连响起！

周四身穿何平安的衣服，拼命地奔跑！忽然身体一震，胸口一抹血花暴起。

她踉跄着挣扎往前跑，腿上又中了一枪。

周四缓缓跪倒，口中鲜血涌出。她向前伸出一只手，似乎要在虚空中抓着什么：“活着回去……找小姐。”

海东升飞快地跑了上来，翻过了尸体，入目却是周四死不瞑目的脸孔！

混江龙也赶过来，见状大吃一惊：“不是他？”

他望望四周，畏缩地向后退了一步。

海东升的目光从尸体上移开，锁定了不远处的矮树林：“放火，烧！”

冲天的火光跃起！

烈火熊熊，浓烟滚滚。

何平安躺在衰草地上，眼看着火焰浓烟从稍远处向自己逼来。

一阵剧烈的咳嗽。他绝望又坦然地闭上了眼睛。

沈湘菱的脸庞从眼前一晃而过！

——我等着你，等你回来救我的弟弟！

常德城头，沈湘菱头顶烈烈随风的孝带子，一步步走向自己！

——何平安，你的命是我的！

常德城门下，沈湘菱跑出来，一把抱住自己！

——何平安，你回来了，你终于回来了！

何平安猛地睁开眼睛！

烈火浓烟离他更近了！

浓烟中，忽然又浮现出柳芬泪流满面的脸！

——何平安，救救我的儿子！

何平安的神色越来越痛苦，他翻转身，瞪视着越来越逼近的烈火浓烟，忽然一手扣紧了扳机！

一声枪响！

“我是何平安！我投降！”

第三十九章 奈何为贼

何平安满脸伤痕，双手握成拳，缓缓地向海东升等人伸过来。

海东升等下意识地后退了一步。

“把我抓起来，交给日本人领赏吧。”

混江龙神色放松，露出满眼欣喜：“去！把他绑过来！”

几个土匪面面相觑，畏缩不前。

混江龙一脚踢过去：“怂蛋！他现在就剩下一口气了，还怕什么？！”

喽罗哆嗦着，相互壮着胆子凑到跟前，抽出绳子把他绑住。

海东升提着枪，一步步走近何平安，猛地伸手抓住他的头发。

何平安目光平静地与他对视着。

海东升缓缓举起自己的残手：“何平安，我可是一直都等着、盼着这一天！”

隔着那只残手，何平安冷静地直视着他，少顷，忽然轻蔑地一笑。

海东升勃然大怒，举起枪顶着他的额头：“别以为我真不敢杀你！”

何平安平静道：“你不敢杀我。”

“我不敢？”海东升狞笑着，慢慢扣紧扳机。

混江龙上前一把攥住他的手：“不行，你不能杀他！还得把他交给皇军呢！”

海东升眯起眼，满目恶毒地盯着何平安，枪口深深陷进他的皮肉里。何平安也盯着海东升，目光里却满是挑衅。

混江龙大骂：“你他妈的疯了？！要是杀了他，皇军不会绕过我们的！”

何平安也大声喝道：“海东升，你今天抓住了我，也只能乖乖交给鬼子，你想报仇根本是痴心妄想！”

混江龙：“皇军说了，生要见人死要见尸！”

一声枪响！混江龙和何平安的声音同时戛然而止。

海东升枪口向天，阴冷地撇着何平安，冲一个土匪一挥手：“剥下你身上的皮，给他换上！”

土匪一愣。

海东升调转枪砸在他头上：“还不快去！”

土匪忙剥下自己的衣服，哆哆嗦嗦给何平安换了行头。

混江龙略带迷茫地看着海东升：“你要干什么？”

海东升不理混江龙，转过身，冷冷扫视着跟前的众土匪。

海东升：“下山前，我们在关二爷跟前说的明白，不惜豁上性命来抓何平安，就是为了亲手报仇！这一回又损了这么多兄弟，可要是把何平安交给日本人，老当家的仇，还有被他害死的兄弟们的仇，我们就都不能亲手报了！”

土匪齐声怪叫：“剐了何平安，给老当家的报仇！报仇，报仇！”

海东升：“好！那我们就把何平安抓回寨子，让二当家在老当家灵前剖腹剜心，亲手报仇！”

“二当家的报仇！二当家的报仇！”

众土匪欢声喝彩，混江龙也一脸得意痛快：“好！那就这么办！”

海东升不说话了，回过身阴冷地盯着何平安，伸手一把揪起已经换上土匪衣服的何平安，枪口一伸，指向何平安的后心：“闭上你的嘴！不然我现在就一枪打死你！”

他话音刚落，混江龙忽然冲着对面低头哈腰起来：“皇军！”

藤原景虎独自大步走过来，望着山林里的大火，一愣：“何平安呢？抓到他没有？”

“没，没有……”

藤原景虎厉喝：“那就继续去找！抓不到何平安，你们谁也别想活着出去！”

“不，不是！已经找到了……”

混江龙舌头打结，眼睛不自觉地溜往何平安和海东升。

藤原景虎脸色一沉：“到底抓到没有？！”

“报告皇军！”海东升故作镇静，“我们找到了何平安，就在林子里，但他已经死了，这会儿尸体怕也被烧得不成样了”。

藤原景虎死死盯着海东升，忽然掏出枪，枪口直对海东升的脑袋：“你以为我会相信你么？”

海东升神色一慌，跟着强作镇定：“无论如何，我也不敢欺骗皇军！”

藤原景虎瞪视着海东升半晌，目光依次划过混江龙、众土匪，最终停在何平安脸上。

海东升暗中压紧了抵着何平安后心的枪。

何平安一脸平静，漠然平视藤原景虎。

藤原景虎缓缓放低了手里的手枪：“你们回去，随时等待皇军命令！”

藤原景虎一步步走向树林深处。

对面，缓缓走来了藤原弥山。

藤原景虎脸带微笑，张开手臂，上前两步，紧紧拥抱住藤原弥山：“机智的勇士，你是藤原家族的骄傲！”

两人放声大笑，松开手，相对盘膝坐在地上。

藤原景虎：“将军对你在棠德的行动效果十分满意！现在棠德的军火库已经被破坏，粮仓被烧毁，病毒也开始扩散……你已经出色地完成了全部任务。我的弟弟，是时候回到将军身边，等待着跟我们一起攻陷棠德了！”

藤原弥山摇摇头：“我想知道，那个何平安死了吗？”

“可以确定，他已经死了！”

藤原弥山兴奋地一拳捶在地上：“太好了！这样我就可以毫无顾忌地回到棠德了！”

“回棠德？”藤原景虎讶异地看着他，忍不住伸手按住他肩膀：“不行，这太冒险了！经过这一次行动，再回棠德你会很容易暴露的！”

“棠德城内还有我们的勇士，以及不少我苦心经营和控制的效忠者。我相信，只要回去，一定能为皇军顺利攻进棠德做更多事情！这个险，值得冒。”

藤原景虎充满敬意地看着藤原弥山，忽然站起身来，冲他深深鞠下躬：“向帝国的勇士致敬！”

藤原弥山连忙站起来，也向藤原景虎鞠下躬：“我会做好一切准备，时刻等待将军带领勇士们攻入棠德！”

崎岖的山路，头顶血色的太阳。

何平安微微睁眼，刺目的阳光利剑扎眼。

他手脚紧缚，整个人呈“大”字形，被死死绑在树枝捆成的担架上。

匪众扛着担架，精神抖擞地行进在山路上。

混江龙骑在马上，得意洋洋地吆喝四周的土匪：“你们一个个都把眼瞪起来，把何平安给我牢牢看好了！我可告诉你们，他就是个活阎王，把他放跑了就是自己不想活了！”

众土匪轰然应和。

海东升骑在一匹马上，两只眼死死盯着何平安：“你就是个活阎王，这次也得眼睁睁看着自己往死路上走！”

何平安瞥着海东升一笑，缓缓闭上了眼。

一阵刺耳的唢呐声响起，山寨大门洞开。

混江龙一把将五花大绑的何平安推倒在寨门前。

何平安咬着牙，踉跄着站起来，竭力挺直身子。

混江龙叉着腰，冲着众土匪吆喝：“兄弟们！当年这个何平安连喝十八碗酒拜山，一个人过了十八个兄弟，老当家的敬他还是条汉子，这才出来见他。没想到他当场暗算，居然一枪打死了老当家！今天，我就让他连磕十八个头，一路跪着爬上山，祭拜老当家！”

“磕头跪上山，祭拜老当家！”

众土匪呼喝中，何平安一动不动地挺立着，漠然望着山寨大门。

混江龙飞起一脚，踢向何平安的膝窝："给老子跪下！"

何平安单腿落地，一咬牙，居然又颤巍巍站了起来！

海东升上前一步，枪口对准何平安的后脑："你跪不跪？不跪一枪崩了你！"

"我不跪！男儿生于天地，跪爹跪娘跪祖宗，除此以外只跪英雄好汉！"何平安亢声道："你们那个老当家的，帮着日本人走私烟土，绑架良民，滥杀无辜，对这样的人我宁死不跪！"

混江龙上前夺过海东升的枪，举起手往下一砸，枪托重重砸在何平安头上："你跪不跪？再不跪，老子叫你比死还难受！"

何平安顿时血流满脸，身子却挺得更直，大声呼喊："我不跪！老当家的死了，可你们跟老当家的一样，还跟着日本人害中国人！如果你们弃暗投明，跟着军队打鬼子，那是抗日的英雄，我何平安甘心跪下，给你们磕一百个响头！可你们现在是汉奸，卖国弃家，我宁可死一百回，也绝不跪你们！"

他一边说，一边怒目瞪视着众土匪，鲜血满脸，神色俱厉，宛如罗刹！

众土匪心生畏惧，忍不住纷纷低下了头，后退了两步。

"混蛋！"混江龙猛地一脚把何平安踹倒在地，枪口直抵他的前额："老子这就杀了你！"

"要杀他，先杀我！"混江龙闻声一愣。抬头一看，乔榛飞快地从山门里跑过来，扑倒在何平安身上，死死护住。

她高扬起头，手抓着一只利剪，血刃对准自己的脖颈："你要是杀了他，我这就死！"

混江龙一时呆住了。

乔榛嘶声喊道："你放了他，快放了他！"

海东升忽然上前，一脚踢掉了乔榛手里的剪刀，跟着一巴掌把乔榛打翻在地："你个吃里扒外的东西！我早就知道，你跟这个何平安不干净……"

何平安挣扎着要爬起身，护住乔榛："乔姑娘！"

乔榛含泪望着海东升，目光中充满恐惧、委屈，少一停还是爬过去，扯住他的裤脚苦苦哀求："师父，我求求你！你再帮我一回，别杀他，放了他……"

海东升一脚踢过去，乔榛向后摔去。她爬起身，绝望地深看着海东升："师父！"

海东升满脸冷酷，不为所动。

乔榛忽然转向混江龙跪下，抓住混江龙的衣襟继续哀求："二当家的，我知道寨子里都是你说了算！我求求你，别杀他，放了他……"

"你让我别杀何平安，好，也可以！"混江龙狰狞一笑："只要乔榛妹子你替他跪下，一路磕十八个响头，我今天就不杀他！"

乔榛二话不说，竟真的跪地磕起头来。

"大当家的，二当家的，求你们别杀何平安，求你们放了何平安！我给你们磕多少头都行……"

乔榛的额头一下又一下磕在坚硬的石子路上，海东升的神色越来越阴沉。

“乔姑娘，别管我！他们是在骗你！”何平安大吼：“你快走，别管我！

地上的石子渐渐染上了鲜血，混江龙上前一把抓住乔榛，一手捏住她的脸：“呦，把这张花朵似的小脸蛋磕破了，可不是让哥哥我心疼！你想让我不杀他，可以！不过光磕头可不行，你还得答应我一个条件……”

乔榛闭上眼睛，淌下两行绝望的清泪：“我答应你，我嫁给你。”

何平安惊呆地看着乔榛，嘶声大喊起来：“乔姑娘！不能！不能答应他！这不值！你别管我……”

海东升也惊怒交加地看着乔榛，忍不住上前一步。

混江龙手提着枪，冷冷瞥了海东升一眼，海东升沉默了。

乔榛：“我答应你！马上成亲，只要你放过何平安！”

“好！妹子爽快，我也说话算数！”混江龙冲土匪一挥手：“把这个何平安绑上山！兄弟们，都回去收拾好了，今晚二当家的就拜堂入洞房！”

土匪轰然大哗。

几个土匪上前，分别捉住何平安和乔榛，往山上拖。

何平安瞪视着混江龙，声嘶力竭：“混江龙！你有种杀了我，放过她……”

乔榛的一双泪眼却只看着何平安：“你要活着！千万活着……”

海东升妒恨地望着何平安和乔榛被一步步拖走，满眼杀意。

“怎么，大当家的，还舍不得你徒弟？”

混江龙满眼讥诮地看着海东升。

海东升收回目光，走近混江龙，语气充满阴毒：“我是为二当家的担心。”

“担心？有什么可担心的？”

“那个贱丫头的脾性我最知道，她心里既然有了何平安，只要这个人还在，是不会安心跟着二当家的。再说了，为个女人就不杀何平安，放下老当家的仇，兄弟们会怎么想？”

混江龙残忍一笑。

“谁说不杀？老子是土匪，我说过的话，想算就算，想不算就不算！”

他把枪往地上一拍，双眼逼近海东升：“你等着看，今天我就杀了何平安，用他的血给我洞房冲喜！”

小屋上了锁。乔榛披散着头发，双手抱腿蜷缩在炕头一角，脸色憔悴，眼神黯淡。

两个婆娘开锁进屋，把大红的衣裳搁在炕上，赔着笑脸：“乔姑娘，换上衣裳，晚上就该拜堂了。”

乔榛眼睛看着虚空，一动不动。

“乔姑娘，到了这份儿上，你是拖不了这一回了！赶快，换了衣裳，打扮好，免得惹二当家的生气。”

婆娘说着，伸手去拉乔榛，乔榛身子一转，甩开她的手。

两个婆娘交换下眼色，上前一个按住乔榛，一个去解她衣服。

“按住了！给她扒下来！”

乔榛剧烈地挣扎：“放开我，放开！”

一只大手猛地抓过婆娘，一个耳光把她打倒在地。

海东升拔出腰里的枪，大吼：“滚！”

两个婆娘爬起来，仓皇而逃。

乔榛坐起来掩好衣襟，缩在炕角，两眼落泪。

海东升走近炕头，冷冷盯着她：“哭什么？你不是自己说要嫁给那个土匪的么？”

乔榛抬起眼，怒目而视：“为什么，为什么你一定要杀了何平安？”

“那你为什么一定要救他？！”

“我就是要救他！你要杀他，除非我死！”

海东升扬起一耳光把乔榛打倒在炕上：“你个忘恩负义的贱货！我就知道你早跟他搞上了！”

他满脸爆红，疯狂地摔打着屋里的物件：“什么相依为命！什么就只有我一个亲人！从你第一眼看上那个何平安，这么多年我对你的情份，都被你忘了，扔了，糟蹋了！”

“你是我的亲人，我从没忘过！可何平安也是我的亲人，最亲最亲的人啊！”

海东升暴怒，再次举起巴掌：“你还敢说？！”

乔榛抬起头，流着泪冲着海东升大喊：“他是我的哥哥呀！他是我的亲大哥！”

聚义堂上，关公像前，香烟缭绕。

大堂里聚满了人，何平安被绑在堂正中的柱子上。混江龙擦了擦老当家的牌位，恭恭敬敬摆在香案上，跟着转过身，一把揪住何平安的头发，迫使他看着自己，狞笑起来：“我冒死骗了日本人，说你死了，就是为了能亲手把你开膛摘心，好亲手报仇！”

他把手里的匕首一递，顶住了何平安的心口！

何平安却只是平静地看着混江龙，毫无惧色。

混江龙死死盯着何平安，忽然刀尖往上一挑，挑掉了何平安嘴里的白布，跟着手上一递，匕首插进了何平安的嘴里：“说，给老子快点说！”

“说什么？”

“说你怕了老子，说你求老子饶命！”

何平安眯起眼睛望着混江龙，微微一笑：“你怕我。”

混江龙脸色一僵，勃然大怒，手上一搅，鲜血立刻从何平安的嘴角流下来。

“你现在就是老子案板上的一块肉，你说谁怕谁？”

何平安神色坦然地望着他。

“你今天要不当着兄弟们说出这个‘怕’，我一刀子下去，给你捅个透明窟窿！”混江龙咆哮起来：“你说呀，你说！”

何平安笑了：“如果你现在不怕我，为什么还要绑着我，拿刀子逼着我，你才敢跟我说话？混江龙，现在的你，比九年前还要怕我！”

混江龙死死瞪视着何平安，忽然抽出匕首，往地上狠狠一丢："没错！我是怕你！自打你在我跟前杀了老当家，我心里一直都怕你。我怕你怕到好久都拿不起枪，怕到每天半夜都梦见你一枪崩了我！好容易过了九年，我做了当家的，我都忘了怎么怕你了，你偏偏又跑出来了！"

他一把揪住何平安的领子，声音压得极低沉，每个字都是从牙缝里挤出来的："你说的对！我以为，我绑着你，拿刀子逼着你，逼你说出这句'我怕你'，我这块心病就算治好了。可没想到，一看见你的脸，我还是心里打哆嗦。何平安，你是个英雄，可我混江龙也不是孬种！"

混江龙撒开手，转过身，冲着众土匪怪声大叫："兄弟们！今晚上我二当家的大喜，缺个证婚的主事！这个何平安，也算是我跟乔家妹子的大媒人，今晚就让他绑着这儿看着我跟乔家妹子拜堂！然后么……"

他转回身，阴森森地看了何平安一眼："我就挖他的心，放他的血，给我洞房添点喜气儿！"

众土匪轰然喝叫："好！就这么办！"

一片喝彩声中，混江龙再度逼近了何平安："我知道，乔榛那娘儿们看中的是你，你们怕是早就不清白。我先叫你亲眼看着我娶了你女人，再在她跟前亲手杀了你，我这心病就治好了，我就再不怕你了！"

"他不是什么我看中的男人，他是我大伯家的堂哥。"

海东升惊疑地瞪视着乔榛。

"他就是我跟你说过的那个大哥。当年国民党抓壮丁，把我家跟大伯家都闹到家破人亡，大哥就跟着贺龙闹革命去了。从那天他开城门放我们进棠德，我就觉得他熟悉，可我不敢认，我以为大哥早就死了。直到那回，我被你赶走，半路遇上了他。他受了伤，跟我说起来，自己活到三十多岁，最开心的时候就是在老家逗着小妹玩……"

她再也说不下去了，抱紧双膝低声啜泣。

"你那时就知道他是你大哥？"海东升一把抓住乔榛的肩膀："你为什么不早点告诉我？"

"我告诉你，你就会忘了你跟他的仇，不会再抓他，杀他了么？！"

海东升哑然无词。

"如果我告诉了你，说不定你还会利用我，去要挟何平安，逼着他自投罗网！"

海东升举起巴掌又要打。

"你敢说你不会么？"

海东升慢慢放下手："所以他也不知道？你为什么不认他？"

乔榛扭过头，满眼含泪。

海东升凄冷地一笑："你这个师父成了土匪，汉奸，你恨不得离我远远的，就像躲开一块臭狗屎！可这个大哥可是个大英雄！他多好啊，你为什么不认他？"

乔榛咬着牙，依然不说话。

“别告诉我，你心里还念着我这个师父！你不是嫌弃我不走正路么？你不是一心要做个像你大哥那样的好人么？你不是说他才是你的亲人么？！”

“因为你！”乔榛蓦地转过头，犀利的目光瞪视着海东升：“就是因为我师父是个汉奸，土匪，而他是个大英雄！这些年我跟着你，戏是跟你学的，做人也是跟你学的，你成了汉奸土匪，我也就成了汉奸土匪！你让我怎么认他？我怎么有脸去认我的大哥！”

海东升呆呆看着她。

乔榛满脸都是眼泪，继续嘶喊：“他不知道我是自己的妹妹，只知道我跟着你害过人，可还是愿意信任我是好人，还把小猴子交给我，可我，我又把小猴子弄丢了！我怎么还能让你再害死他？”

“何平安……死了！”

藤原弥山一身血污地冲进中央银行办公室，环顾众人，满脸凄惶。

魏九峰脸色一变。

余鹏程却是端坐不动。

刘世铭眼神中闪过一丝异样。

“我们被日本人伏击了，疫苗没能带回来，人也……都死了，全都死了。”藤原弥山流着泪，“扑通”跪在众人面前，抬手给了自己一个嘴巴：“我没用，我怕死！我怕死啊，自己跑回来了。”

余鹏程只得摆摆手：“好了，这不怪你，你起来吧。”

藤原弥山依然哭个不停。刘世铭坐在一边，眼神冰冷地看着他的表演。

“情况大家都明白了吧。行动失败，疫苗没有带回来。”余鹏程叹了口气，指着藤原弥山：“送回去吧。”

刘世铭站起身：“我来送好了。”

他走到藤原弥山身边，伸手把藤原弥山拉起来，手上暗中使劲：“别哭了，没有人怪你。我送你回去。”

藤原弥山哭着点头，顺从地跟着刘世铭走了。

一走出办公室大门，藤原弥山抹了一把脸，瞬间恢复了冷静。他扭头冲着刘世铭低声诡笑：“刘君，我的演技很好吧？”

走廊两边都是余鹏程的警卫，刘世铭一惊，警惕地看了他一眼，身体不由自主地跟他拉开了距离。

藤原弥山偏偏贴近他，继续低语：“我离开这几天，刘君有没有担心我呢？”

刘世铭只有拉着他疾步快走，一言不发。

藤原弥山诡异地笑：“让我来猜猜。如果我死了，你就从来没有投靠过皇军，你就可以光明正大地活下去，可却永远都比不上何平安，他才是真正的英雄。可如果何平安死了，你就可以趁机得到沈湘菱的心，不过，你就要受我控制，不得翻身。”

眼看走到了走廊尽头，刘世铭急上前两步，伸手推开门。

“刘君，你到底希望我死，还是何平安死？”

走廊的门开了。耀眼的阳光水一样流泻进来，洗涤着刘世铭阴郁的脸。

刘世铭大步走进门外的阳光里，回过头，冷冷看着藤原弥山。

“我希望，死的是你。”

留在阴暗里的藤原弥山笑了。

“没有疫苗，我们根本没有办法控制病毒蔓延！”

余鹏程急躁地用指关节敲打着办公桌。

魏九峰靠在椅子上，静静看着余鹏程：“只能启用备选计划。”

余鹏程迟疑了：“魏县长的意思是……”

魏九峰扶着椅子缓缓站起来：“军医已经根据现有的资料，研究了十种疫苗，这十种或许有用，或许没用，需要有志愿者，进行临床试验。”

余鹏程沉默了片刻：“如果试验失败，会是什么结果？”

“我问过军医，如果失败，试验者很有可能加速发病，甚至……直接死亡。”

屋内一下沉寂了。

“何平安出城的时候，我就已经起草了这份文件，本来以为用不上，现在看来，是不得不用。”魏九峰从口袋里拿出一份文件，摆在桌子上，伸手从桌子上拿起钢笔。

“魏县长！”余鹏程一把抓住魏九峰的胳膊：“这个字一签，关系重大，搞不好前程尽毁。不如，由我来签。”

魏九峰爽然笑了：“救治病人是地方上的事，余师长的军人，不能越权。这是魏某的权力，也是魏某的担当。”

他缓缓推开余鹏程，提笔签字：“请即刻联系医院，寻找志愿者吧。”

阳光通过长廊东边的窗户照进来。

一间间病房的门紧闭，寂无人声，只有广播声在空旷的走廊里回荡。

“各位与病魔抗争的勇士，向你们通报一个好消息。经过医生们的努力，已经找到了十种可以治愈病毒的疫苗！”

沈湘菱蜷缩在病床上，专心地听着广播。

“我们需要十名志愿者来确定疫苗的效果，我们需要十名英雄站出来！如果你愿意，就请打开你的房门，会有护士去接你！”

她静静地听着，眼中竟然充满了泪水。她赤着脚走下床，走到门前，伸手推开门：“我愿意当志愿者！”

空旷的走廊，隐隐回荡着她的声音。

院长办公室里，办公桌前面挡着一道半透明的屏风。

魏九峰坐在屏风里面，机械地读着手头的文件，语气冰冷："政府征集志愿者做疫苗试验，存在一定的风险。志愿者必有独立判断能力，并绝对自觉自愿承担此风险。"

屏风外，沈湘菱安静地听着，神情同样冰冷。

"政府会尽一切之努力保证志愿者的安全，若志愿者遭遇不可控制之危险，系志愿者……"

沈湘菱忽然开口："何平安是不是已经死了？"

魏九峰一下顿住了。他抬起头，感到屏风对面沈湘菱炯炯的目光。稍停，才低下头，继续念完最后一句："系志愿者自觉自愿行为之后果，须志愿者独立承担。"他放下文件，"沈小姐，你明白了么？"

沈湘菱不答反问："如果何平安成功了，就不需要疫苗试验。你们找志愿者，就是何平安失败了。那样的任务，失败的结果只有死。何平安已经死了，对不对？

魏九峰沉默了半晌。

"是。"

屏风外也沉默了。

魏九峰起身，绕过桌子，把文件从屏风下面塞过去，还有一支钢笔："你现在还有权选择，可以不签字。"

他静静等待着。过了良久，一只手从屏风下伸过来，接过文件和钢笔，沈湘菱的声音有些嘶哑，但依然镇定："既然他已经死了，我为什么不签字？"

魏九峰一默，低声问："还有什么要求？"

"只有一个要求。"屏风外缓缓说："如果疫苗成功，请优先救治我弟弟。如果他能活下来，也请你好好照顾他。"

魏九峰点头："好。"

一阵窸窸窣窣的声音传来，想必是沈湘菱正提笔签字。

魏九峰低声道："放到你身后的柜子上，消毒之后会有人带走。"

沈湘菱依言把文件放上去，转身离开。

听到门响，魏九峰忽然开口："你很厉害。"

沈湘菱拉着门，站住了。

"我跟沈家斗了这么多年，你是最厉害的一个对手，比你爹，你大哥，都厉害！好像从来没有什么事能难住你。不管我用多少心思，设下多少困境，你都能绝处逢生。这次……也一样。"

魏九峰一口气说完，与沈湘菱一同沉默。

半响，沈湘菱转过身，轻轻道："谢谢。"

聚义堂内，众土匪喽罗正在忙碌布置，扎花结彩。

"砰"的一声，一个酒瓶摔碎在堂正中扎起的大红绸上。

"滚！都给我滚！"

小喽罗畏缩地看看明显喝醉了的海东升，灰溜溜地走了。

海东升拎着酒瓶，恍然看着堂中的布置，最终目光落在绑在柱子上的何平安身上。

何平安身上布满伤痕，低垂着头，似乎在昏睡。

海东升摇摇晃晃地走到柱子前，阴沉地盯着何平安，慢慢举起酒瓶，把酒液倒在何平安胸口的伤痕上。

何平安疼得一哆嗦，抬头睁眼，正对上海东升阴森的目光。

海东升继续举高酒瓶倒酒，越倒越多，越来越快。

何平安疼得脸色苍白，紧紧咬着牙，一声不吭。

酒瓶空了，两人默默对视着。

"为什么要选这条路？"

何平安凝视着海东升，神色平淡，声音嘶哑。

海东升嗤的一笑："哪条路？"

"当土匪，当汉奸。我知道，你原本不是个坏人，你只是想吃口饱饭，你为什么……

"为什么？你问我为什么？原来你一直不知道为什么！"海东升把那只残手猛地伸到何平安眼前："你看，你往这里看呀。我海东升生下来就是条贱命，是个四处流浪讨饭吃的下九流戏子。拍手空尘，一无所有，我只有两样东西！一样是我身上的戏，是我用来挣饭吃的本事，一个就是跟我学戏的徒弟，跟着我到处流浪的亲人！可是你，就因为你！"

他伸手掐住何平安的脖子，眼睛血红："你打断了我的手指，我再也不能登台唱戏了！你，你还骗了她，让她离开我……你害得我什么也没有了，什么也没有了！"

海东升的手越收越紧。何平安脸开始涨红，神色却仍然平静坦然。他竭力从喉咙里发出声音："如果杀了我，就，就能化解你的恨……就杀了我……"

海东升怔住了，不自觉地放松了手。

"杀了我，你的恨消除了，就还有机会回头……不要再跟日本人做事！更不要为了自己的私怨利用你的那些兄弟，把他们也带上不归路！"

海东升呆呆望着他，忽然脸色爆红，气急败坏地抽了何平安一个耳光："住嘴！你以为自己还有资格教训我？我做土匪，做汉奸都是因为你——何平安，是你毁了我！"

何平安平静道："你是被毁了，可毁你的不是我，而是这个人吃人的世道！"

海东升放声冷笑："世道？什么是世道？世道还不就是你们这些有钱有枪的人！"

"你好好想一想！到底是什么造成了今天的世道？如果不是日本人占了大半个中国，到处抢掠、杀人，你们师徒一身唱戏的本事，怎么会四处流浪连口饭都吃不饱？如果不是日本人围了棠德，你也不会被逼到去绑架、害人！你就不会被我打残手，上山当土匪……"何平安炽热的目光深望着他，"醒醒吧，海东升！造成今天这个世道，害你到这地步的不是别人，是侵略我们国家屠杀我们同胞的日本人！是鬼子！"

海东升不说话了，怔怔望着他。

"可是你现在，你把所有的愤怒、怨恨都算在我头上，为了杀我报仇，居然还为日本鬼子做事？海东升，你太蠢了，你蠢到把自己的命卖给了真正的仇人！"

海东升一拳砸在何平安脸上："住嘴！住嘴！不准再说了！"

何平安回过头，犀利地望着他："你承认了！你知道我说得对！"

"就算你说得对，我不该恨你，我还是会杀你！" 海东升一把掐住他的脖子，"我要杀你，不止因为恨！"

何平安沉沉道："再走错一步，你就真回不了头了。"

海东升寒然一笑："我已经回不了头了！这么多年了，自己唯一的亲人就只有乔榛，她唯一的亲人也只有我！除了我，她不能再有别的亲人了！我不允许！"

何平安愕然看着海东升。

天色暗了下来，乔榛依然抱膝坐在炕角。

"咣当"一声，门被大力推开，混江龙大剌剌地走进来。

乔榛悚然一惊，慌忙往里缩去："你来干什么？"

"干什么？我来看看我的亲妹子好妹子呀。怎么到现在衣裳也没换？"

混江龙嘿嘿淫笑着，爬上炕就要去逮乔榛。

乔榛慌忙躲到另一角："别过来，别过来！来人啊，快来人哪！"

慌乱中，她一脚踢在混江龙肩膀上，混江龙滚倒在炕上，跟着翻身起来，面露狰狞："今晚上你就是老子的人了，还装什么正经！"

乔榛一把摸起炕上的剪刀，对准自己的脖颈："我答应你的，我不反悔！但现在还没到拜堂成亲的时候，哪怕早一个钟头，早一分钟，你要是碰我一碰，我都立刻死给你看！"

"奶奶的，这样的臭把戏你还要耍老子几回！"

混江龙扑上去要揪乔榛，乔榛剪刀一送，脖子上立刻浮出一道血痕。

"都到了这地步，你也不想落得一场空吧？"

混江龙瞪视着她，恨恨骂了一句，跳下了炕："躲得了初一，躲不过十五！看老子今晚上怎么收拾你！"

乔榛紧握剪刀，警惕地盯着混江龙："你现在出去，我要换衣裳。"

混江龙眼里又放出光，又要往炕上摸。

乔榛把剪刀往脖子上一送："你还不出去！"

混江龙悻悻地骂了一句，甩门而去。

乔榛颓然放下剪刀，目光凄然落在炕头的大红衣裳上。

大堂张灯结彩，布置得十分热闹。

混江龙穿着长袍马褂，胸口扎着大红花，咧着嘴站在堂正中。

众土匪轮流上前鞠躬道贺："二当家的，恭喜，恭喜呀！"

海东升冷眼看着，走上前，当胸一抱拳："恭喜二当家的！费尽心思，可算等到这一天了！"

混江龙冲着海东升嘿嘿一笑："大当家的放心，乔榛以前是你徒弟，以后就是你弟妹。兄弟怎么都不会忘了你的好处……呦，她来了！”

乔榛穿着大红衣裳，蒙着红头巾，被两个婆娘架着走过来。

混江龙眼睛一亮：“呦，到底是唱戏的婆娘！盖着脸都这么俊！”

海东升一言不发地看着乔榛，眼神复杂。

绑在柱子上的何平安抬起头，痛苦地看着乔榛：“乔姑娘，你何苦……”

混江龙大手一挥：“快，快！开始拜堂！”

一个土匪高声吆喝：“一拜天地！”

混江龙面朝大堂正门，“扑通”一下跪下。

两个婆娘按着乔榛也要下跪，乔榛身子猛地一挣，一把揪下盖头，退后两步，一手持着剪刀，对准自己的胸脯：“都别动！马上放了何平安，不然我就死在当场！”

海东升一惊，随即神色冷了下来，冷眼看着乔榛。

混江龙勃然大怒，伸手拔出腰里的枪：“臭婆娘，一次次地玩这手，以为老子还会上当！你要死就死，这个何平安，我一定要杀！”

混江龙提着枪，转身冲向何平安，乔榛情不自禁，放低剪刀也扑了过去，两个婆娘趁机上前，从背后一把抱住她。

“放开我，放开！混江龙，求求你别杀他，别杀他！”

混江龙枪口向上一挑，抵住何平安的下颚：“我就知道，他是你看上的野汉子！奶奶的，老子今天就非当着你的面一枪崩了他，叫你死心！”

乔榛疯狂地挣扎哭喊：“不，他不是！求求你放了他！师父，你知道，你都知道，我求求你救救他！”

海东升只是面无表情地闭上眼睛，一动不动。

混江龙喝叫：“来啊，把老当家的灵位搬过来，我这就把何平安开膛摘心，给他老人家报仇！”

何平安对着乔榛淡淡一笑：“乔姑娘，你尽力了。这份恩德，何平安心领。”

乔榛凄厉的哭喊中，一盆炭火熊熊燃烧起来，刀尖放在火上烤。

混江龙一口烈酒喷在刀上，火焰猛地蹿高。

土匪们哄然叫好。

何平安默然看着眼前的一切：“杀了我之后，别再跟着鬼子，你们就还有回头路！”

“闭嘴！”混江龙一巴掌扇在何平安脸上，跟着刀尖往下一划，何平安胸前的衣襟划破，露出胸膛。

“老子今天就把你开膛摘心！”

混江龙的刀尖顶在何平安的胸膛上。

乔榛被两个婆娘按住，迸发一声撕心裂肺的哭喊：“不要！”

海东升却兴奋地睁大了眼睛：“杀！”

众土匪：“杀！杀！杀！”

何平安亢声道：“杀吧！杀了我，你们就知道，你们的血跟我一样！都是中国人，为什么要帮着鬼子，屠杀残害自己的兄弟同胞！”

混江龙脸上布满杀机：“够条汉子！我成全你！”

“醒醒吧兄弟们，当土匪还能改过自新，当汉奸迟早没有好下场，早日回头吧！”

何平安焦灼又恳切的临终劝说中，忽然响起滴滴答答的电报声！

众土匪一下静了，混江龙停下了动作：“海当家的，去看看皇军说什么！”

海东升走到电报机前，查看电报，忽然脸色大变。

混江龙追问：“说什么！”

海东升咬着牙，一言不发。

混江龙提着刀走过来，怒视海东升。

“皇军说，他们已经知道何平安在山寨。”海东升脸色苍白，“藤原君要来亲自审问审问，他正在来的路上。看来，是寨子里有人把消息透给皇军，邀功请赏去了！”

混江龙阴森的目光缓缓扫过众土匪：“说！到底是哪个吃里扒外的透了消息！给老子站出来！”

众土匪纷纷低下头。

“识相的，自己站出来！”混江龙提起手中的刀，“不然按规矩，三刀六洞……”

海东升忙阻止：“眼下不是查这个的时候，皇军马上就要上山了！”

混江龙怒瞪了海东升一眼，拎着刀冲到何平安的面前，怒目瞪着何平安。

何平安的嘴角居然挂着笑。

“他娘的！”混江龙的刀猛然一劈，剁在桌案上，刀锋晃动：“看起来！”

混江龙转身往外走。

何平安犹在大声劝说：“跟着日本人，你们永远是走狗，要回头还来得及！”

混江龙猛回身，指着何平安怒骂：“把他这张臭嘴给我堵上！”

海东升靠在椅子上，双眼紧闭，神色惨淡。

门被轻轻推开了。乔榛走进来，端着一个托盘，上面摆着一碗面，一瓶香油。

“师父，吃点东西。”

乔榛走近前，把托盘轻轻放在桌子上。

海东升睁开眼，锐利的目光盯着她：“你坐下，我跟你说两句。”

乔榛迟疑了下，坐在海东升对面。

海东升打量着乔榛，神色感伤起来：“师父让你受苦了！”

乔榛摇摇头：“没有师父，我早就饿死了。”

“师父知道，我很多事做得不对，我也知道，你心里对我有怨言。生在乱世，想好好活着，难。”

海东升苦涩地摇了摇头。

乔榛忽然转头望着他：“师父，我们走吧，不当土匪了好不好？”

海东升眼睛一亮，坐直身子看着乔榛：“你还愿意跟着师父走？”

乔榛含泪连连点头："我愿意。我愿意跟师父一起离开这儿，找个地方躲起来，等仗打完了，咱们就搭班子，还唱戏，我养活师父！"

海东升大喜过望，一把攥着乔榛的手："那好！正好日本人就要来了，到时混江龙顾不了我们，咱们趁乱下山……"

"好，好！我都听师父的。"乔榛破涕为笑："只要，只要师父能放了他……"

海东升呆住了："你说什么？"

"我求求师父，赶在日本人来山上之前，放了我大哥！不然日本人一到，他肯定就没命了……"

海东升脸上立刻涌上怒容："原来你还是为了他！"

乔榛紧紧攥着海东升的手："他是我大哥呀！师父，我求求你，看在我跟你这么多年的师徒情分上，救救我大哥……"

海东升一把甩开乔榛的手，愤怒地晃动着自己的残手："他是你大哥，可也是我的仇人！我这根手指，还有这些天受的苦，都是因为谁！升米养恩，斗米养仇，这些年我一口一口养活了你，你心里却只有那个害得你家破人亡的大哥！你现在心里只有你这个大哥，什么师父，什么一起相依为命，都是假的，假的！"

乔榛："师父！"

海东升抓起桌上的面条，一把摔在乔榛身上："滚！"

乔榛含着泪，看了一眼海东升，转身离去。

她的手中，紧紧攥着那瓶香油。

山寨大堂，四下无人，何平安被绑在柱子上，堵着嘴。

乔榛走到何平安面前，对着何平安比了个嘘的手势，拿掉了他嘴上的布。

"乔姑娘，谢谢你！"何平安："可你不要再管我了！我不值得……"

"你是好人，你不该死在这儿。"

乔榛低声打断他的话，何平安却是苦笑："谁都会死，早死晚死都一样。我活够了。"

"你就不想再见见沈小姐？"

何平安沉默了，少顷才低声道："我想再见她，可惜我见不到了。如果你还能见到她，就帮我告诉她……"

乔榛比了个嘘的手势，忽然把破布塞回他嘴里："大哥……何大哥，我能不能抱你一下？"

何平安瞪着眼，不知如何是好。

乔榛怯生生地环抱着何平安，低头凑近他的耳朵边："有什么话，你自己跟沈小姐说。"

她的双手伸到何平安身后，袖子里滑出一瓶香油，拧开盖子，把香油涂抹在捆绑何平安双手的绳子上。

乔榛松开了拥抱。何平安疑惑地看着她，忽然疼得眉头一跳——在他背后，两只老鼠爬上来，啃噬着擦满香油的绳子。

第四十章 浴血搏虎

寨门大开，两排土匪毕恭毕敬地守在路两边。

海东升带队等候，抬头远望着。混江龙站在他身后。

远处，一辆日本军车缓缓开来，尘土飞扬。

海东升腰杆挺直。

混江龙大喝一声："敬礼！"

所有土匪一同学着日本士兵敬礼，歪七扭八。

汽车停在混江龙面前，车门打开，藤原景虎走下来，身后跟着四个日本兵。

藤原景虎轻蔑又愤怒地看了众土匪一眼，冲身后的士兵一挥手。

士兵"哗"地架起机枪，枪口对准混江龙和众土匪。

"言而无信的中国人，简直像猪狗一样卑鄙！居然敢欺骗我，说何平安已经死了！你们要为自己的谎言付出生命的代价！"

混江龙"扑通"一声跪下："皇军，皇军饶命呀！我，我不是故意欺骗皇军……"

藤原景虎一把揪住混江龙的领子，恶狠狠咆哮起来："就是因为你说何平安已经死了，我的弟弟，他才放心回到了棠德！然而他还活着……幸亏他被抓住了，不然我的弟弟就会马上暴露，陷入万劫不复的危险境地！"他一把甩开混江龙，夺过身边士兵的机枪："你们这些中国猪的命全部加起来，也抵不上我弟弟的一根汗毛！"

混江龙仓皇磕头，众土匪也纷纷磕头求饶："皇军饶命！我，我们再不敢了！"

"皇军！如果要杀，就杀我一个！"跪在混江龙身后的海东升忽然爬着上前一步，双手抓住藤原景虎的枪口："何平安的事与兄弟们无关，一切都是我个人的疏忽！"

"疏忽？"

"那天我跟二当家的带着兄弟，确实在树林里找到了何平安的尸体，我们以为他真死了。谁知道他只是昏过去了……后来皇军走了，我们才发现他还活着，不是有意要欺瞒皇军！"

藤原景虎疑惑地盯着他。

“皇军如果不信，就上山去看！何平安好好地绑在山上，我们正准备报告给皇军，请皇军处置！”

藤原景虎伸脚把他踢在地上：“看在留着你们还有用的份上，就饶恕你们这一回！”

众土匪如蒙大赦，纷纷以感激的目光看着海东升。

藤原景虎丢下机关枪，擦了擦手：“带路。”

海东升慌忙爬起身，走在前面带路。

混江龙怨毒地瞪了海东升一眼。

海东升视若无睹，陪着藤原景虎往上走，边走边用日语交谈：“何平安现在是待宰的羔羊，不知道阁下准备如何处置他？”

藤原景虎：“将军觉得何平安是个有价值的人，想要通过他来查出棠德的内情，希望我把他活着带回去。”

海东升脸色一变。

藤原景虎话头又是一转：“可我则认为，何平安这样的人不可能跟大日本皇军配合，我想让他死在这里。你觉得，谁说的对？”

“都有道理，都有道理。”海东升继续以日语娓娓说道：“只是何平安这种危险分子，当然是死得越早越好！”

“狡猾的家伙！”

藤原景虎笑骂一声，海东升跟着赔笑。

“违背将军的意思，需要有人来背黑锅。你觉得，谁合适？”

藤原景虎的语气很平静，像是在闲话家常，海东升却震住了。

“混江龙这个人对皇军并非忠心耿耿，他最合适不过了。”

海东升也尽量让自己的语气显得很平静。

藤原景虎扭头看着混江龙，笑着点点头。

混江龙跟着赔笑，模仿着海东升的腔调：“呦西，呦西！”

藤原景虎仰头大笑起来，大步跨进了大堂。

何平安仍然被绑在那根柱子前，满身伤痕，一动不能动。

藤原景虎一步步走到何平安的身前，两人的眼神碰在了一起。

“何平安，久违了。”藤原景虎伸手拿掉塞在何平安嘴上的布。

何平安竟对着藤原景虎笑了一下。

藤原景虎猛然对着何平安一拳：“你在嘲笑我！”

何平安头一偏，嘴角流血，竟仍旧笑了一下。

在他背后，老鼠还在不断的啃噬，手腕上都是血迹，何平安在用笑容掩饰自己的疼痛。

藤原景虎又是一拳，何平安张口吐出半颗牙，仍旧对他一笑。

藤原景虎大怒，猛然一拳打在何平安的肚子上，何平安疼地猛然躬起身子。

背后的绳子断了！

何平安仍旧背着手，缓缓直起腰，这次是真的笑了。

藤原景虎扭头看见桌案上插着的牛耳尖刀，伸手拔了起来，转身递给混江龙。

“就是让这个家伙背黑锅吧。”

他眼望着海东升用日语说道。海东升用力点头，转向混江龙：“太君让你去杀了他。”

混江龙大喜，接过尖刀，不住对藤原景虎鞠躬点头：“多谢太君，多谢太君！”

藤原景虎哈哈大笑，用日语对身后的士兵命令：“要向将军汇报，我们到的时候，他已经杀了何平安！”

“是！”

藤原景虎招招手，转身往外走去，日本兵紧随其后。

众土匪不解地互相看了看。

海东升忙解释：“太君的意思，是让大当家的独占这份功劳，咱们也出去吧！”

混江龙得意一笑。

海东升带着众人走了出去，大堂内，只剩下混江龙跟何平安。

何平安缓缓抖松了绳子。

混江龙一步步走到何平安近前：“姓何的，今天你死定了！”

混江龙狰狞地举起刀！

藤原景虎站在大堂门前，看着远处，却依然用日语跟海东升说话：“你很聪明。如果将军怪罪，我自然会杀了那个混江龙。”

海东升鞠躬点头：“谢太君提拔！”

“不要以为你跟别的支那人有什么不同。”藤原景虎猛地转过头，犀利地望着海东升：“只要你不听我的，我随时也会杀了你！”

海东升不动声色的再次一鞠躬：“全仗太君栽培！”

大堂内忽然传来一声惨叫，藤原景虎和海东升相视笑了。

“成了！”

海东升的话音刚落，跟着却传出混江龙的惨叫：“救……救命！”

海东升神色一变，转身往里跑。

何平安不见了！大堂内只有混江龙一个人倒在地上，腹部插着一把尖刀，鲜血淋漓满地。

柱子下面散着一团断了的麻绳，旁边墙上的窗户大开着。

混江龙手指窗户痛苦呻吟：“何平安……跑了！”

海东升目瞪口呆。

藤原景虎大吼：“混蛋！去抓住他！”

“还不快去！”海东升回过神来，对着土匪大吼：“快去抓人！跑了何平安，咱们吃罪不起！快去！”

他说完，两步跑到混江龙身前，两把将他拉起来：“大当家的，我扶你进去包扎！”

众人乱成一团，纷纷往外跑。

海东升架起混江龙，背对着众人往里走，低下头凑近混江龙的耳边：“我送大当家的一程。”

他声音很低，但字字透着狠辣。

混江龙悚然一惊。

不等他喊出声，海东升一只手捂住他的嘴，另一只手攥住插在他腹部的刀柄用力一拧——

“是我通知的日本人，我恨不得日本人来杀了你，我好取而代之！”

混江龙愕然瞪着海东升，口中忽然蹿出一股鲜血。

“大当家的！大当家的！大当家的死了，大伙去杀了何平安，给大当家的报仇啊！”海东升把混江龙的尸体丢在地上，悲痛地大喊。

众土匪一起回头，望着混江龙的尸体，全都傻住了。

外面突然传来一声惨叫。

藤原景虎悚然回首，两步冲出了大堂。

堂前不远处的空地上，一具土匪的尸体倒在地上，脖子被人扭断。尸体的手指指着前面的树林，这明显是何平安留下挑衅的信号。

山风吹过，树林飒飒作响。

“何平安！”藤原景虎面容更加狰狞起来。

“你已经知道何平安的死讯了。”

刘世铭站在病房门前，透过玻璃看着里面的沈湘菱。

沈湘菱望了一眼门外的刘世铭，便转开了头：“你走吧，会传染你。”

“我不怕。”刘世铭苦涩地笑了，“在你眼里，我永远都那么懦弱么？”

他推门走进病房，一直走到床前，微笑凝视着沈湘菱。

沈湘菱仍然不看他，只是面无表情地望着窗台上的一盆花。

“看来，我输给何平安了，而且再也没有赢他的机会。”刘世铭涩然叹了口气：“在你心里，我永远不如他。”

沈湘菱沉默了少顷：“你没有输。”

刘世铭神色一喜。

沈湘菱继续说道：“因为，他从来没有跟你比过。”

刘世铭脸上的喜色凝滞了。少顷，他自嘲地一笑：“能不能不做志愿者？危险很大，上次五名志愿者，都没有活下来。”

“总要有人做。”

“但不应该是你。”

“你出去吧。”

沈湘菱索性躺下翻过身，背对着刘世铭。

“你还跟当年一样。”

刘世铭竟然笑了。他拉了把凳子，坦然在床边坐下。

沈湘菱的肩头一颤：“你真不怕传染？”

刘世铭神色黯然，闭上了眼——脑海中，藤原弥山给自己注射疫苗的情景再度浮现。

他睁开眼，竭力抑制住自己的情绪，尽量平静地看着面前的沈湘菱："不管你承不承认，我都了解你，甚至比你自己还了解你。你要做志愿者，根本不是为了救人。是因为你知道何平安死了，你想为他殉情。"

沈湘菱背对着他，脸上的表情没有任何变化，眼角却缓缓滑下一滴清泪。

树林内，一片静谧。

藤原景虎一动不动的站在树林边，双目盯着重重竹影，如同在狩猎的猛虎。

混江龙的尸体停在露天。

海东升在他身后高叫着："杀了何平安，给大当家的报仇啊！"

众土匪纷纷迎合："报仇！报仇！"

"那一刀，不会致命。"藤原景虎忽然转过头，用日语说："人是你杀的。真是狠心的家伙啊。"

海东升愣住了，惊恐不安地看着他。

身边一个土匪低声问："太君说什么？"

海东升定了定神，振臂高呼："太君说，谁杀了何平安，赏官赏钱！"

众土欢呼连声欢呼："冲进去，杀！"

海东升手一挥，几十名土匪一阵风般的冲进竹林。

林深竹密，五名土匪在竹林中奔跑。

一根几不可见的细线拉在两根竹子之间。一名土匪大步趟过，"嗡"的一声，一根树枝插过来，削尖的树枝刺穿了他的喉咙！

土匪呜呜两声，倒地毙命！

剩余的土匪大惊失色，呆在原地不敢动弹了。

何平安的声音在身后响起："我在这儿！"

几名土匪猛然回头。

竹林中人影一闪。

"快追，在那儿！"

几名土匪正要追过去，突然脚下一软，掉进了陷阱！

"快，爬上去！"

一个身影扑到刚刚被竹子刺死的土匪尸体上，拿起了他的枪！

几名土匪从陷阱中费劲地爬出来。

枪响！

何平安端着步枪，连开四枪！

四名土匪胸口中枪，翻身倒毙。

远处，隐隐传来土匪们的呼喝声。

何平安拎着枪扭身就跑，消失在竹林深处。

一阵风起，竹林飒飒，一股股的血腥味从林中蔓延开来。

藤原景虎一动不动地站在竹林边，双眼微闭，猎狗一样嗅着，嘴角竟似流露出一丝笑意："何平安，你果然没让我失望！"

在他身边，海东升也在凝望着竹林，神色却是越来越紧张。

忽然间，一阵仓皇的脚步声响起，几个土匪从竹林里逃窜了出来。

"死了，都死了……他绝不是一个人，里面有埋伏，千军万马，兄弟们都……"

一声枪响！

为首的土匪眉心中弹，倒毙当场。

藤原景虎缓缓放低枪口："一群废物！我们进去。"

他一挥手，四名日本人端着枪，跟着他一同走进竹林。

众土匪立刻围上海东升："当家的，怎么办？"

海东升还没说话，乔榛忽然跑了过来，神色惊惶地望着他："师父！我，我听见枪声了。"

海东升淡淡看了她一眼："不知道何平安怎么挣开的绳子，杀了人，跑进了竹林？"

"师父，我们走吧！"乔榛一愣，随即道："既然何平安已经跑了，我们就离开这儿！按你说的，找个地方躲起来，等打完了仗，咱们还唱戏……"

她话没说完，海东升突然一巴掌抽在她脸上："大当家的被何平安杀了，不给他报仇，我海东升誓不为人！"

土匪："海当家的说的对！报仇！报仇！"

海东升对着众人一抱拳："各位兄弟，你们要是信得过我，以后就跟着海某人，咱们有福同享！"

乔榛难以置信地望着他，海东升转过脸，对着她阴冷一笑："你以为他逃进竹林就是脱险了？告诉你，日本人正在林子里，要他的命！"。

密林之中，藤原景虎举着枪，后面跟着四个日本兵。

"散开，如果遇见何平安，第一时间鸣枪，其余的人尽快赶到。我相信你们，不会像那些土匪一样，毫无反抗地死在何平安手里！"

藤原景虎挥挥手，四个日本兵分四散前行。

他独自一人，一步步地往竹林深处走。

另一端的密竹，一名日本兵缓缓地往前走。

上空，何平安盘坐在一棵粗壮的竹竿上，冷冷地看着下面。等到日本兵一踏进自己精心计算好的范围，他猛地割断系在竹竿上的一根细线。

一根竹子夹着尖利的风声呼啸扫来，日本兵猛然回头，何平安趁机悄无声息的从竹子上滑下来，正好落在他的背后！

刀锋割喉，士兵没有发出一点声音，倒毙当场。

何平安从他身上搜出手雷，轻蔑一笑，抬手对天开枪。

枪声在竹林里回荡！

藤原景虎一愣，转身就跑。

其他的三名日本兵循声跑来，很快发现了地上的尸体。一个士兵小心翼翼地走上前，意图翻动尸体。

“别动！”

藤原景虎连忙高呼，可已经晚了，尸体翻动，手雷突然爆炸！

三名日本兵被掀翻，眼见活不了了。

藤原景虎没有动，只是冷冷地站着：“废物注定是要死的，何平安，让我们来一场一对一的狩猎吧！”

他的面容又兴奋起来，一步步走进竹林深处。

竹林外，海东升正对着众土匪振臂高呼：“中国，早晚是日本人的天下。跟着我海东升，别的不说，在日本人那吃香的喝辣的，要钱有钱，要枪有枪！”

乔榛望着海东升，眼神中全是失望。

“我们帮着日本人打天下，将来就是开国元勋，日本是皇帝说了算，搞不好咱们还能封王拜相！我海东升当着大当家的遗体发誓，只要兄弟们真心实意的跟着我，我一定不辜负兄弟们！”

“够了！”乔榛冲到海东升身边：“你疯了！当汉奸，绝没有好下场！”

“你闭嘴！”

海东升凑到乔榛耳边，压低声音：“好好的，何平安怎么会跑？你敢说不是你放走了何平安！”

乔榛一惊。

海东升抓着乔榛的胳膊：“我养你教你，你跟我对着干！滚回去！”

乔榛突然一口咬住他的胳膊。

血流出来！

海东升痛叫一声，一脚把乔榛踹倒。

乔榛嘴角染血，凄厉哭喊：“师父，你也知道疼，你还是个人，是人就别当汉奸！”

海东升拔出枪指着她：“你再说一句，我毙了你！就当没有你这个徒弟！”

忽然一声枪响！

师徒两个都是一惊，齐齐瞪视着眼前的竹林。

藤原景虎持着手枪，枪口在眼前的一根根秀竹间逡巡。

身后忽然传来穿林打叶的沙沙响声！藤原景虎猛地回转身，一抹身影自竹从中一掠而过。

他一怔，随即明白何平安正在绕着自己转圈儿，寻找可供攻击的漏洞。当下平心静气，静静凝听着竹林里的些微动静。

竹林密集，谁也不敢贸然开枪。两人一动一静，都在等机会。

藤原景虎突然动了，向着何平安狂奔起来。

何平安突然停住，把自己的身影掩藏在竹林中，变得悄无声息。

藤原景虎不顾一切地往前跑，突然一跃，纵身扑倒。

身后，枪响！

何平安一连三枪全都打空了。

藤原景虎翻身还击，也是三枪！

竹影摇曳，不见何平安的影子。

竹竿上，蹭着血。

“故伎重施么？”藤原景虎脸上挂着自信的笑，追着血迹，在竹林中前行。

竹影晃动，一丛竹子下，何平安的身影卧在竹下，地上带着血迹。

藤原景虎走到跟前，静静地站着，看着。

“我不会再给你机会了。”

他举起枪，一连几枪打中倒地的何平安！

藤原景虎笑着走上前，站在何平安尸体的身边：“我猜，这个尸体是假的。”

他一脚踹向尸体，把尸体翻了过来。

竹影晃动，一根竹子破空抽来！

他身形一闪，往前跨步，不想脚下猛地一痛——一根竹刺刺穿了他的脚！

藤原景虎一惊，竟笑了起来：“何平安，你只有这点本事了么！”

一个人影从天而降！

何平安的脚踩中藤原景虎的脚，两只脚同时被竹刺贯穿，钉在了一起。

藤原景虎飞快的举枪。

何平安侧身，枪口从他肋下伸过去。

一声枪响！身后的竹子晃动。

何平安手中的匕首横划，擦破藤原景虎的肩膀。

离得如此之近，任何枪械的作用都没有一匕首大，这就是何平安的算计，体力比不上藤原景虎，就把对方钉住不动！

藤原景虎很快也意识到这点，他果断扔掉枪，抽出匕首。

近身格斗，谁也躲不开谁！

匕首划破身体的声音，匕首碰撞在一起的声音，两个钉在一起的人，以命相搏！

鲜血点点飞溅，洒在身边的竹子上，斑驳如泪。

海东升的枪口缓缓放下：“你对不起我，可我不能对不起你，你走吧。”

乔榛哀哀恳求：“师父，回头吧。”

“回什么头，我又没有走错路！”海东升恶狠狠地咆哮一声，转向众土匪：“跟着日本人，前途远大！你们听好了，藤原君是我的朋友，是横田勇将军的红人，跟着我，就是跟着藤原君，就是……”

“你的藤原君，已经死了！”

这一声仿佛当头棒喝，众人悚然回望，只见何平安一瘸一拐地从竹林里走出来，浑身浴血，手里面提着一颗血淋淋地人头。

何平安抬手一扔，人头滚到海东升的面前，正是藤原景虎！

海东升悚然失色。

何平安一字一句道：“认清楚了，这就是你靠山的人头！”

众土匪一同举枪，对准何平安。

“打死了我，你们就绝没有活路！日本人死在你们山上，死在了你们眼皮底下，你们想想，传到日本人那里，他们会放过你们么？你们跟我一样，都是杀了日本人的同谋！”何平安环顾众人，爽然一笑：“或者说，都是杀了日本鬼子的英雄！”

众土匪怔住了，望向何平安的眼神中透着犹豫。

“别听他胡说！他这是要害死大伙！”海东升慌忙大叫：“你们想想，混江龙的命，就是丧在何平安手里！”

何平安一怔：“混江龙死了？”

海东升高叫：“别装傻，你那一刀下去，哪儿还有活的！”

“我那一刀根本不致命！”

“一刀插进肚子里，还有不致命的！弟兄们，杀了何平安，给当家的报仇！”

何平安振臂高呼，神情激动：“杀了我，你们就再也没有回头的机会！日本人死在你们山上，你们交代不清！我知道，那些疫苗都落在你们手里，只要现在把疫苗交出来，将功补过，你们马上都会变成英雄！几十年后，你们能对着你们的子孙后代说，当年日本人打进来，你爷爷救了常德一城的人！”

众土匪犹豫不决。

海东升也高声大喊：“天下是日本人的，违背了日本人，哪还能有什么子孙后代！日本人死在咱们山上，咱们杀了凶手，给太君报仇，不但没有罪，还是大大的功臣！”

“谁敢动，子弹不长眼！听我的，是生路，听他的，是死路！”何平安突然拔枪，调转枪口对准海东升：“海东升，你是要把所有人往死路上带！”

海东升：“何平安，你不过是想活命，说这些虚的，还不如磕头求饶，说不定我还能饶你一回！”

“交出疫苗，既往不咎！”

“放下枪，我留你一条活命！”

两人手里的枪互相指着，一触即发！

乔棒突然跳起来，夺下海东升手中的枪，枪口指着海东升。

海东升失声道：“你干什么！”

“交出疫苗，不然……不然我就开枪了！”

所有人都愣住了。

海东升难以置信地看着乔榛：“你为了他，用枪指着我？！”

乔榛哀声道：“算我求你，把疫苗交出来！”

海东升走上前，对着乔榛抬手就是一巴掌。

枪响！

乔榛的枪打偏，海东升却愣住了。

又一枪！

一个土匪端着枪，枪口对准乔榛。

乔榛胸口一片血红，缓缓倒下。

海东升冲上去，一脚踹倒土匪：“混蛋，谁让你对她开枪的！”。

何平安冲上前，抱住了乔榛。

“放开她！”海东升扑到乔榛跟前，红着眼睛，对着何平安怒吼，“我不准你碰她！”

何平安大喝：“她是肺部中弹，让我下山，她还有的救！”

海东升一愣：“你说什么？”

“给我疫苗，用日本人的车，冲回棠德，还有救！”

海东升咬牙：“疫苗不可能给你！”

“没有疫苗，她到了棠德也是死！”

海东升愣住了。

何平安大喝：“快！”

海东升猛一咬牙：“把疫苗搬到日本人的车上，让他们走！”

一个土匪出来阻拦：“当家的，如果他们走了，日本人那边……”

一声枪响！

海东升一枪打中那个土匪的大腿，厉声高呵：“日本人的发报机在我手上，你们都要听我的。日本人那边，自然有我去交待，你们要是不听我的，我就跟日本人说，是你们合谋杀了藤原景虎！快去！”

寨门大开，那辆藤原景虎开来的吉普车还停在大门前。

何平安换上了一身日本军装，抱着乔榛放在了副驾驶的位置上，给乔榛扣上了一顶日军军帽，盖着毯子。

何平安打开车门，军用吉普车后面装满了疫苗。

海东升在一边，紧紧抓着乔榛的手：“乔榛，你别死，答应师父，答应师父！我只有你一个亲人了，你不能死！”

乔榛气若游丝，凄然望着他：“师父……你……你回头吧……”

海东升含泪点头：“好，好，我答应你！只要你能活下去，我什么都答应你！”

乔榛仍扯着他的手不放：“师父，别怨我，我不是忘恩负义……”

“我知道，我知道！师父从来没真的怨过你！你知道么，师父从来没想你嫁给混江龙，我早想好了，到最后怎么杀了他，绝不让他伤害你一根寒毛！乔棒，你相信师父，师父这辈子唯一的亲人就是你，唯一能拿自己的命去护着的，就只有你！只要你能平安无事，叫师父干什么都行！”

海东升一把揪住何平安：“我把她交给你，你要是救不活她，我一定亲手杀了你！”

何平安凝视着他：“冲你这句话，你肯定能回头！”

海东升一愣。

何平安拉门上车，忽然闭上眼，握着方向盘，不动了。

海东升忍不住大喝：“快走啊！”

“你闭嘴！”何平安吼了一声，竭力回想着崇明亲王开车时的动作，少顷，他忽然睁开眼，生疏却决然地发动汽车，汽车启动，走了一步，却突然停住。

海东升焦急地一拳砸在车门上：“你不会开车？”

“我看过一次，应该行！”

他再次启动，汽车晃了几下，扬长而去。

常德城外，炮声震天，浓烟翻滚。

余鹏程站在城头俯视战场，牙关紧咬。

城下，就是常德外围的最后一道防线。士兵趴在战壕里，咬着牙扣动扳机，可眼前的日军仿佛是涨潮时的海水一般，退散又起，一波接一波地冲了上来。

柴志新拎着枪，亲赴战场：“集中火力，集中火力，把他们顶回去！”

忽然，一队士兵举着发报机冲上城头：“师座，发报机送上来了！”

余鹏程：“快！”

发报兵戴上耳机，飞快地摇动小型发电机。

滴滴答答的信号声响起。

“师座，接通了！”

余鹏程喝令：“发电！日军已向常德发动猛攻，我方只剩最后一道防线，城内炮弹尽毁，无力还击，一旦此防线告破，将与敌白刃相接。援军苦等不至，欲置虎贲于何地，欲置常德于何地！”

他突然停住，冲到城头：“坏了！”

城下防线，几面日本兵扑在掩体上拉动手榴弹！

爆炸！血肉横飞！

一段掩体炸塌，露出缺口，大批的日本兵汹涌而至。

“跟我来！”

柴志新高喊着，带着一队士兵冲向缺口。

机枪轰鸣，国军士兵开枪还击，日军纷纷射击，失去了掩体，国军士兵伤亡惨重。

柴志新高声喝叫：“尸体，用尸体把缺口堵上！”

满地都是国军战士的尸体，士兵把尸体拉过来，堵上缺口。

一名正在拉尸体的士兵中弹而亡，身后的人把他的尸体拉过来。

国军战士的尸体叠成了小丘，堵住缺口。

柴志新："开火！打回去！"

士兵们以自己战友的尸体做掩体，开枪还击。

日军纷纷中弹，不甘地退了回去。

一辆汽车在山路上飞驰。

车内，何平安一身日军军官装扮，正是藤原景虎的衣服。

身边，乔榛戴着一顶日军军帽，靠在一边。胸口缠着绷带，血不停的渗出来。

何平安："醒着么？"

乔榛满头是汗，对着何平安缓缓点头。

何平安没有看见，继续开车，又问了一句："醒了么？"

"大哥……"

乔榛的声音很微弱，几不可闻，竟还是被何平安敏锐地捕捉到。

"乔姑娘……"

"大哥，是我，我是小妹。"

何平安猛地转眼看着乔榛："你说什么？"

乔榛脸色惨白，含泪凝望着他："大哥，还记得我们屋后面那棵老槐树么？每年雀儿都会去做窝，你为了逗我去掏鸟蛋，掏下来我又不要了……我说，老雀儿不见了娃娃，一定会着急……"

何平安难以置信地看着她。

"大哥那回为了救我，把脚摔折了，娘给大哥做了一块白面油饼，大哥不舍得吃，分给我一半，我吃完那一半，大哥又把自己的那一半给了我……"

何平安一把抓住乔榛的手，眼泪几乎冲出眼眶："小妹，你真是小妹！"

乔榛吃力地笑了："大哥，这些年我没想过，我还能活着见到你……"

何平安目视前方，一只手开车，一只手抓着乔榛的手："小妹，我这次找到了你，就再也不会让你吃苦了！大哥会护着你，大哥会救你……"

乔榛摇摇头："大哥……我要不行了。"

"不许胡说！你会没事的，你一定能好起来！"

乔榛挣扎喘息着，夹杂着剧烈地咳嗽："大哥，我好疼……"

"小妹，不要想伤口，不要想着疼！要想高兴的事情……想想我们小时候，在家乡。后山有一大片荒坡，一到春天就开满了野花，你总是吵着让我带你去那里抓蝴蝶，编花环……"

乔榛听着听着，喘息渐渐平息，嘴角浮出一丝笑意，脸色却越发苍白。

何平安急忙道："还有，还有！到了夏天，我们就整晚上都趴在草坡上，数星星，听蛐蛐儿叫，抓萤火虫……”

“真好，大哥，那些日子真好……”乔榛眼中发出异样的光彩，喃喃呓语：“大哥，我想回家……”

何平安重重地点头：“好，我们回家！小妹你撑住，前面就要过关卡了，过了关卡，我们很快就能回到棠德，大哥就带你回家！小妹，你一定坚持住，这些年你吃了那么多苦，到今天我们终于亲人团聚了，大哥一定能救你……”

何平安强忍泪水诉说着，加快了车速。汽车穿过崎岖山路，往山下的关卡冲去。

何平安一边开车，一边把毯子给乔榛盖上：“一会你就假装睡着了，但别真的睡，你要随时保持警惕，保持警惕就能活命。信我，就算我不会日语，一样能过去。”

乔榛脸色惨白地点点头：“大哥，我信你。”

眼前就是关卡了，四名荷枪实弹的日本兵警戒在路障前，警惕地看着驶来的吉普车。

两名日军走上前，伸手做了个阻拦的手势。

汽车停住了。

何平安满脸冷漠，尽量模仿藤原弥山的神情。

一名日本兵走上来，用日语说道：“请出示证件。”

何平安斜眼看着他，眼神倨傲冷漠。

日本兵有点发懵，只好敬礼，重复了一遍：“请出示证件。”

何平安沉默片刻，缓缓地从口袋里抽出藤原景虎的证件，递了过去。

士兵打开证件，一愣，连忙再次挺身敬礼：“原来是藤原阁下！”

何平安也跟着点了点头。

另一个日本兵却凑到车窗前，好奇地打量乔榛：“藤原阁下，他是谁？”

何平安听不懂，只好一言不发，转眼看着前面，尽量保持冷傲的面容。

“请你出示证件。”日本兵只得对着乔榛伸出手。乔榛别传了头，脸色惨白，眉头抖动，伤口的鲜血缓缓滴在座椅上。

日本兵突然伸手，拿掉了乔榛的帽子，露出一头秀发。

“啪”的一声，何平安陡然抽了他一个耳光。

“八嘎雅鹿！”

日本兵愣住了。他看着紧闭双眼的乔榛，分明是个姑娘，再看着何平安愤怒的脸，瞬间明白了。

“是！明白了！这位小姐一定是藤原阁下的朋友！我们立刻放行！”

他弯下腰，双手把证件捧还给何平安，转身对着其他的士兵挥挥手，路障缓缓开启。

何平安暗中长出一口气，发动汽车，一路开了过去。

崇明亲王放下电话，走到横田勇的身边：“关卡打来电话，藤原君已经在回来的路上。”

横田勇点点头：“棠德的抵抗，出乎我们的意料啊。”

“将军阁下，只要我们调集全部兵力，我认为绝对有希望在一个下午解决战斗。”崇明亲王极力压抑着自己的不满："为什么仅用少量兵力，做这样无谓的战斗，白白牺牲战士的生命！"

"亲王殿下，你太焦急了。"横田勇走到作战地图前，反复踱步："我们以一个军的兵力在常德周边布下重重伏击圈，通过攻打常德引诱国军的援军钻进我们的圈子，然后一举歼灭！这就像是在钓鱼，常德只不过是一条口中的小鱼，随时可以吃掉。可我要用常德钓更大的鱼。"

"原来如此！"崇明亲王也不禁叹服了。

横田勇对着地图，露出自信的笑。

从常德城头鸟瞰下去，战场上星罗棋布，炮声轰鸣，杀声震天！

余鹏程站在城头，眼看着日军潮水一般的涌来。

"师座，您看！"

身边的副官指着战场提醒。余鹏程望去，神色一惊："什么人？！"

战场上，一辆日军吉普车S形行进，穿过枪林弹雨，直向常德城飞驰而来！

车内，何平安紧紧的握着方向盘："小妹，你醒醒！"

乔榛神色迷蒙地看向何平安："我……我好累……我睡一会，就睡一会……"

"大哥不许你睡！你得活着，你得活着！"何平安大喊！

一枚炮弹在车前爆炸！何平安奋力扭动方向盘。

汽车倾斜了起来，只有两只轮子着地，开出十几米，躲开爆炸，重重地落下。

乔榛猛烈地咳嗽起来，胸前的血更红了！

第四十一章 一步之差

阴暗低矮的小隔间，从墙根到门口，密麻麻地排着一具具盖着白布的尸体，空气里弥散着一股刺鼻的恶臭。沈湘菱一踏进房门，就忙抬起手掩住了口鼻。

“这些都是要送到化尸炉去烧掉的。”陪她进来的医生说道。

沈湘菱不由转眼向窗外望去——不远处的斜坡上，高耸的化尸炉烟囱吐出的浓烟仿佛一头凶残的兽，转眼就吞噬了大半块净蓝的天空。

身后脚步声响起，她蓦地转回身，正看见几个士兵捂着口鼻走了进来，两人一组抬走尸体。

医生又说：“魏县长的安排，每个志愿者注射前，都要在这个房间看一看化尸炉。”

沈湘菱淡然一笑：“我明白。”

“疫苗试验很危险，如果你不接种，还有十分之一的可能存活，接种之后……成功率很低。”

沈湘菱轻轻问道：“低到什么程度？”

医生一愣，脸色暗淡下来：“老实说，无法统计……只能靠运气。”

“运气？”

“接种之后，你有活下去的可能，但也可能在最短的时间内死亡。”

“那有多短？”

“十多分钟，或者比这更短。”

沈湘菱神情一凛，不禁再次看向窗外那一团团黑烟，恍惚间似乎回到了那晚浓烟滚滚的药库——那个人一把抱住了自己，那般坚定地在耳边低低说着：“我不能看着你死。失去你的一瞬间太黑暗可怕了……无论如何，我都得想办法活下去，跟你一起好好活下去！”

你不能看着我死，我又怎么能承受你的死？她想着，凄凄一笑，眼睫间却滚下一行清泪。

医生并未留意她的表情，仍在惋惜地看着士兵们搬运尸体：“早一天试验成功，就能多救回几十条人命！”

“多试验几次，总会成功的。”沈湘菱语气淡然地说，一边转过身往门外走：“请快点带我去吧。”

“沈小姐！”医生忽然一声呼唤，沈湘菱回过头来望着他，“沈小姐，不再考虑考虑么？你毕竟……毕竟太年轻，也太可惜了。”

“没什么考虑的了，他走了，我，也活够了。”沈湘菱平静地像在诉说别人的事：“反正总会死的——多一个人做试验，我弟弟就多了一个获救的机会。

医生忍不住道：“可如果不成功……”

“不成功就不成功吧。”沈湘菱打断他的话，再次望向窗外，少顷又问：“这么多死人，骨灰都混在一块了，他们分得清谁是谁么？”

医生一愣，不知如何回答。

沈湘菱偏要刨根究底：“那些骨灰，他们是怎么处理的？”

“骨灰已经分不清了。”医生只得实话实说，“我看他们就是弄了个坛子，上面贴着人名，锄一铁锨骨灰放进去……”

沈湘菱神色立时黯然下来：“那么他怎么找到我呢……”

医生微怔，随即叹了口气：“如果沈小姐有任何顾虑……疫苗试验完全自愿，你随时可以放弃！”

“没有什么顾虑，人都死了，还计较什么？”沈湘菱竟嫣然笑了：“他找不到我，我可以去找他。”

“真的决定了？”

沈湘菱点点头。

医生叹息一声：“那跟我来吧，这次，是真的带你过去了！”

“我求求你，等等我！”

汽车失控一样地飞驰，驾车的何平安也在失控地大喊：“每次都是这样，每次都是这样！大家一起出来，全都死了，只有我一个人活下，这一次……这一次至少让我救你！”

在他身边，乔榛脸色如纸，一动不动，倒在副驾驶的座位上。

“至少，让我救你！你坚持住，我要救你！”

他猛踩一脚油门，汽车呼啸着，闪电般冲向战场上的一片枪林弹雨。

防线上的国军不由大惊，士兵纷纷举枪，对着这俩疾驰而来的日本吉普射击。

枪声不绝！

几颗子弹相继打碎了玻璃，汽车却仍旧在奔驰，何平安依然在怒吼！

“闪开，都给我闪开！”

汽车蓦地冲向掩体，在斜坡上加速，像片狂风中的树叶般飙飞而起——霎时间一切都慢了下来，汽车飞过了国军战士的头顶，冲破了防线，重重落下，轰鸣着继续冲向城门！

城头上的柴志新大惊：“什么人！上去拦住那辆车！”

他话音刚落，冲到城门前的汽车猛然停住了！

一群士兵举着枪快步冲上来，还没等到车前，只见车门突然打开，一个日本军官从车门里滑出来，摔到地上。

几名士兵冲上来，手中的步枪齐刷刷对准了来人。

“我是何平安！我带疫苗回来了！”何平安一把扔掉军帽：“救人，救人啊！”

所有人都愣住了。

“你说你带回了什么？！”柴志新猛地拨开士兵，站在了何平安的面前。

一箱箱的疫苗堆在了中央银行办公室的桌子上。

余鹏程兴奋地搓搓手：“真是疫苗？”

“是疫苗！”柴志新整张脸被熏得漆黑，只有那口雪白的牙齿显露出他的欣喜：“想不到何平安竟然真的把疫苗带回来了！”

“常德有救了！”

余鹏程一拳砸在桌子上，突然又想起了什么：“疫苗试验！医院的疫苗试验，必须立刻停止！快！”

柴志新：“刘世铭已经去了！”

黑寂无人的青石路上，自行车的轮子飞快转动。

刘世铭骑着自行车，在街头一路飞驰。

“我要救你，我要救你……”

他额头满是汗水，低声自语。

自行车突然压在石头上，翻倒在地，刘世铭被重重甩了出去。

他一滚身就跳了起来，扶起自行车想要接着骑，却发现自行车已经坏了。他愣了一愣，扔下自行车，一路狂奔。

额头破了，不断流血，可他毫不理会，只顾向医院的方向狂奔。

“湘菱，不要注射，不要注射，你等等我，等等我！”

“不要再等了，开始吧。”

沈湘菱缓缓伸出胳膊，拉开了衣袖。

全身防护的医生看了她一眼，举起了手中的针管，小心翼翼地抽出了药剂：“……可能会有些疼。”

“死都不怕了，还怕疼么？”沈湘菱轻轻一笑，闭上了眼睛。

针尖蓦地刺进了苍白的皮肤，缓缓注入了药液。

一个焦灼的声音突然自墙上的喇叭中冲出，针尖一样刺进了沈湘菱的耳朵：“我是三青团刘世铭，立刻停止疫苗试验！立刻停止疫苗试验！”

沈湘菱眼睫一颤，双目闭得更紧了。

“何平安回来了，他没死，疫苗带回来了！”

沈湘菱猛然睁大了眼睛，倏地站了起来；医生全无提防，手上一抖，针尖在她的胳膊上划下一道血痕；沈湘菱浑无知觉，转身就跑，推开门冲到走廊上。

一辆手推担架迎面推来，几乎撞在沈湘菱身上；担架后紧跟着一个满脸血污的男人，双眼紧盯着担架上的女孩："救她，快救她！一定要救她！"

沈湘菱顿时一动也不能动，只能怔然望着他。

何平安猛地顿住了，他抬起头，两人的目光一刹那交汇在一起。

"没事了，没事了！"何平安不顾一切地冲上去，紧紧地把她抱在怀里："我回来了，我把疫苗带回来了！没有人会害怕病毒传染，我可以抱你了。"

沈湘菱眼中落下两行泪，反手抱住他："是啊，你可以抱我了。"

何平安含笑带泪："这次，我终于可以救很多人了！我们终于可以一起活下去了！"

"是啊，你成功了，你救了很多的人，你救了学文！"

何平安的声音更是激动了："湘菱，我想你，我想为你活下去！我做到了，这次，我没有骗你，我们再也不会分开，再也没什么可以把我们分开了！"

沈湘菱张了张嘴，却哽咽着再说不出话来，只能紧紧地抱着他。

医生从屋内跑出来，手中的注射器掉在地上。

"沈小姐……"

沈湘菱缓缓推开何平安，对着医生摇摇头："我是自愿的，不是你的错。"

何平安一愣："湘菱，怎么了？"

沈湘菱转过头，含泪望着他笑了："就在刚才，我已经自愿注射了试验疫苗。"

何平安的目光落在沈湘菱的手臂上，瞬间凝滞了——他颤抖着伸出手，轻轻抚上了那道血痕："我，我又没做到……"

何平安和沈湘菱的手紧紧握在一起，两人并排坐在手术室外的长椅上，神色苍白。何平安仍旧穿着那身日本军装，手上的伤已经包了起来。

"她是我妹妹。"

沈湘菱一诧。

"是真的妹妹，"何平安低声道："失散很多年了，是我二叔的女儿。我一直不知道，可她早认出我了。"

沈湘菱更加不解了："她怎么不跟你相认？"

"她说，她没脸和我相认。她认出我的时候，她师父已经绑了学文。后来又做了汉奸。"

何平安说不下去了，只能沉郁地望向手术室。门上的红灯依然亮着，乔榛还徘徊在生死边缘。

"她为了救我，中了枪，在肺部。送她回来的路上，我怕她睡着，就和她聊小时候的事，都能对上。"何平安叹息一声："是我粗心，居然从没发现。她五六岁的时候，我还常常带她去后山的草坡捉蝴蝶，给她编花环。有一次，她差点摔下山崖。"

沈湘菱暗中更加握紧了何平安的手："她不会有事的，别担心。"

何平安苦涩地摇摇头："那年国民党到处抓壮丁，我连夜跑上了山，没想到，小榛家遭了难，二叔被抓走，二婶被当兵的打死，小棒也不见了。这么多年我以为……”

“放心吧，”沈湘菱打断了他的话：“你们刚刚相认，老天爷不会那么残忍的。”

何平安转过头凝望着她，少顷忽然说：“她是我唯一的亲人了。”

沈湘菱眼底流露出一丝苦涩，轻轻点了点头。

何平安又说：“你也是。”

沈湘菱的眼睛又亮了，少顷，忽然问道：“那小猴子呢？”

何平安目光一跳，蓦地站了起来，失声道：“小猴子！我上次把小猴子交给她——小猴子到哪里去了！”

沈湘菱神色也严峻起来：“她没告诉你孩子在哪儿？”

何平安摇头：“没有，没来得及说。”

“会不会还在山寨？”

“不会，如果是在山寨，她会告诉我，也会把孩子带下来。”他一脸凝重看向手术室，“可她一直没提，肯定是有原因不能说！”

沈湘菱安慰地拍了拍他的手：“这个时候，没有消息，没准就是好消息。”

“希望吧。”何平安勉强笑了笑，转眼看向她，目光又满溢出担忧来：“你为什么要注射试验疫苗？”

沈湘菱一愣，声音低得只有自己能听见：“我以为你已经死了……”

“所以你就去注射试验疫苗？”

沈湘菱缓缓点头：“你死了，我不能自己活下去。”

“可如果你死了，我又如何活下去？”

沈湘菱一怔，抬眼看向何平安，却发现他的眼底已然漫溢着泪光。

“我是个灾星，所有跟我有瓜葛的人都没有好下场。九年前是这样，德山是这样，这次去取药也是这样！所有的人都死了，秦岳，刘副院长，马医生，还有周四……唯独我，活了回来。”

沈湘菱轻轻道：“别再责备自己了，你也是九死一生才回来的。”

“不，是他们的命换了我回来。”何平安涩然摇头，“余师长拼尽一个连的兵力为我们开路，周四为了救我，倒在土匪的枪下，临死，她还说，要我活着，回来找你。”

沈湘菱的泪水止不住流了下来，唯有重重地点头：“不是你，是我欠了她一条命。”

“我回来了，可是，你，是我害了你……”何平安的手轻抚她手臂上的那道血痕：“我是灾星，我害了你。”

沈湘菱紧紧握着他的手，含泪笑了：“不，你是我的福星，你救了我。”

何平安一愣。

“见到你之前，我的生活索然无味。我不知道自己喜欢什么，讨厌什么，不知道自己要什么，不要什么。所做的一切都是为了别人，而不是为了自己。我甚至不知道自己是谁。直到遇见你，我恨你，也爱你。有恨有爱，我才知道自己活着！”

何平安伸出手臂，紧紧抱住她，沈湘菱默默地依偎在那个坚实的肩头，泪光更闪，笑意也更深："你可千万记住答应过我的……哪怕只有一天，你也要比我更长寿。"

手术室的灯灭了，陈军医走了出来："手术做完了，人还在昏迷，能不能醒过来，就看她的意志力了。"

她说完，转眼看着沈湘菱，神色有些迟疑。

"也告诉我吧。"沈湘菱坦然一笑："我已经是死过一次的人了，无所谓再死一次。"

陈军医叹了口气："你们跟我来吧。"

何平安和沈湘菱并肩站在二楼窗户边，向下望着。

院子里，久未见过阳光的病人都走了出来，排队注射疫苗。沈学文就在排队的人群中嬉闹。

身后的医生翻了翻病例："手术期间，你的血液化验结果出来了。"

何平安猛地转身："怎么样？"

陈军医微微一顿："直言不讳地说，并不乐观。"

何平安神色一寒，沈湘菱转过身，抓着何平安宽大的手掌："别怕，认识你我已经不枉此生了。"

陈军医继续说道："从现在的数据看，还不能判断试验疫苗对沈小姐的影响，但沈小姐的身体并不能注射新疫苗。"

何平安追问："为什么？"

"因为我们刚刚给沈小姐注射了试验疫苗。"

"什么意思？"

陈军医："就是说，只能等待。要么试验疫苗有效，沈小姐安然无恙，要么……情况会很糟糕。"

何平安不解道："不是还有配方吗？"

"已经比对过了。我们的试验疫苗里有两种药品是替代品，药剂之间相互作用，药效根本无法保证。"

何平安怔住了："怎么会……怎么会这样？"

沈湘菱安慰地看着何平安："没关系，只要你在我身边，我已经知足了。"

何平安不能正视她的目光，只得扭过头看向楼下。灿烂的阳光映衬着病人们黄瘦的脸，个个都带着重获新生的欣喜。

"一步之差，这次我能救所有人，却不能救你……"

一具尸体，盖着白布，横放在横田勇的面前。

海东升战战兢兢地站在一旁，偷偷看着横田勇。

横田勇手持军刀，缓缓挑开白布，瞥了一眼："被割下了首级啊，真是耻辱的死法！"

语气冰冷，带不出一点感情。

崇明亲王却上前一步，逼近了海东升。

海东升不由得后退两步，面无人色。

“海君，感谢你为藤原君送回了遗体！”崇明亲王忽然对他重重一点头。

“我有罪，我有罪！”海东升慌忙深深地低下头，连声道：“请亲王处罚我吧！”

崇明亲王冷冷笑了：“你有什么罪呢？”

海东升眼睛看着脚尖，战战兢兢道：“藤原君对我恩遇有加，我却没能保护藤原君，在我的心中，我恨不得此时被斩下头颅的人是我自己。我愿意接受任何处罚，如果大日本皇军能允许我用藤原君的军刀剖腹，这将是我最大的荣耀！”

“咣当”一声，一把军刀猛地扔在他的脚下。

海东升豁然一惊，抬起头，正撞上横田勇冷漠的双眼。

“那就用这把刀吧，它是我父亲送给藤原家的，在藤原家传了三代。”

海东升愣愣地望着横田勇，横田勇神色严肃，一点也不像开玩笑。

崇明亲王浅笑着，在一边观看。

海东升一咬牙，捡起军刀，拔了出来。

刀光寒冷！

海东升一个一个地解开衣扣，露出腹部，深吸了一口气。

“大日本皇军万岁！”

他一声大喊，军刀从腹部刺入，刀尖从身后露了出来，刀尖带血！

海东升翻身栽倒。

横田勇和崇明亲王都是一惊，互看了一眼：“我只是试探，想不到这个支那人居然也有勇气……”

海东升的“尸体”一动，缓缓站了起来。

横田勇大怒：“你戏弄我！”

“将军阁下，请听我说完！”海东升拉开衣襟，腰际一段血槽，鲜血直流：“我是个戏子，刚才这一刀，是台上的功夫。只是这一刀，真的带了血。”

他双手捧着军刀，毕恭毕敬走到横田勇面前：“一把好刀，未曾见血就被折断，实在是让人哀伤。我虽然不是宝刀，可也还没有报答皇军的大恩，未曾为将军杀敌染血，就这么死了，我实在心中不甘。只要将军一句话，我随时可以把这把刀刺进自己的胸膛，只是这之前，恳请将军给我一个报恩的机会。这把刀刀尖所指，刀山火海，我也带着手下的兄弟闯出一条路！”

横田勇端详了他片刻，缓缓伸手接过军刀：“你很聪明。藤原君死在你的山寨，你们难辞其咎。我已经决心要把你们全都杀死！”

海东升豁然抬头，惊恐地看着横田勇。

横田勇又阴冷地笑了：“不过……我愿意给你这个报恩的机会。从今天起，你和你的人，随时待命，我会安排你们去死的！”

“多谢将军！”

海东升弓着腰退了下去，额角的冷汗已流进了眼睛，却不敢擦。

横田勇转回头，看了一眼藤原景虎的尸体：“给藤原弥山发电——他的哥哥，已经被何平安杀死了！”

雪白的病床，乔榛双眼紧闭，脸色跟被单一样苍白。

何平安坐在床边，手里的毛巾轻轻为她擦了擦额头：“小榛，是大哥，你快醒来啊。你救了大哥，你不看一眼怎么行？大哥真笨，你一直就在大哥身边，可大哥却一点也不知道。要不然，大哥也不会让你受那么多苦。也不会让你……”

他哽咽着说不下去了，只能抓住床边乔榛的手。

“还记得吗？小的时候，你最喜欢大哥牵着你，你说，大哥的手最温暖最有劲。牵着大哥的手，就什么都不怕了。现在，大哥就牵着你的手，你要勇敢，要赶快醒来，醒来和大哥好好说会儿话。咱们才刚刚相认，好多话都没说。大哥还不知道你这么多年是怎么过的，你还年轻，还有好多好日子等着你。你要活下去知道吗？”

乔榛依然无知无觉，一动不动。

他深深地叹了口气，怜惜地看了她半晌，轻轻地把她的手放回被窝，掖好被子，走出了病房。

长夜清冷，长街黑寂。何平安孤身在街头踟蹰，忽然脚步停住了——对面的巷口，一个同样孤独的身影缓缓走来，正是刘世铭。

“刘主任。”

何平安的脸上浮现出一丝苦笑。

“你回来干什么？你还有什么脸回来？”刘世铭攥紧了拳头，猛地扑身上前，拳头已经砸在何平安的脸上！“你要是再早回来一天，哪怕再早回来一小时，半小时，湘菱她，她都不会没救，是你，你是罪魁祸首！”

何平安摇摇晃晃地从地上爬了起来。

刘世铭疯狂地嘶吼着：“就是你！是你害了她！”

何平安一言不发，呆呆地站着。

“为什么，为什么是湘菱？”刘世铭猛地抓住他的衣领，泪却流了下来：“你知不知道，她以为你死了，她是要为你殉情！”

何平安木然点头：“我知道，我知道……所以我拼了命也得回来……”

“没时间了。你回来了，她却没时间了。”

刘世铭无力地松开何平安。身子不由倒退了一步：“好好陪陪她吧。我想陪她，可她却不给我机会。她真正在乎的只有你。”

何平安无言地听着。

“虽然我不甘心，直到昨天，我仍然想着要把她抢回来，可是，”刘世铭自嘲地笑了一声：“看着她对你那样深信不疑，为了你可以连命都不要，我知道，无论我做什么，怎么做，都没用，她的心里根本装不下我，她心里只有你，只有你能陪她。”

他看了何平安一眼，落寞地转身要走。

“刘主任！”

何平安轻叫了一声。

刘世铭背对着何平安，站住了。

何平安顿了顿，低声道：“夜里不安全，刘主任在棠德举足轻重……”

刘世铭冷笑着打断了他：“你还想保护我的安全吗？”

何平安一愣。刘世铭转回身看着他：“棠德城还有哪儿是安全的？何平安，你说，棠德到底守不守得住？咱们到底还能坚持多久？”

何平安神情一凛：“无论坚持多久，无论守不守得住，我都会和棠德，和湘菱在一起！”

刘世铭愣住了，少顷惨然一笑：“还是你自己……好自为之吧。”

屋子里一片冷清，沈湘菱坐在床边，咳嗽着收拾着自己的几件衣服。

何平安推门走了进来：“又在收拾什么？怎么不休息？”

沈湘菱抬起头，微笑看着他：“几天没回家了，看着乱。”

“别弄了，明天我帮你。”

何平安拿过沈湘菱手上的衣服，拉着她在软榻上坐了下来。

沈湘菱细看他的脸色：“乔榛醒了吗？”

何平安摇摇头。

“别担心，他大哥是福星，她肯定会醒的。”

何平安勉强笑笑，忽然说：“刚才回来的时候，你猜我碰到了谁？”

沈湘菱笑了：“我哪儿猜得出来？”

“刘世铭。”

沈湘菱轻轻“哦”了一声，不足为怪。

何平安却又说：“他今晚上有点古怪。”

“怎么了？”

“我说不上来，就是觉得他好像和平时有些不一样，说话，神情，温和很多，还叫我好好陪陪你。”何平安摇了摇头：“还叫我最近几天，万事小心。”

沈湘菱脸上不由露出一丝诧异，她才要说什么，忽然间房门敞开，沈学文兴冲冲地跨了进来。

“姐！你不是说要和我一起祭拜爹吗？”

“瞧我！忙得差点忘了。”沈湘菱忙站了起来，伸手去拉学文，学文却头一转看向何平安：“何大哥，你也来！”

“我怎么能行？”何平安不好意思地闪了沈湘菱一眼：“我就不去了，这是你们家的……”

“不行！你非得来，必须来！”沈学文拉着他不撒手，何平安只好顺着他走出了门，跟沈湘菱一起进了沈家灵堂。

一排排的灵位已然在堂正中摆好了。

沈学文捧着一个牌位，恭恭敬敬地放在灵堂的边上——那牌位居然是周四的。

沈湘菱微微哽咽道：“她一直是我们沈家的人。”

何平安轻轻走到她身后，伸手抚上她肩膀。

沈学文转过身，走到两人身前：“姐，是不是要给祖先磕头？”

沈湘菱点点头，拉着学文走上前。

“等等！”

沈学文忽然推开她，自己站在正中：“姐，你答应了，要让我做一家之主，我得在你前面！”

沈湘菱一怔，跟着含笑点头。

沈学文当先跪了下去，冲着牌位结结实实磕了三个头，跪直身子大声道：“列祖列宗在上，沈家第九代孙学文敬告。家里现在已经没有人了，爹死了，哥哥们也死了，只剩下我和姐姐。可姐姐身上有病，可能也活不长了。我就是沈家最后的人了，所以，沈家的规矩，我就说了算，我说怎么改，就怎么改了！”

跪在他身后沈湘菱吃了一惊：“学文，你说些什么！”

“姐，我要改沈家的规矩。新的规矩就是谁想干什么就干什么，谁要干什么就去干什么！”沈学文转过头，双眼晶亮地看着沈湘菱跟何平安：“姐姐喜欢何大哥，就跟何大哥在一起，想离开棠德，就跟何大哥一起走！”

沈湘菱犹在愣神，沈学文猛地抓住她的袖子：“姐姐，你总说想要自由，现在你自由了！”

沈湘菱回头望去，正与何平安的目光交汇在一起。

“想不到，学文还有这个心思。”

学文去后良久，何平安与沈湘菱两个人依然坐在大堂中。

沈湘菱叹了口气：“经历了这么多事，他长大了。”

说着，她却止不住咳嗽起来。

何平安担忧地看着她：“还好么？”

“我很好，从来没这么好过。”沈湘菱微微一笑：“现在，这是我最开心的时候。”

何平安眼底流露出一阵辛酸，少顷却含笑问道：“你现在自由了，你想去哪儿？”

沈湘菱摇摇头，挽住他的手臂低声道：“以前哪儿都想去，现在……只要在你身边，在哪儿都一样。”

何平安笑了：“那我就陪着你，你到哪儿我就到哪儿。”

沈湘菱靠在他的肩头，闭上眼满足地叹了口气，喃喃道：“真安静。”

何平安低下头，轻轻啄吻着她的额角。

“只可惜，我命不长了。”

何平安心头一疼：“不会的，总有办法。”

“你不用哄我，我只是觉得可惜，一点也不难过。”沈湘菱睁开眼，含笑望着他：“之前的日子，过再久也觉得没意思，现在这样，哪怕只有一分钟我也知足。”

何平安忍不住紧紧搂着她，眼眶湿润：“哪怕只有一分钟，我也要把这一分钟延长，延长成我们的一生。”

“说到底，还要谢谢日本人。”

“为什么？”

沈湘菱嫣然道：“日本人不来，我永远是关在牢笼里的沈家大小姐，你就永远是个臭警察。”

“是啊，沈小姐怎么可能看上我这个臭警察呢。”何平安也笑了：“那可是棠德城里头一号威风人物。那句话怎么说来着——唔，‘得罪了魏九峰，没准儿还有条活路，得罪了我沈湘菱，我保证你死都不知道怎么死的！’”

他刻意模仿着沈湘菱当时的语气神态，沈湘菱不禁失声笑了，在他胳膊上轻轻掐了一把：“你故意使坏！我真有那么凶，那么丑么？”

何平安只笑不答，垂下眼痴痴望着她的脸庞，少顷才沉沉叹了口气：“没有人比你更美了。”

沈湘菱含羞浅笑，已经醉在了对方的眼波中。

两人的唇越靠越近，终于深深地吻在一起。

灯光昏暗，偌大的银行大厅显得异常清冷，余鹏程靠在沙发上，揉着脑袋，面前的桌上摆着厚厚的一层电报。

柴志新夹着一份文件走进来，放在了桌子上：“最后一份伤亡名单出来了。”

余鹏程疲惫地眨了眨眼：“说吧，还有多少人？”

“能开枪的都算上，不足四千人。”

余鹏程脸色蓦地一沉：“伤亡过半啊。”

两人一时都陷入沉默。

“白天这一战，很奇怪。”柴志新才开口，又停住了。

余鹏程从沙发上站起来，走到窗户边，看着外面漆黑的棠德城：“志新，有什么就说什么吧。”

“是！”柴志新应了一声，低头思忖了片刻，慢慢道：“敌军在兵力和装备上都已经占有绝对的优势，虽然我们的战士奋勇杀敌，可这弥补不了军力上的绝对差距。如果我是日军指挥官，我有把握在三个小时之内冲破防线，直接进攻城门！可他们，却恰恰在即将成功的时候后撤了。我真是想不明白。”

余鹏程回身看着他：“现在不是军事会议，只有咱们两个。你有什么假设，接着说。”

柴志新略微沉吟：“我没有什么假设，只是推论。眼下这种情况，无非有两个结论。要么横田勇是徒有虚名的战争白痴。要么……就是另有所图。”

“跟我想到一块去了。”余鹏程沉重地点了点头：“我也是百思不得其解，想不明白日军图什么。眼下，只有固守。”

“疫苗已经起作用了，很多患病的士兵，还有百姓都在恢复体力。我刚刚跟医院通了电话，魏县长一直在医院操劳。按照他的估计，三天之后，我们就能多出一千生力军。”

余鹏程面露喜色：“好！这都是何平安的功劳！”

柴志新点点头：“是啊，我也想不到，他竟然真的能把疫苗带回来。这个人，是个奇才。”

余鹏程一愣，转身在桌子上翻找。

“师座，您找什么？”

“我记得，何平安给我写过一份城防作战计划，十分详尽。”

余鹏程说着，从一堆文件里拿出一个牛皮纸袋子，里面是一份厚厚的计划书。他一页页地翻开，神色越来越兴奋："或许，我们还有守下棠德的希望。这个何平安……"

他突然合上文件，坚定地望着柴志新："你去安排，通知魏九峰和刘世铭——明天我要给何平安公开授勋！"

门开了，屋里一片漆黑。

刘世铭没有开灯，独自走到床边坐下来，独自面对黑暗。

台灯突然打开了，刘世铭惊地倒退了两步。

雪亮的灯光赫然映出一个魔鬼似的背影——是藤原弥山！

"你怎么进来的！"

"听说何平安成了大英雄。"藤原弥山转过头，对着他阴森森一笑："你就甘心输给何平安么？"

刘世铭豁地站起来："请你出去！"

藤原弥山一笑，敲打着桌面："你们中国人有个故事，讲一个农夫救了一条蛇，却被蛇咬死了。刘君想做那条蛇？可惜，我不是那个愚蠢的农夫。"

"你到底想要做什么？"

"给你一个机会，让你杀了何平安！"

刘世铭脸色惨白地望着他，像望着一个地狱里蹿出的魔鬼。

"怎么，不敢了？"藤原弥山从桌子后面绕出来，走到刘世铭的对面："懦弱的家伙，你永远无法超过何平安！"

"懦弱的是你！你总是躲在背后，缩在阴影里，从来不敢站出来！"刘世铭怒声道："如果你真那么想杀何平安，为什么不自己去！"

藤原弥山不答反问："你就不想把沈湘菱夺回来？"

"我夺不回来了……就算我杀了何平安，就算我为她去死，也回不来了，回不来了……"

刘世铭无力地坐倒在椅子上，喃喃自语："她现在……她现在一点也不怕死。只要死前，有何平安陪着。只要能看见何平安，她什么也不怕。这就是她要的，何平安就是她的全部。她说……她说原谅我……是因为她已经把我忘了，彻底忘了！"

他猛地低下头，双手死死捂住脸，发出一阵不似人声的低沉嚎哭："我在她的生命里什么也不是了，在她最后的时候，她彻底忘了我，我什么也不是了……"

藤原弥山冷冷注视着，忽然走上前，拍打着他的肩膀："很快，很快你就可以解脱了。"

刘世铭悚然抬起头："你要杀我？"

"我怎么可能对刘君下手呢？"藤原弥山笑着摇头，"我是说，很快，棠德就不再存在，你的一切烦恼，也都不是烦恼了。"

刘世铭惊恐的站起来："你要干什么？"

"你会知道的，很快……"

藤原弥山高深莫测地一笑。

第四十二章 梦碎喜堂

何平安穿着一身西装，伸直双手，转过身局促地望着沈湘菱：“我……怪别扭的。”

沈湘菱含笑给他整理着领子：“这是爹留下来的，你穿着还挺合身。”

“哪里合身了，就是别扭。”何平安说着，解开了衬衣的扣子：“喘不上气。”

“不许脱！”沈湘菱嗔怪道：“……我喜欢看。”

何平安一笑，又把扣子系上：“那好，我就穿着。”

“果然是人靠衣裳马靠鞍，真精神啊！”

沈湘菱和何平安循声一看，原来是柴志新走进来，欣赏地打量着何平安。

“柴团长，你怎么到了！”

“我来接你呀！”柴志新笑了：“你现在是战斗英雄，要公开表彰，总得有个派头。”

何平安神色一黯：“战斗英雄？都是战友用命填出来的。”

“这个道理我懂，只是现在日军重重围困，我们太需要一个英雄了。”

何平安点了点头，目光一低，看见柴志新胳膊底下夹着一套军装。

柴志新一笑，把军装拿出来：“想不想试试这个？”

何平安的眼睛顿时亮了。

“肩章和臂章都去了，没有军衔。跟八路军的军装一样。”

何平安伸手接过军装，扭头望着沈湘菱。

沈湘菱笑了：“穿你爱穿的吧。”

何平安兴奋地甩掉西装，拉出衬衣；沈湘菱站在他身后，一眼看见后腰那块烙印，不由得愣住了。

何平安套上笔挺的军装，站在柴志新对面，意气风发，抬手对着柴志新敬了一个军礼：“何平安前来报到！”

柴志新笑了，转眼看着沈湘菱：“我想单独跟何平安说几句话，沈小姐能批准么？”

沈湘菱神色有些恍惚，柴志新又说了一遍，才忙乱地点了点头。

柴志新拉着何平安走到院子里，四下看看无人，才低声道：“你这次，做得很好。”

何平安一下沉默了。

“不管是以一个老党员的身份，还是以虎贲军参谋长兼团长的身份，我都必须说，感谢你为常德人民做的一切！”柴志新伸手拍打着他的肩膀：“你很了不起！”

何平安苦笑：“了不起的是牺牲的战士们。其实，我不想去这个授勋仪式。”

柴志新深深看了他一眼：“你应该去！”

“我不喜欢虚荣。”

“这不是虚荣，而是军人的荣誉。”柴志新的表情严肃了起来：“你不仅仅代表了你自己，你还代表了那么多牺牲的烈士！他们不是为你何平安去死的，他们是为了常德，为了中国去死的！你要去接受奖励，是对他们的告慰。”

何平安沉默少顷，点点头：“我明白。”

“城内的奸细还没有根除，日本人大概已经收到消息了，他们得知病毒的问题已经解决，就不会再等。如果估计不错，很快就要发起总攻。最艰难的时刻就要到了。”

“我们能守住么？”

何平安的双眼望着柴志新，带着希望。

柴志新静默着，突然笑了：“你是想听我说能守住吧？”

“我想让组织给我信心。”

柴志新摇摇头。

柴志新：“组织说，要拼尽最后一颗子弹，流尽最后一滴血，誓死保卫常德！”

何平安有点不解地望着他。

“组织只说，誓死保卫常德，没有说，一定能守住常德。”柴志新背着手，仰头望天：“没有人能说，一定可以守住常德。包括余鹏程师长，他接到命令之后，就已经给家人写好了遗书，做好了殉城的准备。我也一样。”

何平安点点头：“我明白，战场上风云变幻，没有一定能赢的战斗。”

“不止于此。我们要用常德一战，告诉全世界，中国是个不可以被侵略的国家，中国人，是不可以被奴役的民族！”柴志新的语气变得坚不可摧，他转过头，深深望着何平安：“每个人都有了必死的觉悟，才能找到活下去的希望！”

何平安一时不能尽解，柴志新示意他转头，望向屋内——沈湘菱和沈学文坐在一边，正凑着头喁喁私语。

柴志新低声道：“他们，就是希望。”

何平安依恋地望着沈湘菱，久久无语。

柴志新忽然问道：“如果守住常德，日本人退了，你想做什么？”

何平安一怔，随即道：“我想回组织，抗战到底。”

“如果抗战胜利了呢？到时候，你还活着，她们也还活着。”

柴志新望着屋内的沈湘菱与沈学文，语气悠然。

“我……我不想做官，我想跟她一起生活，哪怕是贫寒的，最简单的生活。”何平安窘迫地笑了：“我这么想，是不是胸无大志？”

柴志新笑了：“你跟我想的一样。”

何平安一愣。

“怎么？我就不能有老婆孩子？”

两人都笑了。

“我们共产党人投身革命，不是为了升官发财，是为了让人民过上自己想过的生活。我们流血牺牲，不是要青史留名，而是为了保护我们要保护的东西。”柴志新顿了顿，望着沈学文：“男人去改变历史，而女人和孩子，才是继承者。我们所有流血牺牲所换取的美好，都将由他们继承下去。所以，他们才是希望！”

柴志新突然一拳打在何平安胸口：“你现在，胸中有了希望。我也有，余师长也有，常德城内所有人都有。而日本人胸中没有这些，他们有的，只是掠夺和杀戮。所以，我们战无不胜！”

还是那个岔路口前的空地，只是曾经绑着何平安的刑架已经被布置成了讲台，台下人头攒动，聚满了负伤的军人和百姓。

余鹏程站在台上前，两边都是警戒的卫兵。

“国难当头，余某奉令带着八千虎贲驻守常德，全军上下早就下定决心：城在人在，城亡人亡！可是没想到，日本人会向城中投放病毒！”

余鹏程一顿，目光炯炯望着台下：“多亏一个人！是他，杀入敌军，孤身犯险，把疫苗带了回来。今天有很多人能站在这里，都是他的功劳。这个人就站在我身后。我今天，要代表党国，给他颁发勋章！何平安，出列！”

余鹏程的高喊声中，何平安大步走了出来。

余鹏程对着何平安敬礼，何平安还礼。

身边的士兵递上一枚徽章，余鹏程接过，亲手为何平安戴上。

“感谢你所做的一切！”

台下响起雷鸣般的掌声。

沈湘菱站在人群中，满足地看着何平安。

余鹏程对何平安做了个请的手势。

何平安站在正中间，清了清嗓子。

众人静下来了。

何平安拿出一张稿子，有些紧张地看了一眼民众，开始大声的朗读：“我万分荣幸，能够……能够……”

他忽然说不下去了，放下稿子，直盯盯看着台下的民众。

众人都一愣。

何平安忽然开口道：“我不是英雄。”

底下“嗡”的一声响，议论蜂起。

余鹏程疑惑的看了眼柴志新。

“有人给了我这个稿子，让我念出来。告诉你们，我很高兴成为英雄，可惜，我不是。”

“我们三十多个人出去，只有我一个人活着回来。不是因为我比他们更勇敢，更了不起。只是因为我运气好。我之所以能活着回来，是因为他们死了，他们牺牲了。是他们用生命换来我的生命。所以，是那些死了的人救了大家，应该授勋的是他们，不是我！”

何平安的眼眶有些发湿，众人静静地听着。

沈湘菱仰着头，突然眼前一晃。一个人贴着她走过，后脖子处赫然有一个烙印，跟何平安的一模一样。

台上，何平安的声音越来越激昂：“不是我有多勇敢，是那些人，那些牺牲了的英雄们给我勇气。他们死了，我活下来了，我有什么理由不去跟敌人战斗！有一点，日本人从一开始就想错了，他们以为，杀了我们的人，我们就害怕。他们以为，杀的人越多，我们就越脆弱。他们彻彻底底的错了！就是因为那些死在他们手里的人，现在，我们这些人才能活着站在这。日本人越是杀我们的人，我们就会越勇敢，日本人越是凶狠，我们就越强大！”

他话音刚落，台下掌声四起。

只有一个人没有鼓掌，沈湘菱神色怔然，眼看着那块烙印消失在人群中。

“好几次，我真的都想，死了算了。我之所以一定要拼着命回来，说心里话，不光是为了别人。也为了我自己。因为我在城里，有一个我非要再见一眼的人。就算死了，我也要再看她一眼。”

沈湘菱恍然回过神色，抬眼一看，正撞上何平安深情的目光。

“沈湘菱小姐。多少次了，我觉得我可以死了，可以牺牲了，可我还是不甘心。就因为，我想再看你一眼。”

所有人的目光望向沈湘菱。

沈湘菱病中的面容有些发红。

“湘菱，我们的时间不多了。你身上的病，还有城外的日本人，随时都可以要了我们的命。”何平安的声音很低，像是只跟她一个人耳畔私语：“在最后的时刻到来之前，你愿意嫁给我么？”

余鹏程跟柴志新互相看了一眼，不约而同露出了默许的神色。

人群自动分开一条通道，沈湘菱缓步走上前，走到了何平安的身边。

“你要我嫁给你？”

何平安点点头。

沈湘菱的声音在打颤：“可我就要死了。”

何平安轻轻说道：“所以，我才要娶你。我不想有遗憾”。

沈湘菱含泪笑了，微微点了点头。

台下欢呼声四起，只有一个人脸色惨白地沉默着——是刘世铭。

枪炮声骤起！

众人一片惶恐。

“不要慌！”余鹏程走上前，提高声：“各位，日本人在为他们两个庆贺，放礼炮呢！”

所有人一同笑了。

余鹏程嘴角含笑，目光却十分坚毅："何平安说得对，日本人越凶，我们就越勇猛！现在他们来了，咱们众志成城，打日本鬼子！"

"打日本鬼子！打日本鬼子！"

所有人都振臂高呼起来。

余鹏程转回身，拍了拍何平安的肩膀："跟我去城头，需要你鼓舞士气！"

何平安目光依然流连在沈湘菱身上。

沈湘菱微笑："去吧，你是英雄！"

常德城头，炮声震天。

何平安站在城头，望着城外的战场。

余鹏程苦心筑就的三道防线都已成断壁残垣，日军的坦克部队碾过国军的一道道战壕，势不可挡地推向城门。

余鹏程脸色冷峻："有什么办法么？"

柴志新缓缓道："别无他法，唯有死战了。"

何平安摇头："现在还不是死战的时候，要把兵力收回来！"

"把兵收回来，能抵抗日军的就只有城墙了！"

"对，收回来就只剩下城墙。"何平安望着余鹏程和柴志新，神色决绝："我们就利用城墙固守，比靠那些草草构筑的工事有利得多！这样还可以争取时间，完善城内的工事，实在不行，就把日本人拖入巷战！"

柴志新显然被他说动了，转眼望向余鹏程。

"不行。"余鹏程沉重地吐出两个字："他们必须死战！"

"死战，死战！"

震耳的呐喊声中，几名虎贲士兵举着燃烧弹冲向日军的坦克，可还没等扔出去，就被坦克上的机枪手打中。

士兵全身起火，哀嚎着在地上滚动。

坦克轰隆隆地往前开，压过燃烧的士兵。

一发炮弹打到中国军阵地！爆炸掀起巨大的气浪，顿时血肉迸分，泥土飞扬！

"下令吧，别做无谓的牺牲！"眼见战场上的惨烈景象，何平安一把拉住余鹏程："我们不可能靠着一群步兵在野战挡住敌人的坦克群！"

余鹏程脸色严冷，一动不动。

柴志新也上前一步："师座，何平安说的对，我们……"

余鹏程陡然发怒了："你是让我下令弃守阵地吗！我余鹏程这辈子没下过这样的命令！"

何平安也发怒了："你这是一根筋！弃守阵地怎么了？现在后退，是为了……"

"你以为你说的这些我都不懂！"余鹏程冷眼扫视何平安："我也不想让我的士兵白白送

死，可眼下，守下常德不是靠战术，我们已经没有任何战术可以用了。靠的是气势，是不怕死的劲头！我这个命令一下，士气就散了。”

何平安一时说不出话来。

余鹏程转过眼，悲哀又决然地俯视着战场：“这些人，必须死。这是我一开始就想好了的。”

何平安审视着城下“死战”的士兵，这才发现他们全都是肢体残疾的伤兵，还有很多是在医院见到的熟面孔。他悚然醒悟：“你是故意让这些人送死！”

余鹏程一言不发。

何平安更加愤慨了：“这些人，全都是伤兵！你故意让他们送死！你早就想好了，让这些士兵死在城前，死在所有人的面前！”

余鹏程坦然承认：“你说得对，死去的人，会让活着的人更勇敢。我现在需要的，是士气！”

何平安冷冷道：“恐怕，还为了省下军需。”

“师座，这……这是真的？”柴志新望着余鹏程，难以置信。

“我不排除有省下粮食的想法。这些兄弟，他们已经当不成兵了，一旦城破，等着他们的就是莫大的屈辱。”余鹏程冷冷瞥了他一眼，“他们是我余鹏程的兵，我比任何人都懂他们的心。我安排他们固守最后一道防线，就是给他们一个轰轰烈烈的死法！他们每一个人，都是英雄，是烈士，而不是没用的残废！”

他昂然望着下面惨烈的战场，大批日军在坦克的掩护下已经冲入战壕，本就体弱的士兵拼命还击；一柄柄刺刀戳穿了他们的胸膛，一颗颗子弹击碎了他们的头颅，可竟没有一个虎贲后退！

余鹏程蓦地闭上了眼睛：“我没有骗过他们！我告诉了他们每一个人，这场战斗，需要他们的牺牲来激发所有人的士气。最后一道防线被攻破之后，我们将面对的就是最残酷的战斗。他们战死，余下的就是最精锐的士兵，也是士气最高昂的战士！”

何平安悲哀又愤懑地望着他：“你不觉得这样太残忍了么！”

“一将功成万骨枯。”余鹏程睁开眼看着柴志新跟何平安，冷冷道：“你们两个，有时候还真像。不管多聪明，都做不成真正的将军。真正的大将，视战场为棋盘，视士兵为棋子，弃子争先，是再正常不过的事了！”

轰然一声炮响！何平安蓦地转头望向城下——战壕后，所有活着的虎贲士兵都集中在一起，一个军官振臂高喊：“兄弟们，为国捐躯的时候到了！师座就在背后看着我们，要死，也要死的壮烈！”

众士兵齐声迎合：“死战！死战！死战！”

士兵们的子弹已经打光了，他们扔下枪，互相搀扶着，踉跄着走向日军的钢铁洪流。

炮声！枪声！

坦克碾过英雄的尸体，血染大地。

城头，在余鹏程身后，所有目睹这一幕的虎贲都眼中带血。

“死战！死战！死战！死战！”

整个常德都在咆哮。

杀气冲天的呐喊声中，余鹏程冷漠孤独地站着，仿佛一尊无法被撼动的石塑。

“余师长，你做到了。现在果然是万众一心，只求死战。战场如棋局，士兵如棋子，好一招弃子争先。”何平安冷冷盯着他，忽然退后两步，用力把胸前的勋章扯了下来：“你说得对，我永远也成不了你这样的将军！”

他将勋章塞进柴志新的手中，大步走下城头。

余鹏程的身子僵硬，费了好大劲才转过身来。柴志新这才发现他的唇角在渗血。

余鹏程满目凄惶地望着他，忽然嘴角抽动，张开嘴把什么东西吐了出来！

“师座！”

虎澈把坦克兵的帽子摘下来，重重一掷，盘膝坐在地上，低着头，也不看横田勇。

横田勇望着他笑了：“虎澈君，打了胜仗，怎么还闷闷不乐？”

“将军阁下，您也认为我是打胜了么？”虎澈一下站了起来，几步冲到横田勇面前：“常德的最后一道防线已经冲破了，为什么还不能发起最后的进攻！”

“因为常德是一个诱饵，我要用它来伏击更多的国军！”

“虎澈，是天下名刃的名字吧？”崇明亲王走上来，拍打了下虎澈的肩膀：“既然是名刀，你知道刀的宿命么？”

虎澈茫然：“刀的宿命？”

“刀的宿命，就是相信，它的主人是世间最强的剑客！”

虎澈恍然大悟，连忙鞠躬：“我明白，我什么也不问，完全服从将军指挥！”

横田勇笑着挥手：“出去吧。”

等虎澈转身走了出去，崇明亲王也不禁抛出自己心中的疑问：“将军阁下，我们部下了重兵埋伏，如果支那军队的援军不来，不是白费了？”

“不会不来。”

横田勇缓缓走到桌子前，拿出几份报纸：“英美的报纸纷纷报道，蒋介石在开罗会议上申明，常德一战是亚洲战局的转折点，将是一场伟大的胜利。”

他露出不屑的一笑：“中国政府要向美国人和英国人证明自己的价值，就一定不会轻易的舍弃常德！他们，一定会增援，掉进咱们的伏击圈。”

崇明亲王点头：“将军是大智慧，相比之下，我只是小聪明。”

横田勇笑了：“小的往往比大的更重要。比如，城内的藤原弥山。”

崇明亲王一愣。

“他将有大动作了！”

一只纤秀的手紧握住铅笔，在白纸上熟练地勾画着。

沈湘菱抬起头，端详了少顷，又落笔修改了一处，就把图递给了桌对面的魏九峰。

魏九峰接过一看，脸上豁然变色：“你怎么知道这个？”

沈湘菱眼前闪过何平安身上的烙印，嘴上却说：“只是偶尔见到的。”

“偶尔见到？什么地方见的？”

沈湘菱犹豫片刻：“刚刚。在中央银行前的人群里，有一个人后脖子上有这个印记，从我面前晃过去了。”

魏九峰咳嗽着站起来，缓缓走了几步，走到窗户边，向外望着：“在日本，很多显赫的家族都有自己独特的徽章。这个印记，就属于其中的一种。”

沈湘菱惊诧地站起来。

“我在一个人的身上见到过。”魏九峰凄然闭上眼睛，脑海中再次闪过凤老板的尸体：“她是汉奸。”

沈湘菱颤声道：“带这个标志的人，就是汉奸？”

“我也不敢断言一定，不过……一定跟日本人有关系。还记得上次何平安在玻璃厂打死的那几个奸细么？其中一个身上就有这种烙印。”魏九峰转眼回望着她，“你在中央银行前见到这样的人，恐怕，那些一直潜藏在城里的奸细，要有所行动了！”

这句话沈湘菱已然听不见了。她如遭雷击一般，愣愣站着，脑子里全是何平安。

一盏大红灯笼高高挑起，挂在了门楣两旁。

沈湘菱走到门前停住了，怔然望着何平安踩在凳上，手持竹竿调正了那对灯笼。

“我是想添点喜庆。”何平安从凳子上跳下来，拍了拍手上的灰：“去哪了？”

沈湘菱摇摇头，脸色灰颓。

何平安连忙上前扶住她：“又不舒服了？快回屋去。看看你，不舒服还到处乱跑！”

沈湘菱猛地推开他的手，后退一步。

何平安怔住了：“怎么了？——有心事？”

没等他问明白，耳边响起了一阵汽车喇叭声。他转头一看，赫然是那辆熟悉的军车停在门口，柴志新从车上跳下来。

“何平安，师座请你过去。”

何平安一言不发，神色有些冷。

柴志新默默看了他一眼，从怀里掏出一个手帕包，塞到他手上。

何平安疑惑地打开，手帕里赫然包裹着一枚断牙。

“是师座的。”柴志新低声道，“那天，在城门上，他自己生生咬断了！”

何平安沉默了。

柴志新深深叹了口气：“虎贲每一名士兵都像是师座的儿子，他要送自己的儿子去死，心里比任何一个人都难过！你是对的，坚固的城墙为我们争取了时间，我们现在要尽快完成城里的工事修筑。师座他需要你的意见。”

何平安转头望着沈湘菱：“对不起……我……”

沈湘菱依然神不守舍，先点点头，跟着又连连摇头。

“别怕，天黑之前，我肯定回来陪你。”何平安伸手抱了她一下，转身跟柴志新上车。

汽车开走了，沈湘菱一个人站在大红灯笼下面，眼神越来越灰。

“每一次出城，总是他一个人回来，这是……为什么？

“华晶玻璃厂、中央银行、亚洲旅社、县政府，还有聚福楼！”

何平安的红笔在地图上一划，五个地方用红线连了起来。

“这五个地方，都能构成据点，一旦城破，就把主要兵力分布在这五个据点里。这就是五个阵地！”

余鹏程和柴志新对视一眼，纷纷点头。

何平安又说：“这红线穿过的民居，全部都是暗道和战壕，要把里面的墙打通，在临街的墙壁上做出射击孔，士兵在里面穿梭，把五个据点联络起来，这就是铁索战船，而不是五个孤岛。”

“好！”余鹏程一拍桌子，眼中闪出兴奋的光芒。

“还有，每一个道口，要盖碉堡，四面可以开枪，碉堡下面挖暗道，通进两边的民居，可进可退！”

柴志新兴奋地站起来：“真要是这样，我有信心在城内跟日本人再打上一个月！”

“就是要把整个常德变成一个战争机器，每一间房子都是碉楼，每一个窗户都是枪孔！让士兵运动起来，在五个据点之间，把敌人彻底拖死！”

何平安放下笔，从怀里掏出一个厚厚的信封：“具体的细节，我早写好了，就交给余师长了！”

余鹏程站起来，伸出手要接信封，又停住了：“你刚才说的，还有这里头写的，可都是你们共产党的办法吧？”

何平安一怔。余鹏程却爽然笑了：“那就让我们‘国共合作’！”

门打开了，何平安跨进屋里，一下倒在椅子上，揉着自己的头。

沈湘菱站在一边，递上一杯水：“回来了？喝口水。”

何平安怔怔看着沈湘菱。

沈湘菱一笑：“看什么？”

“这一句话，真好。”

何平安接过水，一口气喝了。

“之前没人跟你说过？”

“柳芬说过，不过那是别人老婆，我……”何平安忽然停住了：“要是余大哥和柳芬还能活着……”

“别太难过了。”沈湘菱在他身边坐下，细细看着他的神色：“他们牺牲，也不是你的错，对么？”

何平安叹口气：“可是小猴子到现在都没找到！”

“会找到的。”沈湘菱顿了顿，又问，“余师长今天找你，商量什么了？”

何平安一笑：“日本人马上就要总攻了。”

“日本人要总攻，你为什么还笑？”

“解脱了！”他疲惫地仰头靠在椅子上，闭上了眼睛。

沈湘菱警惕地看着他："解脱了？"

何平安仍旧闭着眼，点了点头："死了倒痛快。我只要一闭上眼睛，就能看见雷大虎黄大哥他们。德山，如果不是我，他们不会死在德山。还有秦岳和周四他们，全死在桃源，一想起他们，我的心里就觉得愧疚。他们都死了，只有我活了……"

沈湘菱迟疑道："可他们……不是你杀的。"

"却是因为我死的。"

沈湘菱震惊地盯着何平安。

何平安一动不动，良久，竟然打起了呼噜。

"平安，平安……"沈湘菱轻声呼唤着，伸手推了推他。

何平安在椅子上侧了身，腰部露了出来。

沈湘菱小心翼翼地掀开衣服，那块烙印赫然入目！

月光如洗，沈湘菱独自站在刘世铭家门前，犹豫了片刻，终于上前轻轻地拍门。

没有回应，沈湘菱转身要走。

门忽然开了。

"是你……"刘世铭愣住了。

"明天，我就要跟何平安拜堂了。"

刘世铭心头一疼，勉强点点头："恭喜。"

"可是我反悔了。"

刘世铭猛地站了起来："为什么？"

沈湘菱拿出那张自己手绘的图，递了过去："你认识这个么？"

刘世铭接过一看，神色顿时凝滞了——自己暴露了！这是他心中迸出的第一个念头。鬼使神差地，他的手缓缓摸向腰后的枪。

沈湘菱静静地注视着他。月光下，她的容颜依旧如当年，她的目光也像当年那样毫无防备。

刘世铭的手软了。他惨然一笑，低声说："你知道了？"

"你也知道？"

刘世铭愣住了。

"魏九峰告诉我，这是日本汉奸的标记。我在我最相信的人身上发现了这个。"

刘世铭心头豁地一跳："是何平安？"

沈湘菱重重地点头。

刘世铭缓缓坐下了，心中不断翻涌。

沈湘菱的声音有些发抖："所以，我要你查明白，何平安到底是不是汉奸！"

"为什么？为什么偏偏找我？"刘世铭茫然望着她。

"如果他真是汉奸，我就绝不能嫁给他。"沈湘菱的语气又平静下来，"你是最不希望我嫁给他的人，一定会尽最大努力查明真相。"

刘世铭好似灵魂出窍一般地坐着，像是问她，又像是在问自己："可我……怎么去查？"

沈家大堂里张灯结彩，桌案上还摆着一对红烛。

何平安穿上那身西装，与沈湘菱面对面站着。

沈学文笑嘻嘻的站在一边。

沈湘菱却是眉头紧锁。

何平安也皱起了眉头："怎么了？身体又不舒服？"

沈湘菱摇头，看着何平安，勉强笑了笑。

"那是……不开心？"何平安苦笑："我也想给你一个风风光光的婚礼，可现在……只有我们三个人。而且，恐怕以后也很难补上了。"

沈湘菱直视着他："我不在乎这些，我只要你是真心对我。"

何平安一笑："婚礼是冷清了，可我对你的心是热的。"

"谁说婚礼冷清了！"

何平安闻声一愣，转眼只见余鹏程带着柴志新大步走进来，两排士兵分立两排，站在院子里。

余鹏程走到堂前站定了，朗声笑道："我一个师长，一个参谋长，来给你证婚。后面还带着仪仗队！"

柴志新拉着何平安，往外一指："不止我们，你看！"

大门外，渐渐聚满了老百姓，人人脸上都挂着笑。

"恭喜恭喜！百年好合啊！"

"白头到老！你们两夫妻是我们的大恩人啊！"

"没有你们，我们早都饿死啦！"

何平安连忙大步走上前："谢谢，谢谢大伙！"

他眼圈有点发红，忙扭头望着沈湘菱："快来呀！跟大伙说个谢谢。"

沈湘菱一动不动，眼神异样。

"怎么了？身体不舒服？"

"因为她不愿意嫁给一个汉奸！"

一个严冷的声音响起，刘世铭分开人群，带着三青团的人大步走上前，直到何平安跟前才站定了："何平安！有充分的证据怀疑你是潜藏在城内的日本奸细，请跟我回去调查！"

柴志新脱口道："这不可能！"

余鹏程也上前一步："刘主任，是不是搞错了？"

刘世铭两眼只盯着何平安，嘴角吊着一缕冷笑："据可靠情报，日本的奸细身上都会有一个日本藤原家的烙印，这一点魏九峰县长也可以证明。何平安，你敢说你身上没有？"

何平安沉默着，忽然转头望向沈湘菱。

沈湘菱没有看他的眼睛，反倒往回退了一步。

何平安似乎明白了，心中一疼，转回头平静地开了口："是，我有。可我能够解释。"

"那就带回去再解释吧！"

第四十三章 英雄冤沉

衣服被猛地拉起来，结实的腰背上赫然露出那个丑陋烙印。

“咔嚓”一声，白炽灯闪烁，一名三青团团员举着照相机对准烙印拍照。

刘世铭对着他点点头，团员转身出去。

何平安整理好衣服，望着刘世铭，竟是笑了：“我都数不清，我是多少次来到这儿了”。

刘世铭没说话。

何平安：“只是想不到，我会以汉奸的身份坐在这儿。”

刘世铭忽然开了口：“你是汉奸么？”

“那你是汉奸么？”何平安轻轻重复了一遍。

刘世铭一惊，怔住了。

“被别人这么问，刘主任也接受不了吧。”何平安笑了：“棠德三青团的领头人，当然是忠心为国。我问你是不是汉奸，是对你的侮辱。可你这么问，同样也是对我的侮辱！”

刘世铭暗中长出了口气，却还是一言不发的看着他。

何平安自嘲地笑了笑：“其实，我早就想到有这一天。”

“身份暴露的这一天？”

“要解释这个印章的这一天。”

何平安目光一寒，缓缓站了起来。雷大虎、马潇等人的脸再次自他眼前闪过，他定了定神，尽量平静地向刘世铭从头诉说这个烙印的来历。

“所以你明白了么？”何平安最后说道：“这都是为了突围，为了救人——我不是汉奸！”

刘世铭直直盯着他，少顷，冷冷吐出两个字：“证据。”

“没有证据。”

“那我也帮不了你。”刘世铭抱起手臂，像不认识他似的上下打量着，少顷缓缓叹了口气：“其实我也不愿意相信你是汉奸。”

何平安讥诮地一笑：“你不是一直怀疑我么？”

“我一开始怀疑你是共产党，现在，不用怀疑了。你就是共产党。”他拿起桌上那本审讯录：“我跟共产党打过太多交道，可以说棠德城中没有人比我更熟悉共产党。坦白讲，我不喜欢你们。可我还是敬佩你们。我接触过的共产党，不可能出汉奸。”

何平安一愣，释然笑了：“谢谢！”

“可你让我太失望了！”刘世铭脸色蓦地冷了，他压低声音，每个字都像是从牙缝里挤出来的：“我可以不在乎你是什么人，你是不是共产党，是不是汉奸，这些我都可以不在乎！可你让湘菱伤心，这点，我非常在乎。”

何平安的瞬间黯然下来，他显然被刺伤了。

“我本以为，你会在她最后的这段日子里陪着她，保护她，让她开心，让她快乐！”

何平安豁地站起来：“我要见她！”

“她不会见你！”

何平安一怔，随即决然道：“见不到她，我什么也不会说！”

刘世铭冷笑：“你说不说无所谓，你身上的印记就是铁证。我不需要口供一样可以定你的罪。”

“就算是要杀我，也要让我见她一面！”何平安的眼神中带着哀求和执拗。

刘世铭悠然一笑：“我说了，她不会见你。”

“你不能代表她！”

“如果我告诉你，就是她举报你的……”刘世铭凑近了看着他，“你还认为，她会见你吗？”

何平安如遭雷击，跌坐在椅子上。

两人之间沉默着，无声无息。

半晌，何平安缓缓抬头，神色凄绝：“不管怎样，你都需要我的口供，好向所有人交代。你帮我找湘菱，就说我有话跟她说。见到了湘菱，我会说出一切。”

刘世铭沉默着。

何平安站起身，眼光灼灼：“我一辈子没有求过人，算我求你了！”

刘世铭长叹口气：“好，我可以替你去说。但是，我不保证她愿意见你。”

他转身往外走，伸手拉开门，却顿住了，并没有回头。

“何平安，我的确不如你。”

汽车停在三青团的门外。沈湘菱独自坐在车内，脸色灰颓，神情呆滞。刘世铭走出来，望着她，终于缓步走上来，拉开车门坐了进去。

两人沉默着，刘世铭在想怎么开口，最后还是决定开门见山：“他想见你。”

沈湘菱没有望刘世铭，缓缓摇头。

“你已经在这等了三个小时了。”

沈湘菱低声道：“我就是想，在外面陪着他。”

刘世铭一愣，长出了口气：“既然你这么关心，为什么不去见他？”

沈湘菱咬着嘴唇。

刘世铭追问："你害怕吗？怕他真的是汉奸？"

沈湘菱不置可否，稍顿，喃喃问道："他是汉奸吗？"

不等刘世铭回答，她又抬起眼睛，神情无助地望着对方："他不是汉奸，对不对？"

刘世铭望着沈湘菱的神色，心口一疼："既然你不愿意相信他是汉奸，又为什么举报他？"

"因为我太矛盾，害怕他真的是汉奸，可我还是爱他，不顾一切地爱他。我没法下判断，如果让我来选，我会绝对相信他。"沈湘菱声音打着颤："可是，我怕我错了。"

刘世铭点点头："他让你伤心了。"

沈湘菱转头望着前方，眼中泪光闪动。

刘世铭又问："那你愿不愿意去见他？"

沈湘菱却答非所问："我愿意相信你。不管经历过什么，至少在大是大非上，我相信你。你我之间的事情，我已经不介意了。"

"那是因为，你的心里现在只有何平安了吧。"

刘世铭苦笑起来，声音透着凄凉。

沈湘菱轻轻说道："对不起。"

刘世铭一笑："没什么。"

两人又是沉默。

沈湘菱："我相信你会做出正确的判断。如果他不是汉奸，你会给他清白。"

"如果他是呢？"

"如果他是……"沈湘菱不由咬紧了嘴唇："无所谓了，反正我也活不长。索性一起死了。"

刘世铭看着沈湘菱凄绝的神色，痛苦的闭上了眼："你去见见他吧。他见不到你，什么也不肯说，只有你能让他开口。"

沈湘菱犹豫着。

刘世铭转身，看着沈湘菱轻轻一笑："我认识的沈大小姐，可是天不怕地不怕的。"

沈湘菱依然沉默着。

刘世铭突然凑近身子，低声说着："你敢不敢？"

沈湘菱一震，猛地望向他。

刘世铭的脸上还挂着笑，眼中却带着泪。脑海中，全是沈湘菱跟他在一起的画面。

——她将一支烟递给自己："吸一口，你敢不敢？"

——她歪头看着自己："跟我逃课去，你敢不敢？"

——她闪动着长长的睫毛："娶我，你敢不敢？"

两人长久地对视着，刘世铭轻轻重复道："去见他，你敢不敢？"

沈湘菱沉沉地点点头："好，我去见他。"

说完，她打开车门，走了下去。

刘世铭留在车中，望着她的背影缓缓走进三青团的大门，一行冷泪无声地落了下来。

身后的车门蓦地打开了，一个人影闪进了后座。

刘世铭一愣，从后视镜看到，竟是藤原弥山："你怎么……"

藤原弥山冷冷道："我说你听，不想暴露就别啰嗦！"

刘世铭立刻住嘴。

"我们的人会挑起民愤，要求放了何平安。借此大闹棠德。到时候，你要用尽一切手段定何平安的罪，借中国人的手杀了他，永绝后患！"

刘世铭一惊："既然你们想救他，干嘛又要我……"

藤原弥山喝止："少啰嗦！我怎么说你怎么做！"

"何平安已经被你们烙上了烙印，已经是汉奸了，你们还要杀他？"

藤原弥山一愣："烙上烙印了？"

"就在腰上，你们藤原家的……"

他突然想到自己身上的烙印，屈辱地再也说不下去了。

藤原弥山一阵沉默："不可能，这个何平安很狡猾，他杀了景虎，绝对不会是藤原家的奴才！"

刘世铭脸色一阵青红。

"不管他是什么，他必须死！"藤原弥山阴狠道："如果你不想他死，那我只能将刘君的汉奸行为公之于世，刘君，你愿意作为汉奸去死吗？"

刘世铭身子一震，沉默了。

"不要犹豫，不然死的人就是你！"

藤原弥山的手从背后伸过来，重重地拍了刘世铭的肩膀两下。

街上没有一个行人，藤原弥山两头看看，推开车门走了下来。又警觉地瞅了瞅四周，快速从怀里掏出一个档案袋丢给刘世铭。

"这里是我伪造的铁证，可以证明何平安为大日本帝国办事！"

说完，藤原弥山头也不回地走了出去。

刘世铭缓缓拾起档案袋，只觉重逾千斤。

审讯室的门打开了，沈湘菱一步步地走进来。

何平安猛地抬起头，正撞上她的目光。

两人对视着，沈湘菱张了张口，一时却说不出话来。

何平安低声道："对不起，我害你伤心了。"

沈湘菱顿时撑不住了，一步上前，扑在他的肩头哭了起来。

何平安轻轻拍着她的头："没事的，我什么都告诉你，没事的。"

沈湘菱似乎要把所有郁结于心的委屈都哭了出来，一发不可收拾。

"德山上，雷大虎他们宁死也要保我出去找援军。为了预防路上不测，成功找到援军，他们临时给我做了这个烙印。当时大家就想到如果我有天被反咬成汉奸怎么办，我说，如果我能救德山的人，所有人都是我的证人。如果救不了……”

何平安苦笑摇头：“如果救不了，我也跟汉奸没什么两样。我果然没能救他们，都死了，一个也没活下来。没有人会为我作证。”

沈湘菱抬头望着他：“对不起……我不知道，我还以为……”

何平安惨淡一笑：“以为我会是汉奸。”

沈湘菱流着泪，连连摇头：“对不起，对不起！”

“现在，你相信我了？”

沈湘菱点头：“相信你，我相信你！我本来就不应该怀疑你。”

“不怪你，这是我应得的惩罚。”

何平安捧起她的脸，轻轻拭去了泪痕。

沈湘菱紧紧抓住他的手：“我现在就去跟刘世铭说！把一切都说清楚。”

何平安涩然摇摇头：“说不清楚。”

“为什么？”

“没有证据，刘世铭不会相信。他会说这一切都是我的片面之词。”

沈湘菱怔住了：“可是，你为棠德做了那么多事！”

何平安自嘲地一笑：“那有什么用？我根本无法证明。他们会说，是我害死的雷大虎，是我害死的秦岳。一切都是日本人为了让我赢得信任的阴谋。”

沈湘菱目光中流露出从未有过的慌乱。

何平安又说：“而且，城内的奸细没有抓到。他们会推波助澜，认定我是汉奸。”

沈湘菱刚要开口，门忽然被推开了，刘世铭大步走了进来。

沈湘菱忙起身迎了上去：“他不是汉奸，他是冤枉的，他……”

刘世铭目光冰冷地打断了她，高高举起手里的档案袋：“刚刚抓到几个内奸，人已经击毙了。可我们搜到了铁证。你为日本人办事的铁证。你之前的英雄行为，不过都是日本人的阴谋，那些人都是你害死的！”

沈湘菱一顿，难以置信地望着何平安和刘世铭。

何平安苦笑：“宁肯牺牲自己人，也要栽赃我……湘菱……”

话未说完，沈湘菱突然对着他甩了一巴掌！

何平安愣住了。

“想不到，你竟然真的是汉奸，你……你居然还在骗我，你一直都在骗我！”

沈湘菱决然地推开刘世铭，夺路而去。

何平安的目光紧随着她的背影，渐渐从惊愕变为了绝望。

刘世铭看着沈湘菱走远，转身望着何平安：“你还有什么说的么？”

何平安沉默半晌：“照顾她，别让她伤心。”

几张照片，不一样的身体，一模一样的烙印。

余鹏程神色肃冷地把照片丢在桌上：“除了这个烙印，再没有别的证据了？”

刘世铭看了看坐在一旁沉默的柴志新，顿了顿，又把一份文件推到余鹏程跟前：“警察局的张局长查到一个汉奸据点，在里面搜出一本汉奸的行动计划，上面记录了何平安为日本人办事的所有罪证。桩桩件件，触目惊心。”

余鹏程接过文件，打开，仔细翻看。

柴志新不由地打量了刘世铭两眼。

余鹏程猛然一拍，把文件砸在桌子上：“这里面要是真的，何平安足够枪毙一万次！万死不足赎罪！”

柴志新拿起文件，反复翻看：“沅江一战，何平安就已经跟日本人接上头了。德山上，是何平安里应外合才害死了雷大虎他们。桃源医院，何平安故意暴露行踪，引来日本人的伏击，喃，这些事件，都是何平安配合日本人做的。”

柴志新看着刘世铭一笑，又神情肃然看向余鹏程：“师座，这些话，未免牵强了。”

“那你怎么看？”

柴志新埋头踱了两步：“这一天一夜，我一直在想，就凭一个烙印，何平安就一定是汉奸？要是身上有烙印的就是汉奸，那这汉奸倒容易找了，把全棠德的人集中起来脱了衣服挨个查就是！鬼子没这么笨。所以，我在想，这会不会是鬼子的离间计？危急关头，我们可不能学崇祯自毁长城！”

“如果是鬼子的阴谋，何平安为什么不主动解释这个烙印？”刘世铭亢声道。

余鹏程突然有些出神。

“也许他有顾虑或者隐衷，自从日本人围困棠德，何平安做了多少事，立了多少功劳？！”柴志新反唇相讥：“刘主任，抗战六年来，你见过这样的汉奸么？！”

刘世铭毫不示弱：“如果这些功劳都是假的，是日本人送的，为的就是立一个英雄，埋伏在我们内部呢？”

两人的火药味越来越浓，余鹏程却仍一言不发地沉默着。

刘世铭继续道：“何况每次何平安立功……一起去的同志都牺牲了！你难道不觉得，这说明了点什么吗？”

门猛地被冲开，一个士兵跑进来：“报告师座！城内出事了，到处都有老百姓在闹事。县政府已经被围了！他们现在奔着咱们中央银行来了！”

余鹏程一惊，快步走到窗户前，看向了下面——中央银行那道雕花黑铁大门，已经被群情激昂的百姓堵得水泄不通！

“给我们粮食，我们要吃饭！我们要吃饭！”

伴随着汹汹口号，人群潮水一样要往门里冲。士兵们则横架着步枪，使劲往外推。

“把警卫二连也调来！重点守备县政府、三青团！”余鹏程放下窗帘，面无表情地走回桌前。

柴志新吃了一惊：“要镇压？”

余鹏程摇头：“以安抚为主。调兵是有备无患。棠德物资紧张，子弹打日本人都不够用，怎么能用来对付我们的老百姓？”

说完，他转头望向刘世铭：“请刘主任先回去三青团，估计那边也会出问题。无论如何要先稳住民心！”

余鹏程所料不错，此时县政府门外，也被愤怒激动的百姓堵住了！

张局长带着警察们一边死命扛着大门，一边苦苦哀求：“乡亲们呐，不是我们有粮自己藏着，我们也半个多月没吃饱饭了！我们和你们都一样。”

“谁信啊？！你们警察局就一个叫何平安的是个好人，还给关起来了，这世道就没一点天理，全是黑心肝的王八蛋！没给咱穷人留活路！”

“不管了，冲进去，我们要粮食，我们要吃饭！”

“放我们进去！我们要粮食，我们要吃饭！”

百姓隔门与警察推搡起来。

一个伪装做难民的汉奸抽冷子重重捅了陈花皮一拳。陈花皮忍耐不住，掏出警棍抽了对方一记。汉奸顿时滚落在地，手捂脑袋，满头鲜血，打滚大喊：“警察打死人了！警察要杀老百姓了！”

仿佛是往将沸的油锅里浇了一勺冷水，被激怒的百姓捡起砖头石块，隔着门与警察互殴起来！

张局长挥舞手臂大喊大嚷：“不能打！住手！都给我住手！”

街口，一队士兵跑步而来，带队的军官对天一声鸣枪！

众百姓一惊，停止了推搡。

士兵们冲过去，用身体撞开百姓。

拥挤的人群中，不断有百姓和警察受伤倒地，呐喊声却越来越响：“我们要粮食，我们要吃饭！”

“这样下去，怕要出民变了。”

沈湘菱站在窗前，忧心忡忡地看着县政府门外的人潮。

“沈小姐不必着急，这些乡亲……”魏九峰话没说完，忽然剧烈地咳嗽起来。

沈湘菱转过身，担忧地看着魏九峰：“魏县长，您现在应该去医院。”

魏九峰咳嗽着冲沈湘菱摆摆手，端起桌上的茶杯，猛地喝了一口，勉强止住了咳嗽：“这些乡亲都是因为吃不饱饭，近来粮食供应紧张，乡亲们难免会产生恐慌情绪，再加上可能受了一些煽动，出现这种情况这也都正常。张局长他们应该还应付得了。等局面再平稳一些，沈小姐就可以出去了。”

“魏县长，我不是担心我出不去。”

魏九峰一愣。

“我现在最担心的，就是民众到底受了什么煽动？又为什么偏偏正赶上这个时候？”

“沈小姐的意思，这次民众情绪失控，是被躲在背后的奸细精心策划的？”

沈湘菱点点头：“常德被困这么久，城里是什么状况，相信大家都心知肚明，每天限量供应，以前大家都能理解，为什么现在倒不能理解了？这只能说明，有人在煽动群众闹事，想让常德更乱起来。”

“沈小姐说得很对，可是，魏某想不明白，这些人为什么要选在这时候煽动群众呢？他们的目的又是什么？”

“这点我也不知道。”沈湘菱低头沉吟着，何平安的那句话忽然闯进了脑海：“城内的奸细没有抓到。他们会推波助澜，认定我是汉奸。”

“何平安？”沈湘菱与魏九峰几乎同时脱口而出。

“这就对了！”沈湘菱双眼晶亮：“何平安被抓了，他们肯定会迫不及待想尽办法给何平安定罪。”

魏九峰点点头：“如果何平安不是汉奸，那么一定要定他罪的人，就是最大的嫌疑人。”

“对，我也是这么想的！”

“不过……”魏九峰一双犹豫的眼睛看向沈湘菱：“沈小姐就真的认定何平安不是汉奸？”

街头到处都涌满了沸腾的人潮和激愤的口号：“我们要粮食，我们要吃饭！”

几个士兵荷枪实弹，用步枪强制分开人潮，夹着刘世铭艰难地走到三青团的大门口。

暴怒的百姓被步枪隔着，更加激烈地试图往上冲，看见刘世铭，又冲着他挥舞着手臂，喊起口号：“我们要粮食，我们要吃饭！”

刘世铭背抵着铁门，目光划过众人，神色越来越惨淡。

藤原弥山的脸在人群中闪了出来。

刘世铭的目光与藤原弥山对接在一起，脚步不由定住了。

大门内，士兵们正与三青团团员奋力挡着顶着，一个团员看到刘世铭，慌忙挤了过来。

“刘主任，市民们的情绪太激动，我们快抵不住了！”

刘世铭一愣，回过神：“抵不住也得抵住！”

他转过头，看向眼前情绪失控的难民，猛地大声喊了起来：“乡亲们，不要乱，不要乱！”

聚集的市民推搡着，刘世铭的声音被人声淹没了。

“快，去找个话筒来！”

三青团员迅速挤进门里，随后拿出一个话筒。

刘世铭站在台阶上，接过话筒，看向了下面的难民：“乡亲们！不要乱。现在鬼子已经兵临城下，他们最怕的就是我们团结一致，最盼的就是我们自己乱起来，自己人打自己人！乡亲们，请相信我们！”

“相信你们？”一个扮成难民的汉奸大声喊了起来：“既然要团结一致，为什么把何平安给关起来？是你们自己先打的自己人！现在又想花言巧语坑我们——我们要吃饭！”

众人跟着扬臂大喊：“我们要吃饭！我们要吃饭！”

“我也想让你们都吃饱饭！”魏九峰的声音忽然响起，众人顿时静了。

拖着沉滞的步子，魏九峰缓缓走出大楼，站到了台阶前，两眼望着眼前的人群：“乡亲们，九峰到棠德任职，一晃已是九个春秋了。各位都是棠德的父老乡亲，想必也应该记得这九年来棠德经历的风风雨雨。”

话才说了一半，他忽然低下头，咳嗽起来。

秘书慌忙递上茶盅。魏九峰喝了一口水，沉沉地看向了难民们：“如今，棠德再次面临内忧外患，粮食乃民生之根本，九峰深知大家吃不饱饭，可是，日本人围住我们，就是想用这样的招数来打垮我们。这说明什么？说明日本人快坚持不下去了。想让我们自己先乱起来，我们不能上他们的当。我们要坚持。相信我，只要我们再坚持几日，援军一定会来救我们，日本人迟早会被赶出棠德，赶出中国！”

他一阵大喊，忍不住又剧烈咳嗽起来。

张局长一看难民们开始犹豫，慌忙举起手臂带着警察们大声喊了起来：“坚持住，等援军！”

众警察：“坚持住，等援军！”

难民们一时被震住，面面相觑，渐渐地，一些人受到感染，也跟着举起手。

魏九峰微微抬手，制止警察们的动员呐喊：“大家请回吧，只要我们团结一致，敌人的阴谋就无法得逞。棠德就迟早会恢复原来的繁荣康定。相信我，只要有我魏九峰一口气在，我就绝不会让棠德的百姓饿肚子！”

一阵沉默。

众难民一脸苦色，相互看着，慢慢散开。

“别听他的，他说得好听，谁知道背地里是啥样啊？前段时间不还整治过市场吗？那些富商不还高抬过粮价吗？他们就是不想让我们吃饱饭，就是想坑我们！——我们要粮食，我们要吃饭！”

人群中忽然响起一个声音，难民再次被挑动起来：“我们要粮食，我们要吃饭！”

现场再次陷入一片混乱。

“乡亲们，乡亲们，请你们冷静点！我现在就……”魏九峰话未说完，突然一口鲜血喷了出来。

人群里一阵哗然。

张局长大惊，一把上前扶住他：“县长！怎样了？！”

“没事……”

魏九峰只觉得心发慌，腿发软，眼前也一阵阵发黑。他只能竭力站稳身体，恍然四顾，人群里已响起低低的议论声。

“县长，我送你去医院！”

魏九峰喘息道：“不能休息，不能休息，你送我，送我去中央银行。”

张局长一咬牙：“好。我背你！”

“不用，你，你陪着我就行。”

魏九峰急促地喘息着，脸色蜡黄。

张局长扶着魏九峰走下台阶，难民们不由让出一条通道，

奸细在人群中大喊："别放他们走！他们走了，我们就没饭吃了，拦住他们。"

另一个声音响起："我们要吃饭！"

然而，这次，民众们却没有响应，众人看着魏九峰边咳嗽边艰难地走来，纷纷让出了通道。

刚才喊话的声音消失了。

后门门口，几个警卫持枪而立。

几个蒙面人潜伏在街口，远远看着警卫。

临行前，藤原弥山的命令又响在耳边："只要何平安被认定是奸细，你们就安全了。所以你们要一面鼓动饿急了的民众去抢当兵的粮食，一面趁机去三青团装作营救何平安！"

领头的蒙面人伸手入怀，掏出一封信："营救要失败，但这封信一定要交给他！"

前门的呼喊声隐隐传过来："我们要吃饭！我们要吃饭！"

领头的蒙面人点点头，对同伴用日语吩咐："可以行动了！"

一个蒙面人轻轻地猫起腰。

领头的一把扯住他："不要潜入，要动静大，一路杀进去！"

一声刺耳的枪响！

三青团门前，围在门外的百姓情绪似乎平静了些。

刘世铭还在声嘶力竭地演说着："我知道乡亲们吃了很多苦，遭了很多罪！其实我们这些吃皇粮军饷的也是一样，乡亲们在挨饿，前线的战士每天也只有两碗稀粥，他们也是在饿着肚子跟鬼子拼刺刀啊！鬼子围困常德这么久，土匪、烧粮、奸细，连病毒都用上了，就是因为他们快支持不下去了！"

不少百姓停止动作，开始静静地听他说着。

"越是这个时候，我们越是要坚持，要凝心聚力、坚定意志，万不能因为一己私利或者一时糊涂上了鬼子的当，被他们利用！"

刘世铭忽然说不下去了！他痛苦地闭上眼睛，背上的烙印仿佛被重新烙烧了一回！

忽然一声枪响！

一个团员大声叫道："书记，是后门！"

"不好，是何平安！"

刘世铭猛地丢下扩音筒，转身向后门跑去！

"砰砰"两声，楼前的两名警卫应声倒毙！

蒙面人冲进楼内，径直奔向审讯室，领头的蒙面人倒转手枪，猛地砸开门锁！

拷在椅子上的何平安豁然转过头："是谁？"

领头的举起枪对准何平安的额头："跟我们走，不然杀了你！"

“你是日本人？”

一个蒙面人上前扯起何平安，却发现他被手铐铐在椅子上。

何平安趁机用手肘狠狠向对方撞去！

蒙面人一个趔趄撞在身后的椅子上。

另一个蒙面人忽然从腰里拔出一把短刀，一刀砍断锁住何平安的手铐铁链，挟持起他就往外冲。

何平安犹在冷笑：“这样就想叫他们相信我是汉奸？”

“他们已经相信了！”

领头的把一张纸条塞进何平安的口袋。

一声枪响擦着何平安的耳畔呼啸而过！

刘世铭带着一队三青团员冲了进来。

打头的回击一枪，一个三青团员捂着胳膊倒地呻吟。

领头的大喊：“不惜一切代价，营救何君！”

蒙面人相应喊起来：“营救何君，掩护何君！”

刘世铭趁机一枪击中一个蒙面人！

领头的推开何平安，使个眼色，众蒙面人相互掩护着向后门撤离。

刘世铭带着团员紧追不舍。

领头的蒙面人一把抓住受伤的同伴，挡住身躯狠狠推向刘世铭。

刘世铭一枪击中！身体却被挡住了。

眨眼之间，蒙面人已逃得无影无踪。

团员欲追，被刘世铭一扬手止住了：“不要追，他们一定有埋伏！”

刘世铭蹲下身，揭开死者的面巾，露出汉奸的脸。他顿了顿，猛然伸手撕开死者的胸口衣服，熟悉的烙印赫然可见！

一个团员跑过来：“书记，你看！”

刘世铭转头一看，身后的白墙上写着一行鲜红的日文！

他定定看着，忽然走上前，一把揪住何平安的衣服，迫使何平安跟自己对视着。

“你还有什么话说？”

何平安淡漠地一笑，闭上了眼睛。

一个穿着破旧的仆役端着一碗稀米汤放在桌上。

藤原弥山端起碗，喝了一口：“这碗汤里有得意的味道啊。原田君，看来你们的行动成功了。”

仆役抬起头，破毡帽下露出一双奸狡的眼睛和眉毛上的疤痕。

刀疤眉诡异一笑：“营救失败，一个支那人被击毙。现场留下了很多何平安投敌的证据。”

藤原弥山得意地大笑起来。

刀疤眉："按照阁下的吩咐，在下已经顺利完成了这次的任务！"

藤原弥山止住了笑声："这些都不重要，重要的是——那张纸条也交给何平安了吗？"

"是的！但我不明白，那张纸条到底有什么用场，必须要交给何平安呢？"

藤原弥山摇摇头，故作神秘地笑了："那是能让何平安主动承认自己是汉奸的利器。"

迎着刀疤眉疑惑的目光，藤原弥山端起那碗稀米汤，惬意地呷了一口。等放下碗，他的神色又恢复了残忍严酷。

"下一步，就是继续煽动老百姓闹事，不过口风要变，从要粮食，变成要见何平安。要让那些愚蠢的中国平民相信，何平安是英雄，只要何平安出面，就一定能解决粮食问题！这样，只要何平安一出现，我就有把握让他亲口承认自己是汉奸！"

第四十四章 我是汉奸

余鹏程、魏九峰并列坐在桌前，柴志新站在一侧，三人表情皆十分沉重。

刘世铭独自站在桌子对面，低声汇报着：“击毙的匪徒身份已查明，就是数天前由何平安放进来的那批‘难民’。他身上也有……也有烙印。”

余鹏程目光低垂，只有嘴角抽动了一下：“还有么？”

“还有，跟我们动手时，那些匪徒有的用日语喊话，有的用汉语，大意是不惜一切营救何平安。他们还在墙上留下了一行日文，意思是：‘倘敢伤害何平安，城破后一定屠城！’”

“岂有此理！”

余鹏程重重捶了下桌子。稍顿，缓缓站起身：“看来，是我错了。”

他转向魏九峰，沉重地吐出口气：“魏兄，兵法说，知己知彼，百战百胜。可我这双眼睛，既不能知己，也不能知人！”

魏九峰闷闷地咳嗽着，半晌，才哑着声音回答：“他在我手下九年，我都没看清他，我的责任比余师长大。”

“接下来，就请魏县长秉公处理吧。”

刘世铭趁机把一张文件递到魏九峰面前。

枪决令！

魏九峰看了刘世铭一眼，剧烈地咳嗽了半晌，慢慢伸手摸向口袋，掏出笔。

“砰”的一声，一块石头破窗而入，正砸在那纸枪决令上！

一个警卫慌慌张张地跑进来：“报告司令！外头，外头……老百姓都乱了，吵着要见何平安！”

“啪”！魏九峰的笔尖折断在纸上！

汹涌的人群围在中央银行大门前，比昨天的更多，更激昂！

不少人手里拿着空碗破锅，扬着空荡荡的粮袋，还有的抓起地上的碎石砖头往门里丢。

“放了何平安，我们要吃饭！放了何平安，我们要吃饭！”

几个士兵顶住门，竭力挡住人群冲入门内。

柴志新站在士兵之前，苦口婆心地规劝着：“何平安有些问题需要交代，三青团正在调查，很快会给大家答复……”

“何平安是英雄，救了我们大家的命，凭什么调查他？”

“是不是因为你们把我们关在城外，何平安放我们进来，还给我们饭吃，所以才被你们关起来了？”

“让余鹏程和魏九峰都出来！放了何平安，我们要吃饭！”

人群的情绪更加汹涌起来！

一个士兵被一砖砸在头上，鲜血直流！

柴志新一把捂住受伤士兵的额头，退回大门内。

众难民情绪失控，挤向大门。

士兵们竭力顶着门。

余鹏程放下窗帘，沉重地叹了口气：“劝不住了。刘主任，把他带来吧。”

刘世铭一惊：“谁？”

魏九峰：“何平安。”

“不行！何平安是汉奸，不能再让他成为难民心中的英雄。”

魏九峰缓缓道：“可是，现在民心民怨，如果不把何平安带过来，只怕这场混乱很难平息。”

刘世铭迟疑着，不肯动身。

魏九峰又道：“不管何平安是不是汉奸……”

刘世铭蓦地打断他的话：“他就是汉奸！所有的证据足以定他的罪。”

“可现在是民心所向。”魏九峰的语气变冷了：“不管何平安是不是汉奸，只有让他来平复民愤，常德城才不会再混乱下去！”

电话铃声忽然响起。余鹏程一把抓起听筒：“我是余鹏程！”

听筒那段的声音大得连魏九峰和刘世铭都听得清清楚楚：“师长，鬼子又发动进攻了，我们的战士伤亡惨重，请求支援，请求支援！”

所有人神情一凛。

余鹏程看向柴志新：“志新，你去吧。无论如何也要挡住日本人的进攻。”

“是！保证完成任务。”

柴志新双脚一靠，向余鹏程敬了一个军礼，快步走出办公室。

众人看着他离去，竟都沉默了。

魏九峰上前一步：“没时间了，快下决定吧。”

刘世铭依然呆立原地，不语不动。

“刘主任，我现在以常德最高军事长官的名义命令你！”余鹏程看向刘世铭眼光炯炯，

“带何平安，平复民愤！”

晃晃荡荡的车后厢内，车厢左右一边一条长木板，何平安与刘世铭面对面坐着。

何平安双眼紧闭，背靠着车厢，双手还被铐着，神色看起来十分憔悴。

车外的喧嚷声不断传来，震耳欲聋：“放了何平安，我们要吃饭！放了何平安，我们要吃饭！”

“砰”的一声，石头砸上车厢的声音！

车猛地停下了！

刘世铭一惊，身子一歪几乎跌倒。他转过头，大声喝问前面开车的司机：“怎么了？”

“前面都是人！开不过去了！”

刘世铭透过车厢的缝隙往外一望，街头拥挤激昂的人群好像一锅被烧滚的热油。

“放了何平安，我们要吃饭！放了何平安，我们要吃饭！”

他怔了少顷，掏出钥匙，拉住何平安双手的手铐，两眼盯着他：“余师长、魏县长下了命令，只要你能够安抚灾民不要闹事，就先放了你，你还回去当你的国民英雄。但前提是要你帮政府做事，不再做汉奸，弃暗投明！”

何平安依然一动不动，神色漠然。

刘世铭又补道：“这是你争取宽大处理的最后机会！”

何平安依旧沉默。

“何平安，你到底接不接受命令？！”

何平安睁开眼，漠然看着他：“如果我不接受呢？”

“这不是你讨价还价的时候！”

“她会来么？”

刘世铭怔住了。

何平安惨然笑了：“连她都认定我是汉奸，我还能让别人相信么？”

刘世铭垂下目光。默默地把钥匙插进去锁孔，打开了手铐。

何平安神色麻木地起身，跳下车厢。

“何平安！”

何平安不禁回头。

刘世铭望着他，目光居然十分真诚：“我相信你。”

人潮已经冲破了中央银行的大门，围堵在办公楼前！

士兵横架着枪，奋力挡住要冲进大楼的民众！

“让余鹏程出来！魏九峰出来！为什么要抓何平安！”

“为什么不给我们发粮食？！”

“放了何平安，我们要吃饭！”

张局长带着陈花皮等警察，也跟着士兵一起阻挡民众。

陈花皮四顾无措，焦急地问张局长：“何平安怎么还没来？刘世铭呢？”

张局长还没回答，一块石头贴着他脸飞过，把身后的大楼玻璃砸得粉碎！

“这简直是暴动，造反！找何平安来也没用，干脆上枪说话！”

张局长话音才落，碎石砖头纷纷砸向办公楼大门和窗户！

办公楼的大门忽然打开，余鹏程冒着砖石大步走了出来。

纷拥的人群一时静了。

魏九峰紧跟在他身后，也走了出来。

余鹏程站到台阶前，望着台阶下被士兵隔开的群众：“我就是你们要找的余鹏程。何平安的逮捕令是我下的！”

所有人静静望着他。

余鹏程看了看身旁的魏九峰，继续转向民众：“我知道大家今天来，是管我和魏县长要饭吃。这几天没保证大家吃饱饭，是我跟魏县长的失职。你们家里都有爹娘，有老婆孩子，每天一睁眼就对着好几张嘴，向你们要吃要喝。我跟魏县长呢？全棠德的爹娘都是我们的爹娘，全棠德的孩子都是我们的孩子，还有我那些前线上的兵……我们每天一睁眼，就是几千张、几万张嘴等着要饭吃！你们看看魏县长，病成了这样还整夜熬着……可还是顾不过来，真是顾不过来啊乡亲们！余鹏程无能，给乡亲们赔罪了！”

他重重一点头，对着人群深深鞠躬。

魏九峰咳嗽着，也吃力地鞠下躬。

众人怔怔看着，有些感动，也有些不知所措。

“赔罪有什么用，鞠躬有什么用！”

人群中，蓦地响起一声怒吼。

余鹏程愕然抬头，犀利的目光扫视着人群。

一个壮实汉子拨开人群走过来，站在余鹏程跟前：“我们今天来，是来要粮食，要放人的，不是看你假惺惺掉眼泪！你刚才说何平安是你下令逮捕的，你为什么要抓他？他打鬼子、守德山、把我们救回城，还给我们带回来救命的解药！他是英雄，你们为什么要害他？”

余鹏程直起身，凝视着他，少顷缓缓开口：“兵临城下，城内又有内奸，他们烧了粮仓、炸了军火库，为了棠德大局，也为了大家的安全，所以我才下令严格内部审查，但有刻意之处，宁可错查，不能漏网！这并不是针对何平安一个人。”

“棠德这么多人，这么多当官的，为什么你别人都不抓，偏偏抓了立下那么多功劳的何平安？！是不是因为他救了我们这些难民？你们心里担心？我看你就是学秦桧，杀忠臣！”

汉子指着余鹏程，转身对着身后的众人大喊：“就是他！那天夜里就是他让当兵的把住城门，不让我们进来！何平安救了我们，他就诬陷何平安是汉奸，要杀忠臣！”

“哗”地一声，人潮再次轰动起来！

汉子大吼：“他要杀忠臣，我们就要杀奸臣，我们要救何平安，要吃饱饭！”

“杀奸臣，救平安，吃饱饭！杀奸臣，救平安，吃饱饭！”一块砖头直砸向余鹏程！

碎石纷纷砸向余鹏程和魏九峰！

副官慌忙挡在余鹏程身前。

张局长带着几个警察上来，把余鹏程、魏九峰围在中间。

副官："师座，这里太混乱，您先回避吧！"

"娘的，真反了天了！"张局长拔出手枪，对准不断煽动人群的那个汉子："肯定是个汉奸！"

魏九峰一把抓住枪管："不能开枪！真死了人，就彻底控制不住了！"

他说着，转向跟民众对峙的警察和士兵，声嘶力竭地喊着："不能开枪，不能开枪！"

"砰"的一声枪响！

魏九峰的脸色霎时雪白。

人群定格似的，再次静了。

何平安手握着一支枪，枪口向天，在刘世铭的押送下缓缓从人群中走了出来。

所有的眼睛都盯着他。

何平安一直走到台阶下，站定了，木然看了余鹏程等人一眼，转过身，面向众人："我就是何平安，我被放出来了。"

人群中"轰"的一声，爆发出一阵兴奋欢呼。

"何长官出来我们就有饭吃了！"

"何长官，带我们找粮食！"

"何长官，我们要吃饭！"

那个汉子一步蹿到台阶上，站在何平安身边，抓起何平安一只手往上一举："何长官，这里的人命都是你救的，只要你说一句，是谁害的你，谁诬陷你是汉奸，我们就跟他拼命！"

"不能让他们害了你！"

众人跟着大叫起来，不由地又往前挤了一步。

余鹏程、魏九峰眼睁睁看着何平安。

何平安沉默着，双眼在人群里搜索。

黑压压的人群，一双双看向他的眼睛。

忽然，他的目光一亮，人群中，他看见了沈湘菱！

迎着他凝重的目光，沈湘菱垂下眼睛，漠然转身，往人群外走。

何平安目光暗了，嘴边却浮出一丝怪异的笑："没人陷害我。我就是汉奸！"

人群"轰隆"一声，炸了！

沈湘菱蓦地停下，转过身震惊地望着他！

余鹏程、魏九峰愕然失色！余鹏程猛地转向刘世铭："他在干什么？！你怎么传达的命令？！"

那个汉子呆了一呆，跟着伸手向人群中一压，抓住何平安的肩膀大声喊着："乡亲们！乡亲们听我说！一定是他们逼的，是他们逼着何长官承认！何长官，你不要怕！这么多人都在，我们给你撑腰，不会让他们再害你！"

众人："我们给你撑腰！"

何平安抬起手安抚住难民，勉强笑了笑。

人群稍稍安静下来。

何平安的目光从沈湘菱脸上转回，沈湘菱木然望着他："没人逼我，我就是汉奸。"

汉子："这不可能！你立了那么多功，救了那么多人！你要真是汉奸，为什么还杀鬼子，为什么还要救我们？！"

余鹏程一步冲出，对着何平安沉声低喝："何平安，你现在一句话不慎，就会激起民变！我命令你，安抚民众！既往不咎！"

何平安冷冷看了他一眼，把目光投向人群："我立的功，都是假的！是日本人精心安排，故意让我立功，好让我取得余师长他们的信任，执行更重要的任务，给他们提供更多的情报！在德山，是我出卖了雷团长等战友，帮助日本人全歼了守军，一个人回来当英雄！在桃源，是我故意把同伴和刘副院长引入圈套，又是一个人回来……"

他的目光只望着沈湘菱一个人，极度平静地诉说着。

沈湘菱怔怔望着他，目光中充满震惊、疼惜和悲哀。

"那你为什么要救我们？！"人群中忽然爆发出一声质问。

何平安闭上眼睛："因为我要取得你们的信任，配合日军的行动，煽动群众对抗军政，让棠德不攻自破！"

众人震惊，全场一时竟鸦雀无声。

何平安平静地看着众人。沉沉地出了一口气："我就是汉奸，是我害死了自己的战友，害死了同胞，他们把命交给了我，可是我却害死了他们。我是汉奸！我对不起他们！也对不起你们！别把我当英雄了。我不配！我害死了那么多人，我知道错了！错了！当汉奸都没有好下场，所以，我不想再当汉奸。我要和你们一起抗日，一起把日本鬼子赶出中国。我们是中国人，我们的民族等着我们拯救，我们的热血写着中国人的名字！只要我们众志成城，日本人就别想在中国猖狂。我不做汉奸！我要做有骨气的中国人！"

台下一片沉默。

"狗汉奸！"突然，站在何平安身边的汉子一拳把何平安砸倒在地！

人群沸腾，仿佛被点燃的火炬，沈湘菱一惊，奋力想拨开人群冲上去，却被暴涌起来的人群推挤地更远。

"打死他！打死他！打死汉奸！"

士兵和警察竭力阻挡着人潮。

石块砖头对准何平安飞来。

魏九峰剧烈地咳嗽着，对张局长等人大喊："快，快！保护何平安！"

陈花皮等人忙上前围住何平安，用身体为他阻挡："何头儿，他们说的我不信，你说的我也不信！我就认定你不是汉奸！"

何平安擦擦嘴角的血，站起身来。他头上身上多处被砸破，却似乎浑然不觉，一双眼睛在人群中搜寻着。

人群中，沈湘菱竭力往前挣扎。

“我就是个汉奸！所有我立的功，都是假的！所有我说的话，也都是假的！只有一句，只有一句是真的。”

何平安不顾飞向自己的纷纷砖石，眼睁睁看着人群里的沈湘菱。

沈湘菱忽然停住了。她惊惶地望着何平安，似乎怕他再说出什么对自己不利的话。

何平安对着她笑了，无奈，却洒脱而深情：“我喜欢你，是真的。”

所有的身外人事都变成了虚幻。

沈湘菱含泪与他对视着，仿佛已听不见身边越来越响的吼叫声：“打死何平安！打死狗汉奸！”

那个汉子一拳打倒一个警察，夺过枪，指向何平安：“狗汉奸！”

陈花皮一把推开何平安！

一声震耳欲聋的巨响！

大楼门口浮土飞扬！众人站立不住踉跄摔倒。

副官撑起身子望着不远处的火光：“师座！是日本人，日本人的突袭！”

余鹏程一惊，急忙上前对着惊慌的民众高声呼喊：“乡亲们，乡亲们！不要慌！”

人群乱得仿佛沸油。

副官焦急喊道：“师座，已经控制不住了！”

“战事要紧！这里交给警察，抽调所有兵力，守城！”余鹏程指着何平安：“先关起来！”

说完，他带着士兵匆匆离去。

两个士兵上前，把何平安硬拖进楼里，他却回过头，深深望着沈湘菱。

沈湘菱凄然一声呼唤：“何平安！”

纷涌的人群终于冲破了警察的防线，冲进了中央银行的大院里！

硝烟漫天，炮火蔽日，一场残酷的战斗打响！

浓烟弥漫的远处，数辆日军坦克缓缓碾来。

坦克的炮火接连击中国军战壕，一些国军士兵不断被炮弹炸得飞出战壕，坦克之后，密密麻麻的日军士兵蜂拥而上。

“弟兄们，跟我冲！”

随着军官的一声喝令，虎贲士兵纷纷跳出战壕，迎着坦克冲向日军，展开了紧身刺刀战！

一个国军士兵冲向日军，还没冲到却被日军的刺刀刺中，日军士兵横斜一挑，国军士兵甩了出去。

排长大喝一声，冲向日兵，手里的刺刀连挑两枪，却被偷袭的日兵刺中腰眼，排长身子一歪，抽出手枪，冲着日兵连开两枪，正要转身，身上又被两日兵刺中。

血顺着刺刀急速喷涌而下，排长双眼暴突，一声大喝抽出刺刀。

一声枪响，他仰面倒了下去！

城头上，柴志新放下望远镜，一脸凝重："三连，马上顶上！一定要把鬼子的坦克挡在五十米外。"

三连长大声应道："是！"

"利用战壕，流动推进，不要盲目冲锋，配合工兵连，毁不了坦克，就炸断它们的履带，让它无法前进！"

"是！"

三连长匆匆跑下城。

柴志新又命道："一排，挡住鬼子步兵，一定要把鬼子给我压回去！"

"是！"

一排长也匆匆跑下城头。

柴志新重新拿起望远镜看向前方。

望远镜里，国军的伤亡越来越惨重。日军的坦克一路前行。

"鬼子的攻势又加强了……"

一个士兵跑上前："团长！一排全部牺牲了，三连长也……"

柴志新猛然回头："这么快？"

他稍一沉吟，清瘦的脸颊已泛起一片刚正剑气："壮志饥餐胡虏肉，笑谈渴饮匈奴血！"

"哗"的一声，他抽出腰间战刀，看向身边战士："弟兄们，跟我出城，拼了！"

"拼了！"

众士兵咆哮着，紧随柴志新冲向阵地！

嘈杂一片的喧嚷声中，难民潮水般冲进粮库："抢粮食！杀汉奸！抢粮食，杀汉奸！"

"这是军粮，是军粮！不能抢！"

几名看守的士兵竭力阻挡着，高喊着，却被人潮湮没。

一个士兵飞快地摇动着电话，对着电话一阵急吼："师长，师长，难民抢粮，要不要开枪，要不要开枪！"

余鹏程拿着电话看向坐在桌边的魏九峰，刘世铭，何平安。

电话里，士兵还在焦急地喊着："师长，师长，快啊，难民们快要冲破大门了，要不要开枪，要不要开枪！"

余鹏程的话筒对着众人，眼睛看着众人。

所有人都陷入了沉默。

余鹏程沉沉道："粮仓被抢，棠德城的所有官民都将饿肚子，要想不被抢，就只能开枪，你们说，我是同意开枪，还是任难民们抢粮？"

众人一阵沉默。

"好，既然你们无法决定，那我来定！棠德城不可无粮，既然开战前就颁布了政府公告，抢粮者按破坏抗日论处……"

“余师长，请等等！”魏九峰咳嗽着打断余鹏程，抓住茶杯喝了一口水：“等一等，先不要对老百姓动武。”

余鹏程摇摇头：“我的士兵坚持不了多久。”

“就给我十分钟！”魏九峰说着，又大声咳嗽起来。

余鹏程不由皱紧眉头：“好，魏县长，我可以再等等，你还有什么办法？”

魏九峰用手帕捂着嘴，大力咳嗽了一声，窝着帕子揣入裤兜，看向何平安：“我想和何平安单独谈谈。”

何平安一怔。

刘世铭神情陡变。

余鹏程冷眼看着两人的脸色，沉吟一下，点点头：“好。我等你的决定。”

“何平安，你来。”

魏九峰躬身站起，何平安慌忙上前扶住魏九峰，两人走向会议室对面的办公室。

一进门，魏九峰就颓然坐在椅子上，埋着头剧烈地咳嗽起来。

外面传来轰隆隆的炮火声，以及纷杂的呐喊声：“抢粮食！杀汉奸！抢粮食！杀汉奸！”

魏九峰好容易止住咳嗽，抬眼望着何平安，微微一笑：“你听，他们在喊什么？”

何平安漠然看着他，不回答。

“是听不见，还是不想听？”

何平安冷冷道：“他们在喊，要杀汉奸，杀了我。”

魏九峰望着他摇了摇头，眼底流露出一道异样的光：“可你不是汉奸。为什么要当众承认，把自己变成众矢之的？”

何平安目光一动，跟着又死寂下来：“我说了，我就是汉奸。”

“乔榛已经醒了。她证明，你绝不是汉奸，你非但不是汉奸，还是杀了藤原景虎的英雄！”魏九峰一笑：“这里只有我们两个，你说吧。”

何平安迟疑着，终于从怀里掏出那张纸条，展开在桌上。

魏九峰咳嗽着捡起纸条反复看着，眉头皱了起来。

“这是那帮假装来救我的日本人给我的。”何平安声音很低：“说小猴子在他们手上，如果想孩子活命，我就得公开承认自己是汉奸，以前的所有事都是我做的!”

魏九峰放下纸条，苦笑着摇了摇头：“弄巧成拙！想不到这回不但我魏九峰，连沈大小姐也会弄巧成拙！”

何平安目光顿时冻住了：“你说她是……什么意思？”

“说你是汉奸，把你逮捕审讯，其实是为了引蛇出洞，好趁机抓住真正的汉奸！可是我万万没想到，沈大小姐也没想到，日本人会狡猾到这个地步，利用你被捕煽动民变！”

魏九峰说到这里，注意到何平安的异样，不禁一笑：“怎么，你真以为自己的老婆会认定你是汉奸？放心吧，她是故意的，她比谁都相信你！可她说必须得假戏真做才能引出真鬼，想不到你还真被她‘骗’了！”

何平安愕然无词。一时间，他仿佛再次看到人群中那双依依望向自己的眼睛，充满着震惊、疼惜和担忧！

他垂下目光，竭力抑制着情绪，少顷才抬起眼望着魏九峰，声音有点打颤："魏县长也一直相信着我？就凭乔榛的一面之词……如果乔榛也是我的同伙呢？"

"这个问题我也问过沈湘菱，她的回答也可以作为现在我对你的回答。"魏九峰咳嗽着笑了，"那就是——因为我更相信何平安不是汉奸。乔榛只是一个理由，有没有这个理由，我都相信何平安不是汉奸！"

何平安低下头，一时只觉得五内俱焚。

魏九峰垂询的眼神看着他："你也知道眼下的情况，有什么办法？"

"眼下日本人在城外突袭，难民在城内暴乱。可说是内忧外患。内部，奸细已经挑起了民变，老百姓的心理已经被击溃了，如果吃不上粮食，不等日本人进城就已经乱了。"何平安抬起眼，担忧地看向门外："外部，日本人这一轮的攻击，未必还能顶住！"

魏九峰微微咳嗽两声："是啊，如果不赶紧想办法，只怕破城就在今日。"

何平安低头思忖了一下，目光忽然坚韧起来："是置之死地而后生的时候了。"

"怎么解？"

"这个很冒险，要拼死一试。"

"接着说！"魏九峰追问道："这个时候了，没有什么拼死不拼死，总要试试！"

何平安一笑："好，我的办法就是——放粮！"

"什么？放粮！"余鹏程豁地站了起来，惊疑地瞪视着魏九峰。

刘世铭也脱口而出："不行！"

余鹏程意味深长地看了刘世铭一眼，转向魏九峰："魏县长，能说说你的想法吗？"

"常德已经进入最后一战，粮食留得再久也没用，因为我们的武器，弹药，守不住这么久，不如给老百姓吃顿饱饭，并晓以大义，激发起老百姓的抗战热情，这样还有一拼之力。"魏九峰缓缓道："堵不如疏，让老百姓去哄抢，就是没有计划，什么粮食都留不下，有计划的放粮，还能控制一批粮食，用以军用。"

余鹏程犹豫着，背着手踱了两步，眼睛不由望向了对面的办公室门："这是何平安的主意？"

魏九峰笑而不语。

余鹏程沉吟片刻："好，我同意放粮！"

刘世铭一惊，刚要说话，耳边突然传来一阵急促的咳嗽声。

魏九峰剧烈咳嗽着，猛地，一口血喷了出来。

余鹏程慌忙上前扶住他："魏县长！"

战斗越发惨烈。

柴志新的队伍冲开层层日军，几名士兵抱着手榴弹，钻进了坦克履带。

一个士兵受伤躺在阵地中间，坦克缓缓开近，士兵咬牙拉动身上捆着的手榴弹引信，一声巨大的爆炸，坦克升起一团黑烟，瘫痪了。

“就这样，把他们的坦克部队废了！”柴志新抓起一捆手榴弹要冲上去，身边的士兵却一把拉住他：“团长，我去！”

他一把抢过柴志新手上的手榴弹，敏捷地钻进了地上的弹坑。

一辆坦克开来，履带慢慢碾过弹坑。

轰然一声炸响！

柴志新双目尽赤，挥刀大吼：“冲啊！”

在这怒狮一般的咆哮声中，虎贲们竟然冲破了敌人的战线，一路杀进了鬼子的步兵队伍，顿时，日兵队伍一阵混乱，大批鬼子掉头往回跑。

柴志新犹在嘶吼：“杀，杀，杀！”

余鹏程和魏九峰坐在桌前，正在听张局长的汇报。

“按照余师长的指令，老百姓们都在井然有序的领取粮食。没有出现暴乱情况。”

余鹏程点点头。

电话铃声轰然响起。余鹏程起身拿起听筒。

众人紧张地注视着他的脸色。

“很好，志新，我要为你记功！”

余鹏程略带兴奋地放下听筒，看向魏九峰：“鬼子撤退了！”

“太好了。”魏九峰长出了一口气，身体松弛下来，不禁又咳嗽起来。

余鹏程大步走到门口，推开门对守在外间的参谋们大声道：“日本人退了！”

众参谋欢呼声四起，坐在一旁的刘世铭却一脸惊愕。

余鹏程不由多看了他两眼。

一个人推门走了进来，径直站到了余鹏程跟前：“谢谢余师长的信任，采纳了我的建议。”

参谋们停住了欢呼，愣愣地注视何平安。

余鹏程也深深审视着他：“我还是不相信你是汉奸。”

魏九峰微闭了一下眼，轻叹了一口气：“没有明确的证据，继续关押吧。”

刘世铭上前两步，走到办公室门前：“何平安，走吧。”

何平安走出办公室，对面的会议室里，几个参谋却突然立正，对着何平安敬了一个军礼。

何平安微微点头，向着众人淡淡一笑，脸上竟比刚才更加坦然。

一碗热腾腾的米粥被轻轻放在桌上。

灯下，满脸疲惫的余鹏程抬起眼，注视着对面的魏九峰。

魏九峰咳嗽了两声，扶着胸口坐下，把碗推到余鹏程面前：“快喝了吧。所有的粮仓都被放空了，现在部队里一粒米也找不出来了。明天你余师长也要饿肚子了。”

余鹏程看看他，又看看那碗米粥，笑了：“那这碗粥呢？”

“这是我扒开老鼠洞专给你掏的！”

余鹏程朗声笑了，端起碗喝了一口：“好啊，好！”

“好什么好？”

“要是没有何平安，我哪能喝上这一碗米粥！”

魏九峰淡然一笑：“是啊，沾了何平安的光了。”

余鹏程感叹道：“这个何平安真的不简单。老魏，你真相信他是汉奸？”

魏九峰不动声色地笑了：“余师长信吗？”

余鹏程摇摇头：“不信。何平安完全是可以信赖的人才，他的所作所为，让我这个师长都自愧不如”。

“何平安不是汉奸。”魏九峰轻轻道：“不过，我们可以把他逼成汉奸。”

余鹏程眼里的疑惑更重了。

魏九峰笑了笑：“余师长刚才不是也说，何平安是完全可以信赖的人才吗。所以，我们要把他逼成汉奸，钓出真正的汉奸！”

余鹏程久久地看着魏九峰，良久，重重地点点头：“我相信他，但这对何平安来说，太冒险。”

“相信他，就支持他。”魏九峰又补了一句：“这也是何平安自己的意思。”

“英雄！”余鹏程豁地站了起来，眼底闪着一丝奇异的亮光：“什么是顶天立地，这就是！”

魏九峰点点头：“所以，我们就照他说得做吧。”

“好，我们一起等着他的成功！”

藤原弥山盘腿坐在病房的床上，神色肃穆地吃着一碗大米饭。

地上，刀疤眉也盘腿坐着，把吃干净的饭碗轻轻放在地上：“进入常德这么久了，终于吃了一顿饱饭。只是支那的米，哪里有关东饭团的香味呢？”

藤原弥山笑了：“快了，只要攻破常德，很快就可以攻克重庆，屈服整个支那。原田君也许就能带着英雄的荣耀回家了！”

刀疤眉神色振奋起来，身子探向藤原弥山：“阁下已经有拿下常德的妙计了么？”

藤原把筷子放在地上，反手把空碗将筷子重重扣住！

“很简单，我们去杀了余鹏程！”

第四十五章 **绝处逢生**

魏九峰坐在沈家客厅里，慢慢呷着一杯茶，又止不住地咳嗽起来。

沈湘菱坐在对面，担忧地望着他：“魏县长，您该去医院休息。”

魏九峰压住了咳嗽，摆了摆手：“不是能休息的时候，一时半会还死不了。”

沈湘菱顿住了，少顷问道：“你都告诉何平安了？”

魏九峰点点头：“我告诉他，你已经相信他不是汉奸，一切是为了麻痹刘世铭。他很开心。”

沈湘菱低下头，涩然一笑，少顷，又感叹了一声：“其实，刘世铭……他并不是个坏人，只是性格太偏激了。”

“你之前怀疑何平安，结果证实是你错了。”魏九峰布满血丝的眼睛凝视着她：“现在你就敢肯定，对刘世铭的怀疑是对的么？”

沈湘菱怔住了。

魏九峰继续说道：“虽然我也怀疑刘世铭，可何平安非要试探一下再说。而且，就算刘世铭是汉奸，也不过是台面上棋子，我们要揪他背后的棋手！”

“怎么揪？”

魏九峰沉默不说话。

沈湘菱忽然问道：“何平安，他又要去冒险，对不对？”

魏九峰点点头。

“他就是这样的人。”沈湘菱竟笑了。

魏九峰却实在笑不起来：“如果顺利，他跟刘世铭之间，今晚就会有分晓！”

“或许，此时此刻，这已经是常德城内最后一个馒头了。”

刘世铭手里握着一个馒头，隔着牢门递给何平安。

何平安伸手接过，却没有吃。

刘世铭又说："是你提议放粮的，对吧？"

何平安点点头。

"魏九峰还愿意相信你，余鹏程也愿意相信你，还有那些警察，士兵，在你承认了你是汉奸之后，他们都还相信你。"刘世铭轻轻一笑："说实话，我嫉妒你。"

何平安眉头一挑："嫉妒一个汉奸？"

"我嫉妒的是，连我都愿意相信你不是一个汉奸！"

何平安愣了愣，跟着却摇头苦笑起来："我不要这些人的信任，我只需要一个人相信我，可她不信！"

刘世铭低声道："沈湘菱。"

何平安点点头。

刘世铭不解地望着他："为什么？"

"为什么是沈湘菱？"

"为什么公开承认自己是汉奸？"

何平安沉默不语。

"你明明一直否认，不管我拿出多少证据，你都否认！"刘世铭的声音听来竟有些愤慨："你有机会在所有人面前把事情说明白，可你为什么还去承认！"

"我只是实话实说。"何平安缓缓站起来："我要做汉奸。就算之前不是汉奸，我以后也要做汉奸。"

"你说什么！"

何平安一步一步地走到他面前："你看看我，都为棠德做了什么！我在这当了九年警察，国民党的官员什么样子，你刘世铭同志应该比我明白。他们欺负百姓，克扣钱财。这九年来，我救人无数，自己却没有得到半点好处。日本人来了，魏九峰不许开城门，要眼睁睁看着城外的灾民去死。我开城救人，却成了罪人！"

他声音越来越大，眼神中透着怨毒："沅江一战，我身负重伤，拼了命去救棠德百姓。德山，是没有守住，可那是我的错么？是国民党的军队瞻前顾后，没有立刻救援。日本人往城里空投病毒，所有人都绝望了，还是我！是我带着人突出重围，九死一生的带回来疫苗——我亲手杀了藤原景虎！"

他一声高喊，整个监狱都在回荡他激愤的声音。

刘世铭回退一步，近似恐惧地望着何平安。

"我是英雄，是棠德的英雄！多少次了，都是我把棠德从毁灭的边缘拉回来，可现在呢？他们要定我的罪，要杀我，把我当汉奸！"

"你觉得委屈了？索性，就真要当个汉奸？"刘世铭声音透着冰冷。

"你不会懂的。你没有上过战场。子弹从你的脑袋上飞，敌人的刀尖就对着你的心口！随时随地都会死在日本人手上。出生入死，听着是四个字，这里面有多难，你一个文职，永远不会明白。”

何平安摇头苦笑，缓缓坐了下来，看着手中的馒头：“我为棠德做了这么多，棠德能给我什么呢？不过就是这么一个馒头。”

刘世铭伫立无语，一动不动，少顷，寒然一笑：“你真的要投靠日本人？”

“或许，他们能给我更多。至少，我能活下去，湘菱也可以活下去。她现在是我的妻子，我总要为她考虑一些。我们……”

刘世铭猛地拔枪，枪口直指何平安。

何平安目光凝滞了：“你要杀我？”

“你不配提湘菱的名字！”

“因为我要投靠日本人，所以你想现在就杀了我？”

“不错！因为你会让湘菱伤心，伤心到死！”刘世铭把枪往前顶了顶：“我已经伤害过她一次了，你不能再伤害她第二次！她不会想靠着日本人活下来，她也不会希望你这么做！”

何平安凄然笑了：“她不是已经认定我是汉奸了么？”

“她还有犹豫，她还是愿意相信你！她爱你，你不能伤害她！”

何平安黯然道：“那你告诉我，事到如今，除了投靠日本人，我还能做什么？”

刘世铭缓缓放下枪，倒转枪柄递给何平安：“走!”

“走？”

刘世铭两步走到门前，掏出钥匙打开了牢门：“这里没有人在，我就说是你袭击了我，夺路跑了。”

何平安迟疑了：“从这里跑出去，我又能怎么样？”

“你神通广大，一个棠德城困不住你。你带上湘菱，远走高飞，离开这儿！”

“你要私放汉奸？”何平安紧盯着他。

“你现在，还不是汉奸。我只是放走一个好人。”

“那你呢？”

刘世铭涩然笑了：“我是三青团书记，我不会离开。”

“我是问，你是好人么？”

迎着何平安锐利的目光，刘世铭愣住了。

何平安却笑了：“那我不走了。”

“不走？为什么？”

“你高估我了，我出不去。棠德现在被日本人层层围困，我就是有天大的本事也出不去，何况……小猴子还在日本人手上。”

刘世铭一愣。

“今天那些劫狱的人不仅是要栽赃我，还给我送了个信，说是我儿子在他们手上。”

“所以你才被迫承认？”

何平安摇摇头：“不是被迫。我愿意跟日本人合作，只要他们能让我活命，让小猴子活命。还有，他们或许能救湘菱。”

刘世铭一怔，忽然冲上前揪住何平安的衣领：“你说他们能救湘菱？”

“你也知道，湘菱的身上注射了试验疫苗，并没有解决病毒的问题，现在是暂不发作。而我们的技术，救不了她。”何平安低声道：“只有日本人可以。”

刘世铭审视着他：“你要投靠日本人，也是为了救沈湘菱？”

“我不是天生的汉奸卖国贼，我也有苦衷。我相信，每一个跟日本人合作的中国人，都不仅仅是怕死，一定也有苦衷，说不出来的苦衷。这样的人，还有良心，还有挽救的可能。你说呢？”

刘世铭心头一跳，不敢继续正视何平安的眼睛。

“你不用费心了，我不会走的。”何平安掰开他的手，重新坐在牢房地上：“我要在这儿，等着日本人跟我联系。”

“你就这么有把握？”

何平安又是一笑：“如果日本人不是傻子，就一定会找我。因为我身上有他们势在必得的东西。”

“什么？”

何平安一字一顿道：“城防图。”

刘世铭悚然一震。

“余鹏程早就做好了打巷战的准备，把棠德城内的每一条街道都变成战场。这也是我的主意。整个布防，我全都参与了。城防图我了然于心。日本人会对这个感兴趣的。”

刘世铭沉默了，少顷忽然问：“你为什么跟我说这些？”

隐隐地，他似乎感到了何平安对自己的怀疑。

“因为在棠德城内，现在也只有你能跟我说说话了。”

两人竟然相对一笑。

“他真这么说？”

医院后墙黝黑的角落里，藤原弥山猛地转头看向刘世铭。

刘世铭点点头：“他说，既然被大家诬陷，倒不如真做一回汉奸。再说，沈湘菱的病，小猴子的命，不都捏在你们手上吗？”

藤原弥山沉默了。狐疑地看了看刘世铭，又埋着头沉思起来。

刘世铭突然冷笑了一声：“你们搞这么多事，不就是想让何平安投降吗？现在他投降了，你们又害怕了？”

“我宁愿杀了他！”

藤原弥山咬牙切齿，猛地逼近刘世铭，铁钳般的手恶狠狠地扼住了他的喉咙。

一切来得太突然，刘世铭拼命挣扎着，脸瞬间涨得通红。

藤原弥山松开手，一掌将他掀翻在地上。

刘世铭趴在地上猛烈咳嗽着，喘了半天，这才站起身，踉跄欲走。

“站住！”藤原弥山一声低喝：“不管他何平安想当汉奸是真是假，他手里真有城防图，这不会假。这张图必须得到。”

刘世铭抚着颈部心有余悸：“那你什么时候见他？”

藤原弥山答非所问：“你早点回去吧，不要出来。”

刘世铭身子一怔，站了站，踟蹰而去。

黑夜里，藤原弥山眼里交过一道冷光：“今夜，是要死人的！”

一辆黑色汽车驶出沈家大院，慢慢向前开去。

车内，魏九峰捂着嘴不住地咳嗽。

“县长，还是去医院吧？”

坐在副驾驶座上的张局长回身关切地看着他，一脸担忧。

魏九峰摇摇头。

刘秘书也边开车，边透过后视镜看向他：“县长，我看你这咳嗽也有段时间了，要不，咱们先去医院检查检查。”

“不用。”

一阵猛烈地咳嗽后，魏九峰疲惫在靠着后座眯缝着眼睛。

张局长不好再说什么，转头专注地看向了前方。

路灯透过车窗微微射了进来，魏九峰斜觑着眼，慢慢张开手。一团猩红的血赫然盛在掌心，他抬眼偷偷看了眼前坐的两个手下，又紧紧攥住拳头。

汽车转过街角，开向县政府。

突然，几十个灾民大叫着从巷子里横冲了出来。

刘秘书一惊，慌忙刹车。

汽车吱地一声停在了路中间，瞬间淹没在人群里。

“有车的人就有粮食！”

“出来，出来！”

“把他们拉出来！”

“我们要粮食，我们要吃饭！”

汽车猛烈颠簸起来，张局长急得一掌拍在刘秘书胳膊上：“你傻了啊？这时候怎么能停车！”

刘秘书吓得脸色苍白，手足无措：“我，我不知道。”

张局长和刘秘书一齐看向魏九峰：“县长，怎么办！”

魏九峰冷着脸望向窗外，神情越来越凝重。

张局长眉头一竖，掏出枪：“干脆我去枪毙他两个，看谁敢造反！”

“别动！”张局长刚要开门出去，魏九峰沉声一喝，叫住了他：“都是粮食逼的。我出去吧。”他伸手按向车门暗锁。

“县长！”

魏九峰一顿，看到了张局长担忧的眼神。

“没事儿，我是棠德的县长，理应向灾民们解释清楚。”

魏九峰的手再次按向车锁。

啪！

就在车锁跳动的同时，车外一声枪响！

一个灾民已顺着车窗，睁着眼睛缓缓滑了下去。

灾民轰然乱了起来。张局长一惊，猛地看向魏九峰，一脸惊愕与无辜：“不是我，我没开枪！”

车窗紧闭，那一枪显然不是张局长开的。

“一样的！”魏九峰猛抽了一口气：“今天的手法跟当初陷害何平安是一样的！一定是日本人在搞事，快，马上回县政府，马上加强巡查——”

他话没说完，灾民的汹汹叫嚷声已经蜂拥而起：“杀人了，他们杀人了！”

“呼！”

一个灾民抱着一块大石头猛地砸向汽车，引擎盖顿时被砸出一个大大的凹坑！跟着无数乱石飞砖砸向汽车，驾驶座旁的玻璃已被砸得粉碎！刘秘书吓得抱头大叫。旁边的张局长已一跃挤到驾驶座上：“让开！”

他一把推开刘秘书，猛地发动汽车加大油门。长笛骤响，亮光劲射。站在车前的灾民一惊，本能地跳到旁边。汽车如离弦的箭，风驰电掣般飞了出去。所有的灾民们一时被震地呆立原地，好半晌，才相继醒悟过来，手中的石头纷纷掷向了汽车远去的方向。

“抓住他们！”

“杀人犯！”

汽车飞快地转过街角，眼看着不见了。灾民情绪更加激动，人群里忽然一个声音响起：“走，县政府没粮，我们去沈家！”

另一个声音马上迎合起来：“对，沈家一定有粮食！抢了这些地方老财主！”

在一波又一波的煽动下，激愤的灾民们手持砖头碎石，蜂拥着奔向沈家，疯狂地砸着那扇紧闭的朱漆大门。

“开门，开门！”

“我们要粮食。我们要活命！”

静夜空院，一声紧似一声的砸门声清晰地传进了卧房。沈湘菱靠着床头猛地一怔，一双深陷的眼睛不由看向了坐在床边的沈学文。

刘三瘸着腿匆匆跑了进来：“小姐，小姐，外面来了一群灾民，说是要抢沈家的粮食！”

“抢沈家的粮食？沈家早已没有粮食了。”

沈湘菱无力地叹了一口气，低垂了眼睑，手却被沈学文轻轻握住。迎着沈学文坚定清亮的眼睛，她神情一动：“学文，你怕吗？”

沈学文摇了摇头。

“那你敢开枪吗？”

沈学文点了点头，不由地挺直胸膛：“敢！”

“好！”沈湘菱从枕头底下摸出枪，递给沈学文：“拿着。扶我出去！”

沈学文顺从地接过枪，扶着沈湘菱下床，走出屋子。才到院门口，就听见一阵惊心的砸门声，跟着轰地一声，大门被灾民们蜂拥着砸开了！

眼见大批灾民拥了进来，沈湘菱面沉如水，伸手指着檐下一只写着“沈”字的灯笼：“学文，打那只灯笼！”

一声枪响，灯笼应声而落！

往前冲的灾民们猛然站住了，惊愕着不敢向前。

“各位，沈家在棠德城不是乍来新户，历经几代人，当然有余粮。可是，这是沈家最大的秘密。如果你们要硬抢，我保证，你们就是把沈家烧成灰，把我姐弟生吞活剥了，粮食，休想找到一颗。当然，如果各位退出去，绝不冒犯沈家，那沈家也许还有可能，拿出一点粮食。是进是退，各位看着办吧！”

沈湘菱声音不大，却带着一种惊人的威慑力。

所有的灾民皆被震住了，一时面面相觑，无所适从。

黑夜里，剩下的一只灯笼在风里不停地飘摇着。

沈湘菱直直地站着，看起来依然精神抖擞。然而，暗地里，她的手却死死地撑在沈学文的肩头。

一夜之间，沈学文像是长大了，他一手提枪，一手攥紧了拳头。不动声色中却咬紧了牙关，努力支撑着姐姐欲坠的身体。

猛然，一个灾民在人群里大喊：“别听她的，她是何平安的女人，是跟汉奸搞在一起的破鞋!”

“对，打死她，打死她!”

灾民们再次沸腾起来，又蜂拥着冲向姐弟俩。

沈学文勃然大怒，手上的枪对准了冲在前面的灾民。

“你们的眼睛都瞎了吗？”

沈湘菱一声厉喝，一只手却暗暗压下了沈学文的枪。

“何平安为你们做了多少事？你们摸着心口数一数。你们谁不是何平安冒着危险放进来的？你们身上的病毒，谁不是靠何平安带回来的疫苗解救的？你们享受着安宁，何平安在为你们出生入死。他害过谁了？你们要这样子害他？我们沈家，从你们进城，捐粮，捐钱，你们谁没喝过沈家的粥？谁没赊过沈家的米？我爹，我哥哥们，哪一个不是死在日本人手里的？你们都瞎了，忘了吗？谁是你们的敌人？谁是你们的恩人？你们的心肺都让狗掏了，良心都让狗吃了！”

全场突然没了声音。

一个声音叫了起来：“管不了那么多了！今天没粮食，大家都得死。”

灾民们又要往前冲。

“谁敢动！”

一声枪响！刘三带着沈家剩下的民兵匆匆赶了过来：“谁敢动我家小姐，就从我们身上踏过去！”

“对，谁敢动沈小姐沈少爷，就先问问我们手里的枪！”

所有的民兵怒视着灾民们，刚毅的脸上更有着与沈家共存亡的坚定。

沈湘菱一脸冷峻：“想要粮食，马上退出去！”

一拨一拨的灾民退了出去，洞开的大门缓缓关了起来。

“呯”的一声，大门合上的同时，沈湘菱身子一软，倒了下去。

“姐！”

“小姐！”

所有人都站在大厅里，担忧地望着正中椅子上的沈湘菱。

沈湘菱无力地开了口：“谢谢大伙刚才拼死护着我和学文。可是，沈家却再也帮不了你们了。你们还是走吧。”

刘三上前一步：“小姐，我们要留下来照顾你和少爷！”

沈湘菱微微摇了摇头：“其实沈家根本没什么秘密粮食，我刚才也是迫不得已撒的谎。你们也看到了，沈家也是一天一顿稀粥。真的，救不了人了。”

一阵唏嘘，下人们不禁低声私语起来。

“这么多年，承蒙大家对沈家的照顾。我沈氏姐弟在此向各位谢谢了。”

沈湘菱说着，向弟弟抬了抬手，沈学文懂事地向着众人鞠了一躬。

“连累各位跟着我们姐弟一起受苦受累，抱歉了。”沈湘菱说到这儿，不禁咳嗽起来：“我也是快死的人……”

“小姐！”刘三看看大家，突然站了出来：“就是没有粮食，我也要守着小姐，守着少爷！我知道，小姐的病很重，我也知道，沈家已经没有粮食了。可是，我守在这儿，至少，至少小姐可以，走得很安心。”

这番话朴实而诚挚。沈湘菱一阵感动，看着他，终于点点头：“也好！刘三，谢谢你！”

众下人们默默散去。

一直没说话的沈学文踟蹰着，凑近沈湘菱轻声说了句：“我们家有粮食！”

沈湘菱一愣，猛地看向沈学文。

沈学文抬起头勇敢地看着姐姐，他的眼神不像在说谎：“我们家有秘藏的粮食。到处都是！”

一榔头砸在墙上。砖头碎裂，里面竟是一层木板夹层。

一支匕首刺穿木板，取出时，一线白花花的米被带了出来。

“小姐，真有米！”

刘三兴奋地看着沈湘菱，又慌忙伸出手堵住漏洞。

沈湘菱眼睛里滚动着亮光，忍不住合拢双手伸到漏洞前。刘三放开手，米流了下来。

沈湘菱欣喜地看着，忍不住低头，舔了几粒，在嘴里慢慢咀嚼着，脸上竟是喜极而泣的热泪。

沈湘菱："真有米，我们家真有米，这下有救了，这下有救了！"

米在手心慢慢积成一个小山尖。

"刘三，快堵起来。"沈湘菱满足地看着自己手里的米。又转头笑盈盈地看向沈学文："学文，你怎么知道咱家还有米？"

"是爹和我的秘密。逃难的时候，爹把这个秘密告诉我，要我发誓，不能说出去。这是振兴沈家的根基。可我觉得，如果棠德没了，也就没有沈家了。"

沈湘菱一怔，笑了："真没想到，爹还留了一手。"

刘三一手捂着漏洞，一手抬高袖子，用牙齿扯下一根布条。又就着刀尖死劲塞进缝隙。

洞堵住了，地上稀稀落落落着几粒米，刘三看着心疼，又蹲下身子，细心地将米一粒粒捡了起来。

"姐，棠德现在已经这样了，你把咱们家的粮仓都捐给他们了，我知道，我不能再藏私。所以，我也要把家底拿出来！"沈学文晶亮的眼睛看着他："姐，你说我做得对不对……"

"你做得太对了！"

沈湘菱将手上的米传到沈学文手里，又慈爱地抚了抚他的头发，欣慰地笑了。

稍顿，她收起笑容，转头看向刘三："刘三，你陪我去趟县政府吧。"

"是！我这就叫福叔把车开出来。"

"不，不开车。"刘三刚欲转身，沈湘菱轻声叫住了他："车子目标太大，现在外面到处都是抢东西的灾民。咱们走着去！"

"可是，小姐，你的身体？"

"不碍事，走吧。"

沈家大门吱呀一声打开一条缝。

刘三探出半个身子，四下看了看，这才跨出大门。

门外的街道冷冷清清。

刘三不放心，又几步走下台阶，两头看过了，这才朝身后招了招手。

身后，沈湘菱悄悄走了出来，又慌忙拉上门。

夜色深浓。

刘三扶着沈湘菱快步走向街里。

到处是聚集的灾民。

几个坐在街边的灾民虎视眈眈地看着他们。

沈湘菱暗暗心惊，手不由得抓紧了衣襟下的枪。

猛然，一群灾民从黑暗中冲了过来！

沈湘菱大惊，身子猛地退向街边，脚下一个趔趄摔在地上。灾民们已冲到眼前，一堆身影挡住了不远处昏暗的路灯灯光。

刘三情急，一跪身仆倒在沈湘菱身旁："妹子！妹子！"

沈湘菱一愣。

刘三已转身冲着眼前的灾民不住地磕起头："行行好，行行好，给点吃的吧，我妹子饿晕了！"

沈湘菱一下子明白过来，索性假装晕倒，伏在地上一动不动。黑暗中，头发遮住了她苍白的脸。

"唉！又是一个饿痨鬼！"

灾民们慢慢散去，突然有个人指着沈湘菱大叫："她不是灾民！"

"轰"的一声，众灾民又围了上来。

刘三一惊："凭什么说我们不是灾民？"

"她身上穿着缎子！"

"小姐，对不起了。"刘三一咬牙，奋力扯下沈湘菱的一只袖子："给给给，谁要谁拿去！就怪她，图漂亮，非要一个窝头跟人换。这下好了，窝头没了，衣服能当饭吃吗？"

众灾民一愣，刘三却扬着袖子，不住吆喝："你们谁要，谁要谁拿去！我只要一个窝头，我马上帮你把衣服扒下来！行行好啊，一个窝头换件衣服，给个窝头救救我妹子！"

"换吧，求求你们跟我换吧！多好的缎子衣裳，一个窝头，我只求一个窝头！"刘三故意把袖子伸向灾民，灾民们竟像躲瘟神般的纷纷后退。

"傻妹子，看到了吧，衣服又不能当饭吃，这下饿晕了，也没人可怜你！"

他跌坐在地上大声嚎哭着，两眼从指缝里往外一瞄，众灾民已经蜂拥着跑向另一条街了。

刘三抹了一把额头的冷汗，警觉地靠了靠沈湘菱，低声道："小姐，都走了，快起来！"

沈湘菱无力地站起身，拍了拍身上的土："刘三，咱们得找套灾民衣服。"

"行，小姐，前面有个难民点，咱们去那边看看！"

"你真有粮食？"

魏九峰腾地从沙发上站起来，一脸惊诧看向衣着破旧的沈湘菱。

沈湘菱勉强一笑："其实我也不知道，是我爹私下留给学文，叫他再兴沈家的家底。学文全拿出来了。"

"太好了！"魏九峰一阵欣喜，不由得在办公室里搓着手来回走了一圈，又赞许地点点头："沈家出俊儿呀！这么小竟如此深明大义，倒让我们这些'大人物'羞愧啊！"

沈湘菱微笑道："常德现在这种情况，是中国人都应该站出来出把力。"

"是啊，可是我们中有的人却偏偏让人寒心！"

魏九峰指的是刘世铭，沈湘菱当然知道。她低垂了头，唯有沉默。

"沈小姐，你为常德付出这么多，有什么要求，尽管提出来，只要魏某能办到，一定满足！"

沈湘菱笑了笑："我的确有一个要求。"

"说。"

“权。”

魏九峰一怔。

“现在棠德城里四处都是灾民暴乱，要想平息，只有粮食。魏县长必须把所有的权力都交给我，我才能拿出粮食，平息民乱！”

魏九峰爽然笑了：“好，我答应！我早就跟余师长说过，如果有天魏某不测，这个县长非沈小姐莫属！”

沈湘菱款款道：“我倒不是想‘替’您做这个县长。只是眼下这局面，干系太大，没有这个‘权’字在手，我实在不敢把仅剩的这些救命粮放出去。”

“应该的！”魏九峰几步走到办公桌前，拿起电话拨了一个号：“刘秘书，你和张局长来一下！”

放下电话，他掏出钥匙打开一个抽屉，从里面拿出公章，走到沈湘菱跟前：“把棠德交给沈小姐，魏某很放心。”

魏九峰说着，慎重地递上公章，眼里竟是沉甸甸的感激和信任。

沈湘菱一笑，接过公章，看了看那上面一圈的红字。门外，张局长和刘秘书已经走了进来。

“你们来得正好，我已经决定把县长之权交给沈小姐代理，以后一切你们都要听从她的指挥！”

刘秘书和张局长一愣。相互对视了一眼，抬头却见魏九峰灼灼的目光。

“是！”

张局长一个立正敬礼，以绝对的服从表达了对魏县长的忠心。

刘秘书笑了笑，向沈湘菱伸出手：“以后就请沈小姐多多关照，带着我们早日走出棠德困境了。”

“一定。”沈湘菱伸出手礼貌地握了握。

魏九峰也深深叹了口气：“以后棠德就仰仗沈小姐费心了！”

“县长放心，湘菱一定竭尽全力！”

“好，这下我可以放心去住院了！”魏九峰脸上带着微笑，真诚地向三位伸出手。

第四十六章 舍我其谁

刘世铭缓缓拉上窗帘，点燃一盏孤灯。屋里只有他跟藤原弥山两个人。藤原弥山从怀中掏出钥匙，打开一个柜子，从里面拿出了一台发报机，放在桌子上："谁会想到，皇军秘密联络的电台，就是三青团书记的家里。"

刘世铭脸色一变："我家也不是绝对安全，请尽快。"

"不要怕，我不会让你暴露的。你为皇军做了这么多，我会给你奖赏。"藤原弥山打开电台，从电台箱子里拿出密码本，摊放在桌子上，忽然又停住了动作，沉沉地吐出口气："何平安，你真是给我出了一道难题啊！"

刘世铭的目光沉寂下来。

过了好半晌，藤原弥山才开始缓缓敲打电报。

"电报！"一个日军士兵大步走进了指挥部，将电报双手呈上："将军阁下，城里电报！"

横田勇抬起头，接过电报，看了一眼，又递给了坐在一边的崇明亲王："何平安要带着城防图投降。呵，真是想什么来什么！"

崇明亲王久久地看着手上的电报，少顷抬起头："这个何平安不可信。他的城防图也自然不可信。"

"常德一战，已经耗得太久了。"横田勇斜眼看了一眼桌上地图："哪怕只有百分之一的可能是真的，也要全力争取！"

崇明亲王沉默了，少顷又问："如果是何平安的又一个圈套呢？"

"那就让他和常德，为此付出最沉重的代价！"横田勇脸上露出一股阴狠之色："马上给藤原弥山发电报！"

电报声忽然响起，刘世铭不禁浑身一抖。藤原弥山却敏捷地坐直身体，一手伸出二指，抚摸着字条，另一只手翻开密码本，手指在本子上划动，停在一个个的字上。

半晌，藤原弥山长出一口气，合上了密码本。

刘世铭忍不住问道："有什么指示？"

"城防图对我们来讲很重要。将军阁下亲自下达的指令，要不惜一切代价争取何平安。"

"怎么争取？"

藤原弥山缓缓站起来，走到窗户边："说心里话，我不信任何平安。不，毫不避讳地说，我害怕何平安。一次次的暗中交手，我从来没有赢过这个人。甚至连我的兄弟藤原景虎都是死在他的手上。每次我都以为已经把他逼入绝境，可他只要还有一根小手指扣在悬崖边上，就有本事翻身上来！"

他深吸一口气，挑开窗帘往外面望着："这个人，太危险了！"

街头忽然传来一阵嘈杂的声音，他循声望去，只见一大群灾民蜂拥着跑向沈家，边跑边喊着："快啊，沈家有粮食！快去啊！"

"沈家还有粮食？不会啊。我把沈家内外全都查了一遍，不可能还有粮食。沈湘菱自己也是每天只喝米汤，这怎么可能？"藤原弥山的面色阴沉下来："沈湘菱、何平安，果然都是深不可测的对手！"

他转身，望见刘世铭一脸担忧，顿时又冷冷一笑：："怎么？为你的心上人担心了。"

"是！"刘世铭坦然道："我不用避讳什么，虽然我为皇军做事，可我还是希望，皇军破城的时候，可以放过沈湘菱。"

藤原弥山诡异一笑："这个女人，真的很有魅力。连我在她身边的时候，都不禁想要保护她。我答应你，不会杀她！"

刘世铭眼睛亮了："我听说，沈湘菱身上的病毒，皇军有办法？"

藤原弥山一顿，仔细打量着他："你听谁说的？"

刘世铭无法回答。

"是何平安吧？"

刘世铭望着藤原弥山似乎能洞悉一切的眼睛，缓缓点头。

藤原弥山突然严肃起来："他告诉你，救沈湘菱也是投降我们的目的之一，对吧？"

刘世铭只得承认："他确实这么说。"

"你很感动吧？"

刘世铭垂下眼睛，少顷低声吐出四个字："我不如他。"

"你不只是感动，还心动了。"藤原弥山用手比了个手枪的形状，戳着刘世铭的心口："你的心，被何平安击中了。"

刘世铭豁地抬起眼："我不懂你的意思。"

"你懂的，你也是个聪明人，虽然比不上何平安。"

藤原弥山拉了把椅子，缓缓坐下，抬头出神："我跟弟弟，是截然不同的两种人。很小的时候，我们就展现出两种完全不同的天赋。他擅长身体上的力量，直接，有力，无坚不摧。所有的武器一学就会，他是天生的战士。而我就不行了。"

刘世铭心头发寒："为什么突然说起这个？"

“你坐下。”藤原弥山指着一把椅子：“自从进了棠德，我也很孤独。刘君就陪我聊几句吧。”

刘世铭顺从地坐在了椅子上。

“想想真是嫉妒景虎这家伙啊。父亲从来就偏爱景虎，而我因为身体孱弱，在武士之家不被重视。还会遭到外人的欺负，从来都是景虎维护我这个当哥哥的。为了不让自己成为废物，我拼命的努力，可我的身体永远无法跟景虎相比。于是，我另辟蹊径，开始关注人的精神。”他说着，敲打了下自己的脑袋：“我发现，精神世界非但不弱小，而且比肉体力量更强大。于是我费尽心血，练习对人内心的把控能力。比如你，刘君，就是我洞悉内心能力的最好证明。我抓住你对沈湘菱的爱，还有对何平安的嫉妒，成功让你成为我的人。这一点，我很自得。”

藤原弥山得意地一笑，刘世铭脸色却难看起来，忍了少顷，勉强问道：“这跟何平安有什么关系？”

“何平安跟我一样，也抓住了这一点。他要用沈湘菱来击垮你。不，是击垮我。他要击垮我在你内心建立起来的世界。坦白讲，刘君，那一刻，你是不是动摇了？”

刘世铭躲开藤原弥山目光，不再说话。

“不奇怪。我不会怪你的，这是何平安的高明之处，我只是佩服他。只是，这很危险。刘君，你要知道，棠德是守不住的。破城只是个时间问题，你不要心存侥幸。其实，我很欣赏你，可如果你再有一丝的犹豫，我就会杀了你！”

藤原弥山的语气很平静，刘世铭却自觉毛骨悚然。

“何平安，真是个不会让人感到寂寞的对手。我很久没这么兴奋了。”藤原弥山站起身，急促地踱了两步：“虽然我不信任他，可是将军的意思，还是要接近他，甚至对他表露身份。不惜一切，拿到城防图！”

“那要怎么做？”

“我先不能暴露，由你去接触！”

刘世铭一震。

藤原弥山继续道：“他已经看穿你了，你在他面前与其躲躲闪闪，不如大大方方去把他带出来，告诉他，你是我们的人！”

“然后呢？带来见你么？”

藤原弥山摇头。

藤原弥山：“还不是我跟他见面的时候。他必须先做一件事，证明对我们的忠诚。”

刘世铭：“什么事？”

“杀人！”藤原弥山咬着牙冷笑道：“余鹏程、魏九峰、柴志新！随便哪一个都行。我要他亲手杀死他们中的一个，只有这样，才能带来见我！”

刘世铭吓呆了。

“不用害怕。”藤原弥山顺手拿起刚才的电报纸条，撕碎，扔在一边：“你去救他，提出要求，就这么简单。刘君，不要彻底地输给何平安啊！”

“我要去沈家看看，你收好电台，准备去见何平安吧。”

藤原弥山扔下发呆的刘世铭，大步走了出去。

天渐渐亮了。

沈家大门外，张局长领着一排警察荷枪实弹笔直地站着，门口则聚焦了大批的灾民。大家都伸长脖子，凑近门缝向里张望："怎么还不给粮食？"

渐渐地，人群里有人开始叫嚣。

"我们要饿死了！"

"我们要粮食！"

"给我们粮食！"

眼见灾民们叫嚣着又往前挤，张局长忙挤开人群，两步走上大门外的台阶，掏出枪大声道："谁要是敢踏上沈家台阶半步。别说粮食，你今天这条命就算搁这儿了！战备期间，哄抢粮食，知道什么罪吗？枪毙！"

他叉着腰，在台阶上走来走去，极力掩饰着内心的慌张。

台阶下的灾民竟也真的被震住了，眼巴巴地站着，没敢再往前冲。

此时，沈家大门之内，一把太师椅放在走廊正中，沈湘菱拉着弟弟的手走了过来："学文，来，坐到椅子上。"

沈学文怯怯地望着姐姐，有些害怕。

"学文别怕，现在你是沈家的家长，你要勇敢，要站出来面对一切！"

沈学文迟疑着，还是不肯松开姐姐的手："姐，还是你来当家吧。我怕。"

"学文忘了吗？姐姐要嫁给何大哥，姐姐不要当家。当家就不能嫁给何大哥了。"

沈学文的耳边响起了自己上次在列祖列宗面前说的话，咬了咬嘴唇，冲沈湘菱重重一点头："姐，我记得！我来当家，姐姐和何大哥只管结婚。"

他说完，忽然放开姐姐的手，身子一跳坐上太师椅："开门！"

一声稚气的声音灌满全堂，沈湘菱含泪微笑了。

门缓缓打开了！

张局长转回头，吃惊地望着沈学文。

众灾民站在台阶下，也望着沈学文。

全场无声。

猛地，一个灾民的声音刺破沉寂："冲啊！"

"冲啊！"成百上千的灾民像是得了命令，大吼着一齐冲向沈家。

"站住，站住！"

张局长举着枪惊慌地对着人群，身子不禁直往后退。

"他们不敢开枪！冲啊！"

"冲啊，抢粮食！"

场面一下子失去了控制，大批的灾民们宛如决堤的洪水瞬间已冲上台阶。

“开枪！”学文稚嫩却故作威严的声音蓦然响起，警察们的枪响了！

肃静！

四周再次停止了嘶吼。几个灾民直挺挺地躺在地上。其他的灾民愣在了原地。

张局长用手枪比划着：“下去，下去！”

警察们黑洞洞的枪口也对准了灾民。

灾民们恐惧着，慢慢往后退，又退到了台阶下。

“你们听着！”沈学文坐在太师椅上，像背书般大声喊道：“我是沈家的当家人，我的话就是规矩。你们每个人都规规矩矩的，沈家就会救人，如果不规矩，我就下令杀人！把尸体都拉下去。粮食抬上来！”

眼见沈学文一挥手，几个下人慌忙跑出，抬走尸体，又背出一袋一袋的粮食。

“真有粮食，真有粮食！”

灾民们一阵欣喜，低声议论。

人群中一个灾民大叫了起来：“我们都听沈家的！”

“我们都听沈家的！”

“我们都听沈家的！！”

大院中回荡着此起彼伏的应和声，沈湘菱终于笑了，坐在太师椅上的沈学文不禁仰起头看向了姐姐。

后院，刚才被打死的灾民们一个个从地上爬了起来，脸上都带着笑，一边解开衣服，一边取下胸口的钢板交给刘三。

刘三一一收回钢板，不停地道谢：“谢谢各位，谢谢各位，今天真是感谢各位了，我家小姐给各位准备了米饭，现在我就带大家到厨房，饭管够！”

“好！”

“沈小姐真是仗义，我们愿意为她出力！”

“对，沈小姐是女中豪杰。跟着她，咱们就有救。”

“谢谢各位了，有你们护着我们家小姐，小姐一定会逢凶化吉。各位请！”

刘三带着几人边说边走向了厨房。

“咣啷”一声，刘世铭拉开牢门，一步步走近何平安：“跟我走，马上！”

何平安躺在木板床上，摇摇头：“我已经跟刘主任说得很清楚了，我得留在这里，等着日本人来找我。”

刘世铭一言不发上前两步，掏出手枪拉开枪栓：“走！”

“我说多少遍你才明白，我得等日本人来，我得求日本人救小猴子和湘菱！”

何平安猛地翻身坐起来，对着刘世铭的枪口怒目而视。

刘世铭注视着他，忽然拉开衣服，露出自己身上的烙印。

何平安一惊站了起来：“怎么？原来你……？”

虽然早有预料，何平安仍忍不住惊诧不已。

“你想要投降，日本人已经知道了，城里的负责人说想要见你，我现在就带你出去。”

何平安怔怔地看着刘世铭。

刘世铭凄凉一笑：“你不是早就料到了么？所以上次，你才故意告诉我你想投靠日本人，想求日本人救她和小猴子，其实就是想让我替你给日本人传信。你早就看出来我是汉奸了，何必还装得这么惊讶？”

何平安淡然一笑：“我惊讶的是，你堂堂三青团的书记，意气风发，前途无量，不像我，拼死拼活，却受了那么多不公道的待遇，自己的儿子还落在日本人手上。你为什么要投靠他们？”

“因为她，因为你!”

“因为我跟……湘菱？”

何平安惊疑而探询地望着刘世铭。

刘世铭苦笑，颓然坐在木板床上，沉痛地叹息：“何平安，你有没有因为爱而嫉妒过一个人？”

何平安摇摇头：“在她之前，我没有爱过谁，更没嫉妒过谁。”

刘世铭望着他，点了点头：“你真幸运。在你出现之前，我也没尝过嫉妒的滋味，更不会相信它的力量会比爱，比信仰更强大，更可怕。它就像一只困在你心里的野兽，日夜撕咬，毁灭你的思想、理智和意志，直到毁灭一切你珍视和坚持的东西，直到把你也变成一个彻底疯狂的野兽！”

他重重一拳砸在木板床上，满脸痛苦，满目恨耻。

“你就是因为嫉妒我……我爱上了湘菱，才会被日本人利用了？”

“开始是，我发现她不顾一切地救你，保护你，甚至放下她哥哥的仇恨，甚至还利用我……我知道，她爱上你了，比曾经爱上我时更投入，一点余地都不留。所以我嫉妒，千方百计想证明你是共产党，想迫使你离开她……”刘世铭抬头看着何平安，喃喃道：“那个日本人就是抓住了我这个念头，一点点蛊惑我，说可以帮我除掉你。后来我才知道他是日本人，我成了汉奸。我被骗了，因为我嫉妒你！”

“既然是这样，为什么不回头？”何平安审视地看着刘世铭。

刘世铭凄凉地笑了。

何平安目光落在他身上的烙印上：“是不是他抓住了你的把柄，在你身上留下了烙印，要挟你不能反悔？”

“是，也不完全是。在余师长面前，在魏九峰面前，我都不止一次想自首，可我……我没有，我越走越远，直到今天。”

“你害怕？”

刘世铭摇了摇头：“还是因为嫉妒。你一步步地成了英雄，我却堕落成了汉奸。我不能承认。我敢于面对死刑的子弹，可我不能面对她站在你面前，崇拜依恋着你，却向我投来唾弃痛恨的眼神！”

他低下头，竭力克制着情绪，肩膀微微发抖。

何平安蹲下身，握住了刘世铭的手臂："至少现在，我们两个一样了。"

刘世铭猛地抬起头，死死瞪视着他。

何平安自嘲地一笑："你不用再嫉妒我了……"

"可我现在恨你，我恨你！"刘世铭低吼一声，忽然跳起身来，一把揪住何平安的衣领，把他逼在墙壁上："是的，之前我嫉妒你，嫉妒湘菱她爱你，嫉妒你是个光明磊落的英雄！那原本应该是我的人生！我失去了，你却做到了，成了我本该成为的那个人，所以我才会发疯地嫉妒你！可是现在，你变得跟我一样，你把那个我应该成为的人毁了，杀了！"

他掉转枪口，指着何平安的脖子："之前你只是抢了我的爱情和荣誉，现在却毁掉了我人生中全部的希望！"

何平安大声道："直到死亡之前，你的人生怎么走，都把握在自己手里。不管你把责任推卸给嫉妒，推卸给我，还是推卸给日本人，都是因为你怯懦。一个男人不会为自己的错误找任何借口！"

刘世铭怔然看着他。

"我何平安要当汉奸，就是因为我不甘心，因为我要救自己的爱人和孩子！我绝不会给自己找什么借口！"何平安平静地伸手握住他的枪口，夺过了枪："说吧，日本人除了城防图，还有没有别的什么条件？"

"还有，你得先杀人。"

"谁？"

"余鹏程、柴志新、魏九峰，他们三个，随便谁。"

何平安定定盯着他，忽然一笑："好，我答应了！"

他掉转枪口，呯地一声打碎锁头，大步走了出去。

一条长长的灾民队伍从街头一直排到沈家门口。

众灾民在警察的维持下井然有序地往前挪动。

每一个领到粮食的灾民皆向着沈氏兄妹深深鞠躬。一个老婆婆捧着一小碗粮食，竟"扑通"一声跪下了："姑娘，少爷，你们真是活菩萨啊，老天爷会保佑你们，保佑你们长命百岁！"

沈湘菱慌忙上前扶起老人："老婆婆，快起来！"

老婆婆仍旧千恩万谢，颤颤巍巍离开了。

沈湘菱轻叹了一声，眼光不由地看向了街上看不到尾的灾民队伍。

一个高瘦的灾民头顶烂了圈的草帽，低着头，抖抖索索地伸出破碗。刘三回头舀起半勺米，刚要倒入碗中。猛地，破碗啪地一声掉在地上，摔得粉碎。

"哎哟，哎哟，救命，救命啊！"

灾民突然倒地，大叫不止。

沈湘菱一惊慌忙上前："老乡，老乡！"

她的手忽然被灾民一把抓住了。沈湘菱惊怒地瞪视着他，却正撞上何平安清亮的眼神。

沈湘菱一怔，随即转头大声喊道："快，来人，把他抬进去！"

一副担架匆匆跑了出来，两个沈家下人抬起何平安，慌忙进了大门。

沈湘菱匆匆嘱咐了学文两句，跟着担架跑进院里，一直指挥家丁把人抬进了客房。等下人们一退出房间，她慌忙关上房门。一转身，何平安已扑上来抱住她。

"湘菱！"

沈湘菱轻轻地呼唤了一声，任由何平安紧紧地抱着自己，泪水轻轻地滑过脸庞。

阳光斜斜地透过窗楞射了进来。

何平安抱着沈湘菱坐在一张太师椅上，两人的手紧紧地扣在一起。

沈湘菱把头靠在何平安肩头，低声道："这些天我一直担心……担心你会恨我！"

何平安点点头："是，我恨你。"

沈湘菱怔住了，跟着淡淡地笑了："我知道，我那样伤你的心，你会恨我的。我相信你不是汉奸，可为了找出那个真正的奸细，我只能做戏，说我错看了你，错信了你……那天我对你说出这些话，我看见你眼睛里的人影碎了，我的心也碎了……可我告诉自己，如果你会因此恨我，那就能忘了我。等我死了，你就不会太伤心，就能继续活下去。"

她微微笑着，眼泪却掉了下来："我告诉自己要让你恨我……可是一看见你，我又忍不住。我……"

她的声音颤抖着，忽然扑上何平安的肩头，紧紧搂着："你不在我身边，我觉得担心；现在你就这样抱着我，我却觉得害怕！"

"害怕什么？"

沈湘菱抬起头，含泪凝视着他："害怕你真的恨我，害怕我会失去你，害怕自己会死，死了就再也看不见你。"

"傻丫头！"何平安伸手轻轻地给她擦去眼泪，凝视着她，轻轻笑了："我恨你，不是因为你说我是汉奸。而是因为，你让我也觉得害怕了。"

沈湘菱微怔："我让你也觉得害怕？"

何平安疼惜地搂紧她，眼望前方，略一沉默："湘菱，你知道么？在遇见你之前，我从来没有真正害怕过什么。我十多岁跟贺龙将军，打土豪，杀恶霸，闹革命，我敢一个人上山，挑战整个寨子的土匪！那时我的人生很简单，只有热血，只有不顾一切的信念和勇气……却没有依恋，没有畏惧。"

"那……现在呢？"

"现在我遇见了你，爱上你，我开始害怕了。"

沈湘菱迎着何平安温存深情的目光，声音有些打颤："为什么害怕？爱……爱不是能给人勇气的么？"

何平安微笑着摇了摇头："爱会给女人勇气，却会让男人长大。就像小孩不会知道害怕，直到他跌倒了，受伤了，觉得疼了……有了教训，就会害怕。我也一样。曾经有人问我，有没有因为爱而嫉妒过？我说，我没有过。因为我以前从没爱过。湘菱，是你让我第一次觉得，两个人在一起，人生原来可以这样美好。我有了留恋，我开始害怕了。”

沈湘菱轻轻抚上何平安的脸颊：“傻孩子，怕什么？”

“跟你一样，害怕你不再爱我，害怕我会失去你，害怕自己会死，死了就再也看不见你。”

沈湘菱的眼泪再度落了下来。

“湘菱，你说你希望我恨你，这样万一你不在了，我就不会伤心，就能好好活下去。可你想过没有？因为你说我是汉奸，我就宁肯当众承认我是汉奸！因为我想死……没了你的信任，我只想死。所以，如果你真的永远离开了我，我怎么还能有勇气活下去？”

“可是你要活下去！你是英雄……你得救棠德，你得救这城里所有的人！”

何平安摇了摇头，深深望着沈湘菱：“那就帮我，让我不再害怕，让我有勇气继续坚持下去！”

沈湘菱的眼泪不住流下来。

何平安伸手为她擦着眼泪，声音平静却坚定：“你要帮我，在我身边一直陪伴我，相信我，给我勇气，给我力量。如果我错了，你要纠正我，如果我伤了残了，你要扶起我，再上战场；如果我战斗到死了，你要为我收拾好尸体，把红旗覆盖在我身上！”

沈湘菱一把搂紧何平安：“我答应你！我不会离开你，不会让自己死……我会一直陪伴你，给你勇气，为你疗伤，做你最忠诚的战友和妻子！你也要答应我……你要战斗，也要活着！陪我一起好好过完这辈子！”

“我答应你！都答应你！”

几乎不等话说完，他急切地低下头，深深地吻了上去。

单人病房，魏九峰穿着病员服站在床边，眼睛看着床上一张平铺的棠德地图，皱紧了眉头，手里一支笔不时在地图上圈圈点点。

一阵剧烈的咳嗽。魏九峰丢下笔，快速掏出手帕，捂住嘴。喉头一阵悸动。魏九峰摊开手帕，血比上次更多更浓了。

轻叹了一口气，他折起手帕，悄悄揣进裤兜。

门开了，护士端着药盘走了进来：“县长，你怎么又在看你的地图啊？”

她边说话，边把药递到了魏九峰的手上。

魏九峰嘿嘿笑着，顺从地接过药，就着床头的水，服了下去。

“县长，今天的咳嗽有没有好点？”

“好多了，你看，我都没咳一声。”

护士立时浮出满脸笑容：“太好了，照这样下去，您的病马上就会好了！”

“是啊。”

魏九峰赔着笑，看护士端着药走出病房，脸上的笑容立刻收了起来，眼睛再次落到了地图上。

“你说什么？”

沈湘菱猛地扭头看向何平安。

何平安叹了一口气，放开她站起身："这是刘世铭传达的日本人的命令。我必须要杀一个重要人物才能见到他。"

"现在刘世铭是汉奸已经可以肯定了。咱们干脆控制住他，让他交待谁是城里的日本奸细！"

何平安摇摇头："当初凤老板也见过奸细，可魏县长带着凤老板把城里都找遍了，结果怎么样？奸细却像消失了一样。"

"这事不是小事，得找魏县长拿主意。"

"那我现在就去找魏县长！"何平安说着走向门口。

"等等！"沈湘菱紧走两步抓住了他的手："我跟你去！"

何平安摇摇头："我自己去，你要多休息。"

"不！"沈湘菱更紧地抓住他："我要跟着，哪怕多跟你在一起一分钟也是好的！"

何平安一怔，看着她的眼底，那双清澈的眸子里写满了深情和执拗。

"好，走吧。"

两只手再次扣在了一起，何平安拉着沈湘菱快步走出了房门。

汽车在医院大门口停下。

沈湘菱匆匆跑下车，转到车后座的同时，眼睛快速瞟了下四周，这才打开大门，扶着何平安踏出汽车。

何平安的烂草帽依然扣在头上，把脸遮了半边。他蜷着身子不停地哀号，一双眼睛却透过草帽边沿警觉地看向四周。

"老乡，你忍着啊，到医院了，我这就带你找大夫！"

沈湘菱嘴上大声说着，扶着何平安跌跌撞撞跑进医院，快速奔向了住院大楼。两人边走边警觉地注意着四周，终于在一间病房前停住了，沈湘菱四顾看了半晌，这才小心翼翼地敲了敲门。

"大哥！"病房门猛地打开了，乔榛伸臂紧紧搂住何平安："你终于来了！"

何平安安抚地拍着乔榛的背，伸出手指按着嘴唇上，做个"安静"的表示。

"我去外面看着。"沈湘菱转身出去，关上了门。

乔榛抬起脸，望着何平安笑了，跟着眼泪却掉了下来。

何平安连声问道："伤都好了么？大哥来看你还不高兴，哭什么呀？还是，伤口还疼？"

乔榛摇摇头，背转身捂住脸，声音呜咽："大哥，我把小猴子弄丢了……他，他被日本人抓走了。我没脸见你。"

"大哥都知道了。不怪你。"

"我本来想求师父去救小猴子……可是，可是……"

何平安脸上微微变色："所以你才又上了山寨？"

乔榛哭着点点头。

何平安叹息一声，怜惜地摸了摸她的头发："傻妹子！你别担心了，小猴子的事，大哥有办法了。”

乔榛抬起头，惊疑地望着何平安：“大哥……你想到怎么从日本人手里救小猴子了？”

何平安故作轻松地笑着点点头。

乔榛神色略一迟疑：“大哥，这几天，他们，他们说你……你是汉奸。”

“哦，那你相信大哥是汉奸么？”

“不是！大哥亲手杀了藤原景虎，绝不会是汉奸！”乔榛激动地连连摇头。“一定是有人冤枉你……大哥，你快去找他们说清楚呀！”

何平安微笑着摇摇头：“跟他们说不清楚，也没必要。只要小妹相信我不是汉奸，大哥就很开心了。”

乔榛抓住何平安的手，神情迫切：“可他们要抓你、害你怎么办？大哥，你一定得想办法证明自己的清白，我担心……”

何平安伸出手指竖在乔榛嘴前，打断她的话：“别担心，大哥不会有事的。我今天来，就是看看你伤势恢复得怎样了，让自己放心。也是来告诉你大哥不是汉奸，不会出事，好让你放心。

乔榛怔怔望着何平安。

“现在，大哥得出去，办正事，还得去救小猴子。你就安安心心地待在这里，等大哥把小猴子给你带来。好么？”

乔榛看着他不说话。

何平安叹了口气：“小妹，听话，别让我担心。”

乔榛只得点了点头。

何平安摸了摸她的头，转身走了出去。

乔榛望着何平安出门，下床轻轻走到门口，少停，打开房门。

走廊上，何平安与沈湘菱并肩走远。

乔榛一咬牙，跟了上去。

魏九峰站在床上，一边咳嗽一边拿着笔在地图上勾勾画画。

忽然，门被打开了。他抬头一看，脸上露出惊诧的表情：“你们……”

何平安快速关上门，走到魏九峰面前：“县长，有件事得向你请示！”

魏九峰看着他和沈湘菱严肃的表情，神情一凛：“什么事？”

何平安将一把手枪放在桌上：“杀人的事。”

魏九峰一惊：“这是刘世铭的枪，你要杀了刘世铭？”

何平安摇了摇头：“不。是日本人让刘世铭向我提条件，要我先杀一个人。”

魏九峰猛地迸发出一阵咳嗽：“杀谁？”

“三选一。”何平安冷冷道：“余鹏程、柴志新，还有你！”

第四十七章 **深入龙潭**

乔榛挨着墙慢慢往前走。

走廊里没什么人，一个护士端着药盘从她身边经过，乔榛低头站了站，等护士走远了，又磨磨蹭蹭继续走。

前面是一溜的特护病房，门口都挂着特护的牌子。

乔榛在一间病房前停了下来，两头看了看，这才背靠着墙，探头看向房里。只见魏九峰站在床前微皱了眉，低头看着床前的那张地图，何平安和沈湘菱无声地注视着他，等待他的决定。

良久，魏九峰抬起头，脸上竟是坦然的笑容："我要感谢你！"

他说着向沈湘菱伸出手，沈湘菱一愣，本能地伸手握住了他的手。

"你做得很好，控制了灾民，发了粮食，挽救了常德！"

"县长过奖了，只要有粮食，你也会这么做。"

"你做得比我做得还要好！一直以来，我总是在跟常德的粮商们斗，在跟你斗，其实，我很佩服你。"魏九峰笑着叹息一声："现在看来，是我当初做错了，对你们这些粮商，还是应该梳理不该堵！"

沈湘菱笑了笑，赞同地点点头。

魏九峰又说："等我死了，一切大权仍旧交给你。"

沈湘菱一愣，脸色陡变，转头看向了何平安。何平安的脸上同样是惊讶的表情："魏县长，你不会死的，我会想到办法，我谁也不杀，一样可以找出日本人来！"

魏九峰笑着指了指两把椅子："你们两个，坐下说吧。"

何平安跟沈湘菱坐在了他对面。

魏九峰近乎慈爱地望着两人："你们两个，不容易，很不容易。男男女女，海誓山盟，说着同生共死，可能做到又有几个？魏某就没做到。"

他仰面叹息，低声道："你说我不会死？谁能不死呢？千古帝王，多少都想不死，可终究还是一把黄土。我要死的，早晚都要死。我的病会杀死我，日本人的子弹也会杀死我。同样是死，为什么我不死得有意义一些呢？”

“老弟啊，杀了我，就是成全我，你不懂么？”他拉起何平安的手，用力地拍了拍。

“不行！”沈湘菱脱口道：“魏县长这……这……不行的！”

魏九峰看着她笑了：“你看，女诸葛都讲不出不杀我的道理，可见我是该死了。”

魏九峰从枕头底下拿出一个牛皮纸袋子，缓缓打开，往下一倒。一把枪掉落在床上，还有一个文件袋。魏九峰伸手拿起两件东西，走到何平安跟沈湘菱面前：“这是我为你们两个准备的。”

魏九峰把枪递给了何平安，把文件袋递给沈湘菱：“这枪，是我赴任常德之前自己买的。那时候我就知道，常德，这是龙潭虎穴啊。宋家，孔家，都盯着这米粮之乡，各大粮商背后都有势力支持。在常德当县长，就是空手攀悬崖，随时都会摔下来。我这把枪，就是留着殉职用的。现在，你用它杀我，我也是死得其所。”

魏九峰笑望着何平安。

何平安顿住了。少顷，才缓缓摇了摇头：“我不能杀你，你是个好县长，没有魏九峰，常德就不是常德！”

“多谢，有你这句话，魏某死而无憾了。”魏九峰哈哈一笑，转身指着沈湘菱手里的文件袋：“打开看看。”

沈湘菱依言打开，飞快地扫了一遍：“不行！魏县长，湘菱不能担此大任。”

魏九峰摆了摆手：“我死以后，这个代县长只有你能当。”

他斩钉截铁一句话，何平安也愣了：“你要湘菱做代县长？”

“只有她可以。现在常德上下，还能吃上一口粮食，都是拜沈小姐的恩德。我上任之后，一直与常德的米粮商人周旋，开始是步步紧逼啊，直到你沈大小姐横空出世，老实说，魏某人没有从你这儿占过一次便宜。论运筹帷幄，我是你的手下败将。你练民兵，放粮食，临机决断，我也不如你。这个县长，舍你其谁？”

何平安仍是摇头：“可湘菱她怎么能做县长，她根本不是国民政府的人！”

“非常时期，行非常之事。现在根本来不及请示报批，我就独裁一回又怎么样。再说，我也只是让她做一个代县长。常德要是能守下来，沈小姐就是党国功臣，没有人会追究。如果城破了，你也没必要殉职，大可以一走了之。”魏九峰郑重地凝视沈湘菱：“千斤重担，就请沈小姐接下，也让我能瞑目！”

沈湘菱捏着这份文件，突然一抬头：“魏县长早就打算要赴死了？这一切不是仓促准备，您到底有什么打算？”

魏九峰一怔，却笑了：“到底瞒不住你，我这个人心机深沉，习惯了。好吧，索性就说明白。”

他一指床上的城防图：“何平安，我本来是要用这条命去换你儿子的。”

何平安霍然站起来。

医院后墙外，刘世铭埋头狠吸了一口手中的烟。他的脚边已经丢下了无数的烟头。藤原弥山警觉地慢慢走了过来。刘世铭一见，慌忙丢了手中的烟头，迎了上去。

藤原弥山开口就问：“何平安怎么说？”

“何平安已经接受了任务。”

“哦？”藤原弥山一双鹰隼般的眼睛再三审视着刘世铭：“他答应得倒很干脆。”

刘世铭摇摇头：“不干脆，他也是被逼的。”

藤原弥山一声冷哼，看了刘世铭一眼：“不过，也无所谓，这一切都是我的障眼法。只要让棠德大乱起来，让我实现终极目的，被逼的还是自愿的，无所谓啦。”

刘世铭神情一动：“终极目的？是什么？”

藤原弥山冷冷地看了他一眼：“刘君只要办好我吩咐的事就行了，其他的，不要打听。”

刘世铭只得低下头不说话了。

藤原弥山又问：“何平安人在哪？”

刘世铭伸手一指：“就在医院里。有人看见他混进去了。”

“看来他是选中魏九峰了。很好，我就去看看，魏九峰是怎么死。”

他说着转过身，要往医院里走。刘世铭不禁身子一挡拦住他：“你要去接触何平安？”

“刘君，我把一个共产党逼成了卖国贼，这种有成就感的事，我当然要亲自去看。你害怕的话，就不要跟来了。”

藤原弥山得意一笑，转身走了。

病房内一片寂静。何平安站在床前，凝神看着城防图。

魏九峰问道：“怎么样？看出什么了么？”

“假的！”

“好眼力！”魏九峰拍打着何平安的肩膀：“我就是苦心绘制了这张假城防图，要去诈降，换回你儿子的命。”

何平安瞪着眼睛，望着魏九峰，大为感动：“为什么？”

“因为我欠你的，棠德欠你的。你为别人做了太多，也该别人为你做一点事。只可惜，现在我要为棠德而死，不能救你儿子。”

何平安一时愣住，说不出话来了。

沈湘菱：“就没有别的办法了么？魏县长，你真的要让何平安杀了你？”

“沈小姐，你我都明白，何平安也明白。只要杀了我，他就是铁定的罪人，恐怕还要留下骂名，一辈子都不能翻案。杀我，最苦的是他。何平安，何老弟……”

魏九峰把枪拿起来，放在何平安的手心。赤诚地望着何平安：“我们都知道，如果错过这个机会，就一切都晚了。日本人就要有大动作，我们完全无法预知，这是我们最后的反击。当年，陈独秀等人密谋刺杀清朝五大臣，刺客问陈独秀，舍生一拼与活下来艰难缔造一个新世界，哪个容易？陈独秀等人回答说，舍生容易。所以，刺客死了，陈独秀留下来，创建了你们共产党。今天我再问一个共产党员，死与活着，哪个容易？”

何平安浑身颤抖，缓缓握住枪：“死容易。”

“我老了，容易的事，让我去做吧。”

魏九峰轻轻合上了眼睛。

门外的乔榛已经惊呆了！她瞪大了泪眼，怔怔望着病房里对峙的两人，张嘴想喊，却发不出一丝声响。

与此同时，另一双眼睛也在紧紧盯着这一切。藤原弥山站在院子里，抬头望向二楼的窗口——何平安的枪，正顶在了魏九峰的头上。

魏九峰缓缓上前，用额头对住何平安的枪：“我本来，是要去救小猴子的，可我现在，要为棠德去死。你杀了我，是牺牲你自己，也是牺牲小猴子。我知道，这对你很残忍，我死了，是种解脱，你活着，比死要难千百倍！”

何平安握着枪的手在发抖。

“所以，你不用顾忌什么，也不用愧疚。你杀我，根本不亏欠我什么，而是我欠你的。是魏九峰逼着你去牺牲自己的名誉，甚至生命，还要牺牲你的儿子。你杀我，就是我害你了！”

沈湘菱忽然害怕起来：“魏县长……”

魏九峰大声打断了何平安：“杀我，是你找出那些内奸的最后机会。日本人就快发动总攻了，在那之前，如果不能除了这个隐藏的内奸，魏九峰死不瞑目。用我的一死，换取一个机会。这是我的心愿，何平安，你开枪啊！”

何平安的枪口仍在发抖。

“求你，成全我！”

何平安摇摇头，缓缓放低了枪口。

“汉奸何平安，杀棠德县长魏九峰于此！”

魏九峰突然大喊一声，猛地伸手握住何平安握枪的手，说出此生的最后三个字——“拜托了！”

他满眼希望地望着何平安，忽然按下了何平安的手指！

枪响！

沈湘菱惊呆了！

门外，乔榛全身一哆嗦。

院落中，藤原弥山神色一喜。

病房内，何平安举着枪，呆若木鸡。

魏九峰睁大眼睛望着何平安，脑袋中开了一个血洞。

魏九峰的尸体一点点倒下去，轰然坠地。

何平安剧烈地喘息着，望着血水缓缓流开。

沈湘菱走上前，牵住他的手。

何平安的手在微微颤抖。

走廊外响起一阵惊慌的脚步声，何平安还在呆站着。

沈湘菱回身紧紧抱住何平安，一阵抽噎，又两把抹去眼泪："快走吧。等你离开，我立刻就会发布通缉令。"

说到这儿，她的泪又流了下来："我会发动警察全力追捕你。何平安是杀死县长的凶手，任何人都可以对何平安当场枪毙。"

何平安回过神，凝视着沈湘菱的眼神，点点头："湘菱，我一定会活着回来见你。你一定要等我。你一定要等我！"

"我会的，我会的！"沈湘菱含着泪重重点头。

何平安忽然伸出双臂，紧紧地抱住她，把嘴唇凑到她耳边低声道："对柴志新，可以绝对信任。"

沈湘菱一怔，才要开口询问，何平安已经猛地松开她，一个箭步冲到窗口，跳了下去。

一排警察围在病房大门前。

魏九峰的尸体被轻轻的放在担架上，张局长走上前，垂下头看了这位老上司的遗容好半晌，轻轻伸出手，为他擦去了脸上的血痕。

沈湘菱低声道："先抬到太平间。"

"等等！"张局长抬起通红的双眼，大声道："沈小姐，何平安是汉奸，是凶手！魏县长既然把一切都托付给您，您就得抓住他，给魏县长报仇！"

沈湘菱沉默了下，重复道："先抬下去。"

两名警察看了张局长一眼，只得抬着魏九峰，开门离去。

张局长上前一步："我知道您跟何平安的关系，当着这么多兄弟，您可不能……"

沈湘菱眉毛一挑："我跟何平安什么关系？"

张局长愣住了，此时的沈湘菱完全不见病态，似乎又是之前的心狠手辣的沈家大小姐。

"何平安，害死我爹，还杀了我大哥，又做汉奸！坑死这么多同胞，还枪杀了魏县长！你说我跟他是什么关系？"沈湘菱一口气说了这么多话，喘息了片刻，继续道："魏县长把一切交给我，于公于私，我都得对得起他的在天之灵！立刻发通缉令，全城通缉何平安！"

张局长蓦地挺直腰杆："我这就去下令，一定把他抓住！"

"谁让你抓了？"

张局长又是一愣："不抓？"

"杀！一旦见到何平安，可以就地枪决！"

刘世铭猛然一拳，重重砸在何平安脸上。

何平安一侧头，伸手拭去嘴角的血迹："我完成了你们的任务，你为什么打我！"

"因为你混蛋，你甘当汉奸！"

刘世铭再次挥起了拳头，何平安一把攥住他的胳膊："你不也是？"

刘世铭怔了怔，大喊："我不一样，我跟你不一样！"

“我们是不一样！”何平安狠狠搡开刘世铭，“你是三青团的书记，我只是个普通老百姓，你为了活命能当汉奸，我就不能为了我的儿子当一回汉奸？！凭什么只许你苟延残喘，就不许我谋个活路！”

“因为她不爱我，爱你！”

刘世铭一声怒吼，何平安不由顿住了。

“当年是我对不起湘菱，是我害得她要承担起家族的重负！从那起，她不再相信任何人，也不再对任何男人动心。可她……可她信你，爱你。你竟然当汉奸！你知不知道，那天她来找我，让我去查你。她没多说什么，可我从她的眼神中看出来她心里是有多疼——比我当初背叛她还疼！”

何平安愣住了，抬眼看着刘世铭，忽然低声道：“你后悔做汉奸了？”

“是你害的！”刘世铭一把揪住他的衣领：“如果不是你，如果不是你，我不会走到这一步！”

何平安紧紧盯着他：“路是你自己走的，你还有得选么？”

“我没得选，可你有！你本来可以不走这条路，你本来可以陪着她，不让她伤心。何平安，你是个混蛋，我恨你！恨不得亲手杀了你！你让她失望！”

刘世铭咬牙切齿。

何平安望着刘世铭，良久，终于叹了口气：“我现在跟你一样了，开弓没有回头箭，带我去见那个隐藏的日本人吧。”

刘世铭渐渐恢复了冷静，转身打开衣柜，从里面拿出一套中山装：“换身衣服，我带你出去。现在全城通缉你，没有我带着，你寸步难行。”

汽车缓缓开过街头。

车内，刘世铭跟何平安并肩坐在后车座上。何平安先开口打破了沉默：“那个人到底是谁？”

刘世铭漠无表情道：“你认识。”

何平安一愣。

刘世铭又说：“你见了自然会知道。”

“那他是个什么样的人？”

刘世铭突然打了个冷颤。

何平安正要追问，忽然见窗外街头，几名警察伸手拦车。

汽车只得缓缓停下了，何平安立刻拉下帽子，靠在座椅上。

刘世铭正了正身子，摇开车窗。

警察走上来，看见是刘世铭，立正敬礼：“全城通缉何平安，上面下令，一旦见到，立刻开枪。所以，我们也是例行检查。”

刘世铭点点头：“我明白。你们尽管查。”

一名警察走上去，把后备箱打开，什么也没有。

两名警察互相递了个眼色。

警察低头，看着里面的何平安："这位是……"

刘世铭冷冷道："三青团的人。"

"能不能让我看看脸？"

刘世铭一推车门，走下来了："什么时候开始，警察局可以管三青团了？"

"我们也是……"

"你们也是奉命办事。"刘世铭打断了他："可魏九峰死了，你们奉谁的命？"

"是……是沈小姐……"

"沈小姐是个什么官？"

警察沉默了。

刘世铭脸色一沉："魏九峰死了，我才是棠德的最高行政长官！我已经向上面发了电文，沈湘菱根本没有资格统管县政府，理应交由三青团管理。魏九峰活着的时候他纵容你们处处跟我三青团作对，可现在他死了！"

警察低着头不敢回话。

"我让你查我的车，是因为我大度，不是因为你有这个权力！以后，棠德就是我刘某人说了算！懂了没有！"刘世铭冷哼一声，"让路！"

说完，他转身上车，对司机喝令一声："开过去！"

警察只得纷纷让开，让汽车通行而过。

车上的刘世铭维持着冷峻的表情，直到把那伙警察远远甩在车后，他才擦了擦头上的汗，暗出了一口气。

何平安也摘下帽子，坐直身体："谢谢。"

刘世铭转头，冷冷地看了何平安一眼："你知不知道，刚才我是有多想把你交出去，让他们把你当场打死！"

何平安竟然笑了："要不是顾及那个人，也许刘主任已经把我交出去了。"

刘世铭脸色一白，转过头不再说话。

何平安追问："他到底是什么样的人？能叫刘主任这么'顾忌'他？"

"他是个很可怕的人。"刘世铭沉默了好一晌："好像没什么能瞒得过他。他能看穿每一个人的内心。至少，我不敢对他说谎。"

"他这么聪明？"

刘世铭回过头，望向他的目光带着告诫意味："不是聪明，是可怕。是那种，绝对不可能被欺骗的人。"

魏九峰盖着白布单的遗体静静躺在停尸间的正中。

柴志新走到遗体前，深深地三鞠躬，直起身转向默立一旁的沈湘菱："师座不能离开，让我来吊唁。"

沈湘菱点点头。

柴志新转头望了望门外，确认没人，走近沈湘菱身侧，压低声音问道："真是何平安杀的？”

沈湘菱平静道：“是，我亲眼看见。”

“我不相信！”柴志新沉默良久，决然摇了摇头：“我不相信何平安真的会做汉奸，我更不相信他会真的杀了魏县长！这里面一定有隐情。”

沈湘菱漠无表情地凝视着他，少顷点点头：“何平安说的果然没错。”

“他说什么？”

“他说，可以完全信任你。”

柴志新皱起了眉头：“这到底怎么回事？”

“他真的杀了魏县长，可却是魏县长‘逼’他杀了自己的。”

沈湘菱低下头，看着魏九峰的尸体：“乔榛早就醒了，我们从乔榛口中得知一切，何平安不是汉奸。可城内的日本人，明显是要有大动作。这个日本人藏得太深，魏县长找不到。而且，他也病得很重。”

柴志新恍然惊道：“所以，魏九峰就让何平安杀了自己，好让何平安假冒汉奸，去见那个潜藏的日本人？”

沈湘菱点点头：“那个日本人很小心，提出只有何平安杀一个重要人物才会见他。余师长，魏县长，还有你。三个中，随他杀哪一个。”

柴志新吸了一口冷气。

“魏九峰本来是有办法救出小猴子的。他说，自己怎样都是个死，救出小猴子是死，帮助何平安抓住日本人也是死。他要何平安选，是救儿子，还是抓内奸。”沈湘菱顿了顿，转头望着柴志新：“何平安选了牺牲自己的儿子，他是个彻头彻尾的混蛋！可他……他不是汉奸。”

“英雄！”柴志新忽然上前一步，对着魏九峰的遗体敬了个庄重的军礼。

“这两个人……都是英雄。何平安要去欺骗那个日本人，万一要是被识破……”

“只有死，这没什么。”沈湘菱竟一笑，笑容酷似何平安：“因为我会陪着他。”

柴志新望着沈湘菱的笑容，一时百感交集，说不出话来。

屋内，日本兵和汉奸混杂，全都警惕的盯着何平安，每一个人都目露杀意。

何平安环顾众人，竟然一笑，拉了把椅子，大马金刀地坐在中间。

门忽然打开了，一个人大步走了进来，径直站到他跟前。

何平安一下站起来——不是害怕，而是惊异！

藤原弥山笑了：“怎么，没想到？”

“是我的疏忽。”何平安点点头，冷冷道：“早该想到了。”

藤原弥山伸出手：“城防图！”

“在这儿。”何平安用手戳了戳自己的脑袋。

藤原弥山转身命令站在一旁的刘世铭：“给他纸笔，画出来！”

何平安大声道：“不可能！”

藤原弥山转回头看着他，似笑非笑：“怕我杀你？”

何平安也笑了："怕得要死。"

"不画我一样杀！"

"不会。要杀我，你就不会见我！"

两人飞快的对话，根本不给彼此思考的时间，此时又突然顿住，互相凝视。

藤原弥山挥了挥手："都去外面等。"

所有人都缓缓退出去，刘世铭最后一个走，看了何平安一眼，把门关上了。

何平安："你不怕？"

藤原弥山："怕你杀我？"

"我的本事，你应该知道。"

"我知道你，可你不知道我！"

"你很厉害？"

"比我弟弟厉害。"

"你弟弟是谁？"

"藤原景虎！"

何平安微一惊，跟着笑了："知道，被我砍了脑袋的那个！"

藤原弥山突然掏枪，何平安也同时掏出了枪！

两人几乎一样快，枪口互相对准对方，也是一样的稳。

藤原弥山："我信不过你！"

"我只想讨个活路，你给我活路，我给你城防图！"

"我根本不在乎城防图！"

"你上面在乎！"

"我只想杀你报仇！"

"你杀不了我！"

"我现在就能杀你！"

两人边说边踱步转着圈儿，不知不觉地，何平安转到了门边。他盯着藤原弥山，突然一笑。

藤原弥山愣了一下。猛然间，何平安扔下枪，就地一滚，撞开门，摔了出去！

房门大开，守在门口的一众汉奸和日本兵眼见何平安甩出来，而门内，藤原弥山正举着枪，冷冷对着何平安！

"他要杀我！"何平安爬起身，指着藤原弥山大声道："我来投靠你，你不信任我，还要杀我！那这些人呢？是不是你连他们也要杀！"

所有汉奸脸色都一变。

何平安继续大喊道："他们根本就是你的炮灰，你根本没有在乎过这些人的死活！"

藤原弥山心头猛然一跳："你想说什么？"

"我想说，我背叛国家，背叛自己心爱的女人，就是为了来找个活路。这些人个个跟我一样，你杀了我，也一样会杀他们！"何平安一边说着，一边环视众人："你们都跟我一样，已经无国无家。天底下再也没有咱们这些人的容身之处，咱们的命，都在日本人手里。所以，日本人让咱们拼命，咱们就得拼命。可拼命不是为了死，是为了活着！我们这些人，放弃一切，就想要个活着！”

众人沉默了一霎，忽然齐声应和：“对，何平安说的对！”

何平安继续鼓动：“要是不让我们活着，我们还跟着你干什么！”

“要活着，要活着！”

藤原弥山眯起了眼睛，扫视众人：“何平安，你果然是个好对手！”

两人的目光碰在一起，仿佛两个紧紧相抵、一触即发的枪口！

巡城的士兵荷枪实弹，一队队地在街头穿梭。

柴志新一身戎装，走在最前头，沈湘菱紧紧跟在他后面。

“师座觉得，日本人今夜很可能就会有行动。”柴志新压低声音：“凡是不当值的士兵，全部在城里巡逻。不知道何平安他怎么样了。”

沈湘菱忽然停下脚步：“柴团长，我有个问题，可能不该问。”

柴志新一笑：“你想问我，何平安为什么这么相信我？”

沈湘菱点点头。

柴志新望了望不远处的虎贲士兵，声音低沉却坚定：“因为我们是一种人。”

沈湘菱只是淡然地望了他一眼。

柴志新倒吃惊了：“你一点也不意外？”

沈湘菱摇摇头：“不意外，我大概能猜到。他跟你之前并没有交情，却愿意生死相托，你是共产党，我一点也不意外。可我没想到，你就会这么告诉我。”

柴志新笑了：“你现在还觉得，身为共产党是不光彩的事么？”

“并不是不光彩，而是，你就不怕我知道？你就在大街上这么告诉我，不怕这些士兵听见？”

“我当然不怕你，你是何平安的妻子，也是我的同志，我为什么怕你？至于这些士兵，他们与我共同浴血奋战，生死相托，我又为什么会怕他们？”

“那你还为什么隐藏身份？”

“我隐藏身份，不是为了共产党，而是为了国民党。”柴志新一顿，远望着整个常德：“为了抗战，共产党可以把军队交给国民党，换上国民党的军装，改用他们的番号。可至少眼下，国民党还不具备让一个共产党员掌握兵权的胸襟。但这并不妨碍我把这些士兵当成自己的兄弟，因为我们都是在为了这个国家和民族奋战！”

沈湘菱沉默少许，轻声问道：“那何平安，他是怎么当上共产党的？”

“何平安是个好人，是条汉子，他想救助别人，甚至不惜牺牲自己，他想要让每个人都过得好。”柴志新微笑着凝望她：“这样的人，加入我们的组织，难道不是最自然不过了？他不用刻意要求自己什么，只要做他真心想做的事，那就是共产党希望他去做的事！”

“可他现在去背负汉奸的罪命，孤身犯险，也是你们的党要他做的么？”

“承担别人不能承担的责任与痛苦，这是何平安的选择，也是我们的选择！”柴志新的神色凝重了起来。

何平安与藤原弥山依然对峙着。

藤原弥山："何平安，你是个人才，这么快就能抓住所有人的内心，试图鼓动他们！"

何平安："我只是说出了大家心里的话。"

两人一动不动地对视着。

刘世铭站在一边，紧张地看着。

藤原弥山缓缓举起枪："如果我非要杀你呢？"

"那你就开枪吧，杀了我，这些人就都会知道，跟着你就没有活路。常德一战，现在已经是最关键的时刻了，失去了人心，是你的损失。你要杀就杀，我不会反抗！"

何平安一抬手，把枪扔在地上，张开双臂，坦然对着藤原弥山的枪口。

所有人全都望着两人。

"很好，非常好，你并没有反抗。"藤原弥山突然笑了，缓缓放下枪。"何平安，你已经通过了最后的测试，现在开始，你就是我的朋友了。欢迎你，我的朋友！"

他笑着走上去，紧紧拥抱何平安。

所有人都长出一口气。

藤原弥山在何平安的耳边低声说："这一局，你又赢了。"

何平安也轻声笑道："不胜不败，咱们打和。"

两人哈哈大笑起来，放开了手臂。

"何君为我们大日本皇军带来了常德的城防图，这是大功，我会亲自向将军阁下禀告！"

何平安："多谢。"

藤原弥山向他伸出手："那么现在，就请何君把城防图画给我吧。"

何平安缓缓摇头。

"你还有什么条件？"

何平安缓缓道："刘世铭没告诉你么？第一、确保小猴子的安全，第二、给我病毒疫苗。"

藤原弥山目光一寒。

"确保了我儿子的安全，我才能放心为你做事。救了我老婆的命，我自然会感恩戴德为你拼命。"何平安微微昂起头："这一点，你都做不到么？"

"可以！"藤原弥山沉默好一霎，终于应许。他转头望着众人，最后目光落在刘世铭身上："刘君，请带我们去你家吧！"

刘世铭打开柜子，拿出电台，放在桌子上。

藤原景虎对何平安得意一笑："想不到吧。"

"是想不到。"何平安扫了刘世铭一眼，刘世铭目光躲闪。

藤原景虎坐下来，戴上了耳机："我现在就发报，把你的要求，直接转达给将军阁下！"

"多谢！只要能救沈湘菱和小猴子，我愿意为皇军肝脑涂地。"

滴滴答答的敲打发报机响起，何平安站在藤原弥山身后，直勾勾地望着刘世铭。

崇明亲王捧着电文，脸上似笑非笑，递给了横田勇。

横田勇接过电文，却不打开："看来是好消息啊。"

"是的。藤原弥山已经争取到了何平安，很快就会献上城防图。"

横田勇笑了："中国人，还是怕死的。"

"不过，藤原君认为，这个何平安不可信任。"崇明亲王指了指他手里的电文："他提出，只有放了他的儿子，还有想办法救治他的女人，才能给我们城防图！"

横田勇一怔，翻开电文思索少顷，缓缓道："我以为，大可以先答应。"

崇明亲王不说话。

"可殿下的意思是不是，该杀了何平安？殿下以为，这个人是假投降。"

崇明亲王依然不说话，算是默认。

"那我们都不要做决定。"横田勇缓缓放下电文，命令发报员："告诉藤原君，让他临机决断，不必上报！"

三个人全都沉默着，一动不动地望着发报机。

发报机响了！

藤原弥山看着密码条一个符号一个符号地打出来，紧皱眉头思忖少顷，跟着眉开眼笑："何君，将军已经答应了你的全部要求！"

"我愿意为皇军肝脑涂地！"何平安欣喜若狂，连连鞠躬。

藤原弥山又说："不过，也是有条件的。"

"只要我能做到！"

"明天行动完成之后，我就会着手救治沈小姐。毕竟，她也算是我的恩人。"

何平安急切又问："那小猴子呢？"

"小猴子，当然会保证他的安全。我们会把他放在最安全的地方。"藤原弥山冷冷一笑："大日本帝国皇军的军营！"

何平安脸色一变，凝重起来。

藤原弥山悠悠道："这个道理，你都不懂么？刘君，请你解释给他听。"

刘世铭漠然道："常德城破在即，如果是为了小猴子的安全，应该留在日本人那儿。"

"你放心，我们日本人说话，向来算数！"

何平安沉默地望着藤原弥山。

藤原弥山一动不动地望着何平安。

空气好像凝结了。

何平安突然展颜一笑："那就拜托你们，照顾好我的儿子！"

"明天，我们会有行动，何君这么好的身手，当然也要参加。"藤原弥山站起身，笑着拍打何平安的肩膀："我们现在就回去吧，行动之前，任谁也不能随意离开据点！"

第四十八集 绝命悲歌

还是县政府的那间办公室，还是那张办公桌。只是孤灯下，端坐在桌前的人已变了。

沈湘菱翻看着眼前堆积如山的文件，突然一阵头晕。她忙伏在椅子上，闭着眼定神。

一阵轻微的敲门声响起。

“进来！”

门开了，迈步进来的竟是乔榛。

“你怎么到这来了？”

乔榛沉默着，反手关上门。

沈湘菱神色严峻起来：“出什么事了？”

乔榛回头望着她，眼神坚定：“我来，是让你把那个通缉令收回去。”

“你说什么？”

“魏县长本来有一个计划，是能救小猴子的。只要救了小猴子，我大哥就不用去冒充汉奸了！”

沈湘菱豁地站了起来：“你怎么知道！”

乔榛低声道：“当时……我在病房外，都听见了。”

沈湘菱愣住了。

乔榛走到桌前，缓缓把城防图打开。

“这是魏县长画的假图！”沈湘菱心头一跳，猛地抬眼看向她：“你要做什么？”

“我想替大哥去把小猴子救出来！魏县长死了，他的计划，我可以完成。”

沈湘菱震惊了：“你疯了！你这是去送死啊……”

“我有罪。我师父也有罪。”乔榛低着头，“如果我死了，可以赎罪，我愿意一死。请沈小姐给我开一份证明，让我可以出城。”

“绝对不行，我不能让你去送死！”

“那小猴子怎么办？他去冒充汉奸，一旦暴露，小猴子就死定了。这是我唯一能为他做的，他是我的大哥，小猴子是我弄丢的，我该负责！”乔榛紧紧抓住沈湘菱的手，“你还记得，当时你怎么拼了命去救学文少爷么？我对大哥的心，就跟你对学文少爷一样！沈小姐，不，大嫂！求你成全我吧！”

“既然你叫我这一声‘大嫂’，我就更要保护你的平安！”沈湘菱决然摇了摇头：“我不会允许你这么做的，你死心吧。”

乔榛凄然望着她，突然一下按住沈湘菱的肩头，把她硬按到椅子上。

“你干什么！”

“大嫂，你身子弱，争不过我的。”乔榛拿出一张纸，摆在沈湘菱面前：“我认得字，已经写好了，你不帮我盖章，我也会自己来。这件事，是我一定要做的！”

她语气平缓，却无比坚定。

密室中只剩下藤原弥山跟刘世铭。

“这些人里，我只信得过你。”藤原弥山拍了拍刘世铭的肩膀。

刘世铭低着头，向后退了一步，躲开他的手。

“这个何平安，不可信。”

“他是假投降？”刘世铭的眼底不禁流露出一线亮光。

“这倒不会。只是这个人……虽说他是被逼得走投无路，但摸不准他到底安的什么心！”

刘世铭讶然：“你也看不透他？”

“某种程度上说，他跟我都是一种人。你不是说过么，他原本是一个共产党，在国民党政府的警察局里藏了九年。这种人，都极善于伪装自己，揣摩人心。刚刚他利用人心不稳，威胁我不能杀他。”藤原弥山居然笑了，“是个有趣的对手！”

“你准备怎么对付他？”

藤原弥山摇摇头：“大变在即，我没时间跟他玩了。一切都已经安排妥当，明天就是最后的时刻。我不能冒险留着他。”

他拉开抽屉，拿出一把手枪：“你不是一直想杀他么？明天行动的时候，我会把你们两个安排在一组，你找机会，从背后开枪，杀了他！”

明月中天悬。

横田勇昂着头，看着天上的月亮：“又是一轮圆月啊。”

崇明亲王问：“将军，您想念家乡了？”

横田勇摇摇头：“再过五十年，我们脚下的这片土地，就会变成我们子孙的家乡。”

崇明亲王志得意满地一笑：“重兵集结，是要发动总攻了吧。”

横田勇点点头：“国民党的军队迟迟不援助，想必是已经看明白我们的部属了。”

“那我们为什么还不改变？”

“我早说过，即使他们看破，也一定会掉进圈套。我听说，蒋中正经常会越级指挥战斗。会把电话直接打到团级军官的指挥部，控制他们的部属。有一次，让一个团移动到某地驻防，可那里发了水，早就变成了一片洼地了。”

崇明亲王哑然失笑：“真是愚蠢的领导者。”

横田勇摇头：“不，蒋中正一点也不愚蠢，他是个强悍的对手。以国军的战斗力而言，他们根本无法阻止大日本皇军前进的步伐，可他们仍旧愿意用自己生命把帝国的战车拖入泥潭。蒋，是个有魄力的领袖。”

崇明亲王：“那为何还会犯那么愚蠢的错误？”

“因为人心。中国军队内部派系林立，蒋中正真正能指挥的军队并不多。他时常疑心将领们不愿意听从他，所以才会直接指挥中层军官。中国的政府为了名义上的统一政权，兼并了太多的军阀。”

崇明亲王“哦”了一声：“中国人的面子。”

“不错，是中国人的面子。为了中国人的面子，只要我们能发动总攻，一举突破棠德的城墙，中国军队一定会震动。再加上，我们会让余鹏程不断的发布告急求援的电文！”

“余鹏程会这么做？”

“余鹏程不会。但我们在城内的人会代替他这么做！”横田勇再次看着天上的月亮：“明天，真是期待啊。”

屋内没有灯，月色朦胧，隐约可见。

汉奸和日本兵蜷缩在屋内，全都沉默着。

何平安缓缓站起身，看了身边刘世铭一眼，转身要外走。

日本兵：“干什么去！”

“撒尿。”

日本兵疑惑地看着何平安。

刘世铭也站起身：“我去看着他。”

他暗中捏着那把藤原弥山给的枪，一路跟着何平安，一直走到后院里的一处僻静墙角，才停住了。

何平安面对着墙站着，扭回头看着他。刘世铭站住被他的目光逼得心头一凛，不由握紧了藏在背后的枪。

何平安出其不意道：“你来杀我的？”

刘世铭一震，缓缓举起枪，对着他的后心：“你猜到了。”

“我是故意给你这个机会。”

“给我杀你的机会？”

“想跟你说几句话的机会。”

“说吧，这或许是你最后的几句话。”

“我想先问清楚，是你要来杀我，还是藤原弥山要来杀我？”

“有区别么？”

何平安缓缓转过身，看着他。

枪口正对着何平安的头。

“我曾经无数次被枪指着头，我都能活到现在，你知道为什么吗？”

刘世铭一怔：“为什么？”

何平安忽然笑了，跟着突然出手，膝盖重重顶上刘世铭的腹部！刘世铭疼得弯腰，枪已经被何平安夺在手里。

刘世铭张嘴想喊，枪已经顶在他头上。

两人都顿住了。

“因为我爱笑！不管什么时候，多笑笑，总会有好处。”

“你要杀我？”

何平安还是微笑着，一言不发。

刘世铭忍痛勉强道：“你不敢在这杀我，只要枪一响，所有人都会惊醒，你逃不掉！”

何平安还是笑。

刘世铭发毛了：“你到底想怎么样？”

“我不是说了，我先问你的。是你要来杀我，还是藤原弥山要你来的？”

“重要么？”

“非常重要。”

刘世铭定了定神：“你以为藤原弥山真的相信你了吗？”

“他相不相信我没关系，只要他们需要城防图就行了。横田勇会想见我的。”

“不会。横田勇给他的回复根本不是你听到的那样，横田勇告诉藤原弥山，他可以临机决断！”刘世铭压低声音道，“就算是杀了你，也没关系！”

何平安一愣：“看来，还是没有骗过日本人啊。”

刘世铭眼睛一亮：“你承认了，你根本就不是汉奸，对不对！”

“现在是我问，你答！”何平安把枪顶在他额头上又逼了逼：“你怎么知道他们发的电文里说的什么？”

“这么长时间，藤原弥山一直当着我的面使用发报机，还进行简单的解码，大概的意思我全都能记住了。我看到电文，就知道，他根本不相信你。他不杀你，只是担心会动摇人心！”

何平安喟叹：“没错，如果他杀了我，这些人就不会再给他卖命，不会再相信他。”

“藤原弥山还说过，你是个可怕的对手，跟他一样，会把握人的内心！”

何平安又笑了：“这算是夸奖吧？”

“你到底是不是汉奸？！”

何平安望着刘世铭，又笑了：“我不是。”

刘世铭豁然变色：“那你为什么杀魏九峰！”

“魏县长是自杀。他为了帮我取得日本人的信任。”

刘世铭愣住了。

何平安继续道：“魏县长推断，明天日本人会有大动作，所以一定要在今晚弄清楚，这帮人到底是谁！”

刘世铭惨然笑了："看来他白死了，藤原弥山并不信任你。"

"我一开始就没想让他信任我。魏县长没有白死，他用他的死，让我见到了所有奸细。"何平安一字一顿道，"每一张脸，我都记得清清楚楚。"

刘世铭胆寒了："那你之前在监狱跟我说的那些话……"

"你猜的不错，是故意引你上钩。那些话，我反复推断过很多遍，就算你怀疑我的目的，也一样会跟藤原弥山说。就算藤原弥山怀疑我，也一样会被城防图打动。只是我没想到，他会提出让我杀人！"

刘世铭喃喃道："那你从什么时候开始怀疑我的？"

"我没有从来怀疑过你。"何平安缓缓摇了摇头："是湘菱。"

刘世铭惨然失色："是湘菱？！"

"她猜中是你。"

刘世铭顿时失魂落魄："她……她一定很鄙视我，恨我。"

何平安怜悯得看着他："没有。她告诉我说，你本性很好，你一定有难言的苦衷。她让我拉你一把。"

"她，她真这么说？"

"每个人都会犯很多错。沅江、德山，还有桃源医院，每一次战斗，活下来的都只有我一个人，我就像是一个扫把星，所有跟我一同出生入死的人都牺牲了，只有我活下来。如果我可以再来一次，或许我就可以救他们，或者，宁可我自己去死！他们死了，可我比死还难受。就像是一团火在我胸口里烧。我不只一次想过自杀，心里说算了吧，还有什么可硬撑的？"他极其苦涩地一笑："可这些错误，都要去承受，不能放弃自己。如果你放弃了你自己，就没人可以把你拉回来！"

刘世铭怔然摇摇头："不一样，我跟你不一样，你是英雄。"

"你也可以。"何平安说着，把枪塞回刘世铭手里。

刘世铭愣了："你要干什么？"

"相信你，给你一个选择的机会，当英雄的机会！"何平安举着刘世铭的手，对准自己的脑袋："你说的不错，我杀不了你，只要你开枪，我就会死在这儿。可我能选择相信。如果你杀了我，日本人的计划就会成功。八千虎贲，无数百姓，都会死在你这一枪！"

他真挚地望着刘世铭，刘世铭手心开始流汗。

"你不杀我，就有一次改过的机会。帮助我，救棠德，救湘菱。这一枪，开还不是开，由你来选。魏九峰把命交给我，我就把棠德所有人的命交给你！"

"为什么？为什么相信我，相信一个汉奸？"

刘世铭难以置信地望着何平安。

"因为，你是沈湘菱爱过的男人。"

刘世铭全身一震。

何平安闭上了眼睛："选吧。"

刘世铭举着枪，望着何平安，心中天人交战。

半晌，他缓缓放下枪："现在藤原弥山不在，一定去忙着部属。我们可以偷偷离开。"

何平安欣喜地睁开眼："你想逃？"

"我不会再逃了。我只是，要去救湘菱。"

紧闭的县长办公室里，沈湘菱猛地冲上前，紧紧抱住何平安。

刘世铭站在一边，安静地望着两个人。

"你怎么来了？"

沈湘菱转头望着刘世铭，面露狐疑。

"别担心，"何平安轻轻道："你说得对，他只是走错一步，我把他拉上来了。"

刘世铭对沈湘菱点点头，沈湘菱欣喜地笑了："都过去了。"

"湘菱，谢谢你还愿意相信我！"刘世铭竭力表现得平静，声音却有些打颤。

沈湘菱只是一笑，问："内奸是谁？"

"他叫做藤原弥山，就是你从街头救回来那个人，一直住在你家。桃源医院回来后，就一直躲在医院不出来。"何平安想起自己那次在医院中试探，却被藤原弥山蒙混过关的情形，忍不住叹了口气。

沈湘菱一惊："原来是他！怪不得……"

何平安："刘世铭说，他能救你。"

沈湘菱一愣。

刘世铭从怀里拿出一个本子，缓缓打开。

本子里面，粘着破碎的密码条，一条条全是拼接起来的。

何平安一怔："密电？"

"藤原弥山每次发完电报之后，都会把密电撕碎扔掉，我就会趁着他不注意，全都捡回来，拼在一起。每次看他发报，我都一声不发……"

沈湘菱："所以你把他的密电破译方式记住了？"

刘世铭一笑："有一次，你故意偷了我的公文戏弄我，想让我开会的时候下不来台……"

沈湘菱也笑了："其实你只要看上一遍，就全能背下来。"

"我翻译了每一条电文，其中有一条……"刘世铭翻到了一页，上面贴着一条全是碎片的长电文，偶尔还有几个残缺。电文下面写着几行字。

"日本人发报说，如果他们的人感染了病毒又没有疫苗，就可以用这几种药品合成特效药。我不知道对你身上的病毒是不是有用，但值得一试。"他撕下折页纸，递给沈湘菱，低声道："我虽然当了汉奸，做了坏人，可我至少能救我最爱的女人。"

沈湘菱凝望着他，缓缓接了过来。

刘世铭对着何平安一笑："这次，我赢你了。"

何平安也笑了："你赢了。"

他说完，低头望着沈湘菱，轻轻抱了她一下："你拿这个去找陈军医，看看能不能有一线生机。我们不能留在这了，要尽快回去！"

沈湘菱不由得抓紧了何平安的手："还要回去？"

"是。到现在，我仍旧不知道藤原弥山的计划是什么，如果不回去，他就会有所惊觉，明天的事就危险了！"

沈湘菱依依不舍地望着何平安，不说话，也不放手。

"你放心吧，我知道，你离不开他。"刘世铭上前一步低低道："我想要救你，就一定要救何平安。我不会让他死的，如果有人该死，那个人应该是我。"

"别说傻话！"沈湘菱转头望着他："你也不能死！"

刘世铭一笑："走吧。"

"等等！"沈湘菱望着何平安，欲言又止。

何平安："出什么事了？"

"乔榛她……"

何平安急问："乔榛她怎么？"

"乔榛拿了魏九峰画的假城防图，出城去了！"

何平安大惊。

夜黑如墨，一个人影在街边踱步，正是藤原弥山。另一个黑影缓缓走过来。

"刘君，你来了！"刘世铭站在藤原弥山对面，沉默着。

藤原弥山："有结果了？"

刘世铭点点头："何平安，确实是来卧底的。"

"果然如此！"

刘世铭低声道："你说的很对，他非常善于蛊惑人心，试图沈湘菱击溃我。我按照你的吩咐，假意逢迎，终于得到了他的信任。"

藤原弥山笑着喟叹一声："何平安的弱点，就在于总习惯相信人的善良。却不知道，邪恶才是人的本性。"

刘世铭低头无语。

藤原弥山又问："那你准备怎么办？"

刘世铭咬牙道："杀了他，绝后患！"

"现在还不是时候，如果杀了他，我会失去人心。"藤原弥山摇摇头，"明天，明天行动的时候，你可以趁乱在他的身后开枪！"

沈湘菱静静坐在病床上，陈军医站在她的面前，举着一个注射器："你拿来的资料很有用，我调配出来的药剂，成功率可以在百分之五十以上。"

沈湘菱："那还等什么？"

陈军医郑重望着她："也只不过是百分之五十。"

"那就是一半生，一半死。"沈湘菱笑了："能有百分之五十，已经很多了。常德里每一个人，活下来的机会，都不会比这个数更多。"

陈军医无声地叹了口气：“我会混合一些镇静剂，注射之后，你会睡一觉，如果早上你能醒过来，就代表药剂发生作用了。”

“如果不醒呢？”

“那么，你会不知不觉的死去。没有痛苦。”

“谢谢你。开始吧。”

她舒展开身体，轻轻躺倒在病床上，一丝丝闭上了眼睛：“平安，希望我醒过来的时候，就能看见你。”

指挥部的桌子上竖起一面小圆镜，横田勇端然跪在镜前，双手捧起桌上的军帽，郑重地给自己戴上。

身边的士兵送上军刀，横田勇双手接过，高捧过头，这才小心翼翼地佩戴在腰间。一切就像是一场肃穆的仪式。

一个士兵匆匆进来：“报告将军，抓住一个支那女人！”

“女人？”

士兵：“是从常德出来的，她说，她有城防图！”

横田勇眼睛一亮：“什么人？”

“自称是海东升的人。”

“海东升？”横田勇明显想不起来这个名字。

崇明亲王走上前，弯腰凑到他耳边，轻声提醒：“就是藤原景虎收服的那群中国土匪，现在就在军营中。”

门外站着两名日本兵，乔榛一个人站在营帐里。她双手紧紧抱着地图，惊恐地看着帐门，脸上一丝血色也无。

“谢谢太君，谢谢太君！”一个再熟悉不过的声音从外头传来，跟着大门一开，海东升大步走了进来。

“你没事！”海东升一眼看着她，顿时欣喜若狂：“何平安果然救了你，你没事，太好了……”

“师父，我……”

海东升神色瞬间冷了下来：“别叫我师父，我不是你师父！你那么帮着外人对付我，要不是我有办法，脑袋上已经让日本人开了一个洞了！”

乔榛低着头，嗫嚅道：“对不起，师父……我也是没办法。”

海东升叹了口气：“身子好了？何平安对你可好？”

乔榛抬起脸，眼底又亮了起来：“好了，都没事了！要不是大哥，师父也见不到我了！”

“快走吧，这里不是你能待的。”海东升四处看看，凑近乔榛低声道：“日本人……日本人不好处。山寨现在所有人都被扣在这，说错一句话就是个死。这几天我是真见识了，给日本人办事，真他妈还不如做条狗！”

“师父，你走吧！”

“我走？我能往哪走？开弓没有回头箭。”

“我帮你！”乔榛压低了声音：“日本人的大官会见我，让我交出城防图。我要杀了他！”

海东升悚然变色：“你……你要干什么！”

“我要换回小猴子，然后……杀了日本人的大官！”

海东升慌忙拉住她：“我不许你去！你赶紧给我滚回棠德去！”

乔榛只是一笑：“师父，我大哥说得对，回头吧。”

海东升还没来得及开口，一名日本士兵蓦地走进来，手指着乔榛，用生硬的汉语道：“跟我走！”

乔榛对着海东升凄然一笑：“师父，我去了。”

海东升：“你别……”

“我送你回头，送你去棠德。”

乔榛最后对他嫣然一笑，咬牙转过头，跟着日本士兵大步离去。

横田勇坐在桌子后面，似笑非笑地看着乔榛。

崇明亲王：“城防图呢？”

乔榛一扬起手，图纸卷成一个卷：“在这儿！”

崇明亲王温柔地微笑起来：“交给我，给你赏赐。”

乔榛摇了摇头：“我有条件。”

崇明亲王失笑：“你已经把图带来了，还有什么资格讲条件？”

他说着使了个颜色，乔榛身后的两名士兵往前踏了一步，一左一右，紧紧夹住了乔榛。

乔榛坦然道：“图是错的。”

崇明亲王与横田勇对视一眼：“错的？”

“估计有几处画错了，都是最关键的地方。不答应我的条件，我就不告诉你。”

乔榛决然地望着崇明亲王。

崇明亲王笑意更浓了。

乔榛：“你笑什么！你不答应我，我宁死也不告诉你！”

“真是有趣的蠢女人！”崇明亲王止住了笑，一声长叹：“你可以说你的条件。”

“把小猴子放了！”

崇明亲王一愣，想了想：“就是何平安的孩子？”

“就是何平安的孩子！”

崇明亲王疑惑起来：“你为了他来的？”

乔榛昂然道：“我为了报恩。你放不放！”

崇明亲王笑着转向横田勇，用日语说道：“她要求，放了那个小孩。”

横田勇想了片刻，点点头。

崇明亲王再次微笑着，向乔榛伸出手："将军答应了。把图拿过来吧。"

乔榛反而昂起了头："我要见到人，我不相信你们日本人。"

崇明亲王阴狠地盯着她半晌，终于一挥手，一名士兵走上来："把那个孩子带过来。"

军营之外，几名土匪聚在一起，全都看着海东升："当家的，出什么事了？"

海东升警惕地看了一眼身边的日本兵："要有大变故，让兄弟们都揣上家伙！"

土匪犹自不解："什么大变故？"

海东升环视众人，一字一句道："日本人可能是要卸磨杀驴。"

"妈的，这群……"

海东升一把捂住正要破口大骂的人的嘴："别骂人，他们听得懂骂人的话！抓紧机会，赶紧散风，让弟兄们都警惕着点！"

小猴子才一走进指挥部，乔榛便大步上前，一把抱住了他。

"姐姐，你怎么来了……"

乔榛含泪道："姐姐来带你回去找你爹。"

小猴子抬起头，两眼晶亮地望着她："真的？"

乔榛用力地点点头。

小猴子一下抱住乔榛，哭了出来。

乔榛摸着小猴子的头，抬眼望着崇明亲王："我要先送他走。"

崇明亲王点点头："可以。"

"我信不过日本人，要中国人送。"乔榛站直身道："必须海东升去送！"

崇明亲王愣了一下，转回头用日语对横田勇道："将军阁下，可能有问题。她提出，要让海东升把这个孩子送回去。"

"无关紧要的事情。"横田勇不耐烦地挥了挥手："总攻马上就要开始，那几个中国土匪，本来也是要做炮灰的！"

"当家的，那我们离了日本人，要去哪儿啊？"一个土匪问道。

海东升沉默半晌，一句话说不出来。

"这几天算是看明白了，他们根本不拿咱们当人看！"另一个土匪愤愤道："刘九指儿被他们的狗咬了，踹了那狗几脚，硬是被他们吊起来打啊，差点没死了！"

"是啊，日本人这待不住了，可中国人那儿……咱们也回不去啊！"

海东升咬牙："天无绝人之路，咱们总有地方去！"

"海东升！"忽然，一个日本兵走了过来。

海东升立刻堆着笑走上去。

"快！将军要见你！"

海东升走进指挥部，双眼直勾勾地盯着乔榛。

横田勇："你认识她？"

海东升连忙鞠躬："是，是认识。"

横田勇指着小猴子："给你半个小时，把这个小孩子送到棠德城！"

"饶命，饶命啊！"海东升"噗通"一声跪下了："棠德城的人，都惦记着杀我，皇军让我去棠德，就是要我的命啊！"

崇明亲王仰面大笑起来："是她让你去的，要求饶，找这个女人！"

海东升转头望着乔榛："我求你，我求求你，你走吧，别管这个孩子了。"

乔榛看着海东升奴颜屈膝的样子，紧紧皱起眉，神色越发凄凉。

海东升接着哀求："我一直把你当亲人一样，眼看着亲人送死，心里头不难受么？算了吧，行不行？"

乔榛终于听明白了，海东升不想去送孩子，是怕她行刺横田勇。她怔了怔，转头看着崇明亲王，决然道："这件事必须做，没有什么可商量的，不然你们就得不到完整的城防图！"

崇明亲王微微一笑："海东升，看来她并不想给你选择的机会。"

乔榛望着海东升，轻轻说道："去吧，带着孩子去棠德吧。"

海东升望着乔榛，千言万语都堵在胸口，什么也说不出。良久，才颤声道："那，那我带着我的人！"

崇明亲王："可以。我让你带人，现在就去！"

几个土匪跟着海东升，一步步走出了日军营地。

海东升拉着小猴子，仓皇回顾。

一个土匪战战兢兢问道："当家的，我们……我们真要去棠德？"

海东升抬手给了土匪一个嘴巴："这是乔榛用命换回来的！"

土匪："当家的……这，这什么意思？"

"这是何平安的孩子，带着他去棠德，咱们就能活命。乔榛……乔榛是要刺杀横田勇！"

土匪们张大了嘴，一个字也说不出来。

"不管活不活的成，咱们就说是自己刺杀横田勇之后，带着孩子来投诚。他们……会给咱们一条活路。"海东升颤声道："我明白，这就是乔榛的意思。她打定主意要一死给咱们换一条活路！"

"那棠德……是活路么？别是死路吧。"

"日本人不会容咱们，乔榛动了手，成与不成，咱们落在日本人手里都是个死！活路也好，死路也好，那是咱们唯一的路。是乔榛用命换来的路。"他一边说着，眼泪止不住流下来："你们要走什么路，我不强求。我不能让乔榛白死，我一定要把这孩子送到棠德。愿意的，跟着我走，不愿意的，各走各路！"

海东升抹了一把眼泪，抱起小猴子，大步而去。

身后的土匪互相看了看，纷纷紧跟而去。

半卷的城防图放在桌子上。

横田勇俯下身，兴奋地看着图纸。

乔榛的手缓缓推开，图纸开到一半，崇明亲王突然按住地图：“中国人有句成语，叫图穷匕见。”

乔榛瞪大眼睛看着他：“那是什么意思？”

“就是刺客去行刺，把匕首藏在地图里！”

崇明亲王死死盯着乔榛。

乔榛却嫣然笑了：“真巧，我这图里面也有东西。”

横田勇听不懂，疑惑地看了一眼两人。

崇明亲王缓缓推开地图，中间裹着一个布套，露出半截扇子：“扇子？”

乔榛伸手把扇子拿了起来：“我跟着师父学唱曲儿，这扇子是离不开的。我来了，就知道自己回不去了，什么都没带，就带了这把扇子。”

横田勇全不在意，埋头细看着城防图，嘴里喃喃感叹：“真是精巧啊。”

“我偷了城防图出来，一个是为了救孩子，还了何平安的恩情。再一个，也想图个锦衣玉食，能跟着你们过个好日子。”乔榛浅笑着，细细查看着两人的神色，“我自认唱曲还算好听，不知道各位军爷要不要听几句？”

横田勇抬起头，盯着乔榛秀丽的脸庞，忽然一笑：“好啊，让她唱。总有一天，我们都要学会玩赏支那的声色！”

乔榛妩媚一笑，双手握住扇子，伸出舌尖舔了舔唇角，清凌凌的歌声便倾泻而出——

“雁在天边叫
鲤鱼在水面上漂
雁看着鱼 鱼看着雁
只是干急躁
雁叫声鱼 一心里要和你凤鸾交
鱼叫声雁 又吃亏这水波儿阻隔着……”

她的歌声凄婉曼妙，身段妩媚多娇。横田勇和崇明亲王一时听呆了。

纤纤玉手中，扇子晃动。没有人注意，扇子的柄打磨得非常尖锐，犹如刺刀。

乔榛舞着扇子，一步步往横田勇走去，一步更比一步摇曳生姿。

横田勇和崇明亲王都愣住了，只顾沉浸在动人的歌声与秀色里。

“要团圆除非是雁化了凤 鱼化了龙
就把龙门跳
要团圆除非是雁化了凤 鱼化了龙

就把龙门跳

……”

乔榛的脸上挂着满足而妩媚的笑，缓步走到横田勇的身前，忽然往后一折腰，软软倒进了他的怀中。

横田勇笑着，任凭乔榛的手臂攀上自己的脖颈、

乔榛对着横田勇迷人一笑，横田勇不自禁的也是一笑。

乔榛猛然倒转扇柄，对着横田勇的脖子插去！

崇明亲王大惊！

横田勇猛一转头，扇子顺着脖子划过，留下一道血痕。横田勇豁地站起来，狠狠一脚，把乔榛踹出去。

乔榛倒在地上，竟还是笑了：“真是可惜……”

崇明亲王走到她跟前，微笑叹息：“确实可惜，你差一点就成功了。”

乔榛摇摇头：“我不是说这个。刚才是我唱的最好的一次，可惜，我师父没能听见。”

迎风招展的日本军旗下，大部队集结待发！

护城和正宗带着坦克部队和化学兵部队，站在最前面，崇明亲王站在横田勇的身后。

横田勇远眺棠德：“棠德！我们所有人的名字，就将因为这座城市，而名留青史！”

他一挥手，队伍的最前面，几个日本兵把乔榛推了出去。

乔榛望着棠德的方向，一步步的往前走。

横田勇高喊：“祭旗！”

两名士兵举枪，瞄准了乔榛。

乔榛仍旧往棠德走去，她脸上甚至还有笑。那里有何平安。

枪响！

子弹尖啸着穿过她的胸膛，乔榛身子一震，缓缓摔倒：“大，大哥……”

何平安猛然惊醒，似乎听见了什么。

藤原弥山冷冷地望着所有人。

众人看着藤原弥山，全都站了起来。

“时候到了。半个小时之后，大日本皇军就会对棠德发起总攻，棠德城将会土崩瓦解！”藤原弥山冷冷道。

何平安心中一动，看了一眼刘世铭。

藤原弥山又说：“而我们的任务，就是配合军队，在发动进攻的时候，攻占中央银行，切断敌人的指挥系统！”

众人顿时议论纷纷。

“有什么问题吗？”

“有！”何平安上前两步，大声道：“我们这几个人，怎么可能攻占中央银行？”

“一个小时，只要让中央银行瘫痪一个小时，我们的军队就可以进城！”藤原弥山满脸是志在必得的神气：“而且，我也在各方面作了安排。从现在起，任何人不准单独行动，如果有人私自离开队伍，立刻枪毙！”

藤原弥山看着何平安和刘世铭。

“你和刘世铭一组，负责进攻银行的后门，我给你五个人。具体的行动细则，刘君知道。”他阴冷地盯着刘世铭：“一切，按照说好的去做。”

刘世铭缓缓点头。

海东升抱着小猴子，带着几十名土匪一路狂奔，跑到了棠德城下。

枪响！

机枪接连在眼前的泥地上扫出一排弹坑，海东升不得不停了下来。

城头的军官探着身子瞭望：“什么人！”

海东升大声道：“我们是来投诚的！快开城门，日本人要打过来了！”

“说什么梦话呢，日本人要打过来了，还让老子开城！”

海东升一把举起小猴子：“这是何平安的儿子，他是你们的英雄，我把他儿子救回来了，开城门！”

军官举枪射击！

子弹打在地上，海东升往后退了两步。

军官在城头破口大骂：“何平安是大汉奸！他出卖战友，害死我们多少人！你他娘的肯定跟何平安是一伙的，赶紧给我滚，不然我们就开枪杀人啦！”

海东升愣住了：“何平安是汉奸？不可能，他怎么会是汉奸？”

“你胡说，你胡说！”小猴子挣扎着乱叫：“我爹是大英雄，你才是汉奸！我爹是大英雄！”

猛地，身后轰隆一声巨响，整个地面仿佛都在震动。

土匪失声大叫：“地震了！”

海东升猛然回头张望：“不是，是日本人来了！”

远处，夜色苍茫中，一辆辆插着太阳旗的坦克轰隆隆逼进来，紧跟其后的就是大部队，一时间地动山摇。

“敌袭！敌袭！准备作战！”

军官大声叫喊着，自城头消失了。

土匪已经慌乱不堪：“怎么办？两边打仗，咱们夹在中间！”

海东升看看不断逼近的日军坦克，又看了看紧闭的棠德城门，一咬牙，从牙缝里挤出来一个字：“打！”

土匪：“打，打谁？”

“还能打谁，咱们是中国人，当然是他娘的打日本人！打了日本人，他们就会相信咱们投诚，就会给咱们开城门，就有活路！”

余鹏程大步走出中央银行，身边还跟着几个卫兵。他一边走一边对身后的柴志新下着作战命令：“你跟我分两股，我先去城头”

忽然一声枪响！

靠着余鹏程最近的士兵胸口中弹！

余鹏程大惊。卫队长扑身上前，把他严严遮住，大吼一声：“敌袭！”

门外，十几名日军和奸细举着枪，不断朝中央银行射击。

余鹏程掏出枪来：“不过这么点，杀干净！”

卫队长忙拦住他：“部队都去守城了，他们人比咱们多。师座不能冒险，如果你受伤，军心就散了！”

“我不去城头，军心一样散。冲过去！”

就在他说话间，对面七八颗手榴弹扔过来。

卫队长：“快退！”

柴志新拉着余鹏程退进去。

对面，藤原弥山躲在人群后一笑：“留五个人，把大门堵死，余下的跟我冲进去！”

街角，正对着中央银行后门。

刘世铭举着枪，身后跟着五个汉奸，还有何平安。

刘世铭望着何平安：“谁先上？”

何平安一笑：“我来吧。”

“小心，还有人等着你回去呢。”

何平安点了点头。

何平安举着枪，一步步地走上去。

刘世铭给了几个汉奸眼色。

汉奸跟在何平安身后，亦步亦趋。

刘世铭默默地举起枪，瞄准了何平安的后背。

第四十九章 并肩血战

何平安毫不设防地走在前面，身后跟着几个汉奸。

刘世铭手中的枪高举着，直指何平安的后心！

轰然枪响！

何平安身后的一名日本兵倒地！

竟是刘世铭开的枪！

几乎在枪响的同时，何平安突然拔枪，回头！

何平安与刘世铭一起开枪，几名汉奸纷纷中枪倒地！

刘世铭缓缓放下枪，与何平安对望着。

何平安对着刘世铭一笑，伸出手：“兄弟，干得好！”

刘世铭略一迟疑，还是伸出手，两人的手紧紧握在一起：“下面该怎么办？”

“现在指挥部被围困，余师长情况危急，我们得混进去，救人！”

一小队日本士兵正端着枪跑进中央银行后门。

刘世铭在前，何平安在后，低着头随着日本士兵往里跑去。

领头的日军头目猛地回转身，将刘世铭一枪托砸倒在地，举起对准他：“你，支那人？”

刘世铭慌忙扯开自己的衣服，露出烙印：“别开枪！我是效忠皇军的，我们都是！”

何平安也连忙露出身上的烙印，诚惶诚恐地看着日军头目。

日军头目紧紧盯着两个人，依然没有放下枪。

“我是常德三青团书记刘世铭，我早就投诚了皇军，一直以来都为藤原君做事！这次我也是执行藤原君的任务，来协助捉拿余鹏程的！”

日军头目缓缓放下枪，冷冷笑了：“哦，刘君，我知道你。你可以进去了。”

刘世铭、何平安满脸欣喜地从地上爬起来，转身就往门里走。

日军头目冷笑瞥着他们，缓缓举起枪，对准刘世铭的背影："愚蠢的支那人……"

"小心！"

何平安忽然回过头，用力一拉刘世铭，两人滚倒在地！

枪响！子弹擦着两人的身子过去。

何平安拔枪还击，日军头目倒毙。

远处，那一小队日本兵反转身，端着枪冲上来！

刘世铭慌忙拔枪还击，一边射击一边对何平安喊话："我没有出卖你！"

"我知道！是藤原弥山要杀了你！"

刘世铭略一愣，几乎被一发子弹打中。

何平安回枪击毙袭击刘世铭的日本士兵："快，往里跑！"

何平安拉着刘世铭跑进中央银行，边走边开枪。

挂着"师长指挥部"牌子的办公室已经人去屋空，只剩下屋子正中摆着的那个巨大的作战沙盘。几名日本兵堵在门口，纷纷对着里面开枪，两名虎贲士兵则躲在沙盘后面，举枪还击！

"我要的是余鹏程，不要在这里浪费时间！"藤原弥山靠在门口，一把夺过了士兵手里的手榴弹："掩护！"

所有的日本兵一起探头开枪！

子弹呼啸，打在沙盘上，虎贲士兵缩在沙盘之后。

藤原弥山拉开手榴弹，一跃而出！

手榴弹落在沙盘上，轰然爆炸！

烟雾缓缓消散，室内一片死寂。

藤原弥山缓缓走到大厅里，看着头顶的青天白日旗："找出余鹏程，生死不论！"

他抬手开枪！

青天白日旗缓缓落下了。

地上，散落的沙盘，"棠德"已经变成一地细沙。

他大步踩过"青天白日旗"，走到那面挂着蒋中正巨幅画像的墙前，抬头轻蔑地看了画像一眼，便径自坐上了那把属于余鹏程的椅子，命令日本兵道："分出一半的人守住大门，城内的军人虽然都去守城，可还有警察。虽然是乌合之众，仍不可轻敌！"

几个汉奸急慌慌跑了进来，藤原弥山指着对面挂起来的钟表，悍然又道："现在是十点！两个小时之后，我们的军队就会攻破棠德！我们要在这两小时内抓到余鹏程，到时候，所有的人都会成为大日本帝国的英雄！"

一名汉奸哆哆嗦嗦的举起手："要是……要是没有破城呢？"

藤原弥山站起来，缓缓走向这名汉奸："那么为战而死，更是大和民族至高无上的荣耀，是最高的英雄！"

汉奸恐惧得发抖。

“怕什么？怕我，还是怕死？”藤原弥山语气平和，却满含威慑。

“我，我都怕。”

“那你最好盼着常德城破！”藤原弥山冷笑：“如果破不了，柴志新的军队回援，我们全都是会死在这里。到时候，你猜猜他们会怎么对付汉奸？”

所有的汉奸全都惊恐起来。

“怯懦的支那猪，这样的劣等族群，怎么可能跟大和民族对抗！”藤原弥山冷笑着用日语说，众日本人也跟着冷笑。

“抓住余鹏程，只要抓住余鹏程，所有人都能安全。”藤原弥山犀利的目光刀子般划过每个人的脸：“为了活命，支那猪们，去抓你们的民族英雄吧！”

他揪起一个汉奸的衣领，把他的脸转向墙上的钟表：“你们，只有两个小时！”

一队日本兵抱着炸药包，堆在中央银行的后门前，跟着点燃引线，远远跑开了。

一声巨响，砖石坍塌，后门被堵住了！

“鬼子是要困室搜人了！”躲在后门走廊里的何平安暗呼一声“糟糕”，转头一看，旁边的刘世铭脸色惨白，握枪的手正在不断发抖。

“习惯就好了，习惯就好了……”

何平安皱眉：“你说什么？什么“习惯”？”

刘世铭转眼望着他，微一苦笑：“你们不都是这么麻醉自己的吗？刚开始杀了人，告诉自己‘习惯就好了’，多说几次，就真习惯了。”

何平安：“你觉得我杀人够不够习惯？”

刘世铭一愣。

何平安把手伸向他，刘世铭迟疑地握住了。

“你的手……也在抖！”

何平安低声道：“我十几岁就出来打仗，可开枪杀人这种事，不管自我麻醉多久，谁也没法习惯。可是杀日本鬼子，是我的命，也是你的命，是我们这一代军人的使命！只能希望，咱们的儿子再也不用杀人。”

两个人的手紧紧握着，渐渐都不抖了。

刘世铭忽然洒脱一笑：“你还有个儿子，我可没有。”

“刘主任别急，等打完这一仗，守住常德，有的是女人愿意跟你生儿子。”

两个人对视着，轻松地笑了起来。

刘世铭忽然问：“可如果全都死了，我算不算和湘菱同生共死？”

何平安不由怔了。

“昨天晚上，你跟我摊牌，你怎么知道我就会听你的，掉转枪口帮你打日本人？万一我铁了心跟日本人，你怎么办？”

何平安笑了：“你为什么会铁了心跟日本人？”

“因为我贪生怕死，跟了日本人能活命。”

何平安摇头：“你不是怕死，你是怕活着。”

刘世铭惊疑地看着他。

“德山上的时候，我遇见了一个叛徒，叫陈阿生。他只是最后说了一句，要是自己的排长死了就好了。藤原弥山就去杀了那个排长，逼着他当了汉奸！”

刘世铭脸色一变。

“你告诉我，你之所以被藤原弥山骗，是因为你嫉妒我。你之所以迟迟不肯悔改，还是因为嫉妒我。这种感觉我体会不了，但是我能理解。”何平安叹了口气，“人活着，心里面都有恨，藤原弥山就是利用这个恨去控制别人。可他有一点想错了。我们都是中国人，心里最恨的……”

刘世铭接口：“是日本人！”

何平安点头，两人相对一笑。

“走！咱们去找余师长。”

“咱们？”

“当然是咱们。”何平安微笑着向他伸出一只手：“为了棠德！”

“好，就是咱们！”

炮口高昂，对准棠德城墙！

一连数声炮响，火光冲天，热浪铺面！

城头砖屑横飞，死伤惨重，一片血肉模糊！

督战的柴志新已是眼睛血红，偏偏副官又跑过来，急吼吼地报告：“团座，参谋长，全都乱了！师座不知道在哪儿，各部都联络不上，群龙无首，全都打乱了！”

“顾不得这么多了，聚拢队伍，守住城墙！”柴志新重重拍着副官的肩膀：“带着人，跟着我上城头！”

“团座，上城头做什么，那里……”

柴志新一把抓起身边的军旗，迎风一挥。

“竖军旗！”

副官一惊：“团座，这会吸引敌军注意，暴露……”

“就是要吸引注意！让日本鬼子，让我们的战士都能看到！竖起军旗，就是镇住三军之魂，就是让人知道主帅不倒！有军旗在，所有人就能感召到师长的呼唤！”

望着柴志新坚定的目光，副官立正敬礼：“是！”

伴随着密集的炮击，日军的枪弹火力越发凶猛，虎贲士兵们端着枪趴在城头，渐渐已经无力还击。

“看，军旗！”

不知是谁喊了一声，虎贲士兵们回头望去，果然见最高处的瞭望台上，一面军旗迎风高举，猎猎作响！

“是团座！”

柴志新亲手把军旗立在城头，双手紧紧握住。

“战旗之下，死者尽是英灵，今日，柴某与众兄弟一起死在战旗之下！向我靠拢，向我靠拢！”

士兵们高喊着向旗帜靠拢，本已经疲惫的士兵再次爆发出惊人的战斗力！

枪声更紧了！

“真是鼓舞人心的举动啊，可又是如此愚蠢的行为！”横田勇骑在马上，举着望远镜，低声感叹着。

“不动如山是武田信玄甲州流兵法的奥义，同时也是孙子兵法的奥义。”崇明亲王嗤声一笑：“然而这是现代战争。身为指挥官，把自己暴露在最危险的地方虽然能振奋士气，但同样，只要击毙指挥官，刚刚聚拢的士气也都消散了。”

横田勇缓缓抽出军刀，指向了那面军旗：“传令，向着那面旗帜开炮！”

炮口转动，对准了远处柴志新的身影！

“向我聚拢！向我聚拢！”招展的旌旗下，战士们死命还击，城下的日军不断倒毙。柴志新嗓子已经嘶哑了，犹在高喊！炮弹破空呼啸而来！柴志新惊诧的抬头！

副官大吼：“保护团座！”数十名士兵扑向柴志新。炮弹落在城头，爆炸！火光中，血肉模糊，尸体飞起，坠落城头！所有人惊诧地望着那片浓烟，战场上竟一时静了。浓烟渐渐消散，隐约见到一面旗帜高扬。

十几名士兵围城一圈，全身焦黑，血肉模糊，士兵一层层地倒下。柴志新还在站着，紧闭两眼，双目淌下两行血来。

柴志新双手紧握旗帜，奋力一挥，战旗飞扬！

“战旗之下，尽是英灵！杀！”

所有士兵全都疯狂了，机枪再次爆发！

“杀！杀！杀！”

杀声震天，盖过了战场上的一切声音。

横田勇缓缓放下望远镜，沉默着，一言不发，脸色发白：“支那军队中的每一个人，看来都已经做好了必死的准备了。”

崇明亲王望了一眼横田勇：“不必担心，当余鹏程的人头摆在他们面前的时候，恐怕就没这么坚决了！”

“堵住了，余鹏程，还有五个兵，全都堵在金库了！”一个汉奸兴冲冲地把藤原弥山往中央银行二楼长廊上引，“这下可好了……他们，他们插翅难飞！”

忽然一声枪响！

藤原弥山猛地站住："哪里开枪？"

众人茫然。

"银行里除了我们和余鹏程，还有别人！"藤原弥山指着跟在身后的汉奸："你们几个去看看，出现的任何人，格杀勿论！余下的，跟我去金库！"

"是！"

藤原弥山转身，大步而行！

金库大门紧闭，几名日本兵举着枪，紧紧地盯着金库大门。

藤原弥山大步走了过来："为什么不强攻？"

一个日本兵回答："大门打不开。"

藤原弥山冷冷地看着精钢焊就的大门，四下望了望："通风口呢？"

日本兵一愣："阁下是要堵死通风口，闷死余鹏程？"

"那太浪费时间了。"藤原弥山阴冷一笑："只要通过通风口把火药洒到内部，然后再点火爆破，瞬间就能炸死里面所有的人！"

"是！"日本兵应和一声，还没来得及离开，忽然听见一阵疾风骤雨般的枪声传来！

枪声停了，可余音依然在空旷的走廊里回荡。

所有人静寂了，望着藤原弥山。

"果然还有余鹏程的人在这个大楼里！"藤原弥山对另外几名日本兵下令："快去，消灭他们！"。

日本兵们端起枪，四散而去。

几名日本兵端着枪跑上三楼，步步惊心。几十米长的走廊满是鲜血，几名汉奸的尸体全都倒在走廊上。带头的日本兵警惕四顾，不见人影。

"小心！"藤原弥山打了个手势，所有人都停下来。

走廊上的一间房门开着。

门后，刘世铭紧紧抱着一个纸箱子。他身边都是拆散的算盘，箱子里则装满了算盘珠子。

走廊上，日本士兵缓缓迈进，每一步都异常小心。

刘世铭额头冒汗，几乎不敢呼吸。

日本士兵紧盯着房门，猛然窜出，几条枪口对着屋内，空无一人。

带头的日本兵摇摇头，打手势继续往前走。

刘世铭一下从门后跃出，把一箱子算盘珠洒在地上。

日本士兵大惊，举枪瞄准！

枪响！

何平安从另一间屋子里滑出来，坐在一个大算盘上，不断开枪！

日本士兵惊慌失措，躲避还击间，脚踩在算盘珠上，身子打晃，枪口全失了准头！

何平安一路划过，枪声不绝！

日本兵纷纷中弹倒毙。

何平安双脚一撑，停了下来。

走廊里添加了几具尸体，更显阴森。

刘世铭慢慢走了过来，迈过一具具尸体，对何平安伸出手，把他从满地的算盘珠里拉了起来："都死了。"

何平安忽然一把推开刘世铭，一枪命中不远处一个正倒在地上举枪瞄准的日本兵。

"这下，才是都死了。"何平安放低了枪口。

刘世铭不由倒抽一口冷气："好险！"

何平安拍了拍他的肩膀："走吧，找到余师长。"

"也许还有别的出口……"卫队长在金库的四壁敲打探查着。忽然，角落的墙壁上，赫然出现一道金属门。他眼睛一亮，忙打开门一看，原来是间狭小的密室。

"师座，那边有间封闭的密室！"

余鹏程正微闭双眼，盘膝坐在地上。他猛地抽了抽鼻子，脸色微变。

"你闻闻，这是什么味道……"

卫队长色变："是火药！"

余鹏程睁开眼睛，蓦地站起身来："快，看看通风口在什么地方！"

卫队长和士兵们嗅着气味，四下打量。

"师座，你看这里！"

顺着卫队长手指的方向看过去，赫然见黑色火药末从几处透风口同时洒落，金库瞬间变成了死亡沙漏！

余鹏程悚然变色："他们是想把整个金库做出一个炸弹，只要十几分钟，这里积攒的火药末就可以将所有人炸死！"

卫队长一愣，忽然脱下外衣，就要去堵通风口。

余鹏程一把扯住他："不能堵！一旦堵上通风口，我们一样会闷死。"

"不堵会炸死，堵上会闷死，师座，我们该怎么办？"

"我死不要紧，现在守城战是最重要的时刻，我一死，常德必亡。"余鹏程眼望黑色的火药缓缓渗落下来，摇了摇头："把别的通风口都堵上，只留一处！我们要尽量拖延时间。"

藤原弥山背负着双手，一动不动地盯着金库："枪声是几分钟前停下的？"

士兵看了一眼表："七分钟了。"

藤原弥山眉头一动："如果是我们的人杀了对方，他们应该已经回来了。可现在还没回来……就是说，我们的人被对方杀了。"

士兵："就算是对方人多，我们也会有人回来报信的吧！"

藤原弥山摇摇头："如果对方是高手，就不会有人能活着回来。"

士兵神情一凛。

藤原弥山思忖了一霎，决然道："你们四个看着这里，余下的跟我去三楼！"

"是！"

阳光从走廊尽头的窗户透进来，照着满地的尸体。

藤原弥山一步步地往前走，鞋底上沾满了鲜血。他低头查看着尸体，感叹道："都是一枪毙命啊。"

后面的士兵端着枪，警惕地跟在身后。

藤原弥山："把枪放下来吧，没人会伏击。"

士兵："可是，以这里的战况看，明明是在这伏击了两次。第一次杀了那些支那人，然后又伏击我们的人！"

藤原弥山一笑，用手指着地上的尸体，还有散落的算盘珠子："你看不到么？对方是利用这些珠子来伏击的。在这短短的走廊中，再优秀的军人也不可能长时间作战，必然是短兵相接，电光火石。这就需要场地的清洁，才能快速移动。如果我没有猜错，他们是利用算盘划动自己的身体，快速开枪。"

"这里，发现一个算盘！"士兵在走廊的尽头发现了一把算盘，举了起来："那为什么他不会再次伏击？"

"这里已经满是尸体，连走路都要小心被尸体绊倒，根本没有伏击的可能。"藤原望着走廊上的尸体，喃喃自语："是他……一定是他。"

士兵："阁下说的是谁？"

藤原弥山咬牙："是何平安！是他进来了！"

所有人都一愣。

藤原弥山猛地转过头望着士兵："你们所有人都回去金库，紧紧盯着金库的大门，一只苍蝇也不能跑出去！"

"是！"

"我亲自去找他。"他的脸上浮起一抹残忍的笑："何平安，我终于有了亲手杀你的机会，实在是让人兴奋啊。"

何平安与刘世铭趴在银行的楼顶，极目远望城头上，战火轰鸣，硝烟滚滚。

刘世铭叹息："打得好惨。"

何平安沉默一霎："只要救出余师长，就能稳定乱局！"

刘世铭转过头望着他："我不懂军事，你实话告诉我，常德城到底还能不能守得住？"

何平安没回答，低头从腰中解开一捆绳子。

刘世铭叹息一声："我就知道，守不住了。"

何平安看着他一笑："怎么，后悔没有继续当汉奸？"

刘世铭转身躺在屋顶上："反倒轻松了。一定是个死，这样死能让我心里踏实。"

何平安把绳子一端缠在自己腰上，另一边递给刘世铭："系好了。"

刘世铭问都不问，爬起身，学着何平安的样子把绳索缠在腰上。

何平安低声道："其实，我佩服你。"

刘世铭"嗤"的一声笑了起来："你佩服我什么！"

"你敢认错，敢去面对自己犯下的错误。敌人不可怕，自己才可怕。能面对敌人，只要一时热血，随便是谁都可以做到。能面对自己的，才是真勇敢。"

刘世铭低下头，好半晌才道："我勇敢？我要是勇敢，当初就不会抛下湘菱。"

何平安沉默了。

"缠好了。"刘世铭抬起头，用力拽了拽绳子："好了。这下，我们算是一根绳上的蚂蚱了。"

两人对视一笑。

刘世铭握着绳子，望着何平安："知道我刚才为什么要问你，棠德城能不能守住吗？"

"为什么？"

"因为如果棠德城破了，我会死，但我做过汉奸的秘密就再没人知道。如果城守住了，我也会死，而且没了烈士的荣耀，是作为一个汉奸去死！"

何平安深深看着他："所以你刚才说，知道棠德城大概守不住了，心里反而觉得轻松？"

刘世铭爽然一笑："其实我心里，还是希望城能守住。"

何平安低声道："你放心，无论城能不能守住，你的秘密，我不会说，湘菱更不会说，谁都不会说出去。"

刘世铭看了何平安一眼，望了望脚下，深深吸了口气："行动吧，大不了就是死。"

何平安爽然一笑："想死？你还早！"

两人分头向两边爬去，身子中间连着一条长长的绳索。

何平安拽着绳子，手里握着枪，双脚站在楼边。

另一边，刘世铭手里握着枪，拽着绳子，也站在楼边。

两人互相望着。

何平安问道："准备好了么？"

刘世铭点头，又摇摇头。

"怎么，不会？还是害怕？"

"我加入三青团的时候，受过一些基本的作战训练。可我从没实践过……我，我有点发憷。"一边说着，刘世铭站在楼边的脚往后缩了缩。

何平安看着他，笑了："第一次单独执行任务，是去一个恶霸家侦查情况，那年我十九岁。我跟首长说自己不怕，其实怕得要命，走起路来两条腿都是哆嗦的。结果翻墙时腿一软，一头栽进猪圈里，啃了满嘴烂泥。"

刘世铭忍不住笑了。

"我掉下来的声音，把恶霸家的保安队都吵起来了。我当时以为自己死定了，谁知圈里肥猪太多，一个个趴在泥里哼哼，那帮狗腿子捏着鼻子找了半天，居然没找到我，就走了！"

刘世铭啼笑皆非："想不到，你个大英雄的第一回，也那么狼狈！"

"没人生下来就是英雄。英雄，都是一回又一回地试出来的。"何平安把刘世铭身上的绳子扎了扎紧："听我的，别害怕，就当下面是猪圈，那些鬼子都是老母猪！"

刘世铭的眼睛亮了，信服地望着他，点了点头。

何平安："一、二、跳！"

何平安与刘世铭同时跃下。

绳子瞬间放开，猛地绷得笔直。

一队日本兵端着枪，缓缓行进在三楼走廊里。

走廊两侧，两扇相对的窗户突然出现两个人影。

窗户外，何平安和刘世铭同时顿住，两人的体重刚好让绳子绷紧，保持平衡！

日本兵们全都一愣。

枪响！

何平安首先开枪！

何平安双脚踩住窗台，让自己不会因为后坐力而晃动，一手抓着绳子，单手开枪，弹无虚发！

刘世铭以同样的姿势开枪！

子弹呼啸！

何平安一连三枪，全部命中鬼子的眉心！刘世铭的子弹打不准，只是疯狂开枪！刘世铭负责压制，子弹狂射，让鬼子抬不起头来！何平安是杀手，每一颗子弹都带走一条人命！片刻之间，数名日本兵中枪倒地。

一名日本兵躲到墙边："躲到边上，躲到边上！"

活着的几名日本兵全都躲开。

何平安和刘世铭眼神一对。

何平安："踹！"

何平安的双脚踹在窗台上！刘世铭的双脚也踹在窗台上！两人同时向后荡过去！

楼顶，绳子绷得更紧！两人的体重互相牵扯，又都荡了回来！两人的脚一起前伸，窗子一下被踹碎！

两人的身体冲了进来！

何平安："打！"两人同时开枪！刘世铭射击何平安那边的鬼子！何平安射击刘世铭这边的鬼子！枪声疾风骤雨一般响起！片刻间，两人又荡了出去！

何平安："爬上去！"何平安和刘世铭拉着绳子一起往上爬！

何平安爬到窗户边，片刻后，刘世铭也爬到了对面的窗户前。

何平安倒转枪托，砸开玻璃，跟着敏捷地爬进窗户里，紧紧拽着绳子。

对面的窗户外，刘世铭双手紧紧抓着绳子，脸色惨白，大口喘息："帮我……我……我没力气了！”

“你别动，我过来！”何平安拉着绳子，一步步地往前走。

他也在剧烈地喘息。连番激烈的战斗让他体力严重透支，全身都是汗水。

地上全是尸体，何平安忽然踩在一摊粘血上，脚下一滑，当即摔倒！

紧绷的绳子松开了，刘世铭惊恐的脸，瞬间从窗口消失！

巨大的惯性把何平安硬拖着往窗外滑去！他来不及也无法站起，只得一把抓住一具尸体，却仍止不住滑动的势头。眼看到了墙边，他猛然双脚蹬地，身子躬起，犹如一只老猫！下滑终于停住了。何平安一动不动，腰间的绳子绷得笔直，腰部刀割一样剧痛。

“刘世铭！刘世铭！”随着何平安的呼唤，刘世铭居然一点点地爬了上来。望着窗外刘世铭惨白的脸，何平安笑了。他拉着绳子，一步步走到窗户边，用枪柄砸开了玻璃，抓住刘世铭的胳膊往里扯。两人滚落在地，躺在死人堆里，大口喘息。

何平安边喘边问：“生死之间走一回，怎么样？”

刘世铭无力地摆了摆手：“我还是适合干文职。”

两人对视了一眼，突然朗声笑了起来。

何平安挣扎着站起来，伸手拉起刘世铭：“他们想不到咱们会回到三楼，一定都去楼顶了。这里暂时安全。”

刘世铭：“一连杀了这么多人，肯定已经打乱了他们的部属。”

“下一步，要看……”何平安突然一推刘世铭，单手举枪！死尸堆中，一个人突然翻身站起来，举枪对着何平安！两人的枪一起顶在对方的脑袋上！何平安和那个人影同时僵住了。

“藤原弥山！”

藤原弥山的脸上，满是阴狠的笑。

光束从唯一剩余的通风口漏下，黑色的火药在地面上堆成一座小山。

昏暗的金库内，离火药远远的，余鹏程等人坐在地上，脸色惨白，呼吸有些急促。

卫队长：“师座，我已经有些喘不过气了。”

一双阴险的眼睛凑近通气孔，生硬的中国话传来：“余鹏程，快些投降吧，否则你只会被炸死、困死！”

余鹏程闭着眼睛，一动不动。

卫队长愤怒地站起来，却忽然看见一支枪口通过通风口伸进来。

“不好，他们要开枪！”

一声枪响！一道火光腾然而起！堆积在地上的火药被点燃，爆炸！卫队长纵身扑过去，把余鹏程紧紧护在身下！

“快！护着师座进密室！”

几个卫兵架起余鹏程，冲进密室。

密室铁门蓦地关上！

爆炸声隆隆传来，室内一片漆黑

余鹏程眯着眼，张着嘴，头开始发晕：“糟糕！这里本来就不透气……外面再有燃烧爆炸，氧气更不足了。”

氧气不足，让几人的呼吸变得异常困难。

一名士兵举着手枪，缓缓对准自己的脑袋。

他闭上了眼，枪口在发抖。

士兵猛然一咬牙，枪响！

血喷在余鹏程脸上！

余鹏程猛然睁开眼，眼看着士兵缓缓倒下：“你干什么！”

余下的几名士兵也都用枪顶着自己的脑袋。

“你们要干什么！”

卫队长低促道：“师座，金库里的氧气，不会让我们都活下来，人越多耗费的氧气也就越多。”

余鹏程大吼：“我命令你们，把枪都放下！”

“师座，这次我们不能听命了，很可惜，您也不能处分我了。”一个士兵说着，凄然一笑。

枪响！

一连数声枪响！

士兵们一个个地倒下。余鹏程猛然扑上来，拉住卫队长的手臂：“够了，够了！”

卫队长缓缓放下枪：“那我就再多活一会，要是可以冲出去，我来为师座挡子弹。”

余鹏程直愣愣地望着满地尸体，一句话也说不出来，少顷，他缓缓抬起手，为自己的士兵送上一个沉重而虔诚的军礼。

第五十章　相约恩深

“咱们一起开枪，我跟你一起死！”

何平安紧握着手枪，枪口对着藤原弥山的头。

藤原弥山的枪口也对着何平安的头：“我可以死。我死了，余鹏程也会死。我们的军队一样会攻进棠德！你死了，谁去救余鹏程？靠这个懦夫么？”

藤原弥山轻蔑地瞥了一旁的刘世铭一眼。

刘世铭猛地举枪指向藤原弥山：“你放下枪！”

“是你放下枪！”

藤原弥山突然高喊：“你以为你还有回头路？当了一天狗，你就一辈子都是狗。他们就是在利用你，一旦战斗结束，他们就会审判你，把你绞死！只有皇军攻破棠德，你还有活路。”

刘世铭握枪的手开始发抖。

藤原弥山对着何平安诡异一笑：“你就不怕刘世铭会背后打你冷枪？”

何平安安然不动：“他不会。”

“一个卖过国的人，你也信？”

“一个卖过国的人还敢改邪归正，这样的人不信，我信什么人！”

“只要你帮我杀了何平……”

藤原弥山突然侧身，何平安也突然侧身！

两人的枪一起响了，子弹都没打中！

飞快地，两人的枪都顶在了对方的脑袋上。

何平安：“你只会这点小把戏么？”

藤原弥山阴沉道：“刘世铭，我看得出，你是在犹豫，你在犹豫要帮我，还是帮他。棠德城就要破了，城里面的人都要死。做中国人，你只有死路一条。杀了何平安，我会给你一个真正的日本姓氏，做日本人！”

刘世铭举着枪，枪口渐渐转向何平安。

藤原弥山目光大喜："这就对了！杀了他！"

何平安一动不动。

刘世铭低声道："我只有开一枪的机会，而且我枪法不是很准。"

何平安："你决定了，就尽管开枪。"

刘世铭点点头。

藤原弥山突然觉得有些不对，瞥眼看了一下刘世铭。

何平安突然滚倒在地！

刘世铭枪响！

中厅的吊灯被打断，坠落下来！

何平安和藤原弥山就在吊灯之下！两人往后退开，同时开枪！子弹全都打在吊灯上，玻璃碎片飞溅！刘世铭也向藤原弥山射击！藤原弥山猛然后退，从楼梯上滚了下去！刘世铭举枪要追，何平安躺在地上，一脚踹在他小腿上！

刘世铭跌倒！子弹擦着刘世铭脑袋飞出去！场面一瞬间安静了。

何平安默叹一声："他走了。"

刘世铭："你又救了我一次。"

"你也救了我。"

刘世铭缓缓站起身，看着何平安："刚才你怎么知道我要做什么？"

何平安："我跟他用枪互相顶着的时候，你往上看了两眼。所以……"

"所以你就冒险开枪，调换位置，故意站到了吊灯底下。"

何平安一笑。

刘世铭又问："你就不怕我真的对你开枪？"

何平安笑得更深了："我们已经是同生共死的兄弟了，你怎么舍得杀我？"

刘世铭一愣："同生共死的兄弟？"

何平安点点头。

"你这个人，总把自己这么当回事。"刘世铭深深看他一晌，忽然笑嗤一声，转身大步往前走，"我只是不想让湘菱伤心。"

何平安却愣住了："湘菱……"

"出事了。"沈湘菱挂上电话，脸色凝重："中央银行的电话一直打不通。"

站在跟前的张局长一愣："也许里面的人都去前线了，当然打不通。"

沈湘菱思索着，缓缓摇头："不可能。中央银行是指挥部，即使再紧急的战况，也要有人坚守。电话一直没有人接，一定是出了问题。何平安也没有回信……"

"何平安是汉奸，日本人的走狗，他现在肯定在城里面偷着乐呢。只要破了城，他就是……"

沈湘菱奋力地一拍桌子："何平安是英雄。"

"怎么到这时候了，你还想着那个何平安啊。"张局长愤愤一跺脚："他公开承认自己是汉奸，是给日本人做事的。多少兄弟都让他害死了！”

“那是假的！”

“假的？”张局长难以置信地望着沈湘菱。

“你去，把所有警察都集中到院子里，我要训话！”

数十名警察站在院子里。张局长站在最前面。远处，枪炮声不绝于耳。

沈湘菱孱弱的身影站在台阶上，脸上异常镇静：“你们，都怕死吧？”

所有警察都惊诧地望着沈湘菱。

“可我认识一个人，我相信，他比你们所有人都更怕死。你们应该也都认识他。”沈湘菱缓缓扫视着众人，“他叫何平安。”

陈花皮带头喊了起来：“他是汉奸！我们虽然怕死，可我们不当汉奸！”

众人大声附和：“对，我们不当汉奸！”

沈湘菱咳嗽着，用力摆摆手，众人全都平息下来。

“何平安不是汉奸！”

众人都愣住了。

“何平安怕死，因为他有一个儿子。这个孩子不是他亲生的，是他的战友临死前托付给他，他要养儿子，所以他怕死！他还有妻子，也就是我。我身上中了日本人的生化病毒，活不久了，他想陪着我走完最后这段路，所以他怕死！可为了识破日本人的真面目，他假扮汉奸，如果被发现，随时都会死！他明明是个英雄，却要背上千古骂名，就算死，他也不能甘心！”

众人全都愣住了，议论纷纷。

“他不能死，不想死，也舍不得死！他比你们所有人都怕死！”沈湘菱用力提高了声音：“就是此时此刻，我也不知道何平安是不是还活着。如果我推断没错，日本人已经攻进中央银行了，现在常德所有的兵力都在城墙上，城里能开枪的，只剩下你们。我要你们跟我一起，杀进中央银行。”

沈湘菱的目光扫过所有人：“如果中央银行真的被日本人占了，这一去，会死人。你们当中任何一个人都有可能没命。你们可以不去，可我还是要拜托你们。不说那些民族大义的话，我只是个女人，我求你们，去救我的丈夫！”

她再也说不下去了，只能重重地，深深地弯下腰：“求求你们！救命吧！”

众人静默着，你看看我，我看看你。

陈花皮大步走出队列：“嫂子，我们愿意去救何头，去救余师长！”

“嫂子，我们都听你的！”

“对，都听嫂子的！”

沈湘菱缓缓起身，眼中含泪。

藤原弥山扶着墙，缓缓坐下。

墙上留下一道血手印。

士兵："阁下受伤了！"

藤原弥山点点头："何平安……我现在可以明白，景虎为什么会死在他的手上！"

士兵神色更加惊慌了："怎么办？他，他会不会追过来？"

藤原弥山抬手甩给他一巴掌："怕什么！他追来，我就让他死！所有人准备，何平安应该很快就能找过来，我们在金库前伏击，一举干掉他！"

一名士兵跑进来："报告，外面有几十个支那政府的警察，已经交火了！"

藤原弥山侧耳倾听，枪声不绝。

"不过是一些警察，杀光他们！"

中央银行大门前，已经横七竖八地躺了几名警察的尸体。几名日本士兵躲在临时构筑的工事掩体后，静静地端着枪。

另一侧，沈湘菱和张局长躲在墙角处，数十名警察全都躲在他们身后，不敢向前。

张局长额头冒汗："都是老手，不浪费一颗子弹，绝不乱打。把人放近了再开枪，一枪一个！"

沈湘菱："那又怎么样？他们也不过就这几个人。"

"日本的正规军，个个都是狠角色，不是咱们这些小警察能打的！别小瞧这几个人，一个连也未必能拿下来！"

沈湘菱伸出手"给我枪。"

张局长傻了："你说什么？"

"你知道，何平安教过我怎么开枪。给我枪，我带头，你们跟着！"

"你……你带头！"

"反正我也是快死的人，我带头。就是拜托你，我要是死了，你把我尸体抬给何平安。要是受伤了，动不了，就请你把我抬到何平安面前，临死前也让我见他一眼。要是他也死了……就请你把我们两个埋一块。"

沈湘菱咬着嘴唇，伸着手，找张局长要枪。

"你……你一个女人，就是我们再怕死，我们也不能让个女人冲在……你干什么！"

沈湘菱一把抢过张局长的配枪，大步往外走，边走边喊："是爷们的，跟着我往上冲！"

掩体后的日本兵见到是沈湘菱，竟也都愣了。

"让一个女人冲在前面，还要脸不要了。怕死的都滚回去，是汉子的，都给我上！"张局长抢过身边警察的一条枪，也冲了上去！

众警察纷纷冲出去！

日本士兵不断开枪，警察们悍不畏死！

子弹呼啸，穿过几名警察的身体！

前面的人倒下了，后面的人又追上来！

终于，一名警察冲到近前，开枪！

一名日本兵中枪死亡。

张局长不禁欢呼："看见没，小鬼子一样不禁打！冲啊！"

枪声更急，警察们冲了上去！

"报告，快向我报告，战况怎么样了！"柴志新双目带血，嗓音已经彻底哑了。棠德四面城墙硝烟滚滚，城外，无边无尽的日军。

"参谋长，团座！已经守不住了，两面城墙都炸开了豁口，兄弟们都在用命去填，可人命填不过枪子！"身边的士兵惨然道："死伤惨重，无法统计。"

柴志新抓着战旗的手在发抖。

战旗还在，只是已经满是看不清本来样子。

"师座还没有出现，参谋长，您跟我们说句实话，师座是不是已经……已经转移了？"

又一个士兵问："参谋长，您就说了吧，师座是不是已经……"

"放屁！"柴志新气得大吼，所有人都静下来了："师座一定是被城内的日本人伏击了，他是咱们五十七师的师长，怎么可能扔下自己的部队离开。刚才是谁！"

他摸索着拔枪："是谁！自己站出来！"

士兵哆哆嗦嗦走上前："是……是我……"

柴志新厉声喝道："你动摇军心，散步谣言，污蔑师长。虎贲的规矩，你该怎么样！"

士兵一下跪在柴志新面前："该……该枪毙！"

柴志新把枪伸出来，枪口离着士兵老远，根本无法瞄准："过来。"

众士兵纷纷求情："参谋长，饶了他吧！"

柴志新满是烟熏的脸上浮现出一丝柔情："别怕，我知道你不是故意的。听声音，你是七连的山子吧？"

士兵哽咽道："是，是我。"

"说起来，咱们还算是半个老乡。你给我带的特产，我很爱吃。"

"参谋长……"士兵失声哭了起来。

"你过来，好兄弟，咱们虎贲的队伍，不管到什么时候，都必须严明军纪！"

士兵跪到柴志新的面前，伸出双手，拉住柴志新的手，把枪口缓缓对着自己的额头："参谋长，我不怕死！可我不想这么窝囊地死……我……我想去杀鬼子，我想……"

柴志新摇摇头："这是严明军纪。我知道你想杀鬼子，你是好样的，你放心，你一样是烈士。"

士兵闭上眼睛。

枪声响起！

士兵的尸体栽倒。

柴志新的眼中淌下两行泪，混着血，脸上血泪纵横。

日军攻上来了！

中央银行的大门被猛然冲开了！

沈湘菱带着剩下的几名警察，当先往里冲。

“别开枪，别开枪！”一名汉奸颤抖地走出来，挡在楼梯前高举着双手：“太君让我出来带个话！”

“宰了这个日狗子！”陈花皮一声怒骂，警察们齐齐端起了枪，沈湘菱一挥手将他们拦住了。

“藤原弥山太君说了，只要你们迈进中央银行一步，就，就杀了余鹏程！”汉奸哆哆嗦嗦道：“只有沈小姐一个人可以进去！如果沈小姐不去，也会杀了余鹏程！”

“果然是他！”沈湘菱心头更是愤懑：“你有什么凭证，可以证明余师长在你们手上！”

“太君说，你们要不信，尽管试试！”

张局长望着沈湘菱：“怎么办？”

沈湘菱咬着嘴唇，忽然扣动扳机，汉奸腿上中枪，摔倒在地，痛苦哀嚎。

“我问你，何平安是不是在里面？”

汉奸疼得满地打滚，说不出来话。

沈湘菱又是一枪，子弹打在屁股上：“你不说，我就打上十几枪！”

“说，说！何平安就在里面，他，他杀了我们十几个人！”

“那他人呢！”沈湘菱面露喜色，警察们神情振奋。

“不，不知道！”

沈湘菱再起举枪。

汉奸哀嚎道：“别打，别打！我真的不知道，他杀了十几个人，太君亲自去抓，没抓着，自己还受了伤！”

“我进去。”她缓缓放下枪，大步走上了楼梯。

何平安靠在余鹏程的那张椅子上，挽起袖子，右臂受伤，红肿流血。

刘世铭在办公室里一顿翻找，终于找到了一个医用药箱，拎到桌子上：“他们肯定想不到，咱们就躲在这儿！”

“想得到想不到，也只有这儿能躲了。”何平安苦笑着伸出胳膊，任由刘世铭止给自己止血包扎：“三层楼都找遍了，还是不知道余师长在哪儿，一点线索都没有！”

刘世铭思忖了下，忽然抬起头：“那就只剩一个地方了！”

“哪儿？”

“金库！”

何平安猛然站起身：“走！”

“别急。”刘世铭竟然把他硬按住又坐下下来，拿起纱布给他包好伤口：“金库非常安全，如果打不开门，根本无法强攻。余师长应该正在跟他们僵持。更何况，他们肯定已经埋伏好了，这么去你就是找死！”

何平安：“干耗着也没有活路，不如……”

“但有一分可能，你也要活下去！”刘世铭紧紧地按着他的胳膊：“你想想湘菱！”

何平安沉默片刻，用力点点头：“你说的对，我们现在就回三楼！”

“为什么还回去？”

“那里的尸体上，有手榴弹。如果金库真的像你说的那么坚固，我们还有一线可能！”

沈湘菱一步步走进空旷的银行大堂。

藤原弥山的声音忽然响起：“别动！”

沈湘菱站住。

“小姐，好久不见！”藤原弥山站在角落里，利用地形掩护自己的身体：“要是没有小姐的恩德，我恐怕早就饿死街头了呢！”

沈湘菱冷笑：“到了这种时候，何必再说谎。你是故意来接触我的！”

“不是，是刘世铭派我去的！”

沈湘菱愕然：“刘世铭？”

藤原弥山故作怅然地叹了口气：“小姐对他太狠心了！所以，我就只好利用他对小姐的一片痴心，让他为我做事。”

沈湘菱怒斥：“卑鄙！”

“谢谢小姐夸奖！”藤原弥山却是呵呵一笑。

“藤原弥山！”沈湘菱怒喝：“为什么不敢走出来见我！”

“我不敢啊。我知道，小姐学过开枪，而且枪法很不错。你身上一定带着枪呢吧？”

沈湘菱缓缓从身后拿出枪，从窗口扔了出去。

藤原弥山阴冷地笑着：“一定还有一把。”

沈湘菱沉默片刻，又拿出一把枪，扔出老远：“原来你们日本人，都是懦夫！”

藤原弥山迟疑了下，缓缓从墙后走了出来，对视着沈湘菱：“小姐，你之所以进来，就是想跟何平安死在一起吧！”

沈湘菱沉默着。

藤原弥山笑了：“你看，我还是了解小姐的！”

“你究竟想干什么？”

“帮你实现心愿啊！”藤原弥山伸手向大堂四周一指：“你往四周看看！”

沈湘菱警惕四顾，才发现周围都埋伏了枪手！

“何平安很厉害。我不得不承认，正面对抗，或许我赢不了他。我不知道他藏在哪里，所以希望，沈小姐可以把何平安叫出来。”藤原弥山语带得意：“这样，我就可以帮你完成心愿，让你们死在一起了。”

沈湘菱惊怒交加地瞪视着他，那张脸上竟还挂着憨厚而忠诚的笑！

“何平安！”沈湘菱忽然放声大喊。

三楼走廊上，正在尸体上翻捡手榴弹的何平安突然站了起来！

“怎么了？”刘世铭问道。

何平安不说话，比了个嘘的手势。

隐约间，传来沈湘菱的喊声。

“是湘菱！”刘世铭脸色顿时变了：“她怎么在这里！”

何平安：“一定是藤原弥山！”

“我要救她！”刘世铭抓起一颗手榴弹，豁地站起身，却被何平安死死按住了。

“你去没用，他们要的是我！”

刘世铭瞪视着他，突然一拳打在他脸上：“你逞什么英雄！为什么每次都是你，每次都是你！这次我要去救她！”

“因为藤原弥山警惕的是我！”何平安冷冷推开他：“只要我死了，他们就会放松警惕。而且这时候，金库一定没什么人，你快去金库救人！”

刘世铭愣住了：“凭什么每次都是你要做英雄，好像别人都是贪生怕死，都是……”

何平安猛然一拳打了回来：“因为她是我的妻子！”

刘世铭愣住了。

何平安又是一脚踢了过去：“就算死，也是我跟她死在一起！你又凭什么？”

刘世铭呆呆看着他，忽然蹲下身，捡起尸体间的手榴弹，一个个都抱在怀里，站起身望着他：“你说得对，她是你的妻子，应该你去救她。我是三青团的书记，我应该去救余鹏程。”

何平安点点头：“金库真的那么坚固的话，手榴弹不可能危害到里面的人。如果余师长真的在里面，你就拼命的扔手榴弹。藤原弥山的注意力都在我身上，这是你唯一能得手的机会！”

“你也必须把湘菱救出来！”刘世铭忽然目露凶光，“不然我死了也不会放过你！”

旋转楼梯上响起一阵从容的脚步声。

沈湘菱站在空旷的大堂中央，抬头望着楼梯，何平安沐浴在她的目光中，一步步昂然走下来。

“站住！”藤原弥山又躲回了角落：“举起手，让我看看你有没有枪！”

何平安笑了：“你就这么怕我？”

藤原弥山阴森森道：“我这种人，做奸细做惯了，当然胆小。”

何平安一笑，高举双手，在原地转了一圈。

“你竟然真的出来了！”藤原弥山一步步从角落的掩护中走出来，远远地站在他的对面。

何平安盯着他笑：“你为什么不走近一点？”

“你这种人，可以用任何办法杀人，我还是离远一点，相对安全。”

何平安一声冷哼：“胆小如鼠！”

藤原弥山倒笑了：“按照你们中国人的算法，我确实是属鼠，五月出生的老鼠总是特别胆小！”

何平安冷冷地站着。

“现在，有十几把枪指着，我现在一挥手，就可以把你杀了！”藤原弥山说着，一只手高高举了起来。

“等等！”

藤原弥山转回头：“小姐还有什么吩咐？”

“我想……再抱抱他。”沈湘菱凝望着何平安：“你说了，要让我们死在一起，我要抱着他死！”

藤原弥山一愣，笑了：“可以。”

沈湘菱凄然一笑，对何平安张开了双臂：“再抱我一次吧。”

何平安笑着点头。他一步步走近，近得嘴唇已经贴上她的额角：“你真傻！明知道是个圈套，为什么非要进来？”

沈湘菱微笑着低声道：“城已经要破了，横竖是个死，我要再看你一眼。”

何平安喟叹：“你啊，就是这么任性！”

“你怪我了？”

“我怪你，我到下辈子都怪你！”

沈湘菱一顿，眼神朦胧了起来：“那我等着，等你下辈子再来怪我。”

何平安伸出手，紧紧搂住她。

几乎同时，藤原弥山的手也高高举起，一片乌洞洞的枪口对准了他们。

“我后背的衣服里，贴着一把枪。”沈湘菱凑在何平安的耳边，声音几不可闻。

何平安一怔。

“真是一对同命鸳鸯。”藤原弥山忽然冷冷一笑，高高举起了手。

忽然，银行深处忽然响起巨大的爆炸声！

巨大的爆炸让所有日本兵心中一慌，藤原弥山扭头去看：“是金库！”

何平安趁机一手伸进沈湘菱的外套，飞快抽出她后背上绑着的那把枪！

枪声响起！

子弹洞穿了藤原弥山的胸膛！

金库外，刘世铭对准守门的日本兵，飞快地抛出手榴弹，一颗又一颗地，似乎发泄着心头的熊熊怒火！

接连而起的爆炸声中，何平安一手搂紧沈湘菱，一手持枪，对准周围的日本兵，枪声响个不停！

爆炸枪响如同一支雄壮的乐曲，沈湘菱躺在他怀里，双眼紧闭，任凭子弹擦面而过，从容得如同与丈夫在家中起舞！

“他们在这儿！”张局长带着警察突然冲进大厅，对准围攻何平安的日本兵开枪！

日本兵挨个倒下，警察们也不断中枪倒下。

枪声停住了，大堂里满地死尸。

“何平安！”

“湘菱，湘菱！”

刘世铭带着卫队长和余鹏程，急匆匆冲到大堂，一眼就见何平安和沈湘菱双眼紧闭，相互拥抱着倒在沙发上，两人身上满是血污，一动不动。

众警察全都愣住了，张局长呆呆看着，不敢上前：“何平安！沈小姐？你们……”

刘世铭一步步地走过去：“你们不要……不要……”

“不要什么？”何平安忽然睁开眼，漠然问道。

所有人都愣了。

他缓缓放开沈湘菱，疲惫一笑：“我们两夫妻好不容易团聚，亲热一下，你们都看着我们做什么？”

所有人愣住，陡然都笑了起来。

刘世铭却哭了，满是愧疚地望着沈湘菱。

沈湘菱谅解地对着他点了点头，一切尽在不言中了。

一连数声炮响！

常德城门哄然坍塌！

城头之上，柴志新猛然抓住身边的人：“怎么了！怎么了！”

士兵失声痛哭：“城，城破了！”

柴志新一顿，猛然跌倒。

“快，保护参谋长！”

几个士兵护着柴志新往后撤。

在他们脚下，无数日本士兵潮水般涌进常德城。

“听声音，城破了。”余鹏程坐在指挥室的那张椅子上，脸色惨白。

众人全都围在他周围，脸色比他还惨淡。

“没关系。”余鹏程挣扎着站起来，指着墙上的地图：“为这一天，我们一直在准备。卫队长！”

“在！”

“你出去传令，让所有的部队全部按照之前的计划，退守各个据点。我们要按照何平安的布置，把日本人拖死在巷战里！”

卫队长转身出去。

余鹏程转而命令其余几个人：“沈小姐，你是代理县长，你现在就回县政府，据守不出，以旗为号！张局长，你要去华晶玻璃厂。刘主任……”他望着刘世铭，默叹一声，道：“你从日本人手里把我救出来，之前的一切都过去了。你去守亚洲旅社！”

刘世铭点头。

余鹏程昂然道：“聚福楼也安排了人，只要守住这五大据点，我还有把握再拖日本人几天！”

何平安忙问："我呢？"

"等柴志新回来，他说对你要特别的安排，我也不知道，只是……"余鹏程强按住心头对自己的老部下担忧："我可以肯定，他给你的任务，必定是九死一生！"

何平安爽然笑了："本来已经是十死无生，还有什么九死一生可言！"

棠德街头，国军不断后退，日军疯狂进攻。

枪林弹雨之中，海东升抱着小猴子不断往前跑。

仅有的几名土匪还跟在他后面："当家的，我们在死人堆里装了半天死，现在要去哪儿啊？"

"赶到哪儿是哪儿！"

大批的虎贲士兵冲进前面的聚福楼。

"管不了这么多了，跟他们进去！"

海东升抱着小猴子，紧随着虎贲士兵们冲进聚福楼。

日军冲到街道上，不断往前冲锋。

枪声轰鸣！

十字街头的碉堡开火了！

两边的民房里到处都是枪口！

聚福楼上开火了！

日本兵面对突如其来的攻击，死伤惨重，尸横遍地。

战场阵地，硝烟狼藉，尸首枕藉。青天白日旗和太阳旗交错倒在地上。

一些日军士兵正在收敛阵亡的尸体，清点伤亡。

一个日军头目在册子上记录："一千零四十八……"

横田勇远远望着棠德："终于破城了啊。殿下，我们的勇士伤亡了多少？"

"清点工作还没有结束。"崇明亲王向远处的战场望了一眼："但我军伤亡惨重，远远多过中国军队！"

横田勇看了崇明亲王一眼，面无表情。

崇明亲王却沉重地叹了一口气："这真是进入中国以来，皇军从未经历过的惨烈战斗！我从未曾想过，更未曾见过，中国的军队也会这样搏命战斗！难道，这就是他们的虎贲之军么？"

"或许，真正惨烈的战斗才刚开始。我们下面将面对的，会是更惨烈的血肉厮杀，棠德，将免不了一场巷战。"

崇明亲王惊讶地看着横田勇："在敌人熟悉和布防的城市里进行巷战，这对我们太不明智了！将军阁下，我恳求您重新思考针对棠德的战术！"

"殿下现在还不明白么？棠德，早已不是战术战略的战斗，而是关系着日本军人与中国军队的荣誉之战，意志之战！”横田勇蓦然转过身，桀骜阴狠的目光盯在崇明亲王脸上：“不论是巷战、轰炸，还是病毒，我都将不惜任何手段，不吝任何战术，全力征服常德，彻底摧毁虎贲！因为一个虎贲不可怕，怕的是区区一个虎贲，把整个中国睡虎的斗志都彻底点燃！”

何平安、沈湘菱站在中央银行的门前，互相望着。耳边是炮火子弹声，似乎越来越近。“湘菱，我必须得走了。”他轻轻说道。

“可明明才刚见面。”沈湘菱拉住他的手不放，凄然笑道：“你答应我……”

“我答应你，我会活着。”

沈湘菱含泪点了点头：“那我等你。”

何平安凝视着沈湘菱，低下头，在她额头上深深一吻：“等我回来！”

他放开沈湘菱，后退两步，转过身大步走开。

“何平安！”身后沈湘菱发出一声撕心裂肺的呼喊。

何平安回过头，还未来得及转身，沈湘菱已奔跑过来，扑在他背上，紧紧搂住他：“答应我，哪怕只有一天，你也要比我更长寿！”

“答应我，不管你回来后看到了什么……你都要活着！”她的手臂深深勒进他的腰间，身体和声音都在发抖：“你答应我……”

何平安猛地转过身，紧紧抱住她：“你也要答应我，无论遭遇到什么，哪怕是比死亡还可怕的屈辱，都要等我回来！要记住，我会活着，回来找你！”

沈湘菱凝视着他，一边重重点头，一边流着泪微笑。

何平安猛地低下头，深深吻住她。

漫天战火中，一对战地恋人旁若无人地拥吻。

第五十一章 寸土寸血

急促的脚步声在走廊里响起。几个士兵抬着担架，匆匆忙忙往紧急建立的医务室方向走。担架上的柴志新双眼缠着厚厚的绷带，兀自向外渗血。

余鹏程和两个军医神色焦灼地陪同在担架两侧，也一起向医务室跑去。

军医："快，准备室内消毒！我要紧急手术！"

余鹏程："快去准备！"

柴志新的一只手忽然摸索过来，握住了余鹏程的手："师座，我不需要手术，包扎止血就可以了。"

"胡说！医生说你需要马上手术！"

医生也劝道："柴长官，如果不抓紧时间手术，你肯定会失明的！"

余鹏程："不要理他！准备手术！"

柴志新忽然挣扎着坐起来，一手去扯眼上的绷带，一手胡乱去推抬担架的士兵。

士兵只能停下脚步，放下担架。

柴志新勉强站起身。一个士兵要扶他，他却一把推开，摸索着墙，站立得笔直。

余鹏程一怔，随即勃然大怒："柴志新，你发什么疯？逞什么英雄？！你这是在毁掉党国栋梁的一双眼睛！"

"这双眼睛已经毁了，师座。日寇就将破城，决战只在朝夕，即便现在就手术，短时间内也不可能复明。"柴志新平静道："还是把给我做手术的针药用来多救几条守城战士的命吧。"

余鹏程震惊地望着他，继而大怒："谁说日军马上就要破城？柴志新，你再危言耸听，我就把你……我就把你关在病房里禁闭！你得马上手术，拆了绷带马上给我上战场督战！"

"师座，常德已经无粮，很快也会无药，这时候还给我做这样的手术，不但毫无意义，还会动摇军心！"

余鹏程沉默了，良久才艰难地开了口："老柴，这么多年，咱哥儿俩一块出生入死，这一回我没你可不行！”

柴志新微笑着，上前一步，伸出手准确地握住他的手：“师座，就算志新瞎了，也会跟师座并肩战斗到最后！”

余鹏程双手握住老战友的手，紧紧攥着。

柴志新忽然又说：“此外，请师座批准，让我单独见见何平安。”

“为什么？”

“师座，我想见见何平安。”柴志新固执地微笑着。

办公室房门紧闭。

一本精装烫金的《三民主义》被轻轻推到何平安面前。

双眼包扎完毕的柴志新静静坐在桌前，双手放在大腿上，身板笔直：“何平安同志，你是哪一年加入中国共产党的？”

何平安怔了怔，随即回答：“一九三三年四月，我在余子扬和另一位同志的介绍下宣誓加入中国共产党。”

柴志新“唔”了一声，点点头：“那就是民国二十二年了。那一年蒋委员长亲赴南昌围剿，中共面临生死存亡的紧要关头，很多软弱分子都叛变了。何平安，你果然是个信仰坚定的共产党员！”

他摸索着打开抽屉，半晌摸出一把剪刀，倒转锋口对准何平安，另一只手拿起那本书，一并递给何平安：“把封面剪开。”

何平安接过了剪刀和书册，疑惑地望着他。

柴志新又说：“沿着那条烫金线，小心点儿……可不要把里面的东西剪坏。”

何平安眼睛一亮，手持剪刀对准金线剪了下去。

“沙沙”声响起，柴志新嘴边浮起一缕微笑。

“那是民国十四年，在黄埔军校……除了国父孙先生，政治部周主任是我一生最崇敬的人！”随着柴志新的叙述，剪开的封面中，露出一枚鲜红的镰刀锤头徽章！

何平安望着露出的中国共产党党证，少顷放下，笔直地站起身，向柴志新敬了个标准的军礼。

“中国共产党第二军团第五党小组党员何平安，向上级老同志致敬！”

柴志新微笑着摸过那本党证，轻轻抚摸着：“是啊，我比你早入党整整八年，按照组织纪律，应该算是你的上级了。”

他抬起头“望”着何平安：“何平安同志，我要交给你一个至关重要的任务！”

“是！”何平安保持着敬礼的姿势，面容坚毅。

“日军已经破城，马上就要进入巷战，我的眼睛受伤了，不能亲自参与和指挥了。”柴志新缓缓站起来，手捧党证，神情肃穆：“请你向党徽起誓，代替我，代表中国共产党坚守常德，指挥巷战。誓与常德共存亡！”

“中共党员何平安向党徽宣誓，不退半步，誓与常德共存亡！”

满街都是汹汹而来的日军士兵！

太阳旗下，街头巷尾、民居小院，到处都是刺刀、鲜血和烈火！

破旧的木门被一脚踢开！

一个枯瘦的老妪缩在墙角，盯着闯进来的日本士兵瑟瑟发抖。

冷酷的狞笑声中，雪亮刺刀越逼越近，猛然刺进老妪的胸膛！

母亲抱着婴儿，在几个日本士兵的追逐下绝望地跑进窄巷。巷子的另一头，几个日本士兵堵了上来。母亲抱紧婴儿，绝望地步步后退。疯狂的狞笑声，惊恐的叫喊声，婴儿的啼哭声！日本士兵从两头围逼了上来。婴儿的啼哭声戛然而止！

伫立在城头的崇明亲王放下望远镜，沉闷地叹了口气，把望远镜递给了一旁的横田勇：“决战之前，不应该放任士兵把勇气和体力浪费在这些支那平民身上！我请求阁下立即制止这种无目的也无意义的杀戮！”

横田勇没有接望远镜，只是对着崇明亲王轻蔑地笑了一声：“亲王殿下不是也曾用刺刀和鲜血恐吓支那难民，让他们成为反噬常德的蛊虫么？我和殿下的目的是一样的。”

他目光阴险地将手往下一划，做了一个屠杀的手势：“就是要刺刀和鲜血！用这两样世界上最有力武器让这里所有的支那人明白，常德已经在我们的控制之下，他们必须放弃一切反抗，甚至协助我们剿灭负隅顽抗的支那士兵！”

“三井大佐，请向士兵传令，谁在天黑前不论军民能斩杀一百人以上，将得到我的这把武士刀！”他解下腰间佩戴的战刀，转向一旁的军官，决然下令。

军官神色郑重地接过战刀，重重点头：“是！”

“天黑之前，我要看到支那的指挥部挂出降旗！”

崇明亲王冷冷地看了横田勇一眼，举起望远镜继续向外看探着。

视野不断跳转，疯狂的士兵、雪亮的刺刀、罹难的尸体……处处都是杀戮和惨景。

忽然，中央银行的上空闪出一面青天白日旗！

横田勇上前一步，夺过他手里的望远镜，向那面旗的方向望着：“是支那的指挥部……这种时候还如此顽抗，真是不可思议的支那人！”

崇明亲王冷冷一笑：“将军阁下，看来在对手挂起降旗之前，我们要先经历一场残酷的巷战了！”

“通知所有虎贲军，开展巷战的同时要注意组织群众就地隐蔽！”

余鹏程神色焦灼又兴奋地站在桌前，柴志新则眼缠绷带坐在对面。

柴志新的手习惯性地摸上电话。

电话忽然响了！

柴志新才抓起听筒，一个声音就冲了出来：“我是沈湘菱！县政府急需支援！急需支援！”

余鹏程一把夺过电话，大声吼令：“我是余鹏程！我命令你不惜一切代价，守住县政府！”

电话线的另一端，县政府办公室的办公桌前，沈湘菱手持电话听筒，只听见余鹏程的声音夹杂着炮火声一起冲出来：“援军随后会到！现在我命令你必须坚守县政府，在楼顶升起青天白日旗，指挥军民开展巷战！”

沈湘菱手握听筒沉默了一霎，跟着声音低了下来：“余师长，何平安呢？”

电话里余鹏程依然在大声地重复：“你必须就地坚守，等待援军！”

“何平安他……”一声炮鸣震断了沈湘菱的话！

纷纷砖土落下！沈湘菱被震得跌倒在地。

炮声止歇，她蓦地起身，一把抓起地上的电话听筒，急切地询问：“何平安呢？告诉我何平安在哪里？！”

听筒里一片死寂。

余鹏程“喂喂”了两声，把电话听筒重重摔在桌上：“怎么回事？！”

旁边一个军官快步上前，拿起电话听筒凑在耳边一听：“报告师座，是电话线断了！”

柴志新惊得从椅子上站起来：“糟了！电话线一断，这里就跟其它四个据点失去联系了！”

“我必须马上给其它三个据点传达紧急命令！卫队长，你带上警卫队马上去修复电话线，不惜任何代价，只要能恢复五个据点之间的联系！”

刚才的军官挺身敬礼：“是！”

中央银行外，子弹在眼前交织成了一道密集的网！

卫队长背着电话线包，带着七八个士兵才出了中央银行，就被日军的火力死死封锁在巷口。

街对面的一座大楼已经成为日军的据点，密集的子弹不断对着卫队长等人的方向扫射！

卫队长等以巷口的短墙为掩体，架枪还击：“两个人留下跟我一起掩护，其余的冲出去执行任务！”

“队长，只有你会修复线路，你带人冲出去，我留下掩护！”一个士兵伸手将卫队长扯到一旁，自己架枪回击。在两个士兵火力的掩护下，卫队长带着其余卫兵冲了出去！身后轰然一声爆炸！卫队长回头，那个士兵所在的巷口已经被炸成废墟！

他抑制着悲愤的表情，对余下的士兵大喝：“走！”

一队人冲入前方的硝烟子弹中，不断有士兵被子弹击中倒下。

被炸毁的电线杆赫然就在前方。

卫队长带着仅剩的三个士兵俯低身体急速向电线杆跑去。

对面的短墙后，一梭子弹擦着头皮射过来！

“你们挡住！给我五分钟！”

卫队长跟士兵趴倒在地，士兵以土沟为掩体，架枪回击。

在战友的掩护下，卫队长顺着土沟爬向被炸毁的电线杆，伸长手臂拉住了电话线的一端线头。

“砰砰”两声，数发子弹击打在他手附近的泥地上！

卫队长抓起线头回到掩体，解下背上的电话线开始修复断头：“兄弟们，再坚持……”

话未说完，一梭子弹射来，他身边的士兵软软倒下！

旁边的士兵扑过来，接过机枪继续还击。

卫队长咬着牙修复断头——终于接上了！

乱枪响起，又一个士兵牺牲了！

卫队长伸手去接另一端断头。

一声爆炸，刚接好的电话线又被炸断了！

炮火枪弹声中，余鹏程烦躁地把电话听筒狠狠摔在桌上：“怎么还没有修好！贻误战机，等他回来我要……”

“师座，卫队长回不来了！”柴志新叹息一声，悲哀地摇了摇头：“必须另想办法，抓紧时间重建据点之间联系。”

余鹏程定定看着他，忽的转身向一旁的卫兵：“卫兵队剩下的人，分成四路，分别去据点传达我的命令！”

“可是师座的安全……”

余鹏程暴躁地一声大吼：“服从命令！”

电话铃声忽然响起！余鹏程浑身一跳，转过身一把抓起电话，刘世铭焦灼的声音冲了出来：“亚洲旅社吃紧，急需支援！”

“我是余鹏程！你必须就地坚守，并组织军民开展巷战！”

炮火声、子弹声尖啸不歇。

两名士兵战死在掩体后。

稍远处，一名士兵的尸体张开双臂，连在电话线两端。

卫队长一手持一段电话线，用自己的身体接通了联系。

余鹏程的声音似乎嗡嗡响在卫队长的耳边。

——“张局长，张局长！我是余鹏程！我命令你必须坚守玻璃厂，在楼顶升起青天白日旗，指挥军民展开巷战，等待援军！”

——“聚福楼，聚福楼！我是余鹏程！”

聚福楼外，子弹和炮灰交织成一片巨大的死亡网。

对面的城门上，日军数个火力点开足火力，对准聚福楼猛攻。

一个已经牺牲的国军军官软软趴在酒楼栏杆后，旁边是一面陨落的青天白日旗。

一个男人扑过来，夺过军官手边的机枪开始猛烈地还击，居然是海东升！

众土匪分散在海东升身边，也奋力回击着。

忽然一个土匪跑过来，连滚带爬扑倒在海东升跟前：“大当家的，里头，里头那个洋话筒响了！说要找这里管事儿的！”

“就让它响着！人都死了，还理他个屁！”

一梭子弹冲海东升射来，紧贴着头皮飞过。海东升缩身夺过，跟着探出头，架枪回击。

“大当家的，万一是援军要到了呢？”

旁边一个土匪隔着掩体大声叫喊：“大当家的，鬼子火力太猛，就快顶不住了！”

海东升咬牙还击，豁的抛下机枪，猫着腰钻进屋里。

电话听筒在桌上放着，海东升上前一把抓起来。

“我是余鹏程，我是余鹏程！我命令你……”

“你的人早都死了，现在是我跟兄弟们扛着，你还命令谁？”

电话那头一时静了。

海东升大声道：“你听着，马上给我派援军过来！不然我就带着兄弟投降日本人！”

短暂的静默后，余鹏程决断强硬的声音再次响起：“我没有援军派给你！不管你是谁，只要你是中国人，就赶快升起青天白日旗，不惜一切守住聚福楼，组织军民开展巷战！”

海东升惊怒交加，正要开口大骂，电话忽然断了。

一个土匪慌慌张张地冲进来：“大当家的，实在受不住了，不然……不然咱投降吧！”

外面响着凶烈的炮火，听筒里确实一片死寂。

海东升攥着电话听筒，立在当地，沉默得可怕。

暮色下，一小队日军士兵快步深入小巷。

橐橐的皮靴声中，背后忽然袭来一声枪响！

队首的一名士兵应声倒毙！

领队的军官一声喝令，拔出枪俯身四顾。

所有士兵停下脚步，端枪戒备！

军官的枪口缓缓扫过巷口、铁门、斑驳的旧窗户……一无所获。

又一记冷枪自身后响起！军官倒地！

日军士兵立刻大乱！

一个敏捷的身影趁机从巷子的另一端跑过，夕阳中跃动着一张少年人稚气又兴奋的脸！

夕阳下，横田勇满脸戾色，抽出腰间的战刀，狠狠劈在城楼的砖石上！

他转眼怒视着对面报告的军官：“耻辱，莫大的耻辱！帝国的军人，居然就被支那的一群乌合之众斩断了刀锋么？”

日军军官："虽然是乌合之众，但这些民兵枪法很准，又熟悉地形，在巷战中十分顽固，我部每前进一步，都要付出血的代价！"

一直在城楼前向外瞭望的崇明亲王忽然放下手中的望远镜，转身快步走了过来，神情和口吻都不容置疑："那么就不惜流血，也要在今天夜里占领全城！"

横田勇略带不满地看着他："亲王阁下，太武断了吧？"

"阁下请看！棠德城已经升起不止一面青天白日旗了！"崇明亲王上前一步，将手里的望远镜递给了横田勇："这样看来，支那人已经做好与我部长久对峙的准备了。"

横田勇举起望远镜，顺着崇明亲王手指的方向向外眺望着——县政府的楼顶，高高飘扬着一面青天白日旗，旗下的掩体后，民兵顽强据守，与对面的日军士兵火力顽强对峙。亚洲旅店楼顶，同样是面高高飘扬的青天白日旗，旗帜下，是刘世铭带领的三青团员与日军激烈对抗的景象。玻璃厂，也是一面青天白日旗！

伴随着横田勇镜中视野的转移，崇明亲王的声音也在继续："显然，支那人早就已经做好了城破后顽强巷战的准备。这三个据点，再加上他们的指挥中枢中央银行，都是地势高、有固防的绝佳军事据点，而且互为犄角，一旦相互呼应开展巷战，对我部的推进将十分不利！因此今晚至关重要，必须采用闪电战术快速攻占全城，否则他们就会借势反扑，把我们拖入僵持战！"

横田勇放下望远镜，缓缓摇了摇头："亲王殿下，您只有一点错了，不是四个据点。而是五个！"

崇明亲王一怔，忍不住抢过横田勇手里的望远镜，往外张望。

视野晃动，掠过满城的弹药战火、血肉狼藉，忽的锁定在聚福楼！

楼顶，一面青天白日旗正迎着夕阳缓缓升起！

旗下，海东升端着机枪奋力回击，满脸坚决又狠烈的神色！

横田勇："就在那里，又一个巷战指挥塔形成了。他们已经织成了一扇大网，而我们好像是爬进了蜘蛛网里的蚊虫。"

崇明亲王一声怒吼，甩手把望远镜狠狠砸在地上："背信弃义的支那狗！"

横田勇淡漠地看了他一眼，转身对军官下达命令："亲王殿下的判断十分正确，我命令你们必须不惜一切代价，在明天，也就是二十六日黎明之前占领全城！"

头顶的电灯已经熄灭了，秋十一样"吱呀吱呀"摇着，不时有灰上落下来。

桌前点着一盏昏暗的煤油灯。柴志新与余鹏程隔着这盏昏灯面对面坐着，各自沉默无语。

窗外的炮火子弹声越来越凶猛密集。

轰然一声爆炸声响起！

尘土纷落，灯火跳跃，桌上的茶杯震得一响。

余鹏程双眼微闭，苦笑着摇了摇头："听这声音，又近了二十米。"

柴志新："看来横田勇是下了决心，一定要在今天夜里就占领整个棠德。"

“他做梦！”余鹏程睁开眼，似笑非笑地望着柴志新：“不信我们就打个赌，我赌今天夜里鬼子靠近不了这座楼的三百米之内，更拿不下其余四个据点！”

柴志新摇摇头：“就算今夜不行，可还有明天，后天……单靠现在我们的兵力和沈湘菱的那支民兵，鬼子早晚总会突破这五个据点。像现在这样一味防守，只能是坐以待毙。为今之计，只有守中有攻，快速建立一支攻击性部队，出其不意大乱日军的闪电战计划！”

余鹏程望着他，忽然喟然一声长叹：“老柴啊老柴，你以为我没有想到这一点吗？可是现在这几千虎贲军分散到五个据点开展巷战，还要保护老百姓隐蔽，已经是捉襟见肘了。再要组织一支可以反攻的武装力量……”

他涩然摇摇头：“除非，除非现在城里的老百姓都变成军队！”

柴志新和余鹏程一起沉默了。

又一声炸弹爆炸的声音，仿佛就在头顶炸响！

余鹏程被震得几乎跌到地上！他跳起身来，指着柴志新对卫兵下令：“快，快带柴长官去地下防空洞！”

士兵上前，架起柴志新。

柴志新一把挣开卫兵的搀扶，探出身对着余鹏程，顶着炮火声大声说：“师座，军队和老百姓的区别是什么？”

“你说什么？”

“军队跟老百姓的区别，就在于指挥系统！有了指挥系统，老百姓可以迅速地凝结成一支军队，一旦指挥系统被破坏，再强的军队也会崩溃成一团散沙！我们既然不能在一夜间把城里的老百姓变成军队，但可以把敌人的军队变成老百姓！”

余鹏程怔了：“你的意思是？”

柴志新举起手刀，向空中一劈！

“猎杀！我们可以将卫队中的精锐组成一支特杀战队，在巷战中完成猎杀日军中佐以上指挥官，让日军部队一夜之间陷入瘫痪！”

炮火声中，余鹏程闭上眼，急剧地思索。

柴志新大声道：“不能再犹豫了，这是阻止日军战略得逞的唯一机会！”

余鹏程豁然睁开眼望着柴志新：“可现在谁能担任分队指挥官？”

“只有一个人，何平安！”

第五十二章 舍身猎杀

一个男人坚挺的背影，动作迅速地换上一身日军服装。

男人转过身，是何平安！

他犀利的目光审视着对面一排已换上日军服装的卫队战士：“知道我们要执行的是什么任务吗？”

卫队战士眼望前方，齐声回答：“猎杀日军军官！”

“错了！不是猎杀，而是把自己也变成猎物，混入兽群，寻找机会把它们一口咬死！因此我们不但随时会死在敌人的枪下，也随时可能死在自己人的枪下！这是世界上最艰难的任务，你们谁有畏惧，现在可以退出！”

他的目光划过每个队员的脸——卫队战士们面容坚毅，稍无惧色。

“虎贲不畏战，虎贲不知死！”

县政府外，枪林弹雨，激战正酣！

街道对面的旧楼已经被日军占领了，三个窗户变成了火力点，居高临下，对准县政府凶猛开火。

县政府前，沈湘菱训练出来的民兵和几个虎贲战士正在掩体后奋力还击。

一个虎贲战士跃起，用尽全力把手雷抛向对面的火力点。

一梭子弹扫来，虎贲战士倒下！

手雷还未到火力点，就爆炸了！

接连几声枪响，又有几个民兵倒下！

沈湘菱放下望远镜，指着对面楼里的日本军官，转向一旁的一个虎贲士兵：“你能不能狙杀那个军官？”

虎贲士兵架枪瞄准，少顷，摇了摇头。

沈湘菱失望地叹了口气，喃喃自语："这样下去，支撑不了多久了。"

"不好，有人偷袭！"

虎贲士兵忽然把枪口一转。

沈湘菱慌忙举起望远镜顺着枪指的方向望去——视野中，赫然一个日本士兵隐身在巷口拐角旧楼的一扇窗户后，架起枪向对面楼瞄准！

她心头一悸，慌忙把视线对准了那个人的脸——居然是何平安！

虎贲士兵已经瞄准要射击了！

沈湘菱慌忙一把推开他："住手！"

一声枪响！

对面楼内的日军少佐额头中弹，仰面倒毙！

日本士兵猝不及防，顿时乱成一团。

何平安收起枪，向县政府大楼内远远望着——枪林弹雨中，沈湘菱一手用力舞动着，一手紧紧捂住自己的嘴。

旁边的战士叫道："狙杀完成，火速撤离！"

他最后深深望了沈湘菱一眼，转过身快速地离开。

阴黑的街道，一队日本士兵快速地跑步行进着。

街对面，几个穿着日军服装的人跑步而来，正是何平安和虎贲卫队。

领队的日本军官一挥手，士兵停下。

军官端着枪，用日语喝问靠近的何平安等人："你们是哪支分队，为什么出现在这里？"

一个虎贲战士故作惊慌，用日语回答："在县政府的地方……少佐已经被支那人杀死了！"

军官勃然大怒，扬起手一个耳光重重打在他脸上："八嘎！到底是哪支分队？你的少佐叫什么？"

虎贲战士一时吱唔不上。

站在后侧的何平安暗中握紧了枪。

忽然远处一声枪响！虎贲战士应声倒地！

"该死的支那人！"

军官一挥手，日军士兵们立刻架枪，瞄扫着四周。

四周一片黑寂。一无所获。

军官缓缓放下枪，弯下腰，伸手触了触虎贲战士的脖颈，重重一点头，转向何平安等人挥挥手："归队！跟随我去亚洲旅馆，为勇士报仇！"

何平安等依言排进日军队伍，随军队快步前进。

被误杀的虎贲士兵倒毙在地，双眼直怔怔地大睁着。

何平安以悲愤而决然的目光深深望了他一眼，攥紧了手里的枪。

军队在黑夜的深巷里快速地行进着。

何平安等随在最后。

军官在队首，不时打着手势，喝令指挥一声。

一个虎贲战士靠近何平安，握住他一只手，手指暗暗在他掌心划字。

“距离太近，没有狙杀机会。”何平安两眼警惕地盯着队首的军官，手指划字回答。

“做好牺牲自己的准备，近身刺杀！”

虎贲战士目光一动，随即坚毅起来，加快脚步就要靠近队首的军官。

何平安一把拉住他的手臂，手指快速地划字。

“我去！我死后，你们继续执行任务！”

亚洲旅社门前，一队日军士兵用沙包垒成掩体，架枪顽强地向旅社内射击。

旅馆二楼，刘世铭带领三青团团员，通过窗户居高临下地狙杀围攻的日军。

弹飞如雨，进攻的日军不时倒毙伤亡。

何平安等跟随的这一队日军才赶到旅社附近，一记冷枪就射中了队首的一名士兵，士兵立刻倒毙！

日军士兵慌忙躲进一旁的矮墙后！

军官勃然大怒，拔出腰间战刀挥舞大吼：“用火箭炮，用火箭炮消灭他们！”

日军士兵冒着子弹俯身冲到掩体后，架好火箭炮就要发射。

军官忽然伸手一指何平安等几人：“胆小鬼！还不去帮忙？”

何平安才要举步，一个虎贲士兵却挡在他身前，用日语大声回答军官：“火力太猛，冲不过去！”

他转而对何平安小声说：“让我去吧！我死了，何队长带领大家撤退，继续执行任务！”

被何平安死死扯住他：“不行！除了你再没人会日语，为了下一步的猎杀你必须留下！”

虎贲士兵还要争执，掩体后的日军军官已经暴跳如雷，举枪指着何平安等人：“八嘎！畏战者只有一死！”

何平安装作唯唯诺诺地答应，暗中握紧了手里的匕首。

亚洲旅社里，一个三青团团员的步枪瞄准了那个军官。

瞄准镜的视野里，何平安正手脚并用地跟日本军官比划着什么，军官后退一步，头部被掩体挡住了。

负责狙击的三青团员略感失望地调整了下枪，微微掉转了枪口：“书记，军官被掩体挡住了，只能先射杀旁边的士兵了！”

刘世铭警觉地举起望远镜，顺着枪口的方向瞭望。

“日本士兵”忽然后退一步，何平安的脸清清楚楚露了出来！

在他身旁，三青团员捏着扳机的手指已慢慢扣紧了。

刘世铭猛地推开了他："快住手！他是何平安！"

"你，要干什么？"

日本军官忽然警觉地转过身，犀利地瞪视着靠近自己的何平安。

何平安嘴里"依依呀呀"，装作哑巴一样手指比划。

军官脸色一变，大喝一声："这是奸细！"

几支枪同时对准了何平安！

忽然一声枪响！一个日本士兵颓然倒毙！

军官喝骂一声，转回头望着身后的旅社。

旅社内枪声大作，日本士兵纷纷还击，对准何平安的几支枪也都掉转方向，对准旅社射击！

何平安瞅准机会，上前两步，一手捂住日本军官的嘴，手里的匕首深深刺进敌人的背心！

刘世铭抛下望远镜，对身边的团员发令："快！除了狙击手外全部出击！掩护何平安撤退！"

他说着抓起一支枪，带领三青团员冲出了旅馆。

子弹、手雷、机关枪扫射……猛烈的火力直击日军所在的掩体！

日军士兵猝不及防，又没有指挥，一时乱了阵脚！

掩体的暗角里，何平安轻轻放下已被刺死的日本军官，向枪弹激烈处望了一眼。

黑夜中炮火闪烁，映着刘世铭满脸坚毅激愤的神色，正奋力向日军扫射！

何平安快速地向后退去，撤回了巷口！

等候的几个虎贲士兵忍不住一把抱住他："太好了！何长官平安回来了！"

"我们就知道，何长官本事大，刀山火海都能闯回来！"

何平安望着旅馆的方向摇摇头："这次能活着回来，全靠刘主任的掩护。"

旅馆前，刘世铭带领团员且打且退。

何平安抬头望望天际，决然转向虎贲士兵们："天快亮了，我们必须马上走！去下一个目标，聚福楼！"

两把军刀被捧到横田勇眼前。

横田勇定定望着那两把军刀，忽然一声怒吼，猛地伸手夺过其中一把军刀，拔刀出鞘就要向对面的士兵劈下！

崇明亲王抓起另一把军刀横鞘一格，闪亮的刀锋狠狠劈在刀鞘上，居然在黑夜中迸出一道火光！

"阁下，请千万息怒！"

"真是狼一样狡猾凶悍的支那人！他们是想通过暗杀指挥官，瓦解我们整个军队的指挥体系！"

"因此他们一定有一支狙杀队，潜入我们的军队，趁乱狙杀军官！"

崇明亲王转身将军刀交给身边的士兵，转眼望着横田勇，满脸都是跃跃欲试的兴奋表情：“这是多么有意思的猎杀啊，我相信支那人将大日本帝国的军官看做猎物时，从未想过自己也将成为别人枪口下的猎物。将军阁下，我请求您同意我带领一支小分队，将他们亲自抓捕猎杀！”

横田勇冷冷看了他一眼，“咣当”一声将战刀抛落在地，掏出一块洁白的手巾慢慢擦拭着自己的双手：“这种猎杀是支那人的愚蠢想法，并不能改变这场战斗的胜负。这种时候抽调精锐，也加入到这场猎杀中，只会贻误战机，让支那人有机可乘。这个晚上眼看要过去了，我们必须在天亮前占领整个棠德。”

“可是现在的巷战情况对我们很不利！军队的指挥系统已经被破坏，天亮前别说是整个棠德，就是那五个据点我们也攻克不了！”

“那就放弃巷战。通知各部马上撤退，我要用别的办法占领棠德！”

崇明亲王疑惑而不甘地看着他：“别的方法？还有什么办法？”

横田勇没有回答，而是举起望远镜，向城门外眺望着什么：“如果我们的刺刀不能刺穿棠德，那么就用钢铁来把他们全部碾碎！”

县政府外，已经显露败绩的日军士兵还在顽抗，对面楼体的火力点仍然吐着火舌！

县政府前的掩体后，沈湘菱训练出来的民兵却是越战越勇，一个民兵突然跃出，掷出的手雷不偏不倚投进了对面楼的窗户里！

轰然一声爆炸！火光中，正对面的一个火力点被摧毁。

掩体后，另一个民兵兴奋地拍了拍他的肩膀：“你可真行啊，这么远都投进去了！”

“这算啥，咱是靠挑扁担吃饭的，别的本事没有，这两条膀子上有的是劲！”

一个民兵端着枪猛然跃起：“姥姥的，今夜里这些鬼子一个也跑不了！”

步枪忽然哑了壳！

炮火一瞬间照亮了他惊讶的脸。

一梭子弹猛地扫来，民兵颓然倒下！

“小姐，不好了，弹药快用光了！”

炮火声中，刘三飞快地跑进县政府楼内，神色紧张地报告。

窗前，沈湘菱豁然抛下望远镜，回过头望着他：“还够支撑多久？”

“省着打，最多一刻钟！”

沈湘菱向窗外望了一眼，沉默一霎，咬了咬下唇，神色坚毅地做了决定：“那就省着打！通知所有的民兵，剩下的手雷、手榴弹都不要再用了，都堆到这里。”

“小姐，你这是？”

“等到枪声一停，日本人冲上来，我们就一起拉响炸弹！”

刘三很快把仅剩的几颗手雷摆到了桌子上。

沈湘菱手里还握着一颗手雷，两眼微闭，端然坐在桌子前。

刘三怔怔看着，忽然上前一把，紧紧攥住沈湘菱拿着手雷的手："小姐，趁着鬼子还没上来，这里我守着，你先走吧！"

沈湘菱睁开眼睛，居然微微一笑："真是对你不住，你跟我大哥一场，沈家本来该好好待你的，可惜遇到了这场恶仗，连累你跟我一起拼命。你要是想走的话，就快走吧！"

"大小姐，刘三不是自己怕死！我早就想跟鬼子拼命了！可是大小姐还年轻，还有小少爷，需要人照顾……大小姐，你快走吧，我求求你了！"

说完，他腿一软"扑通"跪倒了，对着沈湘菱磕起头来。

沈湘菱摇了摇头："我不能走。我已经答应了别人，不能比他多活一天。"

她闭上眼睛，聆听着窗外的子弹呼啸声。

枪林弹雨中，何平安的声音真真切切地响在耳边："别慌，调整呼吸，跟上我的心跳，就一定能打中！"

"砰砰"的心跳声响起！两颗心跳成同一个节奏！

一声枪响！一切声音都静止了！

沈湘菱蓦地睁开眼睛！外面的枪弹声都停止了，一片可怕的寂静！

纷乱的脚步声响起！顺着楼板越逼越近！

刘三豁然站起，拔出手枪对准门口。

沈湘菱紧盯门口，攥紧了手雷。

一个民兵冲了上来，直扑到沈湘菱跟前："大小姐，大小姐，鬼子都退了，鬼子被我们打退了！"

刘三一愣，扑向窗口向外望去，县政府的街前只有留下十几具横七竖八的尸体，围攻的鬼子已经不见了！

他颓然放下枪，对满脸兴奋的民兵摆摆手："不要大意，留下几个放哨的，大家轮岗休息！"

等到民兵离开了，他才重重吐出口气，转眼看向沈湘菱："小姐，鬼子看来是真退了，您也歇会儿吧。"

沈湘菱轻轻把手雷放在桌上，双眼微闭，一行清泪黯然落下。

"小姐，你怎么……"

"你说，鬼子为什么会突然退了？"

刘三一怔："为什么？那肯定是被我们打退了呗。"

沈湘菱凄然摇了摇头："他们要么是集中力量攻击更重要的目标，要么是有了更可怕的行动计划。"

刘三疑惑地看着她，少顷，才疑惑地开口："大小姐，你是不是……是不是在担心那个何平安？"

"我不担心。我是越来越安心了。"沈湘菱转眼望着他，忽然含着泪嫣然一笑。"到了这一步我可以肯定，棠德城已经是个巨大的坟墓，我跟他虽然生不同衾，但一定能死在同穴了。"

刘三愕然无词。

沈湘菱转过头，对着灯火轻轻地说："我答应过，我不会比他多活一天……我肯定能做到！"

阴黑的横着尸首的巷口，忽然响起了橐橐的军靴声！

夜色掩盖下，一队略显狼狈的日军穿过小巷，快步跑过来！

正在巷口另一端的何平安慌忙一挥手，随行的虎贲士兵连忙矮下身，跟随他一起躲进短墙后。

何平安伏在短墙后，审视着远处的日军士兵一个个跑过去。

一个虎贲战士凑在耳边，低声疑问："怎么？鬼子这是要……撤了？"

何平安没回答。只是目光炯炯地盯着日军士兵。

"太好了！何长官，我们干脆混进去，到了鬼子大本营，杀他个痛快！"

虎贲战士直起身就要跃出。何平安连忙伸臂一挡拦住他："不行！"

虎贲战士缩回身，疑惑地看着何平安。

"鬼子突然撤退，一定是改变了战争计划，重回大本营就是要重新布置行动。我们贸然混进去，一个不慎就会被发现！"

"那我们怎么办？"

何平安沉默了一下："就地潜伏！"

炮火声已经停止了。

一只手缓缓伸上去，拧亮了天花板上吊着的电灯。

余鹏程拍拍手，望着电灯满意地点点头，低下头一口气吹熄了煤油灯："还是通电的好啊，亮堂。"

柴志新还坐在桌子对面，平静地微笑着："亮堂不亮堂的，反正我个瞎子也看不见。"

余鹏程看了他一眼，朗声笑起来："你心里亮堂就行了！我还得多谢你这个瞎子呢！幸亏你出了这么个把鬼子兵变成老百姓的主意，何平安的猎杀队一出，这头一夜常德城又撑下来了。"

柴志新一时沉默，少顷摇摇头："可我总觉得，日军突然停止攻击，不完全是因为猎杀行动的效果，很可能是有了更危险也更有把握的攻击方案。"

"这是可以肯定的。不过巷战受挫，他们也困在常德城中，毒气、火烧、轰炸都是再不能用了，还能怎么样呢？"

柴志新低下头，急剧地思索着。

一阵急促的脚步声，侍从官推门进来，迫不及待地冲到余鹏程跟前："报告师座！刚刚军部发来电报，今夜蒋委员长在开罗急电孙连仲长官，下令督促周庆云、张灵甫等师长火速来援，务必死保常德！"

"好，好，好！"余鹏程一巴掌重重拍在桌上，满脸的疲惫之色一扫而空："通知各个据点，继续坚守，等候援军！"

中央银行的楼顶，一个士兵擎起那扇青天白日满地红旗，迎着烈烈北风用力挥舞起来！

大旗舞动之间，一缕白光自东方的天际隐隐浮出，余鹏程的声音也随朝阳一样洒满了整个常德："各路援军不日即到，坚守到最后，即是胜利！"

借着夜色的掩盖，何平安带领虎贲战士穿过街口，走进一个破旧的院落里。

"快，脱掉伪装！"

他冲虎贲士兵一招手，众人开始七手八脚地脱掉身上的日军服装。

一个虎贲战士忽然停下来，怔怔望着远处上方，伸手一指："何长官，你看，中央银行！"

何平安停下手，顺着他指的方向看去："是旗语……是余师长在用旗语通知各个据点，继续坚守，援军就要到了！"

虎贲战士禁不住个个都面露喜色。

忽然又有一个虎贲战士指着远处，惊喜地叫道："还有那里，那里的旗也动了！"

"那是亚洲旅馆……刘主任在回复余师长的命令！"

何平安站在原地，不断转头，寻找着各个据点上空的旗帜！

玻璃厂楼顶的青天白日旗也在迎风舞动！

何平安转向东方，凝目望向县政府的方向！

县政府的上空，青天白日旗也在迎风舞动。

他长久地凝视着那面旗，黎明透过舞动的旗帜，慢慢爬上了他仰望的脸。

忽然，一丝阴霾自他眼底划过。

他猛地转过身，定定望着聚福楼的方向。

聚福楼的楼顶，那面布满弹孔的青天白日旗，一动不动地停在晨曦里！

"聚福楼出事了！"

天亮了。青灰色的晨光静静照着聚福楼门前横倒满地的尸首。

国军士兵的尸首、日本士兵的尸首、土匪的尸首……杂错满地，相互枕藉。

千疮百孔的青天白日旗下，聚福楼门窗紧闭，看起来黑洞洞的，死气沉沉又叫人恐怖心惊。

何平安带领虎贲士兵，端着枪缓缓靠近楼前。

一条尸首的手臂忽然绊了何平安一下。

他下意识地往尸首的脸上看了一眼，顿时一怔："是……土匪？！"

一梭子弹忽的射向他脚下！

何平安猛地往后一跳，举枪瞄准子弹射来的窗口！

与此同时，虎贲战士一齐把枪口对准那扇窗口！

"咣"的一声窗口破开，海东升的脸露了出来！

"咣咣"几声，相邻的窗口接连洞开，一张张土匪的脸露了出来，一支支枪直指着楼下的虎贲士兵！

海东升满脸戾色，乌洞洞的枪口直指何平安！

何平安却把枪慢慢放下了，面向海东升笑了，当胸一抱拳：“这一夜，大当家跟兄弟们辛苦了！”

海东升闻言怔了怔，但仍然没把枪放下：“何平安，你既然知道我在这里，还敢来？！”

何平安笑了：“我刚刚才知道，大当家带着兄弟打了一夜鬼子，从汉奸变成了大英雄！就冲这个，我也得过来看看大当家的和兄弟们！”

“何平安，别再花言巧语了！我对你的仇，你忘不了，你对我的仇，我更忘不了！打完了鬼子，我还得找你报仇！”

何平安：“打完了鬼子，你当然可以找我算账报仇！可是现在鬼子还在城门上，时刻都会再冲进来。所以现在你的人跟我的人还是一个战壕里的兄弟，不能对着开枪！”

海东升一言不发地瞪视着他，少顷，慢慢放下了枪。

其余的土匪也把枪缓缓放下了。

何平安一挥手，身后的虎贲士兵也放下了枪。

“我来还要告诉大当家的，余师长传来的命令，常德城外各路援军马上就要到了，大家要继续坚守据点，无论如何都要等援军到来！只要再坚持几天，大家就都有活路！”

海东升忽然再次举起了枪：“等到援军来了，还是你们的天下，我还怎么找你报仇？！”

何平安厉声道：“鬼子当前，你现在杀了我，你就还是汉奸！还会害了你身边的这些兄弟！”

“那好，我不杀你，是条汉子，你就自己了断！”海东升阴狠地瞪着何平安，忽然冷冷笑了。

何平安望着他摇了摇头：“我这条命得留着打鬼子。”

他深深看了海东升一眼，转身要走。

海东升忽然一声大喝：“小猴子在我手上！”

何平安蓦然转身盯着他！

“乔榛为了救你儿子，宁愿把自己嫁给混江龙！她为了你把命都搭上了。为了她，我救出了这个小兔崽子，可为了给她报仇，我不能就这么把人还给你！”

“那你想怎么样？”

“你拿命来换，就现在！”海东升盯着何平安，阴森森地一字一句说道：“我数三个数！一、二……”

何平安一声暴喝打断了他：“不用数了！我不会换！”

“咔嚓”一声，海东升把子弹推上了膛！

冬日骄阳悬在常德的城门之上，红得像血。

一面太阳旗猛地挥下！

远处，一辆辆坦克缓缓碾来，烟尘滚滚而起。

坦克缓慢地驶入了城门。

横田勇阴狠的声音也伴随履带的隆隆碾压声响起：“所有重甲坦克一律开进城，把常德的一切都碾碎！”

第五十三章 螳臂当车

“我不换！”

海东升瞪视着何平安，忽然纵声大笑：“何平安，我还真当你是个血性仗义的汉子，原来你也是个贪生怕死、无情无义的孬种！亏得乔榛还把你当成英雄，当成唯一的亲人，你根本不配！”

他对着何平安狠狠啐了一口，忽然仰起头，对着天大叫一声：“傻妮子，看看你这个大哥！他连自己儿子都不救，他会管你么？他值得你连命都不要吗?”

何平安痛苦地闭上眼睛。

小猴子也大叫起来：“爹！他骗你的，你别管我！”

“海东升！”何平安望着楼上：“你放了小猴子。余大哥跟我是生死兄弟，柳芬对我恩重如山，他们临死前把孩子托付给我，小猴子就像我的亲生儿子一样。如果是在一天前，你说用我的命换他，我绝不含糊！可是现在，我不能这么做！”

海东升：“何平安，你别狡辩，你就是自私怕死！”

“我不怕死！常德城面临灭顶之灾，全城都生死未卜，我早就准备死在这里！可越是这种时候，我作为一个男人，一个共产党人，能只想着自己的家人自己的孩子吗？我不能！我只能先国后家！你懂吗？”

海东升冷笑：“先国后家？你能为这些跟自己不相干的人去死，连自己的亲人也不顾了？”

“我也不想，我也心痛，可我必须这样！你刚才提乔榛，我知道，我对不起我妹子！她曾经问过我，为什么知道她在地主家吃苦，我却不带着队伍去杀了地主救她？我回答，因为共产党干革命，不能公报私仇！”

海东升愣住了。

何平安：“海东升，我这条命已经给了常德了，就算死，我也只能为了守城而死！如果你也是个男人，是个中国人，就不要在这个时候拿我的孩子来要挟我！咱们俩的恩怨，等解了常德的危，如果我还活着，我一定跟你算清楚，到时候，要杀要剐，我何平安绝不皱一下眉叫一声痛！不然，你也是公报私仇！跟你之前为了报复我而投靠日本人，没有分别！”

海东升勃然大怒，猛地伸出手臂，把小猴子举在半空中：“好，你是英雄先国后家，我是小人公报私仇！我现在就跟你说说，我为什么非要公报私仇！”

小猴子的腿在半空中踢蹬着：“爹，爹！”

“海东升，你要还是条汉子，就放了小猴子！”

海东升：“何平安，你既然要做公而忘私的英雄，就跟我赌一把！当年乔榛进了地主家，你这个大英雄不去救她，她这些年是怎么过来的，她从来没告诉过你吧？今天，我就替她来告诉你！”

何平安急道：“你先把孩子放下来！”

“我不放！”海东升反而把小猴子举得更高了：“如果我讲完这个故事，我还能撑得住，咱们恩怨一笔勾销，这个孩子我还给你！如果我撑不住了，你儿子就是这个故事的祭品！”

何平安忍不住上前一步：“海东升……”

海东升把小猴子往窗外又一推：“你答不答应！不答应，我这就把他摔下去！”

何平安望着小猴子，眼里几乎急出火来。

小猴子夹在海东升的胳膊里，开始踢着腿哭叫：“爹，爹！”

何平安大叫：“儿子，听爹的话，别动，别哭！”

小猴子停止了哭闹。

何平安：“好！我跟你赌，你说！”

海东升盯着何平安，冷冷一笑：“你跟着共产党闹革命，离开家，那时乔榛几岁？”

何平安：“七岁。”

“因为你是共产党员，乔榛一家子被他们害得家破人亡，她被卖进乔地主家，那时乔榛几岁？”

何平安沉默了。

海东升大声吼道：“你不知道，我来告诉你！她那年还不到十岁！不到十岁的一个孩子，整天吃的是猪狗食，干的是牛马活，没一个人把她当人看！你不知道吧？乔榛身上都是疤，有火烫的，有鞭子抽的，有地主婆子拿锥子扎的！她都没告诉过你吧？”

何平安神情痛苦：“小妹，小妹，对不起……”

“她就这么吃了整整五年的苦，十五岁上，那个老畜生看中了她，要欺负她，她死活不干，老畜生就把她吊在树上，大日头底下，往死里晒！我看见她时，她还剩了一口气，伤口都被晒烂了，苍蝇围着她打转，就像围着个死人……”海东升的声音开始打颤：“她抬起头看着我，说，救救我，我大哥报答你……”

何平安眼圈红了：“你救了乔榛，我感激你，等棠德解围，我还你一条命就是！”

海东升大吼：“我不要你还！你欠的不是我，是乔榛，你还不起！我救了她，收她当徒弟，从此天涯海角都带着她……我教她唱戏，给她吃，给她喝，下雨了我就是她的伞，天寒了我就是她的棉袄！因为有她，我从来没觉得苦，她是我的徒弟，我的女儿，我的亲人，我的命……”他声音哽咽起来，他痛苦地闭上眼睛，手臂开始剧烈地打颤。

小猴子又开始惊恐地小声啜泣起来：“爹，爹……”

何平安望着楼上，又是痛心，又是揪心：“海东升，你先把孩子放下来……”

“我不放！我不放！”海东升猛地睁开眼，神色激动地像要发狂：“乔榛是我的，我一个人的！不管是做师徒，做父女，还是做……我要她跟着我一辈子，我会护着她对她好一辈子，我绝不会放手！可为什么，为什么我会带着她走进棠德，为什么又要遇见你！从她说你就是她那个大哥……我就知道，我留不住她了，我要失去她了！”

海东升发疯一样地嘶喊着，小猴子抖动地像片风中的树叶。

何平安：“放下孩子！”

“这就是我跟你的仇！何平安，你夺走了我唯一的亲人！” 海东升一声嘶吼，手臂一抖，小猴子从空中坠落。

“爹！”

何平安大惊失色！

海东升也是一脸震惊！

“小猴子！”何平安一声疾呼，两步冲到窗下，张开了双臂。

轰然一声炮响！

炮火中，街头一幢房屋被炸得瓦飞梁散！

几十米开外，一辆坦克边开火边前进，隆隆地冲着士兵百姓辗了过来。

轰！

又是一发炮弹。

老百姓纷纷从屋里跑出来，惊恐不已地四散奔跑。

街道上、巷口、广场，到处是惊恐逃散的老百姓。

虎贲士兵在街巷中寻找掩体，奋力还击。

百姓惊恐地奔逃，一个老人摔倒，跟着被卷入坦克履带下，顿时一片血肉模糊！

惊恐的惨叫中，接连数个百姓被坦克碾死。

一个虎贲士兵双目尽赤，回转身，嘶吼着，架着机枪向坦克射击！

子弹打上坦克的铁甲，丝毫无损，坦克依然一边开火，一边向军民碾压过来。

一发炮弹袭来，火光伴着碎石腾空而起，火光中虎贲士兵倒下来了！

履带在地上拖出一道道血路，所过之处骨肉狼藉，一片炼狱惨象。

何平安低垂着头，眼睛紧闭着。半晌，耳边没有任何的惨叫声。何平安慢慢睁开眼。地上没有小猴子。

“爹！”

何平安抬起头，只见小猴子还吊在半空，身后赫然系着一根绳子，绳子的另一头绑在海东升腰上。

他一阵惊喜，猛地伸出手，抓住小猴子的脚：“乖儿子，爹抓住你了！”

“何平安，我把孩子还给你，这座聚福楼交给我了！”

何平安一愣，海东升已丢下了绳子。

小猴子落入了何平安的怀里。

何平安紧紧地抱着小猴子，狠狠地亲了下，又抬头看向了海东升：“海东升，谢谢你！你是条真汉子！”

“我这一辈子，唱了太多的戏，唱着唱着，就忘了做人的本来面目。”海东升惨然一笑，“一开始，我就是个唱戏的，一心想当名角儿。后来我遇见了乔榛，我就成了师父，成了个有家有亲人的男人。再后来，我为了向你报仇，把自己变成了山大王，变成了汉奸……到了最后，我还想再做回个唱戏的，再当一个，一个好师父，这才发现自己走太远了！我都忘了自己本来是什么样的人，我本来想做个什么样的人！现在，乔榛死了，我的戏，也唱完了。”

海东升说着，眼睛不由得又泛起泪花。看着远方，嘴里不由喃喃说道：“乔榛，师父这辈子的戏，唱砸了！”

轰！

又是一声炮响。

海东升猛然回过神，眼睛看向空中升腾的硝烟：“何平安，你快走吧，聚福楼有我跟兄弟们守着，鬼子拿不下来！”

何平安望着海东升，重重地一点头：“好！海东升，聚福楼就交给你了，我相信你一定守得住！”

何平安抱起小猴子，深深地向海东升鞠了一躬，转头招呼起众虎贲队员，快步跑向炮弹爆炸处。

硝烟渐渐遮住了一丝天明。

海东升遥望着何平安的背影，一把掏出手枪，斗志激昂：“弟兄们，是证明咱们爷儿们的时候了，有种的，别软蛋！都把子弹招呼到小日本儿的身子去，杀一个，够本儿，杀一双，咱们有得赚！”

众土匪齐声呼喝：“是爷儿们，杀鬼子！”

“哪怕只剩下最后一个人，也得给我守在这儿，死在这儿！”

“守在这儿，死在这儿，守在这儿，死在这儿！”

何平安抱着小猴子带领虎贲刺杀队冲到一个街口。

前方传来日军零散的枪声。

何平安神情一凛，把小猴子往地上一放，转向诸位虎贲战士：“准备战斗！”

“何队长！”一个战士突然叫住他：“你先把孩子送走吧，跟着咱们太危险！”

“是啊，好不容易救回了孩子，不能让他跟着咱们冒险！”

何平安看看小猴子，有些犹豫，又看向队员们。

小猴子伸手扯着他的衣襟："爹，我不走，我要跟着你！"

"听这枪声，就知道前面的鬼子不多，放心吧，我们几个人能对付得了！"

"对，等鬼子退出城，肯定会有更强势的进攻！快别再犹豫了，趁着这个空当儿，先把孩子送到安全点的地方，你再回来跟我们一起打，也方便，也放心！"

"快去吧，我们掩护！"

战友的话在情在理，何平安沉吟片刻，终于下了决心："那好吧！这里离县政府最近，我把孩子送过去，马上就回来！"

"放心去吧，有我们呢！"

"多亏兄弟们了！"

他重重拍了拍战友的肩膀，抱着小猴子，转身向县政府的方向跑去。

"弟兄们，准备战斗！"

众虎贲战士迅速散向两边房屋。

办公桌前，余鹏程拿着电话，语气凝重："日军前日已增至十万人，虎贲八千将士如今只剩下三千。形势已越来越危急，委员长在开罗也已就常德一战向各元首做了保证。虎贲全部拼死力战，然而实在不敌日军在兵力和装备上的巨大优势，只能退至城内坚守，誓与日军做最后巷战。可目前人员和弹药都已损失过半，如果军部再不派支援，只怕……"

电话那头的声音倒是十分镇静："余师长，军部已经通知飞虎队赶向常德支援虎贲，估计两个小时后，既可实行空中支援。到时，你们可以联合飞虎队，给予日军沉重打击。"

"是！太好了。"

余鹏程双腿一并，身子竟比刚才拔高了一截："鹏程一定不辜负校长重托，誓与虎贲将士死守常德，绝不后退！"

门轻轻地打开了，柴志新被一个士兵搀扶着走了进来。

余鹏程放下电话，迎了上去："唉！不是让你多休息吗？怎么又过来了。"

柴志新摇摇头："常德危在旦夕，我怎么休息得下。"

"军部已经通知飞虎队对我们进行空中支援，两个小时后，飞机即可抵达常德。现在，日本人把部队撤出城，改用坦克。有飞虎队支援，坦克就不足为惧了。再加上何平安的狙杀队，至少咱们还能坚持两天！"

余鹏程神色兴奋，柴志新却只是轻轻摇了摇头。

"怎么，你觉得飞机援救有什么问题么？"

柴志新低声道："要是飞虎队真能来，并且有效配合师座的作战方略，当然是好。"

"为什么不能？这是委员长亲自下的命令！志新，你难道怀疑委员长的承诺么？"

柴志新沉重地叹了口气，受伤的双眼"望着"余鹏程："不是志新怀疑委员长的承诺。师座跟随委员长时间最久，亲历的战斗也最多。师座想一想，多少回烽火战场，委员长的承诺有几次是真的能及时兑现的？"

"我知道。"余鹏程沉默少顷："我只希望，委员长这次能对常德守信！"

何平安背着小猴子，从大街上快步转入一条巷子。

对面不时传来炮弹的轰炸声，越逼越近。何平安脚下不由加快步子，眼睛四处逡巡着，警觉地注意着周围的动静。

小猴子：“爹，我不想去县政府。我想跟着你！”

何平安摇摇头：“不行，跟着爹会很危险。”

“我不怕，我就想看着爹打仗，看着爹打鬼子！”

何平安笑了：“不行，你还没长大，打仗跟你没关系，你需要的是安全。”

小猴子紧紧扯着何平安肩头的衣服不放：“爹，我哪儿都不去！我就跟着你！”

何平安心头一酸，放下了小猴子。他搂住小猴子的肩膀，深深看着孩子的眼睛：“离开爹，你会害怕，对么？”

小猴子眼圈红了，摇摇头，又点点头：“爹，这回你就别再赶我走了，让我跟着你，行么？”

“爹答应你，等打完了这场仗，爹就再也不离开你一步，到哪儿都带着你，好不好？”

“那仗什么时候能打完啊？”

何平安笑道：“很快，很快就打完了。到时爹就会送你去读书，带你骑马！”

“爹，我不想骑马，我想去看我娘！”

何平安点点头，使劲揉了揉小猴子的头发：“好，爹到时陪你去看你娘，还有你亲生的父亲。”

小猴子欣喜地笑了，冲何平安伸出翘着的小手指：“爹，咱们拉钩！”

“好，拉钩！”

何平安伸出来勾住他的手指。

猛地，前面传来几声零散的枪声。

何平安神情一凛，背着小猴子迅速贴紧墙壁。

枪声越来越近了。

何平安放下小猴子，掏出枪，拉开了枪栓。

对面的街头，几个鬼子端着枪一边搜索，一边枪杀从屋里冲出来的灾民。

一个灾民被炸塌的墙群压在下面，鬼子走上前，一枪打死！

一个灾民从屋里跑了出来，一声枪响，灾民倒了下去！

“砰”！再一声枪响，一个鬼子栽倒在地。其他的鬼子一惊，端着枪迅速瞄向四周。

又一个鬼子倒了下去。

剩下的鬼子越发惊慌起来。一边射击一边往后退。

何平安左手拉着小猴子，右手提枪，猫腰跑过一处断墙，绕到鬼子侧面，又是一枪，一个鬼子身子一歪仆倒在地。

小猴子始终被何平安护在身后，他惊恐睁大眼睛，何平安开枪的同时总是不忘将他压在自己身上，挡住他的眼睛。

几次挪移，几次枪响。鬼子横七竖八倒在了砖墙间。何平安暗听了一下四周的动静，一横手，夹起小猴子，快步跑向另一条街巷。

沈湘菱站在县政府三楼的窗口前，一手提着枪，一手举着望远镜密切注意着街上的动静。

望远镜里，县政府门口的大街一片安静，街两边的店铺没有一个走动的行人。县政府大院里，一排排警察守着大门，严阵以待。

“姐，让我看看！”

沈学文跑过来，扑向窗台。没等沈湘菱反应过来，沈学文已经趴在窗台上，向外张望着。

沈湘菱连忙捂住沈学文的眼睛：“不要看！这不是你该看的。”

沈学文抬起头望着她：“可如果以后有人问我，鬼子是怎么祸害咱们棠德的，我该怎么说？”

沈湘菱一时无语。

“姐姐希望你能把这些都忘了。”

“可这些都是真的呀，我一定要亲眼看着，一定要全都记住。以后如果有人问起我，我就把今天自己看到的都告诉他！”

沈学文扒开沈湘菱的手，明亮的眼睛望着她。

沈湘菱终于缓缓松开了手：“好学文，姐希望你能记住这场战争，但要忘了这一次次的战斗！”

沈学文拿过沈湘菱手里的望远镜，学着姐姐的样，趴在窗沿看着外面。

“小猴子，小猴子！姐姐，你看，是何大哥！”他兴奋地大声呼喊起来：“姐，你看何大哥，他还带回了小猴子！”

沈湘菱忙夺过沈学文手里的望远镜，向外张望着——街头，何平安背着小猴子一路跑过来，毫发无损。

“何平安！”她放下手里的望远镜，对着何平安的方向招手，高兴得几乎要哭出来。

沈学文转身跑向门外：“我去接何大哥去！”

沈湘菱慌忙一把拉住他：“不行，你不能去！”

“那姐你去！”

沈湘菱看了看旁边两扇窗户前的机枪手，回到窗边，举起望远镜继续望着。

一个机枪手劝道：“县长，下去吧！”

沈湘菱摇摇头。

另一个机枪手乙：“县长，何大哥来，肯定有事情交待，你下去吧！”

“是啊，兴许余师长让带话呢！”

“不行，万一我下去了，鬼子却趁虚而入。这种时候，我不能擅离职守！”

沈湘菱如是说着，眼睛却始终看着何平安的方向。

“你放心，如果鬼子敢露头，我立马毙了他！”

“是呀，只管放心，有你在，没你在，我们都保证弹无虚发，绝不会给鬼子偷袭的机会！”

沈湘菱转脸望着机枪手，略一迟疑，又转眼望着楼下的何平安：“好，那我就下去，尽快回来。你们还得保证，如果我下去了，鬼子真的趁机攻击，你们就开枪回击，连我们也不要顾忌，只管扫射！”

机枪手惊讶地看着沈湘菱。

“这是我的命令！”

“是！”

沈湘菱放下望远镜，飞快跑向门口。

沈学文抓起望远镜，趴在窗口，对着小猴子挥手大叫：“小猴子，我在这儿！”

“沈学文！”小猴子也看到了沈学文，兴奋地大叫：“爹，快放下我，快放下我！”

何平安放下小猴子，小猴子急拉着何平安快步跑向前：“爹，快点，快点！”

何平安的脸上露出了难得的笑容。

突然，一阵马达声传来！

何平安神情一紧，停脚站住了。抓着小猴子的手也迅即松开来：“小猴子，快跑！”

何平安推了小猴子一掌。

小猴子往前冲了两步，懵懂着，却站住了：“爹？”

“快跑，快跑啊！”

何平安刚要转身，见小猴子站住了。他急得一跺脚，又冲前两步，推了小猴子一掌：“快跑，坦克来了！”

小猴子一惊，慌忙向前跑，可跑了两步猛然发现何平安并未跟上自己，不禁又回头站住：“爹？”

“乖儿子，告诉沈阿姨，鬼子的坦克来了，爹去挡一挡！”

何平安再也无暇顾及小猴子，往前跑了几十步，一个转身消失在街角。

“小猴子！”沈湘菱的声音突然传来，小猴子转头一看，县政府大门已经拉开一条缝隙。

小猴子稍一迟疑，转身跑了过去。

沈湘菱不顾一切跑了出来，一把将小猴子搂进怀里，紧紧护住：“好孩子，可算回来了！你爹呢？他干什么去了？”

沈湘菱满脸急切的追问。

小猴子向街上一指：“爹去挡坦克了。”

沈湘菱大惊失色：“你说什么？”

“我爹说有坦克，他要去挡一挡！”

沈湘菱搂住小猴子，往街上一望，神情陡变。

一辆坦克慢慢开过大街。

何平安顺着街边快速跑向坦克。

猛然，坦克身后，两辆坦克又从街角转了过来。

一共三辆！

何平安神情一凛。身侧突然传来一阵集结的枪声，是虎贲狙杀队赶到了！

子弹叮叮当当打在坦克上，坦克毫不停滞，依旧向前。

“何队长，快想办法！”

虎贲战士们一边大叫一边开枪。

轰！

坦克对着队员们轰了一炮，众虎贲战士们迅速散开。轰，轰轰！

此起彼伏的炮弹声。三辆坦克持续向前。

六十米。

何平安冲着最前面的坦克抛出手榴弹。

一声爆炸！

坦克从硝烟中开了出来。毫发无伤。

虎贲狙杀队员们快速移动身形，炮弹在众人身边不停地爆炸。虎贲队员们却拿坦克毫无办法。

何平安掏出一颗手榴弹再次冲向坦克，虎贲们端起枪也一齐冲了过去！

轰！

坦克又开炮了。

何平安猛地变换身形跃向一边。

炮弹打在对面一幢房屋上，震耳的爆炸声，对面房屋砖瓦横飞。

何平安：“拖住它！”

何平安故意冲到炮筒前，左右扑跃，不停地吸引坦克开炮。

虎贲战士们也纷纷效仿，快速移动身体吸引另两辆坦克开炮。

一时间，大街上炮声不断，硝烟弥漫。

虎贲狙杀队陷入重重危机。

沈湘菱快步走向办公室大门。

“小姐！，你不能出去！”刘三堵在门口，张开手臂严严遮住了整扇大门。

“你让开！”

“不让！小姐，我知道你要去帮何平安，可外头那是坦克，咱帮不了他呀！”

“你不愿意，你可以不去！让开！”沈湘菱去推刘三。

刘三死死挡住门不让：“小姐，你冷静点儿！”

“你听听外面，坦克的声音越来越近，他没有办法的，我得去支援他！”

“怎么支援啊？坦克是铁家伙，步枪手枪，手榴弹都拿它没办法。何平安本事那么大，你都知道他没有办法，你去了，还不是一样？”

“即使消灭不了坦克，也得拦住它！你想想，要是坦克到了政府大街，随时可能开炮，县政府就有可能失守。无论如何，必须阻住坦克！”

“怎么挡？坦克自己会走，那么宽的履带，谁挡得住啊？”

沈湘菱不说话了，看着刘三，又一转身在桌边坐了下来，嘴唇紧咬着，陷入了沉思。

刘三双手扶住门框，死死守着门口，也是一筹莫展。

“这个刘三真讨厌，不让你姐去救我爹！”

楼梯角上，小猴子和沈学文趴在一边，偷偷看着刘三和沈湘菱争执。

“得想个办法，叫他挡不住我姐。可是他劲那么大，我们拉不开他。”

小猴子一拍脑袋，满脸兴奋：“我有办法！”

“你有什么办法？”

“跟我来！”小猴子招招手，两个孩子蹑手蹑脚地走下楼梯。

刘三堵住门口，继续劝着沈湘菱：“小姐，你冷静一下，余师长他们久经沙场，会有办法的……”

小猴子和沈学文躲在门后，悄悄把盆里的水倒在刘三脚下的青砖石上。

“小姐，我们还是加强戒备……”刘三边说边往前走了一步，忽然惊叫一声，重重滑倒在地上。

小猴子和沈学文拍着手跳了起来：“姐，你快走！去帮何大哥！”

沈湘菱吃了一惊，连忙站起来，上前扶起刘三：“怎么突然摔倒了？”

“没事儿，滑了一下……”

刘三挣着手臂要爬起来，忽然脚下又是一滑，再次摔倒：“怪了！这地上怎么这么滑……”

沈湘菱诧异地抹了一把地上的水，在手指上搓了搓：“这是什么？”

沈学文跟小猴子捂着嘴咯咯地笑：“是肥皂水！是小猴子的主意。姐，你快走，快去帮何大哥。”

“肥皂水？”沈湘菱疑惑地看了眼满地的肥皂水，又看了看还没爬起来的刘三，眼睛一亮：“刘三，双忠巷一带的路是什么样的？”

刘三一愣：“还不是青石板路？”

沈湘菱沉吟着。

刘三又说：“常德不都是这样的路吗？”

“有了！”沈湘菱脸上一阵喜悦，快步走向门口：“坦克破不了，咱们不让它走就行了！打水桶，找肥皂，把县政府所有的水桶，水盆，肥皂，全收集过来。快！”

刘三一愣，迟疑着：“小姐，你说什么呀？”

“就用学文和小猴子的办法，让坦克打滑，走不了路！”

刘三恍然大悟，慌慌忙忙跑下楼，脚下一滑险些又摔了一跤。

沈湘菱脸上挂着难以抑制的兴奋。一转身拿起盆边的肥皂，端起水盆快步走出了办公室。

沈学文奇怪道："唉，姐，你不去帮何大哥了？"

沈湘菱重重摸了一把他的头："这一回，是你们两个小鬼头帮了何大哥！"

机枪手从县政府的后院跑了过来，肩头背着一个大包。

"哗啦"一声，大包倾倒在地上，一块块肥皂堆了满地。

"这都是在仓库里找到的，几个月前，魏县长才叫人贮备了一些紧缺物资，都在仓库里堆着！"

"好！大家再各处找找，除了肥皂，煤油、菜油之类的，也全都找出来。刘三，你去，多找些水盆、水桶，再烧热水，越多越好，咱们还得把这些肥皂尽快都化开！"

刘三响亮地答应了一声，转身去了。

机枪手迟疑了下："县长，拿肥皂水挡坦克的主意是好，可是时间紧迫，常德那么多条路，鬼子那么多坦克，只靠着水盆、水桶去一条条街地泼肥皂水，能来得及么？再说，这也太危险了。"

"这个问题我也想到了。但是现在……"

她话没说完，忽然刘三跑过来，拉着她就往后院跑："小姐！你看那是什么？"

院子角落里，赫然有一堆用篷布遮住的庞然大物。

"小姐，你看这是什么？会不会是魏县长他们留下来的武器？"

站在一旁的小猴子要去拉篷布。

"小心危险！"沈湘菱跑到过去，把小猴子挡在身后，抓住篷布一角，小心翼翼地往下拽。

篷布下，露出机器的一角。

沈湘菱满面惊喜，一边奋力拽着篷布，一边大声喊："刘三，老吴，快来帮我一把！"

机枪手闻声跑过来，略为吃惊地看着眼前的机器："这，这是什么呀？"

"这是能帮我们喷肥皂水，拦住鬼子坦克的东西！快，帮我把篷布拉下来！"

机枪手甲忙上前，和刘三一人拉住篷布的一角，奋力往下拉。

沉重的篷布落了下来，一辆半成新的高压水龙车露了出来。

沈学文疑惑地上下打量："这是什么东西呀？"

小猴子："你真笨！连水龙车都不认识！"

沈学文："你怎么知道？"

"这辆车开来的时候，我爹带我看过，大街上好多人都挤着看，原来，它给藏在这儿了！沈阿姨，这个水龙车不是救火的么？怎么能帮我爹挡坦克呀？"

"能，它一定能！"

第五十四章 最后援军

炮弹隆隆，硝烟漫漫。

一条街的房屋大部分已被坦克轰成了废墟，到处是残垣断壁。

坦克轰隆隆地开了过来。

“何队长，怎么办？”一个虎贲战士靠着断壁焦急地问。

何平安看着越来越近的坦克，一咬牙，将包里的手榴弹全部掏出来捆在了一起：“掩护我！我去炸了它。”

“不，我去！”何平安话音未落，一个战士已经抢先一步，抓起手榴弹冲向了坦克。

“老高！”何平安大叫一声，老高已跑出几米外。

坦克向着老高开火。虎贲战士们一起开火吸引坦克。横飞的炮弹中，老高左突右闪迎着炮弹冲向坦克。

十米，五米，三米！

老高咬咬牙，猛地拉断导火索，纵身扑向坦克！

轰然一声巨响！

硝烟腾上半空。

走在最前面的坦克停住了，五颗手榴弹炸断它的半边履带。

何平安咬牙问道：“谁还有手榴弹？！”

他身后的虎贲战士没有一个人回答。

轰隆，轰隆！

后面两辆坦克又开了过来！

一个虎贲队员跃出掩体，抱着步枪冲了上去，奋身将枪杆别进了坦克履带，瞬间却连人带枪被履带辗得粉碎！

何平安一拳砸在墙上，急得双眼赤红！

街外，隐隐传来集结的枪声。

何平安脸色一惊："不好，鬼子的步兵到了！"

众虎贲脸色陡变，迅速分成两队，一队散向各屋角断墙迎击步兵，一队留在街上继续阻止坦克！

履带重重地辗过青石板铺成的路，坦克离政府大街越来越近！

"就是这儿！"

沈湘菱带着一行警察在县政府外的一处高地站定，看向脚下的陡坡，那架水龙车正沿坡慢慢开了上来。

刘三站在沈湘菱身边，有些担心，轻声问道："小姐，能行吗？"

"无论行不行，都得试试！"

沈湘菱转头看了看众人，朗声命令："倒！"

一时间，一盆盆水，一桶桶水顺着青石路倒了下去！

高压水龙车也同时打开水闸，向着远处射出一条强大的水柱。

水瞬间蔓延，如决堤的洪流，向着低处快速冲去。

满地都流淌着白色的泡沫，奔涌扩散，流成了一片希望之海！

轰！

一发炮弹从坦克炮筒里喷薄而出。

猛然，一条泛着白沫的河水快速流了过来！

掩体后，一个虎贲队员反应不及，脚下一滑，摔倒在地："这是什么？肥皂水？"

何平安也是一脸疑惑地看着地上漫溢的肥皂水。

轰！

又是一声炮响。

浮着泡沫的水流在炮声中快速淹没了逼近的坦克！

"快看，快看，鬼子的坦克动不了了！"摔在地上的虎贲队员忽然兴奋地叫了起来。

刚才还连轰两炮冲向前面的坦克，此时却履带打滑，直往后退。

轰！

炮弹轰出的同时，坦克竟退后半米！

"太好了！坦克履带最怕滑，这下算碰上克星了！"何平安大喜："这是谁出的主意，得把这个办法传出去，让大家都用肥皂水！"

何平安抬眼望着不远处的县政府。

虎贲战士："对面就是县政府，你快告诉他们，这里由我们守着！"

何平安迟疑了下。

"去吧！这会儿鬼子的坦克就像翻了壳的乌龟，还有什么好怕的！"

"好！我这就去告诉他们！"

何平安快速移向政府大街，何平安顺着水流奔向高处。一路全是奔流的肥皂水，一路走路打滑，他高挽着袖子、裤角，手脚并用，一眼便看到了站在高处的沈湘菱等人。

“湘菱，怎么是你！”何平安喜形于色，一时忘形地向沈湘菱跑去，结果脚下一滑，摔倒在地。

“嗳，小心！”

沈湘菱看着他跌跌撞撞地爬了上来，又是担心，又是忍俊不禁，忙伸出一只手，拉住了何平安伸出来的手臂

“这怎么回事啊？都是你的主意？”何平安看着不断喷着肥皂水的水龙车，又转眼看着沈湘菱，又是惊喜，又是感激：“你怎么会想到用肥皂水？连水龙车都用上了！”

沈湘菱略显羞涩地一笑：“我也是看见那个两个小鬼头淘气想到的。棠德城都是青石板路。咱们守的五处地方又是棠德地势最高的地方，如果配上肥皂水，坦克履带就会打滑上不了斜坡路。”

刘三补了一句：“这可都是小姐为了救你想来的主意呀！”

何平安望着沈湘菱的眼里显出无限的爱恋和欣喜。他想拥抱他，最终却只是暗中握紧了她的手，温柔地一笑：“谢谢。”

沈湘菱的脸红了：“我们，还需要说谢谢么？”

何平安深深看着她，忽然放下手，转身就走：“我得走了，我去告诉大家，都用你这个办法！”

“何平安！”沈湘菱突然一声呼唤。

何平安转过身微笑着看向她。

沈湘菱满眼不舍，声音低得只有两个人能听见：“你要记得，我就在县政府大院等你！”

何平安露出一个灿烂的微笑，转身离去。

何平安背着步枪从一条巷子里穿了出来，大街上到处是被炮弹轰塌的房屋。

他身子贴着一面墙，警觉地看了看四周。

突然，坦克的声音从远处传来，履带辗压着地面，震动着欲倒的房屋。

何平安一咬牙，从藏身的屋后跑了出来，边跑边大声叫喊：“坦克要来了，大家把肥皂水倒在路上！”

“坦克要来了，快把肥皂水倒在路上！”

几个老乡从屋后探出脑袋，一脸懵懂。

何平安边喊边跑向亚洲旅店高处：“坦克要来了，肥皂水能让履带打滑，上不了斜坡！”

他跑过一排又一排的房子，老乡们终于听明白了！

一盆接一盆的肥皂水泼了下去！

一条又一条青石路上，到处淌满了泛着白沫的肥皂水，顺着斜坡奔腾而下。

“坦克要来了，快把肥皂水倒在路上！”

“坦克要来了，肥皂水能让履带打滑！”

一个民兵从窗边探出头，听清楚何平安喊的话，忙转头向身后的战友：“老何，油库有肥皂吗？”

“没有了，要肥皂干嘛？”

“你没听见喊吗，把肥皂水倒在路上，能让坦克履带打滑。鬼子就别想往前走了！”

“啊？唉！咱们油库有的是油，就是没肥皂！”

两人不由叹了一声气，陷入了沉思。

猛地，那个老何一拍脑门：“油可比肥皂滑多了！咱们还可以等坦克凑近了，玩他个火烧藤甲兵！”

“对，就这么干！”

一桶桶油从油库里搬到了门口的高处。

一个个油盖子被使劲撬开。

几个民兵守着油罐，脸色凝重地等待着。

地面忽然开始震动，一辆坦克转过街角开了过来。

“倒！”民兵们迅速放倒油罐，清泉般的油汩汩流出，顺破倾下！

瞬间，油在街上漫成了一条河。

正在向前爬坡的坦克，履带不听使唤地直打滑。

轰！

气急败坏的坦克猛然轰出一发炮弹，随着强大的座冲力。炮弹射向了一边。坦克竟下滑了两米。

民兵们一阵欣喜：“成功了！快，点火！”

一根火柴远远投进了油河里，顿成燎原之势！

轰地一响！一片火海瞬间吞没了坦克，烈烈火声风声中，隐约可闻坦克里传来日军的惨叫声。

“咣”的一声，坦克的顶盖打开了，两个坦克兵大叫着从里面钻了出来，浑身燃着火向前跑了几步，又扑倒在火里。

火势更盛，呼啸着扑向另一辆坦克！

“何队长！”

何平安从一条街上跑了过来，狙杀队的虎贲战士忙从街边的各个隐蔽处亮出身形：“怎么样了？”

“几处冲向据点的坦克都被路上的肥皂水和油挡住了，短时间内它们无法再往前进！”

虎贲战士轻声呼唤：“那太好了！”

何平安摇摇头：“还是不行，这种方法只能解决一时的问题，咱们还得想办法。”

“都听何队长的！说吧，怎么做！”

何平安一脸沉定看向众虎贲：“咱们还得继续完成狙杀任务。这次的目标就锁定坦克部队的指挥官！”

“好！”虎贲队员们一个个义愤填膺。

何平安捡起一些小石子在地上排开：“你们看，坦克的阵形是这样的，我估计，他们的指挥车应该就在这里，咱们现在就利用地形迂回前进，迅速找到指挥车。然后，想办法杀了指挥官，破坏他的指挥系统！”

“好。就这么办！”

“开始行动！”

何平安一声令下，众虎贲迅速散开。

街上满是肥皂水，日军的装甲战车无法继续前进，只能停在原地。

何平安从一处墙后探出头，皱紧眉头看向装甲战车。

他的身后，两名虎贲队员也是一筹莫展：“怎么办？这东西比坦克还坚固！”

“别着急！”何平安依然镇静：“再坚固的东西总会有弱点，咱们一定能找到破解它的办法！”

“要是有飞机大炮就好了，一炮一辆，准叫他马上报销！”

虎贲战士话音刚落，空中突然响起一阵飞机引擎声。

众人不由地抬头看向空中。

一架架美国战斗机排着列队飞临常德上空。

“是飞虎队！”

众人雀跃着发出欢呼：“常德有救了！”

虎贲队员的笑脸变成了虎澈的笑脸。

“不用担心，咱们的坦克虽然无法移动，但那只是暂时的，愚蠢的支那人，以为用这种小伎俩就可以阻止坦克的进攻，可他们忘了，这也相当于在城里安插了几十个炮塔。呵呵，肥皂水迟早会蒸发。炮塔迟早会移动，等着吧，只要拖下去，咱们就一定会稳赢！”

副官显然没有他的自信：“可是，美国人派来了飞机……”

虎澈鄙夷地乜斜了副官一眼：“巷战缠斗。飞机即使想空中支援，也必然受地形影响，无法轰炸。看着吧，胜利迟早是属于我们的！”

虎澈一边说，一边拿起望远镜看向了空中。

望远镜里，空中几架飞虎队的轰炸机在高空不断盘旋。

余鹏程拿着望远镜久久地注视飞机，一脸凝重。

办公室的沙发上，柴志新蒙着眼睛坐着，侧耳静听了一会儿，脸上不由露出一片疑惑之色：“师座，他们怎么还不发动攻击啊？”

余鹏程放下望远镜，深锁了眉头：“巷战缠斗。飞虎队无法准确分清敌我，就不敢轻易进攻。”

柴志新脸色一变，不由地站起身：“那怎么办！”

余鹏程一阵沉吟：“只有一个办法！”

一辆坦克停在街中。

几个虎贲战士突然出现在街口，他们每个人手里都拿着一把信号枪。

坦克发现了虎贲战士，一发炮弹轰了过来。

肥皂水打滑，一个虎贲战士摔倒在地，其他的虎贲战士不停继续向前。

炮弹接连在身边爆炸，一个虎贲战士被炸上半空！

又一个战士摔倒了，干脆手脚并撑冲向坦克。

坦克不停地发射着炮弹。

“闪开！”一个虎贲战士大叫着，双手同时使劲推倒身边两个战友，那两个战士借着肥皂水向前冲了数米躲过了炮弹，推人的战士却在爆炸后，只剩下几片碎衣飘了下来。

“杨志喜！”倒地的战士看着飘落的军衣，眼里泛着泪花，一咬牙，两人双手相互一拽，站了起来，同时奔向坦克，两两策应。

“快，滑过去！”

肥皂水宛如风火轮，仅剩的四个人脚底生风，冲向坦克。

越来越近了。

轰！

坦克向着两人轰来。

虎贲战士：“闪！”

还是慢了。

两个战士倒了下去。

离坦克越近，躲避的机率就越小。

一发炮弹轰来，最后一个虎贲战士身子一偏，倒在地上，半边身子已血肉模糊。他咬牙一声长啸，奋力支撑起身子，用剩下的一条腿猛地一撑地面滑向坦克，手中的信号枪同时向着天空射出了一颗明亮的信号弹。

炸弹从空中落了下来。

一声爆炸。

坦克陷入了火海。

一声哨响。

左边几条街外，一颗信号弹升上天空。

紧接着，一枚炸弹从空中落下。

又一声哨响，右边几条街外，一颗信号弹升上天空，一枚炸弹落了下来！

何平安抬头望着此起彼伏的信号弹，一脸兴奋：“太好了，用信号弹引导飞机投弹，鬼子的坦克再也无处可藏了！”

“可惜，咱们没有信号弹！”

虎贲狙杀战士们看着街边的装甲战车一脸遗憾。

何平安想了想，猛地抬起头，眼里一片亮光：“我有办法！”

“什么办法？”

“常德做烟花的人家不少，以前这一带就有好几家，咱们去找找，肯定能找出不少烟花，用烟花做信号弹，肯定行！”

虎贲战士们相互对视了一眼，彼此突然多了一份默契：“这一带你最熟悉，还是你去吧，我们在这儿等着！”

何平安爽然笑了笑：“行，我去，你们守着装甲战车，千万别轻举妄动！”

“是！”虎贲战士们居然一脸欣喜。

何平安也不计较，眼睛在大街周边逡巡了一圈，瞅准了方向，猫着腰快速跑向一处院落，冲进一所小房子里。

屋里空空。何平安径自走到墙角，打开柜子，揭起柜下一块板子，他的眼睛顿时亮了。

板子下，整齐地排列着几捆完好的烟花。

何平安顺手抱起几捆烟花，快步跑出了屋子，猫腰跑了回去。

“还真让我找着了，这些你们收着！”他将部分烟花交给虎贲战士，自己拿着一捆刚想蹿起身，身边两个虎贲战士突然将他按住了。

“你们干什么？”

一个战士已经抱起烟花冲了出去。

何平安低呼了一声，疑惑地看向身边的两个战友。

“你去找烟花的时候，我们商量了一下。”一个战士说道，“这种事，不能让你一个人来！”

另一个虎贲队员接口说：“何平安，你别忘了，虎贲有八千战士，每一个都是响当当不输你的好汉！”

何平安还未来得及开口，耳边突然一声轻哨。三人同时看向装甲战车，只见一束烟花从铁甲车旁升上云霄！

刚才跃出的虎贲战士转过身，冲他们露出一个比烟花还灿烂的微笑。

猛然一声枪响！

虎贲战士倒了下去。

铁甲车门边，虎澈举着手枪一边射击一边从车里冲了出来，身边几个日本士兵护着他慌忙撤离。

“拦住他！那是个大佐！”

何平安突然看到虎澈军装的领衔，一声大叫，猛然向着虎澈和日军开火。

虎贲战士们齐集子弹射向虎澈和他身边的日军。

虎澈大惊，脚下一滑摔倒在地，身边的几个士兵猝不及防，要么摔得四脚朝天，要么被乱枪打死。

一枚炸弹呼啸着从空中落了下来。

“撤，撤！”虎澈大叫着，眼见自己站不稳，干脆手脚并用，猛地一蹬装甲战车，身子快速顺着斜坡滑向街边！

身后，轰地一声，炸弹正中装甲战车，滚滚浓烟中，铁甲车燃起熊熊大火。

虎澈从地上爬起，回头看了一眼装甲战车，身边的士兵都已被炸弹炸死。

集结的枪声冲了过来。

虎澈慌忙逃窜。

何平安带着虎贲战士们冲到装甲战车跟前，车旁倒着几个日军士兵，虎澈却不见身影。

虎贲战士咬牙：“那个大佐不见了！”

“分头搜！”何平安一声令下，众虎贲队员们迅速散开，冲进街巷两边的店铺人家开始搜索。

何平安站在原地，仔细观察着，忽然发现地上有一条长长的湿痕。

何平安看了看四周，紧了紧手里的枪，顺着地上的痕迹开始追踪。

虎澈一身狼狈，跌跌撞撞一边往前跑，一边仓皇四顾，快速闪进一条窄巷里。

何平安举着枪慢慢逼近巷口。

巷壁上湿湿的肥皂水印。何平安探手试了试，慢慢走了进去。

巷子居然是死胡同。虎澈看着前面堵死的道路，气得快步上前，狠狠地砸了巷壁一拳头，满脸暴戾：“一群可恶的支那人！”

没有其他的道路，他回转身大步走向巷外。

“你逃不走了！出来投降吧！”

巷口外，何平安突然叫了起来。

虎澈一惊，迅速贴紧墙壁，手里的枪已向着声音处射出一颗子弹！

子弹擦着墙射了过来，何平安一惊，闪身避过，抬手向着巷子里开了一枪。

一时间，巷中枪声不断。两人靠着巷弯处的拐角不停地开火，子弹在两人之间穿梭如网！

“咔”的一声，虎澈的枪忽然放空了！

虎澈大惊，不确信地又扣动了一下扳机，依然只传出空洞的声音！

听到巷中扳动空扳机的声音，何平安神情一松，悄悄取下自己的枪栓，看了看枪里仅剩的一颗子弹，慢慢从巷口走了出来：“投降吧！我听见你的枪已经没子弹了！”

虎澈脸上露出一丝阴险的笑，轻轻地取下枪栓，从上衣口袋里掏出一颗子弹，直接压进枪里。

“我投降！”虎澈一声大叫，也慢慢走出了巷口。

何平安举着枪，从巷弯处走了出来。直视着虎澈。

虎澈一脸坦然，提吊着手里的枪，脸上竟露出一丝友好的笑。

何平安慢慢靠近，向着虎澈招了招手，示意他把枪丢过来。

虎澈大叫：“接住了！”

突然手腕一扬，眼里闪过一道戾光，手上的枪已经改成顺握，瞄准何平安射出了子弹！

枪响！

一切凝滞在瞬间。

虎澈大睁着眼睛，仰面向后倒了下去，眉心赫然一个弹孔！

血顺着何平安的手臂流了下来，虎澈那一枪打在他的肩膀上。他撕开衣服扎住伤口，抱着膀子走上前，抬脚碰了碰虎澈的尸体，脸上不由露出一丝轻蔑：“小鬼子，还跟我玩这手！差点儿火候。”

“何队长！”几个虎贲队员跑了过来，一眼看到地上的虎澈，兴奋地一把抱住他：“你干掉了日军大佐，真了不起！”

“嗳，轻点轻点！”

何平安捂住伤口，疼得叫出声来。

虎贲战士们不禁一阵欢笑。飞机的引擎声突然传来。众人一齐抬头看向天空。几架飞机正在返航。众人一脸肃穆目送飞机，盘旋而去。

余鹏程站在中央银行的院子里，向着飞机庄严敬礼。

柴志新陪在他身边，仰脸向天，凝听着飞机划过长空的声音。

余鹏程的声音里透着兴奋：“志新，你这次错了。蒋委员长信守承诺，他没有对常德失信！”

柴志新淡淡一笑：“委员长兑现了他的承诺，剩下的，就只能靠我们自己了。”

余鹏程微惊：“志新，你这又是什么意思？”

柴志新转过头，“望着”余鹏程：“师座，如果委员长还有别的援军可派，会直接让飞虎队出手么？”

余鹏程震惊地看着他。

“这几架飞机，就是委员长能给予常德最后的支援了。这一轮过去，相信再无援军进前一步。我们就只能靠着城里的几千人，去力拼数万日军了！”

余鹏程默然良久，沉重地点了点头：“你说得对。从现在起，只能靠我们自己了！”

他再次抬头望天，飞机已经飞过，空留一道痕迹在空中。

余鹏程的神色再次坚毅起来：“传令虎贲各营，调动全部力量，不惜一切代价，坚守到最后一刻！”

虎澈的尸体摆在指挥部的堂中，双眼大睁，眉头正中赫然一个血洞。

一只戴着白手套的手伸过来，食指在血洞上轻轻一点，两根手指搓了搓：“真是羞耻！”

横田勇摘下染血的手套，狠狠丢在地上：“大日本帝国的军官，居然在巷战中一个接一个地，像丛林的兔子一样被猎杀！大和勇士的荣誉，就这样毁在了支那猪的枪口下！”

一张长条桌前，日军军官们正襟危坐，一个个锁紧了眉头，垂头不语。

横田勇的神情更加冷峻了：“你们，要么想出对策，重拾帝国的荣誉，要么就也像他一样被支那猪猎杀！”

军官们一个个面面相觑。

崇明亲王微一冷笑，昂然站了出来：“现在，将军阁下想必认同了我当时的观点，这个猎杀小队真的不能轻视呢。”

横田勇冷冷瞥了他一眼：“我问的不是殿下的观点，而是对策。”

崇明亲王一笑，走到尸体前仔细看着虎澈眉心的枪洞，又看向桌边的军官们，俊朗的脸上挂着一抹淡淡的笑：“又是他。他，已经成了我们的心腹大患了。”

众军官们一震，神情更加紧张：“何平安？”

横田勇冷冷地环视场中军官：“你们，谁去消灭他？”

军官们你看看我，我看看你，都不敢吱声。

“还是我去吧，”崇明亲王不屑地开了口：“大日本帝国的荣誉将由我，天皇的子孙亲自带回！”

他边说边走到桌边，冷眼看着一群佩戴各种勋章领衔的日军高官：“我曾经向将军提议过，组成一支猎杀队。现在，不管阁下是不是批准，我都要带上军队中最优秀的狙击手，去捕猎那些嚣张的支那猪！”

啪，啪，啪！

单一的掌声响起。

横田勇面无表情地看着亲王，拍起巴掌。

哗——

高官们诚惶诚恐，一个个慌忙拍掌表示敬意。

崇明亲王看着横田勇，稍一立正，微微颔首。

一队装备精良的日军小分队站在军营前。

横田勇接过副官手上的勋章给每一个队员别在胸前，又一脸肃穆为士兵们正了正装。举手向士兵们致意，士兵们恭敬还礼。

“我给你们每一位勇士都佩戴上了中佐的勋章，等你们凯旋归来，你们就是大日本帝国的功臣，必定受到大本营特别的奖赏。到时候，我一定为各位请功，为你们佩戴上大佐的勋章。”

士兵齐声道：“是！”

横田勇转身看向崇明亲王：“我就在此，等候殿下的好消息了！”

崇明亲王昂然道：“司令阁下放心，何平安，我会带着他的人头，祭奠大日本帝国的亡魂！”

横田勇点点头。

崇明亲王又转头看向士兵：“你们要记住，这不是勋章，是捕兽夹，有了这个，我们折断虎贲的利爪，拔掉他们的牙齿，扼住他们的咽喉！”

“是！”

第五十五章 狼烟毒霾

到处都是枪炮声，日本人好像海潮，一波连着一波，涌之不竭。

何平安顶着枪炮，猫着腰往前冲。

身边的战士胸口中弹，血溅到他的脸上。

何平安下意识拉住他的手：“撑住！”

爆炸声陡然响起，何平安被气浪冲得滚倒在地，低头一看，手中只剩下那名战士的右手。

他双眼充血，举目四望，到处都是敌人。

一个士兵大声问：“何队长，再往哪冲？”

“我已经分不清方向了。”何平安摇摇头，心中不由得涌上一股面对死亡的决然，他高举右手，大声喝叫：“聚拢，向我聚拢！”

士兵们循声向着他聚拢，围成一个圆圈。

何平安：“我们就是死，也要死出个样子来！互相扶住了，要死，我们也站着死！”

“对！我们要死，也要站着死！”

众士兵互相扶持，形成了一个圆，周围的日本兵缓缓逼近。

何平安：“还有多少手榴弹？”

“我有！”

“我也有！”

士兵们相继掏出手榴弹，攥在手里。他们全都明白了何平安的意图，脸上却毫无惧色。

何平安：“兄弟们，该到殉国的时候了！”

众士兵异口同声：“死而无憾！”

何平安：“好，都听我的命令，咱们多拉上几个小日本！”

“是！”

一颗颗手榴弹高高举起！

围堵上来的日本兵惊了，犹豫不前。

何平安抓过一颗手榴弹，紧紧扣着引线："来啊！都上来啊！你们怕了么！你们怕了！"

众士兵："你们怕了！你们怕了！"

喊声震天，紧接着是豪迈地狂笑。

何平安："小鬼子怕了咱们了！他们不过来，咱们过去！兄弟们，咱们上！"

众士兵："虎贲再冲一次！"

何平安："好，再冲一次！"

众人高喊着往前冲。

最前面的两名士兵拉开手榴弹，扑进了日军堆里，爆炸！

数名日本士兵被炸死！

"到我了！"何平安高举手榴弹，正要冲向敌军，身后枪声乍起！

几名日本兵中枪倒地！

何平安一怔，转身望去，只见远处一队人冲了过来，最前面是刘世铭！

"何平安！往这儿来！我接应你！"

"看来我们还没到最后的时候，"何平安拉开手榴弹，对准日军扔了出去，"配合刘世铭，用手榴弹炸开一条路，咱们走！"

所有的手榴弹一起扔，爆炸声接连响起！

日军纷纷后退，刘世铭的人趁机冲了过来："这离亚洲旅社不足两百米，快，跟我走！"

众人会合一处，朝着亚洲旅社冲了过去。

又一个夜晚降临了。

月黑风高，冷风飒飒。

街上，几名国军士兵斜倚着断墙休息。一名士兵拿出半块干硬的窝头，费力地啃了一口，整个人突然僵住了。

一股黄色的烟雾慢慢飘来。他伸手抓着自己的喉咙，咕咕作响，却发不出一点声音。

周围几名士兵大惊，想去搀扶他，却接连倒地。

士兵们全都抓着自己的喉咙，想要报警，却都无法出声。

指甲在脖子上抓，一道道的血印，触目惊心！

士兵绝望地挣扎几下，全都不动。

一只军靴踏了上来，踩碎了那半块硬邦邦的窝头。

"黑夜降落时，我们来了。"正宗抬头望着远处的聚福楼，得意一笑："我们跟黑夜一起，把死亡带给他们！"

他猛然一挥手，一队带着防毒面具的日本兵大步走上前。

聚福楼上，到处都是伤员，但每个人都趴在窗户边，端着枪。

海东升："各位兄弟，我海东升没本事，把你们带进了死路！"

"大当家的，您给我们带了一条好路！"

“当土匪才是死路一条！没听那个何平安说么，我们现在是英雄！就算是都死在这儿，我们的儿子也是英雄之后！”

众人呼喝：“说得对！我们是英雄！都是英雄！”

“好，说得好！”海东升缓缓踱着步：“天一亮，日本人就会杀过来，既然咱们都要死在一块了，那我也不瞒着你们了！混江龙是我杀的！”

众人全都一惊。

“混江龙早就想杀我，所以我才投了日本人，靠着日本人的庇护，保住一条命，可我也早就想杀他！那天何平安给了他一刀，其实姓何的留着手，扎得不深，我是送了他一步！我算计了大伙，我对不住你们，你们谁要是想报仇，现在就可以把我这条命拿去！”

众人全都沉默着。

一个土匪忽然开口：“大当家的，明天天一亮，谁都活不成了，还什么报仇不报仇的！”

“现在，我们还能算是为国尽忠，都值了！”

“就是，你还是大当家的！”

海东升激动地望着众人：“兄弟们，从现在开始，咱们就是亲兄弟！”

“下辈子，一个娘！”

众人哈哈大笑。

海东升止住笑，悠然叹了口气：“我还是输给了那个何平安。在棠德，我绑架沈家小少爷，被何平安打断了手指头，所以上山找混江龙，一路下来，一发不可收拾。归根到底，是因为我心里只装着我自己。何平安心里，却能装下所有人。我输得心服口服。天一亮，咱们就算是死定了，可咱们能死个轰轰烈烈。我海东升在戏台上演了一辈子英雄，可下了戏台，我就是狗屁不是。今天，我终于真真正正地唱一回大英雄！”

众土匪轰然喝彩：“好！”

一个土匪走上前：“大当家的，不，大哥！既然咱们都是英雄了，以前的匪号可就不能用了，什么野鹞子，黑心狼，太难听的。咱们中间就你有学问，给我们起个英雄的名吧！”

“对，起个英雄的名！”

海东升神采飞扬：“好！咱们就都换一个英雄的名！现在活着的，还有多少人？”

“不多不少，二十八个！”

“二十八，二十八……好！”海东升高高挽起了袖子：“咱们就来个二十八星宿壮烈抗日！”

众土匪：“好！”

海东升：“我可就喊人了！”

众土匪：“听您吆喝！”

海东升：“角木蛟！谁来！”

“我来！”

一名土匪站起身，一瘸一拐地走到海东升面前。

海东升低头一看，这土匪的大腿上中枪，子弹还没取出来。

“英雄血，英雄名，我给你写明白了，烈士名单上，就让他们这么记！”

海东升伸手在他的伤口上抹了一把血，在这土匪的胸膛上写下三个大字：“角木蛟！”

海东升：“再来一个亢金龙！”

“我来！”

另一名土匪走上来，把胳膊一举！

胳膊已经被炸烂了！

海东升沾了血，在他的胸膛上写上：“亢金龙！”

海东升：“尾火虎！箕水豹！”

“在这儿呢！”

又是两个人走到了海东升的面前。

……

二十八个人全站到了海东升面前，胸膛上都是血染的名字。

众人抱拳：“大哥！”

海东升也抱拳：“兄弟！”

众人一起哈哈大笑。

海东升：“咱们现在，就是天上的星宿下凡！”

“没错，星宿下凡！”

一声轻微的爆炸，黄烟升腾而起，缓缓笼罩了聚福楼。

楼下，正宗一挥手，掷弹筒一起发射，不断把毒气弹打进聚福楼。

海东升悚然大惊：“是小鬼子的毒气弹！”

众人纷纷捂住口鼻。

“不用捂着了！”海东升紧走两步，站在楼边，大口呼吸：“早晚是个死，还等什么天亮，咱们是星宿，就是要在晚上放光！”

众人全都放开了口鼻：“大当家说得对！”

海东升：“有手榴弹的，就拉手榴弹，没有的，砸也砸死他们，跟这我一块往下跳，敢不敢！”

众人：“跟着大哥！有什么不敢！”

海东升：“下辈子，咱们当亲兄弟！”

“亲兄弟，一个娘！”

海东升正了正衣服，拿出手榴弹，站在窗口，大喝一声：“二十八星宿归位！”

众人：“二十八星宿归位！”

海东升第一个跳了下去，半空中，拉开手榴弹！

众人也跟着往下跳！

正宗抬头，大惊：“退！”

接连的爆炸声响起！

天上的星星瞬间明亮了起来。

何平安站在亚洲旅馆的门口，把子弹顶入枪膛："集合！"

虎贲战士全都跑到何平安身边。

刘世铭吃惊道："你干什么？"

何平安："各有各的任务，你的任务，是在这儿固守，我们的任务，是出去进攻！天亮之前，我要再突袭一次！"

刘世铭一愣，转而笑了："不错，这才是何平安。"

何平安："兄弟们，准备出发！"

众人："是！"

何平安走到门前，回头看了一眼刘世铭。

刘世铭昂起头："你要是先走一步，可就算我赢了！"

何平安一笑："你已经赢了！"

刘世铭一愣。

"你赢了你自己，你才是最了不起的！"何平安转过身，正要冲出旅馆，远处忽然传来一连数声爆炸的巨响！

"是聚福楼！"刘世铭悚然失声，"一定是聚福楼丢了！"

何平安沉默了少顷，缓缓转过身，对着对着聚福楼的方向肃穆敬礼

"海东升，你也赢了自己！"

呼！

一只罐子从亚洲旅馆的窗口砸了进来，黄浊的气体从罐子里喷出，很快弥散得满屋都是。

刘世铭一惊，慌忙捂住鼻子："快，离开窗子！"

太迟了，站在窗边的几个三青团员已经抠紧颈部，相继倒毙。

刘世铭一步跨出房间，迅速吩咐站在走廊警戒的其他团员疏散。几个团员冲进旅店其他的房间，迅速收集帕子捂住口鼻："我们没有防毒面具，怎么办？"

刘世铭咬牙："带上足够的弹药，赶快撤！"

仅剩的几个团员跟随他，匆匆冲出亚洲旅店。

一夜之间，聚福楼和亚洲旅店相继挂上了白旗。

崇明亲王坐在车中，摇下车窗放眼眺望，终于露出一抹赞许的笑容："正宗君的毒气部队，不愧是大日本帝国强势的精锐！"

坐在前排的副官转头禀告："阁下，按照您的吩咐，传单也已经散发到城中。所有城中的军民，现在都已经知道聚福楼和亚洲旅店的人投降！"

"很好，现在中国军队一定很恐惧。"崇明亲王点点头："恐惧总是会让人丧失理智。再优秀的指挥官，丧失了理智，也会成为别人的猎物！"

“请殿下布置下一步的行动！”

“下一步就是我们捕杀猎物的时候。”崇明亲王的眼里闪过一道冷光：“快准备好陷阱，猎物马上就要疯狂反扑了！”

“是！”

何平安和几个虎贲战士趴在屋檐的瓦楞上，眼睛看着不远处的街道，一脸兴奋。

虎贲战士：“看到了吧？那一车全是军官，中佐，还有一个大佐。”

何平安的视线紧紧追随着街头一辆汽车——车窗大开，赫然露出伪装的崇明亲王和几个军官们的脸：“那个大佐，是小日本的亲王。”

虎贲战士顿时精神振奋：“快行动吧！”

何平安也是目光灼灼：“杀了亲王和这车军官，说不定还能阻止日本人攻占棠德的计划！”

他一挥手，众虎贲队员们迅速散开，齐齐奔向远处的“崇明亲王”。

天色大亮。

正宗戴着面具，冲着身后一挥手，一支戴着面具的毒气部队穿过街道，快速逼近县政府。

“小姐，快看！”

刘三眼尖，站在县政府大楼上，一眼看到街口的毒气部队。

沈湘菱面色大惊：“快去找找看，县政府有没有防毒面具！”

“找水桶水盆的时候，我带着警察和虎贲兄弟到处都翻过了，县政府没有那玩意儿！”

沈湘菱一怔，眉头紧紧地皱在了一起，少顷忽然问：“县政府还有橘子没有？”刘三愕然：“橘子？那管什么用？”

“棠德特产，每年都吃不下，县政府一定还存着好多！”沈湘菱急促道：“把柑橘全都找出来，剥开，柑橘皮扣在嘴上当口罩！”

刘三眼睛一亮：“我这就去找！”

不等众人做好准备，正宗已带领毒气部队逼到县政府大门口，不停得掷弹毒气弹。恐怖的黄色毒烟很快笼罩了整座大楼！

眼见已经没有抵抗的可能，沈湘菱回身抓起小猴子和沈学文，又大声命令身边的警察和虎贲战士：“快，撤出大楼！”

一行人匆匆跑下楼，才打开门，却发现楼前的大街已经布满了毒烟！

刘三慌忙扣死门，回身叫道：“小姐，走侧门出去！”

沈湘菱一怔，两个警察已经上前抱起两个孩子，其他的警察也迅速围拢过来，保护着他们撤往后院。

刘三跑了两步，回身看着越来越浓的烟雾，猛一咬牙，冲向院中停放的水龙车。

沈湘菱一眼瞥见他，焦急地大呼：“刘三，还不快走！”

“小姐，你先走，日本人的毒气弹太快了，我先挡一挡！”

刘三打开水闸，抱起车上的水枪向着毒气部队射了过去。

几个戴面具的日兵被水枪冲倒在地，日军的毒气部队暂时被阻住了。

“刘三！”沈湘菱大叫着要去拉他，一个警察扑上前，强拉着沈湘菱快速撤向后院。

毒气兵越来越近。

刘三咬着牙，抱着水枪，拼力射向日军。

一发毒气弹射了过来！

刘三脸色陡变，身子猛地一斜，又是一发毒气弹！

他睁大了眼睛，身子死死贴在车前，手里的水枪还在喷射着水柱，人已经死了。

正宗的毒气部队终于跨进了县政府。水枪里的水已经小成了一道细流。正宗远远地看了刘三一眼，向着手下一挥手。戴着面具的日本士兵冲进了政府大楼。不多时，一面日军军旗在政府楼顶升了起来。

“快！”刘世铭握着枪，带着仅剩的几个三青团员跑向县政府大街：“得赶快告诉沈湘菱，日本人用的是毒气弹！”

一个三青团员停下了步子，伸手向上一指：“刘主任，快看！”

高高的县政府大楼楼顶，一面白旗迎风招展！

“湘菱！”刘世铭身子猛地一震，竟不顾一切往前冲去。

“刘主任！”两个三青团员慌忙上前拉住他。

刘世铭拼力挣扎：“放开我，放开我！我要去给湘菱报仇，我要和她死在一起！”

三青团团员苦苦劝道：“刘主任，县政府已经被日本人占领了！我们现在只有去中央银行！”

“不，我要去找湘菱，我要给她报仇，我要和她死在一起！”刘世铭情绪激动，拼命往前拽着身子。

“刘世铭？”沈湘菱的声音忽然在背后响起。刘世铭猛地转回头，赫然见沈湘菱带着一众人，正站在横街街口。

“湘菱！”他一阵狂喜，快步跑到沈湘菱跟前：“你还活着！你……”

“多亏了刘三……”沈湘菱满目伤感，“不然我已经死了。”

“只要，只要你还活着……”刘世铭神情一松，突然身子一软倒了下去。

众人一惊，两个三青团员慌忙上前扶住他。沈湘菱伸手要去拍他的脸，却猛地停住了！

刘世铭的右半边脸异常地苍白，嘴角以上，一片皮肤已经开始腐蚀。两个三青团员大惊，本能地松开手。

“没事儿。”沈湘菱一把撑住刘世铭：“只要别碰到他那块坏皮肤，就不会感染。”

三青团员这才慢慢伸出手，扶住刘世铭。

一个警察上前问道：“县长，咱们现在怎么办？”

“只能去中央银行。”沈湘菱不假思索道：“刘世铭需要马上医治，两个孩子也需要一个安全的地方！”

警察：“是！”

一声枪响。

“隐蔽！”沈湘菱一声惊呼，众人迅速钻进街边巷口，贴着墙屋小心翼翼向前移动。突然，一颗子弹从屋顶射了过来。沈湘菱刚欲叫喊，一个三青团员已经头部中弹栽倒在地。

屋顶上，一个日军中佐正举着手枪向众人射击。

沈湘菱咬紧嘴唇，抬手一枪，日军中佐从屋顶上栽了下来。

一个警察吃惊道：“县长，又是一个军官！”

沈湘菱也颇为不解：“怎么一路上全是军官？”

“是啊，县长，咱们这一路，打死穿这种军官服的日本人不下十个了吧？”

“县长，日本人的军官怎么这么多啊？”

不但警察们奇怪，一个三青团团员也说道：“我们和刘主任一路过来找你们的时候，沿途也看见一波这样的人，都是穿着这样的军官服，领子上有这样的领衔！”

“这就奇怪了，眼下是以命搏命的巷战，怎么会有这么多军官参加呢？”沈湘菱的眉头越皱越紧了。猛地，她脸色陡变，失声叫了出来：“糟了！这是日本人的圈套！”

众人大惊：“什么圈套？”

“这些军官都是假扮的，他们是为了猎杀何平安的狙杀队！”

众人又惊又疑，沈湘菱继续解释道：“何平安的狙杀队专杀日本人的军官，日本人一定利用了这点，让士兵也穿上军官的服装，故意引何平安他们上当！”

“那怎么办？”

沈湘菱环顾众人，最终眼光落在刚才说话的三青团员身上：“这样吧，这里离中央银行也不远了，你带着刘主任和两个孩子赶紧去中央银行，我和他们去华晶玻璃厂。五个据点已丢了三个，何平安他们肯定会去华晶玻璃厂，日本人的军官也肯定会在那里埋伏！”

沈学文连忙抓住她的胳膊：“姐，我跟你去！”

小猴子抓住她另一条胳膊：“我也要跟你去！”

沈湘菱脸一沉：“学文，你带着小猴子，好好保护他，姐姐不在你们身边，保护小猴子就是你的职责。知道吗？”

沈学文不说话了，看着姐姐一脸严肃，少顷才轻轻地点点头：“姐，那我等你回来。”

沈湘菱蹲下身，反复抚摸着两个孩子的脸：“去吧，姐姐一定会去找你们，一定！”

虎贲战士们相互策应着，慢慢接近那一车的日军军官。

日军军官们兀自不觉，仍在车里谈论着什么。一个“中佐”凑近“崇明亲王”耳边一阵低语，“崇明亲王”微笑着点点头。

何平安倚着一处墙角，端枪瞄准了车里的亲王。

枪响！

亲王脑袋一沉，倒了下去。

一击即中，何平安不禁心头狂喜。

忽然，耳旁暴起几声枪响。他身边几个虎贲战士无声地倒了下去！

有狙击手！

何平安神情一凛，快速闪到一处街柱后。子弹已从四面八方向他射来！

“我们中埋伏了！”

一个虎贲战士大叫着从隐蔽处突地跳出，朝着一处房顶开了一枪。

一个日军狙击手应声扑出房顶，落地毙命。

与此同时，虎贲战士也身中数枪，倒了下去！

何平安迅即跑向对街，手中的枪已连发五枪，又有两个狙击手从隐蔽处栽了出来！

何平安快速地跑到对街宽墙边，贴紧墙隐蔽下来，趁机换下了空弹夹。

身边枪声不断。

何平安一边还击一边逡巡着四周的地形。

一个虎贲战士隐在断墙后，向着日军不停地还击。房顶，墙后，无数地子弹向他打来。虎贲战士被子弹压得抬不起头。

形势越来越危急。

何平安抬手一枪打中一个日军军官，趁机快速跑向虎贲战士隐蔽的断墙。

几个虎贲战士边还击边向断墙处靠拢。

终于，战士们都汇聚到了断墙下。

望着仅存的几名战友，何平安目光顿时黯然下来：“都怪我，上了鬼子的圈套！”

“别说丧气话！”一个虎贲战士打断了他：“八千虎贲，哪个怕死？这一路早够本儿了！这支狙击手队伍肯定是鬼子里的精锐，咱们冲出去多杀几个，也是为师座立功了！”

“好！”虎贲战士们个个摩拳擦掌。

“再等一等！”何平安劝阻道：“这个地形还能坚守。咱们不如利用地形优势，鬼子的狙击手过来一个就杀一个！减少不必要的伤亡，等到天黑再突围。”

他话音刚落，轰地一声，他们身后的墙居然坍塌了！

远远地，一辆平射炮被日本炮兵推着辗了过来。

虎贲战士：“这下，不走也得走了！”

何平安：“撤！”

众虎贲战士迅即跳出断墙。

身后，平射炮炮筒一缩，又一发炮弹轰了过来。

集结的日军踩着轰成废墟的大街推着平射炮一步步向前。

一间倒塌的房屋里，几个民众横七竖八仆倒在砖石间，身上盖着厚厚的灰，已经被倒塌的墙活生生压死。

炮一声声轰在城里。

一面一面的墙在烟雾中轰然倒塌。

一间一间的房屋里，民众死在砖墙下。

一条街，一面面墙仿佛倾倒的多米诺骨牌，渐渐地变成了一片空地。

崇明亲王站在聚福楼的窗前望着，听着，浓浓灰烟在远处一团团升起，炮声仿佛是一声声响锣。他不由伸出双手，在空中比划着，仿佛一个音乐家在指挥着宏大的交响曲，每一次用力挥下双手，远处便是一声地动山摇的炮响！

虎贲战士们冲向大街，手里的枪无间歇射向四周的日军军官。

一声枪响，一个虎贲战士倒下了。接连数声枪响，相继击中了虎贲战士！日军军官藏在墙后，房顶不停地向着虎贲战士开枪射击。何平安快速移动着身体，子弹啾啾地在他身边掠过。身边不时有战友倒下。何平安双眼含着泪，一边还击一边往前跑。集结的枪声始终追击着他。何平安一口气跑到一处断墙后，大喘着气。肩头，脸颊，都是血迹斑斑。身边再没有一个战友。几十个日军端着枪慢慢围了过来。他取下自己的弹夹看了一眼，咬牙贴着墙，紧了紧手里的枪。

“湘菱，对不起，这次，我恐怕回不去了！”他突然亮出身形，一枪射向最前面的日兵，刚要再冲出，耳边猛然传来响亮的枪声！

何平安一惊，迅即又隐入墙后。

日军身后遇袭，又慌忙掉转枪头迎向身后。

几个日兵接连中枪倒地，身边的日兵顿时慌忙神往侧面后退。

街对面，沈湘菱带着众警察冲了过来。她一马当先，手中的枪更是弹无虚发。

“湘菱！”

何平安眼睛一亮，慌忙从墙后闪出，一边开枪射击，一边向沈湘菱靠拢。

“何平安！”

两个人相互呼唤着对方，手上却并不停留。一阵奇袭，日军竟自乱阵脚，迅速退去了。

沈湘菱丢掉枪，一步上前，两手打颤抚上他的肩头：“你受伤了！”

何平安却一把抱住她，越搂越紧，半晌才放开她：“不碍事，我还能抱你。”

沈湘菱的脸登时红了，低眉看了一眼身边的警察。

“看来，现在就剩下华晶玻璃厂和中央银行了。”何平安却已经换成了一脸正色：“中央银行有余师长，不用担心，咱们现在马上去支援华晶玻璃厂！一定要赶在敌人前守住这个据点！”

第五十六章 血染战旗

华晶玻璃厂外，枪声密集。

一队日军步兵端着枪一边射击一边向仓库涌了过来。

“打，把鬼子都给我压回去!”

仓库内，张局长端着枪一边射击,一边咬牙大声命令。

密集的子弹铺天盖地地射向了鬼子步兵。众警察和虎贲战士全力开火，一阵猛烈阻击后，日军步兵部队居然退了回去。

“他奶奶的，不给你点颜色，你以为老子是吃素的！”

张局长抱着枪，得意地挺直了腰板。

一个警察突然大叫：“局长，快看！”

张局长顺着他手指的方向一望，只见一队日军背着掷弹筒，正往头上套面具。

“不好，鬼子要放毒气！张局长大惊，一跺脚冲着身边的警察大声命令：“快，快给我打！”

一排子弹打了过去，鬼子却远在射程之外。

张局长急得团团转，猛地，眼睛落在墙角的一尊火炮上：“正好，拿炮轰！”

陈花皮连声叫苦：“有炮没弹药，这还不抵根烧火棍呢！”

张局长的目光顿时暗淡了。转眼再看仓库外，那队日军已经全副武装，举起了掷弹筒。

“张局长，我余鹏程就把华晶玻璃厂交给你了！这里是虎贲的临时仓库，守住仓库就是守住虎贲的利爪……拜托了！”余鹏程的话再次响起，炮鸣般震得耳中威武作响。

“局长，怎么办？”陈花皮一连问了好几遍，张局长才回过神来，他怔然看向陈花皮，少一停，决然道：“花皮，你带着弟兄们，一定守住玻璃厂！”

“啊？局长，那你呢？”

“我，轮不到你管！”

张局长说完，匆匆跑向下面的仓库。

昏暗的仓库中，吉普车的后座车门被猛地打开。

一只手向车座里堆放着炸弹，一束又一束，堆满了整个车后座。

张局长拍拍手，满意地吁出口气，关上后座的门，打开驾驶座坐了进去，发动汽车。吉普车轰隆隆开动。张局长一边开车，一边嘴里悠然哼着京剧："我本是卧龙岗上散淡的人……"

一个人影猛地从仓库门口冲出，向车子扑来！

张局长急忙踩下刹车！

车子停下！陈花皮扑倒在车前盖上！

张局长摇下车窗玻璃，破口大骂："陈花皮你个王八蛋！知不知道老子车里装的都是炸药，就算撞不死你，一个不巧把你骨头渣子都炸没了！"

陈花皮死死把住车前盖，脸贴在前窗玻璃上，一双眼瞪着他："我知道车里都是炸弹！我还知道局长装着这一车炸弹是要去干啥！"

"你知道还敢拦着我！滚，快滚下来！"

张局长缩回头，准备再次启动汽车。

陈花皮一只手拍在前窗玻璃上，直拍得"砰砰"作响："你不能去啊，不能去啊局长！这一去没个回啊！"

"王八蛋，你以为老子想去吗？！"张局长破口骂着，霍地打开车门跳了下来，伸手指着身后仓库里的火炮："要是那玩意儿还有炮弹，枪逼着我我也不会去！可现在没有炮弹，鬼子就在前头，过不了多久就会放毒气把我们都毒死。我比你们岁数都大，只能是我来当这个炮弹了。"

陈花皮望着张局长，咧了咧嘴，眼圈红了："那也不该你去！你是局长，留下来指挥兄弟打鬼子，我烂命一条，该我去！"

张局长看着他，慢慢地笑了："你去？你还有三个老婆，你去了谁养活她们？"

他伸手抓起陈花皮的领子，把他从车前盖上硬扒了下来。

陈花皮抓着他的胳膊不撒手："局长，局长你不能去！兄弟们不能让你去……"

张局长一脚把陈花皮踹倒在地，掏出手枪枪口对准他："陈花皮，你再耽误时间，我一枪毙了你！"

"局长！"

张局长转身坐回驾驶座，打亮车灯，发动马达："陈花皮，给我看好兄弟，好好打鬼子，谁也不能当孬种！"

轰隆一声，吉普车避开地上的陈花皮，绝尘而去！

快速开进的吉普车里，张局长依然在哼着抑扬顿挫的京剧。

"我，棠德警察局局长张局长！"

前方，一个个戴上防毒面具手持掷弹筒的日军士兵越来越近。

张局长掏出一支烟点上，深深吸了一口，把眼睛一闭，一只手在方向盘上打着拍子，摇头晃脑地念着京白："我一辈子，胆小怕事，欺上媚下，总恨不得多贪几个钱，占点小便宜，能过好自己的日子。我从来就没想过什么家国大义。”

他一脚踩下油门，吉普车猛地冲进日军士兵当中！

日军士兵纷纷放下掷弹筒，掏枪对准吉普车射击！

“幸好，小鬼子，你们来了，你们的大炮把我炸醒了，我不能当一辈子的贪官污吏，今天，我要当一回英雄，顶天立地的英雄！”

他霍地抬手，十分潇洒地把点燃的香烟抛向车后座！

“我是常德警察局张局长！小鬼子，我来了！”

轰隆一声巨响，远处徒地爆出一团冲天火光！

陈花皮呆呆坐在地上，望着爆炸火起的地方，忽然拍着地面失声痛哭起来！

“局长啊，局长，你这回让兄弟们想收尸也找不着了哇……”

绝望的哭声里，一顶顶警帽摘了下来。

“哗啦”一声，陈花皮咬着牙撕开里头穿的衬衣，扯下一条白布缠在头上，转过身红着眼，对一个个警察哑声大喝：“兄弟们都听着！局长为了咱们，把自己当着炮弹开出去，跟着小鬼子同归于尽了！局长临走前有话，让咱们好好打鬼子，谁也不能当孬种！”

“好好打鬼子，绝不当孬种！”

“哗哗”撕布条的声音，警察纷纷都学着陈花皮，往自己头上缠着白布条。

一个警察忽然停下手，指着外面对陈花皮大叫：“陈头儿，陈头儿快看！”

陈花皮转头顺着警察指的方向看去，只见玻璃厂外，尚在弥散的硝烟尘土中，更多带着防毒面具的日军士兵出现了！

一只只掷弹筒对准了玻璃厂，时刻准备投放毒气！

陈花皮：“狗日的小鬼子，怎么炸都炸不完！”

众警察神色紧张起来：“陈头儿！这可得怎么办？”

陈花皮扎撒着手四顾张望着，最终颓然抱头坐倒在地：“连个炸药包都没了……我想学学局长去炸鬼子都不成！”

仓库外一个警察忽然叫了起来：“是何头儿，是何头儿跟沈小姐来了！”

“撕棉袄，快撕了棉袄！”何平安一边飞跑，一边冲仓库内外的警察大声喊着。

沈湘菱跟在他身后，也边跑边喊：“把棉袄都撕开，做成面罩！”

“哗啦”一声，何平安一把抓开自己胸前的棉衣，白花花的棉花露了出来！

陈花皮惊喜地从地上爬起来：“何头儿，你来了兄弟们就有靠山了。”

何平安跑到陈花皮跟前，二话不说，一把抓开了陈花皮的棉袄前襟：“快！把棉袄都撕了，把棉花都掏出来，浸湿了遮住口鼻抵挡毒气！”

他转向旁边的警察，大声喊着：“快，快点！晚了就来不及了！”

四周顿时响起“撕拉撕拉”的声音，警察纷纷效仿何平安，扯碎棉袄掏出棉花。

何平安手里攥着一大团棉花，紧张四顾，终于发现仓库一角有盆水。他连忙跑过去，把棉花浸入水中打湿，转身塞给沈湘菱。

陈花皮等也纷纷挤过去，照样打湿棉花，堵住口鼻。

一个小警察跑过来，神色凄惶：“何头儿，没水了咋办？”

陈花皮一脚踢过去：“蠢驴，你爹没教过你撒尿和泥啊！”

玻璃厂外，吉普车的废骸犹自燃着残火，一旁的日军士兵已经全部戴好了防毒面罩，一支支掷弹筒对准仓库。

正宗也是全套防护站在队前，阴狠又兴奋地盯着玻璃厂里的众人，缓缓抬高了一只手：“要让支那人，为他们的顽固和狡诈付出代价！”

高扬的手臂下，一队生化士兵单膝跪在地上，肩头的掷弹筒对准了玻璃厂仓库。

“放！”正宗的手蓦地挥下！

一颗颗毒气弹穿过吉普车残骸上的烟火，飞进玻璃厂！

爆裂声响，浓烟弥漫！

滚滚毒烟顺风蔓延进来，水一样淹没了玻璃厂，缓缓袭向仓库！

仓库外，正架枪抵抗的警察用手捂紧棉花，依然被呛得咳嗽起来。

仓库内，陈花皮嘴堵着棉花，“呜呜”地对着何平安手指比划：“这也挺不了多久！”

何平安：“能挺多久是多久！”

仓库外，最前排一个小警察忽然全身抽搐地跪倒在地，“噗”的一声，掩口的棉花被鲜红的黏血一口喷出！

他抽搐了两下，四肢一伸，两眼大睁地一动不动了。

周围的警察“哄”的一声，纷纷退后，脸露恐怖之色。

陈花皮一把攥住何平安的胳膊：“前头的已经顶不住了！”

话才说完，仓库外又有几个警察接连倒下毙命！

仓库里的众警察终于按捺不住悲愤和恐惧，不知是谁最先拿下挡嘴的棉花，高声喊了一句：“都是死路一条，冲出去，拼了！”

何平安一惊，才要冲上去制止，忽然有只手轻轻拉住了自己，回过头，正见沈湘菱坚决而深情的眼神。

“你一定能有办法，一定能！”

何平安定定望着她，忽然抛开她的手，转眼四顾。

墙角还有一尊大炮！

仓库里四散堆放的大块玻璃，铁锤！

何平安快步上前，拎起铁锤，奋力砸向墙角的玻璃！

陈花皮凑过来，不解地看着：“何头儿，这干什么？”

何平安：“快砸，砸得越碎越好！”

沈湘菱心有灵犀道：“做炮弹！他是要用碎玻璃做炮弹！”

陈花皮依然不解，但也照样拎起一把铁锤，开始奋力敲砸玻璃。

几个警察也跟过来，加入何平安陈花皮的行列。

“哐哐”的敲打声中，一块块玻璃裂成碎屑！

仓库外，浓烟的距离也越来越近！

“咣当”一声，又一大块玻璃裂成了碎片！

沈湘菱跪在地下，反手脱下身上只剩了一层外布的棉衣铺在地上，双手捧起地上的玻璃碎片，捧进那层布皮里！

洁白的手被扎得鲜血淋漓，沈湘菱浑如未觉，继续一捧捧收拾着地上的玻璃片！

何平安也继续高举大锤，敲打玻璃。

沈湘菱将满满一包玻璃碎片包裹起来，扎紧，抱着跑到大炮前，双手托着填进炮口！

她转头向一旁看怔了的警察大喊：“用发射药把它打出去，这就是炮弹！”

警察们如梦初醒，有的上前帮助沈湘菱填“炮弹”，有的跑到墙角，敲玻璃，包玻璃！

毒烟已经淹没了整个玻璃厂。楼上，一具具警察和虎贲战士的尸体错落枕藉。

厂门口，全服防备的日军士兵端着枪，缓缓欺进。

正宗走在队首，对着仓库的方向高高举起一只手臂，厉声喝令：“冲进去，一个不留！”

一枚枚碎玻璃“炮弹”被填进了炮口！沈湘菱站在何平安的身后。

何平安：“湘菱，大炮一响，我就要冲出去！这是我们最后的机会。”

沈湘菱点点头。

何平安又问：“你能不能为我升一面红旗！”

沈湘菱一愣。

“我想要红旗下冲锋，最后一次冲锋！”

沈湘菱郑重地点头：“我明白！你就是死，也想死在你的红旗下！”

沈湘菱从怀里缓缓拿出一个白布。上面是何平安的红手印，是何平安当初跟沈湘菱的约定！

“你们的何长官，要在红旗下冲锋，这块白布，上面有的我，有何平安的血！可它还不够红！”

陈花皮走过来，用手在刺刀上一划，一个红手印按在白布上：“我不知道什么国民党共产党的，我只知道，何头儿的心愿，就是用血，也得成全了！”

“说得对！”众人竟然纷纷走上前，用手在刺刀上一划，把手印按在白布上。白布渐渐变成了血红！

沈湘菱捧着“红旗”站在何平安面前。

何平安：“湘菱，帮我把它升起来，这是用战士们血染的红旗，是天下最红的红旗！”

沈湘菱点头，双手捧着红旗一步步走去。何平安等人仰望着，眼看沈湘菱把红旗升了起来！血染的旗帜飘扬！

何平安：“兄弟们，咱们在红旗之下，拼死一战！”

众人："红旗之下，拼死一战！"

何平安站在大炮前用力一挥手："转！"

陈花皮等人奋力推转炮身，大炮炮口缓缓转向了仓库门口。

何平安："走！"

一个警察忽然软倒在地，口鼻蹿血！

陈花皮："不好，毒气进来了！"

滚滚毒烟水一样漫进了仓库！

何平安忙捂紧口鼻上的湿棉花，对众人做手势大声喝令："捂好口鼻，都捂好口鼻！"

陈花皮等一手攥着棉花紧捂口鼻，一手推动大炮。笨重的大炮纹丝不动。何平安与沈湘菱也上前，奋力推着大炮，却依然动也不动。仓库外，已隐隐看见身穿防护服的，白茫茫的一片鬼子真正步步逼近！

陈花皮忽然大喝一声，抛下手里的棉花，一把将身边的沈湘菱推倒在地，双手推动炮身。大炮居然缓缓动了！

陈花皮："听局长的，不能当孬种！"

何平安也被人猛然推倒在地！

十数个警察和虎贲战士几乎同时抛下了湿棉花，双手奋力推着大炮！

警察："好好打鬼子，不能当孬种！"

几门大炮被缓缓推到门口，正对向越来越近的日军士兵！

陈花皮死死盯着对面的日军，狰狞地笑了："小鬼子，爷爷我……"

话未说完，一大口鲜血自他的口鼻中猛然喷出！

陈花皮挣扎着点燃引线，仰面倒地！

轰然数声炮响！

漫天的碎玻璃像一把把利剑刺向对面的日军士兵！

被玻璃划破的咽喉！

扎得血肉模糊的脸！

千疮百孔的防护服！

炮弹卷动气流，毒气顺着风向它的投放者蔓延开。

一个被刺穿了防护服的日军士兵双手紧扼自己的咽喉，猛地一大口鲜血喷出，浑身抽搐地倒毙在地。

一个，两个……十个。日军士兵纷纷倒地。

正宗的防护服也被划破了，他顾不上在毒气中挣扎的士兵，夺下一个受伤士兵的防毒面具，紧捂口鼻，转身飞快地逃跑！

仓库内，横七竖八躺倒着陈花皮等人的尸体。

何平安从地上爬起来，扑到陈花皮身前，发狂地拍打着陈花皮的脸。

陈花皮两眼大睁着，脸色青白，已经僵死。

一旁的沈湘菱神色惨变，泪水几乎夺眶而出，一只手紧紧握住何平安的手臂。

何平安忽地停住了手。他怔然注视着陈花皮，目光缓缓转移到陈尸满地的警察兄弟身上，忽然转过头，悲愤的目光瞪视着仓库外挣扎垂死的日本士兵。

一个人影从尸堆里踉踉跄跄地爬起来，紧捂口鼻，正向玻璃厂外逃窜，是生化兵的头目正宗！

何平安发出一声沉闷的嘶吼，他甩开沈湘菱的手，一手紧捂住湿棉花，跳起身飞快地跑出仓库，追向正宗！

沈湘菱转眼看着满地的警察尸体，眼底流出一丝异样的毫光。

正宗发疯地向外狂奔，可是毒气就像是他的影子一样，紧紧追随着他。

忽然脚下一绊，他重重摔倒在地，防毒面罩跌落在一边。

他慌忙捡起面罩掩住口鼻，撑着手要爬起来，忽然脑后被重重一击，又跌倒在地。

何平安狂怒的脸直扑到他面前！他跃身跨坐在正宗身上，一只手捂住口鼻上的湿棉花，一只手紧紧扼着他的喉咙！

正宗一只手捂着防毒面罩，一只手去抠他的手。

何平安满眼痛恨地瞪视着身下的正宗！

正宗脸色铁青，已快窒息，那只手挣扎的颓然松开，慢慢摸上周围的泥地，摸到了半块砖头。

何平安沾满鲜血的手在正宗的脖子上越收越紧。

正宗抓起那块砖头，猛地向何平安太阳穴击去！

何平安颓然栽倒在地。

正宗挣扎着直起身，抓着那块砖头，瞪视着瘫倒在地的何平安，终于抛下砖头，拔脚又要跑。何平安忽然翻过身，一只手紧紧抱住他的腿，把他绊倒在地。跟着爬起身扑倒在正宗身上，从背后伸出一条胳膊再次勒住正宗的脖子。

正宗猛地仰起头，后脑重重磕上何平安的额头。

何平安眼前一阵晕眩，跟着头侧又挨了正宗猛然一肘，翻身栽倒在地。

正宗翻过身，死死压住何平安，一手捂住防毒面罩，一手扼住何平安的脖子。

何平安一手捂住口鼻，一手去扼正宗的脖子。

隔着一层防毒面具，正宗发出沉闷的嘶吼：“疯子！疯子！这样两个人都会死！”

何平安狰狞一笑，忽然松开捂着口鼻的手，勾起一拳击向正宗的太阳穴！正宗闷叫一声，仰面瘫倒。何平安扑上去扯掉他的防毒面罩，重重两拳砸向正宗的眼窝和太阳穴。正宗惨叫，挣扎着伸出一只手去够旁边的防毒面罩。何平安两只手死死卡住他的脖子。

正宗的脸色从血红到青紫：“疯子……一定被毒死……”

何平安忿恨欲狂的脸。一缕血忽然从他的鼻下流出：“你们才是疯子……中国人只是身体中毒，你们中毒的却是心！”

鲜血猛地从正宗的口鼻中蹿出！他浑身一抽，颓然死毙。何平安身体僵直地从正宗身上站起来，木然看着尸体。鲜血不断从他的鼻子上流出来，何平安抬手擦了擦，却忽然一声咳嗽，喷出一口鲜血。

豆大的雨点从天而落，把何平安脸上的鲜血冲淡了。何平安抬眼看看落雨，缓缓转过身来，向玻璃厂的方向艰难开步："下雨了……湘菱……"

他颓然倒地！

冷雨纷纷砸落，何平安一动不动地躺在地上。

雨幕中，一个人影从玻璃厂中飞奔出来，扑到何平安跟前。

沈湘菱跪倒在何平安旁边的泥地里，疯狂地拍打着他的脸："何平安，何平安！你醒醒，醒醒！"

何平安躺倒在泥地里，毫无反应。沈湘菱慌忙俯身低头，给何平安做人工呼吸。沈湘菱俯身贴在何平安的胸口听着，紧跟着捶打何平安的胸膛。耳边，似乎又响起了那个熟悉而有力的心跳声！可眼前的何平安还是双眼紧闭，一动不动，毫无醒转的迹象。

雨水不断打落在何平安的脸上，冲刷着口鼻间的血迹。沈湘菱怔怔看着他，忽然一耳光重重打在何平安的脸上："何平安！你这个混蛋！你不是答应过我，这辈子绝不会比我先死的吗？！"

何平安兀自僵卧不动。

沈湘菱双手揪住他的衣襟，迸发出撕心裂肺的痛哭："何平安，你不能又骗我！多少回，你怎么能再骗我！我求求你，我求求你了……你看看，你睁开眼看看！你看下雨了，没有毒气了，我们都得救了……这是老天都要救你的命，老天都不许你再骗我！"

何平安依然了无声息。

沈湘菱俯身趴在何平安的胸口，一只手紧紧搂抱着他，一只手却捶打着他的胸膛。雨越下越大，淹没了沈湘菱越来越悲痛的声音。

雨幕中，沈湘菱背着何平安，孤独而艰难地一步步往前拖移。

雨水又重又急，打在她脸上模糊一片，分不清是泪水、雨水还是汗水。

何平安的一只胳膊垂落在她脸侧，伴随她的脚步一动一动，人却依然了无知觉。

沈湘菱咬紧牙关，一步步挪动着，一边还跟何平安喃喃低语："何平安，你骗我不要紧……你不能骗自己，你得活着……"

猛然脚下一滑，她重重摔倒在地，何平安滚了出去！

她慌忙爬起身，扑到何平安跟前，捧起他的脸："何平安，何平安！摔疼了么？"

何平安的脸被砖石划出一道伤口，血混着雨水止不住流着。

沈湘菱慌忙伸手去捂，跟着又把他的头紧紧搂进怀里，望着远处的雨幕绝望地哭喊着。

"何平安！你睁开眼看看！看看那里！看看你的旗，那是你的旗！"

顺着沈湘菱的目光，华晶玻璃厂的上方，一面鲜艳的红旗正迎着狂风大雨猎猎杨展。

第五十七章 死荣死辱

余鹏程站在中央银行三楼的窗边，手持望远镜展望整个常德——处处都是枪声，处处都是搏命，整个常德城已经成为生死战场。忽然，一抹殷红朝阳般自这一城的阴霾狼烟中跳跃而出——是华晶玻璃厂！

“是红旗？这是哪来的红旗？”余鹏程失声道：“是他，他守住了！”

站在他身后的柴志新忙问：“红旗？在哪里？”

“在华晶玻璃厂上！插着一面红旗！”余鹏程的声音里透着兴奋。

柴志新笑了：“那是一定是何平安。”

余鹏程也笑了：“这个可恶的共产党！守住了据点，第一件事就是插红旗。”

“师座……”柴志新伸手摸索着，余鹏程忙拉住他的手。

“师座，请你扶着我，对着红旗的方向，我要敬个礼。”

余鹏程不禁一愣，久久凝望着柴志新包着纱布的面容。少顷，还是拉他站在窗边，正对着红旗的方向。

柴志新神情肃穆地抬起脸，深深吸了一口气，似乎要用整副身心来感受那面红旗的讯息。

“师座，是这儿么？”

余鹏程点点头，忽然想起他什么都看不见，于是开口道：“它就在你的正前方，很鲜艳，也很耀眼。”

柴志新笑了：“我已经看见了。”

他挺直胸膛，举手敬礼。

余鹏程一言不发地注视着他。

“师座，你猜得对。”柴志新仿佛“看”透了他的心思：“不止何平安是共产党，我也是个共产党。”

余鹏程一怔——不是为了这个惊人的秘密，而是为此时柴志新竟能如此坦然又平静地承认——跟着爽然笑了：“想不到，我余鹏程人生中的最后一战，左膀右臂，居然都是共产党！”

柴志新微微笑着：“黄埔时期入的。瞒了师座这么多年，你不怪我吧？”

余鹏程并肩站在他身边，同样远望那面旗帜。

“有时候我就想，那面旗帜到底有什么魔力。让这么多的人去追随，去奋斗，去为之牺牲生命！现在，我终于懂了。”他转回头，拍了拍柴志新的肩膀：“我当然不怪你！此时此刻，共产党与国民党，不是宿敌，是兄弟！”

“不只是此时此刻。”柴志新摸索着握住他的手：“我们本来就是兄弟！”

“平安，你看看，那面红旗，是我为你升起来的红旗！”

沈湘菱搂着昏迷中的何平安，靠在残骸上，眼望那面迎风招展的红旗，低低诉说着：“那天我问你，什么是共产党？你告诉我，那些为别人的幸福去斗争的人，流血牺牲的人，就是共产党。你现在做到了，我们守下来了。”

枪炮声自远处隐隐传来，沈湘菱浑然未觉。

“你告诉我，红旗是用烈士鲜血染红的，我真的用烈士们的鲜血染红了一面旗子。所有看见这面旗帜的人都会知道你是共产党，他们都会知道，你是英雄，是你守住了这里！”

她低下头，使劲摇晃着怀中人：“你在这儿战斗过，这是你的证明！你睁开眼，看看那面红旗！”

仿佛是为了唤醒忠诚于自己的战士，空中的红旗迎风大展，猎猎作响。可躺在爱人怀里的何平安却依然了无声息。

沈湘菱绝望地闭紧双眼，一滴冷眼落在他的脸上。

何平安的眉毛忽然一动。

沈湘菱大喜：“何平安，睁开眼！看看我，看看红旗！”

何平安此时连睁眼都耗尽力气，他却竭力撑起头，望着远处的那面红旗。

风雨中，鲜血染就的红旗那般耀眼，触目惊心。

何平安喃喃道：“起来，扶我起来……”

沈湘菱慌忙用尽全身力气，把何平安扯起来。

何平安靠在爱人肩头，踉踉跄跄地往前走了两步，对着那面红旗，缓缓地抬手敬礼。

硝烟弥漫，街头一片枪声。何平安拉着沈湘菱踉跄而行。忽然，一队日本兵闪过巷口，冲两人的方向跑来。何平安忙拉着沈湘菱一倒，两人就势滚进遍地的死尸中。日本兵浑然不觉，快步跑了过去。何平安再度把沈湘菱拉起来。

沈湘菱：“现在去哪儿？”

“回中央银行。”

沈湘菱怔了一怔，忽然紧紧拉着他的手：“我不去！”

“为什么？”

“反正已经要死了。”沈湘菱看了眼脚下狼藉的尸首，凝望丈夫，凄然笑道：“我想我们两个人安安静静地死在这里，我不想再见别人。”

“我不会让你死！”何平安眼底一痛，伸手捧起她的脸，“还有机会……没有机会我也要为你硬拼一个机会——我要让你活下去，还有两个孩子！”

沈湘菱看着他，依然只是笑，笑容凄美又满足：“常德已经是个死城，我也已经是半个死人，能和我的丈夫死在一起，我很知足。”

“不行，你不能这么想！我不准你这么想！”何平安大声道：“我要说服余鹏程突围，把你们带出去！只要你离开常德，你就能活下去！这是战场，男人打仗，就是为了让女人和孩子活下去！我们可以死，只要能让你们活，只要能让你们平安地活着！”

沈湘菱拼命摇头：“别丢下我，求求你，别丢下我！我不要离开你一个人孤单地活着，我要跟你一起死！”

“不是说了么？嫁给了我，你得听我的。”

何平安低下头，再次重重吻了她，跟着狠下心，拉着沈湘菱咬牙往前奔跑。

“我要说服余鹏程，让他带着你们突围！”

“我绝不会扔下常德，扔下弟兄们，自己突围！”余鹏程大吼一声，拔出枪指着卫队长：“你动摇军心，我……”

“师座！”柴志新站起来，晃晃荡荡地往前走，余鹏程忙伸手拉住他。

“他说得对，师座，你应该带人突围。”

余鹏程勃然大怒：“你放屁！”

柴志新平静道：“过了江，那边应该有我们的部队，你找到他们，带着他们再打回常德。”

“来不及的！就算我找到了他们，再回来，常德也已经丢了！”

“丢了，还可以复夺。”

“城丢可以复夺，人死不能复生！”余鹏程颤声大吼，“我的八千虎贲，都死在这里，埋在这里，我不能丢下他们的骨头一个人逃命！”

“我丢下张局长他们的骨头，一个人逃回来了。”熟悉的声音忽然响起，众人大惊，转头一看门口，果然是何平安与沈湘菱互相搀扶着，踉跄着走过来。

余鹏程大步迎了上去：“你回来了！”

“姐！”

“爹！”

小猴子和沈学文一起冲上来，扑在沈湘菱跟何平安的怀里。

何平安摸了摸小猴子的头，抬眼望向余鹏程：“张局长、陈花皮、你的虎贲，我的警察兄弟……除了我们两个，他们都牺牲了。”

余鹏程痛惜地闭上眼睛。

“我是军人，一个人从战场上逃了回来，请余师长杀我治罪。”

余鹏程睁开眼望着他，所有人都望着他。

啪，啪，啪。

柴志新忽然举起手，以军人特有的节奏，开始鼓掌。

余鹏程也举手鼓掌，所有人都跟着开始鼓掌！

沈湘菱扶住遍体鳞伤的丈夫站在一片掌声中，热泪再度涌出。

“湘菱？！”躺在一边的刘世铭被掌声惊醒，竟然挣扎着爬了起来。他眼睁睁看着沈湘菱，艰难地迈步，摔倒，又站起来，终于走到了何平安跟沈湘菱的面前：“你，你们……回来了。”

沈湘菱怔怔望着他，一句话也说不出——毒气已经腐蚀了他的半边脸，曾经俊秀的面容变得血肉模糊，触目惊心。

“我们都回来了……活着就好。”何平安暗中拍了拍沈湘菱的手，尽量平静地回答。

刘世铭凝目望着沈湘菱，少顷，抽动了下嘴角，低声道：“你一向都爱干净，爱漂亮……我现在的样子，吓着你了。”

沈湘菱摇摇头，眼泪止不住掉下来：“你现在的样子，是我见过的，你最勇敢的样子。”

刘世铭笑了。

何平安转向余鹏程：“余师长，我之所以一定要活着回来，就是要劝你突围！”

余鹏程微微一惊，转眼冷冷扫视着众人：何平安、刘世铭、卫队长……还有甚至已经失明的柴志新，所有人看向自己的“目光”，都传达着同一个期望。他默叹一声，颓然坐回椅上。

“我懂了……你们，是要自己做烈士，逼我做罪人。”

柴志新循声上前一步：“师座，我们是想……”

“没错，我们就是想让你做千古罪人！”何平安伸手拉住柴志新，自己走到余鹏程跟前：“援军就在江对岸！我不知道国民党的队伍是要成心害死你，还是……”

“住嘴！”余鹏程猛地一拍桌子：“永远不要跟我说这种话！他们一定是被日军阻击，或者找不到路！”

“好，我就当他们是被日军阻击，是找不到路，不知道常德的情况！只要有人过去，告诉他们常德的情况，领他们过来！即使眼下常德丢了，也可以复夺。”何平安咄咄逼人，“这是眼下守住常德的唯一办法！相比一个殉国的虚名，西南抗战的大局，国家民族的利益，到底哪个重要？”

余鹏程别转过头：“可以派别人去，甚至可以让你去。”

“只能是你去！只有你是师长，只有你有能力调动军队！”何平安伸手指着众人：“我，一个共产党，国民党的军队会跟我走么？刘世铭，一个三青团的文职，还有汉奸的嫌疑。哦，还剩下这个瞎了眼的柴长官——除了你，还有谁能去？！”

余鹏程愣住了，面露犹豫。

刘世铭忽然开口：“余师长，我看不起你！你是个胆小怕事的懦夫！”

柴志新愤怒地转头喝道：“你说什么！”

刘世铭声音更大了：“我说，余鹏程是个懦夫！虎贲都是懦夫！”

柴志新：“把你的话收回去，不然我现在就枪毙你！”

“他说得没错！”何平安接口道：“你们的余师长不仅是懦夫，还是沽名钓誉的无耻之徒！”

柴志新愣住了，余鹏程怔怔看着这两个人，一言不发。

“只想着自己的名誉，不想大局，这是自私！”

“想要一死了事，不敢承担自己的责任，这是怯懦！”

“自私又怯懦的师长，带出来的兵当然也都是这个德行！”

“死多容易啊，九年前我要死了，一了百了！”

“可活着太难了，不但要被人戳脊梁骨，还要面临军事法庭的审判。不就是一个棠德么？丢了就丢了，管什么复夺的事情。先图个痛快，死了算了！”

刘世铭跟何平安一人一句，语气越来越激烈，也越来越锥心刺骨。

“住口！”

余鹏程猛然一拍桌子。

所有人静下来，眼睁睁望着他。

余鹏程沉默着，喘息着：“我同意突围。”

柴志新面露喜色，踉跄扑上去，一把抓住了余鹏程的手。

刘世铭望向何平安，疲惫地一笑，低声道：“你这个狡猾的家伙，其实心里想的，不只是棠德。恐怕还有……”

“让湘菱和两个孩子活下去。”何平安也笑了，“我知道，你也是这么想的。”

所有还活着的虎贲都聚在中央银行大堂前。每个人身上都有伤，每个人的脸上都无惧色。橐橐靴声响起，余鹏程先走出来，后面跟着柴志新和何平安。

还能站起来的士兵忙站了起来，依旧把身体挺得笔直，余下的或坐或倚，目光炯炯地注视着自己的统帅。

沈湘菱搂着两个孩子，也站在士兵们中间，望着何平安。

余鹏程走到士兵们跟前，站定了，目光划过一张张刚毅的脸庞，终于，声音嘶哑地开了口：“各位，为党国大利，我决定带队突围，过江寻找援军。”

士兵们全都愣住了。越来越近的枪炮声，反倒让大堂里显得更加静谧。

“突围不成，一样是死！突围成功，带着援军回来，复夺棠德城，一样要面对军事法庭，恐怕，还是个死！”余鹏程环视着众虎贲：“只不过，前者死得容易，是英雄。后者死得窝囊，是逃兵。虎贲选哪一个？”

众人静默一晌，忽然异口同声地振臂高呼：“突围！誓死追随师座！”

余鹏程重重地点了点头，眼底有些泛红：“好！所有人，准备突围！”

“我修正一下师座的命令。”柴志新缓步走上前，“所有能打仗跑得动的，准备突围。余下的，跟我留下。”

余鹏程霍地转回头：“志新！你得跟我走！”

柴志新一笑，低声道：“师座，总要有人来拖住鬼子。一个瞎子，能突围么？”

余鹏程："我的眼还没瞎！我拉着你，背着你，我带你一起突围！"

"同在虎贲，柴志新一向敬重师座如师长，只有那一件事瞒过师座。可是这一回，柴志新要违命了！"柴志新一步步地后退，退到大堂的另一边，提高声音道："受了伤的，跑不动的，全都过来吧！"

满地的伤员艰难地站起来，相互搀扶着"走"了过去。

沈湘菱扑身上前，紧紧抱住何平安："我求求你，跟我们一起走！"

何平安沉默着，转而笑了："好，这次我听你的，跟你们一起突围。"

沈湘菱惊喜地抬起头，跟着嫣然笑了。

隔着两种死亡，选择突围与选择死守的士兵们互相对望着。余鹏程站在他们之间，缓缓抬手敬礼。柴志新看不见，但也似乎感觉到了，一样地抬手敬礼。所有的士兵都抬起手，向对面的战友敬礼。

余鹏程："祝你们壮烈牺牲！"

柴志新："祝你们顺利突围！"

余鹏程放下了胳膊，转回身，望着将要跟随自己突围而去的士兵："逃兵们！准备好下半辈子活在屈辱之中了吗！"

众人振臂迎合："誓死追随师座！"

"好！能有你们这样的兵，是我余鹏程的光荣！跟着我，突围！"

大堂之外，就是无数的日寇和子弹！余鹏程端起机枪，第一个冲了出去！机枪疯狂地扫射，敌军不断倒地。何平安拉着沈湘菱，把两个孩子护在身后，不断开枪！日军依然层层叠叠地冲上来！

何平安凑到余鹏程身边，大声道："壁虎！"

"什么？"

"壁虎断尾！"

余鹏程："说得对！谁愿先死！"

十几个士兵冲上前，挡在余鹏程身前。

"师座，我们先走一步！"

"好！"余鹏程一挥手："往南！"

说完，他带着众士兵往南边冲过去！

士兵们端着枪，奋勇杀敌！

日军越来越多！

一个士兵大吼着："坚持住！为师座争取时间！"

眼看余鹏程等人已经消失在街角。

"小鬼子！跟你拼了！"众虎贲一起开枪冲上去，冲向潮水般涌来的日军！

断壁残垣，硝烟滚滚。

余鹏程一行人边跑边打！

斜巷里冲出一队日本兵，向着他们冲过来。

“军官，那里有军官！”

日本兵欢呼一片，拼命地展开进攻。

余鹏程等人躲避还击。

十几个士兵冲到余鹏程面前：“师座，我们愿意先走一步！”

余鹏程几乎还来不及看清他们的脸，士兵们已经冲上前，日军士兵拼杀。

余鹏程咬牙，带着余下的部队继续往南冲。

炮弹呼啸。

爆炸！轰鸣！一座房屋倒下来！

泥土散尽，几名士兵被炸死，还有的压在屋檐下。

余鹏程目眦欲裂：“走！不能让兄弟们白白牺牲。”

身旁的何平安却顿住了。

“何平安，还不走！”

“孩子！”何平安大声喊了起来：“湘菱！湘菱！”

刘世铭大惊！

“何平安，湘菱呢？孩子呢？”

“在后面，在后面……”

何平安望着那排倒下的房屋，第一次脸露惊惶。

“我们没事！都没事！”

倒塌的房屋对面，忽然响起沈湘菱的声音。何平安循声一望，果然见沈湘菱搂着两个孩子，俯在一片残垣断壁中，显然是被压住了。

刘世铭红着眼要往回冲，何平安一把拉住他：“你现在冲回去也救不了他们，先送师长出城！”

刘世铭一拳打在何平安脸上：“你怎么能丢下她不管？”

枪声又起！

何平安推开刘世铭，走到余鹏程近前：“我是军人！必须先送余师长突围！”

余鹏程等人仓皇跑到江边，枪声就在身后，紧追不舍。

几个士兵跑进芦苇丛中，拉出几艘小船——这本来是为难民准备的。

“师座，登船吧！”

“不行！”何平安指着远处，“你们听！枪声越来越近，断后的兄弟们顶不住多久，日本人冲过来，我们在船上，就是活靶子！”

“管不了了，活靶子就是活靶子，死就死了！”余鹏程大声吼道，“你以为我愿意活？！都登船！”

几艘小船缓缓开动，冲开芦苇荡，当面站着仅剩的几名士兵。

一队日本兵冲到江边，开枪射击！

“他们在船上！瞄准中间的军官，他就是余鹏程！”

在头目的指挥下，日本兵们对准船上的“余鹏程”密集射击！那个“余鹏程”很快身中多枪，一头栽进江里。

“去报告将军，我们击毙了余鹏程！”头目兴奋地高喊，日本兵不禁丢掉枪，振臂欢呼。

“给我打！”

芦苇丛中忽然传出余鹏程的声音，一队虎贲士兵突然冒出来，对准日本兵开枪！何平安瞄准日军头目，一枪毙命！日本兵纷纷中枪，横尸江边。小船从江中缓缓划了回来，靠岸。

余鹏程登上小船，回身望着满地的尸体：“走！要尽快找到援军！”

士兵们纷纷登船，唯有何平安站在岸边，一动不动。

“何平安，你还不上船？”

何平安摇了摇头：“我的任务，已经完成了。余下的生命，我要去做我愿意做的事。”

刘世铭走到他身边：“我跟你一起去。”

何平安惊诧地望着他。

“英雄救美，也得有个帮衬。都说人生如戏，我总以为，棠德这个戏台上，我才是主角。”刘世铭笑了：“现在才明白，你是，我是给你配戏的。”

何平安一笑：“你要是想死，就跟过来吧。”

他转眼看向余鹏程，挺身敬礼，转身就走。

余鹏程一声大喊：“何平安！”

何平安扭头。

“活下来！”余鹏程几乎恳求地望着他：“我一定会带着援军回来，你要活下来！”

何平安笑了笑，转身消失在芦苇荡里。

第五十八章 勇士无悔

“湘菱！湘菱！”

一片废墟中，何平安和刘世铭赤着双手，拼命地挖着破碎的瓦片砖头。两人的手上都已是鲜血淋漓。

“何平安……”沈湘菱微弱的声音自角落里响起：“我在这儿，我们都在这儿！”

何平安与刘世铭对视一眼，两人朝着声音响起的方向，拼尽全力挖着，随着瓦砾一块块地剥落，一处倒塌的房梁露了出来，三角粱下，沈湘菱抱着两个孩子，蜷缩其间。

何平安一阵狂喜，伸手把她拉了出来，紧紧搂在怀里，低头在她额角头顶胡乱吻着：“谢天谢地，吓死我了！”

沈湘菱紧紧抱住他，流着泪笑了：“我倒一点都不害怕，我知道你一定会回来，回来和我死在一起。”

刘世铭在一边看着，伸手拉出两个孩子：“我也回来了。”

“你可以活下去。”沈湘菱转眼望着他，目光中充满惋惜。

刘世铭笑着摇头：“你了解我，我就是个小气善妒的人，我不能看着你们两个死在一块，要死也得算我一个！”

三人都笑了。

一声枪响！

何平安肩膀中弹，远处，几名日本兵冲上来！

他想要举枪，枪却掉落，胳膊根本举不起来。

沈湘菱按住了他的手臂，含泪笑了：“我一点都不遗憾。”

“只是……只是对不起孩子。”何平安低下头，轻轻摸着两个孩子的头。

小猴子：“爹，我不怕死！”

沈学文：“我也不怕！”

何平安缓缓点头。

日本兵逼近了。

“凭什么要死，还不到时候！”刘世铭忽然捡起枪，硬塞进何平安手里。

何平安摇摇头：“我举不起枪。”

“我的手就是你的手，我给你举！”刘世铭举起何平安的胳膊，枪口瞄向逼近的日本兵。

何平安眼睛一亮，大声喝道：“往左，停住！”

刘世铭依言定住枪口。“砰”的一声枪响！

一名日本兵应声倒地！

另外两名日本兵冲上来！

何平安：“向右，两寸！”

刘世铭托着胳膊一转！

枪响！又一名日本兵倒地！

刘世铭：“成了！”

沈湘菱睁开眼望着两人，目光中再次浮现出生存的希望。

趁着日本兵一时退缩，何平安一把拉起她和两个孩子：“快走，这里不能留！”

几个人互相扶持着，踉跄而行。

柴志新昂然站在中央银行门前，身边放着一箱子手榴弹。

残兵们守在各个要点，纷纷开枪。

柴志新：“告诉我，在哪儿！”

士兵：“九点钟方向。”

柴志新点头，拉开一颗手榴弹，扬手扔了出去。

手榴弹准确在日军头上爆炸，几名日本兵当场被炸死。

柴志新：“再来！”

“十一点方向！六个！”

柴志新抬手就扔，一连三颗手榴弹扔出去！

六名日本兵或死或伤。

士兵惊喜喝彩：“神了！”

柴志新笑了，颇为得意：“黄埔时期跟他们打赌，蒙着眼扔手榴弹。我那几年，就从来没自己掏钱买过一根烟。再来！”

柴志新举着手榴弹！

一声枪响！

他肩膀中弹，缓缓倒在地上，声音中流露出无限的凄凉：“师座，我守不住了……”

残兵们拖着身躯上前，扶起柴志新，把他架回了银行的大堂。柴志新缓缓坐到大堂正中的椅子上，他身旁摆着四箱手榴弹，一个残兵拉着引线，把线头递到了他手里。

门被豁然踢开了。一队日本兵冲了进来，枪口对准柴志新。

柴志新从容笑了：“我看不见，你们数数，多少个？”

士兵竟然真的开始数了起来："一、二、三……"

日军军官大喝："投降！跪在地上！投降！"

柴志新："多少？"

士兵："二十六个。"

柴志新点点头："不少。咱们走？"

士兵："我们陪着您。"

柴志新笑着，一把拉动了引线！

日本兵大惊！巨大的爆炸！玻璃全部震碎，火光从中央银行里冒出来！

踏过柴志新和最后几名虎贲的尸骨，横山勇和崇明亲王终于走进了中央银行，并肩站在顶楼，眺望整个棠德。

夕阳余晖给整个棠德城染上了一层血光。

横山勇不禁感叹："棠德啊……"

满目望去，棠德城内已经没有一处完好的地方，街道满是弹痕，房屋全都破损坍塌。

崇明亲王沉默良久，忽然道："统计出来了。"

"说吧。"

"我方动用九万大军，围攻余鹏程部八千人。余鹏程突围，参谋长柴志新以下，全部歼灭。我军损伤过万。"

"有战俘么？"

崇明亲王摇头："无一投降，全部战死！"

"好一场恶战啊。"横山勇仰头看着挂在半天里的残阳："自从来到中国，还从没有遇到这样的抵抗！我还是第一次产生动摇——我怀疑，这样的民族，是否真的能被我们征服。"

"我翻遍了史书，没有找到这个民族真正被外族征服的先例。"崇明亲王自嘲地一笑："但愿大和民族可以开创这个历史。"

横山勇沉默着，长久俯视着血染的棠德城。

崇明亲王又问："城中可能还有一些中国人，要怎么办？"

"都杀了。"

崇明亲王迟疑了："根据国际公约，不宜大肆屠杀平民。毕竟，不是战争初期。"

"此时的棠德城，还有平民么？"横山勇伸手指着脚下的遍地尸骨："看看他们死亡的姿势吧——这里的每一个人中国人，都是战士！"

崇明亲王沉默片刻，缓缓点头："我明白了，这就下达命令。"

随着横山勇的军刀挥下，一场比战争更惨烈的屠杀降临在棠德城内！

刺刀逼近了每个"幸存者"的胸膛。沟渠里淌的都是血，"春申墓"前堆满了新尸。

一声愤怒的嘶吼，难民冲出藏身的屋角，手持木棍扑向日本兵！

枪响！难民倒地，至死手里还紧握木棍。

零星的枪声不断响起，每次枪响都有一个中国人倒下，每一个难民死前都握着仅有的“武器”！

城门前，高高搭起五六座木架，新添的死尸全都扔上了架子。

一具又一具，尸体渐渐堆得比城门楼还高！

汽油从尸山顶上泼下来，点火！

火光熊熊撕裂了黑暗的夜空，仿佛人世的残阳掉进了地狱！

烈火熄了，一钩凄白的月亮浮上半天。

月光流泻在满街废墟上。一只手从瓦砾里伸出来，扒开了浮土砖石，何平安露出头，警惕四顾：“没人了。”

他费力地钻出瓦砾，跟着伸手把沈湘菱和两个孩子拉了上来。

“我们竟然活过来了！”沈湘菱抬眼望着天上的月亮，喃喃道。

刘世铭看了眼满地血污：“只是活过了白天，不知道还能不能活过今夜。”

“一定能！余师长临走之前向我保证，他一定会带人来复夺常德。我们一定要活到那一天！”何平安看着沈湘菱和两个孩子：“至少，要让你跟孩子活到那一天。”

沈湘菱：“你也是，你们都是！”

刘世铭一怔，跟着笑了：“也有我？”

“当然有你！”沈湘菱诚挚地望着他，“我也不许你死！”

刘世铭眼底泛上泪，只能望着她点点头，什么话也说不出。

小猴子忽然扯住何平安的胳膊：“爹，我饿。”

沈学文：“姐，我也饿了。”

沈湘菱搂着两个孩子：“乖，忍一忍，忍一忍就过去了。”

何平安挣扎着站起来：“是得去找吃的，没有吃的，我们根本等不到援军回来。你们留在这儿先躲起来。我去找。”

刘世铭跟着起身：“我也去。”

街口火光跳动，三个日本兵围坐在火堆旁，正在烤罐头。

何平安和刘世铭躲在暗处，小心地窥看着。

刘世铭咽了咽口水：“只有三个，而且吃的不少，要不要干？”

何平安摇摇头：“二对三，而且我们身上有伤，太冒险。”

“可如果不冒险，就只有饿死！”

何平安还在犹豫着，肚子叫了一声。

刘世铭一愣，两人对视着，一起笑了。

一名日本兵站起来，向他们藏身的地方走过来。

“别动！”何平安拉着刘世铭，爬低了身子。

日本兵缓缓走近，隐没在墙角的阴影里，跟着就响起哗哗的水声——刘世铭望着何平安，这是天赐良机！

何平安点点头，两个人弓着身子走近日本兵身后。刘世铭握起匕首，何平安伸手就要掐上日本兵的脖子。

火光映得匕首一闪，日本兵忽然回过头："谁！"

何平安飞快地扑过去，一把捂住他的口，刘世铭一刀割断他的喉咙。

篝火旁的两名日本兵对天鸣枪！

远处，传来日本兵的喊声。

刘世铭："快跑！"

"不，我跑。引开他们，你去拿吃的！"何平安抢过他手里的匕首，大声喊道："小鬼子，老子在这儿呢！"

他不给刘世铭再次阻拦的机会，快步跑向光亮处。

日本兵一边在后面开枪，一边追了过去。

刘世铭等了片刻，四下无人，赶忙跑到街口，把所有的罐头都揣进怀里，飞快地跑回沈湘菱藏身的地方。

"有吃的了，快吃！"一见到沈湘菱和两个孩子，他顾不得解释，把怀里的罐头全都倒在地上。

小猴子和沈学文眼睛一亮，抓起罐头，狼吞虎咽。

"你怎么一个人回来了？"沈湘菱却疑惑地望着他："他呢？何平安呢！"

刘世铭侧过头，无法回答。

沈湘菱一把抓住他的衣领："你回答我！为什么他没回来？"

"他为了拿吃的，引开日本兵……"刘世铭低声道，"本来，我想跟他一起，可他说，要给你们把吃的带回来，要让你活下去……"

"混蛋！他死了，我还活什么！我还活什么！是你扔下他的对不对，是你扔下他！"

沈湘菱忽然疯狂地叫喊起来，刘世铭慌忙一把捂住她的嘴："别喊，日本人！"

沈湘菱一口狠狠地咬在他手上，鲜血直流。

刘世铭咬牙苦忍："湘菱！我们必须得活下去，哪怕是为了何平安……"

一个黑影忽然闪到跟前，在月光下盯着他们。

刘世铭大惊，跳起来身挡在沈湘菱跟前。

"何平安！"沈湘菱忽然颤声叫了起来。

刘世铭怔住了。透过微弱的月光，果然站在跟前的是浑身浴血的何平安。

何平安勉强一笑："我答应你，会回来的。"

沈湘菱跳起身来，紧紧抱着他。

何平安伸手拉起两个孩子："我想到了一个可以避难的地方，带上吃的，我们快走！"

公元一九四三年十二月三日，日军第十一军出动约九万人攻克常德。至此，中国七十四军五十七师的八千虎贲战士孤守危城，已苦战整整十六昼夜。城破之时，全县焦土。"虎贲"师以几乎全军覆没的代价，为中国军队形成对敌的反包围赢得了主动。六天后，中国军队复夺常德。

一面青天白日旗缓缓升起。

断壁残垣中，到处都是中国的军队。

一辆军车驰来，冲进常德城门，两旁的士兵纷纷对着军车敬礼。

大批的中国军队紧随其后，军容整齐地迈入城门。

军车一径行驶到中央银行门外，缓缓停下。车门打开，走下来一位英武将军。

两名宪兵走下来，打开另一侧的车门。

军靴落地，一个孤高的身影从车中走出。

余鹏程一身戎装，披着大衣，手上带着手铐。

“常德，我终归是回来了！”余鹏程迎风四顾，眼底一片苍冷。

将军一挥手：“给余将军把手铐打开。”

宪兵一愣，为难地看着他：“张师长，这恐怕……”

张师长沉喝：“我说了，给余师长打开！”

“委员长的命令，余师长是要犯……”

“余师长是功臣！”张将军开口截断宪兵的话：“委座一时处分，也是逼不得已。我让你打开！”

“我们没有这个权力。”宪兵的态度十分固执。

余鹏程劝道：“张师长，不要为难他了。”

张师长一下抽出枪，对着手铐一枪！

手铐断开了。

“你要不要抓我！”张师长瞪着宪兵。

宪兵尴尬一笑：“张师长言重了。”

张师长一把拉住余鹏程：“走，我们里面说。”

余鹏程摇了摇头：“城里，一定还有活着的士兵，请让我找到他们。”顿了顿，又道：“还有何平安，我答应过他，要带着援军回来，找他们。”

张师长迟疑了一霎：“你说的那个何平安，真有如此胆识？”

“这个人大仁大义，大智大勇，我自愧不如。”余鹏程慨然一叹：“如果党国都是这样的将领，何苦丢掉半壁河山！”

张师长颇是不以为然：“这个何平安可是个共产党！你这么说话……”

“如此境地，我还在乎怎么说话？”余鹏程晃了晃仍旧挂在手腕上的两片手铐。

张师长不语了。

“我只是想找找他，哪怕是尸体也好。”余鹏程说着，快步走到一处街角，望着眼前那片倒塌的房屋：“就是这儿，当时沈湘菱和两个孩子，就是被堵在这里！”

张师长走上前，弯下腰查看了一晌，竟从地上捡起了一枚弹壳：“这怎么有挖掘过的痕迹，还开过枪！”

余鹏程看着弹壳大惊，跟着跳起身来：“一定是何平安，他还活着，他一定还活着！”

张师长摇摇头：“就算有人在这里开过枪，也未必就是何平安。”

“一定是他！你不了解何平安这个人，他答应我要活着等我回来，就一定会做到。他就是这样的人。”余鹏程的神情越来越激动，“多少次，所有人都绝望了，他还是抱着希望。看似绝不可能的事，他偏偏能做到！他一定还活着！”

张师长不再说话了，转向士兵下令：“去，一块块砖地挖，一寸寸地地找！阴沟里，屋檐下，所有可能有活人的地方，都要找！”

青天白日旗再次飘扬在常德街头，广播车缓缓开动着。

“同胞们！战士们！常德已经复夺，你们安全了！如果你听得见，请立刻走出来！如果你听得见，请立刻走出来！”余鹏程跟在广播车后，缓缓走过街头，含泪四顾。

“同胞们！战士们！我们胜利了，如果你能听见，请走出来，你们都是英雄！都是壮士！请走出来！”

残垣断瓦中，慢慢爬出了一个踉跄的身影，遍体伤痕，已不似人形。

“师座！”

余鹏程豁然回转头，欣喜又辛酸地望着他：“你是我的虎贲？”

紧接着，又一个身影从坍塌的街巷里走出来！

人影越来越多。

渐渐的，十数个人走出来，有军人，也有百姓。

众人聚集在青天白日旗下，围在余鹏程身边，放声痛哭。

广播车上，国军士兵忽然爆出一阵欢呼！

城内，欢呼声和哭声交织在一起。

余鹏程的热泪再次落下，他恍然环顾围在身边的幸存者，心中先是狂喜，跟着却在不断地往下沉：没有何平安，没有何平安。

“所有的幸存者都登记了，没有何平安。”

一个士兵走上前，双手把登记册捧到张师长和余鹏程跟前，“也没有找到那个刘世铭和沈湘菱。”

张师长接过登记册翻了翻，叹了口气：“看来，他们是真的牺牲了。”

余鹏程倔强地摇头：“不会，不会的。”

张师长劝道：“没有人不会死，你别太执着了。”

“何平安那样的人，就算是死，也会轰轰烈烈，不会没有留下一点痕迹。”余鹏程的语气没有一丝动摇：“何况，他还要救他的妻子，他的孩子……我还要去找！”

张师长叹了口气：“天都黑了，明天再找吧。”

“我连夜去找！”余鹏程转过身，才要走出门，忽然又一个士兵走了进来：“报告长官，城郊发现两座新坟——好像是日本人立的！”

余鹏程心头轰然一响，转回头对张师长对视一眼。

张师长：“在什么地方？”

“在城郊，刘海井！”

四天之前。

月光下，城郊地，静静躺着一口老井。

刘世铭趴在井口往下望。井深口小，黑不见底。他疑惑得看着何平安，有些担心：“就是这儿？”

何平安点点头：“摇上来！”

两人握住辘轳一起用力，把水桶摇上来。

何平安抱起两个孩子放在水桶里：“你们两个先下去，别怕，我们马上就下来！”

学文点了点头，小猴子却紧紧攥住他的手：“爹，我跟你一起下去。”

“听话，爹马上就来。”何平安低下头，在他额头上重重亲了一口，狠下心硬掰开他的手，和刘世铭一起摇动了辘轳。

沈湘菱扑向井口，两眼望着两个孩子慢慢地顺了下去。

何平安安慰道：“别怕，刚才桶里没水，是枯井。这刘海井是救命的地方，我早就该想到的！”

说话间，木桶又摇了上来。

何平安握起了沈湘菱的手：“你先下去。”

沈湘菱不说话，看一眼刘世铭，目光又回到他身上：“最后一个是谁？”

何平安一愣：“什么最后一个？”

“别想骗我，最后上面要有一个人摇辘轳，他下不去！”

刘世铭走上前：“当然是我来！”

沈湘菱摇摇头：“我下去了，你拧不过何平安。”

何平安一笑：“我能撑着两边爬下去。”

“你骗人。”沈湘菱咬紧了嘴唇：“你没受伤还有可能，现在你根本做不到。”

何平安不说话了，从怀里把吃的拿出来，塞到沈湘菱手里：“省着吃，能撑几天。”

沈湘菱眼泪流下来。

何平安低声道：“现在吃的在你手里，你不下去，两个孩子就会饿死。”

沈湘菱：“你算计我。”

何平安一笑：“我一直都被你算计，还不许我报一回仇？”他从怀里掏出那枚打火机，抚摸了一霎，连同一根烟花一起塞进妻子的手里：“拿好它！这是当年贺龙同志留给我的，这么多年，它一直陪着我，每当我撑不下去时，就擦燃它，看着那一小簇火苗，就像看到了希望。现在我把它留给你。余师长说了，他会带兵回来！到时候，你就用它点燃这根烟花。”

“当烟花在棠德城升起的时候，就是我们又夺回家园，女人和孩子获得新生的时候。”

沈湘菱接过打火机和烟花，凝目望着何平安，眼泪止不住地流着：“可是你答应过我，要活得比我更长久。”

“我会活得跟你一样长久。只要你不死，我就不死。”何平安握起她的一只手，抚上自己的心口：“能感受到我的心跳么？从此以后，它就跳动在你的胸口，陪着你，护着你……每分每秒，一直到你很老。你不是也答应过我么？这辈子要我一条命，下辈子还跟我的姓，还嫁给我。”

沈湘菱猛然抱住何平安，用尽全身力气，仿佛要把自己潜进他的身体。

刘世铭静静看着他们，忽然低声笑了：“我真不知道该嫉妒，还是……羡慕。”

忽然，远处传来日军的喊声。

何平安硬起心肠，用力推开了怀中人：“来不及了，快走！”

沈湘菱摇着头，眼泪不断流下来。

何平安抱起她，放在木桶里。刘世铭急忙上前，两人一起摇动轱辘。

沈湘菱缓缓下沉，那双依依凝望的泪眼渐渐淹没在井底的黑暗里。何平安的心也跟着那双眼沉没了。

“何平安！遇见你是我这辈子最好的事，也是最坏的事！”就在他再也看不见她的那瞬间，黑暗中忽然爆发出她的嘶声呼喊：“可我不后悔！永远不后悔！”

“我也不后悔。”他无声地回应着，转眼看向刘世铭：“该你了。”

刘世铭没说话，忽然一把推开他，扯断了辘轳上的井绳！

“你疯了！”何平安慌忙补救：“你必须下去，他们需要有人照顾。”

“你算计得了她，算计不了我。多一个人下去，就要多消耗一份粮食，可谁也不知道援军什么时候才会来。”刘世铭微笑道：“更何况，我一辈子都输给你，这一次，我绝对不会再输给你！”

望着刘世铭坚定的目光，何平安把断绳抛进井里，爽然笑了：“那我们就，同生共死。”

刘世铭：“同生共死！”

两人拔出枪，背靠着背，守在井边。

一声枪响！日本兵已经到了。枪声急如闪电暴雨！

何平安的脸上始终挂着笑，每颗子弹炸响在耳边，乃至穿透了身体，都像是夜空中腾起的绚烂烟花，照耀了他人生中最美的每个瞬间。

——棠德城头，雨中展开的嫣红纸伞，伞下露出那张倔强却美丽的脸庞。

——沈家大堂，她被自己抱在怀里，两颗心跳成一个节奏。

——何平安，你欠我一条命！

枪声仿佛离自己越来越远，眼前也渐渐朦胧起来。他想要开枪，枪却掉在地上。

“啪”的一声，刘世铭手中的枪也落在了地上。

两人互相依靠着，相视一笑。

何平安：“兄弟……”

刘世铭：“……兄弟。”

何平安：“这时候，我啊……”

刘世铭几乎与他同时说出了口："还是想，再看她一眼。"

两人缓缓闭上了眼睛，身子滑落在井边。

枪声止息了，横山勇与崇明亲王快步走来。

围在井边的众日兵缓缓推开了，露出地上两具布满弹痕的尸体。

横山勇怔住了，少顷缓步上前，走到何平安尸体旁，举手敬礼。

崇明亲王蹲下手，捡起了落在尸体旁的手枪，良久才道："他是个值得尊重的敌人，好好安葬他！"

他转过身，把染血的枪抛进了井口。

井底，沈湘菱紧紧地搂着两个孩子，无声地痛哭。

余鹏程默然站在井边。

一左一右两座新坟，都没有写字。

他想要走近，却又不敢。

突然，一簇烟花从井底冲天而起，凌空爆炸，无比绚烂。

余鹏程昂着头，眼望着烟花。

棠德城内，所有人都望着烟花。

井底，烟花照耀下，沈湘菱紧紧地搂着孩子，抬头仰望苍穹，满眼是泪。

图书在版编目（CIP）数据

《勇士之城》原著小说 / 贾东岩，李文强，张帆著 .--北京：中国电影出版社，2014.6

ISBN 978-7-106-03937-0

Ⅰ. ①勇… Ⅱ. ①贾… ②李… ③张… Ⅲ. ①长篇小说-中国-当代 Ⅳ. ①I247.5

中国版本图书馆CIP数据核字（2014）第117359号

出 品 人：张　波
总 策 划：默媛静
责任编辑：程　楠　席可欣
封面设计：常　魁
版式设计：裴鑫蕴　吴晓嘉
责任校对：徐　娅
责任印制：庞敬峰

《勇士之城》原著小说

贾东岩 李文强 张帆 著

出版发行 中国电影出版社（北京北三环东路22号）邮编100029
电话：64296664（总编室） 64216278（发行部）
64296742（读者服务部）
Email：cfpygb@126.com
经　　销 新华书店
印　　刷 北京盛兰兄弟印刷装订有限公司
版　　次 2014年6月第1版 2014年6月北京第1次印刷
规　　格 开本710×1000毫米 1/16
印张/46 插页/8 字数/1144千字

书　　号 ISBN 978-7-106-03937-0/I・0935
定　　价 60.00元（全两册）